新时代文学群峰耸峙丛书

长篇小说卷

滕贞甫　主编

XINSHIDAI WENXUE QUNFENG SONGZHI CONGSHU

CHANGPIAN XIAOSHUO JUAN

北方联合出版传媒（集团）股份有限公司

春风文艺出版社

·沈阳·

图书在版编目（CIP）数据

新时代文学群峰耸峙丛书. 长篇小说卷 / 滕贞甫主编 . —沈阳：春风文艺出版社，2023.9
ISBN 978 - 7 - 5313 - 6533 - 4

Ⅰ. ①新… Ⅱ. ①滕… Ⅲ. ①中国文学 — 当代文学 — 作品综合集 — 辽宁 ②长篇小说 — 小说集 — 中国 — 当代 Ⅳ. ①I218.31

中国国家版本馆CIP数据核字（2023）第168359号

北方联合出版传媒（集团）股份有限公司
春风文艺出版社出版发行
沈阳市和平区十一纬路25号　邮编：110003
辽宁新华印务有限公司印刷

责任编辑：孟芳芳　　　　　　封面设计：李英辉
责任校对：赵丹彤　　　　　　幅面尺寸：155mm × 230mm
字　　数：1250千字　　　　　印　　张：84.25
版　　次：2023年9月第1版　　印　　次：2023年9月第1次
书　　号：ISBN 978-7-5313-6533-4
定　　价：380.00元（全4册）

目录 Contents ▶

（按作品名首字拼音排序）

北 爱（节选）

老　藤

第一章　壬辰·逆行者

1

"如果你爱一个女人，不要忘记送她礼物，因为礼物能起到宣示主权的作用。"

这话出自高兰男友之口。高兰是苗青闺密、同学兼室友。高兰的男友小高在北京某部委工作，尽管身材单薄，头发稀少，却有说一不二的派头。

小高和高兰相爱第三天，就将一部新款手机连同办好的号码送给高兰，说这部手机专门用于两人联系。高兰不好意思接受这份厚礼，小高便说了上述那句话。高兰回来和苗青说起此事，苗青不免有些怅然，事情怕比，江峰怎么就没有这种觉悟呢？

让苗青感到意外的是，在毕业前夕她收到了一份来自陌生异性的礼物，尽管这礼物不是江峰所送，但她还是很喜欢。礼物是一幅色粉画，装帧精美，构图颇具现代主义风格。她站在画前对自己说：这画要是江峰送的该多好，那样的话她就可以向高兰好好炫耀一番。

江峰是苗青男友，上海交大飞行器设计与制造专业的博士研究生，平时送她的都是零食、各种门票或图书之类的小礼物。当然，苗青不在意这些，对她而言，帅气的江峰本身就是一个大礼包。

可以这样说，苗青从来不缺礼物，她收到最多的礼物来自父亲。从小学开始，每年生日当天她都会收到父亲的礼物——一个别致的飞机模型。这些模型有客机、战斗机、直升机和航天飞机等，大都用合金材料制作，精致逼真，比例得当。家里那个博古架上已经摆了十九架飞机模型，最新的模型是某国一架五代机，魔幻的造型，铅灰色的涂层，让这架飞机充满了神秘感。

工程师出身的父亲是个飞机迷，他自嘲是个半途而废的诗人，当年因为考上了北京航空学院，写诗的兴趣便被设计飞行器的爱好所替代。苗青觉得父亲之所以经常语出惊人，与他作诗的天赋有关，父亲把许多生活感悟转化成诗句并记在日记本上，不时还会拿出来自我欣赏一番。父亲说正像一个缺乏想象力的诗人一定是蹩脚诗人一样，一个在地上爬行的国家一定难逃弱国命运。父亲的毕业论文是《大型飞行器设计的问题及对策》，他私下和要好的同学讲，这篇论文实际上是他"一个人的计划"，毕业后他要锚定这个计划，设计一款具有国际先进水平的大飞机。父亲毕业后被分配到东北鲲鹏机械厂搞飞机设计，那是坐落在沈阳的一个国营大厂。很可惜，计划终归是计划，要想变成现实不是那么容易。到鲲鹏机械厂工作后，别说大飞机，就是喷洒农药的螺旋桨小飞机也没有设计任务。鲲鹏机械厂本来是造飞机的，因为计划调整，只能转产生产冰激凌机。父亲说他切实体会到了孔子为什么感慨"时也，命也"，人争不过命，没有风，再美丽的风筝也飞不上天。后来父亲选择了离开，从沈阳回到家乡武汉工作。虽然不再搞飞机，但父亲的飞机情结依然没有消解，心心念念的还是他"一个人的计划"。后来苗青听说，自己降生那天父亲对母亲说：看到没？孩子的两道眉毛有点像机翼。长大后苗青觉得这一点不奇怪，看看父亲每年送的生日礼物就明白了。

父亲每次送她飞机模型都会附一首短诗，短诗富有哲理，颇有些泰戈尔的风格。这些诗句有形无形中也让苗青渐渐喜欢上了诗，偶尔也写几首自娱。苗青一直记着父亲第一次送飞机模型时所附带的两句诗：

> 白山黑水间高高的索伦杆，
>
> 有谁，能挂起飘扬的旗帜？

当时她不懂这个疑问句的含义，问母亲，母亲说你爸爸在东北有条尾巴呢。苗青不明白，母亲解释说，孙猴子大闹天宫后，玉皇大帝派二郎神前去捉拿，孙猴子打不过二郎神，就发挥出七十二变的本事，原地变成一座土地庙。孙猴子眼变窗，嘴变门，身子变成了房屋，但尾巴不好处理，就变成旗杆在庙后竖着。二郎神一看，哪有旗杆竖在后面的庙？一下子就识破了。你爸爸无论怎么变，心里那根旗杆不会变，他升不成旗，就指望着女儿把旗升起来。母亲虽是讲故事，父亲"一个人的计划"却像庙后的旗杆一样，在她脑海里慢慢竖了起来。身为女孩，开始，苗青对父亲送的飞机模型并不感兴趣，收到后就放在博古架里，心里还埋怨父亲，哪有给女儿送男孩子礼物的？多希望父亲送个洋娃娃或者MP3之类的礼物，但父亲铁了心年年送飞机模型，让少年的苗青很是无语。

给苗青送画的是吴逸仙，小有名气的青年画家。吴逸仙是东北人，在大连艺术学院当教师，在交大做访问学者。吴逸仙穿一条做旧的牛仔裤，黑色半袖T恤，T恤前胸有个白色的烟斗图案。吴逸仙一般会在校园中部草坪边一棵香樟树下作画，主要画肖像。许多人都发现，凡吴逸仙在香樟树下支起画架时，对面的模特一定是女生。

苗青路过香樟树时留意看了一下吴逸仙，觉得此人发型颇有意思，四周剃光，顶部头发向上直立，苗青觉得像点什么，却一时找不到答案。

小高送了高兰一部名牌手机后，高兰想回赠礼物，但不知送什么好，问苗青，苗青建议，既然小高说礼物可以宣示主权，你送他一幅自己的肖像好了，让他挂在住处，如同界碑一样，别的女生自然就会望而却步。高兰说这个礼物好，可谓一举两得，便在一个阳光很足的下午，主动去找吴逸仙画了一幅色粉肖像。

高兰将画拿回寝室，左看右看不是很满意，画中的她眼里有三处亮点，两手拘谨地放在膝盖上，白色连衣裙上开满了矢车菊，身旁是一本没打开的书，封面上是一片红色枫叶。高兰说自己明明穿了湖蓝色连衣裙，吴逸仙却偏偏画成了白地黄花，再说连一丝笑容都没有，让小高怎么看？苗青却觉得这肖像很别致，说眼里的三处亮点简直是神来之笔，那本书也配得好，像一块TNT炸药，那片枫叶则是去点燃引信的火焰，在审美上极富张力。高兰说那就听你的，镶好框送给小高。

苗青了解高兰，这位来自沂蒙山区的女生有一种与生俱来的踏实与奉献精神，人生的每一步都设计得实际而又饱满。入校时她英语不好，到校后便拼命背单词，飞行器设计与制造专业英文单词枯燥难记，她却背得津津有味。高兰男友小高是郑州人，两人本科同学，小高条件配不上她，但小高本科毕业考到国家机关工作，成了体面的公务员，职业上的优势弥补了身体上的不足，博士在读的高兰便接受了小高的求爱。她对苗青说自己不会去选择一个帅哥当丈夫，因为太帅的男人容易被围猎，而她希望实实在在过日子。

受高兰启发，苗青也想请吴逸仙画一张肖像送给江峰。

苗青来到那棵香樟树下，吴逸仙正在为一位女生画像。她悄悄站在身后观看，发现吴逸仙画像不追求形似，更多的是神似。眼前的女生并不漂亮，嘴唇像非洲女人一般瓷实，头发浓密，黄色连衣

4

裙与草坪形成鲜明的色差。女生很投入地凝视着远方，有一种拍婚纱照的感觉。从女生的神情里可以看出某种被强化的憧憬和渴望。吴逸仙巧妙地将女生美化了，瓷实的嘴唇被削薄，皮肤的色彩也明亮了许多。苗青一直看到画完，感受到了吴逸仙画技的娴熟。被画的女生拿到画后，笑容像合欢花一样可爱，连声道谢后捧着画一路小跑走了。吴逸仙看着女生走远的背影，伸展双臂做起扩胸运动。苗青没有提画的事，悄无声息地转身离开了，她在想吴逸仙为什么会这样画，这样画等于蒙人。

临近毕业，择业去向成了一道必答的难题。苗青面前有两条路，一条是南下，随江峰去深圳搞房地产，江峰为此已经做了充分准备，用江峰的话说是路子已经铺好；另一条则是北上，到东北去从事自己的专业，这是导师吴教授的建议。

江峰是个各方面都拔尖的好学生，学校运动会三级跳远纪录保持者。江峰引起苗青的注意并成为恋人，与他在学校运动会上的潇洒一跳有关。当时是研究生学习第一年，苗青作为志愿者在跳远场地负责平整沙坑，在沙坑边，她恰好看到了江峰创造纪录的潇洒一跳。江峰的助跑手臂摆动幅度特别大，腾空第一跳就接近了踏板，第二跳稍稍有些收，待第三跳的时候，竟然在空中走出了三步！她看呆了，这是常人很难做到的动作。两人学一个专业，尽管导师不同，但彼此也知道一些。江峰在空中的高难度动作一下子让她想到了飞机，她觉得江峰在沙坑落下的一刹那，特像飞机俯冲。她朝沙坑中站起来的江峰竖起了拇指道：真棒！这句话换来了江峰回头一笑。都说女人回眸一笑百媚生，其实青春四射的小伙子回头一笑也像磁铁一样吸引人。苗青记住了这个微笑，心里生出一种甜丝丝的感觉。当天夜里，她在日记中写下了这样一首诗：

飞起来的
不仅仅是春天的身体

当双臂变成翅膀

能抵达枝繁叶茂的彼岸

两条路，如何选择取决于苗青。

这些日子，几位同学都明确了去向，唯有她还没最后下定决心。南下还是北上，她和江峰产生了分歧。她对江峰说，学了八年飞机设计，结果去做房地产，总有点文不对题的感觉。江峰说能有机会设计飞机当然好，但前面几届学长比我们厉害的有许多，哪一个成功了？飞机不仅是烧钱的行当，还是国家行为，需要大进大出，目前商用飞行器被西方大国垄断，想有所作为很难。江峰认为合适的选择才是最好的选择，找一份得心应手、收入可观的工作更实际，也不必为专业纠结。那些顶尖的成功人士，几乎没有从事本专业的，人生之路与专业之路不一定重合。江峰对去深圳搞房地产可谓雄心勃勃，志在必得。

高兰也赞成苗青南下，她认为江峰的选择是脚踏实地的体现，凭江峰的素质实力，成功毫无悬念。

苗青心里很乱，擎着一把灰色遮阳伞来到那棵香樟树下。她想，肖像画画幅可以小一点，这样江峰携带也方便。下午两点的阳光很足，一只黑蝴蝶在树下飞来飞去。吴逸仙用棒球帽遮住脸，背靠香樟树休息。她站在画架前想说什么，又觉得打扰人家睡觉似乎不太礼貌。正在犹豫间，吴逸仙开口了："那天你在我身后站了那么久，一句话不说就走了，为什么？"苗青吓了一跳，左右看了看，周边并无他人，这是和她说话无疑。一个用棒球帽遮住脸的人，怎么会发现有人站在身边？难道他耳朵可以当眼睛用？

"您是和我说话吗？"出于礼貌，她还是问了一句。

"当然。"吴逸仙揭开棒球帽，"我知道你，你叫苗青，学飞行器设计的，是航空航天学院的院花。"

苗青有些腼腆，"哪里是什么院花，再说院里一共也没几个女生，这个院花含金量低了点。"

"你不同。"吴逸仙用棒球帽轻轻扇着风说。

"我有什么不同？"苗青觉得有点意思，一个从没打过交道的画家居然说了解她，还能总结出什么不同来，听上去难以置信。

吴逸仙一只手捏着下巴说："这么说吧，如果说其他女生心里多是轻歌曼舞、小桥流水，那么你的内心却是金戈铁马、蓝天白云，这让你与众不同。"

吴逸仙的话引起了苗青好奇，还从没有人这样说自己，包括江峰，而吴逸仙一语就说在了要害处。

"此话从何而来？你我并不熟悉呀。"

吴逸仙笑了笑，露出洁白的牙齿。可以断定这是个不吸烟的男人，尽管他黑色的T恤上带有烟斗图案。"我刚才说了，您是院花，在一定程度上算是公众人物，公众人物没有秘密。"

苗青感到脸有些发热，她可不想成为什么公众人物。

"那天你来看我作画，我虽然没有回身，但我知道你在我身后，因为你投下的身影覆盖了我，让我有一种凉爽感。"

苗青恍然大悟，原来是影子出卖了自己。又一想，不对呀，吴逸仙难道有凭影子辨人的神通？

"我那天来是想请您画一张肖像，送给男朋友做礼物，您给我的室友高兰画的那张画我很喜欢。"

"您对那幅画的关注点在哪里？"

"是人物眼里的三个亮点，一般肖像人物的眼睛最多是两个亮点，而你画了三个，这个有难度，弄不好会有重瞳的错觉。"

吴逸仙将帽子戴在头上，用肯定的语气说："我给您画，不用您来做模特，画好后让人送给您。如果不介意的话，我们留一下联系方式。"

两人留了电话并加了微信。握别时，苗青觉得吴逸仙的手很绵软，像没有关节一样。

"画不要很大，有高兰那幅一半大就可以，便于携带。"苗青说。

回到宿舍，苗青发现自己的小拇指上竟然沾着一点橙色的油彩，这肯定是画家之手留下的。她想，不用自己去当模特，他能画得像吗？但又一想，像不像无所谓，关键是画出神韵来。

神韵是灵魂的外衣，这是神似比形似重要的原因。

2

三天后，一个女生抱着幅镶框的色粉画敲开了苗青宿舍的门，"您是苗青吧？这画是吴老师让我送来的。"苗青接过画，谢了送画的同学，觉得吴逸仙人缘不错，在交大校园竟然有女生当跑腿。

这是一幅两尺见方的色粉画，西式柚木画框，画面是一个穿着红色风衣女子的背影。女子一只手背在后面，手里握着一卷图表纸，另一只手在向远方招手。前面是白雪覆盖的山峦，山峦上是白桦林，山下是刚刚融化的小溪。溪水呈黛色，像墨玉，几块露出水面的石头上还积着白雪。画的左下角有五个小字：壬辰·逆行者。画上没有署名。苗青无法判断画中的女子是不是自己，发型和自己相似，简单的马尾辫，红色风衣是那种束腰的紧身款，右下摆被风撩起，让画中人显得十分婀娜。自己有这样一款风衣，是一个风雪天从导师家穿回来的，风衣是新的，导师见她穿着合体就送她了。再看风衣下两条纤细的腿和脚上的高腰皮靴，不免又有些怀疑，自己从没有穿过靴子，从这一点判断，画中人也许就是一个虚拟人物。让她感到好奇的是，红衣女子朝向的天空有一云朵，而云朵中有两个浅灰色的虚笔涂抹，看上去像鼹鼠的两只眼睛。很显然这是作者埋伏的意象。

她给吴逸仙发了条微信：谢谢您的《逆行者》，虽然看不到画中人的脸，但红风衣让我备感亲切，还有云朵上那两只鼹鼠的眼睛。

吴逸仙很快回复道：笑容呈现给白山黑水，比呈献给人更有意义。

苗青又发了一条：云中那两只小眼睛该不是你无意中滴落的铅粉吧？

吴逸仙回复道：无意即是有意，滴落算是天成吧。

她又发短信：回避五官是因为难看吗？

吴逸仙几乎秒回：灵魂没有五官。

高兰看到画后笑了，说我那张至少还露着脸，你模样比我俊，却连张正脸都没有，吴老师真是当代毛延寿哇！

苗青让江峰来宿舍欣赏这幅画。江峰看了半天，也抿着嘴笑了。苗青问他为何发笑。江峰说不画脸的肖像说明什么？说明你未入画家法眼，只好用一张背影来敷衍。

苗青推了江峰一把，"你这是嫉妒吧，人家还说我是院花呢！"

江峰不笑了，神色严肃起来，捏着下颌问："他为什么要给画命名'逆行者'呢？"

苗青摇了摇头。高兰快人快语："是不是寓意苗青去东北呀？"

三个人都沉默了。高兰佯装接电话出去了，也许她觉得自己说了不该说的话。

江峰和苗青这届飞行器设计与制造专业博士生一共六位，由两位导师来带，其中苗青的导师是吴教授，江峰、高兰和其他三位由一个长江学者带。当初六个同学都报名在吴教授门下，吴教授因年事已高，只选择了苗青一人。事实证明，吴教授没有选错弟子，苗青读博后辅助他完成了一项国家重点课题并获得了国家科技进步奖。颁奖时导师借口年龄大行动不便，让苗青去北京人民大会堂领的奖，一时间许多同行知道了吴教授有这样一个端庄秀丽的女博士。

五位同学，高兰已经赴北京面试过，去向是某部委。高兰公务员考试名列前茅，面试几乎没有悬念。其他三位同学一位留校，两位选择出国，江峰选择到深圳搞房地产，唯有苗青择业还没有落槌。苗青不想改变江峰的意愿，人各有志，何必强求。她知道江峰想在房地产业上创造一个神话，不止一次，江峰在评价那些叱咤风云的房地产大亨时，很不屑地说，世无英雄，遂使竖子成名，给我十年，我会还你一个江版李嘉诚！江峰希望苗青与他一同南下。苗青很为难，她爱江峰，江峰是一个让她心里放不下的男人，但她更放不下自己的专业。考上吴教授的博士后，在导师的影响下，她慢慢理解了父亲"一个人的计划"的执念。假期回武汉，再看博古架里那十九个飞机模型，总觉得就是十九只叽叽喳喳的乳燕。

"一起去深圳吧，那是个创造奇迹的地方。"江峰说。

苗青看着那幅画出神。已经有些年头了，交大学子毕业去向除了出国深造，大都选择北上广深四个一线城市，到东北发展的寥若晨星。良禽择木而栖，交大学子追求更优渥的工作生活环境也在情理之中。苗青若有所思地问："吴逸仙为什么要给我画一幅逆行者？是提醒我北上吗？"

"这个问题我刚才想了，"江峰道，"他也许是在提醒你不要做逆行者，逆行没前途，因为面前是冰天雪地，单薄的风衣和裸露的小腿无法跋涉也不能走远。"

苗青摇了摇头，指着那两只鼹鼠的眼睛说："我觉得红衣女子奔向的应该是它，只不过画家把这个目标虚化了。"

江峰靠前看了看，没有看出什么端倪，但聪明的他看出了苗青的心思，"你是说这两个灰点是飞机？我看不像，飞机怎么会像两只橘猫的眼？"在江峰眼里，这两个黑点不是鼹鼠之眼，而是更大一些的橘猫。

苗青说："看到这两个小灰点，第一时间我想到了飞机，我向吴逸仙求证，他却卖关子，不告诉我。"

江峰故意开玩笑说："风流画家在和我作对，我要找他去决斗。"

苗青"扑哧"一声笑了，望着江峰说："你是看人家没有你魁梧才想到决斗的吧，你三级跳远是冠军，打架也是拳王吗？"

江峰笑着说："如果需要，我就打给你看。"

苗青嗔怪地望了江峰一眼，"说什么呢？因为一张没有五官的画去打架？师出无名。”

江峰说：“不要再犹豫了，跟我走吧，机遇稍纵即逝。现在房地产刚刚回暖，至少升温十年，我们可以甩开膀子大干一场。”

苗青没有回答，扭头望向窗外。

江峰拥抱了她，臂膀很有力，苗青有一种五脏六腑都受到挤压的感觉。江峰不仅学业好，球类、长跑都不错，典型的力量型帅哥，这是最吸引她的地方。苗青不反对江峰改行搞房地产，只是觉得丢掉心爱的专业可惜。江峰在飞机设计上极有天赋，尤其是无人机研究颇有造诣，毕业论文就是写无人机的，得到了导师的肯定，顺利通过答辩。

“你考没考虑过到东北去搞房地产？”苗青问。

江峰睁大了眼睛，看了她足足有两秒钟，“你说什么呢？一个人口外流的地区，建房子卖给谁？”

苗青点点头，“我是胡思乱想，随便说说。”

江峰看看手表，说要回去做企业策划，就不在这里陪她了。临走时，江峰揽过她，轻轻吻了吻她的耳朵，小声说：“听话，乖。”

江峰走了，苗青坐在床沿，目光一直泊在那张《逆行者》上。她想，吴逸仙在大连艺术学院工作，这是不是在以画的方式向她发出邀请呢？但很快她就否定了这一猜测，自己与这个艺术范儿十足的画家素昧平生，人家为什么要发出邀请？

3

如果说运动会上的一瞥在苗青心里埋下一粒爱情种子的话，那么，外文阅览室那杯拿铁咖啡就是合乎时宜的一种浇灌，是这次浇灌得以让种子生根发芽。

运动会后某一天傍晚，晚饭后苗青到外文阅览室查阅资料，她拿了一本《制导、控制和动力学杂志》翻阅，上面恰好有一篇她感兴趣的文章，便全神贯注在键盘上敲击摘录。忽然，她闻到了一股浓郁的咖啡香，一杯拿铁咖啡被轻轻地推到了她手边，杯子是骨瓷色，咖啡奶沫细而匀。抬头一看，她差点叫出声来，原来是江峰！

阅览室大都是外籍教师或外籍研究生，室内特别安静，江峰伸出右手食指在嘴唇上做了个嘘声动作，然后坐到她对面，把前一期《制导、控制和动力学》杂志推给她，翻开封面，指了指目录示意她看。苗青一看，脸上顿时有了热感，江峰指的是她的一篇论文，这是一篇探讨商用大飞机人工智能化的论文，用英文写成，作为在校生，能在国际权威期刊上发表论文是值得骄傲的事，导师对这篇文章也给予充分肯定。江峰竖起大拇指并扮了个鬼脸。她微微笑了笑，算是致谢，然后继续摘录资料。其间，她在喝咖啡时不时用眼睛余光看一下对面的江峰。江峰发质油黑，白色T恤的领子纤尘不染，正在专心看一本外文无人机方面的杂志。她知道与自己本硕博连读不同，江峰是从长沙一所大学考来的，发表过一些无人机方面的文章，在学校也小有名气。

苗青平时不喝咖啡，只喜欢喝柠檬水，喝了杯拿铁回去两眼像充足了电般满格的亮。高兰睡得很香，睡梦中不时发出呢喃声。高兰正在热恋，男友小高发展势头极好，最近被部领导选为秘书，成了人人羡慕的才俊。高兰将自己和小高在天安门广场的合影摆在床头，和苗青聊天三句话离不开"我家小高"。小高对人生规划颇为用心，本科毕业先选择就业，然后在职读硕、读博。因为这杯拿铁，苗青和江峰的关系升温、发酵，不久便成了恋人。

江峰父亲在南方一个省会城市当规划局局长，家中座上宾大都是豪气冲天的各路房地产大亨——这些大亨发展历程充满传奇色彩。但在江峰看来，这些所谓成功人士不过尔尔，他们能做，自己为什么就不能做？自信的江峰觉得自己一定会比这些人做得更好，这也是他选择做房地产的一个原因。

苗青曾动员江峰如果不搞飞机，可以投身汽车产业，因为江峰具有顶级汽车设计大师的潜质，观念前卫，敢于冒险。汽车设计从某种程度上说离不开冒险，任何一种有创意的设计都是一种冒险。但江峰考虑问题与众不同，他觉得高端汽车设计只能惠及少数人，而新理念的房地产项目却可以让成千上万的家庭受益，去做房地产，事业的价值会成倍放大。苗青并不反对江峰这一理念，为多数人做事，至少立场没错。

与江峰兴奋点的宏大相比，苗青的兴趣永远局限在飞行器上，她喜欢谈论空气动力、自动控制、材料强度和动力装置这些具体问题。苗青曾经想象这样一幅未来的图景：在某个摩天大楼，一个大平层被高高的书架隔成两间，一间是江峰的无人机设计工作室，一间是自己的商用大飞机设计工作室。茶歇之时，两人在公共区域坐下来，各端一杯冒着热气的拿铁，津津有味地聊大学往事，这该是多么幸福的一种工作状态！

苗青对江峰说了自己想去东北的意愿，说已经和沈阳的鲲鹏集团有过网上联系，对方很感兴趣，给出的条件也不低，她没有最后下决心，有点忐忑不安。

江峰说我理解你，"一个人的计划"确实能提升人生价值，何况这又是伯父交给你的接力棒。但江峰话题一转接着说，你这是教科书里规划的人生路线，是标准程序，而现实往往没有程序可以遵循，就像伯父原本是搞飞机的，后来却阴差阳错成了汽车设计师。

苗青说："我努力了，哪怕不成功也不会后悔；如果不去努力，会像父亲一样纠结一生。"

江峰看着她，苗青眼中的泪花让他语气变得柔软起来，他十指交叉，抵住下颌说："你知道，飞机这种东西不仅是集体智慧的成果，而且还受大环境影响，凭一己之力去做成百上千人共同努力还不一定完成的计划，成功概率太低了。虽然我相信你的才智，但我不敢过分恭维，理想很丰满，现实太骨感哪。"

这次谈话让苗青心情沉重了好几天，傍晚，她独自到校园散步，发现吴逸仙还在那棵香樟树下给女生画像。她心里像有只青蛙跳了一下，画家这个职业不错，画布之上，自己就是万能的上帝。

她缓步来到香樟树下。

灯光下，吴逸仙在给一个长着娃娃脸的女生画像。女生很配合，一条腿屈起，一条腿伸长，右手搭在屈起的膝盖上，左手扶着草坪，摆出的姿势雕塑一般长时间不动。她注意到女生目光含情，流光溢彩。

此时，江峰正骑着单车从不远处经过，他发现了站在吴逸仙身后的苗青。他停下来观察了一会儿，便骑上车离开了。回去后他给苗青发来一条微信：一幅《逆行者》让你不安了？苗青手机的振铃让吴逸仙回过头来，点点头，又转过去专心作画。苗青四周看了看，没有看到江峰，她觉得江峰太了解自己了，一眼便看出了自己的不安。她回了江峰一个擦眼泪的微信表情。

趁着吴逸仙停笔的时候，她说："您应该把我的脸还我，逆行者也不能没有脸。"

吴逸仙头也不回地说："画中人把五官呈现给了诗和远方。"

苗青想了想，明白了吴逸仙的用意。

她不想打扰吴逸仙作画，悄悄转身离开了。

4

就业这件大事应该与父母商量一下，苗青风尘仆仆回到武汉。

父母正在客厅合看一张报纸，一副极认真的样子。她放下双肩包问在读什么好文章。母亲起身，仔细端详了她一番，问江峰怎么没一块回来？苗青说江峰正忙着去深圳办公司的事，没有空闲，她回来也就住一个晚上，明天便回。父亲将报纸递给她。报纸上是一个著名经济学家分析实施东北振兴战略的文章，大半个版，典型的长篇大论。父亲说这篇文章不错，国家2002年就提出东北振兴，十年过去起色却不尽如人意，文章分析了原因，重点讲了人才问题。

"你们都是退休的人了，还操这份心干吗？"

"还不是那个马歇尔计划。"母亲开玩笑说。

父亲道："那叫'一个人的计划'，怎么成了马歇尔计划？"

苗青知道父亲有浓厚的东北情结，毕竟在那里工作过，对东北的大事小事格外关注，去年父亲还和母亲一起去沈阳转了转。母亲说父亲在鲲鹏集团大门前徘徊了许久，那是他参加工作的地方，也是他带着遗憾离开的地方。父亲当时是心有不甘才离开的，因为企业转型生产冰激凌机，与飞机制造不搭界。鲲鹏机械厂在千禧年之后境况大变，国家注入资金，组建了飞机研发生产集团，新型飞机接二连三问世，鲲鹏的大名也重新响亮起来。

"振兴关键在人，这篇文章说到了点子上。"父亲重复了一句。

"是的，"苗青道，"事业是人干的。"

父亲说："知道我最近在做什么？有家科研所请我参与研制水上飞机，我答应了，想不到在退休后会重返老本行。"

苗青很惊讶，父亲脱离这个行业几十年，在知识更新如此之快的今天，参与水上飞机研制能发挥多大作用呢？但她还是为父亲高兴。"水上飞机都是螺旋桨飞机，难度系数不大，您肯定会胜任，不过科技更新换代很快，现在不比80年代，吃老本肯定不行。"她说。

父亲拉开抽屉，拿出三个厚厚的棕色笔记本往苗青面前一推，"你看看，爸爸这些年闲着了吗？"

苗青一本本翻看，不看则已，一看顿时愣住了，这是三本各种新型飞机技术特点的笔记。她注意到，父亲的每一个笔记本扉页上都有一句诗。第一本是"路漫漫其修远兮，吾将上下而求索"，第二本是"沉舟侧畔千帆过，病树前头万木春"，第三本是"莫愁前路无知己，天下谁人不识君"。三句古诗很常见，但用在这里意味不同。

"看到有用的资料我都会及时记下来，我不习惯在电脑上写，抄写一遍会加深理解。"父亲说，"如果你不学飞机制造，我可能就断了这个念头儿。你考上交大那天，我心中冷冰冰的炉灶又死灰复燃。"

"看来都是我惹的祸。"苗青扮了个鬼脸，拉着父亲坐下，很认真地说，"我这次回来是为毕业去向的事，请二老帮我拿个主意，该南下还是北上。"

她介绍了江峰的打算，也说了自己想从事专业的想法，说江峰的选择很务实，也不是没道理，其他专业的毕业生几乎没有去东北就业的，包括家在东北的学生也不愿意回去，这让她有些困惑。

母亲说去深圳比去东北好，东北别的不说，单就冬天寒冷的气候就受不了，你从火炉到冰窖，生活成本会大幅度提高的。母亲退休前一直在企业做会计，专注于成本计算。母亲话没有封口，说当然了，这事还是听你爸的，谁让你爸在东北有条尾巴呢。

苗青看着父亲，父亲没急着表态。她给父亲茶杯里续上水，说不急，想一想再拿主意。

父亲突然问："你若是去东北，是不是意味着与江峰分手？"

父亲就是父亲，可谓一语中的。这的确是苗青迟迟未下决心的原因所在，她知道，房地产老总面对的世界免不了灯红酒绿，自己不在身边，江峰这样的帅哥肯定会被商界靓女围猎，而人性是禁不住考验的。

苗青说有这种可能，尽管江峰是个好男人，但不能保证会一成不变。

父亲陷入思考，目光投向茶几上那张报纸。苗青知道父亲很难表态，爱情与事业，两件原本可以双赢的事却变成了一对矛盾。父亲起身走到窗前，窗前不远处有一片正在建设的楼宇。父亲说："你从小就不喜欢我送你的生日礼物，考上大学后态度才有所缓和，做父亲的不能强人所难，你的事自己拿主意吧。"

母亲说："江峰这孩子各方面条件都不错，难得对你那么上心。"

苗青到卫生间绞了条湿毛巾，回来将博古架里十九个飞机模型一一擦了一遍。这些飞机模型质量都非常好，没有一架破损。看着这些飞机模型，苗青不禁回想起以往生日的情景。有两次过生日印象深刻，脑海里一直保持着高清画质。那是上初三时，她鬼使神差地喜欢上了追韩剧并沉湎其中，房间里挂满了各种偶像照片。生日那天，父亲拿着一个用五彩纸包好的精致礼盒走进她的房间。打开看，那是一个金属材质的J82模型，这款国产战机有"空中美男子"之称。父亲以飞机为例劝她说，国外有F16，好比你追的韩星，但再好也是别人的；这架令人艳羡的"空中美男子"，则是我们自己的星，与其羡慕别人的星，还不如自己去造星，那样别人就会来追你，这是分子和分母的区别。尽管苗青当时处于叛逆期，但父亲的话还是听进去了，追剧的兴趣便渐渐淡化了。她明白了一个道理：不属于自己的星无论怎么追，到头来都是一场空。另一次是高三毕业那年生日，父亲送她一架国外最先进的武装直升机模型。父亲说蜻蜓哪个国家都有，为什么有的国家根据蜻蜓原理就能研制出直升机，而有的国家蜻蜓只能是蜻蜓，说到底是个想象力的问题，设计飞机的人，靠想象力可以与宇宙太空对话。

第二天一早，她说自己已经做出决定——去东北。

父亲站在那里凝视着她半天说不出话来。

"不论有多大的不适应，我都拿定主意，听从导师的建议，去东北!"苗青又重复了一句。

父亲和母亲相互看了一眼。母亲摇了摇头，父亲则一字一句地说："从今年开始，你的生日我不送礼物了，我等着你送我一件大礼，你知道我想要什么。"

5

在武汉回上海的火车上，苗青靠着车窗进入了梦乡。睡梦中，感觉自己像一片云随风飘到了校园，落在那块熟悉的草坪中央，江峰笑吟吟地以一种慢放姿势奔跑过来，将她扑倒在草地上。草地散发着芳香，几只白色的蝴蝶在飞舞。江峰像一头发情的雄狮，抱着她在草地上翻滚。这时，天忽然变阴了，豆粒大的雨滴嘭嘭嘭落下来，两人急忙起身寻找避雨之所——江峰捂着头往近处一栋房屋跑去，她则选择相反方向跑向那棵香樟树。站在屋檐下的江峰大声喊："树下不能避雨，小心有雷！"她打了个寒战，猛然就听到一声炸雷轰响。惊醒过来，车窗外果然在下雨，雨丝让窗外的景色模糊一片。

她想，应当尽快把自己的决定告诉江峰。

回到校园，她放下行李便来找江峰。江峰所在宿舍的512房间只有他自己，室友早就离校。房间有些杂乱，要带走的物品已经装好纸箱。桌上电脑开着，屏保图案由过去的全球鹰无人机变成了迪拜那幢灯火辉煌的高楼。

江峰说："回来啦？我的企划方案已经写好，你提提意见。"

"我想告诉你，我不去深圳了。"她声音很小，但清晰。

江峰惊愕地问："怎么，你真的要做逆行者？"

"是的，家里那十九个飞机模型，真的变成了十九只乳燕，它们需要我的哺育。"

江峰叹了口气，"我料到会是这样，你可要知道，越是坚硬和强大的东西，越有被粉碎的危险。"

"我并不坚硬和强大，事实上这些日子我一直很苦恼。"苗青的声音依然很小。

"我虽然不赞成你的选择，但我佩服你，一个为信念不懈努力的人不该被指责。"江峰说，"崇高，是需要付出代价的。记得我读本科时老师曾讲过一个真实的故事，七八级一个校友，毕业后响应学校号召选择去了大西南支边。那是一个非常优秀的学生会干部，师生普遍看好他的发展前景。十年后，在北京召开的一次表彰会上，这位在县城担任中学校长的校友上台领奖时，为他颁奖的竟然是同班一个学习成绩平平的同学，这个同学的身份已经是中字号某协会的副会长。可想而知，如果当时这位同学不去支边，在主席台上颁奖的可能就是他。选择，决定人生的前程。"

"我从来没有想过什么崇高，我只是放不下'一个人的计划'。"苗青说，"那位支边的同学值得敬佩，人生的价值与职务高低不成正比，关键看做什么，做成了什么。我相信那位支边的同学会影响并改变许多学生的命运，从这个角度看，他是一个英雄。"

"英雄情结谁都有，包括我自己。"江峰注视着苗青的眼睛说，"一个人只要成功就是英雄，不分专业和非专业，有的物理系学生成了作家，有的数学系学生当了记者。你我虽然学飞行器设计制造，但保不齐就当不了李嘉诚。设计房子与设计飞机相比，不过是小儿科。"

"我看重爱好和事业相统一，在权力、财富和快乐三个选项中我选择快乐。只有从事飞机设计，我周身的细胞才会活跃起来。"

"难道说我不能给你快乐？"江峰语气中多少有一丝抱怨。

"不能这么比，真的。"苗青眼含泪水。她没有与江峰对视，江峰这样优秀的男生，在学校并不缺少追求者，但江峰和她恋爱后没有丝毫绯闻，这说明江峰特别在意她。她低着头道："我让你为难了，在你需要我的时候，却不能与你同行。"

江峰站起来在屋子里踱步，胸脯一起一伏，能看出来他在努力压抑着自己。其实搞房地产公司有没有苗青的帮助并不重要，他真正担心的是苗青。在江峰看来，"一个人的计划"太不着边际，一旦北上落魄，自尊心极强的苗青就会像冰雕一样被毁掉。江峰欣赏苗青，认为苗青是个不可多得的女孩，形象无可挑剔，性格卓尔不群，在风摇柳摆、一片吴侬软语的周边，苗青是水杉般的存在。

"你有选择的权利，我不怪你。"江峰停下来很平静地说。

苗青站起身，礼貌地点点头，"那我回去了，趁我还能找到回去的路。"

她走到门口，江峰跨前一步，从身后抱住了她，她感觉到江峰身体在颤抖，她努力保持着平静。和江峰相处两年，自信得有些过头的江峰从没有身体颤抖成这样。她闭上双眼，头微微向后仰了仰，江峰呼出的气体有些热，像液体在脖子上流淌，她明显感觉到江峰的身体有了进攻性。这一刻，她希望江峰能有进一步的动作，她已经想好，一旦江峰提出过分的要求，她不会拒绝，因为自己确实深爱着这个充满魅力的男人。在江峰怀抱里，没有哪个女人不会沦陷。

她耳边似乎响起一首缠绵的曲子，那是电影《人鬼情未了》的主题曲，她的身体随着优美的旋律开始摇晃。这时，江峰在她耳边说了一句让她不得不清醒的话："等你两年，两年之内，我卧室的另一杯拿铁属于你。"

她从嘶喊般的旋律中缓过神来，原来并没有音乐，一切都是虚幻的存在。她知道这是江峰给她的尊严。江峰不愧是绅士，任何时候都不会让人难堪。

回去的路需要穿过那片草坪。她走到香樟树下，发现今天画家缺席了，心里像少了点什么。如果吴逸仙在这里，她想坐下来当一回模特，让画家给自己画个正面肖像，也好纪念这个难忘的日子。她想，此时的肖像一定带有哈姆莱特的忧郁。站在香樟树下，树上有只不知名的鸟在叫，叫声很难听，像灰喜鹊。有两个女生走过来，小心地询问她是不是在等吴老师。她问哪个吴老师，女生说就是那位画家。她摇摇头。女生相互看了一眼，嘀咕道，说好了要来画，怎么就不来了呢？苗青明白了，两个女生是约好了来画像的，而吴逸仙却爽约了。

6

鲲鹏集团副总裁鲍辰和人力资源部部长何木来学校找苗青。

苗青没有想到集团领导会来，因为网上联络的只是一个普通工作人员。鲲鹏集团两位领导先是与校方做了沟通，拜见了苗青的导师吴教授，然后才到就业指导中心与苗青见面。鲍总穿着考究的薄西装，系一条黄黑相间的领带，看上去庄重而又严谨，要知道这个季节穿西装是很遭罪的。苗青事先在网上搜了一下，知道鲍总在东欧留过学，也是颇有名气的飞行器设计专家。人力资源部部长老何是军转干部，五十岁左右，面无表情，深深的法令纹像猎豹脸上的两道泪痕，让他看上去格外冷峻。

鲍总开门见山："我们有过一面之缘，去年在北京，你上台领奖，我在下面当观众。你在国外发表的论文我们也查阅过，校方将你的《商用大飞机人工智能应用问题及对策》博士论文推荐给了我们，我很惊讶，说实话这也是我在思考的问题。论文见解独到，逻辑严密，是篇难得的优秀论文。我想知道，依你的条件，对你抛出橄榄枝的单位一定不会少，是什么原因让你选择去东北？"

鲍总没打官腔，苗青觉得这个问题能说出来也好，微微笑了笑道："原因很简单，如果说历史原因，是父亲的一种执念在影响我。我父亲是北航学飞机制造的，他的本科论文是《大型飞行器设计的问题及对策》，但父亲没有机会和条件设计飞机，他的想法只能尘封在那篇论文里。现实原因也很清楚，我是学飞机制造的，本硕博八年学习下来，总该学有所用吧。我的导师也对我寄予很大期望，父亲和导师是最不能辜负的人，就这样，我便决定去东北，做自己喜欢做的事。"

鲍总点点头，"我在东欧是学空气动力学的，与你一样，我也在做自己喜欢做的事。"

"那以后要向您多请教。"苗青态度很诚恳，有一个内行做领导是好事。

鲍总说集团有人才引进政策，因为苗青获过国家奖项，在国外《航空航天科学与技术》《制导、控制和动力学》杂志以及国内《电光与控制》等期刊上发表过多篇学术论文，符合集团人才引进政策，因此对她的招录按照人才引进程序办理。鲍总问她有什么要求。苗青知道按照人才引进的话相关待遇会比预想的要好，这让她心头感到了一股暖意。苗青说自己一心想搞飞行器设计，希望在实践锻炼一段时间后，能参与相关研制任务。鲍总说这没有问题，引进你就是为了飞行器设计，好钢肯定会用在刀刃上。因为苗青事先做足了鲲鹏集团的功课，这次见面就意味着最后拍板。简单交流后，老何说了一句多余的话，但苗青并不反感，先小人后君子，人力资源部部长这么做没问题。老何说有两件事要按程序办：一个是要签保密协议，一个是签约后三年不许跳槽。苗青笑了笑，觉得老何此时特像莎士比亚戏剧里某个人物，她为自己的发现心里暗暗发笑。她说没问题，程序性手续一切按规定办。

双方约定第二天正式签约。鲍总建议她回去再考虑一下，有什么要求可以在签约前提出来，工作地点可以在沈阳，也可以在大连、长春或哈尔滨，四个城市都有集团的研发机构。

苗青站在门口目送鲍总和老何走远。她对鲍总印象不错，觉得特有亲和力，自己无非一个普通博士，集团副总却穿着西装来见，这本身就是一种重视。会客穿正装还是便装是心理预期的体现，这一点她很清楚。

苗青回武汉这两天，高兰也去北京面试。三天后，高兰从北京归来，抱着一个很大的洋娃娃，一进屋就面若桃花地说："过了，过了！"

"祝贺你！"苗青热情地拥抱了她。

高兰是个追求实际的人，因为功夫都下在外语上，毕业论文费了很多周折，苗青帮了她不少忙，这让高兰很是感动。看着高兰放到床上的洋娃娃，苗青问："好可爱，小高送的？"

高兰脸上的笑容挂着蜜，佯作嗔怪道："都奔三的人了，还送芭比娃娃，没办法，女人哪怕读到博士后，在男人眼里也是小孩子。"

"有男朋友送礼物真好，"苗青说，"尤其走心的礼物，不论轻重。"

"江峰条件好，他送的礼物肯定有品位，不会拿芭比娃娃来敷衍你。"高兰知道江峰有着优渥的家庭条件，出手一定很大方。

苗青笑了笑，没有应和，她在想，自同江峰交往以来，彼此真没有送过重要礼物。应该说江峰基本不在俗事小事上花费精力，他有着强烈的精英意识，平时关注的也都是职场上的风云人物。但关注归关注，对于国内富豪榜上排名靠前的那些人他并不以为然，他说过如果换了他，会做得更好。这样一个心有猛虎的人，哪里有时间去细嗅蔷薇。

"择业主意拿了？是不是和你的白马王子去深圳？"高兰坐下来，用湿毛巾擦着脸说。

"不，我要去东北。"苗青说。

"江峰也去？"

"他去深圳。"

"你不怕他被别的美女抢走？"

"爱情不是相互监视，"苗青笑着说，"属于我的，丢不了；不是我的，留不住。"

"你真大气！"高兰用提醒的口吻说，"可是爱情需要小气。"

这话引起了苗青的深思，的确，爱情与设计飞机是两码事，飞机是集体智慧的结晶，而爱情具有强烈的排他性。

"我不担心，"她开玩笑说，"实在没人要，嫁给飞机就是。"

高兰被她逗笑了，指了指她说："不过你也不用担心，东北什么都缺，就是不缺帅哥，应该担心的是江峰才对。"

晚上，苗青翻来覆去无法入眠，就像当初江峰请她喝拿铁一样，一闭上眼睛，江峰那个三级跳远的姿势就会出现在面前。她索性坐起来，穿上衣服到楼下乘凉。校园里很安静，可以在灯光下放心漫步，不知不觉，她竟然来到了江峰的宿舍楼下。江峰住在512房间，她注意到江峰宿舍灯还亮着，看来江峰也没有入睡。她折回去，又折了回来，往返走了三趟，然后回到宿舍。怕惊醒高兰，她蹑手蹑脚上床躺下，迷迷糊糊入睡了。

夜里，她又做了一个梦，梦里《逆行者》中的那个红衣女子忽然转过身来，冷冷地凝视她。她吃惊地问：你是谁？为什么跑到我的画中来？女孩表情木然地回答：我是你呀，你怎么连自己都不认识了。红衣女子走近自己，两人靠得很近，似乎要合二为一。她暗暗掐了自己虎口一把，没有痛感，知道这是虚幻中的自己，便说你还是转过身去吧，让我们把目光投向云朵中那两只鼹鼠的眼睛，那里有个全新的世界。红衣女子听后优雅地转过身去，红色风衣的衣摆像舞蹈般画出一个圆弧，《逆行者》又恢复了原来的画面。

7

签约很顺利。

当她用签字笔写下"苗青"两个字时，忽然觉得自己变轻了，有一种要飘起来的感觉。这些日子她感觉自己体重有所增加，虽然腰围缩小了一厘米，但总感觉不知哪里多了些赘肉，晚饭只吃一点蔬菜。高兰说你身材这么好还减肥呀，想让我们嫉妒死吗？她皱着眉说，赘肉这东西像老鼠一样会偷着长，你能感觉它的存在，却又抓不到它，所以只能采取断粮断供的笨办法。高兰说你这是就业综合征，许多毕业生都有，一旦签了就业协议就好了。看来高兰的分析有道理，签了协议后，果然觉得身上那块东躲西藏的赘肉逃走了。

协议本来是老何签，老何已经坐好，刚刚拔下笔帽，站在一边的鲍总忽然拍拍老何的肩膀说这字由他来签。老何站起身，双手把笔递给鲍总。老何对苗青说，集团引进人才签署协议难以计数，由老总签字这是唯一一份。苗青点了点头，看着鲍总签字的样子，心里有些感动。鲍总签字非常认真，用楷书，一笔一画，写得十分周正。要知道，几乎所有老总签名都是龙飞凤舞的草书，是专门设计的花样体，极难辨识，而鲍总的签名却横平竖直，大气严谨。苗青心想，搞飞机的老总就该这样，丁是丁卯是卯，来不得半点草书意识。签完字，鲍总和苗青热情地握了握手。鲍总说："知道我为什么要亲自签字吗？"苗青摇摇头说不知道。鲍总说："这次来上海，我们洽谈了五个急需人才，另外四个都吹了，理由各种各样，总的一条是对东北信心不足，对国产飞机能不能搞上去持怀疑态度，唯有你做出了与他们截然不同的选择，而且五人当中，你是唯一的女性。我因此而感动，作为集团领导不能辜负你的这番信任。"

苗青问："他们信心不足的理由是什么？"

老何插话道："没有理由，是印象问题。"

"还有文化问题，"鲍总说，"百闻不如一见，其实他们真的到鲲鹏集团考察一番，也许会改变看法。我们有国内一流的加工设备、制造能力和工匠团队，缺乏的是顶端设计。这些人才如果到鲲鹏工作会有很壮阔的前景。"

苗青记住了"壮阔"一词，这种描述很令人激动，是呀，东北本来就天辽地宁，是一片广阔的天地。作为大国重器生产基地，鲲鹏集团以及东北许多装备制造企业都处于国内领军地位，这一点毋庸置疑。

她向鲍总提出一个要求，如果两年后还没有设计任务，请给她一定选择的自由，这一点与何部长说的三年内不许跳槽或有冲突。鲍总很肯定地答复说如果集团没有设计项目，你可以不受三年时间限制，人才闲置是浪费。

分别时，老何写了一张字条递给苗青，说有关资料、专业书籍和其他工作需要的东西可以邮寄到这里，开好收据，单位会给你报销邮寄费。这个举动令苗青很感动，也改变了对老何的看法，一个大集团的人力资源部部长考虑问题如此周到，实属难能可贵。

鲍总和老何高高兴兴地回去了，双方约定报到时间是8月16日。她之所选定这个日子，是希望将来不会忘记这一天，因为这天是自己的生日。约定报到地点是鲲鹏集团位于大连的909所。她没有去过大连，但对那座海滨城市充满向往。她知道那里有个软件园，集中了国内许多年轻的软件工程师。记得与导师聊起东北时，导师对东北四大城市逐个做了评价：沈阳是空中堡垒，有点像苏联的安225，体量巨大，运力十足；长春是麦道82，身姿修长，高等教育发达；哈尔滨如同运9，离开它，很多重要的事情玩不转；至于计划单列市大连，更像刚刚实现首飞的歼10，是一个应该出奇迹的地方。导师用四种机型来比喻四座城市，给苗青留下了清晰的印象。相比较而言，苗青更喜欢歼10，因为那种后三角翼和机身后部小型双垂直尾翼的设计理念契合她的审美观。

她要将签约的事向导师汇报，相信导师会很高兴，因为去东北最初就是导师的建议。

导师家位于专家楼首层，偌大的书房像个图书馆，四壁立满书柜，中间是一组沙发，沙发前的方形茶几上有三台笔记本电脑，分别有不同的用途，很多时候导师给博士上课就在这里。这里是苗青熟悉的地方，两年来，有四分之一时间是在这里度过的，书柜哪个位置摆放着哪些书她都清楚。见苗青进来，导师从沙发上站起，主动和她握手。导师站起来身体很直，没有老态龙钟的样子。苗青有些受宠若惊，导师带了自己两年，还从来没有主动和她握过手，这一握，说明导师已经知道了她的选择。

果然，导师笑眯眯地说："就业处给我打电话了，说你已经和鲲鹏集团正式签约。能做出这样的选择，不容易啊。"

苗青说："对我来说，东北是个完全陌生的地方。"

"工作单位在哪座城市？"导师关心地问。

"大连，鲲鹏集团在沈阳、长春、哈尔滨和大连都有下属单位，大连的909所科研力量要强一些，每年都有总部和集团下达的飞行器设计任务。"

"哦，大连不错，我在那里生活过。若说大东北三个省会是三居室的话，大连无疑是东北的阳台。站在阳台上南可望大海，北可顾腹地，有地利之便。"

苗青觉得导师很会比喻，先前把东北四座城市比喻成四种机型，现在又把东北四大城市比喻成三居室和阳台，听起来特别形象。导师去了厨房，苗青再次打量了一遍这间熟悉的书房，知道以后来的机会不会太多，她想把记忆再强化一些。比如写字台对面墙上那幅北大荒麦收情景的油画，画面极具田园气，金色的田野上一台红色康麦因正向一辆解放牌卡车车厢倾倒收获，近处一个短发白裙的劳动妇女正手搭凉棚望着这一幕，一把弯镰和一只军用水壶放在地头，远处的天空是一片令人喜悦的麦穗黄。还有书架上那一柜英文书籍，她每次来都要翻阅那些珍贵的图书，有的书在图书馆都查不到。最让苗青喜欢的是墙角的一个博古架，里面没有古董，摆放着几样导师最看重的纪念品，有俄罗斯套娃，有老式拧帽黑色英雄牌钢笔，有各式各样的奖牌。博古架最上层是一件岫玉雕成的山子，上面有苞米、豆荚、麦穗、高粱、松塔、狍子和灵芝等。

每次走进这间书房，苗青都有一种回家的感觉，导师像慈祥的祖父，总是用循循善诱的口吻与她说话。作为国内空气动力学方面的泰斗级院士，导师没有架子，讲述问题就像一个耐心敬业的小学老师，从不和学生发火。但是，在苗青毕业去向上，导师的态度没有任何调和余地，立场坚定不移，导师说："你不造飞机，当初为什么要考我的博士？"苗青明白，坚定的立场从来不会在某种沙龙中形成，立场如同地基，需要有人去夯实，父亲、导师都是自己立场的夯实者。

导师从厨房回来，端着一个保鲜盒，里面是小粒葡萄般的水果，"尝尝吧，估计你不会吃过。"

"这是什么水果？"苗青吃了几粒，凉哇哇的，口感酸甜，有一种独特的香味。

"都柿。"导师说，"在大小兴安岭林区与湿地过渡带生长的一种浆果。"

苗青想，大上海什么水果没有，导师却偏爱这种东北野生浆果，看来还是感情在起作用。

"东北不比上海，"导师意味深长地说，"你都准备好了？"

苗青说："我有思想准备，不过，别看我一副无所谓的样子，其实心里有一种挥之不去的恐惧感。东北的人、环境、生活习惯都是全新的，我甚至不知道有没有热干面吃。"说到这里，她摆摆手笑着说，"当然，这种忐忑我没有告诉别人，分享忐忑只会增加别人的负担，自己的问题自己解决，但在导师面前我必须实话实说。"

导师道："是呀，人生地不熟，对于你来说是个挑战，不过，吃点苦无所谓，凡事总是先苦后甜。"

"现在不是您在东北那个年代了，除了气候，南北方并无多大差别。"

导师点点头说："不过，东北社会总体上说还是个人情社会，这是地域文化影响所致，你去了后少不了有些工作之外的事情要处理。我给你介绍一个人，他会帮你处理一些杂事、琐事，有难事，找大仙。"

"有难事，找大仙？"苗青第一次听说"大仙"这个名字。

"哦，大仙是我的侄孙，你见过的，是个画家，在大连艺术学院工作，在我们学校做访问学者，我向他介绍过你。"

"老师是说吴逸仙？"

导师点点头，"是的。他来我们学校，实际是想借访问学者之便照顾我。"

"天哪！"苗青心里惊叫了一声，难怪吴逸仙知道自己，还知道那件红风衣，原来根子在导师这里。她觉得奇怪，这么长时间，怎么一次也没有在导师家中与吴逸仙相遇。

"吴逸仙怪怪的，整天给女生画像。"苗青觉得应该把吴逸仙给女生画画的事告诉导师，既然是导师亲属，一旦出了什么差池，会影响导师形象。

导师没有惊奇，微笑着说："大仙这个孩子懂事早，有个性，不过人品没问题。"他向苗青介绍了吴逸仙的情况。

吴逸仙乳名大仙，是名副其实的"荒三代"。他的祖父是吴教授的哥哥，抗美援朝时是十六军的一个团长，归国后在建三江一个农场当场长。大仙的父母是"荒二代",恢复高考后双双考入八一农垦大学,毕业后分配在农垦系统工作。大仙从小喜欢美术,上小学时喜欢《笠翁对韵》和《弟子规》,初中时能全文背诵《道德经》。高中毕业大仙考上了鲁美,毕业后出国留学三年。两种截然不同的教育观念,造就了大仙这个古典头脑、现代情怀的复合型画家。他无论画古典主义还是画现代主义的作品,落款一直用中国农历。大仙主攻色粉画,作品多次参加国展并获大奖,已经跻身著名画家行列,父母引以为傲。但大仙也有让父母不省心的地方,那就是他迟迟不恋爱、不结婚。父母知道大仙骨子里有一种哲学家的清高,再说爱情这种事情讲究缘分,也不过多强求他。

导师说,他向大仙介绍了苗青有意去东北工作的情况后,大仙开始不相信,说现在的女生都很现实,落寞的东北与北上广深的差距明摆着,很难想象一个学业优异的女博士会选择北上。导师告诉他苗青与众不同,苗青心里有"一个人的计划",是苗家父女两代人的心愿。大仙说果真如此,此人必是另类。导师说你就给她画张画吧,作为毕业礼物送她。就这样,大仙画了那幅画,并让人送到了苗青宿舍。

苗青说:"原来这是您的安排。"

导师说:"大仙给女生画像是为了观察,他曾说过,想了解一个时代,就必须了解这个时代的女人。如果说男人是舞台上的演员,那么女人就是后台的化妆师,女人是男人的镜子。大仙想通过不同女生的眼神来勘察时代地理,这是他喜欢给女生画肖像的原因。"吴教授还解释说别看大仙发型古怪,其实那个发型有象征意义,是东北湿地里一种叫"塔头"的草墩,大仙选择这个发型是一种故乡情结所在。导师用肯定的语气说:"大仙熟知社会规则,朋友遍布三教九流,从来没听说他有逾矩之事,与他交往应该放心。"

的确,尽管女生们常常议论他的画,但真还没听说吴逸仙有什么绯闻。

导师表示，遇到技术难题随时可以回校，师生一道来攻关。告别时，站在书房门口的导师又嘱咐了一句："什么时候都不要忘因何而北上，北上要做什么。"

苗青深深点了点头。离开时，导师破例将她送到了门外。

回到宿舍，翻开绿色的日记本，她随手写下了这样一首短诗：

> 裙裾飘起的一角
> 是红色巨著的扉页
> 书写，该用冰雪的融水
> 还是七色的粉笔
> 我，尚不知答案

8

江峰打来电话告别，苗青特意前去送他。江峰穿了一件黑色拉夫劳伦T恤，行李很简单，两个纸箱，一个黑色的拉杆箱，看来那些专业书留在了宿舍。一辆咖啡色商务车来接他，开车的人戴着墨镜，手臂上有文身，很"社会"的样子。苗青想，有这么一台宽敞的商务车，想带走那些书很容易。

车门已经打开，江峰没有急着上车，抬头望了望512的窗子，喉结蠕动了几下，能看出他对这间宿舍有些留恋。江峰转过身问苗青："你明天走？"苗青点点头，说还没有订票，一会儿就准备去买票。江峰问："行李多不多？我找朋友安排车送你吧？"苗青摇摇头，说也是一个拉杆箱，其他物品直接邮寄到工作单位。江峰哦了一声，伸出手拍了拍她的肩膀道："记住，走不通的路别硬走，企者不立，跨者不行。"苗青点了点头说："房地产行业不那么纯粹，暴利之下也是福祸相依，你也多保重。"江峰用一种自信的语气道："你放心，用设计飞机的智慧去对付房子，只能说是小菜一碟。"江峰上车前最后一句话让苗青心里涌上一股暖流："有需要我出力的地方你尽管说，你我之间，不要在意什么自尊。"此刻，苗青多么希望江峰能拥抱一下自己，但江峰只是和她握了握手便上了车，车门自动关上。江峰降下贴了不透明遮阳膜的车窗，默默地望着她。她看到江峰眼圈已经发红，眼里泪光闪闪。

商务车缓缓地拐进一条林荫道不见了。苗青没有走，抬头望着512那扇窗子，她忽然想上去看看。记得江峰有一本英文版无人机设计方面的书，他们一起做论文时做过参考，如果在宿舍，会被那位胖胖的男管理员当废品收走。她走进楼内，找到管理员说男友落下一本书，让她来拿。因为苗青常来，管理员认识她，便将钥匙给她让她自己去512。苗青来到512，在地上堆放的物品中果然找到了那本书。她闭上眼睛，双手抱住这本已经有些毛边的英文书，忍不住流下了眼泪。泪水很凉，像刚涌出的山泉，与盛夏的炎热形成明显反差。

苗青本来签约后可以回武汉，多留两天的目的就是想送送江峰。两人关系走到这一步责任不在江峰，这一点她很清楚，江峰对她没有任何指责，甚至连一句过头的话都没说。江峰的表现让她想到了胡适先生说过的一句话："容忍比自由还重要。"

送江峰前，她想给江峰一件礼物，想了许久也没想好送什么，那幅《逆行者》肯定不合适。礼物，往往代表许多礼物之外的含义，不是一件简单事，宣示主权的说法让她打消了这个念头。她很佩服吴逸仙，一幅《逆行者》让她琢磨了好几天，这礼物与宣示主权无关，却直接影响了她南下抑或北上。她想，与江峰相恋这么久，江峰为什么不送个礼物给自己呢？哪怕一个钥匙扣也好哇。再看淡利益的女人，也希望得到男友的礼物。

第二天，她拖着拉杆箱走出宿舍，走到方草坪时看到香樟树下吴逸仙正给女生画画。做模特的女生头发染成了栗色，一身咖啡色运动服，看上去是个喜欢运动的女生。她不想过去打扰，正要离开，吴逸仙却停下画画，与那位女生说了几句便站起身迎过来。吴逸仙问："就一个拉杆箱，您不会把那幅《逆行者》送人了吧？"

苗青笑了，看来画家很在意自己送出去的画。她注意到吴逸仙竖立的头发上落着一片干树叶，想给他摘下来，却没有动手，便微笑着说："本来我想送给男友，可是真要送他，怕他会来找您约架，他可是运动冠军，您打不过他的，我只好邮寄到大连。放心，那么珍贵的礼物我怎么会丢弃呢？"

"我猜到您的男友不会喜欢，"吴逸仙说，"不过没关系，什么事情都有个过程，时间会证明一切。另外，明天我也要结束访问学者生活返回大连，我们将在同一座城市工作和生活。"

"这么说，今天这位女生太幸运了，她这幅肖像将是您在交大的收官之作。"

"收官之作很少有得意之作，我在交大画得最满意的一张就是送您的《逆行者》。"吴逸仙说完，摆摆手回去画画了。苗青却在原地站着未动，看到吴逸仙坐下去和那位女生又说起什么，才转身离开。

吴逸仙会和那位女生说什么呢？她想。

9

2012 年 8 月 16 日，苗青乘坐的航班降落在大连周水子国际机场。

在飞机上透过舷窗可以看到，位于城市东北方的周水子国际机场和城市连为一体。一般来说出于安全考虑，机场都会布局在郊外，像周水子国际机场这样紧贴城市而建的并不多。飞机从蓝色的大海上空缓缓下降，飞过泊满船只的大连港上空，在幢幢楼宇上方掠过，然后稳稳地降落在机场跑道上。

一下飞机，苗青就嗅到了一股湿润的海风味。因为有武汉和上海做比较，夏季大连的凉爽令她感到十分惬意。难怪很多人会选择来大连消夏，这里夏季适宜的温度和徐徐拂过的海风，称其为凉都并不为过。

走出机场后苗青打了的士，不到半个钟头就到了 909 所。

909所属于保密单位，的士进不去，苗青下车请门卫给接洽的工作人员打了电话。很快，一个身材修长、戴着宽边眼镜的年轻女性快步走出来，笑着问："您是苗青同志吧？怎么不事先打个电话，我们会派车接您。"苗青与对方握了手道："我百度过地图，看到路不远，又很好找，就自己打车来了。"年轻女性说："集团何部长特别交代，说您今天来报到，让我们悉心安排好。您看看，第一步我们就掉链子了。对了，我姓宋，909所办公室主任兼人事处长。"

小宋是本地人，长了一副模特身材，两条仙鹤般的长腿很吸睛。都说大连出美女，看来此言不虚。小宋说话有一种俗称的"海蛎子味"，听起来特别赶劲。来之前，苗青向朋友咨询过大连，也在网上做了搜索，"海蛎子味"这个对大连话的描述引起了她的兴趣，什么是海蛎子味呢？她给本科时期一个来自东北的同学打电话，同学说"海蛎子味"是胶东方言与东北方言杂糅形成的大连话，缺点是表达夸张，描述人和事有渲染之嫌；优点是幽默，很严肃的话题用这种方言一说，就成了忍俊不禁的调侃。同学发来一段用大连话配音的电影对白，是《追捕》中杜丘跳楼的那一段，她听了差点喷饭。

小宋把苗青领到宿舍。宿舍如同普通宾馆的标准间，浅色调，配有单人床、书柜和书桌。也许是考虑到她的女性身份，屋内还有个崭新的三开门衣柜。小宋心直口快，说所里住宿舍的单身女性都搭了趟便车，前几天，集团鲍总来视察，说女生宿舍怎么不给配衣柜呢？就这样，所里给每位住宿的女同志都买了三开门衣柜。小宋说衣柜是她亲自到家具城挑的，环保漆，低甲醛，可放心使用。

安顿好住处后，小宋领她来见所领导。路上小宋介绍，所里现在是两正一副，一个所长，一个书记，一个副所长，实行扁平化领导。所长下面实行项目制，每个项目都是独立单位，直接对所长负责。所长姓郑，书记姓柳，副所长姓袁。像909所这样的科研单位，因为工作连续性强，干部很少交流——交流对推进项目不利。

909所五层办公楼很旧，一看就是20世纪六七十年代的老建筑，但打理得很干净。从外面看，许多窗子被爬墙虎镶嵌起来，有了些童话的味道。进到楼内，水磨石地面纤尘不染，橡木楼梯扶手上有很厚的包浆。所长办公室在三楼，房间不大，陈设也简单。满头白发的郑所长正在伏案看材料，见到苗青后不紧不慢地将材料装入档案盒扣上，然后起身和苗青握手。

"你的情况我做了些了解，909所需要你。"所长说话不拐弯抹角，和小宋一样直来直去。他接着说，"你在国内外学术期刊上发表的论文我们也查到了，研究的课题是我们这个行业的前沿问题，看来名师出高徒唯，你这么年轻，难得。"

苗青说自己刚毕业，没有工作经验，需要认真向前辈学习，尽快进入角色。

郑所长说："是需要尽快进入角色，鲍总要求我们起跑即冲刺，尤其要尽快让你进入设计环节。"

苗青顿时有了种皮肤绷紧的感觉，这种节奏正是自己所需要的。她不喜欢四平八稳式的松散状态，尤其是科研，基本上是和时间赛跑。居里夫人做了上万次实验才发现了镭，上万次实验，最需要的就是时间，三年时间里安排上万次实验，不争分夺秒是不行的。这种绷紧的工作节奏是导师潜移默化的影响所致，她每次走进导师那间书房，总是看到年逾古稀的导师在用放大镜伏案查阅资料。那种惜时如金的敬业让她感慨颇深，也无形中影响了她的一些行为。有次周末，她和江峰到校外游玩，原计划是放松一天。中午在豫园吃饭时，见邻桌一位老者正在看一份外文报纸，神情专注，旁若无人。老者独自一人，戴白色礼帽，穿咖啡色长袖衫，戴着窄框花镜，桌前放着一杯咖啡，模样和导师相像。她悄声问江峰那位老者像不像导师，江峰也说像，能阅读外文报纸，不简单。吃完饭，她对结账回来的江峰说：外滩不去了，我们回学校吧。江峰问为什么，她说看到这位老者不知怎么忽然就想起了导师，她说此时此刻导师一定在伏案工作，这么一想，心里就觉得玩不下去了。江峰是个通情达理的人，两个人只玩了半天便返回学校。

　　郑所长没有给苗青分配具体任务，让她先熟悉所里情况和当前国内飞行器研发最新成果，也可以了解一下909所以往完成的项目情况。

　　小宋领苗青来见柳书记。柳书记是个五官和四肢都条块成型的政工干部，烟瘾很大，和集团何部长一样都是部队转业，裤子、腰带、皮鞋还是制式军用品。第一次见面，他就对苗青提出了"三不"要求：不要在社会上谈909所的事，不要和来路不明的人交往，不要不请示擅自处理业务。柳书记表情严肃，言谈刻板，但给苗青的印象并不坏，苗青觉得书记就该这样，这叫人岗相适。

　　离开柳书记办公室，小宋说，听柳书记讲话你别紧张，书记虽然严厉，但人很好，从不整人，是属于把丑话说到前面的人。他之所以给你提出三条要求，是因为所里出过事，柳书记被集团诫勉谈话，这事等以后我再给你讲。

　　向两位主官报到后，小宋没有把苗青往袁副所长那里领，说袁副所长经常不在，去了也是吃闭门羹。两人来到五楼苗青工作的技术处，技术处有八个单人办公室，一个带投影的小型会议室。平时每个人都在自己办公室工作，有需要商讨的问题，处长会把大家召集到会议室商量。办公室十几平方米，设施都是标配，苗青给那幅《逆行者》找好了位置，心里觉得有块石头落了地。她准备把画挂在办公桌对面的墙上，办公时只要抬头就会看到这幅《逆行者》。站在办公室窗前，可以看到主楼右边一座四层辅楼，那是幢新建筑，墙面贴着玻璃，四四方方十分规矩。小宋说这个看上去像小型水立方的楼是项目组工作的地方，四层楼现在驻有三个项目组，还空着一层。苗青看了看，小楼很安静，门口太阳伞下站着一个披挂完备的保安，小楼玻璃贴面像巨幅镜子，将对面的风景映成一幅画，让里面显得神秘莫测。小宋说909所有没有钱，就看水立方里有没有工程师，那里人越多，所里的日子越好过，钱随项目走，有几年水立方空荡荡的，我们几百号人就差沿街乞讨了。小宋说的话虽然有玩笑成分，却道出了一个规则，科研单位的生命来自项目，而像909所这样的单位，项目就代表着新机型的设计任务。

"试用期的人可以参加项目组吗?"苗青问。

小宋道:"您是引进人才，没有试用期。"

苗青点点头，她之所以这么问，是想知道鲍总说的话是不是真的，看来自己属于引进人才这件事，集团已经和所里做了交代。

第二章　癸巳·金蟾礁上的雅典娜

1

周末一早，大仙给苗青打来电话，说晚上请她和几个朋友聚聚。

苗青说该不都是画家吧，我可不懂画，坐在一起会尴尬。大仙说画家只有他一个，另外三个朋友一个院士，两个企业家，都算成功人士吧。苗青吐了下舌头，心想，有院士参加，聚会档次够高的，大仙还真有神通。

苗青报到后一边熟悉工作，一边继续自己的设计。父亲告诉她，无论遇到什么情况，"一个人的计划"不能停，搞设计如同写诗，一停，灵感就会短路。

之前，大仙曾驾车拉她到城市四处转了转，她感觉不错。大连不愧是避暑胜地，这里的夏风如同带有爽身粉，吹在皮肤上有一种飒滑感，不像大上海的伏天，如同汗淋淋的油腻男一般难缠，让你浑身烦躁却又无处可躲。

苗青本来想穿套裙，站在镜子前怎么看都不舒服，就干脆换上一身白色运动服，白色旅游鞋，这样一来就感到自然多了。苗青发现自己与白色衣服特搭，不用别人说，自己看着也提神儿。她打车赶到约好的太原街巨无霸海鲜酒店，大仙和三位朋友先到了，苗青进来时，四人礼貌地起身相迎。大仙介绍说："这就是苗老师，我二爷爷带的博士，和我二爷爷做的课题获过大奖。"

"不要叫我老师，叫小苗吧。"

"称呼问题很重要，我看就叫苗老师，不管您将来身份地位怎么变化，在这个圈子里称呼不变。"

苗青笑了笑，不再坚持。

大仙竖起的头发新理过，鬓角泛着铁青色，黑色T恤紧绷绷地箍在身上，勒出了肱二头肌和胸肌。大仙从白院士开始介绍：白院士是国内著名航电专家，在中直一家研究所工作，是著名的学科带头人。白院士平易近人，脸色红润，下颌上有颗红痣。面色清癯的那位叫宋理，毕业于哈工大，是金普机床集团董事长。年轻的一位叫文剑，与白院士一样都毕业于清华。文剑剃着平头，双目带电，衣着不凡，给人一种老成持重的感觉。大仙特意说文剑比苗青大一岁，单身，从事绿色环保产业。

几位朋友最让苗青感兴趣的是白院士，航电专业对"一个人的计划"太重要了。大仙特别介绍说白院士著作等身，是个有艺术家气质的科学家。这让她马上联想到了父亲，父亲是个有诗人气质的工程师。她觉得科学家也好，工程师也罢，一旦有了艺术加持，就会变得生动可爱。白院士很谦虚，说自己哪里有艺术家气质，不过从小喜欢画画而已。

大仙说科学家喜欢艺术是一种解压方式，乏味的科研需要有味道的艺术，在白院士身上，科研与绘画做到了完美结合。白院士说充其量是个绘画收藏家，收藏多了，便积攒了一点知识，自己一动笔马上就露怯。白院士对色粉画情有独钟，收藏了许多名家色粉画。

宋理也是个收藏家，他收藏不分种类，但以绘画居多。大仙说他出手大方，只要看上眼的艺术品，在拍卖场上会举牌不断。宋理说自己的收藏属于公司行为，是金普机床对艺术品的一种投资，他坚信未来有一天，这些艺术品会比机床赚钱。

文剑的环保公司与政府合作，专门处理城市生活污水。因为有政府买单，企业效益比较稳定。但文剑不是个小富即安的人，他的理想是建立一个大型托拉斯，营造一个属于自己的产业王国。大仙说文剑正招兵买马筹建飞鹰公司，准备进军无人机产业。飞鹰公司已经注册，招聘来的十几位工程师和管理人员业已到位，正在紧锣密鼓地工作。这个项目引起当地政府关注，被列为高新技术企业给予扶持，这让文剑更是信心满满。苗青问他为什么要选择无人机产业，文剑说未来的世界必将是无人机的天下，谁拥有先进无人机，谁就能全方位察打天下。苗青觉得文剑胆识过人，眼光独到，尽管察打天下的话听起来有些大，但道理讲得通，无人机行业方兴未艾，市场前景确实远大，文剑选择这个领域是明智的。苗青一直觉得搞科研也好，做生意也罢，能摸到阿里巴巴的门闩至关重要，只要能叩响门闩，就不愁没有开门的时候。

　　饭桌上的话题极宽泛，从最新科技前沿的互联网，到人类可持续发展；从美国的F22，到国内正在研制的某舰载机；从绘画上古典主义的复兴，到现代主义的种种流变，大家谈兴如潮。苗青则离开专业，谈了自己对海胆的偏爱，说来大连之前从没吃过海胆，海鲜若要排座次的话，海胆应列首位。她的观点得到众人肯定，宋理说所谓生猛海鲜，这个"猛"字就与海胆的形状有关，看海胆的样子多像长满触角的水雷。几位朋友都不劝酒，更不像某些酒局上那样荤段子成串，这样的场合让苗青感到很舒服。

　　文剑说："苗老师，据我所知，909所人才济济，科研项目不得不论资排辈，您若是哪天觉得英雄无用武之地，飞鹰公司可作为一个选项。待遇不用考虑，大仙在这里，我不敢亏待您。"

　　苗青微微一笑，柳书记的提示就在耳边，关于单位的事情她不会多言，跳槽到飞鹰公司更是不可能的事情，尽管文剑出于好心，但谈论这类问题似乎不合时宜。不过，她还是很有礼貌地举杯和文剑轻轻碰了一下，算是致谢。杯中的红酒摇动起来，像融化的红玛璃。语言不好表达的时候，一个动作往往会更加意味深长。

白院士讲了航电和光学，尤其讲了光的无限可能，比如激光武器。他推断未来科技竞争，很大程度会胶着在激光的开发使用上，就如同火药重新规定了19世纪世界秩序一样，激光很可能改变新世纪的世界格局。

苗青赞同白院士的观点，飞行器设计再好，没有高科技航电技术和激光应用，设计理念也难以实现。她很恭敬地向白院士表达了未来希望合作的意愿。白院士当即表态："没问题，如果苗老师承担了研发项目，我可以带领团队做航电配套。"

大仙插话道："白院士团队可不是轻易出手的，项目排得很满，这种合作909所求之不得。"

文剑说："在909所想获得设计项目并非易事，资历深的工程师一大堆，狼多肉少，年轻科研人员机会不多。"

苗青表示暂时有没有设计项目无所谓，毕竟自己初来乍到。

大仙说："我二爷爷提到过您有'一个人的计划'，说这个计划需要静和清。"

苗青没想到大仙轻易就暴露了她的秘密，又一想，"一个人的计划"没有密级，纯属个人计划，暴露就暴露吧。她点了点头，"静和清就是静默，导师曾经用'子规夜半犹啼血，不信东风唤不回'来激励我，我懂导师的用意，春风有信，静待花开。"

大家又聊到了色粉画。大仙对苗青说："白院士、宋总和文总都因为喜欢色粉画才和我成了同道，其实他们都是成功人士，每个人都了不起。"

文剑说："我们三人家中挂的大幅色粉画均为大仙所赠，大仙是个有共享理念的艺术家，视金钱如粪土。当年我和白院士、宋总通过一位熟人找大仙求画，熟人说要给润笔，说这三位都不差钱。谁想到大仙在了解到我们三人情况后表示，文总做环保，造福于民；宋总发展文化，造福于企业；白院士科研有成，造福于国家。三幅画他免费赠送！就这样我们三人成了大仙的好友。"

白院士说自己退休后要跟大仙学画，主要画山水风景，自己研究的都是微观世界，粒子、中子、量子，这些东西肉眼看不见，所以退休后他就通过描摹景观来直抒胸臆，把自己的另一面展示给社会，做个院士画家。文剑说他未来的跨国托拉斯肯定会有文化板块，届时聘请大仙做顾问兼指导，经纪当代全世界名家画作。宋理则说他将来准备建一个东方罗浮宫，定期举办画展、艺术品展，让高雅艺术给轰鸣的大机床伴奏，打造一种独特的机床文化。

大仙说："二爷爷告诉我，天下万物莫不循道而行，今天这种闲聊虽然天上地下漫无边际，其实大家的说法都归于道，上了道才能行得通。比如说艺术和科技是相通的，两者都是对世界的再发现，艺术可以为科技提供灵感，科技可以为艺术丰富手段，这一点已经被现实所证实。"

大仙讲到这里，苗青忽然就想到了那幅《逆行者》，问大仙是不是在用艺术的方式向她传递某种理念。大仙笑了笑，未置可否。

巨无霸酒店老板本身是个厨师，在央视一档节目中获得过厨艺总决赛冠军。他知道大仙在这里吃饭，专门过来敬酒。老板很儒雅，丝毫没有暴发户的膨胀与自大。敬酒后他轻声在大仙耳边说，酒店最大的包房挂了一幅吴先生的画，是他花大价钱从别人手里买的，想请吴先生过去瞅瞅，鉴定一下真伪。大仙问："署我名字了吗？"老板说署名是大仙。大仙笑了，"不用看，你既然买了，就当真画挂吧。"

老板走后，白院士说你应该鉴定一下，若不是真的，就别挂了。

大仙笑了笑道："从科学的角度看是应该鉴定真伪，但是，从我的角度看还是糊涂一点好，若鉴定结果是赝品，岂不会催生一系列问题？说不定会闹出官司来，他们之间也许从此反目为仇。书画家有人模仿不是坏事，模仿得越多越说明你越受欢迎嘛。"

苗青觉得大仙够大度，在许多艺术家对制假售假恨得咬牙切齿的当下，大仙却是一副无所谓的样子，这种态度和胸怀格外另类。

这顿晚餐苗青吃得很开心，尤其最后上桌的海麻线包子，是一种近海藻类加猪肉丁拌馅包成的特色包子，吃起来简直妙不可言。

临走时，文剑提出用自己的车送一下苗青。大仙嘱咐，909所那里比较偏僻，一定要将苗青送到大门口。苗青心里暖暖的，的确，从909所大门出来，有百米左右的林荫道，路灯昏暗，行人不多，大仙担心的是安全。车上，文剑不再侃侃而谈，司机用车载音响播放着《斯卡布罗集市》，音乐舒缓、流畅，英文版的演唱轻松惬意。两人都在静静地倾听，谁也不想打断这天籁般的声音。到了门口，文剑先下车给苗青打开车门，目送她走进大门才上车离开。

苗青没回宿舍，看看时间尚早，便想在院子里散散步。主楼和辅楼前的花坛有连片的月季花在开放，高大的杨树上一只不知名的鸟在叫。北方的鸟格外豪放，树上这只鸟简直像尖嗓子女人在喊。她抬头看了一会儿，没有发现鸟的踪影。说来奇怪，她抬头的时候鸟保持沉默，当她低头散步时，这鸟便会突兀地喊上几声，像是故意戏弄她。

不知为何，由这鸟的叫声，她联想到了小宋。

小宋的办公室是909所各种消息的集散处。精力旺盛的小宋喜欢活在各种不同的小道消息里，如果连续几天没有什么奇闻逸事，小宋就会变得无精打采。这个时候，若是哪个职工告诉她某某有某某事，她顿时就会神采奕奕起来。苗青对909所的认知大都来自小宋，比如柳书记去年被集团诫勉谈话的事，小宋就进行了全过程描述。去年，所里开通勤车的老司机退休，办公室从社会上招聘了一个年轻人来顶班。柳书记特认真，对司机驾驶技术好一番考核，感觉这个人蛮机灵，就签字聘用了。谁知这个司机是个社会油子，见人说人话，见鬼说鬼话，酒后和狐朋狗友吹嘘所里的项目，结果闹出了泄密大事，司机被开，柳书记因此被集团诫勉谈话。其实，这个司机啥也不知道，就是开通勤车时听了些项目代号，就添油加醋在酒桌上胡吹溜哨，很快外网上就有了报道，弄得集团领导批示严查。

围着花坛走了几圈，树上那只鸟大概叫累了，不再发声，她也没了继续散步的兴趣，便扭头往宿舍走。这时手机上跳出一条微信：晚安，洁白的运动者！是文剑发来的，她愣了一下，看看自己一身白衣，不由得笑了起来。回到宿舍，刚刚洗漱完毕，电脑还没有开，大仙的微信也进来了，微信很短，但内容不简单：每年我都会为你画一幅画，作为画家，我只能用画笔为"一个人的计划"助力，让夜晚的静默多一分色彩。读完短信她迟迟没有回复，想着那幅挂在办公室的《逆行者》，感觉画中那个女孩子忽然又转过身来，冲着自己微笑。她眨了一下眼睛，知道是幻觉，兀自笑了笑，然后给大仙回了一个握拳的表情。

2

五一小长假过后，郑所长找她谈话，问她是否愿意到直15项目组见习，直15是总部下达的轻型直升机设计项目，项目组长是资历较老的周正。郑所长说鲍总有过交代，要多给你锻炼机会。

苗青当然愿意去项目组，但郑所长没有办成这件事，原因是直15项目经理周正不同意。

周正给出的理由冷硬如冰块：直15项目组一个萝卜一个坑，没有闲板凳。周正不要，郑所长又找C20项目组的胡工。胡工说苗青是集团领导招来的人，按理说他应该接收，但C20是中外技术集成式项目，而且接近尾声，苗青技术优势不在此，到这里也没啥可锻炼的。胡工也不愿意要，郑所长不能硬压，但表现出明显的不悦。说你们应该把目光放得远一些，多培养一个年轻人，等于给自己多铺一条路。但不悦归不悦，郑所长也没办法，909所实行项目制，项目经理在立项通过后，人财物三权集于一身，结项之前是保持稳定的，所里不会干预。当小宋将胡工的回话告诉苗青后，苗青特意留心了一下这个在小水立方每天早来晚走的胡工。胡工唇上留有横髭，硕大的眼袋注满了泪水，走路总是急匆匆的，不管穿什么鞋子都似乎大一号，给人一种头轻脚重的感觉。小水立方里还有一个项目组是研制多功能运输机的，项目经理叫王野，是个海归。王野团队由清一色海归构成，而且大都是海外名校毕业的海归，这一点让王野充满优越感。郑所长找到王野，王野以苗青没有留过学为由拒绝了。王野说了一句不该说的话：科研是有血统的，只有纯正的科学基因才能出一流的科研成果。如果说前两个项目组拒绝有误解成分，那么第三个项目组显然就是歧视了。

苗青呆坐在办公室，盯着墙上的《逆行者》默默无语。桌面摊开的笔记本上写有一首短诗：

逆行者的路标
是雪地上的冰凌花
春天降临的时候
前方一片泥泞

她想再写几句，却没了词汇。想给江峰打个电话，想了想没有打。江峰这段时间很忙，办公司不是件简单事，江峰一直把黑夜当白天用，他自己说已经变成了一个黑白颠倒的人。江峰每天早晨会用微信发来一个"早上好"，从离校那天起一直保持着，每天不落。还是别打扰他了吧，她想，要是把苦恼倾诉给江峰，江峰说不定会偷着乐呢。

她想起导师的嘱咐，"有难事，找大仙"，便试着拨通了大仙的手机，说晚饭后可否见见面，有点工作上的事想聊聊。大仙说下班后开车来接她，然后一起到星海公园海边散步。

星海公园是一个美丽的滨海公园，沙洁海碧，树木葱茏，是谈情说爱的好去处。苗青第一次来到这里，却对公园的风景提不起精神来。心事是审美的障碍，最美的景致是心情，没有心情，哪怕置身人间仙境也会麻木不觉。两人在海边沙滩漫步。星海公园的沙滩沙粒很大，不是柔软的细沙，踩上去有些在戈壁行走的感觉。大仙边走边介绍这个公园的来历，说日本人侵占大连时，这里叫星海浦，是当时大连最火的公园，但老百姓无法来这里游玩，就像上海外滩公园一样，国人颇受歧视。苗青说歧视这个东西是人类之癌，需要根治。大仙听出苗青话里有话，就说找个地方坐下来慢慢聊。

两人又走了一段，抬头恰好看到不远处有一块突兀的礁石，大仙指着礁石说："看，那块礁石像不像只金蟾？"苗青抬头看了看，礁石果然像一只探头望海的金蟾。大仙说："我们到金蟾背上坐一会儿怎样？"苗青笑了，坐在金蟾背上就等于坐在了月亮上。大仙走过去爬上礁石，摸了摸还算平整，便伸手将苗青拉上来坐下。大仙力气很大，只一提，苗青便觉得自己就飞了起来。礁石白天日晒的温度还在，坐上去暖暖的。

两人面朝大海屈膝而坐，极目望去，海面深处黑魆魆的，没有星光，也没有驶过的轮船，更没有渔火灯塔，海天一色的黑，仿佛会吸空一切。苗青收回目光，近处的水面尚有灯光映照，潮汐涌来，将灯光扑碎，很快又重新聚拢到一起，水中的光影执拗而倔强，好像在与潮水角力。苗青说："所里有人说我是坐闲板凳的，还有人说我是集团鲍总的人，还有的嫌弃我不是海归。本来我不在乎这些，但是听了还是有点闹心，心里想不理，可是这些东西像嚼过的口香糖一样，粘在心头丢不掉。"

"这些话是普遍议论吗？"大仙问。

"不是，是三个项目经理，周正、胡工、王野三人，都是909所里有影响的大咖。"

"有种站在圈外的感觉吧？"

"看来圈子无处不在。我就像一个站在礁石上的渔夫，既没有船，也没有钓具，看到装备精良的渔船从身边一艘艘驶过出海，对了，那句形容这种心境的古诗叫什么来着？"

大仙说："徒有羡鱼情。"

"我就想，我是909所的正式员工啊，为什么要这样冷落我？"

"论资排辈是没有办法的事，换了你我当所长，也不会打破这种自动排队的惯例。当人们已经适应了某种机制，打破了反倒会出问题。"

情况确实如此，苗青想，惯例就像成型的坛坛罐罐，生活中无处不在，打破了哪一个，都会一片狼藉。

"您是集团领导招来的，大家肯定会猜测您上面有关系，议论就议论吧，有关系又不是坏事，心态好，闲话就成了耳旁风。"大仙虽然是个艺术家，但对世事认识蛮透彻。

"心像气球，有时很大，有时也很小。"苗青望着海面自言自语。她不想被这些琐事困扰，但有些情绪像讨厌的烟雾，会形影不离裹挟着你。

大仙说："一个心里能容得下大飞机的人，难道还容不下几句闲言碎语吗？"

苗青怔了一下，转过头问："我该如何应对？"

"红黄青是作画的基础色，这三种颜色和其他颜料相调和，会变化出更多丰富的颜色。如果三色不能与他色相融，画出的作品就只会有单调的三色。"

接着，大仙讲了自己一段切身经历。他刚到艺术学院工作时，院里很多人不了解他，认为他的作品过于俗艳，缺乏艺术价值，尽管当时他的作品有不错的市场需求，但因大家对色粉画缺少了解，便给他扣了个传统与现实错搭的帽子。对此他毫不在意，认为自己的创作原本也不是为了取悦同事。但他觉得有责任来普及色粉画，让大家知道自己的艺术追求。于是，他做通院长工作，在学院搞了个色粉画系列讲座，没想到一周下来，色粉画成了校园热议，上门求画者排起了长队。

"您这是主动出击。"苗青很佩服大仙这种迎难而上的勇气。

"舞台，属于每一个人，关键看你有没有登台演出的自信。"

苗青明白了，大仙是建议她创造机遇展示自己，让909所上下认可自己。

大仙继续说："这是一个推销决定市场的时代，酒香不怕巷子深的理念已经落伍。"

苗青点了点头。她看到不远处一只盘旋的海鸥忽然俯冲到海面上，没有碰到水又飞走了，尽管没有抓到食物，但海鸥毕竟俯冲了一回。

"有事可以找找文剑，他路子野，朋友多，和你们所很多人都熟。"大仙说，"文剑很有韬略，他新办了个猎头公司，开始用人力资源赚钱。他说拜读过您发表的论文，夸您是才女中的才女。"

苗青对文剑的印象说不上好，但也不坏，只觉得他和宋理都是有野心的人。当然，男人有野心不是坏事。

海水开始退潮，海水像是要遗弃这只金蟾一样，带着叹息一步步后退，金蟾在夜色里显得孤单起来。

大海是灵感之源，夜色下的潮起潮落会洗去许多杂念。

3

征得柳书记同意，苗青在所里做了一场无人机现状与未来学术报告会。

909所在无人机研制方面是短板，大家普遍认为这东西登不了台面，属于学生搞航模比赛的小把戏。苗青向柳书记做了汇报，这类培训和学习活动归柳书记管。柳书记很支持，说你好好讲，到时候我把周正、胡工和王野三头犟驴薅来，让他们见识一下你的业务水平，别狗眼看人低。

讲座如期进行。让柳书记惊讶的是，能容纳两百人的小报告厅几乎坐满了听众，而且以年轻职工居多。柳书记嘀咕道：好家伙，这是冲着无人机来的还是冲着苗青来的？信息灵通的柳书记知道，身材高挑、容貌脱俗的苗青已经被不少未婚男职工私下封神。

周正、胡工和王野果然被柳书记叫来了，自带水杯坐在前排，三人相互也不交流，个个神情严肃，像来听领导报告一样。其实不用"薅"，后来郑所长说他们仨会不请自来，这三个人学习意识极强，无人机对于他们来说是个新领域，他们肯定想了解国际上无人机产业最新发展态势。

柳书记在开场白中介绍了苗青的学术成就，苗青听到下面惊讶的啧啧声。在柳书记开场白后，她谦虚地做了个引子："各位前辈、各位老师，首先感谢所领导给我一个向大家汇报的机会。大家时间都极其宝贵，尤其是周老师、胡老师和王老师，作为项目负责人，你们都在争分夺秒地工作，你们能来，让我看到了前辈的虚怀若谷和奖掖后学。我是飞机设计队伍里的新兵，所学知识是从书本到书本，缺少实践磨砺，如果今天讲的内容有不妥之处，还望大家不吝赐教。"

引子自然得体，姿态放得很低，台下十分安静。

报告先从总体上介绍了世界发达国家无人机发展状况，以美国的"捕食者""全球鹰"等无人机为例讲了行业发展趋势，接着切入正题，着重分析了无人机的控制、续航和抗干扰问题。对三个问题提出了自己的设计思路，这些思路完全属于她的见解，具有很强的前瞻性。再接下来，她以国内的彩虹和大疆为例，讲了国内无人机现状和前景。

报告厅里无人说话，也无人接听手机，大家被苗青充满磁性的南方普通话吸引住了，苗青描述了一个奇妙而又充满万般可能的无人机世界。大家听出来了，未来人人都会与这种飞行器发生关系，生活和工作离不开它的辅助。尤其当苗青描绘出一种大型无人机可以靠太阳能实现环球持续飞行时，很多人都张大了嘴巴。过去这种飞行器只是存在于理论上，现在却变成了现实，可见无人机的发展有多么快!

在谈到国内无人机行业时,她这样说:"在大飞机制造方面想一蹴而就的确很难,瓶颈多得几乎数不过来。但在无人机方面,我们应该有信心能够实现弯道超车,因为世界各国无人机起步时间相差无几,几乎没有代差。现在的问题是能不能引起社会足够重视,尽快出台扶持政策,激发生产主体的积极性。让我感到惊讶的是,我们大连新成立了一个专门研发无人机的飞鹰公司,与原有的大远、鹿鸣等无人机公司相比,飞鹰起点高、定位准,未来可期。不得不说公司投资人有战略眼光,他看到了高科技领域真正的诗与远方,真心祝愿飞鹰公司能早日投产。最后我想说,你关注无人机,无人机一定不会辜负你!"

报告做得行云流水。苗青说出结束语后,周正、胡工和王野带头起立鼓掌。这一刻,苗青重新认识了三位项目负责人,或许他们并不排斥自己,所谓排斥只是一种信息不对称的误解。因为光线的问题,苗青没有注意到最后一排中间坐着文剑。文剑是通过关系进来的,这是内部报告,虽然不涉密,但外人很难进入报告厅。文剑不仅听了,还用手机全程做了录像。文剑没有上前打招呼,柳书记在总结讲话时他悄悄离开了报告厅。

苗青后来几乎回忆不起报告过程中的一些细节,很多语言是临场发挥,她也完全沉浸在自己的报告里。站在台上,因为有射灯照向自己,她很难看清台下,加之台下听讲者大都戴着眼镜,眼镜片的反光如同激光束一样,让她有了灼热感。当然她很清楚这只是错觉,眼镜片折射的光再多也不会产生多少热量,她当时就想,光是能够变成能量的,这些折射过来的光是对自己的一份加持。值得一提的是她的PPT,许多图片突出了时尚元素,有的像色粉画一般唯美,看上去极富冲击力。

展示达到了预期效果,苗青觉得从三位项目经理起立鼓掌的动作上可以做出这个判断。鼓掌是有学问的,有的是敷衍,有的是表演，发自内心的鼓掌会掌、肘、肩联动，自然并富有节奏。苗青给大仙打电话，说讲座效果还不错，感谢上次金蟾礁上的启蒙。大仙说金蟾礁上的启蒙这话有艺术感，今年给你作画有素材了，就画海边的金蟾礁。大仙这么一说，苗青脑海里立马就浮现出那块金蟾礁的样貌，向海中探头的金蟾要做什么呢？是向往无垠的波涛吗？须知大海深处是极为恐怖的，据远洋船员介绍，十几万吨的商船在经过大西洋百慕大三角时，像片落叶般渺小。大海才是如来之手，任何庞然大物只要被这只手轻轻一捏，就会片甲不存。大仙要以金蟾礁为素材作画，是想表达他的哲学思考吗？

郑所长将苗青叫到办公室，严肃地问："你做报告时为什么提到飞鹰公司，你熟悉文剑吗？"

苗青说："我是通过一个画家认识的文剑，此人清华毕业，做环保产业，怎么，有问题吗？"

郑所长的脸有点板结，眉头蹙成一个大写的M，缓缓地摇了摇头道："我担心你被他俘虏了去。"

苗青笑了，"又不是打仗，哪里来的俘虏之说。"

"商场即是战场啊！此人是我们不可小觑的对手，他已经在我们所挖走了三个人，都是我的心头肉。他是民企，体制活待遇高，三个人每人一套房、一辆车，再加上挣年薪，橄榄枝一摇，三个臭小子就乖乖举手投降当了俘虏。"郑所长板结的脸渐渐松弛下来，变成了一个苦瓜。

"被挖走的三个人在所里做什么？"苗青关心的是这个问题，如果在单位得到重用，一般人不会选择跳槽。跳槽不是一件容易事，像一棵树要连根拔起，然后栽到一个陌生的地方，这个过程不会那么轻松。

"三个人都是工程师，所里很重视他们，还送他们到国外进修过，但所里项目有限，他们想主持项目还需要等，他们是等不及才走的。"郑所长叹了口气，"怎么说呢，年轻人一定要沉得住气，什么事都不要急，做到物来顺应，水到渠成。"

苗青笑了笑，"不瞒您说，文剑还真向我抛出了橄榄枝，我只是回赠他一杯酒。"

"那就好，那就好，真正做事业的人，不能过于看重利益。利益这东西没有不行，多了就会成为负担。文剑不会死心的，今天的讲座他不请自来，说明他在打你的主意，他本身有猎头公司，在挖人上很有一套办法。不过这个人能力确实不一般，人也义气敞亮，年纪轻轻就当上了市人大代表，与许多政府部门领导关系密切，办什么事都一路绿灯。我们所要是有这样一个副所长就好了，争取项目就不用我这个老朽再抛头露面。"

从郑所长话中可以听出来，他对分管业务的袁副所长不是很满意。苗青刚来时去拜见过袁副所长，这是个不苟言笑、四平八稳、什么事都慢半拍的人，唯一的爱好是下围棋，他办公室里挂着棋圣聂卫平下棋的照片。袁副所长是少白头，白发恣肆格外醒目，其实他并不老，才五十出头。小宋偷偷告诉苗青，说袁副所长的白发是染的，别人染头发都是往黑了染，可是袁副所长故意往白了染，目的是给集团领导施加压力，人都白发苍苍了还不尽快提拔？

苗青说："我不想离开的时候，谁也挖不走我。"

"适合你的项目会有的，是金子总会有发光的时候。"郑所长也做了表态。

从郑所长办公室出来，恰好在走廊里遇到王野。王野很客气地说："小苗有时间到我那里坐坐，我周五下午有时间。"

苗青谢了王野，心想，这个王总还真有意思，约别人还限制时间，你周五有空，别人周五有没有空儿你想过吗？难道就因为你是项目经理，别人就一定要围着你转？但她也清楚，能发出邀请，说明这场报告产生了化学反应。

当夜，苗青睡得很踏实，做了一个奇怪的梦，梦到自己坐在海边那块金蟾礁上仰望天空，天上银河横亘，星光璀璨，她一直在数星星，怎么数也数不完。早晨醒来后还没忘梦中数出来的数字：99。

周五，苗青去小水立方见了王野。

王野的办公室堆满了书刊，茶几上有不少各类包装的茶叶，还有个电动煮茶器，里面黑色的茶汤正咕嘟嘟冒着热气，茶大概陈藏过久，屋子里弥漫着一股霉味儿。王野给苗青倒了一杯茶，白色纸杯里的茶像酱油，苗青不敢下口。王野在沙发上坐下来，注视着苗青说："上次讲座不错，很多新观点、新思想，大鹏一日同风起，燕雀飞翔也冲天，你是只雏燕，很快就会羽翼丰满起来。我有个预感，将来的909所必定是你们的天下。"

苗青感谢王野的夸奖，说自己缺少实践经验，所讲都是书本知识，需要老老实实当学生。

王野问了苗青导师吴教授的一些情况，说自己读过吴教授的许多专著，吴教授在国内气动专业的地位无法撼动。王野还问了集团领导当初去学校招人的情况，听说集团去上海各高校谈了五个，不知怎么只签约一人。苗青说那四个人的情况她不知情，自己选择鲲鹏集团是在网上联系的，集团领导去学校签约她也没料到，觉得集团有诚意，便痛痛快快签了约。苗青问了些项目上的问题，王野说909所承接的项目应用范围太小，完成度虽好，但和国家大战略联系不紧密，高科技含量不足，很难拿国家科技进步奖，所里已经多年没有问鼎科技大奖了。所里这批老将都有种焦虑感，没获大奖，说明没在科技高峰之上。王野的语气里充满了不甘，说自己连张飞都不如，张飞至少是屠狗的英雄，自己一把牛刀却用来杀鸡，只能设计点小儿科的项目。苗青听出来王野是感慨英雄无用武之地，便问他将来有什么计划。王野说："搞科研的人就像登山运动员，每个人都会仰望山巅，只要有高山让我去征服，就是肝脑涂地我也在所不辞。"

苗青记住了王野的话，这话的口气有东北人的气势。

这次谈话很投缘，交流无障碍。离开小水立方后苗青在日记本上写下了这样四句诗：

> 牛刀，旗帜一样与人并立
> 大耳狐在远处张望
> 雀鹰掠过的天空
> 没有丝毫声响

4

苗青将无人机报告会情况用微信发给江峰，过了足足一个小时，江峰回复了两个字：祝贺！

江峰的房地产公司处于大发展时期，除了每天早晨发来的"早上好"外，他与苗青联系日渐减少。刚报到那段时间，两人每周都会通话一两次，每次通话苗青都能感觉到江峰周围很嘈杂，通话往往被插话打断。怕影响江峰工作，苗青尽量不打扰他，有时就发个问候微信。不久，江峰的公司在商业氛围浓厚的东莞拿到一块地，土地摘牌后，江峰给苗青打电话，电话是夜里十点打来的，江峰舌头比平时胖了不少。他说苗青啊，你现在来深圳还不晚，明年我要在深圳郊区拿地，你来主持这个项目，利润将是天文数字。苗青对房地产了解不多，没法深谈，就建议他少喝酒，说应酬多可以理解，但喝多少自己一定要控制。她特意说你在学校研究过无人机，无人机一旦控制不好会怎样你清楚。江峰说没办法，对于生意人来说，喝酒也是生产力。

她没奢望得到江峰的夸赞，但她觉得应该将这次小小的成功与江峰分享，因为报告中许多内容是江峰的心血。她又发微信说了报告的大致内容，说当初两人探讨的动力、控制等技术问题，这次都给出了解决的初步路径。又隔了半个小时，江峰才回复说：对不起，从一头扎进房地产业那天开始，我就不得不和无人机说再见，毕竟一心不可二用。

苗青猜到了微信字词之外的画外音，她明白，江峰要再见的不仅仅是无人机。

苗青记得一次在512寝室和江峰聊天，她说人心房里一定要有盏灯，她心头的灯是"一个人的计划"，具体就是喷气式商用大飞机，目标是让国内干线、支线商飞国产化。江峰说他心中的那盏灯是一款以太阳能为动力，可以无限续航的多用途无人机。江峰说无人机的名字他都想好了，就叫青峰号。

往事不远，像空中不肯散去的云。苗青在伤感中忽然生出一个想法：无人机研制不像商飞那么复杂，自己可以抽空为飞鹰公司设计一款无人机，权当王野说的牛刀小试。如果真能生产出来，可以赠送江峰公司一架，用高兰的话讲，这算是一种主权宣示。

她被自己这种想法逗笑了，坐下来打开电脑关掉手机，进入静默模式。

夜里七点半到十点半是属于"一个人的计划"的时间，苗青会保持静默，父母、导师、大仙和江峰都知道她这一作息习惯，所以不会在这个时间段联系她。她感到巧合的是大仙也有静默的习惯，大仙作画时会切断对外联系，全身心地投入到色彩世界里。

从国庆长假后上班开始，苗青对"一个人的计划"做了细化，将需要协作部分暂时搁置，重点放在概念创新和高科技融合上。她的想法得到了导师的支持。导师说，有些协作将来由机构去做，一个人单打独斗肯定不行。导师预测机会不会遥远，因为东北老工业基地振兴上升为国家战略已经有些时日，拥有大国重器成为人们的共识，"一个人的计划"可以考虑分步实施，不同阶段确定不同目标。

"把一个大蛋糕切成几个小块，然后一块块吃掉。"苗青理解导师的建议。导师表态说，只要他活着，就是"一个人的计划"的技术后盾。苗青深知这话的分量，导师在，自己底气就足。

尽管苗青在电脑前能做到心无旁骛，但是，当关掉电源，电脑屏幕被黑夜笼罩的时候,她便会生出一种莫名的迷茫。她搞不清这迷茫来自江峰,还是来自哪里,最后归结于三个项目组对她的拒绝上。人怕闲,闲生烦心,如果自己不自加压力专注于"一个人的计划",这种烦躁会无限蔓延。苗青从心底感谢大仙,如果没有大仙,她在这座城市连个可以倾诉的人都没有。这座城市虽然以浪漫著称,其实骨子里更倾向古典,什么事都循规蹈矩,所谓浪漫只存在于作家的文章、画家的作品和摄影师的摆拍上。

与大仙一样,她也忘不了那块金蟾礁。

周六清晨,她早早起床去星海公园海边晨练,想看看那块大仙心头上的金蟾礁在清晨会长成什么样。金蟾礁位于公园沿海西侧,因没有沙滩,晨练的人并不多。她戴着耳机,一路听着音乐沿着林荫道往金蟾礁方向慢跑。修长的身材,洒脱的马尾辫和白色的运动服让她赢得了很高的回头率。在一处高坡上她停下来驻足远望,想俯瞰一下晨曦中的金蟾礁。她停下的地方视角绝佳,远远看过去,金蟾的头部仿佛已经探进海中,朝阳耀眼,不仅给金蟾涂上了一身金衣,也让波澜不惊的大海变成了无边的熔金池。她用手机拍了几张照片,直接发给了大仙。发走后才想起这是清晨,大仙这只夜猫子肯定不会起床。

她在手机翻出《斯卡布罗集市》开始播放,从文剑那天送她回宿舍开始,她就喜欢上了这支曲子,尤其是英文原唱,听起来别有一番滋味,好像能把人带向那个鲜花盛开的集市。离金蟾礁还有十几米的时候,她忽然发现了一个熟悉的身影:嗯?那不是周正吗?她刚想迎上去打招呼,却发现周正身边还有一个人。不对,她急忙躲到一棵松树后面。金蟾礁下周正与一位年轻的女生在散步,两人勾肩搭背很亲热。那个女生她从没见过,看样子比自己还小,应该不是所里的职工。

担心尴尬的一幕发生,她扭头回返。回去的路上没有播放音乐,一直在想周正和那位女生会是什么关系。凭女人的直觉她判断,这个女生绝对不是周夫人。

上午十时许，大仙发来微信说：感谢你发来的照片，这么早去看金蟾礁？

她回微信说：早晨有风景，但并不是所有的风景都宜人。

5

像所有机关事业单位一样，进入十二月，909所也要按惯例总结部署工作。

今年全所总结大会不同往年，因为三个项目组都按计划完成了各自任务。坐在主席台上的所领导们很自豪，连满头银发的袁副所长也露出了难得一见的笑容。

总结会由柳书记主持，第一项内容是袁副所长总结工作。这本来是郑所长的活儿，但郑所长最后要讲话，就让袁副所长来做。袁副所长显然领导经验丰富，报告做得很有范儿，不时抬起头与台下互动。领导做报告最忌讳头不抬、眼不睁一个劲儿地念稿子，偶尔抬一下头至少给记者一个拍照的机会。第二项是三个项目经理依次上台发言。三人表现都很出色，周正讲了项目组的时间观念，说他们把工作任务细化到了小时，以日当月，以月当年，快马加鞭，终于提前结项。胡工讲了团队团结的重要性，说正因为所有团队成员拧成一股绳，才焕发出无穷的创造力。王野讲了借鉴的重要，说要学会站在老外肩膀上摘桃子，不能关起门来搞研发。

最后，郑所长发表讲话，他表扬了三个项目组，尤其表扬了三个项目经理，说909所已经走出了一条研发新路，省报记者近期要来所里采访，宣传部指定要重点报道，说明这条经验已经立住了。接着，他宣布了明年集团下达的项目计划，至少会有四个重点项目花落909所。大家热烈鼓掌，一年安排四个重点项目在909所历史上从没有过。据老职工回忆，计划经济时代所里设计项目干不过来，但没什么含金量，以仿制居多。改革开放后项目变得精尖起来，每项都有含金量，因不再大水漫灌，项目不会多，有时两年接不到一个，导致所里科技人员闲着没事做。职工都知道项目背后是资金，有了项目，大家的绩效奖才会上去。郑所长说，集团下面可不只有909所，沈阳、长春、哈尔滨还有三个所，他们会不会来抢项目不好说，所以还不能掉以轻心，一定要把内功练好。

苗青也知道，一般来说老项目不结，新项目不下，909所之所以被加餐，三个项目经理功不可没。

郑所长说项目不是说给就给，需要走一道程序。元旦前，所里新组成的项目组要到集团逐个汇报，专家组评审通过后才会正式确定下达。在此之前，每个组要提交方案送审。

柳书记在总结时发话：四个项目组要八仙过海，各显其能，拿来项目，所里当香饽饽待，哪个项目组丢了项目，要向所党委写出书面说明。台下的人心里都清楚，所谓说明就是检查，正所谓士可杀不可辱，知识分子一向视写检查为耻辱，一份薄薄的检查往往能压垮所有的自尊。

会后，所里很快确定了四个项目经理，周正、胡工、王野作为功臣自然各带原班人马各领一个项目组。技术处的副处长、高级工程师雷恒受命组建了一个新组，雷恒成了所里一匹黑马。雷恒在909所资历不浅，但从没当过项目经理，这次项目下来，他找郑所长、柳书记主动请缨，希望能给他一次机会。雷恒的博士导师是郑所长大学同学，也给郑所长打来电话说情，希望能给雷恒一次机会，作为技术处副处长，不带项目组让职工瞧不起。退休多年的前任老所长也写了张条子让小宋带到所里，条子是手写的，有很多繁体字，说好肥不能只往一块田里施，言外之意是要照顾那些闲置的工程师，这条子明显是给雷恒说情。还有市里几个有头有脸的人物也打来电话，夸雷恒有能力、懂科研等等。郑所长本来想培养个年轻项目组长，还没有拿定主意，求情的电话就一窝蜂打进来，他就找柳书记商量怎么办。柳书记翻开花名册看了看，说他也接到不少电话，都来为雷恒求情，说论资历雷恒做项目经理没问题，不过科研上的事所长负责，所长怎么定他都支持。郑所长说：咱不能因为一个项目，弄得里外没法做人，就让雷恒做吧。就这样，雷恒爆了个大冷门。

四个项目组招兵买马很快结束，不知因为什么，每个项目组都定了这样一条原则：进组须有两年以上工作经验。这样，苗青等几个去年和今年进所的硕士、博士都在名单之外。

名单公示后小宋来找苗青，把一纸公示通知往桌上一拍，愤愤地说："四个老东西太不像话，明显排挤年轻人！"

苗青说门槛这么定的，估计也是惯例。小宋呸了一声，"谁规定的两年？党委和人事处都没定，他们凭啥自设门槛？"

小宋说："郑所长跟王野和雷恒都打了招呼，让他们考虑一下你，这样对集团也有个交代，可是他们仗着有用人上的自主权，愣是没听郑所长的话。我看郑所长脸都绿了，一个劲儿在办公室转圈儿。"

小宋讲了多年前一个例子，那时集团刚实行项目负责制，所里接了一个研制农用螺旋桨飞机的任务。项目经理是个资历很深的工程师，姓张。在招兵买马时，老所长希望他能把所里培养的一个后备干部吸纳进去，让这个干部全面了解一下项目制运作情况，谁知张经理死活不同意，说培养干部是党委的事，与他的项目组不挨着。老所长是个眼里不揉沙子的人，当时就通知开会，生生把这个项目组解散，由一位副所长担纲重新组建项目组。张经理没想到会有这么一个结果，去找老所长检讨，老所长根本不接见，张经理一气之下生病住院，后来早早办了病退。这件事老所长显示了自己应有的权威，以后很长一段时间，没人敢不听话。郑所长上来后一直强调要尊重专家，发挥专家作用，行政手段能不用就不用，结果有些人的尾巴越翘越高，有点蹬鼻子上脸，所长说话都不管用。袁副所长有句话算是说到了位：牛马不戴嚼子就会尥蹶子。

苗青说郑所长没做错，项目制重要一条是目标管理，所里只看进度和结果，至于人财物这些问题该由项目经理决定，经理负责制嘛，事权人权物权三权要统一，掣肘太多的话不利于推进项目。

"你甭替他们说话，知道他们拧麻花一样的人际关系吗？"小宋撇了撇嘴说，"别看一个个溜光水滑，其实屁股底下都有一摊屎。王野本来放出口风想要你，后来又不了了之，估计是你没找他吧，他放口风的目的是让你去求他，满足一点他可怜的自尊。没想到你没接这个茬儿，王野说了，小苗这孩子一心在无人机上，须知这个社会大机器最终还是靠人来操作的。你不谈也好，光谈也不会起啥作用，要有实质性的表示才行。还有胡工，平时总夸你，说你是飞机研发方面的后起之秀，未来不可限量，关键时候却哑巴了，正常吗？明明知道是人才，为啥不用？那个周正更邪门儿，说他们组不用女的，因为夜里加班是常态，女同志加夜班不方便，这是啥鬼话？身正不怕影子歪，怎么组里有女的就往那方面想啊？"

小宋心直口快，说话并不给这些大咖留情面。

"苗青啊，别把他们净往好了想，他们肚子里几根花花肠子我一清二楚。有个人——我不说谁了，为了评二级，偷偷给我送礼，在办公室往我包里塞了一个小盒子。我看是个彩纸包好的小盒子，以为就是香水、口红之类的小玩意儿，就没太在意。回家打开一看，吓得心脏差点跳出来，你猜是啥？是枚钻戒！这东西我能收吗？收了那不成了受贿？再说你一个大男人送我钻戒，我爱人知道了会不会往歪处想。第二天我把东西退给他，告诉他有事谈事，别整这些害人害己的事。他一点羞涩感都没有，说他到香港出差看到了这枚戒指，很喜欢，就想买下来送我。还有一个，我也不说谁了，有一次出去喝酒，总是一杯接一杯灌我，我看他平时一副正人君子模样，怎么喝了酒就变得色胆包天，那眼神简直能剥光我的衣服。你别看我平时大大咧咧的，这方面我警惕性老高了。再说他那点小酒量根本不在话下，结果我没事，他先多了，醉酒吐了一身，是司机把他背上车的，糟蹋了一套新买的阿玛尼。"

苗青端详了一下小宋，说实话，小宋确实有点性感，性格也泼辣，许多男性知识分子因为自身阳刚不足，格外喜欢这类女性，这也符合差异性互补的道理。但小宋只是个嘴上开放的人，在异性交往上很有分寸，她说的那个醉酒者，后来对小宋敬佩得五体投地。

苗青问："那么后来送钻戒的人评上了？"

"说归说，做归做，官不打送礼的，在评二级上我还是给他出了力，想办法让他过了关，可他评上后一副心安理得的样子，走廊里见到我竟然鼻孔朝天，一副牛哄哄的居高临下模样。这副用人靠前、不用人向后的嘴脸令人恶心，当初真不该把钻戒还给他，应该当着他的面丢进下水道里。"

小宋走后，苗青开始有些纠结，本来心里没太在意这件事，但小宋一番话让她觉得事情不是那么简单。她想给江峰打个电话，想了想又放下了。江峰未必愿意听这些，最近她和江峰似乎有了默契一般，从不在工作时间联系。但话不能憋在肚子里，总该有个人倾诉，她便给大仙打了个电话，说想再到海边走走，想去祈祷一下，让面朝大海、春暖花开的日子早些到来。大仙答应很痛快，说我这就开车接你去，正好我也想去看看金蟾礁。

车缓缓地行驶在滨海路上，大仙开车很稳，神态悠闲。大仙问她今天怎么有空，是不是有好消息要分享？她勉强笑了笑，说想看看冬天的金蟾礁是什么样子，不知金蟾会不会冷。大仙说那幅关于金蟾的画快完工了，新年之前会送过来。

苗青说："您在大学里的同事都是高级知识分子，有没有感觉到有的知识分子缺少那么一点魏晋风骨，喜欢打俗气的小九九？"

"俗气的小九九？"大仙不明白这话指什么。

"所里明年承接了四个重点项目，组成了四个项目组，项目经理都是颇有名气的工程师，但这四位项目经理在用人上非议不少。知情者说有明显的关系倾向，连所领导的建议都不听。"

"您没有入选？"大仙问。

"是的。我没有入选在意料之中，不感到意外。"苗青向大仙说这个问题，并不是为自己抱屈，只是排遣一下郁闷。在此之前，尽管小宋对这些人有些牢骚，但她对四位项目经理依然充满敬意，毕竟这些人在技术上并非浪得虚名。他们今天的位置也是历史推上来的，是日积月累的结果。

大仙目视着前方说："不要觉得高级知识分子就不食人间烟火，他们也是人。对人，期望值永远不要太高，人性是有缺欠的。"停顿了一下，大仙拍了拍方向盘说："我说过，谁担任项目经理都会选自己信得过的人，这样团队才有力量，选不好出现内耗容易产生反作用力，会耽误项目。"看到苗青没有接话，大仙又补充了一句，"如果你来做项目负责人，你会选择自己不了解的人吗？"

苗青摇摇头，大仙说得对，有些问题换个角度想，结论会截然不同，但问题是这些人并非不了解自己呀，尤其王野，算是了解比较深入的。

车开到星海公园门口，两人停车步行走进园内，沿着林荫道直接去往海边的金蟾礁。周末，公园人多，戴墨镜的大仙颇有点拉风，有人跟着偷拍。苗青心中忐忑，若是有人把两人散步逛公园的照片发到网上，熟悉的人看到会怎么想？她后悔没有戴遮阳帽和墨镜，便竖起白色运动服衣领，让自己变得隐蔽一些。

金蟾礁周围没有游客。大仙望着这块已经入画的礁石，摘下墨镜说："白天的金蟾礁比晚上看更有味道，有种带刺的饱满。现实中蟾刺里的物质叫蟾酥，是一种中药。"

苗青道："金蟾年复一年蹲在这里纹丝不动，在看什么呢？"

"不是看，它是在等，"大仙说，"据史书记载，蟾蜍长到一万岁就会头上长角，也许它在等待出头那一天。"

"等上一万年？需要什么样的毅力呀！"

"所以说世界上最难做的事就是等，等，看似简单，实际是身心的煎熬。"

苗青说："对呀，孙悟空等了五百年才等来了唐僧。"

大仙说："走，我俩上去为它当一回角，帮它圆一回要等的梦。助人为乐是开心事，助金蟾圆梦则是一份功德了。"

大仙很矫健，几步就登了上去，然后将苗青拉上去。两人坐在那天晚上坐的地方，默默地望着大海出神。过了好一会儿，苗青说："我想对您说一个真实的感受，您不要笑我。刚来909所，我内心原本有很多漂亮的瓷瓶，是青花梅瓶，古朴而高雅。我特别看重它们，把它们摆在很重要的位置，但经历了几次事情后，感觉这些瓷瓶先是有了裂痕，后来就成了一地碎片，想修补很难很难。"

大仙没有打断她，身子朝她倾斜了一些，以便在涛声中听得更真切——苗青的声音很轻，像是在耳语。

"具体说吧，我们所有个叫王野的项目经理，他听了我的报告后对我很赏识，当然这是我的感觉，但应该不会错。他请我到他办公室聊过一次，那是我头一次进小水立方。他问了我许多问题，我都一一做了回答，我也问了他一些项目上的事情，他的回答也不是敷衍。他还告诉我他的同学在沈阳的总装厂当领导，将来飞机设计、协作、总装、试飞可以一条龙运作，设计者可以全过程深度介入。我觉得王野有系统思维，是难得的技术加管理复合型人才，他就是我心目中的一尊瓷瓶。我觉得他是909所对我了解最多的人，因为那天我们聊了一个下午，还聊到了导师，他还夸吴教授是德高望重的老前辈。我认为按正常的逻辑我进他的项目组应该没问题，因为在用人上项目经理有自主权，但不知为什么他没有考虑。小宋分析是因为我没去找他，小宋说如果我去找他谈，提出申请，说不定他会同意我加盟。我就想，假如真的是这样，我不去也没什么遗憾，我没有精力去处理这些所谓人际关系，我每天晚上还要静默，自拟的设计计划排满了电脑桌面。我找您来说这些，是觉得这些瓷瓶碎片需要倾倒，抱歉，请原谅我把您这位艺术家当成了坏情绪回收站。"

几只海鸥飞过来，在两人头顶盘旋，大概是埋怨他俩占了自己停落的地方。海鸥不时叫着，苗青觉得海鸥今天的鸣叫很难听，像掐着脖子唱皮影戏发出的怪声。

苗青接着说："再比如吧，我们所的周正，那可是二级教授，看上去文质彬彬、极有涵养，谈吐充满哲理，形象也十分帅气，有点香港影星周润发的派头。那天我发神经，独自来看金蟾礁，不想却碰见了不该碰见的场景，他和一个年轻女孩在亲昵地散步。"

"您确定没有看错？"大仙皱起眉头问。

"不会，"苗青肯定地说，"我们在一个单位见面机会不少，我相信自己的眼睛。"

"不谈无聊之事了，"大仙说，"今晚我请您去巨无霸吃海鲜，没有什么烦恼不是一顿海鲜解决不了的。"

"好哇，我真的想吃海胆了。"苗青喜笑颜开。

"我给文剑打电话，他多次说要请您吃饭，今天就给他个机会吧。"

6

还是在上次那个包房，大仙和苗青坐下不到一刻钟，文剑提着一个棕色的旅行包急匆匆赶来。文剑穿米色风衣，衬衣领口和袖口雪一样白，一套考究的藏蓝色西装，好像要参加重要会议似的。

大仙问他吃顿便饭为何如此隆重，文剑说这事要怪你，约饭至少要给我一天时间吧，哪有现吃现提人的，我正准备去机场，你来电话了，只好改签了机票，直接从周水子机场赶过来。

"啊呀，你说出差不就完了，我不会怪你。"大仙觉得因一顿饭改签机票的做法有些过分，吃饭又不是谈业务，轻重应该分得清才对。

大仙不知道，这顿饭对于文剑来说非同小可，他一直在寻找一个与苗青深度接触的机会，他懂得欲擒故纵的道理，欲速则不达，因此没主动与苗青联系。他像一个颇有耐心的农家孩子，天天望着院子里的柿子树发呆，期待枝头的柿子慢慢变红，因为他知道，过早摘下的柿子是不能吃的。

三人坐定，点好的海鲜也很快端上了桌，大仙以茶代酒，"周末愉快！"

每个人都喝了一口茶，文剑说："大仙开车不能碰酒，苗老师可不可以喝一点，我车上有活灵魂。"

大仙道："你不是几次想请苗老师吃饭吗？今天机会难得，你们喝一点酒吧。"

苗青说只能喝一点点，如果酒不上头的话。文剑打电话让司机送了一瓶酒上来，开启后亲自给苗青的高脚杯里倒了少许，给自己则多倒了一些。

文剑举起酒杯道："我应该敬苗老师酒。"他看着苗青说，"我们虽然是同龄人，但我已经在心里将您视为老师了。"

"这可不敢当，"苗青感到很突然，"我一个参加工作不到两年的新员工，担不起老师的称呼。""我不是无原则的恭维，"文剑说，"也没有必要恭维您，我之所以这么说，是您上次那场报告征服了我。您可能不知道，我就在最后一排，我用手机将全过程做了录像，回去后我看了至少三遍。那次讲座太精彩了，每一个问题都是飞鹰公司命门上的大事。在此之前，我听过许多国内外专家关于无人机行业的讲座，都讲得不错，但和您的报告比起来，差距还是不小。他们习惯从概念到概念，不是从实际问题去切入，让投资者听起来云山雾罩，摸不着头绪；您的讲座可操作性强，实用、解渴。"

苗青被感动了，没想到在909所之外，还有一个这么优秀的粉丝。

"您在讲座中提到了我，我感到特别意外。我们只在大仙安排的聚会中见过一面，您就记住了我并在报告中来举例，这是一种高纬度的认可，就凭这份信任，我的飞鹰公司必须办好，并做强做大。

我真诚地敬您一杯,您随意,我要一饮而尽。"说完,文剑与苗青碰了碰杯,将杯中红酒一饮而尽。

苗青抿了一口,这是一款相当不错的红酒,但她没有干,笑着道了声谢。

大仙瞪大了眼睛说:"文总啊,你说出差是不是撒谎?穿得这么正式,话说得这么情真意切,好像是来求婚的,快如实招来,是不是在打苗老师的主意?"

大仙本来是玩笑话,却一下子把文剑的脸说红了,文剑一边给自己斟酒一边说:"大仙你可不能这么开玩笑,苗老师是名花有主的人,听说男友在深圳搞房地产开发,属于高富帅级别的。"

苗青微微笑着,并不插话。

大仙道:"好事成双,你再敬苗老师一杯。"

文剑满口应允,起身又敬了一杯。苗青觉得过意不去,把杯中的红酒也喝了。然后说:"文总你适量,别喝多。"大仙道:"你不知道他酒量有多大,去年他们公司搞年会,会后他和政府机关一群朋友去吃海鲜烧烤,九个人喝了两箱红酒,就他一个清醒的,还知道打电话跟我说要几张画,说他酒桌上答应了朋友。你看,他喝酒,却知道拿我的画送人情,这脑子有多清醒。"

苗青道:"古代文章太守一饮千钟,现代文剑老总豪饮无双,佩服!"

男人的酒量取决于女人的颜值,更取决于女人的欣赏,苗青这番鼓励,让文剑顿时豪情万丈起来。他拿起酒瓶咕咚咚给自己倒了个满杯,然后给苗青斟上少许,坐下来似乎在运气储备。此时的文剑,面色如同盘中赤甲红,因为脱下了西服外套,洁白的衬衫将胸肌凸显无遗。苗青喜欢男人穿白衬衣,白色是属于雄性的色彩,男人若是穿得花里胡哨,只会徒增女性反感。大仙不明白文剑为什么又要多敬一杯,筷子夹着一片海蜇停在那里,好奇地看着这位春风得意的青年企业家。

文剑说:"这杯是拜师酒,希望您能在无人机专业上接纳我这个学生。如果您同意,我就喝了这一杯,那是喜悦甜蜜之酒;如果你不同意,我也喝了这杯,那是遗憾苦涩之酒。"

苗青没想到文剑会提出这个问题,她看了大仙一眼,这事需要大仙给拿主意,文剑毕竟是大仙的好友。大仙把夹起的海蜇放进碟子,点点头说:"不知道自己的无知是双倍的无知,为了弥补无知,拜师是值得赞美的行动。"

大仙这样说苗青就不能拒绝了,何况文剑的话很诚恳,而且特指无人机专业。她与文剑碰过杯后,徐徐喝干了杯中的红酒。

一顿便餐,捡了一个学生。苗青觉得好笑,心里感到甜丝丝的。

接下来,文剑讲了909所四个项目经理的事,说四个经理有三个都是他的朋友,他侧面问过项目组选人的事,三个好友都对苗青给予高度评价,但都不想用,什么原因却不说。其实,这几个项目经理都是兢兢业业搞设计的好人。

文剑道:"他们毕竟是体制内的人,体制就像一台高效运转的机器,一块毛坯输进去,出来是盘圆、卷钢还是锻制件,都是设置好的程序使然。我特别理解他们,他们也苦恼,但又无力改变这种状况。好的机制应该是一种生态,飞鹰公司就是一方经过优化的生态,每一粒精选出的种子都可以在这里自由地生长。"

在文剑说话的时候,苗青有点走神,她发现文剑的嘴角和江峰很相似,江峰和她说话时,嘴角也是微微上翘,让不经意的微笑变得生动起来。

7

新年放假前一天,大仙打来电话,问苗青是否已回武汉。在确认苗青在单位后,大仙很快驱车赶来,亲自抱着一幅画来到909所大门。苗青出来接他,这幅画要比《逆行者》大出一尺多。苗青心里很是感激,他从文剑那里知道,大仙的色粉画很抢手,在收藏者那里以平方尺计价。

大仙直接将画送上宿舍，打开包装，将画立起来展示给苗青。苗青看到画面的瞬间被震撼了，"天哪，这是我吗？我怎么会成了女神？"

这是一幅取材于希腊神话的作品，金蟾礁上站立着美丽的雅典娜女神，女神双臂向上展开，左手托着一只鹰鸮，右手托着一架灰色的战机，海面上波涛汹涌，整个画面极富视觉冲击力。画面的右下角写着：癸巳·金蟾礁上的雅典娜。苗青注意到了雅典娜女神的五官，完全是按照她的五官所画，饱满的胸部则保持了雅典娜原有的风姿。她知道，这幅画是自己和女神的综合体，看得出大仙的用心。"您把我美化了，"苗青说，"谢谢您，尽管我一时还不能理解画面的所有含义，但我知道雅典娜女神在古希腊代表智慧、艺术和公平，我想这应该是您对我的期望吧。"

大仙说："这幅画是一种灵感再现，代表您一年来在我脑海中的映照，除此之外，就留给欣赏者去诠释了。"

"我喜欢这幅画，我马上拍张照片分享给导师。"

苗青想，大仙能为她作画，这是导师的情面，没有导师，傲气凌人的大仙怎么会理她。从这段时间接触来看，大仙这个人确实对女生不感冒。与褒扬男性朋友从来不吝啬语言不同，苗青从没听过大仙对哪位女性有好评，这与他在交大乐此不疲给女生画像的举动形成极大反差。也许，这座城市里没有他需要用心观察和描摹的异性吧。

大仙说："我研究过鸮，尽管这种鸟有个不雅的名字叫猫头鹰，但鸮值得学习。我们看到金蟾在安心等待，其实鸮也是一种善于等待的大鸟。鸮在森林草原上绝大部分时间都是等待，猎物不现身，它不会展翅，敌不动，它不动，动则必取胜。我觉得搞飞机也应该这样，要有定力，像鸮那样不见兔子不展翅。你可能注意到了画中的海面，风高浪涌，天空晦暗，说明前方神秘莫测，但雅典娜手里有鹰鹞和飞机，这两样应该是武器和梦想。武器与梦想掌握在自己手里，实现'一个人的计划'就有了保障。"

望着侃侃而谈的大仙，苗青忽然想，导师年轻时就应该是这个样子，潇洒、博学、帅气。她在影集里看过导师和哥哥年轻时的合影，感觉两人都那么挺拔，是标准的帅哥，现在，一身牛仔装的大仙就带有那张合影的神韵。

"这幅画的寓意我需要慢慢体会。"苗青说，"您可否指点一二？"

"任何一个艺术家，都不会把全部的创作意图说出来，不是刻意隐瞒，而是要给别人留下足够的再度创作空间。"大仙说。

苗青脸涨红了，有些不好意思，"那我就信马由缰地去想了。"

"说实话，我的艺术理念从来不模糊，就是想用画来托起那些坠落的灵魂，让它们不至于沾染灰尘。我说的是坠落，不是堕落，坠落的灵魂可以牵引，堕落的灵魂则无可救药。"

苗青道："我注意到了，画中海面没有航标，也没有船，暗示了灵魂迷失的可能。"

"当然，女神并不是赤手空拳，她手中有武器。"

苗青到写字台边给大仙沏了一杯绿茶，很客气地说："感谢您对我的关照，苗青何德何能，让一位著名画家如此费心。"

"费心谈不上，我是在做一件提升自我境界的事。柏拉图说过，观念比美人更可爱，我在用画表达一种对高贵灵魂的崇敬。"

"导师说您崇拜拉斐尔，也崇拜柏拉图，是这样吗？"

"对拉斐尔谈不上崇拜，"大仙回答很明确，"我只是以这位古典主义大师为参照，至于柏拉图，说崇拜并不为过。确切地说我是孔子和老子的粉丝，我深深地爱着这些先哲，他们的思想是我画作的光源。"

苗青明白了，大仙是个入世的理想主义者，他的社交圈子形形色色，说明他既是一个历史与当下的衔接者，又是一个东方与西方的融合者，难怪导师形容他是穿汉服戴礼帽的人。

苗青说："洞悉灵魂的人是真正的高人，朋友们都称您为大仙，有大仙护体，我在东北可以无忧无虑了。"

大仙哈哈大笑，然后伸出一根手指指着自己的鼻子说："我这发型还能成仙？仙人都是长发飘飘，再说想成仙的话，要先把万年蟾吃了，《抱朴子》里有吃万年蟾寿千年的说法，那么大一块礁石，我哪里有利齿和胃口。"

苗青问起大仙名字的由来，大仙说当初父母给他起名，不知怎么就用了"逸仙"二字。没有避国父孙中山名讳，这不好，但为了尊重父母，他没有产生过改名的念头。

苗青说："正因为伯父伯母敬佩伟人，才以国父之字给您命名。"

大仙看了看表说："好了，我该回去了，接下来要考虑明年画什么。"

"那我就像鹰鸮一样等待，不，应该像金蟾一样等待。"苗青说。

大仙起身告辞，走到门口问她新年放假为什么不回武汉。她说有篇论文被国外一家航空期刊选中了，想利用这个假期再修改一下。

大仙走了，苗青站在冷风里迟迟没有回宿舍，整栋宿舍只有她的房间还亮着灯，柠檬色的灯光照到灰色的混凝土地面上，将窗影幻灯一般拉长变形。她抬头看了看，横亘夜空的银河比平日更加醒目，大大小小的星辰一律透着冷光。其实，她一直在等待来自深圳的邀请，机票也预订了，但直到今晚，江峰也没有打电话或发短信，她只好选择退票。

本文刊载于《中国作家》2023年第1期

选载于《小说选刊》2023年第4期、《长篇小说选刊》2023年第4期

乌苏里密林奇遇（节选）

鲍尔吉·原野

第一章 开　头

门德的梦

门德做了一个梦，他用桦树皮做了一只船，像一穗玉米那么长，他把船放到河里，桦树皮船晃晃悠悠地漂向远处。门德说，船，回来！船像听懂了他的话，掉头往回漂。门德说，这条船大点就好了。

船突然变大了，变得有两米多长，像牛车那么大。

门德跳上船说，漂吧。船向河心漂去，岸边的芦苇丛在他视野里消失。船越漂越快。

门德说，慢点，慢点。桦树皮船不听他的话，在浪尖上飞驰。一个浪头打来，船翻了。

门德吓醒了。他从炕上跳下来，走到院子里，从立在东山墙的桦木杆上剥下一堆白色的桦树皮。

桦树皮好剥，一扯，雪白的树皮横着下来一圈。门德回屋找到订书机，做了一只桦树皮的船，跟他梦到的那只差不多大。他拿着这只船往村边的额尔古纳河走去。

清澈的额尔古纳河流淌过来，河床里的水流很丰沛，像不愿往前流淌，要向两岸溢出去似的。

水鸟在河的上方不知疲倦地飞翔，它们滑翔、转弯，双翅展得笔直，好像在丈量河里的鱼有多大。岸边的红柳向河里倾斜，但没有一棵柳树掉进河里。从高处看，河两岸的风景一模一样。土地的样子，柳树和杨树的样子全一样，吹来吹去的是同一阵风。但河岸这边是中国地界，河对岸是俄罗斯。

门德今年十二岁，上小学五年级。父母亲是蒙古族，外祖母玛留斯卡是俄罗斯族，门德遗传了外祖母的特征：金头发，蓝眼睛。他会说蒙古语、汉语和俄语。

门德到了河边，拨开芦苇，打算把桦树皮船放到河水上漂流，忽然想，应该找好朋友狗宝一起玩。门德捡起一块石头，把桦树皮船压在芦苇上，回村找狗宝。

狗宝大名孙国宝，今年十一岁。他为什么叫狗宝呢？他爷爷是俄罗斯族，名字叫库钦科。奶奶是汉族。爷爷发不好"国"这个音，听上去像"狗"。为了照顾爷爷的舌头，他名字改成了狗宝。

狗宝的奶奶是山东人，叫李玉娥。狗宝随奶奶，爱说自己是山东人。他没去过山东，暗想：山东在哪个山的东边呢？

门德和狗宝住在呼伦贝尔草原的查干木伦村，有草原和耕地，但是没有山。狗宝对门德说，我长大了，要找一座大山，山的东边是我奶奶家。

门德在书中查到山东的由来，告诉狗宝，山东是一个省的名字，盛产花生、煎饼和大葱，是孔子和孟子的故乡。狗宝翻白眼，不再提山东的事了。

狗宝虽然是混血，但长得不像俄罗斯人。他长得黑，大板牙中间有缝，眉毛和头发都是黑色。他妹妹金宝相貌随爷爷库钦科，白皮肤，黄头发。他们两个站在一起，根本不像兄妹。

门德找到狗宝，告诉他桦树皮船的事。他俩跑到河边，狗宝拿起小船说，这条船上应该装点东西。他往船里放了几块鹅卵石。桦树皮船在水里慢慢漂荡，浪头打来，小船沉到了水底。

门德不高兴，说，辛辛苦苦做的船，你让它沉底了。

狗宝说，我们去做一个大桦树皮船。

他俩赶到门德家，剥下更多的桦树皮，用订书机把桦树皮钉起来，做成了一条二尺多长的桦树皮船。狗宝手巧，在船头立了一根火柴棍做的旗杆，上面粘一面纸做的小红旗。又在船尾钻一个洞，系上一根麻绳牵着，防止船漂走。

他俩捧着船到河边，把船放到水里。大桦树皮船太轻了，在水里晃来晃去。

狗宝说，我说过船里要放东西，否则会翻。

他们撸下来一堆柳树叶子铺在船舱里，上面放了一块石头和一条死鱼。死鱼是狗宝在红柳丛里发现的。

他们把船放到河上，这条船稳稳地漂浮在水面。他俩牵着麻绳在岸上跑。

没想到，麻绳被老榆树露出水面的树根挂住了，这条船挣脱麻绳，向河心漂去。越漂越远，被河中央的渚头挂住了。

门德说，咱俩下河游泳，把船找回来。狗宝说好。

渡过额尔古纳河

门德脱下衣裤系在自己的胳膊上，用麻绳把两只鞋拴在自己的腰上。他从兜里掏出另一条麻绳，让狗宝照做。

狗宝用自己的黑短袖衫和蓝裤子包住鞋，拴在腰上。他们光着屁股往河里走。

狗宝说，挂船的渚头离对岸很近，咱们找到船后到对岸玩一会儿。

门德说，对岸是俄罗斯，能让咱们上岸吗？

狗宝说，我以前拿望远镜看过，对岸没有俄罗斯军人把守。

门德说，有军人也没事，咱俩有俄罗斯长期居留证，不算偷越国境。

狗宝说，咱们到对岸森林采点稠李和越橘果。

门德说好。

他们下河的地方是一片刺楸树林，树下长着灌木胡枝子。他们从斜坡往下出溜，光屁股的样子很显眼，上身乌黑，像榆树的树干，腿也乌黑，中间的屁股雪白，像两个香瓜粘在一起。

门德走在前面，他把脚伸到河水里，河水真凉啊，有点打怵。他对自己说男子汉做事要有始有终。另一条腿迈进河里，水还是那么凉。门德突然想起一件事，问狗宝，你会游泳吧？

狗宝说，我会呀，咱俩在少狼河游过泳，你忘了？

门德说，我在确认。他又说，狗宝，你不会被河水淹死吧？

狗宝笑嘻嘻地说，在少狼河游泳，我憋一口气钻到水里，没多大一会儿就浮上来了，想淹死都死不了。

门德说，你要是有危险，我会救你。

狗宝说，你放心吧，我要是淹死了，跟鱼在一起更有意思。我特别想知道水里是什么样的世界。他们说水里有龙宫。民间故事说龙宫特别漂亮，里边的虾兵蟹将拿着刀剑在门口站岗。

门德说，闭嘴，别说龙宫的事了，我在前面走，你跟着我。狗宝说行。

门德再次把脚伸进水里，又想到一件事，转身对狗宝说，记住，河从西往东流，我们不能直直地游过去，那样太费力。按着45度角斜着游过去，这样省力。

门德转过身往河里走，双脚踩到河水里，对狗宝说，你看到渚头的桦树皮船了吗？

狗宝说，看到了。

门德说，用眼睛盯着桦树皮船游，就不会迷失方向。狗宝说，记住了。

门德又说，在河里，不能立起身子，游累了，你肯定要停下来休息，要立起身子看自己游到了哪里，对不对？狗宝点点头。

门德说，错了，这是倒霉的开始。累了你就把身体翻过来，仰泳歇着。你知道在河里立着身子有什么后果吗？

狗宝说不知道。

门德说，死亡。我没吓唬你，河表面是一层水，河底下有暗涌。额尔古纳河里头有无数条河，一起往前流，这叫暗涌。但是你在外边看不见。你如果立起身子，双脚就被下面的暗涌吸走，像有两只大手把你拽到河底，想挣扎都没用，所以……

狗宝说，你别说所以，直接告诉我怎么做。

门德用手指着狗宝说，你要让身体始终保持跟水面平行。

他把左手和右手的手掌放在一起，就像这样，那你就安全了。狗宝说，所以我按你说的做。

门德说对！他扑通跳进河里，随后又一声扑通，狗宝也跳进河里。

河水真凉！此刻的草原是一年中最热的时候，中午气温可以达到36℃，草叶子都被晒蔫了。强烈的阳光让人睁不开眼睛，人不管有多大的眼睛都得眯着，变得像狗宝的眼睛那么小。可是河水为什么这么凉呢？

狗宝淹死了

额尔古纳河的上游是海拉尔河，发源地在大兴安岭西侧的吉勒老奇山的西坡。山坡上几百个泉眼的水汇成一体，从高处往下流，汇成小溪。几百条小溪汇成小河流淌。溪水与河水流过冻土带，水冰凉。

门德在冰冷的河水里游泳，如果没有浪拍来拍去，他一定感到自己身体在打哆嗦。他脸冻得发青，牙齿颤抖。此刻，大草原消失了，眼前只有荡漾的水，浪头像一双双大手在推你。

看一眼天空，天空无限遥远，看不到地平线。

门德不时回头瞄身后的狗宝，他看到狗宝的黑脑袋像一个小铁锅，从水里钻出钻入。这条河不知道多宽，也许两百米，也许三百米。门德下水前觉得河面不宽，进了水里，就觉得河面辽阔，桦树皮船还在远处。

门德提醒自己别慌张，慢慢游。他借助河水的推力，斜着游向渚头的白桦树皮船。门德游蛙泳，累了，改成侧身游，手臂酸了改仰泳。他回头看狗宝，狗宝的脑袋一仰一沉往前游，抬头时，他闭着眼睛，嘴向外喷水，头发像涂了黑漆的韭菜一样整齐地挂在前额。

狗宝，狗宝，门德喊。

狗宝抬起头，往左右看。

门德说，我在这里。

狗宝用手摸一把脸上的水说，河里好凉啊，像冰窟窿。说着，他双手往上一伸，头浸进水里。马上，他的头从水里冒出来，又沉到水里，双手拍水。

门德一看，糟了！狗宝立起身子，腿被暗涌吸住了。暗涌是吸力特强的漩涡，过不了一会儿，人就沉入河底了。狗宝第三次冒出头，喊了一句什么，门德没听清。狗宝又沉入水里。

门德拼命游过去救狗宝。救人有学问。淹水的人抓住任何东西都不松手，如果救人者被他抓住手脚，不仅救不了人，反而会被淹水者拖入河底。门德游到狗宝边上，水面没有他的脑袋，只有一串气泡冒出水面。狗宝喝水了！他肚子里灌进去太多的水，沉到河底了！

门德一个猛子扎进水里，挥动双手抓狗宝，没抓到。他抬头换口气，再扎个猛子，这回摸到了狗宝的脊背，也许是屁股，光溜溜的抓不住。门德察觉狗宝的手正抓自己的腿，他用力一蹬，摆脱了狗宝的手。如果不摆脱狗宝的手，两人就一起沉底了。

门德第三次浮出水面换气，再扎猛子下去。双手向前摸，终于摸到狗宝的肩膀。他用手薅住狗宝的头发往水面上拖，防备他的手抓自己。

门德把狗宝薅出水面，让他的鼻子和嘴朝向天空。狗宝深吸一口气，狂呼乱喊，两只手激烈拍打水面。

门德喊，你别动，听我的！

狗宝拼命拍水，门德如果不死死薅住他头发，他肯定把门德拖入水里。一瞬间，门德想起村里的鄂伦春族渔民占布说，把溺水者打昏，把他嘴和鼻子露出水面，他就死不了。门德左手薅着狗宝的头发，右拳狠狠砸他脑袋一下，狗宝的双手不拍水了，不知道他昏迷了没有，昏了才好。门德右胳膊夹着狗宝的脖子，左手划水往前游。狗宝的脑袋夹在门德的臂弯里一动不动。门德有点害怕，狗宝死了吗，还是没死？

门德没感觉累，游到对岸一块红石头的岸边。他感觉左脚触到地面硌得疼，地面有尖利的石头。他站起来，手架在狗宝腋下，拖着他往岸上走。狗宝闭着眼睛，身体软绵绵的，很重，脚碰到土地也没有往前走的意识。

门德把狗宝放在岸边的草地上，觉得心跳得像要爆炸了一样。他喘了一会儿气，看身边的狗宝还是一动不动，不由得哭喊起来，狗宝死了！他越哭越伤心。这时候心里有一个声音说，狗宝没死，被你砸昏了。

门德不哭了，定睛看狗宝到底死没死。狗宝脸色原本黑红，现在变得灰白。门德想起有人说判断一个人死没死，要扒他的眼皮，看他眼珠转不转。门德扒开狗宝的眼皮，瞳孔没反应，眼白像羊眼睛一样无神。左眼这样，右眼也是这样。他又想起有人说看一个人死没死，要听他的心脏。门德不知道人的心脏在哪里，他趴下听听狗宝胸脯，听听他的肚子，没听到心跳。

门德又开始抹眼泪，他告诉自己别哭，想想人们还说过啥。他忽然想起来，人淹死是因为肚子里进了水，要把溺水者肚子里的水控出来。门德双手挤压狗宝肚子，挤了半天没看到他的嘴里冒水。狗宝可能真死了。门德趴到他的身上呜呜大哭，说狗宝你别死呀，你是我好朋友，你死了之后，我不知道怎么办。

门德想，也许他打狗宝脑袋，把狗宝打死了。或者用胳膊夹他脖子，把他勒死了，反正跟自己有关系。门德回想起狗宝笑的样子，黑红的脸庞上眼睛眯成缝，牙齿洁白。有一次狗宝的爷爷做俄罗斯风味的苹果馅饼，狗宝用塑料袋包着馅饼，拿到学校给他吃。还有一次，同学巴达荣贵欺负门德，逼他吃兔子屎。狗宝用牙咬住巴达荣贵的腿肚子，一直把他咬哭为止。

可是狗宝现在一动不动了。

门德感觉自己亲手杀死了好朋友，趴在狗宝身上哭，觉得他身上还有热乎气。狗宝是不是开玩笑，假装死了，让门德害怕？他双手抓住狗宝的肩膀使劲摇晃着说，狗宝，你快点醒过来，你听到了没有！

你应该让他倒立控水。

谁的声音？门德松开狗宝，抬头看，一个身穿长袖绿帆布制服的少年站在面前。他戴一顶翻毛的狍子皮帽，脚上穿雨鞋，背一个背囊，手拄拇指粗的木棍，另一只手拎着半个麻袋大的牛皮口袋，口袋上有几十个高粱米粒大的小洞。

门德站起来问，你是谁？

这个少年说，你先把衣服穿上。

第二章　鄂伦春少年那木卡

头朝下吊在树上控水

他说，我叫那木卡，你是中国人吧？

对方在说俄语，门德也用俄语回答说，我是河对面查干木伦村庄的中国人，我叫门德。

那木卡好像没听他的答话，走到狗宝身边，单膝跪地，用两根手指捏完狗宝的颈动脉说，他还活着。

他把双肩背包放下，取出一个褐色的金属扁酒瓶，拧开盖，用手掐狗宝的腮帮子。狗宝的嘴被掐得像喇叭花一样张开，那木卡往他嘴里倒了两次酒。第一次倒酒，狗宝没反应。

第二次倒酒，狗宝咳嗽。

门德激动地说，狗宝活了！他用手推狗宝的肩膀。

那木卡说，别动，他的心肺还没复苏。他从背包里取出一束捆得很整齐很粗的绳子，解开，把两头拴在狗宝的脚腕子上，往前拖狗宝，拖到一棵核桃楸树下，把绳子甩到树杈上。

这个动作就是蒙古语说的"额尔古纳"——甩过去的意思。那木卡拽住从树枝上垂下来的绳头，对门德说，你来帮我，一起拽绳子。

狗宝的身体一点点升高，慢慢吊起来，脚朝上，头朝下，胳膊无力地垂向地面。那木卡让门德用脚踩住绳子，别松开。他走到狗宝背后，一只手握住自己另一只手的手腕，抱住狗宝肚子，用力勒。

哗——狗宝的嘴像喷泉一样，喷出了额尔古纳河的水，也许是上游海拉尔河的水。那木卡松开手，勒第二下、第三下、第四下。

狗宝吐出很多水。

门德看到狗宝吐出的水里有一条火柴大的小鱼在摇摆，还有没嚼断的面条和菠菜叶。

那木卡接着勒狗宝肚子，勒到第五下、第六下，狗宝哇一声哭出来，双手晃动。

狗宝睁开细小的眼睛，看到门德是倒立的，脑袋朝下，脚朝上。狗宝并不知道自己被吊着，不知发生了什么事情，但感到难受，轻轻骂了一声。

狗宝会骂人了，门德高兴地冲过来抱狗宝。他一抬脚，绳子松开了，狗宝下坠，好在那木卡从后面抱着狗宝，没让他头朝下摔在地上。

　　那木卡把狗宝放下，扶他站起来。门德把狗宝腰间的绳子解下，拧干他衣服里的水，让他穿上鞋。门德问狗宝，你知道刚才发生了什么事情吗？

　　狗宝说不知道。

　　门德说，你刚才死了。

　　狗宝说，我怎么不知道我死了？

　　门德说，你死了，你怎么会知道呢？

　　狗宝问，你怎么知道我死了？

　　门德说，你一动不动。你知道你是怎么死的吗？

　　狗宝说，不知道。

　　门德说，你是淹死的。你记不记得我们从对岸游过来的事？

　　狗宝说，记得，咱俩一块下水找桦树皮船。

　　门德问，后来呢？

　　狗宝说，后来我看到你倒立站在前面。

　　门德说，你那就是死了，我们渡额尔古纳河，游到中间，你被暗涌拖进去淹死了。但门德没说他用拳头砸狗宝脑袋和用胳膊勒他脖子的事。

　　狗宝说，死是这样吗？

　　门德又问，你刚才死的时候见到了什么没有？见到虾兵蟹将了吗？

　　狗宝说，没有。

　　门德说，你见到死去的爷爷奶奶了吗？

　　狗宝说，我爷爷奶奶没死。

　　门德说，见到龙王了吗？

　　狗宝说，我只见到了你们俩。他用手指那木卡，问，他是谁？

门德说，他是那木卡，是他把你救活的，他往你嘴里倒了酒。

狗宝向那木卡鞠躬，说，谢谢你往我嘴里倒酒。

门德说，你应该谢谢他救了你的命。

那木卡问，你们来做什么？

门德说，我们的桦树皮船被河水冲走了，来找船。他回头看河水里的渚头，什么也没看到。

那木卡说，你们脚踩到了俄罗斯的土地，是私自越境，违法，边防军见到会抓你们坐牢。你们快游回去吧。

门德说，不会的，我们俩有俄罗斯长期居留证，来俄罗斯好几次了。

那木卡问，你们有俄罗斯国籍吗？

门德说，我们没有俄罗斯国籍。

那木卡说，在拉茨卡村，有人有俄罗斯和中国的双重国籍。

门德说，中国不允许中国人有双重国籍。我们有俄罗斯长期居留证。

那木卡问，你们怎么弄到的长期居留证？

门德说，俄罗斯法律规定，三代人当中有俄罗斯公民，就能申请长期居留证，我舅舅柯切托夫在布拉戈维申斯克（海兰泡）当园丁，所以我有俄罗斯长期居留证。

狗宝说，我大伯瓦良京在阿穆尔州当吊车司机，我也有俄罗斯长期居留证。

门德说，狗宝你神志清醒了。

疯子尤金把金银埋在森林里

狗宝手搭凉棚往对岸看，查干木伦村那么遥远，房子很小，树也矮。他转回身看那木卡，他十四五岁的样子，脸上有一般少年人所没有的沉稳，像一个猎人或者勘探队员。狗宝想跟他聊天，却不知道咋开口，想了一会儿，问，你背包里装的是什么东西？

那木卡双手拎背包，把东西哗啦倒出来。

门德和狗宝凑上前看，一个包铁丝网罩的小煤油灯，一把鱼皮鞘的小刀，刀把系着红蓝两色的穗子。一把折叠的铁丝，一个毛山榉木柄刷绿漆的小铁锹。还有一个带指针刻度的铁器，不知是什么。

那木卡说，这是指南针。

还有拧成辫子形的白干草棒和黑干草棒。

狗宝问，这是啥？

那木卡说，白草棒熏蚊子，黑草棒熏蛇。

其他的东西还有一块小镜子，一个铁螺母，一把弹弓。

门德觉得背着这些东西在森林里走的人很帅。他对那木卡说，你厉害。

那木卡笑了笑说，没啥厉害。

从相貌看，他不是俄罗斯人，也不像蒙古族人。那木卡扁鼻子，高颧骨，手掌很厚，手指短。

狗宝问，你是干什么的？

那木卡把地上的东西放回包里，取下树上的绳子，环绕捆好放到包里。他说，我是挖宝的。

狗宝眼里放出光芒，问，什么宝？

那木卡手指树林东边说，那个村子叫拉茨卡村，意思是伶俐村。村里有一个人叫疯子尤金，为什么叫他疯子，我也不知道，反正都这么叫。尤金当过符拉迪沃斯托克（海参崴）海军舰队的水兵，在马加丹州森林里挖过金子，在尤里扬斯克水电站当过工人，还在中国做过生意。反正人们都认为疯子尤金有钱。他没有老婆孩子。他的钱能用到哪里？没地方用，都在他手里。上个月，库兹佐夫的儿子过命名日那天，疯子尤金当着大伙的面宣布他把所有的钱财都埋进了乌苏里森林。他埋的不是卢布，他把钱换成了金条银条埋进森林里。尤金说他的钱是从大地赚来的，应该回归大地。谁找到这些财宝就归谁，那是上帝的意思。找不到，金银就永远埋在那里。

疯子尤金第二天就得了脑血栓，走道拉胯。拉茨卡村所有的人都去慰问他，送给他煮熟的红皮鸡蛋、蓝莓馅饼、鲟鱼汤。这些人从疯子尤金的床前一直排到外面的街道上，每人手里都捧着美味佳肴。

他们用勺子把美味送到尤金的嘴里，小声问，宝埋在哪里？疯子尤金光吃东西不回答，这个人只好走开，因为下一个人还等着呢。下一个人用勺子喂尤金，接着问，金银藏在哪里？疯子尤金摇头。后来他什么也不吃了，因为他吃不下了。

那些人像遗体告别一样走到他床边小声问，宝藏在哪里？尤金连头都不摇了。

尤金最好的朋友，猎人阿廖沙来了，疯子尤金激动地坐起来，呜噜呜噜说了很多话，不是俄语，也不是布里亚特语，是他得了脑血栓后创造的新语言。显然他在讲述藏宝的位置。

猎人阿廖沙悲伤地摇摇头，他什么也没听懂，在场的人也没听懂。

村长罗森拿来一张乌苏里森林的地图，这是他亲手绘制的。他手拿着地图问疯子尤金，宝藏在哪里？他抓起尤金的一根手指，让他指出埋宝的地方。

疯子尤金双手抓起地图，轰隆轰隆地擤鼻涕，扔到地上。

你们听懂了吧？疯子尤金把财宝埋在这片森林里，那木卡用手指四周，但谁也不知道宝埋在哪里。拉茨卡村的人们在这里挖宝，附近好几个村的人也来这里挖宝。我听说上乌金斯克和下乌金斯克的人正往这边赶，他们离这里有五十多公里远呢。

狗宝问，找到财宝没有？

那木卡反问，如果找到了，我还能坐在这里吗？

门德问，疯子尤金把他的财宝埋在了一个地方，还是分散埋在很多地方？

那木卡说，你好聪明，这正是挖宝人思考的问题。他把所有的金条银条装进一个或五个陶瓷罐子埋在一棵树底下，还是把金条银条分散埋在这一片森林里？如果他把两百个金条银条埋在两百个地方，就算找到一个也是值得的。

狗宝说，但是没人找到。

那木卡说，嗯，但有人在森林里挖出一个古代的铜镜，上面有文字。这个铜镜可能比金条银条还值钱，它是文物。

狗宝问，还挖到了什么？

那木卡说，有人挖到了人参，在这里，人参不值钱。还有人崴了脚。有一个从城里来的货车司机被熊一巴掌打下山崖，他也是来挖宝的。

狗宝问，被打下山崖的司机死了吗？那只熊是不是站在山崖边上观看，如果货车司机动一下，熊跳下去再打他一巴掌。

那木卡白了狗宝一眼，说，拉茨卡村的人说，带文字的古代铜镜是渤海国国王照过的镜子，比一马车鱼子酱还值钱。好多人来买这块铜镜，出十万卢布，十五万卢布，这个人不卖。随后他神秘消失了，有人说他也被熊打下山涧，那个铜镜被埋到原来挖出的地方。这简直太奇怪了。

门德眨着眼说，太奇怪了，从来没听说过这样的事情。

狗宝问，挖宝要有特殊技能吗？

那木卡说，没什么特殊的技能，凭运气。疯子尤金往地下埋财宝，不一定有什么规律，就算有规律，我们也发现不了他做的记号。

门德问，你怎么挖宝？

靠天意，那木卡说。这么大的森林，不可能东挖西挖，你要知道天意。

狗宝越听越有兴趣，他问，天意是啥样的？

鸟屎里可能有天意

那木卡闭上眼睛，说，在森林里走，听到特殊的鸟鸣声，就跟随这个声音走过去，在鸟鸣的地方用铁锹挖，看有没有宝。如果在森林里看到一个特别大的蜘蛛网，网上挂一只红甲虫，下面也可能有宝。鸟在空中拉屎，一颗屎正好落在你脖子上，你脚下也可能有宝。这就是天意。

狗宝说，你已经有了三次机会，鸟鸣、红甲虫和鸟屎，你挖到宝了吗？

那木卡手指狗宝，像你这么贪财的人挖不到宝，挖宝哪有那么容易？老天爷在考验你，他要考验一次、两次、三次、四次；也可能考验十几次，最后才把宝给你。

门德问，你是拉茨卡村的人吗？你不像俄罗斯人。

那木卡说，我是森林人。

门德又问，森林人是什么人？

那木卡说，森林人是鄂伦春人、鄂温克人、雅库特人，还有其他人。我是鄂伦春人，我们祖辈生活在森林里，打猎，挖药材，为别人运货。

狗宝问，鄂伦春人是春天生的人吗？

那木卡说，有春天出生的人，也有夏天、秋天和冬天生的人。

狗宝说，我以为你们都是春天生的。

那木卡笑了，都是春天生的，那是羊羔。

门德问，你们晚上住在哪里？

那木卡说，住在森林里。

狗宝问，你们一年四季都住在森林里吗？

当然啦，那木卡说，沼泽地的积雪最先融化，毛榛的黄花开了，像棉桃。接着开花的是羊胡子花，它的花是白色茸毛。早春开花的还有石楠，开淡紫花。蜂斗叶开钟状的粉花。各家各户烤云雀。你们以为把云雀放到火上烤，是吗？哈哈，你们想错了。各家拿面粉捏成云雀模样在面包炉里烤，这是迎接春天的仪式。小孩在树上搭小鸟之家，迎接候鸟回来。秃鼻乌鸦是最早回来的鸟，在云杉树的窝里下第一窝蛋。鹿长出新犄角，白兔和白山鹑换装，变成灰色。白鼬也变成灰色，但它尾巴尖还是黑的。林中的积雪融化，变为溪流，带着冰块流过来，横冲直撞。好多巨大的枯树被冰撞倒了。这时候森林里没法通行，到处是激流、冰块和倒地的树木。但是我们鄂伦春人照样在森林各个地方走。

狗宝说，你们在树梢上飞吗？

那木卡说，你愚蠢，在树梢上飞的是斑啄木鸟、布谷鸟和乌苏里松鸦。我们划自己制造的独木舟在溪流里穿行，为别人运送物资。

门德问，为谁运送物资？

那木卡说，森林里住着水文站的人、边防军人、地质队的人。春天冰雪融化之后，我们森林人划独木舟为他们送去粮食和信件。

狗宝问，你们从哪里拉的东西？

那木卡说，我们从拉茨卡村装上面包、香肠、伏特加，上邮局取上信，划船送给住在森林里的人。他们付我们钱。

狗宝问，你们冬天也住在森林里吗？

那木卡说是的，我们在森林里有房子，烧木桦子。整个冬天都住在森林里。

狗宝又问，你不怕野兽咬你吗？

那木卡笑了笑说，人手里有枪，野兽躲还躲不过来呢，怎么会跑过来咬你呢？

门德说，你没带枪。

那木卡说，挖宝不需要带枪。

狗宝问，手里没枪，你遇到野兽怎么办？

那木卡说，那要看遇到什么样的野兽。小动物不会咬你，好多时候，大动物也不会咬你。但是狼、猞猁、熊和豹子脾气都暴躁，它不高兴了，也许会把你扑倒，把你撕碎，不为吃你而是发泄一下。

门德问，发泄什么？

那木卡说，动物对人类怀有仇恨。人类用枪打它们，用陷阱捕捉它们，剥动物皮，吃动物肉。这些记忆深深留在动物的基因里，它们会报复。更多时候它们躲着人，动物怕人像怕魔鬼一样。

那木卡把右手拇指和食指环在一起，放嘴里吹了一个呼哨。不到一分钟时间，一只鸟从树顶飞下来，落在他面前，打量他。

这只鸟一尺多长。浅红色的脑袋和脊背，蓝羽毛的翅膀上镶嵌白羽，红嘴，红爪子。

这是什么鸟？门德问。

乌苏里松鸦，那木卡回答。

狗宝问，它能帮你做什么？

那木卡说，不做事，它是我的朋友。一个人在树林里寂寞，需要朋友。

松鸦打开翅膀，往左跳几步，往右跳几步，很滑稽。那木卡从上衣兜里掏出东西放在手掌上，让鸟吃。是肉红色的小球。

你喂它什么？门德问。

那木卡说，面包屑养的小蛆虫。

这只鸟大口吞咽蛆虫，吃完仰起头，发出咪咪的叫声。

那木卡哈哈大笑，说，哈达，你去玩吧。

这只名叫哈达的乌苏里松鸦展开翅膀，飞到树顶。

门德说，你的生活太有意思了。

那木卡说，有什么意思？单调又寂寞。

门德说，比我们强多了。我们每天上课，放学写作业。村里没有玩的地方，下河游泳，大人也不让。

你和你爸爸上山打猎呀，那木卡说。

门德说，猎枪早没收了，再说我爸爸和妈妈都在外地打工，过年才回家。过完年又到外地去了。

狗宝说，我爸爸妈妈也在外地打工，我们村里孩子的父母都在外地打工，只剩下爷爷奶奶，没意思。

门德说，过去村里有人喝醉了耍酒疯，现在连耍酒疯的人都没有了。

那木卡笑了，说，这里尽是酗酒的人，耍酒疯是他们生活的乐趣。

狗宝说，我喜欢看人耍酒疯。

那木卡说，我听说你们喜欢赚钱，赚来钱在村子里盖一个小楼，不去住，继续出去赚钱。哈哈哈，为什么要盖楼呢？

门德说，盖一幢小楼证明你家有钱。

那木卡说，有钱又怎么样？不如拿这些钱到世界各地旅游，坐轮船，坐飞机，看足球比赛，多好哇！

狗宝说，我们村里的人不看足球比赛，也不想坐轮船，他们希望别人知道他们有钱，这样才高兴。

那木卡说，我觉得有钱也不如在森林里生活。森林里不需要太多钱，听到美妙的鸟鸣，看到各式各样的昆虫，呼吸新鲜空气，多好啊。

狗宝站起来往森林里看，那里长着高大的云杉和冷杉，大树下面生长着山杨树、白桦树、椴树和槭树，森林上空是晴朗的蓝天。但森林里光线阴暗，微风吹来潮湿的气息。狗宝看到那木卡身边的牛皮口袋似乎动了一下，问，这个口袋里装的是什么东西？

那木卡说，不要问。

狗宝说，不问我怎么知道那是什么东西。

那木卡说，在这里，没人问别人口袋里装的是什么，不礼貌。

门德说，我们也不问别人口袋里装什么，他嘴欠。

狗宝说，你不说就证明口袋里装着神秘的东西。

那木卡问，你们怎么不回家？

门德说，我要向你学习。

那木卡说，学什么？我们穷，没有钱。

门德说，我也没钱，我只是一个小学生。我跟你学习森林的知识。

那木卡说，你想做一个森林人吗？

门德说，是的，你讲的故事吸引人。

狗宝说，我想跟你一起挖宝，给你当帮手。

那木卡笑了，你给我当帮手？你们俩跟着我在森林里走，其实是累赘，我还要照顾你们。森林里不知道会遇到什么危险。

狗宝说，有危险才好呢，我就喜欢危险。

门德说，你已经淹死过一次了，还不够吗？

狗宝说，淹死没什么意思，我喜欢跟野兽搏斗。

那木卡说，算了，你们在中国生活得很安逸，吃饭花钱都不发愁，没遇到过危险。我们森林人吃的、喝的、花的钱都要从森林里取得。那种辛苦你们理解不了。

妈呀！

那木卡身后传来狗宝的号叫，他双手捂着耳朵往外跑。

那木卡身边系着羊皮绳的牛皮口袋打开了，钻出一条蟒蛇。这条褐色带黑斑的蟒蛇像一个弯曲的扁担，高高抬起身子，嘴里伸缩带叉的蛇芯子。

与蟒蛇搏斗

那木卡站起身，弯腰悄悄接近蟒蛇，他双手张开虎口，准备掐蟒蛇脖子。蟒蛇从袋子蹿出，绕过核桃楸树，与那木卡对峙，嘴里发出咝响。那木卡往后退，从地上捡起一根木棍打过去。蛇灵巧地躲过木棍，爬到门德身边，准备攻击他。门德吓得仰面倒地，用脚和手掌蹭地往后移动。那木卡挥舞木棍打蛇，蛇低头躲过木棍，用身体把木棍缠住。那木卡松开手往后退，蟒蛇迅速松开木棍，身子抬起二尺多高，向那木卡进攻。那木卡躲到核桃楸树后，蛇嗖地咬他露在树边的脚。那木卡踢开蛇，好在他穿着厚厚的皮靴，没咬到肉。

那木卡转身往后跑，跑到一棵粗壮的云杉树背后。没想到，蛇的动作比他还快，飞蹿过去，把云杉树干缠起来。那木卡没紧靠树，否则连人带树被蛇缠住了。如果人被蛇缠住，尤其是这么粗的蟒蛇，那就死定了。蛇缠人越来越用力，直到人上不来气，憋死了。

那木卡往前跑，他眼前是一个下坡，底下是干涸的河道，河道里堆积着被洪水冲过来的大大小小的砾石。很不幸，那木卡奔跑中被一个隐藏在草丛中的树桩绊倒。他仿佛知道蛇会蹿过来，立刻翻转身。这时蛇已经追上来，蛇头离他的脖子不到一尺远。那木卡站起身，双手掐住蛇的脖子。蛇却把他身体缠住了。那木卡用尽力气掐蛇的脖子，不知能不能掐死蛇。他毕竟是少年，没太多力气。蛇却紧紧缠着他不放松，想把他缠死。

森林里的孩子聪明，他们的智慧，别人想都想不到。那木卡双手掐着蛇脖子向后仰倒，顺着下坡打滚儿，滚到河道的砾石上。

门德和狗宝先是不敢看，趴在地上发抖。那木卡和蛇离开他们的视线后，他俩悄悄站起来，看到那木卡身上缠着蛇，在旧河道的砾石上翻滚。

那木卡想用砾石把蛇身硌烂。他喊，你们拿石头砸蛇！

门德和狗宝一人拿起一块石头，跑过去砸缠在那木卡身上的蛇。狗宝砸得不准，第一下就砸在那木卡的腿上，把他疼得龇牙咧嘴。门德拿起石头，不敢砸。他看到蟒蛇被那木卡掐得张开大嘴露出红色口腔里的尖利白牙。他扔掉石头，向后退。

那木卡喊，哈达，哈达！

松鸦哈达飞下来，站在石头上。

啄它眼睛，那木卡说。

松鸦跳到狗宝头上，啄他眼睛。狗宝吓得用胳膊捂住眼睛。

那木卡说，啄蟒蛇的眼睛。

松鸦哈达从石头上跳起来啄蟒蛇的眼睛。蟒蛇想躲但躲不了，那木卡用手紧紧掐着蟒蛇。

松鸦哈达扑棱翅膀从地面往上跳，啄瞎蛇的左眼，接着啄蛇的右眼。

可能是蟒蛇越缠越紧，那木卡脸上出现痛苦的表情，他说，去拿刀子和铁铲。

他俩跑回去，狗宝从鱼皮鞘里抽出刀子，门德拿起铁铲跑回来。

那木卡说，砍蛇，割蛇的肉，那木卡的声音嘶哑，他坚持不了多久了。

门德用铁铲拍蛇，没什么作用。狗宝勇敢地把刀扎进了蛇身上，好险没扎到那木卡肉里。蛇像麻绳一样一圈一圈缠在那木卡身上，他用刀刃横着割这条蛇，他感觉刀已经切到了蛇的脊椎骨上。狗宝抽出刀割蛇的其他部位。蛇血喷出来，溅到狗宝手上。但蛇还紧紧缠着那木卡。那木卡这时想说什么却发不出声音，只看到他嘴在动。

狗宝站起身，双手握刀，把刀尖直直扎进蟒蛇的咽喉里，只剩一个刀柄。

蛇死了。那木卡松开手，躺在地上，脸色苍白。

门德和狗宝拽那木卡的帆布衣服，想把他从蛇的缠绕中拽出来，死蛇仍然缠在那木卡身上。

狗宝说，门德你把蛇从他身上解下来。

门德说，我不敢。

狗宝说，胆小鬼，蛇已经死了。

门德硬着头皮捉住蛇的身体往后拖，蛇身上冰凉，割破的地方露出雪白的肉。蛇血把那木卡的衣服浸透成黑色。

狗宝把那木卡拖出来，放在地上。那木卡昏迷了，他俩怎样喊叫都不回应。

门德学那木卡的样子，用手捏他颈动脉，感觉到他血管还在搏动。他对狗宝说，快去拿那个扁酒瓶。

狗宝拿酒瓶跑过来，门德一手捏着那木卡的腮帮子，另一只手把酒倒进他嘴里。

那木卡被酒呛醒了，咳嗽。他翻过身，看到那条蛇嘴里插着匕首，低声说，把刀拔出来。

门德和狗宝打起来了

狗宝从蛇嘴里拔出刀，递给那木卡。那木卡慢慢坐起来，把刀上的蛇血在裤子上蹭了蹭，说，你们是好样的。

他俩扶着那木卡往放背包的地方走，那木卡手里拎着那条死蛇。蛇身上有两处刀痕，那是狗宝的战绩。

那木卡靠着核桃楸树歇了一会儿，喝了几口酒，然后用刀剥下这条蟒蛇的皮，把肉收拾干净。

他说，这条蟒皮被你割了两刀，但还是一张漂亮的皮，中国人喜欢蟒皮。

狗宝问，为什么？

那木卡说，你连这个都不知道吗？中国的乐器离不开蟒皮，二胡、四胡、三弦都蒙蟒皮，这在中国是值钱的东西。你们那里，这么大的蛇不好找了，所以这个蟒皮能卖一点钱。

那木卡从树林里捡来一堆干树枝，从背囊拿出黑板擦那么大的一盒火柴，火柴盒上画着张大嘴的猛虎头像。他用粗大的火柴点燃干树枝，在火堆左边支一个 X 形的木棍支架，用羊皮绳系好。在右面也支一个这样的架子。他把折叠的铁丝打开，放上去做横梁，把蛇肉放在横梁上烤。

那木卡用刀割一段蛇肉，扎在刀尖上，在火上翻着烤，蛇肉烤得咝啦咝啦冒油，香味在森林里弥漫。他从下衣兜里掏出一个装盐面的小玻璃瓶，往上撒盐面，用刀扎一块蛇肉递给门德，说，吃吧。

门德和狗宝早被蛇肉的香味馋得肚子咕咕叫，焦黄色的蛇肉冒油，绽开，露出蒜瓣肉。

门德咽一口唾沫，说我不敢吃蛇肉。

那木卡把扎着蛇肉的刀子递给狗宝。

狗宝说，我爸说吃蛇肉、刺猬肉、黄鼠狼肉会遭报应，我不吃。

那木卡说，你们还是不饿。他大口吃肉，吃完一块，再切一块蛇肉放在火上烤，撒盐面，接着吃。松鸦哈达飞过来，那木卡丢给它一块肉，松鸦低头啄肉，抬头咽下去，再低头啄。那木卡大约吃掉三分之一的蛇肉，他把剩下的蛇肉拿一块油布包好，用麻绳系成十字形，放进牛皮口袋。

狗宝问，你在牛皮口袋里装这条蟒蛇干吗？

狗宝提起这件事，气得那木卡把头顶的狍子皮帽摔在草地上。他说，你为什么把装蟒蛇的牛皮袋子解开，差点要了我的命。

狗宝说，我看到你和蟒蛇搏斗，其实你打不过蛇。不过你把它的肉吃了，算报仇了。

那木卡把帽子拿起来，往地上再摔一次，说，你无理！不经主人同意，打开别人的行李是小偷行为。

狗宝说，我不是小偷，我好奇。

那木卡说，你好奇也要征得主人的同意，主人没同意就动别人东西是小偷。

狗宝摊开手说，我什么也没偷，我只是解开了系牛皮袋子的绳子。

那木卡说，这条蟒蛇是拉茨卡村伊凡的蛇，他把蛇卖给了森林里的野生动物研究站，让我把蟒蛇送过去。拿到回执，伊凡给我五百卢布。这下好了，蛇没了。我欠伊凡一条大蟒蛇。

这条蟒蛇值多少钱？门德问。

那木卡说，没法说蟒蛇值多少钱，蛇活着也说不出自己值多少钱，就看伊凡要多少钱。他要多少，我就得赔多少。也可以用东西结算。到冬天，我送给他一张上等貂皮就两清了。

狗宝问，上等貂皮值多少钱？

那木卡，一万卢布，也许两万卢布。

门德说，狗宝应该出一万卢布，是他放走了蟒蛇。

狗宝站起来说，你挑拨，凭什么让我出一万卢布？

门德说，因为你是小偷，你在学校看到喜欢的东西，偷着放进书包里，这样的事发生好几次了。

狗宝反驳，门德你以为你是好学生吗？你往老师讲台的抽屉里放癞蛤蟆，这是好人干的事吗？你考试抄别人的答案，被老师揭露了。

门德站起来，指着狗宝说，你竟然跑到俄罗斯给我造谣，你就是一个小偷。

狗宝也站起来，挺着胸膛说，我没造谣，你就是抄袭了。门德伸开双臂推狗宝，狗宝后退了一步，上前抱住门德的腰，把他摔倒。门德站起来，用头顶在狗宝胸脯上。狗宝摔倒后仰，手脚朝天。他在地上左右看，捡起一根烧焦的树枝，站起来抽门德。

门德夺过树枝撅断，扔地上，说你就应该淹死，我好心救你，你还敢打我。

狗宝说，我不是你救的，是他救的。

门德说，你忘恩负义，是一条狗。

狗宝认为门德说他是一条狗是在暗示他的名字。他愤怒地说，你敢说我是一条狗！又捡起一根树枝抽打门德。

门德猫腰捡起一根树枝，跟他对打。

你们是在击剑吗？

他俩停下来，回头看。说话的是一个俄罗斯人，四五十岁的样子，栗子色头发，一双看不清颜色的眼睛藏在浓密的灰眉毛里。他穿着一件浅红色的灯芯绒大袍，脖子上挂一串念珠，头顶戴一个鹿角装饰的帽子。

第三章　通灵者花鼠

花鼠知道藏宝的地点

戴鹿角帽子的俄罗斯人说，我在森林里闻到了食物的香味，准确地找到这里，一点没有走弯路。请问你们刚才在吃什么好东西？

那木卡从背包里拿出油纸包，打开递给这个人，说，请用吧！

这个人从袍子下边的兜里掏出一个钢叉子，在腿上蹭了蹭，叉起一块蛇肉放在鼻子上闻。他闭上眼睛说，这是什么美味？他用鼻子吸了吸肉的香气说，是鹿肉吗？他用食指敲着自己前额说，鹿告诉我，这不是鹿肉。是野猪肉吗？野猪也说不是。好吧，我先吃下去再说。

他闭着眼睛嚼蛇肉，从右面的兜里掏出锡制扁酒瓶喝了一口酒，又往蛇肉上倒了些酒，放在嘴里嚼。他说，我知道了，这是一条两米长的大蛇，它有褐色的皮，带黑花斑。我说得对吗？

狗宝说，你全说对了。

这人满意地笑了。

那木卡示意狗宝别说话。他说，先生，请问您从哪里来？

我能请教您的名字吗？

这个人说，我从东方来，是布里亚特萨满师，通灵者，你可以叫我花鼠。

那木卡说，您长得不像布里亚特人。

花鼠说，我原来也长他们那种相貌，黄皮肤，小眼睛，宽脸盘。来到你们这里，我用魔法把面容改成俄罗斯人的样子。以后我还要到朝鲜，再改成朝鲜人的相貌。

门德说，你能改变别人的相貌吗？

花鼠看了一眼门德说，可以的，但你要付钱。

门德说，我想变成中国汉族人的样子，黄皮肤，黑头发。

他指着狗宝说，像他一样。

狗宝说，我是中国山东人。

花鼠说，中国山东人？你懂魔法吗？

狗宝说，我不懂。

那木卡问他，您来这里做什么？是来寻宝吗？

花鼠说，我吃了你的蛇肉，欠你一个人情。实话告诉你，正像你说的，我在帮助别人寻宝。你注意听，我说的是帮别人寻宝，我自己不需要财宝。我告诉寻宝的人宝物藏在哪里。你们可能不知道，疯子尤金在埋宝物的时候做了好多陷阱，弄不好你会掉到陷阱里。

花鼠的话吓了那木卡一跳，他是猎人，知道陷阱的可怕。不过猎人们都会在陷阱旁做记号，让其他猎人看到，不至于误伤别人。但是疯子尤金不一定设置标记，既然你去寻宝，掉进陷阱也是活该。

他问花鼠，疯子尤金在这片森林里埋了多少宝，您知道吗？

花鼠用指甲把塞进牙缝里的蛇肉抠出来，放在嘴里嚼。他说，知道，但我不会说的。我可能告诉你一个、两个，最多三个藏宝的地方。我不会把所有藏宝的地点都告诉你，老天爷会惩罚我，你懂吗？

那木卡点点头说，我不需要所有财宝，找到一个就够了。

花鼠说，是的，上帝保佑像你这样不贪财的人。

狗宝问，你吃饱了吗？什么时候告诉我们藏宝的地方？

花鼠瞪了狗宝一眼，说，你急什么？我看到你后背上藏着一个鱼怪的灵魂，你自己不知道吗？

狗宝一哆嗦，用手摸自己后背，说没有哇，什么是鱼怪？

花鼠说，鱼怪是河里的妖怪，它可能被王八咬死了，也可能被狗鱼咬死了。如果它发现一个溺水身亡的人，就借他的躯体托生为人。你刚才渡过河吗？

狗宝脸色煞白，说，是的，我和门德刚从这条河游过来。

门德说，他差点被淹死。

花鼠说，我不会说错，否则我怎么能看到你后背有鱼怪的灵魂呢？

狗宝说，门德，快把鱼怪的灵魂从我后背打跑。

门德用巴掌噼里啪啦拍狗宝后背，说没看到灵魂。

花鼠说，你们怎么会看到灵魂？我告诉你们，灵魂拍是拍不掉的，用巫术才能把它们除掉。

狗宝说，花鼠大爷，请您给我用巫术吧。

花鼠说，你着急啦？没关系的，有我在，鱼怪的灵魂不能把你怎么样。

狗宝说，你别吃蛇肉了，快把鱼怪的灵魂撵走，我都哆嗦了。

花鼠说，你害怕啦？还早呢，天黑之后鱼怪才显灵。

狗宝吓得哇的一声哭出来。

古力古力，古力古拉

花鼠看狗宝一眼，笑了，理了理灰色的胡子说，你胆子这么小哇。

狗宝一边哭一边用手揉眼睛，眼神流露埋怨，他希望花鼠快点作法，让他摆脱厄运。

花鼠说，暮色降临之后，鱼怪会来骚扰你。怎么分辨是不是鱼怪的灵魂呢？它无形的身体站在你的肩膀上，用力往下踩。你先是觉得肩膀发麻，后背发紧，然后你的双脚不由自主往地里陷，听懂了吧？鱼怪的灵魂把你踩到地里，最后你只露出一个脑袋，虽然眼睛还能骨碌转，嘴已经说不出话了，像一个足球一样。

狗宝哽咽，双眼被手背揉得通红。

但是，花鼠站起来，用手抖了抖浅红色灯芯绒大袍的前襟，说，我有办法，很简单，你过来。

狗宝走到他跟前。

花鼠说，伸出你的左手。

狗宝伸出左手。

花鼠说，你用左手拇指的指甲按住左手中指的指根，其余四根手指包住拇指，这相当于掐住了鱼怪的咽喉。嘴里念：古力古力，古力古拉。一共念三遍，记住了吗？

狗宝点头。

花鼠说，你做一遍给我看。

狗宝用左手拇指按在左手中指指根，攥紧四指。大声喊：古力古力，古力古拉。古力古力，古力古拉。古力古力，古力古拉。他脸通红，脖子青筋凸起。

花鼠说，OK，就这样，没有哪个精怪敢骚扰你。而且刚才你已经掐死了一个鱼怪，还剩下两个，但它们轻易不敢到你身边来。

狗宝跪地给花鼠磕了一个头，说，花鼠大爷，谢谢你的救命之恩。我现在是小孩，以后长大挣了钱，孝敬你老人家。

哈哈哈，花鼠笑了，说，你的动作，你的言语，一看就是一个中国人，重情重义。但你要记住，是左手而不是右手，用左手拇指掐住中指指根，不要掐食指、无名指和小指的指根，掐错了的话，你会神经错乱。

狗宝笑了，睫毛上挂着晶莹的泪珠，他问，食指、无名指和小指指根有什么神灵？

花鼠摸摸狗宝的头说，各种神灵，他们没妨碍你，所以你不要妨碍他们，记住是中指。

狗宝说，记住了，中指。他心里忍不住想掐一下食指、无名指和小指的指根，看能掐死哪些神灵。

花鼠手指着那木卡的双肩背包说，这里面放了一个小铲子、一个指南针、一捆绳子，对吧？

门德说，太了不起了，您隔着帆布兜子就能猜出里面的东西，您是怎么猜出来的？

花鼠说，是看，不是猜。对一个通灵者来说，这算不上什么。普通人只能看到眼前的东西，但是通灵者能看到背后的一切。比如这棵云杉，他手指着那棵粗壮的云杉树说，从古到今，有多少人从这棵云杉树边走过，他们穿什么样的衣服，手里拿着什么样的东西，通灵者只要看到这棵树，就看到了这些人的身影，他们藏在树的背后。通灵者看到从这里走过的老虎的身影，有公虎，也有母虎和虎崴。走过的还有野猪、狼和狐狸。树是一个照相机，把见到的一切都拍照储存在年轮里。

门德用手摸云杉树。

花鼠说，摸是摸不出来的，当然你也看不到古代的人。但我能看到他们，就在那里。你看，鹿群走过去。你看，一群土拨鼠跑过来，不，是松鼠，我差点看成土拨鼠。不过这是六十多年前的事情了。时间拉回来，十年前，有一只猞猁死在这棵树下，他被猎人用一颗比利时FN-49步枪子弹射中，血流到了树下的泥土里。蚂蚁碰到这些血，爪子从身体上脱落下来。

狗宝和门德互相对视，睁大眼睛，这棵沉默的大树边上竟然发生过这些事。

狗宝说，有人在树边撒过尿吗？

花鼠说，我分辨不出浸入泥土的尿是人尿、熊尿还是狐狸尿，我看到这些尿冒着泡渗到地里，发出刺鼻的气味。

狗宝跑过去，趴在地上用鼻子闻，说我只闻到泥土的气味。

花鼠说，你的鼻子啥都不是。

亚什金将军的哥萨克骑兵从森林驰过

门德茫然望着大森林，这里一棵挨一棵长着云杉、冷杉、落叶松和山杨树，还有花楸树和槭树。高大的乔木下长着低矮的灰柳和卫茅。林中回荡着布谷鸟、丘鹬，以及灰伯劳的鸣叫。地面上红花八角茴和剪秋罗安静地开花。这里能藏着动物和人的身影吗？门德问花鼠，他们去了哪儿？

花鼠问，你说的他们是谁？

门德说，老虎、野猪和猎人。

花鼠说，就在前面，离这里不到两公里，他们在比金河边上休息。

门德问，他们还回来吗？

花鼠用食指挡住自己的嘴说，嘘，有人来了，亚什金将军的哥萨克骑兵走过来了。

门德、狗宝和那木卡探身看。

花鼠说，后退，小心他们的马踢到你们。亚什金将军骑着白色的高头大马，他身边骑黑马的是他的副官萨沙。萨沙肩上扛一把毛瑟枪。

花鼠蹲下来，小声说，快趴下。他们三人趴在地上。

花鼠眯起眼，手指着南方说，你们看到了吗？马队的烟尘像风沙一样，他们跑过来了，枪支撞击马刀，叮当响。你们没听到哥萨克骑兵的呐喊吗？他们杀人如麻，快隐蔽好。

花鼠把头埋进自己的双臂里，趴在地上不动。他们三人学着花鼠的样子，头贴地，闭上眼睛。

过了一会儿，花鼠说，谢天谢地，他们总算过去了。他站起来，拍拍袍子上的泥土和草叶，指着北方说，他们所到之处，留下焦土、硝烟和哭泣声。好在我们没被发现，躲避了一场杀戮。

狗宝觉得周围一直静悄悄的，没有烟尘和马队，灰伯劳和丘鹬的叫声始终没有停息。但他又不能不信花鼠所描述的场景，他问，你说的都是真的吗？

花鼠转回身，生气地反问，难道我在骗你们吗？他弯腰从地上抓起一块土说，你难道看不见吗？这是马蹄印。

狗宝、门德、那木卡凑上前，低头看地上的马蹄印，没看到，但他们不敢反驳花鼠。

花鼠说，我说马队刚刚过去，这个刚刚说的是一百多年之前，那时候亚什金将军和南西伯利亚的土著人开战了，安吉拉河被血水染红。河水里既有哥萨克人的鲜血，也有土著人的血，融合在一起，流向了北冰洋。我为什么要向你们说这个呢？

花鼠用手捧着头沉思了一会儿，说，何必让这些不开窍的人知道人间的秘密呢？你们跟我来。

花鼠带他们走到一块半人高的石头边上。他伸手摸了摸石头边上的冷杉树，又摸了摸石头另一侧的狗枣子藤，他说，你们选一个人蹲在这块石头后面，让他随便伸出一根，或者两根、三根、四根手指，必须是右手的手指。你们在边上看他伸出几根手指。我到前面，因为有石头挡着，我看不见他伸几根手指。你们说开始，我就把我看到的告诉你们。到时候你们就知道我的眼睛可以穿透这块石头，看到所有真相。

狗宝高兴地坐在石头后面，摆弄自己的右手。花鼠走到石头前十几米远的地方，站住。那木卡说，狗宝举手指，开始。

狗宝举起食指。

花鼠说，一根手指，

狗宝举三根手指。

花鼠说，三根手指。

狗宝竖起大拇指。

花鼠说，一根手指，好啦，你们看到了吧，我说得对吗？

门德说，全猜对了。

花鼠说，不是猜对了，是看见了。

门德说，可是你是怎么看见的？你的眼光能穿透石头吗？

花鼠点点头。

狗宝从石头后面走出来，问，你是仙人吗？

花鼠用手摸着自己的胡子说，仙人？这样说不恰当，我算不上仙人，需要学习的地方还有很多。

狗宝说，你隔着箱子能看出箱子里有多少钱吗？花鼠点点头说，我能看到房子里有几个人，箱子里有没有酒，墙上是不是挂着猎枪，床底下有没有猎刀。

狗宝说，你有这么大的能耐为什么不变魔术呢？你到我们查干木伦村去变魔术吧，那里游客多，肯定赚好多钱。花鼠用手指着狗宝说，小心你的言辞，这怎么能算是魔术呢？这是上帝赐予我的力量，跟魔术完全是两回事。

门德说，我相信你说的都是真的。

狗宝说，你可以到电视台变魔术，那就闻名世界了。花鼠说，我说过不是变魔术，你注意后背鱼怪的灵魂。狗宝急忙回头看，用手捂住了自己的嘴。

花鼠对那木卡说，你把我吃剩的蛇肉拿过来，我带走。那木卡把蛇肉放在一张白纸上，递给他。

花鼠说，亲爱的朋友们，很高兴在这里见到了你们。我相信你们今天见证了奇迹，但不要流露惊奇的眼神。奇迹是我们这个世界的一部分，生活到处都有奇迹，只不过你们没有发现而已。我想我们还会见面的。

花鼠挥挥手，转身走了。

狗宝追上前说，花鼠大爷，你去哪里？

花鼠说，东方，世上唯有东方是神圣的地方。

狗宝说，你还没给我作法呢，今晚鱼怪把我踩到地里怎么办？

花鼠转身，把食指放在嘴上。伸出左手，用拇指抵住中指指根，挤挤眼睛，走了。

狗宝望着他的身影心绪不宁。

狂风袭来

那木卡背起双肩背囊，拎着牛皮口袋往树林里走。门德和狗宝跟在他后面。

那木卡回头问，你们俩跟着我做什么？

门德说，我们没地方去。

那木卡说，你们应该回家呀，他用手指额尔古纳河的方向。

门德说，回家没意思。

那木卡说，回家没意思也不能待在森林里，过一会儿天黑了，你们住哪里？吃什么？野兽来了怎么办？趁天还亮，快渡河回家吧。

狗宝说，我不渡河。我后背还有两个鱼怪的灵魂，如果下河游泳，它们会把我按到水里淹死。反正我不渡河。

那木卡说，你不渡河也不能跟着我呀。你们应该自己旅行。

门德说，我们去哪里旅行？

那木卡说，我怎么知道你们去哪里旅行。你们想去哪里，就去哪里。他指着南边说，拉茨卡村在那边，你们去村庄吧。

门德说，我想跟着你，有意思。

那木卡说，你真是一个小孩，虽然你俩比我只小一两岁，可完全是儿童心理。我在劳动，你们懂吗？我帮别人运蛇，但是蛇死了。剩下的选择有两个，要么抓一条大蛇送到野生动物研究站，要么去挖宝，用财宝赔偿伊凡的蛇。这是劳动，怎么能说有意思呢？

门德说，我跟你走，看看河边有没有亚什金将军的哥萨克骑兵。

那木卡说，你怎么能相信这个呢？那是一百多年以前的事情。他们如果还坐在河边休息，早都变成骨头了。

那木卡的话音还没落，森林里传来呼啸声，眼看着一股黑雾从树林里卷过来，发出奇异的声响。风声的低音部分如同几百个人用石头蹭帆布，高音部分来自树梢，那是尖锐的，一阵紧似一阵的哨音。

门德双手抱紧，说，哥萨克骑兵来了。

那木卡一手牵一个人，顺风跑到一个土坑里隐蔽。这个土坑原来是个房子，地下挖两米多深，地上垒一米多高。放上木头盖上草就是房子，这种房子叫地窖子。此刻房顶的木头和草都没了，已废弃不用。

他们刚爬进这个地窖子的坑里，狂风从身后扑过来。森林里响起咔嚓咔嚓的树枝断裂声，树枝、杂草以及其他东西在地面翻卷飞滚。

门德稍稍睁大眼睛，看地面上一片黄沙。这股狂风竟然把沙尘刮进森林里。风的声音越来越大，可称作怒吼。慢慢地，风声弱下来。没到几分钟，更强劲的风刮过来。这一次的风里不知带着什么东西，从高空噼里啪啦砸下来，像有人从云端向他们投掷石块。门德这时完全相信花鼠说的话，森林里驻扎着哥萨克骑兵、野兽、匪徒和各种精怪，几百年以来他们一直在这里。他耳边传来枭鹰的鸣叫，极其凄厉。门德想，这就是精怪的呼喊。他大声问狗宝，你左手拇指是不是按到其他手指了？狗宝点点头。

门德说，完了，你把精怪招来了。花鼠说你只能按中指指根，不能按其他指根。

狗宝说，我按了无名指指根。

门德说，你刚才掐住了森林怪物的脖子，他生气了。

狗宝说，那怎么办？

门德捧起狗宝的左手，轻轻抚摸他的无名指指根，说森林大老爷，不要生气了，狂风过去后，我们买酒洒在地上，敬奉你老人家，快息怒吧。

狗宝听门德这样说不禁流下了眼泪。他没想到，不知不觉，他的左手成了制造灾难的策源地。

门德对他说，你千万别用拇指按这些手指了，哪个手指也不能按，你听见了吗？

狗宝点点头，眼泪成串洒在手臂上。

不知道是凑巧，还是因为门德的祷告起了作用，风声停息了。四周静得让他们不敢相信自己的耳朵。他们悄悄爬出地窖子，看到地面上到处是拳头大的松果。门德想象有人从云端投掷的石头，实际是被风从树上刮下来的松果。

他们三人的眼窝、眉毛、头发上敷上了一层细腻的黄尘，这是来自沙漠的礼物。这里是森林，远处是布满森林的高山，这些细细的沙尘是从哪里吹过来的呢？大自然真是奇妙。

他们说话，察觉嘴里有沙尘，嚼起来嘎吱响，突然间，金色的光束从高大的森林间隙射过来，落在地上，如一片片金箔。这是太阳的光线。

他们往前走，不到一百米，走到了森林西侧的峡谷边上。这是一个巨大的V字形峡谷，里面长满尖顶的云杉和圆顶的冷杉，把峡谷遮蔽得严严实实。峡谷出口悬挂一轮金色的落日，仿佛是峡谷用双手托起的宝珠。他们脸上有金红的夕照，如同青铜雕像。

一只黑鹰飞入峡谷，在峡谷里盘旋滑翔，翅膀打开的长度让人难以想象，如同一个黑色的帐篷。鹰头白色，肚子也是白的。

峡谷右面长着矮小灌木的山坡上，一群马鹿蹦蹦跳跳地穿行。这情景如同是一幅羊毛挂毯里的图画。大自然用壮丽敲击他们的心脏，使他们忘记刚才的狂风。

落日往西边的天际下沉，周围的云层越来越红，仿佛在燃烧。在红云后面是零散的灰云，它们靠近红云那一面镶着金边。

狗宝的表情呆住了。

门德问，你怎么啦？

狗宝说，我肩膀有点酸，好像有人坐在上面。

门德笑了，说，鱼怪坐在上面。

狗宝说，我觉得也是。

门德抓过他的左手，说，快施法术，千万不要按错手指。刚才你按错手指才刮起了狂风，我不想再见到那样的狂风了。

狗宝紧紧攥着左手，对着峡谷高喊，古力古力，古力古拉！古力古力，古力古拉！古力古力，古力古拉！

那木卡问他，你觉得好点了吗？

狗宝说，我觉得头晕，身上软绵绵的，有点站不稳。

门德用手摸狗宝脑门，说你的头发烫。

门德刚说完，狗宝仰面向后倒去，那木卡急忙从后面抱住他，放在地上，摸他的头，说他发烧了。

门德问，这是鱼怪搞的吗？

那木卡说，森林里怪事多得很。他把背包放下，让门德替他背着，牛皮袋子也交给门德。他背起狗宝往森林里走。

门德问，我们去哪里？

那木卡说，离拉茨卡村不远有一间空房子，原来养蜂人住，我们去那里。

第四章　猎人叶戈尔

白　房　子

那木卡背着狗宝，迈着小步往前跑。脚踩在枯干的落叶上，发出唰唰声响。狗宝小声呻吟，含混地说别人听不懂的话，手臂乱动，后来挺起身，使劲往后仰，双手指着天空乱喊。

那木卡怕他摔倒，用力向前猫腰。这样，狗宝像骑在一头毛驴身上，又像在湖上划一条船。

门德觉得这是鱼怪作祟，他从地上拔出一棵二尺高的蒿草，扫打狗宝的肩膀、后背。艾蒿气味强烈，鱼怪受不了刺激，会跑掉或飞走。但狗宝身体仍然向后仰，喊叫。门德用手按他的脖子，让他趴在那木卡的后背上。

他们走了很远，森林吹来冷风，这是夜晚的风，让人身上发冷。林中暗下来，树木变成黑色，只有野山楂树叶背面发出星星点点的白影。

高大的云杉和冷杉越来越稀落，眼前是核桃楸树和椴树。

那木卡说，不行了，歇一会儿吧。他蹲下，把狗宝小心放在地上，站起来活动自己的腿。那木卡是森林人的后代，有力气，背狗宝走了这么远。如果让门德背狗宝，走不了五十米就要休息一下。门德把那木卡的双肩背囊放下，躺在地上休息。树木枝条黑黑地指向天空。枝叶缝隙里，星星出来了，金色，没有深夜那么亮。狗宝躺在地上，不再挥舞手臂。

我的牛皮袋子呢？那木卡问。

门德坐起来，看身边只有双肩背囊。他回想自己用艾蒿扫狗宝的后背，用手掐他脖子时，手里并没有牛皮袋子。他说，糟了，我把袋子忘在峡谷边上了。

那木卡说，我要去找牛皮袋子的话，你背不动狗宝，也找不到养蜂人的白房子。

门德说，我回去找。

那木卡说，好。他把双肩背囊挎在前胸，蹲下，让门德把狗宝的胳膊放在他肩膀上，背起狗宝往前走。他说，你去找牛皮袋子，沿着原路回来。你能找回来吗？

门德说，没问题，我肯定能找回来。

他飞快地往树林里跑去。树林越来越黑，昏暝的夜色吞没了门德的身影。

那木卡胸前背一个包，背后背着狗宝。狗宝虽然不闹了，但比闹的时候沉重。那木卡每迈一步都费力，能听见自己沉重的喘息声。走了一会儿，他靠在粗壮的、有纵向裂纹的核桃楸树干上歇一会儿。核桃楸的叶子像小鸟的羽毛一样，对称生长。叶柄秋天脱落后，会在枝条留下一个猴脸似的疤痕。

喘几口气，那木卡接着往前走，他不敢把狗宝放在地上，因为胸前挎着双肩背囊，他一个人没办法把狗宝再弄到背上。那木卡摇摇晃晃地向前走，遇到粗壮的核桃楸树和落叶松就靠上去歇一会儿，走走停停，视线里终于出现养蜂人的白房子。

走近了，看得清这座尖顶白房子最上方的装饰物——一个用铁皮做的公鸡。铁皮公鸡原来是白色的洋铁皮，风吹雨打，变成铁锈红的公鸡。房子用落叶松原木垛成，外墙刷白油漆。木窗户刷绿油漆，放花盆的木窗台板刷红油漆。这是远东俄罗斯人喜爱的装饰样式。

养蜂人一年来这里一次，在春天。他把蜂箱搬到这里，采春天的蜜。现在是夏天，他搬走蜂箱，离开这里。有的养蜂人采夏花的蜜，有人采秋花的蜜，这个养蜂人只采春花的蜜。

那木卡把狗宝放在屋里的床上，坐下喘息一阵，点上壁炉的火，他从外面取来小溪的水，往茶炊里放进蓝莓果干、野山楂干、野葡萄干、薄荷和茶叶，煮开之后加蜂蜜就是可口的饮品。这些果干茶叶都放在厨房的玻璃罐里，对森林人来说，不管认识不认识，每个路过的人都可以享用。在这样的房子里生活、煮茶、吃饭，走的时候不必留钱，但应该留下你身上携带的食物。

那木卡把熬好的果茶加上蜂蜜，装进茶碗里，用羹匙喂狗宝，狗宝喝了几匙果茶，吧嗒嘴，身体动了动。那木卡扶他坐起来，把半片黑面包揉碎放在果茶里，往狗宝嘴里喂。

狗宝吃了几勺面包果茶，睁开眼睛，俯身呕吐，吐到那木卡裤子上。他吐出的水很浑浊，估计还是额尔古纳河的水。那木卡看到吐出的水里有一条死去的小鱼，不知是不是鱼怪本尊。

狗宝吐过了，睁开眼睛，打量这个屋子。那木卡喂他果茶，他一把推开那木卡的手，眼睛瞪得大大的，比平时大一倍，眼神凶狠。他说，我是中国山东人，老家在文登，盛产煎饼花生和大苹果。我家住在查干木伦村，地里长着麦子和向日葵。美丽的家乡查干木伦是世界上最好的地方。

那木卡认为他在说胡话，其实他在说汉语。这之前，狗宝和那木卡说俄语，所以那木卡听不懂这些话。

那木卡对狗宝说，你吃点东西吧。

狗宝无视那木卡的存在，甚至不看他。他站在地上，举起双臂说：高高的兴安岭，一片大森林。森林里住着勇敢的鄂伦春，一呀一匹猎马，一呀一杆枪，獐狍野鹿满山遍野，打也打不尽！

狗宝在朗诵，这是一首流行于东北的儿童歌曲，他没唱旋律，只念歌词。他用尽全身的力气念歌词，让那木卡觉得恐怖。狗宝念着歌词，配合舞蹈动作。他双手握在一起，表示握枪，两个拳头一前一后，表示骑马。

那木卡没见过中国儿童跳舞，认为狗宝得了疯癫病。他上前抱住狗宝，用力晃着说，狗宝，狗宝，你醒醒，看着我。狗宝坚持不和他对视，嘴里继续说：高高的兴安岭，一片大森林……想挣脱那木卡的手臂。

那木卡紧紧抱住狗宝，定了定神，想让狗宝平静下来。他忘记花鼠是怎么说的，用哪个手指掐哪个指头的指根。他把狗宝捆在刷黄油漆的椅子上，狗宝大喊一声，向后仰去，连人带椅子倒在地上。那木卡把他和椅子扶起来，用一条长绳子把他和椅子捆在屋里的木头柱子上。

狗宝唱民歌把那木卡吓得直哆嗦

狗宝想挣脱却挣脱不了，竟然唱起歌来，唱的是那木卡从来没听过的中国山东民歌《沂蒙山小调》。狗宝奶奶李玉娥最爱唱这首歌，她做针线活、抱柴火烧火、喂鸡的时候都唱这首歌。

"人人那个都说哎，沂蒙山好，沂蒙那个山上哎，好风光。高粱那个红来哎，豆花那个香。满担那个谷子哎，堆满仓。"沂蒙山小调本来很欢快，狗宝声音嘶哑，唱不出歌曲的优美意境，加上天色已晚，听上去是一首凄惨的歌。可怜啊，那木卡想，鱼怪正折磨狗宝的灵魂，使他发出"咦咦咦、哎哎哎"的喊叫。

那木卡突然想起一件事，部落人把核桃楸树的羽状叶子揉成球，塞住疯癫者的耳朵眼，可以平息狂躁。他急忙跑出屋子，揪一把核桃楸树叶，揉成球塞进狗宝耳朵眼里。

狗宝并没平静，他换一首歌接着唱。这也是有名的中国山东民歌《包楞调》。

"月亮地儿那个出来了，白楞楞楞楞楞楞楞楞……"

"大姐来哎唱罢了紧那个包楞姐来，送给二姐紧那个包楞楞楞楞楞楞楞楞楞……"

正宗的《包楞调》每句都唱二十个楞字，狗宝基本上唱全了，唱的时候翻白眼，舌头像鼓槌一样敲上颚。

那木卡听这首歌里只有一个声音——楞楞楞楞楞楞楞……认为狗宝在喊疼。中国人有可能管疼叫作楞。

医学上，狗宝现在的症状叫谵妄，人事不省，胡言乱语。高烧、受惊吓、脑膜炎都可能出现这种症状。患者发病会吐露潜意识层面的愿望。

那木卡双手抱着自己的头，他不忍心看狗宝被绑着，发出一连串同样的声音——楞楞楞。鱼怪真狠，让狗宝遭这么大的罪。楞楞，楞楞，一定很疼呢。那木卡身上不禁一哆嗦。

那木卡想起部落的人用麝香调酒给神灵附体的人喝进去，可以镇静开窍。他背包里刚好有一块毛麝香，那木卡取出麝香，用刀子刮下一些黑末，他记得部落老人说麝香不能多用，最多用半个火柴头那么多。管用就管用，不管用就不管用，用多了会把一个人的阳气消耗掉，让他起不来床，变成瘫痪。

那木卡拧下酒壶的盖子，放入麝香末，兑上一点酒，用火柴棍调和，给狗宝灌进去。他怕狗宝把酒吐出来，一手捏着狗宝的鼻子，另一手托着他下巴，逼迫他咽进去。

狗宝的歌声停了，过了一小会儿，他长长出了一口气，睁开眼睛。他的眼睛恢复得像平时一样小，柔和有光。狗宝小声说，这是哪里？他看到自己身上的绳索，问，是谁把我捆在这里？

那木卡高兴极了，没想到麝香这么有威力，看起来鱼怪怕麝香，逃走了，此后再也不会骚扰狗宝了。他解开绳子，把狗宝扶到床上，说，你醒了，太好了！

狗宝反问，你是谁？

那木卡吃惊地问，你不认识我了吗？

狗宝轻轻摇头。

那木卡说，你记不记得蛇的事？你把刀扎进了蛇的嘴里。

狗宝吃惊地向后缩身子，说，哪有这样的事，你瞎编吧？

那木卡说，你记不记得有一个穿红袍子的人，他长着灰胡子和灰眉毛，说亚什金将军的哥萨克骑兵来了？

狗宝警惕地回答，你胡说，我没见过红袍子和哥萨克骑兵。

那木卡知道，狗宝失忆了，鱼怪可能挟持着狗宝那段记忆飞走了。他又问，你见过我吗？

狗宝反问他，我现在在哪里？

那木卡说，拉茨卡村前面养蜂人的白房子里。

狗宝问，离查干木伦村有多远？

那木卡说，查干木伦村在中国，在额尔古纳河右岸。这里是俄罗斯，这是两个地方。

狗宝焦急起来，说我怎么到这里来了？我要回家！

那木卡说，你别着急，你会回家的，你记得你的好朋友门德吗？

狗宝点头。

门德和你一起渡河来到这里，你不记得吗？

狗宝说，我记得和门德一起游泳，后面的事记不清了，像做了一场梦，乱七八糟的，我现在胳膊后背都疼。

那木卡想，那是绳子绑得太紧了。他说，不要紧的，一会儿就好了。他把带面包屑的果茶盛到盘子里，递给狗宝。

狗宝拿过来，狼吞虎咽，全吃了。

那木卡递给他一片面包，重新倒一杯茶，狗宝又吃光了。

那木卡说，你已经好了，刚才你得了癔症。

狗宝问，什么是癔症？

那木卡说，就是疯癫病。

狗宝问，什么是疯癫病？

那木卡说，疯了。

狗宝问，谁疯了？

那木卡说，你刚才疯了。

狗宝说，不可能。又问，门德呢？

那木卡说，门德去找牛皮袋子。

狗宝问，到哪里找？

那木卡说，去森林里。

狗宝说，这里有森林吗？

那木卡说，看来你什么都不记得了，这里是乌苏里森林。森林西边有一个大峡谷，门德去那里取牛皮袋子。

狗宝问，门德什么时候回来？

那木卡低下头，双手抱着自己的膝盖叹气，他早该回来了，现在还没回来，不知发生了什么事。

那木卡说完这句话从椅子上倒在地上，打起呼噜，他太累了。狗宝把他扶到床上，脱掉他的靴子。那木卡一点也不知晓，呼噜声越来越大，头朝下，趴在床上呼呼大睡。

猎人叶戈尔

门德往森林里跑，正对着落日的方向。金色的光线从树缝透过来，如同一束束手电筒射出的光柱，好多小飞虫在光柱里穿行。

门德记得峡谷的方向在北面偏西。他往那里跑，穿过高大的落叶松。落叶松树干红褐色，外表翘起鱼鳞似的皮。和松树伴生的树种是白桦树，白桦树树干雪白，用手划一下，脱落白粉。这里的灌木有胡枝子和结野生猕猴桃的狗枣子藤，攀缘着落叶松生长。

门德跑过的地方有一片开花的绣线菊，它是藤本植物，攀缘在云杉树上生长，开粉花。在傍晚的光线里，这些粉花远看像白花。走近了看，大朵的绣线菊是一个花束，钉子似的几十朵小花组成一朵大绣线菊花。

门德跑着跑着，发现月亮出来了。他站住脚看，树干笔直地伸向天空，顶端有一轮白白的月亮正从上面俯瞰他，边上是深蓝的夜色，比丝绵还薄的云彩在月亮边上徜徉。

门德一怔，天黑了，往前跑还是往回跑？他其实不知道峡谷的准确位置，跑了这么远也没到达。如果往回跑，他也不知道白房子在哪里。

树林里静悄悄的，如同仙境，和刚才刮起狂风的情景完全是两个世界。门德想，他应该往前跑，跑到峡谷边上找到牛皮袋子。峡谷在哪里？门德想，走出树林就是峡谷了。他想得太简单了，在原始森林里，如果不熟悉环境，没有同伴，没有指南针，恐怕三天三夜也走不出去。别说黑夜，在白天，人也会迷路。

门德继续往前跑，皎洁的月色从树的缝隙照下来，照在落叶松的针叶上，斑斑点点。地上的针叶在雨水的冲击下，横着竖着斜着，摆成一个个奇妙的形状，好像千万根火柴棍摆出的图案。远处有一道长长的白色光带，它不是月光，月光照在地上没那么亮。这是什么呢？门德跑过去才知道，这是一个湖。

湖的周围是笔直向上的黑松林，环抱着白净的湖水。

门德惊讶，这么大的湖，水面没有波纹，湖心卧着白白的月亮。他坐下，耳边传来草丛里的虫鸣。细看湖水有波纹，鱼儿浮上来，潜下去，留下一圈一圈的细纹。一对水鸟飞过来，门德叫不出鸟的名字，黑腿黑头，白翅的边缘也是黑的，白后背。这两只鸟扇着翅膀落在湖面上，静静地向前游，用嘴梳理后背的羽毛。它们落下来后，七八只鸟飞过来，也是成双成对，落在湖面上。虽然是夜晚，但这里光线澄澈，门德看得见水鸟在湖面上模糊的倒影。

门德心想，可惜狗宝没看到这么好看的风景。想起狗宝，他心里一紧，不知狗宝怎么样了，他还大喊大闹吗？真是鱼怪在他身上作祟吗？门德接着想，还没找到那个牛皮袋子，但不想再跑了，在这里歇一会儿。

天上的云彩遮住了月亮，湖水立刻暗了，森林也暗下来。门德从身边抓小石子投向湖里的水鸟，水鸟慌张地游向对岸。

门德拿第二块石子投向另一对水鸟，也没打中。他本意不在打鸟，只想听石子落进湖里传出的回声。

月亮从云朵里钻出来，湖水像刚才一样白亮，如果再亮一点，就像白天了。门德看到一只动物，脸像小熊又像狗，躲在不远的苇丛观察他。在夜里，门德看不清这只动物的皮毛是黄色还是棕色，但它脸上有明显的白眉。这是什么野兽？门德有点害怕了，不知道应该跑还是不跑。他听说人遇到猛兽不能跑，你一跑它就跟上来，你不动它反而不敢上前。门德屏住呼吸，坐着不动，心怦怦跳得厉害。他手里连一根木棍都没有，身边的小石子都扔到湖水里了，动物冲上来了怎么办？

那只动物缩回自己的头，隐藏在苇丛里。门德不知道它会不会在草的隐蔽下朝自己这边走来。他悄悄地挪屁股，把头转过来。果然，这只动物出现在离他三四十米的地方，朝他走来。

这只动物低着头，尾巴很短，身体圆滚滚的，脸上像戴着面罩。它比熊小，和狗差不多大。门德不知道它为什么要走向自己，慌张地站起来。

这只动物悄无声息地往前走，走得很慢。门德紧张得头发都立起来了。这只动物离他只有十多米了，还在走。门德焦急无策，扑通跳进湖里。他知道自己跑不过动物，又不会上树，只好跳进湖里。门德从湖水里探出头，看这只动物在岸边坐下来，看着他。这下麻烦了，如果这个动物在湖边坐一夜，门德就得在湖里泡一夜。显然他在湖里待不了一夜。湖水很深，他在水里游泳不超过一个小时就筋疲力尽了。但是无论他从哪个方向爬上岸，这只动物都会在岸边等着他。

这只动物要干什么？门德大声喊，动物，你快走！你不要老看着我！

动物无动于衷。

门德说，你不走，我上岸杀死你！

这只动物不怕门德的威胁。

来人哪！门德情急中喊了这么一句话。喊完他后悔了，原始森林里哪有人？有的只是树。他感到了绝望。

砰——林中传出一声枪响。门德看到右手五十米的岸边喷出一团火光，有人开枪。这只动物嗖地跑了。门德不知道怎么回事，森林里有人吗？他是猎人吗？

一个人走过来，他穿一件破旧的风衣，头戴窄檐礼帽，礼帽上插一根羽毛。他走过来，对门德招招手说，上岸吧。

门德爬上岸说，你把这只动物吓跑了。

这个人说，这是一只貂子。

貂子吃人吗？门德问。

这个人说，貂子不吃人，只是好奇你为什么待在这里，为什么到湖里游泳。我也很好奇，你是谁？在这里做什么？

门德说，谢谢你帮我，我叫门德，是中国的蒙古族人。

这个人伸出手和门德握了握，说，我是叶戈尔，是拉茨卡村的猎人。你在这里做什么？

门德说，我要先把衣服上的水挤掉。他脱掉背心和裤子，拧干水，重新穿到身上，说，我在找一个牛皮袋子。

叶戈尔问，袋子在哪里？

门德说在峡谷边上。

哦，叶戈尔说，你走的方向不对，峡谷在西边。你走到东边来了。峡谷离这个玛卡湖有两公里远。就你一个人吗？

门德说，我的同伴狗宝被鱼怪附体，昏过去了。

叶戈尔哈哈大笑说，哪有什么鱼怪，他在哪里？

门德说，他和另一个朋友那木卡到村边的白房子去了。

叶戈尔说，我知道白房子，也知道那木卡，他是鄂伦春人。你现在去哪里？

门德说，我去找牛皮袋子。

叶戈尔又哈哈笑了，月光照在叶戈尔脸上，他鼻梁笔直，一头卷曲的亚麻色头发，鬓角的胡须也是卷曲的，上唇蓄着浓密的胡须，四十多岁。

叶戈尔说，天晚了，你又是一个人，别去找牛皮袋子了。你明天天亮再去找。森林里丢失的东西不会有人拿走。

门德说，可是我找不到那座白房子。

叶戈尔说，你当然找不到，你不是这里的人，你跟我一起走，前面不远有一个锥子房，是猎人住的地方。你今天晚上和我住在那里，明天我和你一起去找牛皮袋子，然后把你送到白房子去见你的朋友。

门德跟着叶戈尔往玛卡湖东边方向走。这里长着核桃楸树，树下有密密的灌木毛榛。他跟在叶戈尔后边走，东张西望，想那只貉子会不会藏在毛榛里呢？貉子的样子憨厚，不像是吃人的动物，再说有叶戈尔呢，他手里有枪，遇到什么动物都不用怕。

前边出现一座锥子房。

第五章 松鸡跳舞

锥 子 房

锥子房是森林猎人共同居住的房子，最早是谁搭建的已无人知晓。这是松木交叉堆成的尖顶房子，树干缝隙中塞进干草，外面抹泥。屋里可以睡觉、做饭。任何旅行者都可以在这里休息，免费吃这里存放的粮食。临走时把自己身上带的粮食留下，留给下一个居住者当口粮。这个锥子房的门口挡着一堆柳条，防止野兽进屋祸害东西。

叶戈尔摘下挂在门口钉子上的煤油灯，用打火机点亮。他拎着煤油灯进屋，门德跟着进入锥子房里。

门德感到这里像一个秘密地堡，煤油灯火苗一跳一闪，让门德想起老师讲的抗日游击队的故事。

叶戈尔从一个铁水桶里取出白颜色的卷曲的桦树皮，用打火机点燃，桦树皮燃烧迅速，发出卟卟声响。叶戈尔用它引着干树枝，树枝燃烧后，往上放几块松木。他从靴筒里抽出一把匕首，拿出塑料盆里洗好的马铃薯、西红柿、洋葱和卷心菜，切成块放到白铝锅里煮。

叶戈尔用木勺子搅拌咕嘟嘟冒泡的菜肴，放入白色的稀奶油，香味出来了。他用盘子盛好汤，递给门德，又递给他一只黑铁勺子。这个铁勺子比一般的勺子大。

门德狼吞虎咽地吃完一盘热汤，心满意足。

叶戈尔问门德，吃不吃黑面包？他摆摆手说，吃热汤已经吃饱了。

叶戈尔吃了一盘热汤加一块黑面包，把一个被烟熏黑的茶缸放在火上，放上茶和水，煮开，往里投两块方砂糖，用铁勺子搅搅，端起来喝。

门德看见锥子房墙上挂一副鹿角，地上打两个地铺，一个铺着黑色的熊皮褥子，另一个铺着不知道什么动物的黄色皮毛褥子。两个铺之间有一根栎木立柱，立柱上钉了很多钉子。上面挂着锡制的神像，一个日历，一把长猎刀，一捆绳子，一袋盐。如果屋里进水，这些东西不会被淹。靠近门口的地上放着铁锅，锅上方铁丝拉起的吊板上放着盘子和铁勺子，没有中国人用的碗筷。

门德看过屋里的东西，把目光移向叶戈尔。他一手拿烟斗，一手端着黑茶缸。煤油灯的光亮把叶戈尔的脸照得像一幅油画，他眼神友善，跟通灵者花鼠不一样。说起来，花鼠说了那么多话，他们却没见过花鼠的眼神，他的眼睛藏在浓密的灰眉毛里。

叶戈尔问，你是中国人？

门德点点头。

到这边来做什么？

门德说，在河里找桦树皮船，游过来玩一下，你是猎人吗？叶戈尔说，是，没有什么动物可打，我平时做零工，给人家修理房子、掏烟囱、喂牛。

门德说，你叫叶戈尔？我外祖母给我讲过伊戈尔王子远征的故事，他爱上了波罗维茨的公主。你是他的后人吗？

叶戈尔说，我的全称很长，恐怕你记不住，弗拉基米尔·彼得罗维奇·叶戈尔。在俄罗斯叫叶戈尔的人很多，我不是伊戈尔王子的后人，那是神话。

门德说，我怎么记不住？我外祖母的名字是叶夫根尼·奥列加·玛斯洛娃，人们叫她玛留斯卡。

叶戈尔惊奇地睁大了眼睛，你外祖母是俄罗斯人？

门德说，是的，她的家在符拉迪沃斯托克，后来随父母到了哈尔滨，又到了齐齐哈尔。她的父母因嫩江决口被淹死了，她被一户蒙古牧民救下，长大嫁给了我的外祖父巴图。他们一起来到呼伦贝尔草原，生下了我的妈妈塔林花。我妈妈和我爸爸叶喜宁布结婚，生下我。

叶戈尔惊喜地说，原来你有俄罗斯血统。

门德说，嗯，但是我是中国人。小时候我和外祖母一起长大，外祖母给我讲过很多俄罗斯民间故事，也教我唱俄罗斯歌曲，我会俄语。

叶戈尔用铁丝掏了掏烟斗里的灰烬，问，你会唱蒙古歌吗？门德说，会，我最喜欢唱蒙古歌。他站起身，提了提裤子，唱道：

　　老哈河水长又长，
　　岸边的骏马拖着缰……

叶戈尔说，这个屋子太小了，到外面去唱。他们走到屋外，层层叠叠的树木像一群蒙着黑面纱的人站立在山峦里，等待门德的演唱。

他唱道：

> 美丽的姑娘诺恩吉雅，
> 出嫁到遥远的地方。
> 当年在父母的身旁，
> 绫罗绸缎做新装，
> 来到这边远的地方，
> 缝制皮毛做衣裳。

门德虽然是小孩，但唱出了诺恩吉雅出嫁到远方的惆怅心绪，歌声回荡在俄罗斯的森林里，远方的回声就像诺恩吉雅面朝着故乡歌唱。

叶戈尔拍手说，这是真正的蒙古族民歌，一个长相像俄罗斯人的小孩子会唱纯粹的蒙古族民歌，好！

门德羞涩地说，这首歌叫《诺恩吉雅》。

叶戈尔向他伸出大拇指说，你唱出了蒙古族人心里想的事情，父母和故乡是蒙古族人挂在嘴边的两个词。我的祖母是蒙古族人，她的名字就叫诺恩吉雅。

门德很惊奇，没想到他唱的歌和叶戈尔祖母的名字一样，而且是在俄罗斯的森林里。

叶戈尔说，我祖母是海拉尔地方的人，她父母带她经过满洲里，来到这里。他们本来想去南西伯利亚，去找我祖母的伯父拉锡东日布，但是她父母在一场瘟疫中去世了。我祖母嫁给了我祖父彼得洛维奇·奇科夫，生下了我的父亲瓦良先科。他们都去世了，愿他们的灵魂安息。我听祖母唱过很多蒙古族民歌，每当她想念家乡和父母的时候就唱这些歌。有这首《诺恩吉雅》，还有《小黄马》《达那巴拉》《嘎达梅林》。我上中学时，因为上台演唱过蒙古族民歌，被同学送了一个绰号"白蒙古"，我听到你唱的歌非常亲切。在短短的歌声里，我想起了祖母熬制的蒙古奶茶，她做的羊肉馅饼和布里亚特包子。她夏季穿宽大的蓝色蒙古袍，上面有我喜欢的牛奶和羊肉的膻味。我祖母一直到死都没回过她的故乡海拉尔，但愿天堂里有一个地方叫海拉尔，我祖母在那里和他的亲人们相聚，那里有蒙古包和从早上到晚上唱蒙古族民歌的人们。

门德被叶戈尔这番诗歌般的语言打动，他不知道歌声竟有这么大的力量。

叶戈尔抬头看天上的星斗，说，夜深了，我们该睡觉了。

他们进屋，叶戈尔把门关好，从里边插上门闩。他指着黄色兽皮说，你睡那里。然后吹灭煤油灯的火苗，躺在熊皮褥子上。

门德很兴奋，他觉得不应该这么快就入睡，要在心里回忆一下今天的经历，太不平凡了——狗宝被吊在树上，那木卡和蟒蛇搏斗，树林里的狂风，在峡谷看到壮丽的风景。没等他回忆完这些画面，门德就睡着了，睡意像一个长翅膀的神，把他抱起来飞入梦乡。

回到额尔古纳河边

睡在白房子里的那木卡醒了，他微微睁开眼睛，枕头上有了微弱的光亮，这是凌晨四点多钟的光。他察觉自己趴着睡在床上。起身看，狗宝蜷曲睡在地板上，身上盖着当垫子用的两块岩羊皮。

他找不到自己的靴子，那木卡站起来走遍全屋也没找到靴子。抬头看，白房子的门敞开着，昨天忘记关门了。一定是什么动物夜里进屋把靴子叼走了。

那木卡想到外面找靴子，但不穿鞋走不了路，森林的地面上有尖利的石块、带刺的灌木枝，还有蛇。他把床单下垂的那段布剪下，剪成两块作包脚布。他把布裹在脚上，用麻绳系好，到外面找靴子。

白房子后面有一堆空酒瓶子，他在上面找到一只靴子，穿在脚上。那木卡在酒瓶边仔细辨析，发现狼獾的足迹。狼獾是贪吃的动物，它虽是鼬鼠家族的成员，但是个头大，有一米多长，体重二十来公斤。狼獾以为那木卡的鹿皮鞋是能吃的东西，但嚼不动，就丢在空酒瓶边上。极寒地带的猎人喜欢用狼獾的皮毛做帽子，遇上哈气不结霜。

另一只靴子呢？那木卡一瘸一拐地找另一只靴子，找遍周围的树林不见靴子踪影。昨晚进屋里的狼獾可能不止一只，是两三只。它们丢弃一只靴子，另一只靴子可能被狼獾叼走当作礼物献给母狼獾。眼下正是狼獾发情的季节，皮靴有特殊的气味，狼獾觉得这种气味有魅力。

算了，那木卡不想在苍茫的大森林里为了找一只靴子而奔波。回到屋里，他用刀子在墙壁上撬下一块木板，拿斧子把木板砍出一个脚的形状当鞋底，拿麻绳把这块木板绑在脚下。

狗宝醒了，看那木卡往脚下绑木板，觉得这是一个好主意。他说，你给我也做一个木头鞋底。

那木卡苦笑，你做这个有什么用？他指着自己的脚说，我的一只靴子被动物叼走了，没办法，我才做一个木鞋底。明天我要踩着这个木鞋底去城里买一双新靴子，要花费一千五百卢布。

狗宝说，这个木鞋底比靴子好看。

那木卡说，好看有什么用？穿着这个东西跑不动，一跑就脱落。要是狼在后面追，跑不了，只好被它吃掉。

哈哈哈，狗宝想象那木卡被狼追咬的情景，觉得开心。

那木卡说，你还笑呢，我心里很沮丧。吃点黑面包和腌酸黄瓜吧，然后去峡谷找门德。

狗宝问，门德一夜没回来，会有危险吗？

那木卡说，大森林里什么事情都可能发生。

狗宝抓住那木卡的胳膊问，你是说门德死了？

那木卡说，我没这样说，你想想，漆黑的森林里，门德不认识路，可能遇到野兽，可能掉到河里，也可能安然无恙。他的外祖母玛留斯卡会保佑他。

狗宝问，他为什么不回来呢？

那木卡说，他迷路了。

狗宝说，为什么你不去拿那个牛皮袋子？

那木卡说，牛皮袋子是门德丢在峡谷边上的，应该由他去取。而且我在背你，把你一直背到这间房子里，你懂了吗？狗宝默不作声。

那木卡端过来黑面包片和腌酸黄瓜，一人倒一杯茶，加进方糖。

狗宝拿起黑面包片，在上面放一根腌酸黄瓜，折叠起来往嘴里送。

门口有人喊，狗宝！

他抬头看，门德走进屋里，他身后跟着一个金发、留胡须的俄罗斯成年人，身上斜背猎枪。他是叶戈尔。

那木卡和叶戈尔握手，然后拥抱，亲吻对方的面颊。叶戈尔说，听门德说你在这里，我们很久没见面了。

那木卡说，一年多了，上次见面是乌苏里森林发洪水，我用独木舟把你运到水文站，你给他们送去救生衣。

叶戈尔说，是的，你划独木舟划得好，我划不了独木舟。

那木卡说，不会划的人，独木舟会冲到石头上，被撞碎。

叶戈尔说，是的。

那木卡说，我们一起吃早餐吧，我这里只有黑面包。

叶戈尔说，吃过了，我们早上喝了燕麦粥。

门德把手里的牛皮袋子放在地上，说，那木卡，这是牛皮袋子。

那木卡说，谢谢！

狗宝上前抱住门德的腰，把他抱起来放下，好像在称他有多少重量。门德像摔跤手那样，把狗宝抱起来，转一圈放在地下。他俩见面什么也不说，用动作表达思念。

那木卡说，狗宝快吃饭，我们还要出发。

狗宝三下两下吃完黑面包和腌酸黄瓜，他和门德手拉手趴在床上嘀咕。

那木卡吃完饭，背上双肩背囊，拎起牛皮袋子，对他俩说，我们走吧。

到屋外，那木卡说，听着，两位中国朋友，我要去城里买靴子。他指了指自己包床单的左脚说，你们渡河回家吧！

门德和狗宝很惊讶，美好的旅程刚刚开始，怎么能结束呢？

门德说，我们和你一起去城里。

那木卡无奈地笑了，说城里远着呢，先走很远的路，再搭乘公共汽车。再说我没有足够的钱替你们买车票，你们还是回家吧。

门德和狗宝望着叶戈尔。

叶戈尔用手拍拍门德和狗宝的肩膀说，我不能带你们，我有事要做，你们回家吧。

门德想了想，只好如此了，低着头说，好吧。

那木卡和叶戈尔握手道别，带他们穿过森林，走到额尔古纳河边。额尔古纳河翻腾白浪。昨夜下过雨，河水变得浑浊，水流急速。对面的查干木伦村遥遥可见。

那木卡问，你俩敢渡河吗？

门德说不敢。

那木卡说，你们在这里等一会儿，上游积蓄的雨水流过之后，河就平静了，那时你再渡河。他向他们摆摆手说，祝你们好运！

那木卡把手指放进嘴里，发出响亮的呼哨。那只乌苏里松鸦不知从哪里飞过来，落在他肩膀上。那木卡迈着大步，一脚高一脚低地走进森林。

狗宝问门德，咱们渡河吗？

门德说，河水流得太急了，渡河要等风平浪静。

狗宝问，我们坐在这里等河水风平浪静吗？

门德说，我想到森林里游荡，我还没有玩够呢。

狗宝说，我也没玩够。

门德说，下一步我们去哪里？

我不知道去哪里，狗宝说，你说去哪里就去哪里。

门德说，我也不知道去哪里，森林里到处都是路，我觉得去哪里都行。

狗宝说对。他们转身往森林里走去。

松鸡跳舞，发出火车驶过铁轨似的鸣叫

门德和狗宝在森林里溜达，地上升腾起白雾。鸟儿在树顶开音乐会。山鹛鸰、太平鸟、长尾山雀、花啄木鸟、斑啄木鸟、布谷鸟和榛鸡用不一样的歌喉歌唱。有的鸟鸣短促尖厉，有的鸟鸣沉闷持重，有的鸟鸣像哈哈大笑，有的鸟鸣像窃窃私语。但你看不到这些鸟的身影，它们藏在密密的枝叶间。

狗宝说，这些鸟不是随随便便叫的。

门德说，你觉得这些鸟在说什么？

狗宝说，它们像在说秘密。我们查干木伦村为什么听不到这样的鸟鸣呢？

门德说，我们村庄边上没有森林，河边才有一点柳树和山杨树，草原上只有零星的榆树和山丁子树，这边是原始森林，鸟多。

狗宝问，这个森林里有一百种鸟吗？

门德说，可能有。

狗宝问，这些鸟为什么不飞到查干木伦呢？

门德说，鸟吃虫子，森林里有它们爱吃的虫子，我们那边没有森林，所以它们不过去。

狗宝说，还有一种可能，这些鸟听不懂中国话，所以不过去。

门德说，也有这种可能。

他们走到一处林间空地。森林里有一个地方，既不长树，也不长草，人们叫它森林空地。门德和狗宝往那边走。

落叶松树顶飞下一只大鸟，比一般的鸟大，灰乎乎的，像一只

鸡。这是一只雄性松鸡，落地立起尾巴上的羽毛，如一把圆圆的黑折扇，边缘带白斑。它头部和脊背的羽毛是石板灰色，翅膀上有蓝色的炫光羽毛，白胸，红脚，头顶立着尖尖的翎子。

雄松鸡打开尾羽，喙直直地指向空中，张开翅膀，向左侧移动一米多，再向右侧移动一米多。嘴里发出树枝在风中折断的嘎吱声。突然，松鸡直立跳起来，跳一米多高，落地打开翅膀和尾羽，向左侧移动，向右侧移动，鸣叫声变为火车轮驶过铁轨的唰唰声。这是雄松鸡追求雌松鸡表演的舞蹈。接着，它再跳起一米高，落地，嘴里发出软木塞从酒瓶里拔出的砰砰声。这只松鸡每向上跳一次，落地后就改变一次鸣叫的声音。

门德和狗宝大笑不止，太开心了，如果他们不是亲眼所见，谁也不相信松鸡会像杂技演员一样表演口技。

从树顶翩翩飞下一群雌松鸡，它们褐色羽毛，短尾巴。雌松鸡环绕在雄松鸡的身旁，啄地上的沙粒。雄松鸡带着这群雌松鸡，缓缓走向毛榛灌木，结束了精彩的演出。

门德和狗宝再次大笑，想不到世界上还有这样的鸟。他们往前走，又见到一个奇观。刺五加灌木后面跑过一群黄羊，它们的皮毛棕色，雄黄羊头上有黑色的短角，屁股带白斑，它们跑着跑着，蹦起来，落地再接着跑，仿佛它们无意中踩到地上的弹簧，被弹到空中。一转眼，黄羊消失了。森林里变得空荡荡。

狗宝问门德，咱们往哪边走？

门德说，我领你去玛卡湖，我昨天从那里路过，见到了水鸟和貉子，那里还有一个锥子房，如果我们累了，进锥子房里睡觉。

狗宝问，玛卡湖有哪些好玩的东西？

门德说，游泳啊，在岸边找好吃的浆果。

狗宝说，对，我渴了。早晨吃了一根腌酸黄瓜，嗓子发干。

门德说，锥子房里还有猎人们放的伏特加酒，咱们俩去喝点。

哈哈哈，狗宝想象他俩端伏特加酒碰杯的样子，心里很高兴。

他俩拐进森林，这里长着灰色的核桃楸树，树下的鼠李开放小白花，还有黄色花蕊、开红花的小叶蔷薇。穿过核桃楸林，门德见一个人在毛榛灌木旁挥动十字镐，刨坑。

狗宝说，是不是有人死了，要埋葬？

门德说，别吱声。

这个人抬头看他们，从地上拿起一个圆形军用水壶仰面喝水。

门德问，你在挖什么？

金条，这个人说，我只挖金条。如果遇了银条，我会扔掉。他是俄罗斯人，胡须茂密，看不出多大年龄。

狗宝问，你挖到了几根金条？

他说，屁也没挖到，已经挖了十天，我和人打赌，说能挖到三根金条，结果只挖到一个土陶罐子，一个石头做的犁头，真不走运。

门德问，你觉得毛榛下面会有金条吗？

这人说，疯子尤金没理智，你以为他会把金条埋在哪里？哪里土软，他就埋在哪里。他那么虚弱的身体怎么可能在坚硬的土地上挖深坑呢？

门德说，祝你走运。

他们往前走，狗宝手捂着嘴说，我看这个人像傻子，他根本挖不到金条。

门德说，你别这么说，我听到大人说残障人更能走红运，因为老天爷偏爱这些人。

第六章　中国老爷爷徐白城

长鹬鸟鼻子的人爬到树上找宝

狗宝说，其实我同意你的说法，残障人挖到了金条，盖新房，买小汽车，过上幸福的生活有什么不好。但是咱俩不是，是不是挖不到宝？

门德说，不一定，我看你能挖到宝。

狗宝问，为什么？

门德说，你有福气，额尔古纳河想淹死你，但你活过来了。你是无敌勇士，肯定能挖到金条。

狗宝说，挖到一根金条，我自己留着，挖到两根，送你一根，可以吗？

门德说，谢谢你，你挖到金条之后做什么？

狗宝说，给我爷爷买一个袖珍收音机，现在的收音机能插卡，我让村里的王丽达往卡里下载俄罗斯歌曲，装进去让我爷爷听，他肯定高兴。

门德说，袖珍收音机花不了多少钱，一根金条能办好多事呢。

狗宝说，要是买了收音机还剩下钱的话，我买一个手机送给李梅华老师，她说以后带我去山东。

门德说，老师不可能收你的手机，学校规定老师不能收学生送的贵重礼物。

狗宝说，你看那个人在做什么？

前方有一个人在爬树，他爬到树洞附近，用手掏树洞，掏出东西拿到眼前看，把东西丢到地上，是一些鸟毛和树叶。

这个人从树上下来，坐在地上，靠着树休息。他红脸膛，胡子和眉毛金色，长着鹳鸟喙一样尖尖的鼻子。穿一件灰色的皱巴巴的西服，里面是黑色的圆领衫。见到他俩，他说你们过来。

他俩走过去。

他问，如果你们是疯子尤金，会把金条放在树洞里吗？

门德说会。

狗宝说不会。

他问，为什么要把金条放进树洞里？

门德回答，因为一般人够不着。

他问狗宝，为什么不放在树洞里？

狗宝说，我听说疯子尤金把金银埋在森林里，没说放进树洞里，放土里才叫埋。

这个人说，闭嘴！放进树洞里上面加一点土也叫埋。

门德问他，你找到金条了吗？

他说，我在梦中三次找到金条，都在树洞里，但事实上一根金条也没找到。疯子尤金太可恨了，他到底想干什么，你说。

门德说，我不知道他想干什么。

这个人拉过狗宝的手，你说尤金是该死的混蛋。

狗宝扭头，我不说！

他瞪狗宝一会儿，说你们都是骗子，然后唱起了一首歌。

德涅泊尔河水流向远方，

沿岸有垂杨，河水傍山冈。

这里是我们好家乡。

你呀，德涅泊尔河，

宽广又雄壮，

白鹤一群群在飞翔。

他唱完问，我在唱什么歌？

门德说不知道。

这个人发火了，站起来指着门德说，你不知道，我岂不是白唱了吗？你这个坏蛋！

门德说，我真不知道这是什么歌，我只是个小孩。

这个人说，我唱的歌叫《德涅泊尔》，这是一条河的名字。你们听说过吗？

狗宝说，我只听说过额尔古纳河。

这个人说，滚蛋吧，你们比土拨鼠还土，我后悔对着你们唱这么美妙的歌。

他俩撒腿跑，跑到很远回头看，这个人爬上了另一棵树，在树洞里找金条。

门德说，他有可能爬一棵树的时候掉下来，把腿摔断。

狗宝说，他变成瘸子就可以找到宝。他俩哈哈大笑。

他们越走越渴，狗宝说，你说的那个湖在哪里呀？

门德说，树林里出现一片白光，就到湖边了。

狗宝说，前边没有白光，我们应该问问刚才那个人。

门德说，他那个样子，知道也不会告诉你。

狗宝说，我们一直往前走找不到湖怎么办？我们会渴死吗？

门德说，不会，我们还可以找浆果吃。

狗宝说，我没看到浆果。

门德说，你要忍耐，这是大森林，不是家。我们要磨炼自己的意志。

狗宝不作声，他说出渴这个词后，越发渴，便不想说话了。

他们眼前是云杉和落叶松，往前走，还是云杉和落叶松，没有湖水，也没有浆果。狗宝感觉走不动了。

门德说，你再坚持一下，这里什么也没有，不能在这里休息，一坐下就不愿意走了。

狗宝只好拖着沉重的双腿往前走。

走着走着，他们看到林中有一道白桦树枝夹的篱笆墙，里面长着绿菜。一个戴草帽的老人在用锄头锄地。他穿一身黑色的中式衣裤，腰里扎一根草绳，腰后别一把镰刀，装束和中国人一模一样。

他俩跑过去，门德用汉语问候，老爷爷好！

这个老人转过身，他留着白胡子，肩膀搭着烟荷包和木杆儿烟袋锅。他用汉语说，你们在喊我吗？

门德说，是的，老爷爷。

老爷爷说，你们在说中国话呀！

门德说，我们是中国人。

老爷爷说，我也是中国人。

门德说，我们看出来了。

狗宝说，我们渴。

老爷爷说，你们怎么跑到这里来了？你们家里大人呢？

狗宝说，我们渴。

老爷爷从篱笆边上拎起一个铁皮水壶，把水倒进带青花的粗瓷碗里，递给狗宝。

狗宝一饮而尽，老爷爷又倒一碗。问门德，你渴吗？门德点头。

他又拿一个碗，倒上水递给门德。

狗宝喝饱了，问，老爷爷你不在中国待着，上这里干什么？老爷爷开口笑了，牙齿七零八落。他说，我虽然是中国人，在这里已经是第三代了，是俄罗斯籍。

门德问，你家就在森林里吗？

老爷爷用烟袋指着前面说，就在前面，我领你们去看看。

老爷爷唱二人转

这是一座中式房子，五十年前的样式，门德和狗宝从没见过。

这座房子不同于俄罗斯人住的松木房，是土屋。屋顶起脊，露出木头檩子。顶上苫草，四墙抹泥。两个窗子的窗棂糊高丽纸，下面镶玻璃。门口有青石板台阶，院子里有一口石头砌的辘轳井。房子西侧一堆乱石上搭一座二尺宽、一尺高的小庙。庙里摆着神灵像。

老爷爷领他俩进屋，屋里有锅台、风箱，铁锅上盖着木头锅盖。地上还有粗壮的带黄釉的水缸，水缸的水里漂着剖开的葫芦做的水瓢。这是一个典型的中国北方农民的居所，但现今中国已经很难见到这样的房子。

老爷爷让他们坐在长板凳上，从吊在房顶的小筐里抓出两把野梨干，让他们吃。他自己坐在锅台前的小板凳上，往烟袋锅里装上烟草，抽起来。

门德问，老爷爷，就你一个人住吗？

老爷爷点头。

狗宝问，你一个人跑到这儿做什么？

老爷爷被狗宝的问话逗乐了，他说，我不是一个人跑来的。当年我爷爷从中国东北来到了俄罗斯，在这里遇到了我奶奶。那时候这个地方有很多中国人，他们结婚生下了我父亲。后来我爷爷和在远东淘金的中国工友一起参加了布尔什维克中国支队，归布琼尼领导，从远东一直打到伏尔加河，跟白匪打仗。我爷爷在易北河边的苏德台山脉战死。我父亲在符拉迪沃斯托克娶了我母亲，她也是中国人，生下我。他们去世后埋在纳杰日金斯基的中国人墓地。

门德问，你没小孩吗？

老爷爷说，我结过婚，老婆死了，没儿女。

狗宝问，你咋不回中国呢？

老爷爷又乐了，在鞋底上磕烟锅，说，我从来没去过中国。我回中国找谁去？在哪儿住？没有中国国籍，没有地，我怎么活呢？我没学过中国字，走到中国大街上连男女厕所都找不到。我听说在中国生活离不开身份证和智能手机，我都没有。我在森林里待惯了，哪也不去了。

狗宝接着问，你想念中国吗？

老爷爷回答，怎么不想念？那是埋老祖宗的地方。我爷爷奶奶、父亲母亲给我讲过好多中国的事，我永远都忘不了。门德问，老爷爷，你家在中国什么地方？

老爷爷说，吉林省白城市，我姓徐，名字叫徐白城，以纪念老家。

狗宝问，你老了怎么办？

老爷爷说，我已经老了，你是问我死了怎么办吧？我有朋友，他是俄罗斯人，叫叶戈尔，隔三岔五来看我。如果他看见我死了，会把我装在房后的棺材里，挖个坑埋了就完事。

门德说，我见过叶戈尔。

老爷爷说，他是一个好人。

门德问老爷爷，你有八十岁了吧？

老爷爷说，我今年五十七岁，属蛇。

狗宝说，我以为你一百岁了，你胡子都白了。

老爷爷又乐了，胡子白了就一百岁呀？我四十多岁胡子就白了，血热。

门德说，查干木伦村的老人，看着比你年轻。

老爷爷说，中国人生活好哇，有地方看病，有地方玩，肯定比我年轻。我在这里没人说话，有病只能自己挺着。什么感冒啊，发烧哇，咳嗽哇，冷啊，热呀都得挺着，没别的办法。

门德问，老爷爷，你说中国好还是俄罗斯好？

老爷爷说，中国好呗。

狗宝问，你没去过中国，为什么说中国好？

老爷爷说，中国人会生活，过年包饺子多好哇！把肉剁成馅儿，放上葱姜蒜，白面饺子捏得像花似的，多好哇！中国人会唱戏，我听我爷爷奶奶唱过京剧，也唱过二人转。我爷爷二人转唱得最好，多高的高音都挡不住他，连唱带扭。那嗓子，那身段，没比的。

狗宝问，二人转是啥？

老爷爷说，一个人演叫单出头，两人演叫二人转，三五个人演的小戏，叫拉场戏。东北人喜欢这个。

门德问，你会唱吗？

老爷爷说，我给你们唱一个《大西厢》。二人转里男的唱一句，女的唱一句。我连男带女一起唱。老爷爷站起来，清清嗓子，把烟袋塞进腰间草绳里，唱道：

　　　　一轮明月照西厢，

　　　　二八佳人巧梳妆。

三请张生来赴宴，

四顾无人跳粉墙。

五更夫人知道了，

六花板拷打莺莺审问红娘。

七夕胆大佳期会，

八宝亭前降夜香。

久有恩爱难割舍，

十里亭哭坏莺莺盼坏红娘。

老爷爷原本身体佝偻，满面皱纹，唱起二人转却腰身挺拔，容光焕发。他用细细的假嗓子唱，举起兰花指，模拟女声。门德和狗宝看呆了。

老爷爷坐在小板凳上说，我没看过二人转，这是我爷爷唱的词儿，里边讲解中国的事情。唱起来，一句一句稀罕不够。

他站起来说，别听我说了，咱们做饭。

老爷爷把小米放进水瓢，淘洗小米。洗好的小米放进铁锅里煮，拉风箱，添柴火，小米的香味出来了。老爷爷用细密的铁笊篱把小米捞到木头盆里，刷锅，用鸡腿蘑和野韭菜炒了一盘菜，摆在小炕桌上。他给门德和狗宝每人盛一碗冒尖的小米饭，从门口三个瓷坛子里取出韭菜花酱、咸菜条和腌蕨菜，摆桌上，说吃吧。

门德和狗宝香香地吃起来，吃完小米饭，盛一碗米汤喝下去，非常舒服。

老爷爷说，最好吃的，就是小米饭就咸菜条。

门德说，你腌的咸菜和中国人腌的一样。

老爷爷说，中国人喜欢吃咸菜，不吃身上没劲儿。

林中秘密

吃完饭，老爷爷说，我领你们到树林里转转吧。狗宝说，我们在林子里转过了，没看见啥东西。

老爷爷笑了，说，这森林大着呢，里边的好东西数不过来。你们跟我走吧。

他俩跟着老爷爷往西北方向走，进入一个山谷。山谷里长着云杉树，树下生长灌木桦树。桦树分乔木和灌木，灌木桦树长得不高，树枝红色，叶片小。树下开着一片淡白色的花，那是杜香开的花。它的枝叶匍匐在地上，蔓生，叶子深绿色、革质，在阳光下闪闪发光，好像上面有露水。

走了一段路，周围的树种变了——红棕色的树干，树叶有五个尖。

老爷爷说，这是鸡爪槭，秋天叶子鲜红，满山像着火一样。槭树的果子好看，长着两三个翅膀，叫翅果。

狗宝问，果实长翅膀做什么？

老爷爷说，有用啊，被风吹到远处生根发芽。他指着前面说，那片树是花楸树。

走近看，花楸树的树干灰褐色，结一嘟噜的红果，让人眼馋。

老爷爷说，花楸树的果子不能吃，是苦的。你们想吃野果的话，我给你们找蛇莓。

他带他们离开花楸树林，走到一条小溪前。老爷爷用手里的木棍扒拉一尺多高的草，说，你们看，这是蛇莓。

一颗颗纽扣大的红果藏在草丛里，老爷爷摘下一颗掰开，瓤白色。他丢一颗进嘴里说，很甜的。

门德和狗宝摘下几颗丢嘴里说，真甜。

老爷爷说，我父亲说蛇莓不能吃，它是毒蛇爬过的果，有毒。其实能吃，但别吃多了。吃多了嘴麻。这玩意儿有微毒。谁在森林里被蛇咬了，采一些蛇莓果捣碎，敷在伤口上，能解蛇毒，但解不了剧毒的蛇毒。蛇莓果还有一个用处，把它捣碎扔屋外的粪坑里，不招苍蝇蚊子。苍蝇蚊子都怕蛇莓的气味。

蛇莓三片叶子，开黄花。

他们顺着小溪走，沿着缓坡下了山，前面是一片黑灰树干的榆树林。老爷爷用木棍指着榆树林说，昨天下过雨，里边长好东西了。他在前面走，他俩跟着。老爷爷站在一棵榆树下说，你们看那是什么？

他们看到地上长出一堆蘑菇，七八厘米高，像一只雪白的耳朵。

老爷爷说，这是对子蘑，你看它们一对一对地生长。这种蘑菇比羊肚蘑、猪耳朵蘑都好吃，清炒，熬汤，下面条都清香。

路过一片枯木林。老爷爷说，这片树林受雷击，着火了，这些树烧死了。

门德觉得这些枯木很可怕，身上没有枝叶，和周围的绿树对比鲜明。它们像呼喊，像挣扎，像朝着苍天祈祷。他抬腿跑过这个地方。

眼前出现一座湖，但不是玛卡湖，比那个湖小。湖边飞来一只惊慌的苍鹭，叫声嘶哑。湖心长满苇草的渚头上，一只白鹭优雅地走来走去，用弯曲的喙从湖水里啄东西。

老爷爷说，这个小湖有长尾鸭、尖尾鸭、戴菊莺、黄鹡鸰和白鹡鸰，吃湖里的鱼虾，在湖边晒太阳。

狗宝说，湖是这些鸟的家。

老爷爷说，冬天，它们就飞到南方了。这个湖里的鱼多，最好吃的是鱼，我给你们钓两条，晚上咱们吃鱼。

他从林中的草丛里抽出一根长长的鱼竿，估计是他之前放在那里的。他坐在地上，从兜里掏出一团白毛和一团黑毛，团成一个黄豆大的圆球。

狗宝问，你在做什么？

老爷爷说，做鱼饵，鱼喜欢吃苍蝇，我用羊毛和野猪毛做一个假苍蝇，引诱它们。

老爷爷用羊毛巧妙地做成苍蝇的翅膀，像真苍蝇一样。他说要找一个冒泡多的地方下竿。他把鱼竿儿甩过去，假苍蝇在水上漂浮着，很快有鱼咬钩了。老爷爷收竿，钓上来一条鱼。老爷爷又甩了一竿，苍蝇钓饵还没接触到水面，一条鱼跳出来咬钩。接着，老爷爷钓来第三条鱼。

他在石头上把三条鱼摔死，交给门德一条，狗宝一条，自己拿一条，往家走。

狗宝用手抠着鱼的鳍，感觉很得意，虽然这不是他钓上来的鱼。鱼很漂亮，比那些黑的、灰的鱼漂亮多了。它身上有银色的鳞片，鳞片边缘有紫色斑点。鳍是红色，比金鱼的鳍还红。

门德问，老爷爷，咱们还去采对子蘑吗？

老爷爷说采一点。

他们到榆树下采了几块对子蘑。门德和狗宝身上没有兜，装不了蘑菇。老爷爷把蘑菇装进衣兜里，这种蘑菇太大，他们只采了几块就往回走。

玉米面饼和炖鱼的晚宴

回到家，老爷爷把三条鱼开膛刮鳞，有条鱼的肚子里有一只死蜥蜴。

狗宝哈哈大笑。门德指着狗宝说，那木卡把你吊到树上，挤肚子里的水时，你也吐出一条小鱼。

老爷爷问，你淹着啦？

门德说，他差点淹死，后来把肚子里的水控出来才活过来。

狗宝说，我肚子里没小鱼。

门德说，那木卡见到了，我没骗你。

狗宝思考这件事，感到一阵恶心，跑出屋外呕吐，吐出一摊小米饭，但没有鱼。

老爷爷把收拾好的鱼放进铁锅，加上葱姜蒜，生火炖。炖到咕嘟冒泡了，往里放点黄酱。接着，他在木盆里和玉米面，揪出一块面团在手里攥来攥去，攥成饼子，用力糊在铁锅边上，下面是鱼。铁锅转圈贴了六七个玉米饼子。老爷爷盖上锅盖，往灶坑添柴火。门德用力拉风箱。

老爷爷揭开木头锅盖，白汽蒸腾，散发出玉米饼和炖鱼的香气。老爷爷用铁铲子从下面往上铲玉米饼，饼子一面焦红，一面金黄。金黄那面带着老爷爷手指的痕迹。

他把饼子放在秫秸扎的盖帘上，拿木头盆盛鱼，放在小矮桌上，三个人吃这桌盛宴。当然，老爷爷又从门口瓷坛里取出了韭菜花酱、咸菜条和腌蕨菜。

他端来一个酒坛子，把酒倒在锡制的喇叭桶式的酒壶里，放在开水里烫。酒烫热了，倒进青花瓷酒盅。

他问，你们俩喝酒不？

狗宝和门德摇头。

老爷爷端起酒盅一饮而尽，先是发出滋啦声，然后哈地喷出酒气，很享受。他喝酒的样子和中国北方农村的老汉完全相同。

老爷爷在林中种玉米，用碾子压碎，磨成面，贴出的饼子又香又甜，用山泉水炖新鲜的鱼佐餐，这顿饭美透了。

狗宝说，这比在城里下馆子吃得还好。

老爷爷说，好啥好？林子里没啥好吃的东西。对了，蘑菇还没吃呢，晚上我用对子蘑给你俩下面条。

狗宝吃得心满意足，说，我困了。

老爷爷说，你上东屋炕上睡吧，狗宝躺在炕上，仰面朝天呼呼大睡。门德在他身边也睡着了。这几天他们累得够呛，倒在炕上就睁不开眼睛了。

他们不知睡了多长时间，终于醒了。夕阳金黄的光线照射在南窗的玻璃上。门德坐起来揉眼睛，他把狗宝推醒。狗宝坐起来也揉眼睛。

这张炕的炕头铺一张兽皮，两厢墙上贴画。东墙贴一幅关公像，西墙贴一幅玉皇大帝像。他们锦袍玉带，怒眼圆睁，俯瞰下界。地上挨着炕的是一节刷红漆的躺柜，上面挂一面带木框的镜子。镜子下方密密麻麻插着一寸两寸的黑白照片，想必那是老爷爷家人的照片。正对炕的北墙上挂着狐狸皮筒子、大蒜瓣、冬天戴的皮帽子。墙边立着犁杖和四五把铁锹。老爷爷坐在小板凳上默默抽旱烟。

你们醒了？他拍拍手里的烟袋锅说。

门德说，我想上厕所。

老爷爷问，解大手还是小手？

门德说，大手。

老爷爷说，出了屋，你在树林里随便找个地方解吧。不要蹲在草丛里，草里有蛇，屁股要冲外，要不蛇咬你。他从墙边拿起一把镰刀，递给门德说，你解手的时候在地上敲打镰刀，蛇就躲了。

狗宝说，我也去。

老爷爷说，你俩真是好朋友。

他们解完手，进屋精神焕发。

门德说，我听到树林里有一种声音咚咚响，像有人拿棍子敲木头。

老爷爷说，那是小星头啄木鸟啄树干。

狗宝说，我听到树林里一种鸟叫，声特别小，吱吱吱，像小鸡崽的声音。

老爷爷说，那就是小星头啄木鸟的叫声，它叫声特别小，啄树声音大，咚咚响。

狗宝问，老爷爷，你说森林里有宝吗？

老爷爷说，你说的是疯子尤金在森林里埋的金条吧？

狗宝说是。

老爷爷说，有可能。

门德问，他为什么把金条和银条埋在森林里？

老爷爷说，他们这些人办啥事没准，反正疯了，埋就埋呗。

狗宝说，把钱花了多好。

老爷爷说，咱们中国人有了钱，盖房子，置大马车，买马，买地。俄罗斯人不这样，有钱就花。但把金条埋在地里，我也是头一次听说。

门德说，有好多人在森林里挖宝呢，你为什么不去挖呢？

老爷爷说，咱们中国人讲究本分。我就是种地的命，种庄稼，收庄稼，养活自己。上森林里挖宝，东挖两下，西挖两下，那多不着调哇。

狗宝说，我喜欢挖宝。

老爷爷哈哈笑了一阵，没说啥。

门德说，我们认识一个人，叫花鼠。他有超人的本领。你藏在石头后面伸几根手指头他都能看得见。

狗宝说，他吃一口蛇肉就知道这条蛇多长，蛇皮是什么颜色的。

老爷爷说，是他亲口跟你说的吗？

门德说，是的，我们见过这个人。他穿一身红袍子，眉毛和胡子是灰的。

老爷爷问，你在哪儿见过他？

门德说，狗宝在河里被水淹了，我把他抱上岸，遇到一个鄂伦春哥哥，名字叫那木卡。那木卡把狗宝头朝下吊到树上，控出肚子里的水。后来，狗宝手欠，把他口袋里的大蟒蛇放出来了。那木卡和蟒蛇搏斗，差点被蟒蛇缠死。后来，狗宝用刀扎死了蟒蛇，那木卡把蛇肉剥下来用火烤着吃。这时候花鼠来了，吃我们的蛇肉，把剩下的也带走了。

狗宝说，那木卡的帆布包还拉着拉链，花鼠能看出包里放着铁铲、绳子和铁丝。

老爷爷说，我也能看出来呀！在森林里讨生计的人，包里都要放铁铲、绳子、铁丝、指南针、水壶、刀子、火柴，这不算能耐。

狗宝说，反正他不是一般人。

老爷爷问，他说他是什么人？

狗宝说，他说他是布里亚特萨满师，名字叫花鼠。

老爷爷用铁丝掏烟锅里的灰烬，把烟嘴放到嘴里吹吹，往鞋底上磕了磕说，他是个骗子。

门德问，你怎么知道他是骗子？

老爷爷说，他说得太逼真了，一听就是骗子。他肯定藏在森林里看见你们跟蛇搏斗、用火烤蛇肉，然后他才这样说。

狗宝说，我藏在石头后面，举起一根手指、三根手指，他隔着石头都看见了。那也是骗人的吗？

老爷爷说，他是不是用手摸过石头边上的树？

门德说，摸过。

老爷爷说，他往树上放了一个小镜子，你们没发现。他从小镜子上看出你伸几根指头，这就像变魔术，一点不神奇。

门德恍然大悟，说花鼠讨厌我们说他变魔术。

老爷爷说，你说他变魔术就戳穿他了，他怎么会愿意听呢？

门德说，花鼠说狗宝鱼怪附体，让他用左手拇指掐左手中指指根，破解鱼怪附体。后来狗宝肩膀酸，再后来他大喊大叫。

老爷爷说，花鼠骗你们呢，我在这儿待这么多年，从来没听说有鱼怪。

狗宝说，我确实肩膀酸，身上没劲。

老爷爷说，你那是受惊吓了，跟鱼怪没关系。

门德问，狗宝后来为什么会说胡话？

老爷爷说，他差点淹死，受惊吓了，人家说啥，他就信啥。世界上根本没鱼怪，咱们刚吃三条鱼，哪有鱼怪？花鼠骗你们呢。

门德说，花鼠还说他知道金条和银条埋在哪里。

老爷爷问，他知道为什么不去挖呢？

狗宝说，他不需要钱。

老爷爷说，哪有不需要钱的人。在这里生活多困难，谁都需要钱。

门德说，我觉得在这儿生活很好，有野花，有鱼，林中还有小鸟。想吃蘑菇就去采蘑菇，多好。

老爷爷说，你长大就知道了，这里没有公路，不通电，连个电视机都没有。吃饭要靠自己种庄稼，这叫贫困，怎么能说好呢？

狗宝说，我们家吃米吃面都到超市买，这里有超市吗？

老爷爷说，原始森林哪有超市呀？谁到这里开超市？这里的人用什么都靠自己，他们不需要超市的东西。

门德说，像古代。

老爷爷说，中国好，拉茨卡村有好多人到中国做过买卖。他们回来说中国到处都有高速公路，农民家有小轿车，村庄有路灯，有文化广场，还有打牌的地方。农民做饭用液化气，家家都有电视机。其实在这里买个电视机也不贵，但是买了也没用，没有电视信号。中国好哇，你们在中国生活多幸福。

门德说，老爷爷你回中国吧，住我们家。

老爷爷说，我这么大年纪住在你们家，一旦得了病怎么办？一个陌生的老人待在别人家里，谁不害怕？我哪也不去，就老死在森林里了。死了之后和这些小星头啄木鸟、对子蘑、野百合花、风铃花在一起，也挺好。

门德说，老爷爷，如果到了中国，你最想去哪些地方？

老爷爷说，如果我年轻腿脚好，到了中国，我先去北京。那儿有天安门广场，我看过画片，天安门是一座宫殿，红墙黄瓦，天天都是人山人海，人们在广场唱歌跳舞。我还想去白城，上我老家看看。我爷爷说白城的地里长满大豆高粱，我要亲眼看一看。我还要坐飞机去上海，听说那是世界最繁华的城市。我去戏园子里看二人转。我也是说说而已，这辈子哪儿也去不了了。老爷爷说着，用袖子擦眼睛。

门德下炕，蹲在老爷爷身边，轻轻地给他捶背。狗宝也下炕，跑到老爷爷身边捶他另一侧肩膀。

老爷爷说，你们这是孝敬我呢，谢谢啦。我没难过，眼睛里进了东西，擦一擦。

玻璃窗外的森林变成了黑色，老爷爷点起煤油灯，把它挂在门框的钉子上。他走到外屋，把门插好，进屋说，睡觉吧。他从炕梢拿出两床棉被，被面有带绿叶的粉红色牡丹花，上面有黑亮的污渍。他说，你们两个盖被子睡，半夜冷。我只有一个枕头，你们俩枕着自己的鞋睡吧。

说完话，老爷爷吹灭煤油灯的火苗，上炕躺在那张兽皮上睡下。

本文刊载于《民族文学》2023年第1期

香炉山（节选）

周建新

第五章　找红军

17

一辆黑色卧车沿着破破烂烂的路，颠颠簸簸开过来，停到香炉山下。此时，杜三秃子的人马已经撤走，背影顺着女儿河畔越爬越远，远成了蚂蚁。司机殷勤地打开车门，下来个女人，身穿黑色长绒衣，头戴黑色镶白边的小礼帽，脖子扎着雪白的丝巾，手拎咖色提包。

女人雍容华贵，步履迟缓，一步三抬头，缓慢地迈向山门。

正午的阳光直率地流淌，柔和而又温暖，洒在女人脸上，映出了清癯与白净。张天一从瞭望孔中清楚地看到，这张脸，没了天真，少了清纯，缺了饱满，也失去了灿烂，倒是增添了几分成熟，几分安定，还有几分无法掩饰的憔悴与忧伤。

这个身影，张天一熟悉极了，刻骨铭心地留在脑子里，哪怕再过一百年，他也不会忘记。此刻，他的心狂跳起来，无论如何他也想不到，让他昼思夜想寝食难安的伊兰，正在一步步地向他走来。无数个日夜，他为伊兰抓心挠肝，多少次冲动，只为救出伊兰，几次冒险，都想挽回失之交臂之痛。可她被日本人重重包裹着，看上一眼，比登天还难。

他绝望了，放下了念想，不再贪图幻想。

不是因为娶了陈小娴，伊兰在张天一心目中的位置挤没了，也不是因为岁月磨掉了相思之苦。血战长城，国民政府牺牲惨重，打怕了，休战协议交出了东北，出卖了义勇军。九师成了流浪的孩子，孤悬关外，深陷绝境，张天一急切地寻找出路。只剩下香炉山这些星星之火，他在收缩战线，留守精英，储备物资，努力地维护着九师的存在。他已身心疲惫，没有精力去想伊兰，更没有撕碎敌人的堡垒，把伊兰接回身边的奢望了。

可是，他万万没有想到，伊兰居然从天而降，自己送上门来，真是喜出望外。

然而，伊兰此行没有喜，只有悲戚，她背着重如冰山的负担，再旺的火，也燃烧不出她的激情。这趟香炉山之旅，她带着多田的使命，貌似关东军可以放过香炉山一马，实则是为稳住南票矿工，让更多的煤拉进锦西炼油所。多田之所以敢放出伊兰，让伊兰充当他的特使，那是因为他攥住了伊兰的命根子，就是立秋。

娶伊兰时，多田承诺，不追问也不计较谁是孩子他爸，只在乎孩子姓多田。立秋出生没多久，不经意间，多田一次脱口而出的试探，便闪电般击中伊兰。多田出其不意地说出张天一的名字，伊兰的眼光迅速地躲闪了一下，下意识地抱紧了孩子，就是这么个轻微的动作，把她的内心全出卖了。好在多田城府很深，仿佛什么也没发生，不揭伊兰的伤疤，视孩子视为己出，倾听立秋奶声奶气叫他爸爸。

出发前，多田将立秋周岁的照片洗了好几张，塞进伊兰的手提包中，那几张照片，棱角分明地印出了张天一的影子。送伊兰上车时，又重重地叮嘱几句，只要相安无事，我会好好照顾多田立秋的。

伊兰听得懂弦外音，闭上了眼睛，等到睁开时，车已经启动，窗外深秋的葫芦岛港，海水碧蓝如洗，可再深的海，也洗不净她的忧伤，她的眼泪再也抑制不住，滂沱而下，为绝命的父亲，为危在旦夕的张天一，也为没有了祖国的自己。

泪水淌进了嘴里，她感到了和海水一样的苦涩与腥咸。

整座香炉山上的人，无人懂得伊兰内心的苦楚，除了张天一，没人对伊兰有好感，更没人表示出热情，汉奸县长的女儿，日本大特务的老婆，此时舍身上山，不是探子，还能是啥？不能让她多走一步，多看一眼，尤其是台阶上的机关陷阱，悬崖上暗藏的滚石，还有山上一条条地道出入口，这是他们安身立命的本钱，不能让外人摸到底细。

张天一张开双臂，像欢快的小鹿生出了翅膀，轻盈地从山上飞驰而下，去接伊兰。

山上最好的居所，就是崖下杜三秃子留下的那三间房子，一明两暗，现在，由张天一全家居住，张天一把伊兰让到了那里。

看到张天一兴奋得像个孩子，陈小娴心里很不舒服，她拿着全部身家性命保护张天一，没见过他对自己如此兴奋过。她的肚子沉重到了举步维艰，一步也不想挪，就坐在堂屋等着，看一看那个让丈夫神魂颠倒的女人究竟长成什么样子。张崔氏也陪着不走，防范儿子做出对不起儿媳的事情。

伊兰走进堂屋，两个女人眼睛对视的瞬间，一下子碰撞出了嫉妒的火花。这道火花，利箭般刺穿了陈小娴原有的安静与包容，难怪丈夫为这个女人神不守舍，哪怕伊兰成了朵枯萎的花，也比自己娇艳。这道火花，也刺痛了陈小娴肚子里的孩子，一阵猛烈的撕扯与痉挛，她疼得抑制不住地大叫起来。

毫无疑问，陈小娴临盆了，孩子迫不及待地要闯进这个世界，搅进他们之间的情感纠葛中，打碎了张天一刚刚对伊兰燃起的激情，他精力不由自主地转移了回来，全心全意地照顾陈小娴，自然冷淡了伊兰。人们七手八脚地把陈小娴抬进卧房，忙碌起了接生。

　　孩子不是顺产，野蛮地横冲直撞，陈小娴咬紧牙关，努力地不让自己喊出来，豆粒大的汗顺着额头淌了出来。她抓攥着张天一的手，抠出了血，可她的努力没有用，孩子还在肚子里当孙悟空。

　　张崔氏虽然生过孩子，却没见过要横着生下来的孩子，一时间没有了主张。张恩发飞也似的跑下山，到周边的村子找接生婆，张家人稀，可不能出了意外。客居在香炉山上王老凿家的女人们也动了起来，抱柴烧水暖炕洗毛巾，围着陈小娴团团转。

　　袖手旁观的，只剩下冷落在一旁的伊兰。

　　难产折磨得陈小娴死去活来，张天一没咒念了，本事再大，哪怕天也能捅个窟窿，却不能替女人生孩子。母亲嫌他在女人间挤来挤去，撵他出去，女人生孩子，男人守着有什么用。他帮不上任何忙，急得在屋里屋外踱来踱去。

　　伊兰平静地坐着，眼光始终跟随着张天一的脚步，来回移动。下山迎她时，张天一是那样热切，那样充满激情，快活得像匹小公马，温暖得几乎要融化掉她心里的冰山，她已经心潮澎湃，等待着张天一把她揽进怀抱，她就用泪水冲刷掉所有的阴郁和委屈。

　　面对妻子临产，转瞬间张天一马上转换了角色，再也不用如炬的目光看她，注意力都转移到了妻子身上。伊兰心里哀叹一声，爱能怎样？心生妒意，又能如何？父母指定的婚姻是曹觉知，好像是天经地义，可是天地为媒，把她的童贞送给了一生最爱的张天一，然而命运戏弄人，她最终却是多田夫人。

　　心爱的人已经成家，妻子的资格不再属于她，即使她把自己融化进张天一的怀抱，也不是妻子的身份。然而，苍天作证，她的贞操属于张天一，那一夜晚泪雨滂沱的交融，是她一生的永恒，立秋就是他们永恒瞬间的结果，没人能够把她的魂儿从张天一的身上揭走。

现在，她的生命支点完全倾斜到了立秋身上。一年前，她生立秋时，也是饱经折磨，一度想过一死了之，好在她突然发现了窗外飘荡的风筝，风筝上的画面，只有她能懂。真是心有灵犀，关键时刻，飞来了遥远的暗示，那一刻，她好像抓到了救命的稻草，仿佛把张天一抓到了身边，爱让她产生了难以相信的爆发力，立秋呱呱坠地。

眼下这名叫陈小娴的女人，比她幸运得不知多少倍，起码，她有丈夫的守候，为她担忧，为她鼓劲。

女人们忙手忙脚，其实都在瞎忙，不知道如何正确地摆弄陈小娴的体位，助产的方式也是七嘴八舌，各行其道，不知谁对谁错。有那么一刻，张天一突然停止了踱步，眼光落在伊兰的脸上。

伊兰盯着张天一的眼睛说，让我试试吧？

张天一一把抓住伊兰的手，紧紧地，把所有的信任都传递了过去，他说，都啥时候了，还客气。

接生的女人们，大多目不识丁，只有伊兰满腹经纶，她之所以敢试，那是因为她熟读过产科的书籍，又经历过生产的艰辛，她能找出难产的原因。她可以嫉妒张天一的妻子，却不妨碍她珍惜生命，尤其孩子，那是张天一的骨血，也是立秋的亲弟弟呀。

伊兰赤裸着胳膊接生时，女人们屏着呼吸都瞅着她。此时，陈小娴的羊水已破，再不生出来，孩子大人都会有生命危险。她揉着陈小娴的肚子，摸准了孩子的位置，不断地用外力纠正孩子的胎位，慢慢地将孩子的头理顺到产道。接下来，她唤来张天一，把陈小娴的手塞进张天一的手中，丈夫的信任和支撑会给产妇带来意想不到的力量，其他的女人，抱腰的抱腰，掰腿的掰腿，配合着陈小娴一同用力。

到底是知识的力量，伊兰的手法恰如其分地降服了孩子的横冲直撞，一个小脑袋奋力拱开生命之门，孩子终于生出来了，是个男孩。张崔氏拎起孩子的小腿，拍了下孩子的后背，响亮的哭声响彻香炉山。

此时，张恩发正领着接生婆急急地往山上走，他找出了十几里，走到了缸窑岭，才从李树祯家的亲戚中找到这个不怕掉脑袋，敢上香炉山的接生婆。孩子的哭声，证明他找得太久，来得太晚了，接生婆没有了用武之地。尽管如此，他还是按事先讲好的约定，赏赐了两块大洋，客客气气地把接生婆送下山。香炉山和其他村子一样，也有人间冷暖，也食人间烟火，与过去的土匪窝子天壤之别。

接生过后，伊兰紧绷着的弦松下来，看到浊水和血污，再也抑制不住妊娠反应，跑出去呕吐。陈小娴生孩子，本来很干净，正常人不可能恶心，用不着解释，女人们都明白，刚上山来的日本太太伊兰，也怀孕了，这样大幅度地给陈小娴接生，是冒着流产的危险。

女人们对伊兰的敌意缓解了，也不像防贼一样防着伊兰，伊兰也识趣，只停留在这幢房子前，绝不多走一步。

幸福洋溢在张崔氏的脸上，她当奶奶了，幸福也洋溢在张天一的脸上，他当爸爸了。痛苦却藏在伊兰的心里，泪水随着她的呕吐一同发泄出去，你们哪里知道，早在一年之前，你们已经就是奶奶和爸爸了。

一番折腾过后，香炉山回归了平静，陈小娴度过了生产的疲劳和疼痛，幸福地搂着孩子，婴儿吃上了母亲的奶水，不再哭泣。

重新回到会客的堂屋，伊兰再次端庄地坐下，这就是伊兰和陈小娴的区别，无论身处何境，伊兰总会像朵高贵的荷花，惹人眼目。而陈小娴呢，安静得像无人注视的米兰，暗香只是留给他一个人嗅。

张天一也平静地坐在了八仙桌旁，两个人隔桌而坐，距离让两个人之间突然冒出了陌生感。伊兰不想再瞒着了，掏出立秋的照片，推了过去，问道，两个孩子像不像？

张天一疑惑地瞅着伊兰，愣住了。

伊兰继续说，仔细看好，牢牢记住，这也是你的儿子，名叫张立秋，是我看着你放的风筝生的，出生地在兴城文庙。

张天一瞪大眼睛，张开的嘴无法合拢了，南票之夜，是他们对生命的第一次初探，那是苦楚与撕裂的爱，疼痛与挣扎的交融，他们在绝望中探索安慰，在寻找中获取温暖。他从未想过，只有那么疾风暴雨的一次，就结下了果实。他深深地误会了伊兰，也错怪了伊兰，根本不知道走投无路的伊兰，是用婚姻保护他们的孩子，是用牺牲延续所爱之人的血脉。

他跳了过去，一把抓住伊兰的手，迫切地说，别走了，咱们在山上一起生活。

伊兰推走了张天一的手，她说，我们谁也不能摆脱为别人活着，你为心目中的国，我为咱们的孩子，他现在被叫成多田立秋了，我不回去，他必死无疑。

张天一摇着头说，既然如此，你何必来找我。

伊兰说，我们都需要活着。

沉默，依然是沉默，沉默得香炉山都老了。许久许久，伊兰问道，孩子起名了吗？

张天一说，没有。

伊兰说，我给起个名字吧，叫张寒露，和立秋一样，应节气。

张天一很冷地回敬一句，日本的节气吧。

伊兰拧紧了眉头，下嘴唇快被她咬出血来，这种语气，她听得懂，那是对嫁给多田的愤恨，她嫁给阿猫阿狗，张天一也许不会如此的仇视，那是怨她不该嫁给日本人。她紧盯着张天一的眼睛，并不解释嫁给多田的原因，一字一板地说，是中原的节气，也是中国的节气，不是"满洲国"的，节气的背后是气节，你能懂。

张天一后悔了，不该惹伊兰生气了，毕竟，她刚刚救下了陈小娴母子两条性命，自己都娶妻生子了，哪有资格计较伊兰嫁了人。

他唉叹一声，点头应了，就算是国家的命吧，寒露到了，天会越来越冷，我们夫妻过的是刀尖上舔血的日子，一旦寒露成了孤儿，烦请你照顾。

伊兰说，我们都是孤儿，都是找不到祖国的孩子，承受寒冷的不仅仅是你，是我们。说着，她泪如雨下，今天，寒露降生了，我替你高兴，可就在昨天，我送走了身边唯一亲人，我的爸爸。

张天一看到，伊兰说亲人的时候，泪眼望着自己，那是一种期待，也是一种无奈。他把自己的手攥得嘎巴嘎巴响，声音低沉地接下一句，还有我和我们的儿子。

伊兰说，可谁能替代爸爸呢，你就不想问问，我父亲是怎么死的，你就真的认为他是汉奸，死有余辜吗？

想一想孙国栋的生前，以一己之力，追赶日本的神奈川，可谓是殚精竭虑，若是没有"九一八"，锦西就是东北的工业门户，孙国栋的县长当得是完美无瑕。张天一低着头说，死者为大，我在听。

伊兰的哭声再也抑制不住了，突然间爆发了，她说，我没有别的奢望，我只想证明，我爸爸不是汉奸，他不忍羞辱，又没有能力反抗，除了杀害自己，没有别的办法。你是知道的，日本人没来时，父亲最恨亮山，发誓要千刀万剐，可亮山被俘，日本人故意让他沾血时，他最恨的却是自己，他用自尽去忏悔，去赎罪，去抗争。日本人为掩盖真相，不发丧，不公布，假装发来调令，悄悄地把父亲埋了，我想祭奠父亲，都找不到地方。

张天一这才明白，难怪她身穿一身黑衣，一脸的憔悴，她不能为父亲披麻戴孝，只能用黑衣服寄托哀思。他伸出粗大的手，擦拭伊兰的眼泪，节哀顺变，等到打跑了日本人，我会证明，他是个好县长。

伊兰的情绪渐渐平静下来，她的眼睛就这样一直盯着张天一，那是一种不舍，一种留恋，盯得张天一有些发毛。她说，我真的很害怕，不知道哪一天你不能给我爸爸做证了，这两年，好男儿的头颓掉得太多了，不能再硬打硬拼了，人死绝了，才是真的亡国，答应我，活下来，活到苍天降下机会时，好吗？

虽说伊兰是商量的口气，张天一还是敏锐地嗅出另一种味道。伊兰对自己再好，也回避不了一个事实——多田夫人，肚子的种儿是多田的，到香炉山，坐的是多田派来的车，不为多田而来，那才怪了呢。他只顾高兴了，居然放松了警惕，差一点忘了伊兰的身份。他忽然关闭了眼帘，拒绝了伊兰的凝视，语气冷淡了下来，说吧，活下来的条件。

伊兰欣赏张天一的聪明，瞬间洞悉别人的内心，只好坦言，南票的矿工别闹事。

张天一冷笑一声，还好意思求人，他霸占了陈家的矿山，奴役着陈家矿工，人在他眼里是两脚牲畜，只顾出煤，不顾死活，还任意杀剐，他们想要活命，想要尊严，奋起反抗，有错吗？

伊兰说，多田承诺了，撤出宪兵管制，释放闹事工头，给足养家糊口的工钱，加固巷道安全设施，只要两边相安无事，他默认香炉山的军事存在。

张天一知道，如果答应了，就不会鱼死网破了，香炉山可偏安一隅，换来的是日军腾出手来打别人，默认的是南票的煤源源不断地输出，变成各种燃料，成为战争的血液。他拼命地抗日救国，可国在哪里，谁又能救他？他快把牙咬碎了，妥协是他最不想要的结果，然而增援热河，九师几乎损失殆尽，需要在香炉山上休养生息，这是避免玉石俱焚的无奈选择。

他快把牙咬碎了，艰难地吐出两个字，也罢！

送伊兰下山的路，漫长而又短暂，每下一级台阶，都顿挫一下张天一的心，震得他五内俱焚，直到伊兰钻进卧车，他已经泪满衣襟。折回山上，恋恋不舍地望下，夕阳染红了空荡荡的原野，弯弯的女儿河像在淌血，黑色的卧车沿着河畔越驶越远，远得像只移动的乌龟壳。他蹲下来，摸着立秋的照片，失声痛哭。

好在身旁有两座大墓，掩饰了为伊兰，为没见过面的儿子而哭。墓是衣冠冢，为亮山和郑心斋而立。没有了亮山，江湖义士们不会再支撑九师，没有了郑心斋，又缺了凝神聚气的魂儿。

不再会有九师这样纪律严明的义勇军了，张天一再想扩军，也不敢把各股流散的义勇军收编进来。这些散兵游勇，有人原本就是胡子，有人好吃懒做流气十足，义勇军声势浩大时，能筹来充足的钱财粮饷，他们还算安定。义勇军陷入困境，失去了外援，落入低潮，他们靠给地主家下条子，吃大户，甚至入户劫掠维持生计，不给粮草就绑票勒索。他们的名声越来越差，本来是不想让老百姓当亡国奴，老百姓反倒寻求日本人的保护，匪的名声被他们想要拯救的老百姓坐实了。此时，接纳他们，只能坏了九师的名声。

失去了国家承认，断了各方援助，九师该何去何从？张天一迷茫了。

摸一摸兜，张天一摸出了被油纸包裹着的一枚红五星，还有一张中共满洲省委军事委员的证明，那是郑心斋的遗物，他没舍得放入衣冠冢里。他想起了郑心斋放在嘴边的一句话，建立苏维埃政权，政权是合法的，可以光明正大地纳粮征税。可是，政权是啥样，他一无所知。郑心斋活着的时候，一心一意想把九师拉进长白山，说那里有红军，是第三十二军，离苏联又近，去了那里就如虎添翼。

他拍了拍郑心斋的坟，嘴里喃喃道，老伙计，也许你是对的，我想去趟长白山，找一找你说的红军，看一看你们的苏维埃。

然而，去长白山，千里迢迢，怎么走，苏维埃到底是怎么一回事，他还在懵懵懂懂中，需要一个明白人指点他。不由自主地，张天一想到了曹凤仪，曹校长学问渊博，无事不晓，何不问计于他。

晚上，母亲和叔叔备了酒席，答谢忙碌了半天的人们，王老凿也来贺喜，给小寒露拴个银葫芦，称干爷爷是落难之时，手头紧，欠干孙子一个纯金的。酒至半酣时，王老凿老泪纵横，王家四代人辛苦劳作，赚下偌大家业，被日本人一把火给毁了，清风岭永远是他的家，每个家族都是生生死死延续下来的，有生就有死，没有了人，就是真的败落了，我们明天就回去，抢在上冻之前，把烧毁的房子重新盖上。

张天一说，我要出趟远门，给九师找条出路，您老人家别走，替我守山。

王老凿说，找啥出路，靠谁都不如靠自己，清风岭和香炉山背靠背，咱们爷儿俩一起取暖，一块儿打小日本。

张天一不再犟嘴，干爹看守的，不过是自己的一亩三分地，没有抗日复国扭转大局的奢望，只好任干爹一醉方休。

第二天一早，香炉山在小寒露的啼哭声中苏醒。怀孕时，陈小娴日夜揪心，担心张天一的安危，孩子出生时，伊兰意外造访，虽说救了母子二人的命，也坏了她的心情，奶水明显不足。好在张崔氏准备充足，早早地养了一头奶羊，正在灶前熬羊奶，待到晾温了，再喂给孙子。

王老凿一大家族的人已经将家什装到毛驴的背上，又从香炉山上借走了锛刨斧锯，吃完早饭，就要出发，回清风岭伐木造屋。

分手时，张天一重复了一句，咱爷儿俩背靠背取暖。

王老凿会心地笑了。

18

大雪是在小雪的节气里铺天盖地地降下，埋矮了远处的虹螺山，埋窄了弯曲的女儿河，埋掉了香炉山下所有的路。张天一不会相信多田的承诺，就像狼要吃肉，侵略者不会停止杀戮，只不过他们把目标对准了一头睡狮，用南票的煤做动力，积攒力量呢，暂时放过他们这只嘴边的小刺猬。何况苍天眷顾香炉山，大雪来得这么早，阻碍了敌人的行军。

1934年的元旦就这样平安无事地过去了。

张天一掐指算过，小寒露过完百天，学校就放寒假了，校长曹凤仪不必天天在众目睽睽之下。他牵来乌骓马，准备去趟江家屯，拜会曹校长，寻求指点迷津。下山的冲动已经好多次了，都被母亲拦下，她骂儿子没心没肺，媳妇刚生下孩子，就要走，再大的事能大过添人进口？

陈小娴和九师剩下的弟兄们也不同意张天一贸然下山，师长死了，副师长下落不明，唯一的指望就是参谋长了。江家屯戒备森严，杜三秃子做梦都想抓住张天一，孤身深入虎穴，太容易被人出卖了，亮山就是惨痛的教训，不能冒险。

然而，总是这样前怕狼后怕虎，谁替香炉山找出路？

叔叔张恩发默默走过来，抓过了马的缰绳，叔叔总是这样，不声不响，在侄儿最需要的时候出现，他说，我去请曹校长。

张崔氏瞅着小叔子，陈小娴凝视着叔公，弟兄们把眼光投向了张天一，仿佛询问，能否替代。唯有小寒露，居然冲着叔祖，笑得满脸灿烂。张天一松开了马缰绳，说了一句，我儿子同意了。

乌骓马不安地踢着蹄子，显然它不愿意了，主人已经很久没策马奔驰了，它的腿都痒痒了，多么渴望和主人一道奔腾在广袤的原野。

张天一抚着乌骓马的鬃毛，仿佛在叮嘱，听话。

傍晚时分，乌骓马驮着张恩发，跋涉进了雪野。尽管日头已经落山，雪依然能折射透彻的光芒，站在香炉山上望下去，乌骓马的影子黑白分明地移动在原野。张天一双手合十，对着叔叔的背影，暗暗地说了句，保重。

叔叔不负众望，第二天上午，骑着乌骓马，趟过雪野，踏进香炉山的山门，张天一那颗悬着的心终于落下了。张恩发知道日本人盯着曹校长，没有贸然行事，先藏好马，找到一户可靠人家，秘密约见了曹校长，交换了侄儿的想法，立刻返回。递交乌骓马的缰绳时，他咬着侄儿的耳根，轻轻地说，腊月十五，明性寺庙会，曹校长见你。

事实上，亮山殉国后，曹校长一直期待张天一的消息，哪怕还剩下一支义勇军，也是钉在日军后腰上的一根钉子，拖住日军，让他们不敢轻易入侵华北。他最害怕的就是人们心如死灰，心甘情愿地当亡国奴，绵羊般等待宰割。听到张天一找他，曹校长喜出望外，起码证明，义勇军还信赖他。他知道背后有一堆盯梢的眼睛，不能因为自己疏忽，再让九师丧失最后的首领，秘密商定，见面的地点在离香炉山不远的明性寺。

去明性寺，除了见张天一，曹凤仪最想见的还是自己的儿子，自从儿子丢掉了姓氏，一心一意地在庙里当和尚，他的愧疚与日俱增。儿子即将成婚了，他却无情地将儿子送入佛门，这是他最无奈和最无能的选择。沙窝屯古人类的遗物，那是中华文化的瑰宝，日寇打进了家门口，倾巢之下，安有完卵，土地被占领了，尚能光复，文化若是被日本人碾压碎了，那才是真正的灭种，比起为国藏宝的使命，个人的荣辱算得了什么。

对儿子的再次忧虑，来自于不久前辗转传到曹凤仪手中的一封信。信是三个月前写的，尽管没署名，笔迹他一眼就认出来了，县长孙国栋的，内容是首隐诗：

圈地之人嫌地少，穷追逼索六千遥，
悬梁闭口不相舍，深藏远遁尽忠孝。

信的内容不言自明，多田不满足于物质掠夺，开始了文化渗透，追讨沙锅屯六千年前人类遗址的出土文物，表面上看，是要几件文物，实际上却是断根之策，这才是侵略的终极目标。孙国栋以死明志，嘱咐他们父子，小心被多田识破玄机，把魔爪伸向曹觉知，须趁早远走高飞，掐断日本人追寻的线索。信收到如此之晚，那是孙国栋担心邮寄会被日本人劫获，托靠得住的人，辗转几番，才迟迟递到曹凤仪手中。

读这封信时，曹凤仪还不知道，孙国栋已经作古，对溥仪调孙国栋到新京，做贴身政要的传言，深信不疑。捧着信仔细品时，才觉得不是滋味，越看越像遗书。他没有急着送走儿子，是因为在哪儿藏身最安全，他还没有想好。多田嗅觉极为灵敏，儿子突然失踪，会让其闻出其中的味道，断定儿子知道文物的下落，对此必须想出万全之策。

促使曹凤仪下决心送走儿子的，是件偶然的事。元旦后，锦西县日本参事官组织一次参观，带他们去宪兵队看被关押的义勇军俘虏。被绑的俘虏赤身裸体，宪兵手持锋利的尖刀，刀尖娴熟地围绕学虏的臀部和大腿根画了个圈，随后开始往下剥人皮，另一个宪兵泼着清水洗血痕，让人皮白白净净地完整褪下。义勇军战俘疼得眼睛努出，嘴巴大张，惨叫声锥心刺骨，撕心裂肺。

参事官仿佛没听见，平静地讲解，人皮是长筒靴最好材料，柔软、温暖、弹性好、成本低，屠杀印第安人时，美国总统华盛顿就是这么讲的，帝国只是效仿而已。

这是曹凤仪第二次目睹剥人皮，愤怒已经令他咬破了舌头，他带着血沫的唾沫直喷参事官的脸上，狂吼一声，如此残忍，值得炫耀吗？

参事官突然明白，曹校长是县道德会的会长，通知县里各会会长参观时，一视同仁，给忽略了，不该让他和别的会长同来。

没人回应曹凤仪的愤怒，除了参事官一副恍然大悟的样子，其余的人都是面色死灰，表情木讷。参事官露出了原谅的表情，笑着说，曹先生是讲道德的人，可以吼，牛在耕地，马在战场，战时皮革紧张的问题总是要解决的。

曹凤仪紧紧地闭上了嘴，把血咽到肚子里，嘴唇是青紫的。他闭着眼睛，心里生起另一种担心，假若儿子落入魔爪，为国捐躯，倒也是痛快了，若是被日本人当成试验品，尝遍人间酷刑，忍受不住痛苦的极限，那将如何得了？一旦松了嘴，沙窝屯的文物将是万劫不复。

虐俘超过了虐待畜生，曹校长心里打着冷战，如此灭绝人性，往后的日子，佛门也不一定是清净之地。

腊月十五凌晨，张天一顶着启明星下了香炉山，羊毛大衣、狗皮帽子、狐狸皮围脖将他遮得严严实实。天亮时，他挤在逛庙会购年货的人流中，只露出两只眼睛，不知不觉地混进了觉知和尚的禅房。

觉知敲木鱼的功夫已炉火纯青，闭合着眼睛，不在乎谁踏进门槛。张天一心里暗自一笑，如果郑心斋还活着，跟他一块进来，和尚肯定会丢下木鱼，欣然迎请。医治霍乱时，两个人结成了莫逆，郑心斋死了，明性寺与香炉山的交情立刻寡淡了。

曹风仪怕误事，搭乘一辆马车，趟过冰天雪地，提前一晚到达的明性寺。该说的话，他早和儿子交代了，现在，他从僧寮里走出来，听一听张天一究竟要讨教什么。觉知放下木鱼，走出禅房时，瞭了下张天一，眼光里包含着一种厌恶、无奈和妥协。迈出门槛，反手把禅房门锁上，他知道，父亲和张天一商量的是大事，不能走漏半点消息。

张天一瞅着觉知的光头，突然明白了那眼神的内涵，觉知内心深处不在佛门，并未看破红尘，起码还没彻底舍下伊兰。

两个人面对面盘坐在蒲团上，张天一倾诉了自己的想法，带九师进长白山找红军，实现郑心斋遗愿。曹校长沉思了好久，才说，郑心斋指的也许是条正路，老民国这么快地堕落和衰败了，缺乏主义、缺少信仰，不能形成民族凝聚力，是条重要原因，三民主义也好，苏维埃也罢，都需要尝试，从报纸上看到，满洲治安之疼，大多来自称作红军的磐石游击队，说明他们有本事，很厉害。

既然曹校长认可了红军，张天一便有些心潮起伏，这或许是九师唯一的归宿了，他可以不相信郑心斋生前对红军的夸耀，可曹校长的结论，靠的是分析，是学问，满洲国的报纸再能圆，那也是一张纸，包不住火。

张天一定下主意，找红军，把九师的火种从香炉山移到长白山。

曹校长连连摇头，从锦西到磐石，全副武装跋涉千余里，过的全是日占区，目标太大，九师不比从前，没能力再打仗了，这么走，只有一个结果，肉包子打狗。

张天一挠着脑袋，本来是出主意的参谋长，反倒没了主意。

曹校长说，共产党的满洲省委虽然转到了地下，但总部在哈尔滨是千真万确，你去那里，先找到他们，把一个叫赵尚志的人带回家乡，这个人能量巨大，借香炉山这块地盘，能把整个热东和辽西全都染红。

张天一忽然想起来，以前刘澜波开导他时，曾多次说过赵尚志，看样子这次去哈尔滨，等于刘备三顾茅庐了，说什么也要请出这位诸葛亮，便想立刻动身。曹校长还是没同意，张天一已经被重点通缉，只身前往，也是危险重重，须有一个万全之策。

觉知在禅房外巡视了一圈，又回来了，打开房门，瞅着张天一，过了一会儿，才冷冷地说了句，剃度吧，有了和尚的身份，日本人会另眼相看，很容易蒙混过去。

这也是曹校长的初衷，儿子精通佛法，张天一身手敏捷，两个人结伴同行，既能掩护，又可照顾。事实上，曹凤仪心中早就打好了主意，他桃李遍天下，有个学生悄悄地告诉他，在哈尔滨见到王瑞华了。

王瑞华是曹凤仪的私塾同窗和终生挚友，沦陷前是哈尔滨警务处长，东北军的中将师长，和马占山一道抗命抵御日军失败后，下落不明。曹校长深知，王瑞华从小聪明绝顶，同学挨家长惩罚，他总能帮助出主意找借口，让家长认错。东北军中，唯一没挨过老帅和少帅骂的高级将领，只有他一人，而他却有本事天天骂别人，挨骂的人谁也不敢越级告状。

那个学生说，大隐隐于市，王瑞华潜住在哈尔滨的极乐寺，穿着和尚的衣服，悠悠哉哉当居士呢。

曹凤仪当即决定，把儿子送到王瑞华那里。

从曹凤仪嘴里听到王瑞华的消息，张天一去哈尔滨的决心更加坚定不移了，除了孤军奋战抵抗日军入侵，恩师没打过败仗，正好随路讨教。何况宋九龄留下的潜伏名单中，第一位就是恩师的名字。

回来时，张天一摘下帽子，陈小娴吓了一跳，怎么下了一趟山，剃光了头发？小寒露正在吸吮乳头，母亲身体的骤然抖动，吓到了他，松开嘴，哇地哭了。张天一忙解释，假和尚，不是真出家。

陈小娴说，还想真出家呀？香炉山的守备练兵给养家眷，一大摊子事呢，想当甩手掌柜的？自从伊兰寻到山上，张天一表露出难以抑制的兴奋，陈小娴便一改从前的安静，虽说管理内务洒脱依旧，却总会甩给张天一几句话听，以此强调自己的重要。

哭声招来了张崔氏，母亲进屋看着儿子的光头，目光愣愣的，盯了许久，突然露出满脸喜色，问儿子，要出远门了？

张天一吃惊地看着母亲，出去找红军，只不过是以前提过，并没动真格的，母亲是怎么知道的他要走？

张崔氏说，儿啊，你的光头剃得好，你干爹亮山的秃脑壳上有灵光，他死了，灵光没死，落在你的头上了，有灵光护着，坏人看不到你的真容，放心地去吧。

张天一给母亲跪下了，眼看着过年了，不在山上陪母亲，却要出去千里奔波，说是不惦记，可发红的眼圈，把所有的担忧都写在了脸上。

别看陈小娴发了几句牢骚，可丈夫真的决定出门，她还是做起了精心准备，防备可能发生的各种不测。这一次，她动用了陈家的隐性资本，调动起藏匿下来的店铺掌柜，花大价钱弄来份度牒，将张天一化名成觉远和尚，想方设法弄来哈尔滨一座寺院的佛法交流请帖。一切准备就绪，才去买卧铺票，还特意安排了两个身手敏捷的伙计，借购置皮货之机，从锦州到哈尔滨，一路暗中保护。

乌骓马感觉出主人又要出远门，不安地嘶鸣着，战马不跟着出征，拴在马圈里，那是天大的委屈。张天一也舍不得乌骓马，可又不能带着它出门，乌骓马太出色，不管有多远，只要看见它，就知道是匹好战马。不像一年前了，辽沈大地遍燃抗日烽火，报出大号，就有人替你打探消息，送来草料。如今骑着乌骓马，奔走在义勇军几乎销声匿迹的大地上，那就是日本人的靶子，送死呢。

张天一抓过一把剪刀，割下一绺乌骓马的鬃毛，揣进了衣兜，就当战马陪着他了。

腊月二十三，小年，送灶王爷的日子，叔叔张恩发送张天一去锦州，赶的是一辆马车。车是叔叔从缸窑岭借来的，头顶三星时赶到香炉山下，张天一坐上时，天还是漆黑一片呢，若不是接天连地的雪泛着微弱的光，真的是伸手不见五指了。

马车碾着雪地，嘎吱嘎吱响，走过明性寺三里，停在了旷野里。鸡叫的时候，借口云游的觉知和尚，终于出现在了旷野里。张天一说了句，来了。觉知答一句，来了。张天一说，走吧。觉知重复一句，走吧。一路上，两个人再也无话。

张恩发甩响了鞭子，马车沿着女儿河，迎着天边的鱼肚白，一路东行。

马车在雪地里奔走得挺吃力，跑了大半个白天，才赶到锦州火车站。张天一感慨万分，妻子陈小娴调动了那么多力量，派人一趟一趟地跑锦州，买票、做证、开手续、找关系，设法抹掉他俩的真实身份，行程安排得妥妥帖帖，生命安全保障得万无一失，真是煞费苦心。从这个角度上讲，伊兰比孩子还稚嫩，不成拖累就烧高香了，还怎么全心全意打日本？这样看来，娶陈小娴，他不后悔。

锦州火车站没有想象的那么多人，辽西人爱猫冬，况且锦州被定为防止民国渗透的边境城市，街上盘查得特别紧，谁都怕说不清楚被抓走，家里还得拿钱去赎，多晦气。所以，整座城市过年的气氛一点也不浓，商铺也没有三年前热闹，写春联的案头摆在街头，没有几个人从袖口里挤出铜钱让先生润笔，墨汁都冻上了。

偶尔有几个顽童点起鞭炮，响得也是有气无力。

火车上的人更少，能买到票的，大多是为"满洲国"效力的职员、商人，或者是各界名流，还有些日本人。车上的长条座椅，几乎成了卧铺，横七竖八地躺着人。车上的警察放松了警惕，在车轮咣当当单调的重复声中，打着长长的哈欠。卧铺车厢更是空荡，张天一和觉知和尚面对面坐在下铺，谁也不说话，心里各念各的经。

车窗外一片漆黑，看不到远处的山河，也看不到掠过的村庄，更看不到前方。

火车晃了整整一宿加半个白天，进站时感觉不到哈尔滨的存在了，一路下来，车窗玻璃已结了厚厚的霜，厚得张天一不停地哈气，也无法哈透。他用指甲抠玻璃窗，好不容易抠开铜钱大的孔洞，霜却从四面八方扑过来，蜂拥堵住，立刻结成冰霜，外面的世界便昙花一现。

虽然如此，车厢里还是亮的，午后的太阳再软弱和遥远，窗玻璃也不敢阻挡光明的透入。就像日本帝国再强大，也不能让地球反过来转，让太阳从西边出来。

张天一有信心找到红军。

火车头嗤的一声，喘出了最后一口粗气，放下了长途奔波的负担。张天一也长长地舒了一口气，终于到了，他觉得离中共满洲省委越来越近了。

车门刚一打开，奇异的寒冷便肆无忌惮地闯进来。两个人虽然知道哈尔滨冷，也穿了厚厚的皮毛衣服，却没想到如此冷，刚下火车，身子就被打透了，嘴里哈出的气，似乎冻住了，僵在空中不爱走，紧掬的棉僧帽立刻挂满上了霜。

两个人挤过人流，快步往外走，身体急需走热。出了车站，张天一怔住了，他第一次到哈尔滨，像是一下子掉进了异国他乡，满眼的建筑特别陌生，地是白的，墙是红的，浑圆饱满的楼顶是蓝的，尖锐挺拔的楼顶是绿的，比沈阳大帅府的大青楼还洋气，他有一种下错车的感觉。好在街头的叫卖声，车老板的赶车声，还有人们互相间的招呼声都很熟。唯一不熟悉的是妓女的拉客声，她们碧眼高鼻，说着俄语，见到两个和尚走过来，脸撂得天气一样冷，甩过头去，把热情丢给远处的男人。

或许是哈尔滨人习惯了寒冷，没有把人们冻回屋里，反倒奔放地跑到街上，到处堆雪人，挂冰灯，打雪仗，还有孩子们脆脆地啃着坚硬的糖葫芦，一些门店热气腾腾地冒着蒸气，也有的早早地点亮了红灯笼。

两个人连跺脚带跑步，一路向东，忽然看到前边的街头立起一个书摊，骤然间围起了一圈儿人，摊主正在一本一本地往外送书，却没看到有人递过去一分钱。张天一猜测，或许是传教的，免费送佛经或者圣经的吧。他探过头去，看了一眼，居然是《四书注释》，这本该是花钱买的书，怎能白送？顺便，他也伸过手去，摊主看了他一眼，高兴地说，和尚也救国，东北不亡。

张天一纳闷地瞅着摊主，没弄明白《四书》和救国是啥关系，打开一看，恍然大悟，书皮是假的，里边的内容是《满洲红旗》，书的中间还夹着一张油印的报纸，刊头是《红军消息》。尽管身外天寒地冻，他的身体突然涌出暖流，真没想到，刚下车就能找到红军。

刚想和摊主攀谈几句，突然间，警笛大作，张天一扭过头去，看到好几路警察包抄过来，回过头来时，摊主像一只雪球砸进了雪人里，消失得无影无踪。

一个警察上上下下打量着他们俩，觉知和尚的右手从棉手闷子中抽出，单手打千，念了声阿弥陀佛。警察劈手夺下张天一手中的书和报纸，骂了声，别啥书都看，念你的经，转身去追查摊主。张天一长长地舒了口气，真的被抓走了，让他背一段佛经，就露馅了，没等找到红军，先陷囹圄了。

继续向东走，脚冻得猫咬似的，脸也木了，贼风钻进僧帽，剪刀剪耳朵般，好在极乐寺离车站不远，两人个紧赶着脚步。远远地看到了极乐寺，那是一主两副飞翘式的山门，一看就知是佛教圣地。来到寺门前，两人同愣住了，三道寺门仅有右侧打开，门口站着两个日本兵，厚厚的棉帽子只露出两只眼睛，眉毛和睫毛都结了长长的霜，尽管如此，他们还雕像般站立。

右门的外侧，立着个木刻楞岗哨，里面还有两名日本兵。自古兵不扰寺，怎么平白无故地有人站岗？看样子，极乐寺不是被日本人征用了，就是王瑞华出事了，不再是极乐世界。

张天一第一个应急反应，就是手伸进腰间摸枪，可是他们没带枪，摸空了。觉知和尚知道这不是抓虱子的动作，立刻押下他的袖子，让他冷静，四大皆空，眼中怎能有杀机？本来是劝张天一的，觉知的脚步却迟钝下来，前边吉凶未卜，他也有些胆怯，张天一抓住觉知的胳膊，暗暗地掐了一把，意思是说，你是真和尚，怕个啥？瞬间，两个人完成了肢体语言交流，互相鼓着劲儿，依然若无其事的样子，硬着头皮往里走。

雕像活了，伸出胳膊阻拦，张天一相信妻子的本事，不会做出破绽，从容不迫地掏出证件和佛法交流的信函。日本兵一句话也没说，放他们进去了。按照曹校长所说的位置，两个人沿着正院一直走下去，走到了塔院外的西北角，那里修建闭关寮一处，有幽雅房舍五间，供本寺与外来有道高僧入内修行，王瑞华以居士的身份，住在那里。

果然，曹校长的消息很准确，王瑞华就在庙里，极乐寺的方丈安顿好了他们。吃斋饭时，把他俩引见给了王瑞华，同时还引见另一个日本和尚。日本和尚与王瑞华同居一舍，显而易见，王瑞华没潜住，被日本人发现了，派来自己的和尚，牢牢地盯着。

不管谁进来了，王瑞华依然耷拉着眼皮，一心一意地捧着饭碗，也不瞅方丈引见的是谁。其实，就在棉门帘揭开的瞬间，王瑞华用余光就认出了，先进来的那位不是和尚，是他的学生张天一，这位活跃在辽西的义勇军首领，名字快把他的耳朵磨出了茧子。乔装打扮成和尚，到底是啥企图，他没摸准门路，不会搭理，直至回到禅房，眼皮也没抬。

尽管手续齐备，两个陌生和尚入寺，日本兵也不完全相信，围住极乐寺，防备的是有人将王瑞华劫走。一名军曹尾随而入，站在禅房门外听音儿，王瑞华穿着宽大的僧袍，面壁诵经，可他毕竟是军人出身，耳朵是经过训练的，灵敏得很，脚步再轻，也能踩出吱吱的雪声。他娘的，又来监视，王瑞华端起洗脸盆，一脚蹬开房门，一盆凉水兜头泼向军曹的脑袋。

天太冷，滚开的水泼向空中，都能飘成冰晶，何况是凉水。张天一闻声而动，推开了另一间禅房的门，老师王瑞华的房门外，军曹的帽子上挂下了一连串冰溜子，军衣也冻成了铠甲，想弯腰鞠躬致歉也不可能了。

王瑞华虽然一言不发，眼里却坦率地发泄对他监视的愤怒。军曹立正站着，脸色正变得红紫，眼看着形成冻疮。日本和尚抱着一件棉袍，弹出王瑞华房门，裹住军曹的脑袋，扯着军曹往寺庙外的医务室跑。

王瑞华的禅房只剩下了他一人了，他咳嗽了一声，说了句，别藏着掖着了，进来吧。张天一吐了下舌头，在讲武堂惩罚学生兵时，王瑞华总有出其不意的招法，如今用给了日本兵和日本和尚，赶跑了监视的人，他可能放心地拜见老师了。

进了王瑞华的禅房，张天一有点尴尬，不知该敬军礼佛礼还是师生礼，只是一个劲儿地憨笑。王瑞华用拳头捶了下张天一的胸脯，提出个意想不到的要求，让他把裤子脱下来，看看卵子还在不。

张天一难为情地说，老师，我儿子刚过百天。

王瑞华说，你的儿子就是你的种吗？不脱裤子我不信。

觉知和尚念了句阿弥陀佛，嘴角却流露出一丝幸灾乐祸的坏笑。张天一是老师的军棍打出来的，见面就发怵，不敢和老师争执，乖乖地解下了裤带。

王瑞华也念了句阿弥陀佛，这才说，看来传闻挺可怕，都说你的命根子被炸飞了，还好，没成太监。这世道，攒啥都没用，要把人攒出来，攒下去，只要耐得住性子，守住根本，让家族绵延不休，就啥也不怕。他瞥了眼觉知，接着说，别学我，到庙里躲灾避难，早点还俗，找媳妇，生孩子。

觉知行了个鞠躬礼，替父亲问好，王瑞华这才知道，和尚是曹凤仪的儿子，真正遁入空门了。张天一竹筒倒豆子般说出了到哈尔滨来找中共满洲省委，找红军，找赵尚志，恳请老师帮忙。

王瑞华挥了挥袖子，让他出去，自己到大街上找，别扰了佛门的清净，说着，拉过觉知的手，两个人论起了佛法。

张天一怔怔地看着老师，丈二和尚，摸不着头脑。

19

从腊月到正月，张天一在极乐寺转悠了半个多月，正院、东西跨院，还有塔院转了个遍。他学不会觉知和尚的样子，盘坐在大殿，与寺里的高僧谈经讲法，闲得个五脊六兽。这两年他始终在血雨腥风中奔波，这么闲下去，对于他来说，不是极乐，而是乐极生悲，都贪图安逸了，那就是温水煮蛤蟆，泡在亡国奴的温泉里，都不去挣扎，只能死掉。

既然王瑞华让他到大街上找，未尝不是一种提醒。张天一真的到大街上去找了，找贩书的摊主，找发传单、扔报纸的人，找到他们，不就等于找到了红军吗？车站外的那些模仿巴黎的楼，他已不再陌生，陌生的只是人们的面孔，谁的脸上都不会贴红军的标签。他举目四望，收获的全是失望，摊主一去不复返了，茫茫人海，他不知道谁是目标。

一张报纸被风吹过来，滚在雪地里，在人的腿缝间钻来钻去，最后孩子般扑到张天一的腿上，紧紧地箍住不放。他拾起来，心中一震，居然是张油印的《红军消息》，日期是几个月前的，上面画着各种图画，讲述的是磐石游击队在何时何地歼灭了多少日本兵，报纸办得特别活泼，不识字的人也能看懂。

就像春风化开了春雪，张天一的心敞亮了许多。抬眼望过去，天上有云，也有太阳，大晴天竟然飘起了雪花。他感觉得到，哈尔滨的大街上，每一朵雪花都是红军，可是，他伸手抓，雪花躲着他，一个也抓不到，只能张开手掌等。可是，雪花落在手闷子上，瞬间被风吹走，还是没有抓到。把手抽出来，忍受着寒风去接，落到掌心立刻化成冰晶，不再是雪。

张天一觉得，身边到处都是红军，却像把手伸进水里去抓水，除了手湿了，什么也抓不到。红军神龙见首不见尾，只让他听见辘辘响，绝不让他看到井，神出鬼没的红军啊，你到底在哪里？张天一在心里呼唤。

回到极乐寺，寺里正准备另一件事，选出五名学僧，到日本延历寺留学，觉知是人选之一。王瑞华这个居士，居然当了方丈的家，执意让觉知去，日本和尚也是随声附和，称这个和尚有慧根。张天一有种失落感，觉知是他和尚身份的护身符，没有这个真佛罩着，他这个和佛家无缘的假和尚，迟早露馅。

王瑞华急切地把觉知送走，张天一心中顿生疑窦，曹校长让儿子陪他，只为掩护他这么简单吗？曹校长为躲避日本人，强迫儿子放弃一切，早早地遁入佛门，自己是日本人最危险的敌人，曹校长反倒不顾儿子的安危，毅然舍出，陪他远赴哈尔滨，实属反常。既然同来了，就该一块儿找红军，一块儿回锦西？可刚在极乐寺落下脚，带着改过的法号，和无法追查的来路，转身就去日本，其中的玄机，他无法参透。

他觉得，此行，自己可能当了一趟傻和尚。

不管怎么说，觉知是自己带来的，不管曹校长有何难言之隐，张天一也要把人完整地带回去。他找到王瑞华，不同意觉和去日本。

王瑞华勃然大怒，不由分说，唤来日本兵，言称觉远和尚不真心修行，到庙里骗吃骗喝，送他到道里模范监狱，关他半个月，再给我送回来调教。

日本人不敢怠慢，只要王瑞华不潜逃，能为他们所用，百依百顺。日本兵不管觉远这位远来的和尚有没有罪，一律遵从。就这样，张天一被莫名地投进监狱。

监狱是个大号房，关押着五六十人，站着都不宽裕，睡下就更挤了。犯人穿着五花八门的军装，有黄色灰色蓝色黑色的，甚至有人穿日本军裤，只有狗皮帽子是一致的，正中间用一块红布缝出个五角星，穿僧袍的张天一被推进来，立刻显得格格不入。

张天一环顾四周，顿然醒悟，他不是让王瑞华帮忙找红军吗？监狱里关押的全是红军，老师是用极端的方式，帮他实现愿望。

大号里的，都是判短刑的"赤匪"，白天出去当苦力，晚上才回来，一天只有一顿饭，能把糠吃饱就不错了。几间小号，关着政治犯，他们戴着镣铐，不能出牢房，天天受审，身上都是血痕，"赤匪"们说，他们是满洲省委的人，身份暴露了，不想出卖战友，只有一个结果，枪毙。

张天一真的佩服这群"赤匪"，吃得猫一样少，干得牛一样多，晚上就该睡成死狗了，却老虎一般吼着唱，起来，饥寒交迫的奴隶，我们要做天下的主人。张天一纳闷，这么多穷人都做主人，天下不乱了吗？

身旁，传出个变声期孩子的声音，提醒他，这歌叫《国际歌》，主人不是皇帝，只能有一个，是劳苦大众。张天一这才看清楚，大号里藏着另一个不穿军装的男孩，那孩子有十四五岁，瘦成了一条细龙，挤在人群里，几乎看不到。孩子骄傲地告诉他，共产国际知道不，他们能把全世界的人团结起来，对付小日本。

尽管郑心斋给他灌输了许多苏维埃，他没往心里去，在一个小孩子的面前，张天一觉得很无知。

看守又来干涉，拿着皮鞭甩监牢的铁门，不让他们唱《国际歌》，强令他们唱"满洲国"国歌。他们敷衍着，答应了，却用"满洲国"国歌的调儿，唱出了篡改的词儿：天地间有了新走狗，新走狗便是伪满洲，今古奇闻中外罕有……人民三千万，纵加十倍也无自由，国已破，家已亡，此处何有？

如此明目张胆地骂"满洲国"，狱警们冲进来，挥舞警棍，劈头盖脸地往下砸，所有的犯人都蹲下去，手抱着头，忍受着。张天一手捻佛珠，笔直地挺立，他头一次听到这些歌，不会唱，嘴都没张，狱警敢打他，他肯定拿起佛珠，毫不客气地还击。那个孩子害怕挨打，吓得钻进了张天一的裤裆里，蜷成了一条小狗。

一场监狱风波在众多人的头破血流中结束，人们相互间擦拭着伤口，虽然不再吱声，眼里却喷射着愤恨。

第二天一早，监狱长要惩罚起事的头了，若是没人承认挑头，就会都拉出去，喂狼狗。一个男人毫不迟疑地站出来，承认词是他编的，他领着大伙唱的。监狱长点起一个大蜡头，那个男人不等发话，自己走了过去，把右手食指放在了蜡头的火焰上，忍着疼痛，咬着牙齿，拧着眉头，硬挺着，火焰烧下去，指甲燃着了，蹿出了蓝火苗，空气中充斥着焦煳的气味。男人的胳膊剧烈地颤着，手指上的油滴吧滴吧往下流，助燃了火苗。那男人脚都站不稳了，却绝不把手指撤回，直至蜡烛燃尽。

男人伸出左手，死死地攥住右手腕，对监狱长说，扯平了，不许加害我的弟兄们。

监狱长从椅子上站起来，说了句，够爷们儿，转身走了。

张天一这才注意到，一大号子里的人，好几个人的右手食指是秃的。显然，监狱长喜欢这种惩罚，把它当成了消磨人意志的游戏。失去食指的人，开枪的本事会大打折扣了，重返战场也是半个残人。他对这群红军竖起了大拇哥，从郑心斋舍生取义，到他亲眼看到的坚贞不屈，他终于体会到了，有一伙叫苏维埃的人，为了主义，啥也不怕。

半个月眼看着过去了，马上就是二月二龙抬头了，张天一虽然经常和大家套近乎，却没结交到一个红军朋友，大家看他的眼光都是怀疑。他虽然游荡在红军的海洋里，甚至和红军背靠背，彼此都能听到心跳，却彼此间格格不入，无法与他们心连心。找红军找得近在咫尺了，却依然远在天涯，谁是第二个郑心斋，谁能拯救九师，他只能瞅着秃手指，抓不住他们的心。

蹲监狱的半个月，不能说张天一一无所获，他断断续续地听说，满洲省委的总部被日本人端了，有人被抓，有人逃走，他所期盼的赵尚志，把同志当叛徒，擅自枪毙，被开除了，下落不明，唯一活跃的，只剩下磐石游击队。

出狱那天，张天一决定，去吉林，到磐石，找红军。走出监狱时，天不再冷酷无情，太阳也越照越高，张天一的身后跟着个尾巴，那孩子也释放了，跟着他一步不离。此时，他才知道，孩子没有大名，大家都叫他小耳朵。小耳朵的耳朵确实很小，而且薄如蝉翼，太阳光照射过来，红通通的，血管看得清清楚楚。

拖着一身僧袍的张天一，自然要回极乐寺，怎么急着找红军，也得和恩师王瑞华道别。一路上，小耳朵喋喋不休地讲自己的身世，张天一只记住了小耳朵是孤儿，靠讨饭活着，差一点饿死，红军救了他，他也就成了最小的红军。

只想早点到极乐寺，张天一脚下如飞，只是囫囵着听，走到寺门口时，突然发现，木刻楞岗楼没了，站岗的日本兵也撤了，极乐寺成了真正的极乐世界，香客纷至沓来，满院香火缭绕。走过天王殿、大雄宝殿、三圣殿，转过藏经殿、观音殿，到了西北端几间雅致闭关寮，里瞅外找，不见王瑞华的踪影，也不见日本和尚的去向，问了几个和尚，都摇头，问到最后，才有个和尚淡淡地告诉他，王居士去了南满，便匆匆走开，不再多说。

寺不留贪嗔痴，和尚进了监狱，就是大污点，这些都是王瑞华赐给他的，寺里的和尚谁都知道，新来的觉远和尚，好吃懒做，不诵佛经，破了佛门的戒，出了狱，谁也不许收留。所以，张天一回到寺里，遇到的都是冷眼，连顿斋饭都没人施舍。

和尚身份，伪装罢了，张天一并不计较，像水滴一样沉在水里才好呢，暴露出真实的自己，那才可怕呢。他憎恨的是道里模范监狱，假模范罢了，藏着太多的污垢，好在给它立牌坊的"满洲国"，本身就是假的，伪满罢了，他时刻都想推翻。入狱时，张天一背着的包袱满满的，钱财物应有尽有，出去时，瘦得只剩下了证件。妻子陈小娴有远见，棉僧袍里见缝插针地缝了些大洋，塞了些满洲票子，他才不至于挨饿。

街头一家俄式西餐馆，小耳朵一块接一块地撕扯着黑列巴，整个柜台都被他吃光了，眼看着一条小瘦龙撑成了大肚海马，看得白俄侍者直眉瞪眼。吃饱喝足了，小耳朵仿佛猜透了张天一的心思，说，带你去磐石，找游击队，好不？

正愁没人带路呢，张天一点头答应，坐上了哈尔滨去新京的火车。一路上，小耳朵接着讲他的身世，讲他怎样沦落街头，怎样混成了丐帮的小头目，直至讲到他如何上山，当上了磐石游击队的通讯员。这些，张天一倒是听进去了，也明白了红军是为穷人打天下，他最关心的是什么叫穷人的苏维埃。小耳朵睁大眼睛瞅张天一，显然，他也懵懂着呢。

张天一退而求其次，他觉得，自己的命运现在牵在小乞丐的手中了，有必要问清楚，小耳朵是怎么被抓进监狱的。

小耳朵露出了沮丧的表情，他说，他大意了，他经常从磐石的大山里出来，跑铁路，递情报，给满洲省委送《红军消息》的刻印蜡纸，这一次，蜡纸藏得浅，被警察搜身，翻出来了，尽管他再三狡辩，捡回去给灶膛引火，警察不信，还是把他关进来了。幸亏在哈尔滨流浪的孩子们都承认这个透明的小耳朵是乞丐，否则他会真的暴露了身份，把牢底坐穿了。

张天一看得出，小耳朵是个机灵鬼。

从新京转道吉林，一路向南，跋涉进了崇山峻岭的漫天雪野里。尽管天依然冷，却不再砭人肌骨，雪不再洁白，表层化了，冻成坚硬的壳，可以结实地行走，不必在雪窝子里挪动脚步。张天一听得到，雪的下边，已经有了潺潺的流水声，春天的气息在下面涌动。这时节，若是在老家锦西，大地已经冰雪消融，园田开始打起了畦子。

然而，他的家园全被日本人占领，自己家的耕地，一寸也不许他耕耘。这么一想，张天一加快了脚步，恨不得立刻见到红军。不知不觉，两个人走得浑身是汗。

雪野里爬山过岭，小耳朵有窍门，爬上山梁后，他掰下山丁子刺，划开桦树皮，扯下几块树皮，用牙齿咬断附近的几根细藤，将树皮绑成两个雪橇，又折下四根松树枝，当成雪杖。他吩咐张天一学着自己的样子，坐进雪橇，找准树缝，顺坡溜下去，一直滑到对面的半山梁，省却了在雪地跋涉的力气。

连走带滑，一路挺开心，不知不觉过了晌午，饥饿感袭来，小耳朵突然扒开一道雪墙，里边露出了一个山洞，洞里有干柴，有火石，有铁锅、铁勺，旮旯处有个封口的瓦罐，旁边还有个舂米的石臼、石棒。小耳朵娴熟地把雪装进铁锅，生起了火，从瓦罐里抓出了几把高粱，铺在石臼里，拿起舂米的石棒，舂出了能供两个人吃的高粱米。

喝着热得烫嘴的高粱米粥时，小耳朵告诉张天一，这叫密营，长白山里到处都是，打起仗来，用不着背粮食背弹药满山跑，想用了，到密营里取。说着，小耳朵从石缝里找出两把腰刀，还有两颗手榴弹。

张天一心里为之一震，密营，小孩藏猫猫都能想出的好点子，他怎么就没想到呢？这办法真好，从香炉山到清风岭，设置若干个密营，他和义父一同照管，既能藏兵又能分散隐藏物质，香炉山也好，清风岭也罢，谁遇到难处，都可以躲，再难也不会家底掏空，队伍散尽。看样子，红军里真是有人才。

时令过了惊蛰，天长了，可山影重叠，沟里的白天依然短暂，天是蓝的，山头上阳光照射到的是白雪，山影里的却是灰雪了，密营的上方，一道青烟从雪缝中钻出，袅袅地飘舞。张天一忽然想起，煮完饭，没去把灶膛里的火熄灭，他瞅着那缕青烟，总有一种狼烟的感觉，尽管已经走出很远了，他还想折回密营，用雪掩埋住余烬。

小耳朵说，你太多疑了，山里是红军的天下，害怕个啥？

尽管小耳朵是个孩子，那也是山里的主人，张天一不再坚持，就这样寂寞地走下去。远远地看着那缕烟，渐渐地消失下去，张天一心里还是有一种惴惴不安，耳朵便警惕地竖起，他总能感觉到一种微弱的马蹄声如影随形，猛地甩回头，仔细地观望，却什么也没发现，阳光明亮地跳宕在雪面上，像是在嘲笑他。

继续往大山的深处走，张天一灵敏的耳朵，总能感觉到有微弱的窸窸窣窣声，不过，这一次，张天一却发现，有野鸡在三里外急促地飞，嘎嘎的惊叫声回旋在整个山谷。

张天一瞅了一眼小耳朵，想再次提醒，后边有人跟踪，小耳朵却满不在乎地说，没事，你多心了。张天一吼了一声，你那个小耳朵，就是摆设，不拢音，能听到啥？

两个人这才加快了脚步，转过一道山弯，是僻静的山坳，一道雪墙面前，雪的硬壳突然消失，张天一陷进了雪地里，小耳朵沿着雪壳的边上走，却不伸手拉张天一。越挣扎，张天一陷得越深，他心想，完了，老妈预言得不准，被这小耳朵算计了。

突然间，旁边的雪墙倒了，把小耳朵也砸进了雪坑里，没等他俩醒悟过来，七八个人扑上来，将他们按倒。

小耳朵扭过他的细脖子，瞅着拿匣子枪的头儿哀求道，铁队长，我啥也没说，啥也没做，千万不要杀我。

那个被小耳朵叫成铁队长的人，铁青着脸，低声说，你把满洲省委都出卖了，还想做啥？内线早就告诉我们了，一顿大米饭就让你当叛徒了，还把日本人引进了咱们的密营，我代表组织，宣判你死刑。说着，有人压住小耳朵的胳膊和腿，蒙住了小耳朵的脸，铁队长一双铁一般的大手掐住了小耳朵细细的脖子。

张天一挣扎着说，他只是个孩子，就不能原谅他一回。

铁队长让人用雪团塞住张天一的嘴，到了密营，没有孩子，也没有和尚，只有革命军人，必须执行铁的纪律。

小耳朵的腿抽搐着，脸上只挣扎出一只耳朵，张天一看到，那只通明的耳朵不再透明，变得青紫瘀黑。

张天一闭上眼睛，他没想到，对自己人，红军比义勇军还狠。

趴在雪地上，张天一听着雪壳传递过来的声音，吐出嘴里的雪，告诉铁队长，跟踪来的人，有一人骑着马，其余的脚步散乱，不会超过二十人，离他们只剩下几百米了，转过弯就到。铁队长疑问道，你不是和尚。张天一坦率回答，我是辽西抗日义勇军第九师参谋长。

毫无疑问，敌强我弱，枪声一响，后边有可能还有援兵。雪地如此之乱，再藏进密营躲避，已经不可能了，那样的话，等于让敌人瓮中捉鳖。铁队长没工夫核实张天一的身份，捆着丢在一旁，马上启动狩猎陷阱的开关，迅速占领有利地形，进入战斗状态。

和张天一的判断一模一样，讨伐队很快出现了，约有二十人，走在最前的几个毫无防备的滑入了陷阱，剩下的立刻找到掩体，双方的遭遇战就这样打响了。铁队长的红军虽然占据地形优势，可是讨伐队有挺机枪，打得他们抬不起头来，敌人越逼越近。

双方打得正焦着，讨伐队的机枪突然哑了，射手中弹身亡，骑马的指挥官也倒在了血泊中。张天一最担心是讨伐队有援兵，没想到，两个红军的援兵却神兵天降，双手匣子枪，枪法准得弹无虚发。铁队长这边的人也不是吃素的，机枪一停，立刻反击。遭到前后夹击，日本指挥官又阵亡了，讨伐队顿时大乱，剩下的"满洲国"兵不顾几名日本兵阻拦，急忙逃命，有的连枪都不要了。

讨伐队溃逃后，增援上来的两个人，急匆匆地赶过来，给张天一松绑，一口一个地叫着，姑爷受惊了。张天一满脸狐疑，离老家两千来里呢，这么老远，哪儿来的姑爷？若不是他俩操着满嘴辽西话，他真以为叫错了。

铁队长更是错愕，磐石游击队不过三四百人，能够双手打枪的，寥寥无几，他不可能不认识，面前这两个陌生人，敏捷的身手，没个十年八年的功夫，练不成。

两个人这才向张天一道明，是少东家派来暗中保护的，发现小耳朵领着讨伐队进山，一直在跟踪，直至双方接火，他俩来个黄雀在后。张天一心里泛起了春潮，哪怕远在天边，陈小娴也没忘丈夫的安危，这是用命来爱他的女人。

铁队长忙过来寒暄，感谢张天一的救命之恩。张天一反过来感谢红军，他是找指路明灯来了，于是，话题自然引到了郑心斋，郑心斋生前最大的愿望，让九师投奔红军。铁队长的脸阴沉下来，他自然知道郑心斋，满洲省委里屈指可数的人物，谁人不晓？只是叹惜不该为不可救药的东北军飞蛾扑火。

张天一纠正道，是抗日义勇军，他是九师不死的魂。

铁队长拧着眉头说，知道是灵魂，还不懂得保护，他有经天纬地之才，我们党千挑万选出来帮助你们的，他的牺牲，是我们民族的损失。张天一说，你以为我愿意他死吗？打死他的是日本侵略者，那是我们共同的敌人。铁队长自知话说得有些过头，不过，刺激一下也好，起码验证了对方的身份，打消了接纳这个新人的顾虑。缓和了一下情绪，铁队长告诉张天一，红军已经改了名称，叫东北人民抗日联军，联合所有的抗日力量，消灭日寇，总指挥叫杨靖宇，他们这个小队叫特务队，也就是山下老百姓所说的"打狗队"，职责就是除奸，不管内奸外奸，一律清除。

听到清除二字，张天一的眼光移到了地上躺着的小耳朵，不管小耳朵出卖过谁，起码没出卖过自己，至死还认为他就是和尚。不管怎么说，没有小耳朵，他见不到铁队长，找不到红军，还是让孩子入土为安吧，但愿下辈子有爹妈疼，不讨饭，更别当叛徒。

以石为棺，以雪为墓，两个伙计帮助张天一埋葬了小耳朵。

铁队长要往山里转移，两个伙计不肯随同上山，临分手时，悄悄告诉张天一，吉林街上最大的那家皮货店，是少东家的，遇到难事，到那里找他俩。

20

去往大本营的路上，张天一被蒙上了眼睛。不管对谁，铁队长都是铁的手腕，怀疑才是信任的基础，哪怕郑心斋重新活过来，恐怕也要戴上眼罩，这是规矩，何况张天一还是叛徒小耳朵带来的呢？唯一的礼貌，没用捆绑。

转悠了几圈儿，张天一弄不清东南西北了，除了天越走越黑，张天一什么也不感觉不到。没有人说话，寂寞地走下去，只有脚下踩到雪壳的吱嘎声，张天一嘲笑着铁队长，太刻板了，黑天蒙眼睛，瞎子点灯，白费蜡。

刻板的不仅仅是铁队长，队员亦是如此，呵斥了一句，闭嘴。

到了大本营，除去了眼罩，张天一看到，下弦月的月牙冒出来了，他判断得出，是后半夜。朦胧的月色下，山幽深险峻，林浓密茂盛，雪深厚皑皑，看不到营房，找不到帐篷，感觉不到大本营的存在，除了他们特务队里的几个人，看不见队伍。即使不小心踏进来，也无法发现雪瓮子里藏兵无数。

仔细观察，影影绰绰还能看到人影，那是流动哨，兵营存在的唯一标志。无论特务队遇到哪个哨，都有人厉声问，口令，而且每一次口令和回令都不同。张天一感觉得到，这伙红军，比正规军还严，严成了森严壁垒，连一只松鼠蹿过，都会盯上警惕的眼睛。

张天一开始比较起了红军和义勇军，都是在血雨腥风中生存，都经历过首领被出卖的牺牲，然而声势浩大的红军收缩成抗联，战斗力却没收缩，义勇军却是马尾巴系豆腐，提不起来了。他找出了差距，义勇军最大的弱点，是熟人社会，凡事以义为先，口令从来没人认真执行过，想来就来，想走就走，很难保守秘密，叛变成了家常便饭。

一座雪瓮子的门打开了，终于到达了特务队的宿营地，流动哨又走了过来，照例是口令追问，铁队长答声如流，才被允许钻进去。头回生，二回熟，张天一伸手和流动哨打招呼，被后边队员踢了一脚。游击队的规矩，除了队长和队长之间敬礼，各小队成员之间不许交流。一年前，就因各队随便交流，保密不严，游击队的总队长、大队长、政委三员主将，没有牺牲在抗日战场，反倒被地主武装杀害。若不是杨靖宇回来，队伍就散了，特务队就是那时候成立的，谁涉嫌内奸，谁的死期就近了。

雪瓮子依着山崖，里边有半个山洞，篝火燃在中间，烤得里边暖融融的。崖下铺着一排蒲草垫子，显然，那就是休息的床了。特务队的人实在太困了，一进去，扑在上边，和衣而睡。

第二天一早，张天一向铁队长提出，拜见总指挥杨靖宇。铁队长瞪了眼张天一，总指挥是你想见就能见吗？先脱下你的和尚服，等经受住了考验，入了党，再去见。

抗联特务队增加了一名新成员，那就是张天一，堂堂的辽西抗日义勇军九师参谋长，只能屈就在抗联里当一名小兵，还得经历组织严格的审察批准，如果不能过关，还得蒙上眼睛，送回山下。好在张天一不计较，他的目标是见到杨靖宇，看一看杨靖宇是不是第二个郑心斋，不把杨靖宇摸透，他不能贸然把九师拉来。

尽管张天一明明知道杨靖宇就在大本营，可是，特务队的训练休息吃饭睡觉，必须严格按规定进行，不能越雷池一步，即使和临近的小队，也不许交叉。哪怕是杨靖宇从他身边走过，他也认不出谁是总指挥，他们小队只执行一个人的命令，那就是铁队长。

大本营的集结是短暂的，分配完武器弹药装备，立刻分散游击，铁队长带着他们继续除奸。张天一渐渐弄明白了，所谓的游击，就是战略与战术总指挥统一谋划，各支队和小队分散出去，各打各的仗，开会交流，相互联络，都是党员的事，不是党员，不可能知道党的秘密。究竟何时聚集，何时打仗，事到临头，战士们才能知道。

出发走了好几天，辗转了好几个密营，铁队长才交代这次除奸的目标，一个二鬼子的大头目，驻在吉林。所谓的二鬼子，就是朝鲜人，和日本关东军穿着一样的衣服，享受一样的待遇，中国人根本办不出来。本来，铁队长准备在执行前公布任务，可总部派来的是位朝鲜女战士，配合他们行动，女战士生得白净苗条，走路都带着舞姿，别说搅得队员一路心神不宁，就是张天一这样，有过伊兰和陈小娴，不缺美女的男人，也为之一动。

一个朝鲜美女，掉进一群光棍中，心中涌动着猫挠般的骚动，再正常不过了，铁队长担心有人心生邪念，提早宣布了任务，声称，击毙除奸目标，女战士将留在特务队。战士们欢欣鼓舞，摩拳擦掌要打好这一仗。

清明时节，大地全部开化，车前子最先冒出了嫩芽，野山杏的花蕾含苞待放，吉林城里的人出出入入地进山上坟，特务队混在人群里，无声无息地进了城，隐藏在一个小院里。伏击的地点是铁队长选的，城里的一家朝鲜饭店，离最大的那家皮货店不远。路过时，张天一向着店里张望了一下，记住了皮货店的特征。正巧两个伙计招揽生意，也看到了他，相互间瞥了几眼，便不动声色地各行其是。

自然，他俩刻意躲过了特务队其他人员的视线。

那家朝鲜饭店，生意很火，很多朝鲜人喜欢到店里饮酒歌舞。女战士换上了朝鲜装束，扮成歌伎，早早地到店里，燕语莺声，博得一片欢喜之声。铁队长得到的情报十分准确，就在预定的时间，二鬼子准时到场，身边还跟着两个滴酒不沾的警卫。和预告设定的一样，二鬼子很快拜倒在女战士的石榴裙下，饮酒作乐到后半夜，弄得饭店老板都烦了，才将最后的客人打发走。

二鬼子果然缠住了女战士不放，女战士扶着二鬼子往军营走，拐过一道街口时，不费力气地将匕首插进他的心窝。跟随的两个警卫，还以为长官喝多了，上前去扶，特务队一拥而上，割断了警卫的喉咙。

张天一执行的是望哨任务，没参与刺杀，他远远地看到，两个黑影跟在他的身后，那身影，明确地告诉他，两个伙计担心他的安危，又来暗中保护。

撤退前，铁队长在现场压上一张布告，明确告诉日本人，抗联除奸。

铁队长很清楚，尽管是半夜，除奸过后，尸体很容易被发现，一旦全城禁闭，逐户搜查，肯定露馅，尽快远走高飞。张天一虽然没动手，现场发生了什么也没看到，但他感觉得出，暗杀不同于战场上的枪炮对决，不管胆子有多大，也不管任务有多正义，暗杀过后，谁都会有一种恐惧感。

讨伐队的马，总比人跑得快，尽管雪早已经融化，大地上不会留下印痕，可日本人有狼狗，跑慢了被追上，特务队就危险了。更要命的是，女战士跑岔气了，大家轮换着背着她跑，每个人都累得够呛。狂奔了三个时辰，跑出了足有一百里，再跑下去，就得累吐血。天已经亮了，铁队长让大家钻进密林，留下人到山上站岗，他们才敢停下来歇息，人已累得七倒八歪，眼睛都不愿意睁开了。此时，他们再愿意背女战士，也背不动了。

歇过之后，铁队长找到了最近的一座密营，那里面装了一瓦罐不久前的炒苞米，每人抓过几把，就着山泉水喂饱了肚子，轮换着睡了一觉。午后，又往大山的深处走了十几里，便和另一支队伍汇合了。铁队长告诉大家，那是抗联的朝鲜支队，总指挥特意批准，任务完成后，允许特务队和朝鲜支队一块儿庆功。

除了双方的口令声，朝鲜支队说啥话，张天一一句也听不懂，只看到对方奔走呼号，高兴得手舞足蹈，显而易见，特务队帮他们除掉极大的隐患，才使他们热泪盈眶。朝鲜支队里有许多和女战士一样的女兵，女战士牵着她们的手，让特务队员拉着女兵们的手，一块跳舞。

特务队杀人时步履矫健，跳舞却不行，手风琴响起时，他们不是迈不开脚，就是经常踩到女兵们的脚。女兵们不介意，甚至脸贴脸地教，教得这群光棍脸红心跳，鼻尖冒汗。三年前，张天一在北平当警卫时，新潮的少帅早就让他们学会跳舞，自然而然，女战士愿意和他一起跳。他不敢独享女战士，只跳了一曲，早早地让出去，不能让其他战友眼馋。

如果不碰到女人，张天一还不至于儿女情长，离开香炉山两个多月了，他想妻子，也想没见过面的儿子立秋，更想他已经半岁的儿子寒露，无论朝鲜女战士有多美，都无法挤进他的心灵。

美妙的联欢只持续一晚，第二天早上，特务队的人醒来一看，朝鲜支队走得空空如也，连陪着他们好久的那个女战士也踪影皆无。队员们骂着铁队长，净骗人，白忙活了，啥也没得到，就差没像那个二鬼子，见了阎王。

铁队长再也没有了铁劲儿，脑袋快耷拉进了裆里，他也喜欢看女孩呀，可命令如山，抗联是国际部队，朝鲜女战士不属于他们，想留也留不住。

抗联总是这样，忽东忽西，时聚时散，在长白山的密林里捉迷藏，从不和日军硬碰硬，兜着圈子找机会，伺机敲掉个软柿子，装备和粮食就不愁了。就这三五百人，把几万关东军拖进山林，折腾得疲惫不堪。

张天一知道，背后玩陀螺的这双大手，就是杨靖宇。他总觉得杨靖宇就在身边，如影随形，却始终可望而不可即，恐怕和杨靖宇碰了鼻子，都不认识。他只知道日本人称总指挥是"山林之王"，长白山上的老虎，他还能见到呢，见杨靖宇咋就这么难？

铁队长最终说了实话，杨靖宇是谁，对你是谜，对我也是谜，满洲省委送他来磐石，介绍时出错了，姓王的杨政委，好在大头目常用化名，没谁在意，反正满洲省委送来的都是真神。游击队里有一半是朝鲜流亡过来的，讲不好汉话，总把杨政委叫成杨靖宇。朝鲜话中，靖宇有驱逐外敌之意，总指挥觉得挺好，顺势就把名字改了，他是哪儿的人，真名叫啥，我也不知道。

张天一弄不明白了，大丈夫当行不更名坐不改姓，部队的名称怎么总是改来改去，一会儿是红军，一会儿是游击队，一会儿是抗联，一会儿又是独立师，还成了国际部队，就连总指挥的姓名也是谜，刚才还姓王呢，马上就姓杨了。究竟还有多少谜，他无法猜透，也许谜就是真经，就是迷惑敌人的武器，悟透了，九师也能积小胜为大胜，成为又一处日本人的"满洲之癌"，如果扩散到整个东北，关东军只有死路一条。

抗联的游击战术，确实厉害，转几圈儿，就甩丢了劣势，张天一越琢磨，越有兴趣，越不安分在特务队里除奸了。他不喜欢暗杀，明刀明枪阵地战，打的是战场智慧，兜圈子打游击，比的是灵动和聪明，看谁能技高一筹。而暗杀是什么，阴谋，不管多么正义，也是卑劣。

以毒攻毒，卑劣也无所谓，可特务队到各支队抓内奸，却让张天一接受不了，不管是不是真的当了汉奸，只要怀疑，毫不迟疑地枪毙。张天一向来坦荡，对怀疑一切深恶痛绝，干吗搞得人人自危。

最令张天一痛心的是，特务队里除奸最坚决的一位战友，一次任务失败，没说清楚有一袋烟的工夫去了哪儿，立刻拉出去执行。那位队员临死时泣不成声，指天发誓，除了这一次，绝对忠诚，那人可是我亲哥呀。

铁队长是铁石心肠，亲哥也不行，革命必须彻底，革命队伍绝对的忠诚，不存在犹豫，怜悯就是投降。执行那一刻，所有的队员列队站在一旁，睁大眼睛瞅，枪响时，谁敢闭眼睛，谁就是除奸不坚决，你不大义灭亲，我就灭你。

太残酷了，张天一是从死人堆里爬出来的，见惯了生死，已经有些麻木，可子弹打穿那位队员胸膛时，他的心也震颤了一下。这真不是人干的活儿，说啥也要离开特务队。

埋葬了那位队员，大家的脸是灰的，谁也不吱声，生怕下一个怀疑的人是自己。只有张天一的脸是红的，他对铁队长吼，我要见杨靖宇。

那天晚上，张天一震耳发聋的吼声，并没有激怒铁队长，铁队长甚至坦率地对他说，发现我有嫌疑，照样枪毙，革命总会有牺牲，我不怕被冤枉，堡垒最容易从内部攻破，确保万无一失的唯一办法，就是没有万一。说话时，铁队长的眼睛一直瞅着张天一。

张天一明白，该考验自己了，执行下一个任务，非己莫属了，失败的结果很明确，他比目标先消失。

任务是偶然间来到的。

那是盛夏的一个下午，队伍从长白山下来，驻进了一个叫蛤蟆塘的村子。时逢连绵大雨，村外河水暴涨，一片泽国，村里的庄稼大多被淹。抗联吃了好几年村里的粮食，不能坐视不管，铁队长带着人，和村里人一道，挖沟排涝，不能让庄稼泡死在水里。可是，有一片长势最好的庄稼地，没人打理，宁愿泡着。一打听才知道，那个大户人家的老太太死了，都在忙丧事。

老太太死得很挺惨，家里人特憋屈，事情发生在连雨天之前，有个山林队的头目经不住诱惑，背叛了和抗联的盟约，带着日本兵来搜村，想找到抗联的行踪。搜到老太太家时，一个日本兵看着炕上小巧的绣花鞋，喜欢得不得了，称是艺术品。拿着鞋比量老太太的三寸金莲，更是新奇，世上竟然有这么精致的小脚，小如婴孩，精若玉雕。日本兵摸着小脚，舍不得放下，称这才是世间珍品。

女人的小脚是摸不得的，老太太也不行，那是污辱，可日本兵是拿着刺刀进来的，她没敢反抗，一任陌生的男人摆弄。队伍集结时，日本兵先把所有的绣花鞋装进行囊，随后摸着老太太的小脚，依依不舍，抬头看一下老太太满眼泪的脸，突然间手起刀落，砍下了老太太的一双小脚，拿回兵营，做成标本，长期保存。

老太太当时没死，儿女们孝顺，请来郎中止血消炎，可老太太的嘴却水米难进，拒绝喂食。村里人都说，没见过雨下得这么勤的，那是天在为老太太哭。

铁队长飞速把这件事传递给了总指挥，总指挥特别气愤，抗联要给蛤蟆塘村老百姓一个交代，这个山林队头目必须除掉，谁为虎作伥，就给谁颜色瞅瞅，震慑山里的各色武装，降日没有好下场。

拿着杨靖宇的指令，铁队长拍了下张天一的肩膀，说了句，你不是想见总指挥吗，执行吧。

除奸的名单早就列好，每次除奸，特务队都要谋划好久，才会选准万无一失的机会。那个山林队的头目，没进黑名单，情报信息少得可怜，需要张天一下山去当孤胆英雄，把底牌摸清。临出发，张天一来到老太太家祭拜，发誓不让老太太白死。此时，其他几个队员都去了老太太家的庄稼地，挖沟排涝去了。

去往吉林的路，全不通了，山下都是水，只好坐船走。大水成全了抗联，关东军只能干着急，无法围剿长白山。张天一的帮手，便是皮货店的两个伙计。

两个伙计很有手段，不费力气就摸清楚了头目的行踪与兴趣。头目久居森林，隔三岔五，不打一次猎，就痒痒，以为占据山林，独霸一方呢，还不知道，此时此刻，他也成了猎物。

特务队狙杀头目的地点，是一处水草丰美的开阔地，那里时常有鹿群出没。那是个雨后响晴的天，头目骑着马，逐鹿而来，可惜枪法太差，连开数枪，一头鹿也没打中，却被张天一一枪击掉了遮阳的草帽。

张天一不想让头目见到阎王时，说不清楚是怎么死的，把暗杀变成了猎杀，高喊了一声，我是抗联的杨靖宇，专杀汉奸。

头目没去操枪找目标，立刻趴紧了马身子，想催马快跑。第二枪张天一就不客气了，正中头目的后脑壳，立刻摔下马去。两个随从刚跑进开阔地，吓得扔下枪，回头就跑，张天一喊了声，跑得过子弹吗？回来，把尸体背走，告诉你的弟兄们，赶快解散回家，别和抗联作对。

尽管完成了任务，铁队长依然气得脸色铁青，本来可以一言不语，一枪毙命，没必要逞能，人家手里也拿着枪呢，玩票是要掉脑袋的。

张天一淡淡地一笑，没那个把握，也不敢报杨靖宇的号，让他们听到这个名字，闻风丧胆，谁再敢打抗联的主意，谁先掉脑袋。

规矩是铁的，再有本事，也得惩罚，回到营地，铁队长关了张天一禁闭，饿着，一个窝头也不许吃，至于是枪毙，还是饿死拉倒，报请总指挥，红军更名抗联后，还没出一个不守纪律的战士。张天一不服，喊着，特务队不是暗杀队，搞情报，策反，争取人比杀人还重要。

被铁队长关禁闭的，十有八九一命呜呼。队员们觉得，"和尚"难逃一死，套来一只野兔，烤熟，偷偷塞进来。毕竟是要个人英雄主义，不是内奸，队员没有被连累的风险，没人狠下心来饿他，抗联饿怕了，别当饿死鬼。

没想到，总指挥居然没有责罚，说真真假假，虚虚实实，游击战就该神出鬼没，不但肯定了张天一，还允许他继续冒充杨靖宇，冒充得越真越好，还给特务队扩了编，任务也一分为二，内设招抚组，组长就是张天一，接受铁队长领导。特务队除了继续除奸，还要不断地分化瓦解"满洲国"兵。

终于摆脱让人郁闷的暗杀了，解除禁闭的张天一特别高兴。

明确了招抚组的人员，张天一带着大家做的第一件事，不是找招抚目标，而是四处寻找蓟草。禁闭时，他看到了一架油印机，旁边放着个钢板，刻笔，还有几张没用过的蜡纸，可惜没有油墨了。在老家时，张天一看到过，曹校长印宣传单时，油墨光了，就把蓟草榨出汁来，替代油墨。招抚，就是攻心，不会宣传怎能行？

杨靖宇百步穿杨，林老虎命丧山林，多好的制造舆论机会，张天一亲自刻钢板，仿照他看到过的那份"红军简报"，新印了一份，讲述如何击毙引狼入室的山林队头目。蓟草汁印出的虽不及油墨清晰，也不那么黑重，却也能看得清楚。队员们珍惜每一张来之不易的纸张，每一次滚油滚，手腕的力道特别均匀和仔细，几乎没有损毁。

这些简报，被特务队通过各种渠道，塞进各路"满洲国"兵的营房。一时间，各营房的头目，谁也不敢擅自离开军营了，恐怕暴露在杨靖宇的枪口下。

21

除奸是一种威慑，仅仅是惩恶而已，还需要恩威并用，壮大抗联队伍。日本人的策略是让中国人打中国人，抗联急需粉碎日本人的策略，策反"满洲国"部队，让他们调转枪口，打日本人。

张天一上任后锁定的第一个策反目标，就是满洲十四团的一个迫击炮连。抗联吃亏最大的，就是讨伐军有迫击炮，射程远，目标准。若是有了自己的迫击炮，那就更能打出主动仗，从容地周旋在山林，让长白山成为日军的墓场。

那个连长姓林，是东北讲武堂炮兵科班出身，迫击炮千米误差不超过两米，抗联没少吃他的苦头。张天一侦察到一个特殊的情报，林连长的妻子被他的弟兄们叫成了林娘子，那意思是美得不亚于林冲的媳妇，不小心一语成谶，一个日军大尉，相中了林娘子，硬给娶走了。尽管大尉不断地给林连长找最美的高丽姑娘，可林连长天天郁郁寡欢。

张天一给铁队长出了个难题，你不是擅长除奸吗？把日军大尉除掉吧。铁队长对张天一眦目以对，除奸只除汉奸，除掉日本人，那叫作战，不是特务队的职责。张天一反唇相讥，抗联是抗日联军，目标是消灭日寇，光杀中国人，算啥本事。铁队长被张天一激怒了，谁说不会杀日本人？他要做给张天一看。

激将法起作用了，冷静下来，就要分析这个日军大尉，这是个少见的情种，日军多以嫖妓为乐，很少非要娶活人妻。张天一顺势把侦察到的情报送给了铁队长，林娘子和大尉怄气，回了娘家。

这个情报贵比千金，大尉怕林娘子跑回林家，肯定屈尊去接。林娘子的娘家，就是最佳伏击地点。除奸组和招抚组同时出发，铁队长带人去了永吉县城，埋伏在了林娘子的娘家附近，张天一单枪匹马，去了十四团迫击炮连的驻防地乌拉镇。

事实上，张天一这次招抚，是白捡的功劳，杨靖宇已经派人潜伏在迫击炮连了，他不过是冒名而来，以显示抗联的诚意。得到大尉被除掉的消息，连长带着全连六十余人，三门迫击炮，近百发炮弹，上万发子弹，跟随着张天一，直入山林，投奔到抗联的麾下。

在一处密营，铁队长带着林娘子的家人，与张天一带着的迫击炮连会师。林连长抱着林娘子，失声痛哭。

有了三门迫击炮，加上林连长弹无虚发的本事，抗联不断地袭击讨伐军的各个哨卡，听到炮声，不等正式开战，讨伐军闻风而逃，连储备的物资都没转移，即使被日军逼着反攻，也只放空枪，暗示抗联千万别打炮。还有些机枪连、步兵连集体哗变，归降了抗联。

迫击炮连让抗联如虎添翼，讨伐军节节败退，咄咄逼人的攻势变成了守势，直至龟缩进城镇，筑牢工事。真假杨靖宇虎啸长白山，众多的山林队不再首鼠两端，认同了日军的说法，杨靖宇是"山林之王"，他们甘愿俯首称臣。

在宽广的长白山脉，抗联像钻进牛魔王肚里的孙悟空，忽东忽西，自由穿梭，不可阻挡，这种势头，一直持续1935年的春天。

春播时节，局势突变，关东军调来了"满洲国"第一军管区司令官于芷山，调来密集人马，指挥新一轮大讨伐。于芷山搞了一套如来佛战术，日伪军加在一起数万人，围绕抗联的根据地，人海拉网，步步为营，即使抗联再能钻，孙悟空一样百般变化，也钻不出如来佛的手掌心。

更可怕的是，于芷山严格实施人圈策略，众多星散村落，集中成一个集团部落，每个部落至少千余户，哪家想要煮饭，得去部落领粮食。保甲长控制着每一户人家，出去撒泡尿都要报告，严格的程度，不亚于集中营。

集团部落之外的居住，全部为非法，一律按暴徒处置，烧杀抢光，片瓦不留。最惨的是帮助过抗联的村落，进集团部落的机会都不给，屠村前没有任何征兆，包围住村子，见人就杀，鸡犬都不留，二三百个尸体暴尸荒野，无人掩埋，便宜了秃鹫和饿狼。

建完堡垒似的集团部落，开始纵火烧山，烧掉抗联的藏身地。长白山脉到处都是原始森林，熊熊烈焰翻身打滚地追逐，飞河过路，烧黑了云，烧红了天，刚吞噬掉一座山，又攻陷了另一座山。

烈焰燃烧了整整一个月，小河烧沸了，山溪烧干了，不烧到山尽头，无法熄灭。好在抗联战士们学会了在山火中自救，事先打出了火场，才没有太大的牺牲。战士们站在山顶，看着一座座黢黑的山，一片片光秃秃竖立的焦树桩，烈焰烧在了他们心里。

成群的鸟儿不见了，成群的鹿没有了，野猪烧成了焦团儿，豹子也跑不过大火，野兔烧得只剩下阚阚的黑骨头。不计其数的珍稀树种毁灭了，上千种动物灭绝，被誉为动物天堂的长白山，转瞬间成为地狱。

森林无罪，这是大自然馈赠给东北子民的，上千年来，居住在这里的先民们，不管征战多么残酷，从来没人把森林当武器，哪怕损兵折将，绝不选择火攻，他们敬畏山神，热爱生灵，哪怕全部阵亡，也不打森林的主意。

然而，仅仅为挤压抗联的生存空间，侵略者轻轻地划了一根火柴，就成片成片地烧毁了长白山的原始森林。集团部落，这种集中营似的管理模式，绝了抗联的粮食来源，焚烧过的森林，莫说是狩猎，就连蘑菇都不再生长，更别说松子、榛子、木耳了。

抗联的给养基本上中断了，山下的每一条道口，密密麻麻地驻满了日伪军。叛变在铁桶般的围剿中随处发生，加入抗联的山林队，归降的"满洲国"兵，露出了怕苦怕死的本性。好在杨靖宇早有防范，没有经受血与火考验的抗日队伍，只派党代表改造队伍，他们没有机会接触抗联的主力，红军磐石游击队的老班底，依然稳如磐石。

于芷山重点防范的是东北部，那里是中苏边境，迈过边境，那边也是红军，一旦靠上苏联这个根，从共产国际获得支援，抗联就如虎添翼了。更重要的是，他们没敢烧挨近苏联的山，怕大火漫边境，引起国际纠纷，图们江附近的森林保存了下来。"山林之王"肯定寻找森林的庇护，离开森林，就没有了用武之地。

杨靖宇偏偏不信邪，开始了声东击西的战术，让张天一带着跟定了抗联的林连长，向着东北方向的珲春虚晃一枪。张天一做足了山林之王的气势，夺取了数道哨卡，还向敌人的宿营地发射了迫击炮弹。此时，杨靖宇带着教导团，潜踪匿行，一路向西，专打敌人的薄弱环节，虎口夺食。等到敌人发现不对劲儿时，他们已经攻下柳河镇，歼敌六十余人，撕破了包围圈，获取了大量给养。

于芷山如梦方醒，数万敌军全部向西涌去，想形成新的包围圈。杨靖宇来了个你朝西来我朝东，从更大的裂口折身返回，一下子甩下敌人几百里，又拉出去苏联边境的架势。这一次，依然是让张天一打迷魂阵，他率领主力一路急行军，奔袭向东南方——中朝边境，那里是日本人认为最安全的大后方。

两处杨靖宇，各打各的威风，就像真假美猴王，都会大闹天宫。于芷山被杨靖宇牵着鼻子走，真假难辨，劳师远遁，疲惫不堪。不过，姜还是老的辣，于芷山不再东堵西追，干脆来个以静制动，反正关东军授权他了，一人可以调动奉天、吉林和安东三省的兵，围绕长白山中抗联活动频繁的区域，层层设卡，三步一岗五步一哨，用铁桶战术对付抗联，看看两个杨靖宇到底耍的是啥花招。

满山捉迷藏似的打游击，持续了整个夏天，半个秋天。中秋节过后，张天一被识破了，那一次，他依旧打着杨靖宇的旗号，穿梭在没被焚毁的山林间。有那么一刻，他举起望远镜，突然观察到对方也拿着望远镜观察他。毫无疑问，狭路相逢，谁也藏不住了，好在张天一有林连长，迅速架好迫击炮，一发炮弹过去，敌人就溃逃了。

这是于芷山的直属侦察队，没敢和张天一硬拼，快速逃离了，丢下个伤兵，身子瑟瑟发抖，还牢牢地抱着个公文包。张天一抢下公文包，打开一看，里面有张画像。伤兵惊恐地瞅着张天一，害怕被枪毙，如实相告，抗联里有人给关东军提供了照片，还告诉了于芷山，杨靖宇是大高个子大长腿，跑起来像只大鸵鸟。

毫无疑问，张天一的假杨靖宇被识破了，敌人的侦察队急着跑，就想把消息告诉于芷山，那样的话，真杨靖宇就危险了。既然伤兵说了真话，就留他一命，腿上半尺长的伤口，也够他撑的，能否躲得过山林里的熊瞎子，听天由命吧。

张天一带着林连长，迅速向东北方向转移，转过一道山梁，才转身向西南，与铁队长会合。抗联有铁的纪律，假杨靖宇暴露的消息，只有铁队长有资格报告给总指挥，况且杨靖宇的行踪，整个特务队，只有铁队长知道。

铁队长什么也没说，即刻起程，带着队伍一路向南，昼夜不停急行军，千里奔袭，直抵敌人的大后方宽甸。他重复着杨靖宇的话，你打我的后方，我打你的后方，就像下棋，绝不让敌人占到先手。

不停歇地奔跑，鞋跑烂了，脚踝跑肿了，跑慢了，就会掉进敌人的包围圈。直至进入宽甸的青山沟，和其他抗联队伍会合，特务队便一摊泥似地瘫倒了。躺在地上的张天一，听到了轰隆隆的铁瓦声，抬眼望去，几辆大马车，接二连三地拐进了青山沟，车上装得满满的，有成套的棉衣，成匹的棉布，成捆的棉帽，还有叠得方正的棉被，大小不一的棉皮靴。

本来疲乏极了的张天一，硬撑着站起来，围着大马车，左摸摸右摸摸，爱惜个没够。冬天越来越近了，长白山里冷得要命，没有厚棉衣，怎么熬得过？这下可好了，战士们不会挨冻了，谁这么贴心，雪中送炭？

有人告诉张天一，没有贴心人，只有神机妙算。杨靖宇算计到了，辑安的榆树林子据点，是重要的中转站，大批围剿抗联的物资，会从朝鲜输送到这里。据点的守军，总觉得抗联远在千里，不可能神兵天降，即使有几只山林队，也不敢太岁头上动土，所以，防御心态松懈，被打了个措手不及，几乎伤亡殆尽，充足的物资储备被劫掠一空。

刚刚休整没几天，铁队长又传达了杨靖宇的命令，立刻奔赴辑安，与先前赶到的抗联队伍会合，继续冒充杨靖宇，打出东北抗日联军第一路军的大旗，诱使敌军千里追踪。张天一赶到时，辑安的部队已经准备好了，摆足了欢迎的架势，还征占了一个地主大院，设置了军部指挥所。

尽管抗联把指挥部都暴露出来了，于芷山还没上当，依然以不变应万变，虎落平川被犬欺，山林之王，跑出长白山，只有死路一条。兔子满山转，还得回老巢，于芷山大张着口袋，等着杨靖宇钻回去，

杨靖宇继续和于芷山斗法，不可能让敌人以逸待劳，非得让那几万人追出千余里，把他们累吐血。既然你识破了假杨靖宇，得到了真实的照片和外貌特征，那就真佛现身。几支抗联队伍从东西北三个方向齐聚到宽甸县步达远镇，大白天发起进攻，毫不费力地占据了全镇。

这个镇，是辽东半岛的门户，向南直插下去，即可占大连，夺旅顺。向西奔走，沿浑河而下，便可威胁沈阳。两地的兵力都被调去围剿长白山了，防备空虚，打进大连，等于打进了日本的本土，那还了得。两地的日伪当局吓出了白毛汗，急向关东军总部施压，于芷山再按兵不动，等于私通抗联。

于芷山的屁股终于被杨靖宇撬起来了，不想疲于奔命也不行。

冬至那一天，天地间冰雪相连，纷飞的雪花中，真假杨靖宇相逢于步达远镇。杨靖宇迈着大鸵鸟的步子，大大的脚印踩出了深深的雪窝，飞快地向着张天一走来。投奔抗联快两年了，这个比张天一高出一头多的大鸵鸟，晃动在他眼前多少回了，他居然不知道是全军的总指挥。

无须口令，也不需要铁队长介绍，杨靖宇早就认识张天一，两人敬完军礼，双手便紧紧地握在了一起。

部队集结之后，就要开群众大会，纷纷扬扬的大雪，没有阻挡住镇里老百姓的脚步，上千人聚集在步达远街的广场。杨靖宇根本不用站在高处，大长腿就是台阶，他亮开洪亮的嗓门，喊出了解放

辽东半岛的口号。张天一心里很清楚，人群中肯定混进了日本奸细，如此大张旗鼓地战前动员，等于向敌人公开挑战，日本的关东都督肯定如坐针毡。

那天晚上，张天一留宿在杨靖宇身旁，两个人聊了大半宿，一会儿是义勇军，一会儿是郑心斋，一会儿又是红军。毕竟跟随抗联快两年了，张天一接受共产党的概念不再吃力。杨靖宇唯一不肯答应的是接受张天一入党。

第二天凌晨，雪依旧在下，风也越刮越烈，集合号吹响，借着雪野微濛的光，抗联部队即刻从步远达出发，一路顺风，向南挺进，拉足了攻占大连的架势。就连张天一也深信不疑，乘虚而入，此战定要收复失去了三十年的辽东半岛。

向南一直奔走了几十里，天还没亮，眼前闪出一片黑黢黢的原始森林。杨靖宇突然命令队伍折身钻入山中，迎着风口，转向西北疾速前行。呼啸的北风，成了天然的大扫帚，扫走了抗联所有的足印，飞扬的大雪又一次覆盖住了大地。天亮时，山野重新恢复了一片白茫茫，仿佛从来没走过千军万马。

杨靖宇又消失了。

两天后，不可思议的事情发生了，抗联突然现身在辽东重镇本溪，更不可思议的是，杨靖宇居然不动声色地联络了辽南各路抗日义勇军，调动来了名声显赫的老北风等人，上千人马声势浩大地围攻城郊的日军兵营——碱厂。

碱厂失守，本溪不存，战争急需的钢铁，即将被抗联掌控，更可怕的是，这里离沈阳近在咫尺，可以依山虎视，随时便能猛虎下山。偏偏沈阳的守军急防大连了，沈阳失守，关东军照样要于芷山的脑袋，于芷山被撬起的猴屁股，又被杨靖宇放了一把火，烧得乱蹦，数万大军不分昼夜，急返沈阳。

老谋深算的于芷山到底没算过杨靖宇，以逸待劳的战术最终被撼动，再一次被牵着鼻子疲于奔命，兴师动众的秋季大讨伐无果而终，抗联不仅恢复了长白山深处的根据地，又有了本溪这块新地盘。

1936年的元旦，张天一陪着杨靖宇在本溪度过。

从长白山深处转战到南满，征战半年多，奔袭两千里，张天一几乎成了杨靖宇的替身，没有张天一惟妙惟肖地模仿杨靖宇的战术，摆出贴近苏联的架势，三番五次地欺骗成功，拖住了于芷山，杨靖宇还真的难以突破重围，在南满闹得个天翻地覆。

那些天日，真假杨靖宇聚在一起，有点如胶似漆了，两个人互为假想敌，交流破解各种围剿，开展抗日游击战的窍门。张天一记忆最深的是"灯芯"战略，老百姓就是灯油，抗联就是灯芯，要想灯不灭，需要老百姓不断地往灯里填油，才能打出自己的根据地。

接二连三的胜仗，藏够了粮食，补充了装备，战士们都挺高兴。杨靖宇却不像大家那样乐观，浓密的眉毛间写满了忧虑。半个月过后，快到小年了，杨靖宇找来了张天一，两个人横躺在炕上聊天。

杨靖宇问，会下围棋吗？

张天一没明白是啥意思，诚实地回答，太玄妙，看得脑袋疼，能懂一点点。

杨靖宇说，打仗和下棋异曲同工，扎根取势争先手，只不过战场的棋盘太残酷，棋子是一个个鲜活的生命，输不起。接着，他的话题又转了回来，抗联原本要把根扎向苏联，获取国际正义力量支持，在长白山建根据地，就是这个意图，向中苏边境进发，这里是绝佳之地。然而，世事难料，你想依靠他，他却在和伪满政权做交易，全世界没几个国家承认"满洲国"，他们却率先和"满洲国"建交了，靠山山倒，靠水水流哇。

张天一也迷茫了，抗联总归要有根哪，不靠苏联，还靠谁？

杨靖宇感叹一声，我们的根，只能是中华民族，不能全指望外国，现在，抗联被扭成了一盘无根无眼的棋，想要活下去，在长白山之外，还要做出第二只眼，那就是燕山，连接两只眼的就是辽南和辽西两支抗日义勇军。

张天一说，我懂了，回辽西，壮大义勇军，接应抗联。

杨靖宇抓着张天一的手说，抗联这两年没白磨炼，懂得战略了，我准备带队西征，过辽河，进医巫闾山，开拓热河根据地，连通察哈尔，与陕北红军结成一体。

张天一说，我接受考验，等待和你会师。

本文刊载于《当代·长篇小说选刊》2022 年第 3 期

一塘莲（节选）

傅汝新

3. 买 药

卢四老婆的头疼病又犯了。她这个病很顽固，也很怪异，这些年里，镇里县上的医生几乎看遍了，谁也说不出个所以然来。她不敢见风，一年四季头上都要缠一条毛巾。过去她犯病往往是天气骤变没有注意，或者出汗多了被风吹着了。但这一次很奇怪，既没有出汗多被风吹着，天气也都很正常，没有气温忽高忽低的情况。卢四老婆便一边摇头一边叹气，说，这是咋回事呢？咋整的呢？

卢四对三姊妹说，你们仨赶紧去镇上一趟吧。

三姊妹立刻撂下手里的活计，急忙换上外出的衣服，头上扎了围巾，脖子上挂了棉手闷子，都一副兴高采烈的样子。

卢四又对三姊妹说，到镇子上哪儿都不要去，买了药赶紧回来。这段日子总打仗，不太平。

三姊妹齐声应道，知道啦！推开屋门，呼啦一下子冲到了院子里。院子里，屋顶上，树上，一片白茫茫的雪，晃得她们睁不开眼睛。

出了院子的三姊妹一下子从一冬天的郁闷中挣脱出来，老三卢云甚至有几次情不自禁地转身跳了几跳，喜悦之情溢于言表。一向谨慎的老大卢芳有些紧张地向四处看了看，街巷还在安静之中，只有村子的上空无数条从屋顶东侧的烟囱里冒出的黑灰色的烟悠然地向上游曳着，弥漫成河流一般的浩荡。

老二卢秋说，老大，你看啥呢？瞅你那胆儿，没事呀！

卢云也回头附和道，是呀，大姐，放心吧，咱们去镇上好好玩玩，别都听咱爸的。

卢芳沉着脸说，那可不行，到了镇上一切听我的，不然回家就告诉爸。

卢秋和卢云都咯咯地大笑起来。

太阳已经升起来了，有些餍餍的样子，看不出它的移动，但转眼间就挂在了那些高大杨树枯干枝丫的后面。天气虽然有些冷，好在没有风，走在阳光中的雪地上的卢氏三姊妹似乎已经走在了春天里。

卢氏三姊妹长得并不太像，但三姊妹个个漂亮却是事实。老大卢芳二十一岁，瓜子脸，两只眼睛显得有些大，但特别水灵，特别亮。两条粗壮的辫子披到后背，脸前的刘海儿显然是刻意修饰过的，浓密而整齐。卢芳言谈不多，但说话却严谨而有分寸。是性格的因素，还是大几岁的原因？说不太清楚。老二卢秋十九岁，圆脸，也是两只大眼睛，但由于脸型的关系，两只眼睛不像卢芳那么突出，不过，她的眼睛里却透出一种淡定，一种从容。卢秋是一种典型的内向性格，甚至于寡言少语。跟卢芳一样，她也是两条粗壮的辫子，但比卢芳短了许多，刚过肩的样子。老三卢云只有十七岁，也是圆脸，但眼睛却比两个姐姐小多了，而且鼻子和嘴都显得有些小巧。卢云的两眼看人时自然地有些眯，嘴角还有些向上翘，脸上的表情就显得格外的妩媚，似乎还有点儿调皮。

卢云也是梳两条辫子，但却细得多，也比两个姐姐长得多，所以，她经常是将辫子盘在头顶。额前的刘海却是自然留出的，但比大姐卢芳稀疏得多。卢云显然是外向性格，快言快语，而且极有主意。

通往镇子的县道笔直笔直的，路面却是千疮百孔般地坑坑洼洼，积雪虽然将坑洼填平了，但人和车踩压过的地方便现了原形，要小心地看着才行，不然很容易滑倒。路上人不多，冬天的田野也没什么好看的风景，三姊妹加快了脚下的步伐，很快就到了镇上。

卢氏三姊妹去的镇子叫镇海寺。镇海寺不是寺，是镇，而且是辽南有名的大镇。这么说好像不太对劲，应该说镇海寺也是寺，是镇海寺镇里的一个寺。

换句话说，镇海寺镇是以镇海寺命名的。在当地一般情况下，凡提到镇海寺的时候，多数都是指镇海寺镇，而不是镇海寺。从宋屯到镇海寺有七八里路，好走的时候也要个把钟头，这天又赶上是雪后，走起来要比平日费些力气，三姊妹来到镇子里的时候已经快十点了。

进了镇子中心，青石板铺就的街道已经扫过雪了，比平时显得干净清凉。三姊妹当然不晓得这路是哪一年铺就的，但那一块块灰色石板磨得光光的，有的已经碎裂成几块。阳光一晒，石板路上残余的雪就化了，石板路便像被雨水淋过了一般，湿漉漉的，踩在上面有一种滑腻腻的感觉，走路的时候就需要分外小心。行人也不少，但镇子里却很安静，街道两边的店铺有一些被损坏的痕迹，但并不严重。三姊妹一边观看着街两边店铺，一边快步向中街的十字路口走去。过了中街的十字路口再往东走，只几十步路，就是林记大药房。

掌柜的林老五和小伙计，跟三姊妹都很熟悉，前几年卢四的老婆犯头痛病，她们轮番频繁地出入林记大药房给母亲抓药，所以，她们甚至不付现钱都可以把药拎走。

林老五眯着两只小眼睛一边冲走进药店的三姊妹嘿嘿地笑着，一边说，哟，卢家三位小姐可是好久没见了，出息得越发漂亮标致了。见三姊妹没搭茬，林老五似乎有点讪讪的感觉，但随后又咧嘴一笑，两眼盯着卢芳问，大小姐，怎么，你妈的头痛病又犯啦？

卢芳回道，是的，林老板。

林老五一边冲三姊妹嘿嘿地笑着，一边接过卢芳递给他的药方。林老五扫了一眼药方，便将药方交给小伙计，抬起头冲卢芳道，大小姐，这天好好的，你妈咋又犯病了？说完，林老五的两眼在卢芳的脸上睃了几下，接着的笑便有了点谄媚的味道。

卢芳并没有与林老五交谈的欲望，应酬几句便转过身子，两眼看药房外的大街。

林老五不可能感觉不出卢芳的冷淡，但林老五是生意人，他不在乎这个。

林老五显得极有涵养地接着笑道，大小姐，你父亲这些日子忙啥呢？大戏院好久不演戏了，他也不来镇子里了。

卢芳说，是，这么乱，谁敢出来啊。

林老五笑笑道，其实没那么邪乎，尤其是这小日本投降了，这国军也好，八路军也好，都是中国人，他们之间打打杀杀，但都得让老百姓吃饭。不卖花生米也叫你爸来镇上逛逛，闷在家里，没事也闷出病来了。你说是不是？

卢芳只是微微笑。

这时小伙计已经把药抓好了。卢芳付了钱，卢秋将药拎在手里，三姊妹便转身出了药房。

林老五仍然是嘿嘿地笑着，连说，慢走，慢走。

来到大街上，卢云做着鬼脸小声说，大姐，二姐，你说这个林老板烦不烦人？闲言碎语的不说，还一脸色眯眯的，肯定没安好心。

卢芳说，管那么多干吗？装没听着，没看着。

卢云又说，大姐，二姐，一冬天都没来镇上了，咱们逛逛街吧。

卢芳说，哪有闲心逛街，咱妈还等着咱们回去煎药呢！

这时，她们已经来到了十字路口，卢云说，不差这一会儿，咱们走到吉祥大戏院那儿就回。卢云不容分说，拉起卢芳和卢秋的手就往吉祥大戏院的方向走。

卢秋便拿眼睛看卢芳。卢芳肯定也想逛逛街，目光便有些暧昧。卢芳迟疑了一下，说，说准啦，就走到大戏院，然后就回。

卢云立刻跳了起来，叫道，好，就走到大戏院。

三姊妹一路兴高采烈地向前走去，街两边都是店铺，有的干脆把货物用摊床摆到店铺前的街道上来。过了中街的十字路口，往西走了几十米，卢云在一个布店前的布摊上停了下来。卢云看中了一块淡粉的细碎花洋布，拿起来不断地往身上比量着，还问两个姐姐，咋样，我穿好看不？

卢芳和卢秋闻声转过来，不由得齐声叫好。

店老板更是点头哈腰地说，这块布简直就是给小姐您织的。咋样，买了吧，可以再便宜一点儿。

卢云扭头看卢芳。卢芳连忙摇头说，这事得跟咱爸商量一下。

卢云却道，你兜里的钱够不够？这事我自己做主，咱爸不给钱，我用自己的私房钱。说着就去掏卢芳的衣兜。

卢芳身子不自觉地向旁一闪，有些急了，说，这怎么行，要买也得回家告诉咱爸一声，怎么能自己说买就买呢？再说，回家跟咱爸商量了再来买也不晚呵？

卢云说，那不是费二遍事吗？

姊妹俩正争执不下呢，两个身穿土黄色军装挎着短枪的军人，骑着一红一白两匹高头大马，在一片轻薄的烟雾中朝她们轻快地跑来。三姊妹还没来得及躲避，两匹高头大马已经来到她们身边，靠近她们的那匹枣红马的蹄子正好踏中一个水洼，立刻溅起一片泥水，恰巧溅了卢云一身。等卢云转回身来，两匹高头大马已经跑出几十米远了。卢云低头一看，裤子还有上衣都溅上了泥水，连她手里拿着的花布也有几个泥水点子，气得她使劲地跺了两下脚，冲着已经远去的两匹高头大马的背影连吐了两口唾沫，骂道，臭当兵的，有啥好威风的！

卢芳立刻责备道，三妹，不许乱说，咱爸嘱咐多少回了，这么没记性。这兵荒马乱的，吃点亏能咋的？

卢云用力地哼了一声，一副满不在乎的样子。

出了这么一个差头，卢云也没了心思买布，卢氏三姊妹离开布摊接着往前走。眼看就到吉祥大戏院了，身后又有一阵马蹄声由远而近。没等她们回过身来，刚刚过去的那一红一白两匹高头大马已经横在了她们身前，骑在马上的正是卢云刚刚骂过的那两个挎短枪的军人。

卢芳立刻紧张起来，伸开两只胳膊将卢秋和卢云挡在身后，仰着脸，两眼紧紧地盯着两个军人的脸。

骑在马上的军人似乎并没有什么恶意，只是微笑着将三姊妹来来回回地看了看。末了，年龄较大、骑枣红马的军人从马上跳了下来，对卢云说，小姑娘，真对不起，刚才是我不小心把你衣服溅上了泥水。

卢云鼻子一哼，转过脸去，没理他。

骑枣红马的军人却哈哈地笑起来，对站在前面的卢芳说，如果我没猜错的话，你们是姐仨吧？

卢芳紧张地看着他，仍然没吱声。

骑枣红马的军人说，你们不要害怕，我们是东北民主联军，也就是从前的八路军，是咱们老百姓的队伍。我们队伍上是有纪律的，损坏老百姓的东西一定要赔偿。骑枣红马的军人把脸扭向卢云，接着说，我弄脏了你的衣服，按说应该按你衣服的样子赔你一件，但我没有你那样的衣服，也没有钱买一件给你，我现在只有军装，不知道你喜不喜欢穿。你看，就我身上穿的这个样子怎么样？回头我给你发一套新的，你看行吗？

卢云瞪了骑枣红马的军人一眼，拉着卢芳的胳膊说，大姐，别跟他们废话，咱们回家。

骑枣红马的军人不由得哈哈大笑起来，一边笑着一边问道，你们姓什么？

在镇上住吗？或者是哪个村？

这时，一个穿着干部服的女人急匆匆地走了过来，上前喊道，哟，这不是高团长吗？

骑枣红马的军人闻声转过身来，哦了一声，说，是于委员哪！你好！说着，伸手与穿着干部服的女人握了握。

于委员扭头看了看三姊妹，笑着问，高团长，有啥事需要我们帮忙吗？

高团长就把刚才发生的事简要地说了。

于委员笑道，小事一桩。然后转身对卢芳说，我是镇政府的妇女委员，姓于。你们是哪个村的，谁家的？

卢芳回道，我们是宋屯卢家的。

于委员哦了一声，说，是卖花生米的卢四家的吧？你们三个都是他的闺女？真是人不可貌相，他居然有这么三个如花似玉的闺女，好福气呀！卢芳说，那没事我们走了。

于委员道，八路军，跟我们老百姓是一家人，这点小事就不要计较啦！卢芳点点头，说了声是，便招呼卢秋、卢云向来路快步走去。

于委员回身对高团长说，没事啦，你们走吧！

高团长向于委员道了谢，叫了声小蔡我们走，便和骑白马的小伙儿跨上马，迈着细碎的快步朝街的东头奔去。

快中午的时候，三姊妹才回到宋屯，离院子老远，卢秋便惊叫道，不好了，他们追上门来了！

卢芳紧走几步，来到院门前，一下子就愣在那里了，在街上遇到的那个年轻军人牵着一红一白两匹高头大马站在院门前。卢芳看了年轻军人一眼，绕过他和两匹高头大马，紧走几步拉开院门进了院子。

随后的卢云却冲年轻军人叫道，哎，我说你们咋还撵到家里来了？你们溅了我一身泥水咋还有理啦？

年轻军人没回卢云的话，却冲卢云笑了笑。年轻军人的笑似乎有些羞怯，脸甚至还有点发红，但很阳光，很灿烂。

这时，院门吱地一响，年龄较大的被称为高团长的军人从院里走出来，随后跟出来的是卢四和卢芳。高团长一眼便看见了卢云，他微笑着又将卢云打量一番，却什么也没说。高团长转回身，跟卢四又握了握手，然后冲年轻军人挥了下手。卢云本来想说几句什么，但年轻军人已经牵着两匹高头大马走出十多步远，两人翻身上马，便一路烟尘地飞奔而去。

三姊妹一齐将目光转向父亲。卢四的表情有些不大自然，而且还少有地微微发红，这无疑地引起了三姊妹的猜疑。卢芳便问，爸，这两个当兵的干啥来了？

卢四瞥了三姊妹一眼，目光却在卢云的脸上停留下来，说，进屋说吧。然后扭头进了院子。

三姊妹越发地纳闷，不由得面面相觑。

卢云道，爸今天是咋了？肯定是出啥事了。

卢秋说，别在这愣着，赶紧进屋问爸去。

三姊妹进了院子，又快步进了屋，见父亲坐在八仙桌旁的椅子上，埋着脸，一口接一口地抽着烟。卢芳便问，爸，到底出了啥事？

卢四仍然是没吱声，堂屋里便显得格外地寂静。三姊妹已经断定，这事肯定是不小了。三姊妹不再问父亲了，而是奔向西屋，去找母亲。

卢四却突然说话了，卢四说，部队上看中了老三。

三姊妹都收住了脚，转回身来，一齐看着父亲。

卢云显然是很吃惊，而且脸色突然一片绯红，呼吸也一下子急

199

促起来。

卢云走到父亲身前，拽住他的一只胳膊，一边摇着一边问，爸，他们看中我干吗？

卢四说，让你到部队上，当，当什么文书。卢四这时抬起头来，看着卢云又说，高团长说了，这文书就是收发个文件，送个信啥的。再有就是替团长管理管理内务啥的，既累不着，也没啥危险。我觉得挺好，就答应了人家。

三姊妹相互看了看，一时间竟然没了话。

卢四这时从椅子上站了起来，一边在屋地上踱着，一边接着说，你们仨听我说！我是这么想的，这天下嘛，共产党是坐定了。何以见得？高团长说得对，虽然国共两军在兵力和武器装备上都有一定差距，但决定战争胜败的不完全取决于兵力和武器装备。古人说，得人心者得天下，国共开战，你看老百姓拥护谁？共产党嘛！老蒋虽说还有几百万的军队，还有那么多的飞机大炮和美国人在后面支持，气数却尽了，没了魂魄，那不就成了行尸走肉了？兵败如山倒，树倒猢狲散，国民党蒋介石就如同秋后的蚂蚱，蹦跶不了几天了，这就是大势。卢四喘息了一下，咽了口唾沫，接着说道，老话儿讲，朝里有人好做官，家中有狗能看门。其实不光是做官，办事还不是一样？我想，老三要是能到共产党的部队上，咱们家就有了靠山了，不光是眼下这兵荒马乱的日子要好过得多，将来，一旦共产党得了天下，咱们的日子就更好过了。卢四见三姊妹都直着眼睛看着他，便对自己的一番话很有些自信了。卢四接着将话题一转，说，你们仨也都老大不小了，该找人家了，将来老三要是能够在部队上嫁给个当官的，我看卢家的祖坟就该冒青烟了。

卢芳听完父亲的话，一下子叫了起来，说，爸，你不是说好铁不打钉，好男不当兵吗？好男都不当兵，何况三妹还是个女孩子呢？你这不是把三妹往火坑里推吗？

卢秋也说，是呀，三妹刚刚才十七呢！再者说了，她连门都没出过，咋能跟着那些当兵的去打仗呢？那枪啊炮哇啥的可是不长眼睛的。

卢四却把腰挺了挺，说，真的是头发长见识短，你们懂啥？古人云，识时务者为俊杰。现今是啥世道？国共两党争天下，而东北是立国之本，高团长说，有了东北，就有了根基，就有了解放全国的保障。拿啥争？军队。听明白啦？换句话说，对两党而言，就是军队高于一切。我整天泡在大戏院里，经的见的总归比你们多些吧？再者说了，我读了那么多的古书，你们以为白读了吗？好啦，这事你们就别瞎操心了，我替老三做主了。卢四再次把话停下来，目光转向卢云，而且在卢云的脸上停留下来。

卢四这时的目光就有些坚定和锐利，这种目光在他的生活中自然是极为少见，因此，陌生诧异的同时，不能不让三姊妹有些惊悚，她们甚至不由自主地将手拉在了一起。

卢四显然是感觉到了三姊妹的这一变化，他在将三姊妹重新打量一番后，对卢云说，老三，这件事你听爸的，我是不会看错人的。你准备一下吧，高团长过两天就派人来接你。虽说马上又要打仗了，但是你跟着高团长，是不会有事的。卢四说后面这些话时的语气明显地和气了许多。

卢芳和卢秋便转过身来，一齐看卢云。卢云却紧闭着嘴唇，眯着两眼看着父亲，那目光似乎有些呆滞与茫然。卢芳伸手轻轻地在卢云的脸上拍了一下，神情有些紧张地问，三妹，你这是咋的啦？你是啥意思，赶紧说话呀！

卢云仍然是一动不动，呆滞茫然地看着父亲。

卢四见卢云不吱声，似乎也有些不安，瞥她一眼，背起手，在地上来回地走着，情绪显然有些急躁。堂屋里一下子变得格外的静谧，卢四脚上那双自家做的黑面白底布鞋在泥地上发出橐橐的声响。

过了好一会儿，卢秋对卢芳说，问问妈吧，她是啥意思？

卢芳似乎一下子回过神来，点点头，便转身想到西屋去。转过身来的时候，突然发现母亲不知什么时候已经站在了西屋门口，两眼直直地盯着父亲看。卢芳忙说，妈，你是啥意思呢？

没容母亲回答，卢云却突然说，我决定了，到部队去。卢云的话短促而有力，在寂静的大堂里与烟草的香气混杂在一起，久久地回荡。

卢四立刻停止了急躁的踱步，惊异地抬头看着卢云，甚至连嘴也不由自主地张大了。卢芳和卢秋也立刻转回身来。父女三人，还有一旁的母亲的目光再次集中到卢云的脸上。

卢云脸上的表情极其淡定，虽然只是在短暂的时间里，但她的话却让父女三人觉得似乎经过深思熟虑，似乎她早已经知道了这个消息，这一点不仅让卢芳和卢秋姐俩分外吃惊，也让父亲卢四疑惑不已。

卢云说完只停了片刻，便转身往东屋走去。谁都能看得出来，她的脚步没有一点儿踌躇与迟疑。

堂屋里的卢四和老婆，以及他们的两个女儿在目送卢云的身影一闪不见了后，目光便在彼此间闪烁不定，他们似乎都想从对方的眼神里获取些什么，但当目光对视的瞬间，又都迅速地移开，他们似乎又不想从对方的眼神里确定什么。随后，他们的目光不约而同地转向了门外。透过半开着的屋门，他们看到院子里阳光明媚，有几只麻雀在枣树上叽叽喳喳地叫着。

6. 骤　雨

20世纪40年代的镇海寺，四分之三以上的妇女和儿童都从事着一种简单的家庭劳作，为辽南的营口卷烟厂卷纸烟，或为营口火柴厂糊火柴盒。卢家三姊妹那时是卷纸烟，镇里的年轻姑娘和媳妇也大都是卷纸烟，只有年纪大的女人和儿童才糊火柴盒。

三姊妹除了卷纸烟外，每天上午还要帮父亲炒花生米。卢四虽然不会唱戏，也称不上票友，但卢四整天在戏院里转，耳濡目染，对京剧自然是耳熟能详。因此，他就用四大名旦的名字给三姊妹起了名字。让卢四遗憾的是在老三卢云之后他老婆既没能给他生个儿子，也没再生一个女儿，四大名旦在卢四家就少了一个，不然的话，她的名字应该叫卢生。不知卢四考虑没考虑，这个名字不太适合女孩。

卷纸烟这种手工式劳作在辽南一直持续到新中国成立后的五十年代才被机械化生产所取代。不过，日本人在1941年的时候在营口接管了最大的一家卷烟厂，称满洲中央烟草株式会社，就是后来享誉中外的营口卷烟厂。日本人在接管那家卷烟厂后，就进行了现代化改造，机械化代替了卷纸烟这种手工式劳作。只不过那时还没有全面铺开，手工式作坊仍然延续着。

三姊妹当时用的是一种很简单的手摇式卷烟机，烟丝是从上面一个拳头大小的漏斗塞下去，然后被一螺旋形的齿轮搅成条状送到下边铺好的烟纸上，烟纸随即转上一圈，将烟丝卷实了，再送进一个卷筒里切断。烟条从卷筒里出来后，便进入最后一道工序，刷糨糊。刷糨糊是用一支很细的毛笔，在纸边上宽窄均匀地轻轻抹上一毫米宽的糨糊。刷好后，要趁糨糊还没有将烟纸洇湿，就势在桌面上一滚，再用中指、食指和拇指轻轻一捋，烟便卷成了。这里面最重要的工序就是刷糨糊，当然，最后那一滚和一捋也很重要。卷纸烟的主要技术或功夫就体现在这里，它的要点在于那几根手指，男人的一般都不太行，女人的也不是都行，它需要纤细与娇嫩，所以，整天在地里干农活的妇女就不行。卢家三姊妹虽然也生活在农村，但卢四从来没让她们干农活，所以，她们的手指都是那种只有城市里的大家闺秀才可能有的纤细与娇嫩。

卷烟用的纸有不同型号，老二卢秋那时最喜欢用二号纸。二号纸特别薄，像米纸一般，一般人都用不好。它既需要有耐心，又需要有高超的技术。这种纸卷出来的烟手感特别好，细腻而柔软，许多吸烟的人都喜欢一边吸着烟，一边用中指、食指和拇指下意识地捋烟条，那肯定是一种非常舒服的感觉。用这种纸卷烟给的工钱当然要比普通纸高，因此，三姊妹里，卢秋挣的工钱比老大卢芳和老三卢云都要多一些。

纸烟似乎是无穷无尽的，送走了这一批便迎来了又一批。卢四家那间足足有四五十平方米的大堂里堆满了一袋子一袋子的烟丝、卷烟纸和一盒子一盒子卷好的纸烟。一年四季，屋子里，甚至于院子里，到处都弥漫着经香料搅拌好的略微有些呛嗓子的烟草香味。三姊妹都习惯了这种味道，而卢芳就不仅是喜欢了，她十四五岁时就偷偷地学会了吸烟，而且烟瘾很重。

镇海寺的人们不光是加工纸烟，也种烟，而且烟的质量还不是一般的好。

镇海寺产的烟多数都被营口卷烟厂收购，但也少量的留下来供卷烟作坊加工成纸烟，这种纸烟没有商标品牌和生产厂家，被称为白条。据说镇海寺那时的烟吸多少都不咳嗽，嗓子不干，没有痰，不但不有害健康，还有助于健康。其原因没人能说清，但普遍的说法是，优质烟草生长期时对温度要求很高，前期要低些，后期要高些，镇海寺是海洋性气候，恰好是春夏时温度低，秋冬时温度高，特别适宜种植烟草。还有一点是烟叶在搭晒时早上要打露水，白天要有充足的风吹和阳光晒，镇海寺的风里含有大量的盐分，自然会有一部分均匀地挂在烟叶上。这些个因素导致镇海寺生产的烟草与其他地区生产的烟草有很大的不同。

镇海寺有个传说，到现在还在流传。说是嘉庆之后朝里的大员们都吸镇海寺的烟，到了咸丰年间，为了讨好咸丰皇上，有的大员就偷偷地把镇海寺的卷烟作坊加工成白条纸烟进贡给了咸丰皇上，咸丰皇上居然吸上了瘾，于是形成了专供。这让镇海寺的烟声名大振，全国各地的官员都通过关系到镇海寺搞烟，导致镇海寺几乎所有农田都改为种烟，然后自己加工，不再给营口卷烟厂。那是镇海寺历史上最繁荣昌盛的时期。可是不知谁搞的鬼，一位姓曹的大臣居然在上贡给咸丰皇上的烟丝里发现有大烟成分。咸丰皇上自然是下旨追查，结果，镇海寺县令被指控谋害皇上，镇海寺的烟不但再也进不了宫了，连那个七品县令也给砍了头。为什么说是传说呢？因为县志及其他有关文献上都没有这样的记载。不过，当地的民间人士中有人做过调查和统计，镇海寺凡是吸烟的人，大都长寿。这就不是妄谈了，县志上记载的有名有姓的吸烟且长寿过百岁者达百余人之多。

三姊妹那时都守在家里卷烟，不用出门。烟纸烟丝有人送，卷好的纸烟有人来取，连工钱也是人家给送上门来。因此，她们一年四季很少出门，也就是院里院外，屋前的菜园子、莲塘走走而已。偶尔也会去两趟镇子里，那一定是母亲的头痛病犯了，她们会结伴一起前往，那样的时光对她们而言，简直有如节日一般。

专门给三姊妹送烟丝烟纸以及取烟送钱的是一个姓郑的小伙子，个头挺高，有些偏瘦，虽说看上去有些稚嫩，但已经见出一丝英气来。小伙子总是在早晨天蒙蒙亮的时候来到卢家的院子前，在摇晃着门铃的同时长长地喊一声二号。小伙子的声音很清脆，尤其是在早晨，那么清静，他的声音便越发显得没有一丝一毫的杂音。

卢云对此很有意见，有一次突然问姓郑的小伙子，哎，你老是二号二号的，啥意思呀？我们姐仨就二姐卷二号纸，她能代表我们俩吗？

姓郑的小伙子没想到卢云会说出这么一句话来，一下子愣住了，结结巴巴地居然没说出个所以然来，而且随后脸便红起来。

卢云却不依不饶地说，问你话呢，你说呀，你到底啥意思呀？反正你不能拿她替代我们哪！

姓郑的小伙子更加发窘，但他什么都没解释，只是下意识地冲三姊妹笑笑，那个笑里含有的羞涩在小伙子当中显然极为少见。

卢云似乎抓住了他的把柄，乘胜追击道，我说郑大哥，你是不是喜欢我二姐呀？要不怎么这么愿意把我二姐挂在嘴上呀？

姓郑的小伙子抵挡不住卢云的伶牙俐齿，埋下头，跨上那辆已经有些破旧了的三轮车，头也不回地用力蹬着逃走了。

卢云便冲着姓郑的小伙子的背影蹦跳着，一边拍巴掌，一边噢噢地叫着。卢芳眯着两眼盯着姓郑的小伙子的背影看了半天，扭回头来，有些夸张地看了看卢秋，然后幽幽地说，二妹，我看三妹说得没错，姓郑的小伙子真的是看上你啦！

卢云没等卢秋回话，马上抢过话头，说，大姐，要我说咱俩可能是看走眼了，应该是二姐看上了郑大哥了。这婚姻大事可不能当儿戏，要不跟咱爸打个招呼哇？让爸帮着参谋参谋，如果行就找人提亲，把二姐嫁出去得了。说完，拿眼睛睃着卢秋，抿紧嘴憋住笑。

卢秋脸色绯红，但却口气坚决地予以否认。卢秋说，你俩胡编排啥？我告诉你俩，你俩要是跟咱爸瞎说，我就把你俩偷着抽烟喝酒的事告诉咱爸。卢芳和卢云前仰后合地大笑起来，卢芳说，你看你看，开个玩笑，二妹居然认真了。

卢云却说，越认真便说明心里越有鬼。

卢芳和卢云终究没有上父亲那儿去告状，玩笑当然不假，但卢芳那时吸烟已经成瘾，卢云对酒也十分迷恋。不过，到后来，卢秋似乎也有些底气不足，非但不再否认这件事，而且态度明显地暧昧起来。

于是，每次小伙子来，卢芳和卢云都不再出去，而是笑着推卢秋出去。卢秋在出去和回来后表情上的变化不能不令卢芳和卢云怀疑她跟姓郑的小伙子之间似乎发生了类似爱情一类的东西。

三姊妹一直渴盼着大雨的到来，只有在大雨天里，父亲才会放下手里永远也忙不完的活计，带上打鱼的器具，出去打鱼。这个时候，三姊妹就可以立即放下手里的活儿，一边帮着父亲收拾要带的渔具，一边讨好地冲着父亲笑。卢四对三个女儿此时的笑似乎格外喜欢，在那一时刻，他确实充分地体验到了做父亲的滋味。所以，这个时候，卢四一般都是默不作声，只顾低头收拾打鱼用的东西。三姊妹当然知道，这就是同意的信号。于是，她们就忙得更欢了。

这样的日子对三姊妹而言，不仅是暂时放下那无休无止的单调的卷烟、炒花生米的活计，更重要的是可以离开家，离开那个整洁得连一只鸡爪、狗爪印都没有的院子，去呼吸外面新鲜自由的空气。而在回来之后，三姊妹还可以围着父亲，一边吃母亲煎得焦黄的鲫鱼或草鲢子，卢云还可以陪着父亲喝上三盅两盅辽南有名的镇海寺小烧锅，纯正的六十度白酒。那酒咽进喉咙，只觉得一团火球滚进食道，然后是一场大火在胃里蔓延开去。酒后，卢云一定是要赖，借口喝多了，倒在炕上歇上半天。卢芳和卢秋却是滴酒不沾。

天空黑压压的一片，看不出一块独立的云来，东边绵延的丘陵已经不见了踪影。卢家三姊妹在整个上午都是一边卷着纸烟，一边不停地看着两扇打开的门外黑洞洞的天空。

大雨在午饭后不久终于铺天盖地地狂泻下来。卢四那时刚刚躺下午睡，没用他吩咐，三姊妹便已经纷纷跃起，放下手里的纸烟，迅速地将打鱼用的一应家什准备停当，然后去西屋喊正在午睡的父亲。

卢四在午饭后通常都要睡上一觉的，这一天的午觉显然没睡到时候，因此，被三姊妹叫起来的卢四坐起来后就不停地打哈欠，不停地说，到点了吗，到点了吗？

卢云就指着窗外让父亲看，这么大的雨，你一点声音都没听到？你看看天都啥样子了？

卢四坐了起来，扭头向窗外一看，就咧嘴笑了，连声道，好好，赶紧准备家什吧。

卢芳说，早准备妥了。

卢四从烟口袋里捏出一撮烟末，塞进烟锅里，点着了，又用拇指按了按，一边吧嗒着嘴吸着，一边下了炕，来到屋门口。三姊妹自然拥在父亲的身后，一齐挤在了门口，往院子里看。

这雨可是真的叫作暴雨了，怎么形容都不为过。雨点炒豆似的在天井平坦如镜的地面上蹦跳，砸击在青石板铺就的连接着厢房、猪圈和草垛，还有院门的甬路上，发出啪啪的声响。天空仍然是黑压压的一片，没有一丁点下一阵就晴的意思。其实卢四和三姊妹一样期盼着这样的时刻到来，看着三个如花似玉的女儿灿烂的笑容，他便会有一种心醉的感觉在全身弥漫开来，生活里所有的烦恼与忧愁都会在这样的时光与情境里消失殆尽。

三姊妹簇拥着卢四在暴雨中上路了。这样的雨天，他们当然是要去七八里外的西窑泡子，尽情地欢乐一场，彻底地放纵一下。

卢四仍然披着他那身已经破旧了的蓑衣，戴着那个也已经破旧了的苇皮斗笠，推着那辆独轮车，车上装着打鱼所用一应器具。三姊妹则戴着用竹篾编的锥形草帽，裹着土黄色的油布雨披。

出了院子，走过泥泞的羊肠小路，不大的工夫便上了东面的官道，父女四个向镇海寺相反的方向走去。卢四推着独轮车走在前边，他让车轮碾着车辙，虽然积着雨水，但沙土路面还是坚硬的，自然也就好走了许多。三姊妹的两手紧紧地拽住油布雨披，裹紧了身体，深一脚浅一脚地跟在父亲的身后，暴雨中隐隐地听出杂乱的噼噼啪啪踩踏泥水的声音。

走出三四里路的时候，卢云发现前面出现了一片黑压压的人群，正迅速地向他们迎面扑来。卢云惊慌地叫道，爸，你看！前面来了那么多人！

如注的暴雨砸击泥泞土路的声音很大，但走在前边的卢四还是隐约听到了女儿的叫声。卢四立刻停止了脚步，放下车子，一边回过身来，一边腾出两手抹了抹脸上的雨水。卢四问，什么事？

卢云一边伸手指着前方，一边再次叫道，爸，你看前边，是当兵的，他们拿着枪。

卢四回过身去，又擦了两下脸上的雨水，然后抬起头向前方看去。卢四这下看清了正向自己这边快速逼近的人群，卢四一边对三姊妹说赶紧靠边儿，一边推起独轮车不由自主地向后倒着靠向路边。

片刻的工夫，十几个挎着冲锋枪的军人便冲到了他们身边。卢四这时真的看清了，是戴着青天白日帽徽的国民党军。但卢四并没有慌张，这两年他见的兵匪多了，国军的兵，共军的兵，叫不上名的土匪啥的，之前还有日本兵，一会儿这个路过，一会儿那个打过来，有时根本就分不清谁是谁。

冲在前边的军官模样的人对卢四叫道，你们是哪里的，上哪去？

卢四当然听到了军官的问话，却装作没听到，再次抹抹脸上的雨水，两眼茫然地看着他们。

旁边的一个国民党兵重复了一遍军官刚才的问话，卢四呵呵了两声，回道，宋屯的，到西窑泡子打鱼去。

国民党军官又问，这里离镇海寺还有多远？镇子里有没有共军？

卢四回道，从这儿到镇子里大概有七八里路。有没有共军吗，卢四嗯了一声，似乎有些迟疑。

那个国民党兵立刻追问道，长官问你镇子里有没有共军？

卢四这才把后面的话说出来，这个我可不知道。

国民党兵骂了一声，他妈的这个费劲，说不知道不就完了吗！

这时，后面的大部队黑压压地赶上来了。一个官阶更大的军官大声问道，前边啥情况？

那个军官立刻两脚立正，说道，报告团长，前边就是镇海寺，距这里有七八里路。镇子里是否有共军，情况不明。

官阶更大的军官立刻命令道，继续侦察前进。然后回身对大部队命令道，加快前进速度，子弹全部上膛，抢占镇海寺。

十几个侦察兵转身迅速向镇海寺方向跑去。可是，走在后边的那个国民党兵似乎感觉卢四对他们态度有些冷落或不屑一顾，掉过冲锋枪的枪托，照着卢四的胸部狠狠地砸了下去。卢四一点准备也没有，噢地叫了一声，两手一松，独轮车向路旁的排水沟倒去，卢四则被挎在脖子上的独轮车把手上的带子猛地拉了一下，一个趔趄跟着车子也栽到水沟里去了。三姊妹惊叫一声，一齐扑向沟里。

上千名之多的国民党兵呈四路纵队从三姊妹的身前碾压而过，冲向雨雾中的镇海寺。他们身后的官道被践踏得一片狼藉。

躺在水沟里的卢四的腰剧烈地疼痛，甚至连站都站不起来了。三姊妹费了很大劲才将父亲从水沟里抬到官道上来，然后又把独轮车拽上来。卢四咬着牙说，把我弄车上去，赶紧回家。

卢芳将车带子套到脖子上，两手攥紧车把手，一较劲将独轮车推起来。卢秋扶着卢四，卢云在另一边帮着推车，三姊妹在大雨中一路跟头把式地将卢四弄回了家。卢四老婆吓得两手直哆嗦，顾不上多问，赶紧点燃炉灶，一边烧炕一边烧开水，然后给卢四擦洗一遍，换上干净的衣服，弄到炕上，盖上被子。

疼得一直哼哼的卢四叫卢芳给他烫一壶酒，又叫卢秋给他装一锅烟。烟刚点着，酒刚喝一口，就听到镇子那边响起一片急促而沉闷的枪声，枪声至少持续了半个时辰。

10. 苇　荡

卢四摔倒的时候方七爷正好也在戏院，但方七爷坐在头排，他没看见卢四摔倒。卢四摔倒后他感觉到身后似乎突然混乱起来，回过头去看，发现十几排的过道上不少人在忙乱着。这时，戏院的老板跑过来，对着方七爷耳语了一阵子，方七爷立马叫身边的一个戏迷去请王记诊所的王大夫，然后快步来到卢四身前。有明白人已经用拇指掐了一会儿卢四的上嘴唇处的人中和两手虎口的穴位，所以，当方七爷弯下身来察看的时候，卢四已经平静下来，只是脸色煞白。不一会儿，王大夫急匆匆地赶来了，想要跟方七爷说什么，方七爷却用纸扇指着躺在地上的卢四。王大夫点点头，立即蹲下身子，拉过卢四的手腕儿，伸出两个手指把脉，又翻开他的眼皮看了看，然后掏出听诊器，伸进卢四胸前听了听，回头对方七爷说，精神过于紧张，心脏短暂性缺血，造成四肢抽搐。没啥事，回家休息休息，放松一下心情，两天就好了。方七爷便派人去家里叫来车夫王二，又叫上两个戏迷，将卢四抬上车，送回宋屯。

母女仨见卢四被几个人抬了回来，吓坏了。赶紧进西屋把被褥铺好，几个人将卢四抬到炕上。卢四早已经缓了过来，呼吸也非常匀称，脸上甚至出现了少有的红晕。

卢芳见过车夫王二，就问他，我爸出了啥事？

车夫王二说，我是后被叫来的，我到的时候，你爸已经缓过劲儿来了。

卢芳便转身看两个戏迷，其中一个戏迷也说不太清楚，只是看见有个人过来跟卢四说了几句什么，那人走后，他就突然间摔倒在地上了。你爸看来没啥事了，我们走啦！

卢芳招呼他们喝过茶再走，但车夫王二和两个戏迷都说不喝，而且要马上回戏院向方七爷交差。

卢芳便连连道谢，将他们送出院外，重新回到西屋。卢秋正跟母亲用汤匙给卢四喂水。卢秋还投了一条湿毛巾，把卢四的脸和脖子擦了一遍。卢四看上去应该是脑子明白，他主动地一小口一小口地喝了小半碗水，但却仍然是闭着两眼，也不说话。

母女仨已经确定卢四无大碍，但卢四何以至此仍然让她们忐忑不安，在炕沿前像热锅上的蚂蚁似的来回转，不知如何是好。三双眼睛不时地盯着卢四的脸，期望他能马上从炕上坐起来，把事情说明白。

卢四真正睁开眼睛的时候已经快半夜了。月光异常明亮，透过窗玻璃映照到炕上，屋子里显得很亮堂，甚至能看清墙壁纸上的花纹。卢四其实早就醒过来了，但是他没有起来，他躺在炕上一直在想办法，问题是他怎么也想不出办法。家里面虽然有点积蓄，但别说是五千大洋，就是五百也拿不出来。唯一的办法只能是借，可是这年头跟谁去借这么大数额的钱呢？他就是一个老实本分地守着老婆孩子热炕头的农民，往大里说是小本生意人，平时很少有什么朋友往来。即便是镇海寺的人他都认识，可是有几个能拿出这么大一笔钱来？

再退一步讲，借到了，将来怎么还呢？这下半辈子的日子还过不过了？还有，土匪他是见过的，过去似乎还好说话，他们多数时候是为了钱财；但现在就弄不清楚了，他们好像不仅仅是为了钱财了，他们与当地官府，甚至军队勾搭上了，有些时候你就闹不清他们究竟是咋回事。

卢四这时突然叫了一声，扶我起来，给我沏壶茶！一直候在堂屋的母女仨这时正是一种迷迷糊糊的半梦半醒状态，被他这一叫，都吓了一跳，但转而就是一阵欢喜。卢芳最先跑进屋去，双腿跪在炕沿上将父亲扶了起来。卢四转身磨到炕沿儿，卢秋早已经把鞋套在了他的两脚上。卢四在两个女儿的搀扶下，蹒跚着从西屋走出来，让老婆扶他去趟茅房，回来后缓慢地坐到八仙桌旁的椅子上。卢四从腰带上摘下牛皮烟袋来，装上一锅烟。卢芳这时把茶壶端了过来，上前将茶倒在一只茶杯里，放到卢四身前。母女仨又都眼巴巴地把目光投在了他的脸上。

卢四将茶杯里的茶水一饮而尽，然后将烟锅点着，吸了几口后张嘴说话了。卢四说，老三和蔡警卫员被土匪老树皮劫了，要五千块大洋赎人，明天太阳落山前钱不到，人家就撕票。

卢四的话还没说完呢，卢四老婆就扑通一声，从椅子上一下子滑下去坐到了地上，脑袋一歪就背过气去了。卢芳和卢秋连摁带掐，忙碌了好一会儿，卢四老婆才缓过气来。姐俩将母亲弄到西屋炕上，卢四老婆翻身坐了起来，一边拍着大腿一边冲着屋外的卢四号叫道，当家的，你赶紧把家里的钱都掏出来，看看能凑多少，先给土匪送去，救人要紧哪！老三才十七呀！

卢芳也带着哭腔焦急地说，是呀，爸，得赶紧想办法呀！土匪可是杀人不眨眼哪！再者说啦，那帮家伙要是再把三妹祸祸了，可就全完啦！

卢四用烟斗点着她们说，叫唤啥，叫唤啥？我能不急吗？我在炕上躺了半宿干啥呢？可是哪有那么多钱呢？

卢四老婆发火道，那也不能干等着老三叫他们……

卢四呼地从椅子上站起来，嘴张了张，明显地要发火，但卢四看了看一脸泪水的老婆，把火又压下去了。卢四连着吸了几口烟，可是烟已经灭火了。卢秋见状，连忙上前给卢四把烟锅点着。卢四吸了几口烟，长长地嘘了口气，说，五千块大洋，就算是咱们豁出去了，可是在半天工夫里上哪儿去弄这么多钱呢？

卢四老婆两眼明显地红肿起来，一边抽泣，一边不间断地拍着大腿。卢芳和卢秋只好一遍遍地劝，但是没有用，卢四老婆反而越哭越厉害。

午夜的堂屋里静极了，连卢四吧嗒吧嗒的抽烟声都清晰可辨，卢四老婆的哭声简直可以说是雨天的炸雷，弄得另外三个人心绪不宁，焦躁不已。

卢秋突然说，我有办法了。

卢四看了她一眼，却没吱声。

卢四老婆却止住哭泣，焦急地问，老二，啥办法？快说！

卢秋对卢四说，咱为啥不去找高团长呢？是他让三妹去部队的，他不可能不管。再说，他的警卫员也被土匪抓了去，我不信他能见死不救。

卢芳立刻响应，说，二妹的话不错，咱们赶紧去找高团长，量他区区一伙土匪还敢跟东北民主联军作对？

卢四老婆脸上闪现出一丝笑容，但瞬间就消失了，随后忧虑地说，可是咱们又不知道高团长他们驻扎在哪儿，到处都是部队，上哪儿找他们去呀？卢秋说，我记得蔡警卫员跟咱爸说话时好像说到部队驻扎在田庄台，还是别的啥地方。爸，你还记得吗？

卢四道，对，是田庄台。

卢秋说，知道地方就好办了，咱们借辆马车，连夜赶往田庄台。

卢芳随声附和说，对，我跟二妹一块去。

卢四把烟锅在鞋底上磕了磕，说，你们说的这法子根本不行的。这半夜三更的，你上哪儿去借马车？就算明天早上能借到马车，可是田庄台离咱这儿有五六十里路，等你们找到部队，再回来赶往土匪指定的芦甸子，早过了土匪约定的时间了。

母女仨都愣住了，相互看了看，一下子又没了主意。

卢四接着说，再者说了，就算找到了高团长，他带着部队去了，但是一打起来，土匪还能留着老三？再者说了，那土匪那么容易叫部队抓住？你部队到了，他早不知道跑哪去啦！

卢芳说，那就这么硬挺着吗？

卢四看了看母女仨，长长地叹了口气，道，现在只有一个办法啦，为了老三也只好如此啦！

母女仨齐声问，啥办法。

卢四两眼在卢芳的脸上看了一会儿，然后对卢芳说，你和老二马上去方七爷家，就说我动不了，请他来家里有要紧话说。

母女仨都愣了，疑惑地看着卢四。

卢芳说，还求方七爷帮忙？人家肯吗？

卢四道，你们只管按我说的去。快，快去吧！

不到一个时辰，方七爷便手里攥着纸扇跟在卢芳和卢秋身后进屋来了。卢四赶快让座，让卢芳给方七爷上茶。待方七爷坐定后，卢四对母女仨说，你们都回屋去吧，我跟方七爷这里说话。

母女仨似乎有些疑惑，但还是乖乖地回屋去了。

卢四目送着母女仨进西屋去了，这才回过头来对方七爷道，七爷，先谢谢您把我送回家。

方七爷微微一笑，说，乡里乡亲，这点小事不足挂齿。

卢四接着说，我家老三和来接她的东北民主联军的蔡警卫员，在盘山芦甸子后面的大苇荡前的土岗被土匪老树皮劫了，索要五千块大洋，明天太阳落山前送不到就撕票。

方七爷居然也是一惊，噢，出了这事？

卢四说，正是。老树皮专门派人给我送的信儿。本来呢，我想过去找东北民主联军，可是，一是远水不解近渴，二来呢，跟土匪打交道来硬的不见得行，我担心一旦打起来，那人还能囫囵个回来吗？江湖上有江湖上的规矩，所以，我想来想去，在镇海寺也只有七爷您出面才有可能救她回来。

方七爷看着卢四，只是点点头，什么也没说。

卢四立刻就明白了方七爷的意思，便直截了当地说，前些天，七爷提出的事，说心里话，我一直有些犹豫，但现在我答应您了，只要能救回老三，马上就可以把事情办了。

方七爷嘿嘿地笑了笑，枯瘦的手捋着尖下巴上的那撮山羊胡子，幽幽地道，卢四，我明白了你的意思。不过呢，我这个人是不会干那种趁火打劫的勾当的，所以，这个忙我可以帮，但那件事我是不会强求的。

卢四小心翼翼地从椅子上滑下来，一手按着腰，给方七爷鞠了一躬。卢四声泪俱下地说，我真的不知该咋报答七爷的救助之恩，但我说了就算，只要老三能活着回来，那事马上就办。

方七爷连忙从椅子上站起来，说，别这样，坐下说话。等卢四在椅子上坐下了，方七爷则在大堂里来回踱起了步子。

卢四擦了把脸上的泪水，两眼紧紧地盯着方七爷的脸。昏黄的电灯下，方七爷皱着眉头，两只锐利的眼睛眯缝着，不知看向哪里。

方七爷踱了几个来回，重新回到八仙桌前，端起茶杯，似乎想喝，却突然又放下了。方七爷看着卢四的两眼说，不过有句话我还是要说在前面。

卢四连忙点头，说，说，您说。

方七爷道，我不知道你是不是在怀疑今天这事与我有关？

卢四立刻说，咋会呢！咋会呢！我是绝对相信七爷的，而且您的为人，在镇海寺谁不知道？

方七爷接着道，但不管你是咋想的，我可以掏心窝子说，三小姐这事与我毫无关系。我虽然也是人在江湖，但我从不跟土匪打交道，更不会干这种下三烂的事情，何况我也不认识老树皮。再者说了，我们还在一个镇子上住着，抬头不见低头见的，买卖不成情义在。

卢四再次表态说，七爷放心，我绝对没有，也不会那么想。

方七爷道，你真这么想那就好，别的话就不说了，三小姐这事我管了。不过成不成还要看你卢四和三小姐的运气，因为这老树皮我也是只闻其名，未见其人。我在我的朋友里想了几遍，没想起来谁跟老树皮有过来往，所以，我只能是亲自去，成与不成，我一点把握也没有。

卢四两手抱拳，道，一切全靠七爷了。

方七爷告辞，卢四却又叫道，七爷请慢！

方七爷闻声停下脚，然后转回身来看着卢四。

卢四的脸有些红涨，看了一眼方七爷，便埋下脸，嗫嚅地说，这，七爷，只是，这五千块大洋，我，我拿不出哇！

方七爷道，钱的事你甭管了，我负责。说完，转回身去，将纸扇唰地拧开，一边摇着，一边迈着轻盈的步子走出卢家小院。

卢四弯着腰，千恩万谢地跟到院子里，小跑着为方七爷拉开院门。

黑暗中，方七爷家的车夫王二立刻迎上前来，将方七爷搀扶着上了马车。

只听一声马鞭脆响，马车扬尘向东奔官道而去。

卢芳嫁到方家后，卢四一次酒后对老婆和卢秋说，他当时真的是怀疑方七爷做了手脚，因为方七爷几次让管家二先生催问卢芳的事，而他迟迟没有应允。卢芳嫁到方家后，也说，方七爷阴着呢。

第二天一早，方七爷坐着王二的马车只身前往盘山西北芦甸子后面的大苇荡，太阳刚刚偏西的时候来到芦甸子后面的大苇荡前的那片土岗。方七爷从王二的马车上跳下来，活动活动胳膊腿，两手同时掸了掸灰色马褂上的尘土，这才将四周的环境看了看。土岗有一人多高，几百米长，后面就是一望无际的大苇荡。方七爷不由嘿嘿一笑，自言自语道，老树皮真会找地方，这土岗后埋伏个千八百人，打个伏击肯定会很漂亮。

话音未落，土岗后就跳出两个手持短枪的土匪，用枪指着方七爷问道，哪旮旯的？干啥去？

方七爷看了看两人，反问道，你们是老树皮的人吧？

问话的那个土匪回道，正是。

方七爷道，我是来赎你们昨天下午绑的那两张票的。

土匪上下打量了一下方七爷，道，跟我们走吧！

方七爷将一个沉甸甸的褡裢甩到肩上，跟在土匪身后，越过土岗，不远就到了苇荡边，上了一条停在苇荡边的小木船，然后两眼被一块黑布蒙上，时间不长他们上了一个小岛。摘下黑布后，方七爷见眼前全是半人高的芦苇，无边无际，一片翠绿。太阳还高高地挂在西天上，小岛上却非常凉爽。

方七爷见到土匪老树皮是半个时辰之后。老树皮站在刚才那条小船的船头，纵身跳到岛上，轻盈而潇洒，一看身上的功夫就不一般。

端着短枪的土匪说，这是我们大当家的。

方七爷向左肩处一抱拳，冲老树皮点点头，说，大当家的，兄弟方道中这边有礼了！

老树皮大大咧咧地走到方七爷身前，上上下下地看了一遭，说，一看也是江湖中人，报个蔓，哪个绺子的？

方七爷说，鄙人方道中，镇海寺人。我是兰把子，耍清钱的，春点半开。

老树皮哈哈大笑，说，哦，不是空子，半个里码人。

方七爷说，承蒙大当家的举托。

老树皮问，你是奔这个红票来的？

方七爷说，正是。这个女人是我的小姨子，还望大当家的行个方便。

老树皮哈哈大笑，说，你艳福不浅哪！小姨子盘亮，媳妇也差不了哇！

方七爷连声道，夸奖了，夸奖了！这年头，也就是混日子。方七爷咳了两声，说，大当家的，老头儿我带来了。人呢？

老树皮看了看方七爷肩上的褡裢，没言语。

方七爷便将肩上的褡裢往上一耸，身子往边上一闪，装着大洋的褡裢便嘭的一声落在了地上。大洋相互撞击的声音从里面传出来，清脆而又沉闷。老树皮的两只眼睛转移到地上，仍然只是看了看，却没去碰。老树皮抬起头冷冷地一笑，道，老弟，恐怕不够数吧？

方七爷啧了下嘴，道，大当家的真是有眼力，佩服！这是两千块。我是这么想的，你要五千块是指两个人，而我来呢，只要那个闺女。我不知道我这面子值不值余下的五百块？

老树皮一愣，似乎没想到方七爷会来这一手，晃了晃硕大的光头，两手叉到腰上哈哈大笑起来。笑了一阵，老树皮说，难怪老弟是兰把子，真是精明，我算服了。不过呢，我的原话可是两票五千块，我可没说可以拆开啦！

方七爷说，大当家的，我是受泰山之托，他只跟我说要他的闺女，没让我把两个人一块领走，所以没带那么多老头儿。

老树皮哼了一下，叉着腰的两手攥住了两肋的短枪的枪柄，低头想了想，说，老弟，要不这样吧，看你的面子，我再宽限一天，明天天黑前你派人再送两千大洋，然后两票你一块领走。

方七爷说，大当家的可能有所不知，事情是这样的，我这泰山只是一个靠卖花生米为生的人，家里并不富裕，不要说是五千块大洋，就这两千块也是我在镇子里给挪借的。我为啥冒这么大险来这呢？不瞒大当家的，我都扔下四十奔五十这把年纪了，可到现在还没个儿子，我这泰山答应我，只要把他的三闺女赎回来，就把他的大闺女嫁给我做小。所以，这闺女还算不上我的小姨子呢！大当家的能不能帮我一回，将来万一有用得着兄弟的时候，兄弟我是万死不辞。

老树皮一听又哈哈大笑起来，笑过了，用手指着方七爷说，原来是这样，聪明，有脑子，我是玩不过你的。好吧，方老弟既然把话说到这儿了，岂有不应之理？说完，冲站在一旁的土匪说，把票子带来。

土匪将右手拇指和食指放在嘴里，一声长长的尖厉的呼哨划过芦苇荡的上空。

方七爷又抱拳冲老树皮点点头，说，多谢大当家的！江湖上讲，不打不成交，今天跟大当家的就算认识了，很想高攀，跟老大交个朋友，不知老大肯不肯给这个面子？

老树皮立即回道，没问题，我这人一生最喜欢的事就是交朋友。

方七爷叫了一声，好，大当家的既然这样给面儿，我就不客气了，小弟这里叫声大哥，给大当家的施礼啦！

老树皮也抱起双拳回礼。

这时，又有一条小船载着卢云划到小岛边上来。船停稳了后，一个土匪扶着卢云的胳膊跳到了小岛上。

卢云看一眼方七爷，扭头再看看老树皮，似乎明白了怎么回事，就轻轻地叫了声方七爷，眼里瞬间盈满了泪水。

方七爷眯着两眼看着卢云，只是冲她点点头，什么也没说。方七爷把目光移向老树皮，语气有些迟疑地说，大当家的，这闺女……

老树皮立刻就明白了，有些贪婪地看着卢云，哈哈笑道，老弟放心，完好无损，我是一根指头都没碰的。这是我们绺子里的规矩，但今晚你要是不来，那我就保证不了啦。看见没，我这几个兄弟已经好久没开荤了，憋得乱蹦啊！

一旁的几个土匪哈哈大笑起来。

方七爷连忙称谢，说，事办完了，我这就告辞了。哪一天大当家的路过镇海寺，兄弟我一定尽地主之谊。

老树皮说，好好。还有哇，啥时办喜事告诉我一声，我带弟兄们给你贺喜。

方七爷说，那我可是蓬荜生辉了，到时我一定请大当家的光临。

老树皮就让土匪给卢云松了绑，然后请方七爷和卢云上船，冲方七爷一抱拳，说，老弟，恕我不远送了，我们就此作别，后会有期。

方七爷也一抱拳，说，谢谢大当家的！说完，转身对卢云道，三小姐，我们上船吧。

卢云四下里看了看，问方七爷，蔡警卫员呢？

老树皮哈哈笑道，那小子就没你这么有福气了。说完就拿眼睛看方七爷。卢云转回来，目光与方七爷相遇。方七爷微微一笑，说，三小姐，你父亲只说让我赎你。

卢云愣了一下，有些疑惑地说，啥？只赎我一个？

方七爷没言语，只是定定地看着她。

卢云立刻叫了起来，不行，绝对不行，要走我们俩一起走，不放蔡警卫员我就不走！死在这里我也不走！

方七爷和老树皮都愣住了，两人相互看了半天，谁也没吱声。

苇荡里突然间静了下来，微风吹着芦苇，发出有节奏的哗啦哗啦的声响。太阳餍餍地向天边的苇荡后面落去，暮色开始悄悄地在苇荡里弥漫开来，密密实实的芦苇有些模糊不清了。叫不上名字的飞虫似乎是从天而降，成群结队地在人们的头上和脸前横冲直撞起来。

方七爷将手里的纸扇用力地摇了起来。

卢云突然上前拉住了方七爷的胳膊，声泪俱下地哀求道，方七爷，你再行行好吧，救救蔡警卫员吧！

方七爷似乎有些无奈，低头原地踱了两圈，然后抬起头对老树皮说，大当家的，你看这事……

老树皮说，不是不能放，但得把钱送来，而且一个子儿都不能少，这是我们绺子的规矩。

方七爷沉吟了一下，道，大当家的，这个事我是这么想的，你看是不是这么个理。这个当兵的是林彪的部下，这林彪不知道你知道不，就是那个在平型关将日本人打惨了的共产党将军，现在是东北民主联军司令，连蒋委员长都惧他三分，眼下在东北有几十万兵力，正跟蒋介石对峙较劲呢。我看这东北用不了多久就是共党的天下了。我听说，你曾经跟老北风一起打过日本人，按眼下的话说，那也是有功之人，在这多事之秋，要给自己多留几条后路才是俊杰。所以，我劝大当家的没必要结林彪这个梁子，两山不碰头，可是哪有两人不见面的？

老树皮说，老弟提到过去我跟老北风打日本的事，不是我抱屈，就黑山那一仗，我死了多少兄弟？二百多，二百多呀！这都几年了？到现在我也没恢复元气呀！老树皮虎着脸，可是到头来咋样？这国共一开战，我是两头不讨好，弄得我跟弟兄们还得钻这芦苇荡。说白了，自古以来，干我们这一行的就是脑袋掖在裤裆里，有今日无明日，所以我根本就不在乎什么林彪哇，卫立煌啊，还有啥蒋委员长啊，我是只认袁大头。老弟，该给你的面已经给你了，这件事你就别再插手了。

方七爷扭头看着卢云，意思是说我也没办法了。

卢云这时却突然大笑了起来，她转回身指着老树皮说，那好，有能耐你就等着，明天我就带林彪的部队来收拾你们。

老树皮和方七爷一下子都惊呆了，他们怎么也想不到一个十六七岁的丫头片子会说出这么刚烈的话来。足足静了半分钟，老树皮突然哈哈大笑起来，扫一眼旁边的方七爷，说，啥叫女中豪杰，老弟，我看这就是吧？你可得小心啦！有这么个小姨子你可得对夫人好点。

方七爷也笑了起来，但笑得有些尴尬和僵硬。

卢云没听懂怎么回事，两眼去看方七爷，方七爷却闭着嘴，什么也没说。这时，老树皮绕着卢云蹚了几步，抬手挠了挠光头，说，我看这样吧，这个军人我也不杀了，你呢，干脆留下来跟我当个压寨夫人吧，保你吃香的喝辣的，咋样？

卢云说，你做梦吧！

老树皮看一眼方七爷，似乎有点下不来台了。

方七爷笑了笑，忙说，大当家的，她还是个孩子，别跟她一般见识。你呢，再给我一个面，这两人我都带回去，那两千大洋等我娶姨太太时一并奉送，保证一文不少。

老树皮重重地拍了一下方七爷的肩膀，哈哈大笑道，老弟，你这个朋友我交定了。就听你的了，人你都带走，钱不钱的无所谓。

又是一声呼哨划过昏暗的苇荡上空，不一会儿，一条小船载着小蔡划了过来。小蔡和卢云对视了一下，又看了眼方七爷和老树皮，然后跳上小岛。划船的土匪指挥着方七爷三人都上了小船，方七爷再次向老树皮抱了抱拳，说，大当家的，后会有期！小船在黑暗降临的瞬间离开了小岛，划向岸边。

绕过那片土岗，卢云和蔡警卫员跟方七爷道别，他们没跟方七爷回镇海寺，而是趁黑直接赶往部队去了。

14. 出　嫁

卢云去部队不久，卢芳就出嫁了。卢芳当然嫁给了方七爷。

卢四宣布这个决定是在晚饭之后。卢芳和卢秋刚刚把桌子收拾干净，坐在八仙桌旁椅子上的卢四就让卢芳给他泡茶，他自己则点上一锅烟，吧嗒吧嗒地吸了起来。等卢芳把茶端上来，放到他身前，他突然就说，你们都坐下来，我有事跟你们说。

卢四说话的音调肯定有些异样，娘仨不约而同地把目光转向了他。卢四没有看她们，两眼看着门外，目光呆滞无光，烟袋含在嘴里吧嗒吧嗒地吸着，青灰色的烟雾在他那黑红的脸前无力地向头顶弥漫着。但卢四迟迟没有开口，娘仨自然就有些急，卢芳先开了口，爸，出了啥事？你咋不说话呢？

卢四的目光随着卢芳的话音停留在她的脸上，卢四终于说话了，但卢四的话说得磕磕巴巴，老，老大，方七爷要娶你，做，做三房。我考虑了多日，最终还是答，答应了他。我知道你们都会反对，但，我没有别的办法。其实，你们都知道，有一次方七爷请我去镇海大酒楼喝酒，那天就跟我提了这事，但我一直没吐口。这次非同一般，老三被土匪劫了，性命攸关，我能见死不救吗？可是钱在哪儿呢？卢四的目光从卢芳已经木然的脸上移开，从卢秋和老婆的脸上扫过。屋子里死一般地寂静，卢四甚至听到了自己的心在咚咚地跳动。卢四重新装了一袋烟，点着了吸了几口，然后又接着说，这些日子我反复地琢磨过了，这方七爷虽说是江湖上的人，但在镇子里没见他打家劫舍，欺男霸女，口碑还是不错的。日本人在的时候没把他怎么样，这国共争天下也没把他怎么样，土匪多残忍霸道，人家一人去了居然也能把事摆平，这说明啥？识时务者为俊杰。所以，这样的男人还是值得女人依靠的。当然，他已经有了两房姨太太，但听说都不能生儿育女，所以，老大嫁过去后如果能给方七爷生儿育女，一定会得到方七爷的宠幸，这一辈子你还有啥可愁的？还有……卢四似乎是找到说话的感觉，不但不再磕磕巴巴，还有点滔滔不绝的味道了。卢芳却突然哇地叫了一声，两手紧紧捂住脸，扭身朝东屋跑去，随后传来一阵紧似一阵的哭泣。

卢四一下子慌乱起来，连忙用烟袋指着卢秋道，快，快，赶紧过去劝劝。卢秋和卢四老婆突然想起来似的，转身赶往东屋。

卢四也离开椅子，在堂屋里团团转了起来。

那天晚上卢芳趴在炕上哭了小半宿，之后就想明白了。卢秋和卢四老婆也陪了小半宿，怎么劝，也不能阻止卢芳的哭泣。直到泪水哭干了，卢芳才翻过身来，对母亲和卢秋说，你们不用管我啦，我都想明白了，这就是我的命。古人说，人不能与命争，我认了。说完下地，打来洗脸水，细致地洗了脸，然后自己沏了壶茶，一边慢慢地喝着，一边两眼直直地看着门外，看着门外被月光映照得灰白的庭院。院子里本来就干干净净，这是父亲的习惯，因为这个习惯，家里连鸡鸭都不养。每次雨后，待地面稍干，父亲就反复地将地面碾压，雪后则是立刻将雪清扫干净。小的时候，父亲甚至不允许地面上有脚印，谁踩出了脚印，就罚谁。院子南面是两棵高大的槐树，此时黑森森的。那上面有三个麻雀窝，每年这个季节都会有二十来只小麻雀生育出来，露着小脑袋，叽叽喳喳地叫个不停。还有南面的那块菜地，被父亲侍弄得像画儿一样整齐，尤其是还专门在菜地里打了一口井，用铁链将水一环环地提上来，水进入到小巧的水渠里，汩汩地流进一畦畦的菜地里。还有屯子南面的莲塘，雨天跟父亲去打鱼。还有卷了十来年的纸烟，去镇子里的林记大药房给母亲抓药。这一切都将离自己而去。

作为长女，卢芳是一个明白事理的人，家里连续出了这么多事情，谁去承担呢？或者说，谁能承担得了呢？再者说了，方七爷为了救三妹花了两千块大洋，父亲这辈子也别想还上。还有，父亲腰伤时，方七爷从海城给请的正骨大夫，也花了不少钱，人家分文没要。卢芳前思后想，认为这就是命，因为三妹要不去参军就不会被土匪劫持，不被土匪劫持，父亲就不会答应方七爷的婚事。

再往前捋，如果她们那天不去西窑泡子打鱼，就不会遇到国民党兵，父亲自然也不会挨那一枪托子，也就不会去请方七爷，自己当然就不会被方七爷惦记上。可是这一切谁能事前想得到呢？想通了的卢芳从那一刻起，把满腔的怨恨都记在了卢云身上。

婚礼在一个月后的一天早上隆重举行，那是自日本人侵占东北以来镇海寺最大排场的一个婚礼。

迎亲的队伍和看热闹的人群将卢四的院子里外塞得水泄不通，喇叭和锣鼓声震耳欲聋，尤其是他们一边吹打着一边手舞足蹈地表演，将院子外搅得尘土飞扬。

大红的轿子停在院子里，四个青壮小伙黄衣黑裤，青面白底布鞋，红色的丝带扎着腰，一色的短打扮，杨树桩似的站立在杠子头，虎头虎脑的，透出一种充满活力的精气神。

方七爷是在胖子司仪的引导下走进卢家小院的。方七爷头戴黑色瓜皮帽，上身穿了件带着灰色暗花图案的黑色缎面短褂，下身是灰色丝绸桶裙，脚下是青面白底千层底布鞋。方七爷脸上仍然是平时的那种平静，那种不动声色，但仔细一看，那平静与不动声色里却流露着难以掩饰的意气风发与志得意满，他的脚步便显得格外轻盈与矫健。

当方七爷在卢四的屋门前站好后，胖子司仪高高地举起手，在空中摆了摆，鼓乐声还有人群里的喧闹声瞬间停了下来，人们似乎都屏住了呼吸，院子里外静得连院前菜地里的蛤蟆咕咕的叫声都听得见。

按辽南的婚俗，方七爷先是举手敲了三下门，然后高声叫道，岳父岳母大人，小婿方道中前来迎娶你们的女儿卢芳过门，请给小婿开门。

屋里静静的，没有回音。

方七爷在短暂的停顿后，又两次重复前面说的话。屋里这才传出卢四的声音，然后门就开了。方七爷和胖子司仪走进屋去，给坐在八仙桌两边的卢四和卢四老婆行跪拜礼，然后去卢芳的闺房迎接新娘。

一刻钟后，头上戴着红盖头，一身白色婚纱的卢芳由方七爷挽着胳膊从屋里走了出来，袅袅婷婷的步态与身段，让所有在场的人不能不目瞪口呆。镇海寺的人这是第一次看见女人穿这种婚服，过去他们只是听说过这种洋服，但没见过。所以，在瞬间的宁静后，突然爆发出一片欢呼声，如潮水般在卢四家的院里院外涌来涌去，久久不肯停息。

紧随卢芳身后的伴娘是卢秋。卢秋穿了一套浅灰色短褂，胳膊上挎一只有大城市女人才用的小巧的紫红色皮包，脸上略施淡妆，显示出一种逼人的闲淑雅致的大家闺秀的气质。

卢芳没有按胖子司仪的指引上轿，这让已经将轿帘掀起的方七爷多少有点尴尬，一只胳膊就僵在了那里，像京戏里丑角的亮相或造型。卢芳出了屋门，只是朝院里院外的人群看了一眼，一转身，由羊肠小道穿过菜园子，朝前面的莲塘走去。方七爷和胖子司仪都愣住了，他们不知道卢芳想要干什么。胖子司仪看了方七爷一眼，一只手提起马褂，赶紧追了上去。

胖子司仪气喘吁吁地说，卢小姐，卢小姐，应该上轿子啦！大家都等着哪！

卢芳没有理会胖子司仪，胖子司仪似乎想绕到前面拦住卢芳，被卢秋伸手挡住了，卢秋冲他笑笑，什么也没说。胖子司仪尴尬地也笑了笑，就在原地站着不动了。

卢芳在百米外的莲塘前停下了脚步，然后沿着塘边款款地踱着。曳地的白色婚纱在卢芳的身后婀娜逶迤。

正是夏末秋初时节，莲塘里的莲叶早已经雨伞般地连成漫无边际的一片，亭亭玉立，摇曳多姿。红白相间的硕大的莲花已经不多了，枯萎的花瓣也七零八落地散落在莲叶和水面上。也有些微的清圆刚刚挺立出水面，虽然还很单薄，在微风中却也毛茸茸的可人，尤其是上面嵌着鸡蛋大小的水珠，在阳光里闪着水银般晶莹的光泽。微风拂过水面，清圆一阵晃动，水珠忽而溜圆，忽而拉长，不停地变幻着形状。几声蛙鸣不知因何响起，却有如天籁之音般在水塘的四周悠长地回荡。

卢芳在莲塘边上流连不已不能不令方七爷百思不得其解。方七爷似乎并不像胖子司仪那样着急，他随后走了过来，就站在卢芳的身后，像煞有介事地也看着那一塘遮天蔽日的莲花。

卢芳的脸上并没有什么痛苦一类的表情，她脸看上去格外平静，早晨的阳光柔和地照在她的脸上，红润而光亮；但她的目光让方七爷觉得有些散淡与迷离。方七爷显然想知道卢芳在看什么，或者在想什么，他几次凑到卢芳的身前，眯起两只锐利的眼睛在她脸上耐心地扫着，但卢芳的目光像塘里的莲花一样清纯无瑕，结果自然是一无所获。方七爷只好微微一笑，似乎是自嘲，然后便静静地站在卢芳的身后，耐心地等待。

卢芳在塘边流连了足足有一刻钟后，才回转身，在卢秋的伴随下，拖着曳地婚纱回到了屋前。方七爷早已经将轿帘掀起，卢芳谁也没看，连她生活了二十一年的屋子也没看，头一埋，钻进了大红的轿子里。卢秋随后也跟着钻进了大红的轿子里。

卢芳的出嫁作为当年镇海寺最重要的事件被镇里镇外的人们长久地议论着，甚至到了冬天，也不见有降温的迹象。卢芳出嫁的仪式还在那天构成了一道亮丽的风景，留存在目睹了当时情景的镇海寺人们的心中，成为他们后来无法忘怀的记忆。镇海寺的达官贵人们的千金小姐居然有不少人发誓，自己的婚礼仪式一定要超过卢家的大小姐卢芳，但后来的历史没有再给她们这样的机会。物是人非，没谁能够重现那个场景，她们只能在回忆与想象中唏嘘不已。坐在轿子里的卢芳并没有看见离开生活了二十一年的那个院子后那一路的风景，她只是听到震耳的锣鼓、唢呐，以及尖厉高亢的喇叭混合在一起的民乐演奏，它们掩盖了路旁围观的人们发出的各种议论和赞叹。这真是一个风和日丽的好天气，没有风，通往镇子的沙土路纤尘不起，倒是迎亲的队伍和观看的人们一路上踏起薄薄的尘埃，却像水墨画中的淡墨一样，随着清水荡漾开去，似乎要为那壮观的画面留作背景。

坐在轿子里面的卢芳没看到方七爷，按说他应该走在轿子边上；

但卢芳后来听说，方七爷是骑在一匹白色的高头大马上。卢芳这才想起，那天她确实是听到了轿子外面有嘚嘚的马蹄声。

方宅门楼前的场院的两侧临时搭起了两个用苇席苫起来的吹棚，卢芳的轿子进了场院还没落地的时候，两个吹棚里的喇叭就呜哇呜哇地对着吹起来，与迎亲队伍后面的喜乐遥相呼应，在最后的几十米里，轿夫们开始了他们最后的颠轿的把戏，让卢芳觉得屁股下的轿子似乎要飞起来一般。四个年轻后生，闪展腾挪施展出十八般武艺，生龙活虎般地让肩上的轿子在空中飞舞，赢得围观的人们一片叫好声。后生们便越发地来了精气神，刚刚洒过水的场院竟烟尘暴起，呛得轿子里的卢芳咳嗽不已。足足有六七分钟，卢芳才听到司仪吆喝年轻后生停停停。卢芳确实已经是头昏脑涨腰酸腿疼，但卢芳并没有怨怼，因为那六七分钟的经历仍让她终生难忘，那是只有女人才会有的一种感觉，一种一生只有一次的感觉；而且，并不是所有的女人都能够体验到这样的感觉。

轿子终于在场院上落了地。轿帘被人用手指轻轻挑开，虽然头上戴着盖头，但卢芳仍然从不时闪开的缝隙看到一个头戴瓜皮帽，身穿藏青缎袍，胸前挂着一个由硕大的红绸扎成的花团的瘦瘦的男人出现在眼前。那一刻，卢芳将目光滞留在方七爷的脸上，久久没有离开。在此之前，包括方七爷进屋迎娶，卢芳都闭着两眼没有正眼看他。从现在开始，她知道，自己就是这个既神秘而又富有传奇色彩的瘦瘦的男人的女人了，自己此后的一生就要维系在他的身上了。那一瞬间，卢芳的目光既清澈妩媚，又有些茫然无措。

方七爷仍然是那种宠辱不惊的表情，但卢芳从中却觉出了一丝慈祥与温情。于是，当方七爷向她伸出细长的手臂来，卢芳似乎很自然地将左手搭在了方七爷的右手上，然后由方七爷搀扶着下了轿。

下了轿的卢芳，两眼被阳光刺得有些睁不开，她也不敢往两边看，但不看她也知道门楼前的场院上挤满了人，因为她听到了一片艳羡的啧啧声，那声音像海潮一般，在欢天喜地的鼓乐声中，她仍然清晰地听到那一片让她有些迷醉的声音。卢芳这时感觉到了自己心的狂跳和脸的绯红。

这时，胖子司仪走上前来，两手抱拳，冲方七爷和卢芳连连作揖。卢芳瞥见了方七爷瘦削的刀条脸上一片得意的微笑。

在胖子司仪的引导下，卢芳和方七爷并肩穿过场院，走向方家大院的门楼。那一次来方家虽然匆忙，但方家大院前的景象卢芳肯定已经不再陌生。卢芳始终低着头，眼睛看着干净平整的地面和自己的脚，但在迈进方家门楼高高的门槛的一刹那，卢芳不知为何抬头看了一眼门楼上的那块用泥金写着柳体楷书"方宅"的胡桃木匾，这一眼让卢芳身不由己地打了个激灵，两腿一软，整个身体向地面坠落下去。方七爷反应很快，一伸手，挽住了卢芳的胳膊，再一用力，卢芳的身体就直立起来。这一下让卢芳惊出了一身冷汗，脸色涨红，一瞬间她感觉到了瘦瘦的方七爷居然有如此的力道。卢芳在重新抖擞精神的瞬间瞥了方七爷一眼，方七爷似乎并没有察觉，似乎什么也没发生一般，依然轻盈地迈着方步。

在以后的岁月里，这块胡桃木匾给卢芳的心中留下了一片永远无法抹去的阴影，让卢芳每每想起它的时候便不寒而栗，以至于她在每次出入方家的时候都有意识地低头躲避它的阴影。

进了宅门，里面是一个很大的院子，一条用石板铺就的一米来宽的甬路分别伸向南屋和北屋两趟房子。院子里也是满满的人，这时谁都顾不上忙自己手里的活计，都停住了手脚，瞪大了惊讶的眼睛看着款款而来的新娘。院子里再次响起一片啧啧声。一块块石板从卢芳的脚下缓慢地移向身后，她终于来到了北屋门前，然后迈过门槛，走进了大堂。这时，卢芳头上的红色盖头由方七爷摘了下去。太阳这时还偏在东南，大堂里便有些昏暗，但卢芳仍然看清了在一张很大的长条桌上供着方七爷祖上的牌位，青铜香炉上香烟袅袅。

胖子司仪早已经在供桌前站好了，这时，他底气十足地咳嗽一声，院子里立刻安静下来。司仪抻长声音宣布，方道中方七爷与卢家大小姐卢芳结婚仪式现在开始。新郎新娘向宗祖跪拜三叩首，一叩首，卢芳和方七爷连忙跪到铺着红毡的地上磕了个响头。胖子司仪又接着喊，二叩首，三叩首，卢芳和方七爷就又连着磕了两个响头。然后他们在司仪的引领下走出北屋，来到院子里，向证婚人、来宾、亲朋好友三鞠躬。之后是证婚人致祝词。

方七爷请的证婚人是田镇长。由田镇长做证婚人还是出乎许多人的意料，方七爷虽然不曾危害过谁，但毕竟是江湖上的人。因此，田镇长的出席和祝词就格外引人注目。

田镇长先是清清嗓子，然后说，各位来宾，女士们、先生们，大家好！今天是卢芳小姐与方道中先生的大喜日子，我代表共产党镇海寺人民政府，同时也以我个人的名义，向他们表示衷心的祝贺！接下来，田镇长的话陡然一转，连脸上的微笑也立即散去。田镇长说，实不相瞒，接到方先生的请帖，我很是犹豫了一阵子，镇政府的同志也让我三思而后行。但是，共产党、东北民主联军讲究一个光明磊落。我这个人做事呢也是这样，也讲究一个光明磊落。今天到场的来宾可能会有人不知道，一个月前，卢芳小姐的妹妹卢云和东北民主联军的一个警卫员被土匪老树皮给劫了，勒索五千块大洋，而且就给一天时间，否则就撕票。方先生只身一人深入大苇荡，冒险救出卢云和警卫员。这说明啥？一个是豪侠仗义，另一个是对当前国共两党斗争大局有一个清醒的认识。就凭这两点，方先生的婚礼我一定要参加。共产党和东北民主联军的政策是爱国不分先后，不分年龄和职业，只要肯为中国人民的解放事业出力，我们就双手欢迎。田镇长的话赢得了一片叫好声。田镇长的祝词在祝福方先生和卢小姐美满幸福早生贵子中结束。

祝词之后，震耳欲聋的鞭炮声便骤然间响起来，所有的声音都被经久不息的鞭炮声掩埋了，整个镇子的人几乎都听到了那天上午的鞭炮声。鞭炮响过之后，胖子司仪就宣布酒宴开始。其实，还没等胖子司仪喊酒宴开始，院子里临时搭起来的三个灶房里的炒勺就叮叮当当地响起来了。眨眼间，院里院外摆满了桌椅，七碗八碟便在年轻后生们的手中飞快地传向酒桌。

卢芳目睹了那盛大的酒宴景象，那种吆五喝六的吵闹是一种喜庆，一种乡村的风俗，要的就是这种气氛。后来，方七爷的大姨太、二姨太都对卢芳不无嫉妒地说，卢芳的婚礼让女人感受到做一回女人值得。

田镇长本来没想留下喝酒，但是方七爷请了镇上不少有头有脸的人物，非让他坐到主宾席上，给他撑桌面。尤其是，卢秋也过来跟他打招呼，田镇长就不好意思走了。

田镇长就让卢秋在自己身边坐。

卢秋说，我还得过去陪大姐。

田镇长说，少坐一会儿，随便聊几句。

卢秋就在一旁坐了下来。

田镇长说，你今天的穿着格外好，非常洋气，还雅致，跟城里的大学生似的。

卢秋的脸就一红，说，是吗？

田镇长说，当然，那还假得了？

卢秋瞪了田镇长一眼，撇了下嘴，说，田镇长就会拿我们开玩笑。不过，这衣服啥的却是方七爷在沈阳城里请的裁缝专门定做的。

田镇长说，你看看，你看看，我说的嘛，不一样就是不一样。

卢秋被田镇长说得更加不好意思起来，见边上有人往这里看，连忙低了头。

田镇长似乎根本不在乎这个，问卢秋，小卢，你什么时候办喜事啊？如果没有合适的人，我再来给你做证婚人，怎么样？

卢秋的已经脸通红通红，说，那敢情好，只是，我现在连对象还没呢！

田镇长说，是吗？你肯定是不用愁哇！

卢秋说，谁知道呢。

田镇长和卢秋这边正说得热乎呢，院子外的场院上突然响起几声清脆的枪声，院里院外瞬间就乱成了一锅粥。

此时，方七爷和卢芳正在东厢房里休息，准备一会儿给客人们敬酒。枪声一响，卢芳下意识地两手拽住了方七爷的胳膊，扭头看方七爷，方七爷却一脸的镇定，仿佛压根就没听到枪声。方七爷歪头看了看卢芳，然后轻轻地拍了拍卢芳的手，卢芳似乎明白了他的意思，便松开了两手。方七爷快步走出来，冲大家微微一笑，道，各位不要惊慌，在我这里，大家尽管放宽了心，我保证不会有事的。大家尽情地喝酒，我出去看看。

土匪头子老树皮与警卫员小蔡同时出现在卢芳与方七爷的婚宴上，既出乎别人的意料，也出乎他们自己的意料，连方七爷也没想到。方七爷看到许多来宾从椅子上站了起来，伸着脖子向门楼外看，挨着门楼的两桌客人有的正向门楼外拥去。方七爷向慌乱的人们挥了挥手，示意大家安静，然后走向门楼。在门楼处拥挤的人见方七爷来了，立刻闪出一条路来。方七爷跨出门楼一看，场院上已经乱成了一锅粥，二百余人几乎都离开了酒桌，像热锅上的蚂蚁一般，相互拥挤推撞着，还有一小部分人向场院北面的那条街道拥去。

这时管家吕先生慌慌张张地跑了过来，气喘吁吁地对方七爷道，七爷，老树皮带了几个弟兄来给你贺喜，刚刚在账房那儿写了二百块大洋的礼，就被随后赶来的十来个东北民主联军用枪给逼上了。两句话没说上，双方的枪就响了。老树皮人少势单，带着几个弟兄向村北方向跑了，这东北民主联军就一路追下去了。不知道现在咋样了。

这时又有不少人围过来，问方七爷咋回事。方七爷笑道，大家回桌尽管喝酒，没事的，不过是一点误会。方七爷回头对吕先生吩咐道，赶紧招呼客人，让大家放心喝酒。

吕先生连忙点头，转身一边用袖子擦着额头上的汗，一边一溜小跑地挨桌去招呼客人。

方七爷刚想抬腿回院子里，警卫员小蔡带着十来名全副武装的战士汗淋淋地回来了，同时还押回来两个腿被子弹打伤的土匪。到跟前了，方七爷才认出来小蔡，还有穿着军装的卢云。

不等方七爷打招呼，卢云已经上前对方七爷道，方七爷，我是接着管你叫七爷呢，还是管你叫姐夫呢？

方七爷立刻笑道，三妹，我们已经是一家人了，自然不能说两家话呀。蔡同志，你说对吧？

小蔡连忙笑道，方七爷的话有理。小蔡也擦了下头上的汗，然后接着说，方七爷，我们是受高团长和楚政委委托专门前来给您贺喜的，没想到刚才我们遇上了土匪老树皮……

方七爷不等小蔡说完，就接过话来道，蔡同志，刚才的事我已经知道了。我的意思是这样，不论咋讲，今天是我的大喜日子，图的是个吉利。老树皮过去跟我没任何关系，这你们知道。人家来喝我的喜酒，我只能是欢迎。你也是一样，跟我也没有啥关系，你来了，我也一样地欢迎。我想我的意思你们应该明白了。

小蔡立刻收了笑容，脸色就有些严肃起来。小蔡没有马上回方七爷的话，而是沉吟了一下，才说，方七爷，不久前你冒险救了我和卢云同志，我们和部队首长都非常感谢你。我们这次来，一方面是因为卢芳是卢云的姐姐，我们陪同卢云前来贺喜，另一方面就是代表部队首长向你表示感谢。但是我们对待土匪的态度一向是分明的，就是坚决予以剿灭。

方七爷仍然是一副泰然自若的样子，但他的语气却是柔中带刚。蔡同志，部队有部队的规矩，这我懂。可是呢，江湖上也有江湖上的规矩，我在江湖上混就不能破坏江湖上的规矩。我凭啥能救出你和三小姐呢？凭的就是江湖上的信誉和规矩。我是江湖上的人，我只能按江湖上的规矩做人做事，这一点我想蔡同志也一定会理解的吧？

小蔡反问道，那方七爷的意思是……

方七爷看了一眼被绑了胳膊跪在地上的土匪，然后盯着小蔡的脸道，把他俩放了，你们进来喝酒。

小蔡似乎有些不相信自己的耳朵，惊叫道，你说什么？把他俩放了？

方七爷道，是的，把他俩放了。

卢云抢着说了句，方七爷，我们部队首长已经决定了要剿灭老树皮这帮土匪，只是现在没倒出空来。现在，我们抓了土匪，还把他们放了，这，我们没法向首长交代呀！

方七爷笑道，三妹，部队上的事我管不着，我只管发生在我家里的事。你们在我的家里，我的结婚喜宴上抓捕给我贺喜的人，这无论如何也说不过去。何况老树皮给过我面子，不然你们今天怎么会有机会反过来抓捕他们呢？方七爷的这番话显然是极具说服力，小蔡和卢云一时都没了话说，双方一下子就僵持在那里了。

最后还是方七爷打破僵局，他对卢云说，三妹，请所有前来的弟兄们进里面喝喜酒吧，你姐姐也在里面呢。

小蔡和卢云的目光碰了几碰之后，终于带领十余名战士进了方家大院。

那两个被子弹打伤了腿的土匪在简单地包扎了一下之后，被方七爷的车夫赶着马车送回了大苇荡。随着马车一块拉去的还有四坛子镇海寺小烧锅和两筐自己熏制的猪头、猪蹄、猪肘子、猪肝、猪耳朵等。

19. 绝 望

还是因为年轻，卢芳流产后不久身体就恢复如初了。这天凌晨，天刚刚有点迷蒙的光亮，卢芳就醒了。辽南的初冬，虽然早晚已经很冷了，但感觉上还是舒坦的。可是卢芳却觉得屋子里有些闷热，拉开窗帘向院子看，一切都是灰蒙蒙的，抬头往天上看，就见满天的黑乎乎的云。要下雪了，雪这么早的就来了？

卢芳扭头看了眼炕头的方七爷，露着瘦弱的半个膀子还在呼噜呼噜地酣睡。方七爷就好这一口，即便是寒冬腊月的时候，也脱得光光的，烙饼似的烙火炕，穿个背心都不舒服。卢芳掀开被子坐了起来，从炕边扯过灰色薄棉袄披上，下了炕，出了西屋，拉开堂屋的门插，打开屋门。

院子里一点风也没有，两棵高大的杨树上光秃的枝子也是纹丝不动，南屋顶上的一片黑瓦似乎被一层水雾覆盖上了，迷蒙蒙的水墨画般的一片。西头马厩里的两匹枣红色、一匹灰白色的高头大马安静地站立着，不知道是受了天气的影响还是怎么回事，目光看上去似乎有些散漫。

马厩的南面是一溜低矮的偏厦，紧挨着马厩的偏厦住着车夫王二，他不光赶车，还兼管着饲养三匹马。再往南的偏厦里装着各种杂物。南屋的西头与偏厦相连，中间有一狭窄的灰砖铺的甬道通往开在南面的窄门和一大片菜园子。

这时，紧挨着马厩的偏厦的木门吱扭一声被推开了，穿着一件黑色粗布棉袄的车夫王二敞怀猫着腰走出来，他先是两手抹了抹脸，然后抻了抻胳膊，蹬了蹬腿，便转身进了马厩。那三匹高头大马见了王二立刻精神起来，有的打着响鼻，有的用蹄子刨着土。王二拿起一个簸箕，在一条麻袋里掏出一些草料，然后用手拨弄到马头前的槽子里。又拿起一只瓢，从一个大号的缸里舀出半瓢黄豆，均匀地撒到槽子里。喂过了马，王二拿起一把竹扫帚，开始打扫院子，唰唰的声音随即在寂静的院子里不轻不重地响起。

卢芳的目光有些迷离和茫然，她不知道自己想看什么。院子里的东西早就熟视无睹了，也没什么好看的。卢芳现在的心情很平静，这当然跟她的性格和作为长女有关，但主要的还是这几个月的经历让她逐渐地品味出了什么是命运。父亲当然没跟她说他与方七爷之间的交易，她嫁到方家后方七爷也从没有说过这个话题，她也不想直接去问父亲和方七爷，但心里早就都想明白了。你能说人家喜欢你也有罪？不是没逼着你非嫁不可吗？而且人家为卢家付出这么多，还让人家咋样呢？更何况到了方家之后，方七爷对她真的是关爱备至呵护有加，因此，她明显地感觉到了两个姨太太对她的嫉妒与敌意。虽然她不清楚两个姨太太具体是怎么谋划迫害自己的，但从父亲嘴里了解到那天的具体情况，让她明白了那天的车祸绝对不是偶然，背后的操纵者就是两位姨太太。卢芳没有去追究，甚至也没有跟方七爷提这个话题，卢芳不想把这件事情闹大，她认可了自己的命运，她只想过一种平静的生活，就像此时这院子里的景象。卢芳流产后的这一个来月里，方七爷基本上没出门，虽然用不着他来具体照顾卢芳，但他还是前后不断地围着卢芳转，这让卢芳有些意外，也颇为感动，她没想到方七爷居然会有这样的耐心。前几天，方七爷见卢芳的身体已经恢复了，便重新开始连续几天晚上都趴到卢芳的身上认真地耕耘。方七爷的兴致勃勃，激情澎湃，让卢芳惊讶不已。卢芳没有理由反对，但卢芳明显地感觉出来方七爷在房事上已经是力不从心。头一次，他下身的那个东西虽然很快勃起了，但硬度很差，弄了半天，勉强进入卢芳的身体后就软了。第二次就硬不起来了，卢芳怎么抚摸都没管用。昨天晚上好不容易有点起色，但趴到卢芳身上后就又不行了，说什么也进入不了。方七爷显然十分地焦虑和懊恼，虽然不能进入，但他不从卢芳身上下来，而是不停地在卢芳身上上下冲撞耸动，似乎有了恶意的报复的情绪与味道。卢芳当时就想，这是冲谁呢？但卢芳没想明白。后来卢芳来了高潮，方七爷却翻身下去，伸直了胳膊腿，一副听天由命的感觉，卢芳拽了几下他的胳膊，他却动也没动。

第二天上午，南屋的两位姨太太叫卢芳过去打麻将，在等待徐太太的时候，二姨太太逗卢芳说，昨天晚上你那叫床的浪声真叫我受不了，要不是大姐拦着，我就跑过去跟你一块跟七爷做了。说得卢芳唰地就红了脸。

卢芳还太年轻，她不可能明白她旺盛的性欲本身就是对方七爷的打击，这种打击当然不仅仅局限于身体，更重要的是精神，是一种精神上的折磨。无奈的方七爷只能选择放弃与离开。吉祥大戏院的戏不多，隔三岔五地才来个戏班子，演不了几天就匆匆地走了。于是，方七爷就频频地出入镇海大酒楼，约朋友吃茶喝酒，上午走出方宅，晚上顶着月亮回来。方七爷虽然从未喝醉过，但卢芳仍然不高兴，数落方七爷这样下去身体就造完了。方七爷也不反驳，但对卢芳也没有了往日的热情。

卢芳倒是不太在意，卢芳虽然是一个年轻女人，但她不喜欢跟方七爷行房事，方七爷从没满足过她的欲望，甚至还让她有一点厌恶，只是不能表现出来而已。因此，方七爷的力不从心倒是让卢芳松了一口气。

这天早饭后，方七爷喊了声吕先生，披上藏青色棉布长袍，手里袖着绿色的紫砂壶，看看已经黑暗起来的天，悠闲地出了院门。

卢芳在院子里叫住了管家吕先生，问道，这眼看着就要下大雪了，七爷咋还出去？

吕先生说，回三姨太，昨晚有人送来了信件，海城有几位方七爷的朋友，今天上午要来镇海寺，方七爷要提前一点到镇海大酒楼西边的沈记旅馆迎接。吕先生停顿了一下，瞥了卢芳一眼，又说，我昨晚已经将客人的吃住安排好了，但方七爷似乎不太放心，他要再去看一看。

卢芳又问，哪方面的朋友哇？

吕先生哟了一声，说，这我可就不知道了。

卢芳说，你赶紧去吧。

吕先生冲卢芳躬了躬身，匆匆追出院子。

卢芳回到屋子里，脱鞋上了炕，趴在窗台上茫然地看着院落里的景色。

一群麻雀在高高的槐树的灰黑的枯枝上一边上下左右地跳跃着

一边吱吱呀呀地叫。卢芳感觉它们很快乐，而且是自由自在，无拘无束。卢芳不知道它们是不是树上那三个窝里生长出来的，即便是，那也装不下这么多呀！它们还有新家吗？家又在哪儿？这么冷的天，就这样蹦来跳去的，天黑了咋办呢？卢芳的思绪似乎漫无边际。

女佣周妈什么时候站在了身后的炕边卢芳一点都不知道，因此，当周妈叫了一声三姨太的时候，卢芳吓了一跳。卢芳回过身来的时候，周妈说，三姨太，大姨太和二姨太请你到前院打牌。

卢芳说，知道了，我换换衣服就来。

车祸之后大姨太和二姨太在卢芳面前简直是判若两人，不但热情异常，甚至围前围后呵护有加。原来卢芳和方七爷住的北屋她们根本不来，现在每天都要过来两趟，问长问短，弄得卢芳都有点心烦了。

大姨太说，三妹，我们姐俩真没想到你是这么好的人。真人面前不说假话，原来我俩想，你这么年轻，长得这么漂亮，七爷又这么宠你，你还说不定得怎么矫情呢。所以，我俩便商量好了，只要你在方家整事，我俩就联合收拾你。没想到你进了方家，从不争风吃醋搬弄是非，而且对我们姐俩就像亲姐姐似的。

二姨太也说，可不是咋的，换了别人说不上都飞到天上去了。但是我俩也想好了，不管是谁，想坐到我们头上拉屎门儿也没有。好说好商量咋都行，不然咱们就闹他个老底朝天，看你和七爷能把我们咋样。

卢芳对两个姨太太的旁敲侧击不置可否，她只是冲她们淡淡地笑笑，脸上没有任何其他表情。

大姨太和二姨太当然明白，卢芳不可能一点不知道车祸真相，但卢芳只字没提，而且她们还认为卢芳在七爷面前也未提这事，否则七爷哪里会饶过她们呢？

那天上午，西院的陈太太前脚进屋，后脚雪花就下来了。雪花有指甲般大小，软绵绵、轻飘飘的，落到地上悄无声息。

大姨太拉着陈太太的手笑道，你可真幸运，看来今天手气一定不错。

陈太太也是满脸的笑容，说，连着输好几场了，也该转转运气了吧！

卢芳和大姨太、二姨太，还有陈太太刚刚搓了三圈麻将，周妈就进来喊卢芳，说七爷回来了，让她马上回房说话。

二姨太看了眼落地式大座钟，不由得怨道，这还不到十点，七爷咋回来得这么早？

大姨太就说，三妹，你先回去看看啥事，然后快点回来。

卢芳就从椅子上站起来，周妈便将一把黄色油布雨伞撑开递到她手里，刚迈出门口，二姨太又嘱咐说，老三，咱们可等着你呀，三缺一的滋味可不好受。

卢芳回头冲她们笑笑，撑着伞走了。

出门来到院子里，卢芳抬头看了看天，云层仍然很厚，这雪看来一时半晌是停不下来。雪前的风好像没了，空气里似乎还多了些微的暖意。卢芳并没有急着回房，而是在院子里转了转，当前面走的周妈进了东厢房，她才朝北屋走去。

卢芳进了堂屋，然后再拐进她跟方七爷住的西屋，一下子就愣住了，方七爷全身赤裸地站在地中央。卢芳这还是第一次在大白天里看方七爷裸露的身体，赤裸的方七爷比平时看上去更加瘦弱，胸前和两肋的骨头完全地突出，屁股两侧是两个凹陷的深坑。卢芳的鼻子突然间有些发酸，她觉得方七爷似乎有些可怜，她甚至有些怀疑穿戴整齐后的方七爷那种坚韧、大度和处乱不惊的真实性。

屋里热烘烘的，热气直往脸上扑。卢芳低头一看，炕头的地炉子炉盖被烧得通红，卢芳甚至听到了炉膛里燃烧着的火发出的呼呼的风响。卢芳问，这么早就把炉子弄旺了？

方七爷突然转过身来，卢芳看到他满面红光，两眼也格外有神，让卢芳有些异样的感觉。卢芳感到了脸和全身都有些燥热，一时有些不知所措，七爷，你这是……

方七爷没回答卢芳的话，却两步跨到了卢芳身前，然后一弯腰，两只胳膊一较劲，将卢芳抱了起来，重重地撂到炕上。方七爷随后也跳上炕，三下两下就将卢芳的衣服扒光，然后扑到卢芳的身上，上下急速地运动起来。卢芳只是感觉瞬间的疼痛，然后还没有任何什么感觉呢，方七爷突然就不动了。卢芳这时感觉到了方七爷的阳具已经松软下去了，并且从自己的身体里滑了出来。

方七爷叫道，老三，快给我捏捏。

卢芳揉搓了半天，方七爷的阳具却始终没有坚挺起来。方七爷紧张的神经一下子松弛下来，他的整个身体死死地趴在了卢芳的身上，随之号啕大哭起来。方七爷一边哭一边说，老三，我完啦！我完啦！方家绝后啦！老三哪，老三，方家绝后啦！你明白吗？绝后啦！顷刻间，方七爷的眼泪，可能还有鼻涕什么的雨水般地流淌下来，滴落在卢芳的脸上和脖颈上。

在那一瞬间，卢芳感到方七爷枯瘦的身体死沉死沉的。

撕心裂肺的方七爷确实震撼了卢芳，自从进入方家，她这是第一次看见方七爷这么冲动，这么动情，这么绝望。卢芳甚至有些怀疑趴在自己身上的这个男人是方七爷吗？卢芳印象中的方七爷永远都是一手摇折扇一手握着绿色紫砂壶，踱着方步走在镇子的石板路上，然后落座在吉祥大戏院里，或镇海大酒楼中，不仅是宠辱不惊，而且还镇定自若。他那有些阴郁的两眼不但不会让人感觉到他身体上的瘦弱，反而给他带来一种仙风道骨般的神秘莫测。

卢芳当然懂得绝后对男人而言意味着什么，尤其是像方家这样的大户。卢芳不由得紧张起来，恐惧感也在那一瞬间袭遍全身。卢芳被方七爷压得有些喘不上气来，但卢芳仍然坚持着。卢芳说，七爷，你别着急，慢慢来。卢芳的声音极其温柔，卢芳的语气就如同一个母亲在哄一个调皮的孩子。方七爷终于停止了他与卢芳的房事，从卢芳身上爬了起来，穿上衣裤下了地。方七爷走出卧室，在大堂正中的红木太师椅上坐下，然后冲外屋喊了声，周妈，沏壶红茶。

卢芳这时已经下了炕，坐在炕沿，两手下意识地扯紧被角裹住赤裸的身体，瞪大两只仍然有些惊恐慌乱的眼睛隔着门框看着屋外坐在红木太师椅上的方七爷。此时的卢芳确实是不知所措，她弄不准方七爷现在究竟是怎样一种心情，卢芳的目光便有些迷离与闪烁不定。卢芳感觉到了方七爷用余光瞥了她一眼，卢芳从方七爷脸上一闪即逝的表情里确认了他对自己的表现并无挑剔。所以，方七爷在瞥了卢芳一眼之后，只能给卢芳一种无可奈何的感觉，而且卢芳还从他喊周妈上茶的声音里，感觉到了绝望了的方七爷的无奈与凄凉。

周妈端着茶水进屋来了。周妈低着头，她似乎是只凭着感觉将茶水放在方七爷的眼前，然后就倒退几步，转身出去了。卢芳明白，周妈对她跟方七爷之间的事情了如指掌，但周妈不多事，更不多话，这也是她之所以能在方家待这么多年的根本原因。

方七爷用一只手捧起他那把用了多年的墨绿色紫砂壶，就着壶嘴啜了两小口茶，然后抬起头来，眯起两只三角眼，茫然地看着大堂门外飘着雪花的院落，此时的院子里已经是白花花的一片。方七爷突然长长地叹了口气，说，老三，穿上吧，我这辈子就这命了。

卢芳一直忐忑不安的心到这时才算彻底地平静下来。

方七爷喝了一壶热茶后重新走出院门，方七爷又恢复了他悠闲自若的神态。

方七爷走后，卢芳没有再到南屋跟大姨太、二姨太打麻将。卢芳穿好衣服下地后，就坐在方七爷刚刚坐过的椅子上，她也让周妈沏了杯红茶，慢慢地喝着，直到吃午饭。

那天夜里，卢芳根本就无法睡觉，因为方七爷一反往常，那两只烧火棍似的胳膊一直紧紧地搂着她丰腴的身体，似乎生怕她会突然不翼而飞。

本来方七爷知道自己已经无法再行房事了，但在接下来的日子里，一到夜晚，方七爷就搂着卢芳上炕，然后爬到卢芳身上，对卢芳百般蹂躏，以至于卢芳对夜幕的降临产生了一种下意识的恐惧。

卢芳便在每一天的晚饭后都往前屋跑，主动地张罗打麻将，这不能不引起两个姨太太的怀疑。有一天，大姨太突然对卢芳笑道，三妹，我说几句话你别多心哪。

卢芳看着大姨太，感觉大姨太的笑里别有一种意味，似乎明白了她要说什么，脸便一下子红了。

大姨太笑起来，笑过之后，大姨太说，三妹，我感觉七爷在房事上已经不行了，他越是天天地纠缠你，越是说明他不行了，这是他的垂死挣扎。你没发现他近来连背都有些弯了吗？还有，你看七爷的屁股都快要抽成两个拳头了。这样下去的话，七爷的身体恐怕是要顶不住的。问题是我们，也包括你，是靠七爷吃饭的，七爷一旦出了啥问题，我们可就没了活路啦！三妹，你是聪明人，你肯定明白我的意思吧？

卢芳的脸更红了，她嗫嚅地说，这个，这个，大姐，不是我，我不愿意这样，可是，可是七爷……

二姨太在一边哈哈地大笑起来。

大姨太说，这个我知道，我是说你一定要学着拒绝他，不能由着他的性子来。

卢芳只好点点头。

大姨太又笑了笑，语气似乎轻松了一些，她接着说，七爷喜欢你的年轻美丽这一点毫无疑问，但是有一点你不一定知道，就是七爷喜欢儿子远远地超过喜欢女人，这一点恐怕谁都无法改变。换句话说，生一个儿子才是七爷宠爱女人的根本目的。大姨太说到这里扭头瞅了二姨太一眼，然后又接着说，问题是他自己不行事呀。你问二妹，你没嫁来之前，我和二妹这里他已经有一年多不来了。哪个男人不喜欢女人？如果说他不喜欢我们姐俩了，但他总得喜欢别的女人吧？可是我们从没听说他在外面还有女人。跟你有了这完全是一种偶然，可能这也是他这辈子的最后一次机会，谁承想又出了事。也活该他命里没有哇！大姨太说完长长地叹了口气。

在接下来的夜晚，卢芳并没能够阻止方七爷对她的蹂躏，但方七爷最终也没能够进入卢芳的身体。失去了性功能的方七爷重操赌博旧业几乎是他唯一的选择。

23. 离　别

年底了，生活在辽南的人们开始准备过年了。准备吃的自然是首位，杀猪宰牛，羊肉、驴肉和狗肉也是辽南人所喜爱的，还有鸡鸭鱼鹅，尤其是各种下货，都要提前收拾出来，有煮的，有酱的，还有熏的，然后放到坛坛罐罐，或者在积酸菜的大缸里冻上，吃的时候先拿出来化冻，然后再一加热。馒头、豆包也是要提前蒸好，然后也放缸里冻上。屋子是要彻底打扫一遍的，还有被子褥子也要浆洗一遍。红灯笼和对联、门神离三十儿还有半个月呢就开始准备了，都要在三十儿的午后挂起来和贴上。饺子要在大年三十儿的下午，或者最重要的晚餐后现包，半夜的时候，或煮或蒸。吃完了饺子就出去放鞭炮，迎接春节的到来。

腊月二十三是小年，从这一天开始，辽南浓郁的年味儿在人们的忙碌中渐渐地弥漫开来。

这天一早，卢云刚睁开眼睛，还没想是不是马上起来，就见小王放下耳机，拿着译好的电文，几步就到了门口，甚至连土黄色的棉大衣都没顾上穿，推开屋门，一溜小跑着奔向团部。屋门没有关严，吱呀了两声便被一股寒风向一边吹开，门咣当一声撞到外墙上，来回逛荡两下不动了。寒风立刻从大敞着的门里像洪水一般地灌进屋来。

卢云急忙披了棉衣，跳下炕，迎着寒风将门拉上。原本还想回到炕上再焐一会儿被窝，但被寒风一吹，已经没了睡意，便匆匆地穿好衣服下了炕。

高团长还没有过来，只有楚政委和李参谋长坐在桌前研究什么材料。小王兴奋地将电文递给楚政委，楚政委接过电文，迅速从头到尾扫了一遍，然后一拍桌子，吩咐小王赶紧去叫团长。

小王快步出了团部，直奔院子东面高团长和楚政委的住处。不一会儿，高团长和小王便匆匆地进了团部。

高团长两手搓了搓脸，一屁股坐到方桌前的长条凳上，冲着楚政委高声叫道，老楚，一定是来任务了吧？再不来任务就快憋死我了。

楚政委把手里的电文在方桌上向对面的高团长身前一推，你自己看。说完，站了起来，转身拿起立在墙边的一条木杆，看着墙上的地图，左手不停地抚摸着光溜溜的宽厚的下巴，一边用木杆在地图上点画着。

高团长将电文看了两遍，然后端起白茶缸喝水。

楚政委回过身来，对李参谋长道，你先把军情通报读一遍。

李参谋长说声好，拿起一张电文读道：自从我军进入东北以来，东北国民党军被歼和起义者已达三个师，但东北保安司令长官杜聿明仍调集兵力向南满东北民主联军三纵、四纵等部进攻，将三纵、四纵逼到长白山下的临江、抚松、长白等县的狭小区域内，企图在消灭南满东北民主联军以后，再集中兵力大举向松花江以北推进，完成其"先南后北"的战略计划。12月17日，东北国民党军除以两个师守备后方外，集中第52军第195师、第2师，第71军第91师等部共六个师对临江地区发动进攻，企图首先打通通集线，而后于长白山区围歼南满民主联军。我南满民主联军采取内外线相互配合，迫敌分散，然后寻机歼敌的作战方针。18日，四纵主力由通化轻装插入敌后，在本溪、抚顺、桓仁地区转战十余日，攻克碱厂、田师付等据点二十余处，歼灭国民党军三千余人，迫使其从进攻方向调第91师等部回援。担任正面阻击的三纵乘机反击，歼敌第52军一部，并收复通化以南地区。北满民主联军为配合南满部队作战，集中主力三个纵队和三个独立师，于1947年1月5日向松花江以南出击，首先包围其塔木要点，于张麻子沟、焦家岭等地吸引和歼击国民党援军，同时攻歼其塔木守军。先后歼灭国民党军新一军两个团和保安团队一部。北满民主联军的这一行动，迫使国民党军停止对临江的进攻，并由南满抽调两个师北援。此时，由于气温骤然降到零下四十摄氏度，作战行动受到妨碍，北满民主联军遂撤回江北。

保卫临江之战，我军取得了决定性胜利。国民党军为摆脱两面作战的困境，尽快解决南满问题，又集中暂编第21师、第195师、第2师等部共四个师，准备再犯临江。

楚政委放下手里的木杆，坐到高团长的对面，说，老高，东北的形势很严峻啊，可以说是到了生死关头。辽东分局决定坚持南满斗争，以四纵主力和地方武装挺进敌人后方，与辽南的部队配合，开展敌后游击战，尽最大能力牵制敌军主力增援临江。师部命令我们为先遣团，明天午后动身，渡过碧流河北上，在长大铁路附近寻找敌军，伺机作战，把敌人打得越疼越好。

高团长的手掌重重地拍到桌子上，站起来道，李参谋长，命令全团，明天下午四点准时出发，侦察排上午九点出发，直扑碧流河。

李参谋长重复了一遍高团长的命令，然后抄起桌上的电话，向各营下达命令。

高团长抬起胳膊，又说，还有，命令连以上干部九点准时到团部开会。说完，高团长又绕过方桌，几步走到地图前，仔细地看着。屋子里一下子静了下来。看了半天，高团长转回身来，重新坐到长条凳上，端起茶缸要喝水，但茶缸已经空了。高团长立刻叫道，小卢，倒水。

一旁的小王马上走过去，拿起暖瓶，也是空的。便拎起暖瓶朝门外走，一边走一边说，小卢马上就能过来。

高团长瞥了小王的背影一眼，脸上老大的不高兴。高团长从兜里掏出烟口袋，卷了一支烟，点着了，一边吸着一边又从长条凳上站了起来，然后绕着方桌来回地踱着。高团长突然停下脚步，对楚政委说，碧流河一带是山区，敌人若构筑坚固工事，这对我们十分不利。我想，这次西征将是一场艰苦的拉锯战哪。

楚政委说，你分析得对，一会儿开会的时候，我强调一下，让各营连做好战士们细致的思想工作，做好打一场艰苦拉锯战的思想准备。

团部很快就忙碌起来了，卢云这时已经过来了，她和警卫员小蔡、小肖开始收拾团部，准备九点召开的连以上干部会。

吃过早饭后不久，院子里便响起了一阵杂乱的马蹄声，接着，团部的门被一下子拉开，呼啦啦，闯进来二十多个营连级干部，一下子把团部挤得满满登登。桌子椅子一阵乱响后，大家就都坐好了。会开得不长，然后大家就分头回去准备了。

午后，高团长和楚政委分别到各营连去察看准备情况，卢云将碗筷收拾好，正要回房间收拾一下自己的行装，李参谋长突然叫住卢云。李参谋长略微沉吟了一下，说，卢云同志，团里决定你不随部队西征了，让你仍随师部留守处行动。明天傍晚我们出发后，师部留守处会有人来接你。

卢云一下子有些蒙了，半天才问，为啥？我不是刚刚回来吗？

李参谋长迟疑了一下，摇摇头，说，这个吗，你得去问团长和政委。

卢云又问，还有谁留下来？

李参谋长道，咱们团就你一个。

卢云这下有点急了，拉住李参谋长的胳膊问，这是为啥？全团人都上前线了，怎么就留我一个呢？

李参谋长没有回答卢云的话，而是坐到长凳上埋头看起了材料。

卢云一下子就呆在了那里。过了好一会儿，她才想起，是不是她跟小王前天晚上说的话被高团长和政委知道啦？也就是说，小王把她的话告诉了高团长或者楚政委。那样的话自己还怎么在团里待下去呀？卢云又把那天晚上与小王的谈话回忆了一下，觉得自己说的话没啥大问题，高团长和楚政委因为这个就不让自己跟部队走，是不是太不近人情了？卢云决定要找高团长和楚政委问个究竟，便坐到李参谋长对面的长凳上，等待他们回来。卢云不时地给地炉子添点煤，又不时地给李参谋长的茶缸里倒点开水。卢云从没感觉时间过得这么慢，她几次推门出去，希望看到高团长和楚政委的身影，可是，每次都是失望地回到屋里，将门轻轻地带上。

天黑透了，而且连月亮都升起来挂在了高大的杨树的树梢上，高团长和楚政委终于回来了。高团长和楚政委都坐到大方桌前的长凳上，高团长急忙掏出烟来抽上，楚政委则捧着茶缸吸溜吸溜地喝卢云给他泡上的花茶，还不时地吹着上面的茶沫。

卢云这时候突然有些紧张，也可能跟炉火的烘烤有关，脸通红通红的，而且还气喘吁吁。卢云瞥了政委一眼，目光便直奔了高团长。要说话的时候，卢云反倒镇定下来。卢云问高团长，团长，全团都开赴前线，为啥就我一个留下？

高团长一下子愣住了，支吾了一下说，李参谋长没跟你说吗？

卢云说，李参谋长让我问你和政委。

高团长一时语塞，便低下头一口口地抽烟。

楚政委放下茶缸，接住了卢云的问话，小卢同志，是这样，因为这次挺进辽南西部山区会非常艰难，虽然有地方武装策应我们，但战斗仍然会很惨烈，因为西部山区，易守难攻，伤亡会很大。因此，师部留守处准备接收伤病员。

还有，师部留守处要为前方提供粮食和其他军需物质，工作也很繁杂，需要人。考虑到你刚到部队，还不太熟悉战争环境，我们就决定你先留下来。

卢云的情绪一下有些激动了，政委，我是不如小王有用，但你不是跟我说过要在战斗中锻炼成长吗？现在战斗来了，怎么又不让我锻炼成长了呢？楚政委和高团长哈哈地大笑起来，楚政委看了高团长一眼，道，老高，小卢这张嘴可是不饶人哪！

高团长又是哈哈一阵大笑。

楚政委接着说，小卢，是这样，你到留守处不是被留守了，而是参加留守处的工作，那也是战斗，只不过是跟前方有些区别而已。

卢云却断然地说，那也不行，我不留下，我要跟团长走，是团长把我要到部队的，团长上哪儿我要跟着上哪儿。卢云激动的语气里似乎有了一点撒娇或"霸道"的味道。她接着说，而且上次在留守处那十几天，我已经知道那里是咋回事了，所以，我坚决不去那儿。

楚政委似乎一下子不知怎么回答卢云的话了，便扭头看高团长。

高团长好像很喜欢卢云的这种撒娇或"霸道"，因为他在看着卢云的时候似乎是点了点头。但高团长突然收敛了笑容，从椅子上站起来，在原地走了几步，道，小卢，这次你只能到留守处报到，名单中午前就报到师部，不能更改了。上一次庞主任是嘴下留情了，不然的话，一旦上报到师部，那问题可就严重了。高团长的表情很平和，语气却很严厉，这一点连卢云也听得出来。

卢云的眼泪瞬间涌上眼眶，她努力压抑着自己的情绪，眯着两眼看了看高团长和楚政委，转身跑出了团部。

这天晚上，卢云久久不能入睡。躺在床上的卢云睁着那双好看的眼睛看着窗外夜幕上闪烁的星星和皎洁的月亮，在湛蓝深邃的夜空里，它们是那么的明亮而宁静。卢云怎么也想象不出来，在这样的背景里却蕴藏着一场空前的战争。卢云确实是没见过真正的打仗，日本人、国军、土匪和共产党游击队、八路军都在镇海寺驻扎过，也都从家门前路过，卢云自然是都见过，但卢云就是没亲眼看到他们面对面地打仗。卢云后来不想这些了，卢云在想高团长。卢云还是弄不清团长和政委为啥单单把她留下，卢云认为最有可能的就是团长还在生那天晚上的气。卢云确实有些后悔，但她又觉得自己没错，她无论如何都不可能顺从团长那样的想法，她觉得那是对她的侮辱。如果团长让她到部队来就是为的这个，那她就干脆离开部队回家。

身边的小王一定是太累了，她甚至打起了轻微的鼾声，这让卢云更没有了睡意。卢云索性从炕上爬起来，穿上衣服，又披上小王的棉大衣。卢云悄悄地走出屋子，来到院子里。外面很冷，没有风。高大的杨树的枯枝一动不动地向天空中挺立着。团部的灯仍然亮着，门关着，好像是警卫员小蔡在灯光里不停地走动着。马厩里的灯也亮着，可以隐约地听到马偶尔打出的一两声响鼻，或用蹄子刨土的声音。院子大门的暗影里有哨兵背着长枪在来来回回地走着。

卢云朝团部走去。快到门口的时候，团部的门吱呀一响，高团长从屋里走了出来。高团长一眼就看到了灯光里的卢云，似乎有些惊讶，上下打量了一下卢云，说，哟，小卢，咋还没睡？有事吗？

卢云突然有些慌乱，立刻站在了那里，嘴张了张，却没说出话来。

高团长走了过来，看着卢云的脸，说，怎么，留守的事还没想明白？

卢云仍然说不出话来，而且她还不敢迎着团长的目光，团长的目光在灯光与月辉里格外的清澈，让你感觉不出一丝的污浊或杂念，这愈发地让她内疚与惭愧。卢云立即低下头，躲开团长的目光。

高团长笑了笑，宽厚的大手搭在了卢云的肩上，说，要不就是想家啦？

卢云这才连忙说，不，不，团长，我，我不是……

高团长的话没被卢云打断，高团长接着说，新兵都要有这么一个过程的，尤其是女兵，会更强烈一些，过了这段日子就好啦！高团长抬起头来，看了看夜空，长长地叹了口气，接着说，细算一下，我离家已经十多年了，有两回部队就从我家边上过，我似乎都闻到我娘贴的玉米面大饼子的味道了，可是就是不能回家。我的眼泪在眼眶里直转，那种滋味呀，我现在还记得真真切切。

高团长把仰着脸又低了下来，重新看定卢云，大声问，小卢，有决心克服困难吗？

此时的卢云已经完全平静下来，说话的语气格外温柔，使得寒冷的夜晚变得模糊起来。卢云说，团长，我没啥，我，我就是有点心慌。还有，就是，不愿，不愿离开你。卢云后边的话说得既不太利索，声音又很弱，她自己甚至都没听清楚说的是什么。

高团长又哈哈地大笑起来，笑声在冬天的夜晚显得格外浑厚响亮。笑过了，团长说，慌啥？怕打仗？没事的，仗没打起来的时候连我都紧张，只要打起来了，就不知道啥叫害怕啦！跟你说，我这绝对是经验之谈。

高团长没提卢云说的不愿离开他的事，这让卢云有些失望，她就有些责备自己，没把话说明白。近在咫尺的高团长是那么高大，胸怀是那么宽厚，粗大的脸甚至还有些慈祥。瞬间，卢云想起午后她在面对高团长的时候的那种欲望与冲动，现在，那种欲望与冲动再次在身体里涌动起来，以至于难以自持。她想不顾一切地扑过去，扑进团长的怀抱，甚至亲吻他，拼命地亲吻他。可是，卢云错过了与高团长亲近的最后机会，小蔡推门出来，说楚政委叫团长。卢云只能眼睁睁地看着高团长反身走进团部，门随后被小蔡带上了。小蔡甚至连看都没看她一眼。

第二天一早，天还没有完全亮，部队就开始行动了。师部又来了新命令，命令全团立刻出发，将牵制国民党军的战斗尽快打响。

卢云先是帮着小王将电报机拆卸下来，装到一个大皮包里，然后收拾好行李。之后，卢云又跑到高团长的房间，帮着小蔡收拾好高团长的行李和一应杂物。

团部里已经收拾一空了，卢云擦擦额头上的汗就站在了院子里，等待着与团首长，以及团部其他人员告别。院子里所有的马灯都亮着，人们都在紧张地忙碌着，只有卢云一个人呆呆地站在那里，任凭冰冷的寒风吹掠着她汗淋淋的面颊和脖颈。

远处黑黝黝的林子的梢头泛起了一抹红晕和淡黄的明亮。

团直属队已经在院子外集合完毕，各营也纷纷来报集合完毕。高团长和楚政委，还有李参谋长从团部出来了，警卫员小蔡和小肖各自牵着两匹高头大马也已经等在了院门口。高团长和楚政委同时看到了卢云，两人不约而同地转身朝卢云走来。卢云不知不觉地也朝他们迎了过去。

还没走到近前，楚政委就先开了口，小卢哇，安心在后方工作，用不了多久我们就会见面的。

高团长却歪着头看着卢云笑，让卢云一时摸不着头脑。高团长突然转身冲着院子门口摆手，小蔡就赶紧牵着战马走了过来。高团长却说，小蔡，把小汪叫过来，让他给我们拍张照，留个纪念。

小蔡就连忙回身喊小汪。小汪是师政治部的，他一手攥着挎在胸前的照相机，一手按着在屁股上晃荡的牛皮包，一路小跑过来。

高团长似乎连犹豫都没犹豫，一把将卢云拉到身边，还正了正军帽和衣领，又抻了抻衣服的下摆，然后就把目光投向了小汪。

卢云此前也照过相，当然是在镇子里的照相馆，在屋外照相这还是第一次。卢云以为是大家一起照，就扭头看政委和李参谋长。

高团长显然是发现了卢云的表情，却没有邀请楚政委和李参谋长，脸仍然是看着小汪的照相机，手却拉了一下卢云的胳膊，说，这一张就我们俩照。

楚政委和李参谋长，还有小蔡他们就哄的一下笑了起来。

卢云的脸一下子就红了，卢云轻微地甩了一下被高团长拉着的胳膊，仰脸瞪了团长一眼，噘了一下她那好看的小嘴。

小汪手里的相机的快门就在这一瞬间里按下了。照完了，小汪又问，高团长和楚政委要不要来一张？

高团长说，我们俩天天在一起，照啥照？把胶片留着战场上用。楚政委他们又都笑了起来。

卢云没想到相照得这么快，她甚至还没有把情绪调整好呢，就照完了，这甚至让她感觉有点遗憾。

这张照片后来一直跟着卢云走南闯北，住到哪儿，就挂在哪儿的墙上。当然，很快就陈旧发黄了，即便是黑白片，也仍然褪了色。卢云穿着那件土黄色的棉上衣，扎着两只刷子似的小辫，圆圆的脸，两只眼睛似乎是因为迎着刚刚跳出来的太阳，眯成了两道细缝，想要笑，还没来得及，尤其是小嘴还噘着，就有点怪怪的感觉。站在左侧的高团长高大而魁梧，卢云的头将将够得着他的肩膀。高团长扎着宽宽的牛皮腰带，腰带右侧有一把带皮套的手枪。高团长的脸型四四方方，看上去似乎有些粗糙，嘴稍大，嘴唇有些厚。高团长一点都没笑，而且显得过于严肃，或者说是冷峻也行。卢云和高团长的身后是两匹高头大马，显然是因为焦距的原因，马头有些模糊不清。

照完相，高团长转身握住卢云的手，说，注意安全，多保重。然后就和楚政委大步走出院子。

卢云追出了院子，部队已经在一片淡薄的晨曦中开拔了，留给卢云的是一片笼着尘埃的模模糊糊的队伍行进的背影。

本文刊载于《长篇小说选刊》2022年第7期

新时代文学群峰耸峙丛书

XINSHIDAI WENXUE QUNFENG SONGZHI CONGSHU

ZHONGDUANPIAN XIAOSHUO JUAN

中短篇小说卷

新时代文学群峰耸峙丛书

滕贞甫　主编

北方联合出版传媒（集团）股份有限公司
春风文艺出版社
·沈阳·

图书在版编目（CIP）数据

新时代文学群峰耸峙丛书．中短篇小说卷／滕贞甫
主编．—沈阳：春风文艺出版社，2023.9
ISBN 978-7-5313-6533-4

Ⅰ．①新…　Ⅱ．①滕…　Ⅲ．①中国文学—当代文学—
作品综合集—辽宁 ②中篇小说—小说集—中国—当代 ③短
篇小说—小说集—中国—当代 Ⅳ．①I218.31

中国国家版本馆CIP数据核字（2023）第168690号

目录 Contents ▶

1

小 小 说

（按作品名首字拼音排序）

中篇小说

比远方更远

曾 剑

引 子

这年初冬，寒风提前到达，我却感觉不寒冷，心里温暖如春。我换好军装，来到那个遥远的小镇。那天黄昏，我看见西天出现夏日才有的晚霞，如喷射的岩浆，壮丽无比。

小镇名为七里坪，红四方面军诞生地，黄麻起义指挥所。我们这批红安新兵，将从这片红色土地上出发，去武汉，转火车，奔赴军营。

送行人的影子越来越模糊。父亲想同我说的话，到底没机会说出来。大客车驶入山坳，我回过头，看不见父亲。所有送行的人，都被挡在山那边，我的心一下子就空了。我突然可怜起父亲。我想哭。我同别的新兵一样，涌出眼泪。

接兵干部冲我们喊，别哭了，别哭了！都是军营男子汉了，还像娘们似的！我们就止住了哭声，只打嗝似的抽泣。

我叫乔大宝，这个名字太随意，没学名时，母亲喊我宝，父亲喊我大宝。上学了，该起学名了，父亲就在我的小名前，加上了姓氏。

换军装前的那个下午，我们被招到镇武装部。部长问我，你想去哪儿？我看着那张表，有北京、广东、锦州。我说，去锦州。

高考失利后，我在家待着，不敢出门，像是被钉在耻辱柱上，不敢面对村子里的人。其实，他们什么也没说，但他们的目光麦芒似的。我想逃离，越远越好。

第一章　列兵生活

一

　　锦州城大。我们部队的操场，更是大得一眼望不到边。一排排深灰色楼房，掩映在参天古木中。树叶落尽，但看不到荒凉，看到的，只有威严。那天军营没落雪。我们下车，站在灰蒙蒙的天空下，等着分兵。一个军官站在我们面前点名，点到谁，手一指，被点名者，站到他手指方向的那支队伍里，等着被老兵领走。

　　我跟在一个老兵身后。我后来知道，他叫刘光明，是我的新兵班长。他个头不高，后背宽阔而厚实；眉毛黑，单眼皮下的眼睛不大，却很聚光。尽管他第一面给我的是微笑，但那眼里的光，令人心生畏惧。他的肩上戴着三道黄杠，一粗两细。他是一个老兵。

　　我正式开始了我的新兵生活。入营第二天，我们去瞻仰革命烈士董存瑞。董存瑞塑像，就在营区中央大道上，那里有一个大转盘。我们入营时就看见了他，手托炸药包是他独特的标识。我当时并不知道他与我们的关系，瞻仰他时，解说员说他是我们的前辈。我们部队前身，就是董存瑞生前所在部队，一路征战，几次换防，进驻辽西。

　　我们排着长长的队伍，面向董存瑞塑像敬礼、宣誓，然后，我们登车，去辽沈战役纪念馆。在全景馆前，逼真的枪声炮声、战地火光，让我仿佛亲临战场。在元旦文艺晚会上，我把那次经历，写成了单口相声。我创作，我表演。晚会是新兵老兵一起。我把大伙逗乐了。我后来听说，大伙笑，并不是我的相声包袱搞笑，而是他们根本听不懂，不知道我这个南方人在说什么，在他们眼里，我无异于哑剧表演，他们是因为这个而笑。但我毕竟是让人笑了，达到了喜剧效果，一夜之间，我成了新兵连的名人。第二天，演出队的一个老兵来找我，问我愿不愿意到演出队搞小剧本创作，我说愿意。我们的见面，被班长撞见了。他很客气地让那个老兵回避。他对我说，你不合适那里。演出队是业余演出单位，编制分派到各连。他们半天时间训练军事，半天时间练习吹拉弹唱。你干两三年，搞不出名堂，就退伍了，想提干，吹拉弹唱的老兵一大堆，轮不到你。我满肚子不快，觉得班长自私，想把我留在他身边，

4

给他争荣誉。我敢怒不敢言。

演出队的班长后来没再找我。

我们的新兵指导员叫孙小亭，名字有点女性化，长得也白净、秀气，脸上散发出亲和力，不像我们班长，黑眉一竖，我心就哆嗦。

雪，好大的雪。空气潮湿而寒冷，雪飘起来。风猛烈地刮着，风吹进眼里，雪花吹进眼里，化了，像是在流泪。踏着积雪，吱嘎作响的声音让我痴迷，我从未见过这么大的雪。

雪停之后，孙小亭给我们上政治课。这堂政治课的内容是唱歌，场地为室外，孙小亭把我们带到营区东的一片树林，这让我们很兴奋。

孙小亭嗓子清澈透亮，歌声很美，话语激情飞扬。他毕业于南京陆军指挥学院。在我心目中，他近乎完美，简直令我崇拜。

我们踩出的脚印，在我们脚下延伸，那是通向远方的路。

一阵风吹过，一阵来自远方的风。

远方的风在远方呼唤
通向远方的路比远方更远

我脱口而出。

没人发现我在作诗，后来无数次，我想续写这两句诗，都没能够完成。由此，我觉得，写诗，必须要有灵感，硬憋憋不出诗来。

二

新兵下连，刘光明果然把我留在他身边。我成为炮一班的一员。炮一班是全连标杆班，我自豪。

各种集训队相继挑选人。汽车驾驶、汽车修理、通信兵培训……连队的新兵，走了三分之一，我是那个被遗忘的人。我喜欢作文课，高中时就在县报发表诗歌。《解放军报》新闻记者函授班的启事，像一道光吸引了我，我当即写信报名。半个月后，我收到了实习采访证。我高兴得屁股生了火，坐不住，东奔西颠，到处找线索、挖新闻，仿佛自己已经是一个记者。一个星期天，我把采访证往大门岗哨兵眼前一晃，大摇大摆出了营院，到城里去寻找类似于见义勇为、拾金不昧的故事。我回连时，天已擦黑。刘光明在连队大门外等我，我跟着他回到宿舍。全班人列队两边，我自豪，正要向他们汇报我的采访成果，刘光明冲我吼道：站好！我看到一张铁青的脸。我说，我去采访了。我说着，亮出我的采访证，我以为这是我的"尚方宝剑"，没想到班长一把抢过去，撕扯着采访证，并极快地往纸篓里一扔。

刘光明是安徽肥东人，初中毕业。聪明不可盖主，他嫉妒我，我心里不服，不满情绪在眉眼间表露出来。刘光明一声：出操！我们就跟在他身后，走向操场。那个下午，我们原本是休息，这么一弄，全班人都恨我，我自己也带着情绪。我立正时站成三道弯，行进时迈着肥鸭步，刘光明显然能看出我的抵触，但他没与我过多纠缠。他说，全班带回，打扫卫生。

晚点名前，刘光明把我带出宿舍。我心生忐忑，跟着他走。穿过树林，来到器械场，四周空寂无人。明月如镜，我心亦如明镜般清晰，刘光明找我"单挑"来了。刘光明比我略矮。我做好了心理准备。等着他揍我，一拳、两拳、三拳。这是我的底线，第四拳挥来，我就要接招了。出乎我意料，刘光明并没"大开杀戒"，而是把一只手，轻轻地落在我的肩上。他说，喜欢写作，这是好事。但写作是个漫长的过程，你能在这短暂的两年时间里，写出一本《红楼梦》？你能在这么短的时间内，靠写作提干？你有文化，好好学习军事，干两年，去考军校。考上了军校，当了军官，那时，你会有很多时间写作。

刘光明说着，声音低沉下去，像是嘴里含着沙粒。他说，我就是吃了没文化的亏。看人家考军校走了，我连考试的资格都没有。文化不行，就跟人拼体力、拼军事、拼技能。可时代不一样了，仅靠这个，在部队已经很难立足。

刘光明其实很优秀，是旅里班长预提干部对象，但听说难度很大。月色朦胧，映照着刘光明这个月夜的忧伤。他本来是来安慰我的，但现在，好像我应该安慰他几句，可我一句话也没接，任他自说自话。他说，今年是他在部队最后一年，他再努力一把，不行就算了，回家去。肥东的乡下，虽然不富裕，但风景不错。三月份，油菜花盛开，漫山遍野一片金黄，真美。他回去就娶媳妇，用不了几年，他就可以牵着儿子，带着媳妇，走在油菜花田里，看蜂飞蝶舞，不也很美嘛。

刘光明语气平静，但我能感知他内心的无奈，他太想留在部队了。我不知说什么好。我想，那一刻，一切安慰的话都是苍白无力的。

三

初见马哲思，他身上那股葱花味，从我身边飘然而过；衣袖上的油渍若隐若现，在阳光下反射着微光。若不是戴着军衔，他就是穿着军装的农民工。他是我们连的炊事班长：麦茬似的总也没刮干净的胡须、短粗胖的脖子、开始凸起的小肚腩，特征明显。

马克思，老兵喜欢这么叫他，引来欢声笑语，他并不在意，自己也笑。我们在新兵连时，单独管理，吃住不在老连队，与马哲思他们这些老兵不熟悉。现在，我们下了连，但羽翼未丰，翅膀还不硬，还得夹起尾巴做人。只要下一年的新兵未到，我们这些列兵，就还要摆出新兵的姿态，抢着干活，比如帮厨。

我就是在给炊事班帮厨时，被马哲思相中，并将我要到炊事班的。

那天，马哲思对我说，你把煤灰掏了。我就去掏煤灰，发现煤堆旁的柴火上，有一本《解放军文艺》，我抓起来，爱不释手。

头题是一个短篇小说，《当过兵的爸》，作者田水泉，列兵。小说文字轻盈，故事并不复杂，却深深地吸引着我。一个列兵，就在《解放军文艺》发表小说，我太羡慕了。更令我羡慕的，是他有一个当过兵的爸。我没有当过兵的爸，我只有一个农民父亲，还是一个瘸腿。

见我一直盯着书看，忘记掏煤灰，马哲思问，你爱看书？我点头。他让我跟他到储藏间。菜架上摆放着一只木头箱子。他打开，是一箱子书。"飞雪连天射白鹿，笑书神侠倚碧鸳"，马哲思说这是金庸全部小说。他开始给我讲金庸。从新兵连到现在，除了训练，就是搞教育，我从没完整地看过一本杂志，更别说书。

你到炊事班来吧，马哲思说，炊事班缺人。

不，我想考军校。我说。

你在战斗班排，没时间复习，能考上吗？马哲思说，别看炊事班起早贪黑的，业余时间很多，早饭后，快的，半个钟头就收拾完了，到十点多钟来做午饭，这段时间都是你的。下午时间更充足。而且，炊事班有规律，在战斗班排，一会儿让你干这个，一会儿让你干那个，一个哨音一道命令。

他说的没错。

我说，那我也不能到炊事班，我得学专业。没有专业，怎么考军

7

校？马哲思说，炮长专业好学，半个月就会。到时候，考学的兵，都要集中到文化队学文化，也学专业。我问，你怎么知道？他说，我有个老乡，去年考走了。

我低头不语。新兵连，贼冷的天，总是练出一身冷汗。没想到下了连，时间还这么紧。我来当兵，带着高中课本。那些课本，被冷落在我的留守包里，我到现在没碰过它们。我想采访，写点新闻报道，刘光明撕了我的采访证。他的这个动作伤害了我。炊事班？我有点动心。我说，我怕我们刘班长不乐意。马哲思说，我去找指导员，连队统一安排，都是革命工作，他不会不乐意。

我还没想好，想先放一放。谁知第二天，我就到了炊事班。我后来听说，马哲思到连部闹情绪，说炊事班人手不够，他这个炊事班长，太难，没法干。明里是诉苦，暗里是要挟。那时候，春训动员令刚下，各营、各连都较着劲，比着练。前方打胜仗，后方是保障。虽然军人以服从为天职，马哲思不敢真撂挑子，但情绪总会闹的，他若闹大了，一连人吃不好饭，今天米饭夹生，明天馒头没发起来，这连队，别说在春训中争金夺银，能保证正常训练都难。

至于刘光明，把他的兵挖走了，他当然不高兴，但他是党员，是集团军训练标兵，是连队骨干，三等功获得者，是代理排长，预提军官对象。他是一个成熟的老兵，他很大度地把手搭在我肩上，说，去吧，但我分明看见他内心的不快、不舍。我抱着我的被子走出一班时，眼泪在眼里打转。虽说只是从一班到炊事班，从走廊的这端到那端。

去吧，好好干，有空回班里来，我教你推计算盘。我背后传来刘光明的声音，挂在眼角的泪，终于滑落，我只觉眼前一片迷茫。我不知道我到炊事班是不是正确的选择。我更迷茫的是，这其实不完全是我的选择。

我离开一班后，连队为了安抚刘光明，把马首立调到了一班。马首立与我同年兵，他是从油库调过来的。他想学专业，考军校。油库那种小远散单位，不利于他的成长。

马首立到一班后，很快替代了我的位置，深得刘光明的赏识。

慢慢地就与老兵混熟了，他们开始套用电视里那两句广告语，拿我的名字开玩笑：大宝，天天见；大宝，挺好的；要想皮肤好，早晚用大宝。有的老兵，还动手在我脸上摸一下，弄得我很难堪，怨恨父亲给我起了"乔大宝"这个名字。没办法，新兵就是这样在老兵们的笑声中，慢慢变成老兵的。老兵呢，其实并无恶意，只是用这些玩笑，给艰苦的军营生活增添调味剂，打发他们剩余不多的军旅时光。对于他们的玩笑，我从来不吱声，等着"媳妇熬成婆"，不久的将来，我也会是一名老兵，我也会用这种诙谐的口吻，与新兵对话。

又一场雪，春天比我老家的冬天还冷。我们扫雪，搞得满世界喧嚣。扫雪的人头攒动，锹声镐声从呜呜的风声里钻出，那场面，真壮观。

我就在扫雪的队伍里。风刀子似的刮着我的脸，我没在意。我干活儿最卖力气，简直有些疯狂。马哲思说，你悠着点，活儿得一点点地干。看你，像跟雪有仇似的。他是心疼我。我额前的头发，被汗水浸泡，挂上了冰碴。

四

此前，我不太关注我们旅的军营广播，除了熄灯号响起之前播放的几首军歌曾让我落下热泪，我对其他并无多大兴趣。那个沙哑的男中音播出的饭前小广播，颇让我不屑。直到这天清晨，一个悦耳的女中音飘然而至。我抬头看窗外，阳光灿烂，天碧蓝如洗。

旅广播室换了广播员。

我们炊事班的四个人，都停下手中的活儿，静静地听广播。我就是在那个时候，迷上我们旅的广播的。那甜美的声音，将我写广播稿的欲望点燃，想象我自己写的稿子，被那么动听的声音朗诵，该是多么幸福。

老兵的消息总是灵通些，马哲思告诉我，那个广播员叫李春芽，我们旅那个帅气的旅长李霄汉，是她亲爹，但李霄汉身边那个女人，却不是她亲娘。

我开始给广播室写稿。我给广播室写稿，不往营部送，直接送到广播室，一是怕万一稿子没被播出，让营部通信员笑话，更主要的是，我想借送稿之机，看看李春芽。那么甜美的声音，定然有一副好容颜。

我对我的广播稿能否被播出，心里没底。我虽然中学时就发表过诗歌，但我知道，广播稿与诗歌有区别。

第一次送广播稿前，马哲思身上的那股葱花味提醒了我，我跑回连队，用槐花牌香皂洗脸，让那槐花的香味留在脖颈处。我换上干净常服，而不是沾着煤屑的迷彩。然后，我像特务接头似的，快速而小心地去向广播室。广播室在俱乐部二楼，与放映室相连。遗憾的是，我没看到李春芽。原来我们的稿子，是不需要送到广播室的，俱乐部二楼大厅里有一个收稿箱，像邮局在街上投放的那种邮箱。我把稿子投了进去。

那篇稿子石沉大海。

我被播出的第一篇稿件，是对我们连一次劳动的描写，是对孙小亭赤裸裸的表扬。那天我们平整操场。那个操场，在我们连的东面，那片空地特别阔大，旅里决定把它建成足球场，架球门，铺草坪。那时草还没绿，一锹下去，还能感觉到冻土的坚硬。李霄汉说，小草即将泛绿，这是铺草坪的最好时机，等春天到了，草绿了，再铺的草坪，容易枯。

那是一个大工程，全旅出动，各连分块分片。操场的东边，架设了临时广播站，还插了彩旗。广播里不时传来锣鼓声。

那时候，还未到做饭时间，马哲思说，咱们关键时刻，也去露个脸。等做饭时间到了，我们就去做饭。

我们加入队伍里。那活儿很艰难，先要把地面刨掉一层，把那土铲掉，然后铺草坪。草坪成为草坪之前，是无数被切割成方砖状的草块，草块冰冷而坚硬，它们来自市郊。

那天的孙小亭，引起了我的注意。他不像带新兵时那么远远地看着我们，那天他亲自动手。他怕我们铺得不平整，蹲在地上，用手去触摸草块，发现不平的，他就让人返工，或自己用战备锹修整。草块与草块之间，他撒上鲜土，然后，用手去触摸缝隙。他说，草坪必须得铺平，无缝对接，否则，容易崴脚。有一块地，他平整过一次，感觉还是不行，朝我们喊，来一个人。我走过去。他说，是你？他说，不用你，你看，广播站都设到现场了，我们连一篇广播没上，你去写篇广播稿吧。我觉得无比光荣，冲进宿舍，拿起纸和笔。

写什么呢？孙小亭满头大汗的样子在我脑子里浮现。为了准确地感知地面是否平整，有无缝隙，这么冷的天，他不戴手套。他是整个操场，唯一没戴手套的人，就写他吧。

我把孙小亭不畏严寒，亲自干活，亲自当质检员的事写了下来。我把稿子送过去。稿子放在播音台时，李春芽都没看我，她正盯着稿子，认真播报。那是我第一次见她，她黛眉紧锁、聚精会神的样子真好看。我如同在遥远的荒野，看见一朵百合花，怦然心动。

我回到宿舍，假装接着写稿，其实是不愿面对。万一稿子播出来，当着孙小亭的面，我这么直白地表扬，彼此都会不好意思。

时间不长，我的稿件播出来了。我以为我写得很差，经李春芽声音的修饰，竟然那么美，这改变了我对广播稿的看法。

该做饭了，我往饭堂走，路过东操场，我看见孙小亭站在那儿。我刚在广播稿里拍他马屁，见到他，不好意思，朝远离他的那边走。他看见了我，朝我摆手。我小跑到他跟前，他拍拍我的肩说，对，就这么干。他说的是广播稿。他说，有些工作，就得宣传，大张旗鼓地宣传，不宣传，工作干了，没人知道。

我心里涌起一股热流，在东北乍暖还寒的早春，我感到周身温暖。

我自此迷上了写广播稿。稿子能被李春芽的声音播出，成为那段时间，我最幸福的事。

一个午后，营部通信员找我，说旅广播室让我去一趟。这个消息让我震惊，我怀疑他搞错了，站在他面前不动腿。他说，快去呀，让你去改稿。这才想起，我给广播室投了一篇稿。我赶到广播室，广播室的门开着，李春芽坐在播音的位置，尖下颏前，有两对麦克风。我敲门进去。屋里还有一个女兵。李春芽气质像一位老班长，其实与我是同年度兵。她说，坐。你的稿子写得不错，整个旅，你稿件的质量是靠前的，文笔好。我脸开始发热，被这样一位同年度女兵表扬，我不适应，但内心还是很欣喜。她话锋一转，指出我的稿子内容有些空，让我加些连队的具体事例。

我按她说的，加了一些内容，但我内心是不服气的，我想，她的文笔未必有我的好，只不过她懂广播稿的套路。

第二天，那篇稿子就播出来了。修改过的稿子，果然给人印象要深。我后来由诗歌散文写作，转向小说创作，我不知道这篇广播稿是不是转折点，我只记得自那以后，我写稿件，不再喜欢华丽的词汇，不再空洞无物地抒情，更不无病呻吟。我的文章，自此不喜欢风花雪月，而更愿意讲实实在在的故事。

我新写了一篇广播稿，送到广播室。遗憾的是，没见到李春芽。我也说不清为什么那么渴望见到她。我就去了家属院。首长的家属院，一般人是进不去的。我只想在院外看看，看能否碰上她。

我在门外碰见了一个女人，她身后，跟着一个六七岁的小男孩。我被那个女人的年轻和艳丽打动，她是那么吸引着我去看她。她身材也好，穿着深红色的貂皮大衣还那么瘦，像一株亭亭玉立的美人蕉。我的目光在她身上停留了很长时间，直到她进到那个门洞里。这是家属院的一号院，她进的是一号楼，这么说来，是李霄汉的家。我早就听老兵说李霄汉娶了个小媳妇，但我没想到这么年轻，李春芽得叫她阿姨，看上去，她更像李春芽的姐。

在进门洞那一刻，那个小男孩回头看了我一眼，那双大眼睛，有着李春芽眼神里那种清澈。他的眉眼间，我能看出李霄汉的模样。他应该就是李春芽的那个同父异母的弟弟。

我随后看到了李春芽，远远地看见了她。她好像很孤独。营院里，那些女兵都是成双成对，她却独自往来。

我突然有点怜悯她，但这种感觉稍纵即逝，人家是旅长的女儿，我有什么资格怜悯人家。她要知道我的家庭是那个样子，她不定多么同情我，或许还会瞧不起我。我这么想，本来想迎着她走过去，假装偶遇，突然没了勇气。我向着相反的方向，迅速逃离。

李霄汉的爱情故事，在我们旅到处流传。

数年前，李霄汉的老婆病逝，李春芽还小。李霄汉忙事业，工作干得有条有理，家却弄得乱七八糟。遇到外出驻训，或执行特殊任务，他就让李春芽寄居在亲戚家。李春芽小，不习惯，每次与他分别，她都要抱着他痛哭。他知道这不是长久之计，对孩子伤害太大。这不是家，还得有个家，不为自己，为了女儿。

林兰就是在这时候，出现在李霄汉面前的。林兰是大学讲师。那是一次军民共建活动，由李霄汉带队，那时他是旅副参谋长，阳刚、帅气，是军区强军习武先进个人、学雷锋标兵，他刚从利比里亚维和归国，一等功臣。他曾三次与死神擦肩而过，是英雄。自古英雄爱美人，美人惜英雄。共建活动的地方代表林兰，对他一见钟情，向李霄汉发起了情感攻势。这位未婚女青年，对李霄汉来说太年轻。李霄汉起先是拒绝，但林兰攻势猛烈，非他不嫁，说她这么多年单身，就是等待他的出现。

李霄汉最终同意把林兰娶回家，李春芽是关键。失去母爱的李春芽，对林兰一见如故，林兰大学专业是教育心理学，很会与李春芽沟通，两人很快成为朋友。

更多的细节我没听说，总之，那是一个浪漫的爱情故事。至于后来传言，说李春芽与林兰有了嫌隙，那是后来的事。

五

那天，我正在炊事班烧火，灰头土脸，通信员过来喊我，说我家属来队，让我到大门岗去接。其时，我手里还拎着烧火棍，僵在那里。我觉得通信员一定是搞错了，我家不可能有人来。通信员说，没错，门岗值班室的电话，让七营二十连的乔大宝去接人。

我看一眼马哲思，他说，去吧。

通往大门岗的路那么漫长，我一路小跑，是谁来了呢？我坚信他们是搞错了。当接近大门岗时，我看见了父亲，他穿一套蓝色士林布，里面套着棉袄和棉裤，那套衣服十几年了，从我有记忆起，那就是他最好的一套衣服，除了炎热的夏天，父亲出门做客，就是那身衣服。夏天显得肥大，冬天在里面塞上棉袄棉裤，那外套便又显得瘦。现在，棉袄棉裤，被那件衣服包裹着，像我们小时候衣服长不过身体，衣服像要被撑开。父亲竟然穿着单鞋。可能因为冷，他的脚趾在空荡荡的单层高勒胶鞋里蠕动，那是我邮寄给他的军用胶鞋。他以为东北的三月像我们那里的三月呢。他拎着一只蛇皮袋子，站在还带着寒气的春风里瑟瑟发抖。但他是笑着的，朝着我讨好地笑，这是他面对我时常有的表情。他不请自来，来了不提前打招呼。他笑，希望得到我的原谅。

我在大门岗签了字，把父亲往连队领。

父亲同门卫班长打招呼。如果说方言，谁也听不懂，他可能意识到这一点，他说的是普通话。他说，你（李）好！他咬着舌头发出的音，让我浑身发冷，似有鸡皮疙瘩骤然滋生。

父亲的瘸腿还很明显，尽管他努力地隐藏。走在宽阔的营区中央大道上，父亲晃动的身影特别打眼，我不敢直视。我加快步伐，走到父亲身前去，这样，我就看不见他走路的样子。

我们路过董存瑞塑像。父亲看过电影《董存瑞》，他说，大英雄。原来他是你们部队的。我说，他们部队，是我们部队的前身。

真好！父亲说。我听出他声音里的骄傲。

迎面列队走来几个兵，约一个班。我停下来，让他们先走。父亲见我停下，他也停下。宽阔的营区主道，完全不影响他们。我只是不想让他们看见父亲行走的样子。

13

走近了，才发现，是我们连的兵，这个月，油库轮到我们连站岗，这是六班的兵，他们是去换岗的。带队的是李渊，六班班长。我把脸朝向一边，想装作没看见他们，李渊却主动跟我打招呼，他说，你爷爷看你来了？

爷爷！我觉得脸上发烫。从我见到父亲那一刻发现他讨好的笑，我就没正眼看他。我不敢正视。父亲弓腰驼背，低着头，却翻着眼看我。他还在笑，那笑很假，很僵硬，像陌生人一样，这让人觉得尴尬。也正是他扯着嘴角的笑，将我最后一点自尊撕得粉碎。那笑在他的额头、眼角、鼻翼，全扯起皱纹。父亲半白的头发全白了。他看上去那么苍老，我都快认不出他来了，五十岁的人，看上去足有七十岁。

我没有回答李渊，他的判断没错，此刻，我的父亲看上去，更像我的爷爷。

我突然不想让父亲到连队，不想让他去见我的战友们。我说，爸，我突然想起来了，部队不让家里人来队。父亲说，不让？下河湾的王正清，到部队去看他儿子，我来的前两天，他刚回，他可高兴呢。

我说，我们部队正在紧张训练。他说，要准备打仗吗？我说，要搞军事比武。父亲看着我的脚，军用黑棉鞋上，那乌黑的油渍暴露了我的身份。你在炊事班？父亲惊呼道。我点头。我急忙又摇头，我说，不是，是临时帮厨。但我的谎言，显然被父亲的双眼戳穿，我看到父亲脸上的失望，甚至是痛苦，但没有愤怒。父亲一辈子卑微，几乎从不敢对人愤怒。他唯一敢愤怒的，只有我的母亲，一个半哑的女人。

父亲没再说话。他的脸变得铁青，脸上的皱纹铜版画似的坚硬而粗糙。他说，我这就回去，我这就回！

父亲说着转过身，向大门岗走。我跟在父亲的身后，父亲一句话也不说，我也一声不吱。我知道他想说什么，但他缺乏勇气说出来，我也就装糊涂。我深刻地体会到东北天气的寒冷。脸上似有猫爪抓挠，脚上像穿了一只铁板鞋，冷硬而沉重。

出大门时，哨兵拦着我要营里的批假条，我说，我不出去，我就把他送到站点。我说着，指了一下那个公交站，那是205路公汽的终点，也是我们去市里的起点，离大门三十米的距离，哨兵一眼就能看到。他犹豫了一下，看着父亲摇晃着的身体，说，马上回来！

车还未到，我们等车，说着话。我说，爸，你先别急着回家，火车站对面有个"温馨旅社"，你在那里住下，明天是星期六，我请假出来，带你去看海。营院你刚才也看到了，就那个样子，没什么好看的。

父亲说，我还是早点回去吧，我不放心你妈。

父亲说到我妈时，我的眼泪就流下来。母亲说话结巴，声音缓慢，只能一个字一个字往外蹦。她的智商照正常人弱。

车来了，父亲上车。父亲把蛇皮袋递给我，我不要，父亲硬推给我。车启动，父亲走了。望着远去的车，望着那只在车窗外朝我舞动着的黑瘦的手，我的心像被掏空，却又特别沉重。

营院门前，是护城河。河的两边浅水处，还支棱着冰，而父亲的脚上，还穿着单鞋。我蹲在地上。我的眼泪再次涌出。

雪后的中央大道，被战友们打扫得见不到一粒尘埃，路两旁的雪，是那么纯白，我手中的蛇皮袋，相比这些，极不谐调。我像是翻墙进来捡破烂的捡荒者。我很想把那蛇皮袋塞到垃圾箱里，但我到底舍不得。我站到路的外侧，借助树墙掩护，打开袋子看。是炒红薯片、炒花生、气果。我拎着蛇皮袋回了炊事班。马哲思问我，你家谁来了？安顿好了吗？我说，一个亲属，看我一眼就走了。马哲思哦了一声，指着蛇皮袋问，装的什么呀？我没吱声。别的亲属来队，都带烟酒，父亲就给我带这些东西，没法送给战友们，拿不出手。

马哲思发现我流过泪，他说，大宝，你没事吧？我说，没事。然而，声音是哽咽的。我默默地拿起烧火棍，接着烧火。蒸屉里的馒头散发出掺杂着酵母的香味，每当这个时候，我的唾液就会往上涌，但这次，我一点食欲都没有。那天晚餐，我什么也没吃。我突然对炊事班的工作提不起兴趣，我什么也不想干。

晚饭后，洗刷锅盆、打扫食堂、拖地、给煤炉子压火。干完该干的一切，我回到连队。我没有回到炊事班，而是走到我们七营楼后，倚着一棵白杨树落泪，就听一个人喊：乔大宝，是你吗？

是刘光明。我的哭声炸开。见到新兵班长，像见到了家人。他问，咋啦？我说，我爸来了。他说，在哪？家里有什么事吗？咋还哭呢？我说，我让他走了。我把下午的事同他说了。

混蛋！那么远，几千里地，你不让他住下。赶紧去追！

他匆忙跑到营部，向营长要了张假条，就带着我往大门岗跑。门岗班长给我们两张军人通行证，那是为特殊紧急情况准备的，怕集团军纠察队碰见，没有各单位军务部的通行证，一律视为私自离队。

你们快去快回，别出啥事！那个班长冲着我们背影喊，出了事，我可兜不住。

205路公汽停在那里，刘光明并不上去，他拦了一辆出租车，让我坐他身后。

我们赶到温馨旅社，没见父亲，也没有他入住的登记。我们赶到火车站，一问，晚上有一趟开往武汉方向的火车，是慢车，那趟车马上就开了。我们穿着军装，说送一个人，检票员就让我们进去了。我们跑上站台时，车已启动。车身碾过的铁轨，在灯光下闪动着两道白亮的光。我的心被那两道光拽得生疼。

我的眼泪不可抑制地奔涌着。这个时候，他不可能买到座位，我祈愿在火车上，有人给他让座，我想应该有，毕竟他看上去足有七十岁。

回去吧，刘光明说。他张了张嘴，想说什么，最后化作一声叹息：你呀……

回来的时候，我们坐上最后一趟公交车。座位很多，我选择最后一排靠窗户的那个位置，我没有同刘光明坐一起，他也没坐过来。我不敢离他那么近，他可能也想给我一个独自反思的空间。

我们回到连队时，晚点名已结束。

我没洗漱，爬上床，用被子捂着头，痛苦地抽泣。我可怜父亲。父亲差点成为一个军人。父亲年轻时去验兵，瞒着奶奶，直到穿上军装，快走了，寻思要走了，怎么着也得告诉老人家。哪知我奶奶拦在接兵的大解放前，就是不让车走。奶奶害怕父亲到部队。我的二爷，奶奶的小叔子，就是奶奶送到部队的，他一去不回，战死沙场，成为奶奶永远的痛。

奶奶这一阻拦，就将父亲的整个人生，推向另一个方向。我年轻的父亲，脱下已经穿在身上的军装，第二天，还回到生产队的队伍里。那天，生产队起石头，打算盖队部。父亲不小心伤了膝盖，没钱及时治疗，那腿就有些瘸。父亲家境不好，加上腿瘸了，村子里几个对他印象好的大姑娘，就都远离了他。

六

二十六岁那年，父亲娶比他大三岁的我的母亲为妻。母亲六岁时，发过一次高烧，自此耳朵不灵敏。"耳聋三分呆"，母亲看上去就有别于常人。母亲说话也不利索，母亲知道自己这个毛病，就尽量少说话，怕遭人嘲笑，别人说话，她也尽量少接茬。我家便成为一个缺少语言交流的场所，那种几乎没有语言的生活，让我压抑，我总有一种想哭的感觉。事实上，我偷偷流过很多次泪。我努力学习，就想考上大学，考到很远的地方上大学。得知高考失利的那个下午，我不敢回家，我朝着学校的方向，漫无目的地往前走。我爬上一座山，站在最高处远眺。山对面还是山，而且看上去比这座山更高。我于是下山，穿越田埂和水塘，往对面的那座山爬。结果，等我爬上山顶，又出现一座山，看上去更高，我于是向那座更高的山出发。我不知道我那天爬了多少座山，走了多少里路，天近黄昏，太阳落下去了，我还一直在山谷里向着另一座山奔进。我不知道我为什么要这么做，似乎满肚子的屈辱，需要通过征服这一座座山，才能消弭。我甚至想这么一直走下去，直到把自己走丢了。我的鞋磨破了，裤腿和衣袖被荆棘划成一条一条的，脚上全是血泡，手臂和小腿上，伤口道道渗血。我饿了。天黑了，恐惧袭来，那一刻，我是那么想回家，但是，我已经回不去了。

我听到青草婆娑声，是两只狼向我走近，它们看着我。我起先以为是狗，当我发现是狼时，只觉一股冷气冲向头顶，双腿立刻软下来。这时，不远处亮起了灯火。狼怕光，掉转身子，朝着远离灯火的方向离去。

循着灯火，我走进一间小屋，一个灶，一张床，一个老人。老人烧火，给我做了红苕米粥，又将灶头的温水倒进盆里让我擦澡。之后，我和老人，在一张很窄的单人床上挤了一夜。

我醒来的时候，阳光照进来，屋子里的烟味很浓，老人已经不在了。灶上有半盆大米饭，有一碟盐萝卜丝。我吃了三碗。之后，我等着老人，想对他道谢。等了一阵子，没见人，我就走了。

很长一段时间，我不相信那天发生的事，我总觉得那是一个梦境，或者是我误入了一个童话世界，那个童话里的老人，用一盏微弱的灯光，一张狭窄的床，给了我温暖。否则，我那天的冲动，很可能就会把我带进狼之肚腹。

离家有三里远的地方，我就听见了父亲的呼喊。他的喊声在山谷回荡。声音越来越近，越来越嘶哑，似乎喉咙已破裂。我拨开树枝，冲出密林，沿着呼喊冲过去，沿着遍布杂草和荆棘的山路，跌跌撞撞奔跑。我心中对家的排斥，瞬间被父亲那带着血丝的呼喊燃尽。我双脚感到晨露的清凉，感到父亲的声音里，流淌着浓浓的暖意。

我以为父亲会狠狠地扇我耳光，或者干脆像别人的父亲那样，让我跪倒在地，用荆条狠劲抽打。但是，父亲没有，他一句话没说，或许，他在我躲闪的目光里，看出了我的愧疚。他没有责怪我，只顾自个儿蹲在地上哭。他蹲在我身边，一只手搭在我的肩上。他在抽泣。我从没见父亲这样大哭。父亲身后跟着几个劝说他的人，一个老人说，哭啥，不是找着了吗？

他是后怕。父亲惊恐和后怕的表情让我觉得，如果我那天发生不测，父亲一定会跟随我而去。可以说，我是他活下去的理由，我是他的唯一。

我也哭。我原本只有害怕，不会哭泣，是父亲一个男人的哭泣，触动了我的泪腺。

一身军装，让父亲对我重新燃起希望。父亲断然不会想到，我到连队，竟然是在炊事班，是一个烧火的。父亲盯着我那双布满油渍和煤灰的黑棉鞋的目光，灼痛了我。

我要下连！我掀开被子，当着整个炊事班人的面，朝马哲思喊。

马哲思盯着我，仿佛不认识我。

我要下连，我说，班长，我不想在炊事班干。马哲思说，咋啦？先干着吧。我说，不咋，班长，我就想下连。我盯着马哲思，目光坚毅。我是个新兵，我从未用这么样的目光盯着任何人，更何况一个老兵，我的直接领导。

马哲思说，行，那我明天向指导员请求一下。我怕他不请示，或者请示了，"假传圣旨"，说连队干部不同意。我站到走廊里，看见连部亮着灯，我就去敲门。

孙小亭说，连长是管训练的，到战斗班排，得等他回来再说。你先在炊事班待着，当时上炊事班，可是你同意的。

我见孙小亭往后拖，急了，眼泪涌出来。我说，指导员，你就答应我吧，我要下连，我要学军事，我要拿枪操炮，参与军事训练。

孙小亭见我哭了，说，你把六个班长，还有你们炊事班长叫到会议室来。

半个小时后，马首立过来帮我抱被子，拿脸盆。我回到了一班。

我走出炊事班宿舍时，马哲思追出来说，袋子，你还有个袋子在炊事班。我说，那是家里给我带的吃的，留给炊事班吧，谁愿意吃谁吃。马哲思没吱声，出去了，约莫十来分钟，他回来，把那个袋子拎到了我们班。那天是周六，可适当延迟熄灯时间。我把袋子解开。那些东西，他们不一定爱吃，但我得拿出来，莫让他们觉得，我有什么宝贝藏着掖着。

我拿出我的军用脸盆。这种黄色硬塑脸盆是我们的好伙计，不怕摔，不怕冻，也不怕烫。条件所限，我们用它洗脸、洗脚，个别人还用它洗屁股，但这丝毫不影响我们在野外驻训时，遇到炊具不够用，用它装吃的。这次，我把零食往盆里倒。炒花生、红薯片、气果。我没法一个班一个班地送，我在走廊里喊了一声，我说，都到一班来吃花生。来了半屋子人，说笑着，问，是谁家亲属来了，还是谁探亲回来了。他们抓花生和红薯片吃，对我们老家的气果子都不伸手，他们大都是北方兵，没见过我们那儿的这种自制零食，它用红苕粉、糯米粉和成面团，搓成小细条，手指头粗细，晒干，拿到锅里用河沙炒。别人家这些东西，都是母亲做。我母亲不会，父亲也想我同别的孩子那样，在腊月正月里也有零嘴吃，就学着做。父亲做出来的，比别人母亲做的还好吃。

气果品相并不好，浑身充满气孔，这是它名字的由来。他们先是嫌弃的。我捡起一颗，塞到嘴里，很香很脆地吃着。李渊看我吃得香，也捡起一颗，塞进嘴里，说，真好吃。接着，更多的人把手伸向了气果。很快，脸盆见底，我再去倒时，从蛇皮袋里掉下一团塑料包裹。我打开塑料包裹，是用报纸包着的两条烟。

是两条"将军城"，我们红安卷烟厂最好的烟，一条得三百块。父亲将它们埋在那些零食里面，竟然不告诉我一声。父亲就是这样，从来不多说一句话，但我明白他的意思，他希望我用这两条烟，打点一下领导，以求得栽培照顾。他心里比我还清楚我需要什么。

尴尬了。我开始撕烟的外包装。刘光明抓住我的手，他说，先吃零食。我没听他的，把烟拆开，凡是抽烟的老兵，无论他是不是班长，每人一包。我硬着头皮，做着这件事。

李渊叼着烟，从半开半合的嘴里吐出几个字：你爷爷带来的？我没接话，我想哭。

那个晚上，我赢得了所有老兵的尊重。李渊说，这么好的烟，都给我们老兵抽了，乔大宝，够哥们儿！

七

马首立回到六班当副班长，作为下年班长人选。

我文化底子行，这使得我从瞄准手到炮长专业，只用了不到半年时间，而别人，形成这样的跨越，刘光明说，大都得一年。

八一来临，八一是我们的节日。

集团军举行专业大比武，我和马首立代表我们旅，参加全旅炮手炮长专业比赛。计算盘计算数据，我第一名，马首立第三。利用方向盘给火炮赋予射向，马首立第一，我第三。我俩总成绩相当。比赛结束，带队的作训科长用军线向旅长政委请示，给我和马首立报请三等功，获批准。

军事比武后，全旅举办迎八一篮球赛，以营为单位，旅机关单独组队。先是小组循环，然后是淘汰赛，战到最后，我们七营对阵旅机关，争夺冠亚军。那场球赛，实际上是李霄汉与我们教导员之间的较量。教导员身高近两米，年轻时是军区篮球队的运动员，靠篮球提干，年龄大了改的行政。李霄汉身高不敌我们教导员，但他轻巧、灵活。我们七营的主要得分手是教导员，机关队主要得分手是李霄汉。

教导员有身高，有体魄，抢篮板和篮下投篮是他强项。我们七营一直围着他这个点打。起先还行，他能前场后场两边跑。他在篮下轻轻一跳，双手能把球按进球筐。但他毕竟块头太大，移动缓慢。他只能打半场球。下半场，他在前场主攻，后面无人断球、给他传球；他在后场抢下篮板，传出去，前场的人屡投不中，整个球队，像瘸了一条腿，顾此失彼。相比较，李霄汉太帅了。他一米八，在业余球队里，那身材不高不矮，看上去舒服，动作协调。坐在主席台上那么威严的一个人，在球场，他把所有的官兵征服了。他的远距离三步上篮，像武林高手在水上漂，那么轻盈潇洒。他在篮下勾手上篮，像优秀的射手在奔驰的马上，一个"回头望月"，动作隐蔽而准确。

那场球赛，我们七营以微弱的优势取胜，其实，真正的胜者是李霄汉，他的英姿，在官兵心中印象深刻、久远。

那场球赛，我写了一篇广播稿。我把我们的教导员赞美了一通，我也难以抑制自己对李霄汉的崇敬，写到他三步上篮进球，写到他勾手投篮。

第二天早晨开饭前，李春芽悦耳的声音传来：只见七营人高马大的教导员，伸手、接球，轻轻一跃，双手扣篮，球进了。类似于这样的描写，多达三处。可能因为李霄汉是她爸，李春芽删改了我的广播稿，她对我关于李霄汉的描写，只字未提，这让我很惆怅。

那次全旅篮球赛，我虽然没有上场，却也有了收获。我报道教导员，他高兴。我被评为全旅年度优秀报道员，获营部嘉奖，奖品是一块蓝色的枕巾，我一直留到现在。那是我到部队后的第一个奖品，是我内心的一片蓝天。

刘光明大专自考顺利通过，他拿到手后，找军务，装进了档案，这使得他提干有了转机——文凭不再成为他的拦路虎。刘光明没超龄，还有一次机会。当然，机会得到明年，这年年底，申请留下，为明年上半年提干再作努力。那段时间，刘光明睡梦中都是笑的。

老兵退伍后，连队一下子显得空旷，各宿舍安静下来。

那天晚上，刘光明带我去站岗。那岗哨在营院西南角，是我们旅的轻武器弹药库，有步枪手枪子弹，有手榴弹，没有炮弹，炮弹在十几里外的山洞里。弹药库有兵，他们站内岗，外岗由各营连轮流值班。外岗在弹药库后的山坡上，站在岗楼，弹药库一览无余。

这个星期，弹药库的岗哨轮到我们连。这天晚上十点至十二点，由我们班站，口令为"黄河"。站弹药库的岗哨，各连特别谨慎，两人岗，至少有一名老兵，实枪实弹。那天晚上，刘光明带我。

我们的前一班岗是六班，李渊和他们班的一名列兵。我们换岗，交接完毕，站岗。刘光明那天着凉了，刚站片刻，跑到岗亭后面的坡地方便。他跑得有些远，我回头看他时，坡地里什么也看不见，他隐入了树林。我握紧手中枪，巡视四周。这时候，我看见右前方一个黑影，像是一个人的脑袋在不远处的坡地探出来。离我有四五十米的距离。那只脑袋探出来后，又缩回去了。

我大喊一声，谁？口令？没人回应。刘光明在我身后不远处问我，什么情况？我说不知道。我看见他往这边走。这时，那个脑袋再次探出来。我大声喊：口令？没有回复，它再次缩回。这天下午，我们刚接到旅机关通报，说铁岭那边发生了一起命案，一个歹徒抢劫枪杀了一名出租车司机，正往南逃窜，已过了沈阳。他随身带着自制短枪，射程达五六十米，警方正在追捕，提醒沈阳往南的乡镇居民，都要提高警惕。很可能是他，鬼鬼祟祟的。我举起枪来，打开保险，朝向那个坡地，朝向那只脑袋出现的地方。我想，他前两次一定是试探，看我们有多少人，如果人少，他说不定要来袭击我们。这时，我看见那个脑袋再次探出来，耳朵畔还有一杆枪支着。我大喊一声，不许动！说话间，我就扣响了扳机。

刘光明听见枪响，冲过来，把枪口对准我射击的方向。这时，就听那边喊，哎哟，痛。刘光明，是我，李渊……我冲出岗亭，要向那边冲，刘光明喝住我，他说，万一他是遭人劫持呢？咱们趴下，匍匐前进。

这时候，弹药库的兵听见枪声，都携枪冲了出来，问我们什么情况。刘光明朝那边喊话，那边说是李渊。双方只喊话，不敢探头。

是李渊的一个恶作剧。他为这个恶作剧付出了代价。他的耳朵被我一枪打了个豁口，鲜血直流。如果我的枪法再准一点，射击点往中间去那么一两厘米，李渊不死也残。

在司令部对我们调查审讯时，李渊是这么回答的：他们交过岗后，没有走大道，走小路。本已离开了弹药库，他想替连队查岗，看刘光明和我是否警惕。他让与他一起站岗的列兵先走，他杀回来，借助坡地掩护，趴在坡下，盯着我们看。李渊平时就爱闹，此时，他突然想逗一下刘光明。他摸到一根粗树棍，把棉帽摘下来，趴伏着，用树棍支起帽子，伸过头顶，这就是月光下我看见的"脑袋"。他耍弄了两次，见我们没有任何反应，他伸出头来，想看我俩是否在岗亭里，就在这时，我朝他喊话，并且扣动了扳机。

为什么不问他口令？一个军官问我。

问了两次，对方不回答，第三次，我才开的枪。我说。

他问李渊，为什么不回答？

没管我要口令，李渊说，他急忙改口：离得远，又有风，我没听见。

你为什么要开枪？是有意还是无意？军官问我。我说，有意……无意……我不知怎么回答好。军官问，到底有意还是无意？我说，有意瞄准，无意击发。我脑门上汗如雨下。

最后处理结果：李渊视纪律于不顾，对哨兵没有敬畏之心，竟怀挑逗之意，为了严肃军纪，给他本人一个教训，同时让更多的人引以为戒，鉴于没有造成人员伤亡（李渊怕事情闹大，坚持说耳朵没问题，是皮肉之伤。他那点皮肉伤忽略不计），给予李渊警告处分一次。

至于刘光明和我，警惕性比较高，但缺乏观察，没能做出准确判断，尤其刘光明，作为老兵，遇到特殊情况，没能给新兵正确的指令，提出口头批评。

调查我们时，先是单独问话，后把我们三人找一起。我始终没提刘光明上坡下林子里如厕的事，若说了，他擅自离岗，情况更严重。

连队出了事故，孙小亭在全旅军人大会上作检查。这件事，成为我们旅的一个笑话，让我们连的兵，很长一段时间在外连人面前，抬不起头来。

这件事，不知对刘光明提干是否有影响，我不知道，不敢去想。我后悔，落下泪来。我眼窝浅，动不动就落泪。

第二章　有人叫我班长

八

那天天气不好，天空中零星飘起雪花，慢慢地，雪就下得猛烈了。正午时，树上开始有了积雪，地上一层白，接着，就听见队伍踏在雪地上，发出咯吱的声响。

脚步声凌乱，不用看，就知道是新兵。我脸贴在窗玻璃上望着窗外。这是他们来部队的第一天，新兵班长喊着口令，他们听着他的口令，把脚步很沉地踏在雪地上。因为是新兵，加之雪的干扰，他们的脚步声并不齐整，有一个兵甚至顺拐，顺拐时不忘昂首挺胸，酷似一个机器人。

整个队列看上去傻乎乎的。

新兵班长马首立不断地喊着"一二一"，新兵们极力跟着他的口令调整步伐，越调越乱。马首立于是更努力地扯着嗓子喊口令，那脖子便很像长颈鹿，我忍不住笑。笑过之后，不禁有些伤感。我和马首立是同年兵，他是班长了，我连个班副都不是。我的目光，从马首立长长的脖颈，滑落到那群新兵身上。

我看着他们。他们傻傻的样子让我想起我入伍的那天，我们穿着棉衣棉裤，臃肿得像北极熊，目光怯怯的，见了军官都喊首长，见了老兵都叫班长。现在好了，见谁都叫班长的，不再是我，是他们。他们的到来，意味着我升级为老兵，我在连队的地位因此改变。我不再生活在连队的最底层，不用抢着打开水、扫地、给老兵洗衣服。这些细小工作，新兵会像我当新兵时那样，一把抢过去。

我渴望有人叫我班长。我觉得一个军人告别他的新兵生涯，成为一个老兵，不是有新兵来到他身边，而是始于有人叫他"班长"。

我几步跨出宿舍，迎着队伍走过去。我很有礼貌地给他们让道。他们眼光怯怯地从我身边走过，这令我兴奋。他们的样子让我想起去年的我。并没人喊我班长，我有一丝失落。

就在这支队伍快要从我身边离去时，我听见一个人喊：班长好！是队列最后那个兵。我凝视他，黑而细长的眉，眉骨突出，单眼皮，尖下颏，脸白净，很有棱角的一个小伙子。他个子不高，略显肥大的军装套在他瘦小的肩上。他看上去并不太像一个军人。我记住了他，他是第一个喊我班长的人。我很快知道，他叫李小朋。我们的友谊开始了。

九

新兵训练时间是四十五天，元旦过后不久，新兵下连。马首立去了旅文化队，也就是文化补习班，全旅打算考军校的兵，相聚一起，学习训练，准备考军校，时间长达近六个月，足见旅里重视。马首立走前向我告别，我整个人差点瘫下去。

怎么就没有我？马首立走后，我问刘光明。

刘光明说，关于我，连队另有打算。我将作为预提班长对象，到教导队学习，学习完毕，回连当班长。我说，我不想，我就想考军校。刘光明说，连队已定，他无能为力。我问，连里为什么要这么安排。刘光明说，连队三年了，没评上先进连队，主要是军事训练这块在后面拖着。连里想打一个翻身仗，急需你这样的人出成绩。我说，那马首立呢，马首立比我还优秀。刘光明说，马首立与你不一样，马首立是考士官学校，他五月份就考，一年毕业，还回咱们连队。你愿意考士官学校吗？

不愿意。

这不得了，刘光明说，连队也有苦衷，害怕人才外流。

这不耽误我的前程吗？

连队的前途同样重要，刘光明说，指导员原是我们连副连长，当你们的新兵指导员后，提升为连队指导员。我们连是落后连，他急需拿出成绩。连长面临转业，回成都老家等转业命令去了。现在连队指导员当家。他还想培养你，送你到军区参加炮兵专业比武，去摘金夺银。果真那样，荣誉是你的，也是他的。

原来如此。

我去军营超市买了一条"人民大会堂"，这是我这么长时间攒下的津贴。在连部，我把烟递给孙小亭，孙小亭说，本来，我一个搞政治工作的，有些事不该跟你说，但我还是说了吧。现在部队倾向于招地方大学生，每个旅每年士兵考上军校的，也就那么十七八个，关系户比较多，落到平民百姓身上的，寥寥无几。

我说，我想成为那寥寥无几中的一个。

孙小亭把"人民大会堂"塞回我手里，说，我不抽烟。他说，营里决定的事，难以改变，你就努力学专业吧，争取提干。

我把孙小亭胸前的抽屉拉开，把烟轻轻放进去。如果不是关乎我的前途命运，我断然不敢去买烟，也不敢做这个送烟的动作。孙小亭把烟拿出来，扔在办公桌上，一脸怒气。他说，你怎么也学会了这个？你不是做这种事的人，看把你紧张的。老兵回家探亲，给战友们带一包两包家乡烟，让战友们尝尝他老家特产，可以理解。可你特地去买这个，就过分了。

他说，把烟拿回去！

他起身说，我这就到营部，帮你争取一下。

他没能争取到。我说，是因为我枪走火的事？孙小亭说，跟那没关系。他说，教导员说你是个好苗子，咱们营当"一号"培养，力争让你提干。我们这个营的战斗班排，三年没有提干的，怪咱们战斗班排的骨干优势不明显，不突出，不超群。他看好你，让我告诉你，让你安心在我们七营，我们全力培养。

我望着孙小亭，满脑子里浮现的却是刘光明，他表面的平静，掩饰不了内心的失落，我不想成为第二个他。我说，我还是想考军校，考上了我就去读，考不上，我还是七营的兵。孙小亭说，文化队时间长，差不多半年，一旦没考上，等你再回来，就不是原来的你了，军事训练、炮长专业，别说突出，能跟上就不错了。

我说，马首立咋去了呢？我知道，我不该把马首立拿出来说，这样不够哥们儿，但不这么说，我找不到反驳的理由。

马首立是初中文凭，他提不了干，所以，让他去考士官学校。连队重点培养你，也算是因材施教。这是连队党支部和营党委会议决定的，不是我一个人的意思。孙小亭说，你先回去吧，好好干工作，过段时间，你就会明白我们的良苦用心。

我走出连部。我看见李渊，他从足球场那边往这儿走，那里有个旱厕。连队有室内厕所，但不允许抽烟，老兵喜欢到旱厕，两件事一起办。我其时正憋得慌，内心的委屈无处诉说。我向李渊奔走过去，李渊不像别的老兵总摆着一副严肃面孔，他随和，喜欢同我们开玩笑。他豁达，我一枪把他耳朵打个缺口，他都没记仇。我说，李班长，我想跟你说个事。李渊示意我们到旱厕，他怕刘光明看见。刘光明身为班长，同别的班长一样，忌讳自己的兵跟另一个班的班长和老兵走得太近。

旱厕里无人，我们站在里面。李渊递给我一支烟，我点燃。我不会抽烟，纯粹是为了去味。我把连队不让我进文化队的事说了。我说，自私，他们只想他们自个儿。我以为李渊会顺着我说，他却说，不能这么说，这不能叫自私。往小了说，这是为了连队，往大了说，是为了整个营、整个旅。我说，我有这么重要？他说，一个你没这么重要，每个连队都保留一个你这样的人，就显得重要了。

我为找不到共同语言而失落，他话锋一转，说，这其实是他们眼界不够开阔，你考军校，当军官，将来带兵训练，甚至作战，是服务全军，这贡献更大。他说，有一个办法可行。我心里一动，问什么办法。他说，去找李春芽。我问，找她管什么用？他说，她爸是李霄汉呀。你能否考上军校，旅长说了不算，你进不进文化队，还不是他一句话。

我说，我哪敢找她。我跟她不熟。他说，还要咋熟，你写的稿子她播出那么多。我说，不行，就算我找她，她也不一定会帮我。

李渊说，反正主意我给你出了，去不去做是你的事。

午饭前，李春芽的声音再次响起，当她读到"文化队马首立来稿"时，我心里涌起一股难以言说的滋味，马首立都开始写稿了，他以前连心得体会都写不好。文化队真培养人啊。

午休时，我躺在床上翻来覆去睡不着，而按要求，我们需卧床休息，当然，被子不打开，反正有暖气，室内不冷。我装作上厕所，走出连队。我其实是走向旅俱乐部。在俱乐部二楼，我看到了她——李春芽，她隔着窗玻璃也看见了我。她打开门，走出来。她问我，你来送稿？我以为在文化队能碰上你，你不考军校？你文笔这么好，可以考南京政治学院，考新闻系。我很想对她说，我不考，连队不让考，你去跟你爸说一声，让我进文化队吧。可我只张了一下嘴，却发不出声。我感觉到自己要哭。我怕我真的哭出来，便冲下楼去。

我走出广播室。天空飘着雪花，雪花越来越密集，天宇像拉上白色帷幕，我看见帷幕的后面有一双眼睛在凝视我，那是父亲的眼睛，那眼里燃烧着火。还有母亲，我看见母亲的眼里闪着泪光，我听见遥远的南方传来一声"宝"，那是母亲在喊我。而我，从未叫过母亲一声妈，我叫她"奶"，是奶汁的奶。父亲说，我小时候想吃奶，就这么喊她，习惯了，后来想改，没改过来。这称谓，浸泡着一个残疾家庭的辛酸和屈辱。现在，天幕下，母亲的一声"宝"，把我唤回了那个家，我感到自己就要窒息。我必须逃离。

我没有退路，我决定去找李霄汉。做出这个决定后，我体内突然有了一股力量。我敲响了李霄汉办公室的门，三楼，301房间。我听见一个声音说，进！那个声音响亮、浑厚，把我吓了一跳。我的匹夫之勇突然远遁，想退却，已来不及了，他的一声"进"，就是一道命令。

李霄汉的威严，他眼里犀利的目光，他富有磁性的声音，像数支狙击步枪，从不同的角度击中了我。我努力地让自己站得笔直，面对这个四十多岁的军官。

什么事？李霄汉问。

我想考军校。我说。

那是干部科的事。李霄汉说，他的语言干净简洁。

名单里没有我，我说，他们不让我进文化队。

这事你找干部科。李霄汉说。

我回答说，是！然后我就往外走。我再不走，怕就要瘫倒。可我知道找干部科没用。我想引起李霄汉的同情，我想起那个叫田水泉的列兵，想起他那篇《当过兵的爸》，想起他有了一个当过兵的爸后，在部队颇受关照。在就要迈出他办公室的那瞬间，我脱口而出：首长，我爸也当过兵，他还受过伤，腿瘸了。

我看见李霄汉猛地抬头，"啊"了一声，问，怎么受的伤？他参加过战争？我说，不是，是挖工事受的伤。我的话，把我自己都吓着了，我也不知道自己当时是怎么了，像中了邪，说出这么大一个谎言。我急忙逃离，就听李霄汉说，等等。

我回转身，再次站立。我看见李霄汉拿起电话，按了几个号码。他问我，你叫什么？我说，叫乔大宝。他说，乔大宝？有印象，集团军比武，获过奖。他问，哪个营？我说，七营二十连。我的声音颤抖得厉害，他莫不是找军务档案室，核实我父亲曾经是不是一名军人。我后悔走进这威严的大楼，后悔走进他的办公室。完了，这下闯祸了，自己挖坑，坑了自己。

李霄汉对着电话说，白科长，七营二十连有个乔大宝，想考军校，你看他要是符合条件，就让他到文化队报到。那边姓白的科长说，是、是、是，首长，我这就落实！

我走出办公楼，背后一身冷汗，浑身虚脱，一点劲都没有。

我想起我写的两句诗：

> 远方的风在远方呼唤
> 通向远方的路比远方更远

我心里清楚，那远方的风，其实是我心中那个远方的梦，它以风的形式存在。它易消散，但很快又在远方出现，召唤着我。

我走回连队。李小朋在门口等我。新兵下连，李小朋就被孙小亭选为连部通信员。李小朋说，干部科来电话，让你上文化队去报到。

第三章　文化队

十

文化队是临时单位，设在教导队，我们在教导队的理论教室上课。教导队位于营院最东侧，是一处单独的营院。这里静，环境幽美。营房向东，有一个月亮形的门，过了月亮形的门，是一个小公园，公园里有山有池塘。山由两个小山头连在一起，呈Ｖ字形，都说它象征胜利。山上树林茂密，有杏、有桃、有槐。山就叫胜利山。那个池塘，冰已融化，水清幽幽，能看见水里的游鱼。池塘也有一个好听的名字：成功湖。这是我们旅最好的风景区，也是吉祥之地。教导队培训出多名全旅、全集团军，甚至军区的训练标兵，而文化队考上军校，当上军官改变命运的，每年都有，数量位列集团军之首。据说旅领导在进退走留关键时刻，都喜欢到这里来，背对着Ｖ形山，面朝成功湖留影，据说他们最后大都如愿。上级来旅里检查工作的首长，也喜欢到这里拍照片留念。

我想起孙小亭带我们来这里唱歌的情景。

文化队由干部科负责，干部科干事李尚银任队长，兼我们班主任。文化队的教员由几位地方大学入伍的年轻军官担任。

在文化队，我见到了马首立，见到了李春芽，还新认识了江北、江小白和徐振。江北来自机关，首长的公务员。江小白是文艺队兵，演出队的。徐振来自六营十八连，集团军标杆连。徐振是考上大学的人，专业没选好，就来当兵。他新兵第一年，就荣立二等功，营连把他作为预提军官对象，他不干，他嫌提干文凭是专科，他要读本科。

江北皮肤略黑，江小白长得可真白啊。他俩都是黑龙江人。我们开玩笑，对江北说，你们就是两条江，一条黑龙江，一条嫩江。

江北嗔怒道：不要拿我小妹开玩笑。

江北和江小白，听名字像一对兄妹，事实上，他们真以兄妹相称，常把我们排斥在外。我与马首立打得火热，中途插入一个徐振。李春芽喜欢孤傲地来去。

残阳斜挂，万籁无声，李春芽到胜利湖边散步，Ｖ形山和成功湖，是我们文化队的"学习园地"。我们都爱到这里自习，整个山谷充满诗意。

那天是星期天，她穿着白色的连衣裙，长发散开披在肩上，在以绿色为主色调的军营，她独特而美丽。她手里捧着一本英语书。

我勇敢地向她走过去。她发现了我。她说，乔大宝，你文笔那么好，考南京政治学院新闻系吧。我知道有个南京政治学院新闻系，挺难考的，要在军区以上级报刊单独发表两篇新闻稿件，才有报考资格，这很难，但我不能说难，我说，不，我想考炮兵学院，将来当一名炮兵指挥官。拿破仑说，炮兵是战争之神。她笑道，当一个炮兵指挥官，不错！

你那首诗就两句？她问我。我说，哪首诗？

> 远方的风在远方呼唤
> 通向远方的路比远方更远

她吟诵道。

我感到有一股热风吹到我脸上，惭愧。我问，你怎么知道？她说，有一次，你送广播稿的时候，我在稿纸的背面发现了它。

我脸上火辣辣的，悔自己不小心，犯低级错误，无意识地写上了那两句诗。她莫不以为我故意卖弄。

我挺喜欢那两句诗的，她说，写得真好，那远方的风，其实是我们各自心中的梦，以风的形式存在于远方，你企图追上它。你去追逐，眼看就要追到，它却散了、淡了、远去了，然后，你只得接着去追逐。

她竟然与我有着相同的想法，认为我们都有一个梦，在远方，以风的形式存在。她的话，让我回到高考失利后，我离家出走的那个白天和夜晚，我爬上一座山，发现对面的那座山更高更远。

李春芽说，你若有空，把这首诗写完，我在广播里朗读，算你们连的稿件，也算文化队的来稿。她的声音很柔，带着江南细雨的湿润。她说，我该回去了。她说着往前走。

她的背影刻在我脑海时，我觉得有一股力量从我的两肋逸出，仿佛我突然之间就长出了两只翅膀，就要飞翔。事实上，那天晚上，我真的飞上了蓝天，当然，是在梦里，在那个远方的风里。我并不在乎一篇稿件，我在乎的是她说喜欢我写的诗。我在乎的是她让我写诗。

整个下午和晚上，我都在想着那首诗，可是，我没能将那首诗完成。诗，是浓缩的语言精华。我那两句诗，其实是对海子诗歌的模仿，只是我对海子的这首诗烂熟于心，使我的模仿并不刻意，是那天孙小亭教我唱歌，触发了我的灵感。

九　月

海子
目击众神死亡的草原上野花一片
远在远方的风比远方更远

我的琴声呜咽 泪水全无
我把这远方的远归还草原
……

这天下午，我得到一个不好的消息：刘光明提干未果。尽管他瞒着我，我还是知道了，李小朋告诉我的。李小朋说，刘光明文化考试差八分，没过线。说好的集团军优秀四会教练员，两次三等功荣立者，加十分，但不知怎么，没给他加。我看到他时，他像霜打过的茄子，蔫巴了。我想安慰他两句。军营里有一家餐厅，我们到那里小坐，要一只板鸭，一人一瓶啤酒，是我们奢侈的享受。我请他到那里去，他说，你学习紧，等你接到军校录取通知书后我们再去。我难过，流下了眼泪。我说，是不是我那一枪影响了你的前途。刘光明说，你别想那么多，与那没关系。他说，你别为我担心，我这样挺好，我突然觉得，肩上的担子一下子卸掉了，脑袋里绷着的那根弦松弛下来，浑身轻快。年底，我终于可以回家种油菜了，大片大片的油菜花，又香又好看……

我佩服刘光明。如果是我，梦想破灭，我可能在自己的兵面前落泪，他没有。他失落的状态，只持续了一天。第二天，他像没事一样，带着大伙训练、喊口号，整个排的气势并未减弱。

一个人有渴望改变命运的愿望，而当这个愿望变得那么渺茫，遥不可及，甚至彻底破灭时，他便接受命运的安排，并依然故我地工作。他就是刘光明，一个军人，一个老兵。

收假，回到文化队，徐振说，你与李春芽在学习园地的背影真美。他一脸坏笑。我没理他。他说，我不谈恋爱，最后都是伤害。我说，我没有恋爱。

那天熄灯号响起，寂静再次降临。我躺在床上，很久难以入睡。我先是想刘光明，伤感了一阵，接着我想起李春芽，黑夜好像不是黑夜，仿佛整个世界亮开了，我在黑夜里，能看见远方的风，像春日的阳光，白亮白亮的。

十一

时间过得快，五月槐花开，报考士官学校的，已经开始考军事和体能。他们考了两天，接着考文化课。文化课考完那天，马首立脸上出现了一丝忧郁。我以为他没考好，想安慰他。那天晚上，我喊他去小吃店，一起的还有李小朋。我们一人一瓶啤酒。怕警卫连的兵巡逻时发现，我们喝一口，就把酒瓶藏到桌子下。酒喝完了，再吃方便面和板鸭。我不胜酒力，啤酒下肚，人就放开了，话多起来。我问马首立考得咋样。他说，考得特别好，除了语文，别的可能都是满分，语文估计也就作文会扣一点分。我说，好啊，你应该高兴呀，怎么看你像很失落。他说，因为考得好，我才想，我要是考军官学校，怕也能上。李小朋说，那就接着考军官学校。马首立说，不能，有规定，考士官学校，不能同时报考军官学校，再说，我档案里是初中文凭，我高中没毕业。

士官不是官。马首立苦笑道。

我说，士官干好了，也可以破格提干。走一步看一步，稳打稳扎。

他点头说，我会努力的，我不甘心。

我们走出小吃店。月色笼罩的夜寂静一片。马首立在道边，仰头，月亮离我们那么近，就在头顶。他向着朗月挥挥手，说，月亮，你听我说，我不甘心！我还得往前走，往远走。我和李小朋附和着他，谈理想，论未来，谈论着诗和远方。我们在谈论这一切时，四周静静的，能听见换岗哨兵的脚步声，铿锵有力。

几天后，马首立走了，他去的是武汉军械士官学校。他向我要我家的地址，他说，我就要到你的家乡了，找个星期天，我去看你爸你妈。我犹豫了一下，并没给他地址，我不想他去我家。我说，等我回家探亲再找你吧。我家在大山沟里，你一个人很难找到。

马首立走了，我心里空荡荡的，像有什么东西被他带走了。

考上士官学校的战友走后，我们报考军官学校的学员，开始填写志愿。我报的是长沙炮兵学院，大专。我能报的几所院校，相对于锦州，长沙离得最远，我想往远了走。李春芽目标依旧——南京政治学院新闻系。徐振盯着南京陆军指挥学院，本科。江小白并没报表演专业，她说，她考艺术院校难度大，年龄也偏大，就算考上了，也不占优势。她报考大连军医专科学校。令我们颇感意外的是，江北竟然也报考这所学校。他成绩那么好，应该考军事指挥院校，考本科。显然，他是奔江小白去的。他能这么做，肯定不只是"兄妹情谊"，必定包含着别的情感。我有一种被骗的感觉。我望着他俩，沉默不语。

徐振看出我内心的不快，小声问我，你喜欢江小白？我说不是。他说，那你为什么不高兴？我说，我没不高兴。我觉得他们欺骗了我们，他们好像不只是兄妹。徐振说，可是，这与我们有什么关系呢？

见我愁眉不展，他说，你是不是想李春芽了？我说，你别瞎说，我才不想她呢。我嘴上这么说，内心情感之弦，被他这句问话拨动，李春芽独自行走的背影，便在风中向我眼前走来，又在风中离我远去。

十二

那天午饭后，马哲思找我，他说，你当过我的一回兵，我得关心你，有些事，我得告诉你。

别看你进了文化队，你自己应该清楚，能考上的没几个。我说，不都是凭实力考吗？他说，你们最后按总分录取，除了文化分，还有军事、体能得分，这些看得见，却摸不着，有伸缩性和隐蔽性。

他的话，像一块石头砸进我心里。

他拍拍我的肩说，多长个心眼儿，看旅里有没有你湖北老乡，攀上一个当官的。

攀谁呢？我一个列兵，哪有机会接触当官的，更别说湖北老乡。马哲思说，我跟你说的，你心里要有数，我是为你好。我跟你谈心，你不要告诉别人，特别不能告诉你们班长。他话音刚落，刘光明出现在我们面前。我看出他不高兴，急忙往他身边去，把马哲思丢在一边。马哲思脸红了，冲刘光明尴尬一笑，匆忙离去。

这个马哲思，还老兵、班长哩，尽传递负能量。刘光明说，别听他的，只要你有真才实学，谁都挡不住你。

我仰头，挺起胸膛。有风吹过，我的心像风一样轻。

那天是星期天，我在文化队自习，李小朋来找我，他说他已请好假，去笔架山玩，想约我一起去。我才想起来锦州这么长时间，我都没去看过海。

那是我第一次看见海，海的辽阔震撼了我。那时正好落潮，通向笔架山的路现出来，我们踏上去，想走过去爬山，被人阻止，说我们来晚了，马上潮涨了，过不去。下午四点多还有一次落潮，下午可去。下午我们得赶回部队，超假了，要挨批评。我们便站在岸上看海。海是那么壮观。远处的帆船在阳光下，在薄雾里，像我某个遥远的梦。

海水落潮时，渔民在淤泥上捡了很多海鲜，有大虾、螃蟹。他们在海边叫卖，那虾活蹦乱跳的。卖虾人说，比市里要便宜一半。我想起刘光明，想起马哲思。我想，买两斤吧，买两斤回连队，让刘光明拿到炊事班，叫马哲思煮熟，我再买只烧鸡，买几瓶啤酒，我、刘光明、马哲思、李小朋，我们几个喝一杯。

虾用黑色塑料袋装着，到连队时，它们还在里面蹦跶。我把我的意思给刘光明说了，我说，晚饭后进行。刘光明说，现在我们不吃。不能喝酒，吃了也是白吃。等你考完了我们再吃，到时整两杯。我说，可是，我已买了，晚上我再到军营超市买只烧鸡。刘光明说，你们很快就要考专业，考军事。虽然我相信你没问题，可还得多做准备，做充分的准备。专业考试不是那么简单的，手一哆嗦，可能就从优秀滑落到不及格，不能大意。晚饭后你再过来，我告诉你送给谁。

《新闻联播》之后，天黑沉沉的。我提着那袋虾，跟在刘光明身后。虾还在塑料袋里动着，虽然没有刚带回时那么欢实，但都还活着。我们来到家属院。进到院里，刘光明告诉我三单元，一楼，进去左手。他说，喊他董参谋。

我有些害怕，我从没去过这些军官家。我说，班长，你这不是教我搞腐败吗？刘光明说，什么腐败，人，总得有点人情吧。他是军务参谋，管兵员，也懂训练，是军区四会教练员。他专业好，业务能力强，下一步，说是要调到作训科当科长。旅里的军事训练，专业考核，由作训科负责。快去吧，考学，你用得着他，有他罩着，你专业考核和体能考试，不会吃亏。

我硬着头皮往前去，刘光明在背后小声叮嘱我说，他们的门一般敲不开，多敲两次。

我敲了两次，没敲开，正准备走，门开了一条缝，我看到一道白亮的光，那是一个近乎赤裸的身体，一条白色浴巾围住他的腰部。

谁呀？他说，我以为是我儿子董浩回来了。

他紧了紧浴巾，问我，你谁呀？

我叫乔大宝，我说。海边的……大虾，新鲜的。我结结巴巴地说。我说着，就从他腋下钻了进去，把虾往鞋柜边放，他伸手拦着。推搡之间，他的浴巾滑落。

好尴尬，我脸发烫，冒犯了人家，我恨不得抽自己一个耳光。我急忙跑出来。我后来想，那天他如果不是洗澡洗到半道，他一定会追出

34

来，那大虾就送不出去了，也是机缘巧合。

刘光明在家属院外那个拱形门前等我。他问，东西给人家了？我说，给了。我不再说话。刘光明说，咋啦，人家不高兴？不知道，好像也没不高兴，也没有太高兴，我说，我没敢看他。刘光明说，行，送出去了就行，一点心意。

我没说碰落人家浴巾的事。刘光明问，你告诉他你叫啥了吗？我说，他问了，我说了。班长说，告诉人家哪个连的了吗？我说没有。他问，说你是文化队的了吧？我说没有。刘光明说，你没说你要考学？我说没有。这才想起，我忘了关键话。班长说，这扯不扯！然后，他说，算了，咋也不能再回去告诉人家。告诉他名字就行，他要想帮你，他能查到，全旅的兵员名单，都在他手里。

我眼前还晃动着他浴巾滑落时的身体，心怦怦直跳。我一直在想，这下完了，本想打点进步，倒把人得罪了，他不定多生气。我说，班长，以后你可别让我做这样的事。刘光明说，其实，我这方面也不行。

睡前，刘光明突然出现，塞过一个塑料饭盒，说是董参谋一定让把做好的虾给我品尝。我呆呆地站着，刘光明又说了什么，我一句也没听见。

周日午饭后，我回班里看刘光明，顺便拿些换洗的衣服。我到连队不久，董参谋来了。他的到来，轰动了整个连队，孙小亭忙着接待，并让李小朋去向营里汇报，以为他是来检查工作，董参谋拦住了他。董参谋说，我出来转转，不是工作，随便溜达。

他来到我们一班，我们全体起立。他竟然记住了我，并且知道我在文化队。他说，乔大宝，在文化队学得咋样？学习紧张吧？我敬礼，说，报告董参谋，学习还行，紧张，但能承受。他拎着个纸袋。他把纸袋递给我，我推辞，他说，是奶粉。他说，你们在文化队，学习辛苦，晚上熬夜学习时，冲一杯。我说不用，他就把纸袋递给刘光明。他说，班长，这个任务交给你，大家喝。刘光明就笑着接了。

我想起那天推搡中，把他浴巾弄掉了的情景，很不好意思。他好像已经忘记了这件事，平和地同刘光明说着话。

十三

军事、体能考核前，我们先进行体检。身体合格，才能继续留在文化队。

我们体检都合格。

关于考试，我们既盼着它早点到来，也害怕它来到。考试的时间到底来了。先是考军事和体能，第一项是步枪射击。那天天空晴朗，白亮的阳光照耀着射击场。这样的天，射击容易出成绩。我趴在我的射击位置，射击距离一百米，我选择标尺三，瞄准靶环下沿，蓝色半身像与靶纸边沿接触部。我屏住气，有意瞄准，无意击发。五发子弹，我打出四十七环，优秀，九十分以上。江北更高，打了四十八环。徐振四十九环。那次射击，没有满分。四十环到四十四环之间居多，成绩为良好。

李春芽和江小白考得咋样，我没好意思问。看她俩笑脸如花，应该在良好以上。

除了专业考试另择时间，军事体能按计划一天考完。轻武器射击之后，我们先跑五公里，按照时间排席，五公里在午饭前进行完毕，但有些项目超过了预计时间，五公里被挤到午饭后匆匆进行。五月中旬的天，午后的空气如火，加之刚吃过午餐，好多人跑不动。勉强跑下来，成绩都不理想。之后，我们跑百米。

听说跑五公里后还要跑百米，我们瘫软在地上不想起来。我看见董参谋同上级来的监考官交谈，之后，他向我们走来。他说，这次五公里成绩不算，下午回去好好休息，晚上七点重考，还在这体育场考。我告诉俱乐部主任，晚上把体育场的灯全部打开。

有人发牢骚，说还得再折腾一次。董参谋朝我们喊：叽叽喳喳干什么，痛快回去休息！

江北没有休息，他请假外出，说到锦州师范学院借跑鞋。

晚上六点半，我们集聚体育场。我们像专业运动员一样都很兴奋。那天，我穿着江北借来的有钉子的专业跑鞋，百米跑出了12秒64的个人最好成绩。此前我没跑出这个成绩，此后我也没有。这一项满分。

百米，几乎在瞬间就完成，然后，我们准备五公里跑。先跑百米是科学的，对五公里影响不大。女生考三公里，将在我们完成五公里之后进行。我正在做准备活动，可能是百米冲得太狠，腿有些抽筋，感到膝盖酸软。这时候，就听江小白说，江北加油！徐振加油！乔大宝加油！她说着，递给江北一块巧克力，也递给我一块。她说，现在吃正好。我心想，要是李春芽给我的该多好。江小白好像听见我的心里话，对我说，李春芽给你的。我转过脸去，见李春芽在她身后，露着一对虎牙，朝着我们笑。我把巧克力塞进嘴里，苦咖啡的味道逝去之后，心里涌起一阵甘甜，我周身力气回归。董参谋让俱乐部的高音喇叭播放动感音乐。我们和着节奏，越跑越有劲。

那块用金黄色锡纸包裹着的巧克力，此后多少天，一直在我眼前闪耀。我很想问江小白，那真的是李春芽给我的？我没敢问，我怕那是江小白的一个谎言。我不问，这样我就可以对自己说，是李春芽给我的巧克力，江小白说过。江小白说是，那就是。

那晚，我们的百米和五公里成绩特别好，与那天正午的成绩不在一个档次，我们这才知道董参谋的良苦用心。我后来听说，为了让我们有重考的机会，午餐时他向上级来的监考人员，连敬三杯白酒。他怕自己喝高了，晚饭后不能出现在我们考场，跑到卫生间用手抠嗓子，把酒都吐出来。有人传言说那个午后，他把自己弄得满眼是泪，最后那一口，吐出的不是酒，是血。

我心里一热。那一刻，我对董参谋既感激又羡慕。我渴望有一天，也能成为他那样的人，有能力帮助我手下需要帮助的兵。

一周后的炮兵指挥专业考核，我特别紧张，我的手颤抖得厉害。我几乎是孤军奋战。徐振考本科，江北、江小白考医学专科，都属于通用类，不考专业。李春芽考南京政治学院新闻系，发表文章即为她们的专业评分，她发表新闻报道多篇，超过专业录取线。

我还没推计算盘，手中准备誊写答案的铅笔，在我手中晃成无数支。我听见背后有人说，别着急，别紧张，时间有，以精度为主。那么熟悉的声音，我侧过脸去看，是董参谋。他依然陪着上面来的监考人员。看见他，我的心一下子踏实了，手也不颤抖。毕竟有自己人在场。我沉着应战，直到监考官喊时间到，我才把答卷扣在作业板上，按要求，用夹子把答题纸夹在图板右上角。我那天发挥出色，精度全对，时间优秀，我这项考核成绩优秀，满分。

接着用方向盘给火炮赋予射向，此前计算盘作业考得好，我信心大增，操盘方向盘时，沉着冷静，再获优秀。

十四

离文化考试时间越来越近。

一个周末之夜，徐振对我说，咱们出去坐一坐。我问去哪儿，他说，跟我走。那天，我们都没有外出证，也没有请假，徐振总能搞定大门岗，据说门岗班长是他老乡。

我们沿着公交车站前行五百米，来到一家小酒馆。江北和江小白早已坐在那里。我问，李春芽呢？徐振说，今晚喝酒，没找她，她爹是旅长，出点事，不好说。

菜上来。我们举杯，江小白喝了一小口，那脸就红扑扑的，更好看了。一口酒进肚，我的胃疼起来。我说，不喝了，决不喝白酒，换啤的。江北说，那怎么行，江小白都喝白的。徐振说，随便，江小白也可以喝汽水，我们第一次在一起喝酒，不拼酒，喝什么都行，但要尽兴。徐振说，今日议题，结拜兄弟，当然，还有姐妹。我年龄最大，我老大，江北老二，乔大宝老三，江小白为小妹。

李春芽呢？我又问了一句。徐振说，她是幺妹。

我喝了不少啤酒，但不尽兴，因为李春芽没来，我一直心神不宁。徐振说，乔大宝，你注意力集中点。我知道你想什么，但我已经给你解释过了，你还这样，就不够哥们儿了。我说，没有，我的注意力一直在这儿。

徐振说，不到一个月就考试了，咱们都努力，争取考上自己想去的大学。我就想去南京。南京，历朝历代，兵家重地。近代军史上，南京的位置更为重要，我要去南京，在那片被日本人屠戮过的土地上，学习军事指挥，将来当军事指挥官。

徐振说，当然，这个目标很难，考分必须高。我说，你数理化那么好，都可以当我们教员了，担心什么？他说，我语文不好，一写作文就头痛。从今天起，到考试前一天，我们兄弟姐妹组成一个互帮小组，数理化，你们有不会的，问我，我保证耐心解答，乔大宝作文好，提前给我们每人写一篇。他说，前几年军校招生考试的作文我都看过，大都是记叙文，写军营二三事。乔大宝，给我写一篇，我背下来。

我说，我也没有那么多"二三事"呀，我只有自己的"二三事"。徐振说，这个不难，我们说，你写，等于是你帮我们写。

我问，这算不算作弊？

这怎么算作弊？我们又不是在考场抄你的，我们只是要一个范文，存在脑子里。我面露难色，他举杯敬我，说，兄弟，此时不帮，更待何时！

我说，行。徐振说，从今天起，我们就互帮互学，都要考上军校，一个都不能少。

我说，还有李春芽。徐振说，我就知道你忘记不了她。考南京政治学院新闻系，需单独在军区以上级的报刊发表不少于两篇文章，然后文化分过线。李春芽在军报独立发表了五篇新闻稿，已在南京政治学院挂了号，虽然仍旧要考文化，实际上已提前录取。

李春芽提前录取的消息，让我欣喜，也让我感伤，似乎就要离别。

他们开始给我讲各自的二三事，江北的二三事平淡无味，无非是他作为机关公务员，至后来当公务班班长，首长们对他如何关心、体贴。徐振说，他到部队后，挨过班长一脚，但那一脚，像一只巨大的印，刻在他的屁股上。他说，班长是对的，我该揍。他接着讲他该挨揍的原因，故事平淡，他却被自己的讲述弄得眼圈红肿，差点哭了。

江小白说到她的二三事时，还没张嘴，眼泪就流下来。她一张嘴，声音湿淋淋的。她说，算了，我不说了。她情绪几乎失控，无法面对我们。她低下头去，趴在桌子上，把脸埋在两只小臂间。江北用手轻轻拍着她的肩，告诉她不要这么伤心。她摇头，说不是伤心，是感动。

我们等着她讲，那一定很精彩，她却抬起头，说，不讲了，不讲了。有些事，不必讲出来，藏在心里更好。乔大宝，你随便写一篇给我，我参考一下就行。

徐振喝得有些高，拿江北和江小白的名字开玩笑，说真巧，两人以前不相识，名字却像亲兄妹。江北笑道，不瞒你们说，我以前叫江晓北，晓是东方拂晓的晓，北还是这个北。我最初名字叫江晓东，进入初中，发现叫晓东的太多了，仅我们班就有赵晓东钱晓东，隔壁班还有个孙晓东。我觉得这名太普通，这么多人叫，便给自己改名叫江晓北，不跟他们一个方向，不久发现，带个晓字，也还是俗，干脆改名江北，洋气。

我们乐，为他有江北这么洋气的名字干杯。

连续三个晚上，我在教室熬夜，写了三篇作文，把我身上发生的故事，马首立的故事，还有我们连队别人身上的故事，都移植到他们身上。我誊清，给他们三人。徐振很高兴，给了我一个拥抱。江小白挺感动，不是为我的作文感动，她说，我熬夜帮她写作文，她感动。她以为我只是酒桌上随便答应，不会兑现。江北扫一眼我给他的作文，说，好！他将稿纸叠起来，放进上衣口袋，将扣子扣严实。他的这个动作，让我觉得，我的辛苦值得。

我们结为哥们儿，除了那晚喝酒，第二天还到V形山下，搞了个合影。这次李春芽也来了。这天我特别开心，不时拿眼瞅李春芽。

我其实很想帮李春芽写作文，但想到她在军报发表那么多篇新闻稿，我自惭形秽。

东北节气照南方晚。五月了，槐花才开，纯白如雪，香味随风而飘。我们合影之后，各自散开，江北与江小白坐在石凳上，徐振去爬V形山，要登上山顶，问我去不。我想离李春芽近一些，我说，不，我不去。有风从远处刮过来，我想起我的两句诗。

考前两天，文化队放假，让我们放松。我们旅争取到一个考点，这样，我们就不用奔波去集团军考场。考场就设在文化队，与我们平时学习环境相似，只是座位散开，两个班，占用四个教室。

在本单位考，我们的心理压力小很多，如同球赛，我们是主场。得到这个消息后，我们都很兴奋。队长说，这最后一两天，学不进去，还焦虑，你们干脆放下，找个地方散散心。几个人商量着去哪儿，我想起同李小朋一起去过笔架山，但那次没能上到山上，我想弥补那个遗憾。我说，去笔架山吧，看山也看海。

有人去过，但愿意再去一次。

李春芽被她爸管着，我以为那天她不会去，出乎意料，她去了。她看上去特别轻松，她说，多玩一会儿，不必急着回去广播，她的那个徒弟，能独当一面了。

原本想登上笔架山，我们去得晚，没能如愿。海水正涨潮，浪高且大。那条通向海的路，正在慢慢被淹没。

我们看到了惊心动魄的一幕：一个赶海的老人驾着马车，撤到那条路的中间，潮水涨上来，淹没了马腿膝盖以下的地方，马车轮子已有一半被淹没。老人跳下马车，站在海水里，狠力抽打马，马和马车很慢地移动着。眼看潮水水位越来越高，已到岸上的人，惊恐地望着老人，有人朝他喊，朝他挥手，让他撤离，让他放弃马和车。但老人不愿意，他放弃了马车，卸下马车，但他不愿放弃马，他仍然执着地驱赶着马，企图与马一起上岸。然而，那匹马受了惊吓，突然停止不走。水位不断上涨，马的肚腹已贴着海水。而他们，在笔架山到海岸之间，还有一半路程要走，马寸步不移。我们屏住呼吸，不敢眨眼，害怕眨眼间，老人和白马都会消失。就在这时，一叶冲锋舟像一支利箭，曳着白浪，冲向老人。两个穿着军装的人，在老人身边跳下冲锋舟，把老人抬拽上舟，疾驰而来，把老人送到岸上。

我们后来知道，救援者是我们集团军军部的兵，海边驻扎着我们军的一个通信排。我感到骄傲，同时伤心那匹马。老人上岸后，它就淹没在海水里，再也找不到踪迹。老人在岸上失声痛哭。

我的马，我的马……

那是一匹好看的白马。

我们不忍目睹。李春芽从口袋里掏出一百块钱，问我，谁还有钱？江北给了五十，我给了三十，江小白翻了两个口袋，凑了八十块，徐振拿出一百。李春芽把这些钱叠在一起，走过去，递给老人。老人不接，她硬塞到他手中。她回到我们身边，说，我们走吧。我们走在路上，谁也没有说话，听着脚步踏在沙子路上的声音。我知道，谁都在想着那匹马。

我们后来再没有张罗去笔架山，登上笔架山，是我一个未了的愿望，当然，比之考军校，这个愿望很小，可以忽略不计。

从笔架山回来的那个黄昏，我接到父亲写来的信，歪歪斜斜的数十个字。父亲在信里问我复习得怎样，考军校有多大的把握。父亲说，多少双眼睛盯着你。我知道父亲说的眼睛，指他，还有我的亲戚、乡邻，他们都盼着那张鲜红的军校录取通知书。我没有给父亲回信，我说我准备好了吧，不现实，这样的话不能轻易说；我说没准备好，怕他伤心。我想等拿到通知书再告诉他，很多时候，我们的行动，需要结果来证明，很少有人在乎过程。

十五

我们走进考场。每个考场三人监考，都是中校上校级别。头刚抬，他们的眼睛就像探照灯，好像我要作弊。我再也不敢抬眼看他们，静下来，慢慢地答题。

先是考语文，作文是议论文，"我的二三事"白准备了。江北和江小白在另一个考场。语文交卷后，我急忙往营部跑，不敢面对徐振，不敢面对江北和江小白，好像欺骗了他们。江北喊住我。我说，不好意思，我没帮上忙。江北说，别这么说，让你白辛苦，不好意思的是我们。

下午考英语，基础题还行，阅读理解，脑子一片蒙，好像都对，又好像都不对。走出考场，徐振想跟我对答案，我找话题岔开，既然考了，就让它成为过去，不让它影响我的下一科。

数学是在第二天上午考的，会的不少，不会的也有，最后一道大题我完全不会，这在我意料之中。我读高中时，理科的最后一道大题，从来不会。我感到我考出了我的真实水平，不是太糟糕。

考前半个月，全旅作战营连赴野外驻训。考试完毕，驻训还未结束。文化队的学员大都留守营房，等候通知书。我没留守，申请到野外驻训。我不敢面对，我怕万一等不来通知书。我跟随旅里的运输车来到野外。我们连的帐篷，在翠岩山下的坡地。连队已按战斗编制投入训练，我成为编外人员，还在一班。

拿到军校录取通知书那天，刘光明走进帐篷，从他的行李包里翻出一样东西，塞到我手里。我一看，正是我那个实习采访证。刘光明说，到了军校，正好发挥你的专长。我说，班长，你不是给我撕了吗？班长笑道：优秀的射手，手比眼快！

刘光明说，下午全营各炮要合练，我就不送你了，到军校后，给我写信。

一股情感的激流在我胸腔翻滚。刘光明低头给我打背包。他边打背包边说，你军校毕业后，还回咱们部队吧？我没有回答。或许我想走得更远，比如大漠边关，比如海岛。刘光明说，我年底就走了。回老家种油菜。我说，也许还有希望。他说，不会有了。他说着，声音就有些哑。我看到他的眼泪雨点似的，滴在他忙碌的手背上，滴在我那草绿色的军被上。一直噙在我眼里的泪，终于奔涌而出。

我再也没吱声，嗓子被一种浓浓的酸涩弥漫，只怕一张嘴就会哽咽，露出一个军营男子汉的脆弱。

荒山野岭，我请刘光明吃板鸭喝啤酒的愿望没能实现，这成了我永远的遗憾。

李小朋请了假，他执意送我。我说，你不用送了。他语气坚定。他说，要送，哥哥远行，弟弟哪能不送。他的语气，让我想起电影里的那些梁山好汉，我差点笑了，接着又想哭。

回到营院，得知徐振、李春芽、江北、江小白，我们几个都如愿考上了想去的军校。我想去找李春芽，想向她告别，不敢。我对李小朋说，你陪我去吧。他笑，露出好看白净的牙齿。他说，我可不去当电灯泡。我说，你不要瞎说，不是你想象的那样。他说，逗哥哥开心哩。你自己去吧，你都是军官了。我说，一只脚都没迈进军官学校的大门，什么军官！

我坚持让他陪我。在俱乐部播音室，我见到了李春芽，她在那里收拾东西，她的徒弟，她带的那个小女兵在帮她。李春芽那天很开心。我很想对她说点什么，但我什么也没说。她递给我一个日记本，我小心翼翼地翻开，生怕抖落什么。一行字扑入我眼里：

"祝你成为诗人！"

我眼睛一热，差点落下泪来。我急忙离开播音室。

江北与江小白到锦州港坐船去报到。锦州港是货港，客船少，他们硬是搞到了两张船票。想想他俩坐船，在海上漂游，直奔大连，真是浪漫。

我问徐振去南京是否同李春芽一起走，他说不，首长家的公主麻烦多。我说，你怎么这么说咱们同学。他笑道，开玩笑，莫当真。你知道的，我喜欢独来独往。

李小朋送我去车站。我们往外走时，在门卫室，董参谋朝我挥手，说，你等一下。他现在是作训科长。他把我叫到一边，拍拍我的肩，说，乔大宝，祝贺你，到军校好好干。我点头。他说，旅长让我告诉你，在军校别说你爸当过兵。我的脸热辣辣的。我问，他咋知道？他说，档案上写着哩，你爸是农民，没有当兵历史。

他把我往外一推，说，去吧，我不送你了。我想起那次给他送海虾，就是在这么推搡中，他的浴巾滑落。我的脸再次发热，都不好意思看他。他说，军校毕业，还回我们部队。我鸡啄米似的点着头说，嗯，一定！

李小朋买了站台票，一直把我送上车。他看着我坐下。我把窗户打开。他落了泪。他说，要是李春芽能来送你该多好。我说，不说这些。我心里涌起一阵悲凉。我总是自惭形秽。我想李春芽，可不知为什么就想离她远一些，远到只能在梦里相见。我耳畔响起她的声音，是她吟诵我的那两句诗：

　　远方的风在远方呼唤
　　通向远方的路比远方更远

本文刊载于《人民文学》2022年第10期

波涛的支撑

邓 刚

第一章

我十二岁时知道我爹有钱很自豪。我二十二岁时知道我爹有钱很危险。于是，我产生了一个想法——离家出走。我并非怕有钱危险，而是我过腻了有钱的日子，一个人天天活在糖浆里和活在泥浆里没有什么两样，都有着窒息的感觉。然而，当我真正想离家出走的那一天，父亲突然来到学校看我。我说"突然"两个字是父亲只要来看我，总是提前一周就不断地给我发微信，与我商量他下榻在学校东边的桂圆大酒店，还是西边的宏伟大酒店。可现在，他啥酒店也没提就突然站在我的面前。

我就读的是省城最有名的大学。其实像我这样家庭经济背景，至少应该进京城或国外读书。但是我的学习成绩平平，不是我不聪明，而是我不爱学习。我觉得父亲开了那么大的"龙祥有限公司"——其实就是我父亲的名字杨龙祥的龙祥。也就是说我父亲是能发财的龙。他也确实发财挣了很多钱，钱多得只要拿出个零头就够我花一辈子了。人们学习呀，奋进呀，不就是为了将来能有个好职业，挣很多钱吗？既然我爹已经把钱提前给挣到手了，不用说一个儿子，就是十个儿子也花不完，那他为什么还要我累脑子学习呢？

父亲这次不仅来得突然，表情也不同寻常。过去他总是一脸的严厉，今天却是一脸的忧伤，我甚至感到他这次来有点与我诀别的意思。因为这几天就要毕业了，而且只要毕业我就会像飞出笼子的鸟，千里万里地往远处飞，我再也不想读书了，趁青春大好时机，趁我爹有钱，我要游逛天下美景。父亲知道我这美好但却认定愚蠢的想法，所以他经常来学校监督我并教育我，不读书绝对没有前途。他斩钉截铁地要我读硕士、读博士、读博士后，一直在学校里读死了他也高兴。父亲很老到，他看出我的"狼子野心"，对我相当的不放心。当然，他也看出我不是经商的材料，更没有管理公司的能耐，所以他即使是躺倒在病床上，即使还剩半口气，也决不会将公司交给我。所以他要我继续读书的决心就更强烈。

奇怪的是我父亲读书不多，他年轻的时候也绝对和我一样不愿读书，屁股经常被父母打肿，但依然旷课逃学。问题是不读书并没有影响他发财，而且他手下全是聘用的大学生和博士生，那些有学问的人全被我父亲管理得像奴才，一个个俯首帖耳，言听计从。这让我感到读书真就没啥用。

问题是父亲却发了疯一样地逼着我读书，还在我小得不能再小的时候就逼我学外语，说是将来到外国生活。我觉得生活好极了，为什么还要到外国生活？父亲斥责我："你懂个屁，我们这儿活得不保险！"

我更糊涂了，住这么漂亮结实的大房子，开这么豪华高档的汽车，怎么会不保险呢？

父亲不再说什么，只是凶狠地拍着英语课本："你他妈的给我好好学！"

问题是我看中文字都脑袋痛，看英文字母就更是痛得要死。大概在六岁时，我像一只疯狂的小狗，咬了英语家教老师一口，咬得她大声叫唤，我以为她要死了。就用更大的声音喊"OK！"因为我希望她最好死掉。

据说为了我咬的这一口，父亲给这个女家教花了不少钱，不仅是医疗费，大概还有什么安慰费，最后还给了她一大笔解聘费。我朦朦胧胧地感觉父亲为什么给英语教师这么多钱，不单单是我咬这一口，还有英语教师雪白的皮肤和漂亮的脸蛋儿。其实那时我压根儿不懂什么漂亮，却会有这样的感觉，直到今天我为自己那么小就"懂事"，还甚感惊讶。

母亲却因为我将女教师咬跑了兴奋不已，不断地亲吻我的小嘴，称我为宝贝蛋儿。后来我渐渐知道，父亲与女家教"有一腿"。这说明我小时候就干了一件为母亲伸张正义的事，解除她心中的痛苦。后来我无论怎样放任自己，母亲总是站在父亲的对立面护着我。在我的眼里，母亲才是真正的漂亮，比英语教师漂亮好几倍。她是农村进城打工的女孩子，在一家饭店端盘子。因为她父亲——也就是我的外祖父有重病，要她到工厂干活挣钱治病。但村里人都说，想多挣钱就到桑拿当小姐，母亲竟然就去了。然而上班第一天就撞见我父亲，于是我父亲就把她包下来。

后来父亲发现母亲的高贵品格，总是死死地爱着他，而且无论给钱多或给钱少，甚至不给钱，母亲也只是等着他。这样，父亲就娶了小他十多岁的母亲，父亲在他的一个本本里竟然写下这样的词句：我娶的媳妇不是漂亮的脸，而是漂亮的心。

我母亲的心确实漂亮，她住在父亲豪华的别墅里，像个女仆那样勤劳干家务。无论父亲聘用多么勤劳的保姆，母亲也从不闲着。而且她永远与保姆们一起吃饭，从不参加父亲的聚会。有时父亲与一些老板们搞家庭聚会，大家都带着夫人，母亲也坚决不参加。看到父亲大怒，她才迫不得已地跟在后面，但坐在宴席酒桌旁像个木桩，一言不发。最后父亲无论有什么样的聚会场合，也不再要母亲参加了。

来我家拜访父亲的所有男人，都对我母亲闪烁着冒火花的眼神，他们大概知道我母亲是在桑拿里的小姐，所以就产生了邪念。然而，母亲绝对正派，除父亲以外的男人，她一律视而不见，甚至躲到卧室里不出来见客。

但母亲心下却充满了惶恐，看到父亲的生意日渐做大，她怕她的低贱出身配不上父亲，总有一天父亲会一脚踹了她。为此母亲对父亲低眉顺眼，小声小气，像地主家的丫鬟，从早到晚百般伺候父亲。有了钱的父亲确实变了，但他在外面这样那样，最终还是回到家里，并没有抛弃母亲。

那时我总听到一些家长们唠叨，要他们的孩子好好学习，"不要输在起跑线上"。

母亲却从不说这句话，她任我玩耍，并说你不是生在起跑线上，而是生在终点线上。我问母亲："什么叫终点线？"

母亲温柔地抚摸着我的脑袋说："这就是说你什么都有了！"

我觉得我身上更多是母亲的基因。我完全像是出生在穷困农村的孩子，讨厌城市的高楼大厦和热闹的娱乐场所，总是逃出学校，跑到城郊的山野里游逛。所以，我最喜欢跟母亲到她乡下的老家，那个遥远贫穷却充满快乐的小山村，我沿着河边小路疯跑，或坐在林间草地上畅想，甚至爬到果园里的树上偷摘水果，然后享受着盗窃成果的心跳。我最喜欢游泳，我们家小区前面有个相当大的湖泊，大得我们叫它小海，很小的时候就敢跳进小海的波涛里嬉戏，将母亲吓得不行，与保姆合伙监视我，决不让我去湖边。但我总能逃脱出去，气得她们恨不能用绳索将我绑在家里。

然而正因为在湖泊的摇篮里成长，使我水性高强，在大学里的运动会上，屡获游泳冠军。有个爱看古书的老师还给我起了个漂亮的绰号"浪里白条"，后来我才知道"浪里白条"是《水浒传》里的好汉。

我低下头，准备痛苦地聆听父亲老套的斥责，要我不要想入非非，万般皆下品，唯有读书高。读硕士读博士读博士后，然后就是当教授。可意想不到的是，父亲一反常态，对我毕业和继续读书的话一字不说。我这才发现，他脸上的忧伤并非痛苦，其实有点慈祥。父亲要我坐进他豪华的轿车里面。司机三胖子虽然形象粗笨，但脑袋异常灵活，看到我和父亲都坐进车里，便相当乖巧地下车，用脚踢了踢轮胎，假装检查气儿是否打足，然后就走远了。

父亲说："你要毕业了。"

我说："下周考完试，就万事大吉。但——"我看了父亲一眼，也许他忧伤的表情给了我勇气，便咬牙说了句："我不想读什么硕士了。"说完这句话，我等待父亲的愤怒。但父亲似乎没听见我说什么，脸色相当平静，竟然还有点走神，似乎在想着遥远的什么事。

轿车里面一点声音都没有，我也开始深思。读小学时，我就爱看乱七八糟有意思的小说，特别是武侠小说，幻想自己将来当侠客，走遍天下，打抱不平。所以我就经常越过学校的大门，跑到"武林园"去学武术。我的师父自称是少林第N代传人，但他确实有功夫，能一连旋转数个空翻，然后稳稳落地。我对此很佩服并很认真刻苦，每天压腿、劈腿、踢腿，竟然也练得能平地飞起，像师傅那样，在空中旋转空翻。

由于我在武林园下功夫，当然就经常旷课。学校很生气，父亲更生气，并最终找到我。看到我在那里打拳劈腿，他瞬间就暴怒，发疯一样冲过来，并抡起胳膊要狠狠地打我一巴掌。我当然害怕，不由自主就来个空翻飞到半空，也许我当时过于惊恐，竟然从高高的武林园墙头上翻过去，正巧落到父亲停在门外的轿车棚顶上，吓得司机三胖子像动物一样从轿车里飞蹿出去。看到我稳稳地站车棚顶上，他目瞪口呆。紧跟着跑出武林园的父亲也同样目瞪口呆，但他愤怒的眼神一下子变得有些惊喜，并随即放射出赞美的光彩。

就这样，父亲对我的学习和练武就睁一只眼闭一只眼。我也就横一下，竖一下地长到二十多岁。但我听到父亲经常叹气，说他这个老虎生了只猫，他这条龙生了条蛇，说他这个21世纪的爹，生了个18世纪的儿。但我并没觉得我是18世纪，反而感到我活得像80世纪那样超前的正确。

轿车里依然寂静。突然，父亲从口袋里掏出一张光闪闪的银行卡，递到我手里。我有些奇怪，因为我早已经有N个银行卡了，父亲不定期地往我这些卡里打钱。可是他却又要再给我银行卡，什么意思？父亲不吱声，良久，叹了一口气说："现在的形势复杂，生意不好做了。"

我想说："那就不做呗，咱把公司卖了，所有的钱存银行，坐着躺着也够吃八辈子了！"但我没敢说，因为父亲在经济问题上有天才，是神仙，连我们学校的一个研究经济管理的教授，都在研究我父亲发财经历，说我父亲是当代最优秀的企业家。

父亲说："这张卡里的钱够你这辈子胡作非为了……"沉吟了一下，父亲又说："这张卡里的钱是干净的，全是溶着我血汗的钱。"

我有点紧张了，小声地问："为什么要给我这么多的钱？……"

父亲第一次表露出真正的慈祥，他说："我这大半辈子拼搏，是为了什么？不就是为了你吗！问题是以后可能拼搏不下去了……"父亲的慈祥表情甚至变得慈悲了，他继续叹着气说："世道太坏，人心太坏，干不下去了……"看到我有点恐惧的表情，父亲突然哈哈大笑："你别以为你爹山穷水尽，我正兴旺着哪！但是，有智慧的人才能高瞻远瞩，盛极之时想到衰败，居安思危才能战无不胜！"

我松了一口气，说："我不要这么多钱，我不需要这么多钱。"

父亲说："当今世界，你要想过得滋润，一是必须有权，二是必须有钱。我看出来，你这一辈子不会有权，也不会有什么钱了。所以，我当机立断，现在就割一块肉给你，如果现在不割，以后可能身上没什么肉了！"

我只好将银行卡揣进口袋里，但还是说了句："我永远不会花这张卡里的钱，如果你需要，我就还给你。"

父亲又哈哈地笑起来，说："好小子，有你这句话，我心里舒坦极了，再给你一张卡也值！"

分手时，父亲说："公司的事太忙，我就不在你这儿住下了。我不会再管你——你爱怎么自由自在，就怎么自由自在吧！"

望着父亲的背影，我陡然有点心酸，感到父亲确实与我诀别了。

第二章

考完试后，大部分同学并不轻松，因为他们正准备读硕士，或是寻找好的工作。班里几个有姿色的女同学大都围着我旋转，亲昵的程度令我感到她们随时都可以为我献身。当然，她们献身的不是我杨顺达，而是献身给龙祥公司老总的杨公子。我喜欢女色但不好色，也就是不像一些男同学那样，见了漂亮的女同学就激动得犹如动物。我说过，我像母亲。

不过，我并非是和尚，对男女之间的交往，我的爱情心态大于做爱意识。不记得我在哪本书上看到，一个女人说她总是带着爱情心理去卖淫。我想，我可能就是这种心理。也就是说，只要我决定与哪个女同学上床，那就是一辈子白头到老的大事。为此，在男女情感上的事我从不轻举妄动。

其实我早就有了爱情的目标——中文系的系花林玫瑰，对我有着相当的吸引力。她最令我喜欢的不是现代美，而是古典美，林黛玉一样抑郁的表情，孩童般稚气的大眼睛，脸腮还经常浮现羞红，这让我看她一眼就心疼半天，甚至还能联想到我可爱的母亲。为此，同学们都叫林玫瑰为林妹妹。我常常想，只有这样的女孩子才能陪我游逛古色古香的景致。然后，我们选择一个苏州或杭州园林式的地方，建一栋小别墅，过清静的田园生活。

在学校图书馆门前，我采取突然撞见林玫瑰的方式。当然，很快就"突然"撞见她。我对她说："哎呀，见到你真幸福！"

也许我从来不像其他男同学那样油滑，见了漂亮女同学就甜嘴蜜舌地阿谀奉承。所以林玫瑰稚气的大眼睛立即闪出一些火花来，她绝对是只对我闪火花，因为我曾认真地观察过，她无论与哪个帅哥见面，眼神都是依然如故的抑郁，唯独见到我，才有温度。

我说："今晚有时间吗？我想请你在校园的雅趣咖啡厅坐坐。"

林玫瑰听完我的邀请，像面对佛像似地双手合一，说："太好了！马上要分手，我早都想请你坐坐哪。因为我听说你不想读硕士……"

不知怎么回事，我陡然来了恶作剧的想法，便像演员那样，佯装叹了口气，开始表演出有点悲伤的表情。

林玫瑰愣住了，关切地问："你好像哪儿不舒服……"

我本来想说因为要与你分别，心里不是滋味儿。可却说出了我自己都惊讶的话来。我说："我父亲的公司要倒闭了，我哪能读什么硕士啊……"

林玫瑰吃了一惊，不但恢复了她正常的抑郁，而且还变本加厉地一脸哭相。

这时，一些男同学走过来，见到我与林玫瑰悲悲切切的样子，就笑起来："怎么，要毕业了，霸王别姬啊！"

我打着哈哈："孔雀东南飞啊！"说完我随着男同学们一起走远，但偷偷回过头来瞥一眼，却看到林玫瑰还愣在那儿，为我父亲的公司倒闭惊讶或伤心。

下午，我接到林玫瑰发来的微信：对不起，姜老师约我谈读硕士的事，今晚就不能赴约了。

坦率地说，我心里轰然一声打了个响雷，因为我对林玫瑰的情感很当回事，所以我一下子就明白，这个假林黛玉以为我老爸真破产了！坦率地说，我相当伤心，而且还上升到失恋级别的伤心。古人真是说对了，人不可貌相，海不可斗量。其实，我将学校里所有对我青睐的学妹们，一律看成她们是"青睐杨公子"，而不是我杨顺达。但我却保留了林玫瑰。现在看来，这个世界上的靓女们全是物质的性奴！我开始愤怒了，幸亏我愤怒，愤怒才能使我对林玫瑰的伤心只持续了一个夜晚。但实话实说，愤怒使我憎恨林玫瑰不纯洁的心，但却很难忘掉她美丽的脸。

几天之后，我发现对我总是闪射热切眼神的漂亮学妹们，再见到我时无精打采，或是礼节性地打个哈哈，就擦肩而过。我知道这是林玫瑰宣传出去的结果，所以她们心中的杨公子没有了，只剩下穷大学生杨顺达。可是有一个学妹对我表示同情，她在食堂门口见到我，口气既同情又严肃地说了句："要挺得住！"

我一下子感到温暖。问题是这个学妹形象一般，也就是说不漂亮。倘若她是靓女，可能就不会同情我。看起来这个世界上面孔美的坏人多，面孔丑的好人多，我有些悲观。当然，我并不会真正的悲观，因为有一笔巨款藏在腰中，我就是挺不住，巨款也能帮我挺得住。

应该承认，林妹妹对我打击还是相当大的。有一阵子我都不知怎么办了，不知下一步该往哪儿去。但不继续读书当然不可能留在学校，回到家里更令我恐惧。只要想到那松软的沙发和更松软的床垫，犹如想到陷阱，令我喘不过气来。学校的食宿条件简直就是军营，但让我活得有了些精神。有个老师曾当众表扬我，说杨顺达同学能和大家一样起床、跑操并到食堂吃饭，绝对是优秀。其实这个老师不了解我，从柔软的家庭里来到坚硬的校舍，我觉得是享受一种新鲜。

我本来应该像鸟儿飞出牢笼那样，愉快地飞出学校，但被林玫瑰弄得伤感欲绝。不过，想到我可以随意飞翔到任何我想飞翔的地方，最终还是恢复了一些精神。我提着箱子走出学校大门口，正要回过头来高喊一句："永别了，我再也不想回来的牢房！"却看到林玫瑰急匆匆地跑过来，她一扫往日的抑郁，满脸兴高采烈的表情，并用少有的洪亮嗓门喊我："小坏蛋，你净胡说，龙祥公司火着哪！"

我的心里轰然一声，有些重新燃烧的感觉，但不知怎么回事，我感到心底深处的灵魂却在强迫我不动声色。于是，我非常平静地看着她，完全像看一个荒诞影视片里的荒诞人物。

林玫瑰跑到我跟前，有点气喘吁吁地说："你呀，真就是个小坏蛋，怎么好胡说呢！"

猛然间，我发现林玫瑰其实并没有我过去看到的那么靓丽，甚至还有点丑陋。特别是她的笑，有一种俗不可耐的讨厌。我甚至想恶毒地说她一句："我知道你是爱我爹，因为我爹有钱。"但我只是冷静地闭着嘴。并继续冷静地看了她足足十秒钟，然后用郑重的口吻说："如果我要不胡说，就真被你虚伪的情感弄糊涂了！"说完，我掉头就走，一直走到百米开外的出租车跟前，再也没回头看一眼。

当我刚走到出租车跟前，却听到一声刺耳的刹车声，抬头一看，原来是三胖子。他将父亲豪华的大轿车开来了，而且车头差一点就顶到我的膝盖上。

三胖子跳下车，说："达公子，上车。"

我朝车里扫了一眼，里面空空荡荡，便问："老板呢？"一般情况下，我与公司里所有的人同样，都称我老爸为老板。

三胖子说："老板随市里招商团出国了，我估计你这个时候要离开学校。"

我说："你别对我忠心耿耿，我将来绝对不会当公司老板。"

三胖子笑了："其实是你妈安排我来接你的。"

我说："我已经告诉我妈，我要与同学们去风景美丽的地方旅游，暂时不回家。"

三胖子说："老板娘说了，你到哪儿，我就陪你到哪儿。"

我说："我还没拿定主意。"

三胖子笑了，说："上车吧，边走边拿主意吧。"

父亲的车其实并不豪华，是日本的老皇冠，年头已久，外表老气横秋。而且是越上光打蜡，越显滑稽的衰老。就像八九十岁的老人涂脂抹粉。但父亲喜欢这辆老车，说是这辆车有灵性，当初就是开着这辆老皇冠，登上人生辉煌的台阶。当然，父亲为这辆车花了大价钱，除了车身之外，所有的部件一律换成最新最高档的。只要你坐进车里，立即就能感到现代豪华配置：大尺寸的导航屏幕可以播放影视片，分区空调，座椅会徐徐地渗凉风或暖气，而且只要车拐弯，座椅的扶手就像人的手臂一样搂抱你，防止你的身体倾斜。父亲笑着说："外面让人们看到我艰苦朴素，里面让我享受腐化堕落。"

三胖子对父亲这辆车爱不释手，并经常吹嘘这车具有总统级别，说车窗玻璃有防弹的功能。我不太相信，但三胖子说他用气枪在十米外朝车窗玻璃射击，毫毛未损。我说："气枪算什么，我练武的师傅练硬功，钢钉都打不透他的皮肤。"

三胖子有些不解地问："你这个公子哥儿，为什么很少跳舞，却去下苦功练武？"

我说："现在人们都恨有钱的人。我爹有钱，所以人们恨我爹，也顺便就恨我了。"

三胖子不吱声了。良久，才小心翼翼地说："现在形势紧张了……不过，老板挺厉害，与市里主管经济的大官儿关系非常铁，谁也不敢惹。"

我说："你压根儿就不看新闻，现在形势紧张是紧张当官的，谁要是与当官的太近了，谁就倒霉！"

三胖子笑了："没想到你这个公子哥儿懂得还不少，确实，现在当官的不太好过了，国家级别的大官已经有好几个被拉下马。"

我警惕地瞥了三胖子一眼，说："我爹不是官。"

三胖子突然放低声音说了句："看起来你比你爹厉害，不贪权不贪财不贪色，看破红尘了！"

我们到了省城巨大的汽车站，我要三胖子停车，然后告诉他，我要自己走，去一个同学家。说完就从口袋里掏出几张百元大票，我口袋里一般没有现金，所以掏出多少就是多少，塞到三胖子手里——"去找家饭店吃顿饭。"三胖子数了一下钱，想退还给我两张。我一摆手，转身走去。

三胖子在后面喊我："什么时候来接你？"

我又一摆手："三年以后！"

三胖子哈哈大笑起来，他知道我是幽默。可我甚至想三十年之后也不回家。俗话说穷家难舍，我的许多农村考来的穷同学，真就这样，只要学校放假，就急不可耐地跑回家去。我的家条件好得犹如宾馆，我却从来不想回去。林玫瑰有时对我不愿回家大感奇怪，我就笑道："穷家难舍啊，可我没有穷家！"

第三章

我在车站的商场里转悠了一通，买了两套普通服装，换下我身上的名牌衣裤，打扮成一个穷学生的模样，立即感觉这个世界变得清静了许多。因为没人再注视我了，特别是一些现代装束的女孩子，几乎百分之百地不再看我一眼。这令我感觉良好。我在无数条长途汽车线路牌子上，发现有一路通向海边的无数个村庄，其中有一个村庄名字叫"皇帝村"。我有些吃惊，如此堂皇的大名，肯定是出过皇帝的地方。于是我就随着公共汽车摇晃了N个多小时，最后来到皇帝村。

一下车我就惊讶得目瞪口呆，没想到堂堂皇帝村破败得像贫民村，到处都是残壁破瓦的低矮房子。有些简直就不叫房子，完全是用一些黑灰色的木板木棍子支撑着的小偏厦子，犹如里面住着原始人。走着走着，我才发现村中心有两座金黄色瓷砖建的别墅，四周还有花园般绿树，并环绕着铸铁栅栏，绝对是羊圈里跳出两只骆驼，完全是外国风光，特别惹眼。但在这洋式的建筑的衬托下，却又让我感到皇帝村有着明清的古韵了。

后来我才知道这两座建筑一座是村主任家，另一座是村主任老婆开的酒店。

我在皇帝村四周转悠了一阵，发现这是个刚刚开发的旅游景区，因为这个地方竟然很美，地势非常平展的村庄四周全是玲珑的山峰，我说的玲珑真就是玲珑，一般山的形状都是金字塔一样上尖下宽，大同小异，而这里的山却像红楼梦里大观园的假山怪石，放大了几百倍的盆景。有些山下面竟然比上面还窄，大头小怪的样子，像年画里耍大头宝的孩子，奇特而可亲。这使我不断地想起聊斋志异里的小说场景，我甚至都盼望有一个狐狸精变成的美女。

然而，正当我这样遐想之时，狐狸精来了。从偏狭的山林小路里走出来个女孩子，虽然穿戴朴素，但形象却是妖艳，尤其是那两个杏核眼，闪烁着令人心动的光彩。古书上经常形容美女的眼睛是杏核眼，其实杏核眼与狐狸眼有相似之处。坦率地说，我有些恐惧式的激动，因为天时已晚，山林里更是黑了，却能走出一个靓丽的女孩子，而且眼睛还能闪射出迷人的光彩，不能不使我有点紧张。

女孩子看到我，却并不惊讶，甚至像见到多年的老朋友，她站住了，动作优美地甩了一下头发上的水珠。我看到她手里提着一套下海的器具：水镜、鸭蹼还有鱼叉。这才明白，我确实是来到有大海的村庄。不过，渔村的女孩子能提着这么洋气的水镜和鸭蹼，让我有些吃惊。坦率地说，尽管她形象靓丽，但与林玫瑰相比，还是有点乡下的粗野气。

女孩子很大方，竟然主动问我："外地来旅游的吧？怎么，迷路了？"

我目瞪口呆地点着头。女孩子笑了，说："跟我走吧。"

天哪，这么个靓丽的女孩子，见到我这样的男子汉，却大方地要我跟她走，深山老林里有这么现代的开放意识，令我感到有点莫名其妙的惊喜。

跟着女孩子在树丛的羊肠小路里七转八拐地走了一阵，就见到一处有些古老风味的四合院，里面一排白墙灰砖的正房，两侧还有厢房。关键是小院门楣上挂着一个牌子，上面写着四个大字：小燕海鲜。原来这是渔家开的小吃店。走进去一看，还有个牌子挂在厢房的门楣上：小燕民宿。女孩子走进去，喊了声："爷！"只见一个头戴白厨师帽，身着大围裙的老头蹒跚而出。

女孩子说："来客人了！"

老头说："所有的房间都空着，让他随便挑，想住哪间住哪间。"

我的天，原来这个女孩子是拉客来她的小店。我认真地看"小燕民宿"四个字。女孩子说："我本来是拂晓的晓。但换成这个'小'，好认。我们这儿家家开旅店，但我家是最好最舒服的。"看到我发愣的样子，她加重口气说："不信你先到各家看看，如果有比我这儿干净舒服的，你就别回来！"

我说："不用看，就住你这儿。"

小燕说："不过，房间价钱不一样，有贵的有便宜的。"

我立即回答："我住最贵的！"

小燕有些惊奇地盯着我，说："最贵的正房是大房间，可以住一家人。"

我说："我一个人就是一家人！"然后就到所谓的最贵的房间，进门一看，还赶不上我们家的仓库。我故意刺激小燕："再没有比这贵的吗？"

小燕没敢吱声，只是不好意思地笑笑。

我最终住在小燕民宿的原因，是小店炒葱油螺片的滋味。其实饭桌上已经摆满了很多海鲜，有油煎牡蛎，有红焖黄鱼，有鲜得让你咂舌的黑鱼汤，如此丰富的海鲜中却突显出葱油螺片的美味，说明这道菜太棒了。坦率地说，我跟着发了财的父亲，吃了多少大餐，尝尽天下美味。读中学放暑假时，父亲带我去欧洲逛悠了一圈，那就等于吃遍世界名菜。我父亲讲究吃，并为此相当研究，经常对我讲正在吃的菜肴是什么材料，什么作料，什么做法。我认定我这辈子不会再为吃什么美味而惊讶了。但小燕她爷爷炒出的一盘葱油螺片，几乎就让我下定决心在这里吃一辈子。

葱油螺片是沿海城市的名菜，一般饭店没有高厨，不敢做这道菜。但一般的高厨却炒不出如此鲜香的葱油螺片，这令我吃惊。后来的日子，我到后厨看小燕爷爷的手艺，这才发现诀窍。原来做这道菜麻烦，第一，要将海螺的肉切成相当薄的薄片，这种刀功已经失传，因为海螺必须是活的，但活着的螺肉新鲜而柔软，在柔软活动的软肉上切出薄片来，真就是神仙。城里的厨师已经没有这种技术了，他们只能借助冰箱，将海螺肉冻得半硬状态，切片就相当容易。但新鲜的海螺肉只要冻僵，那味道当然就差得多。而小燕爷爷的刀功厉害，他将刚从海里捕捉上来的海螺拍碎，取出肉来，然后撒上盐粒，轻轻一揉，接着就切片。但第二道工艺也挺艰难，就是切成的薄片先要用沸水煮一下，薄薄的螺片只要见到沸水，立即就紧缩成花朵一样，煞是好看。但在沸水中的时间是个功夫，火候大了，螺片就硬，嚼起来如牛筋，火候小了，却又生涩塞牙，必须恰到好处。

我看到小燕爷爷将螺片放在一个大网勺里，往沸腾的大铁锅里，轻轻一晃就迅速捞出来，原本稀溜溜的生螺片立即就曲卷出一朵朵菊花，真是神了。

我说："你怎么会这么准确地掌握火候？"

小燕爷爷一笑："干长了。"

小燕有些骄傲地说："这个菜名一般叫葱油螺片，但我家这个菜加了个香字，叫葱油香螺片！"后来我才更明白，这道菜最关键的是小燕亲自下海捕捉上来的香螺。因为海螺有数十种，有螺壳厚实的红螺，有螺肉硬实的海螺，有味道刺激的辣螺，但最好的品种是壳薄肉嫩的香螺。只有香螺做出的葱油螺片，肉质最可口，味道最鲜美。但皇帝村里所有的渔人，无论高手低手，什么螺都能捕捉到，但很少能捕捉香螺。这可是太奇怪了，一个女孩子都能捕捉到的东西，男子汉们却捕捉不到，我难以置信。

上午九点多我才起床，这时小燕已经从海边回来了，手里提着一网兜香螺，我上前一看，果然与一般的海螺不同，形状小巧，外壳花纹亮丽，而且非常干净，就像旅游品商店里摆的贝壳，我忍不住用手去抚弄一下。小燕将网兜抢开，说："别沾一手咸腥。"

我说："我就是在湖边长大的，还下水捉过鱼呢。"

小燕笑起来："少爷还有这两下子？怕是扔到水里就像秤砣吧！"

我没想到她能叫我少爷，便故意板着面孔，说："你怎么叫我少爷！"

小燕说："太阳照屁股才起床，不叫你少爷还叫你老爷啊！"

我说："我是来休假的，读了好几年的书，累死了！"

小燕大笑起来："老老实实坐在那里读书，还喊累，你真是比少爷还少爷了！"

在乡下人的眼里，我确实是个好吃懒做的少爷，到小店第一天，就要最舒适的、价钱最贵的房间，并要定时洗熨我的衣装，还要小店给我特地买几箱名牌矿泉水。另外，我吃饭不能按时，逼得小燕爷只好现做现炒，颠颠地端到我的屋子里。小燕说你这个少爷不好伺候，但我们决不多要一分钱，还保证让你满意。我说不要提钱不钱的，只要你们服务到位，我会加倍奖赏！

这时小燕的爷爷走过来，接过小燕手中的香螺。说："今天来逛景的人多了，说不定这些东西还不够用呢！"

小燕说："今天早晚两头潮，傍晚我再下海干一潮！"

我说："我帮你，我是学校的游泳冠军！"

小燕说："管你什么军的，也得死在三道关的海里！"

我问："什么三道关?"

小燕爷爷说："那是海里一排礁石，与岸边隔着三道海流子，一般人过不了这三道海流子，所以就是三道关。"

我看身旁的小燕，脑袋上是亮晶晶的水镜，后背竖起光闪闪的鱼叉，真有点英姿勃勃。

我在皇帝村里转了一圈，这才发现几乎所有的渔家都在开店，表面上破破烂烂的房屋，其实里面都挺有点风景，有的院子里种了鲜花，有的还摆放假山石，有的还挂着一串串红灯笼。不难看出，这个刚刚开发的旅游村，家家都为招揽游客而收拾装扮得红花绿叶。当然，真正像样的酒店，那就是村主任老婆开的"皇帝酒店"，门前还有两礅大石狮子，我进去吃了一餐，特地要了葱油香螺片，服务员上的却是常规的葱油螺片，天哪，就像吃塑料萝卜片。其实，看到皇帝酒店的现代设施，我差一点不想回小燕店了，但只要品味一下葱油香螺片的味道，我觉得还是住小燕店。

小燕的店里只有她与爷爷两个人忙碌，一个厨师一个服务员。尤其是小燕，又要端盘子上菜，又要收拾房间，还要下海捕捉香螺。这么强度的劳动，男子汉也承受不了，但她却干得有条不紊，还一脸的轻松。

我说："你真了不得，干这么多的活，竟然干得一包劲儿！"

小燕说："挣钱怎么能没有劲？越累越说明挣钱多呀！"

我有些得意地说："我不出力也挣钱。"

小燕说："你这样的少爷还用出什么力，啃爹妈呗！"

我有些不悦，小燕说出的话不柔软，与林玫瑰相比真就是一个文明，一个野蛮。不过，我还真没法对应，因为这家伙说出的话虽然硬，但句句击中要害。当然，我还是能找出些词句来。我说："你们这个村叫皇帝村，应该出公主贵妃，可我看到的全是野丫头！"

小燕笑得弯下腰："什么皇帝村，这里山多地硬，长不出苗来，是荒地村！为了图个吉利，人们就故意改叫皇帝村，一辈辈这么叫下来，成真了。"

我故意用失望的口气说："我以为你们这儿出过皇帝呢！"

小燕却响亮地说："要是出皇帝，我早就当皇后了！"

我笑起来："你要当皇后，皇帝早就吓死了！"

小燕突然脸红了，竟瞪着孩童般的眼神，问我："我真的不好看吗？"

我有些尴尬，忙说："好看好看，我在村里转悠了好几圈，就你最好看！"

小燕脸更红了，说："我知道你是哄我，你们城里人看我不漂亮，但农村人看我是天仙！"说着她掏出手机，摆弄一下子，递到我眼前，说："你看，我不比城里女孩子漂亮吗？"

我一看，那是手机里的艳照功能照出来的，全像涂抹了一层粉黛的假人。便说："这是假的，其实，你比假的更好看！"

小燕赶紧缩回手，甚至将手机藏到背后，继续对我瞪着孩童般的眼神，说："你们城里不是都喜欢这样的吗？"

我说："我不喜欢。城里的女孩子全是塑料花，你是田野里长出的真花，充满生命力。"

小燕笑了："城里人嘴就是巧。"说完，她又说："跟我上车，我给你导游，先观赏我们这儿风景的鲜味儿！"

小燕开的车其实就是城里残疾人驾驶的那种有个小棚的三轮摩托车，但她竟然开得相当快，感觉就像三胖子开轿车那样飞速。因为渔村里的路坎坷不平，曲里拐弯，简直就令我感到惊险。小燕指着一块伸进海湾里的小土丘，说："那是神龟探海。"又指着一座峰尖有点光秃的山说："那是罗汉拜月。"后来将车开到一个高坡上，望着远处两个并列在一起的小海湾，说："那是爱情湾。你要是带女朋友到爱情湾里游一下，就永远白头偕老，永不分离了！"

我看两个并排在一起的小海湾，俨然女人的两个乳房，有些想笑。小燕看出我表情的意思，就咯咯地笑起来："其实这是改革改的名字，原来就叫奶子湾！……"

我觉得乡下的女孩子比城里女孩子封建同时比城里更开放。回程时，小燕依然驾车飞驰，有些弯路我认定车要翻了，但却就有惊无险地飞掠而过，令我大感刺激。小燕突然问："你能在这里住多少天？"

我说："我想住一辈子，怕把你们住烦了。"

小燕拍着手又咯咯地笑起来："你住两辈子我们也不会烦，欢迎还来不及呢！夸你们城里人嘴巧，你真就巧嘴滑舌了，说真的，你住多少天？"

我佯装大大咧咧的样子，并用大大咧咧的口气问："你们这儿能刷卡吗？我先刷十万。花光了再刷！"

小燕吃惊地差一点来个急刹车，她回过头，满脸不相信地看了我一眼，却调皮地笑起来。

我知道她不相信我要刷十万的卡，便用更夸张的口气说："怎么，你觉得刷十万少啦？那就刷一百万！"

小燕一下子哈哈大笑起来，笑得车都跟着颤动。

我说："你是怀疑我没钱吧？哈哈，你不是喊我少爷吗？少爷怎么会没有钱！"看到小燕又回头看我，于是我大声说了句："你说对了，我是啃老族，我爹有钱！"

第四章

其实刚住两天那阵，我到村里转悠，回来就发现小燕的眼神总是有着某种不安，我意识到她是怕我跑到皇帝酒店去住。因为城里人到乡下旅游，最怕的就是上厕所，现代生活已经使城里人绝对地不能蹲在茅坑里拉屎了。而皇帝村唯一有卫生间的就是皇帝酒店。小燕这样的店，人们只是来吃饭，最多在房间休息一下，当天就离开了。严格地说，只是我一个人住在她的店里。不过，小燕对我的担心是多余的，我能稳稳地住在小燕店里，不但是葱油香螺片的鲜香能留住我，更主要的是我一看皇帝酒店就想到我家，就令我窒息。住在小燕店里有种别样感觉，就像大款们吃腻了山珍海味，想吃野菜一样。

但我发现人们都对小燕有着妒忌，说她是狐狸精，能迷人，所以才能招客。有个挂着"第一鲜"的小店里，粗壮的女老板竟然对我直言不讳地说："你这个小白脸，被狐狸精迷上了吧？"

我有些生气，便不客气地回她一句："影视明星都迷不住我，何况你们这里的野丫头！"

那个女老板却不饶我，撅着厚厚的嘴唇说："野丫头有野味儿，吃腻了山珍海味，就想吃野味儿！要不然，我们这个兔子不拉屎的地方，你们城里人怎么会颠颠地往这儿跑！"

但村里人对小燕最大的妒忌，是她能下海捕捉到香螺。于是我便来到海边，看小燕有什么高超的技巧。为此，我从省城一家著名体育用品商场订购了一套进口的水镜和鸭蹼，还有高档的泳帽和泳裤。送快递的说到皇帝村太遥远，要付大价钱的路费。我说你就抓紧时间给我送来，那点路费小菜一碟！

很快，我就穿戴上全进口的高档体育装备，站在沙滩上很有些威武。好像是奥运会上的游泳运动健将了。由于潮水还没退到尽头，海边空无一人。我就在沙滩上溜达。突然发现沙滩上竖着一块水泥砌成的招牌，上面写着醒目的大字："此处海域凶险，严禁游泳！"

眺望碧波万里的大海，我心胸格外开阔，觉得这个警告牌子有点荒唐。因为我看到海里所谓的三道关礁石，离岸边很近，也就几百米远，按我的速度用不上十分钟就能游上去，而且礁石上面相当平缓，没有什么犬牙交错的危险感觉。宝贵的香螺就长在那块礁石周围的水下，所有的人都会手到擒来。再说，渔村有小船，驾船就可以轻松上去，怎么会让小燕独占鳌头，成为捕捉香螺的绝对高手呢？

我开始挥臂踢腿地做操，这是下水前的必要运动。摆脱了监牢式的大学，现在我可以自由自在地享受生活了，因此心情相当愉悦。正在这时，小燕的身影出现了，她是带着小跑的速度来到海边。看到我一身的高档洋式打扮，她似乎大吃一惊。但很快她就笑起来，说："你要是玩海，就到那边的黄鱼湾，那里风平浪静，海底平坦。"

我说："我不是来玩海，而是来战斗！"

"战斗？"小燕又开始吃惊："战什么斗？"

我说："我也能捕捉香螺，但不是和你竞争，是告诉你我不是少爷。"

小燕突然笑得蹦起高来，说："我才不管你是不是少爷的，别丢了你这条小命！"

我感到自己受到了污辱，便猛地一转身，朝海边大步走去。正当我要来个优美的鱼跃姿势，扎进清澈的碧波里，却被小燕一把拽住，她说："你疯啦！看不见警告的牌子啊？"

我说："你不是也看见那牌子吗？你不怕，我更不怕！"

小燕说："不是你怕不怕，而是你死不死！"

我愣住了，这么平静的海面，简直就像游泳池一样，怎么还会说到死活问题。

小燕松开我的手，抬头看了一下太阳，说："还有点时间，我给你这个少爷讲一课大海的知识吧！"

小燕说："你看水面上有没有一道道亮带子？"

我说："我早就看到了，哪里的海都横着这样的亮带子。"

小燕说："别的海面是远远地才能看到亮带子，而这里的亮带子却紧贴着海岸。说明这里的岸边和大海深处一样凶险。你数一数有几道亮带子。"

我老老实实地数了一下，说："三道。"

小燕说："这就是三道江河，而且比江河还湍急的江河！"说着她捡起沙滩上的一个碎木块，嗖的一下抛向海里，为了使木块抛得更远一些，小燕的身子非常弹性地一跳，又非常柔软地旋转了一下。关键的是她穿一身运动员式的泳装，薄而富有弹性的泳装紧紧地贴着皮肤，愈发显出她真切的体型，高高的胸脯，细细的腰，应该说还有点迷人。不知怎么，我竟然心下一动，第一次感到乡下女孩的美感超过城里的塑料花。具体地说超过"林妹妹"。但我很快就呆若木鸡了，那个木块落在第一道亮带子上，完全像掉落在飞驰的传送带上，立即就横向地流走。

小燕说："第二道和第三道亮带子比这还急！"

我说："那你怎么能游过去？"

小燕说："现在不是你提问，是我对你讲。你要老老实实地听！"接着她就相当认真地给我当起老师。

原来皇帝村的地势是突兀在黄海最前端的陆地，也就等于面对广阔的太平洋，所以潮水的进退相当活跃和猛烈。关键是三道关礁石与岸边之间的三道激流中，布满险峻的暗礁和深沟，犬牙交错，完全像插满了各种可怕的刀枪，所以就派生出复杂的激流，真就犹如长江三峡。无论是人和船靠近，都会被这些刀枪阻挡，甚而将船底戳漏，将人的肚皮剐开。据说曾有潜水员下去探测，竟然就被尖锐的暗礁刺伤，差一点丢了性命。问题是暗礁丛里生长着大量的香螺，在过去饥饿年月，皇帝村有人不顾死活下水捕捉，死伤无数。为此村委会在三道关的沙滩上立着"生命危险"的大牌子，警告所有的游人不要冒险。

听完小燕的讲述，我说："你这是来吓唬我吧。"

小燕说："我怎么会吓唬你，我是保护你！"

看到小燕认真地瞪着明亮的大眼睛，我就幽默了一句："看来你珍惜我的生命啊！"

小燕说："我又不是你的亲爹亲妈亲兄妹，我珍惜你什么！……你是我的客人，出了危险我们肯定也跟着倒霉，还挣不到住店的钱了！"

我觉得这个野丫头真是有点野，不懂什么情趣。正想反击她几句，却猛然，听到一阵摩托车的轰隆声，只见有两辆摩托车从远处的海滩朝这边疾驰而来。这是进口宝马系列的大马力摩托，在自然景色的海滩上更显威武，车轮下面激起的水花飞扬，很有些精彩。驾驶摩托的是两个小伙子，由于没戴头盔，光着脑袋，犹如土不土洋不洋的小混混。

摩托车很快就飞驰到我和小燕跟前，而且决不减速，只是到我的跟前才来个急刹车，犹如奔腾的野马被勒住，一个惊险漂亮的前倾后停住。

小燕对我说了句："村主任的儿子来了。"

我看出两个家伙一高一矮。村主任的儿子肯定是高个，他穿戴相当洋派，全是我曾穿过的高档名牌。他们一前一后，大摇大摆地走过来。

走近时，我才看出村主任的儿子形象不俗，现代城市年轻人的风度，发型是"新款式的萝卜头"，脑袋四周光光的，只是头尖顶上立着染黄的发尖。用赞美的词来说，他还有点港台演员的模样，是现代女孩喜欢的那种奶油小生。

但他对我表露出明显的敌意表情，问小燕："怎么回事？这就是你表哥呀？"

我大为疑惑，小燕竟然在村主任儿子面前说我是她的表哥？正当我怀疑之时，小燕却爽朗地说："龙哥，你别胡思乱想，我可没有这样的表哥！这是我的客人，要在这儿下海，我劝阻不听……"

村主任儿子听小燕这么说，不由得大怒："跟我到村委会走一趟！"

我也勃然大怒，想不到小燕会说这样的狠话，再加上村主任儿子恶劣的口气，令我都有点暴怒了："要我到村委会，我犯了什么法？！"

村主任儿子继续不客气地说："啰唆什么？我要你到村委会你就老老实实地去！"

我冷笑一声，迅速套上外衣，提着鸭蹼和水镜，大步朝沙滩外面走去。村主任的儿子看到我不把他放在眼里，大伤自尊。这时矮个子就一下子跳到我面前，堵住我的去路。我和你说过我练过武术，才不怕他这一套，毫不犹豫地往前闯。没想到矮个子竟然飞起一脚朝我踢来，我趁他一脚腾空一条腿站立的机会，就势一脚扫过去，矮个子呼咚一下栽倒在地。而且栽倒得非常厉害，因为我不仅是一扫，还勾住他的脚脖子，用力往上挑了一下，也就是给他个"倒栽葱"。

我并不停步，而是头也不回，扬长而去。当然，我一面走一面警惕后面，如果村主任儿子敢追上来，我会决一死战。从小到大我还没受过一点点委屈，到这么个兔子不拉屎的鬼地方，我怕什么！不用说村主任的儿子，就是县长的儿子又能怎么样。我怒气冲冲地走着，时刻准备击退那两个家伙追上来，但什么也没发生，我一直平安无事地走回小燕民宿店。

可我刚进店门，就见小燕爷满脸惶恐的表情，他手里握着一个老式手机，对我说："小燕刚刚来电话，说你得罪了俺村里的小龙王，那浑小子正纠集村里的一些混混来找你……小燕要你先躲躲……"

我很有些吃惊，小燕嘴里喊的龙哥，在她爷爷的嘴里又变成小龙王了，看起来这个家伙挺有势力并凶狂。因为小燕爷一脸的惊恐表情，绝对是如临大敌。而且他一面对我说话，还一面朝院外眺望，似乎村主任的儿子小龙王就要杀上门来。

我突然有点紧张了，因为我想起"强龙难压地头蛇"这句俗语。在这偏僻的渔村，村主任儿子人多势众，我单枪匹马，当然会吃大亏。小燕爷也看出我的紧张，他就带我从后院走出去，三拐两拐地到了一间破烂的仓库里，仓库里充满腐烂的气味，呛得我都喘不过气来。小燕爷的手机又响了，肯定是小燕打来的，小燕爷瞅了我一眼，大概怕吓着我，便跑出仓库去与小燕对话了。但不一会儿就跑回来，说："你暂时先委曲在这里吧。"接着叹了口气："官大一级压死人，咱惹不起呀！"

小燕爷陪我说了一阵话，原来村主任的儿子龙哥看中了小燕，非要小燕嫁给他，小燕却不愿意。但龙哥有势力，率领村里一帮混混来小店捣乱，三天两头找麻烦。逼得小燕没办法，就说她有对象，是她在城里当警察的远房表哥。听说小燕对象是警察，还真把龙哥吓住了，不再敢来小店捣乱。但时间长了，总是看不到警察表哥的影子，龙哥就起了疑心，所以小燕这些日子也不好过。

我问："小燕的爹妈哪去了？"

小燕爷又叹了口气："别提那两个畜生了！"

我有些奇怪，这个老头子，怎么会骂自己儿和儿媳妇是畜生。小燕爷沉吟了一会儿，便断断续续地告诉我，小燕父亲去省城打工，竟然就与外面的女人乱搞，挣钱不往家里交，过年都不回家看看。后来小燕妈怒气冲天地奔往省城找老公算账，开始还能传回来一些愤怒的信息，但再后来就没声了，原来她也与外面的男人乱搞，也不回来了。

"小燕这个孩子命苦啊！"小燕爷爷突然有些哽咽了，却忽地一下站起来，说他得回去给游客做饭了。"你暂时先在这里委屈一宿吧。等我找村主任说说，其实村主任人不错，不知怎么养了这么山猫野兽的儿子！打起架来可凶呢，前些日子有个客人不知怎么惹了他，被他打得鼻口喷血，弄得村主任赔了好几万块钱。"小燕爷临走时千叮万嘱我不要离开仓库，他一会儿给我送饭和被褥什么的。我觉得我要是在这个臭氧熏天的仓库里待上一宿，那还不如被村主任儿子打死。然而，又能怎么办呢？想了一阵，我就给三胖子发信息，将我现在的处境告知他，三胖子听完后，也有些急，要我发个导航图给他，他连夜开车来救驾。我将导航图发过去后，三胖子说，车要跑将近十个小时，最快明天上午九点赶到。三胖子突然笑了："你这个杨公子，有福不享，偏要找磨难……"

我有些憎恨自己了，堂堂一个大老板的公子哥，从小到大被人宠着，今天怎么会这么窝囊！……越想越有点不是滋味儿，竟然就再度愤怒起来：我怎么会怕这些土气的乡下佬，凭我一身功夫，拼他个你死我活的，就是把村主任儿子打残了，我赔得起！哼，天王老子也阻挡不了我，我非要在这里玩够了吃够了再走！俗话说，急中生智，我陡然来了灵感，脑海里生出一个绝妙的计策，于是我就又给三胖子发信息，如此这般地交代了一番。三胖子听后大声叫好，但最后却说了句："可能要花两个钱……"我火了："你他妈的闭嘴，我什么时候怕花钱！"

第五章

第二天上午快到十点了，三胖子还没音信。正当我急得要命之时，他却突然给我打来电话，用相当兴奋的口气对我说："为了给你个惊喜，所以车已经进村了，才给你打电话。"话音刚落，我竟然就看到一辆警车鸣笛而来。司机是一个年轻的警察，旁边坐着一个略胖的警官。再细看，真了不得，那个警官竟然是三胖子！三胖子穿着一套警服，警徽肩章亮闪闪，绝对像个司令官。他看到我，便从车窗伸出手来招呼我上车，把他准备好的另一套警服给我穿上。三胖子告诉我，开车的是他的朋友，绝对可靠。年轻警察平静地说："咱不是干坏事，是来吓唬吓唬土流氓，没什么问题。"

我拍了拍三胖子的肩膀："你比我想的还高超，少爷重赏你！"

三胖子说："不过你今天要委曲一下，我扮演的是你的上司……"

我立即打了个立正："向局长敬礼！"

小燕的店里突然开进一辆警车，还下来威风凛凛的三个警察，把小燕爷吓得不行，当看出我的面孔时，惊讶得"啊"了一声。小燕闻声跑出来，虽然也惊讶，但更多的是惊喜，不过脸却红得像煮熟的虾。

我故意大声说："怎么，你当警察的表哥来了，还不表示一下亲热呀！"

小燕的脸更红了。

从上午到傍晚，我完全像演电视剧一样，到村主任老婆开的皇帝酒店摆一桌酒席。大呼小叫地喊着"燕儿燕儿"的，意在让村主任的老婆知道我是小燕的表哥。你们他妈的都睁开眼看看，小燕的表哥真就是个威风凛凛的警察！

然后，我还扯着小燕的手，在村里的大街上横逛，三胖子走在旁边，不时地咳嗽一声，表示他的权威形象。没想到小燕的羞涩此时一扫而光，真就是个正经八百的影视演员，她换了一身相当现代的衣装，就那条无风也能沙沙飘动的花裙子，我在城里名牌店里见过，估计得上千元。小燕知道我们都是为了她，所以非常认真并非常巧妙地配合着，有时还将脑袋贴到我的肩膀上。特别是人多的时候，她表演得更逼真。但我发现，每当小燕紧紧依偎着我的时候，恰恰是有几个小混混在路边，而且我一下子看到，在小混混后面有一张我眼熟的脸，但很快就想起，那是龙哥的脸。于是我更表演得火热，故意用手去搂着小燕。小燕富有弹性的身子，弄得我真就有点谈情说爱的感觉了。

那个年轻的警察驾着警车缓缓地跟在后面，总之，我们好不威武，在皇帝村上演了一场有声有色的"武装情戏"。

当天晚上，小燕爷特地做了黑鱼汤、姜炒蟹、炸蛎黄，当然，最拿手的葱油香螺片做得更是金花朵朵，鲜香扑鼻！尽管在村主任老婆的店里大吃了一顿，但还是被小燕爷的厨艺折服。三胖子说他跟老板多年，吃过多少大餐，但还是第一次吃到这么高档品位的海鲜。他竖起大拇指："果然是皇帝村，宫廷菜肴！"

那个年轻的警察也频频点头，甚至幽默了我一句："怪不得你在这儿休假，原来是享受皇帝的待遇！"

饭后，年轻警察却执意要连夜回去，尽管是帮我办好事，但明天不按时将警车开到岗位上，那会犯大错误的。我非常感动，就给三胖子手机里转账了两万块，说是给警察的劳务费，如果不够我再转两万。三胖子点头哈腰地说："我的公子哥儿，知道你出手大方，我们俩平分都够了！"

年轻警察很够意思，他将那套警服留给我，说是他有两套。如果以后有危险，这可以给我护身。不过，一般情况下最好不穿，扮假警察要是被揭露，不是件光彩的事。我为此更加感动，说我不会再穿警服，这一次表演绝对够用了，再说，我在这儿也住不了几天。

警车开走后，小燕也像卸妆的演员，换上紧身的牛仔服，然后恢复了往日一脸正经的表情。她轻轻并有节奏地敲几下我的房间门，这才进来。她说："非常感谢你的帮助，这下子龙哥再不敢来骚扰我了……"

看到小燕如此严肃认真地来表示感谢，我故意哈哈一笑："小菜一碟！"

小燕说："这可不是小菜一碟，摆出这个排场，你肯定花了不少钱。我想……免你一周的住店钱和饭钱可不可以，我就不给你钱了……"

我笑起来："什么钱钱钱的，你挺会算账呀！"

小燕没有笑，继续认真地说："如果你觉得免一周的钱不够，那可以再加几天……"

我没想到她会这样认真，感到有点滑稽，便幽默地说："可惜你没生在我家，否则早就是副总经理了！"

小燕还是没笑，却认真地说："我也为你可惜，你为什么不跟你爹当副总经理？"见我有点目瞪口呆，她这才微微一笑："你爹白养你这么个公子哥儿了！"

为小燕演完这场戏后，事情却出现了更戏剧性的变化，龙哥和一帮小混混在海边找到我，我以为我的警察戏演砸了，被他们看出破绽来，心里紧张得要命。但龙哥却像古装影视剧里的人，对我抱拳作揖，连连称"有眼不识泰山"。看起来他们真就是乌合之众，被我这个假警察吓傻了，要请我吃一顿，求得谅解。我本想拒绝，但看到龙哥一脸的真诚，也就到他母亲开的皇帝酒店。席间龙哥曲里拐弯地问我是否来这里与小燕举行婚礼。我这才意识到警察剧还要继续演下去。于是我就说我还年轻，个人小事不能误了工作上的大事——我猛地又来了灵感，便故意放低声调，说我是刑警，有点任务，你们看不到我不穿警服穿便服吗？……

龙哥和旁边的几个混混听我这么一说，立即肃然起敬，他们彼此也放低声音，提到前些日子有一个城里人跑这儿跳海自杀的事，可能是个大案。我就势咳嗽了一声，一语双关地说了句"不要胡乱猜测"。这些家伙更感神秘，对我更加高看，甚而有些崇拜了。不过，龙哥不是我想象得那样痞子气，他甚至还有点文化气息，竟然用羡慕的口气对我说："能找到小燕，你有福呀！"

我突然对这家伙有点同情，都想实话实说了。我甚至觉得小燕嫁给龙哥相当不错，也用不着开什么小店，累得什么似的。

从龙哥酒席上回来，躺在床上看手机里的影视大片，不知怎么，我渐渐恢复那天在海边的愤怒了。想起与龙哥的纠纷其实是小燕挑唆造成的。当时是她说我违犯村委会的规定，这是明目张胆挑唆龙哥与我发生冲突。我越想越觉得不是滋味，自己吃了大亏，被这个野丫头捉弄却又主动帮助她，真是个傻×！

突然，我从窗上看到小燕的身影，她正提着一网兜香螺，迈着雄赳赳的步伐，一脸可恨的快乐表情。可没想到她却直奔我的房间而来。只见她用脚拨开我的门，身姿轻盈地闪进来。从网兜抓出两个大蟹子，口气有点亲切地说："我今天特意给你捉了两个梭子蟹。打鱼的人叫梭子蟹是飞蟹子，在水里能像鸟一样飞速滑翔，绝对是捉不住的。但这两个东西正在谈情说爱——"说到这儿，小燕咯咯地笑起来："正在'干好事'呢！要不然我是抓不到的。"说到这里，小燕将两个蟹子举到我眼前，说："这个大的是公蟹子，这个小的是母蟹子，肚子里正有籽呢，吃起来格外香！"

我故意两眼无神，而且不高兴地拉着长调："对不起……吃不起……"

小燕佯装没看出我冰冷的情绪，用更亲切的口气说："这是我店的赠送。"见我没什么反应，她说眼下蟹子最贵，价钱排在所有海鲜的第一位。

我猛地抬高声音说："那天为什么会与你的龙哥打起来？其实是你故意挑唆造成的！"

小燕愣了一下，说："其实我的意思是让你赶快离开三道关的海，我怕你出危险。"

我说："你真把我当作公子哥儿了，我是学校里的游泳冠军！"

小燕说："在三道关，什么军也全军覆没！"说完，她又将两只蟹子举起来说，"这是我赠送你的，也算给你消消气啦……"

我想说什么蟹子我都吃过，连美国的阿拉斯加长腿肉蟹子我都吃够了，不吃你的赠送！……但看到小燕临出门时，似乎对我眨了一下顽皮的眼神，就没好意思说出口。这时手机响了，是父亲发来的信息：听说你在一个破渔村里乐不思蜀，你不想我，还不想你妈吗？

我心里陡然一动，觉得父亲说得对，我确实不想他，但我应该想我妈，其实我还真有点想了。可就在这时，妈妈也发来信息：什么年月了，你还跑农村找女朋友！妈不放心啊……

我猛地明白，这是三胖子回去乱说了，便给母亲回复：别听三胖子胡说，管他什么年月，我打一辈子光棍！

没想到母亲吓坏了，紧接着回复说：你怎么啦，有什么伤心的事，和妈妈说说好吗？

我气得哭笑不得，说我快乐得要命，在这里海风清爽，海鲜味美，现在正是学校放假，我也毕业了，更要好好在这里玩些日子。应付完母亲后，我给三胖子发信息：你他妈的胡说些什么？给我闭嘴！

三胖子立即回复：那个小燕绝对天仙，你有眼光！

我说：你他妈的给我闭嘴！

在皇帝村里玩了几天，整天除了吃海鲜，再就是和游客们一起到安全的海湾里游泳，更多的时候是躺在床上看手机里的影视大片，渐渐有点腻了，又不知再往哪儿去才好。我发现自己腰围开始粗壮，胳膊上的肌肉也变得松软，这样下去，我就不是少爷是老爷了。于是我就带上水镜和鸭蹼，去远一点的，有点险峻的海湾锻炼。我没去三道关，而是沿着起伏的沙滩，一个海湾一个海湾地转悠。因为我感觉皇帝村里的人都能认出我，于是就走得起劲儿，总之，走得越远越好。

虽然我并不恐惧三道关，但小燕的警告还是有点效果，让我不太敢造次。然而，我为此也发现，这一带所有的渔村都是旅游胜地，所有的海湾都各有特色，有的海湾中间有个小岛，有的平坦得像游泳池，有的翻腾着一层层雪白的浪花。不过，令我惊奇的是我发现一群与小燕一样的捕捉海鲜的年轻渔人，他们个个鱼叉水镜和鸭蹼，在波涛中击水，猛地就钻进海里不见踪影，又猛地冒出水面，大口地喘气。后来我知道这是专门潜海捕鱼捉蟹的，渔村里称干这一行的是"海碰子"。海碰子和专业潜水员不同，他们没有在水下能呼吸的供氧设备，而只是凭着一口气量潜到水下，这样在水下只能憋很短时间。但他们却相当骄傲，因为在这很短的时间内，就能捕捉到蟹子、海螺，还能叉到不少鱼。由于看到我也有水镜和鸭蹼，而且我的这些潜水用具全是进口的高档货，他们就格外注意我，并有点惭形秽，笑着自称他们是山狼海贼。

我想，这里离皇帝村已经很远了，他们肯定不知道小燕，于是就说起我认识一个女海碰子，也与你们一样能捕鱼捉蟹。没想到他们一听我说个"女"字，就知道我说的是小燕。但对小燕的态度却表情复杂，说不出是称赞还是贬低，一个个眼神怪怪的。他们说全世界的海碰子都是男子汉，只有小燕一个是女人，似乎有点不合逻辑。他们对三道关的恐惧并非水流湍急，而是那里的暗礁缝隙太狭窄，一般人潜不进去，敢潜进去的人十有八九出不来，肯定能憋死。所以海湾里所有的香螺都被弄光了，只有三道关暗礁里还长有不少香螺，简直就是小燕一个人的自留地，别人只能干瞪眼。但所有的海碰子对小燕都竖大拇指，称赞她不愿意给村主任当儿媳妇。能给村主任当儿媳妇，绝对有福，绝对是烧顶天的高香了！

几乎所有的海碰子都无法理解小燕的傻。"嫁给龙哥就等于嫁给银行！方圆百里，哪家的女孩子都梦寐以求，想嫁给龙哥，但小燕连眼都不眨一下，这个野丫头不知好歹！"

不过，有一个年龄大的海碰子说："小燕眼神高贵，人家不找这里的土皇帝，而是找城里的洋皇帝！"

"听说她找了个警察，前几天警察对象来，在村里大摆宴席，宣告小燕有主了，谁也别再想打她的主意！"

"还是警察厉害，龙哥从此不敢骚扰小燕了，再有钱也没警察有威呀！"

听到这里我心下一惊，农村天地虽然宽广，但有点芝麻大小的事，也家喻户晓。我怕他们认出我来，脸一红一白的。也许那天我穿着威风凛凛的警服，与我现在奶油小生形象天差地别，因此，谁也没把我当回事。

晚上在小店的院子里乘凉，我有时就半认真半玩笑地对小燕说："龙哥有钱有势长得也帅气，你怎么会拒绝他？"

小燕立即不客气地说："他有什么钱？那是他爹有钱！"

我感到她这句话一语双关，不但是说龙哥，也等于是说我，便回应她一句："他爹有钱就是他有钱！"

小燕口气坚决地说："爹有钱就是爹有钱，儿有钱就是儿有钱！我又不是嫁给他爹！"

我有些激动："龙哥将来也会像他爹那样有钱！"

小燕冷着脸，继续说："就他那个混混，坐吃山空……这样的男人靠不住！"

看起来乡下的女孩子与城市的女孩子爱情观不一样，没有花前月下，没有男欢女爱，只讲经济基础。不过，想到小燕家庭的悲剧，她大概也不会有什么浪漫的思维了。

第六章

很快，我就与海碰子们交往得亲密无间了，因为我经常买香烟分发给他们，有时还买些肉肠和白酒。在海里扎猛子是个拼命的活儿，所以食欲旺盛，只要上岸，这些家伙就抓起包里带来的干粮狼吞虎咽。但他们这帮穷小子大都是吃些玉米饼子或是混合面的馒头，菜也只是些小咸鱼或咸萝卜条，所以看到我带给他们的白酒和肉肠，就大口地喝着嚼着，美得"啧啧"地咂着嘴唇，激动得简直就不知怎么办了。

我看出，这帮山狼海贼把我当成了亲哥热弟，更当作财神，因为只要我来，他们就有好抽好吃好喝的。为此我相当得意，花点小钱就能如此得意，就像皇帝面对一群哈巴狗般的宠臣，真是一种享受。

那个老海碰子悄悄说："这个小白脸肯定不一般，他爹不是大老板就是个大官！"

我一身少爷的毛病，但在烟酒方面却是模范青年。这是母亲功劳，她什么也管不住我，但在抽烟喝酒上却下死力气板住我，还真就成功了。记得有一次我与一些哥们在酒店喝酒喝到半夜，母亲赶过来，当场将酒瓶子摔碎，并故意用尖锐的碎酒瓶割伤她的手臂，鲜血喷涌，吓得我从此不但不喝酒，甚至见到酒瓶子都害怕。我知道海碰子们对我的"挥金如土"莫名其妙，就说我是在高科技公司里的白领，工资相当高，还有度假待遇，吃喝全报销。

海碰子们又羡慕又生气，说福都让城里人享受了，乡下人就是苦命。

我说城里人不像你们想象得那么享受，他们每天都得拼命，要是发生了什么经济危机，一宿之间就变成穷光蛋了。没听说千万亿万富翁投海跳楼的吗？你们乡下人绝不会有一夜之间变成穷光蛋，只要扎进海里就能吃上美味的海鲜……

海碰子们哈哈大笑，说城里人有城里人的苦，乡下人有乡下人的乐。就这样，我与这些山狼海贼们打得火热，竟然就感到时光没有虚度。

最有兴趣的是随着这些海碰子一起下海，看他们怎样捕捉蟹子、海螺等。其实我虽然在湖边长大，在波涛上嬉戏，但从来没憋着一口气潜到大海下面的暗礁里。湖水柔软，但海水却坚硬，潜到水下要多费些气力。但海比湖丰富多彩，随着海碰子潜到水下时，不禁大开眼界，原来水下景色如此五彩缤纷，绝对是电视片《动物世界》海里的景色。首先是绿色的、黄色的、褐色的、红色的，各种颜色的海藻，在水波中舞动着长形的尖形的圆形的三角形的叶片，煞是好看。然而，幽暗的，刀锋箭镞般的暗礁丛却令我有点惊恐，尖锐的礁石上面长满了贝壳锋利的牡蛎等，稍有不慎，尖削的礁石和贝壳会轻易地划开皮肉，曼舞的海藻会无情地缠住身躯，狭窄的礁洞会突然截住出路。然而，这些海碰子们却游鱼一样钻来窜去，捕捉味美的海鲜，在静静的蓝色世界里，享受着迷人的猎获趣味。

看到这些勇士们的拼搏场景，我的恐惧也就瞬间消失。但最令我感到艰难的是温度，无论多么炎热的季节，潜到水下，就像从夏天潜到冬天，潜得越深，越能感到一种冰冷，你会觉得四肢变得僵硬，尤其是接近暗礁的黑暗处，你会在恐惧和冰冷的双重夹击下打哆嗦，这个哆嗦不仅是外面的肉体，更是从灵魂深处打的哆嗦。为了迅速解决冰冷，海碰子们就在岸上准备了柴草，每当他们打着哆嗦爬出水面，就发了疯一样扑向火堆，正面烤，反面烤，侧面烤，身体做着各种旋转动作，看到他们烤火的狼狈状，让我想起烤羊肉串，忍不住哈哈大笑。

当然，我不会这么狼狈，因为我用不着为了生计拼命，我是来游戏解闷的，蜻蜓点水，只要感觉有点冷，就赶快游上岸。当然，我有时也能捕捉到海螺和扇贝什么的，但上岸就"赏给"收获最少的那个海碰子。为此，海碰子们更加喜欢我，我也就玩得更开心。不过，那个老海碰子说："你这样太可惜了，太浪费了！"我心下暗笑，我这样档次的人怎么会为五斗米折腰！

人有时相当奇怪，无论多么艰苦的劳作，也能产生瘾头。那些日子，我每天要是不去海边，就像得了病似的。特别是风雨天海碰子们不能下海的日子，我在房间驴推磨般地转圈，觉得度日如年。

小燕看到我每天都到海边，而且皮肤日渐晒黑，很有点奇怪，她有时竟然能幽默地说："你是干部下来锻炼啊！"

我就油嘴滑舌地对答："你有点健忘啦，我是公安局派来保护你的。"

小燕此时脸就红了，我发现这个野丫头脸却经常羞红，很有点可爱。不过，她对我装扮警察的帮助，并没有情感式的感谢，好像是我帮她做了一个生意，她也给我一定的报酬，从此就摆平了。我当然并非当回事，觉得只是一次"有意思的恶作剧"而已。另外，小燕实在是太忙碌，绝对劳动模范。因为她除了下海捕捉香螺等海鲜以外，大多数鱼虾还是要到村里的鱼市上购买。特别是游人最愿喝的黑鱼汤，那肥大的黑鱼是海碰子捕捉不到的，因为海碰子的鱼叉只能叉到贴地游动的体型扁平的比目鱼，但在水层中间遨游的黑鱼，鱼叉永远也叉不到，因为你的动作无论多么快捷，在水层的半空中也无能为力。其实你还没怎么动作，黑鱼唰地就逃之夭夭了。总之，黑鱼只能是靠专业的渔人摇船撒网，或是用鱼钩来钓。所以价钱较贵。我有时笑小燕，你的水平稍逊风骚啊，捕捉不到黑鱼。小燕反唇相讥："你的水平高超呀，啥也不用干，什么鱼都能吃到！"

我有些尴尬，在小燕的眼里，我只是个好吃懒做的纨绔子弟，这使我感觉不舒服。所以小燕爷有一次问我："你怎么不吸烟？"

我就没好气地回了句："省钱。"

小燕爷笑了："小燕说你就是抽大烟也有钱！"

我决定要用鱼叉叉黑鱼，让小燕见识一下我的高超。海碰子们的鱼叉样式多端，犹如古代的兵器，顾名思义鱼叉是两个尖刺。但乡下人开动脑筋，做成三个或四个尖，甚至是一排无数个尖刺，尖刺磨得雪亮，简直就像现代化武器。我就突发奇想，觉得我比海碰子灵巧，能用鱼叉叉到黑鱼，结果不但没叉到水层中间的黑鱼，连伏在海底老实得像石头似的鱼也叉不到一条。其实伏在海底的鱼也非常机灵，只要有一点点动静，立即就闪电一样逃窜。你无论瞄得多么准，动作多么快，也没有鱼逃得快。后来老海碰子教我，看到鱼时，不要瞄准鱼身，而是瞄准鱼往前逃跑的路，计算"提前量"。鱼听到鱼叉声会往前逃窜，那正好就撞到鱼叉上。问题是我似乎永远也计算不好提前量，只有一次我叉到了一条鱼，但提前量不够，叉到鱼的尾巴上，那鱼一使劲儿，摆脱了。不过感受到鱼叉下面鱼的挣扎，我兴奋得要命，为此对海碰子们的生活产生了极大的兴趣。当然，也只是兴趣。

天有不测风云，我的命运突然遭遇到意想不到的打击。就像我对海碰子们说的，"一夜之间变成穷光蛋"。当然，被打击的并非是我，而是我爹。我说过，我十二岁时知道我爹有钱很自豪。我二十二岁时知道我爹有钱很危险。现在，这个危险终于来了。最初是三胖子来信息，要我心里有准备，说是老板可能要来找我。我非常吃惊，我爹怎么会到这么偏僻的地方找我，其实他要是下令，我立即就可以回去。于是就问三胖子，老板怎么不给我发信息？三胖子说不方便，接着在回复的文字后面打出一串哀怨的小脸。我攥着手机发愣，随之就意识到父亲可能出了什么大事，否则他怎么会不方便？

开天辟地，我第一次失眠了。因为在新闻媒体上，断断续续地报导着一些老板和大款们栽倒的事件。只要看到这些新闻报道，我立即就联想到父亲。渐渐觉得我挺有预感，因为在父亲相当辉煌时我就有这种担忧。为什么我不留恋家里豪华的生活条件，为什么我会有着颓废的情绪，像个混混似的，跑到这偏僻的渔村里得过且过？其实在朦胧中就感到一种危机，总觉得如此有钱的父亲要有麻烦。在我要毕业的最后几天，父亲送给我巨额银行卡，已经说明形势不妙了。

猛然，我一身冷汗地坐起来，并迅速跳下床去包裹里找那张银行卡，当手指触到坚硬而光滑的银行卡时，竟然颤抖了一下，犹如触到锋利的刀片。同时我摸到一个圆圆的东西，愣了一下才想起那是手表，是父亲在我读大学时特意给我买的礼物，当然是名表。但父亲说："你现在还年轻，正在读书，不能太讲究高档，先戴这块五万块钱的表吧。"我说："管多钱的表也不要，现在有了手机就有了一切，戴什么手表！"父亲说："这是个身份的象征。你看我这块表，就能买十块你这样的表！要是生意再做大，我这块表也不够档次啊！……"

记得有一次去海边逛悠时，小燕看到我手脖子上这块表，就说："你这块表肯定值钱，去海边最好不戴，海边游客多，谁知里面有没有坏人！再说，要是不小心掉进海里就完了……"我笑起来："这表不值钱，但不怕海水，潜水员可以戴它下水！"小燕笑了："潜水员下水能戴的表，那还不值钱！"此时，我突然对这块表产生了情感，觉得这是我以后仅有的财产了。

我朝窗外望了一下，一片漆黑，便又躺回床上。直到早晨，我才睡过去，而且一直睡到快中午才睁开眼，刚一睁眼就想到父亲两个字，脑袋轰然一声，又是一身冷汗。却发现窗外有个人影闪动，我赶紧洗漱一番，然后走出房间，才发现是小燕，她表情关切地问："怎么，哪儿不舒服吗？我这儿有药……"

我故意爽朗地笑笑，还咚咚地拍了两下胸脯："我什么都有，就是没病啊！"

小燕说："没病怎么不吃早饭？"

我说："我经常不吃早饭，你怎么才关心呀！"

小燕笑了："我总觉得你……你今天和往常不一样……"

我心下一震，太可怕了，其实什么事也没发生，小燕却会有异样的感觉。这个野丫头，竟然如此敏感。

第七章

几天过去了，似乎事情不像我想得那么糟。虽然父母没有给我发任何信息，但这也说明没有发生什么大事。我一般是决不主动给父母发什么信息，在这特殊情况下，我当然更是默然了。但我不能莫名其妙地提心吊胆，于是就给三胖子发了个信息，只是打了个问号，却没有回复，我又打了一串问号，还是没有回复。我有点慌，便直接给他打电话，万万想不到的竟然是空号。我绝对像一座巨大的桥梁瞬间垮塌，我甚至都没有勇气待在房间里。一大早我就小偷一样鬼鬼祟祟地溜出去，但我没有心情去海边见海碰子朋友。于是，胡乱地走了一通，找到一个无人光顾的荒滩，坐在草丛里，呆呆地就坐上大半天。

我像一个罪犯，忐忑不安地等待着判决，我怕这个判决到来，又盼望快些到来，否则我就能疯了。小燕开始以为我还是去游泳，但收拾房间时发现我的游泳装备，就大为奇怪。当我晚上回来时，她就在房间门口等我，见到我她几乎就尖叫一声："你怎么瘦成这个样子？"

我尽量笑了一下，说："减肥！"

小燕说："别胡说了，你减什么肥！"

我又尽量笑一下："我想练轻功，腾空驾云！"

小燕说："我看你有点中邪了，村里有个大仙，可灵啦，我带你去看看吧……"

我说："我确实中邪了，中得太深，但中国神仙治不了，得找个外国神仙……"说着我尽量做了个幽默的鬼脸。小燕看到我做个鬼脸，有点无可奈何地笑了。

院子里有一群游客，看起来要在这儿过夜，小燕正在为他们忙碌，幸好有了游客，否则她再这么关心我，我就不知道怎么办了。麻烦的是有一家三口看中我住的房间。我的房间是最宽大最舒适的正房。他们说住不惯厢房，厢房东西窗，阳光少，阴暗潮湿。小燕说："不行，这里已经有客人了。"但那一家三口还是恋恋不舍，赖在我房间门口不走。

似乎有人推了我一下，我走出房间，对那三口说："你们进来吧，我一个人搬家简单。"说完我就提着行李到下面的厢房，而且是最小最窄的一间。

看到我主动与客人调换住房，小燕眼睛瞪大到极致，她大概绝对不相信我能助人为乐。便问我："你这是怎么回事？"

我说："你老讽刺我是好吃懒做的少爷，今天我要给你个崭新的形象，把方便让给别人，把困难留给自己。"

小燕说："那就委屈你一宿了，他们明天一早就走。"

我说从此以后我就住厢房了，我说我发现厢房的优点是清静，听不到客人吵闹声，我说我其实早就想搬过来……我发现我有些语无伦次了。

小燕当然难以置信，她有点不情愿地说："那从今天晚上算起，你每天就少交三十块钱房费……"我看出小燕因为我不住最贵的房间，是她的损失，便佯装口气轻松地说："我住大住小没事，你可以照样按最贵的房间收费。"

小燕说："那可不行，你以为我开黑店呀！"

小燕走后，我心里有点酸酸的，而且还暗自感到脸红。其实我就是为了省钱才借故搬下来。看来我确实有母亲的农村基因，关键时不怕艰苦。仅仅是几天前，十万八万在我心里都没感觉，现在，每一分钱都让我感到沉甸甸的，因为我肯定要变成穷光蛋了。问题是我已经感觉到我即将穷途末路，但却不想任何挣扎的办法，而只想最好能永远住在这里，一直住到死。我甚至恐惧地认定，离开这里只能是死路一条。

夜里醒过来，想起小时候母亲抱着我，嘴里有时就哼着农村的谚语："吃不穷，穿不穷，打算不到就受穷。"我觉得不能这么死皮赖脸地混日子，我确实应该打算了，因为我现在已经穷了！当然，我还有那张银行卡，但我不敢想，甚至只要看一眼，就像看到什么不祥的东西，甚至感到那是"罪证"。

我说过我像罪犯一样，忐忑不安地等待着判决。这个判决终于来了，但来得意想不到，来得心情复杂——突然的一个中午，我接到父亲的电话。这是个陌生的号码，开始我以为是骚扰电话，不想接。但铃声却顽固地响下去，我只好不耐烦地听一下，我的天，是父亲的声音。

父亲说："我已经在皇帝村口的一座桥边，你最好过来。"

我感到两腿一软，但却能像运动员听到起跑的枪声一样，立马朝村外的桥那边飞跑。一百米开外我激烈跳动的心脏却几乎要停跳，因为我看到桥边停着一辆破旧的桑塔纳，那是父亲公司下面的工作车。没想到父亲却老老实实地坐在车里没出来，而且还是孤零零地坐在驾驶座位上，天哪，老板亲自开车，开这辆破车！我的心一下子收紧了。当我坐进车里后，才发现母亲也在车上，她从后座上一下子伸出两只手，抚摸着我的双肩，接着很快就抚摸我的脸，细腻的摩挲动作明显是感觉我瘦了。此时我已经没有能力感受情感的温暖，只是目不转睛地盯着父亲，父亲竟然穿着公司下面干体力活的工作服，这更令我灵魂都在颤抖。

意想不到的是父亲声调平静。他说："按上面的规定，近期不准我离开公司，这是偷着跑出来的。"

我没有吱声，等着父亲继续说。父亲叹了一口气，告诉我公司破产了。然后，轻轻拍了一下方向盘，说："三胖子也辞退了，没钱给他开工资……"但父亲并没有细说破产的原因，不过，从他简单扼要的几句话，我就明白他绝对是犯法了，就像新闻报道里那些倒霉的老板一样。父亲最后叹了一口更长的气——我只是想走发财的捷径啊……

突然，母亲在后面说了句："什么走捷径，是太贪心！"

母亲对父亲从来都是低眉顺眼，小声小气。现在竟然敢如此直截了当地斥责父亲"太贪心！"关键是父亲竟然没有吱声，一个一贯大丈夫式的老板父亲，此时像低三下四的奴仆，看起来问题比我想象得严重许多。

车里静下来，用不着再多说什么了。我觉得我本来有千言万语，但此时却一句话也说不出来。我说什么呢？我能说什么呢？我说不说又有什么意义呢？总之，一切都完了！

父亲沉默了好长时间，才用一种似乎胆怯的声调问我："那张卡你用了吗？"

我说："没用，我连动也没动。"我发现父亲表现出难以置信的样子，就从衣袋深处掏出银行卡来。其实从三胖子手机打不通那天起，我已经将这张银行卡装进贴身的口袋里了。父亲阴郁的眼光一下子亮了，盯着我手里的银行卡，却似乎有些胆怯，不敢伸手接。这时，突然听到母亲的抽泣声："达儿，你今后怎么办哪！……"

我似乎都没经过大脑，张嘴就说："我没事，我有个有钱的女朋友。"

小车里一下子又静默了。父亲的眼睛本来盯着银行卡，这时似乎觉得我能交往一个有钱的女朋友，比银行卡还重要。不过，他大概不相信他的浪荡公子有这个能耐，用有点疑惑的目光看我。母亲也陡然停住了抽泣，小心翼翼地问："你说的女朋友……是那个开店的小燕吗？"

我有些吃惊，母亲竟然知道小燕的名字，看来她曾细致地问过三胖子，女人比男人心细，母亲对儿子就更细了。我立即点头说："是那个小燕，她对我非常好，管我吃，管我住。"

父亲问："咱现在这个样了，她还能对你好吗？"

我说："我压根就没告诉她你开公司……"见到父亲用异样的眼神注视我。我加重了口气："我怕她只爱公司不爱我。"说完这句话，我差一点就骄傲起来，没想到我这个好吃懒做的少爷，会有这样的智慧，能不断地灵感丛生。

父亲低下脑袋，用手摩挲了一下银行卡，沉吟了一会儿，说："实在没办法了，所有的血汗钱都得赔上去了，破财免灾……"

我渐渐明白，原来弄不好，父亲不仅仅是变成破落的穷光蛋，还要成为罪犯坐牢呢！我发现父亲拿到银行卡后，表情大为放松了，他甚至向车窗外眺望了一阵，自言自语地说："这里的风水不错……"接着又深深地叹了口气。我看出他的意思，如果他继续发财，会到这儿投资。我差一点自嘲地笑了，因为我也曾有这样的想法，将来合适的时候，劝父亲来这儿投资，将小燕的店变成比皇帝店还皇帝店！

突然，母亲意外地说了句："我要看看你的女朋友。"母亲注意到我有些目瞪口呆，便说："我只是远远地看她一眼就成，不会有麻烦的。"

母亲确实心细，她大概不太相信现在的女孩子会轻易爱上我。尤其是我没告诉小燕我爹开公司，这更不可能。但母亲只是远远的地看上一眼，能看出什么结果呢？不过母亲既然这样说，这使我又来了灵感，于是我故意口气大度而放松地说："爸、妈，你们养育我二十多年了，今天我也回报一下，请你们吃饭。"

父亲惊讶地抬起头，觉得不认识我似的。我说："别看你当大老板，从来没吃过这道菜'葱油香螺片'！"我把香字咬得很重。

父亲苦笑地说了句："我现在吃什么也不会香了……"

但母亲却坚持要看一眼小燕。父亲此时哪有这个心思，但他现在破产了，人也就矮了一大截子，在柔软的母亲面前变得更柔软。父亲将车发动，在我的指引下开到小燕店附近。父亲真就是变了，变得唯唯诺诺，在离小燕店几十米远就赶紧刹车。母亲要我们别下车，她自己去小燕店里看一眼就出来。等母亲下车后，父亲小声地说了句："现在我才明白，你母亲比我强，要是早听她的，不会有今天……"

果然，母亲不一会儿就从小燕店里走出来。她对我说："这个丫头厉害，你斗不过她……但你真能找到这个媳妇，有福。"说着，母亲竟与父亲交换了位置，我绝对地大吃一惊：母亲会开车？

母亲一面脚踩油门一面说："我早就偷偷学会开车了。我为什么偷偷学会开车，就知道会有这么一天！再说了，你爹再往回开十来个小时，就能累死！"

望着绝尘而去的桑塔纳，我灰暗的心里悠然闪出点亮光，我坚定地认为我像母亲，只要我像母亲，就能依然而然地活下去。

第八章

我说我灰暗的心里闪出点亮光，其实是我想到海碰子们，想到我如果能像他们一样捕鱼捉蟹，就能到鱼市里卖钱。皇帝村里的旅游方兴未艾，说不定我还能发财呢！

天高云淡，阳光热烈。我一身真正海碰子的装束，水镜、鸭蹼和挂着网兜的橡皮圈，还有老海碰子给我的一支鱼叉。用这种古老的武器来叉鱼，我是个笨蛋，但背在肩头上挺威武，甚而是一种信心。我口袋里还特地装了一盒火柴，并且在一个农家院墙外偷了一小捆柴草。我没想到我有这两下子，昨天是饭来张口，衣来伸手的寄生虫，现在却成了"自力更生的盗贼"。我有些雄赳赳气昂昂地迈着大步，沿着大海的边缘奔走。这里的海湾太丰富了，一个接一个的半月形，全是海碰子的用武之地。

我随意就在一个海湾边停下来，然后一个猛子扎下去，掠过海藻丛林之后，就看到颜色发黑的暗礁。我长吸了一口气，相当勇敢地朝暗礁深处扎去，竟然意外地发现了海螺、扇贝，还有张牙舞爪的武士蟹。这种蟹子是专门在暗礁里爬行，并非小燕抓的那种飞蟹子，所以我第一猛就轻取了两只。初战告捷，我气力十足，更深地潜下去，寻找小贩子们抢手的海螺。我已经在海碰子那儿学到捕捉的技巧，海螺只是藏匿在暗礁的根处，所以我就憋着一口气扎到底，在阴暗的礁石根处潜行。也许神灵保佑我，暗礁根处的海螺更多，竟然好多个聚在一起。更惊奇的是它们甚至不藏匿在暗礁缝里，而是明目张胆地爬到开阔的地方，就像摆在商店的货摊上，任我获取。我跟海碰子们在一起，也经常扎猛子，但从来没看到海螺会如此傻乎乎地暴露自己。开始我真以为有神灵，这个神灵可怜我，将海螺赶到我的眼前。确实，海螺多得像是在开大会。后来才知道，现在正值海螺的发情期，它们男男女女正在发狂地拥抱。

我更发狂，一猛接一猛子，很快网兜里就装满了，压得橡皮圈几乎沉到水面以下了。但我继续发狂，我觉得这是与命运决战，所以必须决一死战。我越战越勇，由于收获丰富，就有点得意忘形，认定自己是英雄好汉，能战胜一切艰难困苦。也许我太得意忘形了，扎猛子正扎得有劲之时，陡然感到浑身一阵战栗，接着还感到骨头缝里都在往外渗冷气。我想起海碰子们在水下拼命不会超过一个小时，但我现在已经不知多长时间了。我有点惊恐，赶紧朝岸边游去。

我第一次感觉游泳会这样吃力，速度像老牛爬坡。更可怕的是游到浅水区时，我竟然站不起来了，只要我想挺起身子，就立即跌倒，不断地跌倒逼得我只能像狗一样在水里爬行，关键是我还要拖着沉甸甸的海螺，这些海螺在小贩子手里至少能卖二百多块钱，我死也不能丢掉。天哪，我真是可悲，几天之前，就是两万块钱，我都会不眨眼地挥洒而去。现在，才他妈的二百来元钱，我却要拼命。

我几乎是一寸寸地艰难爬动，其实离岸边只有十多米的距离，但我惊恐地感到，这十来米就是万里长征。更倒霉的是半个身子离开水面，立即就病态般地痉挛，我觉得每秒钟能颤动十数次。望着近在咫尺的岸边，我心里哀号，恐怕我颤抖一百万次也到不了干燥的沙滩。我第一次感觉到什么叫艰苦卓绝，什么叫垂死挣扎。有一阵子，我觉得我的身体已经无数次达到那干燥的岸边，但最终的清醒让我明白这是幻觉，自己还是在冰冷的浅水湾里原地踏步。我的神志有点模糊了，这种模糊对我是好事，使我模糊了恐惧的意识，只是机械地向前向前……终于，干燥的海滩和岸礁在我模糊的目光中清晰了——也就是我的挣扎成功了。

　　爬到又硬又凉的鹅卵石上，这种硬实的感觉令我突生出一股力量，几乎就要站起身来，并一下就扑到我早已准备好的柴草面前。柴草下面预先放着火柴盒，这是救命的火柴，但却救不了我的命。因为我湿漉漉的手指犹如"鸡爪疯"般地颤抖，无法从火柴盒里将火柴取出，于是我狠命地抓上去，捏碎了火柴盒，火柴棍散落一地，而且大多数被我手掌的海水打湿了。我知道拼命没有用，现在需要的是小心翼翼，是屏住呼吸，才能从散落的湿火柴里选择一根干燥的，并将它划着。我牙关咬得咯咯响，将湿漉漉的手在沙土上反复摩擦，但疯狂颤抖的我，连摩擦的动作都做不准确，最终我明白，选择一根干燥的火柴对颤抖的我是不可能了，点燃柴草更是绝对地不可能。我哀号了一声，倒在沙滩上，并且想到死。冰冷的海水已经浸透了我每一个毛孔，然后进入我的骨髓，冻僵了我的灵魂。我唯一的动作就是将四肢本能地蜷缩在一起，保存心脏深处最后一丝热量。

　　朦胧中我看到一个人影，接着就看到一丝光亮，这光亮猛然爆涨，变成耀眼的火团。接着有两只手将我扶到火团跟前。我的皮肉几乎触及了飞舞着的火苗，却没有一点热的感觉。但渐渐地我这块冰融化了，意识开始清醒，一阵狂喜产生的动力，令我不顾一切地扑向火堆。但那两只手却牢牢地抓住我，使我始终与火苗保持距离。我感觉这两只手虽然有力，但有些小巧，转头一看，我的天，是小燕。

　　小燕看到我恢复了活气，就松开手，任我扑向火堆。我真就感觉不到火苗灼烫的疼痛，反而有一种说不出来的快活。最后，我彻底恢复了常态，在火堆前躲闪着，跳跃着，一会儿虾一样地勾着身子烤肚皮，一会儿身体反转过来烤脊背。火舌像千万枚炽热的针尖，穿透皮肤，扎进肉里，钻进骨缝，驱除要命的寒气。由于我真正像海碰子那样拼命，所以这才真切地明白，海碰子为什么像烤羊肉串那样，在火堆上反复地做着高难动作。火苗继续蛇一样地舞动并蛇一样地撕咬着我的皮肤，渐渐地，冻得青灰色的皮肤上显出血青陆怪的红光，这也许就是身体开始返回正常温度的血色来。用"海碰子"的行话说就是"烤出花来了"。烤出花来就说明我第一次的加温结束，必须抓紧时间，再次扎进冰冷的波涛里，捕鱼捉蟹。所有的海碰子都是这样，一个潮流下水三次，冻僵后烤化，烤化后再冻僵，如此可怕的"三冻三烤"海碰子已不当回事，但我这才"一冻一烤"就感到这是伟大的悲壮！

应该承认，不用说下三水，就是这一水就要了我的命。但此时小燕站在身旁，她也是个海碰子，当然知道烤完火必须下水了。但她却说："我的少爷，快穿上衣服，跟我回店去。"

一阵自尊的热血涌上来，我戴上水镜，抓起鱼叉，摆出一副不要命的勇敢。小燕哈哈笑起来："我的少爷，你到这儿来是玩乐，还是玩命？"这句话更刺激我，不由分说，我大踏步朝海边走去，憋足了一口气，猛地扎进波涛之中。

在冰冷的浪涛里再重复一次我刚刚经历的拼命过程，然后再次痉挛着，拖着冻僵的身子爬上岸来。我以为小燕肯定会站在沙滩上等着我，所以我几乎真就是咬碎钢牙，屏住呼吸，决不像第一次上岸那样狼狈地战栗。可是我白白地英雄了一阵，岸边压根就没有小燕的影子。但我看到柴草前有一盒新的火柴，盒边整齐地排列着一束束火柴棍，并且是三根扎成一束，足有五六束，这样我就能非常容易地抓起一束划着火。当然，这是小燕为我做的准备。

再次烤完火后，打死我也下不了第三水，我将海螺卖给来海边收购的小贩子，竟然卖了三百多块。回到店里后，小燕远远地就迎上来，看到我两手空空，惊讶地问："海螺呢？"我说："本少爷是来玩的，为了保护海洋资源，又扔回大海里了！"

小燕瞪大眼睛，不相信我说的话。我怕再说下去就露馅了，赶紧回到房间，一进门就倒在床上，完全像被一棍子打昏了似的，连晚饭都没吃，就一觉睡到第二天早晨。

吃早饭时我狼吞虎咽。小燕说："你怎么突然不像个少爷了！"

我脸一下子烧热了，说："怎么，少爷应该是什么样子？"

小燕没吱声，只是若有所思地盯着我。我故意打着哈哈："今天还要去大海里玩命啊！怎么，陪我一起去玩……不过，真要感谢你昨天及时帮助，否则我真就玩命了。"

小燕还是一声不响，继续若有所思地盯着。我感到不太妙，于是就赶快收拾整齐，朝海边进发。

我发现我的进步惊人，昨天勉强下了两水，今天却就能下三水，而且有了小燕三根火柴扎成一束的妙法，点燃柴草已经非常容易。我想起打火机，就顺便带了一个，双保险。但在关键时刻，才知道打火机点烟方便，但点柴草不行。虽然昨天经过战斗的洗礼，我充满了雄心壮志，但那冰冷的滋味还是令我灵魂都在打战。你就是块钢铁吧，不断地在火中烧红，又不断地扔进水里冷却，也会完蛋的。我突然感觉，这个世界上，人绝对是最了不得的动物。但要是遭遇灾难，才更了不得。富足会使人醉生梦死，胆小如鼠；贫穷才能勇往直前，胆大包天。

有时，为了等候退潮，我躺在沙滩上直视蓝天。过去我从来没有躺在野外仰视天空，而这种仰视就出现神奇的感觉，天空云彩在缓缓飘移，似乎是我身下的地球在缓缓转动。我有些自豪起来，一个从来都是饭来张口，衣来伸手的公子哥儿，现在能如此英雄。想到这里一股温咸的泪水涌出来，从两面的眼角流淌下去，我这才明白我的自豪其实是一种顾影自怜，是一种无奈的悲哀。我怀念我曾经的超级舒适，我怎么会不知天高地厚地讨厌富足？这是上帝给我的惩罚，现在，我是苦海无边，回头却没岸了！

我发现小燕不再叫我少爷。有时我故意在她面前做出一些懒散的样子，她却对我报之一诡异的微笑。这使我很警觉，我认定这诡异的笑容是嘲笑。所以，只要坐到餐桌前，我就拉长声调对她喊："要葱油香螺片！还有没有更高级的菜呀……整天吃这些玩意，真是腻透了！……"

看到小燕佯装听不见的样子，我更来劲儿了，这么调侃挺有意思，显示出我还是个阔少爷的形象，另一个好处是减少我尴尬的心理压力。其实过去人们叫我少爷，我相当反感，现在却怕失去少爷的派头了。然而，一天早晨，正当我得意地调侃小燕时，小燕却笑着说了句："别倒驴不倒架了！"

我像当场被扇了一记耳光，而且是一记响亮的耳光。这是乡下人的粗话，海碰子们经常这样嘲笑没能耐却吹牛的家伙。穷人变得更穷，其实没什么了不得的；但富人变穷了，就像光屁股过街般的狼狈。"倒驴不倒架。"这不是明明白白地在告诉我，你爹完蛋了，你还硬撑个什么劲儿！事情很明明白白，在她的眼里，我那张所谓少爷皮早就被剥得光光的。

　　我为此抑郁了整整一个白天，又抑郁了一个夜晚。第二天洗漱时，无意之时看了一下镜子，不禁大吃一惊，镜子里绝对不是我，而是非洲黑人。我那被苦咸的海水泡得粗糙的，被炽热阳光晒曝皮的黑脸，我那乱草一样的头发，还有点古代草寇那样怒发冲冠。总之，这是一个真正山狼海贼的野蛮形象，怪不得村主任儿子在路上与我擦肩而过，却没认出我来。这才仅仅一个多月啊，那个白净的、高贵的、文雅的杨公子，永别了！……一个想法跳出来，必须离开小燕这个店，我决不能在这里处心积虑地"倒驴不倒架"了！

　　我找到老海碰子，有些腼腆地告诉他，我工作的公司倒闭，我失业了，所以从今以后就跟你们下海拼命。老海碰子笑起来，说他在工厂里还是车间主任哪，但工厂破产，连厂长都下岗了，所以他也成了山狼海贼。老海碰子对我相当热情，他要我搬到他那儿，他租渔家的房子，很便宜。不过，住这样破房子，怕你这个少爷受不了。老海碰子也叫我少爷，我说少爷已经死了，我已经脱胎换骨，现在就是住猪圈，也受得了。

　　我是瞅小燕下海捕捉香螺时，快速与她爷算清了住店的食宿费，老头子对我有点恋恋不舍，意思是再住几天——"再住几天不要房钱。"小燕爷说这句话当然是客套，也是对我有情感。但我太敏感了，"不要房钱"这句话与"倒驴不倒架"一个意思，都是认定我完蛋了，都是在可怜和同情我，都是在打我的耳光。

　　离开小燕饭店后，我感到轻松了。但随之又来了新的沉重。因为过去我与海碰子只是好奇地交往，所以嘻嘻哈哈。现在成了他们其中的一员，彼此就直来直去，毫无客套。首先我感到不快的是大家毫不客气地嘲笑我，因为我无论怎样努力，在他们眼里只是个半拉海碰子。在我的心里，我已经觉得我伟大得不能再伟大了，能住老海碰子狗窝一样的破房子，能喝昨晚剩下的菜汤，能睡石头那样硬的土炕，我还能怎么伟大！其实，海碰子最瞧不起的是笨蛋，是捕鱼捉蟹的功夫不行。那天海螺"上床"，我觉得我拼了命地扎猛，而且卖了三百多元钱，自豪得我都想唱"国际歌"。可是海碰子那几天的收获都是一千多块以上，即使一千多，他们还喋喋不休地总结要是如何如何，还能挣得更多。

关键是我不会用鱼叉，无论大鱼小鱼，灵巧的鱼和老实的鱼，我一条也叉不到。老海碰子再三告诉我，不要叉鱼身，要叉鱼逃跑的前方，但我的鱼叉"提前量"总是计算有误。用海碰子的话说，连三岁孩子都能叉到的鱼，我却眼睁睁地让它跑了。其中一个水平最差的海碰子绰号叫"屁股"。为什么叫他这么肮脏的绰号，就是他的水平排在最后。海碰子似乎必须有绰号，有叫刀鱼头的，叫胖头鱼的，叫大脚丫的，老海碰子叫老鬼。他们当然会给我个绰号，我是在屁股的后面，这些家伙还能叫我什么呢？没想到，他们叫我秀才。我暗暗感到不错，在学校里谁要是叫秀才，那就是美称。但在海碰子眼里，秀才是无能的代称。

然而，我自认我这个秀才绝对不是无能，为了达到海碰子的水平，我不但用四肢苦练，还用脑袋苦思。人穷了不但有胆量，还有智慧。俗话说，"急中生智"，其实穷更生智。躺在海边等潮流的时候，不知怎么眼前就闪出《动物世界》里的场景——一个潜水员手持打鱼的鱼枪。那是现代化的鱼枪，压根用不着计算什么提前量，只要对准鱼身，一勾扳机，枪刺高速出击，一打一个准儿，多么灵巧的鱼也难逃。想到这儿，我猛地从沙滩上跳起来，兴奋得几乎要跳舞。如果有这么一支现代鱼枪，不但可以打海底的游鱼，还可以打水层中间游动的黑鱼，市场上对黑鱼的需求量极大，小贩子们都急得出大价钱。

第九章

现代通信方式真棒，我在微信里很快就联系到生产鱼枪的厂家，但所有的鱼枪都大得像战场上的武器，必须两只手操作。打这些半斤八两的黑鱼，就像高射炮打蚊子，笨重而不方便。但厂家却服务到位，说可以为我特制小型的，灵巧的单手操作的鱼枪，但要加钱，比大型鱼枪还要贵多少多少块钱。我刚要说大话，别钱钱钱的！但立即就蔫了，虎入平原不如狗啊！……

我想到了那块能值五万块钱的表，便用手机正面反面侧面地拍照，然后将照片发在朋友圈里，寻找买主，并注明我只戴了几天。很快，就有人与我联系，原来是我的老同学M，M说他知道我的"情况"了，所以愿意帮助我。他说如果手表有买时的质量保证书和发票，可以出五万块钱。如果没有，最多给三万。老同学对表很内行，而且还挺真诚，从他的嘴里我才知道，原来父亲给我买的这块表原价将近十万块了。我说什么票也没有，三万就三万吧。

有了钱就有了一切，不到一周，快递员就将鱼枪送到我的手里，我真就有些心花怒放。一支亮闪闪的不锈钢鱼枪，长短合适，弹射灵巧。带着这支鱼枪下海，更令我兴奋得要昏头，因为无论退潮涨潮，我都可以下海，黑鱼随着水层的深浅而升降，任我自由打杀。自然界的动物们比人类傻多了，无论吃多少亏，上多少当，却永远不会改变习性。尤其是黑鱼更傻，当我的鱼枪"啪"地打中一条后，旁边的黑鱼不但不逃跑，反而感到惊奇，瞪着愚蠢的大眼又围上来看光景。我顺势拉开枪栓，"啪"的又一枪，有时一枪打穿两条黑鱼。

由于有现代化的鱼枪，我用不着费多少力气，管你是海底还是还中间的，只要见到鱼，真就是一打一个准，百发百中。海碰子见到我有此神奇的武器，大为惊叹，还有些惊慌。他们当然还是喊我为秀才，但可以明显地听出声调有了变化，没有过去贬低的口气了。

我收获颇丰，与海碰子们走在一起，甚至敢大摇大摆。老海碰子竖起大拇指说："到底念过大学堂！"有些海碰子也想弄到我这样的现代鱼枪，他们问我怎么办。我一下子警惕起来，大家都有这样的武器，那还能显出我的威力吗？于是我便支吾着说，很难办，不但价格昂贵，而且手续复杂，总之，能弄到这支鱼枪，必须得认识神仙。

谢天谢地，别看海碰子们在波涛中个个神通广大，但摆弄手机，玩现代物流，全是笨蛋。为此，我继续独领风骚。有时就得意扬扬地感到，我其实也有父亲的基因，如果给我个商业平台，绝对能发大财。在波涛汹涌却又静静的蓝色世界，凭着一口气量，收获着海螺、蟹子和各种美味的鱼，不但能冲淡我心底的痛苦，甚至还感觉是一种新生活的享受。

我真正体验到，为什么穷苦的人们不怕艰苦，其实原因很简单，就是穷苦到一定的程度就感觉不到艰苦。就像我，在波涛中拼命，疲惫得像山野里长途奔跑的动物，什么坚硬的土炕，就是冰硬的鹅卵石上，躺倒就睡，睡得比席梦思床上还香甜一百倍。超级的劳累更令我的胃肠如虎狼，什么冷饭和剩菜汤，与葱油香螺片没什么两样。

在鱼市上我成了香饽饽，小贩子们只要见到我的身影，就蜂拥而上。他们知道只有我这个海碰子手里有黑鱼，更关键的是，我卖黑鱼的价钱比鱼市里价钱便宜一点点，真就是便宜一点点。但在全都一种价格的黑鱼中，这便宜一点点的手段就大见奇效。我有时觉得人们全是傻瓜，全是死心眼儿，大半天守着卖不出去东西，却不动脑袋。其实只要你便宜哪怕一角钱，傻瓜般的顾客就会抢手。少卖几个钱却能省大半天的功夫，多合算！我甚至觉得我可能比我爹还精明。

麻烦的是我在鱼市上能看到了小燕的身影，她的出现并没什么规律，不知什么时候就突然站在那里，有时挤在顾客中间。但我却发现，众多女孩子中间，她的身影相当出众，那种苗条，那种健美，绝对鹤立鸡群。过去，无论多么靓丽的女孩子，在我眼里都不会有什么颜色。但现在我却像个癞蛤蟆，见到所有的女孩子都感到是天鹅——小燕更是天鹅中的天鹅。

小燕除了买些蔬菜，就是买黑鱼。这对我来说简直就是个危险。因为我不想见到她，只要见到她，我就想起命运两个字，就想到虎入平原，就想到凤凰落地，就痛不欲生。我觉得我的躲避相当成功，小燕没有一次出现在我的顾客中间。不过，有时躺在沙滩上，不知怎么我却突然想起小燕的飒爽英姿，想到她身体某些迷人的部位，想得我有些另一种痛不欲生了。一阵悲哀涌上来，事情很明白，小燕那对明亮的眼睛，怎么会发现不了我？其实不是我的躲避成功，而是我从宠物犬变成野狗，人家压根就不理睬我！

我确实变了，不仅是表面上从奶油小生变成非洲黑人，心里也变得可怜兮兮的。因为我竟然留恋地回想我曾经憎恨的学校，当然就想到林玫瑰。我差一点就疯狂地笑起来，因为这个时候林玫瑰看到我，一定会笑得惊天动地。然而，这个世界太奇妙也太莫名其妙了，在这个偏僻的角落，我竟然看到了林玫瑰，认真地说是她先看到了我。

那天海滩上来了一群穿戴鲜艳的游人，一个个步履懒散，闲情逸致，却又时时地发出赞叹的尖叫。他们有的用手机，有的用相机，不断地拍摄他们感觉优美的风光。一对阔气的男女相拥着站在礁石旁，一看就知道是当今的小姐傍大款。因为男人至少四十多岁，挺着肥硕的肚子，绝对发福的老板。而女孩子却长发披肩，在胖男人面前更显稚嫩而柔软。

由于在海边经常看到一群群游人，我已经毫无感觉。收获的激情令我满眼是波涛的滚动，我已经能从波涛的形状变化判断出潮流的进退了。可猛然一声银铃般的呼喊——"杨顺达！"

我不仅大吃一惊，甚至大吃二惊。犹如旱天一声炸雷，这是林玫瑰的声音，那样熟悉又那样遥远，我恨不能地没有缝，也想法钻进地里。我站住了，耸了耸肩头后面的鱼枪。看到林玫瑰对胖男人说："这是我读大学的同学！"说完，就飞也似的跑过来。

我万分窘迫，却又万分惊奇，我已经脱胎换骨变成山狼海贼了，林玫瑰怎么会这么快捷地认出我来。但我心里却一下子冷静得像块礁石，因为她肯定知道我父亲的公司破产了。也就是说反正我这个罐子已经摔破了，那就破罐子破摔吧。我迎着林玫瑰，用威武的姿势站定。我想，她绝对会说，你怎么会成这个样子！然而万万没有想到，她第一句话却是"杨顺达，你太英俊了！"我几乎感到一阵眩晕，这简直就是皇家的公主赞美山野的穷汉。但林玫瑰却又继续重复着赞美了N多次"你太英俊了！"

果然，林玫瑰知道我的全部，比我知道得还多，因为与我父亲关系亲密的市里某领导也怎么怎么了，她都知道。我几乎就没说一句话，只听她的。才几个月的时间，林玫瑰比读大学时丰满了许多，但这种丰满没有胖的感觉，反而有些超美丽的性感。我想她与那么个胖男人已经在床上N次"天翻地覆"了。不禁就朝她身后的那个胖男人望去。那个胖男人并没把我当回事，他正在拍摄，原来他胸前吊着个巨大的相机，当然是价格昂贵的相机，父亲原来就有这种样式的巨大相机。我心里有点恶作剧式的遗憾，早知有今天，我把那相机拿到手，也能卖不少钱。

林玫瑰看到我的目光投向胖男人，立即说："那是我们公司的老板，我已经工作了。"我尽量用正经的表情笑了一下。林玫瑰似乎不怎么在意，说老板走到哪儿，她就得陪到哪儿，"吃人的碗，看人的脸"，林玫瑰爽朗地笑起来。说她和老板住在皇帝酒店。"那个破酒店，条件太差了，还敢用皇帝两个字！"

林玫瑰很热情，热情得令我都有点心里发毛。但渐渐地我听出她的意思。原来她要我到她的公司工作，她能说服老板给我安排一个轻松却又能挣钱的工作。她所在的公司是搞现代技术的公司，不是像我父亲那种太商业太买卖太经营，所以前景光明，永远不会出事。

开始，我对林玫瑰的热情大感意外，不断地在心下反问，我都这么个"孙子"样了，她怎么会对我如此热情？后来我渐渐听出更深的意思。这个意思相当美好而阴险。原来她希望我能与她在一起，表面上她奉陪老板，暗地里与我交好。当然，这种交好并非在学校里那样，与爱情有关，而只是一种男女欢娱。贫穷使我成熟了，富裕也使林玫瑰成熟了。

与林玫瑰分手，我有种说不出的复杂，坦率地说，有一阵子我有些心动了。到大城市大公司挣大钱，而且还有个漂亮的女同学与我偷情，那是何等的欢乐。什么正派啊，纯洁啊，人生不过如此！正在我想入非非之时，老海碰子看到我站在沙滩上发呆，就吆喝了一声："潮退到尽头了！"

我赶紧戴上水镜，蹬上鸭蹼，一个猛子扎进清澈而清凉的海水里，只要脑袋埋进水里，世间一切的嘈杂顷刻消失。潜进波涛下面第一眼，看到的是各种颜色各种形状的海藻，像一片茂密的灌木林，在碧蓝色的波涛中起舞，煞是好看。海藻叶非常温柔，轻轻地摩挲着我的皮肤，竟然有些奇妙的舒适感。而且可以看到一些小鱼小虾都在海藻叶的缝隙中嬉戏，这使我想到一些美丽的童话故事。突然，我看到一群肥大的黑鱼，缓缓游动，犹如影视屏幕里的画面。我浑身电击一样地震颤了一下，心脏骤然急速跳动，完全像汽车的马达发动，我紧攥鱼枪，摆动鸭蹼，潜艇一样快速向前。那种收获的急切，杀戮的快感使我忘乎所以，林玫瑰那张艳丽并富有性感的脸早已消失在九霄云外……

第十章

三胖子竟然给我打来电话，说头些日子他也被调查，所以切断一切外界联系。现在事情基本上结束了，他已经找了新工作，给另一家公司老板开车。但另一家公司的老板比我爹差得远，在金钱上是小头鬼！三胖子沉吟了一下又说："你大概知道了，老板可能要判……但问题不大，老板表现好，退了不少钱。总之，最多两年，也许当庭释放呢！……"

人们经常讲"树倒猢狲散"，三胖子这个猢狲还可以，有点义气，还能挂念着我。但让我哭笑不得的是这家伙还没忘小燕，他问我："那个天仙，你拿下了吗？"

我故意气哼哼地回了句："老板都要蹲大狱了，你他妈地还开我的心！"

母亲也给我来过两次电话，对父亲的事却一个字也不提，只是关心我与小燕的关系："她对你还好吗？"

我说："好得要命，都怕我把她甩了呢！"放下手机，我真的想笑，却又真的想哭。

也许三胖子和母亲都提到小燕，小燕的身影开始在我的脑海里晃动。当然，我绝没有一丝情感上的非分之想，村主任儿子都拿不下小燕，我绝对是"癞蛤蟆想吃天鹅肉"！不过，我却萌生出要战胜三道关的想法。要像小燕那样，能去三道关捕捉香螺，而且这个想法越来越强烈。

我的水下功夫已经得到了海碰子们的承认，并非是我有一支现代鱼枪，而是我确实水平日渐高超。因为我毕竟是学校里的游泳冠军，所以在N多次的水下历练后，很快就显示出我的技能。潜到幽暗的水下，沿着曲里拐弯的暗礁缝隙，我的搜索速度越来越快。有的海碰子已经不叫我秀才，而改口叫我海豚了。俗话说"艺高胆大"，为此，我的勇气开始升腾。

夜里与老海碰子躺在土炕上，我就将话头引到三道关。我说我们这些堂堂的英雄好汉，竟然恐惧三道关，不如一个野丫头。老海碰子说："三道关的激流没什么了不得的，只要把握住退潮的准确时间，所有的海碰子都能游过去。当潮水退到尽头时，要停顿半个多小时才能回流涨潮。激流在这半个多小时内就静止不动。所以你只要抓住宝贵的半个多小时，完全可以轻松过关。但可怕的是三道关的暗礁缝隙非常狭窄，一般的海碰子都钻不进去。曾经有个号称"面条鱼"的海碰子不服气，因为他的身子像面条那样柔软，在水下暗礁里绕来弯去，真就是面条。他曾经和小燕叫板，在三道关捕捉香螺，结果第一水就差点憋死在暗礁缝隙里。从此，所有的海碰子都在小燕面前甘拜下风。

老海碰子说："别看小燕像运动员那样健壮，但身子柔软得像海凉粉。有一次村里开什么会，会后表演节目，小燕上台学孔雀舞的舞姿，身子像水波那样漂柔，台下所有的人都看傻了，说是要认识什么艺术院校的领导，小燕绝对出大名，挣大钱！……哎，可惜这个茅屋的凤凰了，飞不出去！……"

老海碰子的一席话，不但没打掉我的勇气，反而使我有些莫名的激动和冲动。我咬定一个念头，攻克三道关。

一个阳光明媚的周日，我瞅小燕为游客忙碌不能下海的关键时刻，全副武装，雄赳赳地来到三道关。我脱下外衣，将手机塞进鞋壳里，然后将我的衣物和柴草放到一起，用一块石板压在上面，以防被海风刮跑。一切准备妥当，我就站在沙滩上，目不转睛地盯着那三道亮晶晶的激流。果然，当潮水退到尽头时，三道激流渐渐失去了亮光，与鱼鳞状的浪波融为一体，说明真就是停止流动了。我立即下海，以游泳比赛的速度往三道关冲刺。

由于有鸭蹼，我的速度绝对超过游泳冠军，不到十分钟，就已经游到三道关的礁石跟前。但水镜下面却是令人恐惧的景色，暗礁像虎狼的獠牙，参差不齐地向上竖立，给你的感觉时刻会戳破你的肚皮。獠牙之间的缝隙犹如深深的黑沟，如果没有当海碰子的经历，看到这种景色，真就会吓得死过去。

我有些紧张，也有些兴奋，先试探着朝一条黑黑的缝隙中扎下去，却发现当脑袋进入黑黑的缝隙时，缝隙中的景物立即就变得清晰了。就像一个人远远看着隧道黑洞洞的，但走进去却就亮堂了。然而我的双肩一下子就被缝隙两旁尖锐的礁石阻挡。不得不退出来，于是我再寻找稍微宽阔一点的暗礁缝隙，但徒劳地游了一圈，不但找不到，反而感到缝隙一条比一条狭窄。正在急切地游着，突然就灵机一动，身子不由自主地侧起来，身子竟然就顺利地潜进一条缝隙中。而且一下子就看到缝隙中的暗礁是一层层的褶皱。花纹明丽的香螺就藏匿在这些褶皱中，我伸手去抓取，却抓不到，于是我再下潜，尽力伸直手臂。但这时觉得气憋到尽头了，于是我小心翼翼地退出来。

浮出水面后，我虽然气喘吁吁，但大感胜利在望。其实很简单，只要你改变正常的潜水方式，将身子顺着礁缝侧过来，一切就万事大吉。我长长地吸足一口气，瞄准一条暗礁缝隙，身子灵巧地一侧，竟然就唰地潜下去，我相当熟练地抓取香螺，而且一手抓了两个。我继续侧着身子，小心翼翼地退出来。在阳光明亮的水面上，惊喜地看着手中四个美丽的香螺，我绝对的心花怒放——我胜利了！

当我再次潜进暗礁缝隙，心中充满自豪感，一个当年好吃懒做的公子哥儿，一个破落的少爷，现在是勇敢而智慧的英雄好汉！不过，我的自豪感很快消失了。有些缝隙就是侧面也潜不进去。小燕为什么能潜进去，因为女人的肩头柔顺无棱角。男人无论怎样细瘦，却双肩宽阔，哪怕侧的角度稍微不够，身子立马就被卡住，这令我恐惧却恼怒，有时就有点赌气式的拼命。当然，我的愤怒只能是更多次被卡在礁缝中。憋得我喝了好几口苦咸的海水。忙碌了好长时间，才弄到五六个香螺，只够一盘菜。其实我忘了，老海碰子还告诉过我，到三道关扎猛，来去只能半个多小时，否则激流开始涌动，那就很难游到岸上。小燕确实了不得，仅仅半个小时就能收获数十个香螺。

我为什么忘了这要命的半个小时，就是我当时愤怒得不行，拼命地，再三再四地潜进暗礁缝隙，不管三七二十一，就大把地去抓取所有能看到的香螺，急切之下就忘了侧游。身子猛地卡在礁石的牡蛎壳上，我使足了气力往后退，但越使劲越卡得紧，这时我的气已经憋不住了，憋得我的眼珠子都要鼓出来。我拼命地扭动，没想到用力过猛，水镜撞击到尖硬的礁石上，啪的一声撞得粉碎。这下完了，眼前一片模糊，而且失去了水镜保护的鼻孔差一点被呛进海水。我手忙脚乱，绝对惊恐万分，一阵急速的挣扎，不知怎么就蹿出暗礁缝隙，等浮到水面上，不但水镜没有了，鸭蹼也蹬掉了，大概正因为没有了这些东西，我才逃出死亡的暗礁缝隙。

此时我只能抓住浮在水面上的网兜，开始往岸边逃跑。但退潮和涨潮交替的半个多小时早过去了，三道激流已经滔滔涌动，我都能听到湍急的水流声。刚挨近第一道激流，我就像木片一样，瞬间就被激流横向拖走。没有了鸭蹼，我就是长四条腿也没用。当然我拼命地奋斗，可奋斗的结果是我还在湍急的水流中间，渐渐地，我看到四周全是滔滔浪花，没有礁石，没有岸边，我心下一沉，三道关的激流已经把我拖进大海深处了。

我第一次看到海中的激流与海水截然分明，两旁的海水就像陆地，只要我能挣扎出激流，就会稳稳地漂浮在"陆地"上。但我已经没有多少气力了，只好任激流摆布，完全像坐在一辆飞驰的列车上，看着激流外面层层的浪花，就像观看车窗外的景色。我想，就是江河吧，也会有尽头的。它能将我带到哪儿呢，也许会给我带到有渔船的海面，我可以呼救。

然而，大海太宽阔了，尤其这是面对太平洋的黄海，整个地球上似乎就我一个人，朝任何一个方向看都是绝望。这种巨大的空旷和孤寂令我想到生命的终结，但意外的是飞来几只海鸥，缓解了我的恐惧。这些平日里怕人的海鸟，竟对我相当亲近，几乎就要俯冲到我的脑袋上。我突然明白，它们以为我是食物。于是我想到鲨鱼，当然，鲨鱼更会将我当作食物，从深深的水下冲上来，先将我的双腿咬断……可这种恐惧没有持续多久，因为身下激流的温度有着非常奇妙的变化，一会儿冰冷，一会儿温暖，而且那种温暖难以置信，竟使我想到豪华的浴池。当然就想起宠爱我的父母，但更多的是想起我的母亲，我现在真正感到她对我是多么好，我对她是多么的坏！我能有如此的灾难，确确实实是上帝对我的惩罚！

我死死地抱着橡皮圈，还不时地看到网兜里花纹优美的香螺。于是我想到小燕，心情就有些百感交集地复杂。我都不知道是恨她还是爱她，还有点尴尬地觉得我不应该想到她。有一阵子我用手抚摸着香螺，意识到我可能与这可爱可恨的香螺同归于尽。

我大概是突然就睡过去了。睁开眼时大吃一惊，四周黑洞洞的伸手不见五指。我的手也伸不出去了，因为此时双臂死死地抱着橡皮圈，这个动作已经僵硬和固定，连我都没办法松开双手。但正是这种僵硬才使我能安全地睡了一觉。我甚至悔恨我为什么醒过来，因为醒过来的感觉太可怕了，我觉得我的五脏六腑被海水淘空了，像一个空壳一样在波涛中漂荡。不可思议的是我平静得比平静还平静，这令我想起一个名人的话：当恐惧得感觉不到恐惧了，才是真正的恐惧。陡然，我脚下碰到什么硬东西，随之，一个接一个的硬东西让我感到脚下踏实多了。我猛地感到狂喜，这是陆地。但我却站立不住，只能继续抱着浮在水面上的橡皮圈，幸好水的深度一直在胸部。最后我摸索着爬到岸边，黑暗中又摸索着爬到干燥的沙滩上。离开海水的浸泡，一种放松的感觉却又令我再次昏睡过去。

再度醒来时，太阳都升到很高了，刺眼的阳光却令我甚感生命的强盛。我躺着做一阵运动，坐着做一阵运动，最后站起来差一点就能飞跑。不过我确实跑了一圈，为什么说一圈，因为这不是大陆岸边，而是海洋中的一个小得不能再小的孤岛。我发现岛中心竖起一个塔式建筑，但立即就看清是灯塔。灯塔很现代化，是太阳能灯塔。塔下竖起一块牌子"无名礁太阳能灯塔"。正因为是现代化太阳能，说明不会有人来管理，那我就得饿死或渴死，并且死得和无名灯塔一样无名。关键是渴，不吃饭我觉得可以活多少天没问题，但渴却使我认定活不到黄昏。

中午过后，我渴得都痛恨我应该死在激流里。我茫然无措地围着小岛转了N多圈之后，发现一些礁石缝隙中有些水影，探进手指沾出一点，真就是甘甜，看来是雨水。可恨的是在缝隙中，无论怎样也喝不到。不过，要是没有深深的缝隙，那这点雨水早就被晒干了。万般无奈之时，我又来了灵感，将我的游泳裤脱下来，一点点塞进缝隙中，然后小心地拖出来，贪婪地吸吮着泳裤上浸透的水。我大概为此忙碌了一个多小时，竟然就喝足了。然后就跑到灯塔朝阳一面的水泥台阶上躺着，水泥台阶被秋日的阳光晒得相当热乎。我躺在上面不到五分钟，就又昏睡过去，直到第二天阳光明亮。

我又耐心地用游泳裤吸水，觉得雨水没有昨天那样甘甜了，还有点说不出的异样味道。我忍不住对自己苦笑，当年，不是名牌的矿泉水我从来都不喝一口。人啊，要想变成动物其实很容易。但喝足水之后，饥饿却涌上来，我用力地捂着肚子又开始围着灯塔转圈，然而转了还是白转，看到海边水湾里有漂浮的海藻叶子，我放到嘴里嚼了几下，很难下咽。不过这使我有些安心，看来我还没饿到极致，要是真正饿到要命的时候，树根也能咬得香喷喷的。也就是说我离饿死的距离还相当遥远。

最急切的是我盼望能看到海面上有船的影子，我爬到灯塔顶上四面瞭望，但偌大的世界上始终还是我一个人。真正的恐惧涌上我的脑海了，我觉得我千真万确地会死在这里。我到海边一个小水湾里，刚上岸时我就将网兜里的香螺放在小水湾里，否则它们早就干死了。此时的香螺正在网兜里挣扎，壳里的一半肉体已经探出来，蠕动着寻找出路。看起来它们的生命力比我还强盛。我脸上有些发热，因为我又想到小燕，也许我快死了，我不得不承认我对她有着一些说不出口的念头，却又顽固地压制这令我脸红的念头。

太阳快沉下海时，我想，可能我看不到明天的朝霞了。但就在这时，我听到小机器船的马达声。抬起头来一阵眩晕，我绝对不能相信我的眼睛，因为一只小船朝我驶来，而驾驶小船的是小燕！

但我却忘乎所以，恬不知耻地手舞足蹈起来。小燕以相当熟练的动作将小船靠上一块礁石，接着动作更熟练地跳下小船，手里握着一个什么东西，跑近一看，是一瓶牛奶。她说："快三天了，只能喝牛奶才能又当水又当饭。"我想放声大哭，像孩子那样的大哭，但我没哭，我不好意思哭。

回程时，我半躺在小船上，看着小燕一手驾着舵，一手撩着被海风吹乱的头发。她为了我，小店已经停业两天多了。她说她看到沙滩上我的衣物后，就开始下海寻找我。后来就报警，但抢救队用无人机在海面上飞到天黑，最终无可奈何。但她却不死心，想出一个妙法。第二天将一个塑料泡沫的漂浮物扔进激流里，然后驾船追着这个漂浮物，最终找到了我。

天已经黑了，小船却在飞速前进。小燕说不会跑偏路，因为她能看星星辨别方向。我非常感动，想对她说，我会加倍地包赔她的损失，我有卖黑鱼的钱，我卖手表的钱还没花完，另外，我还有些积蓄，可以全部给她。我知道农村的凤凰不会浪漫地飞翔，充满经济的眼光只是寻找有价值的梧桐。但我没有说这些报答的话，却情不自禁地问了句："你为什么这样下功夫救我？"

小燕说："你这样的人……死了太可惜……"

我有点惊讶还有点惊喜，我这样的破落之人，在小燕的眼里还有点价值。便矜持着又问了一句："我有什么可惜的？……"

小燕一面看着天上的星星，一面说："你是可以靠得住的男人。"

我看不见天上的星星，甚至看不见小燕，但却能看到一片晶莹的浪花，后来我才弄清楚，那是泪花……

本文刊载于《中国作家》2022年第3期

沟　叉

李　铁

　　一大早推开门，满地是雪，一股冷气扎脸。天气预报说昨晚有雪，睡觉时没下，睡着下了，院里院外白花花一片。小兰冲屋喊，妈，下雪了！小兰妈坐炕头把被子叠成长方形，边叠边喊，等我一下，咱得把萝卜起出来，要不都得冻伤喽！小兰家种的是大红萝卜，收萝卜时小兰跟妈把萝卜埋在院门口，也就是挖个坑，萝卜放里边，填土，给浅埋了。天不大冷时能保存长一些，下雪就不行了，连湿带冻，熬不过几天。小兰妈叠完被子，下炕，拎两把铁锹，小兰拎藤条编制的土篮儿，跟妈身后出屋，踩雪走。

　　夜里下的雪，也是夜里停的，具体时辰小兰也说不准，一脚下去，一个半尺深的雪窝子。雪下得还不算大，下得大时，大雪封门，门被雪堆堵住，推不开，得撬开封冻的窗户，从窗跳出去。小兰妈穿大红色带黑碎花的棉袄，晃晃荡荡走，在白雪地里挺扎眼，小兰也穿红棉袄，是她妈给做的，红面黑里，里边还衬一层羊剪绒。她嫌土气，说我有买现成的棉袄和羽绒服，不用给我做。她妈说在家不像在外边，买的东西在外边穿是样子货，好看不舒服，在家还是穿自己做的，又随便又舒服。这一带女人都爱穿红色的衣服，夏天还差些，蓝的白的黄的绿的，穿啥色的都有，到了冬天，大多数都是红棉袄红棉裤红羽绒服，雪天雪地，白里有点点红色移动，远看像晃动的火把。

　　小兰妈做的棉袄软软乎乎，蹲下站起有柔滑感，穿着确实舒服，不像买的棉袄或羽绒服，动起来吱吱啦啦响，有顿挫感。到院门口隆起的雪堆边，小兰妈右手的铁锹往雪堆一插，右手握了左手的铁锹，撮雪，朝一边倒。积雪扬起来，扑小兰一头一脸，她抖掉长发上的雪沫子，嗔道，妈你轻点。她妈斜她一眼，说，告诉你头发要扎起来，长发是样子货，干活能得劲吗？样子货是小兰妈的口头禅，看啥不顺眼就会送你一句样子货。小兰平时会把头发扎成马尾，今早儿出来得急，没来得及扎，就被她妈逮到不是了。小兰不理她，抓了雪堆上的铁锹，也撮雪，往一边倒。

见土了，一个个大红萝卜也露头了。水灵灵，一点没冻坏。插了铁锹，用手扒土，把萝卜一个个扒出来，放土篮儿里，放了满满一篮子。小兰妈拉了雪爬犁过来，娘儿俩抬着把篮子绑上爬犁。这一带家家都有雪爬犁，冬天长，小半年在雪里捂着，都是雪爬犁的用武之地，不用油不用饲料，是又便捷又经济实惠的交通工具，用一分劲儿，能带动十分的重量。小兰妈拎铁锹回屋，小兰拉上爬犁去七叔家，他家房子多，闲着好几间房呢，小兰家放不下的东西就存到他家去。爬犁是木杆子做成的车，没轱辘，靠木杆子在雪地上滑行，爬犁上的绳子往肩头一套，拉这些萝卜小兰能一溜小跑。

从家里出来一路下坡，下到一棵老杨树旁是坡底，再往前走就是上坡了。上坡路费劲儿，好在是缓坡，爬犁上的萝卜也不算多，拉上去，也就到了七叔家。坡上有一排整齐的平房，以前这儿是小学校，有六个班级，小兰就是在这儿读的小学。后来年轻人越来越少，没几个学苗，学校也就黄了。村委会把学校的房子公开出售，七叔买下来，除家里三辈人住的几间房，还剩几间房做仓库。

老杨树上有只松鸦在嘎嘎地叫，小兰回头看几眼，奇怪大冷天，只靠身上那么几片羽毛御寒的松鸦咋就没被冻死？七叔家房前是个院子，是小学校时学生们下课了就在院子里玩耍。院门没关，小兰拉爬犁朝里走，一股呛人的辣味令她打了一连串响亮的喷嚏。房顶有一股一股的青烟汹涌地朝天上冒，正是做早饭的时间，不用看，小兰也知道七婶是在烤辣椒。辣椒是那种红色的尖辣椒，秋天时晒干穿成串挂在屋子前，远看一串一串的像红灯笼，冬天用时扯几个放炉盖上烤，考出一股股香辣味儿后放凉，再放手心里用双掌一搓，搓成末状。锅里烧油，滚热了，放辣椒末，再放大酱，炸出的辣椒酱非常好吃。小兰把爬犁拉到靠边的一间房子前，推开房门，把萝卜搬进去。搬完了，关上门。再到厨房跟七婶打个招呼。

七婶在烤辣椒的烟雾中扭过一张流了鼻涕眼泪的脸，冲小兰说，留下吃早饭呗！小兰说，不了，我妈等我回去吃呢！七婶说，我贴了一锅苞米饼子，昨天的五花肉炖酸菜也热上了，越热越香。透过辣味，小兰也嗅到了一股酸菜味，顿觉馋虫往上爬。她咽口唾沫说，不了七婶，我不回去吃我妈早饭白做了，会骂我的。

小兰从厨房退出，拉上爬犁掉头走时，有人喊，小兰小兰！小兰听是七叔的声音，住了脚。七叔披件棉大衣，从另一间屋子出来，走到小兰身后说，七叔想跟你谈谈呢！小兰心头一颤，谈谈和说说不一样，谈谈就是谈话，说说可以是说说笑笑，可以是扯闲篇，谈谈偏于正经，七叔是村里的支部书记兼主任，七叔跟她谈谈，就有了领导跟村民谈话的意思。小兰头没回，说，谈啥？七叔说，直播卖货卖得不错，咱村的溜达鸡、腌酸菜、木耳蘑菇卖出去不少了，我看你也直播吧。小兰说，有二嫂直播就够了。七叔说，不够，你二嫂黑不溜秋的，颜值不行，要是换你直播，估计货能多卖出几倍。小兰说，这和颜值没啥关系。七叔说，谁说没啥关系？关系大了。

二嫂是小兰的叔伯嫂子，也是七叔的亲儿媳妇。七叔的二儿子娶媳妇的时候，七叔就没瞧上二嫂，说她配不上自己儿子。七婶倒是瞅儿媳妇对眼儿，说这个媳妇脸黑点但体格好，干活和生崽都没问题。七叔见过世面，和婆娘的见解不一样，他说你这要求也太原始太低级了，都啥年代了，要求要高级一点。七婶说，啥年代也得干活和生崽，实惠点好，别竟扯没用的。二嫂是这一片儿唯一用手机直播卖货的人，附近的人家或多或少都借上了她的光儿。她直播卖土特产，自己家里的货不够，就卖别人家的货，卖完给她提一两成的报酬就行了。小兰家的溜达鸡和酸菜就全靠二嫂帮着卖。

七叔说，小兰，你倒是说话呀，你能不能也直播？小兰说，不能。七叔说，为啥？小兰说，不是人人都能面对镜头抛头露面的。七叔说，这有啥难的，收拾收拾，弄个支架把手机一卡，就开始直播了呗！小兰还是摇头。七叔说，听你爸讲过，你从城里回乡，是回来创业的，连个直播都不敢，还创个啥业？小兰说，这和直播没关系。说罢不容七叔再说什么，拉了爬犁就走。

下坡，爬犁瞬间溜到坡底，松鸭还在那棵老杨树上叫着。二嫂直播已经有一年多了，播的是原生态东北沟叉里的生活，城里的粉丝不少。二嫂的网名叫"黑土豆子"，她的皮肤偏黑，脸蛋儿黑里透红血丝，是典型的农村妇女形象，起这个网名有自黑的味道，和形象也蛮搭的。小兰和二嫂处得不错，闲时经常凑一堆唠嗑，小兰在省城生活八年，算是见过世面的人，二嫂没去过大城市，进城也就是县城逛逛，小兰讲什么在她这儿都是新鲜事。别看二嫂没见过啥世面，胆子大，脸皮厚，面对手机里几百几千的网友不发怵，说话喊着说，亲们，老铁们，沟叉里的活物都是自然生自然死，在城里你花多少钱也买不到，我带你看看咱们的溜达鸡，你选中哪只给你邮哪只，要活的给活的，要死的我给你杀好了冻成坨，啥时吃啥时还是新鲜的。

回到家，她妈刚好揭开大灶锅的盖子，冒出的热气瞬间把她吞噬。她抬手来回扒拉，从热气的缝隙里看锅里内容，锅底炖的是雪里蕻和大豆腐，锅边贴了一圈玉米饼，玉米是今秋新收的，又嫩又甜。小兰闯过热气进屋，见她爸也起炕了，正盘腿坐在炕上抽烟。烟是当地产的旱烟，都叫它蛤蟆赖，抽一口满屋子呛人的味道。小兰不喜欢这味道，曾给爸买过纸烟，过年过节还买过"玉溪"呀、"人民大会堂"呀这类好烟，可爸抽着说没劲儿，就是喜欢蛤蟆赖这一口。小兰也没办法，只好忍着。

再往里走，进里屋，是她和闺女粒粒的房间。粒粒还缩在被窝里没起来，小兰说，粒粒起来，再不起来老狼该进屋扒你屁股了。说罢伸手扯开被子，强行给粒粒穿衣服。手机响了，小兰接电话，电话是二嫂打来的，问她家还有多少小鸡。她说，也就剩七八只了，不能卖了，留过年自己吃呢！二嫂说，有空你给小凤打个电话，她跟我讲她有办法弄到溜达鸡，我问啥办法她还搞神秘，不告诉我，看来还是我跟她关系没到，你俩好，你问吧。小兰说声好，刚按了电话，妈就喊上了，都出来吧，吃早饭了。

小兰是去年冬天回来的，八年前她去省城投奔小凤。小凤早她一年去省城打工，在好几家饭馆干过服务员。小兰到省城时小凤刚好从饭馆辞了职，要去一家洗浴中心当技师。小凤跟她说，跟我一起去洗浴中心吧，挣钱比这儿多。小兰知道技师是什么，没吃过猪肉总见过猪跑，她连连摇头说，技师我干不来，当个服务员还行。小凤就把她介绍给饭馆老板。

从此小兰在这家饭馆干起了服务员。小兰勤快，人样子又不错，老板和老板娘都很喜欢她，到年底，还给她加工资。就在这年年底的一个下雪天，她推开饭馆二楼的窗子，伸出一双手抖一件鲜红的衬衣，小兰穿它扛面袋，粘一身面粉，她上下地抖，面粉散开，掺进漫天雪花里，衣服也粘了雪花。她加劲儿抖，有凉风刮来，直往她脖领子里钻，手一松，衣服掉下去。伸头往下看，衣服不偏不倚刚好落在一个过路人头上，白茫茫一片天地，这人一头鲜红，十分扎眼。小兰暗道一声不好，缩回头跑下楼，撞开门，见一个小伙子拎着她那件红衣服正站在雪里。小伙子中等个子，小圆脸，拎红衣服的样子有些滑稽。她忍住笑，说声对不起，衣服是我掉的。小伙子递过衣服，说，咋不是竿子呢？小兰愣一下，小伙子先笑了，摸摸头说，要是竿子，我的头要砸出个包来。小兰看过电视版《水浒》，瞬间想起潘金莲和西门庆的情节，脸忽地一下热了。

小伙子不是西门庆，小兰也不是潘金莲，但他俩却因此相识，后来成了恋人，又成了夫妻。小伙子叫呼文涛，稀有的姓氏，也是稀有的好人。还小兰红衣服后，呼文涛进了饭馆。他是来赴一个饭局的，包房里，还有六七个人，都是他同事。呼文涛也是农村出来的，在"桔子地产"打工，"桔子地产"是当地有名的经营二手房的公司，生意红火，在省城有几十家连锁店。同事聚餐，脱羽绒服，一包房的深蓝色职业西装，胸前都晃动着红格子领带。呼文涛讲了刚才的事，大家哈哈大笑，都说西门庆和潘金莲就要成"好事"了。

好事是在不久后成就的。小兰刚去省城，最先住在小凤那里，小凤租的两居室，面积只有五十几平方米，小餐厅摆张小圆桌就满了，小凤自己住一间屋，另一间腾给小兰。经常有个男人来找小凤，这男人有四十多岁，来了就钻小凤的屋，关门，弄一些令小兰脸红心跳的动静。出来时男人用一种黏糊糊的眼神瞄小兰，小兰就得极力低头躲那眼神。小兰问过小凤，你在和他搞对象？小凤嘴一撇，笑了笑。小兰说，年龄不般配呀！小凤说，也算不上对象，算相好吧。小兰说，相好？小凤说，别一惊一乍的，现在这样子的不奇怪。小兰不好再说什么，男人再来，小兰就浑身不自在。有工作后，小兰觉得自己也该租个房子，她去了附近的一家"桔子地产"，接待她的就是呼文涛。

呼文涛帮小兰租了一个低租金的一居室，三十几平的面积，小兰一个人足够用了。小兰搬进来这天，呼文涛赶过来帮她收拾，水龙头坏了，他帮换个新的，床腿有些晃悠，他帮绑根木棍做了加固。三九天，外边冷得空气嘎巴嘎巴响，屋子里却很暖和。小兰累了，坐床沿儿歇乏儿，她呼呼地喘着粗气看忙来忙去的呼文涛，觉得这个小伙子身上冒热气，像个火炉。在一个陌生得两眼一抹黑的城市有个他陪着，啥也不陌生了。她心头一动，轻轻地说，你过来。呼文涛拎个椅子走过来，他正在安排这个椅子的位置，这个椅子将是小兰以后用餐时的座位。小兰说，你坐下。呼文涛愣愣地说，坐下干吗？小兰说，叫你坐下你就坐下。话里有命令的成分，话出口小兰自己都有些吃惊。呼文涛放下手中椅子，轻轻坐下去，椅子是木头的，有些年头了，漆面斑驳，屁股刚一挨，就发出咯吱吱不堪重负的响声。他赶紧抬起屁股，小兰说，坐吧，不会压塌的。呼文涛这才又坐，又是一阵咯吱吱的声响，他索性放开了坐，响了几声，居然不响了。

小兰笑道，不会压塌吧？呼文涛也笑了，说，看着要压塌的样子，其实挺结实的。小兰说，就是，两人坐都不会塌。呼文涛眼神直直地看过来，小兰自觉失言，脸发热了。

小兰低头问，你有对象了吗？脸愈发地热。呼文涛说，没有。小兰不说话了，呼文涛也没多说啥。一种温暖感把小兰包裹起来，后来问呼文涛，他说他也有这种温暖感。从这开始，两个人的关系开始升温，迅速达到沸点。半年后，开始谈婚论嫁。

婚事是在呼文涛老家办的，小兰娘家人坐一天的火车到了一个县城，又换乘呼家来接亲的一辆大巴，去一个村庄。和小兰家不同，呼文涛家的村子是在平原上，远远地望，四周一马平川。村子张灯结彩，村民们潮水般涌动，亲家笑脸相迎，小兰家人都很满意。婚后第三天，呼文涛随小兰回娘家。婚后第六天，二人又回到省城。

新房是呼文涛的。呼文涛比小兰大三岁，比小兰早进城五年，在房市最火的五年，呼文涛靠买卖二手房的业绩积攒了一笔钱，买下两室一厅的八十多平方米的房子，算是在城里扎下根。二人工作劳累忙碌，但回到家，就过上了甜甜蜜蜜的生活。一年后，有了闺女，闺女的大名是呼文涛起的，粒粒这个小名是小兰起的。呼文涛说，谁知盘中餐，粒粒皆辛苦，让闺女辛苦不好吧？小兰说，正因为粒粒皆辛苦，才要珍惜才对，我就是要每个与她有关的人都珍惜她。呼文涛笑道，寓意还挺好，那就叫粒粒吧。

这小子嘴甜，手勤，人不赖！小兰爸这样夸赞女婿。靠自己能买下房子，靠谱！小兰妈这样夸赞女婿。转而问小兰，他对你咋样？小兰说，挺好的。小兰妈说，我就知道错不了。

小兰也觉得呼文涛是个难得的好男人，让她挑他的不好之处，她还真挑不出来。但只有她自己知道，呼文涛身上缺少只有她才能感受到的一种气息，那种气息她太熟悉了，很难在她的感知中排除。呼文涛人勤快，脑子也好使，工作是把好手，业绩总是排在前边。饭馆上下班都晚，小兰下班出店门，总会见呼文涛等在外边，接她一起回家。上午小兰起床往餐桌瞄一瞄，见她爱吃的早餐早摆上桌。呼文涛八点钟上班，六点多他起床，做好早餐，把小兰爱吃的荷包蛋放进电热杯，按下保温键。自己吃了饭，草草收拾一下房间，这才出门。呼文涛对小兰的好还体现在舍得花钱上，小兰念叨哪款手机好，他就会让小兰去买。小兰自己舍不得买，他就把自己的零花钱凑起来，买了送给她。有一次呼文涛出差去广东，回来时旅行包打开往床上一扣，扑啦啦滚出半床的东西，有小兰爱吃的小食品，有小兰喜欢的韩国发卡、化妆品、衣服……有用的没用的都有。小兰又喜又气，冲一大摊东西发脾气道，太不会过日子了，太铺张浪费了，太知道我喜欢啥，太知道我不喜欢啥了……

粒粒出生，小兰回娘家坐月子。孩子半岁后，孩子留给小兰妈，小兰一个人又回到省城的家，开始和呼文涛过二人世界。娘家带孩子只是帮个人手，抚养费用还得小两口出。小兰又回到饭馆上班，呼文涛更加忙碌，每天满世界拉客户，推销房子，连休息日都没有。二人世界的家，两个人唠嗑的时间十分有限。小兰晚十点下班，骑电动车回家，到家已近十一点钟。呼文涛早上八点上班，七点不到就要从家出发，这时候小兰睡得正香。他俩能说话的时间也就睡前那么一点点。起初呼文涛还坚持要接小兰下班，被小兰阻止了，呼文涛也就没坚持。他的经济负担加重，每天在外边跑的路多，劳累程度已到极限。

又是一个快到年底的下雪天，是个早晨，通常这个时候小兰睡得正香。但这天是个例外，小兰早早起床了，为一件后来每每想起都令她扎心疼痛的事情，和呼文涛吵了一架。吵得很凶，也是他们婚姻生活中唯一的一次吵架。小兰对呼文涛用了一些刻薄的语言，呼文涛顺手抓了一个水杯向她举起，又转移方向，狠狠砸在地上。玻璃水杯碎了一地，呼文涛踩着碎片走出家门，从此再也没有回家。

一个多小时后，小兰接到一个电话，说呼文涛在高架桥的入口处遭遇了车祸。她打车赶过去，路上大脑一片空白。小兰在离事故地点最近的出租车乘停点下车，漫天飞雪，眼前白茫茫一片，世界成了虚景。小兰跌跌撞撞赶过去，绕过一辆"霸道"越野车、警车、救护车，闯到跟前，看见呼文涛躺在雪地上，头被一片殷红的血窝衬着，令小兰想起了初识呼文涛时，落在他头上的红衬衫。

这一带的自然村不叫村子，叫沟叉，十几个沟叉构成一个行政村。沟叉大多在山坳里，躲着风，会少一些寒冷。这一带山连山岭连岭，大多都不太高，说是坡更贴切，拉着爬犁一溜小跑就上去了。小兰家的沟叉有三十几户人家，到做饭时辰，却只冒十几缕炊烟，有近二十户人家是空房子了。年轻的大都出去打工，拉家带口的举家进城，剩下的大多是老弱病残，或者是不喜欢到外边讨生活的人。

小兰家的沟叉叫羊角沟，不远的几个沟叉叫牛尾沟、老虎沟、白石沟等，听起来挺顺耳的，也有不顺耳的沟叉名，比如腌眼沟、豁嘴沟、傻袍子沟等。羊角沟算是大沟叉，但村委会没设在羊角沟，设在另一个山坳的白石沟了。白石沟有个大院落，是村委会的地产，做村部正合适。白石沟还有个木材加工厂，是村里最大的企业。

屋外雪还在下，小兰爸妈在屋子里装箱打包，都是些山里的特产，有杀了冻成坨的土鸡、大鹅，有风干的山野菜、木耳蘑菇，还有小兰妈腌制的咸菜。这些东西都是通过二嫂的直播卖出去的。打包好的东西要拉到县城的邮寄点发货，有时也有小货车从县城那边开进沟叉，带上各家各户的邮件开回去。加上运费，算起来比自己坐小客车带货到县城成本要高一些。

小兰踩着雪到路边朝远处望，飘飘洒洒的雪花中没有汽车的影子。想这样的天气，小货车是不会来了。不过小客车还会来。人们叫的小客车就是跑客运的中巴车，这边的司机跑雪天跑惯了，不是特大型的暴风雪，一般雪天都在他们正常跑车的范围内。小兰脚踩的这条路是沟叉通向外边的唯一柏油路，虽是柏油路，得有小半年见不到平坦的柏油路面，黑龙江的冬天长，路面小半年被冬雪覆盖成了雪路。

小兰转身往院里走，没走几步身后有人喊她，她住了步，扭过身来，见七叔从她刚才望过去的相反方向奔过来。七叔说，小兰，告诉你爸，明天供电局的人要来沟叉，午饭安排你家了。小兰说，都到家门口了，进去坐坐呗。七叔说，不坐了，还有好多事呢，得赶去白石沟那边。七叔走到小兰跟前并没有继续朝前走，白石沟在下岭处，也就是小兰刚才朝前望的方向。小兰也就没动窝儿，知道七叔还要说话。七叔说，小兰，我还想说一句，还是那句话，直播这一块，不能全靠你二嫂，咱这些沟叉就你的模样好，你别总藏着了。小兰心头一紧，说，我也说过了，我不能抛头露面。七叔说，为啥？小兰，还用我直说吗？七叔立马心领神会，叹口气说，人死不能复生，活着的人还得想法好好地活，你说是不是这个理儿？小兰埋下头不说话。七叔说，年轻人要压一压担子，咱村十几个沟叉，没多少年轻人了，我想让你进村委会呢！小兰说，可别，我从城里回沟叉，就是图个省心清净。七叔说，不是说好回乡创业的吗？小兰说，说是那么说，主要还是图清净。七叔说，咱都别把话讲死，都考虑考虑吧。

七叔走了，小兰回了屋。小货车不能来了，货物却不能耽误。一家三口把打包好的箱子搬出屋子，搬上爬犁，小兰爸用一根绳子捆结实。小兰穿了大红色的羽绒服，准备亲自跑一趟县城。镇子里也有邮快递的驿站，可羊角沟离镇子和离县城差不多远，这里的人都愿意往县城跑。小兰看一眼手机，离小客车来沟叉的时间近了，她不敢耽误，拉爬犁走。刚出院子，小兰妈撵出来，拎着手里一个兜子冲她晃悠，边晃边喊，我也跟你一起去，半个月没洗澡了，得去洗个澡。小兰没吭声，只顾拉着爬犁走。

沟叉没有洗澡堂，厕所都在冰天雪地的院子里，没法安装洗澡的设备。夏天好说，冬天洗澡，不是跑县城，就是跑镇上。小兰妈一般半个月洗一次澡，算是勤快干净的人，小兰在城里养成天天洗澡的习惯，回沟叉，也顶天一周洗一次。有些老年人，一冬天也洗不上一两次呢！到站点，已有两三个人候在那儿，雪下得不算大，挡不住人们的行动。小兰妈冲小兰说，我把你的毛巾也带来了。小兰刚要说话，听身后有人喊她，小兰小兰！她扭身看，原来是二嫂拉着爬犁赶来了。

小兰瞪了眼睛说，二嫂，你今天不直播了？二嫂说，身上痒痒，想洗澡了，顺便把这些货物带上。小兰低头看一眼二嫂的爬犁，捆好的纸箱和麻袋比小兰的多出一倍。二嫂自己直播卖货，自己卖出的东西自然要多一些。二嫂伸手掸了掸小兰肩头上的雪花，说，瞧你这小脸蛋咋长的、细皮嫩肉白白净净的，你再看我，化妆品用了不少，还是个黑土豆子。小兰看二嫂的脸，确实是太黑了，黑中还泛红，颧骨处是一对红骨朵。小兰想笑，忍住了，顺嘴说，买溜达鸡的人还挺多吗？二嫂说，挺多的，沟叉里的鸡都要卖光了，小兰，你给小凤打电话了吗？小兰说，还没呢。二嫂说，小凤见识广，门路多，你俩关系好，她一准会告诉你好办法。小兰说，我现在就打。

雪蒙蒙的路尽头，小客车还没有影子。小兰摸出手机按下小凤的码号，开门见山，问她溜达鸡的门路。小凤说，这招儿别人我不能告诉，只能告诉你，你去养鸡场买一批圈养的鸡，散放到沟叉里，那不就成溜达鸡了。小兰脑袋一下子胀大了，说，这不行，骗人嘛，城里人也不傻，看得出来也吃得出来。小凤说，我也没让你立即就卖，买来的圈养鸡算是半成品，让它在沟叉里溜达个一个月半个月的，那就是成品了，口感和圈养鸡是会有区别的。小兰坚决地说，那不行。小凤说，好，你行，算我白说行吧？打完电话，小兰冲二嫂说，咱山里人靠的就是实诚，要是弄虚作假，坏了名声不说，咱的真货也卖不出去了。二嫂挠挠脑袋说，是呀，没想到小凤是这么个馊主意。

小客车终于来了，把东西搬上车，爬犁就撂在路边，谁家的爬犁谁认识，不会拿错。车里有一股酸溜溜的热气，纸箱子摞在过道上，摞不下的，摞在机盖子上。一路上二嫂一个劲儿地说话，小兰不爱搭茬儿，小兰妈怕冷落二嫂，就跟她旗鼓相当地说。二嫂说，晚上回去吃酸菜馅饺子，婆婆在家剁肉馅呢！除了饺子，还切了萝卜，热水中炸熟了，放凉，蘸酱吃。小兰妈说，晚上我回去蒸黏豆包，昨天剩的炖酸菜再热一热，婆婆丁炸熟了，也蘸酱吃。挨小兰妈的一个老大爷接茬儿道，啥也没小笨鸡炖蘑菇好吃，一只小笨鸡炖了，这顿吃完下顿加水再炖，能吃上四五顿。

小兰懒得说话，心头像驮了块铅般沉重。车子在雪路上行得慢，连绵的山脉和偶尔长出的沟叉在雪中是清一色的白。东北有冬天猫冬的习惯，黑龙江的冬天长，猫冬也就长。灶里烧火哔哔啪啪响，火炕烧得直冒热气，大人孩子藏在家里，围着笸箩盘腿坐，有烟笸箩，里边盛的是关东烟叶，有瓜子笸箩，里边盛的是炒熟的葵花籽。壮年人找伴儿打牌，小孩围着老人听故事。猫冬就是小半年，把人猫懒了，恨不得冬天无限长。小兰记得小时候常听爷爷讲故事，爷爷讲，早先下雪下的是白面，下雨下的是豆油，刮风带起的土是花椒面，树叶子摘下来是蔬菜，饭来张口水来伸手，人越来越懒呀，不愿意伺候土里的庄稼了，庄稼死了，地荒了，老天看着不乐意了，下的白面变成了雪，下的豆油变成了雨。

"早起的鸟儿有食吃"，这是小兰妈挂嘴头的话。早晨三四点钟时小兰被尿憋醒，伸手抓尿盆上炕，人蹲在被窝里哗哗地撒了一泡尿，再把尿盆搁地上。撒尿时想起城里的卫生间，有种恍若隔世感。重新躺下时听见外边叽叽喳喳的鸟叫声，想必鸟儿已开始找食了。

迷迷糊糊又睡着了，醒来时天已大亮。小兰赶紧爬起，穿上棉袄棉裤，有客人来吃饭，小兰爸昨天就说，得杀一只大鹅，沟叉里有啥新鲜玩意呀？就地取材吧！杀鸡杀鹅的活儿小兰爸不做，他天生胆小，不敢杀生。以往爷爷活着时爷爷做，爷爷不在了，这活儿就落到小兰身上。她家有两个孩子，老大是哥哥，常年外出打工，把家安在了城里，逢年过节才会回来一趟，小兰当时是超生，家里是受过处罚的。现在小兰母女跟父母一起过，也令惦记父母的哥哥安了心。起初小兰也不敢杀生，有一次家里来客人，要杀鸡，小兰爸想找邻院的老汉帮忙，小兰说，别找他，找他来杀个鸡还不够给他吃的。小兰爸说，不找他找谁杀？一股豪气涌上来，小兰胸脯一挺说，我杀。第一次杀鸡，小兰一手把鸡按在菜板上，另一只手手起刀落，齐刷刷砍掉了鸡头，溅了小兰一身血。

院子里，小兰见妈早忙乎开了，一条大江鱼被她切成段，洗完搁盘里晒干备用。小兰爸也在忙乎，院里院外把雪扫了，堆成堆。今天是个晴天，太阳打在雪上软绵绵的，有一种温暖感。小兰抱柴火，把院子里的炉灶点着，做一大锅开水，准备一会儿烫大鹅退毛。柴火是砍成段的粗树枝，一米来长一段，捅进炉洞一截，大半截剩外边，待里边烧没了，再接着往里捅。

小兰爸一边干活一边朝院外那条路上眺，观察有没有客人的动静。院外这条路是外边的世界通进沟叉的唯一通道，这条路是几年前七叔带人修的，以前这儿没有正儿八经的路，汽车进沟叉颠得几乎散架了，也就没什么车辆开进来。七叔当村书记后干的第一件大事就是修路，除了从上边要来一笔款，还得靠摊派，村民自己也得出点血。七叔自己掏一万，要别人掏一千人家也不肯。小兰爸和七叔是实在亲戚，为支持七叔工作，率先掏了钱，其他一些沾亲带故的不好意思，也掏了钱。这样一来，带动大家也都掏了钱。沟叉高高矮矮，好不容易划了条适合修路的路，占了一些人家的地，人家就不干了，挡在前边不挪窝。雇来的推土机被人拦住，喊来七叔。七叔气呼呼到拦路的二舅跟前，四目相对，都喷出火花。二舅是小兰的表舅，也是十来个沟叉里很多人的表舅，二舅身高马大，性格粗野，平时爱骂骂咧咧的，很多人都怕他。二舅和七叔杠上了，引来很多沟叉里的人瞧热闹。二舅说，我这地不让占。七叔说，给你补偿款。二舅说，给我金山我也不让占。七叔说，你不讲理？二舅说，我就不讲理了，咋地？七叔说，我专治这不讲理的病。七叔率先动手，和二舅揉滚成一团。揉滚了一阵，居然是矮二舅半头的七叔占了上风，把二舅骑在身下。小兰知道，事后七叔拎着好酒悄悄溜进二舅家，赔礼道歉，还给他扔下了一沓钱，但话说得明白，不是怕你，是让你率先让道。二舅也是见不得好的人，懂得好歹，果真让了道。其他人家见二舅都让道了，也就都让了道。这条路这才修成。

小兰妈拉开窝门，大白鹅扑打着翅膀冲出来，排成队，朝院子外跑。小兰迅捷出手，抓住一只鹅的脖子拎起来进屋，其他鹅也要跟进来，被她关在门外。鹅们在外边咕咕地叫一阵后，排了队，奔院门外去了。小兰这才开门，见院外的雪地上有一溜鹅们的脚印，小兰不想杀鸡给猴看，她拎了这只鹅，冲天空默念道，大鹅大鹅你别怪，你就是人间一道菜，来世愿你托生人，你也能吃这道菜。念完了，另一只手拔了鹅脖子上的毛，取刀，轻轻朝脖子一划，殷红的血就流出来，淌进事先备好的铁盆。

七叔带着三个供电局的人是中午到的，此时院子里已热气腾腾。铁锅里的大鹅炖烂了，放了风干的葫芦条、豆腐、干豆角和粉条，炕灶那边的大锅里炖了猪大骨和酸菜。小兰妈把风干的黄花菜、荠菜、婆婆丁、蕨菜等用水泡开，该炒的炒，该煮的煮，炒的用肉炒，煮的也就是在开水里焯一下，凉拌或蘸酱吃，城里人得意这一口。城里来的人有一个四五十岁的，两个二三十岁的，这两个二三十岁的人中有一个是小圆脸，眉宇间有一丝像呼文涛，小兰的心就咯噔疼了一下。

让客人进屋，脱鞋，盘腿围着炕桌坐火炕上。七叔给客人介绍了主人，也给主人介绍了客人。那个四五十岁的是个头儿，七叔叫他杜主任。小兰只记住那个小圆脸，叫小张。客人坐定，小兰和小兰妈开始往上摆菜，炖大鹅和炖酸菜是盆装的，热气扑脸。三个客人看了，啧啧连声，都说破费了。小兰爸说，破费个啥，沟叉里也没啥好玩意，都是土生土长的东西。七叔带来两瓶酒，是本地产的小烧，纯粮六十度的。主任说，工作时间不能喝酒。七叔说，我也知道工作时间不能喝酒，我大小是个书记，还兼任着村主任，这个规矩我懂，可现在是午饭，算不得工作时间。杜主任说，午饭不能喝酒。七叔说，入乡随俗，二哥你说了算。二哥指的是小兰爸，小兰爸笑了笑说，到我家我说了算，能喝，当然能喝。

盛情难却，杜主任也松了口说，那就喝一点点。七叔说，这就对了，不喝就是看不起咱们农民。见七叔把喝酒提高到一定高度了，杜主任也就不再推脱，和七叔、小兰爸一杯一杯地来回敬酒。

席间，小兰听了个大概。他们这个行政村是市供电局的帮扶对象，通过考察，他们相中了小兰家这个沟叉，他们想把这儿打造成和海林那边的"雪乡"一样的景区，通过旅游达到乡村致富的目的。七叔对他们的建议有不同的看法，海林的雪乡已经打造多年，名声在外了，人们想看雪景，第一个想起的地方就是海林雪乡。羊角沟再造雪乡，吸引的游客不会太多。就是海林雪乡，名气已经大到全国人民都知道了，可游客量还是有限，且又是季节性的，景区一年至少得闲半年多。七叔的看法立马被杜主任驳回，杜主任说，这是我们经过考察研究，领导拍板决定的，我们局准备拨出扶贫资金三十万，用于你们的开发改造。七叔拿眼看小兰爸，小兰爸插了一嘴，那沟叉要是不改造呢？主任用干干脆脆的口吻说，那这笔资金就不能投入。七叔笑道，还是改造吧，这笔资金对沟叉太重要了。

下午两三点钟光景，供电局的人告辞。车子开走，副驾驶这边车窗徐徐降下，杜主任紫红着脸冲发愣的七叔和小兰爸挥手告别。车子很快没了踪影，雪地上只留下两道车辙。小兰爸跟七叔说，雪乡我没去过，可在手机上见过，那儿都是木头房子，被厚厚一层雪盖着，是挺好看的，可咱这房子都是砖石的，总不能拆了重盖木头房子吧？七叔说，先不讨论房子的问题，款到手才是真的。小兰爸看看七叔，又看看小兰妈和小兰，似乎明白了什么，释然地笑了。

二嫂在屋子里直播，她冲手机大喊大叫，又是"老铁"又是"亲"

的，见了男的就喊哥哥。和人玩"PK"时被人黑土豆子黑土豆子地叫，二嫂也不急，乐呵呵地听，"PK"输了，就按约定的罚自己，给自己的黑脸蛋涂上口红，或做一个不雅的高难动作，逗得对手哈哈大笑。

小兰进二嫂的屋，二嫂冲她翘翘下巴，示意她坐下，继续冲手机镜头直播。二嫂的设备挺全的，两部手机、电脑、麦克风、监听耳机、手机支架……二嫂坐在一把木头椅子上，背后是老旧的一对箱子，箱子下边是箱座子，也就是箱子柜，箱子上摆着老式的收音机、印着红字口号的搪瓷缸子，墙上贴的是发黄的老报纸。现在沟叉人家早不是这种摆设了，沟叉虽偏远，也是和世界与时俱进的，屋里摆沙发、摆新式的立柜，用空调冰箱都不新鲜。二嫂的房间显然是为了直播而刻意布置的。小兰盯着二嫂手机支架上的手机，盯一会儿眼睛花了，盯出了自己的手机。小兰的手机是呼文涛给她买的，当时是最新型的智能手机……茫茫一片雪地上一摊黑血，一个对她那么好的大活人说没就没了。人生就像下雪天，再鲜艳的颜色，很快也会被雪花覆盖，万物只剩下一大片白色，就像其他颜色都没来过一样……

二嫂冲手机嚷，老铁们，我推给你们的土特产，对，就是你们都说好吃的酸菜是我小姑子家腌制的，还有溜达鸡，也大多是她家的，我这个小姑子是咱们沟叉最漂亮的女子，岂止是咱沟叉，是咱们十几个沟叉最漂亮的女子，是村花，老铁们要不要开开眼？一排排滚动的字，要、要、要……二嫂伸手调整了一下手机的角度，小兰一张脸就挤进镜头。一排排滚动的字像潮涌，好看、漂亮、山沟里的金凤凰、想不到黑土豆子有这么白嫩的小姑子、小姑子有对象吗……小兰脸热热的，想躲开，可屋子就那么大，按这时镜头的角度，只要不出屋，她是躲不开的。

二嫂说，老铁们，看在我小姑子颜值的份上，买点咱们沟叉的土特产吧！二嫂说罢转脸看小兰，小兰，你跟老铁们打声招呼吧！小兰本不想吱声，可面对镜头，逼到这儿了，只能说，大家好，我二嫂是替咱们全沟叉卖东西，大家支持她，就是支持咱们全沟叉的父老乡亲了。二嫂扑哧一笑，连连点头，算是鼓励。小兰接着说，咱沟叉的东西全是绿色环保无公害的，野菜是后山采的，蘑菇也是后山采的，木耳是木耳段上长的，小鸡和大白鹅是家里散养的，天天溜达，可有劲儿了，小鸡能飞到房顶去，大鹅能把山里的野物撵得一溜小跑……门被撞开，闯进来一个和小兰年龄相仿的小媳妇，把小兰的话打断了。

进来的小媳妇朝二嫂叫二嫂，朝小兰叫小兰。她和小兰年龄差不多，小兰也搞不清她叫什么名，只知道她是柱子媳妇，沟叉里的老人都这么叫她，小兰也就把柱子媳妇的标签贴到她身上。柱子是沟叉里和小兰一波长大的孩子，柱子媳妇是别的沟叉嫁过来的，那沟叉远着呢，和他们不是一个行政村。柱子结婚时小兰在省城，呼文涛走了，小兰回乡，才算是见过她，平时没来往，碰面点点头而已。

柱子媳妇手里拎一条红围巾，她递给二嫂说，二嫂，柱子回来了，给你带了条围巾。二嫂看小兰一眼，小兰笑了笑。柱子媳妇当小兰的面送礼物给二嫂并不觉得尴尬，她本来就和小兰没什么来往嘛，小兰也不尴尬，倒是二嫂有点尴尬。二嫂说，柱子给我带的？柱子媳妇说，是呀，给你带的，你快围上看看好看不好看？二嫂直播给全沟叉人卖货，大家给二嫂些礼物也在情理之中，二嫂也不客气，系上围巾，冲镜头嚷，老铁们，你们说我围这个围巾漂亮不漂亮？字幕滚动，有说漂亮的，有说不漂亮的，有说红配黑磕碜死的，有说给你小姑子戴才漂亮。二嫂看看小兰，说，小兰，要不你戴上试试？小兰说，我不戴。二嫂说，老铁们都叫你戴你就戴一下试试嘛！小兰说，我不戴，我还有事呢。

小兰逃也似的出了二嫂的门，她觉得出门时柱子媳妇的眼神挺扎眼，是种不友好的眼神。小兰踩着雪地上被人踩出的一条道走，脚下发出吱嘎吱嘎的声响。沟叉里的田地都在坡下，望一眼，被厚厚的雪盖住，看不出是田地，倒像是海滩上白色的冰。呼文涛带小兰去过海滨城市游玩，大连、鲅鱼圈、盘锦、锦州都去过。前三个地方都是夏天去的，看到的是波涛汹涌的海，只有锦州是冬天去的，锦州的海是海湾，海边有大片的滩涂，站在边上看，滩涂一片白茫茫的冰，很像沟叉的田地。呼文涛对她好，好到她习以为常，不觉得有什么好的程度。小兰的心被扎了一下，每每想到呼文涛的好，她的心里就会针扎一样疼，如果他对她不那么好，她现在的心会好受一些。

小兰朝家里走，冷从四面八方涌来，包裹了小兰，她边走边打哆嗦。也不是穿得少，穿同样的衣服，昨天就没感觉到冷。小兰又想到了柱子媳妇的眼神，想了想，认定那是一种冥冥之中的敌意。小兰和柱子家离得不远，隔了六户人家，掠过六户人家的院门，就能看见柱子家或小兰家的房子。小兰和柱子是初中同学，十三四岁，正是男女生逆反的年龄，一般情况是男生们躲着女生，女生们躲着男生。偏偏柱子不逆反，学校在镇上，夏天要骑一个多小时的自行车，柱子骑车，每天早晨都会到小兰家门口等她，让她坐他的二等车。冬天雪地不能骑车了，柱子也会来等她，一起踏雪走上两个多小时上学去。小兰有柱子陪，习惯了，也没了逆反期。小兰学习成绩不好，考高中时，弃考了，要回家务农。柱子劝她考，她不听，柱子一气之下说，你不考我也不考了。她赌气说，随便。她本以为柱子说的是气话，柱子学习成绩在同年级数一数二，没想到他说话算数，真的没考。搞得老师惋惜，家里也惋惜，他爸还动手打了他。这年他俩一起闲在家里，夏天时，俩人一起钻过坡下的树林。

小兰怀孕了，是妈带她去县里的医院打的胎。为这事，小兰爸还和柱子爸打了一架。柱子爸说，生米都煮成熟饭了，干脆让两个孩子成家吧。小兰爸说，孩子还没到法定结婚年龄，成个啥家？柱子爸说，那就等等。小兰爸说，再等出事咋整？柱子爸说，能出啥事？不就是怀孩子吗？各管住各的崽就是了。小兰爸说，你能管住你的崽？柱子爸说，主要是你管住你的崽，母狗不调腔公狗不敢上，这种事，关键还得看女崽。小兰爸吼，看你个头！冲过来就和柱子爸扭打成一团。

两家因此搞僵了关系，儿女亲家也做不成了。两年后，小兰去省城找小凤。柱子去了另一个城市打工。这份感情渐渐淡了，小兰才跟了呼文涛。没想到呼文涛命短，小兰的心又疼痛起来。

手机响了，小兰掏手机接电话。电话是小凤打来的，小凤说，你到底回不回来了？小兰说，不想回。小兰说的是心里话，回省城，就回到了和呼文涛一起的世界，在那个空间维度里，她永远都会罩在阴影里生活。小凤说，粒粒越来越大了，咱沟叉没有学校，到时候到哪上学去？小兰说，我准备在县城买个学区房，到时候让我妈去县城住，照顾粒粒。小凤说，你不想离开沟叉了？小兰说，我是回乡创业，不干出个名堂不想出去。小凤说，你都回一年多了，我也没看出你干了啥名堂。小兰听了不是滋味，不吭声了。

小凤说，既然你不回来，房子一时半会儿又卖不出去，闲着也是闲着，要不我搬你家住去咋样？小兰没犹豫，立马说，不行。小凤说，当初你投奔我，我可是让你住我这儿的，咋到了我想住你那儿就不行了呢？小兰还是说，不行。小凤问，为啥？小兰说，为了呼文涛，不行。

小凤悻悻地断了通话，小兰知道她不高兴了，可没办法，她只能这么做。小兰不是个不敞亮的人，也不是舍不得房子让她住，令她忌讳的是小凤的职业，她怕小凤把不三不四的男人招回家，弄脏了房子。房子是她继承呼文涛的遗产，她不想让那边的呼文涛不高兴。

七叔在村部召开村委会扩大会议，除了村委会的委员和村民小组长们，还叫来了小兰、二嫂等人来参会。二嫂搞直播，也算是村里的重要人物。小兰号称回乡创业，七叔也挺倚重她。

村部最大的那间屋子窗明几净，透过玻璃窗，看得见宽敞得有一个足球场大的院子。院子里立着镶有玻璃的宣传板，里面密密麻麻有很多内容。

七叔说，现在开会，一个议题，那就是实施乡村振兴，做好新时代三农工作，解决发展不平衡不充分的问题……有人插话道，竟整些大道理，七叔你就说实在的，咱们咋干吧？七叔说，实现乡村振兴战略是一项系统工程，应高度重视农村基层民主建设，充分尊重农民真实意愿，发展农村基层民主，实现乡村有效治理……又有人插话道，还是些大道理嘛，七叔你水平太高，我们的思想跟不上，听不懂。七叔说，充分尊重农民真实意愿，这总能听懂吧，就是我们要干的事是农民喜欢的事。接下来的议题是这个大议题下的小议题，供电局要拨给咱们村三十万扶持款，人家要专款专用，用在把羊角沟改造成发展旅游业的雪乡。二嫂接茬道，挺好啊，游客多了，买咱土特产的人也就多了。七叔说，那还能比网上买的人多？二嫂想了想说，肯定没网上的人多，来的人毕竟有限，我直播面对的是全国全世界，那人数就是无限的。七叔说，所以说呢，网络直销是咱们村发展的方向，咱们这些沟叉是偏远山区，搞工业搞不起来，搞旅游跟那些交通方便的地方比也没啥优势，只能脚踏实地把咱们的土特产做大。又有人插话道，不搞"雪乡"，供电局的专款专用咋落实？七叔眼珠转了转，放低声音说，咱拿这个专款搞养殖业咋样？有人说，七叔你别卖关子了，有啥主意你就直说。七叔说，我的意思挺明显了，那就是用专款搞养殖，这是咱们村委会的集体决定，上边要是有人来查，大家得替我说明白。有人说，没问题，保准给你整明白的。七叔说，好，那就拿这笔专款搞养殖，村里招标，搞养鸡专业户，不是圈养，是散养溜达鸡，搞养猪专业户，也不是圈养，要散养，搞养鹅养鸭养兔甚至是养鹿养狍子，咱来他个多样化养殖，绿色散养就是咱们的特点，卖点，咱们就拿这笔钱把咱们的养殖业做大。众人齐声说，好！

小兰坐在最靠边的位置，她目光不是落在七叔身上，而是落在窗外。七叔扭头看她，点了她的名说，小兰，你说回乡是搞创业的，你有啥想法？小兰激灵一下，目光从外边抽回，回到七叔的脸上，问，七叔你说啥？七叔说，研究大事呢，你咋还溜号？小兰说，我没溜号，我思考问题呢，如果我想把养鸡业做大，村里能帮我多少资金？七叔说，你想做多大？小兰说，我想养上万只鸡，散养，开春了就往后山上赶，自己找食吃。大家都盯住小兰。二嫂说，养鸡过百都费劲儿，过万，不现实。小兰说，一家一户养，不现实，多家合起伙来养，就没啥不现实的。七叔的眼睛瞪大了，说，小兰你是说要搞养殖合作社吧？小兰说，是这个意思。有人说，搞合作化，是倒退了吧？七叔说，咋是倒退？是进步呢！咱搞的合作社和以前的合作化不一样，咱搞的是新型合作社，是集中大家伙的力量把事情做大，实现共同富裕。二嫂说，夏天好说，这大冬天的，人都猫冬，溜达鸡到哪儿找食吃？小兰说，冬天咱准备饲料呗。二嫂说，那还叫溜达鸡吗？小兰说，只要放它出去溜达，就是在雪地里溜达，它也是溜达鸡，它的味道也和圈养的不一样。七叔说，小兰有魄力，我支持，这笔钱就该资助这样的项目。

散会后，小兰踩着雪回家，她还没到家呢，这个消息就传遍了全行政村十几个沟叉。大家议论纷纷，有愿意参加合作社的，有抵触的，有想搞个人养殖专业户的……小兰刚进院门，小兰爸迎出来，冲她吼，你好大胆子，还要搞合作社？小兰说，集中优势兵力搞养殖。小兰爸说，很多家一起养鸡养鸭的，那不成了一个锅搅马勺？养几万只鸡，屁大个沟叉，养得了那么多鸡吗？投资可不是白投的，鸡都丢了咋办？都死了咋办？这笔钱谁来赔？小兰说，还没养呢，咋就说丢了死了？小兰妈冲出屋子，戳雪地上也冲她吼，山上有山狸子、狐狸，说不定还有狼，你这是给它们送食物呢！小兰知道，这一带山里有食肉动物，早年还有狼和熊呢，后来大型食肉动物绝迹了，据说近年又有人见过狼。小兰有盘算，放鸡上山，是需要有保护的，只要养上几只狗，那些小型食肉动物就不在话下了。

小兰爸接着说，竟整没用的。小兰妈说，我去跟她七叔讲，小兰的话咱们收回。小兰说，不能收回。小兰妈说，必须收回。有人在院外接了一声，我看也不该收回。院里三个人都循声往外望，看见院门口出现一个年轻男人，穿白色羽绒服，休闲运动裤，脖子上扎一条红色的围脖。柱子！小兰爸和小兰妈脱口道。小兰瞪大眼睛，却没出声。

柱子进院子，先跟小兰爸妈打招呼，才又接刚才话茬儿说，我参观过一个养鸡场，也是养溜达鸡的，白天放山上散养，晚上赶回鸡窝，数量过万，经济效益不错。小兰爸斜了柱子一眼，鼻子里哼一声，转身进屋。小兰妈也斜了柱子一眼，喊一声小兰，也进了屋。小兰原地站着没动。

柱子凑到小兰跟前，小兰不看她，目光投向院外。这还是小兰回乡后第一次见柱子，这一年多柱子也回来过几次，听说他回来了，小兰就刻意地躲，有一次他也是进了院子，小兰躲屋里没出来，小兰爸挡在屋门口，没让柱子进屋。

柱子说，小兰，你还好吧？小兰没吭声。柱子说，粒粒爸没了，我也替你难过，可日子还得过呀！小兰还是没吭声。柱子说，咱俩的事，怪我，没坚持到底。小兰忍不住，脱口道，都过去了，还提它干啥？柱子说，是呀，不提它了，我这次回来，其实和你一样，也是想回乡创业的，这几年在外边打工，做二手房交易，你也知道，现在房地产市场不好，特别是二手房，交易量越来越低，我一咬牙就回来了，现在土特产卖得好，有网络这个大平台，沟叉里也能干大事。

小兰心头一紧，想不到柱子在外边跟呼文涛干的是一种活儿，一想到呼文涛，小兰的心疼痛起来。

柱子说，咱们一起干吧。小兰赶紧说，还是自己干自己的好。柱子说，你没看清形势吗？现在不管在哪儿，想干成事要靠互相帮衬，一个人的能力有限，人多就不同了，三个臭皮匠顶个诸葛亮呢，我知道你要搞养殖合作社，我跟你一起搞。小兰说，我不想。柱子说，搞养殖，靠的是技术，你想养万只溜达鸡，沟叉里恐怕没人懂这个技术，可我懂，有了我就能把它搞成。小兰盯住他道，你？柱子说，没错，是我，我做过这方面的调研，掌握了一手资料。小兰说，谁知道是不是吹牛。柱子说，不信？咱骑驴看唱本走着瞧。小兰妈在屋里喊，小兰，小兰！小兰甩开柱子进了屋。

小兰爸虎着脸说，别再跟他有啥瓜葛。小兰说，不会的。说罢看向窗外，玻璃窗上有一层霜花，隔窗花看外边的柱子影影绰绰。经历了省城这段生活后，对于柱子这个熟悉得不能再熟悉的人，现在已经有了一种陌生感。小兰上炕，盘腿坐，捡笸箩里的葵花籽嗑起来。

　　早晨上厕所，小兰看见院地上又覆一层清雪，抬头看天，天是晴的，想必是昨夜里又下雪了。蹲坑时冻得屁股生疼，啥时候沟叉里也和城里一样，把厕所建在屋里就好了，可屋里的厕所必须得用抽水马桶，这下水工程可不是小工程，在沟叉实现起来难度不小。

　　有松鸭在院外的树枝上嘎嘎地叫，小兰妈已开始生火，半空里烟气滚滚，木头柈子燃烧，发出毕毕剥剥的声响。小兰提上裤子从厕所出来，被浓烟呛得咳嗽了几声。早饭是烤地瓜、锅贴玉米饼，昨晚的炖酸菜加水热一开，配上萝卜咸菜，一家人吃得挺香。小兰说，一会儿我送快递去，顺便洗个澡。说罢看看她妈，说，你也洗澡吗？小兰妈说，才洗不到一个星期，没到日子呢！吃完饭，小兰爸帮小兰把快递箱子一个个绑到爬犁上。小兰拉爬犁走，到了公交点，刚巧看见小客车开过来。小兰猫腰搬快递纸箱，刚搬了一个，就有人帮她搬另外的箱子了。抬头看，是柱子，她心里咯噔了一下。

　　柱子说，我也去县城。小兰说，没开车去？柱子说，还是搭小客车有感觉。柱子回乡，开回了一辆十几万的轿车，乡亲们围着看，都说柱子在外边混得好。小兰皱了下眉头，也没法临时改成不去了，便硬着头皮搬箱子上车，柱子也帮她搬箱子上车。有座位，小兰坐下，柱子坐到她一旁，她用力往里挪了挪，座位窄小，怎么挪，柱子也是跟她身子挨身子。

　　一路上柱子不停地跟她说话，说话的内容都是有关"创业"的话题。她听得多说得少，脸上有一种苍白无力的表情。柱子说，七叔也参加养殖合作社，你也参加，按预计的投资，咱三家是主力，占大头，其余参加的占小头，天稍稍转暖咱就把鸡舍盖了，把设备进了，春暖花开时先养上一两万只，逐步扩大到养它个十万只，百万只。小兰说，说容易做难。柱子说，万事开头难，以后会容易多了。小兰说，养得少都会养，养多了就不见得会养了，这里边有好多技术活儿呢，防疫、防食肉动物、饲料、销售，二嫂给卖几只，几十只行，多了咋个卖法，都是问题。柱子说，和我一起干你就放心吧，这些事我都考虑过，咱们可以到外边聘一个有经验的技术员。小兰说，雇人干活，成本太大。柱子说，咱是灵活聘用，人家不用到沟叉上班，咱有事求教，没事就不麻烦人家，这样费用就不会太高。

说话路就短，不知不觉到了县城。柱子帮小兰把盒子搬到快递驿站，二人就分手了，各忙各的。小兰先是去洗澡，路上车来人往，热闹得很。进腊月了，买卖东西的人明显增多，东西比以往卖得贵了，人却抢着买。小兰妈说得好，过腊月，凉水都贵三分，东西涨价也是正常事。路过一个时装店，小兰无意间看一眼，立马被一条休闲裤吸引了。这条休闲裤和柱子穿的那条类似，都是上宽下紧，是眼下的时髦款式。柱子打小就挺讲究穿戴，有点不像乡下人了，那时候乡下人家都穷，买不起贵的买便宜的，便宜的地摊货里也能淘到时髦货，穿到柱子身上就显得不同凡响。现在柱子依旧时髦，瞧那件白色的羽绒服配上红围脖，就像雪天里挤进的彩虹，想着是不搭配，看着却亮人眼球。想起呼文涛，哪点都好，就是不懂时尚，穿戴土气，好好一件时髦的衣服，也让他穿成了灰头土脸。

小兰进时装店，讨价还价后买下了这条裤子，拎裤子去洗澡。去的是靠近小客车站点的一家大众浴池，去习惯了，每次来都是在这家洗，老板都认识她了。浴池不大，该有的都有，淋浴头、泡澡的大池子、搓澡的阿姨、洗漱用品……在东北，冬天洗澡是种享受，外边冰天雪地，里边热气腾腾，先跳进大池子泡上二十几分钟，皮肉都泡松弛暄软了，钻出来，拎毛巾喊搓澡的阿姨。阿姨见了她，笑嘻嘻说，好一阵没见你来了。小兰说，才一个星期嘛。阿姨说，一个星期也不短，盼着你天天来呢！小兰笑道，天天来也不能天天搓。阿姨说，天天搓，我也能天天给你搓出一层皴来。

小兰赤条条四仰八叉地躺到一条长木凳上，整个身体呈怒放的花朵状。在省城跟呼文涛过日子这几年，她除了养成天天洗澡的习惯，还养成了一周去浴池搓澡一次的习惯。最初放开身体让人家前前后后地搓，她是不习惯的，特别是隐秘部位，搓澡师傅也会用毛巾轻轻擦拭，虽用的力度适中，可还是把她惊得坐起来。习惯是有一个过程的，这个过程其实就是一种心理对抗，对抗的结果如果是胜利的，习惯就养成了。

洗完澡，小兰去了一趟超市。超市大，里面的东西全，人也多，往购物车里扔东西，像不要钱似的。小兰买了调料、熏制的熟食、刷锅的铁丝球，还给粒粒买了一盒她爱吃的巧克力。拎着方便袋去站点，老远看见柱子鲜艳地戳在那儿。她的心又咯噔了一下，心跳加快地走过去。柱子冲她笑笑说，洗完澡的你真好看。小兰脸唰地一下热了，不知怎么回答。柱子一手抢过她手里的袋子，另一只手递过一本书。她接过了，低头看，是一本《养鸡场技术》。她翻几页，说，这是圈养技术嘛！柱子说，有圈有散，圈散结合嘛！

小客车开过来，候车的人一起朝上挤。小兰的背后有个人紧紧地贴着她挤，她扭头想嗔怪，见是柱子，她的脸就又一热，使劲挤上了车。

一天上午，供电局的人又进了沟叉。这次来五个人，还是杜主任带队，还是那个小圆脸的小张开车，只是车由越野车换成了商务车。这次午饭没有安排在小兰家。

供电局的人是下午离开沟叉的。他们前脚走，后脚七叔就把小兰和柱子叫到了他家。七叔兴奋地说，供电局的三十万到账了。柱子说，那就赶紧把咱们的鸡舍建起来吧。七叔说，咱村不光要成立养殖合作社，还要成立杂粮合作社、生态养猪场、绿色山珍养殖场等等，这三十万资金分下去，不充足呀！柱子说，得有个轻重缓急，突出重点，先把养鸡场搞起来，才能带动其他养殖业。七叔说，养鸡场得投多少？柱子说，盖鸡舍，进设备，孵鸡苗，估计得三四十万。七叔说，三十万只能投给养鸡场十万。柱子说，少了点。七叔说，只能这些了。柱子说，其余的靠社员们集资吧，我自己有十万，全投上。小兰说，我投五万。七叔低头想了想说，我投五万。

七叔又说，搞养殖，除了养，还有销路，相比养，销更重要，柱子，你对销路是咋打算的？柱子说，除了主动出去找销路，还要搞网络营销，比如直播带货，二嫂就是个榜样。七叔看向小兰，说，小兰，我还是觉得你直播更好。小兰面露难色，看柱子，是求援的眼神，她本以为柱子会替她挡一挡，没想到柱子却说，我也觉得小兰行，只要小兰上场，说不定能成个大网红。小兰皱了眉说，我不想抛头露面。柱子说，咱们都得转换观念，能展示自己的才能，抛头露面也是好事。

事情进展得相当顺利，村里把两个沟叉之间的一块荒地租给了养殖合作社。这个合作社第一批有八户人家参加，多多少少都投了资。圈好了地块，只等动工。

因为合作社的事，小兰不可避免地常常和柱子碰头。见他俩在一起，小兰爸就不舒服，和小兰吵了好几次。小兰对柱子是排斥的，最初也尽量躲着他，可天天被她爸唠叨，听得心烦，不自觉地产生了一种逆反心理。反而是你越让她离远点，她越不离得远，有时还会主动去找柱子。有一次，小兰去找柱子之前，还特意洗了头发。小兰是长发，用洗发液洗了头满头飘香。她站在柱子家的院门口喊，柱子！出来的是柱子媳妇，她冲小兰使劲地嗅了嗅，说，真香。小兰问，柱子呢？柱子媳妇说，去村部了。小兰说，那我去村部找。转身要走，被柱子媳妇喊住了。柱子媳妇说，别看我是外嫁羊角沟的，你们的事我都知道，以前柱子要跟你，你却跑去省城跟了别人，现在别人没了，才又想起柱子吧？小兰像被当头敲了一棒，脑袋轰轰山响。她嘴上说，你别瞎说，我找柱子是为了养鸡的事。说罢，心虚地逃走了。

　　小兰把雪地踩得山响，脸热心跳，她想自己此时的脸一定红成了大红布。她对柱子没有非分之想，她的整个心还沤在失去呼文涛的悲痛中不能自拔，怎么能惦记柱子呢？可她对柱子的好感又是没法抹掉的，这是潜在的心理。经柱子媳妇这么一击，她清醒了许多。

　　下坡时，小兰猫腰开始滑行，沟叉里长大的人都练就了雪地滑行的本领。鞋底当作滑雪板，瞬间能滑出好远。村部所在地的白石沟眼见着到了，抬眼望，房子、树木都顶着一头积雪，满眼是苍白的白。小兰在坡底收住脚，忍无可忍地想起了送走呼文涛的那个上午。雪天，殡仪馆，眼见着曾经活生生的肉体被推进火化炉，转眼成灰。她不忍直视，走出来，踉踉跄跄地在雪地上走，雪越下越大，一个人走过的痕迹瞬间被雪覆盖，就像用粉笔在黑板上随意画了一道，转眼就被人用粉笔擦给擦掉了似的。

　　一大早全家人开始忙活起来，今天是小兰爸的生日，一晃六十了。小兰爸往年也不过生日，六十大寿，大家还是张罗着要给他过。小兰妈起得早，天麻麻亮时就放出了鸡和鹅出去溜达。大白鹅晃动着身子蹚雪出了院子，鸡走得慢一些，冻得都缩紧脖子。天太冷了，小兰妈用围脖包头在院子里干活，大灶里插进了桦子，点着了毕毕剥剥地炸响，浓烟一团团升起来，远看像泼墨作画。

　　小兰抓了两只鸡，杀了，干净利落，血落雪地上滴出几个黑窝窝。

小兰又忍无可忍地想起呼文涛，她极力调整情绪，弄盆开水，热气腾腾中给鸡褪毛，小兰爸也没闲着，把半拉猪砍成段，又把一段剁成小块，放院里的大锅煮了。灶间的锅炖小鸡，蘑菇、葫芦条、干豆角、粉条都泡好备用。

胡乱吃了口早饭，继续忙乎。小兰从正房边接出的土棚子里拎出袋面粉，准备做馒头。土棚子是家里的库房，放的大部分是吃的，有冻豆腐，有成麻丝袋子的豆包，有江鱼，也有一些干货，都冻得邦邦硬。

柱子赶过来帮忙，冲小兰爸说，叔，今天我来掌勺。小兰爸没给他面子，说，用不起。柱子没气馁，冲小兰妈说，婶，我掌勺。没等小兰妈吱声，一个刚进院子的白头发老太婆说，好，今天就让柱子掌勺。见白头发老太婆发话了，小兰爸妈都没反驳。

这白头发老太婆是沟叉里辈分最大的，小兰叫她三太奶，小兰爸叫她三奶。三奶辈分大，年龄也才七十多，沟叉里比她年龄大的多了，但辈分都没她大，她说话分量也就特别大。三太奶是沟叉每家办事情必请的人，小兰爸办六十大寿，当然也得请她。小兰妈把她往屋里让，脱鞋，上炕，盘腿坐炕头，递过一只长杆烟袋。"大姑娘叼烟袋"曾是关东一大怪，现在抽烟袋的女人基本看不到了，沟叉里只有三太奶还抽烟袋，别说一个沟叉，十里八乡的沟叉也只有三太奶硕果仅存。三太奶抽烟，平时也抽卷烟，只有带有仪式般的场合，她才会抽烟袋。

小兰妈将烟笸箩推到三太奶跟前，三太奶的烟袋锅子朝笸箩里一插，锅子里便盛满了烟末。用手指压实，小兰妈已点燃火柴，举着火苗颤颤地递过去。锅子里烟末燃了，冒出一柱青烟，三太奶吸两口，吐出烟圈。满屋子便全是关东蛤蟆赖烟的味道了。

院外已忙活得热火朝天，柱子胸前罩上白围裙，开始切肉备菜，小兰给他打下手。柱子进城打工最先学的是厨师，进过培训班的，有二级厨师的证书。先在一家餐馆干三年，觉得来钱少，改行做了房屋中介。柱子是个敢想敢干的人，在这一点上小兰是佩服他的，成功不成功是另一回事，敢干才有男人味道。

柱子把一盘改过刀的肉递给小兰，说，小兰，跟你商量个事呗。小兰问，啥事？柱子说，咱们养鸡，养只是一个方面，还有更重要的一个方面，那就是卖。你看现在二嫂的直播，每天也就卖出几只或几十只鸡，放到咱合作社这点量都忽略不计了。小兰说，你的意思和七叔的意思一样吧，是让我也直播？柱子说，没错，开直播，做网红，我知道你不愿抛头露面，可为了咱合作社，你得试试。小兰说，就算我肯抛头露面，也不见得做成网红，二嫂开直播两年了，粉丝也不过才万把人。柱子说，我的目标是，你直播粉丝要达到百万人，甚至千万人，那时候，咱们的溜达鸡就能销往全国了。小兰说，说得轻巧，那么多人做我粉丝，凭啥呀？柱子说，凭咱独特呀，乡下人向往城市，城里人在城里住久了也向往乡下，咱们一边拍摄段子，一边直播，内容就是农村生活，我想好了，咱直播间的名字就叫《小兰的新农村生活》，小兰说，不卖货？柱子说，二嫂单纯的卖货，也就那么些粉丝，你用美好生活吸引来粉丝，还愁卖不出货吗？小兰说，你可真会想。柱子说，不是我想的，是我咨询了相关的做网红的公司，人家给出的主意，直播光靠咱自己还不行，还得跟人家公司合作，靠人家的运作才能火起来。

小兰不吭声了，躲开柱子到屋里去和面，加速发粉把面快速发酵。她一边和面一边想，小兰的新农村生活？这生活我还能幸福吗？我本来在省城得到了幸福生活，可我迷失了，完全是自己过错，把上天赐予我的呼文涛给弄没了。一想到呼文涛，她的心又疼痛起来。

后响儿两三点钟，参加寿宴的人陆续来了。有七叔两口子，有二嫂，有二舅两口子，还有三大爷六大爷等共十多口人。因为不算办事情，就只限于实在亲戚，隔得远的亲戚都没请。一共摆了两桌，男人们一桌，在地上，围着一个大圆桌，女人和孩子在炕上，围炕桌。有人叫七叔先讲两句，七叔说，这是家宴，又不是请客人，还是让辈分最高的三奶讲吧。三太奶清了清嗓说，让我先讲我就先讲，孙侄子的六十大寿是大事，咱们家都是实在人……七叔打断三奶的话说，三奶别急，还是我先给三奶打个场，我哥虽是我叔伯哥哥，可处得和亲兄弟没啥两样，在座的各位亲戚都是村里骨干，就说最年轻的柱子和小兰吧，都是沟叉里响当当的人物，咱们搞乡村振兴，离不开我哥，离不开柱子和小兰，也离不开在座各位，离不开全村十多个沟叉的每一位父老乡亲，咱们要在巩固脱贫攻坚成果的基础上，做好乡村振兴这篇大文章……到底是书记兼村民委员会主任，讲起话来一套一套的，也是讲套话讲惯了，一张嘴就搂不住闸，也是酒桌上开杯酒喝惯了，嘴上讲让长辈开杯，到了实际，还是要把开杯权夺回来的。

酒至半酣，三太奶发难了。三太奶提高声音打断大家的七嘴八舌，大家静静，我有话跟七孙侄子说。大家都闭了嘴，愣愣看三太奶。三太奶冷了脸问七叔，听说供电局的三十万扶持款都派上用场了？七叔说，是呀，这笔款主要用在了扶持养殖业上，各个沟叉都有自己的养殖专业户，柱子和小兰还成立了养殖合作社，这笔款派下去，会起大作用的，咱们村的振兴方略就是因地制宜，以发展养殖业带动全村的经济发展……三太奶说，别跟我讲大道理，我只知道，当头儿的要一碗水端平，你们养殖合作社投十万，我家咋就一分没给投，我儿子也搞养殖呀？七叔说，三奶，你儿子没形成规模，就养了三头猪，几只鹅几只鸡，也就够自己家吃的，算不得搞养殖。三太奶说，那咋才算是养殖？七叔说，比如养猪，咋也得养上几十头吧？三太奶说，那我家也要养上几十头，给投资吧？七叔说，这只是说说嘛，又没有真养。三太奶说，你们的养殖合作社真养了吗，我还没见一只鸡呢？七叔说，合作社是有计划和预算的，等开春，你就会看见一群群的溜达鸡蹦蹦跳跳地上山。三太奶说，不管咋说，我觉得不公平。七叔说，咱们的目标是共同致富，等合作社发展起来，你家也可以入社，这合作社的大门永远冲每个村民敞开。

寿宴的气氛被破坏了，小兰爸和小兰妈都阴了脸。小兰看看柱子，柱子抢话跟三太奶说，三太奶，您看这样好不好？您儿子也就是我二爷养猪有经验，回去您也动员他参加我们的合作社，以后合作社不但要养鸡，还要养猪养牛，养猪的活儿就交给他吧，到时候都有收益。三太奶看看七叔说，柱子这话算数吗？七叔说，算数。三太奶这才缓了脸，对小兰爸说，对不住了，说了几句让大家不高兴的话，现在接着说高兴话，这杯酒我敬你，祝你生日快乐，寿比南山。小兰爸脸色阴转晴，连忙说，不敢不敢，我敬三奶才对。说罢凑到炕沿儿，二人碰杯喝了酒，酒桌上的氛围才缓和了。

好景不长，又有人搅局了。柱子媳妇推门闯进来，撇着大嘴冲柱子嚷，一天没见你人影，敢情到这儿浪来了！柱子瞪了眼说，别瞎说！小兰妈来拉柱子媳妇，说，一起吃吧。柱子媳妇甩开小兰妈的手说，咱沟叉谁不知道柱子和小兰的关系，以前你们家瞧不上柱子，现在缺汉子，就来拉柱子了？柱子吼道，你给我滚回去。柱子媳妇说，嫌我碍眼，我偏不回去。柱子和媳妇就拉扯到一起。

立春，养殖合作社的鸡舍动工开建了。雇来的瓦工、力工来了十好几个，他们铲平积雪，开始干活。东北立春时天还很冷，还远没到干活儿的季节，可柱子着急，小兰也着急，就这样，迎着寒冷，还是开工了。

到了清明时节，一大片鸡舍已经建成，采购的养鸡设备也陆续运来了。沟叉里的清明没有"雨纷纷"，而是下起了雪。七叔打电话把小兰和柱子找到了村委会，两个人脚前脚后进来，坐下，脚窝处带进的雪很快汪成了一摊水。七叔说，不好了，供电局的人要来看咱搞雪乡的进程，你们说咋办好？小兰说，我看还是实话实说。七叔说，那等于承认咱们当初说谎骗人家了，人家肯定要撤资。柱子眼珠转了转说，我看咱布置一下，搞个雪乡的坯子给他们看。七叔和小兰都瞪了眼睛看他，他接着说，动员各家各户，把自己的院子和房子美化起来，墙皮粉刷，窗户挂上穿成串的红辣椒和干玉米，房子的平顶上用树枝木棍支起坡顶来，再在上边铺一层油纸，四月天，咱这儿还得下一两场雪，有雪覆盖，看起来咱们的房子就像海林的木头房子了。七叔愁着脸说，这能行？柱子说，能行，投点资，各户发点油纸，还有咱们建的鸡舍、猪舍也都包装一下，说搞养殖是为了招揽游客，溜达鸡和笨猪肉就是为游客准备的土特产。七叔点点头说，搞村容村貌建设也是乡村振兴的一部分，油纸和涂料村里统一买，就这么搞一下。小兰听着不是滋味，冷冷地说，假的真不了。柱子说，善意的谎言上天都会原谅。

当天下午，七叔召羊角沟的村民小组长把任务布置下去。有村委会提供的油纸和涂料，大家没啥说的，说干就干。小兰爸找了木梯子上房干房顶的活儿，小兰和小兰妈往房上运砍好的木棍和枝条。刚刚动工，柱子拉着小三轮车进院了，车上绑着一捆木棍。小兰妈见了，笑道，正愁棍子不够呢！柱子说，婶，我就知道你家棍子不够，这才拉过来一些。说罢看小兰，小兰挪开眼神。柱子不说二话，顺梯子上房，和小兰爸一起干起活儿。

沟叉里家家都动了工，七叔见了这景象脸上露出满意的笑容。气温明显上升，各家的鸡鸭鹅等都放出来溜达了，有的鸡张开翅膀，扑棱棱飞上墙头和房顶。沟叉春来得晚，也到了春耕季节。家家都忙着干村委会安排的活儿，是想快快完工好去田地里犁土。七叔迎头被柱子媳妇拦住，柱子媳妇两眼通红，死死盯住七叔。

七叔问，你有事？柱子媳妇说，我找你要告两个人。七叔皱了眉，明知故问，哪两个？柱子媳妇说，柱子和小兰，他们不明不白的，你们当干部的管不管？七叔说，侄媳妇，咱告人要讲个证据，抓贼见赃，捉奸见双，没见人家俩人咋样呀？柱子媳妇手指小兰家的方向，冲七叔说，你看看小兰家的房顶吧，那是柱子和小兰他爸在干活呢？自个儿家还没动工，他去帮人家干，这就是证据。七叔苦笑道，都一个沟叉的，帮工干活很正常嘛，算不得证据。柱子媳妇说，沟叉里这么多人家，为啥不去别人家帮工？偏偏要帮她家？七叔一时也答不上来，就嘿嘿地笑。

好歹劝回柱子媳妇，七叔径直去了小兰家。小兰爸在房顶跟七叔打招呼，七叔胡乱说了几句，把小兰拉出院子。院外墙根的积雪还顽固地泛着白光，路面中央的雪却已融化，泥泞不堪，七叔的鞋上都是泥点子。一群当地人叫号溜子的小鸟在树枝上下翻飞觅食，见了人来，丝毫不怕，有几只居然悠闲溜达到他们的脚跟前。七叔压低声音说，刚才柱子媳妇找我，说了些不好听的话。小兰说，柱子不是我找来的，是他自己来的，你让我咋办？七叔叹口气说，我就是跟你说说，我也不知道该咋办。

一种疼痛感又涌上心头，小兰眼前又出现了雪地上一摊深红色的血窝。她回到院子，突然大声冲房顶嚷，柱子，你家媳妇找你呢！柱子直起腰，冲下边说，没啥事，等我干完就回去。

直到干完了活儿，柱子和小兰爸一前一后扒着梯子下房，柱子媳妇也没来找柱子。

转眼四月中旬了，这天阴天，天气预报说明天有雪，想必这是今年的最后一场雪了。乡亲们已经下田耕地了，尽管开拖拉机或手握锄头还冻手，可树枝泛青，冰雪开始消融，沟叉已经有了春意。

七叔把电话打给供电局的杜主任，说明天有雪，要是供电局的领导来视察的话，最好是明天，雪乡观雪景，这可是今春最后一个机会。杜主任挺痛快地说，好好好，我们就明天去，看看我们扶持乡村建设的成果。

第二天，果然下雪了，虽然不算大；但房顶、树木、山岭都给覆上了一层纯白的新雪。看过去，一栋栋坡顶房子顶着一头蘑菇状的雪，有点童话的味道，一点也看不出是弄虚作假糊弄出来的。一大早，七叔带了村委会一班人到羊角沟的沟口等，他们一个个站在纷飞的雪花中，像沟里司空见惯的一棵棵柏树。左等右等不见车的影子，七叔掏出手机给杜主任打电话。杜主任说，对不起了，有一段供电线路出了故障，我陪局领导下现场，今天去不成沟叉了。七叔和他带的人都很失望，顶着漫天雪花往回走。

供电局的人是四月末来的。这个时候春天才算真正降临沟叉，风没有那么凉了，树木开始萌芽和开花，积雪消融，万物露出本来面目。房子上后加的坡顶看起来像一个秃头的人戴上了假发套，怎么瞧都有一种虚假感。

供电局的人很精明，一眼就看穿了沟叉里的虚假。来到小兰家的院子时，杜主任对身后的小张说，上房去看看。小张就对一旁的小兰说，借一下你家的梯子。不等小兰说行不行，他搬了梯子搭在房墙边。小兰扭头看七叔，七叔一脸的尴尬。小张爬梯子上房，用手一撕，一层薄薄的油纸就掀开了，绑起来的木棍树枝以一种丑陋相出现在大家的眼前。

纸包不住火，事情就这样败露了。供电局的人被气得不轻，扬言要撤回扶持款，并向镇、县两级政府通报。七叔慌了，跟在人家身后不知说啥好。人家不再理睬他，上了商务车，出了沟叉。七叔说，这下完了，咱们的养殖计划泡汤了。小兰只觉得一股热血往脑门上涌，她冲人群里的柱子说，快，把车开来。柱子问，干啥？小兰瞪起眼睛说，别问了，叫你开车你就开车。柱子转身就走，他媳妇跟在身后嚷，你别去开车，她是谁呀，她凭啥命令你？柱子没理媳妇，回家开了车过来，小兰上车，坐到副驾驶位置。柱子问，去哪？小兰说，抄近路，堵住供电局那辆车。

羊角沟通往外边只有一条路，但绕道别的沟叉，却有近路通向外边的公路。柱子以尽可能快的速度绕道开向公路，停到路口。过不多久，果然等到供电局那辆车。小兰朝前跨了几步，双手举起挡住那辆车。

车子靠路边停下，车窗玻璃缓缓下降，小张探出脑袋跟小兰嚷，你要干吗？小兰说，我有事要跟你们说。小张说，我知道你要说啥，你们弄虚作假，没啥可说的。小兰说，我说的不是这件事。小张疑惑地问，那是啥事？后边的车门开了，杜主任猫腰钻出来。

杜主任走到小兰跟前说，有啥话你就说吧。小兰说，我要耽误您一点时间，说说我自己的事。杜主任也疑惑了，说，你自己的事？小兰说，我想给您讲讲我自己的故事，不长，几分钟就成。您也知道，现在农村年轻人几乎走光了，就说挨着咱的葫芦沟叉，就没一个年轻人，剩下的年龄最小的都五十多岁了，年轻人都去城里发展。我也一样，八年前去省城打工，还结了婚，有了对我非常好的男人，可是有一天，他走出家门再也没回来，出车祸了。为了更快地走出痛苦，我带了积攒的钱回了沟叉，想在家乡创业，可沟叉是偏远山区，开工厂不现实，搞农家乐之类的旅游点也不现实，可咱们养的溜达鸡城里人喜欢，养的猪呀羊呀鹅呀城里人也喜欢，我们靠直播卖出去不少呢！我看到商机，想在沟叉里把养殖业做大，沟叉虽偏远，可网络通四方，就是我们养上几万几百万只绿色无污染的在山林里到处溜达的鸡，也不愁卖不出去。

杜主任盯着小兰的脸，插话道，你跟我讲这个是啥意思？另外几个人也下了车，用和杜主任一样的目光看小兰，目光中明显少了刚才的烦躁。小兰扭头看了一眼身后的柱子，接着说，咱们这一片的沟叉，只有羊角沟的年轻人多，年轻人嘛，就不安于现状，我和柱子都是从城里回来的，都是想回乡干点事，让自己的家乡富起来。咱们是土生土长的沟叉人，知道这儿干啥行干啥不行，咱们也想过搞雪乡旅游，可沟叉搞雪乡肯定搞不过先走一步的海林，雪乡旅游业是季节性的，冬天行，到了现在雪融化了，就是多半年闲。咱们看好养殖业，沟叉人家适合干养殖专业户，我和柱子还有七叔，想把事情做大，成立了养殖合作社。杜主任点点头又摇摇头，说，你说的是有一定道理，可你们不该欺骗我们，骗了我们的扶持款。小兰说，对不起，我们是有错误，我们检讨，可我们自己的能力有限，太需要你们的扶持款了，你们就说吧，咋样才能原谅我们。杜主任苦着脸看看其他人，其他人的脸都变和蔼了，都不说话。杜主任的脸也有了和蔼之色。

小兰拉着柱子说，咱给领导们跪下吧。说罢便跪。杜主任几个人连忙拉住他俩，死活没让他俩跪下去。

杜主任叹口气说，我们想搞雪乡，也是为了你们能致富，咱们的目标是一样的，既然你们看好养殖，不看好雪乡，我们也没啥可说的，支持就是了，以后需要我们帮什么，尽管吱声。小兰和柱子互看一眼，眼睛都潮湿了。

天气明显转暖。小兰妈说，再阴天就能下雨了，有了雨水，才算真正春天呢！沟叉也比前一段热闹了，不断有人回沟叉，正是返乡种地的季节，在外打工的年轻人不回乡，有的家老的老小的小就没法种地。小兰抱苞米杆往灶肚里插，天暖了，用不着那么多的火，桦子留着冬天烧，家家都开始烧苞米杆，烧光了地里也清爽，不然这一堆那一堆的影响春耕。

柱子的车开到小兰家门口。小兰听见汽车声出了屋门，看见柱子抱一个纸盒箱子朝里走。柱子说，直播需要的东西我都买来了。小兰说，多少钱我给你。柱子说，啥钱不钱的，没花几个钱。小兰说，我还想网购呢！柱子说，用不着，我开车跑趟城里，啥都有了。小兰侧过身子，柱子和她擦身而过，进屋，打开箱子，把东西往炕上一倒，有外置麦克风、悬吊架、监听耳机、补光灯、外置声卡等。小兰妈凑过来说，真要直播了？小兰说，先拍段子，后直播。柱子说，对，先拍段子，段子拍得好，不愁没粉丝。小兰爸也凑过来，伸长脖子看了看，说，就咱家这屋子，土拉吧唧的，拍出来能好看吗？柱子说，农村风情嘛，要的就是这个效果。

柱子走的时候，小兰追出门来，问，多少钱？柱子说，没多少，不用给了。小兰急得变了腔调，那不行。柱子苦笑道，好，那就给吧，一会儿我把钱数打在微信里。小兰这才不追了，放柱子出院门，看他上车，看车走了。

后山上逐渐有了人影，冬天大雪封山，现在雪水晾干了，山上露出真实的石土，山野菜长出来，这一堆那一丛的。这天上午，小兰妈领着粒粒爬山挖野菜，小兰爸把积攒的猪粪、鸡粪往翻过地的田里挑。柱子举着手机拍摄了他们的身影，这才转过身，对准小兰。小兰穿蓝底碎红花的薄棉袄，本来这个季节她不穿棉袄了，可柱子让她穿，说是网红公司的人说的，短视频里主人公的穿戴必须要有鲜明的山乡妇女的特色。这件薄棉袄是小兰妈的，小兰穿上有些局促。柱子左右打量她，说，这个好，就要这种效果。让柱子帮着拍段子是村委会的决定，小兰只能听之任之。

院里是一个菜园，里面堆很多茄子杆子。小兰今天的活儿就是把这些茄子杆子一捆一捆扎好，堆墙根儿晒太阳，干透用于烧火做饭。茄子杆子还有治疗冻伤的功效，小兰小时候的手脚总被冻伤，一到冬天就猫咬狗啃般难受，小兰妈就把茄子秆剁碎，用刀刮下玻璃窗上的霜花，放锅里熬，把茄子秆熬成糊状，放凉，敷在冻伤的手脚上。有人跟在屁股后边拍摄，小兰不习惯，不时抬头看一看柱子手里的手机。柱子说，你就当我不存在，别看我，该看哪儿看哪儿。小兰便有意识地不看柱子，只看手里的活儿。慢慢地就真把后边的柱子给忘掉了。

收拾完园子，小兰开始准备晚饭，早晨从冰箱拿出来的一块猪肉已经融化，血水顺窗台滴答滴答淌到地上。冬天时院子里就是天然冰箱，肉呀鱼呀的都放院子的棚子里，现在院子里冻不住了，才放进冰箱冷冻。小兰妈和粒粒从山坡回来，带回了一大篮子婆婆丁和小根蒜。小兰拿了个大盆，把摘好的婆婆丁放盆里用清水泡了，又把过了冬的蘑菇泡在另一个盆里。院子里溜达的两只大公鸡开始干架，搞得尘土飞扬。小兰爸拎了扫把出屋，把两只鸡赶出院子。小兰在案板上切土豆丝时才意识到柱子还在身旁拍摄，她扭回头冲柱子说，够了够了，拍了大半天了。柱子说，咱的段子是把每一个生活劳动的场景串起来，然后再剪辑，咱拍的这是素材，素材越多，作品看起来越饱满。

饭菜端上了桌，有一大盘子烫过的婆婆丁、一碗鸡蛋酱、一盘肉炒蘑菇、一盘尖椒土豆丝，还有一大碗蒸鸡蛋羹。小兰妈说，柱子也在这儿吃吧。柱子说，不了，回家吃。小兰妈说，忙一天了，就在这儿吃呗。小兰说，还是让柱子回去吃吧，他不回去，让他媳妇一个人吃呀？柱子听了露出一丝苦笑，说，是呀，我马上回去。揣手机出了院子。

小兰的短视频平台账号名就叫"小兰的新农村生活"，她的第一个短视频作品发出去时，小鸡苗也刚好被孵化出来。鸡雏孵化机里端出来的一盘盘小鸡崽叽叽喳喳地叫，毛茸茸惹人喜欢。沟叉里的人都赶过来看热闹，在大门口被穿白大褂的鸡场人拦住。小兰也穿白大褂，她跟大家说，咱这养鸡场不是家里养几只鸡那么简单，咱们是科学管理，无菌操作，大家不能进去。七叔对柱子说，你是鸡场场长，养鸡的事可不是闹着玩的。柱子说，咱的饲养员都是经过培训的，今天就算正式上岗，你就放一百个心吧。七叔又对小兰说，网上推销的事全靠你了，你可得上心呀！小兰说，我的所有积蓄全投里了，哪有不上心的道理？七叔满意地点点头。

柱子、小兰陪着七叔视察养鸡场，看着一排排铁灰色的层叠式鸡舍、自动化清粪机、全自动饲料储存塔、捡蛋机等，七叔一脸的自豪。

看着看着，七叔脸上的自豪变成了疑虑，他拧起眉头问，这是圈养呀，和外边的养鸡场没啥两样吧？不养溜达鸡就没咱的优势了。柱子笑道，七叔你想哪去了？孵化、育雏是圈养模式，用不了一个月，我就放它们进山。七叔说，放进山里，就怕不好回来呀，我还是担心。柱子说，这个散养模式是有人实验过的，我也请了这方面的专家指导，肯定能按时出圈，按时回窝。七叔一副半信半疑的样子，不吭声了。

七叔离开后，小兰跟柱子说，刚开始我放出豪言壮语要养万只溜达鸡，说实话有冲动的成分，这真养起来，心里没啥底呢！柱子也说，我其实心里也没啥底。小兰瞪了眼睛说，心没底你敢支持我这么搞，万一搞砸了，咱承受得起吗？柱子连忙摇头，不不，我差点被你带沟里去，我说过多次了，这是有人实验过的养殖模式，又有人指导咱，只要咱们用心养，肯探索，错不了。小兰这才宽了心。

小兰走出养鸡场，朝山坡那边望，这一带山都不高，但连绵起伏一眼望不到边，山上的植被也不错，已经开始泛绿了。再过些日子，山坡上会杂草丛生，小溪潺潺流淌，虫子、草籽到处都是，都会是溜达鸡的口粮。小兰找块石头一屁股坐下去，还是凉得拔屁股，可她没挪窝儿，稳稳地坐，掏手机，急急地看短视频。她的作品才发出去个把小时，已经获赞上百，听柱子讲，推他们的公司有信心，说用不多久，他们就会拥有大批粉丝。

作品拍摄的是小兰的日常生活，有她院里院外地干活儿，有她烧火做饭，有她和家人吃饭睡觉。解说是剪辑后配音的，解说词先拟好了，由她自己讲故事一样从头讲到尾，每一句话唠的都是大实话，朴实又不庸俗，与一些网红用东北口音说粗俗的话有明显区别。视频里充满了农村的烟火气，饭桌上的野菜蘸酱、溜达鸡炖蘑菇、干炸小河鱼、白萝卜咸菜等色泽鲜艳，看着就让人有食欲。

小兰！有人在她身后轻呼了一声，不用回头，小兰就知道是柱子。柱子在她身后说，小兰，我有话想跟你讲。小兰没吱声，眼睛继续往山坡那边望。柱子说，小兰，这些年我心里一直有你，想忘也忘不掉，我回乡来，说是创业，其实是冲你回来的，我们在一起吧。说罢柱子从身后抱住了小兰。大约有十秒钟，小兰跳将起来，甩开柱子，回手扇了他一个耳光。

小兰？柱子惊讶地叫道。小兰整了整衣服，板着脸对柱子说，要想咱们的养殖合作社搞下去，要想我不离开沟叉，就断了这个念头，就一心一意跟你媳妇过日子。说罢，小兰一溜烟跑了。

跑到一个没有人的地方，小兰伏在一棵白杨树的树干上失声恸哭。她越哭声音越响亮，好像要把憋闷心中的所有东西都哭出来似的。山坡上似有一个巨大的身影，那是呼文涛，正一脸阴柔地看着她。那个早晨呼文涛无意间发现了她手机里的一个秘密，她跟一个长相有些像柱子的男人有暧昧关系，那个男人是她打工的那家餐馆里的常客，经常跟她套近乎，说一些体己话，一来二去，就拨动了她的芳心。呼文涛质问她，你和他真的那个了？把她逼急了，脱口说出了一句伤人的话，她说，是那个了，又咋样？呼文涛第一次冲小兰发脾气，他摔碎一个茶杯，然后闯出家门，就再也没能回来。

这也是小兰在失去呼文涛后，哭得最痛快的一次。

本文刊载于《十月》2023年第1期

金雪花的尘世浮生

苏兰朵

一

那一天，天气不算太好。钟小菲站在镜子前，突然又后悔了，打算把身上的裙子脱下来。顾玉莲制止了她，说道，一晚上挑选打定的主意，怎么能被一秒钟否定呢？穿衣服没主意，选男人倒是主意正得很。钟小菲不敢在家流连，拿起包迅速出了门。

在靠窗的座位上，钟小菲问樊秋实，裙子是不是有点短了？樊秋实用依恋的目光望着她，你就是什么都不穿，他也不敢说什么，就是走个过场。那只假眼珠仿佛也有了温度。钟小菲抬手打了他一下，回过头时，一个妆容浓艳的女人已经站在了他们对面。她身材瘦小，簇新的西装套裙有点撑不起来，发型是这个年纪的女人很少留的长直发。她在他们面前坐下，一股浓郁的香水味儿从胸部散发出来，是那款有着长长脖颈的真我。钟小菲一直没舍得买。樊秋实的脸马上冷下来，这是我妈。钟小菲慌忙站起身，往下拽了拽裙子，阿姨好。女人微笑着点点头，随即从手袋里掏出一盒香烟，自如地点了一根。樊秋实厌恶地把脸转向一边。在她低头的瞬间，钟小菲注意到，她脸上的粉很厚，却依然没有遮住明显的干纹和黑眼圈。这是一张不常保养的脸，应该也不常化妆。她将一个黑色的牛津布包放在桌上。小菲啊，这是阿姨送给你的见面礼，最新款的，你看看喜不喜欢。钟小菲瞥了一眼樊秋实。樊秋实满不在乎地说，给你就收着，打开看看。钟小菲小心地打开包，惊讶地发现，里面是一台笔记本电脑，禁不住有些心疼起来。与这个华而不实的东西相

131

比，她宁愿未来的婆婆送的是个现金红包。这个牌子的新款电脑，至少两万块。

这是十年前的场景，牢牢地刻在了钟小菲的脑子里。以至于她总是有种错觉，后来再见到的那个人，是假的。

此刻，穿着皱皱巴巴且肥大的连衣裙，一身汗味和烟味的金珠站在客厅里，正低头听着樊秋实的训斥。花白稀疏的长发在电风扇的转动声里抖动着。上周不是刚给你五百块钱吗？你当我开银行吗？都干什么花了？金珠迟疑了一下，嗫嚅着，看病。樊秋实大声地说，你能不能跟我说句实话？又去按摩了吧？有病我领你去医院。美容院、按摩院是你去得起的地方吗？那就是个无底洞！我……腿疼。不是给你拍过片子了吗？骨头都长好了，阴天下雨疼一点很正常，用热毛巾敷一下不就行了！金珠慢慢侧过脸，无助地瞟了一眼钟小菲。行了，少说两句。钟小菲从钱包里拿出三百块钱，递给金珠，妈，你去卫生间洗个澡吧，一会儿吃饭。金珠脸上闪过一丝感激的笑意，接过钱，快步走去卫生间。樊秋实生气地瞪了钟小菲一眼，从胸口深深地呼出一口气来。

金珠很少来儿子家，每次几乎都是要钱。钟小菲不是每次都这么痛快地拿出钱来给她。她和樊秋实挣的都是辛苦的小钱。女儿桐桐又在学习舞蹈和古筝，每月要付房租，还要还车贷。今天之所以没旁观太久，一是因为她刚刚领了工资，二是因为金珠提到了腿。钟小菲注意到，金珠的腿最近好像跛得有点厉害了。

吃过晚饭，金珠坐在沙发上，给桐桐读《豌豆上的公主》，表情跟着书中的角色夸张地变换着，声音也拿捏得少女般纯真。桐桐张着嘴巴看着奶奶，听得入了神。钟小菲顺着厨房的门看了一会儿，苦笑了一下，将樊秋实刷完的碗碟收进橱柜。要不，给你妈买点液体钙吧，好像补钙效果挺好的。你有钱吗？那东西得天天吃才有效果。别瞎想了，我看她什么事也没有，都是装的。不信哪天你偷偷跟着她，离了我们家，她的腿保准跟原来一样。钟小菲有点不高兴，你干吗总那么想你妈呢？樊秋实放下最后一只碗，待了片刻，目光黯淡地离开了厨房。只有在这种神情之下，他的两只眼珠才一模一样，分不清哪只是真的，哪只是假的。

樊秋实走进客厅没一会儿，金珠就不声不响地告辞了。她从不在这儿过夜，也从不告诉樊秋实和钟小菲她住在哪里。钟小菲已经习惯了。

二

隔天傍晚，樊秋实为一个熟客理完头发，将剪刀递给小工，堆满笑容地陪着客人划完卡，将对方送出大门。街市已开始热闹起来，打扮时髦的年轻情侣相拥着走进附近的商城，那些女孩子盛装之下总是出奇地漂亮，鲜嫩的脸上挂着娇嗔，让樊秋实有点羡慕。他站在风里吸起了烟。想想自己和钟小菲恋爱的时候，从来没这样张扬过，弄得就像在搞地下情。那只坏掉的右眼令他很不自信，也令钟小菲特别在意他的情绪。其实，小菲的漂亮不输于这街上走过的任何一个女孩，这是他一眼就能认定的。他带着几乎是鱼死网破的心追求钟小菲，很快发现，并不需要费这么大力气，因为那时候的小菲干净得像一张白纸，而且有着令他意外的善良。后来的日子里，他都是带着感激的心在爱着小菲，直到拿到结婚证的一刻，才确信上天对自己总算公平了一次。

哟，出来放风了？一个令樊秋实厌恶的声音传来。肥胖的大腿踱到他的视线之内，樊秋实没有看他。生意不错嘛，晚上还这么多人。樊秋实踩灭了烟头，找我有事啊？还有烟吗？给我一支。大伟伸出手。樊秋实从兜里掏出剩下的半盒烟。大伟一把抓过去，抽出一根，用自己的打火机点着，使劲地吸了一口，把烟盒很自然地揣进兜里。樊秋实冷冷地看着他粗壮的胖手，没吭声。你妈又找我妈借钱了，我妈不好意思要。樊秋实依旧没吭声。二百，赶紧给我。一团烟雾之后，大伟推了樊秋实一把，听见没有啊？樊秋实往后退了一步，抬起头。你妈的钱，你妈愿意借。让她自己跟我妈要去。嘿！什么话？欠钱还有理了？我告诉你，我妈的钱，就是我的钱。赶紧给我，你妈凭什么让我来养？樊秋实盯着大伟，我也告诉你，我的钱，不是我妈的钱，你找她要去。大伟的脸黑下来，要臭无赖是不？我看你就是欠揍！白眼狼！吃我们家那么多粮食，还不如喂了狗。活该你眼睛被扎坏！樊秋实忍耐着，他早已经不怕大伟了，但不愿意在工作的发廊门口发生摩擦。小工似乎在玻璃门里看到有点不对劲儿，走了出来。樊哥，有事吗？樊秋实说，没事。转身推门进了发廊。大伟隔着门又骂了些什么，他没听清，因为里面的音乐声太大。

一身疲惫地回到家，樊秋实意外地发现，姐姐樊春华坐在客厅里。樊春华家离这儿很远，没有事，她不会这么晚过来。

钟小菲脸色谨慎地看了樊秋实一眼，站起身儿。我给你热饭去。说完去了厨房。樊秋实瞟了一眼卧室，门关着，估计桐桐已经睡了。他观察了樊春华一下。樊春华虽然皱着眉，但看上去情绪稳定，不像哭过，应该不是被姐夫打过。他稍稍放下一点心。

大伟去我们家了。樊春华突兀地说。樊秋实愣了一下，要钱去了？嗯。你给他了？没有。不给他就对了，无凭无据的，谁知道他说的是不是真的。咱爸……给他了。什么？樊秋实又是一愣。咱爸当时正好在我们家，受不了大伟满嘴的埋汰话。樊秋实在樊春华旁边坐下，半天没说话。秋实，咱妈现在到底在干什么呀？樊春华等了一会儿，问你话呢。我哪知道。你不知道谁知道啊？她跟咱爸离婚这么多年，就你能见着她，她的钱也都给你了，你不知道谁知道？樊秋实脸板起来，刚想发火，钟小菲端着盘子走进来，将菜放到餐桌上，使劲看了樊秋实一眼，又回到厨房去了。樊秋实缓和了一下口气。她每次来都跟我要钱，问她干什么花了，从来就没有准话，问她在哪儿住，也不说。神出鬼没的，我不知道她都在干些啥。樊春华叹了口气，秋实，要不……你劝劝咱妈，回去吧。樊秋实奇怪地看了姐姐一眼，回去？樊春华肯定地点了点头。樊秋实盯着樊春华，是……咱爸的意思？咱爸虽然没有明说，但是我看有那个意思。咱爸现在条件好了，占地回迁了新楼房，两室一厅，手里也有点养老钱，而且，他的身体还硬朗。我是觉得，妈回去也能享两天福不是？樊秋实哼了一声，语带讥讽地说，我看你是想让咱妈回去伺候奶奶吧？樊春华急了，你看看你，怎么想事情就那么歪歪呢？回去那不是对大家都有好处吗？我看是对你有好处吧？这些年，要不是咱爸老贴补你们家，你早就让高庆打死了。现在奶奶身体不行了，你怕伺候她的活儿落在你身上，是吧？樊秋实！樊春华激动地站了起来，你……她调动有限的智商搜索着词语，就是个白眼狼，吃里爬外，咱爸白养你了！咱爸倒是没白养你，你倒是把奶奶接到你家去啊！樊秋实也提高了嗓门，让妈回去伺候奶奶，我第一个不同意！钟小菲闻声跑进来。秋实，你干吗呀？看把姐气成这样！樊春华浑身哆嗦着，走到门口，趿拉上鞋就推开了门。钟小菲瞪了樊秋实一眼，忙跟了出去。

出了楼宇门，樊春华的情绪依然没有平复，急急地往前走。钟小菲紧跑两步拉住她，姐，你慢点走，我给你打个车吧。樊春华突然就哭起来，抽抽噎噎，声音里有两股力量在挤压，一股想往外顶，一股在往里按，仿佛受了天大的委屈。钟小菲不知所措地看着她，姐，都是秋实不好，回去我骂他！快别哭了。樊春华哭了一会儿，抹了两把眼睛，小菲呀，姐求你件事。嗯，姐你说。这事啊，也只能指望你了。樊秋实那个王八犊子，不孝子！钟小菲慌忙点了一下头。这个姑姐没什么文化，比牛还能干，但心眼比针眼还小，一点委屈都承受不了。这么多年钟小菲早就看明白了，姐夫总打她估计和她这性格也有关系，说她丧气。钟小菲现在可不敢刺激她。小菲。嗯。你就帮姐去劝劝我妈，让她回去吧，啊？我知道，这个家里，她最看重你了。钟小菲愣愣地看着樊春华，犹豫了半天，小心地说道，我……能行吗？行！准行！这事姐就拜托你了！

三

这事让钟小菲很为难。樊家的事有多复杂，她是结了婚之后才渐渐弄明白的。四口人四个心眼儿，就像四张风干的饺子皮，根本就捏不到一块儿去。

她和樊秋实是在美容美发学校认识的。那时，她还没毕业，樊秋实已经上班两年了。因为技术好，被聘请回来当美发教员。某一日，同班一个并不太熟的女同学突然邀请钟小菲参加她的生日聚会。就是在那个聚会上，钟小菲认识了樊秋实。她本能地就感觉到了一股不一样的气息，那种被深深喜欢的气息。她这么漂亮的女孩肯定是被很多人或明或暗喜欢过的，但这股气息从樊秋实身上散发出来，却与以往都不同，像一股强大的磁场，令钟小菲有种不安。后来，钟小菲告诉樊秋实，当时就是有种感觉，如果拒绝了你，你就得跟我拼命。樊秋实没说什么，只是无声地笑。这要命般的爱吸引了钟小菲，她挣扎了很久，还是陷落了。后来，樊秋实跟她讲述了自己那只右眼的事。

五岁的时候，樊秋实的父母离婚了。金珠净身出户，樊秋实和七岁的姐姐与父亲樊兆荣一起生活。他和村里的孩子们疯玩，在打闹中，被人用秸秆戳中了眼睛。家里人并没当回事，奶奶用热毛巾给他敷了几次就不管了。后来樊秋实的眼睛开始红肿流脓，父亲才有点着急，想送医院，又被心疼钱的奶奶给拦下了，让樊兆荣去找金珠。等金珠赶回来把樊秋实送到医院，右眼已经失明了。

这件事成了樊秋实心底的伤疤，使他与父母和奶奶产生了填不平的隔阂。这件事也令钟小菲心疼不已，她明白了樊秋实是个从小缺爱的孩子，所以才会对她爱得那么用力。他需要她。

周末，樊春华过来接走了桐桐，说家里今天包饺子。钟小菲明白樊春华殷勤的用意，心里像压了个包袱。她问樊秋实，你看这事怎么办啊？樊秋实说，你答应的事你自己去办吧。反正我也找不着她。说完就出门了。今天他要陪许三哥去逛玉器市场。樊秋实的老家岳西村坐落在一处玉石矿带上，从小他就对石头特别敏感。许三哥是他发廊的客人，一个开加油站的老板，喜欢收藏玉石，两人因为聊玉石成了朋友。樊秋实对这段关系非常重视，因为许三哥是他的社交圈子里最体面的人。

等了一上午，金珠也没来。下午三点多，内心焦躁的钟小菲回了娘家。

顾玉莲听女儿说完婆家的事，板着脸没吭声。对樊秋实这个女婿，她是半个眼珠都没看上，用了各种办法，也没把这对"冤家"拆散。当初她常骂钟小菲的一句话是，我顾玉莲明白了一辈子，怎么就养出你这么个糊涂姑娘呢？

顾玉莲今年五十四岁，身材微胖，皮肤白而细腻，一根白发都没有，看起来相当年轻。她一辈子没有工作过，靠在马来西亚做中医按摩的老公养着。每日除了保养自己的脸和身体，唯一的娱乐就是在小区的麻将馆里打打麻将，是大家公认的有福气的女人。

顾玉莲和金珠只见过一面。那是钟小菲生下桐桐的第二天。樊秋实出去办出院手续，顾玉莲在帮女儿收拾东西，金珠匆匆忙忙赶来了。她仿佛走了很远的路，气喘吁吁地奔到婴儿床前，一脸惊喜地盯着自己的小孙女，半天都没说话，连钟小菲叫了声妈也没反应。顾玉莲脸就板起来了。金珠伸手想抱孩子，顾玉莲走过来推开她的手臂，亲家，你身上有寒气。金珠尴尬地笑了笑，缩回了手，这才想起来说，你就是小菲的妈吧，辛苦了啊！顾玉莲依然冷着脸，我不辛苦，辛苦的是我女儿，折腾了七个小时才把孩子生下来。金珠转过脸，面有愧色地看着钟小菲，小菲呀，妈出门了，接到信儿就赶回来了。说着，她从兜里掏出来个小盒子。这个，给孩子的。钟小菲接过盒子，谢谢妈。樊秋实这时候走进房间，说，手续都办完了，走吧。说完，他看到了金珠，愣了一下，却什么也没说，转身又往外走。我把车开到楼下去。这句话留在屋里，人已经不见了。金珠站在那儿，脸上满是失望，令钟小菲不忍心看。

金珠没有坐他们的车，说改天再去家里看钟小菲和孩子，就一个人走了。钟小菲顺着车窗看着金珠一瘸一拐地离去，心里有点不好受。她看了樊秋实一眼，樊秋实面色冰冷，目不斜视地盯着前面，转动着方向盘。顾玉莲坐在钟小菲身旁，打开了那个盒子，里面是个不大的翡翠挂件，玉面呈青白色，一看就不值什么钱。顾玉莲撇了撇嘴，将盒子合上扔在了一边。

我看啊，你劝劝也行，省得她总去你们家要钱。这句话说完后，顾玉莲再也没提这个茬。母女俩在电视机的陪伴下吃完了晚饭。钟小菲知道，顾玉莲对金珠一点好印象都没有，尤其对金珠没有参加自己儿子婚礼这件事耿耿于怀。因为父亲钟诚义可是坐着飞机提前一个星期从马来西亚赶回来的。

饭后，钟小菲陪顾玉莲去小区广场跳舞。两人走到广场附近才发现场地被占了。有个物业公司搞了演出，场面不算大，有零星几个人在观看。被灯光照得雪亮的舞台后面拉着横幅，上面写着"枫叶正红合唱团惠民演唱会"。一对看起来五十多岁的男女正眉飞色舞地唱着一首年代久远的老歌。顾玉莲有点失望，嘟囔着，怎么也不提前说一声啊，真是的，今天又锻炼不成了。钟小菲饶有兴致地看了一会儿，对顾玉莲说，妈，要不你也去唱唱歌吧，我看比打麻将强。顾玉莲说，你少管我。

两人唱完，台下响起零星的掌声。一个六十多岁戴前进帽的男人走上来，热情洋溢地介绍下一个节目是女声独唱《珊瑚颂》，演唱者金雪花。灯光这时候突然变换成了橘黄色，音乐随即响起来。不一会儿，一个穿着红色连衣长裙的女子边唱边走上台来。钟小菲的眼睛眨了一下，就定住了。

云来遮，雾来盖，云里雾里放光彩。风吹来，浪打来，风吹浪打花常开——一个圆润高亢、情感饱满的声音在钟小菲的周围响起。

小菲，这人长得怎么那么像你婆婆呢？顾玉莲拽了钟小菲一下。钟小菲没回答，她的目光定定地注视着舞台上这个红裙女人。花白的长发编成一条长长的辫子垂在胸前，一只手拿着麦克风，另一只手做着伸展的手势，无比专注地歌唱着。那音调高到了不可思议的程度，令人担心她难以企及，但最终她都化险为夷地唱上去了。主持人说她叫什么金雪花？

四

钟小菲扔下一脸狐疑的顾玉莲，远远地跟在金雪花的后面。她再度产生了关于真假的错觉。如果不是那条跛腿，她甚至不能确信这个女人就是金珠。

她犹豫了半天要不要上去跟婆婆说话，把樊春华让婆婆回家的意思表述一遍。这样，无论婆婆作何反应，自己都可以对樊春华交差了。但是她终究没有加快脚步。不知为什么，她有种莫名其妙的担心，害怕这个金雪花不承认自己是金珠。如果是那样的话，她该怎么办？她还有种莫名其妙的畏惧，仿佛那高亢的声音是一件武器，闪着坚硬的光，令她不敢近身。

金雪花上了公共汽车。钟小菲忙叫了一辆出租车，跟了上去。

金雪花脸上挂着淡淡的笑意，坐在空荡荡的车厢里。速度掀起的风从敞开的窗口袭进来，令她惬意无比。在夜色和发动机的掩护下，她哼唱起来。她希望车就这么一直开下去，永远都不要停，最后融化在一片深渊里。这是她能想到的最好的死法。但是，就像这人生一样，这死法对她来说也很奢侈。她将脸转向窗口，风温柔地抚摸着她。她深吸了一口气，享受地闭上了眼睛……

最终，钟小菲在一幢五层旧式居民楼前，目送着金雪花走了进去。她本想顺着感应灯看看婆婆上了几楼，但是，破旧的楼道里没有亮起灯光。

回去的路上，钟小菲看了一眼手机上的地图，这里是她从未来过的城西孤山地区，距她家28.4公里。她困惑起来，婆婆住在这里？一个人住还是和男人一起住？婆婆还能回去跟樊兆荣一起生活吗？

走进家门的时候，樊秋实正躺在沙发上看手机。钟小菲把刚才的事情讲了一遍。令她没想到的是，樊秋实并未表现出丝毫惊讶，从始至终眼睛都没离开过手机。钟小菲看着樊秋实，你是不是早就知道？知道什么？妈住在哪儿。不知道。钟小菲观察了樊秋实一会儿，那……妈叫金雪花，你知道不？樊秋实白了她一眼，继续看手机。钟小菲拍了樊秋实一下。樊秋实平静地说，有啥奇怪的，你不是还叫桐宝妈吗？钟小菲愣了，网名？

钟小菲还是不能释然。樊秋实从未系统地给她讲过自己家的事，信息都是只言片语透露的，需要钟小菲自己拼接。她从未深问过，害怕触到樊秋实的痛处。而且，就算她深问，樊秋实也未必都说。金珠越来越像一个谜了。钟小菲实在想象不出，她是怎么活着的。金珠好像不喜欢做家务，每次来，除了要钱和陪桐桐玩，基本不做别的。就算是这样，金珠也去给人做过保姆。有一次，是她自己跟钟小菲讲起了这事。起因是沙发。钟小菲让她帮着卸掉布艺沙发的外套，准备洗一洗。她忽然说，陈姐家的皮沙发是我见过的最柔软的皮沙发，等以后有了自己的房子，你也换个皮沙发吧。钟小菲问，哪个陈姐？金珠顿了一下，低声说，我帮着干活的陈姐。钟小菲不解地问，帮着干活？金珠说，嗯，住家保姆。就她一个人，住一百三十平方米的房子。人倒是也不坏，可就是嘴不好，什么难听说什么。钟小菲愣愣地看着她。她轻描淡写地说，我就在那儿干了不到一个月。这是钟小菲唯一一次知道她的收入来源。她觉得这份工作其实很适合婆婆。后来就再没听婆婆提起干过什么，却越来越多地说起身体这里或那里不舒服。樊秋实告诉钟小菲，别搭她的话茬，就让她自己说，想要钱，也让她自己提。

樊秋实背对着钟小菲躺在床上。他在黑暗中睁着眼睛，身体却一动不动。无数个夜里，骗过了钟小菲，让她以为他睡着了。这个本事是在大伟家练出来的。大伟是他的表哥，金珠的哥哥金铁的儿子。樊秋实眼睛坏掉之后，金珠似乎心有愧意，把他带走了一段时间。樊兆荣起初是不同意的。但是樊老太告诉樊兆荣，走到哪儿去，他都是你儿子。

金珠没有把樊秋实带到她的新家，而是送到了金铁家里，舅舅金铁和舅妈杨珍有点勉强地收留了樊秋实。金珠赔着笑脸说，等眼睛里的皮肤组织恢复好了，安了假眼珠之后就走。最不高兴的人是大伟。他是家中的独子，家里的好东西都是他的。现在樊秋实要吃他的好东西，玩他的好玩的，还要跟他挤在一张床上睡觉。而且，樊秋实现在只剩下一只眼睛，看一眼都招人烦。

大伟给樊秋实定的第一条规矩是，如果有同学到家里玩，樊秋实就滚远点。瞎子弟弟让他觉得丢人。于是，每当有同学要来，樊秋实就得到楼外面去。正是冬天，樊秋实冷得不行，只好在附近的便利店转悠。便利店的老板很不友好，怀疑他是小偷，往外撵他。有一天下大雪，他没地方去，就进了一家理发店。理发店很破旧，只有一个老头，在给另一个老头理发。老头对樊秋实说，理发呀，孩子？快到暖气跟前暖和暖和。樊秋实忽然心里一暖，凑过去烤手。另一个老头走后，樊秋实没有理发。老头也没说什么，就跟樊秋实聊起了天。那天，樊秋实待到很晚，店里再没有来过一个客人。后来，每当樊秋实从店门前路过，老头都走到门口，叫他，樊秋实，进来，陪我唠唠嗑。

大伟后来给樊秋实立了很多规矩，这其中就包括晚上睡觉的时候，不许翻身，不许发出声音。

樊秋实后来还发现了一个秘密，晚上上床之后，大伟经常被杨珍叫出去，那通常是金铁回来晚的时候。大概十几分钟之后，大伟重新进屋，钻进被窝。背对着大伟，面朝墙壁的樊秋实就闻到一股未来得及散去的肉味。他会一动不动地睁着眼睛分辨，有时候像是熏鸡，有时候像是香肠。

樊秋实在大伟家待了三个月，金珠只来过三次。除去送他来和接他走，中间只来过一次，给樊秋实带了一件羽绒服和一双棉鞋。却给大伟买了一套变形金刚玩具，给杨珍带来一串珍珠项链，给金铁带了一个白酒礼盒。杨珍的脸上第一次露出满意的笑容，说，这些得不少钱吧？金珠对杨珍说，老康带她旅游去了，去了海南。珍珠项链和酒都是当地的特产，玩具是在机场的专柜买的，正品。杨珍说，坐飞机去的？都是他花的钱？金珠点点头。杨珍说，唉，你说你，当初要是听你哥的话，何苦腿变成这样？金珠忙岔开了话题，让大伟拆玩具包装。大伟拿起玩具，说，我回自己屋拆去。杨珍想起了什么，大声地说，秋实啊，去，跟你哥玩玩具去。樊秋实坐着没动，他知道，大伟不会让他碰的。杨珍于是笑着对金珠说，孩子想你了。又温柔地对樊秋实说，跟你妈亲近亲近，我做饭去。

屋里只剩下金珠和樊秋实。金珠小声问，大伟欺负你没？樊秋实视线落在金珠的腿上，没说话。金珠有点不高兴，妈问你话呢。樊秋实还是不说话。金珠自顾自地念叨着，唉，你说你像谁呢？跟妈都没句话。等了一会儿，她又说，我看看眼睛长得怎么样了。她抬手想去摸樊秋实的眼睛。樊秋实抬起胳膊挡住了她的手，然后起身出去了。等他再回来的时候，金珠已经走了。

五

星期天的下午，金珠前脚刚进门，樊春华就带着桐桐回来了。

金珠看到樊春华，愣了一下，随即打量了两眼女儿。樊春华迅速瞟了一眼钟小菲，迟疑地叫了声妈。金珠拉过桐桐，语气温柔地问，桐桐去哪儿了？樊春华失望地白了一眼金珠，充满怨恨地一转身，去了洗手间。樊秋实从卧室走出来，漠然地朝洗手间望了一眼，问钟小菲，桐桐是不是该上古筝课了？把车钥匙给我，我送她去。随即，桐桐又被樊秋实领出了门。

金珠坐到沙发上，打开了电视。钟小菲站在厨房的水槽前，一边洗水果，一边听着客厅里的动静。洗手间的门响了一下，不一会儿，樊春华出现在钟小菲的身旁。樊春华压低声音问，跟她说了没有？钟小菲关上水龙头，对樊春华摇了摇头。樊春华一把推开钟小菲，去，现在跟她说，我来洗。樊春华拧开水龙头。钟小菲为难地说，姐，要不，还是你跟她说吧。樊春华板着脸，我不爱跟她说话。钟小菲还想说点什么，但看了看樊春华的表情，放弃了。

钟小菲在金珠旁边坐下，厨房的水声消失了。

妈。金珠看了钟小菲一眼。你的腿好些了吗？好不了了，对付一天算一天吧。金珠茫然地看着电视屏幕。估计也活不了多久了。钟小菲不知再说什么。她最不会接这样的话。她曾经在心里暗下决心，有一天她老了，绝不对桐桐说这样的话。顾玉莲就从不在她面前说这样的话。谁知道呢？也许还没到时候。

妈，我爸他……钟小菲斟酌着词句。他带话过来了。金珠奇怪地看了她一眼，将电视调至静音。怎么？他在马来西亚……遇到什么事了？不是。钟小菲狠了下心，是桐桐的爷爷，他想……他想……让你回去。钟小菲长出了口气。哦。金珠的反应出乎意料的平静。再没说什么，继续看电视。钟小菲等了一会儿，意识到，原来这句话说出来还不算完，只好硬着头皮又问道，你……同意不？金珠就像没听见。

樊春华突然走出来，站到金珠的对面，挡住了电视。我爸现在上楼了，他说，你要是愿意回去，他可以让我奶奶去我二姑家住。钟小菲心下一动，看来樊秋实那天的话还是起了作用。这么看来，公公还是很诚心让金珠回去的。金珠依然看着电视。你……身体不好，你回来，我们都能照顾你。金珠的神色微微动了一下，抬起脸，盯着樊春华看了片刻。金珠低下头，轻声说道，行吧。樊春华仿佛不相信自己的耳朵，转头去看钟小菲。钟小菲微笑着对她点点头。她们都没料到，这事竟然没那么难。樊春华又说，干脆，今天就搬过去吧，我和小菲帮你去收拾收拾，等我弟回来，让他开车去接。你在哪儿住呢？金珠又恢复了冷淡的神色，说道，忙什么，不用你们，我自己能收拾。樊春华的笑僵在脸上，撇了一下嘴。

樊秋实回到家后，听说这事也有点吃惊。钟小菲说，都说少年夫妻老来伴，她跟你爸能和好，我们就少操不少心。樊秋实若有所思，冷冷地说了句，别高兴得太早。钟小菲不高兴地看着他，你什么意思，一天到晚阴阳怪气的。你妈都那么大年纪了，你就不能……樊秋实站起身走了。

樊秋实站在狭小的阳台，点了一支烟。母亲这个词，是在遇到钟小菲后，才在他心里有了温度的。确实如此。钟小菲喜欢烹饪，尤其擅长做面食。樊秋实最喜欢她做的芹菜馅包子。他的岳母顾玉莲做菜的手艺都远远不如钟小菲。钟小菲也让他在穿衣服这件事上感受到了一年四季的变化。每到换季，钟小菲都会把去年就清洗干净的衣物和被褥从柜子里倒腾出来，该晾晒的晾晒，该添置的添置。甚是隆重。有时候为了给樊秋实买一双鞋，会上几次街，在网上店铺退几次货。本来除了眼睛那件事之外，樊秋实也没觉得自己过得有多不好。但跟钟小菲结婚之后，特别是有了女儿桐桐之后，他才意识到，原来家和家之间是如此不同。都说不养儿不知父母恩，他的感受却正相反，这些感受他从未对任何人提起。进入社会之后，他明白了一个道理，一个总是埋怨父母的男人是不会有好的社交前途的。比如许三哥，经常在饭局上讲他陪着母亲去泰国旅游，去北京看病的事，于是人们认定他人品好，值得交。从这个意义上说，樊秋实没有交心的朋友，因为就算是钟小菲，也不能完全理解他的感受。他还能对谁说？况且他还是个男人。平心而论，金珠总是跟他要钱，他并不觉得有什么不对。这份对父母的责任感他还是有的。他生气的不是她花他的钱，而是她的愚蠢。

在樊秋实看来，金珠这一辈子做过无数件蠢事，她活成今天这样一点都不意外。金珠在师范学校临毕业那年，跟着全班同学去岳西村上劳动课，只因为在樊兆荣家吃了顿饭，就一见钟情，连金铁托人给她找好的小学老师的工作也不要了，自作主张地跟青年农民樊兆荣结了婚。这是她干的第一件蠢事，自此她的人生就偏离了轨道。樊秋实有时会想，如果金珠当初没有嫁到岳西村，自己的人生或许会是另一番样子。谁知道呢，也许那样的话，这世上根本就没有自己这个人了。

樊秋实已近而立之年，对未来的事业有着隐秘的焦灼和渴望。他并不打算一直给别人打工，他想自己做老板，开创有希望的未来，住自己的大房子，开三十万元以上的车，在上了年纪之后，被周围的年轻人尊重。他看准了一个行业——玉器生意。在为许三哥购置玉器的过程中，他发现了这里面的水很深。同样一件货，在懂行和不懂行的人眼里，价值差之千里。而他恰恰是那个懂行的人。他为许三哥省下的钱已经抵得上他一年的工资了，但许三哥的感谢不过是请他喝喝酒吃吃饭。他有心自己开个玉器店，但是没有本钱。哪怕只是租个卖小件玉器的柜台，也得几万块钱。他不由得又想到了金珠。金珠和樊兆荣离婚后，跟了一个姓康的，樊秋实见过一面，叫他康叔。康叔后来车祸死了，留给金珠一套房子。在樊秋实结婚之前，金珠把这套房子卖了。那台死贵又没用的电脑就是那时候买的，现在白给别人都没人要。这是金珠干的又一件蠢事，那套房子如果留到现在的话，价值翻一倍都不止。卖房子的钱有一部分给樊秋实办了婚事，剩下的就不知所终了。樊秋实一直怀疑金珠手里有钱，但是金珠总是说她没钱。樊秋实倒真希望金珠能给她自己留点钱养老，但据他对母亲的观察和了解，不像。他也打过岳母的主意，只是想从顾玉莲手里抠出钱来太难了。剩下能考虑的就只有许三哥了。

有一次樊秋实跟许三哥喝酒。兴许是喝多了，也兴许是对刚买的一件货很满意，许三哥用玩笑的语气说，这玩意儿，利太大了，要不怎么说"黄金有价玉无价"呢，说多少就是多少，要是不懂行啊，准得当冤大头。要不，咱哥儿俩也开个店得了？樊秋实当时还没动那个心思，所以没说什么。许三哥之后也没提这个茬，这事就过去了。现在樊秋实经常想起当时的情景，他琢磨着，让许三哥投资开个店也许有门。

说到这位许三哥，樊秋实其实不太喜欢他。他身上肯定有令人佩服的地方，比如说他这人特别有亲和力，天生一副笑面一张巧嘴，无论跟谁，见一次面就能弄得很熟络。樊秋实肯定做不到这一点。工作的时候，他总得提醒自己，要面带微笑。通常状态下，他面无表情，也不主动和人说话。樊秋实最佩服许三哥的是，靠着这张笑面和这张巧嘴，他就算占了你的便宜，也会让你感到舒服。但许三哥有个樊秋实特别不喜欢的毛病——好色。许三哥今年已经快五十岁了，泡女孩的路数却十分新潮。他精通各种社交软件，也特别擅长聊天。基本聊个两三次之后就能谈价钱约地点。乐此不疲，他甚至还到大学附近，尝试过约女孩子。自然，和朋友一起喝酒时，这些艳事就成了他的谈资。开始的时候，樊秋实也不算反感，毕竟人各有所好。但是有一次他带着钟小菲跟许三哥一起吃饭，许三哥色眯眯地看钟小菲，还不停夸她漂亮，惊讶于樊秋实艳福不浅，樊秋实心里就涌起了一股厌恶。此后，他再也没带钟小菲参加过许三哥的饭局，但是，和他的关系还得维系着。

六

金珠是在晚上回去的。那天下午，她突然给樊秋实打电话，跟他约了个地点，让他五点多开车去接她。樊秋实说你能不能早点，五点多正堵车呢。金珠什么也没说就收了线。

四点钟，钟小菲和樊秋实把放学的桐桐送到了顾玉莲家，两人一起去接金珠。此前，钟小菲已经给樊春华打了电话，让她转告樊兆荣，金珠今天回家。樊春华马上说，她这就回父亲家，得张罗一桌晚饭，老两口十多年没见面了。说着声音有点激动，提高了调门，我跟你姐夫一块儿过去。

当钟小菲得知金珠约定的地点是公交车站时，有些奇怪地问樊秋实，她怎么没让你去她家接她呀？樊秋实没好气地说，我怎么知道。见到金珠后，钟小菲发现金珠除了平时背的那个挎包外，手里只是多了一个拉杆箱而已。那样子就像是要出去旅游，哪里像是搬家呀？她琢磨着，莫非金珠只是先回去看看情况，要是不满意，还准备离开？她看了樊秋实一眼，樊秋实望着金珠，绷着嘴，一副若有所思的神情。

樊兆荣见到金珠的瞬间，明显有些失望，但他很快控制住了表情。他本就是个喜怒不形于色的人。他尽量将目光放柔和，站在那儿，有点不知所措。金珠并没有看他，她微垂着头，被樊春华和高庆拥到屋里。钟小菲和樊秋实也跟了进来。不大的客厅里一下子挤满了人。高庆说，妈，你快坐。金珠抬眼打量了高庆一下，高庆满脸堆着笑。这个女婿金珠没见过几次，如果不知道他总打樊春华的话，光看眼前的样子，还算热情，也机灵。金珠说，洗手间在哪儿？钟小菲忙说，妈，我带你去。两人前后脚走了。樊兆荣有点讪讪的，他将目光移向樊秋实。樊秋实转过头去，顺手从兜里掏出一盒烟来，递给高庆一根，两个人点着烟，往阳台走去。

待金珠从洗手间走出来，樊秋实这根烟也抽完了。他对钟小菲说，走吧，回去吧。樊春华从厨房门口探出头来，这饭都好了，走什么呀？樊秋实说，不在这儿吃，我晚上还有事呢。你们吃吧。说完就径直出了门。钟小菲无奈地看了看金珠和樊兆荣，爸、妈，那你们吃吧，我们走了。

樊春华有些生气，一边将菜端到桌上，一边嘟囔道，一天到晚阴阳怪气的，烦死人了，眼睛瞎了就了不起了，好像全家人都欠他似的。樊兆荣的脸阴沉下来。高庆瞪了樊春华一眼，你少说两句。说完，将桌上的白酒包装拆开，爸，我陪你喝两盅。樊兆荣脸色这才缓和了些。

四个人坐下吃饭。金珠问樊春华，你奶奶呢？樊春华说，啊，我爸送她去我二姑家了。金珠再没说什么。高庆举起了酒杯，爸、妈，我敬你们二老一杯，这还是我第一次跟你们俩在家吃饭呢。咱们这也算团圆了。樊春华说，谁说的，咱俩结婚的时候，不是也一起吃过吗？高庆瞪着樊春华，提高了嗓门，那不是在饭店吗？我说的是在家，你长耳朵都听什么了？樊兆荣举起杯和高庆撞了一下，喝了一口酒。高庆又和金珠撞了一下杯，妈，你就以水代酒。说完将自己满满一盅白酒都干了。四个人默默吃了会儿，樊春华问金珠，妈，你就这么点东西呀？要是还有什么没搬完，让我弟弟帮你搬去。这次回来，就别走了。你看看，我爸这儿现在条件是不是还行？金珠没吭声。樊春华又说，我奶奶现在有点糊涂了，走路都走不稳，她再也不敢打你了。金珠正在夹菜，突然停住了筷子。樊春华还在继续说着，我跟我二姑和我大姑也都说了，她们谁再敢打你，我就跟她干，看谁能打过谁。金珠的脸色变得十分难看，樊兆荣也有些不自在。高庆忙制止樊春华，我说你好好吃饭行不行，胡说八道些什么呀！樊春华看着高庆，怎么就胡说八道了？既然回来了，好些事都得说清楚，要不以后再打起来怎么办？高庆伸手揉了樊春华一把，我说你是不是虎？！樊春华脸色变了，怎么着？在我家还敢打我呀？你再打一下试试？樊兆荣将筷子一拍，粗声道，要打仗，回家打去！樊春华委屈地看着樊兆荣。高庆沉默了一会儿，放下筷子，缓和了一下语气，爸、妈，我俩吃得也差不多了，你俩慢慢吃，我们就先回去了。说完拉了一下樊春华，走吧，妈刚回来，让她早点歇着。樊春华翻了樊兆荣一眼，不情愿地站起了身。

屋里安静下来。樊兆荣端起酒杯，将剩下的酒一口都喝了。他脸色微微有些发红。我知道……以前，有点对不住你……金珠低着头默默地听着。樊兆荣不知道接下去该说什么，沉默了一会儿，突然指着右边，那屋都收拾好了，这桌子……我收拾。金珠抬起头看了樊兆荣一眼。这是她走进这个家之后，第一次正眼看他。她意识到，他老了，年轻时的样子已经荡然无存。

金珠坐在床上，打量着这个房间。显然，她回来以前，这是樊兆荣母亲的房间。柜子里都是她的衣服，床头柜里塞着她的血压计和电动按摩棒，还有她常吃的去痛片。她脾气暴躁，总是头疼，一犯病就吃去痛片，一次能吃四五片。所以她总是买很多去痛片放在家里，那几乎就是她的万能药，只要不舒服，就吃几片。吃几片，她就特别精神。金珠忽然感到左腿一阵剧烈的疼痛……

遇到樊兆荣那年，她二十一岁。樊兆荣是她活到二十一岁遇到过的最漂亮的男人。他的脸像雕像一般，目光和善。她和其他四个同学一起被村长派到他家里吃饭。当他穿过庄稼地来接他们时，正好与她迎面相遇。他从阳光中走过来，金珠的心怦的一下就跳了起来。

在他们的关系中，始终都是金珠主动的。没办法，她就那么不可遏制地爱上了他，是一种如同经期一样的生理反应。后来她明白了一个词——鬼使神差，对，它说的一定就是那个意思。

他们开始偷偷约会。等到毕业的时候，她发现自己已经怀孕了。樊兆荣虽然感到意外，但是表现得很有担当，当即就向金珠求婚了。金珠那时候感到很幸福，她终于可以有自己的家了。父母去世得早，她一直跟哥哥一起生活。自从哥哥结婚后，她就开始觉得自己是这个家里多余的人。后来，她怀着樊春华嫁到了樊家。樊兆荣的母亲从一开始就不喜欢金珠，并且心里对她充满了鄙视。婚后不到一个星期，樊老太就开始用"不要脸的贱货"来骂金珠，从此一发不可收拾。

在母亲和妻子的战争中，樊兆荣是从来都没有站到金珠一边的。他以沉默和躲避的方式，默许了母亲对妻子的辱骂。这无形之中纵容了他的两个姐姐加入了这场对金珠的欺凌，直到后来动起手来。说实话，樊兆荣是从来没有打过金珠一下的，但金珠就和村里有些人家的媳妇一样，经常的，身上、脸上就有了被殴打的痕迹。在外人看来，她虽说是从城里嫁过来的，但也和村里的女人没什么两样。那美好浪漫的情愫在金珠的心里渐渐消失了。

樊春华就是在这样的惊吓中长大的。她的胆子其实非常小，敏感多疑，特别在意别人的脸色。当她母亲总是处于被欺凌的位置时，出于自我保护的本能，她站到了姑姑们和奶奶的阵营中，有时候也和她们一起辱骂母亲。她因而得到了奶奶和姑姑们的奖赏，却和母亲之间产生了隔阂。直到金珠和樊兆荣离婚的时候，她已经上小学了，还和奶奶、姑姑们一样，觉得金珠走了才好呢。金珠走了，家里就其乐融融了。

樊春华是在自己结婚的时候，才意识到，终究只有金珠是自己的母亲，而姑姑们，只是姑姑。婚礼的前夜，当她从樊兆荣的手中接过姑姑们的礼金时，忽然伤心地哭了。从小到大，她把两个姑姑当成母亲一样对待，她这个侄女，比她们亲生的女儿出力还多。大姑身体不好，帮着买药、陪着去医院这种事，向来都是樊春华做的。大姑总是对她说，我命里没有女儿，你就跟我的闺女一样啊。二姑倒是有女儿，可是初中毕业就去南方打工了，她家里有什么事，都是来找樊春华帮忙。二姑常说的话是，还是你跟姑亲，樊秋实就是个白眼狼，怎么焐都焐不熟，见到我连姑都不叫，就跟不认识似的。就是这样两个在樊春华心里像母亲一样的人，在自己这么大的日子，每个人只出了三百元礼金，加上奶奶的四百块钱，正好一千块。而多年不联系的金珠，为她添置了新房里全部的家用电器。樊春华的心里产生了剧烈的动荡。在婚礼结束后的团圆饭上，当着新郎高庆和他父母的面，跟两个姑姑大吵了一架。金珠默默地坐着，什么也没说。樊老太觉得很没面子，骂了樊春华两句，就带着两个女儿走了。从那以后，樊春华就不怎么跟两个姑姑来往了。而她与金珠之间，也和从前一样，关系没有明显的改善。或许她内心产生过一丝感动，甚或有过似是而非的悔过，但她没有令这种情绪长大，很快就被"横竖她是我妈，多出点钱是应该的"这种想法抑制了下去，进而重新变得心安理得起来。

很多年没有一个人安静地待在房间里了，没想到竟然是坐在她的床上。金珠苦笑了一下。她想起了那一天。

那是深秋的一天，她去市里给两个孩子买入冬穿的棉衣。久违的自由令她浑身舒展。逛完了商场，她站在影城的入口，忽然很想看一场电影。看看时间，天黑之前赶回去应该来得及。她给自己买了一张电影票。坐在影厅舒适的座椅上，她忘记了一切，完全融入到了另一个世界。她投入地流泪，会心地微笑，感觉心就像被雨水洗过了一样。

在回去的路上，她放慢了脚步，沉浸在电影的情节当中。结婚多年以后，她第一次有了这样的感觉——一个人真好！

走进家门的时候，全家人都冷冷地望着她。樊春华没好气地说，妈，你怎么才回来？我都要饿死了。怎么，还没吃饭吗？我倒是想吃，谁做啊？樊老太的声音里带着怒气。樊兆荣皱着眉在吸烟。买个衣服买了一天，你上哪儿嘚瑟去了？！小荣累了一天，回来连口热乎饭都没有。孩子也不管。金珠看了一眼樊秋实，他正坐在地上吃饼干，碎渣弄得满身都是。金珠将手里的袋子往地上一扔，转身去了厨房。她心里有气，弄出来的动静就大了点。樊老太走进厨房，骂道，你摔什么摔，你还委屈上了？金珠回敬道，我要是被车轧死了，你们是不是都得饿死啊？樊老太诅咒道，你最好被车轧死，一辈子别回来！我们家不缺你这个贱货！金珠将盆狠狠地摔在灶台上。樊老太回身对樊兆荣，小荣，你的老婆，你给我好好管管，没大没小的，跟我摔摔打打，我看就是欠揍！樊兆荣烦恼地拿起外套，出了门。樊老太在他后面恶狠狠地喊，我怎么生了你这么个窝囊废，连个媳妇都收拾不了！

樊兆荣走后，樊老太觉得心里的恶气没出，就打发樊春华去找她的大姑和二姑来。樊兆荣的两个姐姐前后脚进来后，就按照母亲的吩咐，将金珠打了一顿。樊春华的二姑抄起金珠擀面条的擀面杖，向她的腿砸去。结果，就像樊老太命令的那样，金珠的左腿被打折了。

七

第二天下午四点多，当樊兆荣从外面回来的时候，发现金珠不在家。他走进厨房，看到早上吃剩下的饺子还在，冰箱里的菜也没有动过，因此猜测她上午就出去了。这时候还没回来，能去哪里呢？他走进樊老太的房间，看见金珠的拉杆箱还放在原处，心略微放下来。樊兆荣回到厨房，把饺子热了一下，一个人吃起来。

到了晚上九点多的时候，金珠还没有回来，樊兆荣坐不住了。他思量了一会儿，站起身，来到自己的房间，打开衣柜，掀开了里面的一个鞋盒子。他担心的事发生了——里面的三千块钱不见了。把现金放在衣柜里的鞋盒子，是他多年的习惯。这个习惯，金珠是知道的。

金珠一夜没有回来。

樊兆荣躺在沙发上，目光直愣愣地盯着黑暗中的天棚。他早该知道，一切不会这么顺利的。自从金珠的腿被打折之后，他们之间那条脆弱的情感之线就跟着断了。或许更早，金珠就开始失望了，他并不是金珠期待的那种男人。她根据他的外貌，在想象中完成了对他的判断，并信以为真。那时候他们并不懂得这些，但樊兆荣接受了金珠做自己的妻子，从未后悔过。金珠完全超出了他的想象，她和他以前遇到的女人都不一样。比如，金珠喜欢看小说，还喜欢听歌，那构成了一种隐秘的吸引，使他下不去手打她。在他母亲和姐姐的眼里，他不像个男人，连老婆都挟持不住。他是她们战争中不存在的人，他还能怎么样呢？总不能去忤逆母亲吧。

金珠被樊兆荣的姐姐打断腿之后，樊老太有点害怕，找了附近诊所的大夫给看了一下，见没什么大事，渐渐放下心来。樊老太对樊兆荣说，用不着担心，过两三个月就好了。金珠在家里躺了一个多星期，就拄着拐下地了。樊兆荣的母亲后来说，那天金珠走出屋门，在院子里靠着墙晒太阳，她忙着做饭，不知什么时候，金珠就不见了。

就像这次一样，金珠一夜没有回来。樊兆荣在家周围找了好几圈也没找到，给金铁打了电话，也说没去他家。第二天，全村的人都知道金珠失踪了。当大家都在劝樊兆荣应该去报案时，金珠拄着拐从外面回来了。樊老太非常生气，质问她干什么去了，腿折了也不安分。金珠没理她，当着大家的面，走到樊兆荣跟前，说，我要离婚。樊兆荣惊讶地望着金珠，不知说什么好。樊老太也觉得很突然。她呆立了片刻，忽然感到颜面扫地，于是理直气壮地吼道，我儿子早就不想跟你过了，离！

这么多年过去了，樊兆荣依然觉得，这婚离得有点糊涂，很多话没有讲清楚。他知道，金珠心里是装满了怨气走的，他就算拦了，也拦不住。他心里对母亲很不满，但是又不能说什么，母亲守寡多年，在家里始终说一不二。他只能暗暗地与母亲较劲，对母亲为他张罗的相亲对象从来都不看。如果女子被领进了家里，他抬腿推门就走。樊老太拿他也没办法。后来，他听樊秋实说，金珠和一个姓康的小学老师在一起过了，不清楚有没有登记。他心中失落了好一阵子。

樊兆荣想让樊秋实给金珠打个电话，问问怎么回事，他还没来得及问金珠的电话号码。最后还是忍住了，他不想半夜三更让孩子跟着着急。总之，天亮了再说吧。

清晨，樊兆荣在迷迷糊糊中被厨房里发出的动静弄醒了。他从沙发上坐起来，发现身上盖着一条被子。金珠系着围裙，端着一盘凉拌菜从厨房里出来。他惊讶地望着她。金珠像个没事人似的说，你起来了？洗洗脸，吃饭吧。说完，她回身又走进了厨房。樊兆荣看到，餐桌上已经摆上了油条和两碗热气腾腾的豆浆。

樊兆荣什么也没说。金珠的脸色看起来有些疲倦。两人默默地吃完了早餐。当金珠站起身准备收拾碗筷时，樊兆荣说，那三千块钱是不是你拿走了？金珠愣了一下，说，是。樊兆荣说，你把碗放下，我有话问你。金珠犹豫了片刻，重新坐了下来。

樊兆荣说，我是诚心诚意想让你回来过的，不知道你是怎么想的。金珠没吭声。樊兆荣接着说，你要是外面还有人，我也不勉强你，但是你不能拿我的钱给别人。金珠低着头，说道，钱，是我……欠别人的，拿去还债了……我……你……你把你妈接回来吧，我伺候她。金珠说完，拿起碗走进了厨房。

樊兆荣默默地抽了一支烟，出门干活儿去了。虽然钱的事令他不快，但在他看来，金珠等于是做出了承诺。原本请她回来一起生活，他的母亲是个很大的障碍，但是现在她竟然能说出这样的话，足见她也是多方考虑过，慎重做下的决定。但是樊兆荣一时半会儿还不打算把母亲接回来，他想等金珠适应一段时间再说。母亲现在有点老年痴呆的前兆，有时候大小便失禁，姐姐来照顾更方便一些。

就这样，金珠住了下来。两人之间虽然交谈不多，但樊兆荣每天回来，起码能吃上一口热乎饭了。他要求不高，像个家的样子就行。有时候，他会偷偷瞄一眼金珠的背影。跟年轻的时候比，她明显地憔悴了，那条腿瘸的程度比他预想的要严重。他心里有些愧疚，随之而来的，他也感到些许心安。金珠现在没有房子，也没有经济来源，对她来说，回来也是最好的选择，两人各取所需，总好过半路夫妻。

然而这种平静却没有持续多久。樊兆荣发现，每周总有那么两三天，金珠会在他离开家之后出门，然后天擦黑的时候才回来。问她干什么去了，她只说出去溜达溜达。一个月后，当樊兆荣发现自己放在鞋盒子里的钱又消失了，疑虑再次爬上他的心头。

他忍住心中的不快，去找樊秋实。

时值中午，父子俩在一个面馆点了两碗面，边吃边说。樊秋实听完父亲的述说，也有些疑惑。他低头想了一会儿，说道，你偷偷跟着她去看看不就知道了。樊兆荣说，我跟着她，要是被她发现了怎么办？如果没做见不得人的事，以后还怎么面对？樊秋实抬头看了樊兆荣一眼，我又没说让你去捉奸。你胡说什么呢，哪有儿子这么说妈的？你心里就是那么想的，又不敢去。樊兆荣瞪了樊秋实一眼，放下筷子，说，我回去了。樊秋实无奈地叹了口气，行了行了，怎么着你也得先跟着，差不多的时候，你给我打电话。

八

两天以后，樊秋实在工作的时候接到父亲的电话，让他马上到市中心医院来。樊秋实当即请了假，因为停车场太远，他出了店门就匆匆上了一辆出租车。

在住院部的楼下，樊秋实看到了一脸焦急的樊兆荣。樊兆荣告诉樊秋实，在四楼，出了楼梯口往右走，最里面的房间。樊秋实有点惊讶，她一直在里面？樊兆荣点点头。从樊秋实接到电话至此刻，至少半个小时过去了。如果是普通的探望病人，不会这么久。樊秋实心中充满了疑虑。他想了一下，对樊兆荣说，你先回去吧，免得在这儿撞见。有什么事回头我告诉你。樊兆荣面色沉郁，看了看樊秋实，转身走了。

樊秋实走进住院部。在四楼的楼梯口，他停下了脚步。他向右边望了一眼，大概有四五个病房，走廊空无一人，很安静。这么说，她隔三岔五的"失踪"，其实是来这里。樊秋实思忖着，他缓缓地向最里面的房间走去。

隔着门玻璃，樊秋实看到了自己的母亲。

她坐在正对着门的一张椅子上，头向一边侧着，睡着了。一抹阳光洒在她的脸上，灰白的头发融在光晕里，出奇地安详。樊秋实愣愣地看了好一会儿。这是一张他从未见过的脸，他甚至怀疑这个人不是金珠，金珠的脸上总是纠结着焦虑、紧张与憔悴。当然，除了小时候那模糊的记忆，他已经很多年没有见过母亲睡着的样子了。金珠甚至连他家的床都没有坐过，樊秋实感到鼻子莫名地酸了一下。

他低头看门上的标签。那上面有四个人的名字，看起来都像是男的。金珠是来看望谁呢？这时候，樊秋实看到金珠在椅子上动了一下，他慌忙离开了门口。

樊秋实回到楼梯口，在长椅上坐下。他的眼前始终晃动着金珠那张熟睡安详的脸，他感到一丝嫉妒在身体里涌动。一定要弄清楚这个人是谁。他站了起来，却看到金珠在逆光中向这边走来。

金珠看到樊秋实感到很意外，她的脸上重新挂上了焦虑和紧张，秋实？你怎么在这儿？我……我来看一个朋友。你……你这是……干吗来了？樊秋实突然变得结巴起来。哦。金珠看着樊秋实，却什么也没说，匆匆下了楼梯。樊秋实跟在后面，一股熟悉的愤怒充满了他的身体。在住院部一楼大厅，樊秋实拉住了金珠。实话告诉你吧，我都看见了。你必须把话说清楚，病房里那人是谁？我跟我爸的钱，你是不是都给他花了？金珠惊讶地看了樊秋实一眼，有些窘迫。她沉默了片刻，甩开樊秋实，加快了脚步，一瘸一拐地出了医院的大门。

樊秋实懊恼地站在大厅中央，望着玻璃门外金珠的背影，感觉一块石头堵在了胸口。不能就这么回去，必须得查清楚那个人的来历。他站了一会儿，四下看了看，径直来到了收款处。他对窗口里面的一位中年大姐说，是金珠安排他来缴住院费，但是忘记了病人的名字，请她帮忙查一查，有没有金珠缴费的记录。中年大姐面无表情地瞟了他一眼，手点击着电脑的键盘，嘴上问道，哪个病房的？樊秋实忙说，401。樊秋实从中年大姐的嘴里听到了一个名字——康明。姓康？樊秋实的心动了一下。他接着询问，康明得的是什么病啊？中年大姐似乎没有听见他的话，自顾地说道，现在不欠费，你想预缴也可以。她看着樊秋实，缴不缴？樊秋实忙说，啊，先不缴了。下一位。樊秋实还想说什么，后面的人已经把他从窗口挤开了。樊秋实无奈，狠了狠心，重新回到了四楼。

他推开了401的房门，在靠窗的病床前，终于看清了康明的脸。令樊秋实意外的是，这个正安静昏睡的人是个女人，看样子很年轻。而接下来，从护士那里得到的消息，令他更加感到吃惊。康明是个植物人。

樊秋实在医院的大门外站了很久，才将这些信息告知樊兆荣。电话那边，樊兆荣也很吃惊。是个女的？还是个植物人？这大大出乎他的意料。他拿着电话，半天没言语。樊秋实说，我问她还是什么都问不出来，你自己问吧，那女的姓康，没准是康叔家的人。

天黑的时候，樊兆荣回了家。金珠已经做好了饭菜。两人默默坐下吃饭。金珠不时小心地瞟一眼樊兆荣。樊兆荣勉强吃了一碗饭，待金珠也吃完，他把碗往旁边一推，说，秋实都告诉我了。金珠的身体一抖。究竟是怎么回事，你得给我个说法。上次你说欠人钱，一个病人，你怎么就欠她钱了？金珠低下头，半晌，缓缓说道，我何止是欠她的钱，我这条命都是她捡回来的。什么？樊兆荣显然没听懂，一个植物人，还救过你的命？金珠点了一下头，是。你还记得我腿被打断的事吧？樊兆荣没吭声。那次我失踪了一天一夜，其实……其实我是去寻死。要不是遇到康明和她爸爸，我早就被火车轧死了。什么？这件事樊兆荣头一次听说。他望着金珠，不敢相信。金珠继续说道，我欠这孩子的，现在她爸爸不在了，我不能不管她。这么说……樊兆荣疑惑地看着金珠，她是……那个姓康的女儿？对。樊兆荣一下子明白了什么。他默默地坐了好一会儿，脸渐渐冷下来。樊兆荣郑重地对金珠说道，我的钱，连我自己家的人还养活不过来呢，不能给一个外人花。我得跟你把话说清楚，你要是想继续跟我过，就不能再管那孩子了。我就不信，他们家一个亲戚都没有？樊兆荣望着金珠。金珠看了樊兆荣一眼，什么也没说，转身走进了樊老太的房间。

金珠提着她的拉杆箱，连夜离开了樊兆荣家。

樊秋实在电话里听樊兆荣说了事情的经过和结果，就一个人默默上了床。他面朝着墙，陷入无法描述的自怜当中，他觉得母亲再一次抛弃了他。钟小菲感觉到了有事情发生，但是她怎么问樊秋实，樊秋实也不说话。她从未见过樊秋实这样，那毁灭般无助的气息向她袭来，她感觉有点害怕。她将自己的身体紧紧地贴在樊秋实的身体上，抱住了他。

第二天，樊秋实没有去上班，整整一上午都躺在床上。中午，钟小菲赶回来看他，他的情绪稍稍好了一些。他把金珠和康明的事跟钟小菲讲了。钟小菲一下子明白了樊秋实内心的感受，没有人比她更了解樊秋实。在与母亲的关系这件事上，他貌似冷酷无情，其实比谁都不堪一击。她决定去找金珠。

九

钟小菲将车开到了城西的孤山，凭着记忆，找到了上次她跟踪金珠时来过的那幢居民楼。她从一楼的第一户人家开始敲门，一直敲到顶楼，当对着楼梯口的那扇门打开时，她看到了自己的婆婆。金珠整个人仿佛瘦了一圈，脸色暗灰，疲倦的眼神望到钟小菲，闪出一丝微弱的惊讶。她犹豫了一下，让钟小菲进了屋。

屋里很暗，钟小菲适应着光线，看出这是个一室一厅的老式住宅。可让她没想到的是，里外两个房间，竟然各自靠墙摆放着四张单人床。一股酸腐的味道扑鼻而来。钟小菲在几个老妇人的注视下，跟着金珠穿过客厅，走进里间。她注意到，屋里的空地上堆放着很多旧纸壳，味道应该是从那里发出来的。在一张比较干净的床铺前，金珠对钟小菲说，坐吧。钟小菲疑惑地坐下，抬起头时，对面床铺坐着的老妇人正死死地盯着她，她慌忙转过头来。

金珠说，这是明明的床，我的床租出去了，反正她一时半会儿也不会回来住。钟小菲艰难地叫了一声妈，对面的老妇人眼睛亮了一下，脸色变得生动些。钟小菲看了她一眼，有些踟蹰起来。金珠说，有什么话你就说吧，大家一块儿住着，都没什么秘密。钟小菲侧了侧身，避开老妇人的目光。妈，康明是怎么回事啊？秋实说，以前没听你说过康叔有孩子啊。

金珠思忖了一下，好吧，既然你们现在都知道了，我也不瞒你了。这些年，妈也品出来了，你是个心地善良的姑娘。

金珠讲，腿断了之后，她就不想活了。以前只是偶尔生起一些念头，这次她想付诸行动。她横想竖想，都觉得自己的人生很失败。她不属于这个家，从一开始走进来就是错的。她曾经说服自己认命，毕竟这个男人是自己选的。现在她终于承认，是她选错了。她和樊兆荣不是一类人。他甚至连保护她都做不到。她看不到生活的希望，三十岁还不到，什么时候是个头呢？那天，她离开了家。虽然拄着拐杖，但她走了很远，一直走到有铁轨的地方。她坐在那里，等火车过来。她坐了很久，也没有等来火车，却等来了一对父女。男人见她坐在铁轨上，一脸落寞的表情，就明白了她的意图。他告诉她，火车出了故障，停在了半路，他和女儿觉得离家不太远了，就提前下了车。他提出送她回家。她摇摇头。女儿将背包里的饮料拿出来给她喝。她说，我快死了，不渴。女儿说，你不会死的。我们不让你死。他们于是陪着她在铁路边坐了很久，女孩还唱歌给她听，试图让她高兴起来。她从未见过这么令人温暖的女孩。她羡慕地看着女孩，问她叫什么名字。女孩说，我叫康明，你叫我明明就行。

天渐渐黑下来，终于有火车行驶的声音从远处传来。最后，金珠对男人伸出了手。男人如释重负，他把她从铁轨上拉了起来。后来，她随父女俩来到了他们家。

老康的妻子生下明明就去世了，他一个人带着女儿生活。老康的家很朴素，和平常的人家一样。大概是因为缺少女主人的缘故，东西摆放有些杂乱，但老康家里有一架钢琴。那天晚上，父女俩为了开解金珠，一起为她弹琴唱歌，康明还给她跳了一段新疆舞。金珠的心从未被如此滋润过。从那一刻起，她就喜欢上了这个家。她无比羡慕这个弹琴的男人，可以把一个失去母亲的孩子养得这么活泼、可爱、善良，她很想知道，他是如何做到的。

夜里，康明像一只温柔的猫一样，伏在金珠的胸口睡着了。金珠在黑暗中流下泪来，与其说是她温暖了康明，不如说是康明温暖了她。

金珠看到了另一种家庭生活。她忽然觉得，既然没死成，就得好好活着。她没跟任何人商量，就跟樊兆荣提出了离婚。等金铁知道的时候，事情已经无可挽回了。他骂金珠是个蠢货，还告诉她，别指望我会养你。金珠说，我自己能活着。

谈离婚条件的时候，樊老太先是不打算给金珠钱，但是金铁带着两个哥们儿上门吓唬了一通，说要告她伤害罪，樊老太害怕了，最后答应给金珠两万块钱。但是得抚养一个孩子。樊老太让金珠把樊春华领走，可樊春华死活不跟金珠走。于是樊老太说，那我就只能给你一万块钱。金珠也没什么办法，只好同意了。结果又被金铁骂了一顿。

离婚后，金珠先是住在父母留下的房子里，那套房子现在是哥哥金铁的，他拿它出租。为了收留金珠，他提前撵走了租客。杨珍心里百般不乐意。

金珠后来常常去老康家。那个地方对她有着莫名的吸引力，每次去都令她十分开心，只要走进去，她仿佛就变了一个人。她看到了另一个自己，一个温婉贤淑的自己。那正是走入婚姻前，她想象中的自己。那时候，她从未想过自己会变成一个和婆婆恶语相向的女人，可不知为什么，就在那条路上越走越远。在婆婆的辱骂中，她知道了自己无尽的缺点，不会做面食，不会织毛衣，又懒又馋，个子小，根本配不上樊兆荣。她渐渐相信了，并开始讨厌自己。现在她明白了，想象中的那个美好的自己不是虚构的，是真实存在的。康明特别喜欢她，总是搂着她，有说不完的话。老康话不多，但看得出他也很期待金珠的到来。房间明显比以前整洁了，有时候，他还会在花瓶里插上一束野花。他静静地看着女儿和金珠玩，按照女儿的指令为她们弹琴伴奏。金珠十分享受那一刻。她跟着康明一起唱歌。第一次有人赞美她的嗓音甜美。老康还有些惊讶地告诉她，你的音域比一般人宽很多。

钟小菲看到，讲述中的金珠脸上浮现出一种幸福的光晕。那是金珠从未在她面前展现过的一种光泽。她也完全没有想到，木讷的婆婆表达能力竟然这么好。她听得入了神。那是一个全新的世界，樊秋实从未走进的世界。那个世界里的金珠与她了解的截然不同。那才是金珠喜欢的世界！她忽然明白了这个叫康明的女孩对金珠意味着什么。想到自己的丈夫，钟小菲不知道应该高兴还是伤感。

见金珠停了下来，钟小菲问，康明怎么成了植物人呢？

金珠的脸色一下子痛苦起来，都是我的错。钟小菲疑惑地看着她。你不该问她这事。对面的老妇人突然插话道。金珠摆了摆手，没事。她从身边摸到一盒烟，抽出一支，点燃，吸了一会儿，继续讲述。

老康父女俩有个爱好，就是旅游，节假日几乎不在家里待着。金珠和老康结婚之后，一家人经常出去玩。大多数时候是在省内的小景区游玩，一日游两日游之类的，花不了多少钱，但是三个人却非常开心。为了让腿有残疾的金珠出行更加方便，老康想买台车。在康明十七岁那年，这个愿望终于实现了。

老康用一个暑假练习开车，考到了驾照。这台被老康擦得崭新的二手车载着兴奋的一家人出发了。金珠说，都怪我，我不该张罗去岫岩玩儿。去那儿的路有一段盘山路，我坐在后面都很害怕。可是，我们的车开上去就下不来了，只能硬着头皮往前开。一种不祥的预感在我的心头萦绕着。我不敢说话，害怕我的情绪影响他。他小心翼翼地驾驶，还故作镇定地跟我和明明开着玩笑。只有明明是真正轻松的，她始终没有感觉到危机的来临。悲剧还是发生了。在转弯处，一辆货车飞一样冲过来，老康拼尽了全力躲闪，还是没有躲过……

钟小菲感到一股沉重的呼吸向她袭来。她听樊秋实讲过，康叔是在一次车祸中去世的，想来就是这一次。但是她没想到，有一个樊家人自始至终都不知道的人，在这次事故中，以一种更悲惨的方式留在了金珠的身边。对樊家的人来说，康明曾是金珠的一个秘密。她守着这个秘密，就独自守住了一份不被打扰的快乐。而在车祸之后，这份快乐成了一堆碎片。唯有回忆可以令它完整。钟小菲似乎明白了，为什么金珠总是给人一种虚幻感。因为真实的那个她更愿意活在这个秘密里。随即，钟小菲想到了舞台上那个身着红裙深情歌唱的金雪花。那也是秘密的一部分吗？

货车司机赔偿了一笔钱。金珠料理完老康的后事，就开始为康明治病。她租了一辆面包车，带着康明跑了很多地方的医院，康明却再也没有醒过来。没过几年，赔偿款就花光了，金珠只好到旧物市场变卖衣物、家具。最后，把老康留下的房子也卖掉了。

钟小菲想起了与金珠的第一次会面。那应该就是她卖掉房子不久。为了给未来的儿媳一个体面的印象，她把自己包装成一个高雅时髦的女人，甚至买了那么贵的一件华而不实的见面礼。钟小菲感到一阵难过。并意识到，那些来的路上替樊秋实想好的问题，在此刻提出来是很不合时宜的。这些年来，钟小菲和樊秋实只把金珠当成了母亲，却从未把她当成她自己。

钟小菲握住了金珠的手。妈，你别在这儿住了，回我家吧。以后就待在我家，哪儿也不用去。金珠愣愣地注视着钟小菲，良久，微笑了一下，缓缓地说道，小菲，有你这句话就够了。我哪有资格麻烦你们啊。

十

很多年以后，钟小菲一直很后悔，那天没有带着樊秋实一起去见金珠。她的表达能力远远逊色于婆婆，没有将在金珠那儿感受到的一切准确完整地传达给樊秋实。因而，在樊秋实听了她的讲述后，震惊之余，心中原有的嫉妒和怨恨不但没有释怀，反而加深了。他只淡淡地说了句，我知道了。之后就如常地上班。那以后，他禁止钟小菲在他面前提起金珠。桐桐偶尔提到奶奶，樊秋实总是沉默不语，仿佛没听见。

钟小菲后来又去了一次金珠的住处。上次见过的老妇人告诉她，雪花搬走了。钟小菲愣了片刻，马上转身去了医院。在住院部，护士告诉她，康明早就出院了。钟小菲不解地问，她的病好了？护士说，现在好没好我不知道，出去的时候还是昏迷的。唉，她妈妈也够不容易的。钟小菲怅然若失。

金珠就这样再一次消失了。

顾玉莲听了金珠的事后，感慨道，这世上还真有这么蠢的女人。自己亲生的孩子不管，守着别人半死不活的孩子遭罪。她脑子是不是进水了？上次在广场上见她唱歌，我就觉得她不太正常。还取了个艺名，叫什么来着？你看看我这脑子，就在嘴边上，怎么想不起来了？钟小菲坐在顾玉莲的对面，艰难地咽下一口饭，什么也没说。顾玉莲摇了摇头，穿上新买的运动鞋，出去跳舞了。

钟小菲扫视了一眼这纤尘不染的房间，想起了很久以前她和母亲的一段对话。

妈，我爸这么多年都不回来，你就不怕他在马来西亚有别的女人啊？

你懂什么，他按月往家里寄钱，就是心里有我们。早晚他都得回来。

妈，你让我爸回来吧，我都忘了他长什么样了。

回来谁给你挣钱啊？就靠樊秋实，你什么时候能买上房子。

妈，你不想他吗？

我一个人在家挺好，想几点起来就几点起来，想买啥就买啥。他要是现在回来呀，我还不习惯呢。

顾玉莲一直觉得自己是个拎得清的女人，在重要的事情上从未含糊过。比如，她亲手把钟小菲的奶奶伺候到去世，也亲手把钟小菲的女儿带到上学。光凭这两件事，她就能牢牢控制住丈夫和女儿的心。她常对钟小菲说，我享福，是因为该做的事我都做到了。随着婚姻生活的日久，钟小菲越来越无法理解母亲的生活了。

樊秋实后来如愿开了一家玉器店，许三哥投了近一百万。樊秋实辞了原来的工作，起早贪黑地忙活起生意来。

钟小菲见樊秋实太累，提出干脆也辞了工作，到店里帮他。樊秋实却不同意。许三哥有事没事都会去店里坐一会儿，他不愿意钟小菲见他。钟小菲嘴上嗔怪樊秋实小气，心里却也有一丝温暖。她知道，樊秋实还像追求她那会儿一样在乎她。

因为店里的玉器越来越多，晚上也需要人照看。樊秋实跟樊兆荣商量，让他晚上去店里打更，一个月给他两千块钱。樊兆荣爽快地答应了。父子俩的关系缓和了很多。有时候樊秋实出去进货，樊春华也会到店里帮着照看一下。每次樊秋实都会给樊春华一二百块钱当钟点费。因为中间有个老板许三哥，樊兆荣和樊春华觉得这钱拿得心安理得，钟小菲和樊秋实也落得心里没有负担。一家人的关系从未像现在这样紧密，高庆对待樊春华也比原来好了些。樊秋实似乎有很多感慨，但思绪万千最终说出来的只有一句话——夜里躺在床上，他对钟小菲说——还得赚钱啊！钟小菲在黑暗中不置可否。在家庭生活中，钱确实可以掩盖很多矛盾，让亲人间看上去一片祥和。但是，钟小菲知道，那些矛盾和伤疤其实都还在。

日子在忙碌中流逝着，没人再提起金珠，小心躲避这个名字久了，就成了习惯。仿佛金珠真的不曾存在过。只有钟小菲会偶尔想起她来。当金珠所有的画面组合在一起，依然令钟小菲感到不真实。

十一

冬至这天，一大早就飘起了晨雪。

钟小菲煮了饺子。三口人正准备吃早餐，樊秋实的电话响了。许三哥在电话里语速飞快地说道，秋实啊，我这儿出了点事，你赶紧过来。我发个位置给你。樊秋实还没反应过来是怎么回事，许三哥就把电话挂断了。

樊秋实匆匆往嘴里塞了个饺子，套上羽绒服就出门了。

到了地点，是个小巷的路口。透过挡风玻璃，樊秋实看到前面聚集了一堆人。樊秋实把车停在路边。许三哥看到了樊秋实，冲他招手说，秋实过来。樊秋实挤进人群，发现许三哥的车前倒着一个人。怎么了，撞人了？许三哥一脸焦躁，碰瓷！你说我怎么这么倒霉呢！樊秋实有点意外，碰瓷？人没事吧？不知道有没有事，一直躺地上不起来。先不用管他。我记得你有个同学的哥哥是交警支队的，赶紧打个电话，问问怎么办。我这车也没装摄像头啊。旁边一个看热闹的男人说，他就是碰瓷的，老在这附近。樊秋实疑惑地望了一眼地上的人。那人穿着一件看不清颜色的长大衣，一动也不动地趴在那儿，花白凌乱的短发挡着脸。三哥，我看还是先送医院吧。万一有点什么事……许三哥为难地说，我也不敢动他呀。还是先把你那个同学的哥哥找来吧。哎呀，早不来晚不来，偏这时候来添乱。我今天还要帮一个哥们儿迎亲呢，眼看着要到点了。樊秋实这才注意到，许三哥的貂皮外套里面，穿着一身崭新的西装。这时，旁边又有个人说，这么长时间了，还不起来，别是死了吧。许三哥吼道，我车速连四十都没到，怎么可能撞死人呢？他就是装的！周围的人不再出声，但也没有走的意思，都站在那儿，表情木然地看着许三哥。樊秋实掏出手机，准备打电话。许三哥皱着眉看着地上的人，对樊秋实说，要不你过去看看，问问他，要多少钱。樊秋实收起手机，走到那人的跟前，蹲下身去。

大叔……叔的音只发出一半，樊秋实停住了。他缓缓地抬起手，拨开那人脸上的头发。一张憔悴苍白的面孔展露出来，眼皮抖动了几下，费力地睁开眼睛，望了樊秋实一眼，又疲倦地合上了。樊秋实待了片刻，撕心裂肺地喊了一声，妈——

金珠的眼睛再也没有睁开。去医院的途中，她一直握着樊秋实的手，当救护车到达医院时，她的手已经没有了温度。

许三哥跟到了医院，听说人已经不行了，当时就紧张起来。他不停地向樊秋实解释，兄弟，真不是我撞的。我要是知道她是你妈，立马就能送到医院来。我的为人你还不知道吗？樊秋实忍住心里的怒气，没有理他，急匆匆跟着护士去处理母亲的后事。

下午，樊秋实找到同学的哥哥，查到了那个路口的监控录像。视频显示，金珠确实是自己向汽车撞去的。那决绝的样子根本不像是碰瓷，更像是自杀。樊秋实盯着已经暂停的画面，半天没说话。许三哥没有撒谎。同学的哥哥也安慰他，按照录像显示的状况，应该是脏器被严重撞伤。就算马上送到医院，怕也救不回来了。

因为与许三哥有着复杂的关系，樊秋实没有追究他的责任，同意以自杀结案。许三哥心怀歉意，加之玉器店的生意还要靠樊秋实打理，就转了一笔钱给樊秋实，算作丧事的份子钱。

樊秋实和钟小菲开始准备葬礼。樊春华和高庆也来了。四个人忙活到半夜的时候，忽然想起还没准备遗像。樊春华说，糟了，咱妈的照片都被奶奶给烧了。高庆问，一张都没留下吗？樊春华摇摇头，没有。钟小菲想了想，从手机里调出一张照片，说，你们看看这张行不？樊春华拿过手机看了看，惊讶地问，这是我妈？什么时候拍的？钟小菲说，就是她回咱爸家之前，跟一个老年演唱团在我妈家的小区演出，正好让我碰见了，就顺手拍了一张。樊春华说，拍得还挺好的，就是……红色怕是不行吧？高庆说，洗成黑白的不就完了？樊秋实在旁边突然说道，那张不行！樊春华说，怎么不行啊，我看挺好的。樊秋实把手里的东西一扔，没好气地说，我说不行就不行！樊春华不高兴了，你跟谁甩脸子呢？嫌我出的钱少了？我这就不错了，你是儿子就应该多出！许三哥不是还给了不少钱吗？再说了，有她这样当妈的吗？别以为我不知道她怎么死的，碰瓷！我都嫌丢人！樊秋实大声吼道，樊春华，你给我滚出去！

樊春华被高庆拽走了。钟小菲忙追出去安慰了樊春华两句。待她重新回到屋里，发现樊秋实坐在那儿，正低着头，用双手捂着眼睛，低声呜咽着。那声音绵长低沉，在阴冷的房间里回荡着，令钟小菲骇然。她走到樊秋实的身边，想安慰他，却又不知说什么好。一股悲伤涌了上来，她仰起脸，泪水瞬间模糊了眼睛。

最终出现在葬礼上的遗像是樊秋实提供的。他偷偷保存了一张金珠与他们姐弟二人的合影。是在照相馆拍的。金珠坐在凳子上，樊秋实站在她的身前，樊春华站在她的身后。钟小菲是第一次看到这张照片。风华正茂的金珠看起来特别清纯，眼中的希望还没有泯灭……樊秋实到影楼将这张旧照片PS成了金珠的单人照。

是的，金雪花就这样结束了她的一生。这个名字从没有被她的亲人呼唤过。在作为存在证据的户籍中也不曾出现过。当然，随着她的离去，这些都不重要了。

这个冬天，雪特别大。气象部门说，五十年未见。

本文刊载于《十月》2022年第2期

良夜尽头

鲍尔金娜

一

"姐，你想跟我走吗？"

乌珠穆沁草原七月末的傍晚，赶上日夜交界的魔幻时刻，一半天空是燃烧的亮玫瑰色，另一半还蓝得让人心突突。蒜瓣似的白胖云彩在离人很近的地方慢慢滚动，好像随时可以摘下几个揣在兜里。水洼子在酸橙绿的草海里透出云母的银光，像一张张被抻平的玻璃糖纸。离一座红砖房不远的沙坡上，几顶荧光色的帐篷的中间燃着篝火。篝火旁有人站着，有人坐着，有人在月亮椅里抱着吉他唱歌，有人用炭笔在小画板上虚虚地打着线稿，有人已经张着嘴睡过去了。他们身后的蛋卷桌上摆满了吃的喝的：油酥的烤羊腿和只用盐巴调味的手把肉混着堆放在大不锈钢盆里，韭菜花和新鲜沙葱装在小不锈钢盘里，切裁齐整的奶皮子和奶豆腐汪着亮晶晶的白釉色，有的被咬了几口又放回盘子里去；热水壶里有现熬的咸奶茶，另外一个壶里是家酿的策格（酸马奶）。桌子下面还另外倒着一堆葡萄酒和威士忌的空酒瓶，其中有两个瓶子碎了，像是化学实验室的事故现场。这是城里来的艺术家们在草原"精致露营"的最后一个晚上，跟之前三个晚上度过的方式都差不多，只不过这天晚上的空气里飘荡着叠加的宿醉以及对于即将回到有热水澡的文明世界的暗暗激动。

牧场男主人布赫坐在人群当中，抽旱烟的姿势很像哲学家，端方的

162

铲形大脸上皱纹横行，有对称的图案美。他端详着一位艺术家递上来的画他和小儿子昂沁在马厩套马的素描小稿，点头道："家里原来的马，一匹，漂亮呦，通人性。那达慕，赢过。后来需要钱，卖了。现在家里的马，你们看见，漂亮也有，但不听人的，听自己的。"

"布赫大爷，我们一直都没敢问，那个滑梯是怎么回事？"有位艺术家问。往牧场西边的深处望去，眼尖的人会立刻发现一座粉色的滑梯，跟什么都不挨着，像是飘浮在蓝绿天地间的一头小象。

"我给孙女买。游友？游乐？游乐场。"布赫挠了挠头发，大黄牙笑起来挺好看。

另一位艺术家感叹说，这才是真正牛×的当代装置艺术，有意境，不做作，自然感人。

布赫的老婆海日寒高大丰腴，脑后盘着掺灰的长辫子，站在丈夫身后欣赏年轻人们大吃大喝，嘴里低声重复着羞怯的规劝："以嘚，玛哈以嘚（吃肉吃肉）。"那位画套马的艺术家这时又递出一幅速写，过去几天他悄悄跟在海日寒身后画她挤牛奶。海日寒细长的眼睛笑没了，嘴里冒出城里人从没听过的长音语气词，颧骨在火光的照映下显得更红了。那气氛是非常好的。

人们喝着、吃着，天色暗下来，草原变得像墨绿的海。布赫和海日寒在大家的挽留下各唱了一首蒙古民歌才被放走。空气变静了，有人拿出蓝牙音箱，续上肖邦的钢琴曲。艺术家们仰望夜空，气氛开始转向感性的领域。有人往火里扔了一颗开心果壳，低声抛出"城市人是如何失去原始野性和良心"的话题。身边的人听了，有的陷入沉思，有的打起瞌睡，有的边刷手机边点头说没错。

与此同时，在远离火光的草原深处，一个身材纤细，皮肤晒得挺黑，文着单边花臂的蓝头发女子，正坐在那座粉滑梯的尾巴里，手举望远镜，望着天边刚游出来的星星。她身穿黑色连衣裙和十孔马丁靴，蓝头发在夜色中变得半透明，像是《断头谷》里的人物。她的名字叫周兰波，也是这个艺术家团体的一分子，但这几天不知怎么总显得有些离群。

这时，一阵沙沙的轻柔踏草声从远处传来。一个年轻男子怀里抱着一团轻柔的白色物体，走到兰波身边。兰波闻声起身，喜悦地向那团云朵伸出手，"是你啊，小东西。"

月色下，一只通身雪白，只有脸上两个黑眼圈的小羊羔轻轻咩了一声。它的模样挺沉稳，四只小蹄子从年轻人的臂弯里直直地支出来，对于兰波的抚摸没有反对的意思，分得很开的眼睛半闭起来，白色睫毛和粉芯的耳朵一颤一颤，身子像是冒着热乎气的糯米团子。

"你走了，明天。"年轻人看着兰波抚摸羊羔的手，小心吐出来的每个汉字发音都松软，半透明，像是电影里的小孩说梦话。

他的面容在夜色中雾化了，但笼统地看还是很好。也就是二十出头的样子，黑亮的细弧眼，眼窝稍深，希腊式的直鼻子，弓形嘴唇，浓密的自来卷低低压着额头，核桃色的皮肤像刚压出来的果丹皮一样油润，但还是看得出两颊血色充足。因为紧紧抱着小羊，他胳膊上的肌肉在一件旧红色T恤的袖口下被撑得鼓鼓的；黑色运动裤脚上的商标很像三叶草，但多出一个瓣；两只穿着鲜艳旅游鞋的大脚站得很开，微微不安地点着地，像是随时准备要逃跑。

兰波把一只手停放在小羊羔软乎乎的绒毛里，另一只手拿起手机划了两下，对照屏幕缓慢地说："毕，亚乌赖。契，去北京。北京塞罕。你，赛罕。（我要走了。你去北京吧。北京是美丽的，你也是美丽的。）"说完，自己先捂着额头泄气地笑了。

年轻人嘴角一咧，笑容分成坎坷的两段慢慢成形，脸上的红晕又深了一层。空气中青草味和牛粪味都比白天更浓，风也带尖儿。天上的星星不多，每颗都又大又亮，摇摇晃晃，看起来充满玄机。站在这样的天地间，会让人平白感到某种戏剧性。

三天前，兰波第一次见到昂沁，也是在草原那样灿烂的虾红色落日下。有人说，快看那边，布赫家放羊的小儿子回来了。正在安营扎寨的艺术家们全都停下手朝几百米开外的地方看。一群白色的"米粒"像粘连在绿草间，迈着羊类特有的失魂落魄的小碎步，往羊圈方向慢慢移动；一个穿红衣的年轻人骑着一辆湖蓝的小摩托，在草原黄昏的逆光里钻进钻出，动态看起来像慢镜头，其实是因为车速慢。一个艺术家双手交握，感叹这一幕的诗意让她想起泰伦斯·马力克的《新世界》；另一个艺术家摇头反驳说，马力克的电影里牧民一定骑马而不是骑资本主义的小摩托，身上也不会穿印着英文字母的千禧年风格T恤。兰波什么都没说，只是拿着望远镜静静地往那边看。她向来也不是一个在外面话很多的人。

从那之后，虽然也没发生什么了不起的事情，时间却好像突然变快了，也变乱了。兰波和她的朋友们每天从宿醉中爬出帐篷，坐在遮阳伞下喝奶茶，吃乌日莫（奶皮子）拌炒米，谁也不跟谁说话。等酒醒利索了，才四散去草场或沙坡里写生，写诗，用胶片相机拍黑白风景；也有人寸步不离布赫家的屋子，只有那里有手机信号。大家从下午三四点就开始喝酒，吃肉，喝多了就回帐篷睡觉，晚上起来接着坐在篝火边吃和喝。有那么一个下午，兰波头疼，哪也没去，坐在自己帐篷外的遮阳伞下读苏珊·桑塔格。风很静，温度不冷不热，空气里有柴火烤羊肉的香味。兰波光溜溜的古铜色小腿上趴着一只长得很奇怪的小虫子。她捏起虫子，把它扔到草地上，一抬头，看见昂沁从家门口走了过来，脸上戴着一副城里已经不多见的茶色水晶石墨镜。

"姐，你想跟我走吗？"

"你说什么？"兰波立刻把书放到膝盖上，微笑着，神情里有轻微的恐惧。

"跟我走，看牛，羊？"

句子被补全之后，变得再平实不过，完全没了浮想联翩的余地，但兰波的脸还是一发不可收地红了起来。

昂沁的摩托远看挺像回事，近看多少有点让人揪心，随时都有散架的可能；等车速终于开出了驰骋草原的意向，松散掉漆的金属又开始叮咣齐鸣。兰波出来前忘了戴墨镜，在一路颠簸中搂着昂沁的腰，盯着他脖子后面匀净的头发旋儿，整个人看起来糊里糊涂。昂沁的腰是少年人特有的细而劲道的腰，从胯到肩像竹扇子一样徐徐打开。他身上混合着烤烟味、老皮革味、奶味和淡淡的小动物味，少女时代的兰波不会喜欢这种味道，但她不再是少女了。等摩托车驶进草原深处，昂沁终于开始放慢车速，伸手给兰波指他家夏营盘地界上的牛、马、羊。兰波就在强光下勉强睁开眼睛，夸赞这些牛、马、羊看起来都真好，真健康。

"怎么牛群里还有一只小羊？"兰波手指向远处一只在水洼子边闲闲散步的母牛和它的孩子。要仔细看，才能发现母牛身后还站着一只摇摇晃晃刚会走路没多久的小羊羔。

昂沁用蒙古语解释了什么，兰波说没听懂。于是昂沁停车，回头一字一顿地用汉语说："没妈妈，跟牛长大，以为自己是牛。"他下了摩托车，擦擦脖子上的汗，从屁股兜里掏出一盒红塔山。兰波见状，也跳下后座，拿出自己的电子烟。

"这是什么?"昂沁慢吞吞地问。

"这是电子烟。"兰波看了看手里的玫瑰色金属烟杆。

两个人简明的对话听起来很像小学英文教材的课文，除了内容不够文明。

"电子烟，蓝色的头发，还有这个。"昂沁用手指了指兰波的花臂。

"文身。"兰波帮他补全。

昂沁好奇地瞧着她笑，"大城市的艺术家。"

"不是不是，"兰波忙摆手，但也没成功解释出什么，"不是你说的那样。"

"美国，你去过?"昂沁问。

"去过。"

"007，我喜欢。"昂沁突然做了一个掏枪的姿势，然后又很后悔似的挠头笑了。

兰波迟疑了一下，表情像道歉似的解释："詹姆斯·邦德是英国人，不过很多人都以为是美国的，我原来也分不清。"

"蝙蝠侠，英国的也是?"

"蝙蝠侠是美国的。"

"哦。"

两个人没了话说，静静地看着远方薄如蝉翼的粉红色云彩。

过了挺久，兰波问："昂沁在蒙古语里是什么意思?"

"猎人。"也许是经常跟人解释的缘故，他对这个词的发音是非常标准的普通话。

"很酷。你今年多大?"

"二十。"

"年轻真好。"兰波笑了。

"你几岁，姐?"

"快一百岁了。"

"哦呦?"昂沁把手插进卷曲的黑发，惊骇地看她，半天才露出恍然大悟的神情，有点窘地笑了，"你也年轻真好。"

兰波朝空中呼出一团带荔枝甜味的烟雾，被夕阳照成淡橙色的脸上露出愉快的笑容。

后来两个人再没说过话，直到最后那个晚上——昂沁抱着小羊羔来找兰波，兰波说出几句糊里糊涂的蒙古语，两个人面对面傻笑，不知道再说点什么，但似乎又都想再说点什么。

临出发的清晨是那几天最美的清晨。满天都是打着滚的火烧云，布赫家的红砖房在三文鱼色的天光下看起来洁净敦实，像小孩简笔画里的房子。布赫嘴里叼着烟斗，站在房前叉腰微笑。面容疲惫的艺术家们客气地阻挡着海日寒把一袋袋作为礼物的奶皮子和牛肉干装进后备厢的举动，连说"够啦，够啦"。昂沁还穿着那件红T恤，但运动裤换成了一条旧旧的牛仔裤，漫不经心地倚靠在羊圈的栅栏边上往这边看，阳光虚虚地打在他年轻的脸上，看不清表情。那只认为自己是牛的黑眼圈小羊被昂沁举到栅栏的木墩上站着，朝走来走去的人类不满地叫唤。等大家终于收拾完这个那个，一直坐在车里发呆的兰波突然跳下车，快步走到昂沁身边说了句什么才又回到车上，按了两声喇叭，她的灰色路虎缓缓转弯，驶下布赫家门口的细土路。女友收回挥舞了很久的手，揉着手腕说，再多待一天她就崩溃了，回北京第一件事就是去打水光针。兰波说自己觉得还好。在Billie Eilish心灰意懒的歌声里，女友惬意地靠着椅背闭目养神，没有注意到兰波搁在方向盘上的双手在发抖。窗外的天空依然在燃烧，草原上吹来的风很凉，风中的草味在变淡，草原上招手的人慢慢成了小黑点。心思敏感的人会对那样的场景感到惆怅。

二

"我有一百种给你解乏的方法。"

这年北京的八月，很多人说比往年同期还要闷热。元气不足的人出门就喘不上气，约饭都要往后拖一拖。尽管如此，在这个有着淡淡蓝天的周末，北海公园里还是有很多人。戴着小红帽的旅行团，恋爱中的情侣和拖着孩子的年轻家长，都在黏滞的热风里绕着琼华岛缓缓移动。

淡绿的湖面上，一只黄鸭子船里并肩坐着一个皮肤黝黑的长发男子和一个雪肤金发的外国女子，两人同吃着一碗抹茶冰淇淋。一条艳粉色的大肚荷花船慢悠悠地经过他们身边，船很气派，花是花叶是叶，花瓣里坐着五位年龄相仿的中年妇女，头发都烫成同一种密实的小卷造型，瓜子皮从女人们的嘴里一簇簇地吐进腻绿的湖水里。其中一位阿姨往鸭子船上瞥了一眼，立刻兴致浓厚地伸出戴着银色防晒套袖的胳膊挥动，"哈喽，哈喽啊！"

阿绿微笑着朝她挥手。

"你不烦吗？"春山用英文问。

"习惯了。"阿绿用英文答。

英语既不是春山的母语，也不是阿绿的母语，却是他们两人之间唯一能流畅沟通的语言。阿绿说英文发音浑厚下坠，卷舌很重；春山说英语是清脆紧致的伦敦音，稍微带点拿腔拿调。

蒋春山是北京人，阿绿是春山两周前在三源里菜市场认识的俄罗斯女孩。春山和她同时看上了一盆薄荷，春山很绅士地让给了她，还往她装菜的帆布袋里扔进了一颗自己刚买的漂亮青柠。几分钟后他们在另一个过道重逢，同时笑着决定给对方留电话。女孩是来中国闯生活的平面模特，春山叫她"阿绿"，并没什么创造性的原因，只因她有一双大大的绿眼睛，也因为觉得她的本名安娜斯塔西娅很拗口。尽管如此，春山在手机里给她编辑的名字却是更加繁复的"百子湾的安娜斯塔西娅"，读着有类似"阿拉贡的凯瑟琳"的中古味道。

"这是我上星期去杭州接的那个工作，照片出来了，你做好心理准备。"阿绿把手机递给春山。

在为某电商网站拍摄的模特照里，阿绿盘着头，穿着一身加绒的大红色秋衣秋裤，双手在胸前端庄互钩，被一个英俊的中国男模特搂着腰，笑容顺从而恍惚。能想象得出，镜头之外的摄影师正在苦口婆心向她传授如何表现出一个嫁到中国的金发碧眼好媳妇的人设。

"你要是被绑架了就眨眨眼。"春山笑道，随后立即补充，"开玩笑的，你看上去很可爱。"

"我看起来很蠢，我知道。不过我想问你，山，你们真的喜欢穿秋裤吗？"

"每个爱喝热水的中国人都穿秋裤，我和你打赌。不过我不喝热水，也不穿秋裤。我要拿自己做人体实验，看看到什么时候会成为一个悲伤的瘸子。"春山说着，低头在膝盖上捶了捶。

"可惜我待不到秋天了。我很想看人们穿秋裤。"

"人们不会像你拍的广告那样在外面穿秋裤走来走去，孩子。"

"为什么不会？"

"因为我会弄死他们。"

"你总是想弄死所有人。"

"你可以买两条秋裤带回家送人，也算是中国特产。"

"是个好主意。"

在低悬的金色阳光下，没有盘头的阿绿是个美丽而朴素的普通斯拉夫年轻女孩，身穿灰色吊带背心和牛仔热裤，脏兮兮的匡威鞋。她身条纤瘦，肤色苍白，一头及腰的淡金直发，狭窄高翘的鼻子，淡祖母绿色的杏核眼向外微凸，稍显神经质。她的脸整体看上去比国人所喜欢的外国洋娃娃样式多了些棱角，少了点甜味。也许因为这个原因，她的时薪比她那位长着芭比娃娃脸的捷克室友少二百块钱。

"我不愿意走。"阿绿用勺子把纸盒里最后一点淡绿的冰淇淋挖干净。

"小龙虾还没吃够吗？不愿意走就别走，办法多得是。"

阿绿摇头，"不是签证的问题，公司安排十一月份去日本。"

"日本是个很酷的地方，你会喜欢的。"

"你跟我一起去吧，反正你去哪儿都能写作。"

"孩子，自由撰稿人不等于自由。"春山把脸凑近阿绿，在她耳垂上亲了一下。

"我要是能在中国再待一年，说不定就能读你的作品了。"阿绿伸手摸了摸春山在脑后扎起的发髻，一只手托起下巴，脸转向湖面，轮廓尖翘的侧脸看起来有点苦恼。

春山把头仰过黄色塑料椅背，双手垫在后脑勺上，换了话题："嘿，今天我们把在北海公园喂流浪猫的项目也完成了，你的心愿单上还剩下什么？"

阿绿脸上依然带着点难过，但还是回过头来，打开手机备忘录，把一张俄文清单细细过了一遍。"还剩下一个爬长城，一个文身。没去爬长城因为太热了，没去文身是因为太贵了。"

"你可不要指望我陪你去爬长城，来无聊的公园已经是我的极限了，看在你生日的分儿上，孩子。"

阿绿没理会他，继续说自己的："我每离开一个国家之前都会文身留纪念，不过我没想到北京文身这么贵。”说着，她又从微信里调出一个链接给春山看，“我朋友推荐的这家，一个日本女文身师，说得过奖。”

春山凑过去看了一眼，立刻笑道：“这家不是贵不贵的问题，预约得一年以上，你不用抱希望了。”说完，他把右腿跷到左膝上，拉开裤脚，给阿绿看他脚踝上方一组巴掌大的千纸鹤刺青，“这就是你说的那个日本文身师给我做的，好多年前了。Maki现在整容走火入魔，我上次见面都认不出来了，其实她原来是典型的冲绳美少女，非常可爱。”

“你身上的文身，我最喜欢的就是这个。”阿绿伸手抚摸春山的脚踝，又狡黠地抬头看他的脸，“你跟这个Maki，原来有什么故事吗？听起来有点像。”

“全世界的女孩都喜欢琢磨这些无趣的事情。”春山笑着捏阿绿尖锐的鼻头，“你想文什么？我求你不要文一条龙，或是汉字‘宫保鸡丁’。”

“当然不是，我想文一只熊猫。”

“上帝啊，救救我，这跟文‘宫保鸡丁’有什么区别？”春山用一只手扼住自己的脖子。

阿绿笑着在他头上轻轻打了一下，脱下鞋，把两条骨肉均匀的淡白色长腿伸到船沿外面阳光照得到的地方，没涂指甲油的脚趾轻轻点着水。

春山赞赏地望着她的腿，“你不是说公司不让你晒太阳？”

“没关系，我要走了。中国客户喜欢模特越白越好，不过听说日本客户比较喜欢晒黑的古铜色，像你这种。”

这时，一艘白鹅船从他们后面经过。船体四处破了漆，白鹅成了生皮肤病的斑点灰鹅。船上坐着三个小青年，其中一个见到阿绿，立即从船舱里弓着腰半站起来，把手机镜头对着阿绿的大腿，眼睛假装去看远处的白塔。另外一个小青年把手伸到水里，弄出哗啦哗啦的声响，“美女，宝贝，哈喽啊！”

阿绿立刻把腿缩了回去。

春山从阴影里懒洋洋地坐起身，“哈喽个你妈×。”

“我×。”小青年梗起脖子盯着春山看。

春山冲他勾了勾手，“儿子，游过来，来爸爸船上玩。”说完又噘嘴往他们之间的空气里吻了一下。

小青年愣住了，惶惑地四下看看，低声骂了句"傻×"，伸手把他拍照的同伴拉回去。船很快开出了春山的视线。

春山扭头对阿绿说："接着晒。"

阿绿攥住春山的手，重新把腿伸到阳光下。

快到傍晚，两个人离开北海公园，去三里屯吃泰国菜。阿绿要节食，只吃了一盘火焰空心菜和一小碗冬阴功汤，春山让她用意念跟自己一起吃绿咖喱鸡和炸虾饼。阿绿噘嘴假装生气的模样十分娇媚，旁桌的几个男人一直柔情蜜意地朝她看。

吃过饭，两人回到阿绿在百子湾的出租房。这栋两室一厅的小公寓建筑年代不算久远，装修也不算寒碜，城市人类生存所需的基本电器这里全都有，只不过一旦打开灯，这地方就多少有点经不起细看——躺满死虫子的吸顶灯灯罩，三只高矮不同的餐凳，炉灶后墙上纵横交错的新旧油点子，全都弥漫出常年用来短租的房子里容易出现的一种淡漠局促的气息。阿绿的娃娃脸室友不在家，但在冰箱里给阿绿留了一块芝士火腿帕尼尼和一小碗葡萄。春山和阿绿一起吃了葡萄，然后去阿绿的屋里做爱。这个狭小的朝北房间里散发出一种老派的麝香调香水味，让人联想起饱经风霜的西洋贵妇。床没有床头，靠墙堆着几个羊羔绒靠垫，上方挂着一张破旧的波西米亚风格挂毯。靠墙的旧榉木衣橱里满满登登塞满了衣服，地上扔着一堆包和鞋。天花板上的白灯管被一块紫色天鹅绒布从两边包住，打开灯后色彩柔和了很多，但还是有两条没被遮住的白光尖锐地射下来，照在阿绿骨感的后背和被春山紧紧攥住的金发上。阿绿用男人一样骨骼明晰的大手掐住春山的喉咙，春山奄奄一息地请求她再使劲一些。

事后，两个人依偎在杂乱的床上看《瑞克和莫蒂》。正叽叽嘎嘎地笑着，春山碰了碰阿绿，右手拇指和食指靠近嘴边做了一个动作，"还有吗？"

阿绿打开床头柜的第二格抽屉，把里面一个绿色玻璃罐拿出来，掀开盖，"没了。"

春山不死心地往里看了一眼，"真没了？"

"我有这个。"阿绿把玻璃罐放回去，打开第三格抽屉，拿出一个小玻璃瓶，"一人半瓶？"

春山意兴阑珊地摆手，"我上次喝完这玩意儿，去超市里对着冰柜

171

里的速冻饺子说了半天话。旁边一个女人赶紧把她的孩子拉走了。"

阿绿耸了耸肩，把咳嗽药水放回抽屉，"我也不是那么想喝，就是解乏。"

"我有一百种给你解乏的方法。"春山坐起来，把长发扎到脑后，抓住阿绿的两条腿用力往下一抻，自己倒爬到床角，"你继续看《瑞克和莫蒂》，不许出声，不许看我，不听话我就停下。"说完就把胡楂儿粗密的脸埋到阿绿的两腿之间。

"你这个坏蛋。"阿绿快活地叫了起来。

阿绿下地去洗澡的时候，春山穿好衣服，来到厨房的窗边，一边抽烟一边打电话。一簇簇烟灰被他弹进那盆已经枯死的薄荷盆栽里。

"山，你能帮我看看淋浴头为什么又不爱出水了吗？"阿绿举着头发从卫生间里光脚走出来，身体裹在一条粗旧的灰色浴巾里，光洁的皮肤在灯光下白得近蓝，像贴了一层手机保护膜。

春山掐掉烟，走进散发着霉味的卫生间，过了两分钟又走出来，把手里用卫生纸包着的一只死蟑螂扔进垃圾桶。"我也不懂这些事，你找物业来看看。"

"物业说要换得五百块钱。"阿绿边说边把头发盘进蛋卷形的干发帽里。

"让你房东换。"

"房东说是我们弄坏的。"

"你要跟房东斗争。不要忘了自己是什么民族。"春山举起拳头在空中挥了挥，走到门口穿鞋。

"你要走了吗？"阿绿脸上露出留恋的神色，"我一会儿去日坛一个夜店，朋友给我过生日。多数是俄罗斯人，但也有本地人。你想不想去？有这个。"说着，她伸手堵住一只鼻孔，低头做了一个吸入的动作。

春山摇摇头，"我老了，你们年轻人好好玩。哦对了，那个尼古拉，我建议你别跟他走太近。"

"你是嫉妒了吗？"阿绿倚着卫生间门边的塑料收纳柜子，轻快地眨眼。

"对，我嫉妒一个戴假金链子，满嘴甜菜头味的老毛子。"句尾的"老毛子"三个字，春山换成中文说。

阿绿脸色突变，"我告诉过你不要用这个词。"

"你不是老毛子，但尼古拉就是个老毛子。"

"不要说了。"

"我还告诉你，'同乡'这个词在这个城市里一分不值。像尼古拉这种三流贩子，一旦出事，最先完蛋的就是他。我要是你，我就不会让自己的名字出现在他的手机通讯录里，明白吗？"

阿绿恹恹地伸手把头发从干发帽里抖出来，像小孩一样圆鼓鼓的额头上滴着水珠，"明白了。"

春山往回走了两步，摸了摸阿绿的脸，"等你下星期从深圳回来，我带你去吃好吃的。"

"我给你做饭怎么样？"阿绿抬头，笑容又快活起来。

"听起来很棒。你能不能做圆白菜汤？我以前读陀思妥耶夫斯基的小说，总想尝尝有蜡烛味的圆白菜汤。"

"你读过陀思妥耶夫斯基？你没跟我说过。"

"我不能因为你是俄罗斯人，就立刻向你宣布我读过陀思妥耶夫斯基，那太傻了，而且你又不喜欢读书。"

阿绿给春山打开门，整个人懒懒靠在门沿上，两只大眼睛隐在黑影里，铜色的睫毛微微颤动，瘦削的脸孔有幽灵的气息。

"你这个神秘的人。"她叹了口气，"其实我走之前还有一个心愿，想去你住的地方看看。真的，你要是自己住就好了。"

春山回过头来，一手扶墙，眼风低柔，"我室友的抑郁症不会因为我想让他好就好了。他还是一见到生人就会紧张，尤其还是你这么漂亮的女人。哎，别拉长个脸，我还有个好消息。"春山摸了摸阿绿的头，语气变得奥妙而得意，"我给你推了一个名片，你一会儿看看。"

"谁？"

"那个 Maki。"

"什么？山，你认真的？"阿绿睁大眼睛，揪住胸口的浴巾，以微微下蹲并前倾的预备起跳姿势听春山往下说。

"她答应给你加塞，十月之前肯定可以。你把你的设计图给她发过去，剩下的事自己聊吧，钱的事不用管。生日快乐。"

阿绿嘴里发出快乐的一声轻叫，原地跳了起来，落地后把左手软软地捂在左胸心脏上方，像退缩，像护痛，又像见证了什么美丽的奇迹。春山曾经跟她说过那个动作在他眼里有一种说不出的情调。

"山，你也不是有钱人，可你对我真好，真大方，我没有话说。"阿绿叹了口气，无力地搂住春山的腰。

春山扳开她的头，身体灵活地转身滑出门外。

阿绿猛地拉住门，低声说："圆白菜汤没有蜡烛味。羊油，有时候有一点。"

春山微笑着对门缝里的阿绿说不要忘记买秋裤。

往小区门口走的时候，春山迎面遇上一个晃晃悠悠往里走的白人男子。他是个健壮的矮个子，罗圈腿，草黄色头发，穿着一身古绿色运动服，张嘴时露出挺大的牙缝，看起来像个挺热情的人。

"嘿，尼古拉。"

"嘿，老兄。"

两个人用英文打招呼。

"晚上别玩太疯，照顾好安娜斯塔西娅。"

"那还用你说。"

两个人没滋没味地碰了碰拳头。春山心事重重地继续走他的路。

三

"怎么说呢，我觉得我捕捉到了一种微妙而了不起的东西。"

很久以前，在北京朝阳公园边上一座银光闪闪，离老远就看得出物业费很贵的高层公寓里，住着一群体面而快乐的中产阶级。在他们当中，有一对格外体面而快乐的艺术家夫妇，在那年九月一个雷雨交加的周六，庆祝了他们的结婚七周年纪念日。

白天，两个人在床上喝香槟，吃草莓，重刷特吕弗的《朱尔与吉姆》和今敏的《红辣椒》，快黄昏了才下床，联手烘焙出一个焦糖海盐蛋糕，然后在浴缸里一边吃蛋糕一边讨论他们对一个熟人画家的作品最近在苏富比拍出三百五十万的真实想法；晚上，两人去一家很难预约的米其林餐厅吃法国雷武士生蚝、金标和牛西冷，喝卢瓦尔河谷出产的上好长相思和像霞光一样美丽的鸡尾酒，交换礼物的时候在彼此嘴上亲了又亲。挽手走出餐厅的时候丈夫神秘地说，他有件重要的事要等回家后对妻子讲；妻子说自己也一样。

凌晨回到家，夫妻俩又一起洗了个澡，然后回到客厅放上 Miles Davis 的黑胶唱片，一同裸体躺到巨大落地窗前的羊毛地毯上，抽烟看雨。丈夫抽中南海点五，妻子抽玫瑰荔枝味的电子烟，四条布满刺青的腿愉快地交叠在一起，肤色还都是两个月前从巴厘岛带回来的浅橄榄色。窗外的雨下冒了烟，远处的天空是富丽的深紫，边角透出一点泪汪汪的桃红，夫妇俩都很欣赏那夜色。

妻子愉快地叹了一口气，"世界末日的天空就应该是今晚这种颜色，让人们在死前还特别纠结——凭什么我马上死了，但世界还这么美？科幻电影里的末日动不动就是沙尘暴的颜色，完全不让人留恋，走就走了，无所谓。"她的声音低沉而富于女性情调，是当下年轻人所谓的"御姐音"。

丈夫嘴边挂着醉意深沉的微笑，"几年前，也是个大雨天，西坝河还是哪儿来着，桥底下淹死个人，还记得这新闻吗？我就总是想，这人的孩子，长大以后每次被人问，你爸是怎么没的？他都得说，我爸是淹死的。人家肯定问，哎哟，哪条河里游泳出事了？这孩子就得回答说，不是河里，是在北京三环路上，大白天，开车回家路上淹死的。我每次一想到这儿就……我也不知道。"

两个人各说各的，但始终松松地拉着手。

家里一楼的开放式大客厅空间宽敞，旋转楼梯看着也没有压迫感，但四面墙被涂成深幽的孔雀绿，看起来有向内收缩的微妙气息。妻子是个西洋复古家具迷，家里差不多是按照莫泊桑小说里法国贵妇家庭的沙龙接待室布置的。客厅里没有电视，羊皮沙发围绕的中心是个大壁炉。虽然公寓里的壁炉只能烧酒精，差了点意思，但那座雕花精细的白色巴洛克式壁炉离远看还是挺高雅。吧台与下沉沙发区之间隔着一架教堂花窗式的玻璃屏风，连同屏风下的薄荷绿木茶几，两把高背黄铜椅子，都是妻子从巴黎古董店寻来的老家具。房间四角立着高大的橡皮树和龙血树，西墙边的萨利安海芋和散尾葵之间影影绰绰地露出施坦威三角钢琴的轮廓。与落地窗遥遥相对的墙上挂着一排妻子近期的个人作品，其中一张大型布面油画框下方贴着表示已售出的圆形红色贴纸。画中，一个长脸粉腮，戴着巨大耳机的少年在热带丛林里骑着一只粉色螳螂，蹚过奶酪一样的沼泽。这张画被一位顺义的爱马仕太太买下，据说是准备送给自闭症的儿子做生日礼物。过去一年里，妻子在社交媒体上售出五张丙烯小画，正经的油画作品只卖出这一张，价格依旧跟过去三年一样卡在七万的坎儿上。每当有人说妻子的画风是超现实主义，妻子的表情都会显得很淡漠；如果有人说她的风格明显受到玛格利特的影响，她的表情就更加淡漠且不耐烦；可是当丈夫热情洋溢地总结她的风格是"在未来派、波普派、中世纪宗教艺术和新中式工笔的综合吸收下幻化出来的个人色彩"时——她也总是让他闭嘴。没人知道她心里真正想的是什么。不管怎么说，在这间大客厅错落的灯光下，尽管是暗淡的雨夜，客厅里依然荡漾着种种浓艳的色彩与形状，很容易让老实人和潮人恐惧症患者感到紧张。那是让这位女画家满意的效果。

妻子的裸体在灯光下发出黄铜的油光，虽然是平胸，比例也接近五五分，看起来还是有种明净的美，像一只打磨光滑的小木头人。她今年三十六，依然保持着大学时期的纸片人身材和尖锐洁净的五官，一头蓝色短发，单眼皮的大眼睛从某些角度看上去不够友善。以前总有人建议她去做双眼皮手术，现在那些人开始夸她的单眼皮具有现代的厌世美。

同样三十六岁的丈夫不画画已经很久了，他早就承认自己艺术才华不行，妻子是唯一反对这种看法的人，但也觉得他的坦白很可贵。其实作为一个富二代文艺青年——尽管他痛恨这个标签——承认自己这不行或那不行都没关系，生活对他们永远是宽容友善的。他的房地产商父亲在这座住满亿万富翁的城里虽然远不算风云人物，但也足够心平气和地支持儿子在弃画从商后投资一系列时髦而赔钱的生意——英式马术场、露天汽车电影院、黑暗餐厅、雪茄吧，同时为儿子在北京、深圳和旧金山都购下紧俏的房产以定军心。一圈试验过后，这位开朗自信的年轻人总算是踩对了点，赶着北京刚刚兴起精酿啤酒的浪潮，跟一个精明的德国人合伙开店，一举成功。也是从那时起，他留起了标志自己立业元年的丸子头和短须，衣橱里的行头从高饱和度的欧洲潮牌换成了看不见logo的棉麻黑白灰；两辆跑车放到地库里吃灰，日常改开特斯拉。在某点评网站上，有人描述他为那间精酿店里"常坐在吧台谈笑风生的长发帅老板"，却没人点评挂在吧台后墙上的油画《地狱与你同在》——一颗坑坑洼洼的霉黄色星球上，站着三条眼睛流血的黑狗，狗脚下是由塑料袋和废弃手机堆起来的山。那是丈夫早年的得意作品，妻子婉转地说很有苏联美院的质朴风格。如今，丈夫已经从三家连锁店的日常经营里淡出，过着健全而快乐的半退休生活，像是一个提前写完了暑假作业的小孩揣着满满的零花钱走进通宵营业的游乐场。当然，在他所有爱好当中最重要的一样，还是以美第奇家族的浪漫精神支持妻子的创作。

两个人是美院的同学。那时候丈夫剃寸头，打乳钉，是学校里第一批穿阿美咔叽的人物；开保时捷上学时，长胳膊长腿总要往车里折半天，像中了暑的螳螂；他身边从来不缺漂亮姑娘，其中挺多都曾因为得不到他的爱情而伤心哭泣。大二时他就在老爹的运作下开了一个阵势很大而水花很小的个人画展，从那之后他经常喝得酩酊大醉，在街边拉着休息中的建筑工人聊国内艺术圈的腐败和黑暗。还有一次，他因为在雍和宫大街雪夜裸奔，进了派出所，险些被开除，依然是靠家里化险为夷。而另外一边的妻子，则是美院里从头到脚穿黑的孤僻女孩中很普通的一个，即使是在明媚的阳光下也显得很严肃。她生长在一个凋敝的东北小城，家庭背景不算好，甚至有些人会认为是很悲惨；然而考来美院后，她年年得奖学金，大三还拿了一个全国奖，被不少人认为前途无量；而且每当她胳膊里夹着川端康成的小说，大步踩过那些禁止踩踏的草坪的时候，好像总是朝着什么神秘有趣的地方走去，到底是有点特别的。这样不同的两个人在一次去河南古庙采风的旅途中好上了，毕业后丈夫去英国留学，第二年把妻子也接了去，毕业后两人立刻回国结了婚。许多人都说这是一桩怪诞的罗曼史，另外一些人则说世上比这怪诞的事还有的是。

看了一会儿雨，妻子扭过头问："你想跟我说什么来着，老伙计？"自从许多年前丈夫照镜子时伤心地发现第一根白发，妻子就给他起了这个富有马克·吐温小说翻译腔的昵称。

"你先说。"

"你先说。"

丈夫从地毯上站起来，拢了拢长发，跟跄地走向书房。从背后看，他魁梧的棕色躯体像是伏尔加河边突然站起来的一头大熊。妻子脸上露出她全神贯注时略显焦虑的一种神情。自从结婚以来，妻子每年都为丈夫画一张裸体全身素描做生日礼物。画里的丈夫曾经很像是卡拉瓦乔笔下玩世不恭的醉酒少年，如今则逐渐流露出伦勃朗画里皮毛商人的富贵敦厚。在这个问题上，妻子保持着一个艺术家应有的冷酷，而体重逐年增加的丈夫也一如既往地泰然自若。穿不穿衣服，他都是那样一种天然自信的人，只不过穿上山本耀司和三宅一生的时候更显瘦，动态笼统而诗意，一双窄船似的淡棕色眼睛野心勃勃，瘦条脸还没发腮，笑起来白牙绽开，温柔里带着点动物性的残忍。总的来说，虽然容易被归类为需要发型打扮加持的氛围型帅哥，但他的模样举止对于三十岁往上的都市女性和钟情东方美男子的外国女性很有吸引力。

妻子慢慢闭上眼，脸上带着醉酒的人坠入睡眠深渊的松弛表情。大雨下冒了烟。紫色的天空微微发亮，空气中散发出鱼缸的淡腥味，困在雨里的汽车绝望地按着喇叭。

"小鸟，醒醒。"小鸟是丈夫对妻子的昵称，没人知道是怎么来的。

妻子猛地睁开眼。丈夫站在她面前，穿上了内裤，一手拿着几页打印纸，另一只手抓着个蓝莓麦芬。

"我要进军下一个人生目标了。"他坐下来快乐地低声说。

"你要开打印店？"

"我要写小说。"

妻子的表情瞬间清醒了许多，从地毯上的一堆坐垫里把自己撑起来，"什么样的小说？"

"情色硬汉犯罪小说。"丈夫把文稿轻轻盖在妻子的脚上，自己开始大口吃手里的麦芬尖。

"怎么断句？情色——硬汉犯罪小说，还是情色硬汉——犯罪小说？不要往地毯上掉渣子好不好？"

"当然是情色——硬汉犯罪小说。"丈夫低头扫了扫胸口，"这么说就好理解了，劳伦斯·布洛克混搭弗洛伊德，再加一点陀思妥耶夫斯基的社会批判。"

妻子不动声色地点点头，"故事大纲有了吗？"

丈夫把嘴里的麦芬咽进肚，清了清嗓子，"你听听啊。一个父母双亡的年轻富豪，在至爱的女友得癌症死去后毅然放弃世俗的财富，成为一个落魄的私人侦探，接下了一个陈年失踪谜案。破案的过程中，他遇上了一个神秘的异国女子，并且和她之间发展出了一段错综复杂而又古怪的关系；然而有一天，这个女人也莫名失踪了，却开始在夜里给男人托梦，给他种种晦涩的线索。这个侦探开始分不清梦境与现实，而案件的复杂和黑暗也把他拉进了深渊……点点点，省略号，目前的大纲是这样。"

妻子托着下巴，望着丈夫在她眼前兴奋挥动的手。

"小鸟，你觉得还行吗？"

"我觉——"

丈夫打断妻子的话，"我已经写出来五页了。不是我自恋，但我真觉得——怎么说呢，我觉得我捕捉到了一种微妙而了不起的东西。"后半句是用英语说的。

妻子温柔地笑了笑，眯起尖锐的眼角，"这个神秘异国女子的原型，是玛德琳吗？还是黛西？还是百子湾的安娜斯塔西娅？"

丈夫笑着把额前一缕头发绕到耳朵后面，"就不告诉你。"

"你这个愚蠢的小东西。"妻子笑着用英文说，在他脸颊上拍了拍，"我只关心在这个故事的开头，我的葬礼体面吗？"

丈夫突然脸红了，像漫画人物一样嘻嘻笑着伸手去搔后脑勺。他的眼皮因为醉酒而略显耷拉，但眼珠闪亮，淡红嘴唇看起来又肉感又狡猾。"巨体面，堪称豪华。"

"那我就放心了。"

"轮到你说了，你要告诉我什么事？"

妻子披上她绣有樱花图案的青柚色丝绸睡衣，"跟我来画室。"

两个人走上二楼。妻子用一把老式铜钥匙打开她画室的门，浓烈的松节油气味扑面而来。妻子拉着丈夫的手，进入墙壁漆成枯玫瑰色的宽敞房间，越过高高矮矮的植物，堆满颜料瓶罐的木头工作台，终于站到房间最里面的角落。妻子用脚踩开一边的黄铜落地灯开关，自己退到墙角去，留丈夫站在画架前。

在这块质地还十分湿润的画布上，一片椭圆形的碘紫色天空上没太阳也没月亮，只浮着几个方块盒子，有的盒子里有云朵，有的盒子里站着发光的粉色小象。一个脸上没有五官的鬈发男人仰卧在一片质感像花生酱的灰黄色沙丘里，看不出来是活着还是死了。他身边的沙漠植物像海藻一样弯曲，从腿里刺穿出来，盘旋升入空中。男人的身边跪坐着一个裸体女子，轻轻抚摸他的头发。她脸上长着许多双眼睛，每一只都低垂眼帘，悲伤地望着男子的脸。两人身后蜷卧着一只半透明的小绵羊，像个软糯的胚胎一样在沙子里沉沉睡着。

丈夫盯着画，"画完了吗？"

"还没。哪儿有点问题，我也说不好。"妻子低声说。

"起名字了吗？有时候先起名字有帮助。"

"沉睡的牧羊人。"

丈夫扭头看了一眼妻子，想说什么但又改变了主意，左手手指放到离画布两厘米的地方，在空气里点了点，"这儿的钴蓝用得脏了，你没觉得？还有这两块云彩，处理得太滑溜，不够扁。还是那个老问题，小鸟，你总是下不了狠心消灭立体。"

妻子无动于衷地歪着脑袋。

"不过，"丈夫向后退了一步，眯起眼睛，收起批评家的口吻，柔声道，"画里这种非常原始的忧伤，人类无路可去的绝望感，你都表达得正经挺好，我觉得很多都市人都能产生共鸣。可以从萨特的存在主义找一个切入口，甚至是环保主题。"丈夫搓搓手，又凑近画里的男子看了一会儿，眼光狡黠地转过头，"剩下的你自己说？"

妻子抿住嘴，什么都没说，但脸色开始变白。

丈夫把手指插进头顶的头发，向后慢慢拢去。过了很久，他抬起脸，望着妻子的眼神充满挑衅，语气却十分动人，"说吧，你画的是一个意中人。"

话音刚落，窗外的天空突然呈现出一片反常的金色。两秒钟后，空中响起巨大的雷声，使得整个屋子的地板都发出呜呜的震动。妻子轻轻打了个激灵，把两只手紧贴在双颊上，眼睛转向窗外，像是在雨夜的微光里看到了什么既恐怖又激荡人心的景象。

紧接着，楼下传来"咚"的一声闷响。夫妻俩彼此看了一眼，快步走下楼。客厅北面的墙角下，一个相框静静躺在地上。照片里一对在冰岛苔原上执手相望的漂亮小人儿被埋在一堆碎玻璃碴里，像雪崩过后被压在残冰下的登山者遗体，从头到脚散发着扁平的惆怅。

丈夫大笑起来，笑声十分刺激，"七年之痒的结婚纪念日，婚纱照竟然被雷轰掉，这到底是道德的沦丧，还是人性的扭曲？欢迎收看《走近科学》特别篇。要是明天薛姨妈看见了，说不定要拉你去八大处拜一拜。"

妻子脸色苍白，不说话。有那么两三秒，屋里的气氛不够好，Miles Davis甜美的小号旋律在雨声里听起来有不祥的意味。

"哎，你别过去，小心扎脚，我来吧。"丈夫拉住妻子，自己跟跄着走到厨房东侧的杂物间取出簸箕和扫把，又踉跄地走回来，弯下腰把碎玻璃一点点清扫干净，中途打了几个酒嗝。干完活，他走到站在窗边的妻子身后，把鼻子埋进她细细的脖颈，像吸猫一样深深吸了一口。

"小鸟，别担心。"

"别担心什么？"

"什么都别担心。"丈夫脸上露出一种他十分擅长的笑——平静，快活，充满谅解，大概只有洞悉了世间全部真理的人才能掌握的笑。

雨点般的吻向妻子的脖颈和脸洒下来。妻子在丈夫怀里挣扎了一会儿，终于笑了。天快亮了，屋子里妖异的色彩渐渐暗淡下去，空气里有一种魔障清除后的安静。

掐指头一算，蒋春山和周兰波这对夫妇的开放式婚姻已经进入第三年了。尽管一路上出现过这样或那样微不足道的戏剧与波澜，但总的来说，他们的婚姻生活就跟当初理想中的一样迷人、有趣，带着秘密的欢愉，一眼看不到尽头。

四

"我没时间看地上的树叶长什么样，但我懂你的意思。"

结婚纪念日的第二天，夫妇俩睡到中午才醒。春山洗完澡，吹好头发，挑选好当天的行装与香水，拆完两个快递，才煮上一壶咖啡，就着最新《纽约时报》上一篇有关全球变暖问题的文章吃了早餐。接下来，他精神十足地煎了一个芝士蛋卷，榨了一杯橙汁，放在餐盘里，上楼给兰波端到床上。正要出门的时候，他对刚进屋的薛姨妈说晚上想喝罗宋汤。

"天还这么热就喝汤啊？我寻思给你俩做点过水面呢。"薛姨妈倚在玄关中央一座被她称为"炸药包"的瑞典设计师石塑作品边上，笑呵呵地说。

"食材我都备好了。"春山撒娇地眯起眼。

"罗宋汤里有芹菜没有？"

"有，但我不吃芹菜嘛。"

"是不是得配法棍？还得配个沙拉？"

"懂行。"春山擒住薛姨妈的双肩，在靠近她脸颊的空气里使劲亲了一下，发出很大的声响，"您今天的口红真提气色。"

薛姨妈笑着挥手，"你这香水要把我熏死了，快走快走！"

"怎么，这斩女香斩不动您？"

"谁也斩不动我，快走！"

屋里空调开得很凉。吃完早餐的兰波走下楼，蕾丝胸罩外穿着一条松松的黑色亚麻连体裤，头上扎着一条灰色丝带，腋下夹着一本画册，懒懒地栽进沙发，把自己裹进羊绒毯子里。

"咋的，昨晚又喝大了？"薛姨妈在玄关一边脱鞋一边问。

"哦，结婚纪念日。"

"我说小蒋心情那么好呢。"薛姨妈走过北墙边，突然停下脚，又往回走了两步，抬头看墙，"诶？这相框的玻璃哪儿去了？"

"哪个相框？"兰波不动声色地翻着摊在膝盖上的克里姆特画册。

"你俩的婚纱照。里面玻璃咋没了？"

"那个相框本来就没玻璃。"

"本来就没玻璃？"薛姨妈又起腰，久久望着相框，"不对吧，我前天还擦灰来着。"

"您跟旁边的相框搞混了吧？"

薛姨妈轻轻用手戳了戳相框里面裸露在空气里的相片，"你说没有就没有吧。看来我这老年痴呆犯得有点早。哎不对，现在都说阿尔茨海默症了。"低声嘀咕完，薛姨妈轻快地瞟了兰波一眼，去杂物间取出吸尘器，宣告自己要吸尘了，然后咚咚咚走上楼，偏方的屁股在粉色长T恤下面一扭一扭，看起来像生气了，其实并没有。

像薛姨妈这样大身条大嗓门、爱穿鲜艳衣裳的普通中年妇女，满大街都是；但薛姨妈不是一个普通中年妇女，而是春山的外交官朋友离开中国前转赠给夫妇俩的珍贵资源。因为有多年在外国人家里帮工的经验，薛姨妈不光手脚勤快，眼风伶俐，还会说简单的英语和法语；不光擅长做兰波爱吃的东北炖菜和春山爱吃的牧羊人派，做意大利烩饭也早就精通了al dente的火候。对于没做过的菜，比如罗宋汤，稍加学习，也能有着体面的发挥。最重要的是，薛姨妈是一位久经世面，富有尊严，对什么都不轻易表现出大惊小怪的成熟家政工作者。兰波和她是东北老乡，更顺口的叫法其实应该是老姨，但从一开始春山就主张叫她

"薛姨妈"，一来觉得这样有《红楼梦》的趣味，二来也能跟妻子家乡的风土气息拉开点距离。大学时期的兰波本来口音挺重，跟春山在一起之后，春山总说东北口音和她冷淡高雅的女画家气质反差十分刺激，并且一度喜欢模仿东北口音逗她："干啥玩楞呢丫头片子？信不信我削你？"并且坚称模仿是一种赞美而不是污蔑。这么一年下来，春山再也听不到兰波的口音。春山为了体现平等，自己也舍弃了北京口音。如今两个人无论在外还是在家，讲话都是标准的普通话。用薛姨妈的话说，就跟偶像剧里面那些完全猜不出户口在哪儿的男女主角似的。

薛姨妈完成了楼上的吸尘，倚在楼梯栏杆上大声说："小周，要不我给你炖只鸡得了？我看你最近瘦得小脸儿都快没了。"

"春山要喝汤就给他喝吧。"

薛姨妈感叹着走下楼，"你对小蒋可真好。"

"让他喝汤就算好了？"

"你反正是啥啥都随着他，我看没结婚的男的都没他这些自由。"

兰波把画册放下，一只手托着头笑问："薛姨妈，我怎么感觉这话意味深长呢？"

"啥呀，我哪会意味深长？"薛姨妈笑着摆手，走到一边接通吸尘器的电源，"你上楼躲会儿。"

"不用。"

等屋里再次安静了，兰波从沙发上坐起来，探头道："薛姨妈，我知道您知道。"

"啊？知道啥？"

"我知道您知道小蒋在外面有女朋友。小蒋跟我说那天在街上碰上您了。"

"哦，你说这事啊。"薛姨妈立在杂物间门口，表情自如地拢了拢染成茶色的波浪短发，"我也知道你知道我知道。"

兰波笑了，"薛姨妈，不用这么小心，这事不是您想的那样。"

"我想的是哪样？你单方面忍着小蒋在外面玩？我知道不是。别觉得我们上了点岁数，就跟不上形势了。"薛姨妈不动声色地走进厨房，从岛台下的木柜里拿出她用秘密配方兑制的植物营养液和专用的细绒抹布，走到冰箱边上的榕树盆栽旁，擦了半天叶子才又慢悠悠地开口，"老话讲，家里养榕树不好，不容人，但你们感情好，养啥都无所谓。"

兰波光脚走进厨房，从冰箱里拿出一杯椰子水，倚在冰箱门边，"薛姨妈，您是不是觉得我跟小蒋很作？"

"咋会呢？"薛姨妈做出相当意外的表情，"这年头，两口子关起门过日子，啥叫老实，啥叫作，还有个国家统一标准是咋的？我跟你说，我儿子新处的对象，也挺有意思，比我儿子大好几岁，还不着急结婚，说只想跟我儿子进行柏拉图式的恋爱。幸亏我查了一下柏拉图恋爱是咋回事，不然还以为是啥邪教。"

薛姨妈跟兰波两个人在一起的时候，总是挺爱说话，尤其爱不请自讲她的人生故事。尽管兰波跟春山说这是薛姨妈几乎唯一的缺点，但实际上，赶上心情好的时候，她跟薛姨妈也聊得津津有味。这一天兰波心情不算好，但也不算坏，是她最近经常陷入的一种软绵绵的惆怅。

薛姨妈眼睛落在手里抓着的一片榕树叶上，出神地说："你再说我儿子他爸，那家伙，扇我嘴巴子的时候眼睛眨都不带眨，扇得我悠悠转得跟风车似的。但人家一旦节假日去公园了，哎，这也放生那也放生，看见瘸腿的家雀儿都恨不得哭上一气。外人看了还以为我家供着个活佛哪，都说我有福气。我能说啥？只能点头说对对对，我上辈子不知道种了几万棵树才修来这么好的爷们儿。"

薛姨妈离婚好多年了，还是经常提起前夫。人是个好人，薛姨妈说，就是爱耍钱儿，输了就喝酒，喝完酒就打人，把她跟孩子往墙上摔。家里墙上到处是裂缝，都被她用十字绣挡着。孩子一只耳朵被打聋了，高中没毕业就逃到南方打工去了，她也就离了婚，来北京做家政，用她自己的话说："也不知道咋的倒是做得风生水起了。"几年下来，薛姨妈在几个涉外社区的圈子里做出了底气，不再接住家保姆的活，只做来去自由的钟点工。她一周来春山家四次，还在使馆区另有两家雇主，日子原本可以过得比普通白领还潇洒，但两年前儿子也投奔到北京，在望京一家锦州烤串店跑堂；当妈的总得补贴人家谈恋爱，买新衣服新手机，还得替他攒娶媳妇的钱，每月的收入噗噗就没了，不知道上辈子欠了那个小犊子什么债。薛姨妈骂儿子的时候，用词很坚决，语气里却总带着一种热乎乎的哀伤。

"人和人的关系啊，你就不能细琢磨，我这么多年也想明白了——"薛姨妈白净的大圆脸在榕树叶片后露出超脱世事的淡然表情，"一旦细琢磨，早上起床的劲儿都没有了。"

兰波眼睛望着薛姨妈，看起来却在想自己的心事。

"所以咱俩刚才说啥来着？对，你们年轻人要咋过日子，自己心里有数就行。人生就这么几年，一转眼就在病床上窝吃窝拉了，等到那时候，能有几件有滋有味的事拿出来回忆回忆，总比在那儿干等死强。"

兰波走过来，把一只细条条的胳膊搂到薛姨妈的肩上，"薛姨妈，您其实算是觉醒的新女性，只不过您自己都不知道。"

"哎呀妈呀，"薛姨妈拍拍兰波的手，玫红色唇膏下露出微龅但光洁的大牙，"觉醒的新女性就算了，你薛姨妈我就是一个只想开心活着的老娘儿们。"

"能说自己是想开心活着的老娘儿们，就是觉醒的新女性。"

"那倒也是。"薛姨妈挺满意地吸了吸腰间的赘肉，拎起营养液，走到落地窗前的龟背竹盆栽边上，脸上带着酝酿话题的神气，"我跟你说啊，三年前我在一个法国人家里做事，做葡萄酒生意的，那两口子也是各玩各的——"

兰波打断她，"薛姨妈，我不喜欢这个词。"

"哦，对，不是各玩各的，是开放式婚姻。"薛姨妈迅速纠正自己，高傲地挺直身板。

"然后呢？"

薛姨妈不说话，往鳟鱼海棠的叶片上喷水，一边欣赏地歪头看。下了一晚上雨，外面阳光灿烂，客厅看起来像个明亮湿润的小丛林。

"然后呢？"兰波追问。

薛姨妈笑了，"那两口子跟你俩还不一样，人家是各自的情人直接就往家里领。按理说，我这些年外国人也见多了，早不脸盲了，但是架不住人多啊，谁是谁根本记不住。他们家一天天进进出出的那些男的女的，皮肤啥色儿都有，要是联合国要拍电视剧，直接去他家取景就行。不过我也得说，这些人对我都挺有礼貌，开完趴体都帮着收拾收拾，不往死造，去马桶吐了都是自己擦。没什么下三烂。"

"后来呢？"

"你猜。"

"夫妻俩其中一方爱上情人了，离了。"

"可不咋的，你猜是谁提的离婚？"

"肯定是老婆。"

"哎？你咋猜到的？一般人肯定都猜是老爷们儿先跑。"

兰波笑着从餐椅上跳下来，从冰箱里拿出一袋冰镇的面膜走到水池边。薛姨妈眼神追索着兰波，表情挺着急。

"薛姨妈，恩格斯在《家庭、私有制和国家的起源》里说过，通奸是对男权社会婚姻制度的反抗。我不是说我完全同意，但是，谁要说咱们现在不是男权社会了，那我倒愿意讨论一下。"兰波敷上面膜的白脸看起来像是古画里安详的观音像。

"恩格斯说过这话？跟马克思挺铁的那个恩格斯？"

"对。"

"啧啧，这老头。哎，小周，那你觉得你算是那种什么女权主义者吗？"

"我不知道，我有时候认为我是，有时候真的不知道。"

"我儿子说女权主义者最不是玩意儿了。我就问他，你认识几个女权主义者你就在那儿发表意见了？你是啥主义？啥老主义？你最光荣。"

兰波笑了。

薛姨妈洗了手，从冰箱里拿出做罗宋汤的各色食材，分别摊到切菜和切肉的两个木案板上。"小周啊，别再买剥好的蒜米了。多花那个钱干啥，剥蒜还算个事？"

"好的。"兰波坐到橡木餐桌一边，双手叠放在桌沿上，像小学生一样认真观看薛姨妈撕圆白菜。

"哎，三点半了，你今天不是有爵士舞课吗？"

"懒得动。"

"昨晚嗨瑟大劲了吧？空调开二十五度就行，你们总整这么凉，你不感冒谁感冒。"

兰波望着薛姨妈在菜板上灵活翻动的湿润大手，"薛姨妈，我想说一句做作的话，行吗？"

"随便说，我听听有多做作。"

"有时候我一个人走路的时候，看见一片长得很奇怪的树叶，就想把这片叶子拍下来，因为我知道有一个人在收到照片后不会问'什么意思'，而是会说'我也喜欢'。挺多人一辈子也找不到可以分享一片奇怪树叶的人，但我和小蒋找到了。您懂我意思吧？"

薛姨妈没抬眼，麻利地拿过一根胡萝卜切滚刀块，"我没时间看地上的树叶长什么样，但我懂你的意思。"

兰波笑着捂住胸口，"您又犀利了。"

薛姨妈也笑了，"那我也问一个问题行不？别嫌我唐突。"

"您问。"

"小蒋对你在外面找啥人，有要求没？比如不能找老外，不能找比他更有钱的，或者身高更高的。当然了，找比他更高的估计费点劲……"

"春山对我没要求。"兰波淡笑。

"是真没要求，还是假装没要求，回头再算账？"

兰波笑着摇头，"不管是外国人还是外星人，摇滚明星还是科学家，都威胁不到他。他就是那种对自己特有安全感的人。"

"有钱人家长大的孩子是这样。"薛姨妈有点泄气似的叹了一口气，但又很快恢复活泼的神情，扬起手，"那我今天威胁他试试，往汤里放点芹菜，看他还能沉得住气不。"

兰波在薛姨妈肩上按了两下，揭下脸上的面膜，拍着脸走上二楼画室。

一头浓发的牧羊人依旧静静躺在沙漠里。阳光隔着奶油色的亚麻窗帘淡淡打到画布上，让他脸上有一种即将醒来般的透明光。兰波弯腰久久凝望着画，突然打了个寒战，走到工作台边，从一大桶颜料管里拣出群青、温莎绿、玫瑰土色和一点点大卫灰，挤到调色板上，拿起笔。画面上两片立体的云彩开始慢慢变扁了。

一个小时过去了，玄关外的电子锁发出"嘀"的一声响，门被粗暴地推开，春山大步踏进屋，鞋也没脱，瘫进沙发里，仰头大喊一声："波波！"

兰波皱着眉从画室里走出来，快步下楼，"怎么了？"

"没什么。"春山神经质地望了一眼厨房里的薛姨妈。

薛姨妈的目光和春山碰上了，立刻高声宣布法棍已经抹上蒜蓉和黄油在烤箱里备着了，汤还差三步就能出锅。说完，她解下围裙，走进衣帽间取出手包，穿上鞋，笑着说后天给他俩包包子，然后便轻手推门离去。午后的阳光照进南窗，空气里弥漫着炖牛肉和甜番茄的沉厚香气。

兰波走到丈夫身后，撸下他脑后的头绳，双手插进他潮热的头发梳理起来。春山仰头看着兰波的眼睛，半天才说话，"阿绿OD了，我×。"

兰波顿时松开丈夫的头发，"抽呼子还能过量，新鲜了。"

春山把脸别到另一边去，语气含混，"她也玩别的。"

"别的什么？"

"这个，那个，唉，别问了。"在兰波再次开口之前，春山又迅速补充，"你知道我不碰那些。"

兰波绕到沙发前面，站到春山跟前，一只手松松地扶着腰。

春山被妻子盯得不安地晃起腿来，"我在店里正跟汤玛斯说事呢，阿绿室友突然给我打电话，说她昏迷了。我去的时候她还能说话，但身子不能动了，我要打120，她死活不让我打。后来我逼她喝了两升水，让她抠嗓子眼，吐了三次，总算又有人样了。"

"还好我不是她的紧急联系人。"兰波冷冷地朝丈夫望了一眼。

"别这样，小鸟。"

"去把鞋换了。"

春山顺从地去玄关换上拖鞋，又回到沙发坐下，双手捂住脸，做了个深呼吸，闷闷地说："也不是突然就玩大了，这里面也有点事。嗨，其实也不算事。她昨天不知怎么发现公司过去一年一直没按合同走，背着她提百分之七十的抽成，她一冲动就去吵。人家那意思就是，三条腿的蛤蟆不好找，长得水灵的东欧娘儿们有的是。这傻孩子心态立刻就崩了，又去找尼古拉那个大傻×。"

"尼古拉是谁？"

"我说了，就是一个大傻×。"

兰波思索半晌，"我就不明白了，她如果回国，真的不比跟这儿混强吗？"

春山不耐烦地一摊手，"第一，她付不起违约金。她妈有心脏病，她弟弟有哮喘，都指着她每个月往回打钱。第二，她也就是在咱们这儿看着跟天仙下凡似的，回国就是一普通人，高中都没毕业，去莫斯科啊，圣彼得堡啊，根本找不到像样工作。要是回她家那个贫困小镇，顶多当个酒馆服务员之类的，然后找个酒蒙子老公嫁了，生一堆孩子，十年后变成一个不快乐的红脸胖子。"

"你这么说太刻板印象了。"

"这是她自己说的。"春山懒懒地站起身，走到胡桃木酒柜前，选了半天，拿出一瓶还剩一半的伏特加和两个烈酒杯，走到落地窗边的吧台后面，一屁股坐下。

"罗宋汤，伏特加，你最近有那味儿了。要不要换上阿迪达斯运动裤，蹲在地上喝?"兰波眼光冷冷地追随着丈夫。

"别这样。"春山垂头丧气地给自己倒酒，"陪我喝一杯。"

兰波站起身走到春山身边，手放到他肩膀上，"咱们不是要戒酒吗?"

"戒个屁。"春山给兰波也倒上酒，"没有蔓越莓汁了，纯伏特加对付一下。"

兰波拿起酒杯，"咱们敬什么?"

春山盯着酒杯，笑得挺哀伤，"敬众生皆苦。"

兰波抬起眉毛，"这是你的小说标题吗?"

"什么意思?"

兰波伸手在空中画了一条线，"副标题——遍身罗绮者，不是养蚕人。"

"你讽刺我。"春山放下酒杯，用双手使劲搓脸，像是打算把脸皮整个搓下来，"你今天散发出的能量很不可爱，小鸟。"

"哦? 要不你去找玛德琳，让她拿黑水晶和鼠尾草来清洗一下我的能量?"

"我服了。玛德琳去年就回德国了，我跟她早不联系了。"

兰波把酒杯撂到吧台上的声响很大。几分钟后，二楼画室门被关上的声响也很大。一直到天黑，门上才响起敲门声。兰波暂停电台司令的音乐，打开门。地板上滚过来一个生土豆，上面用马克笔画了一张披头散发的男人脸，脸上淌着巨大的泪珠。脸边有一个对话泡泡，里面用英文写着："我是坏人，但我需要爱。"兰波拿着土豆走出房门，走廊里忽然蹿出一个黑影，把她一把抱住。

"亲我。"春山直溜溜地跪到地上，搂住兰波的腿。

兰波弯下腰，在春山的头顶亲了亲。

客厅没开灯，只有淡淡的月光从彩色玻璃屏风照进来，满屋植物像沉进了神秘幽暗的海底。松田圣子的昭和金曲从黑胶唱片机里飘到弥漫着百合花香的空气里。西边的餐厅里，只有橡木餐桌上的烛台发出幽幽的黄光。夫妻俩对坐在餐桌的两边，配着芝麻菜沙拉和蒜蓉法棍，喝着热乎乎的罗宋汤，一边的冰桶里镇着莹黄通透的白葡萄酒。窗外霓虹闪烁，立交桥上的车流像一排排齐整的乐高小玩具，没人知道它们要去哪儿。夫妻两人的表情在烛光下看起来都挺微妙。

这时，春山放在餐桌一边的手机开始振动。他和兰波同时去看手机屏幕，来电显示是"百子湾的安娜斯塔西娅"。春山伸手按下拒接键，以投篮的姿势把手机投入冰桶里。兰波抬头看了丈夫一眼，责备的眼风里透着一股甜柔。冰桶里又一次响起嗡嗡声，但没人管它。屋子里的空气快乐起来了。

吃过晚饭，两个人端着酒杯来到卧室的露台上。天上的月亮很大，空气清爽透明。春山走到他的天文望远镜前面，放下酒，把眼睛凑到镜头后面。坐在一边蛋形藤椅里的兰波也抬起头，托着下巴望向月亮。挨着露台玻璃门的墙上挂着一个漆工粗糙的木牌子，上面镂空刻着一个汉字"面"，那是许多年前的一个冬夜，还是情侣的两个人喝大了，从旧鼓楼大街一家正在装修的小面馆外墙上撬走的招牌。

春山转头问："还是草原的月色更美吧？"

"什么？"

"阿奇是谁？"

"谁？"

"阿奇。你最近夜里睡觉的时候喊过这个名字两次。"

兰波的脸突然红了，"没有阿奇这个人。"

"是你画里那个没脸的男人吧？你们的故事现在可以给我讲了吗？"

"根本就没故事可讲。"

"别这么面，还得我拷问？这人是个放羊的？你上次去锡盟时候认识的？"

"叫牧羊人好不好？真的没什么可讲的。"

"好吧，你遇见了这个牧羊人，你们握了握手，然后你就开始在梦里喊他的名字，就这样？好家伙。"

"差不多。"

见到春山厌倦地抬了抬眉毛，兰波迟疑地张口："他叫昂沁。我加了他微信，但没怎么说过话。我也不让他看我朋友圈，我也不看他的朋友圈。"

"是想鸿雁传书吗？"

"不知道，我就是不想破坏——"

"我懂。"

"但他给我发过一张羊的照片，是一只特别可爱的小——"

"红烧的吗？好啦，我错了，你接着说。"

兰波踟蹰半晌，"我想让他'十一'假期来北京玩，可以吗？"

"当然可以，你又不用征求我的意见。哎？'十一'不行，那我不就见不着他了？"

"本来我也没打算让你见他，想什么呢？"

"要不我跟我妈说改行程算了，我假装是你哥。"

"你是变态吗？'十一'好好陪阿姨玩，别想有的没的。"

春山早就定好了"十一"假期陪母亲去澳门玩。春山的母亲是个忧郁的美妇人，年轻时候的两大爱好是抓小三和赌钱。后来得了乳腺癌，虽然康复得很好，无奈小三们一拨换一拨，越来越年轻，她抓小三抓不动了，但一进赌场还是青春焕发。春山自从经济独立后，每年都带母亲进行一次亲子游，目的地总是在拉斯维加斯、吉隆坡和澳门这几个地方之间转，他孝顺有他孝顺的路子。兰波从来不跟着去，她跟公婆的关系还停留在互相叫"叔叔阿姨"和"小周"的关系上。春山父母对儿子的个人生活向来也是淡淡的。父亲的淡很好解释，他在外面还生了个儿子，已经送到美国读高中，据说是未来能上哈佛商学院的料子，早替春山承担了光宗耀祖的使命；他母亲的淡则来源于对自己命运的忧郁，但也只是一味地沉浸在自己的忧郁里。儿子再好也是男人，而男人都是让人徒然伤心的奇怪生物。

春山直起身子，微笑着伸出手，"我要看照片。"

兰波脸又红了，但还是拿过手机，从相册里找出一张照片递给丈夫，"我偷拍的。他不上相。"

"别紧张，傻子。"

照片是兰波在草原上感到特别快乐的那天偷拍的。照片里的昂沁倚着他的破摩托，环抱双臂出神地望着天边燃烧的云彩，侧脸的轮廓被罩在柔和的金光里。

春山哼了一声，眼睛从照片上抬起来，"是个美少年。"

"美少年我也见多了。这次不知道怎么回事，感觉以前在哪里见过，这次是重逢。"

春山看了兰波一眼，"这句话杀伤力有点大，好在我是个坚强的人。"

兰波带着歉意笑了笑，去窗台拿烟。

春山再次拿起手机打量那张照片，忽然提高声音说："我有想法了。"

"什么想法？"

"三个字：开直播。"

"我不想听你往下说了。"兰波盘腿坐回藤椅里。

"不是，小鸟，你一定要听我说。"春山眼睛闪闪发光，跳坐到露台栏杆的石台上。

"屁股往里坐行不行？这么高掉下去，人会死得很丑。"

春山把屁股往里面挪了挪，手继续拿着手机在空中比画，"像这孩子这么一张漂亮脸蛋，站在大草原上随便干点什么，我给他找一个专业摄像团队，稍加打造，肯定妥妥的。不要说给他家的奶制品带货什么的，就算带动一个地区的旅游业，也不是不可能。把握新时代的脉搏，一点没毛病。"

兰波拍了拍手，"真棒，你应该上电视直销卖壮阳药。"

春山不以为意地晃了晃脑袋，"当然了，如果要认真搞业务，蒙古袍是要穿起来的，摩托要换成马，肌肉也要适当露一露，小鲜肉小鲜肉，牺牲总是要做的。对了，他汉语怎么样？憳憳懂懂的那种最好，千万不要字正腔圆。"

"我都说我不想听了，你为什么还在说？"

"我知道现在挺多边疆地区的人都在玩这个了，但是没关系啊，城市人群对于原生态生活的幻想一时半会都不会腻，我话就放这儿。哎，你看他的眼睛，多纯净，我能体会到你的——"

兰波打断春山，"你不能——"

"难道你不想帮他吗？"

"帮他？他和他家人的日子过得好好的，他很快乐。"

"还可以更好。"

"那是你的想法。"

"那你的想法呢？"

"让他继续做自己。"

"拉倒吧。"春山张开嘴露出尖刻的笑，"你是想让他永远服务于你的性幻想。一旦你觉得哪里变味了，立刻就不行了，别告诉我你还没看出来自己这几年的模式——"

"这次不一样。"兰波打断丈夫，表情掠过一阵游移的痛苦。

"坦白讲，小鸟，你的幻想只有一种可能实现，就是把你喜欢上的人泡进福尔马林罐子里封存起来。"

兰波从椅子里坐起身，"我想扇你，但我懒得起来。"

"我让你够得着不就行了吗？"春山从窗台上跳下来，走到妻子身边蹲下，"扇——"

话音未落，兰波毫不迟疑地伸手打了春山一耳光。

春山晃了两晃，坐到地上，笑着去整理额角的乱发，"哎呀，你是真对这个小孩上头了。我老婆真可爱。"

兰波把手按到春山的头上，"为什么你不想把阿绿包装成网红呢？她那么美。"

春山只给兰波看过一张阿绿的照片，不是她打扮成碧姬·芭铎给情趣内衣品牌拍摄的香艳大片，也不是那套傻乎乎的秋裤宣传照，而是春山在阿绿的卧室里偷拍她倚在窗边发呆的样子。照片里的阿绿没化妆，身上穿着春山的白衬衫，细长的腿抵着暖气片，手心里攥着一个十字架银项链。她心事重重的绿眼睛在午后的阳光里显得半透明，瞳孔里带着幽暗的金丝。兰波也说那张照片拍得很好。

"她呀？她不适合，她太笨了。"春山语气变得轻柔而游移。

"想把人泡进福尔马林罐子里封存起来的是你吧。"兰波冷笑着蜷起双脚，整个人靠进藤椅里。

"会过去的。"春山倚在妻子的脚边，亲她薄薄的膝盖骨，"你懂我。"

兰波沉默地望着深蓝的夜空。圆白的月亮躲进云堆里，看起来很远。楼下花园里树影翠绿朦胧，有一个胡子银白的外国邻居在遛他的法国斗牛犬，一边抽着烟斗。空气里有花草的香气，又有从露台南边飘过来的淡淡的冷杉熏香味道。

"美琪又在搞午夜冥想了。"春山歪过身子，朝邻居家的露台望了一眼。

"我要是她我也得反省一下。"

"哦？你看她演的新网剧了？豆瓣2.5分那个？"

"看了几眼。"

"躁郁症乡镇总裁和头戴粉色蝴蝶结的三十岁精神病少女的虐恋故事，对不对？"

"美琪不是不美，但她的美是三十岁女性的美，不是十八岁。"兰波顿了顿，扭头问，"五月份有两个星期，你突然天天起来晨跑，是和美琪一起吧？"

春山笑着露出漂亮的白牙，"嘿嘿。"

"然后呢？"

"我揪过几朵野花送给她，然后就没有然后了，真的。自从我见过那个包养她的死猪导演之后，就提前进入了贤者时间。"春山用手在空中比画出一个心电图变成直线的动作，"她后来去店里，该多少钱多少钱，没折扣了。"

"我说最近在电梯里遇见美琪的时候她都对我那么冷淡，原来是被你连累的。"

"哎小鸟，你说以后咱俩会下地狱吗？"春山一脸纯真地吻着妻子的手。

"咱俩？为什么不是你自己？"

春山笑着伸手把妻子从椅子里捞出来，扛着她走进卧室。兰波在春山肩上像尸体一样耷拉着纤细的手腕。

春山把兰波放到床上，绕到自己那边的床头，戴上他的琥珀框架眼镜，手放到床头柜上几本叠放的书上敲了敲，"今晚想听哪本？"

"接着读《枪炮、病菌与钢铁》吧。"

"上次契诃夫的小说还没读完呢。"

"你都想好了还问我。"兰波摸过枕下的真丝眼罩，给自己戴上。

春山拿过手边的《契诃夫短篇小说集》，翻开夹着书签的一页，清了清嗓子。

"顶顶糟糕的是，她什么见解都没有了。她看见她周围的东西，也明白周围发生些什么事情，可是对那些东西和事情没法形成自己的看法，也不知道该说什么好。没有任何见解，那是多么可怕啊！比方说，她看见一个瓶子，看见天在下雨，或者看见一个乡下人坐着大车走过，可是她说不出那瓶子、那雨、那乡下人为什么存在，他们有什么意义，哪怕拿一千卢布给她，她也什么都说不出来……"

"我不想听了，就到这儿吧。"兰波忽然很烦躁地翻了个身。

春山坐在毯子里出了一会儿神，方才轻手轻脚下了床，来到他的书房，打开电脑里他的小说，坐在皮椅里抽了一根烟，开始敲击键盘：

"×那晚做了个噩梦。梦里，美丽的奥尔加被砍断手脚，装进麻袋，丢进一个深湖里。醒来后，他发现奥尔加安详地睡在他身边。她的身上很热，但表情像是死了。他紧紧抱住她，求她不要死。她笑着说，像他这样的硬汉不应该哭。"

五

"我每次离近了看鸟，都会想起你。它们的眼睛里面完全是一片冰凉，一片空虚。"

九月中一个忽然凉爽下来的午后，蓝天上飘着几条细长的蛋白色云彩，街上有老人穿起了薄外套。人来车往的宝钞胡同深处，有这么一栋重新装修过的灰墙绿窗的独栋平房，挤坐在一棵大槐树与一座歇业的猫咪咖啡馆之间。红门上挂着一个木牌，上写"私宅，请勿拍照"。房子二楼露台的一半被罩在绿树荫下，四周黑铁栅栏上卷着爬山虎和淡紫色的小喇叭花，窗下的红瓷盆里种着迷你柠檬树。一顶东南亚式的木筋白布遮阳伞阴影下，兰波和一个剃寸头的男人并排半躺在两把木长椅里，脚都翘到栅栏上，各自手里拿着冰镇的北冰洋汽水，看着栅栏边上正在吃食的两只环颈斑鸠。

兰波今天依旧穿一身黑，嘴上涂着深栗色的哑光唇泥，眼下淡淡打着浅橙的腮红。她的头发在上个周末重新染回了黑色，烫了个短短的羊毛卷，额前的几缕小卷搭到硕大的琥珀框太阳镜上。时隐时现的钻石耳坠像清晨的露水一样淌在脖子上。

"你什么时候走？"兰波扭头问。

"下个月。"

"苏梅岛现在天气很好。"

寸头男人微笑，"苏梅岛什么时候天气都很好。以后有时间就过去找我玩吧，住多久都行，我那个房子是教科书式的面朝大海、春暖花开，你会喜欢的。"

"我会的，不过我也会想念这个房子的，尤其是这个露台。"兰波仰起头看远处错落的灰瓦屋顶和电线在蓝天中纠缠出来的抽象画，"在这儿看到的北京已经不能代表北京了，所以更让人珍惜。又有烟火气，又有末日感。"

"这房子不卖也不租。你送我的画还在卧室墙上，一切跟以前都是一样的。"寸头男人把手放到兰波蓬松的头发上摸了摸，"我又不是不回来了。你下一次画展我肯定会去捧场。"

"一切都不会跟以前一样了，但是，"兰波抬起头，"你变快乐了，所以我也觉得快乐。"

寸头男人扳过兰波的头，两个人小心地举着各自的汽水瓶，抻长脖子，灵巧地接了一个吻。

兰波愉快地做了个深呼吸，眼睛望向爬山虎藤蔓间隙中的街对面小卖铺。有两个初中女生在买雪糕，一个人要巧克力口味，另一个人挑了草莓棒冰，二维码扫了半天才弄好。穿着白色跨栏大背心的老板也不着急，倚在窗口吃黄瓜，眼神放空。清甜的新鲜黄瓜味飘到空气里，还是夏天的味道。

"当初我第一次来你这儿，你还没装修呢。我看你在胡同老破小里住得美滋滋，就知道你是有一天会搬到云南或者泰国的那种人。"

"我当初遇见你的时候，还觉得你是有一天会跟我私奔到云南或者泰国的人呢。"

"结果看走眼了吧。"

"可不是？"寸头男人看着自己从露趾凉鞋里支出来的长脚趾，微微一笑。

"但是假设说，我有一天也走了，比方说去草原，当一个每天挤奶的牧区妇女，你觉得怎么样？"兰波飞速看了寸头男人一眼。

"你？我觉得你不行。"

"为什么不行？"

"你看起来是个挺豁得出去的人，但你其实不是。"

兰波没说话。

两年前兰波在自己的画展上遇到寸头男人的时候，他名字还叫亨利杨，是一位离过两次婚的知识产权律师，两鬓银灰，一副严酷的苍白面孔，黑色高领羊绒衫搭配修身灰西装和长燕尾布洛克皮鞋，是很多女人欣赏的"斯文败类"的典型。只不过这个"斯文败类"的包里永远装着百忧解和舒马曲坦，跟兰波在鸡尾酒桌旁调情的时候，纤长的手指不断磕打桌沿，握着鸡尾酒杯的力气有时候突然变大，像是要表演徒手碎杯子。如今的亨利从泰国待了一年回来，叫回了本名杨喜，是在工作日的下午穿着半旧的白T恤和破洞牛仔裤晒太阳的男人，皮肤也有了一层淡金的光泽。他崎岖的脑形并不适合短寸头，没了阿玛尼西服修饰的肩部线条也暴露出溜肩的问题，但与此同时，他的脸和身体都看起来舒展轻快，在阳光下不像四十岁。他只允许兰波一个人继续叫自己亨利。

"最近创作顺利吗？"

"不顺利。"兰波把脚从栅栏上收回来，"卡住了。"

杨喜饶有兴趣地注视着兰波，又伸出手把她的下巴轻轻扭过来对着自己，"我看看，你是在笑吗？没灵感还这么高兴？"

"我就是见到你很开心。"

"你愿意骗我，我也很开心。"

兰波笑着起身，走到她一小时前在露台地面用蓝色粉笔画的格子边蹲下，继续往下画。

杨喜放下汽水瓶，双手枕头沉到躺椅里，"我跟你说波波，刚认识你那会儿，每次晚上陪你从这胡同走出去，再一个人回来，闻到屋子里还有你的香水味，我总觉得我要死了。"

"我知道。"兰波站起身，把赤裸的左脚踩进一个小格子，双臂伸到空中摇摇晃晃地做平衡。

"有一次我回国转机的时候，在樟宜机场路过免税店，突然闻到了跟你身上一样的香水味。我跟个变态似的进免税店里挨个闻香水，一直到广播开始催我登机，还是没找着。"

兰波转过头轻盈地看了他一眼，"然后呢？"

杨喜的双眼眼角挤出几根挺好看的笑纹，"然后深夜飞回北京的那段，我在座位上撸了一发，心里想着我有多恨你。"

"我希望你坐的是公务舱或是头等舱，不然这个故事就应该上法制节目。"

"我当然不会在经济舱干那种事。不过事后空姐过来问我要不要喝一杯鸡尾酒，语气特别温柔，我感觉她可能是看见了。她们什么奇怪的事没见过。"

"你有没有点新加坡司令？新航的新加坡司令做得还行，当然也是应该的，不然就讽刺了。"

"这是你关心的点？我点了什么酒？"

兰波瞟了杨喜一眼，脸上露出外交官式的惋惜而温和的笑，"我也喜欢这个小故事。"

"后来我习惯了，觉得这样也挺有滋味。我大概是个受虐狂吧。"杨喜望着站在黄铜喂鸟器托盘上像打桩一样咚咚吃食的两只鸟，"我每次离近了看鸟，都会想起你。它们的眼睛里面完全是一片冰凉，一片空虚。"

"我倒觉得狗看人的时候，那种愿意为你去死的深情才让人窒息。不过春山也说我像鸟。"

杨喜歪了歪头，作为一种含混态度的表示，伸手挠了挠小腿，半天才张口，"蒋春山这人，我就不多说了，但我愿意咬牙承认，他做你丈夫很完美。"

"是吗？"

"他真正懂你，他能给你想要的一切。"

"怎么可能是一切呢？他也不是宙斯。而且我也不用他给我一切，我不是植物人。"继续在格子里跳来跳去的兰波说话稍微有点喘。

"当然了，你们的关系也可以有另外一种解读。春山的养成游戏很成功，他一手塑造了你，还让你感觉你是自由的。"

兰波猛地回头盯着杨喜。

"又惹你不高兴了吗？反正我也要走啦，无所谓。其实我一直想问你一件事，波波，"杨喜在椅子里坐直上身，"春山知不知道咱俩其实从没真正睡过？"

面色依然不悦的兰波半天才回答："我没说过，但他知道。他也知道我从没睡过别的男人。"

"所以，到现在为止，他在外面找过多少个情人？二十个总有了吧？但你的记录一直是零。有意思。"

"别这么幼稚，这又不是比赛。而且，你如果不是我的情人，那你是什么？"

杨喜双手合十，做出感激涕零的表情，"所以你只跟春山上床是吗？哎呀，这句话我自己问出来都难受。"

兰波双手叉腰看着地面，表情好像在研究晦涩的寻宝密码，"最后一次是……我想想，四年前了。然后我怀孕了。那个孩子大概觉得来错了地方，没待多久就走了。"

杨喜起身太猛，差点把躺椅压得翘起来。

"不用发表意见，陈年旧事了。"兰波从格子里走出来，整了整头发，走到柠檬树盆栽前面，揪起一只抽抽巴巴的老果子闻了闻。

空气很静。微风是有的，但风里的热乎气开始变浓，让人坐在树荫里也感到烦闷。两只环颈斑鸠吃光了盘子里的藜麦，咕咕叫了两声，飞去了别的什么地方。

杨喜走到兰波身后，揪起她脑后蓬松卷发里的一小缕，放到鼻子下，"晚上要不要一起吃饭？去'张妈妈'，吃你最爱的钵钵鸡。"

"我得走了。"兰波看了看手腕上的表，"晚上我和春山在宋庄有个饭局。"

"还是一帮艺术家们一边喝单一麦芽，一边互捧臭脚吗？"

"不然呢？真诚表达自己对于艺术的热爱吗？"

"对了，说到你们艺术圈，中秋节我被邀请去三里屯参加一个策展人的订婚派对。那个大仙，现在挺红的，我估计你认识吧？你是不是也去？"杨喜揣着兜问。

兰波笑了，"你这个无业游民依然很受欢迎啊。"

"我要搬家，又不是出家。不过我还没想好去不去。我跟蒋春山上次见面差点打起来，你忘了？"

"他那次是喝多了，你也是。"兰波推起木窗，探身跳进杨喜的卧室。这间装修成东南亚风格的窄长屋子的东墙上挂着兰波送给杨喜的一张小幅油画——一条被吃掉一半的巨大银色鳟鱼拖着软乎乎的粉色肠子在摩天大楼之上的墨绿色夜空里游动，地面上有两个秃头的小人儿在空旷的街道上跳华尔兹。四柱床上方的白色纱幔层层叠叠地悬坠在空中。兰波在过去两年里经常趴在这个床上喝北冰洋，吃西班牙火腿，腿伸到暖乎乎的阳光里烤着。杨喜则喜欢坐在一边的摇椅里托腮望着她，什么都不说。

在兰波走出卧室门的一瞬间，杨喜从后面紧紧抱住她的腰，"别走。"

"撒娇不适合你，亨利。"

杨喜依恋地去吻兰波的脖颈，"告诉我你用的是什么香水。"

兰波转过身推开杨喜，"你这样就开始讨厌了。"

杨喜颓丧地坐到床上。

兰波看了他一眼，手搭在门上，思索片刻，

"好吧，最后帮你实现一个幻想。"

兰波走到墙角的摇椅里坐下。杨喜忧郁而热切地望着兰波，一边慢慢解开牛仔裤的铜扣。

兰波慢慢伸出手，把黑裙子向上拉到腰间，以青蛙的姿势把两条淡棕色长腿折叠起来，双脚架到摇椅的扶手两端。

摇椅开始晃悠。杨喜做了个艰难的深呼吸，在即将跪到兰波脚下的瞬间，他的前胸被兰波用脚蹬住。

"先生，现在飞机气流颠簸，请回到座位上坐好。"

杨喜艰难地弯腰退回床角。阳光的投射和窗棂的遮挡把对面兰波的脸变成一张明暗相间的花脸，饱满光润，没有表情，像一个残忍的孩子的脸。

六

"中年危机不要紧，再忍忍就到老年了。"

中秋节的午夜，风很凉。东三环路上，一群冰锥似的写字楼细脚伶仃地矗立在灰雾中。一辆高速行驶的银灰色敞篷保时捷911车里，春山和兰波双双穿着亚历山大王的白色运动套装，身体都因为兴奋过后的疲惫而微微抖着。车上没有放音乐。春山把厚亮的滑雪眼镜推到头上，发髻有点散了，白衣前胸位置一块暗红色的葡萄酒渍好像被人捅了一刀，血还没干。兰波的银色复古猫眼线在一个漫长的夜晚过去之后也开始花了，像新鲜的泪珠一样在眼下闪烁。她一面开车，一面伸手摸索头发，把里面的亮片纸屑揪出来。这晚上霾很浓，用鼻子能闻到淡淡的硫黄味和土腥味。街边的树都是黑色的，一团团淡灰的芍药低垂在抽抽巴巴的灌木枝叶里。

"把那么好的房子装修成了屎。"春山抽了几口烟，脸上恢复了一点神志，"叙利亚佗寂风，我滚你妈。"

"我看你是因为没得最佳着装而耿耿于怀。"

"一群没品位的乡巴佬。"春山把手上的劳保白线手套摘下来扔到一边，"赛博蒸汽波的精髓不是看谁身上更闪，而是看谁能表现出真正的虚无。"

"所以你觉得今晚你最虚无？"

"我的小名就叫虚无。"

"我看你跟那两个双胞胎姐妹跳舞的时候可是充满了对生活的热爱。"兰波冷淡地微笑，"警察来了那工夫我真有点替你担心，你身上味儿太大了。"

"我就告诉你没事吧。"

"女主人今晚倒是比平时好看。"

春山把头仰在风里，吐了个烟圈，"嗯，美，扔进炉子里，能炼出三吨硅胶。"

"你跟她都是八百年前的事了，你不至于这么绷不住。"

"然后她转身就跟我兄弟订婚了。"

"你和大仙什么时候算兄弟了？"

"那也不行。"

"你说不行就不行，你是尼日利亚王子吗？"

"不说她了。今晚你录的视频给我看一眼。"

接过兰波的手机，春山点开视频，嘴角露出后知后觉的讥讽微笑。镜头摇晃地跟随春山从三里屯一栋空中豪宅的私人电梯里走出来。一位穿半截太空服和半截花朵图案夏威夷短裤的中年男人从人群里挤过来跟他拥抱，男人身后紧跟过来一个身穿镭射光短裙的年轻女孩，前胸和脖颈缠着一闪一熄的小灯泡，娇媚地投入春山的怀抱，掐他的肚子说他最近又胖了。男主人不耐烦地回头朝人群中一个赤裸上半身的年轻白人服务生打了个响指，服务生立刻满面春风地举着手里的银餐盘飘过来。看到服务生的脖子上戴着锡纸做的银领结，春山立刻举手做出一个枪毙自己的姿势，把自己衣领上同样用锡纸拧成的粗项圈扯下来放到嘴里嚼。男主人安慰地笑着搂住他往客厅里走。鸟瞰三里屯夜景的大客厅里挤满了奇装异服的宾客，一位外国DJ站在客厅中央一座巨大的电镀肥猪雕塑下打碟，向空中输送清凉的蒸汽波舞曲。旋转楼梯后一面巨大白墙上放着《银翼杀手》的静音投影，拐角长沙发边跪着一位人体彩绘师，往客人的脸和身上绘制几何图形。

春山摇摇头，手指点击屏幕，开始两倍速播放。镜头里的他快速和迎面而来的熟人们拥抱、碰拳、亲一边脸或亲两边脸，从路过身边的银餐盘里拿起装在小玻璃盅里的水波蛋鱼子酱和牛肉鞑靼。从他走到吧台边和两个高挑的双胞胎模特搭讪开始，兰波的镜头离开了他，开始记录客厅角落里一只穿着尿布的宠物羊驼茫然而顺从地站着被客人们搂脖子合影的画面。半分钟后，镜头越过羊驼的后背，锁定到一个站在落地窗前看夜景的男人的后脑勺上。

春山这时把视频恢复正常速度，定睛去看。

镜头慢慢贴近那男人。兰波的右手从手机下伸出来，在他后背上戳了戳。杨喜转过头，对着镜头露出一脸愉快的褶子，伸出手拉住兰波的手说："我等了你一晚上。"视频到这里戛然而止。

春山把手机扔到纸巾盒上，脸上恢复了没滋没味的表情。过了好半天，他扭头问："放羊的什么时候来北京？"

"后天来。你能不能不管昂沁叫放羊的，老伙计？"

"你激动吗？"

"说不好。"

"说不好还行。"

"我问他都想去哪儿，他发语音我听不太明白，大概意思好像是想吃肯德基？我在想，要不要把福楼的预约取消算了。"

"不然你以为呢？哎，他是不是不会用汉语打字，所以才发语音？"

"可能吧。"

"感觉莫名有点可怜。"

兰波摇头。

"那什么，你如果想带他回家里也行。"春山说。

"我不会破坏咱们的规则，除非你早就打破了。"

"我确实带一个女人回过家，还让她在咱们卧室和卫生间出出进进，还让她叠我的内衣。"春山意味深长地低声说。

兰波扭头盯着丈夫。

"她的名字叫薛红英。"

兰波在丈夫的脑袋上敲了一下。

"别打我，看路。"两个人说笑着，一阵强劲的引擎声由后面传过来。一辆黑色玛莎拉蒂GT从保时捷西边的车道驶过来，稍微减速。一个在午夜三点依然看起来朝气蓬勃的年轻男孩扭过头，伸手捏住头上的棒球帽檐做了个脱帽的动作，喊了一声："呦！约饭！"春山和兰波也微笑着跟他们在派对上新认识的小朋友打招呼。玛莎拉蒂扬长而去后，春山揉了揉肩膀，重新歪倒在座椅里，"我今晚来的时候就在想，咱们这个年纪还开跑车，是不是开始像傻×了？而且911现在都没人开了，给人感觉特别20世纪。"

"你什么时候开始在乎别人怎么想？咱家摆着一架没人弹的钢琴多少年了，你也没觉得怎样。"

"我就是这么一说。"

"中年危机不要紧，再忍忍就到老年了。"

"你再安慰我我就跳车。"春山转开眼睛，"空气里有秋天那味儿了。"

"嗯。"兰波踩下油门。

"我小时候最喜欢这个季节，我妈总是这时候带我爬香山。"春山挠了挠脸，表情很寂寞，"每次坐缆车下山，我总是一边吃火腿肠一边寻思，要是我跟我妈一起掉下去摔死了也不赖。"

兰波温柔地瞥了他一眼。

"然后有一次，缆车真他妈停了，其实也就是十分钟，但感觉像一百年。"

"然后呢？"

"然后我妈突然搂着我哭了，说她对不起我。从那以后，我就不想死了，不能便宜了我爸。"

兰波把一只手放在丈夫膝盖上，沉默半晌才开口："我有时候也想，我爸当年踩上凳子前那一瞬间，心里到底想什么呢？他想没想过第一个发现他的人可能是我？还是说他想到了，但也觉得无所谓，一个看到爸爸尸体的小孩一定也能快快乐乐长大的。"

春山点上一根烟，从自己嘴里拿出来，轻塞到妻子嘴上，"你现在还总梦见那个场面吗，小鸟？"

兰波拿起烟抽了一口，"少了，也不如以前那么恐怖了。现在我在梦里看见我爸，感觉他总像一条窗帘，特别轻，干干净净的，看着不难受，还有点温馨，我也说不上来。"

春山神经质地咬着手指。

两个人沉默了一会儿，春山突然坐直身体，清了清嗓子，"说到我爸，你想不想听一件搞笑的事？"

"不太想，但你说吧。"

"他想跟咱们借点钱。"

兰波笑了，"确实搞笑。"

"他想借两千。"春山干巴巴地说。

兰波减慢车速，转头看丈夫，"你是说真的？"

春山耸了耸肩。

"是不是你爸给那个什么主任在昌平建私家园林的项目出——"

春山烦躁地打断妻子，"别乱猜。我爸公司的事他连我妈都不告诉。他不说，我就不问，这样对咱们最好。反正我跟他说了，手头只能拿出来五百。你不用管了。"

兰波打了个冷战，不再说话。等红灯时，春山把手里的空中南海烟盒攥瘪扔到窗外，整个人缩进椅子里，面无表情地望着街边亮着淡粉灯箱的7-11便利店。夜班售货员正在用抹布擦拭装饮料的冰柜的玻璃柜门，站在零食货架前的一对情侣在挑选零食。一个年轻男人坐在店外的花坛边，久久捂着脸，但皮鞋还是整洁光亮，看起来也是个有故事的人。这时，春山扭头去看十字路口，一个身躯佝偻的老太太拉着一个装着破烂的小竹筐，在暗淡的月光下蹒跚走过马路。

"我最看不了这个。"春山叹息一声，低声嘀咕，却没移开眼睛，"我小时候总能看见罗锅，现在几乎没有了，偶尔看见的都是特老的老人，你说怎么回事？"

"咱们要是到老了，也过这样的生活，怎么办？"兰波神色暗淡。

"不可能。"春山肯定地说，"等咱们老了，垃圾废品肯定都被机器人捡走了，咱们得找别的生计。我骑着三轮车带你去街边给人按摩什么的。"

"行吧，你真棒。"兰波苦笑着伸手把粘在春山胡子上的一小块银色纸屑揪下来。

"小鸟，能送我去百子湾吗？"

兰波一声不吭地把车开下辅路，靠边停下车，"你不是明天上午十点的飞机吗？"

"天亮前肯定回家。"

"我累了，"兰波靠在椅背上，"自己打车。"

"我要是遇上坏人，被玷污了怎么办？"

"男孩子出门要学会保护自己。下车。"

春山顺从地打开车门。

"去那儿别再玩别的东西了。"兰波说。

"知道啦。"

保时捷转瞬间消失在夜色里。春山一脸烦闷坐到马路牙子上，拿出手机叫车。

兰波回到家洗了个澡，来到画室，盘腿坐在沙发上，瞧着画架上的《沉睡的牧羊人》。初稿时的紫色天空被加入了笔触粗粝的赭石和烟灰，看着更昏沉了；扁扁的云彩像手印一样软绵绵地拍在地平线上。捧着牧羊人脸的女子肢体比例也发生了变化，看起来不仅悲伤，肉体上也像在受苦。只有俊美的牧羊人还沉沉睡着，浑身发光，看起来有宗教献祭仪式的圣洁气氛。

"你想我吗？"兰波忽然低着声音问。

没人回答她。

兰波滑倒进沙发，闭上眼睛，把一只手轻轻伸进睡裙下缘。

七

"我用什么才能留住你？我给你贫穷的街道，绝望的日落，破败郊区的月亮。我给你一个久久地望着孤月的人的悲哀。"

春山从床上滑坐到床角地垫上，大声喘气，捏自己的肚皮，"你觉得我胖吗？"

阿绿拿过床头柜上的乳液，递给春山，"你是健壮。"

春山把乳液挤出一点，抹到被阿绿咬得发红的两只乳头上。

"你今天看起来不快乐。"阿绿把自己顺进一件宽松的白棉睡裙里，爬到床角，伸手去摸春山脖子上突出的喉结。

"我从来都不快乐。"

"听起来真让人伤心。"

"没那么糟糕。我擅长模仿快乐的人，没人能发现。"

"听起来更让人伤心了。和我做爱的时候也不快乐吗？"阿绿两颊散出深桃红的热乎气，瞳孔依然处在放大状态。被床单摩擦得失去光泽的金发松松地梳成一个辫子搁在肩上。

"你就快滚蛋了，我怎么快乐？"

"我喜欢你说这种多愁善感的话，哪怕不是真心。"

"我的心是不锈钢做的。"

"知道，知道，不用总提醒我。"

"你最近身体怎么样，孩子？"

"你就直接问我有没有嗑药好了。"阿绿爬到床头，把床头柜拉开，"你看，空了。"

"难道不是因为尼古拉出门了还没回来？"

"真的不是，但我最近酒喝得更多了。"阿绿跪在床上惆怅地叹了一口气。

"没关系。人活着要保证不崩溃，恶习总得有一两样。一直清醒活的人多可怕啊。"

"你身上呼子味儿倒是挺大。"阿绿凑过来闻春山的头发，又摸了摸他胸前的葡萄酒渍，语带嫉妒地问，"去哪里狂欢了？"

春山笑而不语，在阿绿的耳垂上吻了吻，探身从自己扔在地上的衣服堆上拿起手表，看了看时间。

"能送给我当礼物吗？"阿绿伸手。

"什么？这块表？"

"对，我想留一样你贴身的东西做纪念。"

"这个拿去。"春山捡起地上自己的内裤扔给阿绿。

阿绿躲过脸。"这表不是在秀水街花六百块买的吗？你再去买一块，这个我要了。"阿绿把两只雪白的臂膀挂在春山的脖子上，"一块假表，换一颗不锈钢的真心。"

春山稍微犹豫了一会儿，笑着低下头，把已经系在手腕上的表摘下来轻轻递给阿绿，"收好了，孩子。"

阿绿把表贴在脸上蹭了蹭，湖水一样的绿眼睛又快乐又伤感。

"等我采风回来带你去吃饭，地方你随便挑。最后的晚餐。"

"不要这么说。"阿绿翻身下床，把春山推倒，骑坐到他身上。

"我得回去了。"春山笑着掐她的脸。

"为什么？"

"明天要早起。"

"今晚睡我这，明早我叫你。"

"不行。"

"难道你的室友在等你回去？他是不是爱上你了？小心点。"

"对，你怎么知道？"

"五分钟就放你走。"阿绿上下扭动屁股。

春山一把薅住阿绿披散在胸前的金发，"五分钟？再说一遍？"

阿绿伸手从地垫上拾起她的一只长黑丝袜，用手团成一团，塞进春山嘴里，"闭嘴，蠢猪。"

春山哼了一声，闭上眼睛。

天将亮未亮的时候，春山站在被一片灰蓝笼罩的街边抽烟，等着网约车来。他身上的白色运动服看起来皱皱巴巴，头发被阿绿扎成两个小鬏立在头顶，整个人远看像是 XL 号的哪吒。一个晨跑的中年男人跑过他身边，好奇地回头瞄了一眼。

"看你妈看？"春山扔下烟，冲晨跑者喊了一声。不过他声音中流露出的疲惫和颓唐并没让晨跑者害怕。对方冷笑一声跑开了。

春山身后的小区铁门发出"嘀"的一声响。身上依然穿着白棉睡裙的阿绿从门里跑出来，一把抱住春山。

"怎么了孩子？跑得跟个运动员似的。"

"没什么。"

"没什么是什么？"

阿绿抬起明净的绿眼睛，胳膊箍得更紧了。"我也说不好，就是心慌。"说着，她突然张开嘴，在春山左脖子上咬了一口。

"疼！"春山惊骇闪身。

"答应我你会回来找我。"

"别这么俗套。你还答应过不在床上之外的其他地方虐待我，你看，答应有什么用？"春山揉了揉脖子。

阿绿久久望着春山，低声说了句听起来既缠绵又负气的俄语，转头往回走。

春山叫住她，清了清嗓子，"我用什么才能留住你？我给你贫穷的街道，绝望的日落，破败郊区的月亮。我给你一个久久地望着孤月的人的悲哀。"他朗诵的姿态很像一个蹩脚的业余莎翁剧演员，嘴里慢慢吐出来的伦敦音比平时更加浑厚，但有点颤。

"什么？"阿绿转过身，神经质地上下打量她的情人。

"一首诗。"

"你写的吗？"

"博尔赫斯。"

"不认识。"阿绿惘惘地微笑。

"我总想给你读这首诗，想着想着，干脆就背下来了。"春山双手插在兜里，温柔地耸了耸肩。

"哦，是这样。"阿绿走到街边花坛旁，折断一朵小小的白花，走到春山面前，把花插进他的头发鬓里，"我用什么才能留住你？我也不知道。"

春山拉过安娜斯塔西娅，在她冰凉的嘴唇上认认真真印上一个吻。

八

"姐，你的头发不蓝了。"

"十一"黄金周的第二天，北京的天气不如头一天好，但也不算太坏。微凉的天空淡淡分成三层不同的灰，越往上灰调越少，几乎可以称之为蓝。气压有点低，似乎离下雨不远了。除了便利店和住宅小区门口都插起了鲜艳的国旗，街边的灌木和环岛里的鲜花雕塑都水雾汪汪之外，大街小巷看起来跟平日没有太多不同。城里的人出去了一半，外省的人进来了一半，四舍五入，街上还是那么些人。但总的来说，空气里到底有一种松弛的欢愉气氛，堵在超市门口等着拿优惠券换大豆油排队吵架的大爷大妈都比平常少一些。

在什刹海附近一家肯德基里靠窗的小桌边，兰波手里摆弄着叠成纸飞机的纸巾。正赶上傍晚用餐高峰，点餐台后面排着两条弯曲的长队。空气里的美国合家欢轻音乐旋律轻盈，显得饥饿的青少年们的脸色都好像没那么不耐烦了一样。跟兰波背靠背坐着的一个年轻母亲在给跪坐在椅子上的小孩擦嘴。小孩拼命拒绝，在椅子上尖叫着摇晃椅背。兰波的后背被推得一震一震，但脸上的笑容没有发生任何变化。

桌对面的昂沁从餐盘里拿出最后一块炸鸡，递给他身边一个肉葫芦脸的年轻女孩，说了一句蒙古语。女孩抓起鸡块，小口吃起来。鸡皮上的油渣掉到她的膝盖上，兰波迅速给她递上一张纸巾。昂沁手里像夹烟一样夹着一根软塌塌的薯条，黝黑的脸上带着恍惚不安的微笑，左边太阳穴上起了一颗痘。他身上穿着崭新的的确良紫条纹长袖衬衫，袖子太长，没过手背，看着像个穿错了校服尺码的中学生。脚上的人造革圆头皮鞋也显得很大，在刚被擦过的还湿漉漉的地面上搓来搓去。

"赛罕？"兰波把纸飞机攥成团，微笑着问女孩。

女孩低声跟昂沁说了一句蒙古语，昂沁对兰波低声笑道："还是不如羊肉。"

"哦。为什么来北京吃肯德基？锡盟也有肯德基，我查了，有四家。"

昂沁又和女孩低声嘀咕几句，转头对兰波说："之前不知道是不是一个味道。"

"现在知道了？"

"二连浩特的更好吃，她说。"昂沁和女孩对视一眼，不好意思地对兰波笑。

"哦。那你还想吃圣代吗，托娅？"兰波用手比画了一下。

托娅迟疑了一下，羞涩地点点头。尽管是坐着，能看得出她是个结实的小个子，丰满的胸脯搁在桌上，宽而薄的嘴唇看起来很严肃，跟儿童式的肉脸蛋形成挺大反差；她的头发非常多，在脑后扎成粗马尾，卷进糖果色的蓬松头花里；脖子上有几条年轻女孩才有的因脂肪堆积出现的假性颈纹。她的双手短粗结实，颜色比脸深出许多，不吃东西的时候就放在膝盖上互相按着虎口；挤在樱桃红树脂凉鞋里的大脚够不着地，负气似的在空中晃晃荡荡。

"你别动，我去买。"兰波做了一个阻止昂沁的手势，站起身。

兰波穿过人群，走到卫生间，在隔间外面的水池旁站住，默默看着镜子里自己的脸，然后从包里拿出一小盒肉桂色的腮红膏。她今天穿着质感柔软的白色紧身羊绒短袖衫和灰色铅笔裤，脚上穿着灰色麂皮乐福鞋，嘴上很罕见地涂了富有少女气息的淡桃色唇釉；虽然浓艳的花臂依然平白地露在外面，但整个人看上去比平时柔和亲切，跟肯德基的家常温馨气氛不算格格不入。只不过此时此刻她的两颊毫无血色，凑近镜子检查妆容的时候，眼里充满克制不住的沮丧。

"你是排队呢还是怎么着？"一位不高兴的老太太戳了戳兰波的后背。兰波低声说了句"不好意思"，转身走出卫生间。

"托娅，你以前来过北京吗？也是第一回？你们住哪儿？"兰波托腮看着托娅吃冰淇淋。

"西……西木园？"昂沁说。

"你说木樨园吧？南边。"

"离你远，姐？"

"嗯，我很少去南城，不过我开车，带你们去哪儿都无所谓。你俩都准备去哪儿看看？"

昂沁腼腆地说："什刹海，今天来了。明天去故宫，然后，雍和宫，大后天去前门，大后天的后面去大红门。"说完往地上吐了一口痰。

兰波身上微微一震，迅速从地上收回眼睛，低头用手机搜索"大红门"。桌对面的托娅一边吃圣代，一边盯着兰波的黑色指甲油。

"那798呢？想去的话我可以陪你们。"兰波抬起头，重新微笑起来。

"798？"

"一个艺术区……"

昂沁脸上没什么表情。

"算了，哪天晚上想看夜景的话，我开车带你们去'大裤衩'那边转转，喝点酒。"

"大裤衩？"昂沁惊讶地笑了。

兰波不再解释，从兜里掏出电子烟的烟盒，"我出去抽一会儿，你们慢慢吃。"

昂沁也站起来，"我也去。"

托娅放下冰淇淋，求助地仰头看昂沁。兰波用手指了指玻璃窗，"我们就站在窗口看你吃，没事。"

走出门外，两个人在窗下一堆停得乱七八糟的共享单车中间找出个空隙并排站着。昂沁把耳后的香烟拿到手上。

"姐,你的头发不蓝了。"

兰波做了一个算不上表情的表情。

"我们坐地铁,不明白了,北京人真多。"昂沁带着回忆远古事情的糊涂神情笑着说,又回过头,伸手朝玻璃窗上敲了敲。兰波也跟着往后望了一眼,托娅正把几根鸡翅骨头掰碎,在餐盘里摆成一个大圆圈。

"你没告诉我你是和女朋友一起来。"兰波淡笑,"上次我都没见过。"

昂沁低垂眼帘,笑着点烟。

"订婚了吗?"兰波漫不经心地瞟了昂沁一眼。

昂沁脸红了,"哦。"

兰波点点头,过了好半天才又张口:"听我说,如果一会儿你们去后海酒吧街,看见有人招呼你们进去坐,不要去。还有,去前门的时候,不管白天晚上,遇见有人拉你喝茶,也不要去。"

"什么?"

兰波放慢语速,又把刚才的建议说了一遍。昂沁小心翼翼地点头,"不去。"

"一会儿你俩想干吗?"

"我俩想睡觉。"

兰波立刻抬头看他。

"今天走路,走路,一直走,走不动了。"

"哦,这个意思。"兰波露出略显神经质的笑容,"走吧,我送你们。"

送昂沁和托娅回到招待所,兰波又开车在热闹的夜色里游荡了一小时才回家。正给自己调金汤力的时候,春山打来电话,兰波把手机开了免提,扔到吧台上,问他在澳门玩得怎么样。

"还能怎么样,跟昨天前天一样。一进酒店我妈就不记得新鲜空气是什么玩意儿了。你想象一下少林寺十八铜人,哎,就那样。我都想给她整点葡萄糖挂上。"

"然后呢?"

"我今晚实在陪不动了,来酒吧街考察一家新开的精酿店。"

"然后呢?"

"没劲。装修也他妈是美式工业风,现在都一个操行。我点了一个百香果IPA,喝了一口差点被甜吐了。那是什么玩意儿,给逃学的小学生喝的吗？服了。"

"现在在干吗？"

"吃咖喱蟹。"

"没人陪？"

"没心情，你要是在就好了。你呢？牧羊人小伙到北京了？"

兰波托腮倚在吧台前，惨然一笑，"嗯，还带了女朋友，噢不对，未婚妻。"

"哈哈哈哈哈，漂亮。"

"我挂了。"

"哎，别。带未婚妻怎么了？你管她呢。趁小兄弟被首都的纸醉金迷唬住了，你正好把他一举拿下。"

"还纸醉金迷，俩人在肯德基都快昏过去了。"

"土包子真好玩。"

"别这么说。"

"我发现我怎么这么喜欢说这种词呢？"

"睡前别忘了吃褪黑素。"

"知道了，小鸟。"

结束通话后，兰波在厨房里找到一盒春山抽剩半盒的中南海点五，走到卧室露台上连抽了两根。她发现手机里有昂沁一小时前发来的微信，问她能不能把她在肯德基给自己和托娅拍的合影发过去。兰波回信息说那张照片被她不小心删掉了。昂沁问她第二天想不想一起去故宫，兰波说自己有事。

兰波爬上床，从手机里找出那张合影，打开编辑软件，把昂沁身边开心的胖姑娘整个裁掉，又放大昂沁的脸仔细端详。他笑得有点不知所措，嘴角也油乎乎的，可是他深眼窝里的黑眼睛又明亮又沉静，让人想微笑托腮听他接下来要说的话，说什么都行。

兰波忧愁地吻了吻屏幕，翻身把脑袋埋进枕头里。

九

"纵是告别也交出真心意，默默承受际遇。某月某日也许再可跟你，共聚重拾往事。"

第二天，窗外下起凉飕飕的小雨，城市的天空暗得像太阳落了山。兰波吃了一碗凉牛奶泡麦片，走到画室里没精打采地坐了一会儿，又回到昏暗的客厅里绕了几圈，最后捧着一杯热乌龙茶来到春山的书房。这间散发出汤姆·福特灰色香根草味道的屋子里铺着斑驳的深木地板，窗边挂着纯黑的亚麻窗帘，胡桃木书橱里塞满书、手办玩具和黑胶唱片。屋里没有一棵绿植和任何色调明亮的摆设，不分白天晚上，永远给人一种昏天暗地的感觉。兰波花了挺长时间盯着春山电脑桌面上拥挤错乱的图标，最后点开一篇名为《被流放的国王》的文档。她坐进皮转椅，把脚搭到书桌上，一边喝茶一边读起最新的一小节：

> ×冲进地下室，打开灯，看见赤身裸体，奄奄一息的奥尔加被铁链吊在空中。"我的英雄！快带我走！"她哭着对×说。×走上前，把奥尔加放下，把枪扔在一边，两个人深情地吻起来……门外传来急促的脚步声，可是这对爱人在地板上难舍难分地翻滚。奥尔加忘情地呻吟："能跟你死在一起，我死而无憾……"

兰波"啪"的一声关上电脑，在键盘前捂住脸发了一会儿呆。

中午，她点了一份大酱汤外卖，给外卖骑手打赏了十块钱，然后从电脑里找出《诺丁山》，坐在沙发上边吃边看。重温《诺丁山》是兰波为数不多背着丈夫做的事。还在英国上学的时候，夫妻俩有一次在周末去诺丁山古董市集，路过那扇著名的蓝门，春山指着橱窗里的《诺丁山》电影海报说，他最讨厌这个电影，休·格兰特就是个弱鸡，怎么可能会有好莱坞女明星爱上他。他还拍拍兰波的头说，真庆幸自己的女朋友是喜欢小津安二郎电影的酷女孩。兰波当时笑笑没说话。

天快黑下来了，手机上依然没有昂沁的消息。兰波在聊天框里打了一句话的开头"你们——"，再往后就不知写什么了。她给薛姨妈发微信问想不想一起吃晚饭，薛姨妈很快回复说自己今晚要参加她们街道的广场舞演出，欢迎兰波去看。

那个傍晚去往天通苑的路很堵。兰波按着薛姨妈给的定位开车来到一个街心花园广场的时候已经八点半了。乒乓球场上灯火通明，小孩子们骑着彩色平衡车在人群里横冲直撞，烤冷面摊子前挤着一堆面色疲惫的年轻人，地摊上堆着新上市的护膝和毛袜子。迪斯科混音版的陈慧娴《人生何处不相逢》从大喇叭里冲出来，一群火红闪亮的女人簇簇跑上便民大舞台，兰波一眼就从那阵里认出了薛姨妈。虽然她站在最后一排的边角位置，身上的亮片裙子绷得很紧，穿黑裤袜的腿跟旁边的人比起来也挺显粗壮，但那个熟悉的笑脸还是像一朵大白花似的从两把粉色扇子里骄傲地升出来，扭胯的动作爽利大方，眼里有明澈的热光。兰波一手捧着一束包装在白色蕾丝软纸里的红玫瑰，一手举着手机，挤到舞台下观望人群的最前头去。

"纵是告别也交出真心意，默默承受际遇。某月某日也许再可跟你，共聚重拾往事。"在陈慧娴轻柔的歌声中，广场舞方阵从十字形变成心形，薛姨妈举着双扇徐徐走到前排来了。她努力倾斜着上半身，屈膝仰头，眼神蒙蒙地望向人群上方的月亮，涂着梅子色唇彩的厚嘴唇也跟着张开，露出龅牙，连衣裙前胸位置的英文单词"LOVE"在灯光下深情地一闪一闪。兰波怔怔凝视着她。

薛姨妈的舞蹈队下场后，一伙人欢欢喜喜地走到花坛边放衣服和水壶的地方总结演出表现。兰波挤上去，用红玫瑰花束轻轻拍打薛姨妈汗津津的后背。

"哎呀，老薛你花多少钱雇的美女粉丝你说？"薛姨妈一个队友大声笑着拿屁股撞薛姨妈。

薛姨妈喝了一口塑料水壶里的枸杞菊花茶，惊喜地转过身，"哎呀呀呀！"别的话都说不上来了。

"这你女儿？"几个队友凑过来。

"这是……"薛姨妈犹豫了。

"这是我干妈。"兰波微笑道。

薛姨妈的脸因为愉悦而变红了。她搂住兰波的腰叹息道："还是姑娘好不？我儿子打死都不带来看我跳舞的，说我是扰民。"

一个队友说，她儿子倒还挺支持，只要她演出时不穿超短裙就行。舞蹈队的女人们进而开始讨论她们今晚的舞蹈服装算不算是超短裙的问题。

等薛姨妈去旁边的公共厕所换好衣服，兰波和她从热闹的人群里走出来，顺着广场边上的灌木小径，走到一个安静的水泥小亭子里坐下。

"花这钱干啥。"薛姨妈还渗汗的脖子从茄紫色夹克外套的领口探出来，望着手里的玫瑰，轻声责备。

"嗐，没事。"兰波微笑凝视自己脚上的黑色短靴。

"我这一辈子都没收过红玫瑰。也算是活久见了，用你们年轻人的话说。"

"一会儿我把我录的视频给您发过去，太棒了。"

"拉倒吧，我根本没发挥好，太紧张了，一个劲儿肚子疼，我都怕我拉台上。哎，我今天化的妆太浓了不？"

"不浓，精神。"兰波把身上的卡其色薄风衣裹紧了些，轻轻跺着脚。

"咋的，心情不好？"

"凑合。"

"想小蒋了吧？自己待着没意思，咋不找朋友玩去？你朋友那么多。"

"我没朋友，那些就是吃饭喝酒的熟人。"

"男朋友呢？"薛姨妈语气轻巧，伸手把花束里一朵稍微蔫巴的玫瑰悄悄按到另一朵盛开的玫瑰下面。

"都是扯犊子。"兰波懒懒地把手撑在身后的水泥细柱围栏上，突然冒出来一句家乡话。

薛姨妈惊讶地看了她一眼，又忽然有点走神，无声无息地抬起胳膊，在空中僵了几秒后猛拍自己脑门，把掌心的一只死蚊子抖到地上，整个人有点晕乎乎地怔了半天，方才叹了一口气，"要是搁以前，我肯定跟你说，等你俩玩够了，生个孩子就好了。"

"现在呢？"兰波抬头问。

"现在我肯定不这么劝了。就算生一串孩子，该想不明白的事还是想不明白。"

"春山说，我俩不可能成为合格的父母。"

"不见得。我觉得你能当一个挺像样的妈，别看你一天天装得对啥都不冷不热。"

兰波垂下头。

"你跟你妈不聊这些？"

"我妈出去给我买鸡架了。"

"啥意思？"

兰波轻轻攥住自己风衣的下角，语气不紧不慢，"我爸出事以后过了半年吧，我妈替他还债实在还不动了，有一天说出去给我买鸡架。这一去就去了二十八年，等得我都不想吃了。"兰波抬起头，笑了。

薛姨妈肩膀微微一震，嘴唇抿到一块儿，什么都没说，只从花束下腾出一只手，轻轻攥住兰波的手。

两个人在微凉的夜风里沉默了一会儿，兰波把手抽开，表情又舒展了，"春山总说，给外人讲自己的破烂事，就跟给人讲自己的梦一样，没人爱听，所以干脆别讲。"

"我发现小蒋这孩子事也不少，想说话的时候凭啥不能说？再说我也不算外人。"

兰波笑着站起来，"我回去了。"

"回去吧，你这还光着腿儿，太冷了。明天想吃啥？"

兰波手揣进风衣兜里认真想了想，"煎刀鱼。"

"鸡架我也能做，就是费点劲儿。"薛姨妈伸出手帮着兰波抻了抻她风衣下黑色丝绒短裙的下摆。

"不用，我就想吃煎刀鱼、二米粥，再来个咸鸭蛋。"

"妥了。"薛姨妈也站起身，背起装着粉扇子的尼龙提包，脸朝花束里深吸一口。

"薛姨妈，今天晚上，就当我没来过吧。"兰波微窘地说。

"明白。"薛姨妈微笑着点点头，"那该抱也得抱一下，过来。"

兰波走进薛姨妈的怀抱，把她的下巴轻轻搁在薛姨妈肩上。薛姨妈的胳膊箍紧了一些。

十

"跟我说，你也喜欢姐姐吗？"

"十一"假期的最后一天，一种派对结束的松懒气息在北京的街头蔓延。尽管街边的大槐树与白杨还都是高饱和的绿色，空气里已经有了一丝丝薄荷糖似的凉味。入夜，兰波开着车慢慢驶进雨后的鼓楼东大街，车后座上的昂沁和托娅好奇地倚在两边车窗看外面熙攘的夜景。穿短裤凉鞋的人们和穿风衣戴围巾的人们在街边擦肩而过，用不信任的余光互相打量；沿街咖啡店和酒吧里开始有客人喝起了热红酒；胡同大爷们手里没了扇子，但依然威严地坐在台阶上考察街头的治安情况；等待取餐的外卖骑手们蹲在烧烤店和寿司店门口的树下玩手机，也有的垂头坐在电动车上，在冷飕飕的夜里睡着了。

兰波好不容易找到地方停车，步行带着两个年轻人折进一个黑洞洞的院子，回头一笑，“到了。”

“这儿，蹦迪？”昂沁望着院子深处霓虹闪烁的英文招牌，迟疑地问。

“蹦迪这个说法很土。”那个晚上，不管昂沁听没听懂，兰波讲话都恢复了惯常的语速和词汇，每句话只说一遍。她脸上的淡烟熏妆在路灯下显得有几分冷酷，蓬松的卷发下露出两只木质的大三角耳环，低胸吊带外松松套着一件男式毛呢西装背心，小羊皮裙下蹬着一双尖细的路铂廷红底高跟鞋。几个小时前，当她以这副装束出现在昂沁和托娅所住的招待所门口时，引发了几个嗑瓜子的客人、涮拖布的服务员和卖烤肠大娘的警惕围观。等她进入房间，以友好语气建议两个人今晚穿什么的时候，又引起了屋里两个年轻人翻箱倒柜的忙乱。窄小无窗的房间里有一股浓烈的霉腥和淡淡的羊膻味，一面墙上挂着两条油黑柔软、无中生有的窗帘。墙壁上的裂缝从床角伸展到天花板，像写意山水里的枯松。因为没有独立卫生间，昂沁和托娅换衣服的时候兰波就避到门外，一边抽烟一边拿手机冲着肮脏的走廊拍了几张照片，发给春山。春山回复说很酷很贾樟柯。

磨蹭好一阵之后，穿着黑色纯素T恤和深色牛仔裤的昂沁打开门，笑着站在兰波面前。他整个人看起来清爽、平淡，有了某种不好推测背景的都市故事感；直到他无意识地往地上啐了一口痰，又上脚蹍了蹍，兰波才把视线从他结实的胸膛移开，夸他看着很精神。托娅带来的每件衣裳都粉艳活泼，难以抢救，兰波便让她干脆穿上昂沁的直筒牛仔裤和枣红色polo衫，衣服束进裤腰系成高腰裤；又帮她在头顶扎了一个丸子头，拿出自己带来的一对黑色大耳环替换掉她耳朵上的纯金小梅花耳钉，说这么看就有点复古潮人的意思了。昂沁问她复古是什么，潮人是什么，兰波简单解释了几句，从昂沁的表情看来他还是没明白。开车的路上，兰波从后视镜里看见托娅偷偷用手背把兰波借她的勃艮第色口红蹭去一层，又把兰波之前给她全部打开的polo衫前扣一一系了回去。

时间刚过九点，几撮年轻人分散在水泥台阶两边抽烟。两个化着哥特妆的外国女孩蹲在旁边一栋旧商铺的铁栅栏下吃着热腾腾的土耳其肉卷。酒吧门口，一位戴着灯芯绒棋盘格贝雷帽的圆脸女孩正坐在一张破木桌上玩手机，看见兰波走近，递给她一张当晚演出DJ的海报，笑嘻嘻地说她喜欢兰波的耳环。兰波说她也喜欢对方的贝雷帽。女孩说帽子是她在东京一家中古店淘来的，兰波一问店名，发现自己也去过，两个人便亲热地扶着对方的胳膊聊起来，过了好一会儿兰波才想起来买票。贝雷帽女孩拿起手边一个印章，抓过三个人的手腕盖戳。昂沁抬起手腕，纳闷地凑近灯光仔细看。贝雷帽女孩懒懒地往里面一指："进去就看见了，夜光的。"走在最前面的兰波转头噘起嘴，送给贝雷帽女孩一个空气吻。

酒吧里像个洞穴，伸手不见五指的感觉要三五分钟才能消散，只有中央舞池后方台上有一点光。暖场DJ正在埋头试音，他的助手在准备投影仪上的幻灯片，《发条橙》里面阿历克斯被撑大的眼珠子一闪一闪地映在DJ身后的灰水泥墙上。酒吧闷郁的空气里弥漫着不同种类的香水、消毒水和伏特加红牛那带有腐烂感的特殊甜味；软乎乎的旧沙发和木桌木椅很随意地围绕舞池摆成几圈；玻璃光闪耀的吧台后站着一个面容淡漠的年轻调酒师，一边擦拭玛格丽特酒杯一边用余光扫描进屋客人的打扮和醉酒程度，为又一个漫漫长夜做着心理建设。春山曾经形容这间酒吧的风格是破罐子破摔末日风，肮脏的男女共用卫生间为拉高北京整体生育率都做出了杰出贡献。兰波自然没有把这些俏皮话告诉给她身后两个面色恍惚、紧紧拉着手的年轻人。

兰波挑了一个离舞池不远不近的卡座，把酒单递给昂沁，让他随便点。昂沁把酒单凑到吧桌上的小玻璃台灯下翻了翻，露出苦恼的神色，递还给兰波，"姐，你看。"

酒水上齐，DJ也放出第一首开胃浩室舞曲，旋律冷淡而尖锐，克制的鼓点里带着一点不可告人的机密感。兰波花了几分钟时间才说服两个人喝下眼前燃烧着小火苗的B52并不会把人烧着。三个人仰头干了酒。昂沁摸摸火辣辣的嘴，拿起一瓶福佳白，身体慢慢在沙发里坐实了，胳膊肘歇在膝盖上，脖子探出来，一会儿看看四周沙发里低声聊天的人，一会儿看看顶棚上交错盘踞的银灰色管道，一会儿又去看空荡的舞池地面上血盆大口似的黑红圆圈投影，碰碰托娅的胳膊让她也看；实在没什么可看的了，他便缩回头，盯着木桌上有人用马克笔潦草画上去的一个大奶子裸女。托娅紧紧贴在他身边，小口啜着玻璃杯里红汪汪的桑格利亚，脑袋上的丸子头被扎得太紧，皮肉都向上走，看上去有点怒气冲冲，但在偷瞟身边经过的女孩细腰上的脐环时，眼里充满好奇的光。兰波腾身隔着木桌跟昂沁解释，现在没人跳舞是因为才十点钟，还太早。昂沁表情诧异，摆手说他俩只想看看这种地方是怎么回事就走。兰波微笑着说随便。

接下来的trap舞曲突然沉入黑暗而挑衅的重低音节奏，酒吧里原本低沉的说话声迅速跟着升高，穿戴时髦的年轻人开始从黑漆漆的大铁门鱼贯而入，站在吧台前等酒的客人们开始小幅度地摇晃脑袋。四周的人们也有一声不响依偎着的，也有在漫不经心说话的，黑暗的空气中充满了某种潮热的期待。这时，一位服务生走来，往兰波眼前放了一杯荔枝马天尼，低声说了两句话，转身朝吧台指了指。一位眉眼和头发都很像亚德里安·布洛迪，只是个头很矮的黑发外国男子微笑着冲兰波举起酒杯。兰波朝他眨眨眼，拿起酒杯轻轻晃了一下，又放回桌上；趁那个男人回过头去的时候，她迅速伸手把马天尼洒到桌下。托娅一脸纳罕地盯着她看，昂沁则满腹心事似的点上一根烟，缩进沙发里，另一只手慢慢揪弄着自己的头发。

"无聊吗？想走吗？"兰波大声问桌对面的昂沁。

昂沁伸过脖子说了句什么。兰波说听不见，让他坐到自己身边。昂沁靠坐过去，靠近兰波耳朵，表情羞涩地说，他俩再多待一会儿也可以。兰波把手随意地搭在昂沁的胳膊上，轻声笑说知道了。昂沁望着兰波的手，她的手很凉，像淡棕色的小树枝一样扣在他血管鼓凸的粗胳膊上。昂沁慢慢把胳膊撤出来，坐回托娅的身边，从果盘里拿出一块橙子让她吃。

第二位DJ上场时，池上已经有了十来个人。燥热性感的音乐声中，寻欢作乐的气氛渗入酒吧每一个角落。其中一对金发外国情侣跳得最起劲，一边对着空气顶胯，一边朝DJ高声号叫，互相踩着脚，酒瓶里的啤酒沫噗噗地往外涌。一个长发飘飘、穿黑色裙裤的高个男人独自站在舞池中央的光圈里，表情凝重，谁都不理，不断朝地面点头发力，长发很快就抖动成了一片虚影。旁边一个胖子激赏地叫起来："牛×！一看就没颈椎病！"三个看起来像大学刚毕业的女孩在舞池出口的地方围站成一个小圈，手里都拿着橙汁，矜持地轻摇脑袋；其中一个戴绿框眼镜的姑娘慢慢摆着胯走出来，一只手插进头发，开始摇动身体。其他女孩见状，也嘻嘻笑着挪步到舞池里。吧台边上的两个嘻哈打扮的年轻男孩见到这情景，立刻前后推搡着走进舞池，插空贴近女孩们。其中的矮个男孩遭到了女孩后背的冷遇，另一个高个很快就牵住了一只秀气的小手。

昂沁打量着舞池里的男男女女，身子缩成一个紧巴巴的干树墩，好像在做随时被人们扑到身上的准备。过了好半天，见没发生什么恐怖的怪事，他转过脸，对着手里的啤酒瓶糊涂地笑了笑。兰波大声建议他和托娅也下去跳舞，昂沁的表情像是听到了天下最荒唐的建议，摆手退进沙发里。他边上的托娅没慌也没笑，两手垂在桌下按着虎口，眼睛呆望着果盘里的西瓜片，脸上现出即将呕吐的人正在跟食道里汹涌的起伏做最后斗争的克制表情。桌上的桑格利亚玻璃壶早已经空了底。兰波把上半身压过昂沁的膝盖，拉了拉托娅的小胖手，问她要不要自己陪着去卫生间。昂沁感激地点头。

十分钟以后，托娅一个人走回来，紫红的脸上带着涣散的笑容。兰波倚在吧台边，一面等调酒师调酒，一边跟一个穿紧身白T恤的宽肩拉丁男人聊天；那个矮个子亚德里安·布洛迪在酒吧另一端孤独地喝着马天尼，不去看她。拉丁男人拿出手机，扫了兰波的微信。兰波拿着一杯长岛冰茶走回卡座。

"不要了，不要了。"昂沁不安地看着兰波把酒放到托娅面前。

"蒙古人，开什么玩笑。"兰波淡淡一笑，又去数桌上的空啤酒瓶，"还喝啤酒，还是也尝尝鸡尾酒？"不等昂沁说话，便伸出胳膊，越过他慌忙摇动的脑袋，把站在黑暗里的服务生叫出来，"一杯威士忌酸，一杯莫斯科骡子。"

"骡子？"昂沁敏锐地插话。

"不是骡子奶做的，度数很低。"

一边的托娅挣扎着坐起来，像水獭一样用双手握起长岛冰茶的杯子，笑嘻嘻地咬住吸管，圆墩墩的脑袋随着震耳欲聋的音乐摇晃。

"慢点喝，宝贝儿。"兰波伸手把托娅脸边的碎发捋到她耳朵后面，胳膊又一次经过昂沁的脸。她手腕上的香水散发出麝香和橡木苔的幽暗尾调，在昂沁的鼻子下面飘来荡去。

时间接近午夜，一位美貌的外国女DJ在人们的口哨和掌声中上场。她穿着松垮的老爹牛仔裤和灰色运动内衣，红头发随便扎着，纤细的手在调音台精密的小按钮间弹动。The Weeknd幽怨潮湿的嗓音伴随着滞重的混音节拍飘荡到空中，舞池里许多人立刻就疯了。吧台边那个拉丁男人走过来，邀请兰波去跳舞。他离近看不如远看英俊，粗枝大叶的五官有几分野蛮，看起来是那种如果被人撞了肩膀会立刻挥拳的汉子。兰波大方起身，跟着男人挤进密不透风的舞池。没有预热和酝酿，她快乐地尖叫一声，一手解开毛呢背心的铜扣，一手伸向空中。她的舞姿不好总结，有点古怪，又有点严酷，但当她古铜色的纤细肢体在支离破碎的灯光下扭曲、旋转、游动的时候，那种难描难摹的疏离梦幻感，喜欢的人会很喜欢。拉丁男人吹着口哨向她伸出手，兰波带着发慈悲的表情轻轻把手放在他的手里。男人把她拽到怀里，一只大手贴在她不断转动的后腰窝上。没人看他们。舞池上的每个人都掉进了心旌摇荡的黑洞中去。散发出酒精和糖浆味道的潮湿气团不断扑到人们脸上，无情闪动的黑白光影中有人在甩头，有人在嘶喊，有人在接吻，有人把酒洒到别人身上，有人把手放在该放和不该放的地方；也有几个郁郁寡欢的中年人闭着眼，在震耳欲聋的音乐中想着什么遥远的伤心事，在醉倒之前被眼尖的同伴拖到门口去透气。满头大汗的兰波转过身，眼睛向远处的昂沁瞟去。

昂沁也在目不转睛地凝视着兰波，嘴唇干巴巴地半张着，眼神恍然。在这个时髦人物聚集的酒吧里，他依然是个一眼看上去就很俊美的年轻人，有人兴许还会在他举手投足的蹩脚感里感到一种脆弱的吸引力；可是那脆弱到底还是超越了都市生活所允许的界限，把这个漂亮的草原青年连根拔起，朝一个悲哀的地方无限地推搡过去。他的轮廓渐渐模糊，和身后的沙发融为一体，成为这个颓废洞穴里一个透明的小东西。没人注意到他那墨水般的黑眼睛里一闪而过的热望与痛苦到底是怎么回事。

原本躺倒在沙发里的托娅这时捂着嘴站起来，眼睛追索着地面上忽明忽暗的紫光与白光，一小步一小步绕到吧台后面的水泥柱子后面去，又跌跌撞撞地从另外一边绕回来，最后被一个表情不耐烦的女服务生引到狭窄过道里面的卫生间。

兰波在男伴耳边说了几句话，捏了捏他的手作为告别，轻飘飘地回到昂沁身边坐下，脸上依然挂着她惯常的那种淡漠而意味深长的微笑。昂沁手里握着莫斯科骡子的空杯，畏缩地看了她一眼，几片略微发油的卷曲发缕乱七八糟地耷在深邃的眼窝上方，颧骨因为酒精而浮出两大块沉甸甸的红晕。

"今晚开心吗？"兰波把嘴凑到他耳边。她羊皮短裙下面那双像用精巧的小凿子刻出来的似的光洁大腿紧紧抵着昂沁的膝盖。

昂沁无力地垂下头，长睫毛神经质地颤动，牙齿咯咯作响。

"毕，察姆德，海日勒泰。（我爱你。）"兰波嘴里磕磕绊绊冒出这句蒙古语，在轰隆的音乐中听起来相当怪异。没等昂沁反应，兰波突然用手捧过他的脸，把自己的嘴唇贴到他的嘴唇上，湿润的舌头轻轻顶进那沾满姜汁甜辣气味的黑暗里去。昂沁亮晶晶的瞳孔里像是有什么东西突然熄灭了，沉入一片无边无际的朦胧。兰波把身体紧紧贴上去，迷醉地吻着昂沁，一边伸手摸他的卷发，摸他发烫的耳朵，摸他微微颤抖的肩膀。过了好一会儿，她的身体又突然离开昂沁的身体，双手扳住他的太阳穴往远推去，烦躁而惆怅地望着他，"跟我说，你也喜欢姐姐吗？"

昂沁和兰波沉默地对视了几秒，身体忽然剧烈抖动，一只手紧紧扒住桌沿，脖子向旁边一歪，"哇"的一声吐出来。

兰波猛地起身，站到很远的地方去。黑暗中跑过来一个面有愠色、手拿抹布的男服务生，熟练地揪住昂沁 T 恤衫的后领，把他向后一推。昂沁像融化的雪人一样倒在沙发里。

服务生蹲到兰波脚下，小心擦拭她鞋尖上的呕吐物，"美女，你没事吧？"

兰波面色疲惫地抬了抬手，"买单。"

十一

"这世界只是有一点疯狂吗？"

昂沁走了。春山还没回来。兰波感冒了，在家连躺了两天，吃薛姨妈买来的冰镇黄桃罐头。薛姨妈说东北孩子感冒的时候只有吃黄桃罐头才好得快，这是基因里带的。

等兰波终于有精神下楼的那个下午，薛姨妈把她招呼到客厅的落地窗前，在雨后的阳光里给她展示握着鸡毛掸子的酒红色指甲。喜欢美甲这件事，对薛姨妈这些年的职业进程制造了不少障碍。曾经有好几个条件比春山、兰波家更优越的雇主都因为在面试时看到这个中年妇女手上鲜艳的指甲，进而判断她是个不靠谱的家政工作者，尽管她的手依然是劳动者的粗糙大手，而且从不留干活碍事的长指甲，许多人就是觉得不行。但兰波早就告诉薛姨妈，她和春山当初恰恰就是因为看见她的指甲，才更加确定她就是他们想找的那种热爱生活的好阿姨。

"我儿子觉得这个色儿太艳了，问我是不是在外面搞男人了。"薛姨妈撇嘴看着自己的指甲。

"那您在外面搞男人了吗？"

"那就不能告诉你了。"

两个人说笑了一会儿，薛姨妈下楼去小区门口的进口超市买食材，兰波回到卧室，歪在床上用平板电脑看日本综艺《跟拍到你家》。刚看到一半，卧室门口响起轻轻的敲门声。薛姨妈扶着门框探进脑袋，挺奥妙地挠了挠鼻子，"小周，那什么，我刚在院里看见一个人。"

"谁？"

"那个金头发的姑娘。我之前在街上见过她和小蒋——"

"我知道了。"兰波打断薛姨妈，把平板电脑扔到一边，拿过床头柜上的纸巾，擤擤鼻涕，掀开被子。

"就在喷泉边一个人坐着。你说老外咋也这么糊涂？不好，不好。"薛姨妈反对地摇头，"哎，还感冒呢，就别出去了吧？"薛姨妈语气里的惊讶多少有点尽义务的味道。她跟着兰波下了楼，默默看她蹬上球鞋，又走上前，把她掖进运动短裤的白T恤扯出来，把那上面大卫·鲍伊头像的皱褶抻了抻。"有话好好说，别跟小孩一般见识。"兰波没说话。

等兰波出了门，薛姨妈摇头走回厨房，从帆布食品袋里拿出一扇猪肋排，又把手机听书软件打开，放上她最喜欢的田连元《杨家将》。

小区中央花园的绣球灌木已经过了花期，但大片粉色波斯菊和火球花还在盛开，空气里的桂花闻起来也还很甜蜜。喷泉北面的草丛里立着一座手工制作的纸壳彩色房子，里面蜷着一只打盹的流浪猫。兰波双手揣兜，慢悠悠地来到池塘边。依然绿茸茸的垂柳下，一个面貌忧郁的金发女郎坐在木椅上，正对着池塘中央的火烈鸟雕塑发呆。她的金发披散在胸前，收腰连衣裙的黑底上绣着许多小红樱桃。在深绿色垂柳枝条的衬托下，一动不动的她看着也像一座凉白的雕像。

"不好意思，我能坐下吗？"兰波走上前，微笑着用英文说。

阿绿猛地转过头来，戒备地上下打量眼前这个身穿旧T恤和白球鞋，素面朝天的卷发女子。"我不买东西，谢谢，不管你卖什么。"

"我像卖什么的，你觉得？"兰波不等她回答，就坐到长椅上，跷起一条腿，扭过头瞧着阿绿。她讲英文很流畅，感冒的鼻音给淡脆的中式口音里添加了一种慵懒的情调。

阿绿依然警戒地盯着她。

"春山改日程了，明天才回来，看来他没告诉你。"

阿绿直起身子，"你是谁？"

"你猜。"

阿绿伸出一只手攥住连衣裙的下摆，沉默了半天，"山的室友是男的。"

"嗯，我是他的新室友，我把他原来的室友杀了。"

"你说什么？"

"开玩笑的，宝贝儿。我是春山的妻子。"兰波说完，扭过头去打了个喷嚏，"不好意思。"

阿绿的肩膀肉眼可见地震动了一下，"山没有妻子。"

"哦不，他有，真抱歉。"

"你怎么证明？"阿绿声音有点抖，卷舌音发得更重了。

"啊，要怎么证明呢？"兰波托着下巴望着花园小径的石子路，看起来有点苦恼，"就算给你看结婚证，你也看不懂。那就说点你的事吧，安娜斯塔西娅。从哪儿说起？对了，你长大的那个村子里有个疯子，在你小时候猥亵过你，但你爸妈都没管。你养过一条狗，你十岁的时候你爸喝醉后把狗打死了。你说你的金发是天生的，但其实是染的，因为你的阴毛是棕色的。我丈夫喜欢让你跟他玩窒息游戏，但其实你最喜欢的是……还要我往下说吗？"

阿绿前倾身体，把头埋进手里，眼泪顺着指缝流下来。

"当然了，如果你说一个人跟自己的室友也会分享这些事，那我也没办法。"兰波揉了揉泛红的鼻子。

"别说了。"

兰波也跟着把上半身往前倾去，环抱双臂，瞥向阿绿的目光挺怜惜，"你看起来需要喝一杯。我们院里有一个意大利餐厅，就在东门。

224

想过去吗？我请。"

阿绿捂着脸使劲摇头。

"那好吧。"兰波叹了一口气，用平淡而温和的语气问，"为什么伤心呢？"

"你想让我说什么？"阿绿呜咽着说。

兰波的脑袋向左一摆，又向右一摆，像是脑袋里响起了什么童谣的旋律，"我丈夫是个迷人的坏蛋，你是个美丽的傻子，你们两个经历了一段有趣的人生体验。现在你要离开了，剩下的时间做一个酷女孩不是更好吗？你的回忆很安全，没人能抢走。"

"你和他说话的感觉真像。"阿绿脸庞两边垂下去的头发被泪水打透了，乱糟糟地粘在她的脖子上。

"是吗？你还没听过我们说母语呢，很多人说我和我丈夫感觉像双胞胎。"

阿绿抬起头，布满血丝的绿眼睛转向兰波，"我不知道要说什么，我觉得这世界有一点疯狂。"

"这世界只是有一点疯狂吗？"

阿绿看起来很认真地思考着这个问题，半天才擦了擦眼泪，"春山手机屏保上那幅画……画里那个女人，是你吗？"

"哦，我的自画像，是的。"兰波撇了撇嘴，"我早就不喜欢那幅画了，但我丈夫喜欢。"

阿绿抽着鼻涕坐起身，苍白的大手抠着木椅空隙里的黑铁皮条。

"还有什么问题吗？除了他爱不爱你之类的。我回答不了这种问题，我也不建议你去问他。"

"我想知道……山真的是作家吗？"阿绿抬起头。

兰波又打了个喷嚏，笑着拧了拧粉红的鼻头，"啊，怎么说呢？他是一个非常糟糕的作家，写的东西俗不可耐，没有希望成名了，但是人活着总得有点爱好不是吗？只不过我丈夫的写作天分不如他谈情说爱天分的百分之一。"

阿绿靠近椅背，望向天边稀稀落落的白云。她看起来筋疲力尽。

兰波伸出手，抓起阿绿的右手手腕，对着那上面松松挂着的一块银色手表端详了一会儿，若有所思地说道："不用担心，我丈夫会去找你的。"

"你能别告诉他我来过这儿吗?"阿绿低声恳求。

"宝贝儿,等你长大就明白了,这世界上没什么男人值得你跑到他家楼下等他。"

"我不是等他,我只是想来坐一会儿。"

"随你怎么说。再见,百子湾的安娜斯塔西娅,很高兴见到你。"兰波站起身,刚走出几步,又忽然回过头来,微笑道,"哎,你真的不想去喝一杯吗?"

阿绿又把脸埋进双手里。

十二

"自由也得有个度,你说呢?"

回到家里,酸菜炖排骨的香味扑鼻而来。兰波蜷坐进沙发里,一言不发看着墙上自己的画。

薛姨妈放下刚被她洗干净的意式咖啡壶,给兰波倒了一杯热柠檬水放到茶几上,漫不经心地问:"那姑娘走了?"

"不知道。她想坐着就接着坐呗,那是她的自由。"

"我有个更重要的事要跟你说,小周。"薛姨妈目光闪烁不定,"不知道现在这个时机对不对。"

兰波抬起头来疲惫地望着她。

"实在是有点不好开口。"

"您想请假?"

"不是不是,我哪也不去。"

"那是工资——"

"哎呀,想哪去了,不是。"薛姨妈走到沙发跟前,迟疑地抿了抿嘴唇,"我看冰箱里,你又给小蒋买了一堆可乐,还做了蛋糕,是准备明天他回来吃是吧?整这么多甜的,是不是太甜了?"

"啊?"兰波惶惑地笑了。

"现在不是有无糖可乐吗?"

"春山最讨厌无糖可乐。"

"那也不能随着他只做他喜欢的事啊,自由也得有个度,你说呢?

反正我觉得，小蒋还是少吃点甜的和主食比较好。我说的不是美不美的事，是健康不健康的问题。那什么，小蒋的体检报告你都不看吗？"

兰波脸上还带着一点勉强的微笑，但语气变成她和薛姨妈相处时少有的冷淡，"薛姨妈，我一直觉得您比同龄人的分寸感强一些。"

薛姨妈干巴巴地眨了眨眼。

"我从不看他的体检报告，因为我信任他。他告诉我一切正常，就是一切正常。我不认为有人会跟自己家人在这种事上撒谎，实在是毫无必要。"

薛姨妈脸上露出挣扎的神色，但最后还是坚定地扬起下巴，"那我就得告诉你了，我刚才收拾厕所的时候意识到一个问题，小蒋出门这几天，你们二楼主卫的地面都不黏了。"

兰波盯着薛姨妈的眼神惊骇而厌恶。

"你知道男的有时候撒尿会尿到地上对吧？"

兰波怔了怔，摇头笑了，在沙发上伸开双腿，"得嘞，看来你今天也没少喝。"

兰波句子里讽刺的语气以及把"您"变成"你"的事实，并没使薛姨妈的表情发生变化。她又勇敢往前走了两小步，拿起一个沙发靠垫拍了拍，"你听我说，一个月前我打扫卫生的时候就发现了，二楼主卫的地上总是有点黏糊，这他一走就不黏了。正常的尿不应该是黏的，懂没懂我意思？"

"行了。"兰波冷淡地一挥手，"今天就到这儿吧。"说完，她从沙发上站起来，向书房走去。

薛姨妈理了理刘海儿，紧跟着走进走廊，在一盆蕨类植物向外伸展的大叶片后面站住，好像这样就算隐身了，"我知道你就是这反应。你怨我就怨我，无所谓，反正我早就把你们当自己孩子一样了。"

兰波停在书房门口，回过头来。

薛姨妈两手艰难地揉搓着碎花围裙的下摆，干燥的嘴唇抿了抿，"话分两头说，糖尿病也不是说得了就一定怎么地了，只要控制好，都是正常人。"

兰波突然捂起耳朵，狂躁而稚气地大喊："得得得！不要说那个词，真搞笑！"说完就走进书房，摔上门。

十几秒的沉默后，一个沙哑的声音对着门缝轻轻说："排骨再有半小时就好了，你可别因为闹心就不吃饭，还感冒呢。我走了。"

兰波没和往常那样对薛姨妈说骑电动车回家的路上注意安全。

十三

"你要走就走吧，去哪儿都行，只要带上我。"

春山回到家的那个晚上，夫妇俩坐在沙发上喝酒说话，说着说着就吵了起来；俩人从九点半吵到下半夜一点，从中文吵成英文，从楼下吵到楼上又追逐回楼下。春山把兰波摆到茶几上的血糖测试仪连同他从澳门给兰波带回来的点心盒子一起扔进厨房水槽；兰波冲进书房把她从抽屉里搜出来的一沓体检报告扔到春山脸上；春山暴跳地砸碎了壁炉上兰波一个前任情人送她的英国古董花瓶，又咚咚跑上楼进入兰波的画室，手指着《沉睡的牧羊人》说了很多刻薄难听的话；兰波拽着丈夫走进卧室衣帽间，把手表陈列架上的男士手表全部扔到床上让他查数；春山在兰波的高声叫喊中一路踢着东西走下楼，东张西望一番后，把客厅里兰波最喜欢的一盆米邦塔仙人掌扔到地上，上脚踹了个稀巴烂。在发现看起来挺光溜的仙人掌上还是有许多小刺透过薄薄的拖鞋底扎入他的脚掌之后，春山跳到沙发里，像耍赖的小孩一样滚来滚去；兰波打开音响，放上九寸钉乐队1994年的老专辑，坐在地上抽烟，眼睛呆呆地望着脚边一摊绿唧唧的仙人掌肉水。直到厨房水槽里的水哗啦哗啦地溢到了餐厅的地板，邻居美琪来敲门问他们是不是疯了，春山冲过去问美琪能不能不把她身上的老男人精液味带进自己家门，兰波及时拦在要伸手挠春山的美琪面前，道着歉把门关上，两个人才决定停战，在那幅依然裸露在空气里的婚纱照下面坐着发呆。

那大概是他们结婚以来闹得最凶的一次——除了结婚第三年那一回。那是一个会被武侠小说形容为月黑风高的夜晚，怀孕五个月的兰波突然腹痛流血，给春山打电话始终关机，最后一个人开车去了医院，差点撞上一根电线杆子。她做流产手术的同时，春山正躺在一家洗浴中心两个姑娘的大腿上睡着醋甜的觉。他本来让其中一个姑娘帮他给没电了的手机充电，但那姑娘笨手笨脚，充电器的插头没插进去就爬上了床。事后，春山老老实实地认罪，抽了自己七八个大嘴巴，又差点剁了自己的小手指，但兰波还是两个星期没和他说话，坐完小月子就搬到酒店去住。那次危机最后以春山跑到酒店房间疯狂敲门，给她展示自己在后背上新做的圣母马利亚头像文身作为终结——虽然圣母的打扮是圣母，脸却是一个具有鲜明东方特色的单眼皮、短猫脸的女子，一只花臂从长袍袖口里伸出来，温柔地捂在胸口。兰波在猫眼后面默默站了很久，打开门，把背对着她蹲在地上的春山一把拽了进去。如果让一个小说家做观察，会把那个事件作为这对夫妻关系的分水岭："从此以后，他们的婚姻进入了一个神秘的新篇章。"

午夜一点半，春山从冰箱里拿出一瓶无糖可乐，面色悲壮地喝下去，吻别妻子，开上他的特斯拉，披头散发地驶进昏沉的夜色。他要在三点半之前完成一个任务：把兰波送他的三十三岁生日礼物——那块江诗丹顿的纵横四海——从百子湾的安娜斯塔西娅那里要回来。三点半之前完不成也不要紧，兰波说，只不过她的行李箱已经收拾好了。四点整如果见不到他进家门，她就会准时出发，去哪儿不要问。

春山把车停在阿绿住的小区门口，坐在车里默默地按手指关节，按了好半天才走下车，跟东门岗亭里一个跟他热烈讨论过中国足球到底为什么踢得跟屎一样的高个保安打了个招呼，被痛快地放进大门。

夜风很硬。身上还穿着夏日亚麻衬衫、阔脚裤和罗马凉鞋的春山缩着肩膀在空旷的绿化带小道上走着，乱糟糟的长发被风吹上去，地上的影子像一只垂头丧气的鬼魂。见到草丛里有一只刺猬，他便蹲下来，拿起一根小木棍要跟刺猬干仗。那刺猬被吓呆了，往草丛里跑了几步就蜷成个小球，原地装死。寂静之中，一阵车胎碾过地面的咔哧声从后面传过来。春山还蹲着，只把脑袋转回去看。不过是一辆普通国产黑色SUV和一辆不起眼的黑色凯美瑞，但两辆车前后缓缓行进的感觉有什么地方透出一种说不出的阴沉诡异，跟这小区初秋夜晚的宁静气氛格格不入，SUV那贴着黑膜的窗户里仿佛有瞪大的眼睛在往外窥视。春山站起身，掏出一根烟点上，缓步跟着往前走。那两辆车慢慢开到三单元门口停下，两个看起来毫无醉意的黑衣中年男子从SUV上跳下来，凯美瑞里则走出另一个穿深蓝夹克的男人和东门的高个保安。保安脸色惶然地走到单元门口，用门卡扫开电子锁。其余三个男子围在一起低头说了几句话，迅速走进门。春山发抖的手往地上弹了弹烟灰，走到三单元门口时没有停脚，一直走到四单元东边的小岔路才转了弯，在拐角处的自动售卖机后面停下来，一手扶着机器上的玻璃门，一面探头回望。

时间好像过去了半个小时，或者一百个小时，没人知道。在春山即将像马一样站着睡着了的当口，一阵混杂着男性严厉的吆喝和女人哭腔的嘈杂声音从三单元门口传出来。春山猛地清醒过来，探出头，一眼看见一个穿白色睡裙的年轻金发女子反剪双手，戴着手铐，被黑衣男子之一推上了SUV拉开的车门。那男人的力度算不上粗暴，弯腰给女子捡起掉到车外的一只平底鞋的时候感觉多少还有点客气的风度，让人不合时宜地想起《灰姑娘》午夜舞会的场景；但那女子在进车的一瞬间开始号啕大哭，离很远也听得出她的泪水把喉咙和鼻孔都堵住了，闷乎乎的声音好像溺水呼救的人。三单元很多原本黑漆漆的窗户都亮起了灯，几个黑影从窗边谨慎地升起来往下张望。跟在阿绿身后被押出单元门的还有她的娃娃脸室友、金链子在黑暗里闪闪发光的罗圈腿尼古拉，以及两个春山没见的年轻中国男人。其中一个人一瘸一拐地回头跟便衣警察说了句什么，被狠狠揪住衣领，像快递站的包裹一样被半扔半顺进凯美瑞。

被剩下的东门保安独自走在凯美瑞尾灯的暗淡白光中，从颓唐的步伐来看，似乎还没从惊吓中完全恢复。另外两个矮胖的保安从远处跑过来跟他说话，其中一个忽然一拍大腿，在夜色里蹦跳起来。三单元门口走出两个穿着花朵图案睡衣的妇人，抻起脖子目送着那两辆车驶出大铁门，一个摇头，一个点头，闪亮的眼睛完全没有困劲儿。

春山扶着墙低头站了一会儿，一拳砸向自动贩卖机。

他回到家时还不到三点。当他扑通一声跪在兰波面前时，那姿态与其说像求饶道歉，倒不如说更像是一个精疲力竭的旅人在幻觉中看到了天使。兰波惊骇地向后退了两步，一只手捂住嘴。

"你要走就走吧，去哪儿都行，只要带上我。"春山抱住妻子的膝盖，哭得很伤心。

兰波慢慢上前搂住春山的脖子，一只手攥住他还滴血的右手，轻声说自己哪也不去。

第二天早上，右手包扎成一个白布团子的春山半裸着坐在餐桌边，一边喝咖啡一边用手机听本地新闻。他的脸看起来憔悴、浮肿，两腮和下巴的胡子形状也不够漂亮。在听到朝阳区昨夜破获一宗涉外聚众吸毒案的时候，站在岛台边切草莓的兰波看了丈夫一眼，走过去把手机静了音。那天的天气很好，气温回暖，窗外的蓝天上飘着两只明艳的风筝。兰波和春山说好了一会儿去朝阳公园野餐。

十四

"漫天烟花之下，两个来自不同世界的勇敢爱人紧紧拥抱在一起。小妞电影的结局不都是这样？"

接下来的一段时间，春山和兰波的生活里没发生什么了不起的大事。春山的手机里不再有"百子湾的安娜斯塔西娅"这个人，她具体是哪天被驱逐出境的没人知道；《沉睡的牧羊人》被兰波从画架上拿下来扔进角落；薛姨妈被炒了鱿鱼。虽然多领了三个月的薪水，还得到一台崭新的日本进口空气炸锅，她却没有拿到北京外国社区对家政服务人员最看重的雇主推荐信。最后一次从春山家走出去的时候，她拎着空气炸锅礼盒等电梯时的背影看起来有点苍老，不支棱。

兰波和春山飞到苏梅岛，在杨喜的海边别墅里住了五天。三个人每天骑着小摩托在岛上溜达，吃路边摊，逛书店，出海钓鱼——苏梅岛的近海区域已经没鱼可钓了，船总是要开出很远。杨喜和春山唯一一次面红耳赤是在讨论到欧洲难民潮的问题时无法统一观点；不过那天傍晚，当三个人在杨喜的小游艇上一边喝啤酒一边观赏灿烂晚霞的时候，气氛又恢复了轻松和诗意。春山和杨喜都给兰波拍了不少在沙滩上穿比基尼晒太阳的照片，发到三个人的群里。兰波说两个人拍得都很好。

回国后，春山每天都扎在书房里继续写他的《被流放的国王》，兰波开始创作一幅以她在苏梅岛上认识的一位性感巴西姑娘和她的宠物鹦鹉为灵感的新油画，画中色调呈现出前所未有的轻柔明亮。对于昂沁来北京时发生了什么，春山只问过一次，兰波的回答也很简短。她有时候还是会在画室的沙发上自慰，但她心里想的是谁没人知道，她睡觉时也没再喊过任何人的名字。她和春山睡前开始重刷《火线》，两个人都同意第四季最精彩。

那段流水一样平静的日子被打破，是十一月初一个有星星的凉夜。兰波手里握着一杯热红酒敲开书房的门，给春山听一条语音微信。

春山听完，抬起头来，"放羊的小孩又要来？"

"我应该拒绝吧?"

"为什么?"

"我不明白他为什么又要来。"

"说不定他回去之后,发现自己爱上了你,把未婚妻甩了,决定来跟你表白。"春山摘下眼镜,微笑着在皮转椅里转来转去,"漫天烟花之下,两个来自不同世界的勇敢爱人紧紧拥抱在一起。小妞电影的结局不都是这样?"

兰波鄙夷地看了丈夫一眼,脸上却重新浮现出几个月前那种软绵绵的惆怅。

"让他来吧。你要不想一个人去,我就跟你一起。说不定能给我的小说提供点灵感。"

兰波向书桌上的笔记本电脑探过头去看了一眼,"写到哪儿了?开始有人死了吗?"

春山摇头,"刚写完一场凶案现场,也说不上来是哪儿差点意思,我在琢磨怎么给它来点狠的。"

"慢慢构思,老伙计。"兰波拍了拍丈夫的后背,走出书房的时候差点和外面的一个人撞了个满怀。进屋的是家里新雇的家政工,一个看不出年龄的柬埔寨女人,一张羞涩的橄榄色长脸,大脚丫,穿一件淡黄色的长褂子,恭敬地把手里托着的木盘放到书桌一角,说了两句不熟练的英语,低头走出屋。春山朝盘子里面装着的鲜榨羽衣甘蓝芹菜汁、一个煮蛋白和两片剥好的红心柚子翻了个白眼。

兰波倚在门口,对着书桌上的玻璃杯努了努嘴,"等什么?吃晚饭。"

"我为什么不能去餐厅吃?"

"因为不能让你挨着垃圾桶,别以为我没看见你耍心眼。"

"大冬天的,一样热乎东西都没有,我要去居委会告你家暴。"春山噘着嘴在椅子里扭来扭去。

"你去。"

"狠心的人啊。"春山拿起杯子,仰头把一大杯绿汁液喝了下去,使劲一拍桌子,转过身去,伏在书桌前继续打字。

兰波辗转反侧了一晚上,决定下周跟昂沁见面。

十五

"你不需要懂，我自己也不懂。"

那天是立冬。

一个月没见，昂沁看起来变化挺大。

具体哪里不一样，一下子也说不上来。也许是因为他剪了头，漂亮的卷发变成了朴实的平头，额下全部露出的眉毛看起来过于浓郁，有种严肃的感觉；也可能是最近草原空气干燥，他干活时又吹了很多风，所以两腮出现了这个年纪还不该有的浅浅的法令纹；又或者，因为他健壮的体格被隐藏在老干部式的深蓝夹克衫里，当他从上次来北京住过的同一家招待所再一次走出来，在夜风里把脖子缩进衣领的时候……他看起来突然老了。

"赛班努。"

"赛努。"

两个人在车里互相问好之后，挺久都没有话说。兰波把音响里的音乐声按了暂停，从一堆杂物里找出一盒中南海，抽出两根，递给昂沁一根。

"电子烟，不抽了，姐？"

兰波摇摇头。

昂沁把打火机凑到兰波面前。兰波点烟时在昂沁的手上轻轻点了两下。昂沁的手比她的手还凉，还抖。

"托娅来了吗？"

"我自己来。"

又是一阵沉默。两个人的头偏向两边车窗，各抽各的烟。

"姐，我来送给你礼物。"

兰波扭头看昂沁。昂沁的侧脸还跟她记忆中的一样，鼻子是高挺的漂亮鼻子，睫毛是上卷的漂亮睫毛，表情在糊涂不安里又有一种忧愁的坦诚。静静不说话的时候，宇宙里的真理好像都站在他那一边。

"你来就是要送我礼物？还是有别的事？"

"没别的事。"

兰波低下头，眼神随着肩膀一起软下来。她今晚没化妆，也没用香水，两颊微陷的脸隐藏在乱蓬蓬的羊毛卷里面，身上裹着一件双排扣黑色呢子大衣，看着有点憔悴。

"礼物在后面，院子。"昂沁伸手往招待所后面指了指。

兰波也探头往黑漆漆的窗外看了一眼，有点犹豫，"咱们得过去吗？"

昂沁点点头，"屋子里，不让我放。"

兰波思忖片刻，把烟灰弹到窗外，"好，走吧。"

两个人顺着招待所和一家驴肉火烧店中间的窄路走进去，拐了个弯，进入一个黑暗杂乱的小院子。兰波把呢子大衣的领子立起来，右胳膊紧紧夹着腋下包。那包里放着几年前春山给她从国外搞到的胡椒喷雾，她出门很少想起来带上。

兰波走着走着，突然停下脚，声音微颤着问前面的昂沁："那是什么声？"

昂沁没停脚，大步绕过两个大垃圾箱和几辆撂在地上的废旧自行车，拿出手机，打开手电筒，向前方照过去。

兰波从包里拿出胡椒喷雾，悄悄攥在手里，才又向前走了两步，定睛向手电光束方向看去。

一只被拴在铁栅栏上的小绵羊转过头来，咩咩叫着，瘦长脸在冷白的光线里看着有种奇异的凄惨。

兰波呆住了，"什么，什么意思？我没明白。"

"那只小羊，孤儿？牛妈妈？"昂沁蹲下身子抚摸小羊的头，又回过头来，笨拙地解释。

"这是，这是那只小羊羔吗？"

"它肯定记得你，姐。"昂沁期待地笑望兰波。

兰波把胡椒喷雾放回包里，慢慢走上前。小羊看着兰波，没有露出受惊的表情动作，但那迷茫的眼神非要说是认出了她，多少有点勉强。它的身子比兰波上次见时大了一圈，身上开始有了浅黄打卷的羊毛，但腿还是白绒绒的。它的黑眼圈也变大了，看起来像个可笑的倒霉蛋。

"这是……你要送我？为什么？"兰波结结巴巴地问。

"你喜欢它，我记得。"昂沁站起身，两只手垂在身体两边，脸红了。

兰波原地怔着，静静的风中能听见她的呼吸声。

"你给我们，上次，花钱，花那么多钱，我不好受。"昂沁颠三倒四地说着，眼睛不去看兰波。他把小羊从栅栏上解开，将手里的绳子递给兰波，"谢谢，姐。"

兰波呆呆地接过绳子。

小羊听话地跟过来，倚着兰波的腿蹭了蹭。这动作引发了兰波长长的叹息。她蹲下去，伸手搂住小羊的脖子，"又见面了，小东西。"

昂沁又高兴又腼腆地笑了。

兰波迈着迟钝古怪的步子，梦游似的牵着小羊回到马路边。一路上小羊只拉扯绳子两次就放弃了，听天由命地迈开小蹄子跟紧兰波。

"我把它放后座上，能闹吗？"

"它听话。"昂沁挺骄傲地说，一边帮兰波把小羊抱进路虎的后座。

"那我怎么……它……算了。"兰波恍恍惚惚地一摆手，"我也有礼物给你。"说着，她打开后备厢，挺费力地拿出一幅包裹在白色软布袋里的大方板子。她小心剥开袋子，已经裱好的《沉睡的牧羊人》就那么突兀地出现在沉郁的夜色里。

昂沁看画的表情和刚刚兰波看见小羊时的表情差不多，只不过他的困惑持续得更久，而且渐渐变成了因为迟迟没人给他解开困惑而产生的烦躁。他双手揣在衣兜里，沉默地盯着画，两条腿交换着跺脚。

"我画的。"昏黄的路灯下，兰波的瘦削脸上散发出不自在的红晕。

"哦。"昂沁呆呆地说。

后座上的小羊这时候也焦躁起来，把脸挤到半开的车窗外，冲着两个人咩咩叫唤。

"我也不知道你能挂哪儿……但反正就……送给你。"兰波把画举到昂沁的双手里，动作很僵。

"我……看不懂，姐。"

"你不需要懂，我自己也不懂。"兰波低声说完，双手揣进呢子大衣兜里。

"我家……没地方。"

"随便你怎么处理。"兰波语气烦躁起来，后退一步，不管了。

昂沁把画重新放进大布袋里，放到地上，茫然而机械地微笑，"谢谢姐。"

"那就这样吧。"兰波做了个深呼吸，向昂沁伸出一只手，"多保重。"

昂沁握了握兰波的手，手心凉湿。

"白雅勒泰（再见），昂沁。"

"再见，姐姐。"

昂沁提着大布袋，笨拙地走上招待所的台阶，没再回头。边上驴肉火烧店里的灯光很亮。还有两桌客人在吃饭。肉汤子味飘到外面，闻着很香。

兰波回到车上，脑袋垂到方向盘上磕了几下。后座上的小羊挣扎着往前挤，对着窗外昂沁的背影叫个不停。

十六

"你的最终答案是什么？这可是断头台上最后的机会了。"

穿着一身灰色丝绸睡衣的春山倚在壁炉旁抠鼻孔，面对被拴在橡皮树盆栽边上的小羊，看着看着突然大笑起来，"千里送羊还行。"

兰波趴在沙发上，脸埋在靠垫里。她保持这个姿势已经很久了。

"这孩子挺逗，脑回路跟咱们不一样。"

"它为什么叫个没完？"兰波闷闷地说，"是不是饿了？你看看冰箱里有什么菜叶子。"兰波把自己从沙发里支起来，疲惫地抓了抓头发。

"把窗户开大点行吗？这味儿太上头了。"春山走到厨房，打开冰箱认真往里面看了看，"没菜叶子了，你说羊能吃萨拉米吗？"

兰波痛苦地呻吟一声。

春山从冰箱里拿着一颗生洋葱走回来，滚到小羊脚下。小羊颤抖着往后退，叫声更大了。

"这叫声听着不对劲，它是不是病了？"兰波捂住耳朵。

"要是把我从几千平方米的草原上拎走，塞进一笼子里，我也往死了叫。"春山坐到沙发里，抚摸兰波的腿，"认真的，小鸟，你想把这羊留下吗？"

"我不知道。"

"你别说，我都有点感动了。我不觉得那孩子是恶搞，他估计都不

236

知道恶搞是什么意思。"

兰波呆呆地抓着丈夫的手，"怎么办？"

"要不送到顺义先让我妈在院儿里养两天？哎，不行，我妈讨厌一切活物。"

兰波抬起头，"你先把它带到楼上关起来好不好？我脑袋要炸了。"

春山站起身走到小羊身边，在它后背上拍了拍，语重心长地说："别叫了，你看你把你继母气的。"然后解开绳子，用双手锁紧小羊拼命挣扎的四条腿，把它连抱带扛到二楼，在各屋门口看了一眼，最后走进浴室，把小羊放进金脚大肚的弧形浴缸里，又把绳子系到龙头上打了两个死结。

看到春山走下楼，兰波把耳朵松开，仔细听了听，表情依然很忧愁。

"咱们给它起个名字怎么——"春山话音未落，门口突然传来一阵急促的敲门声。

兰波从沙发上弹起来。

"你今晚神经太紧张了，喝点酒吧。"春山慢悠悠地走到门口，从猫眼瞄了一眼，打开门。一位身高体壮的夜班保安浑身寒气地站在门外，歉意地点了点头，"不好意思业主，这么晚打扰您。您的邻居刚才反映说……您家里有异常的声音？"

"什么异常声音，哪个邻居？"春山漠然地摸着胡楂问。

"那个……我可以进去看一眼吗？"保安小心赔笑。

"当然不可以。"

保安身后突然闪出来一个穿着粉色羊羔绒坎肩的娇小女人，手里抱着一只胖乎乎的小柴犬。女人尖声说："别装了，我听见你家有女人一直在喊，你说你把你老婆怎么了？"

春山盯着美琪看了一会儿，退后一步，伸手把门后的兰波拉出来，"老婆，你跟这个疯娘们儿说我把你怎么了？"

兰波双手揣兜，木木地说："我们没吵架。"

保安脸上立刻露出放松的笑容，"没事就好，没事就好。那就——"

"不行。欺负我傻啊？刚才就是有人叫，听得我汗毛都竖起来了！"美琪没好气地往前走了半步。

"来劲了是吧？"春山半个身子跨出门口，几乎跟美琪脸贴脸，"幻听是病，得治。要不我帮你打120，咱去安定医院瞧一眼？"

美琪毫不畏惧地挺起胸，"你连我也要打是吧？来，你试试！动不动就半夜打女人，你真爷们儿！"

"哇，我好怕啊宝贝儿！"春山用双手按住两边脸颊往中间挤，做出个皱皱的怪脸，"要不把你干爹也请出来打我一顿？哎，不行，老头子好久没来了吧？下个月房租有着落了吗？"

保安低下头，抿紧嘴，看得出正在尽最大努力把自己变成一个透明人。

"我×你大爷！"美琪高喊一声，声音险些劈了。她怀里的小狗也向春山龇出粉红的牙龈，挣扎着要从主人怀里扑出来咬死眼前这个坏蛋。

"我大爷没这么重口味，不收城乡接合部的小骚×。"

"你再说一遍？"

"我说，我大爷没这么重口——"

"哎！业主，业主！"保安抬起头，苦笑着把胳膊挡在两人一狗之间，"没事就好，时间也不早了，都早点休息吧？一场误会，一场误会。"

一直沉默的兰波这时也拉住春山的胳膊把他往回拽，"行了。"

美琪伸出一只手指头在春山鼻子前晃了晃，"再让我听见你们大喊大叫，我就直接报警！"接着，她又侧过脸对门里面的兰波说，"你也是！能不能给咱女的争点气？这种男人不离还留着过年？"说完，她抱紧怀里的狗，趿拉着脚上的毛绒粉拖鞋，转身向走廊的另一边走去。"扣扣，咱们不跟这些疯×一般见识了。什么保安，保谁的安？都是废物！"

面色难看的保安什么都没说，向春山和兰波点了点头，把门从外面关上。

"太二了。"春山松了松肩膀，摇着头走到厨房，从冰箱里拿出一听无糖可乐，"最近是又水逆了还是怎么着？"

兰波背靠门站着，双眼紧闭。

"诶，咱们给小羊起名叫熊猫怎么样？"春山的表情在一瞬间又兴奋起来了，"它的黑眼圈可太喜庆了。"

兰波睁开眼睛，"它怎么不叫了？"

"因为咱家熊猫比愚蠢的人类懂事多了。"

"陪我上去看一眼。"兰波疲惫地说。

浴室里，朦朦胧胧的玻璃屏风后面，一团乳黄色的东西在浴缸里蠕动着，木兰和茉莉香薰味道里混进了一股强烈的羊膻味。春山伸手按下墙上的开关。柔和的蛋黄色光线下，小羊蜷卧在浴缸里，浑身抖个不停。它身后薄荷绿墙上挂着的一篮鹿角蕨被扯掉了几片叶子，奄奄一息地冲浴缸歪斜着。看见人进来，小羊立刻支起脖子叫唤，但它的声音已经哑了，咩咩的颤音听着不那么饱满，不再像女人的哭腔。

兰波心灰意懒地靠在门边，"我受不了了。"

"那你想怎么办？"

"你帮我处理吧。"

"处理？"

"带到哪儿放生，送人，我不管，反正在警察来之前把它带走吧。我要崩溃了，真的。"兰波走到镜前，有气无力地打开水龙头，往自己脸上泼凉水。上方墙面挂着的铜框雕花古董镜至少也有七八十年的历史，镜面边角稍微钨秃了，照人有遥远的梦幻感，看不出真实年龄，像是好莱坞老电影里抹了凡士林的镜头。

兰波对着镜子拍了拍脸，走到浴缸边上坐下来，做了个深呼吸，伸出手轻抚小羊身上软乎乎的绒毛。她的眼皮低垂，表情哀伤，看起来跟《沉睡的牧羊人》里面的她有点像。

春山歪着头看了妻子和小羊一会儿，转身走出卫生间。再回来时，手上拿着一个便携蓝牙音箱和一把德国产的切肉刀。

兰波腾地站起来。

春山走到浴缸边，"你出去待会儿。"

"我跟你说处理，不是这个意思。"兰波拉住丈夫的睡衣袖子，面如死灰。

"你说交给我处理，那就交给我处理。"春山把刀和小音箱都放到浴池边上堆着泡泡浴球的银盘子里，开始挽袖子。

浴缸里的小羊仿佛也感觉到了空气中某种气氛的变化，慌张地支着膝盖站起来，滑倒了，又挣扎着站起来，两个大黑眼圈里的眼珠直直地向外凸。

"你宰过动物吗？"春山回头问。

"什么？"

"我也没有，但凡事都有第一次嘛。为了创作，我不是跟你说

239

了吗？"

兰波听不懂似的摇头。

春山笑了，露出食肉动物式的光亮大白牙，"怎么了，你以为这个小可爱长大后会无忧无虑地活在大草原上吗？你以为你的梦中小情人每天的工作是坐在草原上一边喝星巴克一边读卡尔维诺吗？你可别逗我。你上次去他家吃了几顿羊肉？说不定你吃的就是阿奇杀掉的熊猫它妈、它爸、它二姨、它——"

"老公，我现在要说什么，能让你改变主意？"兰波把双手合十捂到脸中央，眼里簌簌流下泪来。

"哎哟？"春山转回身，一只手放在下巴上，"你都好几年没叫我老公了。啊……我想想，有了，你回答我一个问题吧。如果你诚实回答，我就听你的。"

"什么问题？"兰波有气无力地退坐到门边的铜椅上。

春山站在那里，脸上欢愉的无赖气渐渐消失了，取而代之的是一种沉郁的痛苦，"举报阿绿吸毒的，是不是你？"

兰波猛地抬起头，"什么？"

"别让我再问一遍。"

"不是我。"

"你看着我的眼睛说。"

兰波双手拢进卷发，面色恓惶地望着丈夫，"不是我。"

春山看了她一眼，从裤兜里拿出手机，连上音箱，"放点什么好呢？哎，《这个杀手不太冷》里加里·奥德曼杀人那场戏的配乐是不是贝多芬的《暴风雨奏鸣曲》？但好像有点俗套……"他自言自语着摆弄了一会儿手机，然后跪到浴缸前，伸手抚摸正在滑溜溜的浴缸里疯狂扭动身子的小羊，"嘘嘘……乖。"说着，他又转回脸，"你的最终答案是什么？这可是断头台上最后的机会了。"

兰波捂着脸痛哭起来。

"明白了，出去吧。"春山冲妻子笑了笑，是经典蒋春山风格的笑，嘴唇微张，俏皮而又善解人意。浴缸里小羊的脸扭曲了形状，嘶哑的叫声越来越狂乱，但没用了。春山一只手按住小羊的脖子，一手拿起刀。

兰波站起身，像梦游者一样垂着胳膊无声无息地走出浴室，带上门。

一阵黑暗的鼓点从门缝里重重荡出来。Kendrick Lamar富有爆发力的叙述式说唱旋律中劈开一道凄厉而奇异的和弦，响彻浴室。那一年，春山单曲循环最多的就是这首Humble，他说赶上了Kendrick Lamar时代的人们是幸福的。

兰波捂着耳朵瘫坐到浴室门外的地毯上。

十多分钟后，春山打开门。他的眼睛是疯子的眼睛，手上身上都脏得不像样，整个人看上去很累，像要虚脱了。他嘴边也溅了血，像是小孩子恶作剧瞎涂妈妈的口红。他把地上的兰波拖到卧室梳妆间镜前的法兰绒扶椅里，然后走下楼，用手机点了外卖。没过一会儿，他从敲门的外卖员手里接过来一个7-11便利店的大袋子，从里面拿出四罐有糖可乐、两个焦糖布丁、一条牛奶巧克力和一瓶梅子酒，坐在餐桌旁，开始大吃大喝，一边拿起手机打电话。

兰波依然在二楼的梳妆镜前呆坐着，镜子里的她泪眼蒙眬，身子蜷成薄薄的一片，仿佛一碰就要碎了。

又过了四十多分钟，门铃再次响起。春山打开门，短暂的低语过后，一阵听起来像有很多人的脚步声急促地传上楼梯。

"哎呀，小周？"围着一条宝蓝色花围巾的薛姨妈从春山身后探出头来，往卧室里唤了一声。

兰波痴痴呆呆地抬起头，一脸泪痕，不认人。

薛姨妈走上前，抓着她的手摇了摇，"哎呀，咋的了这是？"

"她来大姨妈，肚子疼，没事。"春山解释着，打开卫生间的门，扭头说，"进来吧，小伙。"

薛姨妈的身后，一个穿着红色冲锋衣、脖子上挂着耳机的矮个年轻人，拎着一个空麻袋，木张张地走进卫生间。他和薛姨妈一样长着白净的大圆脸和微龅的牙，只不过额前和下巴有许多痘印，看起来很局促，没有母亲那样气定神闲。

小羊的尸体四蹄朝天地躺在浴缸里，身上还没僵，血已经被放好半天了。春山把溅到地砖上的血也简单擦了擦，但墙和天花板都没管。屋里充斥着一股清早农贸大厅肉类区里的甜腥味儿，再多的消毒水也盖不住。

春山走到立在浴缸边的小伙子身旁，拍了拍他的肩膀，"乌珠穆沁羊，你懂行。家里亲戚送的，我们也吃不了。我立刻就想到你了，拿到店里正好。"

"快谢谢大哥。"薛姨妈戳了儿子后背一下，又回过头，不安地朝门外的兰波看了一眼。

"那我就不管了？"春山面带歉意地笑着搓手。

"你出去吧。"薛姨妈还是带着以往的亲热劲拍了拍春山的胳膊。春山也按照以往的亲热劲在薛姨妈脸边的空气里亲了一下，走出房间。

午夜两点一刻，薛姨妈和扛着麻袋的儿子离开了春山家。临走前薛姨妈提出要给兰波熬一碗姜汤，春山说不用了。

卧室里，兰波自从一个小时前就纹丝不动地侧躺在黑暗中，月光下的轮廓像一座冷而远的山。

春山回到浴室，满意地转了一圈，洗了个热水澡，一身芳香地钻进被窝。他把嘴贴紧兰波的脖子，在上面亲了一下。

兰波打了个激灵，身体往床边挪去。

春山继续亲兰波的脖子，被子里的手顺着兰波的后背往下滑，伸进她的内裤。兰波踢开他的手。

春山掀开被子，一手按住兰波的脑袋，另一只手把她的内裤扯到脚踝，骑坐到她身上。兰波尖叫起来，拼命蹬腿，徒劳地试图翻身，脑袋却被春山死死按在枕头里。那枕头很快就被眼泪打湿了。兰波请求春山放了自己，春山说他听不清她在说什么。

在兰波凄厉的哭声中，春山强暴了他的妻子。

窗外的夜色很美。天边的月亮像科幻电影里的月亮一样巨大而明亮，似乎在暗示着一些秘密而奇妙的事情即将发生。

本文刊载于《当代》2023年第 1 期

满乡花信风

王　野

一

这个春节假期，佟晓格刚进渝阳湾村口，还没等把拉杆箱放到家里，就在闺密蔡小兰口中知道了三件事。第一件，在蔡小兰的几番坚持下，着急结婚的男友赫喜家终于把彩礼送了过来，金耳环、金项链、金手镯，首饰"三金"；人民币十三万零五百，现金"三斤"；外加一枚钻戒。第二件，索晚济和媳妇富佳离婚了，他净身出户，现在带着三岁的女儿和索爷住在一起。第三件，蔡小兰说，要不是已经走到谈婚论嫁这一步，她还真想和索晚济好，二婚也不在乎。

当然，第三件属于心事，蔡小兰要是不说，没人知道。

渝阳湾是大凌河北岸的一个满族古村落，靠山临水，站在后山的烽火台上向东南隔河相望，与县城的直线距离不到六里远，走大凌河桥去县城，也就十几分钟的车程。

渝阳湾村名里的"渝"字咋写，多少年来人们一直争论不休。有说写"渝"的，因为大凌河古称渝水，村子坐落在北岸河水的转弯处，所以应该叫渝阳湾；有说写"榆"的，因为村口有一棵至少活了一百年的老榆树，榆树是满族人敬奉的神树，凡是满族人落脚聚居的地方，都要栽上榆树护佑吉祥，所以应该叫榆阳湾。

按照"隔山不算远，隔河不算近"的老话，渝阳湾属于地地道道的乡村，可是随着前些年行政区划的重新合并，渝阳湾村跟原来所在的乡一起，划入了现在的城郊街道。

243

佟晓格是目前为止渝阳湾村大书念得最高的，还有半年硕士研究生毕业，学的是环境艺术设计。蔡小兰、赫喜、索晚济、富佳他们，是同村的发小，念到高中时一直是同学。考上研究生后，佟晓格两年寒暑假都是跟着导师去做调研和社会实践，没回渝阳湾。这个春节蔡小兰准备结婚，招呼她当伴娘，所以提前回来了。

蔡小兰考上的是专科，没念，高中毕业后就和当农科站站长的父亲搞起了蔬菜大棚。蔡小兰比她爹干得大发，大棚建得越来越高级，现在已经用电脑控制了。传统的角瓜、黄瓜、豆角不种了，水果黄瓜、圣女果、草莓、葡萄、樱桃……啥贵种啥，啥挣钱种啥，还给自己的果蔬注册了"菜小篮"商标，组织起了"菜小篮"合作社，在网上卖菜，开采摘园。索爷说，真得好好活着，看看人家蔡小兰趴被窝儿里抱着手机就把钱儿挣了。

索晚济考上了本科，因为父母双亡，跟着年迈的索爷生活，家里的钱打不开点儿，还要照顾索爷，干脆撕碎了录取通知书，扔进家门前的大凌河里。乡里、村上和左邻右舍都要帮他，让他去念书，被他谢绝了。富佳的父母是养大车的，往吉林、黑龙江那边儿送菜，家境富裕，看索晚济这孩子为人处世老成，闺女富佳也没反感，于是招索晚济做了养老女婿。后来，富佳她爸给他们在城里买楼了，索晚济没跟着去，再后来，就离了。现在，索晚济每天的活儿就是开着富佳留下的皮卡，把合作社要发的果蔬快件送到城里的快递收件点，再把本村乡亲的快递拉回来，上午一个来回儿，下午一个来回儿。

赫喜和蔡小兰处对象，是索晚济的爷爷撮合的。索爷是村里的老乡贤，谁家有个大事小情的都是他帮着张罗。老人看俩孩子年纪相当，一起长大的，知根知底，就出面两家来回说合："行！大喜子年纪轻轻的就在城里的大饭店当厨师，有手艺，哪月还都不少挣，可订！"索爷揽承，三说两说就给说合成了。

二

佟晓格这次回渝阳湾，感觉一切都既熟悉又陌生。村口桥头还是那棵老榆树，她曾和小伙伴儿一起在树下跳皮筋儿；村前林边还是那条大凌河，她曾和男孩子们一起在里面摸过鱼；村后山上还是那座烽火台，她曾和闺密们一起在山上采蘑菇。不同的是，村东流入大凌河的女儿河上修了一座古朴的石拱桥；村西的蔬菜水果大棚一望无际，绵延在大凌河与边台山之间的坡地上；那条穿村而过的路平整宽敞了，家家户户的老房子大多变成小楼了。

春节前的渝阳湾村，外面白雪皑皑，玉树琼枝，"菜小篮"合作社的果蔬包装暖棚里春意盎然，直播的直播，打单的打单，选菜的选菜，装箱的装箱，一派繁忙景象。佟晓格和蔡小兰跟乡亲们一起，把最后一批要发走的草莓包装完毕，就等索晚济拉到城里发件儿了。

这时，只见水仙姐拉着脸色铁青的索晚济走进了合作社。水仙姐四十来岁，年轻时丈夫就被淹死在大凌河里，至今仍未改嫁。现在她带着不到二十岁的女儿谭花，在蔡小兰的指导下，搞大棚鲜花。

蔡小兰问："出啥事了？"索晚济气得说不出话，想往外走。"没车你踩着鞋底儿走着送啊？"水仙姐把自己的箱货钥匙塞给了索晚济，回头跟蔡小兰说，"这不，我开车刚到北关桥头，就看这货背着一大包件儿，偏头偏脑地往回走呢。"

索晚济拿着车钥匙掀开棉门帘子，走了。"你的皮卡呢？"蔡小兰望着索晚济的背影问。水仙姐咬了一口西红柿，说："让富佳她爸要回去了！今天一早人家富佳和她爸就在快递门口那儿等着呢，晚济刚卸完货，车钥匙就被富佳她爸一把搂去了。说富佳车本儿下来了，先拿皮卡练手儿。"蔡小兰哭笑不得："我的天，就她那掉地上不沾土的笨样儿，科二是咋过的呢！"水仙姐说："赶紧装货吧！这几天我送，可你得撒楞儿想辙啊！管一饥我可不管你百饱，年根儿底下，我的水仙特下货。说不定我还得上北京，给中央电视台的春节晚会送一车呢！""行行，你敢想就行。"蔡小兰边说边招呼大伙儿赶紧装货。

"富佳这不是落井下石吗！"佟晓格手上搬货，嘴里嘟哝。蔡小兰大嗓门儿起来了，"一会儿你跟我上桥北头卖车那儿去一趟。"佟晓格问："干啥去？"蔡小兰说："请你吃八碗席！还干啥去，买车呗！"

佟晓格把蔡小兰拉到一边儿，"你不是已经决定把彩礼钱退给赫喜家吗？买车有钱啊？"蔡小兰有点不屑地看着佟晓格："告诉你晓格，本姑娘是不想拧着老人，说我起么蛾子不随众儿，才收了老赫家彩礼的。飞机现在我是买不起，就买个破皮卡，还犯不上花他家彩礼钱。你总不着家，还真不知道我腰包儿都鼓成啥样儿了。"

"知道你有钱，行了吧！看来我们的头脑真得追追腰包儿，让它们一样富裕。"佟晓格想起前一晚闺密俩说的悄悄话。"我这个积极分子比你这预备党员，是差着段，我使劲追。"蔡小兰说。

当晚大凌河畔繁星满天，一辆崭新的皮卡开到了索晚济家。掀开棉布门帘，蔡小兰和佟晓格看见索晚济正照着自己画的图纸，专心地修补着老式的门窗，旧木头散落一地。

蔡小兰把新车钥匙扔到了索晚济面前的台案上，"明天该干啥干啥，发货、取件儿，一样儿也不能耽误啊！"

索晚济没回话，仍旧忙着手里的活计。

"看着没？成天就这犟驴样儿。"蔡小兰指着索晚济对佟晓格说，"人家街道派人，来村里画墙画儿，把他家活码着的石头院墙用水泥抹平了，正准备涂白画画，他回来看到了，立刻就把院墙推到了，重新找石头又活码上了。还跟街道的人干了一架，说人家的画不是美丽乡村，你石头墙就是美丽乡村了？没事就闷头鼓捣这些破窗框旧门，还有外面的破石磨破碾盘，现在都啥年月了，谁还使这玩意儿？不要说富佳不和你过了，换我，也得一天挠你八遍儿。"

索晚济任凭蔡小兰数落，还是不说话。

佟晓格拿过索晚济的图纸，越看越有兴趣，像是说给索晚济，又像是自言自语："我明白了。乖乖，你这是给我的毕业论文画图解呐！晚济，明天我的邮件到了，四大箱子书和资料，你一定给我取回来，那里面，有你用得着的图纸。"

索晚济这才抬头看看佟晓格，又点了点头。

蔡小兰不解地来回看看眼前的二位，似懂非懂："哎呀！这是找到知音了咋的？"佟晓格拿着图纸，问蔡小兰："兰子，你的新家，一个是现代的楼房，一个是古朴的旧式满族小院儿，你挑哪样儿？"

"我新家是现代的三层小楼，都装修完了。"蔡小兰说。

佟晓格告诉蔡小兰："晚济这是准备修复满族风貌的老院子，留住我们的文化记忆啊！坐在热乎乎的万字炕上，玩着被我们摸得锃亮的嘎拉哈，火盆里面埋着地瓜和土豆，红红的剪纸窗花就映在我们的脸上……光想想都美爆了。"

蔡小兰仿佛突然明白了，"怪不得都说这小子内秀呢！"

佟晓格告诉索晚济："光你一家绝对不够，明天我在村里从头走走，仔细调研一下，做个整个村庄的规划设计，哪些家做'格格庭院'民宿，哪家做'满族八碗席'餐饮，哪家做'乡愁'博物馆，哪段儿恢复'凌河古渡'渡口，烽火台上如何再现'边关狼烟'的场景……到那时，我们村的'满乡风情游'就成气候了。"

"这么说，我们这些'棚二代'就要变成'游一代'了？"蔡小兰也来了精神。"'旅一代'也好，'游一代'也行，我们要做的是'创一代'。"佟晓格看着同样激动的索晚济，"我决定了，从家乡做起，先把环境艺术设计的论文，写在大凌河北岸这块土地上。"

蔡小兰说驻村的第一书记陶书记讲过，中国梦该怎样实现？如果我们每一个人都有梦想，而且都去不懈地坚持并努力实现自己的梦想，那么，十四亿多个梦想成真汇聚在一起，就铸就了中华民族伟大复兴的中国梦。人生啊！唯有梦想不可辜负。

"建设美丽中国，先从建设美丽家园开始。既然老祖宗把我们摆在这儿了，我们就造一个他们曾经梦想过无数次的渝阳湾。"

三个心有灵犀的年轻人，仿佛看到了渝阳湾明天的模样。

三

索晚济开着蔡小兰买的新皮卡，还没等到下午那趟发货回来，蔡小兰的手机就响起了微信提示音，是赫喜发来的，开头是一张索晚济开皮卡照片。

大胖喜：你这啥意思啊？（抓狂表情）

小菜篮：啥啥意思啊？

大胖喜：你给小济子买车了？（难过表情）

小菜篮：买了，咋了？

大胖喜：拿彩礼钱给他买的？

小菜篮：没事你少吃点儿，别光长肚子不长心。

大胖喜：（撇嘴表情）

小菜篮：你那仨瓜俩枣的，买车够吗？

小菜篮：（微信转账，130500.00元）。

看到蔡小兰转回来的彩礼钱，赫喜当时就蒙圈上头了。

蔡小兰心里明镜儿似的，就是水仙姐发朋友圈嘚瑟出去的。赫喜看到了之后，肯定把饭店后厨带酸味儿的全喝了。这个赫喜，穿的衣服是XXXXL码的，肚子里的心眼儿却是S码的。蔡小兰虽然嘴大心敞，但这事，绝不解释。佟晓格劝她，还是跟赫喜说明白喽。蔡小兰瞪着眼睛："惯着他！以后过日子还长着呢，两口子没事天天掰扯这鸡毛蒜皮的，还干不干正经事了！"

索晚济取件儿回来了，将佟晓格的四大箱子书和资料搬下车后，默默地把皮卡钥匙放到了蔡小兰的电脑桌上。

"你就开着！这是咱们合作社的发货车，不是我蔡小兰倒贴给你索晚济的定情信物。"蔡小兰看着擦汗的索晚济，大声大嗓儿地说。

索晚济不动，佟晓格悄悄地拿起车钥匙，塞进了他的羽绒服口袋里。"我知道你怕影响小兰和赫喜的关系，这事我跟赫喜解释。"说完拉着他走到快递箱前，开箱翻找资料。

佟晓格和索晚济正兴致勃勃地翻看资料，只听到啪的一声，蔡小兰的手机重重地摔到了地上。他们同时抬起头，只见蔡小兰没捡手机，而是坐到了电脑桌边，把脸伏在桌面上，双肩开始抖动，接着传来了委屈的哭音，声音越来越大。

佟晓格起身来到蔡小兰近前，扶住了她的肩膀。索晚济拾起手机，看到了蔡小兰朋友圈里的内容，是富佳发的。

曝光一个不要脸的女人啊！她吃着碗里的，看着锅里的，自己有对象，还惦着别人都不要了的老公，帮人家挣钱，给人家买车，啊呸！倒贴的货！还"脱贫攻坚"带头人呢！就带这头儿啊？真不要脸，趁早一头扎到大凌河里，沁死得了。啊呸！

还配发了一张图，白底儿黑字写着：图不重要，事挺热闹。

索晚济气得浑身发抖，从牙缝儿挤出两个字，谁也没听清。

当天夜里，佟晓格又住在蔡小兰家。躺在床上，佟晓格开始怀疑她和蔡小兰做"无价新娘"的约定，是不是有些太惊世骇俗了。在这样一个传统观念根深蒂固，办啥事都是前有车后有辙的地方，不要彩礼，做"无价新娘"简直就等于是大逆不道。长辈们会说你俩这是要让大凌河水从东往西流哇！女孩子们会说你俩这是疯了吧！图什么呀？男孩子们会想，别是你俩有啥毛病才不敢要彩礼吧？全村一人一口唾沫，就能把她们俩给送走喽。

身边的蔡小兰不哭了，而且她还就要做"第一个吃螃蟹的人"。

看看周围的姑娘，定亲，出嫁，不仅要天价彩礼，外加要楼要车，就打算结完婚啥都不用干了，光享受就行了。男方家庭条件好的还好说，积蓄不多的就得四处张罗。偏偏越是没有出息的姑娘，价码越高，相反像佟晓格这样读过大书的，有大能耐的，反而不要彩礼了？更有甚者，有的女孩子在结婚之前，明确提出，不养老人。她们前脚儿结完婚，后脚儿就把老人扔在一边儿，不管不问的，除了隔三岔五手头儿紧时伸手找老人要钱，要么就是让老人帮着带孩子，否则连个人影儿都摸不着。

我蔡小兰绝不会再走她们的老路了。我有我的梦想，我有我的事业，我凭本事自己挣钱，谁也不指望。那句话咋说来着？对，一代人有一代人的长征。我就是结了婚，也要继续奋斗，决不躺平了靠别人。

姐妹俩你一言我一语，互相袒露心扉。最后，两人再一次达成一致：移风易俗、乡村振兴，我们要带头"振兴"我们的精神世界和行为方式。咱俩从自己做起，坚决做渝阳湾的"无价新娘"，向陈规陋习宣战。

这还得了！女娲补天她捅天！渝阳湾的新鲜事，咋都让她蔡小兰押头儿给干了？这回，还捎上一个见过大世面的佟晓格。

第一个找到蔡小兰的是媒人索爷。"傻丫头，我可是土都埋到后脖颈子的人了，再填两锹土，这辈子就这么地了，可你还是一朵小花儿没开呢啊！我活了八十多年，屯里娶媳妇嫁姑娘，都是我张罗的，哪家不是按着传下来的规矩办的。你是好女不出庄，可也不能这么干哪！这事你问问你爸你妈，他们能同意吗？你退了人家老赫家的彩礼，人家还以为你要悔亲呢！即便是说明白了你心里的想法，可你不收彩礼钱，老赫家心里没底呀！这马上正月就办事情了，听索爷一句话，把彩礼收了，千万千万别出啥岔头儿啊！"

面对村里的长辈，她蔡小兰能说啥，跟他讲鲁迅先生那句"从来如此，便对吗？"跟他讲共产党员首先要带头移风易俗？跟他讲乡村振兴首先要振兴人们的精神？她只能边听边点头。

佟晓格帮索爷穿外套、系围脖，送他回家。索爷临出门时回头又说了句："孩子听话，我这是为你好！"

第二个找到蔡小兰的当然是赫喜，他先是蒙了好一阵儿，随后在佟晓格那儿得知了真相后，感觉惊喜是惊喜，但就是总觉着心里没啥底："我也不信朋友圈里富佳发的那些话。就那泼妇，自个儿的亲闺女都不管不问，成天在城里不是泡麻将馆，就是上我们饭店和这哥那哥的一起喝大酒；要不就是和一群眼眉纹得挺老粗、画黑眼圈子、涂红嘴唇子的老娘们儿满世界溜达，戴着墨镜、抖着纱巾、撅着屁股照相、录小视频，发快手，发抖音，发朋友圈，天天啥正事没有。我信不着她，可你还是把彩礼收了吧，要不然我和我爸我妈心里都没啥拿儿啊！"

蔡小兰看着憨憨胖胖的赫喜，一脸怪笑地问他："那你的意思是说，我把彩礼收了，就像买东西似的，卖主收了钱，你就有拿儿了呗？我是个大活人，不是大棚里长出来的草莓、葡萄、樱桃，谁下单了我就得给谁发货！看你行，没彩礼我也嫁给你；人不中，你家再有权有势有钱我就能嫁是咋的？成天在那儿寻思啥呢！"

"那你看我这人还行吧？"赫喜和蔡小兰说话，得见缝插针。

蔡小兰看了看赫喜，微笑着说："看发展啊！别安于给人家饭店打工，一个月挣那万八千块钱。晓格回来了，规划建设满族古村落文旅示范村呢。你找索爷问问，把咱那满族八碗席学会了，回村开个八碗席特色餐饮啥的，自己创业当老板，不香吗？咱这是满族乡村，来的客人要吃特色，你就是把外地所有的菜系都学会了，也不如人家当地做得正宗。听明白了没？"

"那是那是。全听老婆大人安排。""滚！现在不许叫老婆。"

"嗯嗯。不是我再问一嘴，我都当大老板了，那你干啥啊？""我干啥？种菜呗！你大勺里的玩意儿，不得我亲自去种吗！"

"最后就再问一句，咱们定的正月结婚没啥岔头儿了吧？"

"目前没有。""好嘞！妥妥的必须！"

四

佟晓格顶着寒风，走遍渝阳湾全村和周边，调查，拍照，测量，绘图；蔡小兰忙着采摘、包装、打单、发货；索晚济忙完蔡小兰这头的活儿，就去佟晓格那里帮着提建议，出想法，打下手。

蔡小兰不要彩礼的事，赫喜和他家里，高兴当然是真高兴，但总觉得哪里有点儿不对劲儿。

蔡小兰家里这头儿，经索爷和父母一唠扯，老实巴交就会扣棚菜的老爸没啥脾气，可在人前必须说上句儿的老妈当时就翻儿了："啥玩意儿？不要彩礼？无价新娘？是不是我还得给老赫家倒贴点儿啊！这几年种草莓挎兜儿鼓溜不知道咋地好了吧你？从古到今，从东头儿到西头儿，你帮我挨家打听打听，哪家姑娘出门儿白给、垫圈不要彩礼？我出钱给你俩盖小楼那事，就让南北二屯讲究得不善劲儿了，你也不是聋子听不见。这马上就要结婚了，你给我整这出儿，不行！说出龙叫唤来，不要彩礼就是不行！今儿个看咱娘们儿谁拧过谁了，你要是敢不要彩礼，你就别打算从老蔡家大门口儿嫁出去！断绝母女关那是轻的，你要再逼我，一头扎进大凌河里我也不是不敢……"

索爷摸着光溜溜的下巴，倒是没发脾气："小兰哪！不管咋说，彩礼该收还得收。人家老赫家也不是拿不出这个钱，人家也都是面儿上人，在屯中，也得壮这个脸儿啊！"

水仙姐抱着手机来找蔡小兰："这玩意儿方便是真方便，可是惹起祸来，也真是不用回家现取去，手指头一按的事。小兰，上次发朋友圈那事，姐给你和晚济惹麻烦了，对不起了啊！"水仙姐就差没当着蔡小兰的面儿把手机摔了，然后再掴自己两个嘴巴子。

"你也不是故意的呀！"蔡小兰早就发现，水仙姐自打那回以后，再也没发过朋友圈，"水仙姐，朋友圈、快手、抖音啥的，你乐意发还随便发别理那些找缝儿下蛆的主儿，他们没这事找那事。"

水仙姐满脸的歉疚。蔡小兰看了她一眼，拉着长音儿说："嗨——有些人就那样儿，只要你随手一拍，她就开始写说明，添油加醋地编故事，自我上劲儿，自我狂欢；只要是你跟别的女的在一起，也不管你是正事还是咋的，就寻思你俩是搞上了，没干好事。"

搂着她又问佟晓格，"哎，晓格，有句古话咋说的来着？哦，'来说是非者，便是是非人。'其实就他们这么想的，整不好他们也是这么干的。没事！水仙姐，你别往心里头去啊！"

佟晓格拦住蔡小兰的话头："行了兰子，我们抓紧干活儿吧。"

五.

佟晓格和蔡小兰倡议带头做"无价新娘"并在渝阳湾引起轩然大波的事，驻村的陶书记向街道的朱书记汇报了。

别看陶书记腿脚不好，跑街道、跑县里、跑渠道、跑项目、跑手续、跑资金，渝阳湾老百姓所有的大事小事，都由他开着自己的小面包车来回张罗，用他自己的话说："渝阳湾村老百姓的脱贫奔小康，那是人家乡亲们自己撸起袖子起早贪黑地干出来的，有我啥功劳？我干农村活儿不行，跑个道儿、学个舌啥的还基本够用。这么多手续，这么多部门，乡亲们一听脑袋就大了，何况大棚里还离不开人手，我城里、上边道儿熟，搭个桥，牵个线，帮跑跑呗。"

朱书记听完陶书记的汇报，像择九连环一样，一下子就找到了解决问题的关键所在："这事好办，先从蔡小兰她额娘那儿下手。一会儿咱俩一起去一趟渝阳湾，先把蔡小兰她额娘的工作给做通喽。到她家你就听我的，我唱戏，你敲边鼓。这是移风易俗的好事，咱们必须给她们仗腰眼子。这些年天价彩礼、办事情随礼的事，老百姓是怨声载道，还都不愿意从自己下手转变，于是恶性循环。现在，咱们就从蔡小兰和佟晓格开始，把天价彩礼的'天'字那一捺掰出个拐弯儿来，变成无价新娘的'无'。"

朱书记和陶书记冒雪驱车，来到了渝阳湾村，走进蔡小兰家。书生气的朱书记，讲话、座谈、跟人唠嗑时总是文质彬彬，有板有眼的，一阵寒暄过后，他们的谈话进入了正题。刚刚还是笑脸相迎点烟倒水的蔡嫂，一听朱书记把话头儿拐到了闺女的彩礼上，脸立刻就耷拉下来，脸色也不如刚进屋那阵儿好看了。

朱书记倒是面不改色，"大嫂子我打听打听，我蔡哥娶你的时候，花多少钱哪？"蔡嫂翻愣翻愣眼皮："多少钱咋的？一时一个令儿。一九九几年那会儿刚时兴儿扣大棚，他们老蔡家把挎兜儿都抖搂干净了还贷了不少款，哪儿还有彩礼钱给我。我是看你蔡哥人儿挺专全，就低着头嫁到了渝阳湾，结婚那天就差没把脸埋裤兜子里了。"

朱书记绷住没笑，"那你这是看中人才，投的是潜力股啊！行，有眼光。当时报社、电视台啥的，都应该报道一下的。"

"你可拉倒吧你！就是我不知道砢碜就是了。"蔡嫂知道朱书记在往里绕她，"我闺女再也不能像我一样了。再说了，他们老赫家也知道有胭脂粉往脸上搽。现在日子都好过了，谁家也不是拿不出个彩礼钱，蝎子教徒弟——都是这么蜇（着）。我可不抻这头儿。"

"其实你们家小兰除了扣大棚、懂技术这点儿像我蔡哥，其他性格脾气啥的还是像你的面儿大。"朱书记依旧慢条斯理，"刚扣大棚那会儿，我蔡哥是懂技术，但不敢干。是你头一个响应当时乡里的号召，带头干，当示范，最后把咱桥北这一片的几个村子都带起来扣大棚，听说那阵子'三八红旗手''致富带头人'之类的证书、奖状、锦旗啥的，你可是成堆地往家抱，这个头儿，抻得好哇！"

"到现在扣大棚这事，周围人都说我没坑大伙儿吧！你可桥北打听打听，只要是跟着我干的，哪家不是挣得满挎兜子是钱。"蔡嫂只要是一听到有别人夸她，马上就来精神头儿。

"没错！小兰现在就像你当年那股劲儿。你当年是带着大伙儿致富，小兰现在是带着大伙儿奔小康生活、搞乡村振兴，你们娘儿俩，这就是'一张蓝图绘到底'。"朱书记觉得火候快到了。

"搞乡村振兴跟要不要彩礼，这也刮不上边儿啊？"蔡嫂又开始警觉。

"我聪明的大嫂子啊！你没事少摆弄手机、在快手里臭美，多看看报纸、电视。乡村振兴，总的要求就是产业振兴、生态宜居、乡风文明、治理有效、生活富裕。"朱书记掰着手指头，"你看这五条，产业振兴咱做到了吧，生活富裕更不用说了，咱村出来的研究生佟晓格，现在正研究生态宜居的满族乡村风情游这条呢，咱们街道和文旅局拍板儿了，全力支持。小兰和佟晓格倡议的'无价新娘'，就是乡风文明里重要的一项啊！这些年，咱们这里婚丧嫁娶不用说了，办寿、生孩子、盖楼、上大学，有的人家儿多少年没事情，怕干往出随礼回不来钱，就连换个窗户门、砌个猪圈墙都要摆席立个账桌子。大嫂子你不也是看着来气直抱怨吗！再这样下去不行了！得改改章程了！"

"那我们家的事情也不办了？这些年的随往，就都干搭进去了咋的？一年得随出去上万啊！"蔡嫂确实是有点儿着急了。

"大嫂子你要是这么问，我这个书记就得跟你讲讲政治了。"朱书记看着蔡嫂，"第一个，国家关于乡村振兴，马上就要立法，草案正在研究，叫《中华人民共和国乡村振兴促进法》，再不移风易俗，再大操大办，那可是违不违法的问题了；第二个，我蔡哥是党员，小兰现在是入党积极分子。'七一'就要召开党员大会讨论发展她为预备党员，街道党委还要研究她参加村两委班子换届选举的事。在这个节骨眼儿上，作为一个预备党员、后备干部，还跟大伙儿以前一样，要彩礼，办酒席，收礼金，大嫂子你觉得合适吗？"朱书记看出蔡嫂还有点儿心有不甘，"不过你放心，只要咱不要彩礼，不办酒席，不收礼金，小兰结婚那天，我让佟晓格策划个最新式样的婚礼，你要不嫌弃的话，我来当这个证婚人。我还负责把省市县报社电视台新媒体都请来，再找一个你最稀罕的主持人，让小兰欢欢喜喜地出嫁，让你再风风光光地露把脸。"

蔡嫂嘴上没表态，心里却基本被说动了。送朱书记他们出大门时，蔡嫂突然问了朱书记一句："兄弟，你家孩子是姑娘小子？"

朱书记明白蔡嫂是啥意思，"这么着大嫂子，我这就把各级纪检委、巡视组的电话号码都告诉你，只要是你听说我办事情、收礼金了，你就立刻打电话，向上级举报我。"

蔡嫂轻轻捶了朱书记一下，"兄弟你这是说啥话呢，你大嫂子我能干出那种缺德带冒烟儿的损事吗！"

朱书记一脸认真，"这可真不是干损事啊，大嫂子，你这是在保护我！我们党员干部，要时刻在群众监督的眼皮底下做事，防微杜渐，如履薄冰，大意不得呀！"

外面的风停了，雪住了，天晴了。远处，太阳此刻正暖暖地照在大凌河的冰面上，天空湛蓝湛蓝的一片。望着朱书记的轿车远去，蔡嫂的心底如同冰面下的大凌河水，无声地翻涌。

六

朱书记做通老妈思想工作的事，蔡小兰是事后从老爸嘴里知道的。末了老爸说："闺女你也老大不小的了，孩儿大不由娘，我和你妈也不深管你，只是以后你有啥事，先跟我俩通个气儿，别整得书记都知道了，家里还不知道啥饽饽啥馅儿呢。"

佟晓格一刻都没闲着，她开始做规划方案文本、平面和三维图示。其间，县文旅局的于局长，通过微信传来了一个消息：渝阳湾村报送的传统古村落保护申请得到了上级主管部门的批准。

接到好消息，佟晓格参照上级关于传统古村落保护的具体要求和批复文本，结合自己所学的知识和对渝阳湾的美好设想不断完善规划方案，不日，一份《渝阳湾传统满族古村落生态宜居、观光农业、民俗旅游、度假康养规划设计方案》新鲜出炉，一幅幅平面设计图、一帧帧三维动画演示，生动直观地呈现出渝阳湾村明天的模样。

在这套设计方案上，佟晓格根据生态优先的发展理念、渝阳湾的地理条件和村庄房屋布局现状，首先将村东侧流入大凌河的女儿河东岸空地，设计成了游客接待中心和停车场。引几年前打出的四季不断的涌泉流入女儿河，解决了女儿河季节性干涸的问题。走过女儿河上古朴的石拱桥，沿河西岸从北到南一直到大凌河边的荒节坡坎上，是观光垂钓的长廊凉亭、休闲漫步的石板甬道。

河性喜弯，妙在自然，水是咋流的，岸边的长廊和步道就顺着水的流向咋做。在曲径通幽、移步换景的设计中，石阶步道一直延伸到"凌河古渡历史文化广场"，以后开通水上线路，从城北凌岸湿地公园坐船来的游客，可直接在这里上岸。

石阶步道的西侧，参差错落地排列着"乡愁记忆"满族风情博物馆、"花信风"满族民间工艺美术（剪纸、刺绣、草编、柳编等）展示传习基地、"八碗席"礼仪城、"布苏妈妈"酸菜谣、"八旗营"涮羊肉、"香满锅"老火锅、"闯关东"小酒馆、"回味长"面茶、"转起来"古戏台、"此情可待"音乐酒吧……

再往西的胡同里面，是"格格夸兰""耕读人家""邻家小院""凌水听涛"等十几家特色民宿和度假康养之所。而在胡同的最深处，是由一座旧祠堂改造的古松紫藤掩映下的"纳兰书院"，这里，将是渝阳湾村乡风文脉的传承所在。

集中连片的满族风情街区西侧，是村中那一排上百年的参天古柳。使用并延伸障景的手法，以古柳树做绿色隔断，巧妙地做出了天际线，并和树下的石碾子、石磨、南北走向的村路一起，隔开了古老和现代。路西，就是一排排现在村民居住的独栋小楼。

楼群西侧是蔡小兰们的大棚世界，棚菜棚果、观光采摘、电商平台。游客们在这里可以进行沉浸式的农事体验。

果蔬大棚北侧的山脚下，一条曲曲折折的小路绕过木化石森林公园，穿林而上，直达山顶的古烽火台。在这里，将竖起高高的索伦杆，并以古烽火台和群山为壮阔的背景，搭建起大型实景演艺的舞台，再现"萨满长风""烽火狼烟"的民族历史风云。

这是佟晓格综合考量、反复推敲的设计方案，在精心打磨了无数遍之后，她同时传给了于局长、朱书记和陶书记。

佟晓格在得到于局长的肯定点赞后，微信问了于局长两个问题：一是村东南大凌河和女儿河的夹角处，有一座龙王庙的遗址，是否考虑修复？有无搞封建迷信的嫌疑？二是萨满文化中的跳大神，主要是请神驱魔治病的内容，能否考虑再现？

于局长的回答是肯定的。"第一，龙王庙作为文物景观，我们报请文物部门并得到批准后，完全可以修复。你去过北京的恭王府吧，那里面后花园南门前西侧，就有一座龙王庙啊。第二，跳大神是东北萨满文化一种独特的表现形式，它和江西省南丰县石邮村傩神庙的傩舞一样，都可谓是'近戏乎非真戏也；国傩矣乃大傩焉。'都是非物质文化遗产的重要组成部分。"

于局长还叮嘱佟晓格："我们在修复、再现和利用的过程中，要继承文化，去其糟粕，展现民俗。你可以看看市歌舞团创作的《丰收鼓舞》，他们在舞蹈动作、服装设计、道具运用等方面，就巧妙地使用了萨满元素，而展现的内容却是北方民族欢庆丰收的火爆场景。在这个过程中，切不可被别有用心的谣言和论调所利用。要正确教育引导受众，跳大神和跳傩舞一样，只是一种历史上的文化现象，绝不能降妖除魔、驱邪治病。当然，我相信我们的村民和前来的游客们也是有这种科学常识认知和高度文化自信的。"

在和朱书记的微信交流中，佟晓格提出了满族风情街区内唯一的一座现代小楼的去留问题，以及建设资金和后期运营问题。

朱书记告诉佟晓格，那座现代化的小楼，可以用产权置换的形式置换过来，将外立面进行民族风格化改造，做成渝阳湾村新时代文明实践中心；至于建设资金和后期运营问题，可以参考学习江南水乡、湘西芙蓉镇、贵州千户苗寨等成熟的管理经验，一方面用足政策，请于局长争取国家扶持资金；一方面采取公司化运营模式，欢迎全体村民和有识之士用各种方式入股，成为股东，享受分红。

陶书记看完佟晓格的方案，在佟晓格的微信里连点赞带鼓掌，表情包那叫一个丰富：专业就是专业。这规划要是找别的设计团队做，得老（鼻子）钱了！最后他还表态说：没毛病！干就完了！跑渠道、跑手续，我安排着，你和索晚济一起，撸起袖子，招呼吧！

此刻，渝阳湾村的老少爷们儿还不知道，一个涉及全村每家每户、一个关于渝阳湾村更大发展和全面振兴的美好蓝图，已经在几个年轻人的手中悄然擘画，而且大幕即将拉开。

七

该回一次武汉，回一次珞珈山了。四月中旬，佟晓格终于登上了开往武昌站的高铁。车窗外，是从未爽约的盎然春意。

本想再去一次凌波门，看看东湖日出，那是她和男友唐西晨读的地方；本想再登一次珞珈山，看看满坡樱花，那是她们相爱的见证。然而再见时，西北望，黄鹤楼依然，脚下，却早已是落英缤纷。在唐西早已装修好的婚房里，佟晓格小心翼翼地说出了自己返乡创业的想法，并征求他的意见，打算带他一起回渝阳湾。

刚刚还兴高采烈的唐西，突然愣了一下，瞬间沉默下来。

唐西是苏州人，从小生长在水乡园林之间，长大后考上大学学了环境艺术设计，和佟晓格成了同学。唐西家境殷实，在武汉买所大房子交全款是没问题的。听说儿子和女友准备在武大留校任教，或者自己开公司创业，不但房子买了，装修在半年前都做完了。

佟晓格的新规划，让唐西有些措手不及。她明白，让一个自幼没离开过江南，西去武汉读书都没偏离北纬30度线的南方人来到东北的辽西，一边是宜居的家乡和未来的事业，一边是相爱四年多马上毕业就要结婚的她，确实是令唐西进退两难。

佟晓格没有追着唐西马上回答自己，她知道和他用不着讲什么大道理，她只是深情地拥着他："你别为难，这事你要回家和父母商量一下的，我绝不是让你现在就做出决定。但不论怎样，我此生永远爱你。你来，我在辽西的大凌河边等着你，让你成为我这个满族格格托付终身的'爱根'（满族人对丈夫的称呼）；你不来，等我把家乡也建设成水乡姑苏的模样，就回来，像《浮生六记》里的芸娘一样，做你形影相随的温柔的'戒指婆'（苏州人对妻子的称呼）。"

唐酉抱紧佟晓格，认真地点点头。

八

谷雨时节的辽西大地，人欢机鸣，播种繁忙。惠风和畅的凌河两岸，古柳青杨，野花飘香。春日里的渝阳湾，满乡吹送花信风。

佟晓格回来了。返乡的打工者在春种结束之后，依旧没有起程奔赴各大城市的动静，各行各业，都在这个春天等待着复苏。趁准备外出打工的年轻人和青壮劳力在家等待的时机，街道和村上决定把《渝阳湾传统满族古村落生态宜居、观光农业、民俗旅游、度假康养规划设计方案》向全村公布，听听乡亲们的意见。

三块巨幅喷绘图板就立在了渝阳湾村口的大榆树下，总体方案和实施办法、平面图、效果图，图多字少，一目了然。驻村的陶书记只要看到有乡亲们围观，就凑到近前，询问意见。陶书记精着呢，他怕拿笔和本子记，乡亲们不讲实话，干脆先听，然后拿手机上的备忘录、记事本记，旁人看到，还以为他在微信上聊天呢。

城里的大饭店还没恢复营业，闲在家的赫喜在蔡小兰的教育引导下，第一个在规划图板下表明了自己的观点："别看在外念书这么多年，晓格把咱渝阳湾过去、现在和将来这三大块，绝对拿捏得死死的。我回来整，整'八碗席'礼仪城、'八旗营'涮羊肉、'香满锅'老火锅，这仨哪个都基本够用。城里打工我是不去了，自己开店自己当老板，熊瞎子打立正——一手遮天，不香吗？"

赫喜在人群中看见了索爷，便问："索爷，你家那套做八碗席的铁鼓子（满族古老炊具）卖我呗，多少钱？说个价。"

索爷看着赫喜说："索爷岁数大了，现在不当家了。铁鼓子传辈儿了，你找晚济商量去吧！"赫喜差点儿没乐出声来，"早说呀！我盘小济子，还是手拿把掐的。"

从城里回村来剜苣荬菜、婆婆丁的富佳，也夹在围观规划图板的人群中，听说赫喜要买索晚济的铁鼓子，白了赫喜一眼，"你少打索晚济和铁鼓子的主意啊！卖谁也轮不到你！"

赫喜没注意到"肥美"的富佳就在旁边，看到她筐里的野菜，"咋的？肥肠儿溜肚片儿吃腻了，也剜点儿苣荬菜刮刮下水油啊？"

富佳没好气儿地说："就不卖，稀罕上别处淘弄去。"

赫喜根本没让富佳叫住："这话要是你一年前说，我兴许还寻思寻思。现在老索家老院子里，就算一根草刺儿，和你连根儿毛线的关系都没有……"赫喜还要往下说，身后有人扯了扯他的袖子，是索晚济，示意赫喜跟他回家取那套铁鼓子。

看着赫喜和索晚济远去的背影，富佳气得把菜筐撇在了规划图板上："一帮疯子！纯牌儿的精神病！画的大饼，不当饭吃，看什么看！还看！"骂完开着皮卡走了。

"她就多余回来跟着掺和。"人群里有人说了一句，"我要整就整'布苏妈妈'酸菜谣，我老妈渍的酸菜、包的酸菜馅饺子、炖的酸菜汤儿，咱屯儿人都知道吧，那绝对是布苏妈妈附体，深得真传。"

"我整那个'花信风'满族民间工艺美术展示传习基地，把我的草编蝈蝈蚂蚱、柳编小筐小篮都拿出来展示一下，能卖多少是多少，反正也是家待外闲着的。""'此情可待'音乐酒吧我来吧，这几年在外边打工，我干过好几个酒吧呢，门儿清。"

"'纳兰书院'肯定是归晓格了，咱村这几辈人，她书念得最多了。""'乡愁记忆'满族风情博物馆也谁都别抢了，晚济为了这个，这些年没干别的，连媳妇都混跑了。"

"嗨！你们几个好唱好扭的老娘们儿，干脆就整那个'转起来'呗，要不没事你们还得浪儿圈儿呢！"

"那个'格格夸兰'啥意思呀？""就是过去咱们满族姑娘的闺房。这个民宿要是搞起来，大城市来的姑娘、闺密们得抢着住。"

"那'闯关东'酒馆是汉族的、'回味长'面茶是回族的，这和我们满族风情特色也不搭边儿呀？"

听到这句话，陶书记放下手机，笑呵呵地说："狭隘了不是，小了，格局小了。我们要打造的，是满族风情小镇，但绝不拒绝其他民族的特色。我们中华大家庭的五十六个民族，和而不同，但都是亲兄弟姐妹，要像石榴籽一样抱成一团。将来，我们招商引资，蒙古族的烤羊腿、朝鲜族的大冷面，我们都欢迎他们来入驻。如果我们把五十六个民族的特色美食全都安排上，那到时候都得火得冒烟咕咚的。"

"投资现在不是问题，家家按照晓格的设计图干，翻修翻修房子拿出俩钱儿还都飘轻的。我愁的是都整好了，没人来可咋整？到时候可别真像富佳那乌鸦嘴说的——画大饼。"人群中有人担忧。

刚刚赶到的蔡小兰磕打磕打脚下的泥土，"你担心的不是没有道理，我刚扣自动化大棚搞采摘时，也这么想过，没人来可咋整？可干完之后发现，所有的担心都是多余的，城里人周末节假日，想找个地方带孩子玩儿都愁跟前儿没啥地方去呢。现在不是好多家都看着挣钱，干起来了嘛。我们很多人过日子，说不好听的是傻子过年看界比子（邻居），说好听的是要有个带道儿蹚雷的，引领大家干。没事，大家伙儿把心都放在肚子里，这个蹚雷的活儿，晓格、晚济我们几个干，冲过去，成功了，大家一起上，共享胜利果实；折了，我们几个自己担着，决不能让大伙儿把辛辛苦苦攒下的棺材本儿都搭进去。"

陶书记听蔡小兰说完，接着跟大伙说："为什么念书深造的、外出打工的，但凡有点门路的，都不愿意回来了，不就是因为在家门口没有更多的挣钱渠道，没有更好的发展机会吗。佟晓格、索晚济、蔡小兰他们，是在重新定义农村的概念，重新建设我们的家园。大家伙儿一定不要安于一成不变的日子，我们的生活，应该一天一个样儿才对呢！"

人群中的水仙姐发话了，声音不高，但足以让在场的每一个人都听到，"我开个屋里屋外都鲜花盛开的民宿，叫啥名到时候让晓格给取一个。屯里人原来都叫我'穷干净'，洗洗涮涮，干净出名，正适合开这个。"水仙姐突然有些激动，"这些年啊，我就明白了一件事，你要是穷，成天猫道来狗道去的，再近的亲戚朋友，都有可能瞧不起你。但是陶书记他们没有，小兰他们没有，他们不但没瞧不起我，还一股拿心地带着我扣棚养花，帮着我致富奔小康。大伙儿都看着了，我那两座花棚里的玫瑰、扶郎、水仙，有多少城里的花店要多少。我摸着良心说，不跟着他们干，我跟谁干？"

就在大家七嘴八舌、你一言我一语的时候，远处从大凌河边传来了呼喊声："救命啊！救命啊！救——命——啊！"

九

喊"救命"的，是水仙姐的女儿谭花。从村口的大榆树到大凌河边的丁字坝，抄近道儿也有半里地。当水仙姐和乡亲们赶到的时候，只看见谭花一个人在丁字坝上哭。坝下三米来深的水面上，索晚济和赫喜正在拼命地扑腾，拖着一个人往岸上游。他俩拖着的，是水仙姐的准女婿，谭花的男朋友。

出事的时候，索晚济和赫喜正在不远处的大凌河边，用砂石和河水蹭洗多年不用锈迹斑斑的铁鼓子。当时他俩就看见谭花和男友在丁字坝上，俩人说啥远远的也听不清楚，就没多在意。

不料没有几分钟的工夫，传来扑通一声有人落水的声音，接着就传来谭花没好声儿地喊"救命"。索晚济和赫喜立刻放下手里的活计，撒丫子就往出事的地方跑。索晚济的鞋都跑丢了，赫喜一边跑一边嘴里还不闲着，"这对象儿让谭花搞个稀碎啊！"

人终于是被救上来了。索晚济和赫喜虽然从小在大凌河边长大，深谙水性和急救方法，但任凭他俩怎样摆弄，谭花的男友还是没有了生命体征。人们同时看到，索晚济面色苍白，被丁字坝铁线刮伤的脚上，洇出了鲜红的血。

水仙姐十九岁就怀上了谭花，二十岁时带肚出嫁。这个谭花，好事没跟她娘学多少，未婚先孕这事，学得那叫一个扎实。疫情突发时，正赶上男友来谭花家过年，按照防控要求，封闭村屯小区，所以男友在谭花家一住就是两个来月。两个人成天黏在一起，自然少不了男女之事。也巧，这一年谭花也十九岁。男友让谭花把孩子打掉，谭花说啥也不干。

转眼快四个月了，眼看身形越来越显，谭花催男友回家和父母商量结婚的事，可男友的父母虽然都是城里人，但一个当保安，一个做保洁，都是"现打蚂蚱现供嘴"的人家，基本就算没啥积蓄，别说买新楼买汽车，就是眼下流行的"三金"和"三斤"，想拿出来也得找亲友张罗绝大部分，何况彩礼行市渐涨，大有水涨船高之势。

对于买楼、买车和彩礼的事，水仙姐一开始是坚决咬死不松口儿的，可是随着天天和佟晓格、蔡小兰她们在一起，时不时地听声加熏陶，也就不打算那么较真儿了。但这个想法，她还没等下来空儿跟谭花说呢，就出这么大个事。

谭花的心里是这么想的：新楼必须买，首饰"三金"和现金"三斤"更是一样儿都不能少。没钱赶紧张罗去，哪怕结完婚之后我再还给你们家呢，结婚的当天，面子必须给足了，画面儿一定要安排到位，绝不能让闺密们事后笑话咱不值钱。不把这些都给我，我哪儿来的安全感啊？拿什么证明你爱我呀？就光凭嘴儿说啊？再说了，人都说只要是让他们把楼房房本写上女方的名字，把钱掏得肋骨都疼了，婚后他就轻易不敢跟你提离婚。没结婚就怀了你的孩子，我就够心里没拿儿的了。要不是看你小子长得帅气，我是真的爱你，说啥也到不了今天这步儿啊！

谭花爱男友，男友同样也爱谭花，他还真没拿她肚子里的孩子耍无赖、硬挺着、爱咋咋地，他老老实实地对谭花说："我家啥条件你也不是不知道，我回家跟大人商量商量，这事你先别着急。"

"都到这节骨眼儿了，还商量啥呀商量，赶紧张罗钱去得了！还别着急，这都快四个月了，非得等我腆着大肚子穿婚纱呀！"

"所以我说还是先不要这个孩子，等啥都准备好了，咱俩再结婚，再要孩子。"谭花的男友搓着手心。

"放屁！你这是大老爷们儿说出来的话吗？这都四个月了，咋不要？"

男友当时就六神无主了，"是，我放屁，我不是老爷们儿。"

谭花确实没看男友的神情，"你就照那话说去吧你！你家也是，养活儿子的时候寻思啥来着？这些年还不把楼和钱都准备好喽。就这日子叫你们过的，挨骂都不带有人拦着的，都白活了你们！"

谭花面朝大凌河，越说越来气，根本没看男友的反应。男友心里承认，话糙理不糙，谭花说的句句都对，每个字儿都像一支小飞刀儿戳在他的心上。他精神恍惚地盯着谭花，半天没憋出一句话来。

谭花依旧望着眼前水流翻滚的大凌河，声音里明显带上了哭腔："有屁你就放啊，你说我怎么摊上你这么个窝囊废！"

"我——"男友心下一急，抢一步上前，不知怎么一脚就踩进河里。他后半句要说什么，只有河水知道了。

十

谭花男友的后事处理，和许多类似的事件一样，都是不难想象的纠结和难缠，好在过程清楚，最后经调解，都解决了。

在朋友圈等各种社交软件上，关于此事的第一种声音是：渣男骗婚，致使少女怀孕，事后怕担责任，跳河自尽；另外一种声音是：俩青年勇救落水者，虽然没能成功，但平凡英雄的壮举，必须点赞。前一种是"富佳们"发的，后一种是"佟晓格们"发的，当然，后一种的点击率和传播量明显没有前一种的高。

啥事都爱琢磨出个甜酸儿来的人们，对此事的看法惊人地一边倒，绝大多数人都认为：谭花没毛病，是那小子没囊没气，有啥事说明白就得了。是，女的呲哒你两句儿，话说得狠点儿，有点儿噎得人喘不过气儿来，啊，那你就挂不住劲了？至于那么激动吗。再者说了，俩人都处两三年了，孩子没生下来也是骨肉，说不要就不要了？怎么能那么不负责任呢？

佟晓格说："还不都是彩礼惹的吗？都整出人命来了！"

蔡小兰说："一个好好儿的大活人，就这么说没就没了。"

水仙姐心焦如焚，一遍又一遍地跟佟晓格和蔡小兰说："你俩看这可咋整吧！当初小花就一心要生这孩子，这回亲爹都没了。带个梦生的孩子，小花还咋找人家呀！你俩可得帮我好好劝劝她啊！"

咋劝啊？朝哪头儿劝啊？生下来吧，孩子的亲爹现在都没了，真要是生下来，谭花自己才那么一捏子的小岁数，今后的生活肯定要面临很多很多的问题；不生下来吧，可肚子里的孩子现在都四个月了，那也是一个生命、一个人啊！谭花到现在之所以还要坚持生这个孩子，足以见得俩人是有很深感情的，她是要留下这个爱情的结晶。

两个大姑娘，你看看我，我看看你，一时间都没了主意。

接谭花和索晚济从医院回来的路上，蔡小兰开车，索晚济坐在副驾位置，佟晓格、水仙姐和谭花坐在后面，一路上几乎谁都没说话。水仙姐用胳膊碰碰身边的佟晓格，意思是你劝劝谭花啊，可佟晓格开口的第一句竟是："晚济，你说小花的孩子咋办呀？"

索晚济眼望前方，低沉而又坚定地说："生，听小花的。"

水仙姐急了，"没出门呢，就养活孩子，南北二屯不得讲究八街啊！带个拖油瓶子，将来还找不找人家了？"

索晚济还是没有回头，"听小花的，生。以后小花要是同意，我娶她。"一句话，把全车人都说愣住了。

蔡小兰把车停在了大凌河桥头，一把把索晚济从副驾座位上拉了下来，找了个没人的地方开了腔："行啊！哥们儿。我还真是没看错你，是个大老爷们儿说的话！不说是不说，说就说得是正地方。"

索晚济眼望着湿地公园的方向，没说话。

佟晓格随后跟了过来，"晚济你想好了？刚才说的是真心话？"

索晚济回头看着佟晓格，"你问问小花，人家愿意不？"

"这事包我和晓格身上了。"蔡小兰用力拍了拍索晚济肩膀。

"你可不能让我俩坐蜡啊！"佟晓格信任地看着索晚济。

索晚济想娶谭花的想法，绝不只是一句安慰水仙姐的话，更不是一时的冲动。索晚济和水仙姐住邻居，从小谭花就是他的跟屁虫儿，跟着他摆弄各种各样老玩意儿，他是看着小花妹妹长大的。

索晚济离婚后，谭花经常帮着他带孩子，接送孩子去幼儿园。富佳从来没回来看过孩子一次，孩子跟亲妈几乎没有任何接触，更谈不上什么感情了，倒是和小花姑姑处得像亲姐儿俩、亲母女似的。

索晚济对谭花，就像大哥哥对小妹妹，时刻盯着她在自己身边转来转去。小花谈恋爱了，他打心眼儿里祝福；小花出事了，他的心比谁都难受。在医院的时候，索晚济就想到了谭花今后要面临的一切。他想只要谭花愿意，他索晚济就还像之前一样在身边保护她、呵护她和孩子。

当然，这事还得谭花本人乐意。

蔡小兰他们重新返回车里，一路上谁都没再说话。车到渝阳湾的时候，他们看见村口路边处，一排巨大的红色标语牌在陶书记的指挥下，一块一块地立了起来。上面写着——中国要强，农业必须强；中国要美，农村必须美；中国要富，农民必须富。

佟晓格微笑着跟蔡小兰说："看着没，你家赫喜那句'必须的'口头禅，八成是从这句话来的。"

十一

谭花的事件，加快推动了《渝阳湾村移风易俗倡议书》的发布。抵制天价彩礼，取消随礼习俗，提倡新事新办，引领文明乡风，一条条、一项项，该咋办、不该咋办，清清楚楚明明白白地写进了条文。

根据他们的文本，团县委和县妇联做了进一步的整理和完善，联合发文向全县的共产党员、共青团员和广大适龄青年发出了倡议，倡议书在开篇语里写得明白：乡村振兴是实现中华民族伟大复兴的一项重大任务，全面实施乡村振兴战略的深度、广度和难度哪一样都不亚于脱贫攻坚战。两情若是长久时，又岂在彩礼有无。从围着"锅台转"到经济"半边天"，从大操大办到"零彩礼"，从落后习俗到社会认同，折射和展现的是乡村的婚俗巨变，是中国农民在乡村振兴过程中精神振兴的一个显著符号。家教家风连着乡风民风，移风易俗抵制天价彩礼、人情之债的陈规陋习，是最时尚的精神风貌。

在村里帮着各家张罗大事小情快忙活了一辈子的索爷说："这样的事，只能在这样的好时候才有啊！"

按照索爷的说法，渝阳湾村的事，还有一件，而且还挺大，那就是村里两委班子的事。

前几年，渝阳湾村的党支部书记和村委会主任，村里工作根本不开会集体研究表决，全凭自己拍脑门子。有时候村支部书记一个心眼儿，村主任一个心眼儿，两人明争暗斗，闹得不可开交。

上一任村支部书记，因为充报巨额招待费和在蔬菜批发市场收取保护费涉黑两件事，被纪检监察机关约谈留置了，涉嫌违法犯罪的行为已经移送到检察机关依法立案办理。

上一任的村主任，在村换届选举之前，拉着满车的大米、白面和豆油，挨家挨户地贿选，满嘴跑火车，向选民们漫天许诺，结果干上没到三个月，被村民举报，当选无效。

马上又到村两委班子换届选举了，街道党工委召开工作会议。通过组织与村里老党员、群众代表等几个层面的谈话和测评，朱书记和各位班子成员的目光一同锁定在佟晓格和蔡小兰身上。

大家一致认为，佟晓格研究生毕业，文化水平和发展眼光没说的，立志回乡创业的蓝图已经绘制完成，目前是预备党员，组织关系马上就转到当地来了。蔡小兰是市级的脱贫攻坚致富带头人，这些年，她带领全村百姓搞自动化棚菜棚果生产，发展电商经济，取得的成绩大家有目共睹。这样的年轻党员和乡村能人，一个当村支部书记，一个当村主任，完全能够胜任。

选举公示张贴出去后，渝阳湾村的选民们一时间众说纷纭。

"阴盛阳衰，渝阳湾的老爷们儿这回是啪啪地打脸啊！""骡马上去阵了吗？""黄嘴丫儿还没褪干净呢，这事我看着悬点儿。""让俩丫头主全屯的大事，听着是挺新鲜。"

"这回妥妥的了，村上往后再来'且'（客人），肯定是直奔大喜子的饭店，两口子一条龙了。""要不咱就好个信儿，把她俩都选上，卖孩子买猴——玩儿呗！""那可不中。上回选那谁，还家家都发点儿米、面、油啥的呢，她俩能出这血吗？"

"你说那话都有点儿丧良心。发那点儿米、面、油过后儿他不都贪污回去了吗！翻番儿都带回勾儿的。""那是，这年头儿谁干赔本儿的买卖呀！他脑袋也没叫驴踢过。"

"蔡小兰少帮着咱大伙儿啦？她帮咱们挣的钱，能成火车地买米、面、油。""晓格那丫头，念完大书没去大城市，回来带咱们接着奔，就是没忘本！""她俩干，好，年轻，心里头干净，还没学会贪污腐败祸祸人呢。""人家也不学那丢人溅色的事！"

"真得让年轻的、见过世面的人干。就咱这一群坐在井底儿的蛤蟆，眼光儿能有多大呀！"

渝阳湾老百姓这些年，经的见的多了，甭管嘴上话咋说，其实每个人的心里头，都知道酱打哪儿咸，醋打哪儿酸，都有杆秤。

渝阳湾村的两委班子换届选举工作如期展开，虽然佟晓格和蔡小兰距满票都差几票，但都远远地超过了半数，符合法律程序，选举结果有效，佟晓格当选为村支部书记，蔡小兰当选为村委会主任。

佟晓格跟全体党员和村民代表们说："我们这个大凌河边满族古村落的每一个人，都是中华民族大家庭里的一员。中华民族要复兴，我们得先把家乡振兴起来。这就和'小康不小康，关键看老乡'一样，如果中国大地上的所有乡村都振兴了，我们这个伟大的民族也就复兴了。明年就是中国共产党成立一百周年了。一百年前，就是一群率先觉醒的年轻人，为中国人民谋幸福，为中华民族谋复兴，开始了在中华民族复兴之路上的奋斗与牺牲。回到村里之后，我看到了小兰的实干、晚济的梦想，还有乡亲们的期盼，就决定不走了。我要和咱们渝阳湾的父老乡亲、兄弟姐妹一起，把我们的家园建设成集生态宜居、观光农业、民俗旅游、度假康养于一体的沉浸式的满乡风情古村落。感谢各位对我的信任！我愿意和大家一道，为渝阳湾村明天的振兴，撸起袖子加油干。谢谢大家！"

蔡小兰说："我没有晓格的文化高。我想的是，我们富裕了，小康了，不是我们今天享受啥、咋享受，而是给明天的下一辈儿、下几辈儿留下啥？这是其一。其二是，我们把果蔬生产从传统大棚干到全自动化，再干到智慧农业，本身就是一道风景。我们就是要让来观光的看一看，新时代的农民是怎样耕耘和收获的。这个好看、耐看，他们没看过，也愿意看。第三是抵制天价彩礼这事，我觉得我们真得自尊自爱，别把自己整得跟那些明码标价的什么似的，难听的词儿我就不说了，少看那些手机里的毒鸡汤，成天叫卖自己，砢碜不！总嚷嚷男女平等，怎么到了这事时，自己就成了卖给男人的商品了呢？咱们都是无价之宝，就值那仨瓜俩枣儿啊？别老给自己标价签，咱们不是草莓、樱桃、圣女果。要想让人瞧得起，自己得先瞧得起自己。最后我表个态，今后大伙儿找到我，不但一如既往，而且加倍使劲，有事尽管说话。"

开会的时候，佟晓格胸前佩戴着党徽。她看到发到每个党员手里的崭新党徽，有的戴上了，脸上还有点儿不好意思；有的拿在手里摆弄着，根本就没戴。"在革命战争年代，我们的党员因为条件有限和环境形势需要，没能戴上党徽，但他们时刻把党徽戴在心里；在和平建设时期，我们的党员天天佩戴党徽，他们为自己是一名共产党员感到光荣和自豪。这些年，我们某些党员，党的观念意识淡薄了，甚至羞于提及自己是一名共产党员。我宣布，从今天起，渝阳湾的全体党员，必须佩戴党徽。我们基层组织的党建工作，就从佩戴党徽抓起，时刻不忘一名共产党员的责任和担当。"

刚刚被选为妇女主任的水仙姐，羡慕地看着佟晓格他们胸前的党徽。蔡小兰正了正自己的党徽，脸上写满骄傲。

蔡小兰当选村主任这事，要是放在从前，能把赫喜乐拧劲子喽，他得满屯子嘚瑟好几圈儿，不把鸡、鸭、鹅撵得满天飞，都不带拉倒的。但是这回赫喜表现得异常冷静，他跟逗他的人说："嘘——淡定！咱都是干部家属了，一定要注意气质这块儿。"

"那叫素质。"蔡小兰的家教有方，她把赫喜捋顺得服服帖帖，"指望我和晓格带'且'去你们饭店吃饭，门儿都没有，想都不要想。村里早就没有招待费这一说儿了。赶紧找晓格要图纸，趁外出打工的都没找着地方呢，你和晚济立马找人按图施工，先给大伙儿带个好头儿。这个示范你得当好了，把全村都带动起来！"

"你瞅你这劲头儿嘿！"赫喜打心眼儿里服气，"人家都是佟书记了，还能亲自画图啊？"

"少废话，我们和以前的村干部不一样，改章程了，都亲手干。"

"得令啊！"赫喜屁颠屁颠地跑了，眼前的八碗席礼仪城和大老板头衔儿，哪一样儿都叫他心驰神往。

佟晓格和蔡小兰上任后，改的第一个章程，就是把村上的财务公示板给撤了，然后在村委会门厅设置了一个玻璃展示柜，把账目本直接打开到最后记账那页，让村民随时过目监督。

索爷说："这个好啊！真账真数，没藏没瞒，一目了然。"陶书记说："以前那个公示板，一年半载不换一回，上面写的和账上记的，是不是一样村民根本不知道，就是个表面文章。"索爷说："这回文书、会计啥的麻烦点儿，每次记账，拿出来放回去的，费点儿事。"陶书记说："从卷柜到展柜，就是变个地方，一点儿不费事。"

这种村级财务公开的方式，县里在各个乡村进行了推广。

十二

8月7号，立秋节气，早晚一天比一天凉爽。全国各地各行各业都陆陆续续准备复工了。渝阳湾原来在外边有固定打工地方的青壮年，开始跃跃欲试，准备收拾行装出发。

他们跟索晚济和赫喜说，现在在外边打工，全是到月就开支，有的还一天一利索，天黑收工就发现钱儿，基本没有拖欠农民工工资的事了。跟你俩码石头、盖老房子、砌老墙，啥时候结钱都没讲，说心里话我们没底。你们要是一天一给现钱，我们就不走了。说实在的，我们也不愿意撇家舍业地出去打工，谁不愿意在家守着老婆孩子热炕头儿啊！没办法呀，成天随礼，孩子上学，人嚼马喂的，过日子真是哪儿哪儿都急等着用钱啊！

索晚济和赫喜把情况跟佟晓格和蔡小兰一说，佟晓格说等我十分钟，说完拿着手机到不远处打了一会儿电话。

十分钟后，佟晓格回来了，她跟索晚济和赫喜说："就按照干活儿人要求的办，后天晚上，把以前的工资全部结清，以后工资一天一结。"蔡小兰看着佟晓格，"唐西真把武汉的新房卖了？"

"明天唐西人都来了。"佟晓格满脸的喜悦和幸福。

"听着没大喜子！赶紧把这信儿告诉给咱们干活儿的人。还有，你要是'十一'之前不给晓格和唐西盖一座漂亮的新房，看我咋收拾你！晚济，明天你开上咱村最好的轿车，我们和晓格一起去高铁站接新姑老爷去！"蔡小兰的脸上，笑得灿烂如花。

唐西来渝阳湾了，喜悦和幸福的不仅仅是佟晓格，还有渝阳湾的全村百姓。唐西带来的，除了解决燃眉之急的资金、精细翔实的图纸，还有一位来实地考察准备投资的商界朋友。赫喜拍着准连桥儿（连襟）唐西的肩膀："这见面礼，投名我们佟书记帐下，绝对够用！"蔡小兰捶了赫喜一下，"咋啥好话到你嘴里，都跟那梁山兄弟磕头拜把子似的呢！以后少说几句你那江湖黑话。听着没？"

文旅局于局长来到了渝阳湾，带来了国家划拨的传统古村落保护专项扶持资金，还有城里几家打算入驻渝阳湾做餐饮行业的商户。这几个商户，怕渝阳湾的老百姓排外，搞地方保护，一个求一个，人托人特意找到的于局长。于局长擦擦眼镜："放心大胆地跟我走吧，这事我这个文旅局局长说话好使。"其实于局长心里早就明白，你们就多余担这份儿心，渝阳湾的佟晓格、索晚济、蔡小兰他们，要是听着这信儿，都兴许搭彩虹门、铺红地毯、放烟花放爆竹地欢迎你们。

两周之后，渝阳湾满族传统古村落文旅发展有限责任公司，正式注册登记，挂牌成立，唐西任董事长，索晚济任总经理。

在成立大会上，唐西说："在今天的中国，自然美、人文美、乡愁美已经成为一种独特的资源，广袤田野上的农耕图景，乡村小院里的别样风情，农家餐桌上的绿色美食，秀美静雅中的好山好水，正成为越来越多人的心之所向，身之所往。唤醒沉睡的农田、闲置的农房等资源，'种、加、销、游、娱'一体化发展，我们就能把'收一季'变成'季季收'。只要我们精细挖掘，走差异化发展的路子，观光农业、休闲体验等产品就能在田野上拔节成长，就会打开乡村发展的新空间，为全面推进乡村振兴注入新动能。"

于局长说："我非常赞同唐西董事长的观点。唤醒闲置资源，走差异化发展之路，这些让我们耳目一新的理念，就是我们要遵循的原则。休闲农业的发展，面临的就是景区同质化、特色挖掘不足、基础设施和公共服务存在短板、产业对农民带动程度不够等问题。我们文旅发展要多算'长远账'，不断补齐各项短板，只有游客有了好体验，更多'头回客'才能变成'回头客'。休闲农业的核心竞争力在于'乡土味儿'，我们要打好一手'差异牌'。就像佟书记规划的那样，我们在古村落保护中，坚决杜绝大拆大建，一定要保留原汁原味。我期望渝阳湾村的文旅发展，能为实现农业强、农村美、农民富的目标，推动乡村振兴，起到积极主动的示范引领作用。"

大家让荣任总经理的索晚济讲几句，索晚济满心激动，脸憋得通红，最后只说了一句："干就完了！"

在随后的日子里，看到陆陆续续前来的投资商户、先先后后进场的施工车辆，渝阳湾以前外出打工的不但都没走，还招来不少会各种传统石匠、瓦匠、木匠手艺的外乡人。

在众多外乡人陌生的面孔中，人们看到了一个本乡人但却也有些陌生的面孔，那就是赫喜好用"肥美"一词来形容的富佳。

十三

没人知道富佳是啥时候回到渝阳湾的。她拿着俩手机，在古村落修复现场，一会儿拍拍这儿，一会儿照照那儿，还经常支起三脚架，录视频，搞直播。佟晓格和唐西看到了，知道她是在抖音上为渝阳湾做宣传，虽然有些介绍得不专业，但大方向是对的。

在空闲时间，佟晓格和唐西对富佳直播里的内容和表述进行了纠正，并给她提供了渝阳湾古村落修复的各种资料。富佳有些不好意思，但表示感激。唐西说："为渝阳湾做宣传，我们该感谢您。"

富佳白天回村、晚上进城这事，赫喜第一时间就禀报了他家的"蔡村长"："厨子拍屁股——坏菜了！富佳杀了个回马枪，悄悄地进村，打枪的没有。拍照录像地干活，窃取情报地干活。"

蔡小兰盯着看热闹不嫌事大的赫喜问："她找晚济了吗？""没有。俩人儿根本没接头。""看闺女没？""看了。还给孩子买了不少换季的衣服，孩子没要，转身跟着她小花姑姑找她爸去了。""谭花挺着大肚子天天干啥呢？""带着晚济的闺女，在他家的房场儿卖呆儿，有时还帮晚济干点儿啥，晚济总不让她伸手儿。"

一问一答中，蔡小兰预感到有啥事要发生，放下挽起的袖子，"不行，我得找晓格商量商量，整明白富佳的来头儿。"赫喜看着蔡小兰的背影，"就晚济这蔫巴儿的玩意儿，还摊上个三角恋的事，没招儿！桃花运来了，挡都挡不住。就俩字儿——羡慕。"

蔡小兰和佟晓格一碰头儿，都觉得这事蹊跷和棘手。蔡小兰说："当初合作社搞直播带货卖菜的时候，富佳就想当主播，我知道她想把

270

自己整成网红。那时候她和晚济正闹离婚，我就没让她干。"

佟晓格分析道："她没找晚济，估计没有想复婚的意思。"

蔡小兰说："现在关键是烟不出火不进的谭花，到现在也没个痛快话儿，到底答不答应嫁给晚济。这回可好，原配搭子回来了，她俩要是真都想跟晚济好，那哪头儿都不好打发；要是都不想跟晚济好，还把晚济给晾那儿了。这事愁人不？你说。"

佟晓格说："甭管咋的，亲妈给闺女买东西，应该收下。"

"你可得了吧你！就富佳啥事都好扒短那出儿，收了她东西，她后半辈儿都得长在嘴上，逮谁跟谁叨咕一遍。"这些年，蔡小兰知道富佳是啥脾气啥属性儿。

唐西跟佟晓格和蔡小兰说："这样吧，你俩都是富佳的发小儿，有啥心里话她可能不好意思说，我明天趁着教她拍视频的机会，跟她聊聊。用咱们渝阳湾的话说——找她透透话儿。"

第二天在凌河古渡文化广场的工地上，唐西见到了富佳。还没等唐西把话说完，富佳就全听明白了，"没事唐董事长，您不用绕弯子了，我知道您啥意思。我是好说好动好热闹，晚济手勤嘴慢好安静，他不喜欢我，我也不想将就他，我们俩不对脾气。这次我回渝阳湾，是看到您都来了，大家干得热火朝天的，我就想开直播在网上宣传宣传，如果能成了网红，我就给咱村直播带货。我看着了，孩子跟谭花比跟我亲，让她带着我放心。"富佳回车上取了一大包东西，"您帮我把这些衣服带给孩子吧，我是孩子的生母，应该的。"

在文旅局和富佳的各种媒体立体宣传下，刚见凉就完工营业的八碗席礼仪城，天天人"且"爆满。赫喜根本没工夫臭贫了，每天一睁眼睛就开始在炉灶上大勺翻飞，恨不得把两只手变成八爪鱼。从采摘大棚出来的客人，拎着一篮篮的果蔬，谁都不着急返程，都前前后后地进了赫喜的饭店，等着吃一套热气腾腾的八碗席。

旁边儿正在施工的几家门店老板看到这场面，纷纷回过头跟工匠们喊着："别瞅了，撒楞儿干吧！早开张早挣钱哪！"

十四

索晚济上午在"乡愁记忆"满族风情博物馆工地张罗，下午在谭花家的"格格夸兰"民宿房场忙活，成天两头跑。身形越来越显的谭花挺着大肚子，除了去幼儿园接送索晚济的女儿，余下的时间也是跟着她的晚济哥，笨笨呵呵地来来回回。索晚济多次劝阻过谭花，可她根本不听，照旧跟在他身边，双手忙个不停。

"晚济哥，我知道你心疼我，没事的，我妈说，多运动运动，到时候孩子好生。我要自然生的，不剖腹。再说了，我在家闲着老想事，闹心，干点活儿，就不瞎寻思了。"谭花说。

"花儿，你可千万别多想，心里为难。哥说不好，但心里明白，咱俩整整差十岁呢！虽然我离婚带个孩子，你又摊上了这些事，可你要是不同意，打算找个自己随心满意的，哥支持你。我就是想让你一辈子都乐乐呵呵的、幸幸福福的。"平时少言寡语的索晚济，只要是单独在谭花面前，是有说不完的话的。

谭花低着头："哥我知道，你想娶我，想护着我过一辈子，是爱情，不是书上说的那种同情。从小到大，不管我咋样，你都像亲哥一样，可着我来。我是怕，我是怕这对你不公平，委屈着你。我早恋，念书时就不着调，对象还死了，这事早就传开了，我的名声早就不好了。我是怕影响你，让大伙讲究你'咋娶了个这样的媳妇'。年龄不是问题，我是怕我配不上你。"

索晚济看着谭花："你咋能这么想呢！花儿，你是我妹，我不许他们这样想你、说你，谁都不许。"

"哥，你累糊涂了？我们管不了别人咋想咋说啊！"

"嗯，那我们不这么想就行了。"

"哥，我们都好好想想。"

"我早就想好了。"

"晓格姐和小兰姐都问过我好几次了，我没答复她俩。晚济哥，那你等我再想想，想好了，我直接告诉你……"

辽西晚秋的风，吹皱大凌河的水面。南归的雁阵，一会儿掠过湛蓝的晴空，一会儿在河水中嬉戏。这一年冬天，有二十二只迁徙的白天鹅，到了大凌河后就没有继续向南飞，而是留在这里过冬了，一直到第二年的春暖花开，都没有离去。它们，在这里安家落户了。

十五

飘雪了。2020年11月22日，小雪节气，千里澄碧的大凌河两岸，纷纷扬扬的雪花从天而降，宣告着时令的更替。

渝阳湾古村落维护工程随着冬季的到来告一段落，温暖如春的一座座智慧温室大棚内，却迎来了一年中最美丽的季节。与这个菜花飘香的物候一同到来的，还有两台大巴车载来的一百多位十多岁的小客人，他们是县城里韩愈小学的学生。这个小城，因为是有据可查的唐宋散文八大家之首的韩愈的郡望，县里的一所小学和一所中学，分别命名为"韩愈小学"和"韩愈中学"。

韩愈小学的校长找到陶书记，想把研学的课堂搬到渝阳湾村的智慧温室大棚，陶书记当时就答应了："支持！绝对好使。真应该让孩子们看看，在这样冰天雪地的季节，他们食堂餐盘里的西红柿、黄瓜、茄子、青椒是怎样生长出来的。"

韩愈小学的校长特意叮嘱陶书记："看看黄瓜、茄子、青椒就行了，西红柿就别看了，尤其是你们最有名的草莓，千万别看。克制欲望，对于大人有时候都很难，何况一群孩子。"

陶书记和蔡小兰主任商量参观研学路线的时候，重点提到了这位校长的叮嘱。蔡小兰听完哈哈大笑："这校长也太多心了！你告诉他，草莓必须看，让孩子们挑红色的，想摘就摘，想吃就吃，就这点儿草莓，我蔡小兰自己也供得起啊！"陶书记说："校长想得也对，一群孩子看着水灵灵的红草莓，不吃吧，诱惑确实太大；吃吧，还担心咱们农民的损失。""没事！你告诉校长，今天的中国农民，不差钱儿了！敞亮着呢！"蔡小兰满脸的骄傲。

在通过一部手机就能用管理软件实施滴灌、通风、施肥、控温的一座座智慧温室大棚内，孩子们在看到手里红彤彤的草莓同时，惊喜地看到了一个神奇的现代化的植物王国。他们感叹：原来现在的农民伯伯已经不是"锄禾日当午，汗滴禾下土"了！就在我们用手机玩游戏、看动画片的时候，他们正在应用现代信息技术进行着农业生产，为老师讲过的"乡村振兴"注入着强大的驱动力。

蔡小兰亲自给孩子们当解说员，她自豪而又风趣地说："现在大棚变得越来越'聪明'了，咱们当农民的就可以'偷懒'了，但是这种'偷懒'，是靠强大的科学技术来支撑的。所以，我们同学们一定要好好学习文化知识，将来在大家的手中，咱们中国的农业，一定会更是另一番神奇的景象，我们一起加油哦！"

看完一座挨着一座的智慧温室大棚，蔡小兰想让佟晓格接着给孩子们讲讲古村落保护和文旅开发的事，可环顾一圈儿却没有看到佟晓格的身影。陶书记走过来笑眯眯地告诉蔡小兰："咱们渝阳湾村更小的客人，要来了！哦！不是客人，是主人。谭花这不马上就要生了，索晚济开着车，佟晓格和水仙姐都跟着去县妇幼保健院了。"

谭花临进产房之前，助产医生要求产妇的家属签字，一旁的水仙姐刚刚拿起签字笔，谭花就把笔拿了过来，转手递给了索晚济："哥，你签吧！写你名儿。"

索晚济看了谭花一眼，激动地接过签字笔，郑重地在告知书上签好了自己的名字。在场的所有人，谁都万万没有想到，谭花竟然是在这一刻，用这种方式，回答了索晚济。

走到产房门口，谭花回头深情地看了索晚济一眼："哥，我等着你娶我。"说完从容地走进了产房。小护士们一脸的疑惑，这是咋回事啊？孩子这都要生了，俩人还没结婚呢咋的？疫情期间，不让聚集，婚礼缓办，医生们这样解释了眼前发生的一幕。

由于生产时间过长，谭花的力气越来越弱，血压又在一点一点地增高，助产医生建议剖宫生产。在痛苦中坚持着的谭花，想到将来还要给她的晚济哥生儿育女，就在医生准备出产房和家属商量剖宫的时候，拉住了医生的手："大夫，不要给我剖宫，我自然生，我能行的。"

整整六个小时之后，拼尽平生之力的谭花，终于生了，男孩。

在填写《出生医学证明》的时候，大家商议着给孩子取个啥名字。虚弱的谭花看了一眼襁褓中的婴儿，说："我在产床上一边生一边就想好了，就叫索米，我叫谭花，他是我生的，花生米。"说完还调皮地笑了起来。索晚济、水仙姐和佟晓格都明白了谭花的意思。

佟晓格想了想，说道："'索米'就算个小名儿吧，古代西汉的时候，不是有个大英雄叫霍去病吗，那咱大名就叫'索治疫'。这一年，发生的大事太多了。孩子是在这场人类抗疫史上最艰难的岁月来到这个世界的，应该用一个清晰的名字记住这个事件——索治疫。"

回到渝阳湾后，索爷看着谭花怀里的孩子，感慨又欣慰，"一茬儿接着一茬儿，一辈儿接着一辈儿，渝阳湾，人丁兴旺啊！"

索爷又看看佟晓格和唐西、蔡小兰和赫喜、索晚济和谭花："怎么个仪式，索爷不懂现今的规矩，你们大家自己商量着办，但你们的婚事，我必须得帮着张罗了，别推了，赶早不赶晚啊！"

"明年开春，等我们把各自的新房都盖好、装修好，完事就结婚，这样行吗？索爷。"佟晓格问索爷。

"行啊行啊！你们知道着急就行。"索爷笑着点点头。

"我们六个人一起结婚！索爷您操办过吗？"蔡小兰吐吐舌头。

"啥？六个人一起结婚？"索爷有点想不明白。

"是集体婚礼，不是六个人一起过日子。"唐西给索爷解释。

"我知道，我知道。只要是国家允许，政府提倡，你们咋办我都看着高兴。我呀，也就应个'执宾人'的名儿吧！现在结婚，我看过，都是请电视里的主持人，亲自帮着操办……"

十六

冬去春来，柳绿桃红，时光转眼来到了2021年的春天。当一波推着一波的桃花浪，在大凌河面上翻涌东去的时候，渝阳湾村里一拨接着一拨的游人，终于让这个古老而又现代的河畔乡村，真正地变成了"手机上刷屏、网红们打卡"的首选之地。

陆陆续续开门迎客的本地特色农家乐，风格迥异的民宿，满族风情博物馆，非遗展示传习基地，现代化观光农业采摘园……让游人们不仅找到了昨日的如诗乡愁，更看到了今天新农村的美好。他们徜徉在石板铺成的廊道上、胡同里，抚摸着老墙、石磨和石碾，眼望着青砖灰瓦的房舍，品吸着清新空气中弥漫的花香，拍照留念，品尝美食，在仿佛穿越到往日时光的农家民宿里，享受着休闲度假般的惬意，每个人都乐不思蜀，流连忘返。

在来来往往的游人中，一对对拍婚纱照的情侣，是那样的惹人羡慕和嫉妒。而在他们当中，不但有佟晓格和唐西、蔡小兰和赫喜、索晚济和谭花他们爱意缠绵的美丽身影，人们惊奇地发现还有一个金发碧眼的俄罗斯姑娘。大家互相转告着：那是咱们渝阳湾村老单家大小子带回来的外国媳妇，叫什么诺娃，对，叫沃娜诺娃，原来在大连开店，专卖从俄罗斯进口的东西，这回他俩把店开回咱村儿里了。

发小儿们开玩笑：知道哇！是"你那诺娃"，不是"我那诺娃"。单小子你可得看住喽啊！要不然我们可要抢了。

佟晓格和唐西的新房在"纳兰书院"最里间，读书人，喜欢时刻和书籍相伴；索晚济和谭花的新房在"格格夸兰"民宿，水仙姐真的把这座小院儿拾掇得屋里屋外，鲜花盛开；蔡小兰和赫喜的新房安排得最绝，两人竟然心有灵犀地把紧挨大棚的看护房布置成了他们的洞房，赫喜嬉皮笑脸地对参观的乡亲们说："这个地方，对于我俩，那还说啥了！不管走多远，都不能忘了第一步是从哪儿迈脚儿的。"

蔡小兰狠狠地怼了赫喜一杵子："你咋那么烦人呢！"

这个"七一"前夕，蔡小兰被批准为正式党员。包括水仙姐和女婿索晚济在内，渝阳湾村又有几名年轻人递交了入党申请书。

今年的七月一日，咱们国家有个大事，隆重庆祝中国共产党成立100周年。渝阳湾村党支部决定，把庆祝建党一百周年活动和乡村振兴、满族民俗集体婚礼放在一起，开大会、演节目、办婚礼，热烈隆重地秀上一秀。时间定在了"七一"前的6月22日，是夏至后的第二天，地点就选在刚刚落成的渝阳湾凌河古渡历史文化广场。

索爷说："这日子看得好，这么多2，你们尽情地爱吧！"

集体婚礼这一天，除了渝阳湾本村的四对新人外，应邀报名参加的还有外村和城里的五对新人，都是"零彩礼"的无价新娘，并签名承诺结婚不办酒席，不设账桌不接收任何人的份子钱。

报社、电视台、新媒体的记者们、主播们都来了，他们要专题报道一番这场新时代的新风尚。

在这场名为"爱在家乡土，情定母亲河"的大型集体婚礼上，已经调到县发展改革局担任局长的街道原朱书记发来了贺信："感谢各位新人在移风易俗的实践中带了一个好头儿！希望各位新人在乡村振兴的道路上继续贡献自己的青春和智慧！祝福各位新人在未来的日子里恩恩爱爱，幸福美满！不论我调到哪里工作，我的心永远和渝阳湾村的父老乡亲们在一起，永远在一起！"

文旅局的于局长在为新人献上祝福的同时，亲自为渝阳湾村颁发了省级"传统古村落文旅开发示范村"牌匾。他还给大家带来一个好消息："大型美食纪录片《妥妥的乡味》摄制组，近日就要来到渝阳湾村，拍摄我们的传统风味美食。这个广告，做得挺大呀！"

结束了为期三年半脱贫攻坚工作的驻村第一书记陶书记，明天就要离开渝阳湾村了，前往临县的另一个村开展乡村振兴工作。陶书记高兴地说："有佟晓格、蔡小兰这样的好带头人，我走到哪里都放心了！咱们不办酒席，但喜糖我得抓一把，我要把这份甜蜜，带到我下一个驻村的地方，与那里的乡亲们一起分享。"

主持人问索晚济和谭花："都儿女双全了，还打算再要孩子吗？"

"要啊！咱们国家不是放开三胎政策了吗，我和晚济哥打算再要一对儿龙凤胎呢！"谭花娇羞而又幸福地回答。

台下有人逗水仙姐："邻居住了这么多年，一口一个'水仙姐'叫着，啥时候候索晚济改口朝你叫'额娘'啊？"水仙姐乐得合不上嘴："就那闷葫芦，我还得接着拿出守寡的心，等着吧！""对呀！水仙姐，谭花这回也出嫁了，你也别守着了，赶紧找一个吧！""行！你们谁手头儿有相当的就给我介绍吧，不要彩礼，人要好啊！"

主持人问沃娜诺娃，能用中文讲几句话吗？沃娜诺娃说："我的中国话说得'嘎嘎'的。我爱咱们渝阳湾这疙瘩，我爱中国！"

索爷笑得舒眉展眼，"活了一辈子了，这是我经历过的最好的年月。这代人，几世修来的福啊！"

婚礼礼成。接下来，一场主题为"庆祝建党百年，奋力振兴乡村"的辽西大凌河民族婚礼音乐节，在佟晓格、蔡小兰、索晚济等九对新人豪情满怀的歌声中拉开了帷幕——

满乡的田野，秋风又冬雪，大棚里的果蔬，忘记了季节。

滔滔凌河，河水滋润着日子，棚菜小镇的大棚，那是美的世界。

小小的一篮菜，咱们的大产业，发往远方的车辆，络绎不绝。

订单包裹，快递着好日月，真空保鲜的蔬菜，情义是这么体贴。

钱挣了一沓沓，楼房也一列列，听到乡亲的笑声，我也雀跃。

咬一口尖椒辣，多像是我的爹，水灵灵的红草莓，又多像我的姐姐。

满乡古村落，花开又花谢，大凌河的渡口，清波映笑靥。

巍巍闾山，山风抚摸着岁月，来来往往的客人，那是爱的世界。

乡愁的风情游，振兴着大事业，家家户户门敞开，笑声不绝。

父老乡亲，奋斗着不停歇，同样富庶的心灵，幸福是那么真切。

美丽的中国梦，温暖着我爷爷，看到乡亲的笑容，我也雀跃。

咋来的好日子，一辈子难忘却，唱着咱的振兴歌，心儿和未来相约。

那些日子里，火红火红的太阳把七彩霞光映在大凌河的清波里，听着小康路上一首接着一首的田园牧歌，迟迟不愿落山。

本文刊载于《民族文学》2022年第4期

劝学外篇

张鲁镭

一

三个女人一台戏，四个女人又如何？如何？还能上天？呵呵……上天不行，上树可以！

今年的槐花长势好，一嘟噜一串把整棵树都遮得密不透风，像天上飘来的一朵白蘑菇云盖到树上。看把四个女人忙的，美妈和多多妈在树下拽着被单子，彩儿妈和豆芽妈爬到树上又摇又扯，鲜嫩的槐花瓣天女散花样飘飘忽忽落下来。那个好看哟！被单子橘红色花瓣白色，两下这么一掺和，那个娇美那个明艳，把女人们的心都点亮了。

很快被单子上铺满厚厚一层，女人们也被浸泡在花香里，仿佛一下成了仙子。她们把花瓣放到鼻子底下闻然后又放进嘴里嚼，满心都是收获的甜蜜。

嘀嘀嘀、嘀嘀嘀，美妈提前设好的手机闹铃。收兵了，收兵了。树上的两位就跳下来，她们每人拉个被单角找一块空地，把花瓣平均分成四份装进事先准备好的口袋，心满意足地回了。

被单子是晓美家的，美妈尤喜橘色。她们家窗帘床罩被单子通通这个颜色，连睡衣和拖鞋也同一色系。她还准备把茶杯茶壶洗脸盆也换成橘色！美妈没舍得把被单子放进洗衣机，而是平平整整铺到床上，她小动物那样一头拱上去，多好闻啊，就像走进花房和田野。一股困意袭来，真想拥着花香做个美梦。嘀嘀嘀、嘀嘀嘀，手机又催了，美妈爬起来系上围裙。

那槐花瓣被清水洗了又洗，待水控干放进去两个鸡蛋一把干面粉，一点葱末一点姜末，一点香油一点盐一点五香粉，一阵欢快的搅拌平底锅走油。滋啦啦，滋啦啦，香气拧成一股绳钻进鼻孔，绵软的槐花饼被铲子左一下右一下分成等份盛到方形盘子里——拍照发群。

"壮志凌云"里一派热闹，槐花糕槐花饼槐花粥，那糕上还镶着枸杞，那粥上还飘着红枣。隔着手机屏都能闻到浓浓的香，器皿们也神态各异，青花盘子豆绿沙碗。群里正叽喳叽喳，听说槐花晒干可以煮茶喝，还能做枕头芯醒脑。看看明天再去……

别小看这槐花，那可是庸常日子里一笔不小的快乐。彩儿妈用花瓣串了一条项链，等彩儿回来给她戴上准驱蚊虫。多多妈把花瓣放入蜂蜜罐儿，豆芽妈还丢进浴缸几粒。都有想法都有创意，还好这座城市有茂密的槐花，还好离住处不远的山上就有槐树，也让女人们的生活染上些花的色泽。

彩儿妈在淘宝看好一双运动鞋，买两双可以打八折。她私信美妈一起团购。美妈没看好，确实漂亮，可鞋帮太高不适合运动。晓美平时穿矮帮球鞋，上体育课做操都不耽误。啊呀，晓美她也不缺鞋，日常穿戴都是自己选的，不聊了，晓美回来了。

其实晓美还没到家，不过她已进入楼道，二楼三楼四楼五楼……美妈有个特异功能，女儿一进楼栋就能听见。那脚步声由远至近，到达最后一个台阶时，美妈已经站在门口……

味道怎么样？美妈一边讲述着摘槐花的壮举，我没上树鞋不行，和多多妈在下面扯被单子。不好吃？还好！看晓美那表情，她费劲巴力烙的槐花饼可没打动人家的胃，还好只是一句礼貌回应。

晓美吃饭时，美妈坐在旁边读报，家里订阅了两份报纸，光明日报和参考消息。上面的见闻要闻都用红笔画圈儿，利用午休给晓美读报，这是每天的必修课，从一位语文老师那儿得的真传。美妈的原则，哪怕你左耳朵听完右耳朵冒，怎么也能沾到耳膜上一点，万一有那么几句没冒掉，岂不是白捡？一天捡点儿，两天、三天！雪球越滚越大……

晓美作文一直好，老师都夸她视野开阔。这都归功于妈妈的读报，她努力读得字正腔圆，没几句海蛎子味就溜达出来，哈哈，晓美都把槐花饼喷到妈妈脸上。不好意思不好意思，她赶紧捂住嘴，脖子那儿还咯咯咯鸡下蛋似的抖个不停。

美妈到底舍不得被单子上的花香，打发走晓美便一头拱到床上。迷迷糊糊听见手机闹，那三个妈妈约她去麦德龙买进口牛扒。多多妈喊，赶紧的那边牛扒限量。豆芽妈也催去晚了真买不到。美妈懒得动，她下午还有不少事，就拜托她们给捎回来两包。

她把一条治疗哮喘的偏方发给采儿妈，蜂蜜加枇杷叶川贝罗汉果放在锅里熬，熬至琥珀色透明膏状每天早晚一小勺。彩儿有轻微哮喘，换季时蛮遭罪。这偏方是从一位老中医那寻到。彩儿妈回复，收到收到，等下她负责拎回两包牛扒。

美妈的下午通常很忙碌，不光下午，她一天都不得清闲。从晓美入学那天起，一年级学算数，为了让孩子生动形象地吃透，美妈把课本上的知识进行了寓教于乐的分解，比如三减一，她会买来三只苹果，让晓美吃掉一只。当然一百减五十不好实践，但前面给吃透后面还难吗？比如读《小蝌蚪找妈妈》，她就去公园捞蝌蚪回来，上中学后是另一种方式，她需要整理试卷打印资料并且读报，偶尔参加中考报告会和压题作文讲堂。

美妈把当天的报纸通读，重点部分在报纸边缘做笔记，望着那足有一米高的报纸，她都想到集腋成裘这个成语，陪读陪得她成了百事通，连思想境界都有所提升，国际形势一线城市GDP，宏观调控微观调整，百年奋斗目标，全面建设小康，医保改革养老金上调……暗中的加油和助力，有人敲门，送煤气罐的来了……

"壮志凌云"里发了好多照片，都是那几位在麦德龙购物的画面，多多妈在品尝免费麻辣豆腐干，嘴角还粘着辣椒末。豆芽妈大瓶小罐抱满怀，还有她们嘟着嘴巴的自拍，彩儿妈喜欢拍照，走哪儿拍哪儿……

四个女人同住一栋楼，倒也没啥稀奇，住一个楼里的女人多去了。她们看上去却像沾亲带故，实则不然，往上追溯几代也不沾，但她们来自同一个方位——高新园区。家里的宝贝都就读于同一所中学——红旗中学。并且同一个年级——初中二年。

红旗中学可是顶呱呱的名校，家长孩子赶庙会似的往这跑，四个女人为了共同的目标，不曾相约却不约而同跑到一个战壕里，某一天她们拖家带口怀揣细软抱着锅碗瓢盆充满雄心斗志昂扬地来了，她们的统称叫陪读妈妈。

人们说红旗中学堪称圣地，好比延安就像革命摇篮，它托举着家庭希望，是孩子们前途命运的关键点。陪读这事嘛，也要有钱有闲才行，且不说房租还得搭上个人，学校周边多是老住宅，好多楼还在使用煤气罐。没关系，什么困难她们都能克服，家长们个个是战士，都能吃得苦中苦，盼望孩子做人上人。

二

周末一早大家坐上地铁，孩子们背着书包，妈妈们提着保温饭盒。到底和平时不一样，多多和豆芽穿上带卡通图案的帽衫，晓美和彩儿也扎上蝴蝶结，彩儿穿一件翩翩仙仙的汉服，脖子挺拔的像一只骄傲的天鹅。妈妈们也涂了口红画上眉毛，豆芽妈还裹上一个大披肩，周末嘛，大人孩子都换心情。孩子们鸟一样雀跃，四十分钟后他们将到达"天天向上"，在那里完成一天的补习，数学、语文、外语、物理、化学。

现在他们要尽情享受这难得的地铁时光，将近一个小时远离书本，还不被算在休息时间内，这种奢侈比喝奶茶都爽。周日地铁上人不多，妈妈们把保温饭盒掀开一条缝，都是昨晚准备好的，寿司、玉子烧、小排骨、奶油花卷……多么色香味俱全。她们都格外用心，手艺要公开亮相的，和群里晒图不一样，现在拍照有美颜，一个臭鸡蛋都能拍得流光溢彩，"天天向上"那边提供盒饭，十五块钱一份，妈妈们哪里能接受盒饭？

孩子们上课，妈妈们去附近的凯悦广场，一周就这么一天离开锅碗瓢盆离开那个弹丸之家，她们要放飞一下，上小学那会儿孩子在前面听课，大人在后面写笔记，现在不行，人家不让。

她们来到顶楼的茗品茶舍，这里正招租，顶楼只这一家开业，一壶花茶六十块还可以免费续水。因为没啥人，她们心安理得一泡一天。茶点也便宜，每份二十元。喝着花茶吃着小点心又小资又不胖人。

让服务生把茶和点心送到外面的休闲区，今天彩儿妈要给大家做指甲。茶舍空间小，指甲油到底有味道。彩儿妈把工具箱都背来了，指甲油、颜料、营养液、烤灯、贴片，花花哨哨一堆，陪读前她开过美甲店。

她还会点瘊子，拿个棉签蘸点药水，对准瘊子轻轻来一下，那里当即变红过几天又变紫，再过几天又变黑，经过一系列变色，最后黑痂脱落痦子没了，连个痕迹都不留，就像从来没有过一样。

妈妈们的脸都被她处理过，开始大家还有点不放心，但终究抵不过没痦子的诱惑，我这雀斑能行不？比痦子还轻，美妈指着自己的脸，生完晓美才有的，之前这脸光滑的像鸡蛋壳。小菜一碟，彩儿妈棉签蘸药水准备干活。且慢，美妈伸出手背，这里有一个，先拿它当实验，结果相当令人满意。后来几个妈妈抢着把脸凑过去，这里那里，那里这里，连雀斑带痦子消灭一大群。

女人们像孩子得了满分那样开心，身体里的某根神经被激活。于是在网上发起团购，粉底液、防晒霜、面膜、染发剂……染发时还凑一起帮忙，这么一捯饬确实不一样，陪读也是一份光荣职责，都关乎希望工程，和家庭妇女能一样？

彩儿妈套上围裙可像那么回事了，你看她又涂又抹又画，这手艺时不时也要拿出来操练，刀不磨要生锈，手艺不练要滞后。还好有妈妈们，不然去哪里施展？你看她娴熟地修甲、打磨、上底色、涂色、烘烤、涂营养液，对每根手指都那么耐心那么自得其乐。

一番折腾后，妈妈们的指甲上都生出花，她们反复端详，原来手也可以美成这样，平时全仰仗它操持家务，都没想过要对它好一点，晚间敷面膜倒是没落过，却没顾及这个功臣。不过这靓甲就像睡眠中的美梦，回去洗洗涮涮坚持不了多久。大家拿出手机咔咔咔，美一分钟算一分钟。

彩儿妈得意，在美甲店这样一根手指头少说五十块，你们算算要多少钱？若不是来陪读，家里挣钞票呢！美妈瞥她一眼，快别这么想，孩子的前程比什么都重要。豆芽妈建议，在网上发广告，有需求者可以上门服务，也可以去你们家。多多妈不同意，绝对存在安全隐患，现在快递都放快递箱，不能让陌生人上门。为孩子我不是也扔下家里的生意！

彩儿妈看见茶舍的橱窗里摆着几件汉服，进去和老板商量能不能借她们拍几张照片，就在茶舍门前。老板爽快，说橱窗里的落了灰，柜子里还有几件干净，她之前开过影楼现在把衣服拿来当装饰。妈妈们每人穿上一件，手里捏着小扇子举着茶杯，有路过的还以为是茶舍拍广告。人靠衣服马靠鞍，这么装扮上真是养眼。如果不是孩子和家务牵绊，她们每天都可以这么漂亮。

"天天向上"家长群发来消息，她们拍照臭美的时候那边已经考完一份数学单元测验，每张卷子都明晃晃晒在那儿。妈妈们二目圆睁，晓美满分多多九十，彩儿和豆芽也八十多。太棒了，妈妈们破天荒又要了一壶普洱。她们用茶盅相互撞击，来"天天向上"刚两个月，成绩居然能这般提升。

妈妈们是通过广泛调查对比才从原来的机构迁移至此，据说这边数学教得好，当时大家集体出动，四个女人群殴那样你一言我一语，美妈和多多妈扮温柔，彩儿妈和豆芽妈铿锵有力，说她们属于团购，团购哪有不打折的道理，不行就换一家，补课机构满大街都是。几个回合下来不光打了折还饶上四本学习笔记。她们打了胜仗一般在附近的小馆子庆祝，美妈端着酒杯，好机构意味着好成绩，"天天向上"，听听，成绩天天往上蹿，多多妈附和，每天一小步，十天一大步，孩子们天天有进步。

从此她们尝到"群殴"的甜头，然后就……买米买菜一起上，网上拼多多一起上，带孩子下饭馆一起上，街边买烤地瓜一起上，这样的阵容不可小觑，她们不差钱，但"群殴"这事非常快乐，别人花十块钱办的事，她们花八块五就解决了。就算不"群殴"也能找到琐碎的意义重大的事，譬如一起去超市买打折鸡蛋……

多多妈最开心，儿子各科成绩都不错，偏偏数学不开窍，把她急的厚着脸皮向美妈求助，几个孩子里属晓美成绩好，她在隐形小班。年级一共八个班，给她们五班配备的师资最强大，学校在重点打造。小班要经过两轮考试选拔，学校对外不讲，但学生家长都知道。多多妈向美妈讨要五班的数学试卷，这个嘛！美妈为难，你知道老师之间也有竞争，卷子做完就收上去，拿回来也叮嘱不许外传。天知地知你知我知，她把一大块酱牛肉塞过去。

美妈隔三岔五会拍给她一些数学卷，多多做了，但成绩没大起色。此时压在多多妈心里的石头正融化，虽说单元测验，但起码是好的开端，数学那层窗户纸就快被捅破，多多妈一盅接一盅喝茶，生怕自己的兴奋被别人看见。

大家又聊到晓美班上一个叫钱龙的同学，那孩子个头不到一米五，脑门出奇宽大，模样和小萝卜头差不多。他小学直接上的三年级，比班上的孩子小两岁。小家伙从来不补课，数学好的一塌糊涂，手在大脑门上拍拍答案就来了，简直神童一个。女人们咂舌，别的不说，给家里省多少钱啊？多多妈坦言，自己怀孕时也费过心思，胎教音乐补充蛋白质维生素，抚摸聊天讲故事，也没生出来个神童。这事全凭运气……

三

中午四个孩子在教室把保温饭盒凑一起，你夹我一块，我吃你一口。豆芽在晓美那儿夹了好几块小排骨，豆芽人高马大个头有一米八，他很会扔铅球，在全市中学生运动会上拿过名次。豆芽说明天也让我妈妈做小排骨。晓美笑，这是我妈妈从你妈妈那儿学的手艺。彩儿说饭都是别人家的香，多多就把筷子伸进她饭盒。

学管老师来通知下午的英语课临时改成数学，为什么？英语老师家里临时有事。晓美放下筷子，今天已经上了两节数学，学习也要有个消化过程，一味地往下讲怎么吸收？可以让老师带领大家复习前面的。复习不收课时费吗？晓美是班上的宣传委员，这会儿完全一副小干部模样。对，如果不收课时费我们同意，其他孩子跟着嚷。学管老师闪身离开，现在的孩子真不好惹。晓美告诉大家，不行我们就投诉，楼梯间那儿有电话号码。不一会儿学管进来通知，今天下午课程取消，提前放学。

哇，孩子们乐的板牙龇在外面。有人敲桌子有人踢板凳。彩儿站起来，干脆，我们把这个下午私吞了去玩儿汤姆熊。汤姆熊，孩子们眼里闪着光。别做梦了，家长群里肯定通知，晓美倒是理智。不行我们逃吧，先去玩儿了再说。豆芽背上书包准备出发。多多指着晓美手腕。往哪儿逃？没看见这跟踪定位？晓美看看自己那手表，我们是孙猴子，她们是如来佛。

彩儿叹气，你们不知道，我的作息时间表都是按小时安排，回去就练古筝，屁股都坐硬了。豆芽问，你将来考音乐学院？也不是，反正我妈说练琴这事不能停。为了快点结束我悄悄拨过闹钟。晓美摇头，你妈妈真好骗，小学那会儿我拉小提琴，我妈妈都是在手机上设定时间。多多讲，我们完全可以自己坐地铁回家，不知道她们总跟着干什么？彩儿笑，她们不跟着会很痛苦，妈妈们怕失业。豆芽噘嘴，你们就甘心这个下午被白白剥削？晓美把手表鼓捣一番，现在可以了，凯悦那里就有地下娱乐城，我们来个猫捉老鼠的游戏。四个孩子跳起来欢呼，要是老师天天有事该多好！

　　孩子们一出来就看见妈妈们在朝这边招手，在这儿，这里……多多对大家眨眼，我们逃不出她们的手心。彩儿哭丧个脸，刚才应该走后门。孩子们像泄了气的皮球，妈妈们只当没看见。

　　快到家时多多妈邀请一干人去家里吃饭，昨天他爸爸送来好多吃的，权当奖励孩子们。其他妈妈相互看看，这会儿她们心情正好，脸上都挂着笑，张口宝闭口宝叫得人心烦。托今天数学测验的福，考砸了再看她们的嘴脸，聚会吃饭？想都别想。现在妈妈们是那么近人情，是啊！机器也要停下来加加油，住在一栋楼回家也方便。你看看！你看看！晓美说要去图书城买练习册，其他孩子纷纷响应。

　　多多家阳台种了不少小菜，青葱、香菜、韭菜、小白菜……用泡沫箱种的，一个个摆在鞋架上。原来这户留下个鞋架，我和多多也没几双鞋，种点小菜也是个乐儿！多多妈割了青葱，她要做鸡蛋煎饼……

　　多多家在高新园区开着一家风味面馆，在一所民办大学附近，多多妈点开手机，面馆里一派大快朵颐。生意也太好了吧！都是学生们捧场，开始只是单纯的面馆，后来应要求就添了啤酒炸鸡和卤味，这些学生消费起来很猛，多多妈把手机拉到一张桌子前，这学生天天来喝啤酒，每次都点满满一桌，剩下也不打包，劝也不听。

　　他在外边租房子，女朋友换了一个又一个，那是个瘦瘦的男孩儿，此刻已经喝的脸红脖子粗。老师不管？民办大学就那样！他们吃喝玩乐打游戏，抽烟喝酒开钟点房，前年两个男生为争夺女友大打出手还闹出了人命，事发地离我家面馆很近，当时空气里都飘着血腥味，我和多多爸差点没吓死。就是那次我们下定决心，无论如何也不让孩子上这种大学。

　　说实话我还真喜欢这陪读，之前在面馆从早忙到晚，学生们几瓶啤酒一个鸡骨架就闹到下半夜，陪读就轻松得多，我通过手机收账，面馆整体监控都在里面，服务员偷懒也能看见。豆芽妈笑，你可真成了甩手掌柜。是啊，我准备陪完初中陪高中，最好大学也能陪，一辈子这么过也不错。

　　等晓美考上大学我准备去轮船上度假，白天在甲板上晒太阳，晚上听着海浪入梦。美妈将手臂摇摇，仿佛已经置身大海。彩儿妈嚷她可受不了每天都荡秋千，一上船胃里就翻江倒海。等彩儿考上大学，她就在孩子学校附近开一家美容院，一边陪孩子一边赚钱。豆芽妈打开手机，一块黑布上挂着各式各样的耳环，又夸张又绚烂，都是我手工制作，网上买的小配件……到时候我要去学首饰设计……你们来挑一对，我友情赠送……

陪读的日子琐琐碎碎叮叮当当，她们这些人呢，虽有男人分担日常开销，却没人分担日常的辛劳，眼下父母这两个角色都由自己一肩挑，着实不易。那天聊到正放开的二胎三胎，就算有金砖奖赏她们也不会动这念头。

她们盼望着出头之日，哪怕头发花白满脸沟壑，也恨不能一步跨过去，老又如何？只要能踏踏实实生活，该吃饭时吃饭，该睡觉时睡觉，一高兴就在床上赖个半天，上街更不用一只眼睛看路一只眼睛看表。

想想并不遥远，当初那个肉团团如今都比妈妈高了，很快的。但还有中考高考这两道关口要过！熬吧！豆芽妈讲，想想孩子们够可怜的，每天除了考试就是卷子作业，我们还能逛街喝茶，他们在学校被老师盯得死死，回家被我们看得紧紧，亏他们还能坚持下来。我们上学那会儿可没遭这份罪。大人孩子这么拼到底为了什么？

美妈看报看的就是有高度，为了选择空间更宽阔，成绩越好自由度越大，中考成绩好可以选择好高中，高考成绩好可以选择好大学，好大学可以选择好的工作，好工作可以选择好的伴侣，反之呢？

眼下先把中考这道关闯过去，不同的高中就是不一样的人生舞台，重点高中那些孩子前景不可估量，都是你未来的人脉和社会背景。经美妈这么一剖析，妈妈们顿觉一寸光阴一寸金，她们开始后悔来聚餐，有这工夫都能完成一套卷，至少也能背上一篇古文，怎么还不回来？赶紧的！

没有牧羊人的鞭子羊们不愿意回家，多多妈要电话催，美妈让再等等，她接个电话下楼去，不一会儿提回个白色泡沫箱，里面是肥肥壮壮的大闸蟹，今天有口福，晓美爸托人送来的，不多不少正好八只，妈妈们直呼好大的螃蟹，便一起动手剪捆螃蟹的绳子，这螃蟹饭店里一只要上百块，美妈告诉各位。多多妈讲，她们面馆卖过这种螃蟹，进价很贵。大家都领情都觉得美妈大气。

螃蟹放进锅却打不着火，多多妈打电话叫人换煤气罐，对方说在外面喝酒，不急的话明天早上。当然急，等着煮螃蟹呢。多多家住七楼，端着锅去其他人家里煮实在麻烦，彩儿妈打电话找另一个换煤气的，那边满口答应。螃蟹在锅里闹得厉害，有一只竟掀开锅盖爬到灶台下，费了好大劲才用铁钩子勾出来。

晓美来电话，他们已经从图书城往回返很快到家。换煤气的还没来，豆芽妈让彩儿妈催一下，要催你催，彩儿妈把电话递过去。喂，怎么还不来？豆芽妈没好气，什么？再晚你就别送了……彩儿妈说，这个换煤气罐的好像也是陪读家长。

孩子们脸色苍白头发炸开，简直一群受惊的鸡仔，车祸，前面路口那儿，出车祸了，血、好多血，一个送煤气罐的，撞死了。晓美声音打战，那个送煤气罐的，是、是我们班钱龙他爸……

四

美妈切菜把手切了一条口，血淅淅沥沥在地砖上留下一粒粒红豆，缠上创可贴抹去那些红豆心却一直抖。

美妈脸上痒，手一摸硬硬的，她使劲往下掀，原来是只肥头大耳的螃蟹，美妈看见铺天盖地壮硕橘红的螃蟹，它们正横冲直撞往她身上爬，一声凄厉的尖叫，她从梦中惊醒，湿透的睡衣让人浑身发冷。近日她常做些奇怪的梦，竟梦见一只螃蟹夹下她的耳朵，她在后面追却怎么都追不上。

美妈望着窗外的夜色，开始想念晓美爸爸，美爸常年在海上跑船，晓美都是她一个人带。也没什么不好，况且她很享受这种生活，美爸一年回来两趟，其间俩人好得如漆似胶。谁家孩子都上中学了还能保持这种状态？成天一个屋檐下肯定不行，小别都能胜新婚，况且她们是大别。美爸很疼老婆孩子，钱和东西样样不差。

他在海上航行时，美妈正带着女儿攻克学业。孩子就是远方和希望，她要协助她长出浓密的羽毛和翅膀。她从来没有过这个年龄女人的惶恐和焦躁，船上清一色大老爷们儿，美爸没本事跳下去泡海龙王的女儿，总之，嫁个船员有多种好，不用给他洗衣做饭，不用看他臭脸，自由自在不愁花钱。

早晨美妈先去了农贸市场，把买好的东西一股脑装进布口袋，看见多多妈往这边来转身躲开。美妈要去趟高新园区，她从轻轨的窗口看见那棵老桑树。

这里很安静，她在树下把布袋子里的东西一样样往外拿，香烛纸钱还有她做的小点心，把香烛插到地上点燃，用石头压住纸钱，把小点心盛在盘子里。之前有了烦心事就来坐坐，她喜欢这老桑树的敦实粗壮，树冠大的像房盖，有股被笼罩的安全感。

三缕青烟直上，美妈双手合十，钱师傅啊，千不该万不该，那天我不该把大闸蟹拿上去，谁想到多多家煤气用光，谁想到那个换煤气的去喝酒了。早知道我就把螃蟹拿回家，或清蒸或爆炒，还能做蟹黄饭。你知道现在大闸蟹多少钱一斤？这充分说明我是个多么无私的人，结果出了这事……我俩往日无冤近日无仇，我可不是成心的……美妈的眼泪双双对对往下落……

从老桑树这边望下去是个小区，小区里有套三室两厅一百五十平方米的房子是她的家，里面的日式装潢简约典雅。她从小就在这边生活，好山好水好空气，不是陪读谁愿意去乌泱乌泱的市内。那里像高压锅似的拥挤逼仄，人们都是踮着脚尖过。

路边开着一簇簇带白点的粉色小花，长长的一串，被风吹得像跳集体舞，美妈站下看了一会儿然后去了百货商场，她买了窗帘床罩被单子枕套睡衣拖鞋，全部米白色，回去就把那些橘红扔掉，连床头柜那只假向日葵也不要。

晚饭时美妈问钱龙现在怎么样？奶奶来陪他了，放学时我看见他们一起往回走，他奶奶满头白发，我俩现在是同桌。我做了些小点心明天你拿给他……

下周彩儿要参加"红太阳"杯乐器大赛，妈妈们去当亲友团啊！在茗品茶舍彩儿妈向各位发出邀请，这个……下周要带晓美回去看姥姥……多多最近总喊腿疼……豆芽妈没拒绝，还问亲友团要不要穿隆重些。彩儿妈也是试探性邀请，分数就是美妈和多多妈的晴雨表，时时左右着俩人的喜怒哀乐。她和豆芽妈也不是不在乎，只是没那么强烈。

昨天公布期中考试成绩，怎么和"天天向上"差那么多，多多刚刚及格，晓美不到八十分，彩儿和豆芽不说了！如果考得好，说不定作为奖励就去当一回亲友团，现在不行了。美妈认为都是那个宣传委员影响到功课，教室后面那块黑板，一周就要换一次内容，为这孩子花费多少精力。精力总归有限，顾东顾不得西，她要想办法让晓美辞掉，多多妈觉得还是卷子做得少。看见二位唉声叹气彩儿妈和豆芽妈反倒镇静，不然怎样？难不成还能去撞墙？

"天天向上"那边也不痛快，彩儿的汉服袖子太肥总掉进保温饭盒，彩儿，你下次不要穿汉服来，耽误大家时间。数学课上彩儿回答不出问题，老师盯着她的衣服看，好像回答不出是这衣服的错。你穿的汉服吧？现在这东西怎么说好，汉服的特点是交领右衽，你这却是个小立领，再有汉服本无扣都是束带固定。老师，本来有两根带子，我妈说坐车不方便，就给剪掉缝上扣子。原来这样……

晓美因为期中考试心情不佳，下次他再讲与课堂无关的话，我就去投诉。又不是在学校，怕暴露我妈把领口缝小了，也没妨碍别人，我妈说星期天可以自由。多多问你们发现了吗？上次这里的考试故意降低难度，让我们以为自己进步了，让家长以为这边的教学质量高，这是一种营销手段，好让她们交下一季的学费。你们真觉得这里好？

晓美翻翻眼睛，其实哪里都差不多，但妈妈们总要找个地方交学费，不然她们不放心。现在哪个家长不给孩子报班？不报班都不像亲妈。豆芽问，你班钱龙考得如何？他没参加考试，哮喘犯了。他也有哮喘？彩儿问。有，好像还挺严重。彩儿说自己下周要去参加古筝比赛，你们愿意当我的亲友团吗？我们肯定愿意，她们肯定不愿意，多多满脸无奈。

晓美问，学习这么紧张，你也不想搞专业去参加这个干什么？妈妈想让我锻炼锻炼，其实我也烦，现在一天练两个小时，你们看我的手指头都有了老茧。我妈现在天天放学等在校门口，就怕我在路上耽误时间。你们有什么办法让她别来烦我。大家都挠头说没辙！

五

天空上有一朵朵云，云虚虚蓬蓬像白棉花，接着白棉花又变成红色，一层一层从里向外翻涌，此刻无数朵玫瑰在天空绽放，这奇景被窗前的彩儿妈看见，然后她又看了下表，然后以冲刺的速度跑到校门口。

牛犊们被牵着冲出黑压压的人群，这也是稀罕壮观一景儿，从远处看还以为发生了暴动，其实就是个接孩子放学，有的是爸妈俩人接，有的是爷爷奶奶，大家前簇后拥都有一种争渡的气势，仿佛再使点劲儿就能到达理想的彼岸。有些家长间操体育课也扒着栅栏看，有啥好看的？不是赶着练琴，她才不凑这个热闹。

一个男孩脖子上套个塑料牵引，这孩子是彩儿班的，他妈妈已经带着去做了半个月颈椎理疗，医生说恢复原样还要一段时间，彩儿对他喊，鹅鹅鹅曲项向天歌。快走吧！妈妈背上女儿书包又接过保温杯用手拉住她，孩子使劲挣出来，从学校到出租屋一共没几步，她非要来接。

之前放学后至少还能去超市转转，超市很小，两个人都没法并行，彩儿每次都能转十多分钟，连酱油醋也能望上几眼。她好羡慕那些坐公交的同学，一路东张西望溜溜达达。妈妈把房子租到学校附近，让她少了太多快乐。彩儿妈一指前面，那个就是钱龙和她奶奶。彩儿没好气，我倒是盼着出车祸，不用弹琴也不用考试了。彩儿妈手心都湿了。

好歹练过琴，妈妈给彩儿送去一盘水果，那孩子正用圆规扎手指头，扎得直冒血，彩儿妈心里像跳进去一只青蛙，扑通扑通，她用拳头抵住胸口，生怕一不小心让它跳出来。她努力把头扭到一边，彩儿，我们家墙头开出一朵小花，有只蝴蝶落在上面，彩儿面无表情，我得写作业了，今天又得写到半夜。她怎么对新鲜事一点都没感觉？

之前可不这样，刚上初中那会儿，她养在花瓶里的香水百合枯了，彩儿凑过去看看，妈妈，我吹一口气让它变活，然后就鼓起腮帮子噗噗吹，当时她好开心，这孩子多有浪漫情怀！

我为什么要参加比赛？妈妈希望你德智体全面发展。其实她没说实话，坚持练琴是给彩儿留的后手，万一学习成绩无力回天也好作个备胎，马上进入主题她还心有不甘。

即便将来到了大学会乐器也是女孩最亮丽的羽毛，都会借此寻到高端配偶。就算参加工作还可以进个民间乐团，周末穿着礼服优雅地出入大小音乐厅，陶冶情操净化灵魂。她希望女儿过上理想的高品质的生活。

不久前她得到一个消息，音乐特长生中考降五十分，五十分啊！现在三分都把人甩出去一大截！条件是参评者需获得市级以上的奖项。彩儿妈后悔，之前的很多比赛也没放在心上，觉得没意义还耽误时间，现在只能现上轿现打耳洞，那可是入门证一枚，她逼着彩儿练琴，恨不得一口吃个胖子。

放松些，明天那条公主裙就到。我宁可不要公主裙也不想去比赛。

你紧张？肯定呀！我以前从没参加过，现在做梦都梦见比赛时琴弦弹断。彩儿妈心一沉，就目前这种情况去比赛也不会有好结果。

彩儿妈和豆芽妈微信聊，没想到她会这么紧张。大人上台还紧张呢，何况孩子？买了进口巧克力让她减压，一口都不吃怕胖。那天看见人民广场有拉大提琴的，不如就让彩儿去展示一番，在那儿若不怯场比赛应该没问题，豆芽妈建议。反正没有更好的办法，试试也行。

有些话她愿意和豆芽妈讲，另外两个不行，每次一起聊到孩子学习，她都沉重得喘不过气，甚至在"壮志凌云"看见她们的头像都躁的慌，还好有豆芽妈做伴，不然非让压死不可，但又不能舍弃，她们掌握着考试动态熟知哪里的补习班强大，哪本练习册做了也白费，就连考前食谱都有研究，必须知道她们在干吗，否则就会失去方向。

妈妈赔着小心征求彩儿意见，这祖宗要是不配合也没办法。我们去人民广场展示一下呢？看看彩儿有多棒，那我要穿公主裙，还要粘上假睫毛。好的。你再给我买一个蕾丝发箍。可以。你再给我买一双高筒皮靴。没问题。你再给我买一个绒毛铅笔盒。好吧。你再给我买个带音乐的台灯，行。彩儿妈咬着后槽牙，怎么有种被敲诈的感觉！彩儿已经习惯妈妈像经纪人那样安排一切，不过条件还是要提的，不提白不提。

彩儿在广场上一亮相就遭到围观，这孩子穿着翩翩的公主裙，眼睛上的睫毛像两把小刷子，头上缠的彩带一直垂到腰间，她手指清扬抚在琴面，悦耳的旋律如缓流的溪水清清潺潺，时而风拂杨柳时而惊涛拍岸……一曲终了余音绕梁，片刻的沉静后掌声一片。

彩儿像个小明星被围在那儿，有人拍照有人喝彩，一个年迈的奶奶踅过来同她合影，你女儿？是啊。厉害！她收学生不？我们还是个学生。此刻彩儿妈又满足又自豪，女儿一路成绩平平，让妈妈扬眉吐气的时候很少，她平素爱打扮，但每次家长会都赔着小心保持低调，今天都有一种翻身的感觉。

彩儿一曲接一曲，有人小声向她妈妈取经。从几岁开始学的？一天练多久？将来准备搞专业……月亮出来了，彩儿妈无奈叫停，家里还有那么多作业等着，彩儿好像还没弹够……

彩儿成功拿到优秀奖，已经蛮好了，起码获得了特长生参评资格。彩儿妈第一时间在"壮志凌云"公布消息，妈妈们分别用鲜花和大拇指表达祝贺，彩儿妈本打算请大家去西餐厅，想想还是算了，自从出了煤气罐的事，喉咙里总像塞个什么，吐又吐不出，咽又咽不下去。

豆芽妈没去比赛现场，前一天豆芽从楼梯上摔下来小腿骨折，妈妈们一起把他送到医院，打上夹板豆芽笑了，这下可以不去上学，妈妈吼，做梦去吧，你腿骨折了耳朵又没骨折。

彩儿妈买了水果去看豆芽，豆芽妈正在擦拭一根拐杖，她指着对面房间小声说，有这个看他还找借口不上学。奇怪下个楼梯还能骨折，我最近右眼皮总跳，不会有什么事吧？彩儿妈讲，彩儿小时候她去庙里求了一枚桃核，一直都挂在脖子上，今天比赛她说配裙子不好看，我坚持没让摘，你看比赛的结果不是很理想？一百多人的比赛，优秀奖分量很重的，当然你那天的建议特别棒……

晚上豆芽爸来电话要跟儿子视频，他正写作业任何人免打扰。其实那孩子正吊着一条腿在房间里看漫画。刚刚她把水果切成块插上牙签送进去，然后又送去一碗排骨汤，都说吃什么补什么。然后问要不要背个单词写点作业啥的。妈妈呀，我好歹也算个病号，你怎么一点同情心都没有？

豆芽妈不想让爸爸知道孩子的状况，他现在在石河子当援疆干部，怕他担心是其一，也怕落埋怨。妈妈这个活不好干，什么事都要算在你头上。听说孩子在学习当爸的很欣慰，这说明孩子正努力，努力让自己变成优秀的人。只要孩子拿本书坐在那儿，大人心里就踏实，即便那孩子人在曹营心在汉。

爸爸当初去援疆还有另外的打算，就想着找个机会把豆芽的户口迁到那边，新疆的高考门槛低。现在看来已经没有可能，国家在这方面把控非常严格。豆芽妈翻来覆去睡不着，早知道就不让他去援疆，现在打替班的人都没。

那天多亏了妈妈们，豆芽块头大，她一个人根本不行。豆芽现在班级排名三十左右，红旗中学的重点率能达到百分之五十，豆芽不在这百分之五十的行列。她已经看出豆芽的吃力，可又不能不鼓励。你差不多也算中等生，后边还有十多个给你殿后，坚持努力慢慢来就行。其实她也急，却不敢在孩子面前暴露情绪。

豆芽之前学过跆拳道拉丁舞游泳画画书法吉他，锻炼身体培养艺术细胞一样没落下，都说技多不压身，将来在社会上也能崭露头角。都是他爸爸的主意，豆芽爸爸单位一个同事游泳技术高超，偏偏他们领导也是游泳爱好者，于是伴在左右，于是仕途就有了飞跃……豆芽学什么都半吊子，之前的付出有些劳民伤财，未来的前景差不多就考试这一锤子买卖。

妈妈现在也不知道儿子的喜好，对，他喜好吃，尤喜肉类，在多多家聚餐，一盘子酱牛肉他能吃掉一大半。可吃也不能给考试助力，她发现豆芽对烹饪感兴趣，爱看美食节目，过年去姥姥家他抢着给大家露一手，可乐鸡翅做得像模像样。妈妈不愿意说这个，她租房子来陪读，难道是为了培养一名厨师？烦死了！

豆芽妈仰望窗外，天上没有月亮，三三两两的星星一闪一闪，有几个窗口的灯还亮着，不知谁家的孩子在苦读，那都是有福气的父母。晓美和多多就省心得多，彩儿还会弹个琴，豆芽可怎么办。每次爸爸询问成绩，她都说挺好！好个屁，早晚露馅！她叹着气回头，发现对面墙那儿站着个人。

豆芽妈两腿筛糠，豆芽，豆芽。养他有什么用？那个人好像也在抖，披散个头发穿着睡裙。她手扶窗台发现自己正穿着睡裙，原来是镜子里的自己。心有余悸打开灯，挂件衣服把镜子挡上。再关灯发现那里好像站着个无头人。她又换被单子蒙上去，这么一折腾天上就挂了月亮，清辉泻进来满屋子都涂上一层灰沉沉的鬼魅，她用被子蒙住脑袋……

豆芽拄着拐杖一下能蹦三个台阶，妈妈在后面给他背着书包，他准备到学校给同学表演拐杖跳，妈妈恨不得夺下拐杖抢他。有人问，豆芽妈，你眼睛怎么了？早晨眼皮又跳，她就剪块膏药贴上。

把儿子送进校门，豆芽妈去花店买了一大捧白色雏菊，然后打车到海边。她拿出一个用鞋盒子改装成的小船，又在里面点上半截蜡烛送进大海，这时候一个浪打过来鞋盒子船就没了踪影。豆芽妈一屁股坐到地上，钱龙爸爸，那天是我打电话催你不假，但事情的经过是这样，首先多多妈要请客，然后是晓美妈拿来螃蟹，然后是彩儿妈联系到你，试想多多妈不请客，晓美妈不拿来螃蟹，彩儿妈不联系你，我能催谁去？当然事后我也内疚也自责，还悄悄表达歉意……

孩子爸爸在外地，我自己带着他不容易，钱龙爸爸，豆芽这孩子很善良，拿自己都舍不得吃的香肠喂流浪猫。现在他小腿肿得有大腿粗，您实在有怨气就找我……

豆芽妈一面说着把雏菊从花秆上撸下来扔进大海，之后她又去了旁边的广慧寺，在那儿花五百块求得一个观音吊坠，花两百块求得一尊木质大肚子弥勒佛，回去累得人快散架，赶紧给豆芽准备晚饭，再准备明天的早饭和午饭，豆芽腿脚不便，午饭带上在学校吃。

六

端午节放假三天，美妈带孩子回了高新园区。另外的妈妈们也包了粽子煮了咸蛋，彩儿妈还编了五彩绳给大人孩子戴上。学生们在家里忙功课，节后又月考了。

家长们拿着小板凳在楼下闲坐，人们的境况大致差不多，单调乏味忙碌焦灼，但都要求自己打起十二分的精神头，像抗洪那样把阵地严防死守。

在这儿能获得很大信息量，中考出台哪些新政策，上次考试谁进了年级前十，都是哪个班的，哪个班级用考试名次排座位。老师评论这次考试哪一科难哪一科简单，哪个班有可能换班主任。那些讲话声音大的孩子多半成绩不错。不远处几个人正围堆择菜，对这边的话题并不感兴趣，忽然就笑起来，哈哈哈……她们是雇来看管孩子的阿姨，除了洗衣做饭也看着孩子写作业，却都不着急不上火。

有人提到前几天的数学考试，钱龙那孩子又得了满分，他妈妈怎么不来陪，说不清楚好像在外地，都靠爷爷奶奶的退休金，还好那孩子不需要补课……那个不就是钱龙！

对面不远处有棵大树，一个瘦弱的孩子在那儿看书，从这边就能看到他宽宽的脑门。多多妈要回去准备晚饭。这时候有人喊，快看，对面三单元四楼那个窗口正冒烟，大家纷纷仰起脖子，有黑烟从里面汩汩往外流。家里没人？是钱龙他们家。钱龙、钱龙你家着火了。那孩子不紧不慢抬起头，人们朝他奔过来，你家着火了！哦。家里没人？我奶奶去买菜了。有钥匙吗？有。拿出来啊！多多妈抢过钥匙跑上楼。问题不大，烧漏了一把铁壶，连带把排油烟机也点着了，多多妈进去先拉电闸再关掉煤气，然后用湿拖把灭了火。

多多妈把钥匙还给钱龙，那孩子给她敬个礼，谢谢阿姨，然后接着看书。有人小声说，现在的孩子怎么好？我女儿连她舅舅都不认识了，前几天来家里串门，她悄悄问我这是哪位？愁人，我家宝儿连电饭锅都不会开，那天饿急眼就拿螺丝刀撬。我儿子那个班全是小眼镜，让他们班给眼镜做广告肯定行。

去年也是这个楼一单元，有个女孩打着电热毯睡觉，不知道啥时候起的火，被子烧了，她就把被子抱到阳台上任它烧，有人看见烟在楼下喊，女孩嘴里含着牙刷只在窗口露个小脸，没事的，我把周边都清理过，没有易燃易爆物品，烧完就好了……

多多妈拿起板凳往回走，刚刚出门时她看见屋里摆着个黑相框，里面那男人正盯着她看，看得她心里直打鼓。豆芽妈问彩儿妈，喂，她好像生气了，怪我俩没跟着一起上楼救火？她才最应该往前冲，不是她那天非要请客……

天气渐渐热了，出租屋就显得憋闷。多多妈和美妈去商场买电扇。多多妈一个劲儿打哈欠。晚上没睡好？这一段儿晚上总做梦。多多妈就聊起那天的事，本以为她们会跟着，直到我出来还站在原地。那天我在房间里看见钱龙爸相片了，眼睛直勾勾地盯着我。这事你也不用太纠结，寿命都是老天爷定的。真到了日子多一天都不给。美妈安慰。

纠结？我吗？我只是怜惜那一老一小，跟你说这个季节的螃蟹满身都是骨头。多多妈有些激动，虽然为了数学卷她总是小心巴结，但人命关天的事一定往回怼。哦，美妈吞吐，其实我挺佩服你的，冒死救火都能当先进事迹宣传。搁早年能上报纸电视披着红花到处讲演，要说豆芽妈才性子急，总是催着快点快点，儿子腿都那样了还催。

彩儿妈一点口风也没透，知道彩儿为啥参加古筝比赛？拿特长生资格。真通过特长生选拔重点高中降五十分。你怎么知道？彩儿跟孩子们说的。晓美说自己的小提琴拉得也不错，只是这几年没练。我告诉她，特长生进了重点也遭罪，成天在后面打狼自信心都没了，还有中途辍学的。我们就脚踏实地凭优异成绩上重点。还是女儿好，什么话都跟妈妈说。多多回家一个字也没提。

彩儿不坐地铁了，周日妈妈开车送她去"天天向上"，下课后直接去学古筝，妈妈给她找到一位很有名气的老师，就是学费贵。一节课一千。一个月上四节，现在每月房租才两千五，好在有彩儿爸爸供给，和他沟通后很快打过来一年的学费，彩儿很小的时候两人就分开了，当初闹得凶都想弄点耗子药给他，多亏没下手。

彩儿不高兴，周日她打扮得漂漂亮亮去坐地铁，轿车里只有妈妈，展示给她有什么意义？另外还能和豆芽他们讲讲笑话，要不你自己开车去，我和他们坐地铁。你呀，现在和他们不一样。哪里不一样？妈妈这才把古筝特长生的事告诉她，你好好练琴，我们一只脚已经迈进前程高中的门。前程高中？彩儿有点懵，前程高中跟自己也能扯上关系？做梦都不敢想的事。晓美拼死拼活的就为这个。

前程高中的校服是红白相间的运动装，穿上它走到哪里都风光。牵着小朋友手的阿姨会告诉宝宝，看那个姐姐是前程高中的，你长大也努力！出租车司机也会热情招呼，小同学捎你一段，免费的。呵呵，彩儿已经笑出声，她一边在群里宣布这个消息。豆芽秒回，请客，我想吃比萨。

彩儿妈在车后座上安个小书桌，这样就能在车上写作业，路上来来回回要两个小时，即便有了古筝这条腿也不敢松懈，如果降低五十分还考不上，那可太丢人了。车后座变成小自习室，彩儿觉得蛮有趣，空间虽小，但可以集中注意力。

下课后妈妈拉着彩儿来到海边，孩子在车里吹着海风写作业，妈妈戴着耳机看平板。变个花样提高不少效率，这么一会儿做了两套卷，在家半天也完不成。妈妈，干脆我们买个房车算了，吃住行都在车里，彩儿说海风就是她的醒脑神器。

该回去弹琴了，妈妈拉着孩子往回走，天蒙蒙黑一个白色塑料袋飘飘悠悠落到车前盖，它被风吹成气球样，不离不弃一路相跟着，妈妈，你看它跟了我们这么远，像不像来自另一个神秘时空？尽胡说。彩儿妈开到能停车的路面，把塑料袋窝成一团扔出去，到家时彩儿发现，那个塑料袋挂在车把手上又跟回来。妈妈，它来我们家串门了。

夜里彩儿妈做了个梦，一个头套塑料袋的人站在面前，都怪你我儿子没了爸，你孩子没爸试试看！我们早分开了，不过他出手很大方……

早晨出门彩儿妈看见楼道里有个白色塑料袋，见鬼了。她回家打开首饰盒，把金戒指金耳环金项链统统披挂，确实老土，现在谁还这样？但金子辟邪。晚上她给彩儿送完牛奶送水果，你有事？不如我们睡在一起。那可不行，彩儿把头摇成风车，我不喜欢和别人一个房间。你要监视我？昨晚做了个梦，噩梦。彩儿去厨房拿一把菜刀，把这个压在枕头底下。

周日妈妈们聚在茗品茶舍，不知不觉四个人形成两组队列，呵呵，按成绩自由结合，多多妈和美妈是一双，豆芽妈和彩儿妈是一对，大家先分组讨论然后民主集中。

　　美妈坚决要晓美辞去宣传委员，多多妈倒觉得当班干部可以锻炼人，将来走向社会靠的还是沟通能力。关键那宣传委员是个体力活。我们多多的劳动委员更出力气啊，拖地擦黑板什么都干，现在下过雨就知道帮我擦玻璃。美妈把茶杯重重放在桌子上，坚决不让她干了。晓美什么意见？她无所谓干不干都行，就是自己不好意思和老师说。这事我也不知道怎么开口，不行就给老师送点礼。

　　哈哈，另外那组都听乐了。好吧，大家又团结起来。彩儿妈笑，只听说当干部送礼，你辞个职还要送礼去？半路撂挑子总归不好。豆芽妈觉得应该礼貌地表示一下，别让老师觉得太随意！

　　可以买点进口水果，就是一份心意。彩儿妈不屑，水果太单薄了，化妆品还成。也不知道她用什么牌子，买了人家用不用得上？喂，问你们个私密问题，都给老师送过礼吗？那当然，大家坦荡都不回避。多多妈说上次教师节让多多爸酱了十斤牛肉。美妈说她送过进口面粉。彩儿妈说送过手膜。你送啥了？有人问豆芽妈，一只羊，孩子爸从新疆快递过来。有用吗？没啥用，该怎样还怎样。可不送吧，心里总觉得……听说还有送购物卡的，表示一下就行了，万一再换班主任。打住，现在说晓美辞职的事，扯哪去了……

　　美妈有自己的打算，她要表达得又体面又经济。

　　美妈那烘焙手艺啊，野猫都蹲到她家窗台不愿离开。面粉加白糖牛奶黄油三揉两揉就变成个面团，面团再揉揉捏捏就变成神态各异的小动物。这些小动物在烤箱的高温下油亮生动，跟活过来一样。美妈会做的小点心可多了，蛋挞、杧果派、老婆饼、罗马干棒、布丁吐司及玛格丽饼干……

　　美妈把面团擀成薄薄的面饼，然后把面饼切成条放在手心里一层一层叠，像裙子花边那样中间留出个小圆洞，经过烤箱的淬火就变成铿锵玫瑰，中间放一颗草莓当花心。一共六十六朵，寓意着诸事顺利，用透明玻璃纸包装。

　　哎呀，不用这么客气。老师接过铿锵玫瑰，晓美那黑板报简直了，同学们从上面获悉了好多见闻……美妈明白了，晓美把她的读报内容搬到了学校。再考虑考虑不用那么频繁更换……拜托您，她精力有限……

七

夜晚对面楼的窗子打进来一束光，墙上就现出一大块白，它软绵绵的正好落在被豆芽妈移走的那面镜子的位置上，镜子能移，这墙不能砸，她闭上眼想把那块白挡在外面，谁知它竟化成青烟穿越眼皮变成人的模样。豆芽妈起身在木质弥勒佛前燃香，她在床上默数着一只羊两只羊三只羊，直数到羊群漫山遍野。

豆芽妈去买眼药水，她要把眼里的异物冲出去，售货员帮她滴上药水淌下很多眼泪，舒服多了。路上看见彩儿妈撅个屁股在地上拣桃子。彩儿妈在农贸市场买了二斤水蜜桃，半路塑料袋漏了，粉粉嫩嫩的桃子骨碌满地，有两个还被摔成一摊泥。

豆芽妈帮她把桃子归拢一起，又去路边摊讨个塑料袋，彩儿妈惊叫，不要，不要。倒把豆芽妈吓一跳。发神经啊你！这东西最讨厌，国家严令禁止的白色污染，都给子孙后代留下隐患，我们日常用的塑料袋主要原料是聚乙烯和聚氯乙烯，就算埋在地下也要二百年才能腐烂，对土壤有很坏影响，严重妨碍农作物生长。如果扔进大海，鱼儿们不小心吃了也会导致死亡。彩儿妈俨然一位环保爱心大使慷慨激昂，她抢过豆芽妈手里的塑料袋扯个稀巴烂。

豆芽妈发现她眼圈发黑，昨晚肯定也没睡好，一个单身女人带孩子艰难，豆芽爸爸也不在身边却不一样。彩儿妈昨晚洗衣服，手指头上的金戒指鬼使神差被冲进下水道，金戒指在手上套得牢牢，多邪门啊！

彩儿妈也看见豆芽妈的熊猫眼，两个女人顿时惺惺相惜，煤气罐的阴影一直笼罩在彼此心头，管它什么水蜜桃，干脆拉着手在路边聊。孩子的学业生理期的烦心，出租屋的逼仄补课费上涨……她们避重就轻绕啊绕，却也怕逃不掉报应和良心那道坎儿。

不如去寺庙逛逛，彩儿妈建议。广慧寺？那个庙太小，我们去妙音寺，彩儿身上的桃核就是在那儿求的。

听到声声钟謦闻到袅袅烟香，妙音寺到了，彩儿妈要去停车，让豆芽妈先上去。彩儿妈在山门前请了一把香踏着青砖台阶往上走，她先后拜了天王殿、大雄宝殿、观音阁、地藏殿，并在每一处的功德箱塞进五十块钱。这种时候彩儿妈愿意一个人，自己对神明的虔诚不想让别人看见，她在法堂里看见豆芽妈。

一个年轻和尚正给一群老人讲法，他说，一回不成两回不成就继续求，求到十回准成。拜忏你的业就转了，心转业自然就转，但要心学菩萨，行菩萨之事，菩萨就会加持你得到福慧。有个老太太说，我都来这儿一年多求了上百次，我儿子怎么还没发财？有个老头说你急什么？我都来两年了，上次师父说过，人的痛苦都是贪念造成。可我儿子再不发财贷款就还不上，媳妇就要跟他离婚。这时候豆芽妈手机响彻法堂，老人们投去厌恶的目光，她赶紧跑到外面。

是豆芽爸，他刚刚发了一笔为数不少的奖金。豆芽妈小声啜泣，好，这样就好！你没病吧？有啥好哭的！

彩儿妈出来看见她红着眼睛，你这是？豆芽爸的电话。他不想跟你过了？他发奖金了。嗨！

连续几次考试晓美成绩都不理想，这次竟然被多多赶超。晓美的作息时间已经安排得密不透风，吃过晚饭先睡半小时，这个很重要，睡觉就像汽车加油，加满油才能跑得快，不加油怎么迎接下一个奋战。对于晓美接下来并不是夜晚，而是另一个白天，一个新起点，利用好的话比整个白天更出成果。

美妈内心波澜，就好比一个老板身边那不起眼的员工某一天里忽然间超越了他的财富，特闹心。美妈就是"壮志凌云"的老板，对那几位堪称领袖。她买哪本教辅她们也跟着买，去"天天向上"也是她最先提议，她说早晨吃牛扒孩子一天都有力气，她们也都随波逐流。

晓美躲在厕所里伤心，美妈不能再说重话，孩子够努力，总不好让她白天黑夜连轴转，身体也撑不住。窗台上有个丑橘，是晓美拿回来的，那次她已经把这个色系的东西全部清除，心里犯忌讳，连盐水大虾都懒得做。

丑橘刺得美妈两眼生疼，她一把抓过来扔出窗外。就看见手指上那个刀切的疤痕。她去楼下超市买了一捆黄表纸，就近找个十字路口点燃，月光如霜般洒在地上，头上的月亮正被一条彩带缠绕，这样的情境很适合哀思，她看着黄表纸被火苗一点点吞噬。

妈妈，你给谁烧纸？晓美站在身后。没谁，曾经的一位故人。啥时候走的？很久了。怎么今天烧纸？你作业写完了？还没。妈妈，烧纸算不算封建迷信？咱回家写作业吧！晓美望着天空，妈妈你看今晚的月亮多美。母女俩拉着手，她们走月亮也走，要把月亮带回家似的。

夜里美妈想和美爸说说话，海上通话不方便，只有到了港口才行，美爸为和家里联系方便，特意准备了两部手机，中国移动和中国电信。还买了无忧行套餐，但也只是靠港能用。船上有免费卫星电话，但他这个月的额度用光。

美妈梦见美爸那艘船翻了，他被一条路过的鲸鱼吞进肚里，美妈被吓醒。她想起前几天美爸电话里说，最近可能遇到台风。她打开电脑上的北斗定位，却看不见美爸那艘船。她使劲敲键盘敲键盘，手指头就快戳断。恐惧伴着泪水一波波往外涌，如果美爸有事，她和晓美可怎么办？这个夜晚太漫长太漫长，她的心被扯得七零八碎。

早晨再敲键盘，美爸那船好好地在海上航行，难道昨晚是她操作有误？后来美爸又发来消息说已经靠岸。美妈想找点什么事做，好让一颗心踏实下来。找什么事呢？做志愿者？不行，时间不允许。给希望小学捐款？也不行，她没有雄厚的资金，美爸跑船工资不低，但也仅限于一家三口的小康水平。有人在后山上开荒种菜，更不行，又浇水又施肥，她没力气。

美妈想啊想，她想到吃素，这个可以，既不受时间限制又不牵扯经济。力气都不要花，躺在床上也不耽误。美妈有个堂姐吃素，从儿子上高中那天开始不沾荤腥，儿子现在哈佛读博。堂姐劝慰，一日吃素，天下杀生无我份，你今日吃素，今日全世界杀生就与你没关系，这就像互联网，你的电脑没有连接到杀生的网络里。大葱大蒜韭菜这些刺激性蔬菜也不行，吃了会使人生出欲念，要想家中人事兴旺，就要忍耐欲念，吃素是克制舌根的欲念以示神明。

堂姐先讲儿子如何优秀，再讲吃素的必要性，潜台词像是说儿子的优秀是她吃素吃出来的。堂姐说她一个朋友孩子临高考前才想起来吃素，临时抱佛脚毛用不顶！美妈想女儿还没读高中，这个提前量蛮可以。

美妈小时候生活在海边的渔村，因为环境影响对肉一般，她喜欢吃海鲜，尤爱海瓜子，小时候哪有什么零食，妈妈倒是常去海边买一筐海瓜子，回来凉水下锅小火煮熟，大人孩子围着圆桌，一人发把钥匙，在末尾处一别，用嘴在上面一吸，海瓜子瓤便吸进嘴里。

那时候真开心，随便走进哪一家赶上饭点，盘腿就可以坐下来吃，饭桌上的东西简单朴素，都是从地里和水里刚刚脱身，大葱刚从菜园子拔出来，剥皮冲洗湿漉漉堆到眼前，黄豆酱也是刚从坛子里舀出来直接放进白瓷碗，海鲜是真新鲜，从海里跳进锅里那样，只放一点点盐，不放盐也没问题，野菜择好洗净塞进嘴里时还往下滴水，还有辣椒黄瓜，还有带皮的花生，全部都原生态，嚼得满嘴绿沫。

后来她们那儿变成高新园区，村庄平地起高楼，人们不再习惯串门，但打小的口味没变，吃海瓜子的习惯延续至今，她唯一的休闲就是边吃海瓜子边追剧。美爸不在，她就这么打发夜晚。

平头百姓生活的基本含义就是吃和穿，对于美妈穿戴确实没什么场合，一个陪读家长，除了学校就是菜市场，顶多周日去"天天向上"打扮打扮。吃素让她失去不少快乐。美妈心烦就嚼泡泡糖，腮帮子都嚼硬了。庙里和尚吃素都有特定环境，看不见摸不着谁还惦记？

做菜总要尝尝咸淡，就是不尝，香气也会往鼻子里钻，为了杜绝香气的勾引，做饭时她戴上口罩。晚上美妈开始做小点心，做成鱼做成虾做成海螺，还做了海瓜子小饼干，香气缭绕着身体，心里的褶皱一点点舒展，连同良心的不安也一起遮蔽，躺到床上很快就睡了。

八

嘘，多多在吃夜草！红旗中学有个很棒的数学老师现在正教初一，多多妈托人找到他，现在每周二、四多多利用自习课找他补习，"天天向上"那边是大锅饭，这边吃独食。钞票流水一样在她眼前淙淙淌过，值、太值了，这就是赚钱的目的和意义。一股喜悦弥漫全身，每次多多考了好成绩她都这副德行，整个人像被按进糖罐里。她告诉多多爸，夏天喝啤酒的人多，烤鸡架太慢，学生们多性子急，就上熏鸡架，卖不完放冰箱。

她一边陪读一边指挥店里的生意，都是按时令安排菜品，冬天蔬菜贵那就尽量回避，学生嘛经济实惠才是第一。冬季面馆里唯一的蔬菜就是凉拌酸菜，把酸菜切得精细，葱姜蒜及各种调料加进去，再浇上滚热的猪油装进小铝盆，本钱不过三五块，他们卖十二。一碗热汤面一盆拌酸菜加起来不过二十块，学生们吃得舒心舒胃。

她还发明了土豆球，把土豆刨成丝，加肉末和调料再放点面粉窝成一个大球，蒸熟后放到纸杯里淋上辣椒酱。五块钱一个，这土豆球一年四季都能卖。撸起袖子多赚钱，舍得砸钱孩子才能有出息。

多多妈买来鸡架，她要研究熏制的配料和火候，研究好再教授多多爸，她在这方面很聪明，学生们喜欢辛辣刺激的食物，再有那么一点小情调。盛土豆球的纸杯就很漂亮，还配上个透明小勺。多多妈正用炭火熏鸡架，多多腿疼请假回家。磕了？碰了？没，没有一点外伤，就是疼。多多妈左看右看没见异常，多多躺到床上睡了，醒来说不疼了。

早晨多多妈去买菜，菜市场里正热闹，蔬菜瓜果挂着露珠，排骨在屠刀下尖叫，母鸡趴地上等待杀戮，豆腐光滑洁白，花生油明亮金黄，牛羊肉色泽鲜红。多多妈在人群中穿梭，此时她无比热爱这充满世俗的人间烟火，这岩浆般的火辣生活，她现在能掌控的唯有饭桌，孩子几乎没有乐趣，只能在吃上给予慰藉。你没办法把他脑袋撬开把书本装进去，但你可以利用美食撬开他嘴巴。

今天的鲤鱼蛮好，晚饭就来个鱼头豆腐锅，多多肯定喜欢。摊主说整条鱼十块一斤，单买鱼头十二一斤。别说十二，多多爱吃二十也可以。摊主从玻璃缸捞出活鱼，另一只手拿过小铁锤对准鱼头猛击。那条鱼当即被打晕，嘴巴一张一翕一张一翕。它眼睛红了像要往外滴血，天，它正对着多多妈怒目，就要把眼珠瞪出来了，她心头一凛准备离开。摊主刀起鱼头落，然后撇进塑料袋，整套动作非常迅捷。

那袋子在多多妈手里一跳一跳，它生命力如此强大？剩个脑袋还能挣扎？她一头撞上电线杆额头立刻鼓出个包，也顾不上疼一路小跑奔回家，赶紧把鱼头扔进水池。

鱼嘴巴还在抖，眼球就要夺出眼眶。多多妈两腿发软直想哭，哭啥？她十八岁在面馆刷盘子二十五岁自己开店什么没见过，不就是个鱼头。她拿报纸把鱼头包好装进垃圾袋。还没到垃圾桶便用力投射，咚，好像一块石头深入水底。

多多妈在等他儿子回家，时间过得太慢，钟表好像锈住了。打开手机看面馆里的情况，现在不是饭口仅靠窗那儿坐着一男一女。桌子上放着一盘盐水花生一盘酱牛肉一盘土豆丝一条烤鱼，两荤两素。他们好像正闹别扭，男生闷头吃也不讲话，女生忽然使劲用筷子抠鱼眼睛。

晚上多多还没写完作业又喊腿疼，妈妈又揉又捏又拿热毛巾敷，不管用。多多满头大汗脸都白了，吃了止疼药才缓解。她一位邻居就是骨癌走的，最初的症状就是腿疼，她又想起白天那怒目的鱼头，自己头上也渗出冷汗。

她看着床上熟睡的儿子，眨眼工夫孩子就长成这样，不是一点一点地长，而是一蹿一蹿地更新，脸上的肉忽然就少了，有了硬朗的轮廓和线条，有点像韩剧里的男生，妈妈想摸摸儿子的脸，又怕把他弄醒。

记得刚上初一那会儿，多多出去打篮球，约定好一个小时，他却玩了小半天，妈妈太生气了，怎么才能让他学会信守承诺，她用了个简单的办法，把篮球砸了。小孩子吓唬不住大了更不好管。她也心疼，篮球二百多块钱买的。爸爸也觉得不好，多多到底不是顽皮孩子，只是一时玩得兴奋，于是补偿给他一双耐克鞋。

多多床头贴着他的豪言壮语，前程高中等着我！书桌上放着还没写完的作业，想想这一阵把孩子盯得太紧，放学后吃饭加休息才给他半个小时，而且数学语文都在课外补了双份，昨天还以为他是泡病号，难为孩子了。

她心里默念，只要儿子健康考什么学校都无所谓，干什么不吃饭？她和多多爸也没读过太多书，面馆不是经营得蛮好。怎么都是一辈子，开心健康最重要。经过十多年打拼，他们已经买下店面，大不了以后把面馆交给儿子，好歹算个小老板。

名校出身能赚多少钱？未见得赶上她家面馆。到时候再增加些新品种，一家人其乐融融。功课好的孩子最后都要长翅膀，倒是那些没出息的尽孝床前。如果他不喜欢开面馆，就在学校附近开一家奶茶店。多多迷迷糊糊睁开眼，妈妈你哭了？没事，腿不疼了，放心我不会享年十四岁，离牺牲还差得很远。

早晨妈妈带多多去了本市最大一家医院，几乎把各项检查都来一遍，就差拿手指甲化验。给出的结论仅两字，缺钙！大夫是个和蔼的老头，不用担心，孩子长得快就缺钙，是青春期生长疼。你偏要做CT，这钱买肉吃多好！旁边一个大夫笑，那天一个小学生被蚊子叮个包，他爸妈爷爷奶奶姥姥姥爷全来了……多多妈让大夫开些药，喝汤吧。排骨汤鸡汤鸽子汤……食补最好。

外面的天空格外蓝树叶格外绿，连鸟叫都那么清脆，多多问，我还用回学校吗？怎么不回，还能赶上一节课……

于是家里那口锅整天咕噜咕噜冒着白气泡，中午不让多多往回跑，由她把汤送到学校。汤量不小，多多完成起来比较困难，他便请周围的同学帮忙。

初三学生的考前誓师大会正热火朝天，家长们把铁栅栏围成人墙，高音喇叭播响冲锋战鼓吹响进军号角，破釜沉舟创造辉煌……让梦想张开翅膀……多多妈没占据有利地形，只闻其声什么也看不见，操场上虽然没有多多，但她也想看看，勉强从外面大腿的缝隙看到里面的一排排腿，走了，回去了！

有个女人向她打听租房，就要毕业一批学生，有心的家长已经开始行动，多多妈就是提前一年盯住现在这套，早早交上定金，上个孩子是中考状元，上上个孩子也考上前程，简直就是风水宝地，能沾上多大的运气！家长们都信这个，多花几百也愿意。

目前还没听说谁家往外租房，这个你要打听初三家长，我们读初二。合租也行，就是晚上在这边睡个觉，周末就把孩子接回去。

男孩女孩？男孩。对面三单元四楼那户，我可以带你去问问，家里就祖孙俩，那孩子简直是神童。

一个朝阳的两居室，面积虽小可光线很好。被钱奶奶收拾得整洁干净。女人先就有了态度，到时候我们住小间就行，听说你家有个小学霸，我们也跟着沾沾灵气。分担房租当然好，但这事要问问孩子爷爷。送走女人奶奶让多多妈进屋坐，多多妈径直走到小屋去。

钱龙床上铺着卡通床单，墙上贴着漫画图片，不是写字台上放着打印机和中学课本，还以为进了儿童房间，那孩子也只有十二岁，算是个儿童了。

钱奶奶讲，刚刚不好意思回绝，住进来个孩子也不知道什么性格，万一合不来怎么办？我身上长个东西，做手术的话他爷爷要来换班，那老头脾气倔，不讨小孩喜欢。知道你是好心人，现在我和他爷爷的退休金还能应付。爷爷又在养殖场找到一份打更活。

他妈妈呢？在外地。当年钱龙爸爸去南方打工，第二年就领回来个姑娘，比他整整小十岁，姑娘还没到法定结婚年龄，孩子生下来三个月就走了。这事也不都怪她，钱龙生下来大脑袋小细脖，说生产时大夫把脑袋给夹了，抱出去谁见了都摇头，邻居小女孩说他简直是个二百五。当时钱龙就那样，傻乎乎的和弱智没啥区别，他妈妈也是被吓到，她自己还是个孩子。

钱龙爸煮牛奶洗尿布比我们都精细，他坚信小时候看着傻了吧唧的长大都聪明，小时候精灵古怪后来都不行。孩子刚会说话就让背九九表，后来发现这孩子学东西快，上幼儿园陪我去买菜，小账算的一分钱都不差。

当时还要找医院赔偿，谁知道竟这样。而且相貌也有变化，你看他现在不像缺心眼吧？一点不像，大脑门一看就聪明。钱龙爸决心把孩子培养成精英，让那个女人把肠子悔青。一早就在这边租下房子。他是商场的电工，休息日给人换煤气，谁想出了这事……

他妈妈那边？逢年过节给寄套衣服，也不指望怎样，我和他爷爷拼老命也要把孩子带好。去了那边跟儿子也有个交代。多多妈说还有事，提上一旁的垃圾袋下楼去。

钱奶奶和多多妈碰上总要聊几句，老太太在这边不认识什么人，她有点寂寞。她说给钱龙做饭最头疼，之前她和老伴什么菜都炖个稀巴烂，他们牙不好。钱龙不行啊，又要有滋味又要讲营养。也不知道做什么好。给他熬汤，青春生长期容易缺钙，严重的会腿疼连个头都耽误长。

多多妈煮汤加了量，连带着酱牛肉一起送过去，为打消那边的顾虑还想到一个平衡办法，小班的作业卷金贵，让钱龙每天复印一份她来拿。钱奶奶不好意思，这你不是亏了？奶奶，小班的卷子等于请了位好老师，我赚了……

九

体育特长生，豆芽可以参评体育特长生了。豆芽妈美好的心情如孔雀开屏，豆芽在全市中学生运动会上拿过名次，下一步学校就组织训练。体育特长生加一百分，一百分！比你们乐器划算，这事闹的。豆芽妈的唾液喷到彩儿妈脸上。我们家豆芽说每次掷铅球都格外小心，生怕掷出操场伤到人，看看那次在庙里发誓许愿没白费，神明已经听到她的心声。

豆芽妈约彩儿妈一起清扫楼道，老房子连物业都没有，明天就去买把扫帚，庙里和尚不是说多做好事多积功德。彩儿妈看看她，我们彩儿放学后要练两个小时古筝，惹得四邻有意见，我正想着安隔音板。哪里有什么公平！豆芽妈不好意思地笑笑，两个孩子都不会差。

学校开始组织训练，豆芽拄着拐杖都把铅球撇个老远，老师高兴地捣他一拳。现在豆芽最有希望上前程高中，豆芽爸嘱咐一定给儿子增加营养。蛮好嘛，家里祖坟冒了青烟。他儿子一片锦绣前程。

让他认真训练，现在大学也要体育特长生。上了好大学就是国家栋梁，对我家栋梁好一点，我这又发奖金了……豆芽妈每晚捻着佛珠睡觉，比数羊好用得多，豆芽爸的奖金也让人心宽，那些障碍物再也入不了她眼。

那天彩儿妈在校门口看见豆芽，整套运动衫都紧贴在身上，刚刚训练完，那衣服脱下后能拧出二斤水。难怪给加一百分，确实辛苦得多。

彩儿每晚把琴拨的丁零当啷，练琴的时候也换上公主裙。最近她哮喘有点抬头，妈妈就给她熬汤膏，满屋子甜兮兮的，这样的夜晚安宁祥和，琴声和香气一并萦绕在头顶，彩儿妈对这气味很依赖，她买来慢炖电锅放到自己房间，现在她的睡眠就加进去一份糖，甜兮兮的。偶尔还能遇到个好梦，彩儿穿着红白相间的前程高中校服在海边奔跑。

生活就像打羽毛球，一会儿这头，一会儿那头，同样的赛道上竟然抄近路，还抄得名正言顺。中考就中考吧，还什么特长生。那些刻苦学习的孩子不是亏了？美妈都想找人评理，找谁呀？只能认命，这次月考多多挤进年级前五十，听说升入初三前还要重新分班，多多极有可能跳进小班。彩儿和豆芽在争取特长生，从前的优势一点点减弱，前程高中就那么几张板凳，大家有你没我地往门里挤。

问题出在哪儿？几次考试都失利，倒没看出晓美哪里不对，没早恋没偷懒，一举一动都在妈妈视线里。晚上孩子关进房间写作业，她边做家务边查看明天课表。

忽然就想起，上个星期陪女儿去吃肯德基，一个大汉堡咬几口就说饱了，她怕浪费都给装进肚子里，吃的时候没在意，那里夹着厚厚的鸡肉，昨天在拉面馆还要了瓣蒜。

听表姐讲，一次她忍不住吃了两只虾爬。整整头疼三天，总觉得是那两只虾爬在头上转，自己无恙却殃及晓美，再考这样连自信心都没了，抬头三尺有神明，就算猫被窝吃也不行。既然发誓吃素，就得按照条规办，什么逻辑，晓美的成绩竟和自己的舌尖纠缠到一起！

晓美理化明显吃力，她不愿意承认，几次考试能证明什么，我一定行，她给自己壮胆。美妈打听到在校大学生可以来家里辅导，给孩子整理错题并帮助答疑。

不完全是家教，有点像监管助理。价格也便宜，两个小时一百五。理工男生很帅气，他晚上七点来陪晓美学习，晓美喜欢这种方式，不会的问题当场解决。还有总好过妈妈借送水果名义一趟趟往她屋里跑。

晓美反感却不好公然锁门，她的不少同学都谢绝家长进房间。美妈说我们和别人不一样，我们是母女加闺密，闺密之间怎么好锁门。她和妈妈是闺密吗？晓美也搞不清，反正彼此能说心里话，她反感哪个老师讨厌哪个同学都会告诉妈妈，有个男孩喜欢自己她也告诉妈妈了，她们还穿一模一样的睡裙。妈妈悄悄存了私房钱也不瞒她。以上种种证明她们的关系不错，说成闺密也行。可她这个闺密有时候太烦人，看看这又端盘子进来。

刚才已经来一次，这次是送小点心，尝尝我的手艺。理工男也不客气，好吃，比买的还好。美妈出去时就把门留一条缝，不是缝，确切说是留个口，那口有半尺宽，里面的一举一动清晰可见。她不好意思总在门口晃，就把耳朵贴到墙上，理工男讲得卖力，先讲公式再讲带入做题，美妈都快听懂了。理工男数理化样样精通，美妈觉得赚了，花芝麻钱买回个大西瓜。

物理确实难，掰开揉碎讲晓美仍不明白，理工男不怕麻烦，继续掰，原来掰成两块，现在掰成五块，原来揉成碎末，现在碾压成面粉，美妈经过门口，理工男正用手指头戳晓美脸蛋，好好想想，再好好想想……

理工男不来了，美妈说他要准备考研的功课，换成个读大一的小姐姐。晓美还是喜欢理工男，他连外语都能教，还说教她唱英文歌。人家考研嘛。小姐姐还没晓美高，特别爱笑。美妈进去送水果，小姐姐吃得很开心，咯咯咯……美妈又送小点心，哇，好漂亮！我先拍个照。面对一道数学题俩人踯躅不前半个多小时，晓美看看她，你也不会？初二这题也太难了吧，咯咯咯……

美妈又找了个读研二的哥哥，是个胖子，爬上楼要喘好一阵，他也会唱英文歌，还是美声唱法。晓美说研二哥哥哪都好，就是身上有股酸酸的味道，妈妈让她抓大放小，不能事事都合心意的。

学校要评选优秀学生干部，然后还要从中选出最佳去参评市级优秀，评上市级优秀中考加十分。谁想到优秀干部还有加分的待遇！美妈为晓美辞职，专门送老师玫瑰花点心。上次晓美成绩下滑，她对老师直截了当，不干了，就算给发工资也不干了。现在，现在她恨不能抽自己一嘴巴。美妈忽然觉得好多烦心事都是自己折腾出来的。

　　美妈想找多多妈聊聊，却想到多多也是班干部，那孩子在学校就像个小劳模，中午餐车一到就帮着往楼上抬饭桶，吃完还帮回收饭盒。他妈妈说这孩子从小在面馆长大眼里有活，上小学就帮着洗碗上菜，好多学生都喜欢他，经常给两枚硬币当小费。长大这习惯也没改，去办公室交作业也会顺便把垃圾袋提出来，老师都说像多多这样的孩子太少。

　　现在那几个孩子都有希望被加持，只剩晓美老老实实蚂蚁啃骨头，而且这骨头啃得越来越艰难，都说初二是女孩的一道坎，美妈不愿意相信。晓美也不服气，别看有那么几道题和我作对，没什么大不了，我一点一点搞懂，一点一点提升，总有突破的时候。

　　之前多多妈常拿酱牛肉来换取晓美试卷，那天喊她来拿却说不用了，反正多多也做不过来。她儿子这次考得好不需要了？一次考试至于吗？这事真让美妈为难，老师一再强调班级试卷不得外传，每次给多多妈试卷她都心里打鼓，酱牛肉固然好吃，但和口福比起来还是学业重要，真惹老师生了气可怎么好？一周只能给两次，另外的她想办法。

　　晓美说今天这酱牛肉味道不对，不是多多家的。妈妈从来没告诉她牛肉是拿试卷换的，牛肉是好东西，不长脂肪还添力气，你看多多家的酱牛肉味道好还便宜。

　　这个，我在熟食店买的。那就难怪了。多多家酱牛肉为什么好吃你想过吗？为啥？肯定是加了不该加的东西。什么东西？这个我也说不好，她打开手机找到熟食加工的黑幕，这回明白了吧。多多家不会的。会不会我们也不吃了，以防万一。

　　那天教育机构在街上发试卷，多多妈看着眼熟，这不正是美妈给她的？她就心疼起那些酱牛肉，现在物价高，酱牛肉成本不低。她对优秀干部很期待，多多能加上十分该多好。那天在茗品美妈态度坚决，我已经和老师谈妥，无论如何也不干了，现在她大概正满街找后悔药吃。

　　后悔有什么用？美妈在积极想办法，这次没做点心，准备一张购物卡。早听人介绍过，您水平高有经验，带了好几届毕业生，要不学校怎么把重点班交给您？老师有点懵，她们不是第一次打交道，晓美这孩子因为没考好心理负担重，觉得配不上班干部，可她特别愿意为班级服务，您看下期资料都准备好了……

多多妈问儿子，那个优秀干部怎么样了？昨天学校公布名单，我晓美还有钱龙都在里面。晓美不是辞职了？晓美那板报办得很有意思，我去送饭时见过，风趣幽默又暗含知识点。

一共评几个优秀干部？每班一个，晓美她们班两个。市级的呢？还没评完。什么时间……多多有些烦，你自己去学校问好了。

美妈不知用了什么招数让女儿官复原职，又做点心？自己还会熏鸡骨架呢！不光鸡骨架她还会酱牛肉还会拌各种小菜，可现在又不是厨艺大比拼。钱龙是班干部吗？学习委员。钱龙很会讲数学题，他有自己巧妙的办法。你还有事吗？我写作业了。

十

就要枯萎的草木淋了一场雨竟然开出娇艳的花，一个穷苦的人中彩票竟一步登天了。彩儿妈和豆芽妈现在各持一张彩票，那架势就像走在领奖的路上。豆芽妈耳朵上迤逦着一对长长的耳坠，走起路来清凌凌脆生生响……

茗品的气氛有些异样，美妈和多多妈表面笑眯眯心里却拧着疙瘩。她们都很看重那个优秀干部，都把彼此当成严重的竞争对手。似乎忘记还有其他孩子参评。多多妈对美妈都产生厌恶，以至于看见她就想起损失的酱牛肉，看见她就想起损失的酱牛肉。

那些酱牛肉啊，放了多少味调料，加了多少种汤汁，还有那些炉子火，还有搭上的时间，其实也不完全为那几块肉，还包括人品在里面，不愿意给试卷可以，蒙人就没道理。遇到困难就躲碰到好事就抢，什么人啊？

美妈觉得女儿从小到大一路优秀，她当选优秀干部最合适了，况且还有宝贵的十分赠送。短暂的退出只为养精蓄锐，老师在班上问，同学们想不想看晓美的板报？当然，大家嗓音洪亮。其实考试成绩起伏很正常，哪能因为一次考试就否定自己……晓美坐在那儿红着脸，心里说都是我妈的主意。

美妈和多多妈用咕噜咕噜的喝茶声掩盖尴尬，彩儿妈和豆芽妈边喝边聊，她们居然说起前程高中那边的房租，俩人手握彩票脸上挂着笑，一边轻啜慢饮一边看风景，豆芽妈的耳坠子被摇晃得清凌凌脆生生响……

"天天向上"那边的孩子们在吃午饭，你家的虾球香，他家的南瓜饼味美，多多和晓美毫无芥蒂，谁都没对评选的事在意，所谓评选就是评上谁是谁，再简单不过的道理，反而晓美不参评多多会觉得她亏，他把筷子伸到晓美饭盒里。

那孩子呀，晓美说。哪个孩子？钱龙。我们班同学都叫他孩子，那孩子和我说他准备退出优秀干部评选，说他不能保证以后继续优秀。什么意思嘛？彩儿问。他不准备再给同学讲题。他要转学？豆芽好奇。再讲题时他准备收费赚点钱。

他喜欢上什么好东西？多多问。他奶奶肚子里长个瘤子，需要大夫给拿出来，需要手术费。钱龙还问讲一道题收多少钱合理。这事能行吗？谁知道，他只悄悄和我商量，自己也拿不定主意，晓美决定把剩下的压岁钱给他。妈妈把整数存银行，只剩个零头。

豆芽说他的压岁钱也被截和，不过每个月都能收到爸爸给的三百块零用。彩儿一挥手，我有办法！回去和家长要？那算什么本事。自己赚。我去人民广场弹古筝，周日还可以把美甲工具带到"天天向上"，午休就在这边开工。你会美甲？晓美看着她，我妈之前开美甲店，看都看会了。

豆芽说他可以帮换煤气的叔叔往楼下搬罐，搬一次能赚五块钱。这时候特长生的优势凸显，晓美和多多没啥来钱道。晓美想起妈妈每天都让她给钱龙带好些小点心，钱龙根本吃不了那么多就劝她别带。晓美说不带我妈妈会不高兴的。

我可以告诉妈妈钱龙正长身体食量加大，让她再多做些。我套上包装袋卖给同学，我同学顶喜欢吃了。多多拍拍脑袋，我可以帮人打游戏。打游戏你妈妈会看到，豆芽提醒。我可以躲进卫生间打，我发现卫生间最安全，我是男生，妈妈不能随便进，我现在累了就去卫生间坐坐。平日里孩子们疲于功课，现在终于有件与学习无关却很伟大的事要做，这是他们共守的秘密，几根手指头勾到一起，谁都不能说出去。

晓美在群里公布今天卖点心净赚三十，我妈妈还在做，边做边哼歌，她太喜欢做点心了。大家开始密谋去人民广场的计划，妈妈们在厨房忙，孩子们在房间开网络会议，就说去书店买练习册，然后去琴行租一台古筝。我穿公主裙还是汉服？彩儿很在意这个。我觉得你穿校服最好，晓美认为，你是去赚钱又不是表演，勤工俭学要体现，这样更容易打动人。

星期天彩儿要穿校服，妈妈好生奇怪，小女孩的心思很难猜，随便她吧。彩儿把校服穿到极致，充分展现了她的两只大长腿。彩儿又在学校买了套新校服，比原来的大一码，然后穿上小号上衣大号裤子，这样搭配的效果，让她看上去像棵挺拔的小白杨。

彩儿还拿了妈妈的几样美甲工具，已经放进豆芽书包里，中午在"天天向上"晓美率先做指甲，十根手指红黄蓝绿很是鲜艳，做完当场给彩儿转账二十块，我妈妈前几天也做了指甲，好像花掉好几百。彩儿已经给她准备好洗甲水，出门后马上洗掉。多多和豆芽在一边偷笑！

有几个女孩子响应，彩儿的手艺还凑合，她只做最简单那种，打底油后往上贴亮片，午休结束彩儿进账四十。大人总说赚钱不易，其实也没那么难。豆芽看见彩儿手指上有黑痂，你手怎么了？练琴练的。

阳光斜斜地照下来，彩儿一身校服两根麻花辫搭在肩头，她整个人都被罩上一圈亮亮的光晕，那脸上的绒毛也变成淡淡的金色。

一曲《渔舟唱晚》结束掌声四溅，彩儿站起来致谢，小嘴咧着露出白牙，脸上花是花朵是朵。晓美拉多多，怎么没人给钱？豆芽说我们挨个收费好不好？不好！广场上微风阵阵，曲子在暖风里发出空灵之音，彩儿那《战台风》有劲道，这一刻什么学霸什么优秀干部，彩儿才是最棒！

还是没人给钱，彩儿沉浸在一腔喜悦里，她好像把来这儿的目的给忘了。晓美让豆芽去对面打印社打印收款码再换十块钱钞票，回来直接扔进琴盒。多多用力把琴盒往人群中推，渐渐就有了稀稀拉拉的钞票，还有扫码付款的。彩儿弹了一曲又一曲，晓美趴到她耳边，撤吧，不然妈妈们该来砸场子了。

刨去租古筝的钱净赚六十，加上美甲正好一百块。彩儿很有成就感，这才弹了多大一会儿，要是从早弹到晚钱数更可观。上不上重点无所谓了，上学还不是为将来赚钱？我以后也不准备工作，一三五弹琴二四六美甲，保证赚得盆满钵满，那你星期天干什么？豆芽问。在家数钱。

多多说我妈妈讲，到什么时候都饿不着手艺人，我妈妈在家研制熏鸡架，隔着门就能把馋虫勾出来，我也觉得学习没那么重要，我们家的面馆一年赚几十万，好多工作没它赚钱，晓美不同意他的观点，家长努力经营，就为孩子别像他们那样，你说你爸妈辛不辛苦？他们早晨几点起床？连个节假日都没有吧？

彩儿你东奔西跑去弹琴，那叫民间艺人。如果你读了音乐学院去各大剧院演出，那叫艺术家。爸爸说将来我有本事就去买个游艇，出海只是休闲。晓美，你长大了想干什么？我想当律师赚钱买游艇。多多说将来想开宠物店，他最喜欢小动物了。豆芽说自己想当厨师，什么菜都会做。他还想做双皮奶和冰激凌。说到冰激凌彩儿提议，今天赚了这么多，我们奖励自己去麦当劳吃甜筒，孩子们舔着冰激凌觉得日子也是甜的。

晚上豆芽在群里说，他也赚到钱了，把煤气罐从六楼送到一楼，叔叔当场给他五块钱，还握手说继续合作。现在只有多多没开张，他不急，写完作业再去卫生间。妈妈在外面问，儿子你在干啥？上厕所还不行吗？怎么这么慢？你便秘吗？有点。多多妈就煮蜂蜜水，半个小时后他从卫生间出来，满脸都是开张的喜悦。

十一

有秘密和没秘密绝对不是一回事，当妈妈们为了儿女能提高一分而煞费苦心时，孩子们却因为帮助别人而建造了秘密，他们似乎变得比从前更亲近，心悠儿悠儿地飞起来，困在书本里的日子忽然有了生机。

多多妈鸡骨架熏了一锅又一锅，味道以递增式前进，她想在"壮志凌云"里喊大家来拿，算了，那里好一阵都没有声音，从前做顿饭也要晒个图，现在忽然没了心情，她和美妈不再往一起凑，那天看见豆芽妈和彩儿妈挎着胳膊在路上逛，她俩还玩得挺好，远也罢近也罢没什么大不了，中考结束大家便各奔东西了。

多多又便秘了，前一段缺钙腿疼，在妈妈各种汤水的强大攻势下已经好转，但也不敢把汤水停下，是不是汤喝多了的结果，在网上一查喝汤与便秘八竿子打不着！多多妈开始煮蜂蜜水，蜂蜜水不行就买香蕉，香蕉不行换苹果，蔬菜那边也不含糊，拌黄瓜炖茄子，黄瓜里是加了拉皮的，茄子里是放了肉汤的，便秘不能忽略，都能让人产生抑郁，孩子学习压力大情绪本来就不稳定，再让便秘折腾出抑郁。

多多继续便秘，妈妈不气馁，那腿疼不是让她用汤水攻克了？给她点时间，一定用食疗把便秘击退。多多在卫生间只停留半小时，这孩子心里有数，之前吃过晚饭他总要磨蹭一会儿，不是喝水就是去阳台上看风景，阳台外面没啥风景，一栋和这边一模一样的旧楼，但他就喜欢在那儿站一站，看看人家的窗口，看看天上的星星。

大家每天在群里宣布当日进项，晓美位居榜首，美妈真是太配合了，她居然买来模具，力争让每一件点心都又好吃又好看。无论自责还是积功德，她只求心安和不再焦灼，况且还有晓美的前程摆在那儿，不敢大意的。

彩儿闷不作声，她的风采在周日，她有货真价实两样本事，晓美充其量算倒腾小买卖。彩儿琢磨要把美甲进一步完善，下次她要提升价格，一根手指起码三块。她在网上观看美甲视频，一面还放着古筝弹奏，她先弹好录下来，然后一遍遍播。妈妈在外面听得开心，孩子弹得多认真啊，这时候妈妈不会贸然闯入，不能打扰人家，不能煞风景。妈妈还在熬汤膏，把汤膏熬成琥珀色的透明晶体，满屋子甜兮兮的。

豆芽捡个大便宜，同学郝瀚把QQ密码告诉他，说可以接着他的游戏往下打，豆芽兴奋，他在群里炫耀，谁能有他这样的铁哥儿们，大方得吓人，他那游戏里已经有好几套装备。现在的孩子从玩具到文具甚至衣帽鞋袜随便便就送人，可是把辛辛苦苦打到铂金段位的游戏拱手相让却没谁。豆芽开心得要请大家吃双皮奶，晓美和彩儿觉得哪里不对，多多也表示怀疑，他不会是想不开吧……

豆芽讲，昨天郝瀚没完成作业被请了家长，那他现在？豆芽急哭了，他要去救他的朋友，却不知道怎么救他家住哪？妈妈，豆芽边哭边喊。妈妈立刻联系班主任，过了一阵得到反馈，豆芽太及时了，那孩子正在阳台上酝酿情绪……

豆芽还在抽泣，怎么可以这样？如果不是他的朋友们反应快……豆芽的肩膀随着身体一抖一抖，脖子上那个观音挂件一晃一晃，妈妈看着他，这孩子善良努力好脾气，那天说出去透气，她从窗口看见儿子正帮人搬煤气罐。豆芽将来无论去哪个单位都会是好职员，可考不上一个好学校，发展就会受到限制，社会上的用人单位看中的多是学历，可除了重要的分数外品质也很关键，妈妈拍拍他的背。

老师不光火眼金睛，鼻子也灵，某一天起班上就多了一股新鲜的甜甜的奶香气，和走进面包房差不多，而且有些孩子干脆不吃午饭，害得半桶饭白白倒掉，老师闻着味儿很快找到晓美，这事没法抵赖。

老师尝过美妈的手艺，她也喜欢，但晓美的做法已经影响学校秩序，老师的批评很策略，她要组织一次班会，就这个问题展开讨论，晓美不甘受委屈，和盘托出原委，哇，一百八十度的反转，晓美是个助人为乐的好少年，以后我们晚饭也吃点心。当事人钱龙看着晓美先是笑然后又哭了，消息扩散得快，外班的都要买她点心。

多多妈第一个反应，肯定是美妈的主意，为个优秀干部，这是费了多大心机，晓美的优秀干部跑不掉了。她给钱龙家送了那么多酱牛肉，多多一点不知道。

钱奶奶正洗衣服，多多妈放下东西准备帮忙，有人敲门，一阵清凌凌脆生生响，地上有个牛皮纸信封，多多妈捡起交给钱奶奶，不知哪个好心人，他爸爸出事后每月都送钱过来。

厨房里甜兮兮的，一个玻璃罐子里装着琥珀色透明晶体，这个是钱龙爸爸朋友送来的，可这朋友到现在也没见过，用快递送来，当时还附上一张打印好的说明，钱龙有哮喘，说这个好用。我不太敢让孩子吃，又怕浪费又怕拂了人家一片心，干脆自己先吃了，嗓子明显清爽痰都少了。快递隔几天送一罐，钱龙哮喘一直没犯……

周日孩子们在"天天向上"上课时，多多妈已经站在"火苗"教育门口，她像个暗中寻访的记者，打听家长咨询同学。"火苗"这边是经典目标小班，要通过考试确定重点高中的目标，如果考不上预期的学校，"火苗"这边返还学费。询问的家长都说，这里的老师很负责，再说返还学费对他们压力很大。

学费有些贵，是"天天向上"的四倍，虽然承诺考不上全额退款，但这个便宜谁也不想占，多多妈心一横，下个月就把儿子转到这边，那三个孩子都有加持，你让多多怎么办？认了？猫有猫道鼠有鼠道，交过钱她长出一口气，好像自己也抓住一张彩票。

美妈在"天天向上"附近的西点屋报名参加培训，晓美给她一个启示，之前都是凭着小聪明跟着网上照猫画虎，现在她要系统学习烘焙，晓美将来还要出国深造，用钱的地方很多，光指望她爸爸也不行。等晓美上高中，她就在学校附近开一家西点屋。

彩儿妈和豆芽妈在逛街，彩儿妈用手指着一个个精品店，她对这一带熟，彩儿就在这边学古筝，彩儿妈边走边踅摸，她要在这边另找一家补课机构，彩儿上完课直接去弹琴，省得来回奔波。那天她看见豆芽帮彩儿背着书包，还拿棒棒糖往她嘴里塞……

彩儿妈有过早恋的教训，或许危险就在不远处蜷伏，她要时刻保持警醒，哪怕矫枉过正也要防患于未然，错过了季节，再好的种子都无法获得好收成。前面就是一家教育机构，彩儿妈拉着豆芽妈，走，进去看看。

中午几个孩子坐到一起有点烦，学校经过各方面协调，还联系了慈善部门，钱奶奶已经住进医院。好好的事就这么有头没尾，一团火焰就此扑灭，只剩下枯燥乏味的书本。

多多说他很想回高新园区看看二妞，他的金毛犬寄养在奶奶家里，那条狗陪了他整个小学，遇到不开心的事就对二妞说。现在他晚上就想去外面走走，哪怕看看那些流浪猫狗。

豆芽说楼下那只大黄猫肚子里有宝宝了，我们给它盖一间房吧，给猫盖房子，孩子们又兴奋了，他们开始琢磨工具材料，琢磨对小猫的后续照顾，还要给猫妈妈增加营养，给它买香肠买小鱼，因为当妈妈太容易……

那边茗品茶舍的老板看着靠墙的空座位，又看看手机，是星期天啊，怎么还不来呢？

本文刊载于《小说选刊》2023年第1期

一条星河半轮月

张艳荣

一

那年我六岁，我就是从那年记事的，是因为一场格斗。在金满屯靠公路边上有个大坑，多半时间干涸着，夏天里面长满了水稗草。那年我有只灰色的小兔子，是我妈大春子从山上套来的野兔子，我总是把灰兔子放进这个大坑里吃草。

那是个初夏，我瞅着天空中的白云，它像棉花糖。后来我嘴里就有了甜味，仿佛真尝到了棉花糖。突然，一阵嘈杂声，还有凌乱的脚步声，让我嘴里的糖味荡然无存。只听有个女人喊，那小孩，快躲开。我把视线从天上转回来，先看见林芬芳。

看见林芬芳我更呆了，傻愣着看她，心里感叹，真好看。林芬芳长得好看在金满屯是出名的，总是听我妈絮叨，长得好看有啥用，就像林芬芳似的，招风。林芬芳在屯子里的小学当老师，手里总是拿着一本或者两本书，有时是一摞作业本。穿件米色双排扣的列宁服，腰收得窄窄的，里面白衬衫的领子翻在外面。林芬芳梳着披肩发，刘海是弯弯的，带卷儿，有搭在眉毛上面的，有刚过了眉毛，也有刚盖过额头的。反正，她与众不同。我是坐在地上，当我把视线从林芬芳刘海上挪开时，我看见了许多条腿，还有腿下的脚，各种鞋，有农田鞋、解放鞋、皮鞋，还有拖鞋。这些鞋狠狠地踩在地上，又迅速拔起。各种腿，搅拌缠绕在一起，又狠命地挣脱，扬起尘土。我顺着腿往上看，一群男人，手里有拿木棍的、有拿铁棒的、有用拳头的，众人扭打在一起。

血，顺着那个长发青年的额头流淌。

林芬芳站在坑的旁边，也就是站在我的跟前。还是翻领列宁服，白色的衬衫领翻在外面，真干净。那么多男人呼呼啦啦的，只有她一个女的，在男人堆里，亭亭玉立。她喊，别打了，这有个孩子，别碰着孩子。她说话的声音像是在念课文，斯斯文文。她的喊声倒像往火上浇油，那些小伙子像是比赛，看谁的武艺高强。长发青年的脸上流着血，向我这边跑来，紧接着，一群人紧随其后，向我这边压来。林芬芳抱起我，向前跑。刚迈开两步，那些人拥了过来。林芬芳一只脚踩空，抱着我，跌下了大坑……我一点儿也没害怕，因为我闻到了来自林芬芳身上的雪花膏香味，我就想起了染指甲花的香味。染指甲花在我家院里的樟子边上，开得一溜一溜的，水嫩鲜亮。

我俩跌入坑里的时候，绕开了小兔子。我刚想伸手抱小兔子，那堵人墙以迅雷不及掩耳之势，拍在了小兔子身上。林芬芳抱着我，躲到了坑的另一边。她的腿，还是压在了人墙下。长发青年从人墙里钻出来，奋力拔出林芬芳的腿，背起林芬芳往坑上爬。林芬芳没忘拎着我，她哭着喊，我的腿断了。我也哭，我的小兔子压死了。长发青年全然不顾这些，他爬上大坑，拉着林芬芳，向着街里跑去，就这样，我还在林芬芳怀里，她一只胳膊紧紧地环抱着我，勒得我喘不上气来。似乎走投无路了，他们跑进我父亲的卫生所。

我父亲先是惊愕，他二话不说，冲出门，挡在门外。那群人已经拥到门口，叫喊着让长发青年出来决斗。我父亲说，你们再这样闹腾，要出人命的，我是医生，我告诉你们，他们伤得很重。

人群里有人反驳，郝东凯，你狗屁医生啊，就一赤脚医生。

我父亲说，赤脚医生也是医生。我父亲又说，你们还伤了我家孩子，还不快走，我要赶紧给他们治疗。出了人命，你们吃不了兜着走。

想必他们是害怕出人命，只好愤愤离去。

这是我父亲和林芬芳第一次亲密接触，罪魁祸首怎么说都是我。后来我母亲骂我欠揍。我母亲说她的三个女儿当中，我最矫情。等我出生的时候，我上面已经有两个姐姐了，到我这儿，还是个丫头，已经不受待见了，名都懒得起，就叫臭三。

这伙愤怒的男青年散去，我父亲给林芬芳包扎，他一眼都没看我，他的眼睛都在林芬芳身上。我蜷缩在凳子上，多想父亲用他医生的手，抚摸我的额头，说句不发烧啊，哪里难受？父亲的手可准了，比体温计准。他的手抚摸过无数人的额头，大人、小孩、男人、女人，为啥我就享受不到这个待遇。

还有长发青年，他心甘情愿被冷落，说先抢救林芬芳。至于吗？还抢救？真邪乎。他自个儿额头的血呼呼流，流到眼睛那儿，他就用袖子擦擦。郝东凯抢救得这个仔细，仿佛抢救了一年，我觉得太漫长了。林芬芳的额头擦破点儿皮，就冒了点儿血丝，哪像长发青年，脸像血葫芦似的。我爸给林芬芳治脚的时候费了点儿劲，也怨林芬芳，碰她脚脖一小下就喊，是娇喊，真膈应人。那郝东凯就心疼了，嘴里不住地说，好，疼哈，我慢点儿、慢点儿。林芬芳脚脖子错位了，郝东凯刚刚上手，她就哎哟一声。长发青年听到声音，擦擦嘴上的血，就冲我爸嚷，郝东凯你成心是不？能不能慢点儿？庸医。其实那时候，郝东凯巴不得慢点儿再慢点儿，但是给林芬芳脚脖子回位，还真不能慢，否则就回不来了。他稳、准、狠一推，只听咔嚓一声，林芬芳的脚正当了，但郝东凯谁都没告诉，还在那磨磨蹭蹭，抹药啊，按摩啊。我都睡一觉了，睁开眼睛，看见他又趴在林芬芳的脸上看那个擦破皮的伤。天啊，刚才不是包扎完了吗，咋又重新包扎呀，费不费事啊。长发青年也歪在椅子上，终于因流血过多昏迷了。

当我和郝东凯路过那个大坑，我突然想起我的小灰兔子，它死了，被压死了，它还躺在大坑里。我就往大坑里跑，郝东凯拉着我，我还是挣脱了他的手，跑进坑底，拎起那只被压扁的兔子。我拎着兔子腿，没精打采地跟着郝东凯回家了。见到大春子，我呢喃着说，谁都别吃我的小兔子，它好可怜啊。大春子看见我这个样子，着实怕了，这孩子魔怔了。

原来下午打仗的那伙小青年，是分两派的，一伙是当地的小青年，一伙是浙江来的下乡知青。林芬芳既不是金满屯青年，也不是浙江青年，她是从萝北县城来的。本来两伙青年就不和，点火就着。又因为林芬芳长得漂亮，都想和林芬芳搞对象，暗地里较劲。但就一个林芬芳，怎么办？后来，两伙人打开天窗说亮话，达成协议，大伙就这么静静地看着林芬芳，她谁都不属于，但她又是属于我们两伙的，都在我们心里、美在我们心里。当然，这些林芬芳都不知道，她还是一如既往地美丽着，像个高傲的白天鹅，从这两伙小青年中高傲地走过。她能感受到身后传来闪电般的眼光，相互交织着。这么一走一过，在两伙小青年中，最能引起她注意的是那个长发青年，他手里总拿着一本书，具体什么书不知道，但不管啥书，开卷有益。就像林芬芳自己，书卷不离手。其实，长发青年就是看她书卷不离手，也学她的样子，随便拿本书，叫投其所好吧。有时看见林芬芳来了，手里实在没书，现回宿舍拿俨然不赶趟了，他就顺手拿了个记工分的本，卷起来，也看不出是啥玩意儿。只能说，在追漂亮姑娘上，长发青年比他们这帮傻狍子略胜一筹，知道糖打哪儿甜、醋打哪儿酸。林芬芳就认准了，长发青年比他们有书卷气，那一定是个有文化的人，文艺小青年。林芬芳已经考虑过自己的终身大事，再漂亮的女人也是要嫁人的，趁着自己年轻，选个意中人。这两伙青年，她是断然不会选当地的，再怎么意气风发，要么是大队的农民，要么是林场的工人。她要从知青里选，人家从大城市来，最低也是初中毕业。说来说去，有文化的人，还是喜欢有文化的人。

你有情我有意，林芬芳和长发青年的眼光就对上了，到了卿卿我我、搂搂抱抱的程度。纸终是包不住火的，要想人不知除非己莫为。正当她俩躲在小树林里谈情说爱的时候，被知青们抓个现行。所谓的抓个现行，无非就是身子靠得亲密无缝，说耍流氓，言过其实。林芬芳不承认，啥流氓？我们是要结婚的。林芬芳这样为自己申辩，这申辩为她日后闪电般地结婚留下了祸根。知青们问长发青年，是真的吗？长发青年不敢高声言语，但不住点头承认。他当场就挨了知青伙伴们的一顿胖揍。因为他违背了协议，林芬芳是我们的，不是某一个人的，说好的协议呢？你背地里挖兄弟们的墙角。打完，以为这事就过去了。但当地青年不干了，你这不是糊弄二傻子吗？整个协议在那儿摆着，威慑俺们，你们选个代表，把事就给办了，通知谁了？常言道，强龙还压不住地头蛇，让你们这帮王八犊子得逞，那也太掉链子了。一定要夺回林芬芳。于是，当地小青年拿着家伙，和知青们打起来了。挨削最多的就是长发青年，开始他还还手，和知青战斗在一起，后来实在扛不住了，就跑。跑是徒劳的，他跑到哪儿，两伙青年就打到哪儿。林芬芳看长发青年挨打，岂能袖手旁观，也加入这群混战中。由于她的加入，混战愈演愈烈。

也怨长发青年，你往哪儿跑不好，非得往大坑这儿跑，把我带进了大坑不说，还压死了兔子。

怀念一只兔子，从那时候开始。

我一头栽倒在炕上，嘴里说着胡话。我爸摸我的额头，说不发烧啊，没事。我妈这回急眼了，孩子都这样了，你说没事，你是医生，能治别人，自己孩子咋就没事了呢？我爸说你让我咋治，不发烧，不感冒，又没受伤。人家林芬芳冒着生命危险，救了她，不然压死的不仅仅是兔子。我妈说，叫你这么说我还得谢谢林芬芳了，我呸，她就是个狐狸精，你看把这些小青年搅和得神魂颠倒，不是她能打群架呀？

炕头上，我歪靠着我姥，躺在她脚边，她不时用脚碰碰我，看我是否还喘气。

二

东北的黑土地能攥出油来，满山遍野的大豆高粱。那年月，大批山东人拥向东北。郝东凯就是这些山东人中的一员，他长得一表人才，初中毕业，在众多没读过书的金满屯人中，显得那样有文化。都说山东大汉，但在郝东凯身上不太突出，他个子是挺高，能有一米八，但瘦，走路都打晃，有阵风就能吹倒。再加上皮肤白皙，像个书生。郝东凯真到了金满屯，远不是想的那么美好，春天带着冰碴儿种麦子，秋天顶着雪花收割黄豆，夏天烈日当头，一根垄，一天铲不到头。东北真是幅员辽阔啊。董大春是土生土长的东北人，都叫她大春子。梳着两条粗壮的大辫子，更显得她五大三粗，大身板站那儿壮实得像堵墙。圆脸盘，用当地的话说，叫大饼子脸。鼻子两边，一直到脸蛋，布满了雀斑。幸亏她脸黑，看不大出来，反倒一黑遮百丑了。我那英俊帅气的爸，怎么就娶了我五大三粗的妈呢？主要原因是我爸拈轻怕重，他干不了这地里的活。

刚到金满屯的郝东凯就是个小跑腿子，没家没业的，住在临时搭的马架子里。马架子由几根长木棍对着搭在一起，支起个三角形，外面披上茅草，安装了一个需要低头才能进去的门。郝东凯就住在这牲口棚式的马架子里，棉裤穿开花了，用绳子捆绑在腿上，将就着穿。我姥爷一眼就看中了郝东凯，他喜欢这个带书卷气的小伙子，想让郝东凯当他的姑爷。那郝东凯当然是一百个不愿意，不过姜还是老的辣，不怕他不愿意，冰溜子再硬，遇到春天也得春风化雨。我姥爷隔三岔五就请郝东凯到家里吃饭，且都是诱人的大鱼大肉。大春子能干，下江捕鱼，上山打猎，家里拿她当小伙子养活。啥野兔子、野鸡、大马哈鱼、大白鱼，大春子隔三岔五往家整，家里也就少不了荤腥。冬天的时候，这些野味、江鱼冻在仓房，夏天放土篮子里，拴根绳子，系进地窖里。地窖挖在园子里，冬暖夏凉。自从我姥爷相中了郝东凯，这些野物不再随便吃了，全都储存起来，等着郝东凯来了吃。大春子不但在外面干体力活，回家还烧得一手好饭菜。我姥是指望不上，她整天病病歪歪的，斜靠在炕头的墙上。

那是个嘎嘎冷的冬天，狗冻得都站不住脚，不住地吱吱叫。刚泼出去的水，在空中就冻成冰溜子了，你说这天冷得多邪乎。呼几口气，瞬间，帽子、头发、眉毛都变成白色的了，挂满了霜雪。这冷空气都呛嗓子。

由于天冷，气压低，郝东凯的马架子又低，他引火烧炕，烟不顺着烟筒往外冒烟，都憋屋里了。呛得他只好站在外面，大口地咳嗽。大地白茫茫，天空灰蒙蒙，他望着大地和天空的苍茫，莫名地伤感。但他是新时期的青年，想起课本上学过的英雄人物，他便有了大义凛然的气魄。他高声吟咏：

> 雪压冬云白絮飞，万花纷谢一时稀。
> 高天滚滚寒流急，大地微微暖气吹。
> 独有英雄驱虎豹，更无豪杰怕熊黑。
> 梅花欢喜漫天雪，冻死苍蝇未足奇。

我姥爷看天冷，正想着郝东凯呢，听到他朗诵诗，觉得这小子太有文化了，真是打心眼里喜欢。其实我姥爷只听懂了最后一句。他调侃郝东凯，苍蝇应该冻死，别把你冻死了，赶紧跟我回家，你这马架子扛不住。

没事，我年轻，我火力旺。郝东凯跺着脚说。

拉倒吧，挺精个的小伙子，咋那么死脑瓜呢。走，上俺家去。我姥爷上前拉郝东凯的手，希望他跟自己回家。

不去。郝东凯坚定地回答，他心知肚明，知道我姥爷安的啥心，他要坚持住，坚持就是胜利。郝东凯此刻坚信大地会回春，他从这首诗词里读出了豪迈、读出了温暖、读出了希望，春天的脚步近了。他一遍遍地咏读，高声朗读。他朗读的声音盖过了我姥爷的声音，因为他不想听热炕头了、土豆炖兔子这些话，这对他是致命的诱惑。

这天啊，冷得过分，冷也就算了，还刮白毛风。这风夹杂着小清雪，嗖嗖的，像小刀片，看似温柔地刮，实则柔中带刚。这还不算啥，还有大烟炮，是白毛风的升级版。声势浩荡，卷起千层雪，劈头盖脸，能把人从一个雪堆刮到另一个雪堆，瞬间被雪掩埋。郝东凯反倒更勇敢了，对我姥爷的邀请，他脑袋摇得像拨浪鼓，一副不食嗟来之食的模样。他拉起雪爬犁，冒着风雪，准备去南山拉柴火。大冬天的，取暖的柴火居然烧没了。一看他就不会过日子，像我姥爷家，那木头桦子整整齐齐码在院子边上，等着冬天烧。哪有像郝东凯这样的，外面下大雪，屋里没柴烧，顶风冒雪还得去拉柴火。我姥爷就抓住了郝东凯的爬犁，苦口婆心地劝他，东凯呀，你这样上山能冻死，你何苦呢，孩子啊，咱家桦子有的是，你从咱家拉点儿。走，跟我回家。

郝东凯毅然决然地拉着爬犁冲进风雪里。他在心里下定决心了，老董头那黑大粗的女儿我绝不能娶，白瞎我这小伙儿了。我要找有姿色的，为啥我不能选择，我也是男人，是男人都喜欢漂亮女人。说白了，男人好色，才算得上人格健全的男人。他这个信条，也不知道从哪儿听来的。也就是说，那时候，我父亲，对爱情充满向往，暴风雪算什么，柴米油盐算什么，在他的爱情面前，全都黯然失色。他不会让我姥爷得逞。

我姥爷实在看不懂了，这个小山东棒子，还挺倔。我姥爷围着郝东凯的马架子低着头转悠了几圈，不甘心离去，他听到白毛风刮得马架子咯吱咯吱地响。我姥爷就恶毒地想，咋不刮倒了呢。我姥爷抄起墙根的铁镐，对着马架子根一顿刨。好了，马架子摇晃得更厉害了。我姥爷怕被发现是他作的案，又用雪把刨过的地方埋利索，风一刮，什么痕迹也看不出来。他拍拍两手，哼了声，小样，跟我犟，你个小山东棒子。

郝东凯没冻死，还拉了满满一爬犁柴火，他要把马架子烧得暖和和的，静等他的爱情来临，静等春暖花开。就要接近他的马架子了，他心里默念着，我可爱的马架子，遮风挡雨的马架子。他吃力地拉着雪爬犁，恨不能一步迈进马架子里。终于到门口了，他发现马架子摇晃得厉害，心里就有几分担心，白毛风啊，你轻点儿刮吧，请别刮倒我的马架子。刚祈祷完，马架子在他眼前应声倒地，散架了。

正当郝东凯像个丧家之犬，围着塌了的马架子转悠时，我姥爷却站在不远不近的地方静观。我姥爷火候掌握得恰到好处，他疾步走到马架子跟前，雪踩得咯吱咯吱响，他迫不及待地上前拉住郝东凯的手说，走，跟我回家暖和暖和。他看见郝东凯脸上的泪，已经冻在脸上了。郝东凯还是不肯去。

走吧，大春子已经把兔子炖上了，兔子炖土豆，你爱吃的。

太诱惑了，郝东凯吃过大春子炖的兔子土豆。他说，我想吃兔子炖萝卜。

那还不快走，我姥爷拉着郝东凯的手说，兔子已经下锅了。我姥爷太有把握了，早就掐算好，你孙悟空再有本事，怎能跳得出如来佛的手掌心。

此刻，用饥寒交迫来形容郝东凯一点儿不为过，肚子饿，身上冷，唯一的马架子也塌了。他一跺脚，向着我姥爷家大踏步前进，脚下带起的雪有一尺高，远远地把我姥爷甩在了身后。

到了我姥爷家，正看见大春子切土豆，郝东凯用命令的口气说，换萝卜。大春子立马拿个红皮萝卜，洗净切块，放进滚沸的大铁锅里。锅里的兔子肉刚开锅，下萝卜正好。锅沿上有个面盆，里面是焦黄的已经发了的玉米面。大春子又把一海碗白面掺进玉米面里，她还想剩点儿白面，最后掂量了一下，狠狠心，都倒进玉米面里。大春子又在大铁锅边上贴了一圈大饼子。灶坑的木头桦子燃得正旺。

大春子洗干净手，进屋坐在炕沿上，郝东凯坐在椅子上了。屋里暖和，火墙子是热的，炕是热的。大春子刚才又忙活饭，这会儿，她的圆盘脸像刚出锅的大饼子，饱满、红润、热气腾腾。郝东凯的表情有些尴尬。好在我姥说话了。我姥说，大春子，去西屋箱子里拿你爸的棉裤，给这个小山东棒子穿，看那棉裤都开花了，腿都露外面了。大春子麻利地去西屋拿棉裤，一阵风似的回来了，把棉裤搭在郝东凯坐着的椅子边上。我姥又支撑着站起来，解下腰里的钥匙，打开衣柜门的锁，拿出两张上乘的狍子皮说，你看这小山东棒子棉袄也太单薄了，不抗风了。大春子，你给他缝个皮棉袍。大春子喜笑颜开，一边嘴不对心地说，妈，您真舍得，这可是您压箱底的宝贝啊。

我姥倒不急着回答，她慢条斯理地说，有啥舍不得的，给我姑爷穿。

妈，你说啥呢。大春子的脸愈加黑里透红，她抱着狍子皮去了西屋。

郝东凯观赏着墙上的相框，那里面镶嵌着很多黑白照片。他大概什么也没听到，或者听到了，都无所谓了，静等一锅兔子肉出锅。

两小盆兔子炖萝卜上桌了，外加一大盆大饼子，因为掺了白面，格外香。我姥和我姥爷盘腿坐在炕里，大春子和郝东凯对坐着，坐在炕沿边。我姥爷烫了一壶白酒，给郝东凯倒了一盅酒，郝东凯也没推辞。大春子也喝了两盅酒，这两盅酒对大春子来说，那就是滋润滋润嗓子。酒烈，郝东凯抿了一口，就呛出了眼泪，从嗓子眼到胸腔，火燎燎的。郝东凯真是饿坏了，兔子肉没少吃。酒也喝了几盅，然后就醉眼蒙眬了，瞅谁都笑眯眯的，愈加招人稀罕。

天黑了，郝东凯从炕上拿过棉手焖子，腋下夹着棉裤，往门口小步挪腾。我姥爷说往哪儿去呀，今年就在俺家猫个冬吧，等春天暖和了，再把你那马架子支起来，我帮你。

大春子吃完饭到西屋做皮袍子去了，郝东凯的去留都归我姥爷管了。

晚上郝东凯一个人住在西屋，相安无事。第二天睁开眼睛，郝东凯毫发无损，他便释然了，这有什么呀，不就是搭个伙吗？谁叫我的马架子塌了？谁没有个难处。郝东凯也就放松警惕了，我一个大男人，人家不怕，我怕啥。

天寒地冻的，不能干啥，只好猫冬。大春子扛着猎枪进山打猎，有时郝东凯跟着一块儿去，他也干不了啥，顶多做个伴，帮着往回拎打着的野鸡、野兔。金满屯人都看在眼里，说这郝东凯是要当上门女婿啊。郝东凯也听到风言风语，他想搬出去，实在没地儿搬，再说，人家大春子对他是相当纯洁，根本没有非分之想，纯粹是革命的友谊。谣言总有不攻自破的时候，等春天来了，我就搬到马架子。他心想。

这小半个冬天，郝东凯过得那叫一个享福。我姥爷家的那点儿存货，都变着花样给郝东凯整着吃了，野鸡炖榛蘑、兔子炖萝卜、蒸小干鱼……都说吃馋了、坐懒了，这话一点儿不假。郝东凯在大春子家过习惯了，想走，但做不了自己脚的主，挪不动脚步。他住的这间西屋是对面炕，大春子晚上做针线活到西屋的南炕做，东屋住老两口子。我姥晚上睡觉早，大春子怕影响我姥睡觉，就在西屋做针线活。看郝东凯要睡觉了，她就到东屋炕梢睡觉，规矩得很，谁也没向郝东凯提出啥要求，连暗示都不曾有过。他想这一家子的恩情，他要用一辈子来还。等他有了钱，就把每天伙食费合成钱，还给他们家。这样想着，他每天也就睡得心安理得了。有时大春子还在做活，他困了便钻被窝睡觉，大春子俨然成他哥们儿。

那件狍子皮棉袍早就做好，就差缝扣子了。郝东凯也是穷人家的孩子，他不舍得穿，这眼瞅着要过年了，想留着过年穿，现在就对付着穿我姥爷的棉袄棉裤。郝东凯总对大春子说，过了年，开了春，就搬出去住。他是时刻提醒大春子，不要有啥非分之想，他时刻都准备搬走。他说这话还有另一层意思，我郝东凯不会永远赖在你家吃闲饭，只是暂时的，人有脸树有皮嘛。

过小年那天，郝东凯终生难忘。那天晚上吃的是野猪肉酸菜馅饺子，大春子还做了道硬菜，野鸡炖榛蘑，还放了粉条。饺子就酒，越过越有。我姥爷高兴，说今天酒可劲儿喝。把他平时不舍得喝的六十度的北大荒拿出来，先烫上一壶。这小半冬，郝东凯让我姥爷锻炼得也能喝两盅了。主要是，我姥爷更加喜欢他了，本以为他好吃懒做，其实不然，以前挑水劈柈子都是我姥爷的活，如今，郝东凯都一手全包了。他是这么想的，这家人对我掏心掏肺，我也不能坐享其成啊。他也是多半把这儿当成家了，奇怪的是，从他进这个家的第一天，再也没幻想过浪漫的爱情。

我姥爷说，大春子，我闺女，受了一冬天累，你也多喝两盅。

听了这话，大春子看着郝东凯，眼泪流了满脸。她很快擦干净，笑着说，我乐意。

我姥爷掩饰说，喝酒、喝酒。过小年了，闻到年味了，我老头子都馋了，何况你们年轻人呢。

是啊，过小年了。郝东凯也哭了，他想家了。可是这个坐落在黑龙江边上的金满屯，离他山东老家十万八千里。车脚路费的，得花不少盘缠。再说，他也没钱。

我姥爷看在眼里，又说，喝酒、喝酒。

郝东凯连干两盅，我姥爷直夸好酒量。喝着喝着，郝东凯和大春子划上拳了，五魁首啊，八匹马呀，六六顺哪……郝东凯哪是大春子的对手？一会儿便喝得两眼眯缝着，见谁都笑。我姥爷看着乐啊，都是自己的孩子，打心眼里喜欢。我姥爷迷迷糊糊躺在炕上睡着了。我姥早就歪在被窝卷上。

酒足饭饱，郝东凯不想家了。他到西屋睡觉，大春子跟他进了西屋，郝东凯说，你来干啥？我要睡觉了。

大春子说，你睡你的呗，我把那个皮袍扣子钉上，快过年了。

对面炕，挺有意思，大春子上了南炕，郝东凯上了北炕。各就各位，各不相干。

躺了会儿，郝东凯说，大春子，我嗓子眼有点烧得慌，给我缓点儿冻梨吃呗。

行，你等着，我给你缓去。大春子穿鞋下地，上仓房拿了一小盆冻梨，用凉水缓上。缓冻梨的盆就放在北炕上，郝东凯伸手就能拿到。

大春子上南炕，继续缝扣子。郝东凯吃了两个冻梨，直说痛快。好受了，在被窝里就睡着了。今晚又煮饺子又炖鸡的，西屋炕烧得热，他钻被窝的时候是穿着衣服进的，这会儿，却露出了一条大白腿，也不知道啥时候脱的。大春子看见了，小声骂了句不要脸。

终于缝完了，刚才出去拿冻梨，让冷风吹了下，酒劲上来了。大春子觉得有点儿迷糊，嗓子眼辣，也想吃个冻梨，就上了北炕。她盘腿坐在北炕上，吃着冻梨，感到痛快。大春子看着郝东凯白净的脸，眉清、唇厚、高鼻梁，突然把吃了一半的冻梨扔进盆里，随手拉灭了灯，钻进了郝东凯的被窝。

还是我姥发现的，我姥睡醒看炕梢没有大春子，这会儿才早上五点钟，冬天，天还没亮呢。大春子哪儿去了？她到西屋，看到北炕上一个被窝，露两个脑袋。

郝东凯没有狡辩，有委屈，但心里承认自己半推半就。所以，他不喊冤。他只是心里懊恼，终究没熬到春天，他的马架子看来是扶不起来了。东北的春天太遥远了。

年前就把婚办了。我姥爷拿出了一辈子的积蓄，置办这场婚礼。大伙一边帮忙一边问，老董头这是要娶姑爷子啊？我姥爷只笑不答，他不想难为郝东凯。他心想，第一个孩子不跟娘家姓，第二个孩子不跟，第三个总该姓董了吧？结果第三个孩子真的就没姓我姥爷的姓。

喜宴摆到了晚上，最后上桌的都是帮忙的，帮忙的也是至亲至近的人，等他们上桌就不用忙了，大伙都吃完喜宴了。现在帮忙的亲朋好友就敞开量地喝，划拳的、吵嚷的，还有唱二人转的……差点儿把房顶掀了。

红红火火就把喜事办了，大伙都夸，这喜事办得敞亮。那件新皮袍子，郝东凯新婚那天就穿上了。

三

真正让郝东凯沉下心来跟大春子过日子的，还是大春子把学赤脚医生的名额让给了他这件事。大春子从小跟我姥采山上的草药，耳濡目染，会用点儿土办法治病。矬子里拔大个，屯子里选她去学赤脚医生。她说郝东凯有文化，让他去学赤脚医生吧，并把认草药、采草药的本领教给了郝东凯，其实大春子是心疼他干不了农村的重活。我姥说，闺女你别犯傻，我看了，这小子兴许以后会变心。大春子说，变心我也乐意，有钱难买我乐意。

那时候，林芬芳还没来。

自从我大姐出生，我父亲更是放弃所有的幻想，死心塌地跟我母亲过日子了，尽管我母亲不是他要的爱情，但他从没想过要变心，或跟哪个女人有什么瓜葛。自从当上赤脚医生，他立马被金满屯人另眼相看，成了金满屯真正有文化的人。其实他的医术大多是自学的，只要不出诊，他所有的时间就是看医学书。西屋的南炕上，常年放着炕桌，炕桌上常年放着书本、钢笔和墨水。南炕俨然成了父亲的书房。父亲就坐在炕桌边看医学书，记笔记。我母亲每每看到这个情景，喜悦挂在她的眉梢。只要我父亲有出息，吃苦、劳累算什么。她不舍得让她的东凯干一点儿农活。

在金满屯，父亲是受爱戴的人，就连林场的人也请他看病。说到林场，就要说说金满屯的结构和分化。金满屯中间隔着一条路，路的北面是林场，南面是大队，林场伐木、植树造林，是工人，吃商品粮，挣工资。他们的宣传标语是：护林防火，人人有责。大队种地，挣工分，是农民。林场住的都是成排的砖瓦房，叫家属院。大队的人住的是自己盖的泥垛垒的草坯房，一家一个院。大队孩子上的学校是金满屯林场子弟学校，也就是说，大队的孩子是蹭学。这么说，能受到林场人爱戴，也是件荣耀的事。父亲如果去萝北县办事，无须坐客车去，客车要花车票。头一天他只要去林场打听一下，林场的大解放车或者林场拉木头的大挂车什么时候去萝北县，他跟车去就行了，还是坐在驾驶室里。无论是大解放还是大挂车，驾驶室算上司机，也就能坐三个人，我父亲能坐在驾驶室里，待遇也够高了。

如果说遗憾，他从没给林场的林芬芳看过病，林芬芳连感冒都不曾有过，她青春靓丽，身体健康。住在林场分给她的宿舍里，她每天婀娜多姿地从那个小院里走出来，手里拿着一本书，或者一摞作业本，脚步轻快。在林芬芳没受伤之前，我父亲连跟林芬芳打招呼的机会都没有，因为林芬芳很傲气，不曾正眼看过我父亲。林芬芳的优越和美丽，在金满屯来说，是鹤立鸡群。那时候我母亲已经生了三个孩子，腰身愈加壮硕，从她的大身板子上，哪里还看得见女人的曲线。

对大春子来说，这都不是事，结婚过日子嘛，看谁把日子过得红火，那才叫本事。论能干，大春子在金满屯算是首屈一指，家里家外的活她都一手操办。郝东凯曾劝过大春子，别一天风风火火的，已经是孩儿她妈了，你看人家谁谁媳妇，打扮得花枝招展，多好看，你也学学。大春子这点好，不犟嘴，因为是对她好。她打扮了几日，觉得哪儿都不舒服，又恢复原样。郝东凯从萝北县给她也买了友谊牌雪花膏，都让她给三个丫头片子抹了。

我从小就不爱说话，总是拿眼睛瞅。自从我的灰兔子死后，我愈加沉默寡言，不知道的还以为我是个小哑巴。大春子有点害怕了，她怕我变成个傻子。我姥歪在炕头说，没事，傻不了。

自从郝东凯给林芬芳包扎伤口那天起，他去村卫生所的时间更加准时，有时还提前半个小时或一个小时到。对此反常行为，大春子从来没怀疑过。她还庆幸当初的决定，把学赤脚医生的名额让给郝东凯太对了。卫生所的院子里、窗台上，晒满了草药，都是郝东凯上山采的，郝东凯无私地给乡亲们用。这种大公无私的表现，大春子佩服，如果换成她自己，肯定做不到，再说她也没那么多闲工夫，女人结了婚，一颗心就拴在家里的孩子身上和柴米油盐上了。

这不，才早上五点多，大锅里熬的棒米面粥还没等黏糊，郝东凯就盛了一碗，蹲在灶坑边呼呼喝完，抹把嘴，急忙向卫生所走。大春子在后面撵着说，你去这么早干啥呀？怎么也要把饭吃完啊。她撵上郝东凯，塞给他两个鸡蛋。郝东凯也不瞒她，说昨天打群架的，今早要去换药。其实，郝东凯心里隐隐惦记的是林芬芳去换药。

到了卫生所，郝东凯想，林芬芳额头的伤倒无大碍，脚脖子是复原了，但还是不敢着地啊。他把药箱收拾好，拎着药箱走到门口，又折返回来，他还是不敢去林芬芳家。如果换作是老头老太太，抑或其他家的大姑娘小媳妇，他都会毫不犹豫地上门换药。可对于林芬芳，他想得就过于多了些。他还在顾虑，这么早，她起床了吗？吃饭了吗？是不是打扰她了？这样显得我没礼貌，缺乏教养，或者她会不会看出我有什么企图，从此再也不理我了？

总之，一堆问号向郝东凯铺天盖地涌来。那也行，不去就安稳做点儿事。还是不行，他心不在焉，坐卧不安，像热锅上的蚂蚁。干脆上山采药去，干点儿体力活，把闹心的事就忘了。他刚拿着镰刀，准备出门，便与进门的长发青年撞了个满怀，这家伙脑袋还缠着纱布，渗出纱布外的血已经干掉，变成了黑褐色。他撩了下挡在眼睛前的头发，对着郝东凯就发火，哎呀，快点吧，你看你这医生当的，谁该换药不知道啊？赶紧走，给林芬芳换药去。

在长发青年的陪同下，郝东凯第一次走进林芬芳的单人宿舍。从那以后，林芬芳有个头疼脑热，都找郝东凯看。

转过天来，林芬芳一瘸一拐地到卫生所来换药了。脚脖子肿得老高，她挽着那只裤腿，额头上粘了块四四方方的白纱布，带卷儿的刘海就搭在那块白纱布上。大春子截住她，好一顿感谢。大春子早就想抽空感谢她，虽然打群架是由她引起的，但关键时刻是她抱住了我。

冥冥中，我感觉灰兔子没死，还在大坑里吃草。每到下雨天，我就坐到大坑边，因为我能听到灰兔子嘤嘤的哭声。有时候，恍惚间，我还能看见它在大坑里吃草，但身子和脑袋都是扁的，像纸片，又像画在纸上的画。雨水浇在我的头发上，顺着头发浇在我脸上，丝丝凉凉的，心里有些畅快。

那天，我正在大坑边等雨，天上的乌云翻滚着，像赶集似的，向南面涌去。马上要下雨了，快点儿下吧，我就要看到我的小兔子了。离老远我就看见林芬芳往卫生所走，她的额头还是粘着白色的纱布，这么多天还没好啊，她的腿还是有点瘸。我向她跑去，因为我想看她那漂亮的带卷儿的刘海。

她用朗诵课文的语调招呼我，臭三小朋友，什么时候去上学啊？

我没有回答她，却冒出一句不着边际的话，你脑门的伤好了，还贴胶布。我真看见她脑门的伤好了，我的眼睛居然能透过纱布。林芬芳愕然，她的手也僵持在空中，她是想伸手抚摸我的脸。林芬芳好看得像桃花，面颊粉嘟嘟的。她笑着说，臭三真聪明，想上学吗？我说不想。然后我转身就跑，因为天要下雨了，我要坐到大坑边等雨。

四

很快，林芬芳和长发青年结婚了。恋爱的时间长短不重要，最重要的是，他们的爱情也算经得起考验了。月光下的小树林被抓，两伙青年打群架，都没动摇他们的爱情。闪电般地结婚，是对这场爱情的最好诠释。林场有个电影院，林芬芳的婚礼就是在电影院举行的，那时候，无须家长参加，林场场长既是证婚人，又是主持人。他们站在台上，台下坐着林场和大队的人，都坐满了。我们小孩都拥到台前，伸着脖子瞅着台上，眼巴巴等着分糖。一会儿，有个女的，端着红色的大茶盘子，里面盛着冒尖的糖块。她先撒向台下的孩子堆里，孩子们一窝蜂地抢。她又把糖撒向更远的地方，反正她各个方向都撒遍。这婚礼就算结束了。我就抢到一块水果糖，拿在手里不舍得吃，搁鼻子下闻闻味。林芬芳送给我一把糖，她胸前还戴着大红花呢。我手小拿不过来，就撑着衣服兜，她把糖塞进我兜里，里面好几块大白兔奶糖。

那是我第一次吃奶糖。我拿回家给我姥吃，说这是林芬芳的喜糖，我姥说那我可得吃一块，真甜。我姥又说，她结了婚可消停了。我问为啥消停。我姥说，你听着就行了，知道多了累得慌。我给大春子吃糖，她说不爱吃糖。凡是我家的好东西，她都说不爱吃。我姥说，你妈没结婚时，啥好东西她都爱吃，有了你们，她就不爱吃了。唉，都这样，当娘的都这样啊。

瞬息万变。这话说林芬芳的婚姻一点不为过，轰轰烈烈的知青返城潮一浪高过一浪。长发青年暗自后悔结婚，他四处托关系找人，甚至说服林芬芳回县城托人，答应林芬芳他回城后，一定想办法把她调到身边。但他等不及，一切手续都不要了，偷着跑回了宁波，连林芬芳也没告诉，其实他之所以偷着跑，最想隐瞒的人就是林芬芳。林芬芳追到了萝北县，追到佳木斯，没追上。再往前追，就得坐火车了，前路漫漫，她心灰意冷，不想追了。追上又能怎样？一个宁可什么都不要也要回城的人，决心之大，还能指望他回心转意吗？既然瞒着你偷跑，铁定要抛弃你。林芬芳站在佳木斯火车站，追悔莫及，在众多追求者中，她选择了他，这个手不释卷的文艺小青年。林芬芳从佳木斯回来，像霜打的茄子，蔫了，一病不起。

据说，林芬芳从那段失败的婚姻中走出来，还多亏了我父亲。她卧床不起，作为赤脚医生的郝东凯当仁不让冲向前，治病救人。郝东凯一贯这样，谁有病了，他都背个药箱跑前跑后，随叫随到。林芬芳生病，郝东凯不但治病救人，还外加心理辅导。

肌肉注射青霉素或链霉素，很疼，还要做皮试。那时候基本都是打肌肉针，很少有挂吊瓶的。为了减轻疼痛，郝东凯一般这样注射，右手拿着针管注射，左手捏着打针的那块肌肉，一松一捏的，这样，活动肌肉，注射的药液吸收、四散得快，自然也就缓解了痛感。不光给林芬芳打肌肉针这样贴心地一松一捏，给其他人打针也是一样。如果说不同，郝东凯放在林芬芳肌肉上的手神奇般地有了触电的感觉，并且，他眼里出现了颜色，雪白，原来肌肤也可以像雪一样白。这是从来没有过的，他立刻骂自己流氓，丧失医生的职业道德，卑鄙下流。他更加给予林芬芳精神上无微不至的关怀和关心，以此来宽慰自己认为可耻的心灵。他有文化，见识广，毕竟学赤脚医生在佳木斯卫校上过学，关键是郝东凯打心眼里同情心疼林芬芳。林芬芳在这药物和精神的双重治疗下，从灰暗中开出了鲜艳的生命之花。

我父亲的腼腆和英俊在金满屯是出了名的，相比母亲的饱满和粗枝大叶，反差极大。当年我姥爷就是看中了郝东凯的书卷气，绞尽脑汁摧毁了他的马架子，将其骗进自己温暖的家。人们在夸赞我父亲的时候，也对我母亲充满了羡慕和嫉妒。在农村，男人越腼腆，越容易被开玩笑。这种世俗玩笑，仅限于已婚的男人和女人间，通常叫老爷们儿、老娘们儿，最热闹的地方是金满屯的田间地头。那天是给玉米苗除草，玉米苗长了一虎口高，绿油油的，铺满了大地。地头是一条土路，能过一辆马车那么宽，路的那边是一条小河，奔流不息，一直向东流去，流进黑龙江。天热，垄长，一去一回，就一上午。快中午的时候，这帮人在地头休息。有蹲着的，有坐地上的，边休息边天南地北地唠嗑。

热闹非凡要数老娘们儿这边，三五一群，窃窃私语，又开怀大笑，笑得神秘又肆无忌惮。

有人为了不耽误铲地除草进度，带病参加劳动，郝东凯便背着药箱，到地头送医送药。郝东凯的到来，极大地活跃了劳动气氛。吴二嫂最活跃，她身体壮硕，从来不生病，连感冒都不曾有过，所以她就没打过针。看见郝东凯，她颠颠地向郝东凯跑去，跑到郝东凯跟前，扬着脸问，唉，我说郝东凯，你打了这么多年的针，谁的那啥最白呀？在农村没啥娱乐活动，几个好凑热闹的老娘们儿像闻到腥的猫，迅速凑过来，七嘴八舌地起哄，是啊，谁的最白呀？快说。

几个老娘们儿直夸吴二嫂这头起得好，看郝东凯怎么答。

郝东凯还傻乎乎地问，啥白呀？白啥呀？

大春子也在，她喊郝东凯，你个傻狍子，还不快走，她们调戏你呢。

吴二嫂不依不饶，你别装傻啊，今儿必须说，你打针，谁的最白呀？

看热闹的几个老爷们儿说，郝东凯，我给你提个醒，你打针往哪儿打呀。

往……郝东凯下意识地扭头瞅瞅自己的屁股，终于明白了，脸就红了。恍然大悟白的含义，腾地觉得脸火烧火燎，滋滋冒汗。他用手抹把汗，背紧药箱，想冲出地头。这个时候还往哪儿跑啊。几个老娘们儿围追堵截，他没地方跑。

吴二嫂拍手大笑，挺大个老爷们儿，脸还红了，害臊了。这回想起来了吧？大伙刚才憋着笑，这会儿终于放肆地大笑起来。

郝东凯想，坏了，我不说出一个，指定是撂这地头了。咋办？说谁，咋说？吴二嫂还在他眼前不依不饶。他急火攻心，不由自主地冒出一句，吴二嫂，你，你最白。说完就跑。

吴二嫂冤啊，她连药都没吃过，别说打针了。吴二嫂想，好啊，郝东凯真是成心抬举我呀，那我得好好感谢你。她招呼那几个老娘们儿，一拥而上。看热闹的老爷们儿，接过郝东凯肩上的药箱，抱在怀里，生怕有啥闪失。药箱里的药可珍贵着呢，别碰坏了。

几个老娘们儿就把郝东凯拥倒了，吴二嫂就解郝东凯的腰带，一边还恶狠狠地嘟囔着，你平常尽看别人了，这回也让大家看看你的。

郝东凯听了这话可不得了了，身上立马起了鸡皮疙瘩。他两手紧紧护住裤腰带，告饶道，我就是说你白，没说旁的，没有一点儿恶意，真的。

几个老娘们儿蜂拥而上，其实也就是闹玩，知道郝大夫面子薄，吓唬吓唬他。

郝东凯狼狈地捂着腰带，夺过药箱，落荒而逃。

身后传来阵阵笑声，这个玩笑到此告一段落。这时候，大春子才笑骂两句，你们这帮人真不是玩意儿，欺负老实人。在这笑骂声中，吴二嫂连夸带羡慕地说，大春子，你真是哪辈子修来的福哦？看郝东凯好脾气，识大体，还是标准的美男子，公社坐办公室的，都没有郝东凯长得俊。

凡是打过针的女人，郝东凯在心里也排过，谁最白郝东凯心里有数，林芬芳啊。就是没有林芬芳，他打过针的任何女人都不能说，作为一个医生，看的是病，看的不是肉的白与黑。说谁你都是流氓，不是医生。所以，他说吴二嫂最白，他没给吴二嫂打过针。

五

下雨天我就往大坑跑，我不能让小兔子孤独地在雨天里哭，我要陪着它。可是怪了，几乎每次下雨天，我都能看见林芬芳。她打着一把粉色碎花雨伞，这种折叠伞金满屯仅此一把，林芬芳家是萝北县城的，她拥有这样一把洋气的雨伞是理所当然的。问题是，她为啥一到下雨天就到我爸的卫生所呢？有时她从卫生所出来，会用手整理下卷曲的刘海，摸下衣服领子，再抻抻衣襟。掐腰的淡绿色列宁服穿在她身上格外出彩，白色的衬衫领子翻在外面，既干净又利落。我看着她心想，等我长大了，也要穿一件这样的列宁服。

我深深地被林芬芳的花雨伞迷住，不自觉地跟着她走去。满街淋着雨，雨淋着我。鸡鸭鹅狗都回家避雨了，两条街只剩下我和林芬芳。我的眼睛被林芬芳的花雨伞牵引着，渐行渐远。我忍不住喊了声，林芬芳！我的声音没有雨声大，我以为她听不见。她腰身很优美地转向我，那把雨伞也跟着旋转，雨珠从伞顶纷纷飘落，她把雨伞高高举起，向后仰着，露出她的脸。她看见了我，快步向我走来。她把伞罩在我的头上，我闻到了香喷喷的雪花膏味。她说，臭三，下雨了，咋不回家啊？我说，我跟我的小兔子说话，一下雨它就哭，你听到了吗？

嗯，我听到了，小兔子在哭。林芬芳说，可是，臭三，也许是风声和雨声，你太思念小兔子了，把风声和雨声听成了小兔子的哭声。

多动听的声音啊，像朗诵课文。

人家林芬芳先说听到小兔子声音了，比我妈强，我妈说我尽扯犊子。

林芬芳又说，臭三，老师给你起个学名吧。她看了眼前方，然后说，叫郝宇萌，宇宙的宇，萌芽的萌。

我喜欢这个名字。我说，下雨的雨行吗？林芬芳说，听老师的吧。我突然说，林老师，你生病了吗？感冒了？肚子疼？为啥总上我爸的卫生所？林芬芳笑了，她抚摸着我的头发，都说你不爱说话，这话也挺多啊。她从裤兜里拿出两块大白兔奶糖，一块放进我嘴里，一块放进我的手里。

我踮着脚够她的雨伞，说，我来打伞。她把雨伞给我，她个子高，站到了雨伞外面。她说，郝宇萌你打着伞回家吧，老师送你了。我对她一笑，打着伞欢快地跑进雨里。

快到大门口时，我把伞收起来，摆弄了半天，才把伞折叠起来，藏在背后的衣服里，进了大门，哧溜钻进了仓房。从仓房出来，大春子就像一座铁塔似的站在我面前，我挨了顿胖揍。我浑身上下都湿透了，大春子看了能不生气吗？她骂我，你咋就一根筋呢？我纠正她，上次你说我缺根弦。大春子说，都一样，告诉你了，那兔子我埋山上了，它不在大坑里。

埋哪个山上？

过了大桥，南面那个山。

是那片达拉香花那里吗？

对，就是那儿。

大春子揪了揪我的耳朵，这回相信了吧？妈没骗你。她的声音又抬高了，臭三，你再往大坑那儿跑，小心我就打折你的腿。

别叫我臭三，我叫郝宇萌。

我姥没事就给我讲牛郎织女天河配的故事。记忆犹新的还是牛郎织女的故事。我姥说，无论多旱的天，阴历七月七这天准下雨，织女会牛郎，七月七在天上的鹊桥相会，一年相会一次，能不哭吗？人间下的雨，是牛郎织女的眼泪。七月七这天夜里，小孩趴在黄瓜架底下，放个镜子，能看见天上的牛郎织女。我对黄瓜架底下的事，跃跃欲试，盼望着七月七的到来。去年的七月七我是趴在黄瓜架底下了，蹲到后半夜，仰头望了半天也没看见天上的牛郎织女，原来我是忘放镜子了，我姥说要从镜子里看天上。今年的七月七我谨记着要放镜子。我家有个大镜子，叫穿衣镜，挂在东屋柜子上面的墙上，镜子的左下角绘画着两朵牡丹花，花红叶绿的，衬托得大镜子愈加明净。大镜子两边挂着长条的相框，里面镶嵌着全家人的照片，有我和两个姐姐的百日照，有全家福，大多是黑白照。也有彩照，那是往黑白照片上上了色。我家还有个小圆镜子，有圆盘子那么大，有个铁支架，支在柜上。摆着很好看。我已经打好这个圆镜子的主意了，我得偷偷拿，大春子不让我动，怕我打碎了。

　　盼望着，七月七转眼来到眼前。七月七这天，吃过晚饭，我盯着柜上的圆镜子，想趁大家不注意的时候拿走。今天，我必须用这面圆镜子。我就盼望着，盼望着大春子快点儿出门。每次大春子吃完晚饭，收拾完碗筷，就端一盆脏衣服去江边洗，洗完一堆衣服，刚好黑天。她就这劳碌命，撂下笆子就是扫帚，永不疲倦。我滴溜溜的小眼睛盯着圆镜子，又贼溜溜盯着大春子。我发现，晚饭后，贼溜溜的还有郝东凯。我想起来了，吃晚饭的时候他就反常，没怎么吃饭，就啃了个煮苞米。大春子还说他，你吃这么点儿，想成仙啊？他吃完就去西屋了，盘腿坐在炕上看书。我也跟着跑去西屋，他看的不是那本厚的医学书，而是小人书《英雄王二小》。这是我和姐姐们看的，他以前从来没看过。也跟我们看的方法不一样，只见他一口气哗啦哗啦从头翻到尾，有时，只盯着第一页看起来没完没了。我站在炕沿边上，搅着两只手，看着，百思不得其解。郝东凯终于抬起头，看见我，露出惊讶的表情，显然他没听见我进屋。但他还是平和地对我说，臭三，去玩儿吧，别这样直勾勾地看着爸爸，以后不兴这么看人。是的，郝东凯无论何时都不会发火，哪怕他心里愤怒地着火了，脸上也是波澜不惊。我姥爷最欣赏他这点，像个有文化的人，有涵养，沉稳。要叫我妈就会这样说，臭三，瞅啥？滚犊子。

听了郝东凯的话，我蔫蔫地走出西屋，正巧，看见大春子端着一脸盆脏衣服出门。我心里窃喜，颠颠地跑到东屋，直奔柜子上的圆镜子，刚想伸手拿，炕上传来我姥的咳嗽声，吓我一哆嗦，忙把手缩回。我忘了，我姥在炕上歪着呢，她正在打盹。我踮着脚够柜子上的圆镜子，够着了，连忙把镜子塞进后背的衣服里，手背在后面，托着镜子。趁着我姥打盹，赶快出屋。刚迈出东屋一只脚，真巧，对面郝东凯也刚迈出西屋门槛一只脚。我咬着下嘴唇，僵持在门框中。郝东凯似乎心情愉悦，他冲我笑笑，说，小臭三，在家好好待着。我说他愉悦是有根据的，他穿了件雪白的白衬衫，是长袖的。这件白衬衫他一年也难得穿那么一两回，去公社、县里开会，参加赤脚医生学习，才舍得穿上，刚才他盘腿坐在炕上看书还穿着旧半袖。

看见这件白衬衫，我就想到开会，我问，爸爸，你去开会呀？

郝东凯含混着答，嗯，好。等于没回答。他走到外屋门，伸着脖子向门外看，像偷看，难道他也在看大春子是否走远？然后，他轻步走出房门。不，应该说闪出房门更贴切。我跟了出来，我也爱看他的白衬衫，看他穿白衬衫，就想到开会。他感觉出我跟在身后，他转过身，跟我做个鬼脸。现在想来，那时候，爸爸也就三十五六吧，正是风华正茂的年纪。

雨淅淅沥沥下了一天，晚饭后停了。真高兴雨停了，要不我蹲在黄瓜架下怎么看天上的牛郎织女啊？趁大春子洗衣服没回来，我先猫在园子里的黄瓜架下。我家园子不大，要种茄子、辣椒、洋柿子，留给种黄瓜的地儿就不多了，只种了四根垄的黄瓜。我猫在黄瓜架下，觉得遮不住我，一是怕大春子看见，二是怕天上的牛郎织女发现我，不来鹊桥相会。我想起了大坑南边的那一大片黄瓜地，那是大队种的黄瓜，别说猫一个我了，猫十个人也严丝合缝。我收起镜子，藏进身后的衣服里，向着大坑南边的那片黄瓜地跑去。

我跑进那片黄瓜地，简直太大了，一望无际。有条进黄瓜地的小道，我顺着小道进入黄瓜地，找了个茂密的黄瓜架蹲下。有根黄瓜正好碰在我的额头，我心想，让你碰我头，吃了你。我顺手摘了黄瓜，顶花带刺，咬了几口，黄瓜的清香四溢，真是爽口啊。我最讨厌的是黄瓜叶子，也带小毛毛刺，碰哪儿沾哪儿。有几片叶子沾在我的衣服上，我把它们摘掉了。不能光顾着吃黄瓜，天眼瞅着要黑了。我把镜子支在黄瓜架下，从镜子里看天空。天是晴的，飘着丝丝的白云。天一点点暗沉下去，我有点害怕，但为了看牛郎织女，我必须勇敢。

突然，我从镜子里看到了，我真的看见了，像放电影。鹊桥，无数的鸟搭的桥，有喜鹊，有家雀，有百灵鸟，有老鸹子，还有乌鸦，各种鸟。牛郎挑着担子，一个筐里坐个女孩，一个筐里坐个男孩。牛郎把担子放下，抱住了织女，他们站在桥的中间，相会了。织女穿的衣服像绸子，飘飘欲仙。咦？我看见织女的脸了，长得像林芬芳，真的像林芬芳。整个黄瓜地静极了，只有昆虫吱吱的响声。夜风习习，风温柔得都吹不动黄瓜叶，但吹来了飘忽不定的耳语声。

女：唉，你这白衬衫真好看，长袖的，等我去萝北县给你买个半袖的。

男：你可别买，买了我也不敢穿。

女：完蛋。

男：知识分子也说粗话。

女：就跟你说。

男：为啥约我上黄瓜地？

女：看牛郎织女天河配。

男：有啥看的，再说也看不见，都是传说。

女：咱俩算过节了，今天七月七，中国的情人节。

男：你们知识分子就是说头多。

朗读课文的声音，怎么听都像是林芬芳。声音断断续续的，也听不大清楚，这风也是捣蛋，没个正行，往我这边刮就能听清一句半句的，往别处刮就没声。别耽误我看牛郎织女，我低头看镜子，天上的牛郎和织女掩面哭泣。我抬头看天，只看见星星。又飘来了一句话，下雨了，快走吧。

真下雨了，我跑出了黄瓜地。小毛毛雨，我想起我姥说的话，这是牛郎织女的眼泪。

在大门口，刚好遇到我爸。他从后街来，我从前街来，我俩刚好在大门口相遇。院子里的鸡鸭进窝了，狗趴在大门后，懒得理我们。院子里的晾衣绳上没有湿衣服，说明大春子还没回来。从我家窗户透出的灯光，正好洒在大门口。郝东凯见到我说，臭三，手里拿的啥？

我还是背着手，把镜子更深地藏进后衣服里。我瘪着嘴，不说话，刚想往院里跑。郝东凯喊住我，伸手从我头发、肩上摘下两片黄瓜叶。他压低声音问我，上哪儿去了？沾这么多黄瓜叶。我说哪儿都没去。我如果说去黄瓜地了，就暴露了后背藏着的镜子。只见郝东凯轻轻拍着胸脯，长长呼口气。我又盯着看他，不说话。郝东凯说，又这么看人，臭三，不礼貌。我也指指他的头顶。郝东凯的发型很整齐，是那种三七开，再向后背去，黝黑浓密。那片小巧的黄瓜叶，就隐藏在三七开的头缝里，也许只有我能发现，我嗤嗤地笑。郝东凯看我指他的头，随手一摸，抓下一片黄瓜叶，他抓在手里根本没看，叶子在他手里捻碎，化为乌有。我又指他的肩头和袖子，黄瓜叶有些泛白，沾在白色的袖子上，看不出来。他的白衬衫袖子也埋汰了，黑一道、绿一道。他又摘下两片黄瓜叶，同样在手里捻碎。

郝东凯用一个手指放在嘴唇中间，嘘。这个动作我俩最默契，不准对任何人说的意思，特别是大春子。我跑进屋，郝东凯没进屋，直接脱了白衬衫，在院子里洗了。

把镜子放到柜子上，我才去看炕上的我姥，她盘腿坐在炕上。我爬上炕，坐在我姥身边，跟她讲，今晚我看见天上的牛郎织女了。我姥信，有一次阴天，我趴在窗户上，看天上的云，我说看见一只天狗在追一只火红的大公鸡。我姥说小孩的眼睛毒，大人看不见的，小孩能看见。

院子里传来大春子的说话声，他爸，你咋自己洗上了？搁那儿，我给你洗。

我都洗完了。郝东凯说。

大春子开门进外屋，传来叮当的盆响。

我姥坐炕上喊，你咋才回来？

我去兜了几网鱼，越下雨天，鱼越厚，都是一虎口长的穿钉子。大春子说，兜了一盆，我腌上，明早炸鱼酱、贴饼子。东凯爱吃这口。

大春子晾完衣服、腌完鱼，进了东屋。她看着我，生气地说，你的衣服，又是黑泥，又是绿道子，去哪儿疯了？

说话呀，哑巴了。这孩子就这样，问她啥就是不吱声。大春子上来打我一巴掌。

我姥挡着说，你手欠，就打老大老二去，臭三你打不得。

这巴掌打在我肩膀上，可疼了。我咧着嘴哭。

大春子呵斥，闭嘴，给我憋回去。

我老实交代，我钻黄瓜架，看牛郎织女了。

妈，这回我看见了，牛郎和织女抱着哭。

再瞎说我揍死你。大春子扬起巴掌，看看我姥威严的脸，没敢落下。

我姥叹口气，唉，能不哭吗？一年见一回面。

最早传出郝东凯和林芬芳爱情故事的是吴二嫂，但在我们金满屯那不叫爱情，也不叫婚外情，叫搞破鞋。在金满屯传得沸沸扬扬的时候，只有我母亲不知道，她一如既往地操持家务，一如既往地爱着我的父亲、爱着这个家。即使传到她耳朵里，她也不信。

吴二嫂这一重大发现，是在这个七夕之后的冬季。天下着鹅毛大雪，一串脚印踩上去，瞬间被新的雪花覆盖。街上空寂、寒冷，连麻雀都销声匿迹了。郝东凯顶风冒雪，戴着狗皮帽子，穿着新婚时做的狍子皮大衣，背着药箱，闪进了林芬芳家。

吴二嫂与我爸的梁子还是缘起于打针。那次郝东凯在地头对着几乎全金满屯的人说，吴二嫂的最白，吴二嫂真就往心里去了，因为从小长大没人夸过她。郝东凯说的谎言她也爱听，说不出为啥，就想让郝东凯给她打针，好像要补上这段漏掉的人生。她从夏天盼到秋天，从秋天盼到冬天，她就是不感冒。她不甘心，穿着背心裤衩，在雪地里冻了半宿，总算感冒了。到了卫生所说她要打针，郝东凯伸手摸她的额头，说低烧，不用打针，吃片扑热息痛就行，给她包了四片扑热息痛，说吃一片就管用。她不干，就要打针。郝东凯问她，为啥呀？打针怪疼的。问急了，她说，你不是说我最白吗？

郝东凯哈哈大笑，你可真逗。

到末了也没打上这个针。郝东凯的大笑，彻底毁了吴二嫂的自尊，她也是第一次知道臊得慌。郝东凯的笑不是故意羞臊她，而是情不自禁。笑和哭都难忍住。

说到这份儿上了，郝东凯也高低不能打这个针，打了就有要流氓的嫌疑。

从那以后，吴二嫂像中了魔，开始监视郝东凯的一举一动。这个举动，说不上爱，也说不上恨，更说不上嫉妒。

终于让吴二嫂窥视到了蛛丝马迹，一个下雪的夜里她看见郝东凯进了林芬芳家。她想，也许是去给这小娘们儿打针。她操着手，缩着膀子，躲在房头窥视。她得不停地挪动脚，不然就得冻在地上。约莫着有半个钟头了，还没出来，看啥病需要这么长时间？她敲林芬芳家的房门，敲了半天没人。推门，门在里面插着。这么早就插门，指定没啥好事。

门打开一条缝，林芬芳趴在门缝上，问她啥事？很不友好。吴二嫂瞪着两只眼睛，不言语，只用半身力气就挤进屋里，进屋后她就说找郝东凯看病。林芬芳说，你找他去卫生所。吴二嫂说，我看见他进你家屋了。林芬芳说，你哪只眼睛看见的？吴二嫂说，两只眼睛都看见了。她里屋外屋地找，连个人影都没有。吴二嫂贼溜溜的眼睛扫视着，她看见了后窗户还挂着窗帘。她爬上炕，林芬芳拽住了她的腿，你干啥？鞋上都是雪，还上炕，下来。

我看见窗帘动了。

风吹的。

你家冬天还开窗户？

不开窗户也漏风，你管得着吗？

林芬芳正拽着吴二嫂的腿呢，我姥爷来了，突然出现在两个女人面前。吴二嫂扭头愣怔地看着我姥爷，忘记了往炕里窗户那爬。林芬芳猛拽，把吴二嫂拽下炕。我姥爷说，大冷天的咋不关门？具体关没关门，只有我姥爷知道，林芬芳也记不清楚了。我姥爷又说，大晚上的，你一个女人家把门关好。

林芬芳很淡定，她说，大叔，您把吴二嫂带走吧，她在我家胡搅蛮缠。

是啊，吴二家的，走，咱一起走。我姥爷摆着手，示意吴二嫂赶紧离开。

吴二嫂搌了把鼻涕，甩在地上，在裤边擦着手指头，用手背蹭蹭鼻子说，老董头，你说你精明了一辈子，这会儿犯糊涂了，你姑爷跟她搞破鞋了。

我姥爷脸沉下来，捉奸捉双。我姥爷话上强硬，可他的眼睛已经捉双了，他看见了炕沿下面靠墙角的地方有双男人的棉鞋。男人的棉鞋谁家都有，但林芬芳家不该有，她男人跑了就没再回来。就算林芬芳家有男人的棉鞋为了摆样子，但棉鞋上的那块补丁我姥爷认识。我姥爷说，吴二家的，年纪轻轻你就花眼了，我姑爷在家呢，走，上我家看看去。

看就看，还怪了。吴二嫂急于求证，走在前面。

我姥爷和吴二嫂走后，林芬芳小心翼翼地打开后窗，把郝东凯拉进屋。郝东凯跌坐在炕上，顾不得手脚冻麻木，穿上衣服，便逃之夭夭。临出屋还嘱咐林芬芳，刀架脖子都不能说。林芬芳示意他快走，说放心吧。

六

第二年春天，达拉香花开满山的时候，我准备上山寻找小灰兔子。

水粉色的达拉香花开得漫山遍野，一簇簇，一丛丛，开疯了。

那天下午，太阳偏西了，我到了南山，从山上刮来的风，都带着甜丝丝的花香味。南山坡那片达拉香花我熟悉，大雪天的时候，大春子领着我在那儿下过兔子套。大春子曾说小灰兔子就埋在这片达拉香花下了。

我先采了几朵达拉香花，别在头上。随后又采了一大把花，准备拿回家，献给我姥。

声音，又是声音，自百花深处传来，悠远而近。我怎么总能听到声音啊，怪不得我妈说我矫情。难道说，我不爱说话，耳朵就灵吗？

男：从今往后，断了。

女：可……我有了。

声音缥缈，我怀疑自己是否真的听到了。

莫非我的小灰兔子成精了，会说人语了？我冲动地向花的深处走去，一不小心，一个树枝把我绊倒。风飘来了香味，是雪花膏香味，不是达拉花香味，我爸给我妈买过，都让我们姐仨抹了。

一双手，从后面把我抱起。等我站稳，才看清是林芬芳。我指着百花深处问，林老师，你是从花里面来的吗？

不是的，林芬芳说，我是从你身后上山的路来的。

我拉着林芬芳就往花的深处走，说，快点儿，那里面有人说话，咱俩看看去。

林芬芳抱起我说，孩子，你听错了。她又问我，你自己来的吗？我说是啊，我妈妈说小灰兔子埋这儿了。

她说，以后不要来看小灰兔子了，它来自大山，又回到了大山，不是挺好吗？你总来打扰它，它怎么安生啊。

她拉着我的手，我手里抱着花，向山下走去。她说，你胆子可真大，跑山里来了，万一走丢了呢，迷路了咋办？

路上她跟我说了很多话，她说，郝宇萌，你已经长大了，要上学读书，将来还要考大学。我说，考上大学咋办啊？金满屯没有大学呀。她说考上大学继续念啊，她指着前面唯一通往山外的路，你就从这条路越过高山，去萝北县，到佳木斯，再路过哈尔滨，然后去北京、去上海，读大学。

除了萝北县，其他的地名我都是第一次听说。从那时起，我开始向往山外的地方。后来，林芬芳送我一本《十万个为什么》，她说，《十万个为什么》是一套书，这是其中的一本。她还在书的扉页签上了我的名字，郝宇萌。一个六七岁的孩子，在这个闭塞的金满屯，第一次接触到这么厚重的书籍，我的名字也是第一次与一本文雅的书紧密地连接起来，同时开启我阅读的欲望和渴求。我也不记得了，书里的那些字我是怎么认识的，还是我压根儿就不认识，只是每天翻着玩。这么多年来，这本签了我名字的《十万个为什么》无论我去哪儿，都在我的旅行箱里，伴随我的岁月。应该说，这是我人生的启蒙和引导之书。

我把达拉香花插在罐头瓶里，放在我姥的炕头边，我姥说，香、真香。屋里充盈着花香，也亮堂了许多，仿佛春天开进我家屋里了。

奇怪的是，从南山回来，我再也没见林芬芳穿过掐腰的列宁服。穿上肥大的兰花衣服，她与金满屯的女人便没有区别了。我心里感到怅然和失落，看起来她与那把花雨伞不再相配，还是先放我这儿吧，因为我总想把花雨伞还给她。

传出林芬芳怀孕是吴二嫂说的，看起来，吴二嫂对我父亲的暗中监视从未间断过。

多事之秋，真不是瞎说。地里的黄豆、棒米刚收完，郝东凯和林芬芳就失踪了。头天晚上，郝东凯还在家睡觉，第二天就不见了。估计是天没放亮就走了，是步行。从县城到金满屯一天一趟客车，要上午10点到。

大春子哭天抢地，夹包要去找。我姥爷拦住她说，不找，找也找不到，他会回来的。大春子问啥时回呀？我姥说，不出今年就回。

郝东凯私奔了，大春子乱了阵脚，躺在炕上不吃不喝。我姥爷说，大春子，你这三个崽子我可管不了，你爹老了。要是你把这三个崽子饿死了，看郝东凯回来你咋交代。

不知道我姥根据啥说的，郝东凯不出今年就回来。这句话给了这个家盼头，大春子凭着这个盼头，擦干眼泪，下炕又像驴似的劳动起来，老老少少都等着她拉磨呢。

果然让我姥说中了，郝东凯是腊月回来的，他怀里揣个婴儿。我姥爷先接过孩子，稍微抖搂开包孩子的小被，看着说，嗨，还是个小子。郝东凯说他回山东老家了，孩子是他路上捡的。全家都信了，反正我信，我妈就说我是从雪窝子刨来的。冬天捡孩子的不光我家，村东头老蔡家，也是冬天在萝北县医院门口捡了个孩子，现在都上学了。

全家像是统一了口径，谁都不问郝东凯来龙去脉。当天我妈就给这个捡来的男孩起了名，臭四，是排着我叫的。郝东凯说，挺好，大名叫董宇旭。我姥爷笑了，开怀大笑，高门大嗓地说，这小子跟我姓了，好！那就是我孙子了，东凯你可别后悔啊！还没等郝东凯说后不后悔，我姥爷又抢说，东凯呀，你也该知足，三个闺女，都姓郝，你赚了，在我们董家，女儿更金贵。郝东凯说，爸，是，我知足，您拿我比儿子还亲，我郝东凯愧对您。郝东凯突然跪在我姥爷面前，放声大哭。我姥爷也抹眼泪，他扶起我父亲，东凯呀，爸对你好是有私心，等着你给我养老送终啊。我姥爷话里意味深长。郝东凯真诚地表决心说，爸，您放心，我永远是这个家的顶梁柱。

大春子不插话，她就认干活，从仓房拿来悠车子，吊在炕上的房梁上擦干净，悠车子里面铺上小被窝。把臭四喂饱，再放进悠车子，我们姐仨抢着悠。

日子按部就班地往前赶，林芬芳再也没回金满屯，有人说看见她在萝北县卖冰棍。那么说，她放弃了金满屯林场的体面工作。

臭四渐渐长大，他额头的头发越来越弯曲，我想起了林芬芳带卷儿的刘海。那么林芬芳的刘海不是烫的，是自来卷？

我姥爷临终时，拉着郝东凯的手，紧紧握住。郝东凯说，爸，您放心吧，我会和大春子白头偕老的。我姥爷慢慢放开他的手。父亲继续做赤脚医生，后来大队包产到户，他承包了卫生所，但父亲还是像以前一样，让乡亲们花最少的钱看病。能吃药，他绝不给打针；能打针，他绝不给挂吊瓶。依然采草药，山上哪个地方长什么草药，他摸得门儿清。萝北县的人都慕名而来找他看病，用他的草药。有人说，在金满屯不挣钱，让他去大城市开诊所。大春子先不同意，父亲曾经的出走，给她留下病根了，就怕我父亲离开金满屯半步。郝东凯更不想离开金满屯，他说离开了金满屯的山水，就离开了根基，何谈治病救人啊。岁月真是把杀猪刀，我英俊的父亲不再挺拔了，他的鬓角已经斑白。

有一次我休假回来，那时候，我已经大学毕业，结婚生子。我爸塞给我一张纸条，上面写的是地址，没有姓名。纸条拿在我手里，我没问，我爸也没说，纸条没展开我就知道要我干什么，他是让我替他看看林芬芳。现在的我还是不爱说话。

按着地址，在萝北县我找到了林芬芳的住处，她一直住在娘家，也一直没再结婚。漂亮的容颜已不见了，唯一不变的，是卷曲的刘海。她病了，气若游丝。见到我，她哭了。我知道，她心里是高兴的。见到我，她就明白那个男人没有忘记她。

回家我跟大春子说了林芬芳的情况，大春子骂我欠揍，不该告诉她这些。你不是不爱说话吗？你就装哑巴得了呗。她又问我咋知道的，我不说话。

突然有一天，林芬芳回金满屯了，已经瘦成了麻秆。穿着当姑娘时的那件掐腰列宁服，白色的衬衫领翻在外面。我只能从她额头卷曲的头帘，依稀回忆起她年轻时的神韵。是大春子把她接来的，事先谁都不知道。林芬芳坚持住在她原先的家里。大春子干活麻利，洗洗涮涮，林芬芳屋里焕然一新。林芬芳的最后时光，是大春子陪伴她度过的，两个女人说了什么体己的话，无从知晓。

林芬芳的后事都是大春子一手操办的，棺材是上乘的红松板，那是我姥爷和我姥用剩下的料板，早年间就备下了，放在仓房里。出殡那天，出乎所有人意料，大春子让臭四，也就是董宇旭给林芬芳打幡。爱嚼舌头的吴二嫂，哭得有板有眼，拉着长腔，哭着说着逝者生前的种种好处。林芬芳葬在南山的那片达拉香花丛，大春子说那里风水好，山脚下流淌着一条河。

这期间，郝东凯呆坐在西屋的炕上，整天整夜不睡觉，一直看那本医书，那本书已经翻烂了。

又过了一年，阴历七月七的晚上，我做了个梦，梦见林芬芳住的房子漏雨，她顶个被单子在雨中瑟瑟发抖。第二天一早我就奔向南山，天上飘着雨，我打着林芬芳送我的折叠花雨伞，远远看见一个人，往林芬芳的坟上培土。我认识的那件长袖白衬衫，已经泛黄。我把花雨伞罩在她坟上，转身先下山了。雨还下着，山笼罩在雨雾中，缥缥缈缈。

本文刊载于《小说选刊》2023年第4期

有风筝的春天

李伶伶

晚上快下班时，陈峰才想起今天是给蓝青花打钱的日子。他找到蓝青花的微信，先跟她打了声招呼，消息居然没发过去，微信提示对方已不是你好友。陈峰愣了一下，前几天蓝青花还给他发来她女儿小楠的成绩单照片，小楠语文和数学都考了满分，蓝青花很自豪，陈峰也真心为她高兴，由衷地祝贺她和小楠。两个人在友好的氛围下结束聊天，之后没再说话。她怎么会突然删了他的微信呢？不会是误删吧。陈峰重新添加蓝青花的微信，等到下班也没通过。陈峰又打蓝青花的手机，提示"您拨打的电话暂时无法接通"。隔一会儿再打，还是同样的提示。陈峰不禁皱起了眉。他想给二刚打个电话，问问他蓝青花怎么了，想了想又没打。他跟二刚不太熟，平时不怎么联系，突然跟他联系，问的又是蓝青花的事，怕他误会。

回到家吃完晚饭，陈峰拿起手机看看，还是没有蓝青花的消息。他放下手机翻翻报纸，又打开电视看了会儿篮球，平时最爱看的篮球，现在居然看不下去，心里像长草了一样。陈峰又拿起手机，找到二刚的微信，想跟他聊几句，又不知道说什么。去他们共同的群里看看，看到二刚又在群里玩红包接龙游戏。这个为同学会建起来的群开始还聊得很好，等大家都知道彼此的近况后，就渐渐沉寂下来，二刚嫌群里太安静，经常牵头玩抢红包游戏，总有几个人耐不住寂寞参与其中，弄得群里动不动就有上千条消息。但蓝青花不在这个群里，她从来没进来过。

陈峰不小心抢了二刚一个小红包，有点儿不好意思，私下给他发了个大红包。二刚秒收，随后发来个谢谢的表情。陈峰问他最近忙什么呢？二刚说，刚跑完一趟长途，回来歇两天。二刚是长途货车司机。陈

347

峰问，离得近的几个同学私下经常聚会吗？二刚说，哪有时间聚，平时都各忙各的，年底几个男同学能坐在一起喝顿酒就不错了。陈峰说，女同学呢？二刚说，女同学从来不掺和，特别是那个蓝青花。陈峰说，蓝青花怎么了？二刚说，她从来不跟我们一起吃饭。陈峰说，为什么？二刚说，不知道。陈峰说，你有她的电话吗？二刚说，干啥呀？陈峰想了一下说，有个同学冲我要她的联系方式。二刚发来了蓝青花的手机号。陈峰把手机号跟他手机里存的对了一下，一样。陈峰说，她家有座机吗？二刚说，没有，她只有这一个号。陈峰又拨了一遍蓝青花的号码，还是同样的提示。蓝青花的手机号没换，但是他的手机号却打不过去，如果换个手机号打呢？陈峰用自己另一个手机号拨蓝青花的电话，居然打通了。他有些紧张，扭头看了一眼正在收拾厨房的周燕，装作随意地走几步，进了卧室，关上门。电话那边蓝青花已经问了两遍你是哪位？陈峰说，我是陈峰，你怎么把我微信删了？蓝青花说，你以后别再给我打电话了，我不想跟你再有联系。陈峰刚想问为什么，蓝青花已经挂了电话。陈峰再打过去，对方拒接。

蓝青花为什么这么对他？难道是周燕给她打电话了？不能啊，他知道周燕是个醋坛子，不允许他跟工作之外的女性有来往，所以他每次跟蓝青花聊完天，都果断删除聊天记录，就是蓝青花的备注，他也只写了个同学，周燕就算翻他手机也查不到什么。况且她根本不知道这个人的存在，怎么会给她打电话？可是平白无故的，蓝青花对他的态度为什么会有这么大的变化？

陈峰回到客厅，看到儿子已经把电视调到他喜欢的动画片频道。他坐在沙发上望着厨房发呆，他眼睛看的是周燕，心里想的却是蓝青花。以他对蓝青花的了解，她不是那种情绪化、想一出是一出的人，对他一直很客气，从没这么生硬无情过，所以问题不是出在周燕身上，就是出在蓝青花的丈夫高强身上。要是出在高强身上，蓝青花会跟他好好解释一下，不会这样什么都没说就跟他断了联系。这么推想，还是周燕跟她说了什么，因为周燕以前做过类似的事。想到这儿，陈峰心里一肚子气，他在客厅坐不住，去楼道抽了会儿烟。不知道周燕跟蓝青花说了什么，这事蓝青花不说，只能问周燕。

陈峰回到屋里时，周燕刚收拾完厨房。陈峰沉思了一下说，周燕，我问你个事。周燕说，什么事？陈峰看了一眼还在看动画片的儿子，说，去卧室说。两人进到卧室，陈峰打开灯，关上门。周燕说，啥事啊，这么神秘？陈峰犹豫一下然后直接问道，你是不是给蓝青花打电话了？周燕说，蓝青花是谁？陈峰说，你别装糊涂。周燕说，是，我是给她打电话了，怎么了？陈峰很失望，他虽然怀疑她，但不希望真的是她做的。他压住心里的火气说，你跟她说什么了？周燕说，我让她离你远点儿。陈峰说，你凭什么跟她说这话？你弄清楚我跟她之间的关系了吗？周燕说，你跟她什么关系你能跟我说吗？你跟她之间要是没鬼，为什么要把聊天记录删得那么干净？陈峰说，我不是怕你误会吗？周燕说，聊天内容要是光明正大，我怎么会误会？陈峰说，你最善于捕风捉影，不管聊什么你都会往那方面想。周燕说，她要是不发照片问你"像吗"，我也不会多想。陈峰说，她什么时候发照片了？发的什么照片啊？周燕说，那天你洗澡的时候，她发了一张她小时候的照片，又发了一张她女儿小时候的照片，问你像不像，大晚上的她问这干啥？陈峰后悔洗澡时没把手机带到卫生间。他说，我跟蓝青花只是同学关系，不是你想的那样。周燕冷笑一声说，同学关系最复杂。你跟她要是没关系，为什么总转账给她？陈峰说，那钱不是给她的，是资助她闺女读书的，她家生活困难。周燕说，编得真好，此处应该有掌声。陈峰说，我怎么说你才能相信？周燕说，你怎么说我都不信。陈峰说，周燕你别太过分啊，你伤害我可以，但是你不能伤害蓝青花，我希望你能跟她道个歉。周燕说，我凭什么跟她道歉啊？她应该向我道歉才对。陈峰说，她没做错任何事，为什么要向你道歉？周燕说，她破坏别人的家庭，没有错吗？陈峰说，周燕，我最讨厌你疑神疑鬼，要是别人就算了，但是你怀疑蓝青花，必须得向她道歉。周燕说，这是不可能的，我就是跟你离婚也不会向她道歉！陈峰说，离就离，这种整天被怀疑的日子我也过够了。陈峰说完去了儿子的卧室，一晚上没回来。

第二天是周末，陈峰起来时上午九点多了，家里就剩他一个人。周末儿子要上辅导班，要学画画，还要学拉小提琴，还有跆拳道，都是周燕给他报的，弄得儿子比平时上学还累。陈峰曾经替儿子抗议过，被驳回了。周燕想做的事，谁也改变不了，只是苦了儿子。

陈峰不想去外面吃，给自己煮了碗面。吃面的时候想起，昨晚给蓝青花写好的道歉短信还没发。他拿起手机把短信又看了一遍，然后发了出去。不管她原不原谅，他都应该向她道歉。他期待蓝青花能给他个回复，哪怕是骂他几句都行，但是蓝青花那边没有任何反应，一点儿动静都没有。陈峰又打她手机，还是打不通。陈峰像吞了块石头，想消化也消化不了，想吐又吐不出来，憋得他很难受。如果是别人，他不会这么难受，但是是蓝青花，他真的不能再伤害她了，必须得跟她解释清楚。电话微信都联系不上，只能见面谈了。陈峰穿好衣服，带了点儿现金，然后开车去了杨树镇。

陈峰原本想带着周燕一起去的，想想又算了，周燕不可能向蓝青花道歉，就算她知道自己错了也不会道歉。他太了解她了。

陈峰家离蓝青花家所在的杨树镇开车要两个半小时。杨树镇算是陈峰的半个老家，他整个小学时代和初中时代都是在那里度过的，后来因为父亲工作调动，他们一家人跟随父亲先搬到县城，又搬到市里。因为那里没有亲戚，他家才和杨树镇渐行渐远。

如果不是当年的班长吴凯热衷于搞同学会，他可能不会想起蓝青花。陈峰初中时吴凯是他班长，到高中后还是他班长。吴凯先搞了个高中同学会，意犹未尽，又搞了个初中同学会。高中同学会搞得挺热闹，除了几个实在有事来不了的，其他人都到了。初中同学会很惨淡，全班一共三十多人，有一半没来。杨树镇中学是乡村中学，以二十年前的教学水平，一个班上有十多个学生考上高中就不错了，没考上的基本都回家务农了。能来参加同学会的基本都是混得不错的人，没来参加的，要么是没工夫，要么是没混好。蓝青花也没来，不知道她是哪一种。因为蓝青花当年是班花，问她情况的就比较多。有知道蓝青花情况的同学说，蓝青花命不好，生在一个重男轻女的家庭，家里不肯供她读书，初中毕业就开始打工挣钱补贴家里，又供弟弟读书，等弟弟大学毕业她才结婚。刚过几年好日子，丈夫又出事，从工地脚手架上掉下来，摔成下肢瘫痪，家庭的重担都落在了蓝青花一个人身上。当时蓝青花的闺女才两岁，心疼她的人都劝她跟丈夫离婚，趁孩子小先走一步。蓝青花没同意，说她干不出那样的事。为了维持一家人的生活，蓝青花在镇街上摆了个菜摊儿，一边卖菜一边照顾丈夫。

陈峰了解到蓝青花的情况后，心里久久不能平静。这么多年来，蓝青花一直是他心里不能触及的名字。他既想知道她的消息，又不敢知道，为避免勾起往日的疼痛，他强迫自己忘了这个名字。时间真是个魔法师，在日复一日忙碌的学习和工作中，他真的忘了这个名字，好像蓝青花这个人在他的生命中根本没存在过一样。他自己也没想到，他修筑了二十年的城墙壁垒，在听到蓝青花三个字时轰然倒塌，土崩瓦解，飞落的石头瓦块把他砸得喘不过气来，疼痛和愧疚感加倍向他袭来。

陈峰上初三时跟蓝青花分到一个班，蓝青花学习好，长得好看，性格安静，陈峰想跟她做朋友，给她写了很多纸条，她都没有回应。陈峰心里很恼火，觉得没面子。那天中午，他去学校食堂取饭盒时碰到蓝青花，他装作不经意地跟她打声招呼，蓝青花没理他。本来他没往心里去，因为她不理他已经不是一次两次了，他也习惯了。但是随后他看见蓝青花主动冲赵鹏笑了一下，赵鹏也冲她笑了一下。这一笑打破了陈峰的心理平衡，他以为她对所有男生都不理不睬呢，原来也有例外。那天，陈峰气得午饭都没吃，下午的课也没上好，他在想怎么报复蓝青花，出出心中那口恶气。到晚上，终于想出一个点子。那时候快到中考了，初三学生每天补课到晚上九点，学校没有学生宿舍，学生不管补课到多晚都得回家。陈峰等大家都走后，悄悄从粉笔盒里拿了根粉笔，然后走出学校，在学校大门旁边的围墙上，摸着黑，用左手写了一行字：蓝青花喜欢赵鹏。写完他就回家睡觉了。陈峰没想到这件事会在学校引起轩然大波。

第二天，几乎全校学生都知道了大门口的墙上写的这行字，蓝青花和赵鹏两个人一下子被推到风口浪尖，大家议论纷纷。学校禁止早恋，校长和班主任对这件事很重视，先找蓝青花谈话，又找赵鹏谈话，又找来双方家长谈话，同时调查写字的人是谁。因为当时学校没装监控，没查到任何蛛丝马迹。陈峰没想到事情会变得这么严重，他想承认是他做的，又不敢承认，每天坐立不安，生怕哪天老师把他揪出来当众批评，那样还不如让他死。

最先从事件中抽身的是赵鹏。他父亲在县城工作，原本计划等赵鹏中考完全家一起搬到县城，就不用麻烦给他办转学手续了。出事之后，为了减少这事对赵鹏的影响，他家人用最快的速度把他转到了县城中学，离开了是非之地。剩下蓝青花，承受的压力更大。蓝青花整天眼睛红肿，走路不敢抬头，不管别人说什么她都不争辩不还击，可还是有人说三道四。蓝青花终于受不了，选择了辍学。

陈峰没想到事情会变成这样，如果知道，他肯定不会写那行字。班主任很着急，班里有能力考上高中的学生就那么几个，一下子走了俩，严重影响了她这个班的升学率，所以她家访了好几次，终于把蓝青花劝回学校。但是，因为这件事发生的时间离中考太近了，只有不到两个月时间，这么短的时间，蓝青花的心情、状态、情绪都没有完全调整过来，所以她的中考成绩很不理想，本来能考上重点高中的，结果连普通高中也没考上。如果按照老师的意见，蓝青花复读一年，来年肯定能考上。但是蓝青花的父亲没同意，说她一个小丫头片子，念那么多书没用。蓝青花就这样灰土土地告别了她的学生时代。

陈峰很愧疚，如果他没在墙上写那句话，蓝青花就不会受到那么多议论和指责，也不会考不上高中。他想向蓝青花道个歉，又没有勇气。他自己也受到这件事的影响，没能考上高中。因为他家条件好，他没有复读，直接自费去了县重点高中，随后他家也搬到了县城。从此，他再也没有听到关于蓝青花的消息，直到这次同学会。

了解到蓝青花的生活现状后，陈峰更加愧疚。他想帮帮蓝青花又不敢说出来，怕大家问他为什么对蓝青花这么好，他不知道怎么说。而不管他说什么，或者什么都不说，都会让人产生联想，如果联想到当年的早恋事件，然后猜出他是那个在墙上写字造谣的始作俑者，进而谴责他、疏远他，他还是有点儿接受不了的。

陈峰决定私下帮助蓝青花。同学会结束后，他想直接去蓝青花家看看，又觉得这样单枪匹马地出现在蓝青花面前不太妥当。他想拉几个同学一起去看她，发现别的同学都没这意思，只好作罢。不久，陈峰单位派他和同事去杨树镇出差，陈峰既高兴又紧张，高兴的是他能借机去看看蓝青花，紧张的是不知道见了面说啥。

二十年没回杨树镇，杨树镇变化很大。十字街上多了很多店铺，显得很拥挤。但是主干道没有变，集市摆摊的位置没有变。陈峰不知道蓝青花家的具体位置，也没有她的联系方式，他想先去市场卖菜的地方看看，如果蓝青花不在就算了。那天正好是集日，陈峰办完公事已是中午，集市开始渐渐散场，赶集的人买完东西陆续走了，卖东西的摊主也开始收拾摊子。陈峰来到集市后直奔卖菜的地方，卖菜的摊位一共有两趟，他把两趟菜摊儿都看了一遍，都没有蓝青花。可能她今天没出摊儿，陈峰心里莫名地松了口气。就在他转身往外走时，听见有人跟蓝青花说话，是位大姐。她说，青花你回来了，刚才有人在你这儿买两块钱芹菜，钱我替你收着了，给你。陈峰转回头，看到一个女人走到离他不远的摊位后面，接过她旁边摊位大姐递给她的两块钱。不用仔细分辨，陈峰就认出她是蓝青花。她模样没有太大变化，仍旧梳个辫子，只是个子好像比二十年前稍微高了些，身板比以前粗了些，面貌比以前老了很多。陈峰看到变成这样的蓝青花，心里很不是滋味。

陈峰正望着蓝青花出神的时候，听见有人说话，你买啥菜呀？陈峰回过神儿，看到跟他说话的正是刚才跟蓝青花说话的那位大姐。陈峰说，我不买菜，我找人。大姐说，你找谁呀？陈峰说，我，我找蓝青花。蓝青花正在收拾菜摊儿，听见有人说找她，抬起头问，谁找我？陈峰的心忽然跳到嗓子眼儿，差点儿说不出话，他用颤抖的声音从嗓子眼儿里挤出一个字，我。蓝青花上下打量着陈峰，说，你是谁呀？陈峰努力控制住自己激动的情绪，强迫自己镇定下来，说，我是你初中同学陈峰，我变化这么大吗？蓝青花又仔细看了看陈峰，说，认出来了，你变化挺大的，比以前胖了，我记得你以前挺瘦的。陈峰说，是，工作以后不怎么锻炼了，体重就上来了。蓝青花说，你啥时候回来的？找我干啥呀？陈峰说，我刚回来，帮单位办点事。我记得二刚在镇上住，想看看他又没有他电话号码，听说你在集上卖菜，过来碰碰运气，运气还挺好。蓝青花说，二刚跑长途去了没在家，我有他电话，你自己跟他联系吧。蓝青花说着掏出手机，找到二刚的手机号，说给陈峰。陈峰存完二刚的电话说，你的手机号也留一下吧，以后有事打电话。蓝青花没犹豫，把自己的手机号也告诉陈峰。陈峰存好后给蓝青花打了个电话，说，这是我的号，你的手机号能加微信吗？蓝青花说，能。陈峰又加了她微信。

陈峰说，你还没吃午饭吧，要不我请你吃饭去？蓝青花笑了一下，说，你的心意我领了，但我现在真没时间跟你吃饭，我家还有个人等着我呢。陈峰说，谁呀？蓝青花说，我闺女她爸。陈峰说，他现在咋样？蓝青花说，还那样，他的病不恶化我就念阿弥陀佛了。蓝青花一边说一边继续收拾菜摊儿，把菜摊儿上的菜整理好放进不同的纸箱里，然后把纸箱搬上她身后的手推车。陈峰不知道她的菜卖了多少，反正剩了不少。陈峰见她搬纸箱有点儿费劲，赶忙过去帮忙。蓝青花说，不用你搬，看把你衣服整埋汰了。陈峰说，没事。蓝青花说，你现在在哪儿上班？陈峰说，银行。蓝青花说，你当年考上的是重点高中吧？陈峰说，不是考上的，是自费去的。蓝青花说，不管咋去的，能考上大学有份好工作就挺好。陈峰不知道说啥。蓝青花也没在意,她把没卖完的菜都装上车后说,不跟你聊了,我得回家了。本来应该请你去我家坐坐,但是我家太乱,下次吧。陈峰正想去蓝青花家看看,还没说出口,就被蓝青花拒绝了。

这时跑过来一个七八岁的小姑娘,管蓝青花叫妈妈。原来是蓝青花的女儿高小楠。她手里拿着一只燕子图样的风筝,让蓝青花陪她去放风筝。蓝青花说,现在这风不行,风筝放不起来。陈峰感受一下风力,杨树镇这个地方春天风挺多的,但是今天确实没什么风,风筝在这种天气里飞不起来。陈峰又抬头看看天,目力所及之处,也没看见有放风筝的。他跟小楠打声招呼,蓝青花让小楠管陈峰叫叔叔。陈峰从钱包里拿出五百块钱给小楠,蓝青花说什么也不肯要,陈峰强行塞进小楠的衣兜里,然后赶紧告辞走了。

初中毕业后,陈峰和蓝青花的第一次见面没有想象中的尴尬。以后陈峰和蓝青花都是通过微信联系的。他每个月给蓝青花转账五百元,用于资助小楠上学,怕她不接受,跟她撒谎说他帮忙联系了当地的爱心协会,协会了解到她家的情况后,决定每月从协会收到的爱心款里拿出五百元资助小楠读书,到她大学毕业,让他代为转交。陈峰说得有鼻子有眼的,蓝青花也没怀疑就接受了。

周燕哪儿都好,就是总担心陈峰出轨,不允许他跟其他女性有更多联系。为避免引起周燕不必要的误会,陈峰每次跟蓝青花聊完天都会删除聊天记录,可还是被她发现了。他不知道怎么跟蓝青花解释,希望她不要受到伤害。

陈峰开车来到杨树镇时已经过了中午。他先去市场找蓝青花,蓝青花不在,问其他摊主蓝青花怎么没来?回说,她刚走不一会儿。他问清了蓝青花家的住址,然后开车去了蓝青花家。

蓝青花的家在镇子边一个普通的平房里,这应该是她婚后的家,她婚前住在离杨树镇十来里地的一个小村里。陈峰去蓝青花家之前先去超市买了点儿水果。一进屋,看到正对着门的西墙上挂着一只风筝,是他第一次见到小楠时,她手里拿的那只燕子风筝。蓝青花一家正准备吃午饭,炕桌上摆着大米干饭、干豆腐卷葱、大酱,一盘炒菜是芹菜炒土豆片,没有肉。蓝青花正在扶躺在炕头的丈夫高强起来。高强腰部以下没知觉,坐起来躺下都需要人帮忙。小楠看到陈峰进来,跑过去叫他叔叔。蓝青花看到陈峰，皱了一下眉，说，你怎么来了？陈峰不知道怎么回答，心虚地说，我，出差路过，顺便看看你。蓝青花说，这里不欢迎你，你走吧。看来周燕真把蓝青花伤着了。陈峰赶紧向她道歉，对不起青花，让你受委屈了。蓝青花丈夫责怪她说，怎么跟人家说话呢？蓝青花说，你不知道情况别说话。蓝青花把丈夫扶起来后对陈峰说，我们出去说。陈峰把他买来的东西放到桌子上，跟蓝青花走了出去。

　　蓝青花一直走到她家大门外才停住脚，她转过身看着陈峰说，我以后不会跟你有任何联系，也不会再接受你的帮助，也请你以后管好你自个儿媳妇儿，别再伤害别人。陈峰说，青花对不起，我不知道她会给你打电话。蓝青花说，我不想听你解释，你走吧，以后别再来了。陈峰还想再说些什么，蓝青花已经转身进院并关上了大门。陈峰没想到蓝青花会这样，他想进去跟她再好好解释解释，想起蓝青花决绝的态度又没敢迈步。正值盛夏，陈峰在蓝青花家大门口站了好半天，站得脸上的汗不断地往下淌，蓝青花也没再出来。陈峰没办法，无奈地离开了蓝青花家。

　　在回去的路上，陈峰脑子里不断回想以前的蓝青花。以前她不这样，陈峰记得她上学时性格很随和。有一次他钢笔坏了，写字不出水儿，他往地上甩钢笔水儿时不小心甩到了从他座位旁路过的蓝青花的白胶鞋上。他以为蓝青花会骂他一顿，没想到她只是呀了一声，面对他恳切的道歉，她说了句没事就过去了，以后也没再追究。这事虽然很小，却让蓝青花在陈峰心里留下了很好的印象，也让他对她产生了好感。他没想到蓝青花的性格会发生这么大的变化，难道当年那件事对她的影响这么大？陈峰心里不觉又多了一份愧疚。

　　陈峰回到家时，周燕已经回来了，正在做晚饭。每次吵完架，周燕都像没事似的，该做什么做什么，像什么都没发生。这也是陈峰虽然觉得周燕无理取闹，但是总能原谅她的原因之一。周燕见陈峰回来，说，你干啥去了才回来？陈峰说，出去转转。周燕也没再追问，这事就算过去了。但陈峰知道这事在他心里没过去，或许在周燕和蓝青花心里也没过去。

　　这天，陈峰正在上班，忽然收到周燕发来的微信，你跟蓝青花到底什么关系？陈峰一看就来气，还有完没完了？过去这么长时间怎么又提起来了？自从上次他跟蓝青花分别后，一直没跟她联系过。他没理周燕。不一会儿周燕又发来一条消息，她丈夫是不是瘫痪在床？陈峰很诧异，这事她怎么知道的？难道她一直在背后打探蓝青花的消息？要真是这样她太过分了。陈峰直接给周燕打了个电话，说，你想干什么？周燕说，我没想干什么，我只是想知道在我们医院的蓝青花跟你那个同学是不是一个人。陈峰说，蓝青花住院了？她什么病啊？周燕说，她没得病，是她闺女病了，阑尾炎，因为年纪小，病情又有点儿复杂，他们县医院没敢治，转到我们市医院。陈峰说，做手术了吗？周燕说，做完了，现在没事了。陈峰放下心说，孩子是不是叫高小楠？周燕说，是，你刚才很紧张？陈峰说，我怎么紧张了？你别这么敏感好不好？我要是真跟蓝青花有关系，能连她孩子有病做手术都不知道吗？周燕说，可能她还没来得及告诉你。陈峰气得不知道说啥，直接挂了电话。

陈峰想去医院看看高小楠，看了下时间，快中午了。看病人要在上午，过中午就不合适了，明天再去吧。不过要去医院看高小楠，必须得把他跟蓝青花的关系说清楚，要不然周燕又得跟他吵。可是，要说清楚他跟蓝青花的关系，就得提及当年那个隐私，他敢说出来吗？如果他说出来，周燕会理解吗？陈峰不知道。他给周燕发了条微信：别为难蓝青花。周燕没回。

晚上陈峰有个饭局，回到家时八点多了。周燕正在辅导儿子写作业，看到陈峰回来没理他。陈峰知道周燕这回真生气了，他洗漱完去了卧室。儿子写完作业睡觉去了，周燕也没过来。平时周燕总是没完没了地跟他吵，他烦不胜烦，这次突然不跟他吵了，他有点儿不习惯。

客厅和儿子卧室的灯都关了，整个屋子都安静下来。陈峰却不想睡觉，他想跟周燕说说话，又不想发出声音。他拿起手机，打开跟周燕的微信对话框，竟一个字也写不出来。他发现与其说他不敢面对周燕，不如说他不敢面对自己的内心。他在害怕什么？害怕被谴责？害怕光鲜的外表被撕毁？害怕周燕和周围的人都用鄙夷的眼光看他？可能都有。畏惧让陈峰又放下了手机。

这件事如果陈峰自己不说，就没有人会知道，蓝青花更不会知道。还有，她目前的情况也不能说都是他造成的，同是处在事件中心的赵鹏就没有受到影响，后来发展得很好。所以蓝青花变成现在这样，不能全怪他。况且这件事已经过去这么多年，知道当年这事的人也都忘了吧，何必再提起呢？这么想着，陈峰关了灯，钻进被窝。他躺在床上想马上睡去，可是一闭上眼睛就想起蓝青花头上过早出现的白发和粗糙的双手，跟她十五岁清秀纤细的样子判若两人。他感觉心里像被蚂蚁咬噬似的，不那么疼，但是很难受。他现在做的是什么？以施助者的身份出现在蓝青花面前，让蓝青花在不明就里的情况下得到帮助，让自己在良心上好过一些，这么做是不是很虚伪？难道他要一直做一个虚伪的人吗？如果蓝青花知道现在帮助她的人正是当年曾经伤害过她的人，她还会接受他的帮助吗？让蓝青花在不明不白的情况下接受曾经伤害过她的人的帮助，这是不是对她的再次伤害？而让周燕误会蓝青花跟他有不正当关系，这带给蓝青花的就不只是伤害，还有侮辱。不管怎么说，他当年做的事都对蓝青花造成了伤害，所以这件事无论如何他都应该说出来，应该当面向蓝青花道歉，不管她接不接受，她都有权知道真相。在向蓝青花道歉之前，应该先让周燕知道。于是他在黑暗中又拿起手机，在微信里把这件事用文字的方式跟周燕说了。说完他心里轻松了很多，随后又悬了起来，他不知道周燕会怎么回复。

周燕也没睡。她生气是因为她知道自己误会了蓝青花。当她知道她照管的一个小患者的母亲叫蓝青花后，她就想到了陈峰的女同学，虽然她没见过蓝青花，但是她觉得眼前这个蓝青花跟她想象中的蓝青花绝对不是一个人，陈峰的暧昧对象不可能是这样的人。她跟陈峰通过电话后，得知她们居然是同一个人，震惊得不敢相信自己的耳朵。她都做了些什么呀！她很后悔自己误会她，更后悔给她打过电话，还用恶劣的语气指责过她。她生自己的气，也生陈峰的气。她不想跟陈峰说话，因为说到底这事是陈峰造成的，他明知自己格外在意他跟其他女性的关系，还总让她误会，这本身就是一种不在意她的行为，她不知道她怎么做才能让他明白这个道理。

周燕正无聊地躺在被窝里扒拉手机时，收到陈峰发来的消息，很长的一段。

"周燕，我知道你还没睡，我想跟你说件事，这事在我心里藏了二十年，今天我想毫无保留地告诉你。我十五岁时喜欢上班里的一个女生，我给她写过很多纸条她都没理我。有一天我看到她对班里的另一个男生微笑，心生忌妒，就偷偷在学校的墙上写了她喜欢某某。没想到这事会在学校引起那么大反响，最后导致事件中的男生转学，女生没考上高中。那时我没想太多，因为农村的乡镇中学教学质量不高，考不上高中很正常，想上高中的可以复读一年再考一次。直到二十年后的一次同学会，我才知道女生家里只给她一次考高中的机会，而她受我恶作剧的影响，考试的时候发挥失常，没能考上高中，更没有机会上大学。如果不是受我影响，她肯定能考上高中，甚至考上大学，她的人生也会变得不一样，至少不会像现在这样在泥潭里挣扎。我很自责，觉得对不起她，所以我想帮帮她，以弥补我心里对她的愧疚。这个女生就是蓝青花。蓝青花现在还不知道我是当年伤害过她的人，我想向她坦白，向她道歉，不知道她会不会接受。我一直犹豫这件事要不要说，自从在同学会上知道她的情况后，我总感觉我的头上悬着一把剑，不知道什么时候会落下来刺穿我的脑袋。这种惶惑的心情你能理解吗？"

这是陈峰头一次给周燕写这么长的留言，而且写得很真诚。周燕意外之余，还有一丝感动。男孩子青春年少时喜欢恶作剧本无可厚非，可是由此改变了别人的人生轨迹，性质就不一样了。这件事必须得道歉，而且不是道歉就能解决的。怕吵醒儿子，周燕轻手轻脚地从被窝里出来，回到她和陈峰的卧室，钻进被窝。陈峰没开灯，他看不见周燕的脸，但是能感受到她的拥抱，也听到了她的轻声细语。周燕说，明天我们一起去给蓝青花道歉。陈峰听后，心里涌起一股暖流，眼睛湿润了。他说不出话，只紧紧地抱住了周燕。

第二天，陈峰早早就起来了。他先准备了一个一万元的红包。周燕说蓝青花女儿的阑尾炎手术的相关费用大约七八千，陈峰觉得以蓝青花家的经济条件，这笔费用不是小数目。道歉得有诚意，他想帮蓝青花承担这笔费用，跟周燕商量了一下，周燕没反对。红包包好后，陈峰又去楼下给小楠买了些点心和营养品。吃完早饭，他先把儿子送到学校，然后和周燕一起去医院看望蓝青花母女。

在开车去医院的路上，陈峰一直没说话，他在想怎么跟蓝青花说。周燕说，你想什么呢？陈峰说，我在想蓝青花可能不会原谅我。周燕说，为什么？陈峰说，上次咱俩为她吵架，我知道你给她打电话，心里很愧疚，第二天开车去她家给她道歉，她没接受。周燕说，她怎么说？陈峰说，她让我离她远点儿，以后别再跟她联系。周燕说，不管她接不接受，我们都得向她道歉。

陈峰和周燕来到蓝青花女儿病房时，蓝青花和她女儿刚吃完早饭。小楠恢复得很好，已经能吃一点流食了。陈峰和周燕进来时，蓝青花正背对着他们收拾碗筷。小楠眼尖，先认出了陈峰，开心地跟他打招呼说，陈叔叔！听见女儿说话，蓝青花转过身，看到陈峰和周护士一起走进来，很意外。她看看陈峰又看看周燕说，他怎么跟你一起来的？周燕说，蓝大姐，我给你介绍一下，这是我家陈峰，他听说你家孩子病了，特意来医院看看你们。陈峰说，青花，孩子现在怎么样了？蓝青花还处在蒙圈的状态，说，你们是一家的？周燕说，对。蓝青花说，那次给我打电话让我离陈峰远点儿的人是你？周燕的脸唰地一下红了，说，对不起大姐，我误会你们之间的关系了。蓝青花说，你凭什么误会我？我无缘无故地挨你一顿骂，我做错什么了？周燕说，对不起大姐，都是我不好。蓝青花说，谁是你大姐？别瞎叫好不好？病房里有三床病人，蓝青花说话声音一高，大家都看了过来。周燕很尴尬。陈峰说，青花，我知道让你受委屈了，我们不是故意的，所以特意来向你道歉，希望你大人有大量，能原谅我们。陈峰说完给蓝青花鞠了一躬。蓝青花本来还想说点什么，见陈峰这样，脸色缓和了些，说，你们走吧，我不想再看到你们。陈峰把红包悄悄塞进他拎着的点心袋里，然后把东西放到床头桌上说，我给小楠买了些好吃的，祝她早日康复。说完跟周燕一起狼狈地逃出了病房。

周燕的脸一直火辣辣的，离开病房后走了很远，她还觉得有人在盯着她。周燕说，蓝青花怎么是这样的人，平时看她挺好的。陈峰说，也不能全怪她，是咱们做错事在先。周燕说，那也不能这么得理不让人啊。陈峰说，可能她心里受伤了吧。周燕没说话。快走到她办公室时，她停下脚步说，要不，那件事你还是别说了吧，她肯定不会原谅你，而且我担心会再次伤害她。陈峰不解地问，再次伤害她，什么意思？周燕说，本来她可能觉得她遭遇的一切都是命，当她知道这里有人为因素时，可能会把所有的怨恨和不满都怪到你头上，然后疯狂地诅咒你，责怪你，最后放弃自己破罐子破摔。陈峰说，不能吧。周燕说，我只是猜测，不一定对。陈峰说，我再想想。

从医院出来，陈峰去停车场找车，发现他的车前面停了一辆车，后面也停了一辆车，他的车卡在中间出不来了。医院管停车的人不在，他只好打114帮忙查找两位车主。在等待车主来的时候，陈峰看到蓝青花从医院跑出来，手里拿着个东西四处张望。还没等他跟她打招呼，蓝青花就看到了他，并冲他喊道，你等一会儿。说着向他这边跑了过来。陈峰不知道蓝青花找他干啥，下意识地往她那边走了几步。蓝青花跑到陈峰面前说，这个红包太大了，我不能要。说着把她手里的红包还给陈峰。陈峰没想到蓝青花是来还他红包的。他没接，说，你收下吧，这是我的一份心意。蓝青花说，心意我领了，但是不该要的钱，我绝对不会要。说着把红包塞到陈峰手里。陈峰又还给蓝青花说，青花，我做过对不起你的事，这个就当是我对你的道歉吧。蓝青花说，你说你媳妇给我打电话的事吧，这也不能全怪你，主要是你媳妇说话太伤人了，竟然说我勾引你，太气人了！陈峰说，对不起，我不知道她会给你打电话。蓝青花说，算了，都过去了。陈峰说，不过我说的不是这件事。蓝青花说，那是什么？陈峰说，你还记得当年有人在学校的墙上写你喜欢赵鹏吗？蓝青花说，当然记得，这件事我一辈子都忘不了！那个该死的王八蛋，害我为这事都自杀过。陈峰说，对不起，当年在墙上写字的人是我。蓝青花惊讶地说，你写的？你为什么要写那个？陈峰说，因为我写过很多纸条给你，你都不搭理我。蓝青花说，你什么时候给我写过纸条？陈峰说，上初三的时候。蓝青花说，初三开学后，所有男生给我写的纸条我都没看过，因为我要备战中考，我要考上高中。陈峰说，对不起，我误会你了，我为曾经对你造成的伤害向你道歉。蓝青花像不认识陈峰似的看着他说，你当时为什么不道歉？现在才来道歉，你不觉得太晚了吗？陈峰说，对不起，我当时实在没有勇气站出来承认。蓝青花说，现在你看我过得不好，良心发现了是不是？你去杨树镇找我，资助我闺女读书，今天又给我一个这么大的红包，都是为了弥补你心里对我的愧疚，是不是？陈峰说，是，自从在同学会上知道你的事情后，我非常后悔当年对你做的事，对不起。蓝青花说，你现在说对不起有啥用？那件事对我造成的伤害，是任何道歉都弥补不了的，我这么多年受的苦，是花多少钱都抹不平的。我不要你的钱，也不接受你的道歉，你拿着钱去地狱忏悔吧！蓝青花说完把红包摔在陈峰身上，头也不回地走了。陈峰愣在那里半天没动，直到挡在他车前面的车主过来挪车，他才回过神来。

　　挪完车坐进车里后，陈峰不放心蓝青花，他给周燕打了个电话，说，我刚才给蓝青花道歉了，她不接受。你帮我关注她一下，有情况及时告诉我。周燕说，你刚才又回去找她了？陈峰说，没有，她看到我给她的红包，说给得太多她不要，给我送回来了。我劝她收下，说我曾经对不起她，然后说了那件事。周燕说，她反应很激烈吗？陈峰说，她很气愤。周燕放下电话后就去病房找蓝青花，蓝青花不在，小楠也不在。周燕问病房其他人，都说不知道小楠和蓝青花去哪儿了。周燕也不由得担心起来。

蓝青花此时正躲在一个僻静的走廊拐角哭泣。二十年了，她以为那件事在她心里早就过去了，没想到今天重新提起来，心里仍旧那么疼痛。当年来自学校、村里、家里的流言蜚语、指责谩骂，各种各样的脏水，一股脑地都往她头上倒时，她真的受不了，痛不欲生。她说她没有喜欢那个男生，可是没人相信她的话。父亲说她把蓝家的脸都丢尽了，他花钱是让她去学校读书，不是让她去当破鞋的，这么小就戴上了破鞋的帽子，要是他就一头撞死。蓝青花听了没有撞墙，而是跳进了村里的方塘，幸好被在方塘边干活的马大叔救下来，要不就没有后来了。

受这件事影响，她没有考上高中，她想复读一年重新考，因为她真的很爱读书。可是父亲说什么也不同意，父亲说他以后不会在她身上浪费一分钱，她念再多的书也洗不去她给家里带来的耻辱。她在家里待不下去只好出去打工，因为年纪小经常被欺负。而她受了委屈，受了侮辱，不敢跟任何人说，害怕受到更大的嘲笑和责骂。她恨死了那个在墙上写字的人，她觉得她后来经历的一切都是他造成的。在那件事之前，她是大家心里的好学生、乖乖女。在那件事之后，几乎是一夜之间，她就成了众人唾弃的坏人、烂人，这个变化换谁都接受不了。

蓝青花没想到这个造谣的人是陈峰。上学时，她对这个人没什么印象，她想不通他当年为什么那么对她，二十年后又出来装好人。我这么多年受的屈辱磨难，你轻飘飘一句对不起就想一笔勾销，你想得美，我绝不会原谅你！蓝青花这么想着，擦擦眼泪站起来，直接去了医院办理出院手续的大厅。她要带女儿回家，她在这里一刻也待不下去了。

办理出院也要排队，蓝青花正排队呢，周燕跑了过来。周燕听同事说蓝青花要给小楠办出院手续，很着急，她跟蓝青花说，大姐，小楠现在还不能出院，怎么也得再住一天两天的。蓝青花说，不用你管。周燕说，我真是为小楠好，她现在的情况还应该再观察一两天，确定没什么问题了再出院更好。蓝青花听得心烦，说，你再唠叨我可喊了，我可啥话都说得出来，到时候可别怪我不留情面。周燕见蓝青花态度这么坚决，不得不就此打住。

周燕走到大厅外面给陈峰打电话，说，蓝青花要给小楠办理出院手续。陈峰说，小楠现在还不能出院吧？你赶紧拦一下啊。周燕说，我拦了，没拦住，一会儿我让医院拦一下。

医院也没能拦住蓝青花为女儿办理出院的决定，等陈峰赶到医院时，蓝青花已经办完了出院手续。周燕看到他来无奈地摇摇头。陈峰不理解蓝青花为什么这么急着出院，再怎么生气也不该拿孩子的身体开玩笑啊。他拦住蓝青花说，青花，你生我的气打我骂我都行，但是你别拿孩子的健康赌气呀，小楠前天刚做完手术，这么快出院，不利于她身体康复。你家那边医疗条件不好，让她再住两天吧，哪怕一天也行。蓝青花说，你想干什么？想让我留下来接受你的道歉，还是想让你媳妇再羞辱我一次？蓝青花说着继续往外走，陈峰拽住她的胳膊说，青花，我不是那个意思，我真是为孩子着想。蓝青花猛地甩开陈峰的手，气愤地大声说，你放开我！你知不知道我现在最不愿意看到的人就是你和你媳妇，你们对我造成的伤害，我一辈子都不会原谅！

大厅里都是人，本来大家都安静地在各自的窗口排队，忽然听到有人大声说话，目光齐刷刷地看了过来。陈峰感觉自己像是置身在一个大火炉里，浑身燥热。他希望蓝青花能冷静一下消消气，所以再次向她道歉说，青花对不起，我……蓝青花不等他说完就打断他的话说，别叫我的名字，你不配。你再拦我，我就把你二十年前对我做过的事，当着大家的面全说出来。蓝青花说完狠狠瞪了陈峰一眼，走出大厅。

陈峰一时怔在那里。大厅里的目光并没有散去，那一道道目光像一条条火绳一样抽在他身上，既灼热又疼痛。他想离开却迈不动脚，他体会到了蓝青花当年处在旋涡中心时的感受。他感觉悬在他头顶的那把剑正从高空落下，眼看着就要落到他头上，这时他被人推了一下，陈峰回过神儿来见是周燕。周燕说，快走，小楠出事了。陈峰说，小楠怎么了？周燕说，小楠不知怎么在外面昏倒了，有病人家属发现给护士打电话，护士联系不到她母亲，给我打了电话。陈峰说，小楠怎么会昏迷？那阵儿不还好好的吗？周燕说，不知道，但愿别是什么并发症。快点儿，我们去追蓝青花。周燕一边说一边往外走一边给蓝青花打电话，电话一直打不通。他们没追上蓝青花，又去看小楠。

小楠被直接推进了急救室，陈峰和周燕都很吃惊，俩人赶到急救室门口时，蓝青花没在。周燕向知情护士了解到，小楠跑出医院时没穿棉袄，大冬天的穿羽绒服都觉得冷，何况她只穿了身病号服，又在下台阶时摔了一跤，不知道她在地上趴了多久。她刚做完手术，刀口还没有完全恢复好，哪经得住这般折腾。陈峰紧张地问，小楠不会有事吧？周燕说，别着急。

蓝青花这时才急慌慌地跑过来，见到陈峰和周燕，也顾不得讨厌了，带着哭腔问，小楠怎么进急救室了？她早上不还好好的吗？周燕说，别着急，小楠会没事的，她刚才跑出去摔了一跤昏倒了，你坐椅子上歇一会儿。周燕说着把蓝青花扶坐在急救室外的长椅上。蓝青花坐不住，刚坐下又站起来，快步走到急救室门口，从门缝往里看，想看看小楠怎么样了。门缝里看不到小楠，但她还是努力往里看着。陈峰和周燕都理解她的心情，谁也没有阻止她。

急救室的门一直紧紧关着，陈峰周燕蓝青花在门外等得很着急，陈峰头一次觉得时间过得这么慢。太阳落山前，小楠终于被推出了急救室，三个人一起扑上前去，问医生小楠怎么样了。医生说，小楠刀口出血造成感染，现在出血止住了，还有点高烧，等烧退了就没事了。三个人悬着的心这才放回肚子里。小楠又被推回她原来住的病房，陈峰重新帮她办理了住院手续。

办完手续后，陈峰把住院单据交给周燕，让她交给蓝青花，说他出去买点吃的，蓝青花一天没吃东西，晚上肯定扛不住。周燕说，多买点儿，我也一起吃，晚上我陪她。陈峰没想到周燕会这么说，他看着周燕说，你回家吧，晚上我留下来，如果你不吃醋的话。周燕说，我是那么小气的人吗？陈峰说，不是，你一直很大气。周燕笑着瞪他一眼说，你留下来我担心蓝青花不同意，她上午冲你发了那么大脾气，怎么可能让你陪小楠？再说，我是护士，比你有经验，蓝青花对我的敌意也没那么大，还是我留下来更合适。陈峰觉得周燕说得有道理，就同意了。

晚上周燕去小楠病房的时候，蓝青花对她的敌意果然没那么大了，可能她的心思都在小楠身上，顾不上别的了。小楠的烧一直没有退，人也还昏迷不醒，蓝青花担心得饭都吃不进去，她一直用湿毛巾给小楠擦身体降温，但是她的烧还是退不下去。周燕也担心小楠总这么烧着会把人烧坏了，她找来值班医生。值班医生检查后说小楠肺部有炎症，又给她开了些药和针剂。值班医生说，正常情况，明天早上就能退烧了。周燕说，如果还不退呢？医生沉吟半天没说话。虽然医生什么也没说，但是周燕和蓝青花都知道，如果明天早上小楠的高烧还不退，她就有危险。

医生走后，蓝青花更坐不住了，她一会儿摸摸小楠的头，一会儿给她测测体温，一会儿给她用毛巾擦身体降温。周燕也希望小楠能尽快退烧，她没有阻止蓝青花，在她清洗毛巾的时候，她还接过毛巾要替她擦。蓝青花不肯。周燕说，我比你专业。蓝青花才把毛巾给了周燕。周燕给小楠擦身子，比蓝青花擦得还仔细，还小心，蓝青花都看在了眼里。

终于熬到天亮。虽然大家做了很多努力，但是小楠的高烧还是没有退。小楠的主治医生和医院专家来给小楠会诊，大家都不乐观。主治医生建议转院，因为小楠的手术本来就有些复杂，现在又多了术后感染和肺炎，她心脏也不好，又高烧不退，情况很危险，说应该去省城医院接受更好的治疗。医院专家的意见正好相反，说转院可能会加重小楠的病情，他们建议小楠在医院再观察一段时间，没准儿到中午高烧就能退了。

医生们的意见出现了分歧，他们让病人家属自己拿主意。蓝青花不知怎么办才好，她想听主治医生的建议转去省医院，又怕一路颠簸小楠的身体受不了，她想听医院专家的意见留在医院观察，又担心耽误小楠的治疗。她用求助的眼光看向周燕，周燕也没敢帮她做决定。

这时陈峰赶了过来。这一宿他也没睡好，时不时地向周燕询问小楠的情况，知道小楠一直高烧不退，他也很着急。听到医生们为小楠转不转院发生分歧，他当即替蓝青花做了转院的决定。他虽然不是大夫，但也知道市医院的医疗水平肯定不如省医院。

小楠被推进了去省城医院的救护车，陈峰陪她们一起去的，是周燕让他去的。周燕说，蓝青花一个人不行，咱们得帮她。我们科今天有个重要的会，请不了假，要不我也去了。周燕的大度让陈峰意外又感动，陈峰说，我知道，你放心。

在救护车上，看着身上插满管子昏迷不醒的女儿，蓝青花的眼泪止不住地往下掉。小楠做阑尾炎手术，昨天又被推进急救室她都没哭，因为她觉得小楠不会有事。现在小楠气若游丝，生命垂危，她心里没底了。她没想到小楠的病会变得这么严重，她后悔没有照顾好小楠，如果小楠真有个三长两短的，她不知道该怎么活。

陈峰头一次看到蓝青花哭得这么无助。周燕私下里跟他说过，蓝青花很坚强，小楠来市医院做手术，里里外外都是她一个人，不管多累多难，她都没见她掉过眼泪，换成她肯定挺不过来。陈峰通过这几次跟蓝青花接触，也感觉出她是个要强的人，要不然也撑不起这样一个家。陈峰理解蓝青花的眼泪，小楠是她唯一的希望，也是他们家唯一的希望，小楠危在旦夕，她怎么能不着急？陈峰也不知道小楠会怎么样，但他还是安慰蓝青花说，小楠不会有事的，她肯定不会有事的。这也是他的心愿。

急救车到省城医院后，陈峰帮忙联系医生，帮忙向医生介绍小楠的病情，帮忙办理住院手续并垫交了住院费。陈峰父亲去年在这里住过半个月院，所以他对这家医院的内部构造相对了解。蓝青花是第一次来这里，感觉像进了迷宫一样，有点晕头转向。幸好有陈峰在，她不至于太慌乱，她的眼睛只盯着女儿，女儿被推到哪儿她就跟到哪儿，别的什么也顾不了。

经过省城医院专家的会诊和诊治，到晚上，小楠的高烧终于退下去了，蓝青花激动得眼泪都出来了。医生说过，病人烧退了就是好转的迹象。陈峰一直担心小楠在转院的过程中会加重病情，看到小楠退烧，他紧绷的神经也放松下来。精神一放松，肚子就跟着咕咕叫起来，陈峰才想起他们一天都没吃东西。

陈峰出去买了点儿吃的，回来让蓝青花也一起吃点儿。蓝青花说，吃不下。陈峰说，吃不下也得吃，不吃东西怎么照顾小楠？蓝青花勉强喝了碗粥。吃完饭，陈峰去租了个床，让蓝青花先睡一会儿。蓝青花说，我睡不着。陈峰说，睡不着，你先躺一会儿。小楠跟前儿离不了人，咱俩得分头休息，你先休息。陈峰强迫蓝青花躺在租来的床上。

蓝青花两天一夜没合眼，躺下没多久就睡着了。可能因为她知道小楠脱离危险了，身边又有人照顾，也可能这几天一直是她一个人照顾小楠，她太疲惫了，蓝青花这一觉竟然睡到第二天中午。这中间，各种各样的声响，医护人员、其他病床的家属进进出出的，都没能吵醒她。她醒来后看看时间，不相信自己睡了这么久，一边自责一边赶紧去看女儿。女儿已经醒了，她以为自己在做梦，掐了一下大腿，想证明自己没有做梦，女儿却叫了起来。原来她掐在了女儿的腿上，幸好没太用力。她赶紧心疼地帮女儿揉揉，一边揉一边笑，又一边掉眼泪。

陈峰说，小楠刚醒没多久。蓝青花说，你怎么不叫我呢？陈峰说，我看你睡得太香了，没忍心叫你。蓝青花说，你去睡一会儿吧，我来看小楠。陈峰说，你先去吃饭，你吃完饭我再睡，要不我去给你买回来。蓝青花说，不用，我自己去。

　　蓝青花吃完饭回来，看到病房的门开着，病房里另一床的病人和家属没在。午后的阳光从窗子里照进来，照在女儿瘦小的身上，蓝青花看着很心疼。女儿正在跟坐在她床边的陈峰说话。蓝青花没有马上进去，她有点不知道怎么面对陈峰。女儿昏倒后，她的全部心思都放在了女儿身上，都忘了她刚跟陈峰吵过架，也没意识到这两天帮着忙前忙后的人是陈峰。她说过绝不原谅他的，怎么还能接受他的帮助？都怪她没看好女儿，女儿要是没跑出去受冻摔倒，也不会病情严重到转院。现在女儿醒了，她不能再让陈峰在这儿陪着了。她刚要进去跟他说，就听女儿说，陈叔叔，我是不是快要死了？我现在很没有力气。蓝青花心里一紧，女儿怎么会有这种想法？她正想冲进去说别瞎说，陈峰替她说了出来。陈峰说，别瞎说，你只是身体很虚弱，过几天就好了。小楠说，真的？陈峰说，当然是真的，叔叔不骗你。小楠没说话。陈峰说，对了，护士说你是在外面摔倒的，你为什么不穿棉袄就往外跑啊？这也是蓝青花想问的，她想不明白，大冬天的，小楠跑出去干啥。小楠说，我怕追不上你。陈峰说，你跑出去是为追我？你追我干啥呀？小楠说，我看到妈妈冲你发脾气，我想跟你说，别生我妈的气。我爸说我妈压力大，所以脾气不好，她发脾气时我们都不生她的气，过一会儿就好了。陈峰没想到小楠这么懂事，心疼地说，叔叔不生气，叔叔从来没生过你妈妈的气。小楠说，真的？陈峰点点头说，叔叔保证以后也不会生她的气。小楠笑了一下说，谢谢叔叔。陈峰说，你要快点儿好起来，别让妈妈担心。小楠说，我什么时候能好？陈峰说，你每天好好吃饭，好好配合医生的治疗就好得快。小楠说，那等我好了，你能陪我放风筝吗？我最爱放风筝了，可是我妈没时间，我爸放不了，我自己又不会放，我家的风筝总是在墙上挂着，都落灰土了。陈峰说，行，等你好了，叔叔陪你放风筝。小楠说，真的？陈峰说，真的。小楠说，一言为定，拉钩！她伸出左手的小指，陈峰也伸出左手的小指，俩人用拉钩的方式做了约定。

　　蓝青花在门外早已听得泪流满面。她知道女儿懂事，不知道女儿懂事到这种程度。她脾气确实不好，家里大大小小的事都靠她，她很累，有时候会忍不住发脾气。她发脾气时丈夫和女儿谁都不跟她吵，她以为是他们理亏，从来没想过这是他们对她的包容。陈峰说他没生她的气，应该也没有说谎，如果他真生气了，就不会陪着她和小楠来省医院了。她的生活变成今天这样，能全怪他吗？她当年没有考上高中，肯定怪他，如果当年没有发生那件事，她肯定能如愿考上高中。但是，考上高中就一定能上大学吗？也不一定。弟弟念书也很好，以她家当时的经济条件，只能供一个人读书，如果在她和弟弟之间做选择，父亲不用考虑，肯定选择供弟弟读书，她高中都不一定能读完。农村孩子上不了大学，大多数人都会留在农村。她比别人更不容易，是因为丈夫高强运气不好，摔残了，如果丈夫身体好，她的日子也不比别人差。可是丈夫摔残这事也不能怪到陈峰身上啊。那件事如果陈峰不说，她一辈子都不会知道。他能说出来，并且道歉，说明他的良心还没坏。这次小楠的事不管怎么说也多亏了他，要是没有他这么实心实意地帮忙，她一个人肯定顶不住。她昨晚那么放心地把小楠交给他看护，并且睡得那么踏实，说明她在内心里并没有把他当成坏人和仇人，她跟他吵架发那么大脾气，也是因为她当时太生气了，正在气头上。当年大家都是孩子，都不懂事，过去的事就让它过去吧，得饶人处且饶人。这么想着，蓝青花心里舒服多了，她擦了擦眼泪，平复好情绪，走进病房。

小楠见妈妈进来，对她说，妈，我饿了。蓝青花高兴地说，你想吃啥，妈去给你买。小楠说，我想吃大米粥。陈峰说，我去买吧。蓝青花说，不用了，我去吧。陈峰说，你陪小楠说说话，我一会儿就回来。蓝青花说，那，谢谢你了。这是他俩人大吵之后蓝青花第一次对陈峰说谢谢。陈峰愣了一下说，没事。

小楠在省城医院住了一个星期才出院，陈峰一直陪到她出院。住院费都是陈峰垫付的，蓝青花一时拿不出那么多钱，先还了他一部分，说剩下的慢慢还，还给他打了张欠条。陈峰说，不着急，没有不还也行。蓝青花说，那不行，必须得还，你不欠我什么。蓝青花说这话时没带任何情绪。陈峰看看她，没再说什么。二十年前的那件事都没再提起。陈峰和蓝青花的关系没有变得更亲近，也没有变得更疏远。陈峰知道不管怎么说，他以前都给蓝青花带去过伤害，不管蓝青花怎么对他，他都接受。陈峰偶尔会给蓝青花打个电话，问问小楠的情况，电话能打通，还能跟小楠聊几句，他很知足。

这天，陈峰在外面开车时，蓝青花打来电话。这是小楠出院后，蓝青花第一次主动给他打电话。他想马上接电话，但是当时他正在过一个十字路口，接不了。他正想着过一会儿给她回打过去，手机提示收到一条短信。车开过十字路口后，陈峰找个靠边的地方把车停下来，打开手机。短信是蓝青花发来的，她说，小楠让我给你打的电话，她说你答应等她身体完全好了，会陪她放风筝，这事你还记得吗？陈峰下意识地往车外看看，离他不远地方是个广场，广场上有几个人正在放风筝，有蜻蜓的，有蝴蝶的，还有老鹰的，五颜六色的风筝在天上飞得真好看。广场边的柳树已泛起青绿，陈峰每天只顾着低头瞎忙，没注意春天已经悄悄地来了。陈峰给蓝青花回了条短信：记得，让小楠在家等我。发完短信，陈峰重新启动了汽车。他一边开车一边想，这个周末不加班，他要带周燕和儿子一起去陪小楠放风筝。

本文刊载于《民族文学》2022年第12期

短篇小说

擦肩而过

女 真

　　分手两个小时后，她到底没忍住，还是给儿子打了电话。电话通了，金秋没接，她开始不安。再打，还不接。她又接着打。心里更乱。金秋开车，不堵车的话，一个小时十分钟就能到达蒲河附近的家。金秋每次从村子回到城里的家，会第一时间给她打电话报平安。金秋吃过午饭走的，离开时再三说，回去路上会有卡子检查核酸报告，可能排队或者堵车，让她不必着急担心。她当然明白现在情况特殊，跟以往不一样，但过了儿子应该正常到家的时间，她还是忍不住要问个清楚。什么情况？真堵车了吗？别出什么事情就好，别像老伴那年出车祸，当时她正在地里砍秋白菜，心里也是莫名地慌乱。一晃儿老伴走三年了。想到那次夺去老伴性命的车祸，她连呸了几声，赶紧把不吉利的想法撵走。金秋两口子贷款买车，事先没告诉她，先斩后奏。冬天路滑天冷，又有疫情，暖暖搭校车肯定不如坐自己家的车安全。儿子把孙女拉出来当理由，她不好说什么了。她心里想过，买车这么大的消费，更可能是儿媳小青的主张。小青是城里姑娘，护校毕业，在社区医院工作。小青在家里明显说了算，她这个当婆婆的能感觉出金秋处处看小青眼色行事。在家里谁说了算，她不掺和，小日子是他们自己过，两口子意见统一就好。买了车，暖暖上学少挨冻，她也宽心。逢年过节，金秋在城乡之间往返，她心里总不踏实，每次金秋走，她都不忘叮咛儿子一定小心。金秋在午饭桌上也说，主路已经解封，但特殊时期，遇到什么情况谁也说不好，我到家马上打电话。知母莫如子，金秋当然知道妈妈担心，把宽慰的话讲前面了。她说好，不着急。以前她不这么啰唆，现在同样一句话她可能说上好几遍。老伴走了以后，她明显感觉自己性格大有变化。

她往后备厢装了一箱土鸡蛋，还有小葱、水萝卜、小白菜、小菠菜、头刀红根韭菜。暖暖出生这些年，她养成攒鸡蛋的习惯，有腌咸的，有新鲜的，儿子回来带走。今年有疫情了，不方便走动，春节过后儿子头次回村里。平时他们经常视频，倒也能看见。视频时她问过小青，小区封闭，买菜怎么办？小青说她有通行证，可以出门，吃的主要在网上平台买。她不懂在网上怎么买菜，感叹园子里的菜自己吃不了，浪费，心疼。今天是母亲节，一大早儿子开车回来，事先没告知她。她对母亲节没什么概念，以前好像不过这节。知道儿子能回来，她一定提前包一锅酸菜馅饺子。酸菜缸清明时就淘净了，酸菜是她放冰箱里特意留的。儿子好这口。小青忙，平时在家很少包饺子。这次小青和暖暖都没跟车回来。小青加班。暖暖今年小学毕业，快要上初中了，平时夫妻俩不让她出门走动，老师也要求孩子尽量不要出去，在小区里活动就行，接触的人越少越好。点背遇到有问题的人，哪怕擦肩而过，上网课也会受影响的。小青给她买了一瓶润肤霜，暖暖画了一张跟奶奶拥抱的卡通画，儿子还买了牛肉和带鱼回来。看到儿子和儿媳、孙女送的东西，她心里非常满足。

儿子可能还在开车，手机也许无意中静音；也许走在有违章拍照摄像的路段，担心开车接电话罚款。她不再打电话，耐心等。又过一小时，电话响，她赶紧接。是金秋的声音："妈，我到家了。"

儿子到家了，她吊着的心放下来，但从金秋的声音中听出疲惫，她又有点心疼。这一天来回往返，太赶了，儿子挺累。她想问一句怎么才到家，电话那端却隐约传来暖暖的哭声，她心头一紧，"暖暖咋了？看见奶奶带过去的虎头了？你不是说想虎头吗，爸爸也同意带过去了！"暖暖不是爱哭的孩子，这是怎么了？

不说虎头还好，提到虎头，暖暖的哭腔更明显了，应该是接过手机，开始直接跟她说话："奶奶呀，虎头跑了，找不到了……"

她心里忽悠一下，感觉血压瞬间高了。怪不得金秋不打电话回来，原来是把虎头弄丢了。虎头是家里的狸花猫，三年前的春天，家里的大老白生下一窝小猫崽儿，三只小白猫，一只小狸花猫。暖暖放暑假，金秋三口人回来，她说准备把四只小猫送人，家里有大老白看家抓老鼠就行了。暖暖却央求她："奶奶，把虎头留下吧，我要养。"虎头是暖暖给狸花猫起的名字。小青说暖暖上学，养猫分心，影响学习，虎头放奶奶家里，让奶奶代养，回村里的时候稀稀罕罕得了。暖暖听妈妈话，同意了。老伴去世后，平时家里只有她一个人，大老白和虎头天天陪伴她。大老白不爱动弹，夏天爱去枣树下睡觉，冬天趴在屋里炕上轻易不挪动，整天呼呼大睡；虎头倒不嫌累，尤其傍晚时分，屋里屋外跟着她，连她喂鸡、上厕所都跟着，像没长大的孩子，挺黏人。看到虎头，她就想起暖暖，想起儿子一家，心里热乎乎的。上午金秋刚到家里，暖暖电话追过来，说爸爸同意她自己养虎头，她在家里上网课很自觉，考试成绩非常好，爸爸认为她有自制力，能管理好时间，同意把虎头带回去陪她。

　　金秋要带走虎头，她虽然没有精神准备，有点舍不得，还是赶紧张罗装虎头的家伙什儿。前一阵儿听说暖暖开始居家上网课，她马上想到去儿子家陪暖暖。金秋和小青白天上班，暖暖自己在家，安全吗？吃饭咋解决？暖暖不会做饭，小孩子摆弄电和煤气行吗？她跟金秋表达自己的意思，她过去至少可以给暖暖做热乎的饭菜。金秋回说，小青的工作性质比较特殊，接触人多，也很复杂，有安全隐患，妈还是别来了。村里人稀，相对安全。她又说要不然把暖暖送回村里，反正上网课，小学课程她应该还能辅导一二，忘记老妈当过民办老师了？以前村里就有小学，她带过挺多孩子，语文、算数都教过。金秋说农村网速不行，暖暖虽然是上网课，也要测核酸，还是在城里方便。好吧，她把自己的意思表达清楚，儿子不同意就算了。不去也罢，去了大老白和虎头怎么办？小青有洁癖，不会愿意她带猫过去。儿子家里，只有两个房间能住人，她去了也真不方便。乡下房子大，院子也大，哪好也不如在自己家里自在。清明前后，该种地了，房前屋后活儿不少，离不开人。种庄稼要按节气，早了晚了都不行。鸡得有人喂，鸡下蛋也得有人收啊。金秋要带虎头走，她找出一个纸壳箱子，害怕不结实，四周用宽胶带缠了又缠，只留下一个鸡蛋大的透气口。虎头打小跟她在炕上玩闹，她住炕头，虎头和大老白冬天住炕梢。虎头没住过纸壳箱子，被她硬塞进去，明显紧张，把箱子挠得哗啦哗啦响。她不敢多听，把箱子扎了几个透气孔，嘱咐金秋把箱子放副驾驶，方便观察虎头动静，临走又反复叮嘱金秋怎么给虎头准备猫饭。金秋让她放心，暖暖和小青都网购，可以买猫粮，虎头饿不着。缠了胶带的纸壳箱子很结实，鸡蛋大的口子，虎头怎么能跑出去呢？她不理解，心里担心，不高兴。虎头从来没离开过她，平时出院子也是在家附近活动，不往远处去，她喊两声马上就回来，怎么就跑丢了？她心里难过。暖暖的哭声，更让她受不了。暖暖小时候，她去伺候月子时，只要哭一声她就把暖暖抱怀里。年纪大心软，担不得事情，听不得孩子哭，看不得孩子流泪。年轻那会儿她可不这样，她是村子里有名的铁姑娘、能耐媳妇，扛起锄头下地会干农活，也能进课堂拿粉笔写板书、教孩子。她教育孩子很有方法，淘小子们既怕她，也喜欢她。家里大事，多数是她拿主意。但自从老伴离开，她好像一下子堆萎了，背驼了，性格不再像从前那么刚强，看电视剧都能跟着哗哗流眼泪。在村子里，她家的一双儿女很争气，多少人羡慕。大秋和小枝都大学毕业。金枝读的师范，在大连的公立小学当老师。儿子也不错，学机械，从工业大学毕业，在合资企业当工程师，收入没多高，优点是挺稳定。别人看到的都是表面，有没有难过的事只有她自己知道。现在，虎头丢了，她心里很慌乱。她让自己赶紧平静下来，安慰孙女："暖，别哭，虎头会回来，暂时找不到，奶奶就把大老白给你送过去！或者大老白再生崽儿，给你留个更好看的……"大老白是只老猫，她记不清大老白几岁了，但记得虎头是大老白生下的最后一窝崽儿。她不知道大老白还能不能生，为了安慰暖暖，她只能这么讲。跟虎头一窝生下来的那三只小白猫，没等长大成熟，先后被附近的什么动物祸祸了，虎头有可能是大老白最后的苗，虎头生下那年老伴走了……

放下电话，她心里七上八下的。喝了一大杯水，迅速做出一个决定：她要去找虎头。

装虎头的纸壳箱子放在车上，正常情况下金秋中途不会打开车门，虎头跑掉的时机应该只有停车到上楼那会儿。虎头即便跑了，不熟悉周边环境，不可能走远，大概率应该就在小区里。虎头熟悉她的声音，她去唤唤，也许就从猫藏的地方出来了。她做事向来果断，想到做到，马上出发。趁着还是下午，她给大老白的猫碗里放了吃的，给鸡槽子投了食，穿好衣服，锁上房门。找到虎头，如果能赶上末班车，她连夜就回来。最好不在儿子家过夜。

走到公交车站只需三分钟。没有车，也没有等车的人。她站了会儿，蓦然反应过来，自己今天进不了城，她一个星期没做检测，没有检测报告，她坐不了公交车。她马上骑车去镇里，检测点穿白色防护服的小秀是金秋的同学，也是她的学生。小秀问老师，在家里还做检测？她没好意思说进城找猫，只说准备去沈阳看儿子。抠完嗓子，小秀叮嘱她，明早别着急出门，在手机上看到出报告了再走比较靠谱。

这一夜，她没睡好觉。心里惦记着核酸报告能不能准时出来，主要是惦记虎头。一直到她熄灯睡下，儿子家三口也没人打电话过来，看来虎头真在外面过夜了。到一个完全陌生的环境，虎头能找到吃的吗？幸好天暖和了，虎头冻不着。虎头是乡下土猫，在户外的生存能力应该比名贵猫强。暖暖说她同学家里有人养蓝猫，也有人养豹猫；那些猫吃猫粮，吃牛肉、鸡胸肉、鸡肝儿，小时候喝羊奶，还吃维生素补充营养；有的人家还有猫房子，有猫爬架等各种玩具。暖暖说，她家小区里有流浪猫，她有时间会去喂食。暖暖属虎，虎跟猫一科，这是暖暖喜欢虎头的原因吗？但她记得有一种说法：属虎的人跟猫相克，母猫下崽儿，被属虎的看见，轻则把猫叼走，重则把小猫咬死。暖暖真的跟虎头相克，所以虎头才跑掉？她不愿把虎头跑掉的责任往孙女身上推，认为就是大秋疏忽了。这个晚上，她翻来覆去睡不着，半夜听见大老白蹑手蹑脚从猫洞钻出去。大老白听到动静去抓老鼠，还是发现虎头不在家，出去找猫孩子了？大老白不会人语，但很聪明，大老白知道虎头跑丢了？

鸡打鸣，天亮了。确认出了检测报告，她收拾利索出门。她在公交车站等车时，隔壁小刘两口子开车经过，见她等车，问她去哪儿。他们去七星山辽河渡口那边取货物，可以捎带她到石佛寺附近，到那边坐381路进城更方便。她坐上货车，嘱咐小刘媳妇，万一她回来晚，黑天时家里没亮灯，麻烦他们帮忙把鸡喂一遍，院门没锁。猫不用管，大老白出入走猫洞，自己能找到吃的，饿不着。村子里的年轻人越来越少，有像金秋、金枝这种读书留在城里生活的，多数人是去城里打工挣钱，村里像小刘两口子这种年轻人很少见了。家里的责任田，老伴走了以后，儿子说老妈一个人种不动，别吃这苦了，老妈忙活忙活房前屋后、种点菜够自己吃就行了。金秋没时间回来种地，出面把责任田委托给小刘，具体怎么协商的金秋不让她细问，每个月金秋给妈妈一些钱，够她日常开销。女儿金枝几次打电话让妈妈去大连住一阵子，她不去。金枝婚后住婆家，她去不方便。她只在女儿结婚时去过一次大连。如果女儿怀孕生孩子，她肯定会去伺候月子，但金枝还没要孩子。她不催问。高考报志愿时，女儿分数不低，却坚持报师范，说喜欢像妈妈一样当老师教孩子。上师范相对省钱。金枝懂事，她相信女儿有自己的想法。

车过新民与沈北交界，果然遇到检查站。三人都有报告，大家顺利过关。

坐381路，倒地铁2号线，出地铁口，走路十分钟到儿子家小区门口。儿子买车后，她坐过几次，她发现自己坐轿车晕车，坐公交大客反而没事。今天她就没晕车。小区门卫要她出示小区通行证，她没有，说出儿子家门牌号，先登记，又出示核酸报告、行程码。她能找到儿子家，也带了儿子留给她的备用钥匙。周一上午，暖暖在上网课，她不想让孙女分心。如果能找到虎头，她会把虎头送到楼上，看暖暖一眼，然后去赶公交回村里。她三个多月没摸到孙女的小嫩手了。小区很大，有四十多栋楼，南北方向一共六趟。儿子家在小区南边，她决定从最北边那趟楼开始找。城里的小区，楼与楼间有很多树，多数是乔木，也有灌木丛，桃花、李子花、海棠花、迎春花都谢了，李子、毛桃已经坐果，山楂树刚刚开出小白花，丁香的紫花浓艳，也非常香。有一种树开着拳头大的白花，花心是红色的，她居然不认识。她查看垃圾桶附近，主要盯着灌木丛和深草丛，扒开丁香、迎春花的树丛，不停地呼唤着虎头。虎头熟悉她的声音，听到她的呼唤会出来的。

走过两趟楼的绿化带，在灌木丛里搅动出三只流浪猫，一只白猫，一只三花猫，一只长着白爪子的狸花猫，都不是虎头。白爪子狸花猫离她两米远，警惕地注视着搅醒自己白日梦的陌生人，她忍不住小声对狸花猫说：“你看见我家虎头没？看见了告诉虎头赶紧回家……”小区入住率好像不高，白天很少有人走动。看到一个穿制服的工人在洒水浇灌绿化带，她问人家看没看见一只狸花猫。工人告诉她，小区里流浪猫至少有二十几只，好像还真有两只狸猫，就是不知道是不是大姐要找的。流浪猫主要在晚饭后出来活动，那个时间小区里的爱猫人才开始出来喂猫。现在这时间，多数猫躲在暗处眯觉呢，轻易不会出来，不好找的。她当然知道猫的习性是昼伏夜行，但她不能等到晚上过来找虎头。工人又说：“昨天下午有个小丫头在小区到处找猫，是你家孩子吧？那孩子哭哭啼啼的……”她听不得更详细的关于孙女暖暖哭泣的描述，赶紧分手离开。

找过三趟楼，到中午了，她找个树荫下的长椅，坐下歇脚，喝水，吃口面包。面包和水是她在小区门口超市买的，她包里还带着给虎头的猫肠。猫肠是过春节时暖暖给大老白和虎头带回去的，她随手放一边忘

376

记了。大老白和虎头都皮实，不挑食，她想不起来喂猫肠。村里人家的土猫，很少有谁喂猫粮或者猫肠的，更别说猫罐头。村里人家养猫多数为防老鼠，猫捉老鼠也捕麻雀，猫甚至吃麦子嫩苗和狗尾巴草，随便一点剩饭拌点菜也行。现在是五月，天气真好，不冷不热的。正午时分，小区里渐渐有了人气，大人带小孩子晒太阳，吃过饭的男孩子聚堆儿踢球，两个刚会走的小孩儿吹蒲公英绒球，趔趔趄趄随着飘散的绒绒东奔西跑，大人在后面追赶着。暖暖应该下课、也吃过午饭了，这孩子是个书虫，回奶奶家过年还不忘带书看，将来是块读书的料。暖暖喜欢虎头。小青经常加班，金秋也复工开始上班了。孩子自己关家里，连说话的人都没有，有虎头陪伴着挺好。喜欢动物的孩子有爱心，错不了。金秋也真是粗心大意，怎么能把猫弄丢呢？越想越郁闷，她准备继续找猫。正准备站起来时，忽然看到前面拐角处有个身影眼熟，特别像暖暖，她怀疑自己眼睛花了，猫腰蹲到灌木后面。尽管孩子戴着口罩，看身影和走路姿势，应该就是暖暖。身上的那件外套正是她买给孙女的。她犹豫是不是应该改变初衷，先见孙女一面。孩子那么伤心，当面安慰下好些。她会叮嘱暖暖不要把奶奶来找猫的事情透露出去，她不想给儿子压力。她准备站起来时，手机铃声不合时宜地响了起来，吓她一跳。是儿子金秋的号码！确认暖暖距离还远，应该没看到自己，而且她也戴了口罩，暖暖不会想到她会来，她马上接通电话，尽量压低声音。儿子的声音里明显带着焦虑："妈，您看新闻没？早晨发布的，好像新民也有核酸异常的了。最近您别出村了，也尽量别去邻居家串门，就在家里待着吧。"

她今天早早出门，没来得及看新闻，真不知道新民出情况了，知道有情况她不会出门。儿子应该是午休时间。到底是儿子，知道情况赶紧找时间叮嘱老娘。她马上想到自己绝对不能面见暖暖——万一真有事情，排查行程的话，她在儿子家小区里出现过，这个她否认不了，有一路乘车时的扫码为证，有小区门口的登记为证，但她不能连累孙女，不能连累儿子一家，不能连累这一个小区的人。小区里应该都有监控，她跟孙女顶多算擦肩而过，不，连擦肩而过都算不上，她们根本没见面，更没说话，因此就不能算密接吧，她不能因为自己影响别人的正常生活。按原计划，她准备找到虎头或者天黑了再回家，现在她必须改主意、改计划。新民什么地方有情况了？大概率还是城里，离她家村子远着呢，但既然知道了，她就不能在外面跑，得赶紧回家里。看着暖暖像她一样也在扒拉灌木丛，她虽听不到暖暖的声音，却仿佛听到暖暖的呼唤声，心里又疼了一下。再看几眼，她果断离开。

回家的路程不太顺利，有一段路堵得厉害。车子走走停停，她特别注意车里都有什么人。真有情况，这一车人互相都是密接。非常时期，真的要处处留心眼儿。她已经被摇晃得快要睡着时，车子猛地晃荡了一下，她睁开眼睛，发现前方能看到塔了——家越来越近了。位于村子里的古塔全名辽滨塔，专家考证说是契丹人建的，建塔的时间是辽代。没有疫情的时候，偶尔还有外地游客专门过来看塔。有一次她正在街上走路，一个北京来的女记者，向她打听怎么才能登上辽州古城的城墙遗址，说想从遗址上看辽塔、拍照片，她还特意带记者从自己家园子穿过去，指导女记者如何登上城墙遗址。所谓城墙遗址，其实只是高出地面的一个小荒坡，就在她家院子西北角方向，在专家考证之前，村里人都以为那就是个普通的小荒坡。她到现在都有点不敢相信自己家所在的地方竟是辽代州城。从她家院子看辽滨塔，角度特别好，尤其秋天苞米成熟、秋白菜还没砍净的时候。金黄色的苞米，翠绿的白菜，瓦蓝的天空，衬托着高高的辽滨塔——村里人熟视到漠然的古塔，在女记者的镜头里变得格外耐看。那天她系了一条红头巾，在女记者的镜头里看上去真的好看，可惜没有洗照片出来，女记者只让她在照相机里看了一眼。村子里的人，包括她自己，平时对那古塔其实没什么特殊感觉。也难怪，村子里的住户祖先多数是闯关东过来的山东、河北人，真正的坐地户很少。专家考证说辽代这里是辽州城所在地，辽滨塔前的说明牌子上是这样写的，但辽州城到底什么样子？谁知道呢，她想象不出来。辽滨塔出土的文物据说很珍贵，说明辽代这里繁华、富足。现在的年轻人都往外走，留下种地的太少了。

到家时天已黑，鸡食槽里还有残食，说明小刘两口子刚来过不久。开门进屋，打开电视关注新闻，正是《新闻联播》时间，在播红场阅兵。大老白来到她脚边蹭，在她身后跟了会儿。她从冰箱里翻出头一天的剩饭，准备热了吃。电话响起来，是暖暖的号码。她接通电话，听到暖暖说："奶奶，对不起，我们还是没能找到虎头，但是我昨天错怪爸爸了，不是爸爸弄丢了虎头，是我妈妈弄丢的。"她心里的疑惑瞬间好像解开些。这就对了，只可能是小青，金秋不可能弄丢虎头，儿子知道虎头在她心中的地位，会格外小心。但她还是不解，怎么会是小青弄丢的，猫不是在儿子车上吗？暖暖回答了她的疑问："刚才他们俩在厨房拌嘴，我爸埋怨我妈太粗心——我爸回来时，顺路去接我妈，我妈看见虎头，说虎头没打疫苗，要先去宠物医院打猫三联，还要驱虫、洗澡、剪指甲，弄干净才能带回家里。宠物医院那边不方便停车，为节省时间，我妈抱箱子先下去，让我爸自己去找停车位。虎头就是那时候从箱子里挣脱的，我妈说她追了，没追上，我爸过去时虎头没影儿了。我在小区里找两天白找了，他们不早点说，我应该到宠物医院那边去找，但我现在想出小区也不是很方便……"她想跟暖暖说，这么说来，实际上她自己也是白跑了一趟，话到嘴边，她又咽回肚子里。暖暖继续说："奶奶你知道他们为什么吵吗？因为我妈说一只破土猫丢就丢了，我爸才不高兴的。我爸还说，早知道你这么小看虎头，我才不跟闺女撒谎揽责呢。我听见他们拌嘴，就出来给你打电话。奶奶，我爸不是不小心，您原谅他吧。当然我妈也不是不小心，我相信她不是故意的，她也同意我养虎头了，她就是太爱干净，可能这段时间总加班，也是累了……"

暖暖让她心疼。她能听出孙女对于虎头的丢失明显不甘、难过，但孩子能这么体谅大人，想让奶奶原谅爸妈，真是太懂事了。她告诉孙女："暖暖，虎头跑就跑吧，虎头是土猫，换个陌生环境也能活，咱们都不用太担心了。上楼劝劝你爸、你妈，别让他们拌嘴，就说奶奶不会在意虎头丢了。天黑了，你赶紧上楼吧。""奶奶，我今天学习累，出来散散心，正好跟您唠一会儿。小区里很安全，外面人想进来都不容易，到处都是散步的人。我去喂野猫了。猫条是给虎头买的，先给野猫吃吧，万一能找到虎头，我再买新的……"到底是孩子，说到虎头，语气中又能听出难过了。

饭热了，她摆上饭桌，听到小刘媳妇站在门口喊话，年轻人应该是看到屋里的灯亮了，知道她回家了。小刘媳妇手里捧着一个小箱子，告诉她："是金枝寄的快递，我们回来时到镇里取的。"快递只通到镇里，金枝每次寄东西，直接写小刘的地址和名字。小刘两口子除了种地，还直播带货卖农产品，经常去镇里。小刘有车，去镇里取送东西都方便，省得她特意去。金枝和小刘曾经是同学，关系不错。她接过快递，说了谢谢，忽然生出一个想法，"旺财快生了？给我留一只吧。"旺财是小刘家的母猫，这个春天，她眼见着旺财肚子渐渐鼓起来，有虎头的功劳吗？小刘媳妇知道她家里有大老白，还有虎头，但并不知道虎头跟金秋坐车去沈阳，已经跑丢了。小刘媳妇不问她为什么要小猫，爽快地答应她："那有啥问题，过几天旺财生了，您选壮实好看的……"小刘媳妇这点好，话不多不密，为人处世有度，小刘娶她有眼光。

临走时，小刘媳妇又说："幸亏今天没去新民城里，听说城里发现无症状感染者了，村里正调查行程轨迹有交集的呢……"

是的，幸好他们今天没去新民城里，去了可能给一个村子带来麻烦。她将近十年没去新民城里了。最后那次，是给老伴买过冬的棉裤，两人一起去的。她现在的衣服都是金枝和小青买，用不着她自己去哪了。小刘媳妇走了，她打开箱子。金枝居然寄了一箱速食海参，还有干海米。这么贵的东西，她要是知道了，绝对不能让女儿花钱买。她马上给女儿打电话过去，金枝没接，过半分钟给她打了回来，她明白女儿这又是给她省话费呢。女儿说："妈，您看到快递了？母亲节快乐！海参您一定每天吃一根，海米您可以炒青菜、做汤，不能光吃青菜。"

金枝两年没回来了，但常寄东西。过母亲节，两个孩子都惦记妈妈，她心里很暖。儿女早晚要离家，他们过得好，不买东西她也高兴。结束通话，她开始吃晚饭。这一天奔波很累，没吃几口就吃不动了，她把饭拨给大老白。关掉电视，简单洗漱，躺炕上睡觉。黑暗中，大老白的眼睛像两个小探照灯扫来扫去，是屋子里最明亮的地方。大老白从猫洞又出去了，是去找虎头，还是捉老鼠？大老白知道虎头不会回来了吗？百年修得同船渡，千年修得共枕眠，人和人这辈子能成夫妻是有因缘的，人和猫也是有缘分的。没有一只猫会无缘无故来家里。老伴没陪她走到最后，连虎头也没能多陪她几年。没有虎头跟在她脚前脚后，屋里屋外好像空落落的。她的眼角湿了。

五月的夜晚，听不到虫鸣，多数动物也都睡了。隐约传来扑通声，好像来自后院那边。是猫头鹰？蝙蝠？是大老白捕猎成功？她坐起来向窗外张望，什么也看不见。仔细听了一会儿，万籁重归寂静。

大老白迟迟不归。夜更深了。

本文刊载于《中国作家》2022年第9期

成 人 礼

伊尔根

一

早晨，父亲三口两口扒拉完饭，然后一屁股蹭到炕沿，边趿拉鞋边说："老大，快点吃，吃完帮我抓猪崽子。"

我口中嚼着玉米面饼子，含含糊糊说："再吃两口就饱了。"

母亲往我碗里夹一口酸菜，弱弱地问："他爸，你说孩子能行吗？"

父亲瞪了母亲一眼，说："都长成大小伙子了，怎么不行？要是早些年，这个年龄都娶老婆生孩子了。"

母亲瞅我一眼，说："别看老大个子高，可身子骨还嫩着呢，要不我看还是求人吧？"

父亲不耐烦了，说："说得轻巧，求人不得搭人情啊？"

母亲垂下头，小声说："到时候我们还工就是了。"

父亲愈发心烦了，说："净说傻话，这是简单还工的事吗？大中午的，求人不得上饭店吃饭啊？要是回来晚了，晚饭也得供，又是菜，又是酒，又是饭，里里外外得搭多少钱？弄不好半拉猪崽子就没了。"

母亲还是不服，说："那也比累坏了孩子强。"

我说："没事，妈，我能行。"

弟弟眨巴眨巴眼睛，天真地问："妈，你说我比猪崽子沉吧？"

母亲用筷子根轻点了一下弟弟的脑门，说："傻孩子，人怎么好跟猪崽子比呢？"

弟弟晃悠一下小脑袋瓜，满不在乎地说："那有什么？哥拉我时车骑得飕飕的，拉几个猪崽子还不跟玩似的，你说是不是哥？"

母亲爱怜地摸摸弟弟的后脑勺，说："孩子，那不一样的，人会动，猪不会动，你还小，不懂。"

弟弟扁着小嘴嘟囔："猪怎么不会动？猪不动不就死了吗？"

妹妹摆出大人的口吻教育弟弟："说你小你还不服，妈的意思是说，猪不像人那样会动。"

弟弟还是听不明白，但像大人一样做出一副若有所思的神情。

二

一个半月前，我家母猪很争气，一窝下了九个崽，父亲高兴坏了，说："头窝就下九个，好兆头啊！"此前家里养了一只母猪，连下三窝崽，最多一窝才产崽四个，父亲气得把它卖掉了。

母亲更加高兴，说："他爸，看来咱家今年要发啊！"我知道母亲和父亲有相互鼓励的意思，家有千万，带毛的不算，养老母猪，即便发又能发到哪里去呢？

那年冬天，猪崽子行情很好，父亲侍弄猪崽子也格外上心，头半个月，父亲害怕猪崽子挨冻，竟然异想天开把母猪赶进了我家西屋，母猪一家老小吃喝拉撒全在屋内，尽管父亲打扫得非常及时，没用两天，屋里还是变得臭不可闻、臊气熏天。邻居打趣："老赵啊，你们家晚上灯火通明的，添人口了？"

父亲一点不生气，笑嘻嘻地顺杆爬："是啊，一下子添了九个金疙瘩呢！"

我们兄妹三个被熏得头昏脑涨，但谁也不敢吱声，弟弟最后实在忍不住了，发牢骚道："爸，小虎子说咱家是猪圈，不来和我玩了。"

父亲哄弟弟："再挺几天，等猪崽子卖了，爸给你白背心，还给你印上红色的大飞机。"去年夏天，弟弟想穿印上红字的白背心，由于家里经济紧张，父亲始终没给他买，但这小子像中魔了一样始终念念不忘。

"光买背心不行，还得给我买麻花，外加汽水。"嘿，这小子竟然学会讨价还价了！

妹妹不敢像弟弟一样当父亲面发牢骚，但背后说："哥，我看爸拿猪崽子比拿咱们还金贵。"

我哄妹妹："等猪崽子卖了,我让爸给你买红纱巾。"

妹妹仰着红扑扑的小脸,说:"哥,你说话可要算话。"

听了妹妹的话,我心里有些难受。妹妹惦记红纱巾好长时间了,但始终不敢和爸妈说,她已经懂事了,知道家里没钱。红纱巾一元钱,我兜里有三元钱,那是我挖草药挣来的,妹妹曾经哀求我给她买,可是我想攒钱买打气筒,就没答应。我们家没有打气筒,给自行车打气得上邻居家借,时间长了,我受够了人家的冷脸色。打气筒六元钱,这对我来说是笔巨款,我一个夏天挖草药挣不来这么多钱。我早就下决心,要是猪崽子卖了,我一定让父亲买一个打气筒,当场就买,我再也不想去人家借打气筒了,我感觉自己小小年纪,赔笑脸都快把脸皮赔僵了。

父亲对这窝猪崽子寄予了很高期望,他常趴在猪圈前自言自语:"要是价钱卖得高,种地的种子、化肥可就都有着落了。"

母亲听了会搭言:"不但种子、化肥有着落了,咱家的铡刀也有着落了。"家里养了一头牛用来犁地拉地,喂牛需要铡草,可我家没有铡刀,铡草要上邻居家去借,父亲母亲都不爱张嘴,就找借口往对方身上推,两人为此拌过多次口角。

父亲的目光透出神彩来,说:"不光铡刀有着落了,你的铝锅盖也有着落了。"家中的锅盖是母亲用高粱秆穿的,蒸汽熏得次数多了,锅盖颜色黑黢黢的,稍一用力就散架了,母亲念叨亮亮堂堂的铝锅盖好几年了,可始终没念叨到手。

母亲柔声说:"还要给孩子置些衣服鞋袜,一个个都老大不小了,穿得破破烂烂的,让人看着笑话。"

父亲表现出了难得的好脾气,说:"听你的,你怎么说就怎么办。"

三

那个早晨,想到能为父母分忧解难了,我内心难掩兴奋之情,我感觉自己已经长成男子汉了。

抓完猪崽子,父亲问:"你骑哪辆车?"

我说:"骑咱家的,上学天天骑,顺手。"

父亲说:"也好,借人家的车要是摔坏了,不好还。"

我装模作样检查了一下车胎，说："爸，车外胎开线了，能不能半道扛不住？"昨晚我就提过轮胎不行了，可父亲没拿当回事。

　　父亲看了一下，说："不要紧，你骑车注意点儿，只要不让尖石头扎着就行。"父亲的口气很虚。

　　母亲说："他爸，我帮你们把车推上岭吧。"从我家到集市大约十里路，家门前有一个岭，想上集绕不过去，岭倒不是太陡，但岭脖子很长。

　　父亲犹豫了一下，说："我倒不用，可老大不一定能行。"

　　我自信满满地说："没事，妈，我肯定行。"

　　母亲扯扯我的衣服领子，说："妈知道大儿行，妈就搭把手。"

　　真正往岭上推车的时候，我才发现话说大了。装猪崽子的猪笼子用钢筋焊成，外观呈长方形，笼底铺木板，在自行车后座上一边一个，中间用结实的蜡木杠子连着，人扶着车把子往前推的时候，身子必须得拧着离开车身一些，不拧身子猪笼子就会撞屁股，拧身子却有劲使不上，前几日下了雪，道路很滑，这就造成了推车更加困难。母亲小心翼翼地帮我扶着车，她不敢用力，她一用力，猪笼子就撞我屁股了。父亲虽然力气大些，但也是步履维艰。

　　雪路真的太滑了，我不小心摔了一跤，猪崽子被震得直哼哼。父亲呵斥："你不会加点小心啊？"

　　母亲心疼地问："摔着了没？"

　　我倔劲上来了，说："没，妈，不用你了，我一个人就行。"

　　母亲自责："都怪妈不会骑自行车。"

　　父亲一口气把车推到了岭上，回来替我把车推了上去。到岭上，父亲气喘吁吁的，脸上、脖子上汗水都淌成溜了。母亲提议歇一会儿，父亲不同意，说再怎么也不能起个大早，却赶个晚集。

　　我想骑自行车下岭，父亲制止我："道太滑了，车不好控制，猪崽子摔坏倒也没什么，要是人摔坏可就坏菜了。"

　　下岭比上岭还要艰难，我驮四个猪崽子（受猪笼子体积所限，父亲想多驮也驮不了），四个猪崽子重达七十多斤，加上车身自重，惯性很大，控制不好车就往前冲，加上要拧着身子，推起来就更别扭了。母亲一点忙帮不上，她往后拽，车不好往下走，往前推更不行。

　　好不容易挨到了岭下，却见父亲坐在石头上吧嗒吧嗒抽旱烟，母亲

384

责怪："你也不回来换换老大，他推不动。"

父亲替我擦了一把脸上的汗，说："你以为这是岭上啊，要是猪崽子丢了怎么办？"

稍事休息，我和父亲骑车上集，母亲叮嘱："大儿，道滑，一定要加小心，钱是小事，身体才是大事。"

等我和父亲骑出十几米远了，母亲的声音又飘了过来："他爸，千万不要贪财，价格差不多就行了。"

四

快到集市的时候，我们被一个猪贩子截住了。猪贩子的猪笼子比普通人家的猪笼子要大很多，所以很容易分辨出来。

猪贩子从笼子里拎出了一个猪崽子，拈拈重量，抻抻猪腿，拽拽猪尾巴，猪崽子很不情愿地哼哼着。

猪贩子又仔细看了看皮毛，接着用手捋了捋，说："喂奶粉了吧？怎么皮毛这么好？"有的人家为了猪崽子卖相好看，临卖前几天偷着给猪崽子喂奶粉，猪崽子让奶粉一催，皮毛油光锃亮，但是回家养几天就原形毕露了，一些肠子被喂细的猪崽子甚至会死掉，我年纪小也知道这些事。

父亲脸色变阴了，说："你这话过分了，我哪能干那么丧良心的事呢？"

猪贩子充耳不闻，说："单喂豆饼就能长这么好？我不信。"

父亲趋身向前，脸上泛着讨好的神情，说："这几个猪崽子嘴可壮了，我家因为缺少豆饼喂不上去，要是能喂上去，膘会更好。"我知道父亲撒谎了，家里始终不缺豆饼，父亲在家磨叨过多次，就是人吃不好，也要保证猪崽子吃好。

看猪贩子不置可否，父亲抻了一下猪腿，说："你看这腿蹄多尖。"

"看猪蹄确实是不错。"猪贩子抻了一下另一个猪崽子的腿，说："包圆，多少钱一个？"

"我要多少有用吗？你是买家，你说了算。"

"你是卖家，我怎么能说了算呢？"

两人就这样一唱一和，谁也不先出价，猪贩子后来不耐烦了，说：

"一口价，单个十五元。"

父亲脸上露出了一丝微笑。从家走的时候，父亲和母亲商量的价格就是十五元，没想到这么容易就达到预期了。父亲装模作样思考了一会，说："十五元不行，包圆单个二十五元。"

猪贩子很诧异，说："二十五元，你想钱想疯了吧？"

话音有些刺耳，我戗他："你想钱才想疯了呢！"

猪贩子皮笑肉不笑，说："小伙子，不要说口外话，买卖不成仁义在。"

父亲又和猪贩子斗智斗勇讲了很长时间，猪贩子最高出到十八元，父亲坚持要卖二十元，看谈不拢，猪贩子说："大哥，你真是爷们，我服了。"转身走了。

我问父亲："猪蹄尖很重要吗？"

父亲长话短说："猪蹄要尖，牛蹄要圆。"

我又说："十八元也不少了。"我是凭感觉瞎说的。

父亲咬了一下嘴唇，说："我也觉得不少，只是不知道集市上什么行情，咱家猪崽子皮毛好，要是卖少了，回去让人家笑话。"

很快又被一个猪贩子截住了。和之前一样，猪贩子最高出到十八元，这次父亲犹豫了，问我："老大，你什么意见？"

我什么也不懂，却顺嘴说："要不上集看看再说吧。"

我的话鼓舞了父亲，他说："就二十，你要不买，我们就上集了。"

猪贩子嘲笑："大老爷们儿听儿子的，你可真有水平。"

我卖弄说："我们家讲民主，你懂什么？"

"有种！"猪贩子流里流气地矬摸我一眼，说："小伙子，我没有文化，不懂什么是民主，但是我可知道一件事，就是你们爷俩今天非后悔不可。"

听这话，父亲有点绷不住了，鬼使神差，我抢在父亲前边说："后悔我们愿意！"

"那你等着吃后悔药吧！"猪贩子说。到底有些不甘心，猪贩子没立刻走，他站在原地，假装整理了一小会儿猪篓子，临上车前再次询问："老兄，十八元，包圆，再不卖我真走了。"

父亲内心很纠结，嘴上却说："各退一步，包圆十九元。"

猪贩子斜了父亲一眼，意味深长地说："老兄，你纯爷们！"然后头也不回地骑车走了。

五

赶到集市，父亲让我看摊，自己到集市上转了一圈，回来高兴地说："孩子，今天集上属咱家的猪崽子好，幸亏刚才没卖。"

我自作聪明说："光好没有用，还得看价钱。"

父亲厉声说："还用得着你提醒！别人讲价我听声了，价钱都定得高高的。"

我知道自己说错话了，就没有接言。北方阳历三月，上午温度还很低，刚才骑车出了一身汗，内衣湿透了，身上凉飕飕的，一阵小北风吹来，我禁不住打了一个寒战。

父亲伸手探了一下我湿漉漉的后腰，帮我掖紧棉袄，说："孩子，到商店里暖和一会儿再回来吧。"

我不吭声站在原地，父亲也没撵我走。

人很快聚过来了，一个个交头接耳叽叽喳喳的，我侧耳听，大多是夸我家猪崽子皮毛好的意思，父亲站在旁边，一脸得意之色；也有人怀疑，说猪崽子长这么好，别是喂了什么吧？

父亲听到了，捶胸顿足地发誓："我家猪崽子就是喂粥时格外加点豆饼，我要是撒谎，天打五雷轰！"看人们还是不相信，父亲又说："乡里乡亲低头不见抬头见的，我再胆大，也不能在家门口骗人啊！"说完便报出了自己姓甚名谁，家住哪里，并说猪崽子如果有问题，三天之内可以到家来找。

父亲的表态起了作用，一人这边瞅瞅，那边瞧瞧，然后拎起最大的猪崽子，问："这猪认食多长时间了？"

父亲说："二十多天了。"

"单拨多少钱？"

"单拨二十五元，一分不讲。"

"二十五元，你也不怕风大闪了舌头？"那人刻薄地说："十五元卖不卖？"

"不卖。"父亲口气坚决。

"一口价，十八元。"

"不卖，单拨就是二十五元，少一分不行。"

"哪有吐口唾沫就是个钉的？"那人恋恋不舍地放回猪崽子，然后嘟嘟囔囔地走了。

旁边的人看要价这么高，也一个个走了，我一看急眼了，说："爸，你看人都走了。"

父亲没想到人一下子都走了，一时有些心虚，但说话依然自己给自己壮胆："孩子，别怕，好货不愁卖。"

又过来一个猪贩子，他左看看，右看看，问："都包了多少钱？"

父亲说："一口价，二十元。"

猪贩子说："二十元不现实，十五元我包了。"

父亲说："路上有人出十八了，我没卖。"

猪贩子瞥了父亲一眼，说："十八不可能有人再出了，你不明白拉倒。"说完，转身背手，溜溜达达地走了。

猪贩子走了不长时间，父亲突然一拍大腿，说："孩子，坏了，我忘了一件事。"

我问父亲忘什么事了，父亲说猪贩子倒腾猪崽子，集市上有小痞子要收过路费，每个猪崽子一元钱，在路上交易可以逃过去，上集就逃不掉了，猪贩子刚才说父亲不明白就是这个意思。想明白这一层，父亲没有刚才那么坚决了，他主动把猪崽子的价格降到了十九元。我明白父亲的意思，他想每个猪崽子卖十八元，就是只要不卖倒撅就行。

太阳爬得越来越高了，天气越来越暖和了，集市上的人也越来越多了。到我家摊前看猪崽子的人很多，来人大多夸猪崽子长得好，但还价的人却不多，我问父亲原因，父亲说猪崽子骨架大，皮毛好，人家害怕买不起，不敢还价，我想这可真是的，优势倒变成劣势了，好不容易有人想单拨一个，价钱出到二十二元，父亲却非二十五元不卖，结果好好的买卖又黄了。

等那人走远了，我对父亲说："爸，不管多少钱卖一个，先开个张再说。"

父亲叹了口气，悄声说："我也想开张啊，可这些人老想拨最好的，你不明白，好的一拨走，等过一会儿猪贩子来连窝端，不济的背不上价，不划算。"

六

不知不觉一个多小时过去了，还是一个猪崽子没有卖出去，父亲稳不住架了，他出去转了一圈，回来忧心忡忡地说："孩子，情况不妙啊，买家都贪便宜抓不济的，哪是本哪是利算不清楚。"

无本难求利，谁都明白这个道理，但小本求小利，对小农小户来说也是无可奈何的事情。我当年上哪能明白这些道理呢？父亲一介和泥土打交道的农民，又哪里会对世道人心认识得这么深入呢？

转眼到了十点，依然一个猪崽子没卖出去，父亲更加焦灼了，他把我喊到一边说："那几个猪贩子都在道边守着，你去看看他们抓到猪崽子没有。"

我偷偷过去侦察了一番，回来报告："没抓着，他们的猪笼子都还空着。"父亲松了一口气。

我冷不丁想到刚才侦察时，和最早谈价的猪贩子对视过一眼，那人脸上阴森森的，眼睛明显往外冒着坏水，我悟出了什么，赶紧提醒父亲："爸，我看那帮猪贩子好像是一伙的，他们要是联合起来压价怎么办？"

父亲眉毛剧烈地跳了一下，说："刀把子在人家手里，我们能有什么好办法？"

过了十一点，依然没有开张，父亲左顾右盼，见集市上的人逐渐减少，心情愈发心急火燎起来。我肚子已饿得咕咕叫了，但猪崽子没卖出去，饿也只能忍着。

父亲终于沉不住气了，他说："我出去转一圈，如果有猪贩子来买，你十六就卖了。"

我心里盘算着，十六元比十八元倒撅了两元钱，八个就倒撅了十六元钱，十六元，差不多能买三个打气筒呢，真让人心疼！忽然又明白父亲走了的意思——即便倒撅也是儿子卖的，和父亲无关。

看大人离开了，一个猪贩子慢悠悠地走了过来，问："连窝端，多少钱一个？"

"十七元，不讲价。"

"小屁孩挺能扛价啊，十五元我包了，卖不卖？"

我心里挺想卖的，但想到父亲的嘱咐，便说："十六元，一口价。"

"十六元你卖给别人吧。"猪贩子撇着八字脚，摇摇晃晃地走了。

父亲回来了，听有人出到了十五元，惋惜说："快下集了，你卖了就好了。"

我说："那我过去喊他过来。"

父亲拉住了我，说："你现在过去没用的，上赶子不是买卖啊，孩子！"

父亲递给我两根麻花，我狼吞虎咽吃了一根，猛然间想到父亲可能没吃，便把另一根递给父亲。

父亲淡淡地说："我吃过了。"

趁父亲抽烟的工夫，我偷偷把麻花掰下来一小段揣进兜里，弟弟在家望眼欲穿等麻花呢，要是等不到，这小子非哭鼻子不可。

到十二点，集市上的人差不多走光了，猪贩子更是一个也看不见了。太阳倒是比早晨温暖明亮了许多，照在身上暖乎乎的。看空空荡荡的集市，我恍恍惚惚的，仿佛做了一场大梦，看看猪篓里的猪崽子，又觉得梦境很不真实。

啪！父亲重重地拍了一下猪篓子，说："孩子，今天咱爷俩只能认栽了。"

我给父亲打气："没事，下集来卖，猪崽子长得大，卖得也贵。"

父亲苦笑一声，说："你小孩子家家懂什么，猪崽子到了一定斤两，吃的花销根本从卖上收不回来。"

我恍然大悟："咱俩今天就是吃了猪崽子大的亏。"

"也不全是。"父亲重重叹气，说："孩子，货到地头死，以后你就明白这个道理了。"

七

午后，阳光很强烈，路上的积雪和冻冰全融化了，道稀稀淌淌的，蹬不动自行车，父亲和我只能深一脚浅一脚地推车走着，那种沮丧至极的心情，不说也罢。

刚走出集市不远，最后谈价的猪贩子追了上来，问："老兄，有没有心思卖，要是有咱就合计合计。"

父亲老老实实地说："当然有，谁愿意把猪崽子拉回家呢？"

猪贩子简单明了，说："要是有心思，十四元我包了。"

我说："刚才你还出十五元呢！"

猪贩子没有废话："那是刚才，现在我就出十四元，卖不卖给句痛快话。"

父亲坚定地说："十四元不卖，要卖就是十五元。"

猪贩子循循善诱："老兄怎么这么认死理呢？你看这道混浆浆的，你忍心这么大点的孩子和你一起遭罪？"

我顶他："遭罪是我的事，和你有什么关系？小心操心不耐老！"

猪贩子阴郁地扫了我一眼，说："小伙子，脾气挺倔啊，我说话你别不爱听，要想出来闯天下，就凭你们爷俩的水平还差得远呢。"说完，偏腿骑车走了。

又走了不远，路上谈价的那个猪贩子堵住了我们："我说你们爷俩会后悔，当时你们还不服，怎么样，现在服了吧？"

不等父亲回话，我怼他道："你管那么多干什么，有钱难买愿意！"

猪贩子没理我，说："老兄，有没有心思研究一下。"

父亲吸取了刚才的教训，不动声色地说："价格合适我们就卖，不合适我们就拉回家。"

猪贩子直来直去，说："合适的话你就不要说了，十三元，卖不卖吧？"

父亲说："上个路口有人出十五元，我没卖。"

猪贩子纵声狂笑，说："十五元？你糊弄小孩呢，他最多给你十四元。"

父亲说："我宁可拉回家，十三元不卖。"

猪贩子坏笑着说："那你就拉回家吧。"然后转身上车走了。

望着猪贩子的背影，我恨恨地骂了句："真黑！"

父亲说："不能怪人家心黑，卖的想越贵越好，买的想越便宜越好，都是人之常情啊，孩子。"

又到了一个路口，最早讲价的那个猪贩子拦住了父亲，阴阳怪气地说："老兄，怎么猪崽子没卖出去？"

"是啊，可能价要高了。"父亲有气无力地说，我听了很生气——愿赌就要服输，父亲的话太没钢了！

"老兄，不怕不识货，就怕货比货，我摆弄多少年猪崽子了，行情滚瓜烂熟，我说句心里话，看你家猪崽子这个皮毛，要价绝对不高。"那人的话不知怎么变得好听起来。

"那有什么用？到头来不还是没卖出去。"

"有没有心思卖？有心思咱俩就合计合计。"

"当然有心思，你给个价吧。"

"十元，一口价。"

"十元？"父亲气得脸色铁青，"你开玩笑呢？"

"开玩笑？"那人冷笑一声，"说对了，我给你的就玩笑价，十元，卖不卖吧？"

父亲气得搭不上话茬，我说："十元不卖，你哪里凉快哪里待着去！"

"凉快的地方到处都是，就怕你想找还找不到呢！"那人双手扶着车把子，一脚踩地，一脚踏着车镫子，狞笑着说："老兄，你知道我等在这儿干什么？告诉你吧，我就是为了看你们爷俩笑话的。"

父亲抻直脖子，说："你想找打仗吗？"我气急败坏地骂了他一句什么。

那人蹬车走了，没走多远，一个荒腔走板的声音传了过来："骂人不疼，起誓不灵，三十晚上……"

三十多年过去了，我依然清晰记得那人的长相，一米七五左右的身高，肩很宽，圆脸，红脸庞，眼睛很大，眉毛很重，满脸络腮胡子，右嘴角下有一小挫黑毛。此生如果有机会看到他，我会告诉他我非常感谢他，因为他那天的话让我刻骨铭心，受用终生。

八

历尽千辛万苦，终于快到岭下了，我松了口气。忽然噗的一声，很快我反应过来，自行车爆胎了。

父亲责怪："不是让你加点小心吗？真是个败家子！"

父亲明显在拿我撒气，我知道如果顶撞父亲，事情会变得更糟，所以就沉默不语。现在想来，那天的表现和我的实际年龄并不相符。我不知道自己当时为什么那么冷静。

感觉话过头了，父亲缓和口气：“真是越别扭就越别扭，这样吧，你在这里原地不动，等我回家了换你，反正你也推不上岭。”

我说：“我去老师家借一辆自行车吧。”我的小学老师家就在附近，因为功课好，老师特别喜欢我。

借来了自行车，我和父亲又一起往前艰难地赶路，好不容易到了岭下，发现母亲带着妹妹弟弟在那里等候多时了。

看到母亲，父亲惭愧地说：“都怨我，今天价要高了，一个猪崽子也没卖出去。”

我说：“不怨爸，就怨我多搪了一句话。”

父亲说：“家有千口，主事一人，怎么能怨你呢？”又自责：“大老爷们儿，一点儿主意没有，这四十年真是白活了。”

母亲安慰：“没卖就没卖呗，兴许下集我们还多卖了呢！”

看一个猪崽子都没有卖出去，妹妹弟弟都识相不敢多嘴。上岭的道路泥泞不堪，坡陡的地方，融化的雪水都淌成小溪了。妈妈帮我、妹妹弟弟帮爸爸向上推车，趁在岭上休息的工夫，我把那一小截麻花递给弟弟，弟弟带着哭腔说：“哥，我吃不下。”话虽如此说，这小子还是吃得杠杠香。

到家，爸爸把猪崽子放进圈里，说：“老大，你攒攒劲，下周咱俩赶黑沟集去。”我听了心里直打鼓。到黑沟集市得经过一个山岭，那岭又高又陡，多少年前，那岭是条战备道，但现在因为少有人走，道路已经荒芜了。

赶黑沟集的时候，父亲在路上就把猪崽子卖了，每个十八元钱，这个价格让父亲很心安，因为和上集相比，总算没有卖倒撅。

那年是八四年，我虚岁十六，秋天我刚好考上重点高中。赶老家集那天是我的生日，时间节点特殊，不用心也记得特别清楚。

本文刊载于《民族文学》2022年第9期

缓慢降速器

于晓威

那一天，单位请来了当地的消防部门人员，来给大家讲解防火安全知识。大家被提前召集到一个能容纳五六十人的会议室里——其实这个人数也正是肖明他们这个测绘公司里，几乎所有的员工人数——大家懒懒散散的，不得不去听。其实谁都知道，类似此种宣讲活动，哪里是单位主动请的？是对方职能和工作所需，命令或指定相关单位做好准备，前来宣讲的。

在上楼梯的时候，肖明正巧与测绘室的汪馥琼走在一起。汪馥琼穿了一件蛋青色的T恤衫，白色的齐膝裙，肖明不经意间能闻到她身上散发的一种好闻的香水味儿。好像是蜜奶的味道。瞬间让他想起梦幻般的童年。而那件T恤衫，说老实话，肖明见到有蛋青色的T恤衫还真是不多，所以就未免多看了两眼。

消防员来了两位，一男一女。都是现役消防员。只不过，那位女的，应该是文职，在机关搞宣传或是什么的吧。肖明记得他的一位邻居的女儿，大学毕业后也报考过消防员。听她谈起过，女性消防员，没有在一线去救火的。

他们例行讲了许多知识，还有案例。演讲台上的背板是图像课件。那许多失火案例的录像，让肖明感到触目惊心。

最后，两位消防员照例为大家推荐一些消防产品，灭火剂啊，阻燃布啊，逃生铁锤啊什么的。有一种阻燃布，肖明产生了一点兴趣，厨房的台面万一着火时，用这种布一扑就会灭，而且不必事先用水打湿它。不过肖明继而又想，自己又没有女朋友，更没有结婚，还轮不到考虑厨房里的事。他去年买了一台二手车，平时去父母家可以开，想到车里还没有灭火器，于是他就跟消防员商量买哪种灭火器。

"当然是干粉灭火器或水基性灭火器好啊。"那位女消防员说，一般车里不能用二氧化碳灭火器，因为它不适合为车灭火，并且放在车里，夏天通风不好，还有高温爆炸的危险。

不说的话，肖明还真不知道。以为灭火器跟灭火器会有什么不同。于是他就买了一只水基性灭火器。

但是临结束宣讲时，消防员最后拿出了一个铁皮盒子，让肖明眼前一亮。消防员说，"这是缓慢降速器。"

几乎所有台下的听众都不知那是干什么的。只有肖明说："这个好。高空逃生用的。"

肖明看过那个著名的美国电影《史密斯夫妇》。就是由道格·里曼执导的、翻拍自希区柯克旧作、由布拉德·皮特和安吉丽娜·朱莉主演的动作片。尤其是影片一出场，由朱莉饰演的那个特工，在高楼里杀人若干后被围追堵截时，从容若定地凭借手持的一个设备，从高楼的窗口安全地使自己降落到外面数十米高的地面时，形象简直酷毙了。

安吉丽娜·朱莉手持的那个设备，就是"缓慢降速器"。

不消说，肖明在众目睽睽之下，又买了一台这个东西。

大家都嘲笑肖明。肖明买了一台缓慢降速器，简直迅速地在测绘公司大楼里传成一个笑话和谈资。令大家不解的是，一个家庭一辈子能遇见一次着火吗，而且是连房门都被堵住了的那种大火？你花大价钱买个高空逃生的东西，不是很可笑吗？

同事们最开始打趣肖明的时候，问他为什么买这个东西，肖明比较认真地说："这是为了万一家里着火，人被困住，可以通过它来逃生。"

结果同事们笑得更厉害了。

再有同事打趣时，肖明干脆就说："不为什么，就是好玩。"

有一天，大家都在食堂吃饭，不知谁开始议论一个手机新闻，说是一个男人，大白天跑到一个相好的家里私会，结果女人的丈夫回来了，男人情急之下，竟然半裸着身子从六楼窗口的雨水管往下爬，想重新回到地面，结果一失足，从四楼的位置掉下来摔断腿了。因为那个新闻配着视频，所以大家都感慨原来还真有这样的事情。之前还以为类似的事件都是传说。感慨之余，不知谁插了一句，哎，这个男人如果买一台肖明那种的缓慢降速器就好啦!

给大家笑得。笑声使食堂瞬间变成了快要爆炸的锅炉房。

肖明的脸红得不行。

又有不知同事的哪一个,说,据肖明说,美国一个电影里表演过这东西,可那毕竟是电影啊,有许多特技的,现实里咱可没见过,也不知肖明买的这个东西好使不?万一关键时候不好使,还不如爬雨水管安全哩。

大家把饭都一齐喷了。

肖明不恼,他慢慢地说了一句:"咋能不好使?"

"那让咱见识见识呗?"

"就是就是,肖明你亲自演示一下嘛。"

"我们大家每人凑二十块钱给你,算是观看费,四十多个人,你就从这里往外跳一下,几分钟的事,八九百块钱你不赚啊?"

"对啊对啊,演示一下大家看嘛!"

同事们七嘴八舌的,气氛越来越热烈。看得出大家也确实都满怀好奇。

一股热血涌上肖明心头。肖明说:"演示就演示。"接着又说,"别拿钱恶心我。"

肖明回到办公室,拎回来那台缓慢降速器,大家一下子都静悄悄的。说到底,当玩笑开得真了,大家心里也没底。而肖明呢,肖明心里也没底。不过肖明是这样想的,毕竟这个小小的设备,不是在非正规的市场里买的,而是在消防局那里买的,资质肯定是没的说的,也不可能不安全。唯一不同的,是肖明自己也从来没试验过。这一点,他其实跟大家一样怀着好奇。他甚至感谢大家,如果没有大家的怂恿,他不可能独自找一个楼房,从高空中往下试验,一个人难以有那种勇气。是啊,反正这东西买在手里,就是注定要用才行,否则还不如买只花瓶摆着好看。

食堂是五楼。五楼正好,太高了,会眩晕,不敢。除非是死神真正降临,那就从八楼九楼甚至十几层高楼赌一把。二楼呢,二楼太低了,试验不出效果。再说了,二楼的话,肖明就直接跳下去好了。

肖明还真的不怕从高处跳。从小学一直到初中,肖明都是个淘气的孩子。他小时候迷恋武侠小说,从大刀王五到霍元甲,从杨露禅到无崖子，他统统佩服得不行，尤其他曾梦想练习飞檐走壁。在他小时候的生命里，有长达四个月的时间，每天上学时，都故意扔掉父亲剩给他的那台老旧不堪的自行车，裤腿里偷偷绑着一副五斤重的沙袋，一路小跑着去上学。等到放学后，利用母亲做饭的当口，他就扔下书包，偷偷地去到老宅后面的旧戏台那里练习飞檐走壁。说是飞檐走壁，其实首先就是练跳高，看你凭借自身生理而不是凭借外界条件，能否做到身轻如燕。冷不丁卸去了腿上的沙袋，肖明还真是觉得整个人不跳也要飘。那个老戏台有八十厘米高，这个高度，肖明站在它面前，是正好平齐到自己的裆部。别看这个高度，百分之九十的男人，如果不采用助跑，就那么原地立跳，是跳不上去的。而肖明可以深蹲一下后，原地立跳上去。练习到三个月的时候，肖明在那个老戏台上面摞了三块厚木板，这样高度达到了一米。一米是他的腰部位置了。就这个高度来说，百分之九十九的男人是原地跳不上去的。肖明跳上去了。可是在接下来的一个月，无论肖明怎么苦练，他原地跳不到一米一高。一米一的高度几乎是他的胸口位置了。肖明不服气，为此好多次，他的两条前腿分别被戏台边缘撞得皮开肉绽，鲜血直流。后来肖明只好放弃。他身材不高，一米七，能原地起跳到一米，就算是很对得起他的四个月苦练了。

不过肖明这人做事还是聪明。要么就是武侠的影响对他太大了。仅仅过了几天，肖明转念一想，去他老儿哟，我不能练习飞檐走壁和跳高，我练习从高处往下跳还不行吗？

于是肖明就练习从高处往下跳。墙头，屋顶，柴火垛，都成了他下跳的平台。有一次放学，几个同学路过一幢未建好的楼房时，好奇地钻进去玩。来到一个三楼的阳台时，几个人往下一瞅，都跃跃欲试往下跳，可是谁也不敢。肖明看着外面的地面，还好不是水泥地，是土地。另外，三楼的阳台，其实也就是二楼的楼顶。但也足有五米多高了。肖明说，我跳。他运了运气，让身体找好平衡，"忽"地一下就跳下去了。

跳下去，全身安稳，毫发无损。

所有同学都惊呆了，佩服不已。

那是肖明长到这么大，往下跳的最高的一次。

肖明打开食堂五楼的窗户，观察了一下周围的环境。外面的水泥地面显得无比空阔，蝉鸣声像细雨一样在地面来回跳荡，绵延不绝。肖明打开缓慢降速器的铁盒子，从里面一一取出物件。一根环形挂钩，一个速差自动调节器，一根航空钢丝绳，一件吊带安全服。

正好窗户旁边有一条暖气管，肖明将环形挂钩死死地扣在上面，又用力拉了拉，发现无比牢固。接下来，他将吊带安全服穿在身上，手里攥着安全服连接到挂钩那里的钢丝绳，起身站在窗台上。就在他即将往下跳的一瞬间，他的胳膊被拽住了。

是门卫老李。老李斜着眼，看起来有点令人恐怖。他的一只眼睛经过一次手术后，就变成了这个样子。

"卡扣没系。"老李说。

肖明低头一看，这才发现，他虽然穿着安全服，但是安全服上面的卡扣竟然忘记了拉死，这样穿着安全服，简直形同虚设，如果跳下去，后果不堪设想。

当然，围观的同事们，除了老李，谁都没发现这个问题。

肖明吓出了一身冷汗。

将安全服的卡扣重新归位并系好之后，肖明背着身子，面向墙壁，从五楼的窗台向外轻轻一滑。他感觉自己像一只大鸟一样，在空气中柔和地下降。

不到三分钟，他双脚站到了地面。

"我喜欢养花。我家的院子里，我养了许多花。"在一爿很洋气的咖啡店里，肖明与老李相对而坐。老李头上的布质草帽忘了摘，加上暗黑起皱的面孔，再加上斜眼，看起来像是一个美国西部老牛仔。

"我几年前也喜欢养花，可是现在不养了，我总是把花养死。"肖明说。

"花需要的是精心来养，养花又不是养狗。"老李嘿嘿地笑起来。

"我也许是太精心了吧，"肖明说，"我养的花不是干枯而死，是经常被水浇死了。"

"那你是太精心了。"

"还需要点什么？"肖明问老李，"再来份多士？"

"不要不要，这样就很好，喏，这么多的牛排。"

小时候，在胡同里跟别家的孩子们打架，肖明总是打不过对方。他很奇怪，自己又不是身体不够灵活，力气也不是很欠，可为什么总打不过人家。有一天，哥哥把他叫到院子里，让肖明看着他。肖明看着笑嘻嘻的哥哥，还没反应过来是怎么回事，哥哥突然脸色一变，一拳就打在肖明的下颌上，给肖明打翻在地。哥哥临回屋时给他撂了一句话："熊样，再在外面打架吃亏别找我，我都腻烦了！你想打架的话，一要主动出手，二就要狠！"

肖明的脸肿了三天。再跟外面的孩子打架，肖明总是被父亲事后领着去对方家里道歉。他不是把对方牙打掉了，就是把对方的头用石头砸出血了。他再也没有吃亏过。

有一次，父亲又领着他去人家道歉。人家正在屋里吃饭，桌子上摆着一种肉，闻起来很是香味诱人。肖明从没见过这种肉。主人倒是很客气，待肖明道完歉之后，随手夹起来一块那个东西，给肖明吃。

肖明回家的路上问父亲：那是什么东西啊？

牛排。父亲说。

牛能吃？肖明惊讶地问。因为从小到大，他家里连猪肉都只是在过年时才吃，平时哪里吃得到？他以为牛只是耕地的。

你以后别打架了。我给你买牛排吃。父亲说。

走了一会，父亲又说，我给你打架包赔人家的药费，够你每月吃一回牛排了！

肖明把这个往事讲给老李听。又补充了一句，事实是，我吃了牛排之后，打起架来更有力量了。

老李静静地听着，忍不住笑了一下。他只有笑起来，才看不出眼睛是斜的。因为都眯在了一起。

肖明感觉老李，他使用起刀叉和铺垫巾的手法其实很专业。包括他倒咖啡壶的姿势。肖明其实不太熟悉老李，老李是去年才来的。之前听说，他是给一家企业开卡车的。退休后，来到了这里做值班门卫。

肖明只去过老李的值班室一次。还是临时跟老李借什么工具好像。老李的房间被他收拾得很干净，印象突出的是，阳光非常强烈。老李的房间布置得很简朴，一张桌子，一部电话，再就是依墙有两排收发报纸和信件的架子。在里面的卧室里，肖明记得床头放茶水的矮柜上，放了一只相框，照片上的人是老李的妻子。

这么大年龄了，还把妻子的照片摆在眼前，肖明多少感觉有点好笑。

此时，老李的眼前浮现出妻子的面孔。肖明在讲他的往事的时候，老李有点溜号了。老式放像机。他想。他手里有一盘几十年前、他和妻子结婚时，录下来的结婚影像带。自两年前妻子去世后，他有一天突然想起这盘录像带，可是令他茫然无措的是，录像带虽然找到了，那是他用心保存在柜子里的，但是播放录像的机器却早已坏掉了。这是他无法预知的事情。事实是，那个早已坏掉的机器，在更早年间的某次打扫卫生时，被他给扔到废品栈了。这两年，老李跑遍了这座城市的所有家电行，找了无数的人，想买一部能播放这部带子的新的放像机，可是人家说，这种机器早已淘汰，全世界也看不到谁在生产了。

"怎么会？"老李经常喃喃自语。

后来，经人家指点，老李又去电脑行请人把这部带子转制成碟片保存，据说那样既可以重新播放，又可以永久保存。但是同样是跑了无数的电脑行，对方经过万般尝试，都摇头说，这个录像带的磁粉都已经掉光了，带基已经严重侵蚀了，无法修复。

老李想重温旧梦的想法彻底实现不了了。他多想好好看看当初跟妻子结婚时的场面。后来，老李的这个想法，渐渐被一种强烈的内疚所压倒。他觉得很对不起妻子。妻子在这个世界上，留下来唯一的活动的影像就是这了。可是，却跟没有一样。

眼下陪着老李的是一条柯基犬。棕色的，夹杂白花纹。老李很爱他的这条柯基犬。

临告别时，老李说："你知道栀子花最喜欢什么肥料吗？我保管你能养好。"

"什么？我从来没养过栀子花啊？"肖明说。

"你刚刚不是问我了么，栀子花怎么养。"老李眼睛瞪得很大。他这么一瞪，肖明就觉得有点恐怖。

"我真的没问过你栀子花的事。"

"哦。"老李显得很是失望。

"到底怎么养？"肖明只好问。

"栀子花最喜欢野雉鸡的粪便，用野雉鸡的粪便来养它，栀子花就不会死。"

"哦，"肖明说，"我真没养过栀子花的。"

"我本想送你一盆。"老李说，"但是算了，现在的野雉鸡粪，你根本找不见。"

夜晚，将要躺下休息时，单位测绘室的汪馥琼终于给肖明回了手机短信。肖明拔掉正在给手机充电的电线，半倚在沙发上，借着屏幕的荧光跟汪馥琼对话。

"你还没睡？"汪馥琼问。

肖明回了一个微笑的表情。

"我觉得还是不行。"汪馥琼说，"我确实尽力了。"

肖明知道，他俩之间的关系，终于面临一个分叉口。过去相处的一年多，看来要变为回忆了。

"主要是，"汪馥琼看到下面好久都没回话，只好说："我父母对我太娇惯了，也不想让我这么快就找男朋友。他们跟一般父母不一样，他们总想让我多陪陪他们。"

其实理由只有一个。肖明知道，他在她父母那里过不去关。汪馥琼的父母，一直觉得肖明的经济条件太一般，尤其是，肖明的父母都是下岗工人，只有很微薄的养老金。加上身体又不好。

肖明回："其实，这个结局我并不意外。"肖明说的是实话。肖明见过她的父母，不是汪馥琼专门领他见的，是肖明跟汪馥琼有一次吃饭，碰巧遇见的。做父母的一见女儿跟他吃饭，加上他俩当时的神情，就明白了七八分。

肖明曾问过汪馥琼两次，她父母对他的看法，汪馥琼都给话题转移过去了。

汪馥琼见手机长时间没动静，就回："对不起。"

肖明说："没什么。"

他们互相道了晚安。临熄屏时，汪馥琼最后回了一句："你那天从大楼窗户降落的姿势，真是帅呆了。"

肖明苦笑了一下。没回。

汪馥琼不久就嫁人了。肖明提前买了一条项链给汪馥琼作为礼物。但是结婚现场，他没有出现。

过了不到半年，或者顶多大半年吧，汪馥琼工作调走了。她的公公和婆婆据说有点门路，把这个儿媳调进一个更好的电力国企里面。

没有了汪馥琼的测绘公司，肖明觉得日子过得真是单调。而那时候，作为私营企业的测绘公司的业务，也越来越不好做。肖明渐渐懒得跟任何人说话。

有一天，肖明开车进单位大门时，发现开移动栅门的人不是老李。一打听，原来老李被换到夜班值班了。眼下这个值白班的是个年轻人，个子很高，看人的表情有点傲慢。

又过了几个月，肖明听说，单位裁员，老李被裁掉回家了。回家就回家吧，肖明想，他年龄也不小了，该是颐养天年的，每天熬夜值班又是何苦。只是不知道，他的那些花儿养得怎么样？还有他说过的那条柯基犬，越来越老了，呼吸道或是肺子有毛病，每天晚上睡觉时，剧烈的喘息声搞得他睡不好觉。

但是，有一天，肖明被一个突然的消息惊呆了：老李跳楼自杀了！

啊？怎么会？肖明百思不解。

单位的人都在传说老李自杀的事。他是在一个夜晚，从一处废弃的铁路家属楼十一楼的楼顶跳下来的。据说，他一句遗言都没有，只是，因为是夏天，天气太热，他住的是带院子的平房，本来很凉快，但是他担心那条老狗喘息费劲，别给热死，于是把所有的窗户都打开通风，一个人锁好门走掉的。

整整一天，肖明的心里都非常难过。不过，也仅是难过一整天而已。肖明不了解老李，说到底，他们不过是生命轨迹毫不交叉的人。就比如说，如今的汪馥琼对于他来讲，似乎也成为这样的人。尽管他十分爱她。生活那么漫长，那么随意，何必刻舟求剑。

不久，肖明也结婚了。他没告诉汪馥琼。肖明以为自己会从此打一辈子光棍，可是没想到真的结婚了。是别人给介绍的。他们买了新房。肖明再也不用过那种租房子、吃快餐的生活了。结婚两年后，他渐渐胖了一些。他和妻子的生活基本是非常规律的，每周利用周末逛一次街，回父母家吃一次饭，再就是每半年还能够出去旅行一次，在旅行途中的宾馆里，他们也做爱。

不过他暂时还不想生小孩。

到了结婚的第九个年头，肖明的女儿长到六岁了。有一天，肖明收拾家，他到处翻拣家里犄角旮旯里的杂物，是想给女儿找一本自己小时候读过的彩色儿童书。猛然地，他发现了那个铁盒子——那个有点儿锈蚀的、完全陌生的、里面装着缓慢降速器的铁盒子。

他几乎都不记得它何时来到这里。

是啊。九年来，他只用过它一次，还是在别人的怂恿下，才用过一次的。他当初买它，到底是为什么？现在想来确实多么滑稽。

他把它拎在手里，耳边猛然响起一个声音。

"卡扣没系。"

他一下子就想起了老李。那个斜眼的老李。肖明眼泪差点出来了。老李多疼啊，肖明想，他是从十一楼跳下来的。十一楼，十一楼，肖明想。

肖明觉得身体有点眩晕。站在女儿身边和温馨的房间里，他第一次觉得自己原来有一种说不清的恐高症。

他拎着那个缓慢降速器，亲了亲女儿，独自下楼钻进车里。在车里，他打开音乐，路边经过的商店橱窗给他一种不真实的感觉。他沿着公路开出很远，几乎比郊区还远。他们一家三口都没有开出过这么远。他爬上了一座山。费力地沿着小路，登上了一处野树丛生的山崖。

那座山崖有几百米高。现在，他站在了崖边，远处云霭缭绕，深不可测，没有一丝风，也没有一丝声响。

肖明用一只手，死死地攥住那个铁盒子，后退半步，抡圆了胳膊，然后一下子将它从空中扔了出去。

那个缓慢降速器，像一枚刀子一样，又像是一只大鸟一样，只一会儿就不见了。

本文刊载于《十月》2022 年第 6 期
选载于《小说选刊》2023 年第 1 期

玛　虎

解　良

　　我和戈吉在白云顶子意外相遇。我十四岁，他十六岁。几天前我去巴彦奶奶家，见一个比我大一点的少年在木栅外踮脚向院内窥探，看见我即刻羞手羞脚，我一眼就看穿了他的心思。回家后我问舅舅他是谁，舅舅玩笑说，你要小心，鸟夹子来了。我乳名小鸹，名字里有鸟。戈吉，意为打鸟的夹子。

　　我在满屯从未碰到戈吉。舅舅说戈吉命苦，爸上山伐木被倒树捂死，妈带着他改嫁到森林小火车沿途的一个小镇，继父很凶，每年学校放寒暑假他就回到满屯爷爷家，找些活做，为自己挣够一年的花销。

　　白云顶子，额鲁森林中的一个地名。满屯人语言朴野，额鲁即健壮，额鲁森林就是健壮的森林。还有舅舅的绰号，关半屯即关半臀。屯里人都知道舅舅因何缺了半个屁股，舅舅则说，我被山神惩罚了。对于不守规矩的人，山神的眼睛是雪亮的。

　　舅舅是一个传奇人物。年轻时跑山打猎，脑瓜子灵，一身绝活。一群水鸭子落在水壕里，他将枪里的铁砂打出一个扇面，一枪打中十只水鸭子。一只山狸子吃掉舅舅家一只母鸡后钻进一条石缝中躲藏，枪打不到它，猎狗也干着急。这是滴水成冰的严冬，舅舅砍一根腊木条子，浇上尿，将条子伸进石缝内触到山狸子身上，条子上的尿水立即结冰，牢牢沾住山狸子的毛。他手拧着条子，活活将山狸子从石缝里拖了出来。舅舅的绝活被人学去，满屯人冬天就用这种绝活抠树洞里的獾子。后来，舅舅跑山滑倒，人与枪脱离，离开他的枪被树枝搂了"勾死鬼儿"，一枪打烂他半个屁股，让他成了跑腿子（鳏夫），从此金盆洗手，埋葬了使用多年的两杆猎枪，改行接骨治伤，人们又叫他关半仙儿。

舅舅不再打猎，对额鲁森林依然钟情，常常独自一人进山，兜兜转转，小住几日，无间冬夏。屯里人说他在林中采药，亲近鸟兽，还有人说他通神，有讲不完的关于额鲁森林的神秘故事。我喜欢听舅舅讲故事，每年寒暑假都来舅舅家住一阵子。从今年夏天开始，迷住我的还有巴彦奶奶的孙女——住在远方大城市里的小盈。

几场大雪阻断了森林小火车，我和戈吉在大雪之前先后抵达满屯，小盈不知被什么事情耽搁，寒假至今还没有来到巴彦奶奶家。快过春节了，大雪让我暂时回不到小火车的终点站U城，戈吉也无法返归沿途那个小镇，这促成了我俩在白云顶子相遇。

这一天我和舅舅一起走进额鲁森林。我说，我要带几穗红蒲棒回家，做一幅装饰画挂在墙上。舅舅说白云顶子下面有一片甸子长香蒲，结了红蒲棒。进山后，舅舅指给我甸子的位置，叫我采完红蒲棒按原路下山，他去森林里转转，很晚才能回家。屯子里人讲，香蒲又叫怀梦草，红蒲棒塞在怀里可入梦，立验吉凶。屯里有爱上某位姑娘的小伙子就来山里采红蒲棒，塞在怀里做梦。老人则以蒲为鞭，蒲鞭示辱，仁慈地惩罚犯错误的孩子。

我猜，戈吉也是为红蒲棒进山的。

今年暑假，我在满屯第一次见到小盈。巴彦奶奶隔着木栅喊舅舅去她家，舅舅应了声走出自家的木栅，一颠一颠拐进隔一道木栅的巴彦奶奶家。屯里人有句形容舅舅走路的歇后语，关半屯走路——步步有礼。他一颠一颠的样子很像早年屯里人见面施"打千儿"礼。接着，舅舅喊我，小鸨，把我的药葫芦拿过来。我拎着舅舅的药葫芦走进巴彦奶奶家，惊喜地见到了放暑假来看奶奶的小盈。她手里握着一只从屋檐摔下来的小燕子，两眼泪汪汪。舅舅说，别哭，别哭，会好的。从小盈手中接过燕子受伤的腿，先上药，后用做针线活儿的线一圈圈缠好。说，喂它黄瓜籽，黄瓜籽接骨，一周就好。我自告奋勇要给小盈弄黄瓜籽来。巴彦奶奶说不用，家里有。我脸上羞，心里窘，勾勾心没得逞。巴彦奶奶家若没有黄瓜籽，我就可以借口送黄瓜籽来看小盈，没借口，我害羞，直到暑假结束的前一天，提前返回U城的我在火车站里又见到小盈。我早就猜到她会在暑假结束的前一天离开，像一个隐者躲在火车站的人群里，看见她被巴彦奶奶送入检票口。小盈乘火车返回了大城市，巴彦奶奶又坐森林小火车回了山里。

我担心戈吉惦记小盈。

白云顶子下面雪谷幽深，森林寂静。我在甸子里发现几簇干枯的香蒲，摘下三穗铁锈红蒲棒，敞开棉衣放进怀里，将茎秆插进裤腰，合上棉衣。已是午后，森林里传来笃笃笃的敲木声，像拍发电报，却不见啄木鸟的身影。舅舅说打春后啄木鸟急于发声向雌鸟倾诉，警告情敌不得侵犯它的地盘。我踩着积雪嘎咻嘎咻朝山下走，发现雪地上有一行野兽蹄印，蹄夹分两瓣，像盖在雪地上的图章，很美。感觉这只野兽像走T台的模特，迈着悠闲的猫步，漫游森林。我弯下腰，手指伸进蹄印里触摸，雪是软的，没冻僵，旁边还有一堆黑色粪蛋拌着黄色尿液冒着热气。天，野兽就在附近，我拿出身上唯一的武器弹弓，在兜皮里压上一个石子，感觉野兽就是舅舅口中的傻狍子。我追着行踪下山，很快发现蹄印在雪地上跳跃起来，我惊动了它，它开始了奔跑。忽然，我听到森林下方有动静，同时听到了自己咚咚的心跳声。

下边走上来一个人，我们相距十几米，他发现了我，愣住。我认出他，停下来。戈吉看见是我，无力地将后背靠在一棵树干上喘气，摘下头上的棉帽子，蓬乱的头发像大锅烀猪食一样呼呼冒着热气。

你进山下套子？我第一次跟戈吉说话即质问。

没有呀！他眼神很凶，一脸抵赖的表情。

我指了下他的腰，他腰上缠了一根钢丝套。舅舅说，额鲁森林禁猎，却有人偷偷进山下套子，套野猪、狍子和兔子。戈吉腰上的钢丝是套大动物用的。

套子是我刚才在森林下边捡的。戈吉狡辩。瞥见我手里有弹弓，马上将话题转到我身上，你拿弹弓是来森林里打飞龙吧？

才不是呢。我说，防身。

他嘴角不屑地一笑。

飞龙又叫花尾榛鸡，是国家一级保护动物。

为了让他相信我，我急忙说，刚才我码到一个大野兽的行踪，往森林下跑了。你从下边上来碰上它没有，是凶猛动物吗？

我没看到。戈吉说。看上去他走得很累，踢了两脚树下的雪，一屁股坐在地上，从身上摸出一盒纸烟弹出一支，问我，你抽吗？我避忌地摇头。他点燃了一支猛抽几口，嘴唇上长出的茸须清晰可见。我也盼着自己快一点长出胡须，像个爷们儿，曾划根火柴吹灭用火柴杆画过胡须。见鬼，我怀里的两穗红蒲棒顺着棉衣下摆掉了下来，落在雪地上。

戈吉见我采到红蒲棒眼里来电。他说，快过年了，我也想去甸子里摘几穗红蒲棒讨个吉利，我突然闹肚子浑身没劲，不能去了，你送给我一穗吧。

我将掉在地上的红蒲棒递给他，问他，你想验梦吗？我以为戈吉趴巴彦奶奶木栅是偷窥小盈，谁知他野心够大。他点头说，看我能不能活捉双头狍！

我吓一跳，忙说，舅舅说双头狍成精了，小孩子对付不了它。

戈吉瞥我一眼，我都十六了，你才是小孩子！

我说，你十六了也不像大小伙子，我不信你能活捉双头狍，做梦吧！

不，我想圆梦！戈吉说，这几天我总做同一个梦，双头狍被我逮住，我带着几十斤狍子肉回家，背着继父偷摸拿到市场上卖，赚够了我一年的花销！

戈吉的话让我不禁为双头狍捏了一把汗。舅舅说双头狍是一头彪悍的公狍，在发情期间与另一只公狍顶角决斗，险胜对手。胜利却给它带来烦恼，战败者的角与它的角交叉嵌套在一起无法解套，它只能拖着一具死狍的尸体生存。被它拖着的死狍躯体在夏天渐渐腐烂脱掉，但死狍的头部仍然无法取下，它以惊人的生命力带着两个头进入冬天。舅舅说，下一个春天狍子会自动换角，它就可以摆脱困境了。舅舅每隔几天便进山观察，清理偷猎者下在森林里的套子，不知什么人（屯里人还是外地人）已经盯上这头带着另一个头颅奔跑起来略显笨重的双头狍，想用套子套住它。舅舅在暗中保护着双头狍，并用他特有的方式祈祷它能够平安度过这个冬天。戈吉今天带着他的梦和钢丝套进山，不知他是否已在森林里下好了套子，双头狍会有危险吗？我问戈吉，你见过双头狍吗？

戈吉摇头。

我说，我见过。

你吹牛！

我见过舅舅扮的双头狍。我想用舅舅的神威吓唬戈吉，镇住他。

一天晚上舅舅烫了一壶烧酒，盘腿坐在炕上喝。酒过三巡，他拿出一大摞子纸稿，封面写着《满屯史》。接着，他手拍单鼓给我唱起靠山调儿：

春不打母，秋不打公，夏不打荤菜，
老祖宗们留下的规矩谁也不能破坏。
不能把山场打浑了，那就得罪众神了。
大山要是关门了，咱们就愧对后人了！

舅舅呷口酒，问我，知道啥叫春不打母吗？我摇头。舅舅告诉我，母狍11月至12月怀胎，春节前后肚子里已有两只狍崽。你打死了母狍，额鲁森林就失去三只狍子。母兽春天哺乳，公兽秋天交配，都不能打。啥叫荤菜？就是油腥大的动物，熊、野猪，夏天还没上膘，也不能打。这是老祖宗留在额鲁森林的谛语。你记住，天上飞的地上跑的土里藏的水里游的都要传宗接代，谁也不能随便祸害它们。

舅舅翻开那摞纸稿，说，这是我记录的《满屯史》，等我写完了，日后留给你。你看看这一段。他把纸稿递到我手上，叫我看其中的一段：

满屯人的祖先世居额鲁森林，骁勇善射，能为鹿鸣，狍鸣，以呼鹿群狍群。制鹿首狍首面具，又像鹿狍之首，戴之使鹿狍不疑。

我有疑问，抬头再看，舅舅出去尿尿了。

舅舅再次返回屋里把我吓了一大跳。他像变戏法，头上戴着一顶狍角帽——像一只双头狍，脸上贴着带毛的狍子脸，一走一势酷似一只雄狍子。舅，你别……吓我。

这是"玛虎"，不吓人。

"玛虎"是什么？

祖先戴的面具。

舅舅又掏出一个用桦树皮卷成筒的哨子含在嘴里吹起来，我听到一阵"咿呦——咿呦——"的嗥叫声。舅舅说，这是狍哨。

能唤来狍子吗？

舅舅喝了点酒，像吹牛，哪天有闲工夫我带你去森林，叫你亲眼见识见识。

我讲到这里，戈吉打断我，你舅说他这么能耐那么能耐，谁看见了？倒是自个儿的枪跑拍了，丢了半爿屁股，地球人都知道了。

我有点恼羞，戈吉这是在羞辱舅舅。

不过，戈吉又把话拉回来，我承认，你舅舅的确是个大能人。他捏着烟蒂呷一口，吐进雪里，烟蒂与积雪交锋发出一阵嗞嗞声。他转脸问我，你进山带干粮了吗？

我说，没有。只带了两个烧熟的土豆。

送我一个，我饿得不行了。他说，我刚才闹肚子都拉出去了。

我从棉衣兜里摸出一个土豆递给他，他三下两下就咽进肚子里。我感觉自己不饿，将另一个土豆也给了他。他说，谢谢。又将这个土豆吞进肚里。

太阳西斜，森林里突然间阴暗下来。我说，我们下山吧，不然天黑了我们就走不出森林了。戈吉却说，要走你先走吧，我不怕，我摸也能摸出森林。

那……我先走了。我准备告别戈吉下山。

意外的场面突然出现。在冬日午后四点多钟的光景里，森林下方走过五只白尾狍，抬蹄轻盈，像在森林下面跳太空舞。我被这神话般的场面惊呆，脱口而出，狍子！

戈吉突然朝斜刺里冲刺而去，一边跑一边像撵山似的大吼大叫，他发出的声音似有大面积的玻璃在森林中不断炸裂。五只白尾狍炸窝，朝山林下夺路而逃，白尾巴一扇一扇像是摇起五支鹅毛扇，转眼消失在森林下方。戈吉杀声震天，像一头牛犊撒欢儿朝森林下方狂奔而去，我像他的尾巴，紧追不舍，很怕被丢在山里。

冬日，夜幕不再徐徐降落——太阳像一只被孩子踢到悬崖边上的足球在林梢上缓缓滚动，山坳里的森林王国已被巨大的黑影笼罩，等下一秒"足球"滑落深渊，山坳和森林瞬间黑天墨地，戈吉和我的追捕行动随之陷入迷茫。山下是沟壑，深不见底。五只狍子已不知去向，即便再次见到它们也没用，我们没有武器，不可能空手套白狼。该下山回家了，戈吉却不知为何还不死心。我想自己下山，这天夜里月亮被黑云压住，迟迟不露面，森林里一片漆黑，我不敢贸然下山，担心一失足滚下陡峭的山谷。

带一支手电筒来就好了。我沮丧地说。

戈吉突然问我，刚才你看见几只白尾狍？

我说一共五只呀。

没有双头狍，对吗？

没有。

我开始着急，催促戈吉快带我下山，他说要等月亮出来。黑暗隐去他的表情，感觉他坐到地上，雪窝子被他屁股压得咔哧响。他突然问我，你养过安哥拉兔吗？

没有。我说。

我家养过。他说，我用刀剥过兔子皮。

我不知道戈吉在想什么，自己已经没了主意。我没想到自己会跟戈吉落入漆黑的大森林，怎么走出去完全靠他了。我想，舅舅这时在身边就好了。不知舅舅下山回家了，还是在大森林上方没有下来？我想大声喊舅舅，就在这时山谷下面隐隐约约传来轻微的叫声，声音很小，但我很熟悉，是舅舅用狍哨吹出的同一种声音"咿呦——咿呦——"，不同的是它在挣扎，嘶鸣，发出阵阵痛吟。

戈吉突然站起来。

是狍子的叫声。我说。

他突然说，你在这儿等我，我去找松明子。我们点着松明子下山。

松明子是松树体内松脂油聚集形成的疖子，屯里人用它点火生灶，也可以点燃照明，正好戈吉身上有抽烟用的火柴。我说，我跟你一起去。

你别坠脚了，走丢了算谁的？戈吉说山那坡有一片红松林，要我在这等他，他马上回来。我木然地站在原地，听到戈吉嘎哧嘎哧的脚步声向森林上方移动而去，渐行渐远。

一阵寒风吹过，山坡上柞树叶哗哗响，我紧张地坐在雪地上，佝偻成一团。我从未单独在严冬的野外过夜，头上不见月亮，一有风吹草动，即四下张望，分辨不出是风吹柞树叶响还是野兽走动，不知黑暗中隐藏着什么，愈发感到风声鹤唳。戈吉一去不归，我身陷囹圄，不知所措。夜渐深，天降寒流，我眉毛和嘴唇结上白霜，小腿上的绑腿已松动，雪从鞋上沿灌进鞋子里，化成水又结成冰，双脚冻成两个冰坨子。

冷风从袖口、衣领钻进腋窝和后脊梁，透心凉。我想起舅舅挂在墙上的那件羊皮袄，感觉被人披在了身上，暖起来，打了个盹。也许是怀里揣着红蒲棒吧，我真的做了一个梦。

我的梦里出现小火车的拉鼻儿（鸣笛）声，小盈那双总有内容的眼睛若隐若现。一个蒙太奇，小火车开进满屯，小盈提了年货从车上下来，我和巴彦奶奶迎了上去。小盈一下车就将东西扔在地上，直奔我而来，我脸上的笑容突然变僵。小盈来到我面前，数落我，你真傻，戈吉用钢丝套捞着一只狍子下山了，把你丢在这里，你想冻死在山里吗？

我浑身一激灵，梦醒了。

戈吉还没返回来，他真的把我丢在山上自己走了？我惊恐地站起身，前面是深不知底的沟谷，四外漆黑一片，我感到自己寸步难行，几乎要哭出来。

在我几乎绝望的时候，森林上方传来"咿呦——咿呦——"的叫声，非常耳熟，是舅舅吹的狍哨。开始隐隐约约，断断续续，但越来越真切。我转回身冲着森林上方发出呼救声：舅舅，舅舅——我是小鸹——我在这里——

真的是舅舅！

森林上方"咿呦——咿呦——"声停止，变成"哧啦哧啦"的蹚雪声，有人从上面下来，同时传来舅舅的喊声，小鸹，别怕，舅舅来了。

听到舅舅真切的声音，我哭了出来。

舅舅走到距离我还有十几米的地方，提醒我，小鸹，舅舅戴着"玛虎"呢，暂时卸不下来，你在家里见过的，不用害怕。随着舅舅脚步声临近，我影影绰绰地看到黑暗中高昂着双头犄角——七叉八叉的弯刀般锋利的狍子犄角耸立在舅舅头顶，如向我移动过来的一树仙人掌。

"玛虎"舅舅来到我身边，伸手拉住我，我能感觉到这是真正的舅舅，心里终于踏实了。舅舅问我，怎么你没下山回家，走妈答山啦？

这太像一场梦——我梦见了小盈之后，舅舅又戴着"玛虎"出现在森林上方，白天他去了什么地方，为什么这时候出现在这里？

舅舅的说辞总让人感到玄秘——今天他在深山巡逻，看见一头三百斤的野猪被乌鸦袭击。这头孤猪从前十分凶猛，称得上森林里的霸王，但今年入冬后背上生疮，腐烂化脓，被吃腐食的乌鸦给盯上了。乌鸦冷不丁就从森林上方冲下来向它喙击，它回头用嘴去咬，咬不到乌鸦，十

411

几只乌鸦落到它背上一口一口啄它肉吃。我上去轰赶乌鸦，不管用，这时野猪最好钻进洞里躲避，它却用奔跑摆脱乌鸦，最后在岗那边累趴下，惹来天上黑压压一大群乌鸦，百喙啄肉，等我追过来，野猪就只剩下一具骨头架子。

天呀，乌鸦也这么厉害。那……你现在来白云顶子做什么？

舅舅说，我今天进山就是来白云顶子会五只母狍。有一件事我瞒了你，双头狍十几天前被盗猎者猎杀了，五只已经怀孕的母狍非常怀念它。我戴上玛虎装扮成双头狍来会它们，是想安慰安慰它们，白天它们会发现我是假的，只有天黑后它们才会把我当成真的双头狍。

这简直是天方夜谭，现代神话！

正好，我现在就让你见识见识。舅舅在黑暗中摸出狍哨，说，你先蹲下身子。我蹲下来，他吹响了狍哨，发出了公狍"咿呦——咿呦——"的啼呼。舅舅小声说，你注意看。我先是听到不远处传来的几声呦呦嘤嘤的痛吟，声音轻细低哀，有点像委屈的哭声。接着，森林上方出现几双晶莹通亮的眼睛，小灯泡似的，伴着动物走动的声音。

看见了吧？舅舅小声问我。

我屏住呼吸，问，你怎么知道它们是母狍？

狍子是白屁股，跑起来屁股呈心形就是母狍。

舅舅本来很得意，突然变味，不对呀。这是四双眼睛，应该是五双，二丫怎么没来？

二丫？

群里第二大的母狍，我叫二丫。

天，梦里小盈说狍子被戈吉套走了，是真的！

我将遇见腰缠钢丝套的戈吉以及他弃我而去的经过告诉了舅舅。还有，在他去找松明子之前山谷下面传来了"咿呦——咿呦——"的动物挣扎的呻吟声。

这是狍子被套子套住了。舅舅说，早晨上来我把山谷转了一遍，没发现有套子。

肯定是戈吉在你身后又下了套子。我说，他做梦都想活捉双头狍。

不好，二丫被套住了。舅舅收起狍哨，卸掉头上的玛虎装进背襄，又从背襄里取出手电筒，带着我朝山谷下走去。我深一脚浅一脚地跟在舅舅身后，一路跌跌撞撞。

我和舅舅走出额鲁森林的时候天已拂晓，我们听到了森林小火车的声音，在大雪中趴窝多日的小火车启动了，开往山外。山路像一把青锋从大地上亮出来，我们听着屯子里的公鸡打鸣声，沿着这条路走进了屯子，直奔戈吉爷爷家。

走进劈柴栅栏小院，舅舅发现雪地有滴血，走上去踢了两脚院中的雪堆，一大团东西从雪堆里露出来，是一张刚剥下来揉成一团已经被冻硬的狍子皮。

毁了！舅舅泄气地说，二丫被戈吉给宰了，肚子里的两个胎儿也毁了。

舅舅转而变得怒不可遏，拉开房门闯进屋，带进一股寒流。我跟在舅舅身后，随他闯进里屋，只听他喊，五叔，戈吉这个兔羔子在哪儿？

戈吉爷爷躺在炕上，耳聋眼花。你说……什么？

戈吉！舅舅连比画带嚷。

扒小火车……回家了。

舅舅一拍大腿，坏了！转身就往外走，一栽一栽赶到村部，往岭前屯打电话，叫他们派人拦截小火车，对方说小火车过岭了。舅舅惨呼，戈吉凶多吉少，没救了。

到底怎么回事？我被蒙在鼓里。

走，我们坐下趟小火车去追！舅舅十万火急。

戈吉扒乘的这列小火车在下大雪之前已经开进满屯上游十几里路的林区，工人们一边往山里铺设铁轨小火车一边往山里挺进，装圆木。这几天，林业局派人在清除铁轨沿线的积雪，抢修被压坏的铁轨，就在戈吉套猎母狍二丫的这个黎明，小火车开通了。当它经过满屯的时候，戈吉背着半麻袋狍子肉扒上了这列装满圆木的小火车，出山了。

我和舅舅出山坐的是客运小火车，窄厢，铁轨与载圆木的小火车一般宽。一路上舅舅嘴里不停地唠叨，山神爷老把头保佑，你可以用蒲鞭惩罚他，给他留条命吧，他还是一个孩子呀！我这时已经知道戈吉濒危，舅舅说戈吉背着半麻袋狍子肉扒上小火车，坐在圆木上抗不了迎面袭来的强大寒风，又怕小火车甩弯时被火车司机发现撵下去。他一定是挤到车厢空隙里，背风，这样不会被发现。小火车离开满屯要翻越莫日红岭，上岭下岭，车厢内的几十根圆木随之向前向后挤压，戈吉会被圆木挤压成肉饼。戈吉生死不明，我心急如焚，在为他难受的同时，又为没有见到小盈而遗憾。

小盈今年要来满屯陪巴彦奶奶过年。小盈的爸妈早就要接巴彦奶奶去大城市和他们一起生活，巴彦奶奶在城里住了一阵子，无论如何也喝不惯城里的水，她说，只有额鲁森林里的水能让她长命百岁。于是，返回了满屯。我曾有过幻想，小盈来到满屯陪巴彦奶奶过年，我也留下来陪舅舅过年。待到春暖花开，舅舅会带我们去额鲁森林看母狍分娩——母狍生出第一只小狍后，会跑到十几米以外再生第二只小狍。十天之后，母狍才会带领初生的幼狍归群。事与愿违，小盈还没来，我已离开。

我们乘坐的小火车在戈吉家所在的途中小镇停靠，一列进山的客运小火车也在这里"抛锚"，逼仄的月台上站满了进山的乘客，焦急地等待着工人们搬走横七竖八散落在路基上的圆木。我随舅舅下了车，忽然发现人群里有一位系红围脖的少女，是小盈。

小盈！我挤进人群来到小盈面前，没敢说亲热话，而是问，小火车怎么停下不走了？

是你！小盈看见我喜出望外。她说，这列出山的小火车发现一名被挤压在圆木里的扒车少年，为救他而卸下圆木，塞住铁轨，这不正在搬运吗？

那个少年怎么样？

不知死活，送到医院去了。

他是戈吉呀！

五爷爷的孙子？

是他。

啊?!

舅舅得知戈吉的事，赶过来给我和小盈说，他去医院看戈吉，叫我们各自回家。戈吉有什么消息他会打电话告诉我们。说完，匆匆离开了月台。

路基清理完毕，小盈乘坐小火车要进山。我突然从怀里取出两穗红蒲棒，递给小盈一支，说，我从白云顶子采的，送你一支，祝巴彦奶奶过个红火的年，岁岁平安！

小盈接过红蒲棒，笑了。小火车开动后，她在窗口向我挥起红蒲棒。

过完年，我去医院看望戈吉。他大难不死，左腿被圆木挤压太久，截了肢。看见我他低下头，半天才问我，见过额鲁森林里那座石碑吗？我点头。那是后人为困死山中的一位跑山老把头修建的石碑，碑上刻着两句话：入山再有迷途者，我就做他引路神。

本文刊载于《民族文学》2022年第3期

漫长的季节

班　宇

　　防鲨网距离岸边四百多米，游上一个来回，至少燃烧掉五百卡路里，约等于一份咖喱饭，一袋方便面，或者一包薯条加个汉堡，这些是我估出来的，有个软件，能记录每日摄入与消耗的热量，但我手机里的空间很紧张，装不下了。六月份到现在，每周我都会游上几圈，也没瘦，反倒黑了不少，擦了防晒也不管用，数值什么都证明不了，无论怎么精密的科学，一旦落到我的头上，就会变成误差，这没办法。就像防鲨网也不能阻拦真正的鲨鱼，在水里时，我经常想着，到底有没有一只勇敢的鲨鱼，抖着背鳍和尾鳍，向着那些坏橙子似的浮标从深处威武驶来，以锋利的牙齿撕咬聚乙烯网，突破严守的防线，来跟我相聚。比较理想的状况是，我骑在它的身上，乘风破浪，出海远航，要是实在没看上我，把我吃了也不是不行，最好几口解决掉，没太大痛苦，只留下一片殷红的水面，可能不那么明显，无非是一小瓶墨水倒入海里，潮来潮往，很快就消散了。

　　海水浴场的更衣室不分男女，被泡沫板隔作不规则的小间，连绵起伏，如课本上的一道道舒缓的等压线，有的地方仅一人宽窄，也很奇妙，身在其中，并不那么压抑，偶尔还有开阔、自在的感觉，能听到海浪起伏的声音，冲刷着陆地，一种无比纯净的嘈杂；带着咸味的风从脚底下钻过来，吹得人心颤，像是上着夜班的妈妈忽然跑回家里，裹着一身的凉意，把手伸进被窝，抚摸着我的肋部。还有那些小小的沙粒，蚂蚁似的，顺着小腿一路往上爬，走走停停，阳光之下，闪烁如同鳞片，刺着发烫的身体。海浪是鲸的叹息，人是鱼变的，以及，有些金子总埋在沙里，这是小时候妈妈给我讲的道理，也像在说我。每次换好衣服后，我都会在里面坐上一会儿，听听别人说话的声音，还有外面放着的流行歌曲，有时坐着就很想哭，不知道为什么。我平时不是这样的，我在家里从来都很平静。

小雨以前跟我讲过，循着海边的音乐走去，就能看见那些出海的快艇。斜躺在沙滩上，横七竖八，如一群搁浅的大鱼，旁边立一块牌子，上面写着，三十块钱一圈，等你上了船，装死的鱼就又活了过来，流弹一般，在海水里飞行，转了一圈又一圈，不受控制，总之，没个百十块钱回不来，看着潇洒，掀风鼓浪，驰骋于天际，谁坐上谁就倒霉。开到大海中央，马达一停，船身晃得特别厉害，这时，他就跟你讲起价钱，谈不拢的话，也不为难，随便找个地方把你卸在岸上，自己看着办。小雨说，他读高中时，有次在船上吵了几句，硬是没给钱，对方也不发火，马达声一响，谁的话也听不见，船越开越远。小雨环顾四周，只有汪洋一片，于是开始冒冷汗，心脏一直悬着，身体向内萎缩，呼吸急促，默念着逃脱术的口诀。临近一段陌生的海岸，如蒙启示，来不及多想，他一下子跳入水中，头也不回地游了过去。快艇立于海中，来回摆荡，像是一位追击数日的疲惫枪手，夕阳之下，竭力控制着颤抖的双臂，企图瞄准。他扑腾了半天，来到岸上，举目荒凉，不知身在何处，走了半个多小时，终于找到公交站，低着脑袋，跟人要了一块钱，这才上了车。乘客很多，一个座位也没有，小雨光着脚，只穿一条泳裤，扶着栏杆站了一路，窗外吹来的风使他的皮肤变红，起皱，一阵阵发紧。他打着哆嗦，牙齿乱颤，脑袋不敢抬起来，听着那些报过的站名，一站又一站，总也到不了，如被凌迟。这么一想，还是鲨鱼好，没什么心机，要么远走高飞，要么就地完蛋，至少有个痛快话儿。

从更衣室往北边走，约二十分钟，绕过半月湾，有那么一小片海滩是我承包下来的，出手比较阔绰，至少单方面我是这么认为的。这里比较荒僻，背后是断崖，长不了树，常年潮湿，阴郁滑腻，如被涂过一层闪着黑光的清漆。坡上杂草葱茏，狭长的叶片呈锯齿形，一团一团，密不透风。岸边没有细沙，遍布着粗糙的碎石，大大小小，竖起尖利的棱角，很不好走。海浪相当放肆，像个穷凶极恶的歹徒，面目狰狞，生于暴风的肩头，奔涌至此时，如猛抽过来的一记耳光，简直心惊。交界之处凝聚着无数白色的泡沫，相互依偎着，吞吐着，不离不散，炽烈的光射过来，显出变幻不定的颜色。我总想着，如果有一天我见到了上帝，对他说的第一句话就是，请不要再往大海里倒洗衣粉了。

　　没什么景色可言，也就很少有人来，我在这里游了好几天，感觉不赖，什么都不想，什么也不用在乎。有一次，游累了回到岸边，我躺在防潮垫上，眯着眼睛晒太阳，还悄悄拉下了肩带，不过也就一小会儿。我的这身泳衣还是上高中时妈妈拿回来的，那会儿每年夏天都会搞个泳装节，从外地请来模特，让她们穿着泳装走台步，电视里从早到晚持续转播，壮观极了，三千个模特同时穿着比基尼在海边亮相，列成优美的弧形，如大海轻捷的翅膀，不止于一道亮丽的风景，还破了吉尼斯世界纪录，当场颁发金字证书，我们都很激动，期末考试时，好几个同学的作文写的都是这个事情。

　　那段时间，妈妈身体不好，就不上班了，在家门口的裁缝店里帮忙，我从别人家的信筒里偷了一份晚报，带回家给她看，泳装设计大赛面向全市征集作品，画几张示意图，辅以简单的文字说明，入围就有三百块钱可以拿，头等奖则是五千元。我很心动，怂恿妈妈报名参赛，她有点犹豫，总觉得选不上，大半辈子了，什么好事也没轮到过她，其次，她也不会游泳，没有灵感，像一条记性很差的鱼，忘掉了鳃的用途。我一直央求着，跟她说，这次有希望，我想好了两个不错的名字，一个叫自游自在，胸前印一只矫健的小海豚，线条流畅，尾巴甩到后面，像是跟游泳的人抱在一起，另一个叫水精灵，天蓝色的弹性布料，与大海的颜色一致，荷叶袖边，后背与腰侧做成网格，裙摆下垂，游起来时，一舒一张，缓缓地散落着。我写作业，妈妈陪着我熬夜画图，总是画不好，模特小人儿的双腿看着太过柔软，青蛙一样蜷曲，脚掌如蹼，很不协调，改来改去，截止日期到了，我写好说明，将那两张擦得薄薄的草纸塞在信封里寄了出去。之后几天，一直盯着电视，等待公布结果，我当时有预感，可能不会是我们，但还抱着一点点的期待，果不其然，第一名给了个学美术的男孩儿，眼神狡猾，留着半长的头发，他说话的声音有点哑，发言却很得体，还感谢了这片海滩，"我睡着的时候，它像一只摇篮，使我身心和睦"。我很羡慕，又不太服气，他设计的一点儿也不好看，不过是扯了一截绷带裹在身上，模特穿起来像是打败了仗的伤员，走得一瘸一拐，并不十分和睦。

　　那天下午我很伤心，哭了好长时间，不是因为没得奖，而是觉得这个世界只是我和妈妈组成的，没有其他人，我们就活在两个人的世界里，谁也听不见我们的话，如在海底，孤独长达两万里。第二天，妈妈晚上回来时，带了两套泳衣，装在发黏的绿塑料袋里，说是主办方寄过来的，类似于参与奖，精神可嘉，以资鼓励。我一点也高兴不起来，看也没看，放在衣柜里，一次都没穿过。结婚前，我收拾衣物，发现了这两套泳衣，可能是放得有点久，散发着一股樟脑丸的味道。我上身试了试，没想到，尺码很对，款式也不过时。我跑到客厅，走了两个来回，展示给妈妈看，问她我穿着漂不漂亮，记不记得这件衣服，以及那次失败的设计大赛。妈妈躺在床上不说话。

一个叫彭彭，一个叫丁满，我为今天的两位不速之客分别起了名字。他们来得比我早，提前占据了这片海滩，看起来有八九岁，实际可能不超过七岁，海边的孩子总比同龄人长得快一些。彭彭穿着一条松垮的蓝裤衩，神情专注，挑拣着片状的石头，聚成一小堆，再大叫一声，用力扔向海里，可惜一个水漂儿也没打出来过。在空中划过一道低低的弧线后，石头隐没无踪，我总觉得他要把自己也扔进海里。丁满在一边看着他，双手掐腰，嘴里念念有词，宛若教练，时不时地，他的手会伸向后背轻抓几下，好像身上刚爬过了一只小小的螃蟹。铺垫子时，他们发现了我，也许有点难为情，两人停了下来，转而走向岸边那块最大的礁石，很像是一块铁，或者焊在海底的黑色宝塔。两人比着赛，没用几步，便站在了塔顶，海风吹过来，他们艰难地维持着平衡，丁满很紧张，不太敢起身，彭彭的裤衩掉了一半，眼看着褪到膝盖。实在是有点危险，我不太放心。

我踮起脚来，朝着他们高喊：嘿，下来啊，你们俩。他们俯视着我，似乎有点犹豫。我摆起手势，大声叫道：回来，太高啦，快回来啊。他们挠挠脑袋，蹲了下来，一点一点向下蹭，提醒着对方可以落脚的地方，几分钟过后，才安稳着地。我松了口气。有时就是这样，你也不知道自己是怎么上去的，只在高处看了看风景，什么都没来得及做，来时的那条路就消失不见了。

丁满向我跑了过来，彭彭跟在后面，腿有点软，两个人气喘吁吁，分不清身上是海水还是汗水。他们来到近处，瞪圆眼睛，低头看着我，像在观察一团晒干的海藻。我望着他们，想起自己什么零食也没有，有些过意不去。丁满没说话，彭彭把脑袋探了过来，问我，你刚才说什么？我说，没什么啊。彭彭说，你不是在跟我们说话吗？我说，是啊，不是。他有点迷糊，抬高了嗓门问我，到底是，还是不是。我说，不是，是。彭彭更迷糊了，无计可施，皱着眉头看丁满，我乐得不行。丁满扭过身体，跟彭彭说，你别理她。彭彭跟我说，我以为你找我有事呢。丁满捅了他一下，说道，别跟她说话了。我说，不要生气嘛，我请你们吃雪糕，也不知道推车卖雪糕的什么时候过来。彭彭说，我可以帮你去看看他走到哪儿了。我说，好啊，我们一人一根。彭彭说，我想吃个枣味儿的。我说，那我吃个奶油的。丁满说，我不吃，你怎么还理她。

彭彭和丁满并肩前行，踏上寻找雪糕的旅程，比画着说了一路，越走越远，这片海滩又归我了。我在心里欢呼了一声，掀去浴巾，慢慢走入海里，阳光不错，和缓的波浪将我稳稳托住，可只游了一个来回，就没什么兴致了，转头回望，身后的水痕迅速愈合在一起，仿佛什么都没发生过，无人从此经历，大海不曾止息。我回到岸边，等了很长时间，直至太阳落在水面上，他们也没有回来。

我乘着拉客的小摩托回家，四块钱，突突突突，最棒的交通工具，机动性高，从不堵车，一路上，头发也吹干了。很难想象，妈妈以前最大的爱好是骑摩托车，我一点印象也没，只见过照片，还是在别人家里。她烫着及肩的大波浪，戴了一副浅色的方框墨镜，遮住大半张脸，手上拎着头盔，旁边是一辆红色的铃木摩托，如同挂历上的美人儿，妈妈年轻时很好看的。别人跟我说，有一次在路上见到妈妈骑车带着我，我不在前面，也不在后座上，而是被她揣进皮夹克里，一大一小，两个脑袋一齐从领口里伸了出来，不管不顾，迎着风落眼泪，看上去很惆怅。我问过她有没有这回事，她否认了，说自己不会骑。妈妈总是这样，对于跟现在无关的事情，都觉得没发生过，好在有照片为证。我问她，骑车带我去了哪里。她说，想不起来了。我问她，车哪去了呢？她也说，不记得了，车也不是我的，过去太多年了。她不说也没关系，我有自己的办法，在最好的晴天里，把照片向着太阳举高，这样的话，就能看到当时发生的事情。妈妈拍过照后，收起了边撑，挂上空挡，向下踩着打火杆，一溜烟儿开出去，欢呼声在身后响了起来。她顺着风走，车速与风速一致，道路平坦，甚至感觉不到自己正在行进，周围很安静，世界是一个密封的罐子。天空有云飘过，下起了小雨，那也浇不到她，妈妈在雨滴的缝隙里穿行。有一个她即将认识的好人，真正的好人，仰平了身体，正在大海的中央打着转儿，像一片年轻的叶子，夜雾湿润，无人能够窥透，而她将一路骑去，无忧无惧，行于水上，也如活在世上。

　　但妈妈不能在水中飞翔，她连游泳都不会。妈妈躺在床上，讲不了话，也动弹不了，眼睛总是闭着，像在思索，有什么很重要的事情等着她来做决定。长长的睫毛像一弯新月，在夜晚里发着光，星星守在她的窗外，由南向北，缓缓下降，天亮之前，终于落回了海面。清晨的大海轻轻抖动着，毫无规律，如人战栗，也像妈妈最初时的那只拇指，精灵一般，不自主地在空气里滑动，画出一个记忆里的图案，可能是摩托车，或者一套泳装，一位好人。我预感不妙，从外地赶了回来，拖着妈妈去做肌电图，医生测了十几次，把钢针扎进她的舌头里，妈妈很无助，呜呜地叫着，满头大汗，双手乱抓，像一只快被闷死的小狗，或一个束手无策的哑巴，面临着巨大的灾难，无力求助，更不能向谁诉说清楚。我哭着想，重刑也不过如此吧。医生命令道，快，把舌头伸直，快一点，不然没有效果，罪都白受了，不要耽误时间。屈辱且怕，我甚至想到了自己糟糕的初夜，就这样展示着，光天化日，一览无遗。妈妈的脸扭曲得如同一张被揉皱的旧报纸，钢针与呼吸同步收缩，来来回回地搅动，反复刺透，拷问着受损的神经，她的嘴被撑得很大，头向后拧，用喉咙喘着气，发出古怪的哀声，伸手想去抓点什么，眼前却什么都没有。我扯住自己的头发，跺着脚，乱喊乱叫，想在她面前下跪，如果这样她能好过一些的话。妈妈看着我，口水淌了下来。

　　我想，医生说得不对，我们所受过的罪，有哪一项不是白白浪费的？看过检查报告，他们对我说，最多不过三年，做好准备。语气轻松得像是帮我提前约定了一个假期，到了那时，一切都会清晰起来，她不再痛苦，我也没了负担，太阳照常升起，天穹横跨在海洋的远侧，光明向我这边挪动了一小步，歌声缭绕着万物，金钱唾手可得，失去的爱情也会回来，总之，我将拥有我想要的全部，作为一种莫名的恩赐。无非是三年，一个漫长的季节，鱼儿溯流，逡巡洄游，草木持存，日日更新；无非是三年，一片幽暗的树荫，一场骤然而落的雪，一阵浓重的睡意，仿佛越过了这个障碍，便会彻底苏醒过来，打个哈欠，走出门去，迎向和煦的暖风，洗尘的细雨。而障碍又是什么呢？我的妈妈么？

在门外时，我没听见收音机的声音，就知道闵晓河已经到家了。他讨厌额外的声响，总觉得吵，每次回来后，一定要先把妈妈枕边的收音机关掉。妈妈没听过晚上的广播，她的一天从"实时说路况"开始，然后是"心有千千结""谈房我当家""隋唐演义"和"海滨时刻"，最后一个节目是"生活零距离"，往往只能听到一半，许多人打来电话，诉说困境，反映生活里的大事小情，后半段是对前一天问题的调查通告。可惜妈妈每天听到的只是问题，数不胜数，没有穷尽，却从没得到过任何的答复。

卧室的房门关着，悄无声息。闵晓河的妈妈在做饭，我换过鞋子，洗净双手，摸了摸妈妈的脸，问她有没有想我。妈妈看着我不说话。我帮她重铺好被单，按摩了双腿，然后去厨房帮忙，只有一个菜，已经做好了，分辨不出是什么，半固态，像一碗搅过的水泥，闵晓河的妈妈让我端上桌去，再叫他出来吃饭，我喊了两声，又敲了敲门，还是不见人影。我跟闵晓河的妈妈说，喊过了，没有动静。她说，别管，还是不饿。我说，今天怎么样？她说，翻了几次身，听着还是有痰，夜里多注意，雾化的药快没了。我说，好，闵晓河今天回来得挺早啊。她说，是，比你要早。然后我就不说话了。我知道，她这是来了情绪，故意说给我听呢。

结婚以来，我没管她叫过妈，一直喊姨，改不了口，无法突破心理这关，她也不怎么挑，或者只是不讲出来。不得不说，她对我家一直都很照顾，我内心感激，妈妈的情况没什么好转，拉锯战似的，她怕我坚持不住，每周都会过来帮忙，坐着十几站公交车，替我照顾一个下午，做顿晚饭，再赶车回去。她总说，过日子就像喘气儿，一呼必换一吸，有来有往，进退得当，只呼不吸的话，不知不觉，便油尽灯枯了。道理如此，但她也不年轻了，连着几个月，都是这么过来的，有时一周两次，有时三次，确实是辛苦，我记在心里。但也很奇怪，一方面，她来的次数越来越多，虽常常抱怨，我也能感觉得到，她与妈妈之间愈发很难分开，妈妈不讲话，她就说给妈妈听，一说一个下午，一件过去的事情要讲上许多遍，有几次我回来，正好遇见，她坐在床的另一侧，佝偻着背，自己抹着眼泪，话停在嘴边上，见我回来，也就不讲了，起身去了厨房。另一方面，这么说不太合适，但我其实很盼着她来，不是推卸责任，只是真的很想往外面跑，抑制不住，也不去什么地方，就在海边待着，听浪、看海或者游泳，类似的心理总会令我有些羞愧。对于这一点，倒也不难消化，过意不去时，我就会想，这也是闵晓河的妈妈欠我们的，她心里很清楚，这段关系建立在什么样的基础之上，无非是在还债。可说到底，一切决定都是我自己做的，没人逼着，所以又有什么资格去苛责呢？想不明白。每天夜里，我都会暗下决心，一旦妈妈离开了，我就跟闵晓河离婚，受够了，谁劝都不行，爱说什么就说什么，我谁也不怕，反正不欠你们的。但是，妈妈还活着，内心明亮如镜，一天又一天，她看得见我，听得到我，能想着我，盼望着我，那么，漫长的季节过去后，这笔账还能算得清吗？我总是处在这样的境地里，爱不好也恨不起来，所有的理解与宽恕，最终都变成了自己的负担。我想起来，小雨以前跟我说过许多次，你必须立在坚实的岸上，才能真正告别海浪。但他并不知道，我的海岸那么小，几粒流沙而已，很快就被冲掉了，我一个人站在水里。

饭后，我去厨房收拾，闵晓河的妈妈进了屋，跟他说过几句话，然后准备去赶车，最后一趟七点半，下来后还得走一段路，到家差不多要九点了。出门之前，她跟我说，明天还过来。我说，我也没什么事情，要么您休息一天。她想了想，说，我还是来吧，习惯了，自己待着也没意思。

不一会儿，闵晓河抱着篮球走了出来，我问他吃不吃饭，他不看我，也没回应，低着脑袋系鞋带。我们的相处就是如此，没什么好说的，正常交流都很困难。我觉得他心里根本没我，也好，反正我也差不太多。说来惭愧，结婚这么久了，我还是总会想起小雨来，妈妈刚生病时，他提过要跟我一起回家，我拒绝了，不是不需要，而是觉得他没那么情愿。不情愿的事情，往往落得更不堪的下场，我对此异常恐惧。回来以后，我给小雨发过两次信息，都很长，说了很多自己的感受，他回得很迟，也很草率，分开已成定局。我不是不理解他，但在家里还是忍不住胡思乱想，被幻念折磨着，有时很想他，有时又想把他杀了，虽然他也没做过什么过分的事情，我困在这些情绪里，反反复复，走不出来。有那么几次，夜里失眠，仿佛听见了他在远处轻轻吐了一口气。我越想越不甘心，老是在哭，半个多月下来，枕巾硬得割脸，眼睛一直没消过肿。妈妈很自责，整天畏首畏尾，觉得是她的病拖累了我。其实不是的，我想，不是这样，我很对不起妈妈，自己的生活过得一塌糊涂，无论做什么都很失败。

那阵子过得不太好，我还跟妈妈发了脾气，说不清原因，明明她受着很大的折磨，我非要在火上浇油，好像妈妈真的犯了什么错似的。我对她说，你自己待着吧，明天我就走。她站在那边，愣了一会儿，然后说，那也好，也好。可是我要去哪里呢？根本不知道。说着轻松，怎么都行，这也意味着没什么必须要去的地方，哪里都不属于我，没人需要我，除了妈妈。我说过后，又有点后悔，躺着玩手机，不敢抬头看。妈妈弯着腰去了厨房，在水流声里叹气，擦过一遍地面，又切了个苹果，放在小碗里端了过来，我噘着嘴，脑袋斜过去，跟她紧挨在一起，我们用一根牙签轮流扎着吃。苹果不是很脆，放的时间有点久，我们吃得很慢，半天也不动一下，像要把嘴里的苹果含化。不知为什么，我始终记得这一幕。

十点半，闵晓河还没回来，如同往常，我给妈妈洗过脸，把被子从卧室里扛了出来，铺在客厅的沙发上，枕着扶手，跟妈妈睡在一侧，这样的话，半夜探过手去，就能摸到妈妈的衣袖，小时候我每天都是这样入睡的。我告诉妈妈说，今天在海边见到了两个小朋友，一个有点胖，一个很瘦，长得像动画片《狮子王》里的人物，还记得吧，当年很出名，你领着我去电影院看的，总之，俩人都很可爱，我答应了要请吃雪糕，可惜没实现，谁体验过谁就知道，吹着海风吃雪糕是一件多么曼妙的事情，还有，我刚看了天气预报，明天的温度不错，没有雾，中午可以出门晒一晒太阳。说着说着，妈妈闭上了眼睛，我也睡着了，在梦里，我吃了一根雪糕，之后肚子有点疼，走不动路，冷汗直流，蹲在地上休息时，忽然被一团蓝灰色的影子拖住了腿，力气很大，使劲儿把我往底下拽，我吓坏了，完全拗不过，拼了命地连踢带打，不敢大声叫，对方像在摆弄一具尸体，恶狠狠地拧着我，动作粗暴，喘息声刺耳，我的整个人被他握在手里，没办法挣脱。我哭着说，别这样，妈妈还在，求求你了，什么我都答应，求求你，妈妈还在这里，请不要这样。他根本听不到我的哀求，伸手进来，蛮横地分开了我的双腿。哭出声来的那一刻，我也醒了过来，屋内空荡，一片漆黑，如同沉静的岬角，没有人，也没有影子。我转过头，发现妈妈睁着眼睛，望向天花板，我也看了过去，空气波动，灰尘缠绕，在夜里，好像有谁在那里涂着一幅透明的画。

丁满发明了一种游戏，在海滩上勾出圆圈和方格，两个方格是战场，一主一次，圆圈是各自的基地，他还给每颗石头安排了职位，尖尖的是将军，椭圆形的是战士，略小一点的是士兵，带花纹的是医生，不能上阵，可以救死扶伤，但只有两次机会。讲述规则时，彭彭看着很忧愁，吃光了三根雪糕，冒了一脑袋汗，还是满脸的困惑。我也没太明白，不过不耽误游戏，跟出牌一样，每一轮掏出同等数量的石头对垒，自行组合搭配，战场任选，具体数由守卫者来决定，可以是两颗，三颗，或者四颗。猜拳过后，彭彭占得先机，他说，十颗。丁满说，一共就十颗。彭彭说，对，我知道，不行吗？丁满说，不行，分不出来胜负。彭彭说，那就是平局，很好，以和为贵，以和为贵。我乐得不行，丁满白了他一眼。我问丁满，他在学校时也这样吗？丁满说，什么样？我想了想，说，爱好和平，很重感情。丁满说，智商不行的都重感情。我说，别这么说嘛，你们都很聪明的。丁满说，我跟他可不是一个学校的。

我们玩了两局，能用的石头越来越少，原因是被吃掉的或者没救回来的都要扔到海里，没办法再来闯荡一番，这很残酷。我提议再给它们一次机会，彭彭也很认同，主要是他负责着找石头的工作，来回来去，跑了好几趟，很累，丁满否决了，他说，打仗就这样，时光不能倒流，死人不能复活，所以得学会珍惜，这样的话，有些东西才显得珍贵。我像是被他上了一课，张大了嘴巴，讲不出话来。远处的歌声飘了过来，彭彭在地上打着滚，拒绝行动，嘴里咿咿呀呀，像在背着什么口诀，丁满用手挖了个挺深的沙坑，把剩下的石头埋了起来，他跟彭彭说，做个记号，十年后，我们再把它们挖出来，看看有什么变化。彭彭说，不还是石头吗？丁满说，那可不一定。彭彭说，十年？丁满说，对，十年。彭彭说，我怕我忘了。丁满说，没关系，我记得住。

丁满说话时的样子会让我想起小雨，明明是一些小得不能再小的事情，经他这么一讲，就有了不同寻常的意义，严肃得可笑，认真得无聊，郑重得毫无道理，但不知为何，你还会觉得有点激动，仿佛什么都可以被爱，什么都值得留恋，什么都需要被纪念，没什么转瞬即逝，一日长于一年，十年又好像只是过了一天。我大学时读的中文系，但学得不好，不是很敏锐，许多文字里的情绪感受不到，小雨念的是国际贸易，对文学很感兴趣，经常来我们这边听课，自己也写些东西。我们刚谈朋友时，有一天在自习室，我跟他说，给我写首诗吧。他说，不行，怎么能这么随便。我听着就不太高兴，直接走掉了，半天没理他，他以为我很生气，其实我只是想回去给他写点什么，但也没写出来，怎么表达都不太对。第二天早上，我刚起床，收到了他发来的一首诗：

> 打个响指吧，他说
> 我们打个共鸣的响指
> 遥远的事物将被震碎
> 面前的人们此时尚不知情
>
> 吹个口哨吧，我说
> 你来吹个斜斜的口哨
> 像一块铁然后是一枚针
> 磁极的弧线拂过绿玻璃
>
> 喝一杯水吧，也看一看河
> 在平静时平静，不平静时
> 我们就错过了一层台阶
> 一小颗眼泪滴在石头上
>
> 很长时间也不会干涸
> 整个季节将它结成了琥珀
> 块状的流淌，具体的光芒
> 在它身后是些遥远的事物

我问他，这首诗叫什么名字？小雨说，还没想好，原来的题目是

《女儿》，现在想改一改，你觉得《漫长的》怎么样？我说，漫长的什么呢？话没说完，小雨说，还不知道，都可以，反正都很漫长，历史在结冰，时间是个假神，我们也不必着急。后来他又写过一些，谈论盲道、松荫或气象学，只有这首我读了许多遍，现在也还记得。分开之后，有天下午，我很委屈，心里堵得厉害，默默哭了一会儿，就想找他说说话，拨了两个电话过去，十几声长音结束，无人接听，我抱着手机等他回给我，直至后半夜，也没有动静，而那时候，我也什么都不想说了。遥远的事物，我想，响指虽小，却可将其震碎，他说的没错，我就是碎掉的遥远的事物。

　　妈妈很幼稚，也有点自私，想在自己还能思考和行动的时候，见到我有个着落，或者没这么简单，那些可以预见的未来，她不忍心只让我一人承受，不管怎么说，有了伴侣的话，至少能分担一部分。就算不够和睦，互有隐瞒，就算总有争执，怎么都走不到对方的心里，那也是一条隐秘的细线，始终牵扯着我的精神，那么，她离开之后，我就不至于滑落下去。妈妈觉得，人不畏困境，也不惧斗争，怕的是既没有爱人，也没有对手，睁开眼睛，出门一看，满世界全是疯子和故人，他们中的一部分威胁着你，使你恐惧，另一部分冷眼旁观，因为他们与你再无任何关系。这样一来，过得就很疲惫，没什么想要争取的，也没什么可以期盼的，无事可做，也无话可说。我跟她说，妈妈，我可以照顾得很好，不只是你，还有我自己。妈妈说，我相信啊，所以更不想让你一个人了。

　　我与闵晓河第一次见面是在医院，闵晓河的妈妈在那里当护工，从早伺候到晚，每天能赚八十块钱，她很勤快，性格也不错，天南地北，什么都能聊，妈妈很喜欢这样的人，因为她自己总是羞于开口，无论是生活还是疾病，都没什么好说的，既不想面对也不想抱怨。闵晓河的妈妈一直鼓励着她，跟她说道：不能全听大夫的，得有自己的主意，但也要信任现在的医疗水平；康复不是没有机会，她亲眼见过一位患者，病情相似，后来有所好转；不要吃动物内脏和花生，记得补充一些蛋白质；如果有需要，她可以来帮忙照顾，相逢就是缘分，千万不要客气。妈妈听得很认真，眼神闪烁，我想，有人跟她说话就是很大的安慰了，不管是谁，说的又是些什么。妈妈没有我想的那么坚强，也不那么聪明，看起来小心翼翼，为人处事警惕，其实她的原则很简单，妈妈没有自己，一切以我为主，只要不是让我历险，怎么样她都能接受。

闵晓河坐在台阶上抽烟，头发剃得很短，穿着一身蓝灰色的工作服，不太合身，他的个子不高，远看就像是被安放在一尊未完成的雕像里，只露了个脑袋出来。我走过去时，闵晓河朝着旁边的袋子点了点头，里面装着一些颜色鲜艳的水果，神情像是赏赐，非常高傲，令人不适。我摆了摆手，也不讲话，实在没什么心思，当时我还在等着一项很重要的检查结果。我坐在离他一米远的位置，想着自己的事情，不时闻见一阵刺鼻的油漆味道，那一刻，要不是妈妈还在楼上的病房里望着我，我真想跑掉。闵晓河不看我，自顾自地说着，初次见面，幸会，我叫闵晓河，中专学历，在船厂上班，不怎么忙，工资待遇一般，身体还行，半月板受过伤，但没大问题。我点了点头。他继续说，平时作息规律，三餐正常，烟酒不沾，不看书，也不看电视，没什么特殊爱好，偶尔打打篮球。我说，好。闵晓河说，家里的条件，你多少也知道一些，租房子住，我爸前年没了，我妈在照顾你妈。我说，是，谢谢。闵晓河说，但你也不用觉着欠我的，没必要，我在外面待过几年，见识不多，道理总归知道一些。我说，行。闵晓河说，按照我妈的想法，年内结婚，明年生子，她来帮我们带孩子。我说，现在谈这些，为时尚早。闵晓河说，所以，我今天过来就是想告诉你，我不听她的。我说，什么？他说，我有自己的事情要做，即使不做，我也有东西要想，我想了好几年，也没明白，还得继续，所以不喜欢被打扰，当然，如果结了婚，我也不会打扰你。我说，没懂，不过不要紧。他说，平时我不怎么讲话，今天准备了挺久，说得不好，请多担待，时间差不多了，我得回单位去，你的话少，这点很好，但估计也不会喜欢我，没关系，日常相处，或者见上一面的人，不讨厌就算不错了，剩下的事情，你自己拿主意，我听你的，再见。

等到七点十分，菜热了一遍，闵晓河也没回来，电话打不通，吃过饭后，我有点没精神，脸颊发热，可能是白天在海边吹到了。妈妈今天一直半张着嘴，唇部皱紧，如同海螺的尾壳，似乎想要说些什么，我把耳朵凑了过去，却只有空洞的呼吸声，伴随着一点不太好闻的味道。闵晓河的妈妈有点着急，问我说，他今天加班？我说，应该是。又问，提前说过没有？我说，好像没。之后才反应过来，我都不知道他昨晚究竟有没有回来，只记得做过的那个梦。闵晓河的妈妈点了点头，没再多问，披上外套，穿鞋背包出了门。我把家里收拾一遍，用手机放着歌曲，然后躺在卧室的床上，想来想去，给闵晓河发去一条信息，问他几点回家。看着这几个字，我感到很陌生，陷入了一阵恍惚。这里是不是他的家呢？我真不知道。婚后不久，闵晓河搬了过来，背着一包行李，手里拎着篮球，像是来打一局客场比赛，速战速决。家里有人在，妈妈才肯去住院，她觉得我一个人生活很危险，性格毛糙，日子过得草率，不如她仔细。在医院里，妈妈总问我，水龙头关好没有？我说，关好了。她又问，煤气呢？我说，也关了，出门都检查过了。妈妈想了一会儿，问道，你们过得怎么样啊？我说，很好啊。妈妈说，开始不太顺利，需要磨合，相处久了就好了，也离不开了，人就是这样。我说，妈妈，我们很好。

　　闵晓河的生活很规律，每天下班后，在家待不多久，就又抱着篮球出去了，有时回来得早一些，有时要后半夜。刚住一起时，我没什么心思顾及他，彼此感情不深，后来觉得过于古怪，我猜他一定没去打球，而是在做什么不可告人之事。有一次，他出门后，我偷偷跟在后面，看见他把球塞进车筐里，骑着自行车，来到附近的一片室外场地，又把车在栏杆上锁好，拍着球走了进去。场地很暗，没什么灯光，只有四个木板球架守卫在此，如同衰老懈怠的士兵，不知敌军将至，而海边的潮雾一阵阵袭来。闵晓河不换衣服，不做热身，也没去投篮，他走到场地的边缘，把球放在屁股底下，仰头坐了上去，身躯笔直，如同一位替补队员，随时准备上场。我透过树丛看着他，从黄昏到深夜，身后的大车飞驰，载着油罐、混凝土与砂石，呼啸而过，像在呐喊。我尽力想象着他所望去的方向，倾斜的球筐，熄灭的灯和喷泉，濡湿的树梢，相互倒映的天空与海，浪潮在另一侧鸣响，连绵不断，如空旷的号角。声音向着地心荡漾，回环无际，闵晓河就坐在那里，如一座将被淹没的村落，凝结在岸，一动也不动。

　　我原以为，闵晓河总有一天会消失，那时，我将无比难过，痛苦且不甘，必须承认，我对他不存什么真正的期望。而他的离开，只是验证了我的又一次失败，孤注一掷后的失败，比从前更加彻底。有一段时间，我觉得闵晓河像是一台收音机，装好电池，拧开开关，嘈杂的声响于耳畔长鸣，怎么调节也接收不到信号，没有切实的意义。

但那天回来的路上，我居然产生了一种快要爱上他的错觉，甚至认为他也爱我，并且永远不会离开我，他有着很多坚定的信念，在所有事物的尽头等待着，只是不说出来。对于他的行为，我不打算去理解，或者非要弄清什么，只因我也有过相似的时刻，持续至今，无法脱逃。没过多久，闵晓河也回来了，依旧不说话，冷漠而拘谨，他脱掉衣裳，轻轻躺在我的身边，呼吸和缓，我闻着挥之不去的油漆味道，想起一些遥远的事物，接不通的电话，染蜡的水果，绵延的海岸线，想起在白日里，他持着一柄长刷，带上古怪的面具，压低了帽檐，以轻蔑的姿态破入舱门，来到大船内部，肆意泼洒涂刮，船身摇晃不休，也无法将之荡出，想到这里，我开始晕眩呕吐。

彭彭把小腿埋进沙子里，扮作一位可怖的巨人，屁股来回扭着，假装无法移动，而在他不小心睡着的时候，惨遭暗算，被小人国里的臣民们戴上了一副沉甸甸的沙铐。每次潮水袭来时，他都会大声呼喊着救命，声嘶力竭，仿佛快被淹死，待到退去后，他又向着不存在的敌人低头狞笑，挥舞着拳头，砸向地面，好像在说，我倒要看看，你们究竟能把我怎么样。如此几次，他转过头来，望向我和丁满，狂妄的表情没能及时收回，丁满拾起手边的一块石头，掂了几下，佯装要打，彭彭顿时发慌，迅速把双脚从沙子里面拔出来，可惜用力过猛，埋得又太深，导致他一下子摔在地上，脸部向前，平拍入海，估计一时半会儿没办法嚣张了。丁满把石头放了回去，叹了口气，感觉相当无奈。

我问丁满，你们怎么认识的？丁满说，我不认识他。我说，不认识？丁满说，对，我来这边玩时，碰巧他也在。我说，你今年多大了？丁满说，没你大。我说，这我也看得出来。丁满说，那你还问？我说，你给我讲个故事吧。丁满说，不要。我说，讲一个嘛，你肯定读过不少书。丁满说，我不轻易给别人讲故事。我说，那好吧，我教你一句咒语，你不要告诉别人，不高兴的时候，就在心里反复默念，烦恼和忧愁都会消失，什么也用不着担心。丁满说，什么咒语？我说，哈库那马塔塔。丁满说，你再说一遍。我说，记好了，哈库那马塔塔。

说完这句，彭彭大步跑了过来，上气不接下气，两手指向脑顶，语无伦次地让我们赶快抬头。我向上望去，光线渐暗，从西到东，太阳和月亮同时出现在天空里，先是一轮橙红色的落日，凌跃海面，像是一枚大大的浮标，然后是一道黯淡的银影，若隐若现，悬于高处。我惊呼一声，站起身来，仰着头朝前跑去，挑了个最好的位置，坐下来慢慢欣赏。丁满也跟了过来，站在我的身边，小声说道：你知道吗，月亮的大小跟太平洋完全相等，所以，月亮是从地球身上掉下来的，它是地球的女儿。

　　妈妈坐了起来。门敞开着，闵晓河站在楼梯上，手里捧着篮球，不知是要走还是刚回来。我问他一句，他也不答，只是向后指了指。我的心提到了嗓子眼儿，连忙跑到屋内，看见妈妈靠在床头上坐着，脑袋奎在一旁，眼睛明亮，脸上还带着一点点的笑意，日光灯映照之下，妈妈的皮肤很白，也很憔悴，仿佛刚打过一场胜仗，疲惫之中又有一些满足。闵晓河的妈妈跟我说，刚在做饭，也没注意，闵晓河掏钥匙一开门，她听到声音，自己坐了起来。我很惊讶，也有点怕，但尽量往好处去想，也许是下午的咒语起了一点作用，在天花板上作画的神听见了我的祈求，把妈妈扶了起来。若是如此，那么这也能让妈妈重新站立、穿衣、走路和骑车，或者不那么贪心，只是说话也行。一小块看不见的肌肉萎缩之后，妈妈就变得口齿不清了，字词在她嘴里打着滚儿，吞不下也吐不出，她的自尊心很强，从那时起，索性一句话也不讲了。我盼着妈妈能再说一点，盼着她告诉我，一切为时未晚，还会有另一个夏天，在远处静候，像大海等待着遗失的月亮，潮汐起落，我们彼此想念，而地球的心脏又跳动了一下；告诉我说，做好一切重来的准备，不过总比上一次要容易，只要循着波浪的纹理，温习我们的记忆，想一想那些发生过的事情，就可以知道下一个季节的形状。

　　我躲到厕所里，哭了半天，不敢出来，怕这一切不是真的。闵晓河没有出门，整个晚上，他也守在妈妈身边，寸步不离，面容严肃，保持着机警，像一位忠诚的骑士，正在保卫着他的王后，使之不受侵犯。夜里，闵晓河抱着被子来到客厅，铺在地上，依旧不说一句话，关灯之后，我一只手摸着妈妈的衣袖，另一只手伸向了他，黑暗里，闵晓河轻轻握了一下，很快就松开了，然后背过身去，缩作一团，宛若婴儿，没过多久，便说起梦话来。

　　医生说不清楚原因，建议再做一次检查，观察是否有好转的迹象，概率不大，我没有听从。我想，选择了供奉，无论是神还是咒语，都得全部交付出去，这是一张珍贵的入场券，不可滥用，也不可亵渎。当然，我更相信妈妈，像从前那样，她总有自己的办法，不会游泳也能设计一套泳装，没钱也可以过得很体面，一个人也可以带着我长大。

诗里写过，夏天盛极一时。那些盛大的日子里，我没有问过闵晓河去往何处，一个明媚的午后，他与我告了别，走出门去，不再回来，出乎意料的是，我并没有很伤心，只是有些遗憾，毕竟他还没学到我的咒语，在未知的旅途里，那总会派上一些用场的。篮球他也没带走，放在家里，我把它塞进衣柜的深处，我想，许多年后，等我快要忘掉的时候，它会自己跑出来，跟我打声招呼，再对我说一句，还记得吗，我们在海边的傍晚见过一次面。

临行前，闵晓河每天陪我推着妈妈去海边散步，妈妈很喜欢海水，她跟我说过，浪花冲过来时，就是大海伸出了双手，在岸上演奏着钢琴曲，那是妈妈心底的音乐。我们走过金色的沙滩，沉寂的落日，看见了许多可爱的人，拍照留念的情侣，结伴而行的朋友，拎着沙铲和水桶跑来跑去的孩子，可没再见过彭彭和丁满，我很想让妈妈认识一下他们，并对她说，这是我的两个好朋友，一个叫彭彭，一个叫丁满，彭彭是个强壮的勇士，力大无比，没什么能束缚得了他；丁满是个厉害的魔术师，默念一句咒语，太阳和月亮就会一起出现在天空的深处。

闵晓河走后，他的妈妈也不再来了。她很难过，像是失却了某种资格，只得悄悄退场，盼望过的事情在她眼前只是掠过一下，就又消失了。我心怀无上的感激，却无法为此多做些什么。入院之前，我送了一些妈妈以前的衣物，她一边叠着，一边跟我说，该发生的总要发生。我没回答，分不清她在劝我还是劝自己。过了一会儿，她又跟我说，我们相处得很好，这一段时间。我说，谢谢，我都记得的。她望向妈妈，叹了口气，说道，有时候想一想，挺对不住你的。我说，我不这样想。她说，有那么一天的话……没等讲完，我便打断了她，说，我知道，知道的。后来，我自己一个人时，又总在琢磨那没讲完的半句话，她到底指的是哪一天呢？是在说妈妈，我，还是闵晓河？而那会不会是同一天呢？

妈妈在初秋时住进了病房，她的呼吸很困难，也没再坐起来过，有时候我想，会不会是闵晓河当时为了安慰我，故意那么做的。不过这个念头一瞬间也就闪过去了，不太重要，他比我聪明，总是知道自己应该做些什么，并且义无反顾，我很羡慕，也很想念他，想念听得到梦话的日子。有一天傍晚，小雨打过电话来，他的声音很小，我有点听不清楚，但也不想就这么挂掉。我望着窗外升起的夜晚，倚在一侧，像在舞台上念起了独白，向着所有人诉说：医生建议切开气管，我有点犹豫，妈妈肯定不想，她很在乎自己的仪表，总是穿得干干净净，现在也一样，我还给妈妈买了好几件新衣服。我们换了个地方，这里专门做病人的康复和看护，价格不高，条件也还不错。妈妈瘦了一点，你再见到的话，估计认不出来了，但她会记得你，妈妈的记忆力一向很好，谁来看望过，她都知道的。但她不希望有人来，不想让别人见到她的样子，还会在心里跟自己发脾气，其实没什么的，我觉得她还是很美，比我好看，妈妈不知道，我以前很嫉妒她的。对了，我结婚了，就在去年，没摆酒席，过得还可以，我的丈夫不错，家人对我也很好。他赚钱不多，但为人诚实，很勤快，也有力气，妈妈加上轮椅，一个人就抬得起来。这段日子，他出了趟远门，不知什么时候回来，虽然不在身边，每次遇上什么事情，我也总会想，如果换成是他会怎么做，他跟我说过的话不多，但每一句我都记得。最近我老是想起小时候的事情，我记得给你讲过，以前每到暑假，妈妈下了班都带我去海里游泳，她不会游，就站在水里，眼睛盯着我不放，生怕我游得太远，我总爱跟她开个玩笑，让她着急，从近处游走，或者扎入海中，消失一小会儿，妈妈很紧张，大声喊着我的名字，急得快要哭出来，我不太能听见，水里很安静，像是一个密封的罐子。妈妈并不知道，我静静游过了她的身边，一次又一次，漫无目的，身心和睦。说完这些，我挂掉了电话，泪水滴在窗台上，还好他看不到。

妈妈躺在床上不说话。换过药后，我趴在她的腿上睡着了，做了一个绵延的长梦，淅淅沥沥，水汽遍布，梦里有一阵不息的小雨，还有一条蜿蜒而去的河流，小鱼和小虾在里面游着，像是要去郊游。雨水落在我的脸上，也落入河流里。空气循环，河流缓行，在望不见的尽头，它步入高空，栖息于云层。我在这样的梦里醒不过来，觉得自己也是一滴雨，从空中降落，变幻的风吹得我摇摇晃晃，我反而很惬意，这时，一

433

阵强烈的气流从两侧窜了出来，形成夹击，来不及躲避，我打了个冷战，彻底清醒过来。屋内没开灯，我揉揉眼睛，忽然发现彭彭和丁满正站在我的两侧，分别举着一只胳膊，彭彭紧闭双目，还在来回晃荡，丁满停了下来，看着我不说话。几夜之间，他们似乎都长高了不少，丁满还是那么瘦，彭彭看起来更壮实了。

我吓了一大跳，问道，你们怎么来了？丁满说，他带我来的。彭彭说，他带我来的。我说，这是什么情况？丁满说，我早就发现你了。彭彭说，我也早就发现你了。我说，你们俩从哪儿冒出来的？丁满说，我住在这里，三楼。彭彭说，我在二楼。我说，你们为什么也住这里啊？丁满没有说话。彭彭说，我渴了，能不能买根儿雪糕再说。我说，不能。丁满说，我也想吃。我说，那也不行，快点儿告诉我。彭彭说，他没吃过雪糕，平时不让。我听着有点难过，想了一会儿，跟他们说，我去哪儿买呢？彭彭抢着说，这里没有，得去海边。我说，可是我在照顾病人啊。丁满说，那我们一起去。我望向床上的妈妈，她的眼睛眨了两下。

夜里很静，推开房门，走廊无人经过，我赶紧转回身来，小心翼翼地背起了妈妈，从侧面的楼梯一步一步往下走，妈妈伏在后面，呼吸得很慢，温热的气息吹过我的发梢，我一口气来到楼下，出了一身的汗，觉得很踏实。丁满背着我的布包，坐在轮椅上，彭彭从后面推着他，假装出去透气，两人大摇大摆地从电梯里走了出来。我们在广场的花坛边上汇合，向着海边出发。

我们踩着黯淡的树影向前行去，彭彭大声唱着歌，丁满堵住了耳朵，保持着一段横向的距离，我推着妈妈跟在后面，见到什么都觉得新鲜。这一路上，我们遇见了许多商贩，有卖贝壳和海螺的，也有卖头饰和玩具的，就是没发现卖雪糕的。丁满有点沮丧，彭彭说，没准儿他还在沙滩上呢，我们过去看看。

海边有人设了一个套圈游戏，拉开一条细长的红线，分割出两个世界来，一边是人，一边是礼物。看着离得不远，也很少有人能套中，礼物旁边放着一盏盏彩色的小灯，闪着幽幽的光芒，像是一朵朵灯笼水母，好看极了。我问他们，要不要碰碰运气？丁满摇了摇头，彭彭没说话。我跑去买了二十个裹着青皮的竹圈，分成两份，塞在他们手上，彭

434

彭将竹圈套在小臂上，肚皮贴住红线，喊着口令，倾身向前扔去，不太有章法，只套中了一瓶矿泉水，不过已经很不错了。丁满全神贯注，思索半天，他总共扔了两次，每次五个圈一起，轻轻捻开，形成半环，攒足了力气，找准角度，朝着微弱的光芒奋力抛去，第二次时，居然套中了一只柔软的白色独角兽，呈俯卧状，睫毛很长，眼睛闭着，睡得很熟，背上还长着一双短短的翅膀。我们都很高兴，欢呼起来，我想妈妈的心里也一样。丁满很大度，把独角兽放在了妈妈的怀里。我拧开矿泉水，喝了一大口，擦了擦嘴，又递给丁满和彭彭，他们把水喝光，我们向着那道半月湾走去。丁满说，他有预感，我们要找的东西，会在那里出现。

路不太好走，轮椅推着也很吃力，我们三人几乎是抬着过去的，累得直喘粗气，妈妈也流了很多汗，她好像在抱紧那只独角兽，用尽力气，丝毫不肯放松。我们把妈妈放在沙滩的边缘，好让海浪能够抚到她的身体。

丁满的预感果然很准，卖雪糕的人不知从哪儿钻了出来，我掏钱买下了全部，他很高兴，如释重负，骑上车子就离开了。我从轮椅上取下布包，把里面的东西掏空，平铺在沙滩上，又把雪糕放在上面，对丁满说，你只能吃一根。他点了点头。然后又跟彭彭说，你负责帮我监督。彭彭说，放心吧，剩下的都归我了。我拍了拍他们的肩膀，攥着那件刚翻出来的泳衣，走去礁石后面，天气很好，没有风，海洋静止如铅，我把泳衣换在身上，听着浪声，独自坐了一会儿，海风的味道让我想起了许多事情。

我登上了礁石的最高处，高喊一声，挥了挥手，妈妈无动于衷，彭彭和丁满仰起头来，不明所以，我打了个口哨，展开双臂，直直跃入海中。身体触到水面的那一刻，我看见了远处明暗的灯火，瞭望台高耸，船楫不倦搬运，静止或者远行，一大团云从海上升了起来，笼罩着未知的季节。我向前游去，游了很久，也没有抬头，浪潮不断向我涌来，我听见许多模糊的声音，准备再开一次小小的玩笑。海水很凉，我想，在很远的地方，人们无法抵达之处，它会悄悄地结成一块冰，映着月亮，仿佛仍在彼此的怀抱里，从未离开。

防鲨网没有那么严密，下面破了一个很大的洞，一只鲨鱼可能已经游了过来，此刻正潜伏于此，伺机而动。我却一点也不害怕，因为还有两道很小的影子，始终伴在我的身侧，也许是两条活泼的金鱼，游过来又游过去，用尾巴撞着我的双腿，用鳍抚过我的膝盖；或是我梦见过的小雨与小河，在海的深处重新凝结，变得阔大、坚实，演化为一小块漂浮的岛屿，将我托了起来，一起一伏，掀起美妙的浪花。岸上吹过来的风使我温暖，我舒了口气，忽然想到，自己也许就是那只走失的鲨鱼，心怀万物，四处游荡，一次次地沉没，又一次次地跃起来。在空中时，我可以望见一条星星的锁链，掠过夜晚，照亮尘埃，浮在银河的边缘；在水里时，我看到了一匹会游泳的白色独角兽。

本文刊载于《十月》2022年第3期
选载于《小说选刊》2022年第7期

味　道

安　勇

"那个收废品的多大年龄？"

窗外的天色不知什么时候阴了，悬铃木鹅掌形的叶子在风中拼命摇晃，看上去雨随时都会到来。她把脑袋探到纽西兰西冷牛排上方，脸上带着似笑非笑不以为然的表情，左边的眼睛俏皮地眨了眨，语气轻描淡写，似乎回答与否无关紧要。这类欲盖弥彰的小伎俩曾经一度让他着迷，如今依然吸引着他。他知道她的心正被嫉妒吞噬，换成是他也一样。可以和别人约会是他们商量后共同的决定，原本想的是有所改变——他们刚刚四十几岁，人生还有很长一段路要走——但最后却像过去试图做出的那些改变一样，成了彼此间新一轮的折磨和伤害。三天前他约会的对象供职于本市一家物资回收公司，是个没结过婚的老姑娘。

"三十六岁。她是出纳。"他看着她的眼睛说。

他们眼角都有了鱼尾纹，残月形状的下眼袋也越发明显，但注视对方的目光里仍然充满爱意和欲望，或许正因为这个原因，尽管多次宣布分手，他们始终无法真的一刀两断。他们每周都会见面，聊一聊工作，看的书和电影，或者网上正热议的新闻事件。这家西餐厅是他无意中发现的，然后就成了他们经常见面的地方。她总是把店名塞纳左岸说成塞纳河左岸。店址位于一条僻静的小街上，街两边生长着高大的悬铃木。窄小的一楼卖饮料和奶茶，顺着楼梯爬上来才是就餐的地方。每次走在二楼狭长的过道上她总会产生要乘火车远行的错觉，他也一样，半封闭的餐位和过道上的边座也和卧铺车厢格局相似。这种私密程度让他们感觉很舒适。店堂里灯光暗淡，就餐的客人总是很少。他们习惯坐在靠窗的位置。两盆吊兰从头顶上方垂下来，仿古的竹制窗帘卷到一半。目光越过海鲜市场蓝色的彩钢棚顶，就能看到不远处教堂顶上的十字架。她起初以为是基督教堂，他告诉她是天主教，他用手指着让她仔细看，十字架上有耶稣受难像。他喜欢读各种各样的书，知识旁杂，不论聊到什么都能说得头头是道。"咱们好像也一样被钉住了。"沉默片刻后她说。他没有说什么，但心里和她感受相同。十年过去了，他们仍然还在负罪的漩涡里痛苦地挣扎。

"老羊吃嫩草啊！"她冷笑一声说，"请继续，后面又发生了什么？"

他苦笑着把切好的牛排放进她盘子里，表示自己不想和她计较。他姓杨，她平时习惯称他老杨，这样的调侃放在此处倒是恰如其分。一个穿条纹工作服身材微胖的女服务员走过来，把她要的柠檬水放在桌角上。他们每次来时这个服务员都坐在边座上玩手机。留短发，嗓音沙哑，他们一度以为她是个男孩子。有一次他看到这个服务员把手机贴在脸上大声质问，某件事和她有几毛钱关系。他们暗自猜想电话里的人应该是她男朋友。他和她还暗自猜想过在这个服务员眼里他们是什么关系，但谁也没有说出来。事实上，这十年里他们自己也无法定义这种关系的性质。"我们现在算什么，柏拉图式的爱情？"在某一次尝试以失败告终后，她带着怨气质问他。"至少我们还活着。"他的回答同样带着怨气，一次次失败已经把他作为男人的自尊心打击得支离破碎，每一次都比上一次更气急败坏。他在提醒她更加不幸的人已经睡在坟墓里。"我情愿死的人是我。"她说。

她正要把杯子端过去时，他抢先用咖啡勺把浮在水面的半粒柠檬籽挑出去，又把食指贴在杯子上试了试温度。这些细小的关心总是让她感动。她设想过好多次，如果时光重来自己会如何选择，结果仍然是和他在一起。尽管和别人约会过，但她根本无法想象真的会和那些男人共同生活。对他而言也一样。"我们来到这个世上，就是为了寻找对方。"在最初相好时他曾经这样说过。"找到后呢，就开始互相折磨。"如今她经常这样想。

最近一段时间他们的话题集中在各自的约会上面，开始还是玩笑似的调侃，渐渐就演变成了一个人审讯另一个人交代。具体到每个时间点，说了什么话，吃了什么东西，包括在床上的细节。他们当初说好了约会时要彻底放开，实际上很长时间两个人都缩手缩脚。最先迈出那一步的是她。和那个离异中学教师约会时，她先是接到了母亲打来的电话，啰唆一通后毫无意外地又问到了她的婚期。她已经忘记上次电话里和母亲是怎么说的了，只好随便敷衍几句说自己正和朋友在一起。母亲却没有结束通话的意思，她像个锲而不舍的考古工作者，非要把那个日子刨出来。她把手机递给对面的中学老师。对方愣了一下接过去，很有礼貌地喊阿姨。那是他们第一次见面，在公园里转了一会儿后，在老师的提议下走进了一家特味抻面馆，前后相识不超过一小时。她只知道他姓王，教高一体育。那也是他们最后一次见面。她已经忘记体育老师和母亲说了什么，只记得正要把手机拿回来时，老杨又打来了电话。老杨知道她在干什么，每次和别人约会他们都会征求对方意见，这个带有监督性质的来电让她很反感，尤其是刚刚经历了母亲逼婚之后。她轻声细语地告诉老杨自己正忙着，随后就挂断了电话。她要了一箱啤酒，两个人全部喝光后上了一辆出租车。从体育老师家里走出来，她拉黑了对方所有联系方式，接着拨打了老杨的号码。"我把他想象成了你。"她本以为会有一种复仇的快感，这些年来，她一直觉得对于当前的处境老杨要负主要责任。但话刚一出口，她就难过得泪流满面。她在心里骂自己贱货，对自己恨得咬牙切齿。"这是对的，咱们总得有些改变才行。"老杨的话似乎不带半点情绪，但她知道他已经气急败坏了。他们心意相通，除了身体不能在一起，从来就没有分开过，谁也无法隐瞒对方什么。她开始惴惴不安地等待。没过多久，在他和一位离异会计师约会后她接到了他的电话，"我也把她想象成了你。"他们说的都是真实感受，正因为如此，这种通过别人身体达成的结合也显得更加荒诞。他们灵肉分离，人格也变得分裂，和别人约会成了挥向对方的武器。复仇与反复仇，折磨与反折磨，他们像两头野兽纠缠在一起，在对方身上撕咬出伤口，不等愈合，又残忍地把伤口再次撕开，直到两个人都精疲力竭伤痕累累。

"后面没有了。在河边走了十几分钟就分手了。"他用力摇着头，似乎要甩掉某种难以承受的重负，"我不会再干这事了。这办法没有用，不但改变不了什么，而且对我们和别人都不公平。"

雨下了起来，风还没停，雨丝鞭子似的斜抽在玻璃上，就像割开了一道道明亮的伤口。这种夏天的雨不会下太久。她本想接着奚落几句，发觉他眉头皱起来脸色渐渐阴沉，把嘴边的话又咽了回去。他们相处了近二十年，每次看到他这幅认真又痛苦的模样，她心里都会不由自主地涌起一股怜惜之情，有一种搂住他用力揉搓他头发的冲动。

她从身边的背包里拿出一只纸盒放在桌子上。淡绿色的盒子上用浅粉色彩带打了一个漂亮的蝴蝶结，里面的剃须刀是三天前下午买的，刚好是他和女出纳约会的时候。再过两天是他生日。他比她大三岁，今年46岁。他的胡子不重，买的时候她还在想，他会不会觉得她是在借机调侃。他用力握了握她的手，已经想不起来什么时候说过需要一只剃须刀的事了。他们的记忆力正在慢慢减退，但十年前发生的那件事却还是异常清晰，时间并不是能让人忘记一切的良药，而是不断下落的铁杵，把那件事凿得更深，更具形状。

"这几天我想回去一趟。"他语气里有些担忧，但并非犹豫不决。他已经做好了她会不高兴的准备。她知道他要回的地方是铜城，但不知道目的何在。铜城就像他们心底一块危险的暗礁，自从十年前从那里离开逃到几百公里外的这座城市后，他们一直小心翼翼不敢触碰。离他们几步远的上方一扇虚掩的气窗被吹开了，挟裹着雨味的风吹到脸上，两盆吊兰也摇晃起来。女服务员一溜小跑把窗子关上，正想放下窗帘时被他制止了。她喜欢坐在窗边看雨的感觉。

"原来的单位要改制了，需要签一份协议。"女服务员离开后他接着说。她看着他不置可否。前几天他在微信里提起过改制的事，省内事业单位改革正如火如荼地进行着，但协议未必真的需要回去签，打电话叫个快递就搞定了。

"我还想顺便给她扫扫墓。"他又补充说。

他把喝空的玻璃杯移开，端起另一只，杯子里的饮料是套餐中自带的，这杯粉红色的是西瓜味，另一杯绿色的是哈密瓜味。她不喜欢那股食物香精味道。她有点不敢确定他在怜惜还是搪塞她。

窗外雨停了，天光渐亮，血红色的夕阳从教堂十字架上方照过来，刺痛了她的眼睛。她把目光收回来，蓦然发现他的脸也变得一片血红，这让她吃了一惊。"祝你们幸福!!"纸片上歪歪扭扭的一行字浮现在她眼前。随之而来的还有，床头柜上发馊的米饭和一盘风干变硬的蒜薹，歪倒在床边的轮椅和拐杖，倒扣的尿盆和地毯上地图似的尿液痕迹，格子床单上干缩扭曲的紫红色人形……折磨了她十年的那股噩梦般的味道从鼻腔后端升起来，像烧红的烙铁一样直捅到头顶，被割断烤焦的神经、肌肉、血管发出"滋滋"的尖叫声，在伤口四周收缩扭结缠绕，形成一个焦黑色的圆柱体通道。恶心的感觉像潮水一样将她淹没，她站起身跑向卫生间。

和以往不同，在水池边干呕了几声后，呕吐的感觉慢慢消退了。她看见镜子里的自己面色惨白，额头和眼角的皱纹格外明显，精心做过的头发有一缕垂在眼前。她从卫生间出来时，他正满脸担心地站在门口。那个服务员在相隔十几米的地方向这边看。

"已经过去了，我没事。"她说。

他们看过的医生都说这是突发事件后的应激障碍，平时处于沉睡状态，在某种特定情况下就会被唤醒。"打个比方说，就像有个隐秘的开关，但我们常常不知道它藏在哪里。"他们看过的一位年轻心理医生曾经这样描述过。事实上，他们知道那个开关藏在哪里，每次他们的身体想要密切接触时就会触碰到它，那种应激反应便会接踵而至。在她这里是可怕的味道和随之而来的呕吐，而他则是面对她时的有心无力。整整十年，他们彼此相爱，却再也无法真正在一起。

回到座位上后，他又帮她要了一杯柠檬水，她双手握住杯子始终没有喝。他发现原来戴在她左手中指上的戒指移到了食指上，中指根部留下了一圈窄窄的青色压痕。那枚金镶玉戒指花去了他三个月工资，在北戴河的沙滩上他亲手给她戴上，"从今天起咱们就算订婚了。"他把被海风吹乱的长发捋到她耳后，双手捧着她的脸颊说。他们都以为有朝一日那枚戒指会移到无名指上，如今却是代表单身的食指。

"你打算哪天走？"她似乎漫不经心地问，放下水杯，拿起勺子下意识地搅拌剩下的咖啡。

"还没定准呢，可能下周五，也可能再隔一周。"

她觉得他未必真的没定准，也许只是顾及自己的感受。

楼梯上响起说笑声，一对年轻夫妻带着一个小男孩走上来。他们穿着同样款式的T恤衫，男人和女人前胸分别印着"忙着挣钱"和"忙着花钱"。一家人向他们坐的隔子里走了几步，退出去进了旁边的隔子。他们没看到小男孩衣服上印着什么字。女服务员沙哑的声音透过石膏板隔断传过来，介绍今天十二寸比萨和黑椒牛排都是买一赠一。

他摊开双手，满脸懊恼地说这顿饭吃赔了，早知有优惠就不在网上定了。这是他的习惯，也是她喜欢的特点，用他自己的话说是"善于调节尴尬的气氛"。可惜有些事情永远都无法调节，但她还是配合地笑了笑。

沉睡在墓地里的女人是他的妻子，曾经是他们相爱的障碍，如今仍然是他们的障碍。而且因为死亡，让这个障碍变成了永远无法翻越的存在。十年前那个夏天，他妻子的死和他们三人之间的故事一度成了铜城街谈巷议的话题。红星派出所的民警来询问时，他隐瞒了午夜时分两个人共同回家的事实。北戴河三日游，没有第一时间报案，盛夏调到高温档的电热毯，加上这个不明智的隐瞒，让他们不可避免地引起了更多的怀疑。接着来的是银州区分局的刑警，在他接受询问时，另外两位刑警也在询问她。那幢楼里住的都是地质队职工，外来人很容易引起注意，警察已经走访了邻居，有两个人作证，那天早晨听到喊声赶来时看到她站在屋子里。他们很快就败下阵来，承认从午夜到第二天清早两人睡在隔壁床上。她一直在哭，说想不到他妻子会死，也说不清为什么没有早些闻到那股刺鼻的味道。

"你们是什么时候开始交往的？"一位身材瘦高的警察问。

好一会儿她才反应过来对方是指她和老杨的情人关系。"已经八年了。"在海边他们戏称这场爱情是八年抗战。随后她又补充说，"我们是真心相爱的。"

她似乎听到另一位警察笑了一声，也可能只是错觉。

"那时候死者还没得病吧？"警察又问。

"她是三年前病的。我说的是真话，他们从一开始就没有感情，当初结婚是为了分房子。"

她发现自己的辩解苍白无力，在他们眼里她只能是一个勾引别人丈夫的第三者，如今又闹出了人命。

"杨长海和妻子提出过离婚吗？"另一位警察问，手指敲击着五斗橱顶部。她发现这个警察眼睛有些歪斜，不知道是本来如此，还是在表明某种态度。

"以前提过几次，她一直不同意，自从她得病后就没再提。"

两个警察都把目光投向她，"为什么不再提了？"瘦高警察问。

"我们俩都觉得那样不太好。"

她不由自主地低下头，顾不上印证那个警察的眼睛，她突然意识到，尽管有爱情作前提，她还是无法理直气壮。

隔墙另一侧传来一阵持续的响声，听上去就像椅背不断撞击在墙面上。他们猜是那个小男孩在摇晃椅子。小家伙正在"忙着淘气"。十年前他们曾经有过一个孩子，无奈之下打掉了，北戴河之行和订婚戒指就是他对此做出的补偿。假如那个孩子生下来，现在正好十岁。她暗自想，如果给孩子买一件T恤衫，会希望他（她）忙着干什么呢？而她和老杨的T恤呢，印的一定是"忙着赎罪"。

餐费已经在网上付过了，他们起身向外走。走廊上没有人，女服务员不知在哪里。他们走到楼梯平台处时，听到粗哑的声音在后面喊：

"请您慢走，欢迎下次光临。"

空气雾蒙蒙的，街灯的光亮似乎也弥漫着潮气。他们上了一辆等在街边的出租车。他说了她的地址。十年前逃到这座城市后，他们先是住在一起，一次又一次尝试失败后，他们意识到朝夕相处只会不断加深记忆，于是决定分开。现在他们住的地方相隔三站地，有时候他会步行过去，帮她干些修理工作，更换灯管、镇流器、水池下面的软连接之类的，偶尔也会买些菜做给她吃。但他不会在她那过夜。他们最后一次尝试是三年前她四十岁生日那天。他们喝光了一瓶白酒，又喝了一瓶红酒。虽然谁也没说出来，但他们都盼望着酒醉能让记忆变得麻木。起初事情进展得很顺利，在酒精刺激下，他们的身体渐渐灼热燃烧起来，情欲像融化的钢水在血管里奔突流窜，渴望找到出口。他们牵着手走进卧室，帮对方脱掉衣服，有意不去想接下来要发生什么。赤裸的身体相拥的一瞬间，那股可怕的味道突然就出现了，像炮弹似的"轰"地击中了她，翻江倒海的恶心随之而来。她跳下床跑进卫生间，对着坐便一阵狂吐，感觉自己就像一座开闸的小型水库。刚吃下的菜肴和喝下的酒喷涌而出，接着是写着她名字的生日蛋糕，然后是墨绿色的胆汁和酸水，最后变成一阵阵干呕。她浑身瘫软，满眼泪水，一条火焰顺着食道热辣辣地烧到胃部。但她不想认输，带着一种病态的执拗又把他拉上床。那股味道和恶心再次来临，她闭上眼睛硬挺着，恶狠狠地逼他继续。但他却不行了，把头埋进臂弯里，告诉她自己真的做不到。

出租车停了，他和她一起下车，雨点稀稀拉拉又落了下来。他浅浅地抱了她一下，看着她用钥匙扣打开旁边的小门，快步走进去。这是他们最亲密的接触方式，如今，连接吻也会让她感到恶心。他重新回到车里，座位上还有她留下的香水味，淡淡的，若有若无。

十年前的午夜也下了雨。他们乘坐的火车在北戴河站已经晚了一个多小时，开出后又一路晚下去，到达铜城整整晚了两小时。在站台上他们还以为雨下得不大，沿着遮雨的长廊走到售票处门前时，发现站前广场上的积水已经映出了灯光。他们等了好一会儿才坐上一辆出租车。当时她还住在单位的独身宿舍里。出租车停下来后，他们看到大门用铁链锁着，门卫室一团漆黑。他摇晃大门，敲窗户，里面都没有半点动静。她怀疑打更师傅没在门卫室里，办公楼里还有一间值班室，里面有床和电视机。已经过了午夜，雨还在下着，出租车司机不停按喇叭。他提议去他家。她起初坚决不同意，最后还是被他说服了。

"只是将就几个小时，天一亮我就送你走，她肯定不会发现的。"

他把她拖进车里。后来她不止一次回想过，或许是"她不会发现"那句话刺激到了她，也可能自己从一开始就没打算真的拒绝，对他和他妻子生活的地方她一直充满好奇，渴望进入其中。只是从没想过会是这样一种方式，还有此后那一系列后果。在楼道里他们没碰到任何人。他用钥匙打开房门，先进了屋子，确认妻子卧室门关着，才冲门外的她招手。他们蹑手蹑脚地穿过客厅，走进他的卧室。他和妻子没有孩子，已经分居多年。

他打开房门时，她的微信刚好到来，这样的默契无处不在，总是能让两个人感受到对方的温暖和爱意。她问他是否安全到家了，雨还下不下，有没有被淋湿。他住的那幢楼在小区最里面，从大门进去要走几百米。他把发潮的外衣脱掉，挂在衣架上，没有开灯，坐在沙发上和她聊天。即便是刚刚见过面，他们仍然有很多话说。外面的雨突然又大起来，风也刮得更猛，雨点砸在窗户上噼啪作响。互道晚安后，他进卫生间冲澡，出来时看到手机上有一条她发来的微信。

"我和你一起回去。"

那之后，分局刑警又询问过他们几次。每次的问题都差不多。询问她的还是那个瘦高刑警，只是搭档换成了一个女的。

"去北戴河是谁的提议？"

她回答说是共同商量的结果。实际上也差不多，在那之前他们早就渴望结伴旅行了，只是始终没得到合适的机会。

"你们走时想没想过她可能会出事？"那个女刑警问，脸上带着掩饰不住的厌恶。

"她虽然坐轮椅，但没有完全丧失行动能力，可以拄着拐杖去厨房和卫生间，临走前老杨给她做好了饭菜。"她说。

这些是老杨告诉她的，屋地中间的拐杖和床头柜上的炒蒜薹也间接证明了这一点。

"电热毯是什么时候铺上的？是谁连接的电源，又调到了高温档？"

她对这件事一无所知，也没问过他是怎么回答的，十年里他们从未就此交换过任何意见。这就像他们都闻到了那股味道，但谁也没和对方交流过一样。几个月后，鉴定结果相继出来，留在纸片上的那句话"祝你们幸福!!"出自他妻子之手。法医通过尸检也给出了结论，非他杀，电热毯的高温诱发了心梗，死亡时间是他们到达北戴河的第二天晚上。刑警再没找过他们，但有关他们用电热毯杀人的传言却在铜城愈演愈烈，走在大街上不断有人指指点点，他们只能选择离开。

他们不想在铜城过夜，买了周五最早的动车票。他穿了一条黑色西裤，白衬衫扎在裤带里，新理了头发，胡子也剃得干干净净。她穿了一套浅灰色速干休闲服，披肩发扎成了马尾辫，就像是去出门旅行。让他欣慰的是没闻到她的香水味。他们坐的位置靠近餐车，车厢里人很少，流动着早餐混合84消毒液的气味。

他们都有些疲惫。车开出不久，她就靠在他肩头上睡着了。他半闭上眼睛，听着她均匀的呼吸声，想起上次旅行还是在五年前。离开铜城后他们只能重新找工作，他在一家测绘公司打工，还是干本行，她不再搞化验，开网店销售女士内衣。结伴去桂林也是在试图改变。那时候他们还以为问题迟早都会解决。

"就好比水管堵住了，只要想办法把它通开就行了。"他曾经这样对她说。

他们没报旅行团，也没有具体行程计划。她在网上定了七星公园附近一家酒店，两张床的标准间。他们不想急于求成。白天骑着共享单车游两江四湖，晚上脸对脸隔着床头柜聊天。不知不觉就睡着了。她醒过来时还以为是在梦里，双手下意识地做出推拒的动作，随后才看清是他站在床边。

"你刚才做噩梦了吧？"他说。

"我是不是说了什么话？"

她显得有些不好意思，就像被人看穿了心底的秘密似的。

"我没听清，有可能是在梦里骂我。"他笑着说，伸手摸了摸她的脸颊。其实他听清了，只是不想说穿。虽然他们相知相爱，但有些角落仍然不需要也不愿意向对方敞开。他们都不止一次梦到过他的妻子,他们也知道对方梦到过,但谁也不会说出来。这同样是他们保有的默契。"祝你们幸福"——他妻子留在纸条上的这句话也经常浮现在他脑海里,只是他无法确定,自己是否也在梦里喊出来过。

此后的旅行看上去一切照旧,但他们都知道试图改变的努力已经失败了,为了不给对方压力,他们都在假装兴高采烈。这样的表演让人感觉很累。旅行结束时两个人都松了口气。

她左腿抖了一下,像是要把什么东西踢开,但脚却没有动,只是把自己弄醒了。他想起从前看过的一篇文章,说人之所以会在睡梦中摆弄胳膊腿是因为觉得自己死了,下意识地求证一下。这种说法并不适合她,他怀疑她又做梦了。

"这是什么地方?"

她离开他的肩头,满脸不解地问,似乎已经忘了是在去往铜城的路上。火车正快速通过一个车站,站台和挥旗子的人被甩在后面,但他看清了长廊下的站名。他告诉她铜城很快就到了。她暗中叹口气,伸手把他肩头被自己压出的褶皱抚平。他们从来都没想过,几百公里其实只有一个半小时车程,就像十年只是眨眼之间一样。拼命想摆脱的东西实际上近在咫尺,甚至朝夕相伴,这个事实令人沮丧。

高铁站位于郊区,他们先乘坐专线巴士赶到市中心。铜城已经变得面目全非,一路上的建筑让他们觉得很陌生,想起曾经在这座城市里生活了十几年,他们都觉得不可思议。按商定的计划,他们在五洲市场门前分开。他一个人去原来的单位签协议,她要去见两个供货商,顺便看看能不能给内衣店再进些货。她的网店经营得不错,三年前又开了实体店。五洲市场虽然从未来过,但她并不陌生,经常在网上光顾订货,哪家店经营什么,又有了什么新款式,她都很清楚。她要去见的两个供货商就在市场里,在网上已经是几年的朋友,但在现实生活中还没有见过面。

目送他离开后,她突然改变了主意,没有进市场,而是沿着街边走下去。这条街离她原来的工作单位不远,是铜城最繁华的地方,过去她非常喜欢在街边店铺里闲逛,即便什么也不买仍乐此不疲。如今除了中央大街这个名字,别的都没有半点印象了。她早失去了闲逛的兴致,不知道自己目的何在,是要寻找什么,还是要摆脱什么,只是不由自主地一直走下去。她意识到自己身上有些东西已经彻底消失了，和岁月无关，就像它从未出现过一样。

穿过宜昌路后，她在一只孤零零的邮筒前面停下脚步。她想起来，这里从前是一家邮局，邮局旁边是青少年宫，门前有一个书报摊，她陪老杨来买过杂志。他们交往五年后的一天夜里，喝下半瓶白酒后，她把一封分手信投进了这只邮筒里。那天是她三十岁生日，老杨在医院照顾妻子没有来陪她。如果那时候他们真的分手了，她和他的人生就会完全不同了。那股熟悉的味道又升起来，从鼻腔慢慢扩散，弥漫到口腔里。但她并没有感到紧张。经过十年的时间，她对它已经非常熟悉，能够和平相处。她觉得它已经渗透在血液里，侵入到每一个细胞中。她呼出的气息带着那股味道，毛孔里也散发出那股味道。它是她的宿敌，也是她的老友。如果什么时候感受不到它，她甚至还会习惯性地寻找和回忆，直到把它唤醒找到，才会安下心来。那股味道经常出现，只是程度不同，带给她的生理反应也不一样。她知道这次不会伴随恶心和呕吐。

十年前的清晨，他们在闹铃声中醒过来时天色还黑着，东边的地平线上只隐约透出一丝亮光。他们飞快地穿好衣服，没有刷牙洗脸，打算迅速穿过客厅把她送出门。外面无声无息，他仍然谨慎地打开门观察了一番，才带着她向外面走。刚迈出第一步，她就闻到了那股味道，作为一名化验员，她有着敏锐的嗅觉。随后他也闻到了。他们停下脚步对视一眼，牵起对方的手，继续向前走。每挪出一步，那股味道就变得更强烈一分。他们觉得那味道就像漩涡似的正把他们吸进去。他们的脚已经离开了地面，身体悬浮在空中，在客厅里飞速旋转，不由自主滑向某个看不见的中心。他们停在他妻子的卧室门前。晕头转向，手拉得更紧，丧失了理智和判断力。他下意识地推了一下门。门无声地打开，那股味道像炮弹似的轰的一声把他们击中。在中弹的瞬间，他看到了地板上的轮椅和拐杖，她的目光则越过这些抵达了那张大床，看到一个紫红色的扭曲人体躺在格子床单上，接着她看到了墙上的相框。她本能地发出了一串尖叫。正是这串叫声惊动了邻居，把他们从睡梦中叫醒。邻居们赶来时，她仍然愣在卧室门口，眼睛盯着那只相框。相片里的女人脸上洋溢着幸福，依偎在老杨身边。那是他们的结婚照。

后来她仔细回想过，即便在那时她仍然心存妒意，这让她对自己非常失望。她还仔细分析过那股味道，生活中没有哪种味源可以与之相比。它有点像臭鸡蛋，但又不很相似，远比臭鸡蛋的味道复杂得多，也强烈得多。那味道一直悬在空中，像个顽童似的和她捉迷藏。直到有一天她在化验室嗅到了硫化氢，才勉强让它落到了实处。从那时起她就不再做化验员。但硫化氢仍然不能准确描述出那种味道，她知道还缺少某种成分，那个顽童还在和她捉迷藏，可她再抓不到它了。好多个梦里她似乎已经把它攥在手里，但醒过来时，它又像泥鳅似的溜走了。这些年来，追溯那种味道而不得的折磨，已经远远超过了应激障碍带给她的痛苦。

她转身往回走，进了五洲市场大门，但没有和供货商联系，而是去了经销祭奠用品的店铺。店主是个身材矮胖的中年妇女，腰上扎着一条土黄色围裙，友好地冲她打了个招呼。她先挑了一朵大红花、两朵小红花，又选了两条拉花和一束盆花，想去拿堆在角落的烧纸时，店主告诉她有现成叠好的，更容易烧透，上面还打了天地通用银行的戳。

她付了钱，店主又额外送了一束香和一盒火柴，帮她把所有东西都装进一只黑色塑料袋里。走出几步，她又折回来，问有没有那种很粗的记号笔。店主正蹲在墙边把金元宝装进塑料袋里，扭头说不卖那种笔，柜台上有一只可以借她用。她从袋子里拿出几张烧纸，用笔在上面写了一行字，想了想又拿出几张纸，一共写了十张，她把笔放回柜台上。

她走出市场大门不久，老杨坐的出租车也赶了过来。接过那只塑料袋时，他什么也没有说，只是用力握了握她的手。他们发觉对方的手心都有些发潮。时间还早，他们决定不吃午饭直接去墓地。司机听到要去的地方有些不高兴，额外加了钱才重新上路。他们并排坐在后座上，她察觉他放在膝盖上的手正移过来，在他握住自己的手之前，她把手挪开夹在另一侧的腋窝下面。

不是传统的祭奠日子，公墓里冷冷清清看不到什么人。他们走到通往墓园的台阶下时，一个戴红袖箍的管理人员走过来，严厉地提醒他们把纸放在下面，随后，口气缓和了些用手指着又说："那边有烧纸炉，这两天风大，上面着了好几把火。"

他们沿着台阶向上走，尽力不去想若干年后自己会埋葬在什么地方。有一只鸟飞过来落在前面几步远的柏树尖上，荡秋千般摇晃着，发出一串惊讶的叫声，等他们靠近，故作惊慌地飞走，又落在几步远的另一棵树上，就像在和他们玩游戏。他们转了弯，顺着墓碑间的空隙向里面走时，那只鸟怅然若失地叫一阵，身子一紧，张开翅膀，箭一样向山顶射过去。

他们已经记不清十年前那个午夜是谁主动开始的了。因为淋了雨，他们先后去卫生间冲了澡。她在卫生间里面时，他一直在外面站岗。她的湿衣服已经晾在了衣架上。他把一件衬衣披在她身上，她也知道那是他的衣服；她闻到了上面熟悉的味道。他们后背对着后背躺在床上，已经说好了要立刻入睡，前一秒刚道了晚安，后一秒就拥吻在一起。那一次他们做得无比疯狂。就像两头眼睛通红的斗牛，不断变换姿势，不断把身体撞向对方的身体，直到精疲力竭倒在床上。他们根本没有想到，当时他妻子的尸体正躺在隔壁床上，已经死去了三天。

她突然停下脚步。她终于捉住了那股味道，除了硫化氢之外，还掺杂着他和她体液的味道，那也是死亡和欲望混合的味道。

她走过来时，他已经把香点燃，插在墓前的汉白玉香炉里，两束盆花摆在了墓地盖板上，一朵大红花也系在了墓碑上。他妻子的名字竖着刻在墓碑中间。当年刻碑师傅征求过他的意见，问要不要给他留下一个位置。他告诉对方不需要，他当时并没有想到她，而是觉得即便留了，也不会有人把他和妻子合葬在一起。她把小红花一层层打开，分别系在两只石狮子脖颈上，又和他一起把拉花系在墓碑顶端，让余下部分顺着两侧圆形立柱垂下来。随后，他们双手合十默立在墓前，直到那束香慢慢烧完。她从包里掏出湿纸巾，把被风吹落在盖板上的两朵香灰清理掉。向山下走时，他们看到了一棵被火烧过的柏树，从根到梢呈炭黑色，心里疑惑刚才为什么没留意到。下完最后一级台阶才发现走的是另一条路。

在规定的焚化处，他们按生肖烧完了纸，突然都觉得很疲惫，并肩坐在台阶上。她轻轻叹口气说："其实，最让我受不了的不是那股味道，甚至也不是她的死，而是她留下的那几个字——'祝你们幸福'，后面竟然还跟着两个惊叹号。"

"我也一样。"他说。

"正是那几个字，让我对自己，对你，对我们的关系充满了厌恶，尤其是咱们赤裸相对的时候，那种厌恶感就会越发强烈，变成无法遏制的恶心，我根本控制不住要去呕吐。"

"我也一样。"他说，但却在慢慢摇头，似乎对自己和她的话进行否定。

　　一对中年夫妻手上各捧着一盆塑料花，从他们身边绕过去向山上走，不知是去祭奠什么人。

　　"刚才在墓碑前我对她说了'对不起'，在烧给她的纸上也写了'对不起'。我知道于事无补，也没想过她会原谅，只是这三个字迟早都要对她说。"她像他一样摇着头说，"你说说看，写下那行字时，她心里究竟在想什么呢？"

　　他抬起头，望向她，似乎要确认她真的是在对自己说话。她没有看他，目光从公墓白色的弧形围墙上方望出去，越过停车场和一片矮树林，投向田野。他顺着她的目光望过去，玉米已经长到齐膝高，田野像绿色的潮水似的铺展开去，漫过几道山冈和一片树林后，在地平线处和天空融为一体。

本文刊载于《小说月报》2022 年第 12 期

遇　见

津子围

　　比如他就是我——现在我已经上了列车，是靠近车窗的位置。由于上车前的各种紧张，汗液已经偷偷浸淫了内衣的纤维，散发着微酸的气味儿。我拉低了窗帘，遮挡住强烈的夏日阳光，想让自己这个发热的电机冷却下来。

　　其实，我本来不用那么着急的，真的坐下来才发现，距离开车还有好长一段时间，我不知道别人是不是这样，没上车之前，希望时间慢一点，上了车之后，又希望时间快一点，最好是屁股刚刚挨上椅子面儿，车身就缓缓启动。

　　心率恢复到日常的状态，我的关注点也发生了变化，我开始盯着陆续上车的乘客，一直到他们在座位上坐下，然后，目光再追寻下一个。特别是年轻漂亮的女乘客，我希望我身边那个空置的座位是留给她的，我默默祈愿，相信自己会有好运气。还好，今天上车的女乘客挺多，我说的挺多是比较而言的，大概四分之一的比例已经算是挺多了。不知道为什么，旅途上大多是奔忙的男人！

　　仿佛车厢里亮堂了很多，一位气质和形象俱佳的女士走了过来，她飘逸的长衣后是拉杆箱，女士如我所愿地停留在我的跟前，我的心率开始偷偷加速。女士抬头瞅了瞅行李架，又低头瞅了瞅樱红色的拉杆箱，我连忙站了起来，帮她把有些分量的箱子托举起来，安送到行李架上。女士对我简单一笑，算是表达了谢意。她对照着电子客票和座位号。就在我期盼她坐在我身边时，她却将目光转到了另一侧，她坐在了过道另一侧的座位上。我回到自己的座位，慢慢拉开了车窗帘。

　　显然，我与这位让我心动的女士擦肩而过。还好，还有乘客连续进来，我的希望还没有破灭。

就这样，我的目光紧紧盯着车厢门口的位置，只要有年轻的女性出现，我都不会放过的，我说的不会放过是指我的眼睛，尽管我的眼睛没有死死地盯着她看，实际上，她的行动都在我的有效视线之内，比如她走路的姿势，查看座位的神态，当然，她衣服的颜色也是很重要的。说了你都不相信，就在她走出大概六七米的样子，我已经把她和前一位做过比较，也就是与我并排靠另外一侧车窗坐着的长衣女做了比较，是的，她显然不如长衣女漂亮，不过还好、还好吧……长衣女已经指望不上了，她固定在不属于我旁边的位置上，而没有固定座位的女性中她还是不错的，面孔白皙，眼睛不大，鼻子微微上翘……女孩在过道上谨慎地走着，慢慢向我靠近，我几乎可以闻到她身上淡淡的松香味儿。我对松香气味特别敏感，我几乎觉得它是全世界最美好的一种气味。有人喜欢玫瑰香味，有人喜欢檀香味，有人喜欢茉莉花香味，而我尤其喜欢松香的味道，以至于新买的电脑散发出来的松香味儿都令我着迷，我查了一下，知道那些许松香味儿是组装电脑时焊接留下的味道。我心里想，来吧，就坐在我身边吧松香女——不好意思，姑且叫你松香女吧。只是……事与愿违。松香女从我身边擦肩而过，向我身后走去，我本能地侧过头来看了看，她的确向后面走了过去。难道就这样了吗？不，我还有机会，我认为我一定还有机会。于是，又将目光聚焦到车厢门口，情不情愿我都得将目光搁置在那个旅客蹬车的入口儿。陆陆续续有人进来，可惜来的大多是男性，有青年、有中年、有老年……终于出现一位年轻的女性，她个子不高，短头发，很干练的样子。也许她对车厢的位置比较熟悉，一副信心满满的样子，没有瞻前顾后，也没有左顾右盼，而是向车厢中间径直走来，难得的是，一瞬间我就感受到她生命的活力。当然，对短发女孩我也做了快速鉴别，我说的鉴别是与前面两个女人的比较，我承认，她比不过长衣女，大概也弱于松香女，不过也还好、也还好吧！总归她还在我可以接受的范围之内，不管怎么说，总比身边坐一个男人强吧！

短发女孩来到了我身边，她抬头看了看行李架下的座位号，又跟自己的手机做了比对，向后看了看，又向前看了看，然后，走到了我前排的座位前，我知道，这个希望又落空了。

车上已经坐了很多人，目测应该超过了八成，而且，离开车的时间越来越近了。很显然，实现我的原意的难度更大了。我想，也许我的要求有些不切实际，怎么好事就一定是你的呢？于是，我的标准也开始降低了。说到降低标准，我体会，这个过程不是顿悟而是渐悟来的，就是一点点儿变化而来的，现在我已经不奢望旁边必定是漂亮的女士了，不要说漂亮的女士，不漂亮的女士或者男士也没办法，因为不是我选择的，如果是男士，最好是瘦一些、干净一些的，不然狭窄的空间里，我们靠得那么近，一定会受到拖累。这样说，是不是显得我有些自私，但确实是真实的心理。

当然，如果那个座位空置下来最好不过了，空置下来就会有很多想象空间和多种可能性，可以去等待、去唤醒潜藏的内心。问题是，我们这节车厢应该很难有空座位的。我想，开车之前一定会坐得满满登登，因为这个车厢既不高也不低，高级车厢的乘客少，大概会有空闲的位置，我们这样的车厢怎么会有空的位置呢？所以我旁边的座位空出来也只能算是我的一个美好愿望吧，就如同我完美地错过了前面的女士一样。好吧，我不再奢望了，男的也行，只要不是臃肿的就行，最好是清爽的、有教养的男人，起码他不会让我感到特别不舒服。我的要求是不是太高了？大家都坐车，你凭什么要求别人？别人会不会也同样在要求你呢！再说，不就是一趟旅行吗？为什么一定要求完美呢，人生本身就是不完美的，如果凡事都是完美的，就不存在遗憾这个词汇了。阻断我胡思乱想的是一位穿着牛仔时装、刀条脸的男孩，他就站在我斜对面，礼貌地问我：请问，您是11排C吗？我说是的，我是C。我的口气带有欢迎的意思。瘦削的男孩子并没有坐下来，他对我笑了笑，温和地叫我师傅，其实我们的年龄也差不了多少，他竟然叫我师傅。他说师傅，可以麻烦你一件事吗？我和母亲一起来的，可座位不在一起，可以跟您调换一下座位吗？我看了看他，他连忙向前面指了指：6排A，靠车窗的位置。我向前面望了望，其实我并没有看到什么，既然他说他想跟母亲坐在一起，我还有什么好说的。我说可以呀。瘦削男致谢的同时连忙带我去前排，那样子怕我反悔似的。于是，我拎着小包裹，跟在瘦削男身后，与上车的乘客逆向而行。

来到6排我才发现，6排B坐着一个体重应该超过两百斤的大块头，我心想，终究还是没有逃脱厄运，但是既然答应了人家，也不好再反悔了。我和老太太调换好座位，刚刚打理停当，火车也开动了。

伴随着火车运行的节律，我开始观察周边的人，除了我身边的大块头，我把前后左右的乘客扫描了一圈儿。有人在看手机，有人在张望，还有人在打电话，打电话的声音挺大，大意是我已经安全上车了、火车已经开动了，放心什么的。我身边的大块头，好像是个愿意说话的人，他主动问我，你去哪儿？我说到终点站。他说那你比我远多了，我到山海关。为什么是山海关？本想问他来着，可话儿在嘴边又溜掉了。本来应该是我先问他的，因为我，真的希望他下一站就下车，换上来一个人，什么人都行……好在山海关还不算太远，大概就是四五站的距离吧。说到这里，我要介绍一下我乘坐的火车，这趟火车是高速列车，与之前坐过的绿皮客车不一样，过去到山海关八九个小时，现在不到两个小时就到了，一方面车速的确加快了，另一方面停车的站点减少了。对于乘客来说，时间短了，就相当于距离压缩了，对不对？我想的这些并没有与大块头交流，也没有交流的必要，于是我把头转向了窗外，这时太阳还在东边……其实在车上是很难分辨出东南西北的，我所以判断太阳在东边，是因为时间，现在是上午，太阳自然在东方。有时用时间判断方位，有时候用方位判断时间，都是在我们已知的知识里做推断或者认定而已。太阳就在那个位置，无论火车的速度快还是不够快，它还是在那个位置。太阳下面是罗盘一样、一点点旋转的大地，大地上萌动着绿意，还点染着落雪般的花瓣。在淡绿之中，夹着一条蜿蜒的河流，与其说是河流，不如说是一条溪流更准确，溪流波光粼粼，发着明亮的光。我想溪流的流速一定很快，由于有了流速和起伏的落差，所以在阳光照耀下就会抖动着、进而闪耀着。

我扶窗向外眺望时，一股奇怪的味道侵袭过来，萦绕在我嗅觉有效范围之内，我扭过头来——大块头正在啃麻辣鸡架，喝易拉罐啤酒，见我瞅他，他笑着问我：兄弟来点不？我忙用手示意了一下，我意思是不用了，谢谢。他大概没理解我的意思，拿起一块残肉多一些的骨架递给我，说出门在外千万不要客气。我只好说谢谢，真的不用了。大块头说，别小瞧鸡架，这里面的学问可大了，有熏鸡架、卤鸡架、炸鸡架、拌鸡架……看到我这个了吗？孜然、麻辣、白芝麻，入口满嘴留香。我点了点头，说别客气，您继续！

大块头继续有滋有味儿地吃着，还时不时溜一口啤酒，不想，那个场面被后座的声音打断了。后面一位大叔高调地打电话，他大概在谈业务，但他并没有讨价还价，而是讲一些看似没有关联的事，他说如果我们不是朋友，这单生意是不可能做成的，你稍微动动脑子就能明白……你是真不明白还是假不明白？谁谁是某某的亲戚，连他都出面打招呼了，要知道他非同小可，我们老板要知道他不高兴都得吓尿了。所以呀，你知道我不容易了吧，里里外外反复周旋，容易吗？搭精力、搭人情、搭钱还得搭面子，你自己琢磨吧，干、还是不干！给我个痛快话儿。谈生意的大叔渐入佳境，根本无视身边人的存在，我相信周围的乘客都很反感，不用我说什么，自然有人会站出来，果不其然，我那排过道一侧座位上的乘客站了起来，他扶了一下眼镜，说你能不能小点声，别影响别人好不好？谈生意的人根本没理会眼镜男，继续大声打电话：还没明白，还让我再说一遍吗？谁谁是某某的亲戚，他出面打招呼，才有了我们这单生意……眼镜男有些恼火，大声说：你这个人素质怎么这么差？能不能讲点公德！谈生意的大叔放下电话，和指责他的眼镜男吵了起来。本来，眼镜男指望大家会站在他那一边，可惜在场的人仿佛都跟自己无关一样，没有一个人站出来帮他说话。两个人越吵越厉害，眼看着要动手了。这时，大块头站了起来，他用油乎乎的大手将两人推开：好啦，好啦！有什么深仇大恨，值得你们大动干戈？大块头出面，随之就有更多的人站了出来，有的对谈生意的大叔说，公共场合你大声嚷嚷就是不对，影响大家休息；也有人劝导眼镜男，算了，别得理不饶人。谈生意的大叔根来就没把眼镜男放在眼里，他说，靠，一幅穷酸样儿，装什么文明人。我下意识地站了起来，指着谈生意的大叔大声说，你不要无理取闹！就算别人穷酸你富有，真的假的且不论，富有也不代表你有权利，蔑视他人、影响他人……谈生意的大叔白了我一眼，说我不大声他能听见吗？公共场合，你有权力，我也有权力，我们的权力是平等的，我最看不起的，就是动不动拿大道理压人的装B犯！我很恼火，血液直往头顶冲抵，刚要爆发，被大块头油乎乎的手给摁住了。大块头说，得了得了，理论下去还有头儿？而且没个结果，都少说两句，不就没事了。

事实上也是如此，双方闭嘴，一场风波就过去了。我也只好自己给自己消气儿，闭上眼睛，平息情绪。说起来，上车前前后后一阵儿折腾，这一会儿居然还有了疲劳的感觉，书上说，只要闭上双眼深呼吸，心率什么的就会发生改变，就会慢慢变困。就在我有了困意时，音乐声开始在耳畔环绕，如果那个音乐是柔和的也就罢了，音乐的节奏激越，特别是那些鼓点，仿佛是专门敲击我的，直至敲击到了耳膜……我睁开眼睛。评定是我前排座位的乘客在放音乐，他一定认为他的音乐是最好的，问题是，他喜欢听的未必别人也喜欢听。我犹豫一下，还是用膝盖顶了顶他的靠背椅子，顶了几下，他没有任何反应，还专心致志地欣赏着他的音乐。大块头大概注意到了，他拉扯一下我的衣角，我看到了他善意的目光。我无奈地摇了摇头。这也许就是放弃理论的后遗症，由于大块头和稀泥，上一场风波是平息了，但问题并没有得到解决。

我决定去一趟卫生间。去卫生间有两个选择，车厢前面、后面都有卫生间。想的时候我已经向车厢后走去，出于本能而不是判断，往后面走的时候，我才意识到，我是不是想看看先头那两个女孩在干什么？先看到的是长衣女，她大概也注意到了我，我临近她的时候，她竟然抬头看了我一眼，带有幽怨的神情，那眼神令我心动。可惜，我们没缘分坐在一起。隔三个座位就见到了松香女，她大大方方地嗑瓜子，走到她身边我看到，她身前小桌板上放着葵花籽，地下散落着翻白的瓜子壳儿。我有些失望，我知道那些瓜子壳是最难打扫的，不知道她为什么那样做，她大概太喜欢嗑瓜子了，可是，她也可以把瓜子壳儿收集起来，放到口袋里，现在的样子，与她精致的修饰实在不相匹配，她身上散发的松香味儿，不会与瓜子壳有关吧？我继续向后面走去，看到了短头女孩，她正埋头玩手机，除此之外，似乎什么都没注意。

大块头总算下车了，我们彼此礼貌地打个招呼，算是告别。大块头走之后，我就把头转向窗外，我已经不对身边那个座位抱什么期待了，我相信不管来什么人，总比那个大块头要节省空间……太阳升在了当空，我知道现在是正午。窗外是起伏的山峦，郁郁葱葱，在生机盎然的浓绿之中，那条河时隐时现，不过我敢说河流宽了很多，可以不再是溪流而是正儿八经的小河了，河水映衬着阳光，一闪一闪的，直晃人的眼睛。新上来的乘客是位中年男性，他有一个鲜明的特征，头顶的头发比较稀少，泛出油亮的光泽，我姑且称他为谢顶先生吧。很显然，谢顶先生是个自来熟，也够诙谐幽默，一见面他就跟我谈起高速列车和普通列车的区别，他说快有快的好处，慢有慢的优点，不过两者不容易调和，就好比是一对夫妻，快车天天担心慢车被撞，慢车呢，时时担心快车出轨，所以，早晚得离婚。讲完，谢顶先生咯咯地笑，他大概觉得很好笑，我倒也没觉得不好笑，只是没有他觉得的那么好笑罢了。我所以判定他是一个诙谐幽默的人还基于他对邻座的人讲的笑话，不过，遗憾的是，他的诙谐有卡位误差，总有点拧巴的感觉。比如，列车服务员推着餐车兜售中午的盒饭，他就给周围乘客讲了一个奇怪的笑话，他说有个人回老家坐火车，买的上层硬卧。中午听到卖盒饭的声音由远及近，那个人饿了，怕错过了送餐车，一边喊服务员等等，一边匆忙下铺位，忙中出错，一只大汗脚踩进人家送餐车里了……送餐员扯着嗓子喊了一句：9号上铺把盒饭包圆啦……要吃饭的自己去餐车车厢！周围的人笑了起来。谢顶讲的笑话不太合时宜，让本来嫌餐车盒饭贵又不好吃的乘客，更不想去买盒饭了。同谢顶先生聊起来，他说他是外省人，从一省——中间隔了两个省——再到另一个省，仅仅是因为一张票。他说我大学毕业那年车票非常紧张，校方问我：你想要的那班火车票如果没有，你服从调剂吗？我一个农村出来的孩子，没什么社会基础，只能选择服从。过几天，我拿到了票，十分生气地质问：我订的是到江西的票，为什么给我到黑龙江的！校方说：你不是说服从调剂吗？行啊，不都有个江吗。这回我笑了，笑得还有点苦涩。我问他：现在适应了吧。他笑一笑，快三十年了，已经感受不到适应不适应了。我点了点头，他也点了点头。我说人生有时候是选择不了的。他说服从本身也是一种选择。我觉得挺有意思，大家说话都短促且富有哲理，也许火车提速了，时间缩短了，人的交流少了，也简约了。

不知不觉又有些困，索性再眯一会儿。醒来时，我发现谢顶先生已经不在我身边的座位上，他在与不在，我已经不很上心。我把头转向了窗外，看着窗外的光景……太阳总是摆脱不掉的样子，无论火车开出多远，开得多快，它都在车窗的上方，现在它应该在西方，因为下午时分嘛。离开山区，地势开始平缓，块状的田地呈几何形状，绿色褪去很多，淡绿中熏染着褐黄，还有，那条河又出现了，一副从容舒展的模样，阳光下不再抖动和闪耀，而是一条一条的明亮带子。

事实上，我并没有注意到新的乘客，她是一位脸色红润的圆脸女孩，我的心随即活跃起来。圆脸女孩在我旁边空出的座位前犹豫了一下，慢慢坐下来，把手提包放在双腿上。我惯常地瞅了她一眼，故意漫不经心的样子，头朝车窗外面看。哎！应该是我旁边的圆脸女孩儿说话。哎……是……阿波吧？没错。是圆脸女孩儿。我侧过头来：你是？……圆脸女孩笑了，她说还真是你……我是阿玮呀！不记得我了吗？我想了想。圆脸女孩眼睛盯着我说，小学四年、五年级……我说对对，阿玮，我们小学时是同桌。阿玮笑了起来，她说真是缘分呐，多年不见，乍一看你根本不像小时候的你。可仔细一看，你怎么都没长出小时候的模样。我说你可不一样，要不是经你提醒，我还真不敢认你。你是越长越好看了。阿玮说哎呀，你什么时候也学会油嘴滑舌了呢。我说本来的嘛。不管怎么说，阿玮还是满意地接受了我的恭维。阿玮说，现在我们又坐在一起了，你可不许欺负我啊。她这样说，让我联想到课桌上的刀划分界线，那时候，谁的胳膊过线了，铅笔盒、作业本越线了，就会受到"自卫反击"。我哈哈大笑。我说不会的、不会的，现在我们是大人了，而且我们的空间足够大。阿玮也笑了起来。接下来，我和阿玮聊啊聊的，很快我们就知道了彼此的现状和处境。我们不仅没有感到拥挤，甚至还觉得座位和座位之间的距离过大。阿玮叹了口气说，唉，人生最大的遗憾莫过于：放弃了不该放弃的，坚持了不该坚持的！我问她：你说的放弃，是指什么？坚持，又是指的什么呢？她说很多，你知道的。我想了想，自己知道还是不知道呢？于是，我也说了一句显得有些哲理的话，我说很多事，就像手里攥的沙子，越努力漏得越多！阿玮眼睛盯着我看，脸色红润。

我得承认，我和阿玮聊得很好，我们有聊不完的话题。当然，本来是看法一致的问题，交谈起来就变得不那么一致了，也许，关键在于交流的方式，而不是对问题的认知。不过还好，还好没影响我们继续交谈下去。

前面我提到过，我前排座位上是一位音乐发烧友，不知道什么时候也换了乘客，新乘客是一位鹤发童颜的老人。我注意到老人时，他已经喝多了，他大概找到了青春燃烧的感觉，光膀站在座椅上，声音洪亮地嚷着，非要给大家表演一套拳法。旁边有人拉他，尽力劝阻。不劝还好，越劝老人越逞强，仿佛一匹无法驾驭的脱缰野马。这个时候，乘警来到了我们车厢。我以为有人向乘警报案，然而乘警并没有去询问和阻止那个嚷嚷着要表演功夫的人。乘警手里拿着一个黑色的仪器，在每位乘客眼前扫描一下。有乘客问乘警：你们在干什么？乘警没有正面回答，只是说我们在执行公务。乘警并没有对所有的人进行比对和扫描。当然，我也没判断出其中的规律，他检查的人中，有男有女，有老有少。乘警离开了，大家还在议论纷纷，有的说是抓小偷，有的说抓逃犯，最后形成的共识是：查找危险分子。阿玮小声问我：危险分子是指什么？我说危险分子是个大概念，可能每个人的理解都会不同吧！阿玮说：你这样说等于没说嘛。我说其实我们大家都在努力走进一个套子，再设法走出套子。阿玮说：你真无聊！

这个时候，天已转暗。阿玮一手拉着我的胳膊一手指着窗外：阿波你看！夕阳真的很好看喔！我把头转向了窗外。夕阳西下，只有远处的天际线上空有燃烧的云彩，大地黯淡了许多，树木隐去色彩，只有迷蒙的轮廓。还好，那条河还在，它已经是一条大河了，宽阔、凝重、平静的大河，仿佛冻住了一般，几乎感觉不到河水在流动，好在它映出了天空的色彩，并且证明了自己的存在。

突然，车厢门口有人喊了起来。我看到，一些乘客向门口聚集。出于好奇，我也走了过去。透过拥挤的人群，我看到一位中年人倒在地上，那人已经昏厥。看得出，围拢的乘客都是热心人，有人提出要掐人中，有人强调给病人中指放血，有人甚至提议做人工呼吸。阿玮不知什么时候站在我身边，她拉了拉了我的衣襟说：别让他们乱来，赶快找医生，这个车上应该有专业医护人员。我立即跑到车厢堵头，找到了穿制服的列车员，列车员听明情况，立即用对讲机联系车长和列车广播室。很快，车厢里就收到了寻找医生的广播通知。

火车在一个中等车站停下了，突然发病的患者被送下了车。阿玮也在那个车站下车了。下车前她拥抱了我一下，对我说：我的终点站到了。谢谢你！这一路上，我还是比较充实的。你怎么样？还没等我回答，阿玮说，希望有机会，下一趟车还能碰到你！说完她扭头就走，走到门口，转身大声对我说：再次碰到你我们还坐一起，反正，不是你欺负我，就是我欺负你！

也许是离终点越来越近了，也许是时间太晚了，车厢里的乘客越来越少，我有些疲劳了，闭眼靠在椅子上，蒙蒙眬眬、迷迷糊糊……此刻，火车仿佛向回开去，我也成了一个折返的人。返回的车厢里，我看到了阿玮，阿玮是我的妻子。我也看到了谢顶先生，原来，谢顶先生是我的父亲。而那个大块头，正是我和阿玮唯一的儿子。随着车身的摇晃，我醒来了。我想，刚刚应该是一个梦吧，不然，我怎么会周身大汗且淋漓呢。

我在想啊，自己是怎么遇见这趟列车的？早一点晚一点可能都不一样，如果重新给我一次机会，我还会遇见这趟列车并蹬上这趟列车吗？缘分是一本密码字典，翻得不认真，就容易错过，可太投入了吧，深陷其中而迷失方向，是不是这样？我们尽可以认为有选择的机会，可事实并不是想的那样。

深夜一点，火车进入终点站。

车厢里，年轻漂亮的女列车员正在清理车厢，她走到6排A座、靠车窗一位昏昏欲睡的耄耋老人跟前，轻轻地拍了拍他，对他说：老爷爷，终点站到了，您该下车了！

本文刊载于《小说选刊》2022年第2期

造物须臾

牛健哲

深夜里，我在卧室的地上坐起来，是跌倒之后的自拔。

下面大概没什么好读的了，这就是整个故事。接下来我应该站起身回到床上，实际上我做的也跟这差不多，只是多了些许停顿。膝盖作痛，我该是跌伤了它。勉强站直后我有点过于清醒了，脑子里水蛇一样游过一些想法。

我听见自己粗粝的呼吸声和尖细清越的耳鸣音。

其实我已经无意识地朝床迈了一步，快要缝合了这个夜晚。而床在几步开外，显然我不是从上面滚落至此的。床上被子里有个人，埋着头脸，在一边蜷曲着身子。床边的器物是一把椅子，椅背上混乱地搭着衣物。这些并不碍我的事，是我想得太多了。简单地说，我觉得自己不认得这间卧室，也不认得床上的人。这一跤是怎么跌的，一时更说不清楚。

床头上方的墙上挂着深色的相框，作为墙上唯一的挂件，它小了些，形廓也老旧了些。相片里深浅颜色交杂，应该不止有一个人。不知道里面有没有我。我惶惑一时，怕自己存在得毫无来由，如同一根悬空而生的蘑菇。然而毕竟，是否知道自身的来由是个诡诈的问题，没有人时时把自己的名号身份和故旧历史摆在意识的表层，昏睡半宿就更谈不上会有多么周全的自知了。相比之下，对周围世界常数的知觉显得更为要紧，它顺利地在头脑里绽开，便算情况还好——眼下这个世界虽说来得唐突，但显然仍在靠逻辑和因果律来统辖。我能感觉到自己在晦昧状态也默念着"因为""所以"，试图连缀这对关联词来解读所处的局面，也能感觉到自己行事遵循规律和情理是既成的定势，因而要在一间尚未

461

认出的卧室爬上一张尚未认出的床足以让我却步。

我冷静下来，稀释了对自己的惧怕。我没问题的。面对一张床尚且如此，遑论来充当一个无法解释的角色或者做出什么悖谬于理论的事情了。

我可以信奉这个世界的一定之规，接受它的拘束和牵制。信奉让我松缓，这是我这样的人应得的。但在这个节骨眼儿，在这片以浓黑来填充的空白里，我感觉它给我的犒赏不止这些，有灵感和顿悟无须捕捉就撞进我怀里——如果我身处于此必定匹配着一个理由、做事铁定合乎情理，那么接下来趁着浓黑和空白，我随便做点什么，都会反过来投射出与之对应的理由和情理，进而自动厘定出我与这个房间、与床上人的既有关系吧。如果原本不是如何如何，眼下我又怎么会如此这般，对不对？链条的一端系于我身。平添奥妙的是，我隐约觉出我经历过这种混沌待开的情形，也做出过自己的处置。我向着床又走出一步，那种隐约的感觉几乎凝结成为记忆。

如果这夜的情形是时空重新开启暂留的马脚，那么我曾经经历的可能是上一次重启。和眼下一样，某种界面还没有完全凝固，无论我做什么都将自动获得一个统摄前因后果的解释。与这次不同的想必是在那个时刻我纯然懵懂，没想过除了睡回床上还有什么其他选择。在那片黑暗里我走了几步，到了床边，然后掀开被子的一边，就那么把身体滑了进去。一瞬间，床上的陌生人变成了枕边人，墙上合照里有了我们的一双脸孔。大概我在那个时点才感觉到某种微妙的机理可以利用，但仰躺落定，容我参与定义的东西已经所剩无几。我只想到，一对同床共枕的人总该有他们并肩睡眠的耐用仪态吧，至少都该有个舒服的空间。于是我把耳朵边上她戳过来的一条胳膊抓起来，推回她的体侧。这动作一定含带着几分淡漠处之和理所当然的意味，而这意味又获得了相配的情由背景。那是一条左胳膊，在被我抓起挪动的同时具有了肥白浑圆的中年妇女特征，我们由此彻底变成了一对中年夫妇——她是发胖了的那种女人，我是常常起夜那种男人，依稀的印象中后来我们无限长久地一起生活着。

如今当然是一次崭新的机会，我没道理不考虑更多可能性。椅背一角瘫软垂挂着的是件浅色的女式内衣，床上躺着的便该仍是女人。出于谨慎我摸摸自己，在身下还是摸到了那团东西。相比这些不再可变的，我和她的此前记忆和今后可谓真实的生活，都会被我接下来的选择影响。比如如果我重复上一次的举动，她就有了丈夫，但只是会把她的胳膊推回去的那种。显然我和她在都醒着时，就不擅长相互依偎。她是否情愿身边有我，或者说是否愿意生活里有我这样一个人？大概难有一个喜人的答案。以同样的问题扪心自问，我当然也没法回答。但现在我有机会很轻易地甩开这种沉重的问题。我可以在卧室里外翻找一番，拿一些财物逃走，那么我就只是一个入室行窃的贼人。我偷盗了她的东西，但可能拯救了她的和我的余生。

我的脚趾动了动，那些靠墙的冷硬箱柜和可能放着财物的其余地方都静候在周围，我没能迈开脚步。黑暗当中正涣漫着无穷无尽的滞重，相形之下这个选择毕竟轻率了些。要是我弄出响动惊醒了她，要不要施以重手给她狠命一击？到时我很有可能焕然化作一个为非作歹的熟手，由不得眼下的自己心慈手软。说不定在外间地上会冒出一个起夜喝水时遭我击倒的男主人，被我的选择拉进场景，却已经枕着一摊正向四外爬开的黏血……

总该还有别的路径，容我踏入其他方向。

或许我还可以走到床边替她掖好被子，然后转身回到另外的我自己的房间。这样一来就不同了，她就会变成我的女儿。她已经是个懂事但还不太会照顾自己的女孩，我对她疼爱到晚上会多次醒来，起身过来替她盖好掖好被子，有时也会把她的长头发从脸上归拢到耳朵后面，再推推搭衣物的椅子，让它靠紧床边，以免她像个小娃娃一样翻落下床。考虑到所需的查看频率和照料手法，我并不放心由她妈妈来完成这个任务，只好牺牲自己每晚的完整睡眠。有了女儿，我们过的日子会温热许多，仿佛是被捉摸得到的意义每天缠绕着。

我再次迈腿走到床边，是床上人躺卧的一边。膝关节和腿上皮肉的疼痛让我自怜。我走到她脊背后面，抬抬手，但没去触碰被子。女儿触手可及，可我并不确信应该把她变为现实，有一种隐隐的悲观在胸怀间涌动。她的身体如果伸展开来算得上颀长了，她已然长大，我陪在她身边继续做慈父也不会太久了。而且这未必是令人伤怀的主因，因为我突然怀疑这个选择也曾在某个起点兑现过。大概世界不止发端一次两次，而是可以悍然不顾地反复铺排。在似有若无的前事里，我忍了腿疼为她掖好被子，事情则在暗处显露出它的阴幽质地，像洇湿的画作呈现出令人怔忪的别样面貌。她压抑不住呜咽抽噎的声音——女儿不是尚未离开父母，而是被迫回到家里。在自己的生活里受到创伤后，她别无选择。那么她妈妈也不是在懒懒睡着，而是在我们自己的房间饮泣不止。我忍不住要在深夜来看看女儿，但不知道她有没有入睡，一旦惊扰了她又该如何抚慰。跌那一跤显然就是脚步踯躅所致。

仔细辨认这一片暗夜，哪里有祥和温暖的气息。或许曾经有切入明媚的机运，可早一闪而过，现在世界的基调已经落定。我无法乐观地左右情状，令它在我指掌之间化作美好的既有，我只能去避免最差的局面。因而她不能做我女儿，同样也不能做我母亲，否则就会浸泡在孤独和悲伤中，不是被戕害得失去自己舐舐伤口的力气，就是病恹恹的老兽一样逃不出凄凉和恍惚，而我完全无力护佑也没法安抚。与其贻害至亲，还不如和床上的人乖乖地做睡在一起的一对。

看来最好如此，无论算作偏私还是凛然。而这自然还是让人心有不甘，知道可以亲手塑造点什么，谁又能一下子熄灭念想。我想，和她捉对同床，却也未必要呆板地就范、整夜睡得沉闷吧。既然我在床下醒着，要做的就可以是去叫醒她。而叫醒她的方式也会明快地勾勒出我们的关系。

我可以走到她肩背后面隔着被子拍拍她，如果她还不醒过来，我就拍打她露在被子外面的皮肉，直到她扭过头来眯着睡眼看我。

"我得走了。"我就这么说。

她听到了，但不得不完成一次睡与醒边界的深长呼吸。她用睡眼向我表示疑问，我便重复我的话。

"他不会回来的，我不是说了吗。"她声音含混。墙上的照片里他搂着她，他深色的衣袖搅开了她上衣的浅色。

"跟他没关系。我突然记不准她的航班了，不一定是下午到，也可能是凌晨。"

"见鬼……"她把脸重新埋回被子里。

我已经在穿外衣了，当然没有告诉她我刚刚摔倒在地，只说了一句混账话："反正你睡得好，身边有没有人都一样。"

她也回应了相似的一句："我是想说你干吗要叫醒我，又不用我送你出去！"

我知道她这个晚上不会再睁开眼睛。这样就好了。只是我得走出去，在这个浓黑的夜里穿行，因为寒凉或者焦急而小跑几步，抱着胳膊或者皱着眉头。大概只有到了做出赶路姿态的时候事实才会定形，我才能确知自己刚刚有没有为了离开而说谎，如果没有，我就需要一点好运，让自己妥妥当当地先回到家里独自歇息，等着将要从机场回来的人。

整个过程一定像团团迷雾结聚为清晰的形态一样，我在其中梳刷知觉也摆放自己。

再想想，要是足够果断的话，夜行回家这点辛苦和不安应该也可以免去。我仍然可以隔着被子拍拍她，如果她还不醒过来我就拍打她露在被子外面的皮肉，直到她扭过头来眯着睡眼看我。

"你得走了。"我可以说。

她听到了，但不得不完成一次睡与醒边界的深长呼吸。她用睡眼向我表示疑问，我便重复我的话，"你得走了——我不习惯只睡床的半边，也不想破那个例。"

"破什么例？"

"我说过，我这儿从来不留女人过夜。"我打开灯，然后靠在窗台上点起一支烟。

"是你他妈主动说要我在这儿……"

"那会儿咱俩不是正动弹着呢吗，边喘边说的话你也信？"

她瞪着我，气鼓鼓地坐起来，穿了胸衣，接着得把搭在椅背上的各种织物统统穿戴上身，"你们果然都是人渣！"

我低低地吹出烟雾，"对不起了，我不擅长从那边下床，刚才摔了一下，心情立刻不好了。"

"你擅长什么？"她自然有点狼狈，但照旧要把后面的头发扎高，"我看你干什么都像摔跟头似的，都那么快！"

我做出承蒙夸奖的表情，又吹出一口烟。我知道墙上相框里的照片早就被我抽了出去，替换进去的是一张电影海报，甚至没有塞平整，边角处的树枝和河道都打着皱褶，几个外国乡野女孩始终没心没肺地在画上嬉闹。

她离开时摔了门，我的烟头在气流的波动里亮了亮。

这个版本自带深夜的懒散和浑浊，几乎让我满意。她就在我眼前，我可以如法炮制，利落地赶她离开，自己身体里则会留有那种释放过后的平静和重归自在的惬意。我生发出由内到外的蠢动，伸手拍了拍她肩臂上的被子，指尖和布面之间发生了若干静态电荷的转移，距离为一切赋形只差一线。

她没有醒，至少没有扭头看我。这本该引我再次伸手拍打，可我感受到的却是一阵庆幸，是让自己有点厌恶的那种。情状好比没能把炮仗点燃，心里为不用听那炸响而松快，要乖乖地退开。略加思量我便得承认，刚才动作的力度和触及的位置都不足以唤醒她，这下意识的拿捏好像不可逾越，如此便挑明了一个问题——此时的我与想象中那个可以拍醒她的角色并不相像，恐怕就算能开个头，也不能顺畅地滑入那条轨道，担演那种狎弄人间的人。

从起初的脚趾蠕动，到迈了腿伸出手，想必我的肢体一直在细密地颤动。得偿所愿从来都不是轻而易举的。

空想了这么多，我也应该开始明白，那种叫作秉性的东西已经凝固在我身体里了。它与我对它的容忍相互盘结滋长，从外到内箍缠而来，选择的余地其实越收越窄。也可以说我没能先知一样早早脱逃，已经差不多困住了自己。在此间我敏感卑怯，心事重重患得患失，哪能胜任自己任意选取的情节走向？

为这我沮丧了一会儿。人最好晓得自己的斤两，而不是临场称量。

就算还有心出逃，我也只能尝试在挣扎中酝酿迸发，承认将要面临危恐张皇，再借用挣扎和迸发的力气来承担它。跳进激流再图畅泳，这大概是我讨得果决的唯一办法。

我抓起椅背上搭的衣物，把像是贴身的部分放在鼻子底下使劲闻了闻，这勾当彻底弃绝了我和床上人可能成立的若干种关系，只保留了可怜的几种。自我压迫已在施行。不过不太合心意的是，并没有什么浓重的气味可以让我变得足够强悍。可能我需要走出卧室，不顾摔疼的腿脚，带着困兽般的蛮力在客厅里兜走几圈。只要出离那间卧室就能具有的放肆劲头可以证明我与这处家宅的关系。我会看见几级台阶上的主卧开着门，起身之前我是躺那里的，而刚去的，是保姆房，所以那里睡着的女人只是我家的保姆。她在我眼里既不可或缺又无足轻重。在这个家里她只能用自己的水杯喝水，但我起夜时却会有意找到她的杯子来用，比如在这样的暗夜……在外面我会燥热得要命，几步奔到桌台旁，即刻就要用她那杯子喝几口水，可暖瓶里倒出的水太热，我对着杯口又吸吃得过猛，烫到了嘴。我终于恼火至极，可以闯回保姆的睡房、一鼓作气地掀开她的被子扑过去了，那架势就像是另一次跌倒，无可挽回。她醒来但没有醒透，还没做出什么动作，嗓子里也只是哼哼着。我这样的人自然不相信自己略施威吓就可以轻易得逞，所以会迫不及待地挥手给她结实的一耳光……

太过疯狂了。我的手又在身下摸着那团东西。大概是刚才想象自己在客厅里狂走时，它坚挺了起来，想到保姆的杯子，它达到了刚强的极致，但眼下它软塌塌的，可能是被自己头脑里彩排的粗暴吓到了。我又拿起她的衣物更使劲地吸嗅，这次闻到一些冷却在织物纤维间的体味儿，但还是没有扫除自己受到的惊吓。我等了自己一会儿，可时间和机会自然都不多了，施加在自己身体上的惊吓，变成了惊吓加上焦急。

我呼出浊气，胸膛塌陷下去。最令人软弱的，是自己悉晓自己的软弱。无论浓黑还是空白，都没法施与扶助。形神皱缩，薄汗湿凉。这样，我想她不必是我家的保姆了，更不必在夜里遭人扑斗。这一番虚实再次证明了我的确敏感而心事重重，身心秉性确实已经固化无疑。挣扎迸发之想换来的，不过是凌乱的寒战和抽动，至少在这次正在铺排成形的世界里我就是这副样子。

连她翻了个身，也让我腰身哆嗦。我从她身后退开几步，绕过床尾去往床空着的那一边。我想这只能是我的家里、我自己的房间了，床上的人恐怕也只好是我的妻子，再要勉强去兑现残余的变数不知道会引来多少不堪的局面，何况刚刚闻过的衣物味道没有带来一丁点新鲜感。

然而我是抿合着眼皮接受这结论的，似乎事情仍然不该就此作罢。那些叹息般短寿的念头明明只堪凭吊，要是还有什么不能死心放下，或许就是我仍然不知道她是谁，不知道她容貌怎样身材如何，会怎么颦笑怎么搂抱。算不上玄想了，可我和她是否庆幸彼此依偎，我们之间是否还有可圈可点的亲近甜蜜？这些既然仍悬置着，就该还可以由我出手设定吧？至少也该剩下个小小的旋钮给我，让我把它扭到新的刻度。

我在床边坐下，掀开被子的一边，把两条腿先后滑了进去。躺下的事已经容不得耽搁，却也草率不得，因为残余的可能性会由我进入被窝的每一个动作来孵化。她的一只脚斜伸在我这半边。显然我不能先去归置她的体姿，就算那貌似顺理成章，推开她的肢体、打发掉她的触碰会有何后果毕竟已经心知肚明。现在侥幸再次得来的机运虽然已经快要被挥霍殆尽，可只要有最后一线容许伸展的缝隙，我就不想放过。

头一躺上枕头我就侧起身对着她。她现在背对着我，而且头远脚近，因而我没法亲吻她，否则这会是一个最为有效的触点，来让昨天和明天都幡然甘甜几分。她不必当即醒过来回应，不醒甚至更好，我会展示深夜里的任性与轻柔，那么那份甘甜就是确凿无疑的了。这是个逻辑与情理的世界，若不甘甜，我怎么会在被窝里静静地朝她伸长脖子噘起嘴唇？现在我迫切需要找到或者说设计出代替亲吻的动作。肩头已经倾斜，手臂已经要伸探过去，感觉有点像一时不知道怎么剥开一颗软烂但据说还甜的果子。短时间内能想到的，莫过于某种抚摸，我是说可以命中要点的那种。我横下心，手略过她的脊背，伸向她的臀部，我需要把手不轻不重地贴压在上面，开翕指头滑动那么两三下，但不必过多耽溺。如果一切都对劲，在她很快或很迟地转过身来之后，我仍然会施以一吻，那便会是油然而发的了。

破局在即，我的手还是在细密地颤抖，但颤抖毕竟是多义的，谁能说它专属于卑怯软弱，而与深情和兴味无关？现在手半张开，探到她的臀部，摸出悬念揭晓的莫名感觉。说手感温软也没错，热乎乎的，可是所触碰之处过于疲懈，同时还是湿的。我心下和肢端分别震颤，两厢竟没有通畅的传导。事先我当然无法断定包括手臂哆嗦在内的所有身体细节会与哪种释义、哪种因由绑定在一起，但眼下我迅疾地灵慧起来，承认了对于生灵而言年月风化的厉害，也就是说，承认了身躯老朽的威力。刹那间，那层棉布的纹理质地也变得无比熟悉，我立时知道触摸她的屁股乃至胯裆是我每晚都会重复多次的动作，是陪伴这种病人睡觉时的微小巡逻。

她身下果然垫着隔尿垫。我也有了刚刚下床时的记忆——我此前就摸到了潮湿，要去帮失禁的老妻换洗，但迷蒙里跌了一跤，摔得一定相当狼狈。现在，我完全记起了她和我分别是谁，心里熟知了彼此的模样、嗓音、颈纹和气味，也明白了椅背上的衣裤不太刺鼻是因为她已经很少把它们穿上身了，而且整间卧室的气味背景其实就是一种复合的不清洁的身体味道。我们是在几年前开始这样相依为命的，更早的时候我们只是并排躺在床上、显影在床头上方的合照里。后来先是女儿出了事，她又愁苦得患了病，几经反复便到了卧床的地步，夜晚常常需要我在昏沉中起身照料。我也慢慢只剩下了苟延两个人残喘的力气，和她一起浑浑噩噩地打发昼夜晨昏，双双归于这种形式的近切齐整。我们之间的阔别只出现在我洗完她失禁弄脏的东西，自己又去厕所站着苦苦等尿的时候。

我知道她的睡眠轻浅凌乱，像落在窗玻璃上的雨水。她应该听到了我刚才摔倒，但分辨不清响动来自梦里还是梦外，也没有力气开口说话，或者她早就不觉得躺在那里表示关心有什么意义了。她曾经胖大得不合时宜，如今却被消耗得如同一个包着几根柴火的口袋。而我枯老得就像柴火本身。我伸出手来证实这一点，瘦长灰白的手指枯竹枝似的分割了灰黑的视野，我怀疑根根指骨之间已经没有手掌连缀着了。我为这些已觉悉晓的东西打了冷战。顺手在自己头上抹了一把，果然摸到了痛处和大片的黏血，闻到了它腥咸的气味。这大概就是被戏弄得淋漓通透的感觉。

"你怎么了？"她嘴里终于发出含混的语音，我听得懂。她是等得太久了。

我说："我摔了，腿伤了，头也破了。"

她也听得懂我爬出痰哑喉咙的话，她只能忍在那里了。黑暗一经凝固，便陈旧得令人窒息。下一次如果还容得选择，我不会和她一道来到如此境地。我咬了咬臼齿，两腮早就没有能鼓得起来的咬合肌了，但我决意若有下一次，一定要在那正待凝固的界面狠命挥斥，彻底改换情形。甩开她也好，赶走她也罢，就算是偷盗她的东西，也能把自己锁定在年轻的光景，同时也等于放过了她。如果选择掀开她的被子，我会做得更莽撞并且伴以剧烈地气喘，做足年少轻狂或年轻盲动的样子。也许我会挨她一耳光、遭到若干蹬踹，什么都做不成，那反倒更有意思。总之只要是与这一次不同，一切都会感觉好得很。

本文刊载于《人民文学》2022年第9期

扎鲁特兄弟

梁　鼐

3月5日清晨，巴特骑着云青马，离开了生活几十年的科尔沁草原。和往年不同，这次离开，他就不打算再回来了。从去年冬天和儿子满都拉一起把妻子胡日乌斯安葬在一棵云杉树下后，他就打定主意，与现在所有的一切诀别，到松漠去。

葬礼结束后，他把牧场、牛羊、蒙古包以及所有的家当，全部交给满都拉。他唯一想要带走的就是那匹还是小马驹时就跟随他的云青马。满都拉连日来因为悲伤而红肿的眼睛里盛满了不解，连连追问，巴特始终一言不发。满都拉绞着手，苦恼于本该颐养天年的父亲偏偏要去异乡流浪。他失望地看着巴特，摇摇头，推门而去。科尔沁冬天粗粝如砂的风从门缝钻进来，打在巴特大理石般瘦硬的脸上和杂草一样乱蓬蓬的胡子上。巴特纹丝不动，一生中的其他任何时刻，都没有此时坚定。

现在，他终于等来了出发的日子，轻装简从，只有胯下的云青马和一个细细的行李卷。行李卷里裹着他多年以前参加那场战争时母亲赶制的羊毛褥子。厚实温暖、带着些许腥气的羊毛褥子帮他抵御了湿冷和科尔沁冬夜的酷寒。他不舍得丢弃它，就是将来去见长生天时，也要带着它。

行李卷搭在马屁股上。云青马也和巴特一样老了，曾经装得下整个牧场和无数漂亮母马的明亮眸子，变得毫无光泽，散发着草地燃烧过后残留的灰烬的味道。

真正要离开的时候，巴特感慨万千。云青马懂他的心思，走得很慢。马蹄子踏在枯草上，发出"唰啦唰啦"的响声。巴特坐在马背上，最后一次打量广袤的科尔沁草原。三月的科尔沁是荒凉的，还没有春天的迹象，万物蛰伏，只待东风吹绽。辽阔的大地失去了草的遮掩，仿佛能看得清它的每一条褶皱，像是老人松垂的皮肤。曾在夏季里茂盛的寸草苔、地榆，经过牛羊的啃食和北风的摧残，只剩干枯的、离地面不到一寸的根。山榆树、小黄柳也光秃秃的，枝条干硬，有的枝条上还挂着前阵子下的雪。一只土拨鼠在不远处探头探脑，也许正忍受着饥肠辘辘的煎熬。

离开不久，还能影影绰绰地看到蒙古包，以及旁边的围栏。数不清的牛羊在围栏里攒动，挤挤挨挨，发出闹哄哄的叫声。那里曾经是吉日嘎拉的地盘。吉日嘎拉和巴特的父亲是挚友，有过命的交情。据父亲讲，有一年冬天，最冷的三九天，父亲赶着一群新贩的牛走到科尔沁草原时遇到了暴风雪。他和牛走不动了，原地盘旋。暴风雪下了一天一夜，牛都冻死了。要不是吉日嘎拉及时发现父亲，父亲也和牛的下场一样，像个冰雕一样冻死在荒原上。

吉日嘎拉一生钟爱烟草、酒精、马头琴和女人。他天生是个乐手，悲伤时马头琴拉得如泣如诉，高兴时马头琴拉得荡气回肠。几十年过去了，科尔沁草原的老人们，说起吉日嘎拉，说起他醉酒后在月光下演奏马头琴，还啧啧称赞。吉日嘎拉对庸常的生活没有兴趣，对牛羊，以及一切活计充满厌烦。他的妻子去世多年，草原上到处流传着他的风流韵事。直到他五十三岁那年，为这几样挚爱，献出了生命。

巴特初见吉日嘎拉时，吉日嘎拉刚过了五十岁的生日。他迫不及待地把所有的一切都交给了巴特，然后过上了向往已久的流浪乐手的生活。彼时，牧场的经营每况愈下，还时常遭受野狼的侵袭。围栏里只剩两头老弱的母牛和几只瘦骨嶙峋的羊。他把生活弄得像屋顶有窟窿的蒙古包，不能遮挡一点儿风雨。

经过巴特几十年的努力，现在，那里已经成了人人羡慕的丰饶之地。

巴特想起他第一次到科尔沁草原的情景。那时是夏天，草木葳蕤，整个科尔沁都是墨绿色。他刚从战场上归来，经过炮火的洗礼，九死一生。他的耳畔还时常回响着轰隆隆的炮声。他的身上还有着新鲜的弹痕。人们从他草绿色的军装上还能闻到硝烟的味道。他的到来让整个科尔沁草原沸腾了起来。那段时间，鲜花和掌声围绕着他。他被草原的牧人们请去作报告，被学校请去讲战争故事，被坐落在草原深处的发电厂请去讲爱国精神。当他讲完，人们激情澎湃，久久不愿离去。他抽身出来，退到一边，静静地抽烟，望着某个虚空的地方。没有人知道，关于那场战争，他有更悲痛的记忆。

脚不沾地地忙了一阵，巴特回归到日常生活。他是来和吉日嘎拉的女儿胡日乌斯结婚的。胡日乌斯的腰身越来越粗了，新婚之夜，她已经有了五个月的身孕。

想到新婚之夜，很多年以后，巴特还有些面红耳赤。那是怎样的夜晚呀！他和胡日乌斯的婚礼是科尔沁草原的盛事，连旗里的干部都惊动了。当白天的热闹散去，最后一个迟迟不肯离开、想多要几颗糖果的小男孩儿也被母亲训斥着领走之后，草原微凉的夜晚降临了。那时草原还没有通电，在散发着红晕的烛光里，巴特看着躺在床上一脸幸福的胡日乌斯，看着她微微凸起、发着白光的肚子，感到了恐惧。吹灭了蜡烛，巴特围绕着胡日乌斯一通忙活，不得要领汗流浃背的时候，胡日乌斯睁开微闭的眼睛，发出深埋心底的疑问，你是巴特吗？你是谁？巴特的身子瞬间凉了下来。从此，这疑问伴随他终生，时常像闪电一样在他头顶划过，照亮他内心隐秘的角落。

草原上的说法，失败的新婚之夜，预示着一生不会幸福。

他们的婚姻艰难地维持了四十多年后，终因一个人的离世而土崩瓦解。转过一个山丘，他看到了安葬着胡日乌斯的那棵云杉树。云杉树离蒙古包很近，是满都拉两岁的那个春天，胡日乌斯从树林里挖来的。当时，它还是一棵小拇指粗的树苗。几十年过去了，云杉树长得枝繁叶茂。胡日乌斯最初的愿望，是希望小树长大后，能成为吉日嘎拉在茫茫黑夜的向导。那时的吉日嘎拉经常醉得找不到家，通常在半夜或者清晨，人们发现他在荒野上酣睡。可是，还没等云杉树长大，吉日嘎拉就意外身亡了。

那棵云杉树，夏有鸟鸣，冬有瑞雪，可以告慰永远栖居在树下的胡日乌斯孤独的灵魂了。

是的，孤独，如果用一个词来概括巴特和胡日乌斯四十多年的婚姻生活，那就是孤独。他们似乎从来都没有走近彼此。他们的性格太不一样了。巴特喜欢静，像草原上的无名草一样，不奢求更多的阳光雨露，只是在一隅默默生长。胡日乌斯喜欢闹，像草原上开得热烈的马兰花。胡日乌斯身材壮硕，生完满都拉后，身子更是像气吹起来一样，走路

"咚咚"响。她热情爽朗，粗门大嗓，走到哪里就把笑声带到哪里。巴特身条子瘦，婚后更瘦了。两人站在一起，是那么的不协调。一个笑容满面，一个面容沉静。一个像夏天一样热烈，一个像冬天一样冷寂。

巴特受不了有些聒噪的胡日乌斯，白天的大把时间被他用来收拾农具和侍弄牲口。就是没活的时候，他也很少进蒙古包，而是坐在云杉树下眺望夕阳，或者躺在草地上，望着天上悠悠而过的白云。

夜晚，当巴特进入蒙古包，和胡日乌斯同床的时候，他不得不忍受胡日乌斯如雷的鼾声。中年以后，鼾声中又加入酒精味儿。基因在胡日乌斯体内发挥了作用。她曾经对酒有多痛恨，现在就有多热爱。最终，酒精侵蚀了她的肝，夺去了她的生命。巴特滴酒不沾。在他们漫长的婚姻生活中，大部分时间里，清醒的巴特面对的是昏沉的胡日乌斯。

胡日乌斯性格暴烈，棉包似的身躯里藏着一个火药桶。不经意的小事，都会把火药桶的引信点燃。邻居、亲戚、草场测量员、牛马贩子都受过她狂风暴雨般的怒骂。他们无一例外地在她唾液四溅、酒气熏天的骂声中，瑟瑟发抖。她却从来没有对巴特发过火，相反还有些低眉顺眼地惧怕巴特。她好像从来都没有找到与巴特正确相处的方式，一生都在试探。她在新婚之夜的疑问也许直到进入坟墓那一刻都不会释然。伴随她度过漫漫一生的这个男人，是那个与她在月下相会、在沾着露珠的草地上亲热的男人吗？如果是，是什么改变了他，是战争吗？如果不是，那么他是谁？

胡日乌斯离世前饱受病痛折磨，在她昏迷的间隙，难得清醒的时间里，她会握着巴特的手，脸上呈现出少女的娇羞。她哆嗦着嘴唇，似乎要说什么。巴特亲吻了她因疾病而变得尖瘦的额头。胡日乌斯喘了一阵，终是没说出什么，又陷入昏迷。直至去世，再也没清醒过。

巴特问自己，爱胡日乌斯吗，答案是否定的。但是，看到共同生活了近半个世纪的女人被安放在棺木里，被黄土覆盖，坠入科尔沁草原的地洞，坠入永世的黑暗，巴特也不禁悲从中来。

天上流动着铅块似的云，阳光被遮挡了，气温很低。从蒙古高原吹来的凛冽的北风像梳子刮过科尔沁草原。巴特用脚轻轻磕了磕马肚子。云青马绷紧脖子，头一扬，鬃毛甩动，脚步加快了。不一会儿，马鼻子就喷出了白汽。

居住了几十年的蒙古包越来越远，最终只在想象的地方存在了。伴随着"嘚嘚"的马蹄声，巴特用嘶哑的喉咙唱道：在我的心中，有一匹白马，日夜奔腾；在我的心中，有一首歌，日夜缭绕；在我的心中，有一个姑娘，日夜思念……

巴特六十四岁了，他这一生经历过贫困、战争、生死、迷茫、苦痛、挣扎……曾经的懵懂少年，如今垂垂老矣。

走到归流河时，天空飘起了雪花。洁白晶莹的雪花纷纷扬扬地落下来。雪花落在马脖子上，越聚越多，云青马抖抖斑白的鬃毛，雪花似烟雾飞起。雪花落在冰面上，立即消失在了那光亮里。这个季节，归流河还没融化，像条白色的哈达穿过科尔沁草原。夏季时，它水量丰沛，隔老远就能听见哗哗的流水声。吉日嘎拉就是在这里失去了他那色彩斑斓的生命。

那年夏天，一个满月之夜，月光似水银泻地，在科尔沁草原流淌。被酒精燃烧的吉日嘎拉在情人家里度过了一个疯狂的夜晚。他背着马头琴一路歪斜地走到归流河边。蛐蛐在草丛里鸣叫，繁密似落雨。月亮照亮了归流河，使它像天上的银河一样，发出绚烂夺目的光。微风吹过，水波荡漾，像摇晃一池银子。吉日嘎拉被美景惊得目瞪口呆。他停下来，坐在草地上，对着归流河，对着银盘一样的月亮，拉响了马头琴。他把一生所学的曲子都拉了一遍，一会儿欢快，一会儿悲伤，一会儿低沉，一会儿昂扬。那个夜晚，离归流河不远的牧民有耳福了，他们听到了一个天才乐手的最后狂欢。多年以后，他们还津津乐道。

天快亮时，吉日嘎拉疲倦地睡着了。他仰躺在草地上，面对着浩瀚的夜空，幸福又满足。浓浓的睡意淹没他的时候，归流河的上游下起了大暴雨，洪水没有任何预兆地冲下来……

三天之后，人们在归流河下游发现了他。他浑身赤裸，身体像鱼肚一样白。演奏过无数曲子，拨动过无数女人心弦的马头琴已不知去向，和乐手一起永远地消失了。

巴特对吉日嘎拉没有丝毫的恨意，即使他在游说父亲允许巴特从扎鲁特"嫁"到科尔沁时吹嘘自己牛羊成群，牧场一眼望不到边，即使他把破烂不堪的烂摊子一股脑儿丢给巴特，自己去逍遥快活。巴特想的是，每个人有每个人的命运，吉日嘎拉漂萍般，四处浪荡。而他注定要辛劳一生。

巴特接手之后，修筑围栏、缝补蒙古包、给牲口防疫、夏天放牧、冬天贮草……除了这些，还要防范野狼的袭击。

那年春天的夜晚，已经睡下的巴特被羊的惨叫声惊醒。他赤着脚抄起门背后的猎枪跑了出去，朦胧中看见新买的一只种公羊被一只狼叼走了。猎枪是他从草原派出所借的。种公羊是用来改良品种的，因为他发现牛羊不旺的主要原因是近亲繁殖和品种不良。狼拖着羊向草原深处跑去。那是一匹成年公狼，身架子大，拖着五六十斤的羊，仍然跑得飞快。巴特持枪跑到一个土丘上，就地卧倒，瞄准射击，对着狼头就是一枪。枪响，狼倒，羊跑了回来。扣动扳机的那一刻，他仿佛重回战场。夜色中耸动的狼头，让他想起热带丛林中一闪而过的敌人。

从此，巴特的牛羊再也没被科尔沁的野狼袭扰过。

巴特从马背上下来，牵着云青马小心翼翼地过了归流河。云青马的铁掌磨损严重，在光滑的冰面上扎不住蹄，像醉汉一样东摇西晃。巴特用肩膀撑住它的脖子，尽量帮它稳住身体。

到了对岸，巴特重新骑上云青马，望着带走吉日嘎拉生命的归流河，最后一次想到他的形象。他觉得吉日嘎拉是幸福的，有美酒、音乐和两情相悦的情人。没人知道的是，他也曾品尝过这种幸福。

二十年前秋末冬初的时候，巴特家迎来了三个来自松漠的牛马贩子。那是售卖牲畜最好的季节。价格谈好，牲畜被装上了车。巴特烀了一锅羊骨头招待他们。几个牛马贩子都喝多了。他们在闲聊中谈到了松漠一个不久前成为寡妇的女人，她的丈夫从装草的车上掉下来摔死了。年岁大些的刀条脸牛马贩子冷笑着说，我听说有人用五头牛都没敲开那个寡妇的门。巴特夹了一块羊骨头送到刀条脸的盘子里，不经意地问，那个女人叫什么名字？刀条脸喝一口酒，擦一下嘴巴说，萨日朗，唉，是个好女人，可惜命不好。正在喝奶茶的巴特猛地呛住了，连声咳嗽，鼻涕眼泪都出来了。

第二天早上，巴特骑着云青马向松漠走去。那时的云青马正值壮年，脚力快，早晨出发，黄昏就到了松漠。那是个小镇，有着号称省内最大的牲畜交易市场。从天南海北贩运过来的牛马骡在街上扑踏踏走过，眼睛里是梦游一样的神色。在溅起的灰尘里，夕阳像牛油般黏稠。

巴特来到萨日朗家，站在院门外犹豫不决。他曾多次憧憬过见面的场景，真正要见的时候，却又喜又怕。云青马不安地刨着蹄子，打着秃噜。也许是听到了动静，一个女人推开屋门走出来，正是他昼思夜想的人。时光似乎在她身上静止了，那眼睛还是星星一样明亮，那身材还保持着少女的模样，尤其一头秀发，垂在腰间，随腰身荡漾。萨日朗也认出了他，两人隔着黄昏的光线，隔着二十多年的光阴定住了。

萨日朗走过来，到他跟前，直视着巴特的眼睛说，你来了，我知道你一定会来。近距离看，巴特还是发现了岁月的痕迹，她眼角周围有了细细的鱼尾纹，脸颊也粗糙了，黑发中有了令人惊心的白色。巴特一阵心痛。

巴特的手被萨日朗牵起的那一刻，心神一荡，恍如隔世。他本想拒绝，却没有一点儿力量反抗。他跟随萨日朗进了屋子，手拉着手坐在一起，谁也没有说话。两人似乎都在享受这种静谧，说什么都显得多余。

黑暗慢慢降临，像浓雾钻进了屋子。屋里的一切都隐在黑暗中，只有萨日朗的眼睛像炭火一样炽热。巴特陡然记起自己的身份。他把手从萨日朗的手心里抽离，站起来说，我得走了。萨日朗一把抱住他。他感受到她的身体在颤抖。巴特闻到了她的秀发散发着好闻的青草味儿，还是巴特熟悉的味道。巴特强迫自己冷静下来，扳住她的肩膀，推开她，盯着她在黑暗中的明亮的眼睛说，我是巴——萨日朗急切地打断他，我知道你是谁。巴特还要说什么，嘴唇嗫嚅，还没说出来，萨日郎的嘴唇就紧紧地贴上来了。

那是巴特生命中最富于激情的夜晚。早晨，萨日朗还没有醒来，趴在床上，秀发披散在白皙的背上。巴特轻轻起床，把前两天卖牲畜的所有钱都塞到床底下，然后牵着云青马，悄悄地离开了。

后来，巴特陆续从那几个牛马贩子口中知道了萨日朗的消息。他们第二年来收牲畜时，一个满脸络腮胡子的牛马贩子说，可惜了那么好的女人，听说，她再也不嫁人了。刀条脸说，不是不嫁，她有相好的了，等着呢。另一个黑瘦的牛马贩子嗤了一声，惋惜地说，傻老婆等汉子，好时光都浪费喽。

巴特最后一次听到萨日朗的消息是十年前。那年只来了刀条脸一个牛马贩子。络腮胡子出车祸去世了。黑瘦的那个酒后与人打架，被人下了黑手。从刀条脸的嘴里，巴特知道，萨日朗开了镇上最大的旅店，生意红火，还是孤身一人。

那以后，刀条脸也不来收牲畜了。巴特再也得不到萨日朗的消息了。在苦闷甚至绝望的日子里，巴特有过无数次想再去松漠的冲动，但都克制住了，他知道最好的时机还没有到来。

现在，无疑是去松漠的最佳时机。去之前，巴特还要做一件事，是每年的3月5日都要做的事情。做完了那件事，他就可以安心地去松漠了，去见萨日朗。

雪大了些，雪花落得更密集了。雪花落在树上、枯草上，发出窸窸窣窣的响声。很快，地上就白了。马蹄子踏过，留下了清晰的足迹。

巴特骑着云青马走进一片白桦林。白桦树是近些年政府为了防止草原沙化引进的树种。现在这些白桦树已经碗口粗了，棵棵笔直，成行成列。巴特走在它们中间，仿若正走在队伍里，与一个个战友擦肩而过。巴特泪眼迷蒙。恍惚间这些树动了起来，它们抖落一身的雪儿，变成了他那些牺牲的战友。他们笑呵呵地看着他。他还能认出他们，那个矮个儿的是山东的小敦子，那个大个儿的是河南的张大壮，那个白脸的是新疆的特列吾。他还看到了一个和自己长得一模一样的人，那是他的双胞胎兄弟巴图。巴图正抿着嘴笑眯眯地看着他。巴特跳下马，跌跌撞撞地奔过去，脚步蹚起雪沫子，嘴里叫着，我的兄弟呀……巴特一把抱住巴图，把他贴心贴肺地搂着。

云青马"咴咴"叫了两声，巴特才清醒过来，发现自己抱的是一棵白桦树。这场景是他这些年夜里频繁做的梦。他在梦里越来越多地回到炮火纷飞的战场，越来越多地梦到兄弟巴图。

巴特擦干眼泪，骑上云青马，哀伤地穿过了白桦林。

中午时分，巴特到了红石小镇。他走进了宝路德的商店。宝路德是个比巴特年龄小些的老头儿，身材矮小，脸像风干的核桃皮。他从柜台里迎出来，一惊一乍地说，大哥，这样的天气你不在家里享清福，出来跑什么？巴特一手扶着柜台，一手捶打着腰，那儿有些酸痛。他看着比自己矮一头的宝路德说，你不看看今天是什么日子？宝路德看了看挂在墙上的日历本，一拍脑门儿说，噢，对了，今天是去祭祀你的兄弟巴图的日子，东西还和每年一样吗？巴特点点头。宝路德走进柜台，拿了一瓶白酒、一条香烟、一斤冰糖、一斤红枣、一斤葡萄干、一块五彩的绸缎布头，装进一个袋子里，递给巴特。巴特付了钱，走出商店。宝路德在背后嘀咕，愿长生天保佑你呀，我的老哥！

巴特骑着云青马，沿着青石铺就的街道，在风雪里踽踽独行。他的目的地是离红石小镇五里路的乌拉山下的烈士陵园。他的兄弟巴图就长眠在那里。每年的这一天他都去祭祀，从来没有间断过。

巴图壮烈牺牲是他关于那场战争最悲痛的记忆。多少年过去了，隔着厚厚的时光帷幕，他的记忆不仅没有模糊，反而越来越清晰。他记得当时的每一个细节，像电影胶片一样存在脑子里，一帧也没有丢失。

时间回溯到1979年3月5日上午，越南同登北部的热带丛林中，巴特和巴图匍匐在一片灌木丛里。他们与身边的环境融合在一起，不仔细看，根本不会发现他们。刚刚下过雨，空气又潮又热。丛林里很静，偶尔一滴硕大的雨滴顺着叶子滑落下来，发出"吧嗒"声。

他们瞪大眼睛，一眨不眨地盯着对面一片木薯林。他们把缠满草叶的狙击枪从灌木丛下面伸出去，黑黝黝的枪口瞄准着木薯林。

他们是黎明时分趁着夜色进入这片阵地的，已经连续潜伏了四个小时。他们是被紧急抽调过来的，专门对付越南最毒辣狡猾的狙击手。根据情报，这个狙击手外号"独狼"，今天会在这一带活动。他已经连续伤害了我军四名狙击手，两个连长、两个副营长和一个营长，气焰十分嚣张。上级首长紧急抽调巴特、巴图，命令他们无论如何要干掉"独狼"。他们是全军最有名的狙击手，最后的王牌。因为来自内蒙古的扎鲁特，战友们都叫他们扎鲁特兄弟。

巴特当时就表态，首长放心，他是"狼"，我们小时候就打过狼，一定除掉他。巴特和巴图是双胞胎，穿着长相一样，甚至连行军背包都一样，包外都卷着一条羊毛褥子。但两人性格却大不相同。巴特特别机灵，巴图稍显迟钝。巴特比巴图大五分钟，巴图从小就听巴特的。

他们的父亲做牛马贩子前是旗里组织的狩猎队的队长。那些年，扎鲁特野狼泛滥，旗里成立狩猎队专职打狼。巴特和巴图很小的时候就有机会摸枪。到了部队后，他俩的射击天赋很快展现出来，经过刻苦的训练，迅速成长为沉着冷静的狙击手。战争爆发后，他们在战场上射杀了多名敌方的重机枪手、侦察兵及军官。和单独的狙击手不一样，他们俩共同作战，配合精妙，总能出色地完成狙击任务。

他们是1976年当的兵，本来1979年是他们复员的日子。可他们渴望为国而战，同时写下了请战书。

这次任务是对巴特和巴图从军生涯的最大考验。他们能清晰地听到木薯林里"独狼"的咳嗽声、走路声，甚至是划动枪栓的声音，就是看不到他在哪里。那声音一会儿左，一会儿右，一会儿远些，一会儿近些，有很强的迷惑性。"独狼"能活到今天是有原因的，他善于利用熟悉的地形地势成功地隐藏自己，并等待最佳时机。巴特和巴图如果贸然开枪，就中了"独狼"的圈套，不但打不中他，还会暴露自己的位置。

两人相距七八米，面对敌人成掎角之势。他们连手势也不打，只用眼神交流。朝夕相处，他们心有灵犀，不用说话，看眼睛就能知道对方想要表达的意思。有两次，巴图按捺不住性子，听到了"独狼"的声音，以为他就在那里，手指就要扣动扳机，余光看一眼巴特。巴特皱着眉头，示意他不要轻举妄动。巴图松开勾到一半的手指，下一秒响声果然又在另一个方向响起，刚才那是"独狼"误导他们的，巴图要是开枪，他就暴露了，一颗子弹就会飞向他潜伏的位置。巴图手心里全是汗。

时间一分一秒过去，双方比拼着耐心和毅力。快到中午了，天气越来越热，巴特和巴图浑身湿透了，衣服粘在身上。阳光穿过榕树和棕榈树阔大的叶子，照在地面形成不规则的光斑。蝉在光斑里不知疲倦地叫，好像是阳光在叫。

突然，轰隆一声，一颗炮弹在兄弟之间爆炸，沙石树木飞了满天。大地颤抖，耳畔轰鸣，五脏六腑好像都被震得移了位。硝烟散尽，巴图看见巴特的一条腿血肉模糊，他被弹片击中了。巴图的第一反应是过去帮他用绷带包扎止血。巴特用眼神制止住巴图。巴特痛得脸上汗珠直落，肌肉抽搐，但是他紧紧咬着牙关，身体一动不动，任由伤口飙血，眼睛盯着木薯林。

巴特和巴图以为炮轰以后，"独狼"会过来检查，那时就是射杀他的最好时机。但是，这头狼太狡猾了，他依然不露面。

又过了一个多小时，巴特的血已经洇湿了草丛，他的脸越来越苍白，嘴唇焦干，结着死皮。巴图能感觉到巴特全身在微微地颤抖。他多想扑过去，给巴特喝口水，帮他止住血，然后背着他赶紧回连队，让卫生员救治。巴图把想法通过眼神传递过去，巴特又一次坚决地制止了他，并且咬着牙示意他，一定要把"独狼"干掉。

巴图只得收回目光，专注地盯着对面，盯着野芭蕉和剑麻交织的缝隙。有一瞬间，他好像看到了一双闪着毒光的狼一样的眼睛，但转瞬即逝，什么也没有了。

黄昏很快降临了，雨林里暗下来。再不采取行动，"独狼"就会趁着夜色跑掉。明天又会有战友遭他的毒手。那样，他们的任务就失败了。扎鲁特兄弟从来没有失败过。巴图看向巴特，发现巴特微笑了一下，那微笑透过热带雨林黄昏的光线传过来，亲切温暖。巴图太熟悉这微笑了，像小时候哥俩一起和别人打架时，巴图被压在地上，巴特过来一下子把那人掀翻后，拉起巴图的微笑；也像他们十二岁时，父亲拿着鞭子质问他们谁抽烟了，巴特站出来说是我，他褪下裤子露出屁股挨父亲鞭打时，对巴图的微笑，其实烟就在巴图藏在背后的手里；还像他们炎炎夏日站在深不可测的河边，巴图胆战心惊，巴特勇敢地纵身一跃前的微笑。

巴图知道他要干什么，他用眼神阻拦甚至恳求他，可已经来不及了。巴特把架在肩膀的枪放下，双手撑地，直起了身子，他的头探在灌木丛的上方。时间仿佛慢了下来。巴图听到一颗子弹穿过空气呼啸而来，一下子打在巴特的脖子上，血花四溅。巴特嘴里也喷出一股血来，缓缓倒下。

巴图来不及悲伤，虽然他已经被潮水般巨大的悲伤和疼痛淹没了。他紧紧握着枪，死死地盯着木薯林。几分钟后，树丛一阵晃动，一个小个子男人从里面钻出来。他吹着口哨，抽出腰间的刀走向刚刚被他击倒的"猎物"。巴图一辈子也忘不掉他的脸，三十多岁，脸被太阳灼伤，三角形的眼睛，高颧骨，宽而短的下巴。他的眼珠是黄铜般的颜色，真的像狼的眼睛。巴图扣动扳机，一粒子弹从他的额头穿过。他带着诧异向后倒去，夕阳在他嚼槟榔嚼得破损了的牙齿上跳跃了一下。

巴图站起来，冲到巴特身边，从背包里找到绷带缠在巴特的脖子上，然后把巴特背起来就跑。热乎乎的血洇湿了巴图的后背。巴特的身子变轻了，变柔软了，像棉花一样。巴图不顾一切地跑着。植物折断的声音在四周响起，折断处汁液苦涩的气味包围着他们。

巴特在巴图耳边说，我不能活着回去了。巴图哭着说，哥，你能活，咱们这就去找卫生员。巴特叹了一口气说，活不了了，我的腿断了，我的血都要流没了。巴图嘶喊着，哥，你不能死。巴特轻轻摸了摸巴图的脸，说，兄弟，不要悲伤，我们是一个人，你就是我，我就是你，你活着，我们就都活着。歇了一会儿，巴特接着说，你回去跟胡日乌斯结婚吧，她已经怀孕了，我不想我的儿子出生后就没有父亲。巴图没说话。巴图想到了他的女友萨日朗。巴特恳求说，巴图，答应我。一片叶子滑过巴图的脸庞。一截树枝划过巴图的额头。巴特呻吟着说，兄弟，答应我。巴图说，我答应。巴特说，从现在起，你是巴特，我是巴图。巴图"嗯嗯"应着，泪水横飞。快到连队的时候，巴特的声音越来越低，他极其虚弱地说，我看见家乡的哈斯山了，我看见母亲了……

巴特的身体慢慢变凉了，热气像一只大鸟飞走了。巴特说的最后一句话是，兄弟，我冷。

巴特的遗体被运回国内，先是埋在了边境城市，一年以后运回到乌拉山脚下的烈士陵园。

战争胜利后，巴图以巴特的身份回到了家乡。他的父母也许发现了端倪，但什么也没说。萨日朗在一个夜晚来找巴图。萨日朗是他刚刚交往三个月的女友，所有人都不知道她的存在。虽然只有三个月，但两人感情浓烈，已经发誓要厮守一生。萨日朗眼泪汪汪地说，我知道你是巴图，你是我爱的那个人。巴图扭转身子不看她，尽量平静地说，我是巴特，巴图已经牺牲了。萨日朗说，你的眼睛骗不了我，你是巴图。巴图说，巴图死了，再也回不来了。萨日朗哭着转身跑了，她的长发在夜晚一荡一荡地闪着光。巴图的心都碎了，他真想追上去，把她紧紧地搂在怀里，捧着她的脸告诉她，我就是巴图。可他的耳边回响着巴特的话，兄弟，我冷。他瞬间恢复了冷静，一动不动地看着萨日朗消失在夜色中。

几个月后，萨日朗嫁到松漠。巴图以巴特的身份去科尔沁草原和胡日乌斯结婚。开始了各自不同的人生。

巴图后来想，假设他当初不答应巴特，而是和萨日朗成亲，让胡日乌斯重新再嫁，那会怎么样呢？但是，人生没有假设。如果再给他一次选择的机会，他还是会答应巴特的。他不后悔。

云青马停了下来，巴图发现已经到了烈士陵园门口。他感觉脸上凉凉的，不知什么时候流下了眼泪。每一次回忆都是撕心裂肺的疼痛。

巴图把云青马拴在门口一棵松树上，拿着祭品走进烈士陵园。雪不知什么时候停了。阳光透过云层，照在大地上，有了微微的暖意。大地上的雪白得更加耀眼。

巴图找到青松翠柏掩映下的巴特的墓碑。墓碑上写着：巴图烈士之墓，中国人民解放军第55军，1979年3月5日。巴图拂去墓碑上的雪，坐在墓碑旁，像他小时候坐在巴特身边一样。他老了，巴特却永远年轻，永远停在了二十一岁。

巴图从袋子里拿出祭品，一样样摆好。他把酒倒在杯里摆在墓碑前，把烟点燃，插在碑前的土里。酒香氤氲开来，香烟袅袅上升，阳光温柔地照着白雪覆盖下的墓园。

一只长尾巴鸟飞落在一棵松树最高的枝上，悠悠颤颤。巴图对着鸟默默祷告，如果你是巴特，那就叫两声吧。那鸟果然清脆地叫了两声。巴图泪流满面。或许，他们从未分离。

其实，这一生中，他多次"遇见"巴特。有一次是在浓雾缭绕的夏日早晨，他听见有人说话，循着声音的方向追去，在浓雾深处，隐隐约约看见巴特，走近了，又什么都没有了。还有一次是在秋天的夜晚，在灿烂的星空下，他放牧，听着牛羊吃草的声音，忽地看见远处站着一个人，那神情，那身姿，正是巴特。他蹑手蹑脚地走过去，想要抱住他，可等他走到那里，却发现那只是一株野山榆；最奇特的一次是冬天的夜晚，他去羊圈喂羊，听见有人叫他的名字，是巴特的声音，清清亮亮，他急急地拧亮灯，四下寻找，什么也没发现，后来在角落里看见一只刚出生的，嘴唇像花骨朵般粉嫩的小羊羔。

香烟燃尽，酒似乎也少了些。巴图轻声地和巴特告别，告诉他，他不会孤单，每年的3月5日自己还会来看他。

巴图出了烈士陵园，解开马，上了马背，向松漠方向走去。他完成了巴特的遗愿，陪胡日乌斯走完了一生，把巴特的儿子抚养成人。他没什么遗憾了。如果把人生比作线轴，余丝寥落，他要真正地为自己活一回了。

巴图不知道萨日朗此时的生活状况，但不管哪种状况，他都想好了应对的策略。如果萨日朗孤身一人，那他就娶了她；如果萨日朗已经再婚，那他就在松漠住下来，等待，一年、二年、三年，甚至是十年，等到萨日朗的再婚对象去世，再娶她。

阳光忽地热烈起来了，天空幽蓝，远山如黛。巴图骑着马走在通往松漠的路上。那是一条新修的宽敞的柏油路，云青马的蹄子走在上面发出叮叮的音乐一样的响声。

没来由的，起了一阵风，刮起雪粒子，其中一颗顺着巴图的衣领钻进去，击打在胸膛上。一阵寒凉，巴图像被子弹击中。那个新婚之夜胡日乌斯的疑问游丝般在他耳边响起，你是谁？声音虽小，却有着摄人心魄的力量。他一阵眩晕，迷惘起来，他分不清早五分钟出生的人，在战场上主动当诱饵的人，和胡日乌斯结婚的人，此刻骑在马上的人，躺在墓碑下面的人，他们是巴特还是巴图……

他索性不想了，释然了。他记起他的兄弟临终说过的话，我们是一个人，你就是我，我就是你。他记起他们有一个共同的名字——扎鲁特兄弟。

他听见头顶上有翅膀扇动的声音，他抬起头，看见在墓园里见过的那只长尾巴鸟在半空中飞着，紧紧地跟着他。

他热泪盈眶，催马向前，扯起喉咙唱道：挽起长弓，我要射落彩虹；辽阔的大地，梦境像河流淌过；彩虹坠落，露珠滴落于我怀中；我把露珠献给你，你看，这是我透明的一生……

本文刊载于《民族文学》2022年第4期

这一次我可能心软了

姚宏越

如果你是一支业余足球队的队长（当然这种概率非常低，低到大部分人都不需要知道业余足球队的队长是干什么的），你就一定要懂得一个道理：球队要有足够的替补，尤其是那些关键的位置，比如守门员。优秀的业余足球队队长会安排自己球队的守门员位置固定有一到两个替补队员，一支连替补守门员都没有的业余足球队一定会麻烦不断。

我们队虽然经常连守门员的手套都找不着，却有两个替补守门员。第三个替补守门员情况比较特殊，可以说是替补的替补，甚至还不是我们队的正式球员。

刘放目前只是我们队的编外球员。我们队只有我知道他的本名。有一次我的车送去修了，踢完球，刘放开着他的出租车捎我回家。我当时坐在副驾驶，看着出租车前面的驾驶员牌子印着"刘放"两个字，再看旁边的照片，是他。队内其他人私下里都管他叫出租车大哥，当面就叫大哥。刘放的年龄其实并不算大，1976年的，因为长了挺多白头发，看着像1967年的。

刘放一直想成为我们队的正式球员，这一点我非常清楚。此前他跟我流露过多次。有一次刘放跟我说，你们交钱时告诉我，该多少钱就多少钱，没事。还有一次刘放跟我说，队长，给我拉你们群里呗，我也不多说话。还有更多的时候，刘放会说，队长哪天我请咱队吃顿饭呗，等等。每次我都说行，随便应付几句，从没真正想让他入队。

我不让刘放入队的理由其实只有一个，刘放踢球的水平不行。我们队有将近三十个队员，踢得最差的也比刘放强出一截，之所以刘放还能作为编外队员存在，主要是他之前的这三十个队员中不靠谱的太多，一天到晚总是有事，什么孩子病了、单位加班、出去旅游、七大姑八大姨家孩子结婚。总之各种理由五花八门，而且有事还不爱提前请假，如果比赛前请假的太多，我就得临时找人帮忙。

这样一来，让我最放心的队员就是刘放了。刘放有一台自己的出租车，他雇了个白班司机，自己开夜班。每到夏天，刘放就不怎么出车了，通常是晚上过了六点，他就把车停在文化宫的门口，去看文化宫的夜场联赛。我偶尔开车路过文化宫门前，看到刘放520结尾的出租车，就知道他又在里面了。刘放总喜欢把车停在文化宫门口公交车站的马路牙子上。要是没什么事，我有时候也把车停在他的车前或车后，进去跟他看一会儿。我曾问他为什么不出车，他说夏天活儿少，还开空调，不如看会儿球。我说你这不出车，也不挣钱啊。他说挣多少是多啊。我说你老婆不说你吗？他说都这么大岁数了，谁管谁呀。自从兴顺夜市搬走了，夏季里晚上的文化宫就成了铁西最热闹的地方，没有之一。踢足球的、打篮球的、健步走的，各成一伙儿。但有观众的就只有足球场。夏天的沈阳市工人文化宫，足球场绝对是沈阳城的一道风景。这两年流行用三个字形容你的家乡，还不能提家乡的名字，要我说沈阳的三个字就是"文化宫"，当然更多的沈阳人会说是"老雪花""老四季""五里河""柳条湖""工人村""大政殿"……要是赶上运气好，还能在足球场看到吵架的，吵儿巴火的也打不起来，就是热闹。刘放的出租车停在门口，我总觉得也是一道风景。再早二十年，这样的风景在铁西非常普遍，现在已经不多了。

若论喜好球，以文化宫为中心五公里半径之内，刘放说第二，无人敢说第一。我们队的人数在业余足球队里不算少，水平也都说得过去，就是缺刘放这种随叫随到、从无二话的。每想于此，我都心生感慨，要是刘放踢得再好一点点，我也能同意他加入球队，至少出勤率肯定有保障。不过只要刘放开始在球场上帮我们队踢球了，我对刘放的一切好感顿时烟消云散。最后迫不得已，实在缺人，就让他帮我们队守门。我知道刘放不想守门，他想上场踢球，而且还想踢前锋。前锋就像电视剧的主演，又露脸又能秀演技，谁都想踢。业余足球队的守门员则属于跑龙套的，而且还是背对着镜头一句台词没有的那种，毫无存在感可言。以刘放目前的水平，除了球队大比分领先，我不可能让他踢守门员之外别的位置。守门员是足球场上最无聊的位置，其无聊程度仅次于裁判，比观众略强一些。

所以，如果不是实在缺守门员，我是不会找刘放帮忙的，偏偏就赶上球队主力加替补的三个守门员全部请假。同一个位置的三个人同时请假，你别以为这种情况非常偶然，其实在我们队并不稀奇。

直到比赛前的最后一刻，我还期待着三个守门员中有一个能改变安排，告诉我今天的比赛可以来了。事实却是我想多了，还差一个小时就开球了，我也没等到这三位大仙的电话。我只能极不情愿地从手机电话本里翻出刘放的电话号码，给刘放打电话。

我看手机，时间正好是下午两点。

我说，刘哥，干啥呢。

刘放说，姚队好，我正拉活儿呢。

我说，你怎么上白班了？

刘放说，今天白班司机临时有事请假了，我替他班。

我说，那没事了。

刘放立刻就猜到了我给他打电话的意思，急忙问我，啥事？

我说，三点比赛，缺个守门员。

刘放说，我行。

我说，你现在在哪儿呢？

刘放说，在三台子这边，送完人我就回去。

我说，不着急，你慢点开。

下午三点多，比赛时间都到了，我不断地向文化宫足球场入口张望，连刘放的影儿也没见着。其间我不停地给刘放打电话，都没人接。我不得不跟对方商量，告诉他们守门员堵道儿上了，一会儿就到。对方队长也是熟人，业余比赛就是这样，总会有岔头儿，都能理解。又过了十多分钟，嘎子跟我说，得开球了，要不下一场就得延后了。我说，嘎子，就差个守门员。嘎子说，我先给你找一个，临时对付一会儿，等你们守门员来了再换。

我只能勉强同意。于是嘎子从场边围观的人群中叫来一个人，四十岁上下，穿得挺立整。

嘎子一声哨响，比赛正式开始。

刚踢了不到三十分钟，我们就丢了两个球，两个丢球皆因嘎子给我们找来的守门员。一个球是对方一脚软弱无力的远射，他球没拿住，滚进了球门。另一个球是对方后场长传球，球就传在他和对方前锋之间，只要他迎球跑两步把球踢出界就没事了，可他偏偏一动没动，静候对方前锋把球停稳，推射入网。嘎子给我们找的这位守门员还不如刘放。死球的时候，我走到嘎子身边，问他，我说你从哪儿淘弄这么一个守门员？嘎子说，陪孩子踢球的家长，我也没看过他踢。我心里这个气，嘎子对我们队也太不负责了，找了这么一个陪孩子的家长来，踢得比刘放还烂一百倍，根本没踢过球，还不如我们少上一个人。嘎子的话真不能听。更主要的是生刘放的气，说来不来，连个电话也不接，就这样还想进我们队！

上半场快结束了，刘放姗姗来迟，我马上朝刘放大喊，心里虽气，嘴上还得叫刘哥，刘哥快点换衣服。刘放换完衣服，没等上半场比赛结束，我就让刘放把嘎子找的守门员换下来了，这个丢了两个球的孩子家长也知道咋回事，马上把手套脱了递给刘放。

刘放刚上场，还没热身，正好对方进攻，刘放出击，没碰着球，把对方前锋绊倒了。嘎子的哨再次响起，点球。我当时就骂了一句，骂嘎子，也骂刘放。

0比3，在嘎子找来的凑数的和刘放（也是一个凑数的）联袂拙劣的表现下，0比3，创下了球队今年半场失球纪录。

中场休息，大家都往休息区走，没一个人吱声，丧气都刻在脸上。我嘴上说没事没事，心里的火早就着了。凑数的学生家长已经不见了踪影，我只跟刘放撒气。刘放脱了手套，一屁股坐在地上。老霍递给刘放一瓶矿泉水，刘放咕噜噜一饮而尽。

我没好气地说，刘哥，你咋来这么晚呢？你早点来也不至于丢这么多。

刘放说，姚队，车剐了。

刘放一说车剐了，刚才一个个耷拉脑袋的人，都像是蒸熟了的黄蚬子一般张开了口，纷纷问刘放咋回事。

刘放跟我说，我接了你电话，把乘客送到航天大学就往回赶。时间挺充足，我合计捡一个。正好有个女孩，看方向可能是往铁西去，我就问她到哪儿，她说去中国家具城西门。我合计不正好嘛，就让她上车了。我开得有点快，开到兴顺街过了北四路，前面有个车，突然开到马路左边逆行道。它一挪开我就明白了，路上有个大坑，司机是想躲开那个坑。我没管那个，给把油直接开过去了。结果前面那车司机就不乐意了，在我左边逆行追上来，开窗户损我。我也没惯他毛病，我说我直行有问题没？你逆行你知道不？然后他就骂我，一边骂一边加速继续逆行，想从我左前方超到我前面。我也加速，就不让他并，我也开窗户告诉他你牛你就并我前面。结果快开到建设大路了，他往里一并，我没减速就撞上了。

显涛问，撞得严重不？

刘放说不严重，我左边保险杠剐掉了点漆，他车右边有点变形。

海波在旁边骂了一句，说该撞就撞，他全责。大家也都随声应和。

刘放说，肯定是他全责。我让他报警，他不报，说谁爱报谁报。我就跟他耗着，咱俩就停在马路当间儿。耗了一会儿，我突然想起来要比赛，一看手机，快不赶趟了，我就打122报警。

我跟刘放说，他逆行、实线变道，警察来了，他也是全责。

刘放说，警察来了，一看现场就知道他全责。不过他看着警察了，就说我先前剐着他了，他才逆行追上来的。

海波说，那你剐着他了吗？

刘放说，剐个屁啊，他瞎编呢。

显涛问刘放，你车上不还有个女乘客吗，她给你证明没？

刘放说，早走了。一撞车人家就走了，哪能等你？

林涛说，人家也不傻，还不用给钱呢。

刘放说，那倒没多钱。

海波问，警察最后咋处理的？

刘放说，警察说他说的不符合逻辑，但他就咬定我先剐的他，要调摄像头。警察也拿他没办法，就说，那就俩车都扣下，等调查结果出来再说。警察还告诉他，要是他全责，就得赔我一天二百七十块钱的误工费。那小子就说爱扣就扣，扣一年都行。

我说，扣就扣呗，反正也是他全责。我嘴上这么说，心里想：刘放的车要是扣了几天，误工费肯定比他挣得多，就算一天赔二百元他都乐不得的。

刘放接着说，我一看这架势，要耽误事了。本来事就不大，建大这块车还多，我这么大了跟这小年轻赌气犯不上。我就跟警察说，事也不大，我没时间跟他耗着，要不你跟他说就算了，谁也不赔谁了。警察听我这么说，也挺高兴，跟对方司机一说，对方司机占了便宜心知肚明，很快就同意了，不过嘴上还跟我挑衅，对我说愿意扣车就扣车。我没搭理他，开车走了。我上车了一看手机，有五个未接来电，我就知道队长着急了，我再回过去，队长没接。

刘放说完这一席话，大家都没再说啥，我说，刘哥，这事整的。

刘放说，没啥，遇到这种人了。

嘎子的哨很快又响了，往常中场休息都有十五分钟，这一次嘎子连十分钟都没给够，我知道嘎子是想下半场早点开始，开赛晚了，就像是晚点的火车，得追时间，要不然下面的比赛就得依次后延。

嘎子哨一响，刘放立即站起来，准备戴手套。

见此，我突然意识到我这时候应该做点什么，于是我抢下刘放手里的守门员手套，跟他说，你去踢会儿，下半场我守门。

刘放连忙说，不用不用，我守吧。

我知道刘放嘴上这么说，实际他不想守门，想去踢。我就说，我有点累了，你去踢，没事。反正都输三个了。

听我这么说，刘放也不再推辞，马上问我，队长，我踢哪儿？

我想了想说，踢前锋吧。

刘放说了一声谢谢队长，然后就撒欢儿地往前锋的位置跑了。

刘放的出租左前方保险杠蹭掉了一块漆，他一直不补，我每次看到它，就好像是刘放站在我跟前对我说，队长，你让我加入咱球队吧。

捉 迷 藏

于永铎

　　十三岁那年的夏天，我提前进入了叛逆期，很快，就成为周围人的公敌。就在我爸举着一根黑黢黢的铁棍要把我的双腿打断的瞬间，我妈奋力把我推出家门。我妈带着我钻进了一条胡同里，我们躲掉了一次劫难。天黑之前，她独自回了一趟家。再见时，我妈的眼里滚动着泪花，她紧紧搂着我的肩膀，任凭泪水像雨水一样浇湿我的头发。我一直想挣脱她的束缚，我使劲儿挣扎着，我很讨厌自己还像个孩子似的被搂在怀里。我妈没给我挣脱的机会，她一只手扣住另一只手，紧紧环住我的肩膀。一直就这么走着，到了火车站她都不肯撒开。我妈给我买了一张车票，她让我出去躲一躲。她保证过了这个暑假我爸的怒火就会消散，秋季开学前，一定会接我回家。

　　多年以后，我妈发誓说，当时，她根本就没有想到这是一场悲剧。我妈把这一切归咎于我的脾气火爆的爸爸，归咎于我的无法无天的青春期，还归咎于她的心肠歹毒的干姐妹。

　　那天，上了火车以后，我妈再一次掉下眼泪。她拽着我的耳朵灌输着各种注意事项，那情景如同一场生离死别。我妈冰冷的泪水不但浇湿了我的头发还浇湿了我的衬衫。我大幅度地扯着湿漉漉的衬衫，我希望能引起她的注意，希望她的眼泪能戛然而止。我妈告诫我要吸取教训，要学着走正路，千万不能走歪门邪道。说到这儿，她的调门从下一个台阶突然升到上一个台阶，这让我很不开心。我立即就联想到我爸，我妈的语调和我爸举着的铁棍一样令人生厌。我反问她什么样的路才算正路。我当时的口吻一定很轻浮，甚至充满了挑衅。我妈狠狠地扳着我的肩膀，见我奋力挣扎，就又用双臂紧紧夹住我的脸。我妈一字一顿地说，走正路就是要做一个善良的人。我就觉得自己的脸被夹得像一个大猪拱。我抠她的胳膊，试图把她的胳膊从我的脸上扒开。我妈稍微松了松力道，她告诉我走正路就是要做一个诚实靠谱的好人。因为激动，她的声音怪异突兀，每个字的后面都如同冒着一串愤怒的火焰。

刹那间，车厢里响起一阵热烈的掌声。

我妈有些愕然，继而，脸颊发红。她朝鼓掌的旅客不自然地笑。火车开动前，我妈还说了一些话，我都没能记住。第二天早晨，火车把我扔到一个偏远的小站上就走了。出了车站，我被一个高个子男人一把扯住，他不但说出了我的名字，还说出了我妈的名字。见我没有否认，就把我的脑袋摁在他的怀里。他说他是我的表舅，又说他还可以是我的表叔或者表大爷。我注意到，他的脸上有一撮吓人的黑毛，我便在肚子里叫了声黑毛叔，我觉得这个称呼和他的凶恶的外表很贴切。

黑毛叔领着我去和一个开三轮车的师傅讲价，我听到了"三合镇"这个地名。以前，我爸或者我妈肯定提起过这个名字，因此，我并不觉得陌生。开三轮车的师傅张口要二十元钱的车费，黑毛叔只想出十元钱，两人争了一会儿，黑毛叔答应外加一份盒饭。师傅答应了。黑毛叔双手插入我的腋下，一把将我捞起，没等我反应过来，就像投篮似的把我扔进了车厢里。

"这小子又是你骗来的吧？"师傅头也不回地问。

"胡说，他是我外甥。"黑毛叔说，"我警告你，别糟践我的名声。"

"小心被警察逮着。"

"开你的车吧，别他妈的淡吃萝卜闲操心。"

道路两旁的庄稼呼啦啦地响，仿佛里头藏着成千上万个坏人，我不由得对前途有了一些担忧，担心一不小心会被庄稼地里的坏人伏击。黑毛叔转过脸，眼睛一眨不眨地看着我。一路上，他没怎么说话，光是抽烟，不抽烟的时候就盯着我的脸。有时，黑毛叔的嘴角会微微上翘，有时则眉头紧皱。每当他笑的时候我肚子里便尊他一声黑毛叔；每当他朝我瞪眼的时候，我肚子里早已叫了无数声黑毛猪。

三轮车在饭馆门前停下。黑毛叔弹了下我的脑门，示意下车。门口站着一个女人，紧走几步，突然闪电般地将我从车上捞了下去，女人还捧起我的脸仔细看。这个女人就是慧姨。她说她是我妈的干姐妹，又指着黑毛叔说他也是我妈的干姊妹。我朝黑毛叔瞥了一眼，这家伙脸上的那撮黑毛随风乱飘，我真替我妈感到恶心。

慧姨看出我的情绪不高，脸色也慢慢阴沉下来，她说我妈和她一起闯深圳那会儿就和我现在一个死样子。慧姨不知为了什么骂了黑毛叔一句脏话，黑毛叔明明听见了却像没听见一样。惠姨带我进了饭馆，穿过大厅一直带到厨房。她说这里就是我以后施展拳脚的地方。惠姨叮嘱我不要惹祸，要好好干活，要像给自家干活一样卖力。

"我可没有你妈那样的好脾气。"惠姨说，"你若敢惹祸，我就剥了你的皮。"惠姨的声音越来越凶，声声如刀，似乎每个字的上面都沾着血。我的心里头猛打了几个突突。没想到我妈会把我打发到这个鬼地方来。我不得不承认，从这时开始，我想家了。

厨房里有三个人，一个是厨子，比我高了足足一个头。一个和我的个头差不多，厨子叫他胡辣汤。胡辣汤专门负责切墩。剩下那个比我矮了足有一个头，乍一看，像幼儿园里跑出来的孩子。只是那张脸长得皱皱巴巴，看着不像是孩子的脸。胡辣汤有时喊他小哑巴，有时吼一声死聋子，无论喊声多大，小个子都无动于衷。

惠姨从不让我们到大厅去，即便前面人手不够，也不准我们去帮忙。第二天中午，我趁人不注意溜到前台看热闹，惠姨尖叫一声朝我奔来。黑毛叔扔掉香烟，几步跨过来，朝我脑门上弹了个锛儿。

"滚回去!"

"快滚回去!"

两人同时吼我，一个比一个声粗。厨子一把将我拽回厨房，朝我的屁股上狠踢了一脚，还伸脚在门口划了条虚线。厨子说，下次再发现我没经允许越过这道线就毫不客气地赏几个大耳刮子。我对厨子的威胁敢怒不敢言，除了掉几颗眼泪就是更加怀念在父母身边"大闹天宫"时的自由自在。度过磕磕绊绊的前两天，我和这几个人都混熟了。别看厨子长得人高马大，其实他是个挺温和的人。厨子的岁数比我大了一轮，脸上却连根胡子都没有。在我的认知里，没有胡子就不是一个男子汉。胡辣汤是个话痨，总是一边切菜一边说话，一边吃饭一边说话，甚至夜里睡熟了也不停地说梦话。小哑巴省下来的话都让他一个人给说了。小哑巴不算是我的朋友，因为我们无法交流。小哑巴负责烙饼，负责蒸馒头，负责擀面条。干活的时候，小哑巴得踩着一个长条板凳，只有踩上长条板凳时他才能和我们平视。

惠姨不让我们到大厅去是有原因的，年初，三合镇的一些企业用童工的现象被新闻曝过光。我来之前的一天，砖厂里被逮住了一个。砖厂是惠姨的，她吃了一万块钱的罚款，心里头有些别扭。本来，她并不打算收留我，只是架不住我妈的哀求。

"你妈说如果我不收留你你就会被你爸打断腿。"

惠姨无法拒绝我的到来，又不想白养着我，只能把我带到饭馆里让我自食其力。店里有了我们三个未成年员工，惠姨忧心忡忡，始终没有好脸子。她逼黑毛叔去想保护我们的办法，惠姨还朝黑毛叔发了狠，想不出办法就别想继续赖在饭馆里蹭吃蹭喝。黑毛叔捧着脑袋愣怔了一个下午，晚饭前终于憋出了一个妙招。他建议在厨房北墙开一个洞门，在前台安一个电铃开关。一旦检查人员闯进饭馆，只要前台按下电铃开关，厨房里的小崽子就能第一时间钻出去。这样，检查人员就得干瞪眼。惠姨想了想，也只能这么办了。当晚，她吩咐厨子给黑毛叔加了个硬菜。

为了保险起见，惠姨派人在房后的青云河上搭了个便桥，一旦遇到紧急情况，我们可以越河跑进河对岸的山里。只要饭馆这边不打信号旗，我们就不能回来。惠姨也怕我们一去不回，就命我负责看管胡辣汤和小哑巴。惠姨搂着我的肩膀说，小子，看好他俩，你是惠姨的人，他俩不是。惠姨把我比成羊倌，把胡辣汤和小哑巴比成两只绵羊。洞口修好以后，黑毛叔组织三次突击演习，发现问题及时改正，结果，演习一次比一次成功。

风声越来越紧的时候，黑毛叔也有些慌乱，他听说执法人员将展开拉网式的纠察。那阵子，他看谁都像执法人员，常常咋咋呼呼神经分分。中午饭口一过，惠姨就打发我们出去躲一躲。就这样，每到午间，我就拍一下小哑巴的肩膀，再朝胡辣汤一努嘴。我们就像耗子一样从洞口钻出去。厨子骂我们是懒鬼，我们根本就不在乎，有惠姨撑腰，厨子连个屁都算不上。

山不高，一口气就能爬上去。如果不上山，也可以钻进谷地里玩。谷地里到处都是草，有的草能有一人深。闲着没趣，我说咱就瞎聊天吧。我的提议受到胡辣汤的欢迎，他恨不能把肚里的话像倒垃圾那样全都倒出来。小哑巴听不见，却也不急躁，他有他的乐趣。我们聊天的时候，他就像风一样转来转去。胡辣汤太能说了，根本就不容我开口，大嗓门震得我的脑袋嗡嗡地响。后来，我提议玩捉迷藏。胡辣汤虽然更喜欢聊天，对我的提议却也没有反对。小哑巴也弄明白了，他点着头，拼命朝我们笑。他笑的时候，我忽然感觉神情很像我爸，只是我爸比他高大威猛，关键是我爸不聋不哑。捉迷藏这个游戏确实很适合我们这个年龄段的人玩，尤其适合精力充沛的男孩子玩。不大不小的山谷，一人深的野草丛，这些都特别适宜捉迷藏。有时是我捉他们，有时是他们来捉我。对付胡辣汤需要动脑筋，每一次捉他我都会一边搜索一边假装急切地喊："胡辣汤，你在哪里？""胡辣汤，我们该回去了。"胡辣汤总会忍不住跳出来，高喊一声，在这里。他就是不长记性，上一万次当也管不住自己的嘴巴。有一次，小哑巴误以为我们都回去了，就一个人回到饭馆，差一点儿被上面的人捉住。

惠姨又惊又恼，骂小哑巴是个惹祸精。

我们跑出去捉迷藏的时候就是厨子受累遭罪的时候，那么多的碗和盘子等着他洗，那么多的泔水等着他倒。有两次，他气不过，摇着大旗召唤我们回去干活。被惠姨发现了，惠姨骂了厨子。

胡辣汤在山谷里发现了一块花生地，还发现了一块红薯地，胡辣汤禁不住诱惑，私自起了一墩花生，还没来得及起第二墩就被人骑在了身下。胡辣汤只觉得身上的肉像蝴蝶一样乱飞。那天，胡辣汤吃尽了苦头，浑身上下被掐得如同染了一层紫色。眼看着女人一扭一扭地走了，胡辣汤气得跺脚大哭。女人停在残垣处，双手环抱胸前，冷冷地朝这边看。不用多问，花生地和红薯地都是她家的。

后来，我们留意到女人一般都藏在残垣的里头，只要有人走近花生地，就有被突然袭击的危险。胡辣汤发誓说迟早要报复这个疯娘们儿。我很想知道他打算用什么方法报复，胡辣汤说他还没有想好。

那天夜里，胡辣汤在床上翻翻滚滚，他不断呻吟，不断地喊着妈妈。我几次被他喊醒，听得头皮发麻，心里头发紧。我竟然也想我妈了，还掉下了几滴眼泪。天亮后，胡辣汤对在镜子前照也照不完的厨子说，山里有一片红薯地，是世界上最好吃的红薯，甜得能齁嗓子。镜子里的厨子面无表情。胡辣汤又说，红薯地旁边是一片花生地，是世界上最好的花生。镜子里的厨子还是面无表情。胡辣汤突然大声嚷嚷着：

"她细白的手真是要人命。"

"细白的手？"厨子问，"你说准了，细白？"

"细白。"

"她长什么样?"厨子问。

"长得还凑合。"

"还有呢?"

"尖下巴。"

"还有呢?"

"挺瘦的。"

"眉毛中间是不是长着一颗痣?"

"好像是吧……"

"她的左边嘴角是不是也长着一颗痣?"

"好像是吧……"

厨子喝醉了似的,摇了又摇,晃了又晃。他扶着凳子坐下。厨子说他知道她是谁了。胡辣汤当即就泄了气,本以为厨子能去和女人较量一番,不说能替他报仇,起码能杀一杀她的威风。没想到厨子会如此软弱不堪。

厨子是从南方来的,说是来找他的老婆。惠姨问他老婆的一些信息特征,他说不明白,急得直掐大腿。惠姨疑心,就问:真的是你老婆吗?他说在网上他管她叫老婆,她管他叫老公。他问惠姨你说这算不算两口子?惠姨说算个屁。他就又掐自己的大腿。惠姨说,起码得睡在一起才算。他突然就怔住了,说他们确实在一起睡过,是在丽江古镇里睡的。头天晚上还好好的,第二天一早她就不见了。他以为她跟他玩捉迷藏,从早晨八点钟开始,他就开始了漫长的寻找。丽江古城让他翻了个遍,直到他确信她走了,走到更远的地方藏了起来。后来,直觉告诉他女人就在三合镇。

惠姨不屑地说天下叫三合镇的没有一千也有八百,广东那边就有一个。他拿出更厉害的证据——他听她说过一句粗话。他学给惠姨听,惠姨怔住了,三合镇的人确实有这个粗俗得让人脸红的口头语。

三合镇的每一寸土地都让他踩过了,始终没有找到她。钱花光了,他就卖身上的衣服。衣服卖光了,他就找惠姨说想留下来干厨子。惠姨不相信穷得只剩下一条裤衩的人有统领后厨的本事。惠姨问他会不会做锅包肉,惠姨问他会不会做猪肉炖粉条。他说都会。他说不但会做北方的菜还会做南方的菜。一句话把惠姨的思绪牵到了南方,牵到了许多年以前。惠姨像中了邪一样地看他，直到黑毛叔冲出来撵人，惠姨才从幻境中醒来。惠姨说，你可以留下来试试。这一试，他就留下了。

倒霉的黑毛叔被他从后厨撵了出来。

相处久了，厨子还挺同情我的遭遇。他曾当着胡辣汤和小哑巴的面骂我爸，说我爸凶恶残忍。虽然我不愿意他这样骂我爸，但是，想到我爸朝我举起黑黢黢的铁棒，我也就默认了。厨子说他确实在三合镇里看到了她老婆的影子，也闻到了她的气味。厨子说她老婆喜欢玩捉迷藏的游戏，简直就像小孩子一样淘气。厨子还说就差那么一步他就捉到她了。

夜里，昏沉的灯光下，厨子就像一个醉鬼，或者就像一个鬼。他的脸是绿色的，头发也是绿色的，他滔滔不绝地说老婆，说捉迷藏游戏。胡辣汤小心地问厨子，找到她又能怎么样？厨子回答不上来。厨子一会儿咬牙切齿，一会儿又拼命摇头。厨子说，找到她，就跟她好好过日子。我忽然灵光大开，忙问厨子怎么不去派出所报案。厨子咧着嘴，沮丧地说他不知道她的名字。我问他，那你平时里都叫她什么？他沮丧地说平时只在网上见面，只有那一次，在丽江见了面，相处了整整一个星期。

我问，这一个星期里你都叫她啥？

厨子说他只叫她的网名。

"她的网名叫美女不哭。"

"美女不哭？"

厨子喜欢三合镇里的山山水水，也喜欢三合镇里的人。他最大的愿望是找到"美女不哭"，然后，求惠姨收留"美女不哭"，让"美女不哭"也在饭馆里干活。厨子要时时刻刻守着她，不想和她玩捉迷藏游戏了。厨子要和她认认真真地结婚，要和她认认真真地生孩子，要在三合镇上认认真真地生根。厨子拿出一个精美的铁盒子，这个铁盒子可不是一般的物品，是她送给他的礼物。这些年，厨子丢了许多东西，只有这个铁盒子像他的命一样依偎在身边。

盒子里装着巧克力，每次打开，里面都是满满的。仿佛有一股魔力，铁盒子能自己填满自己。厨子每次吃巧克力都像是在炫耀，他总是要把我们三个人的目光牵引到他的嘴里。一段时间来，吃一块巧克力是我们共同的梦想。我们只能眼馋，只能不停地积累着眼馋。

天气最热那天，小哑巴中了邪，趁人不备偷偷回到宿舍，把铁盒和满满一盒巧克力偷走了。傍晚，人赃俱获。小哑巴被厨子连抽了5个大耳光，脸都被打歪了。

第二天，厨子向惠姨做了汇报，惠姨怒视着小哑巴。我们都能感受到一股骇人的煞气，都担心这股煞气会转到自己身上。这时，电铃响了。我反应奇快，朝胡辣汤喊声快跑。胡辣汤耗子样钻了出去。我猛推了一把小哑巴，小哑巴也耗子样钻了出去。我往外钻的时候，感觉有人扯我的裤子，我猛蹬一脚，借力蹿了出去。

我们冲过青云河，钻进山里。

几个人站在河边朝山上望，惠姨和黑毛叔围着他们交涉。他们一次次拨开黑毛叔，一次次朝山上指指点点，仿佛看到了我们。女人从我们身边走过去，上半身几乎不动。胡辣汤伸头去看，被我一把摁住。我压低了声音说，你想找掐吗？女人走远后，我们又开始玩捉迷藏。一声令下，胡辣汤和小哑巴分头跑开。我决定去捉小哑巴，我还从来就没有捉住过他。相反，胡辣汤却能一次次把他从草丛中拎出来。胡辣汤说小哑巴是个聋子，只要不让他看见，他就死定了。我却不这么认为，听不见不等于好捉，这家伙最大的优势就是稳当。

他常把自己伪装成一块一动不动的石头。

厨子朝这边走来，转悠了好一会儿，犹犹豫豫地朝花生地那边走。我忍不住站出来喊他。厨子吓了一跳，问我想干什么，我说我们在捉迷藏。我让他小心残垣里藏着的那个女人。厨子挥挥手让我藏好，他说等一会儿就要来捉我们。厨子还主动提出，最后一个被捉到的奖励两块巧克力。

没等他说完，我就消失在草丛中。

闲着无聊。身边的一个蚂蚁窝被我抠开，涌出一层密密麻麻的蚂蚁，又一个蚂蚁窝被我抠开，两窝蚂蚁乱作一团。我能想象到蚂蚁的愤怒，我喜欢看愤怒的蚂蚁的后续反应，我总是试图在密密麻麻的蚂蚁中找出一个像我一样的家伙。有人一把摁住我。没等我反应过来，厨子躺在我的身边。厨子夸我是个诚实的孩子，这让我很是惊喜。我爸和我妈总是骂我不诚实，骂我不走正路。没想到，这么快我就诚实了。

"你没被那个女人掐？"

"没有。"

"她太凶了。"

"你好好想想，她的左边嘴唇上是不是长着一个痣？"

"……"

天边有一片火红的云霞，我从没有见过这样的云霞，就痴痴地想，什么样的煤能把云彩烧得这般红？云霞的边缘是浅紫色，由深到淡，浅紫色又变成金黄。金黄的中心出现一个红点，红点形成红线，如火焰般蹿起。

晚上，我分到了两块巧克力。厨子让我举着巧克力朝胡辣汤和小哑巴炫耀。胡辣汤和小哑巴不断地吞咽着口水，一次次朝我和厨子讨好地笑。厨子说，想吃巧克力就得像永德学习，做一个诚实的人。

立秋这天，惠姨无缘无故地打了小哑巴一记耳光，还威胁说迟早要将他撵到大街上流浪。小哑巴吓得瑟瑟发抖，始终不敢与她对视。就在我们猜不透惠姨接下来如何处罚小哑巴的时候，电铃又一次鸣响。胡辣汤反应奇快，他扔掉菜刀，一头扎向洞口，小哑巴也闪电般地钻了出去。我钻出去的一刹那，猛听到有人喊，往哪里跑！眼见小哑巴被人抓住了，我一头撞向那人。那人松开了小哑巴，我拽着小哑巴没命地跑进山里。

厨子越河而来，见到我们三个，问为什么不去玩捉迷藏游戏。我说跑累了。厨子说，你们去玩捉迷藏吧，谁藏得久，我就奖励谁一块巧克力。胡辣汤猛地跑走了，小哑巴也朝相反的地方跑。我瞧着厨子，我说你先走我再藏。厨子便朝花生地那边走。

我轻声喊，小心！

厨子回过头，直勾勾地看着我。我说小心那个女疯子。厨子挥了挥手就走了。我抠开了一个蚂蚁窝，蚂蚁们蜂拥而出，很快就摆脱了混乱，蚂蚁列队前行。我在蚂蚁的队伍前面不断挖沟，给它们制造一个又一个的困难。蚂蚁绕开沟，沿着沟边继续前行。我又在前边堆土，给它们制造更大的困难。蚂蚁坚忍不拔，朝土堆上爬。我就继续加高土堆。蚂蚁始终没有溃退，依然执着地朝前走。我有些恼火，打算去河沟里捧一捧水，我想看看蚂蚁们被淹的样子。我刚要起身，一双手掐住了我的脖子。直到我不再挣扎，胡辣汤才从我身上翻下来。玩了这么长时间捉迷藏，我还是第一次被他捉住，这让我很是懊恼。胡辣汤说他馋了，说着便朝花生地方向看。我说我们要藏好，不能让他发现。我指的是厨子。胡辣汤馋得直咽口水，他勾引我，让我跟他一起去试试运气。我忍不住随着他去了，我想，一旦被疯女人追撵，我们总有一个能逃掉的。我和胡辣汤匍匐着钻进花生地，当我要下手抠花生的时候，胡辣汤朝残垣方向努了努嘴，便带头朝残垣爬去。我紧紧跟着爬了过去。胡辣汤直起身子朝里头望，我也直起身子朝里头望。霎时，看见了两个赤条条的缠拥在一起的人。

胡辣汤转身就跑，我被撞翻在地，发出一声惊叫。胡辣汤扯起我猛跑。我们一直跑到山上。胡辣汤和我对视一眼，胡辣汤的脸突然红了。

"你看见了什么？"胡辣汤问我。

"你看见了什么？"我问胡辣汤。

我眼前出现了两个赤条条的身影，两个缠拥在一起的身影，我以为是错觉，是错觉，一定是错觉。起风了，风像狼嚎一样响亮。胡辣汤说他有点冷。我说，我们赶紧藏好吧。胡辣汤明白了我的意思，他猫着腰朝山下跑。我刚刚藏好，厨子就从花生地那边冒出来，他走到我的身边坐下，将我的脸扳过来仔仔细细地看，然后，从口袋里掏出一个红薯塞到我的口袋里。厨子说，你是一个诚实的孩子。我心里一阵忐忑，不敢回应。厨子低头走了，走了没几步又回来给了我两个红薯。

厨子说，这两个是给胡辣汤和小哑巴的。

风声像狼嚎一样响亮。见厨子走远，我便朝胡辣汤那边跑，一边跑一边轻呼，胡辣汤，你在哪里？胡辣汤朝这边喊，我在这里。我把一个红薯给了他。我说是厨子给的，我说他说咱们都是诚实人。胡辣汤一把将红薯扔在地上，没好气地说，他胡说，我不是城市人，我是农村人。我捡起红薯，塞到胡辣汤的口袋里，我说我也不想当诚实人了。

天边出现了一朵朵红霞，红霞的下面是燃烧的火焰。红霞一片片、一簇簇，越来越红，甚至都能听到噼啪的燃烧声。我想把红薯扔到红彤彤的天上，我都能闻到烤熟的红薯觞嗓子的甜香。胡辣汤带我去找小哑巴，我们准备分给他一个红薯。直到天黑，我们也没有找到他。胡辣汤说，这家伙没准又变成了一块石头。

风中传来了一阵凄厉的狼嚎声。

那天，惠姨挨了一顿揍；那天，饭馆被砸；那天，警察把寻衅滋事的人和惠姨都带走了；那天，我遇到了生命中最黑暗的时刻。黑毛叔要求我们都不要乱动，趁人不备，他拖着行李箱匆匆走掉。厨子带我们去

499

山里找小哑巴，山上山下都没有找到。我忽然想到狼嚎声，我怀疑小哑巴被狼吃掉了。胡辣汤也是这么想的。厨子踢了我一脚，说这一带根本就没有狼。回宿舍的路上，我和胡辣汤都忍不住掉下了眼泪。可怜的小哑巴，活着时就像一股风，死了时也像一阵风。

宿舍里一片凌乱，衣服、物品丢得满地都是。厨子突然大叫一声，巧克力呢？他猛揪住我的头发问是不是被我偷走的。他又把胡辣汤摔在床上，狠狠地捶着胡辣汤的后背。胡辣汤惨叫着说他什么都不知道。厨子开始乱翻，从胡辣汤的口袋里掏出一把花生，他呆了呆，惊叫一声：

"原来是你们？"

"不是。"

"你们都看见了？"

"没有。"

厨子喝醉了似的，摇了又摇，晃了又晃。他坐在床上，捧着脑袋一动不动。我和胡辣汤也吓得一动不动。厨子抽了自己一个嘴巴，声音奇响，就像突然放了一个响屁。厨子颤了声地说，美女不哭。他又抽了自己一个嘴巴，就像突然摔碎了一只碗。厨子哭着说，美女一定会哭。胡辣汤说他要撒尿，我说我也要撒尿。我俩倒退着出了屋子。胡辣汤说，坏了，厨子准能杀了我们。我问胡辣汤厨子为什么要杀我们？我说我们又没有偷他的巧克力。胡辣汤说，我们看到了不该看的镜头。

我的眼前就出现了两个光溜溜的缠拥在一起的身子。

胡辣汤说，我们跑吧。

临跑之前，我和胡辣汤又回了一趟宿舍，胡辣汤是去拿藏着的钱，我想确认一下厨子是否真的要杀人。厨子突然朝我的后脑勺拍了一巴掌，恶狠狠地说我不是一个诚实人。我苦着脸说我还想撒尿。他又朝我的后脑勺拍了一掌，顿时，我的眼前一片黑暗。天亮前，我们跑到了火车站，我和胡辣汤幸运地扒上了一列火车。

再以后，我和胡辣汤在南方的一个城市里走散。我学会了独自游荡。直到有一天，我累了，想回家歇一歇。我就千辛万苦地回到了家。站在我家楼下，我犹豫着如何面见我爸我妈，如何跟他们解释这几年发生的事。恍惚间，我爸推着摩托车走来，我爸瞥了我一眼，他竟然面无表情。我妈哭喊着追了出来，我妈披头散发，我妈像一个疯婆子。我爸将安全帽戴好，又瞥了我一眼，他竟然还是面无表情。我爸发动了摩托车。我妈朝我喊，朋友，拦着他，快拦住他。我想帮我妈拦住我爸，我忽然看见摩托车的后座上绑着一根黑黝黝的铁棍。我慌忙缩回手。在我妈就要抓住我爸的刹那间摩托车蹿了出去，我妈瘫在地上号啕大哭。

这是我最后一次见到我爸，后来，我又一次回到这里。我妈根本就认不出我了，她以为我是一个陌生人。那天下午，我妈神秘地告诉我，我爸曾经跑遍了全中国，他始终没有找到一个长瓜脸名叫永德的小子。提起我爸我得再多啰唆几句，后来，我爸在云南大山里摔断了腿，他突然就想明白了，他很冷静地把摩托车卖掉，很冷静地把所有的旅行家当都卖掉。我爸在别人的帮助下买了一张飞机票，在别人的帮助下回到了家。临死前，我爸对我妈说，阳世间找不到他儿永德，这就到阴世间里去找。

我能看得出，我妈已经没有眼泪了，虽然她时不时地抽泣几下，在我看来，更像是抽搐。我怀疑她的视力也出现了问题，她一直把我当成一个陌生人。我小心地问她当初为什么要把永德送出去？对我来说，这是个重大的疑惑。在这个平淡无奇的午后，在这个秋风瑟瑟的午后，我妈毫不设防地跟我这个"陌生人"说，那是她和我爸共同设计出来的苦肉计。他们想让13岁的永德走正路，想让13岁的永德猛吃一些苦头，想让13岁的永德尽早度过糟糕的叛逆期。

那天下午，我和我妈坐在楼下花坛边的椅子上，面对着一片瑟瑟发抖的花朵，听她讲着我的故事。不知不觉，黄昏已至，天边的云被夕阳烧得炫目。我忽然发现，这里的黄昏极像三合镇的黄昏，我不禁对遥远的三合镇心向往之。我妈的脸上有了一轮鲜明的光晕，整个人都仿佛是金子铸成的，她的脸光芒四射。过了很久，我妈颤悠悠地说，小兄弟，你能想到永德曾经惹了多大的祸吗？

本文刊载于《中国作家》2023年第2期

小小说

城里有套房子

颜洪斌

秀英自打记事起，就记得她爹对她说过，他在城里有套房子。这件事，不但她知道，村里几乎所有的人都知道。

于是，很多人都羡慕她家，说她爹了不起，那么早就在城里有套房子了。

秀英她爹和她娘还没有结婚前，就在城里一家化工厂打工。那时候，是化工厂来村里招工，好多人都说，化工厂的活儿不能干，毒性大，干几年各种病都累出来了。

秀英她爹不信邪，既然你们都不报名，那我报名，我就不信了，那么大的化工厂，那么多人，怎么就会有问题。他第一个报了名，经过一系列体检，很快就签了合同，被工厂安排车统一接到厂子里上班去了。

这一去就是五年，期间，只有过年过节的时候能够回村里住上几天，然后就返回城里继续上班。

回来的日子里，有村里的人就问，化工厂那里到底有没有毒？秀英他爹一拍胸脯，大大咧咧地说，你看我现在的身板，要是有毒我还能这样吗?! 大家伙儿将信将疑的，但相信秀英她爹的话的逐渐占了多数。

后来，她爹合同期满后，厂子里不再续约，就返回了村子里。

之后，秀英她爹就在当地经人介绍认识了秀英她娘，有了秀英。

从认识她娘那时候起，人们便听说，秀英她爹在城里有套房子，离化工厂不远。

但他从来没有带秀英她娘和秀英去城里的房子住过，说交通不方便，还说，等秀英长大了，考进城里的大学了，就把那套房子给秀英住。有人说他吹牛，说他在城里根本就没有房子。秀英她爹就不服气地说，等你们将来看看，我和秀英她娘一定会搬到城里去住。

但秀英信她爹说的话，这美好的愿景也一直激励着秀英努力学习。每次考试，总是年级前几名的成绩，拿回来的奖状几乎贴满了家里的一面墙。每每秀英拿回来一张奖状，她爹就笑眯眯地说，继续努力，考上城里的大学，咱家城里的那套房子就归你。

秀英那时还不太懂，她总是听她爹还有别的小伙伴们说，城里的生活可好了，就像童话里一样。

秀英没有辜负她爹对她的期望。高考成绩出来了，她如愿考上了城里的一所大学，还是一所重点大学。

全村都沸腾了！这是村里几十年以来第一个考上重点大学的孩子，秀英她爹更是喝高了酒找不到北。村里人就说，秀英她爹，你那城里的房子就归秀英喽！她爹连连点头，拍着胸脯大声说，那是当然！

开学报到了，秀英他爹自告奋勇要送秀英进城，他怕秀英不认识路，走丢了。

秀英到了学校，进到了宿舍，高楼大厦，窗明几净的。秀英她爹看了满意地点了点头说，闺女好好学习，毕业后咱家城里的房子就给你留着。宿舍里的同学们听到了，纷纷羡慕不已，这刚入学，秀英她爹就给秀英准备了一套城里的房子，真有福气！

秀英就在同学们的羡慕中顺利读完了四年大学，如愿以偿地留在了城里。

一日，她问，爹呀，咱家的房子在哪儿呀？把钥匙给我，我搬到咱城里的房子里住，我不想住单位宿舍了。

秀英她爹就说，你上班的地方离咱城里的房子远着哩，上下班太不方便了，等以后再说。

这一说，又是一年过去了。

一个周末，秀英自己一个人，乘坐公交车，来到了她爹当年的化工厂，在传达室，她问一位岁数和她爹相仿的师傅，认识她爹不？那位师傅很快就想起来了，那是他当年的工友。他问要干吗？秀英就说你知道我爹的房子在哪儿吗？看门的师傅笑得前仰后合的，说，你爹哪儿有房子呀，那是我们那一批工友在一起住的宿舍，如今早就拆迁盖上居民楼啦！

秀英一下子就明白了。

回去后，她再也没有在她爹面前提起过房子的事情，尽管她爹偶尔在酒后还在村里人面前说过他城里的房子。

若干年后，秀英成了家，有了自己的房子，又若干年后，她给她的爹妈在城里买了一套大房子，把二老一起接到了城里住，安享晚年。

邻居们都说，看，秀英她爹果然没有吹牛。

秀英她爹就眯着眼笑了。

本文刊载于《小说选刊》2023年第1期

晾 台

阎秀丽

爹站在台上，一句话也不说，浓妆后面，看不出他的表情变化。

爹的身后站着拉弦的老拐叔，歪着身子梗着脖子，虽然腿脚不灵便，气势上不比爹差，锣鼓二胡等占了半个戏台子。

几块木板，用架子撑起来，上面铺上厚厚的一层帆布，再拉上两层红色绿色的幔布。红是鲜艳的红，绿是浓翠的绿，给萧瑟枯燥的冬季增添了一抹亮色。

戏台的另一侧，站着十多个人，不大的空间显得局促了许多。前面站的那个人我认识，同样一句话不说，阴沉着脸，看着爹。

那个人是海山伯，和爹是战友。他们见面就掐，屁大的事也要争来吵去。即使是战友聚会，本来喝得兴高采烈，不知道为什么两个人就掐起来了，并且掐得极是热烈。战友们早已习惯了，谁也不去理会他们。爹赢了，便美滋滋地唱，海山伯气咻咻地喝，酒杯一墩，两个人醉醺醺地一个躺下，一个回家。

爹爱唱戏，海山伯会拉弦。爹唱得字正腔圆，海山伯拉得恰似行云流水。

他们两个都在各自的村里组建了小戏团，正月是农闲时节，热火朝天地唱几天大戏，村子的冬天便多姿多彩起来。

在正月十五这一天，几个村子的小剧团和秧歌队自发地来乡里热闹热闹，其中就有爹和海山伯带领的小剧团。这里有个临时搭建的戏台，都可以在上面表演，不管是唱歌还是唱戏，过了正月就会拆除。

爹和海山伯谁也不服谁，都想先登台，互不相让。

爹瞟了一眼海山伯，又看了看逐渐昏黄的天空和台下黑压压的人群，吼了一嗓子：开场！

开场！海山伯也吼了一嗓子。

两班人马乱了起来，你唱你的，我唱我的。腔，有自己的腔，调，有自己的调。

爹唱得响遏行云，声如裂帛；海山伯拉得弦弓迅疾翻飞，恰似万马奔腾。

两班演员愣怔了一下，随即走到戏台上，你来我往中，却有了两军对垒的阵势。老拐叔看到海山伯拉得起劲，赶紧拿了胡弦儿与他较量起来。

小小的戏台终于架不住众人的踩踏，随着啪嚓几声，一块木板塌了下去。

在众人的惊呼声中，人们赶紧往下跑，看热闹的人们也赶紧围拢过来，手忙脚乱地在木板和木架之中寻找着摔下的人。

海山伯身边的那几个主角儿，跟在他的身后摔了下去，被众人找出来，一瘸一拐地让人给扶走。而这边，老拐叔因为腿脚不灵便，跑得慢，手上也挂了彩，龇牙咧嘴地坐在一边低声骂着。

海山伯手脚麻利，木板晃动的时候，他吼了一声拽着爹躲了过去，两个人都没事。等到了安全的地方，海山伯瞪了爹一眼，甩开了爹的手。

爹整了整袍袖，看着塌了的戏台，又看了看黑压压的人群说，这戏不能停，戏比天大，不能不守规矩。

不能不守规矩！

海山伯和爹第一次出奇地意见统一。

然而，海山伯看了看自己身后七零八落的"人马"，叹了口气说，得，你们唱吧。跟你争了半辈子，哪次都是输！

爹皱着眉头，看了看四周的人们，吼了一嗓子，大家伙帮忙再把台子搭起来，戏照常唱！

戏台子又重新搭了起来。

锣鼓声密集地响起。可爹并没有想象的那么开心，眼神有意无意地飘向了拢着袖筒低着头的海山伯。

风起，锣鼓声住，圆场、亮相、张嘴的时候，爹却傻了眼：老拐叔的手负了伤，拉弦儿的时候，和爹的唱腔合不上，不在一个调门，老走音。

胡弦儿和唱腔是分不开的，没有弦儿托着，即便是金玉一般的腔儿，也是水珠落下河塘，能泛起多大的涟漪呢？

爹的汗流了下来，他知道，今晚上就是嗓子累倒了，这场戏也得演砸。

老拐叔的手上见了血，拉弦儿的时候一滴一滴地流下来。场下的观众渐渐有了动静，有了"哄"声。爹引以为傲的龙虎之音渐渐变得沙哑低迷。

弦儿音颤颤，随着吱嘎一声，弦儿断了。

爹唱出的余音似乎还在袅袅回响，人却呆呆地立在戏台的中间。

晾台了！

这是唱戏的大忌，因为忘词或者是戏台上出了突发状况，演员出现瞬间的冷场，这不仅影响整个戏的继续演出，还影响到演员的心理。

四周的"哄"声大了起来，爹张了张嘴，竟然走了板儿。灯影晃动中，爹的额头见了汗。

只有风，依旧在戏台上穿过，台上那些呆呆立着的人在灯影中晃动起来。

忽然，弦儿音乍起，悠扬的弦儿声和着月华，如一股风吹上了水面，夜色起了涟漪。弦声渐渐变得激昂起来。敲打乐器的人们也似乎醒悟了般，赶紧叮叮咚咚地随着韵律敲打起来。

弦音变得逐渐舒缓，仿佛从严冬流向阳春。爹的头抬了起来，亮相、圆场、捋髯，和着弦音，一板一眼地唱将起来。

声声弦音时紧时缓，如高山流水叮咚作响。

那一晚，是爹唱得最为醋畅淋漓的一回。

第二天，爹提着一瓶酒去谢海山伯。

海山伯吱溜一口酒下了肚，瞪了一眼爹说，戏台不是属于谁的，是戏的，台不能晾。

本文刊载于《小说选刊》2022年第8期

石榴花开

庞　滟

三奶奶老了，她的嫁妆还活着。三奶奶是个很特别的女人。都说三奶奶年轻时像石榴花一样好看，可棺材里的她皱纹叠生，干瘦得怕被风吹走。那个远道赶来的大眼睛少年一脸茫然，默默代他爷爷为三奶奶守灵，送葬。

在陪姑姑整理三奶奶遗物时，我看到了结婚照上的她确如一朵花一样盛开着，甜得醉人。三奶奶是后搬到我姑姑村的，之前在辽河岸边住。十八岁的三奶奶嫁进杜家，夫妻恩爱，生下一个儿子。男人在山东的舅舅来信让去一趟，帮着带家眷来东北躲避战乱。男人走后再也没有回来。三奶奶一辈子没再嫁。男人走时千叮咛万嘱咐，要她护好自己和儿子，杜家的根不能断。没承想，听话的儿子在挨饿的年代为了给她弄治浮肿的偏方，偷着去河里抓鲫鱼没上来，三天后才找到尸首。三奶奶从此垂着头不语，每天坐在石榴树下，不是发呆就是做鞋，一针针把泪珠纳进鞋底的花蕊和"福"字。

我第一次见到三奶奶时，她让我帮着往针眼里穿线，说眼睛已经看不清东西，老天爷给蒙了一层白眼罩。

立夏和立秋时节都是三奶奶晾晒衣物的日子。那些小船一样的男人鞋子坐在干净的草席上沐浴阳光。我见到每只鞋底上都用密密麻麻的棉白线纳出"福"字，周围是朵朵盛开的花儿。有几双鞋底是红色的，像含苞待放的花儿躲在树干后探头探脑。三奶奶像在回我的问话，又像自语：那些用红嫁妆做的鞋底，绣的石榴花是他最喜欢的花。他说石榴花是新娘子花，说我像石榴花开。说这些话时，三奶奶的笑容很好看，呆滞的目光像春水融化般流转，漾着少女的羞涩和喜悦。

我冒失地问：人家都说三爷爷回不来了，三奶奶为啥不再嫁人呢？三奶奶未语泪先流了。她低下头去用一方白帕子擦拭那些没穿过的新鞋，像护理婴儿一样小心翼翼，不再言语。

　　那个大眼睛少年说，是从报纸上看到我写三奶奶的故事，断定是爷爷让他帮找的前妻，颇费了一番周折才联系到我。我们核实的结果是：九十多岁的三奶奶，原名的确叫金银花，失踪的丈夫叫杜仲——是我三爷爷，也是他爷爷。

　　少年讲了爷爷的故事：爷爷在去山东舅舅家的路上被国民党兵抓去充军后，在一次战役中当了俘虏，主动加入红军打日本鬼子。爷爷给妻子写过几封信都没有收到回信。在陕西的一条峡谷里，爷爷被炮弹炸断了一条腿。是奶奶把他背到山上的家里，虽然方言不通，但照顾得细致入微。爷爷伤好后要下山。奶奶不让他拖着一条断腿去白白送命。她爱上了爷爷，不肯再让他下山。如果奶奶脸上没有那块红色胎记，也是个美人。当爷爷在山上有了孩子后，不再冒险逃跑了。

　　我带少年去见三奶奶时，她正坐在院子里的石榴树下纳鞋底，一树怒放的石榴花把她也润成了红色。听到少年说出杜仲的名字，她手里的鞋落到了地上，浑身颤抖，好半天才哽咽道：杜仲，是他，他还活着！是他孙子啊……太好了！杜家有后了，杜家的根还在。三奶奶伸出颤抖的手，从头到脚一遍遍抚摸少年，笑着念叨：杜家有根留下了，我终于放心了！

　　三奶奶打开箱子，在一双双捆好的鞋中拿出几双黑条绒面、红色鞋底的新鞋，抚摸良久，露出少女般羞涩的笑。她说：那年，仲哥走时是正月里最冷的天，家里没有新棉花了，我把嫁妆里的红缎子棉袄拆了，连夜给他赶了一双棉鞋。他舍不得穿，说先穿旧鞋，路上冷得受不住了再穿新鞋。我告诉他：剩下的红袄面都纳进鞋底里，等他回来穿。他说：这叫嫁妆鞋，走到天南海北都贴在身上！有闪亮的泪珠落进鞋里，三奶奶郑重地把这些新鞋托给少年，像托着一座山。在少年接到鞋后，三奶奶像座山一样轰然倒下了。三奶奶走的时候很安详，脸上还带着笑容。

　　少年把三奶奶用红嫁妆做的鞋带到了山上，爷爷捧着这些新鞋，孩子一样涕泪交流。当天夜里，爷爷笑着离开了人世间，那红艳艳的鞋底像石榴花盛开在他怀里。

本文刊载于《小说选刊》2023年第1期

幸福的冰糖葫芦

力　歌

　　寒冷的冬夜，在城市一隅的建筑工地旁，孤零零地停留着一辆卖糖葫芦的三轮车。车旁站立的人，为了抵御寒冷，衣着棉毛制品全副武装，仿佛是堆在那里的包裹。

　　在这里出现这样一个经营糖葫芦的小车，令人惊奇。这条路面很少有人，路过的人匆匆来往，无人问津。偶尔有人走过来，面生惊疑，不禁问道，这里也没有什么人啊，你可以到前面的商业区去卖呀。

　　唔，我是在等人。

　　顾客看到他并没有说下去的兴趣，很是失望，将同情收起，吃着糖葫芦悻悻地离去。

　　原来这里也曾是闹市区，有许多老式建筑，住着大型国有企业的职工，他站立的区域是各种门市的商品街，尤其到晚灯亮起时分，便人潮涌动，百业兴旺。

　　他一直在这里卖糖葫芦，那时他刚刚下岗，没有其他出路，便跟人家学做糖葫芦，推着车来到这里，妻子怕他不好意思，陪他一同过来。

　　当初还不是倒骑驴的三轮车，而是自行车后座架上捆绑着一根用稻草和麦秸扎起的糖葫芦展示木棍，上面扎满山楂糖葫芦，那时还只有一个品种。山楂蘸上糖稀，经冷却后通体晶莹，贴面形成一层薄片，红得鲜艳，光可鉴人。

　　他在妻子的鼓励下，才吆喝起冰糖葫芦，他含蓄呜咽的声音，不能引起路人的注意，妻子有些发急，便尖锐嘹亮地吆喝了一声"冰糖葫芦"，这一声划破夜空，撕裂了冰封严寒，人们不禁侧目而视。

　　离得最近的一对男女，转身正好面对着糖葫芦支架，女人发出一声惊呼，咦哎！

女人不同凡响的惊呼声，让陪伴她的男人产生了共鸣，配合拍手鼓掌说，这是天意哎。

女人应该有些年岁，但不凡的气质，掩藏了年轮的袭扰，仍显得丰姿绰约。男人很瘦，卡在鼻梁上的高度眼镜，看得出是位年过花甲的知识分子。他们每人都戴着一条毛线织成了红色围脖，两人手牵着手，牵出两人的和谐甜蜜。

女人嗔怪，结婚那天，你带我出来买的就是山楂糖葫芦。多少年了，你都忘记了吧？

哪能忘啊？男人憧憬道，那天晚上，在单位办完婚礼后，咱们一起出来，买了两串糖葫芦，你一串我一串，吃着好甜啊。

那哪都是甜的啊，还有酸呀，你咋不说。女人笑着怨怼。

过去的日子，多有艰辛，有酸有甜。现在好了，我们都退了，好好享受生活吧。

女人娇柔地说，今天就是结婚纪念日，你买给我吃。

好好，你放心，今后每个结婚日我都买给你。男人开心地说。

两人上前卖了两串山楂糖葫芦，各拿一串，咀嚼着甜蜜，心满意足地走了。

看着两人的背影，妻子羡慕地说，看人家那么大岁数了，还那么浪漫，多幸福啊。

从那以后，那对夫妇三天两头地过来，兴冲冲地买上两串糖葫芦，他们每次都会跟着他们开心。进入到了春季，天一暖和，糖稀无法成晶体，他们便经营其他的小吃买卖，转年入冬，再重新卖糖葫芦，他们便会遇到这对夫妇，他们在经过糖葫芦摊位时，总会停留下来，买上两串糖葫芦。

一晃十多年过去了，近几年这对夫妇来得逐渐少了，但在他们所说的那个结婚纪念日，无论天寒地冻，还是风雪交加，他们都会一起过来，买上两串山楂糖葫芦。他们明显见老，步履蹒跚，互相搀扶着过来，可他们每人总忘不了戴着那条红色的围脖。他们的言语不多，并不多交流，这几年除去问价格，在拿到心仪的糖葫芦后，都会额外加上一句，谢谢。

他们卖糖葫芦也一直坚守着这一天的到来，无论家里出现什么状况，也要克服困难，至少要有一个人来到这里。他们见证那对老人年龄的增长，当然他们自己的年龄也不小了，从过去推自行车叫卖，到现在安置玻璃罩的倒骑驴三轮车。

前年这一天，那个男人推着轮椅车过来的，女人坐在轮椅车中，最为显眼的仍是两人标志性的红围脖。女人看到男人递来的糖葫芦，非常高兴，当着他的面咬下第一个红色的山楂，艰难地咀嚼着，吞咽显得很费力，几次哽咽，眼泪都呛出来了，可女人还是很满足，很开心。在离开摊位时，女人向着摊位两人抱着拳，颤抖着说了声：谢谢。

从那天以后，这一年的其他日子男人和女人再也没有光顾过这里。到了第二年，这个地方开始城市统筹改造，将老旧住房进行了拆迁，对此处的市场门市统一安置，有拆的和没拆的，还有部分商户在经营，动迁使得此处面目全非，一副破败的景象。

第二年他如约一般地来到这里。他已有了孙子，儿子儿媳都在外地工作，孙子需要妻子照顾，所以只有他一个守候在原来的地点，生意再也不如以前，但他惦记那对年老的夫妇，他坚持没有离开，就在他失望准备离开的时候，那个瘦高的男人出现了。

借着灯光的照射，男人红色的毛围脖已泛旧褪色，但在他眼里还有生气。因为那个女人没过来，他本想打听女人身体状况，欲言又止。男人察觉出他的关切，拿着两串糖葫芦，对他或者说是自言自语，卧床了，来不了啦。

男人说着便转过身离去，拖着瘦高屠弱的背影，踉跄着脚步，消失在他追随的目光中，不知不觉间，他的眼里噙满了泪水，在脸上滑落出两条冰凉的轨迹。

今年冬天他已经转移到另一个新的经销地点，生意很不错。但两口子一直惦记着这一天，妻子早早地催促他完成各式糖葫芦的制作，说今年无论如何也要拿出几样水果糖葫芦的新品种，让他们尝尝。其实她这么说，只是为了掩饰今年不抱有的希望，因为他们知道女人去年就已卧床，他们担忧那个男人会不会再来买始终如一的山楂糖葫芦。

飒飒的寒风袭来，他感到了凉意，禁不住缩紧了脖子，让他联想到男人女人佩戴的红围脖，他回去后一定让妻子也为自己织上这么一条围脖。

头一年这一区域开发动迁，已经动工开始建设高层的住宅楼，入冬后停工，等待初春再重新开工，工地上耸立着一幢幢半成品的高楼。围绕在这些楼宇的周边，布置了各种的灯具照射出来的强烈的灯光，这主要是为看守工地人员监控所安装的，防止建筑材料被盗，灯光也辐射到了外部的街面。

他焦躁不安，不住看着腕上的手表，此时早已过了以往那对夫妇出现的时间。就在他准备放弃等待时，在工地的街角处，突然出现了那个熟悉的瘦高身影，脖子上那一抹红色，瞬间把清寒的街面照亮。

本文刊载于《小说选刊》2022年第4期

猪　事

闫耀明

　　回到自家院子里，大宝气哼哼地站着。天空多云，薄云后面的太阳圆圆的，白白灰灰的，像女儿河滩上的一块圆石头。

　　"让这块圆石头落在宋大的头上，砸破他的头，流很多血！"大宝想，仍然气哼哼的。

　　与邻居宋大吵一架，是大宝没有想到的事情。大宝是真的动了气，他没有想到宋大会这样不讲道理，不讲情面，一口咬定他家那头花猪是大宝偷走的。

　　宋大咬牙切齿地说："有人亲眼看见你走在我家大花的后面，把大花赶出了湾水！"

　　大宝瞪起眼睛，叫："我怎么会偷你家的大花？你家大花不见了，和我有啥关系？你不要血口喷人！"

　　宋大情急之中说了一句让大宝扎心的话："在湾水村，谁是小偷？偷走我家大花的不是你，还能是谁？"

　　说完，宋大愣住了。大宝也愣住了。

　　围观的村人却发出笑声。

　　大宝的心里原本是鼓鼓的，气愤将他的心已经塞满了。宋大的话让大宝的心狠狠地疼了一下，那疼如一根针，将大宝已经鼓鼓的心刺破了。

　　大宝的心和他的身体都趔趄了一下。

　　俗话说，当瘸子不说短话，打人莫打脸，揭人莫揭短，宋大的话揭了大宝的疤。这让大宝受不了。"我以前是干过偷鸡摸狗的事，可我早就洗手不干了。宋大，你太过分了！"心里想着，大宝冲向宋大。"宋

517

大，你不是人！"大宝要教训教训出言不逊的宋大。可大宝被众人拉开了。

头顶上白白灰灰的圆石头一晃一晃的，好像就要落下来。大宝愤愤地吐了一口痰，躲到屋子里，想这件事。

大宝想了好久，决定自己要有所行动，他不能咽下这口窝囊气，他要证明自己的清白，证明他没有偷走宋大的花猪。当过几年小偷，让大宝明白一个道理：一个人的脸面比什么都重要。

于是，大宝出了门，出去寻找宋大家的那头花猪。

大宝先是在湾水的村街上转，找遍了每一个角落，找遍了每一块菜地。接着，他走出村街，沿着出村的小道往村外走，琢磨着花猪可能去的地方。

在田地与田地之间的小道上走了很久，大宝也没有见到那头花猪。后来大宝不走了，又累又渴的大宝望着天空中那块白白灰灰的圆石头，心想这要是一块白面饼该多好呀。

大宝走上一个高坡，四下望，依然望不到花猪的影子。

可大宝却望到了高桥镇。"我走到高桥镇啦。"大宝心里想着，向镇上走去。他要吃点儿东西，喝点儿水。

湾水村距离高桥镇有十多里路，为了找到宋大家的花猪，大宝竟然走了这么远。

但大宝没有走进高桥镇，在镇郊的一个大院子前停了下来。

大宝听到了猪的叫声。

这里是一个养猪场，距离环镇而去的女儿河不远。猪们饿了，发出不悦的叫声。大宝看到负责喂猪的工人正忙着把一桶桶猪食拎到猪舍前。

大宝走了过去，帮助工人拎桶。他要看看，猪场里有没有花猪。

大宝发现，养猪场里，还真的没有花猪，一头都没有。

潜意识让大宝走进了养猪场。走了进来，大宝就留了下来。猪场正缺人呢。

大宝是个聪明人，干活实在，还给养猪场老板提了不少好建议，深得老板信任。大宝在养猪场干得不错。

大宝的心里憋着一股劲儿呢。

一晃，大宝就在养猪场干了一年。这一年，大宝没有回湾水，一是他不想回去见宋大和那些笑他的村人，二是他也没有空闲时间，养猪场的事情多，老板把管理上的事都交给了大宝。

后来老板不想养猪了，打算把猪场兑给大宝。老板说，兑给别人，他不放心那些可爱的猪。

这是大事，大宝得好好想想。再说，兑下养猪场，他没有那么多钱。

于是，大宝回了湾水。

一年没有回来了，村里人都跟大宝打听，这一年他去干啥了。可大宝没有回答，他不想说话。

宋大说："大宝，我家大花自己回来了，没丢。大宝，我冤枉你了。大宝，我向你道歉。"

大宝的心里依然憋着一股劲儿，没理宋大。

宋大再次向大宝道歉。

看着一脸真诚的宋大，大宝突然发现，自己心里悬着的那块白白灰灰的圆石头，落了下来。

但是大宝仍然没有说话。有了宋大这句话，就够了。大宝觉得自己说什么都是多余的。

宋大不光嘴上给大宝道歉，还请大宝喝酒。宋大也是个要脸面的人。

一杯酒下肚，两个人的嫌隙就解开了。

宋大说："兑下养猪场，我可以出一半的资金，算是咱哥俩共同兑下的。"

大宝问："信任我？"

宋大笑笑，脸上是窘。他一口喝干了杯中酒，以此回答大宝。

大宝和宋大联手兑下了养猪场，经营管理上的事都由大宝负责。

养猪场的生意不错。

细心的宋大发现，大宝在养猪场里专门辟出了一块区域，猪舍里的猪，全是花猪。

本文刊载于《小说选刊》2023年第4期

醉 鱼 馆

王利群

坊间游医遇大夫，为了能使三个儿子在日寇铁蹄践踏下的潢城有个生存的营生，便开了家诊所，想把祖传的医术都传给他们。

老大天资聪颖，没几年就能独立坐诊。老二虚心好学，不久也能看病下药。就数老三遇海最难调教，手把手教也不见长进。成天跟人们聚在一起，不是探讨打日本鬼子的事情，就是钻进厨房烹制各种鱼类菜肴琢磨厨艺。无奈，遇大夫只把给患者手术施打麻药的零碎活儿交给他，并且千叮咛万嘱咐无论遇见啥样刁蛮的病人，也不能泯灭医者仁心。可遇海就是不听，不是减少麻药剂量把那些品行不端的手术患者疼得嗷嗷叫，就是加大麻药剂量让人家昏睡不醒。

一次，潢城的日军少佐山田一瘸一拐地来诊所做手术，见遇海正蘸着生鱼片喝酒，不禁口水横流，抓起筷子就吃，还操着半生不熟的汉语不停地追问菜名。遇海看着他贪婪的吃相，眼前立刻闪现出他一边笑眯眯地用洋奴教育麻痹百姓，一边疯狂屠杀抗日志士的恶行。觉得他似乎吃的不是鱼片，而是中国人的血肉……手中酒杯一抖，酒全泼到鱼片上。憎恶地说道：醉鱼！山田信以为真：哦，醉鱼。我们大日本帝国叫"刺身"，但做法跟你不同。说罢，他跟随从卫兵哇啦了几句，卫兵转身跑出诊所，不大会儿端来一盆活蹦乱跳的鱼。

山田拎起一条，炫耀地对遇海说：我让你见识一下我的做法。他往鱼嘴里先灌了一通白酒，见鱼不再蹦跳，嗖地拔出腰间匕首，刮掉鱼鳞。随着匕首在鱼身上寒光闪耀，滴着鲜血的鱼肉便雪片似的飘落盘中。

山田举起裸露着鱼刺残喘的鱼，狞笑着说：宰鱼和杀人一样，你只有先麻醉了它，它才能任你宰割。你看，它还反抗吗？这才叫"醉鱼"，哈哈……

听着山田戏辱的话语中的影射和狼嚎般的狂笑，遇海恨得握紧双拳，脸上泛起山田不易觉察的冷笑。

这天，遇海加大麻药剂量把山田麻在床上昏睡了一天一夜。若不是遇大夫及时抢救，早就一命呜呼了。

遇大夫怕遇海将来惹出大祸，一怒之下，便把他逐出了家门。

一天，遇大夫正在给患者看病，忽听外面鞭炮齐鸣，锣鼓喧天。探头一看，原来是遇海在对面街上开了家鱼馆，正在举行开业庆典。遇大夫心里大喜，心想，浪子回头金不换，儿子总算知道干点儿正经营生了。

可当"醉鱼馆"的店名扑进遇大夫的双眼，他不禁倒吸了一口凉气。想起近日自己研制的掺在酒水中用于手术的麻药频繁丢失，再联想遇海那天把山田麻得昏睡不醒幸灾乐祸样儿……心说，我知道你小子打的啥主意，可你就不怕招来杀身之祸吗？

山田自打那日吃了遇海做的醉鱼片，想起鱼片就直流口水。看遇海开了鱼馆，闻见扑鼻的鱼香更迈不开步了，哪管从醉鱼馆出来的鬼子（跌进沟里摔死栽进河里淹死的事件时常发生），更忘了被遇海麻得昏睡不醒的茬儿，嘴一痒，就往醉鱼馆钻。

日本军投降的前几天，山田一改往日的笑脸，凶神恶煞般地闯进醉鱼馆，说要跟攻城的八路决战，吆喝遇海给他们日军做顿醉鱼鼓舞士气。遇海听后马上爽快地说：保证让皇军吃好喝好！

八路军没费一枪一弹冲进潢城时，山田和日本兵还趴在醉鱼馆里做梦呢，但却不见了遇海的踪影。

遇大夫接管了醉鱼馆，街坊邻居们建议他给鱼馆改个新名字，他则捋着花白的胡子笑着说：等遇海回来改吧。

可是直到潢城解放、抗美援朝战争打响，遇海也没回来。有人说他在解放哈尔滨的战斗中牺牲了，也有人说遇海跨过鸭绿江给美国鬼子做"醉鱼"去了……

听了人们议论，遇大夫沐浴更衣，想替遇海给鱼馆更改新名字。当他仰望着醉鱼馆琢磨新名字时，在醉鱼馆三个大字的后面，似乎看到了儿子遇海的面容……内心不禁一震，他甩掉手中的笔，决定不改了。

后来，遇大夫虽然去世了，但沐浴在新时代阳光下的醉鱼馆，仍然向人们不停地讲述着它的故事。

本文刊载于《小说选刊》2022年第8期

昨日梅花

李海燕

　　那只线笸箩，已经很旧了，上面的红色云卷和粉色梅花已严重掉色。那年，梅花说等过年的时候，买彩纸再重新裱糊一下。那年梅花有没有重新裱糊线笸箩，你有些忘记了，但梅花做线笸箩的情景，你还依稀记得。

　　梅花三天回门回来，让你找些旧纸张，她说要做一只线笸箩，装个针头线脑的方便。你转了一圈，也没找到几张纸，只好去了村里教书的先生家，讨来一些废旧的纸张。梅花一张张撕烂，泡在水里，等到那些纸张沤烂，水都变得黏稠后，梅花把一只半大盆儿倒扣在饭桌上做模型，把那些沤烂的纸往盆上拍打。梅花的两条长辫子绾在头顶，头微微低着，抿着嘴唇，腮帮子上抿出两个酒窝来。

　　你看呆了，梅花你真好看！

　　梅花嗔怪地看你一眼，没羞没臊的，别在这儿妨碍我干活。

　　你把嘴巴凑过去，梅花，我想亲你。

　　梅花抓一把沤烂的纸，再妨碍我干活，我就糊你脸上。

　　你嘿嘿一笑，快速地在梅花的脸上捏一下。梅花的脸红得像一只苹果。

　　梅花把整个盆的外围拍满烂纸，然后小心翼翼地放在柜子上风干，等纸干透，盆取下来，梅花用白纸把里外面裱糊好，上下边缘贴上红色的云卷，中间点缀几朵粉色的梅花，一只漂亮的线笸箩就做了。你爱不释手地转着看，夸梅花手巧。梅花说，这才哪儿到哪儿啊。梅花的手很巧，衣服鞋子做得跟买的一样。梅花还会绣花，村里谁家嫁姑娘，都请梅花帮忙做绣品，梅花一绣就是个把月。

你把线筐箩放在要带走的那堆物件里，然后看一眼梅花，你像年轻时想讨得梅花欢心似的，眼里尽是献媚。

你走到院子里，目光在那些长的短的家什中探寻着，突然你眼光一亮，发现了那把小把锄。你快步移过去，扒开上面的东西，把小把锄拿了出来。小把锄是梅花侍弄菜园的专用工具，用得久了，锄板的两个尖角磨圆了。你望着一片荒芜的菜园，好像看见梅花正蹲在黄瓜架里，一边哼唱着《小二黑结婚》的唱段，一边挥动着小把锄给黄瓜秧松土。小小的黄花跟着梅花的歌声，微微地颤动着……潮湿的春风刮过来，吹湿了你的眼睛，你和梅花明天就要离开这里了。

你拿着小把锄回到屋子里，你对梅花说，这把小把锄，带着不？你看见梅花眼里有一抹嘲弄的笑意。你说，你是不是嫌它生锈了？你找来一块磨刀石，来来去去地磨着小小的锄板，棕红色的铁锈一层层剥落下来，小锄板又变得如前一样锃亮了。锃亮的小锄板映着你苍老的容颜。你举给梅花看。梅花笑了。

你有些累了，从早晨到现在，你就没消停，屋里屋外地转，里里外外地搜，唯恐落下该带走的东西。你的眼光在那堆东西上走过，铜镜、梨木梳子、线筐箩、绣花绷子，这些都是梅花的，只有一副线手套，是你的。闺女说，啥也不用带，楼里空间有限，没地方放那些杂七杂八的东西。但这些东西你得带上，这是梅花用了一辈子的，还有你这副线手套，你也扔不下。

那天你和梅花洞房花烛夜，梅花从怀里掏出这副线手套，害羞地说，我织的，戴上看看合适不？你就把它当作你和梅花的定情物了。五十多年，你从不随随便便地戴这副手套。你目光深情地看着梅花，梅花也正看你。你说，梅花，帮我想想还有啥需要带走的？梅花的笑容变得调皮而害羞，你一拍大腿，我咋把最重要的东西给忘了！

你打开那口黑色的柜子，在最底层取出一个包裹。红色的包袱皮已陈旧，但那对鸳鸯，仍然在蓝色的水里卿卿我我。你打开，露出叠得方方正正的一套衣服，红袄绿裤，上面卧着一双红色绣花鞋，鞋的前脸绣着一朵粉色的梅花。梅花悠悠地开着，你仿佛嗅到了梅花的香气。那天你从马车上把梅花抱到屋子里，梅花的身上就有淡淡的香气。伙伴们在你身后起着哄，你的嘴咧得像只瓢。村里人都说你小子有福气，娶了个天仙一样的俊媳妇。

第二天梅花脱下那套婚礼服，包好。你嬉皮笑脸地说，你就穿着嘛，俺喜欢看。梅花嫣然一笑，俺要做活，穿不得。你说，俺喜欢。梅花就在晚上洗漱完后，穿起来给你看，直到梅花的肚子隆起来。那段日子，你连做梦都能笑醒了。

此时此刻，你特别想让梅花再穿一次，你想重温一下那幸福的感觉。你用渴望的眼光看着梅花，梅花微笑着摇摇头。你像个想讨块糖吃，而没有得到满足的孩子，神情失落地重新把东西包好，放在要带走的那堆物件里。

太阳仅剩下一个边边了，还在西山那儿苦苦地支撑着。你倚着炕沿儿边上那根柱子，不知不觉中打起盹儿来。你看见女儿从大门口走进来，喊着爸，都收拾好了吗？我们要走了。

你一怔醒了，屋里一片昏黄，太阳不知啥时候已经沉进山里睡觉去了。南风从窗子挤进来，你感到有些冷。你赶紧看梅花，昏暗中，梅花明眸皓齿，依然笑盈盈地看着你。你松了一口气，站起来，走到柜子前，把梅花从墙上摘下来，手在梅花的脸上抚摸着，闺女已经在回来的路上，天亮我们就要离开这间老屋了，我带你去北京，逛天安门，逛故宫……

你的眼泪一滴一滴地落在梅花的脸上。

本文刊载于《小说选刊》2023年第2期

新时代文学群峰耸峙丛书

新时代文学群峰耸峙丛书

XINSHIDAI WENXUE QUNFENG SONGZHI CONGSHU

SANWEN SHIGE JUAN

滕贞甫　主编

散文诗歌卷

北方联合出版传媒(集团)股份有限公司
春风文艺出版社
·沈阳·

图书在版编目（CIP）数据

新时代文学群峰耸峙丛书. 散文诗歌卷 / 滕贞甫主
编. —沈阳：春风文艺出版社，2023.9
ISBN 978 - 7 - 5313 - 6533 - 4

Ⅰ. ①新… Ⅱ. ①滕… Ⅲ. ①中国文学 — 当代文学 —
作品综合集 — 辽宁 ②散文集 — 中国 — 当代 ③诗集 — 中国 —
当代 Ⅳ. ①I218.31

中国国家版本馆 CIP 数据核字（2023）第 168698 号

目录 Contents ▶

散　文

散　文

北极三章

周建新

北极海岸，风是腥咸味，刮得硬朗，凌厉的刀子般，抽脸扎耳，扯衣拽发，推你远离。想要留下，须像出征的士兵，衣角当战袍，掖进腰间，鼓足力气，迎风挺立。如此刚劲的风，或者以为，偶尔为之，这便错了。此风为天风，天天如此，没有假日，顶多是换了吹法，南风变北风时，像是风神缓了口气。

好在我有八十公斤的体重，不至于弱不禁风，何况我是在海边长大，时常任凭风浪起，稳坐钓鱼台，不惧风。然而，北极海的风，却出乎意料，无休止地强势。如同潮起潮落，风也该有起有伏，北极海之风却不知疲惫，降到四五级，等于歇息。

细想想地名，便也释然，冠之为北极，若无极致，岂不浪得虚名？中国北极海，地理位置使然，直面海的风口与陆的风口。站在这里，背对北极海，张开双臂，酷一回，品尝一番被风推走的感受，在没有车的状态下，搭了一次顺风车，这辈子，记忆的闸门就无法关上。这是北极海的幸事，人就是这样的怪物，脚下的路越多，越容易忘却，很多事就成了过眼烟云，好在北极海的风能纠缠住记忆。

不用解释，您已明白，北极海与北极圈相去甚远。此地之极，

3

不是地球之极，是中国海岸线的北极点，北纬41度，坐落于锦州小凌河入海口。站在海岸，所有的海，都在你的南面，就像站在北极点，所有的方向都是南。

天地万物，极只是感觉。中华文明，极为忌，极到极致的太极，却是圆的，循环往复，找不到起始点。人生没有极致，即使化成尘埃，换一种存在方式而已，乐极生悲之说，就是告诫人们，活得要有分寸，要有尺度。所谓的北极海，也是相对而言。由此想到辽河入海口，盘锦的红海滩，只要在网上搜索"中国最北海"，跳出来的准是红海滩。

红海滩火热的红碱蓬，红地毯般，叫火了中国最北海岸线。北极海反倒不愠不火，牢固地占据在它的纬度上，由此，便给这个世界留下争议，哪里是中国海的最北点？

有争议就好，月满则亏，留有余地，饶有兴致的争论，倒也模糊了极的概念。就像对北极点的测试，不同国家的探险队，会在不同的地点标志出自己的北极点。

从地图上测量，两者的直线距离仅三十公里，几乎在同一纬度。我曾多次去红海滩，辽河入海处，河水汤汤，染黄海面，浩大的喇叭口，无法辨清哪里是河，哪里是海，哪里是咸水，哪里是淡水，河宽河窄，完全随着潮涨潮落。如果从喇叭口最窄处算起，最北海岸，当数红海滩，可那里的水是淡的。

北极海则不同，小凌河入海时，细若羊肠，软弱无力，海与河的分界线一目了然。风推动着海浪，迅速撕裂了河水，于是，站在河口，品尝的便是咸水。若是用水的咸淡作为评判的标准，这一票我投给了北极海。

其实，谁是中国海的最北端并不重要，重要的是，站在这一点，能感受到什么。徜徉在红海滩，很容易沉浸在走红地毯的幸福中，而在北极海，只收获最简单的两个字：动力。

哪天给自己留个发泄口，不分季节从这里宣泄愤怒，人类却收获了哲学。于是，能源诞生了，风力发电机组宽容地接纳了天怨，让世界变得平和。只有硕大的三叶片，智慧地退避三舍，选在了海岸线之外的山上，距离避免了伤害，也产生了美。

借助这股风力的，还有锦州机场。在习惯的留言中，朋友乘机出行，不能祝一路顺风，逆势上扬，符合空气动力学，庞大的飞机，需要驾风起飞。所以，北极海以北的陆地上，突立出一片孤城，那就是锦州国际机场，选择这里，也是天赐。

转身向海，凭栏临风，呈现在眼前的不仅仅是海，而是 U 形，两侧皆为陆地，除非目不转睛，旁若无人，否则无法一心向海。海的右前方，白帆点点，密集如鸥。一艘艘细长的帆船或帆板，从码头鱼贯驶离，长风破浪，箭一般射过来，一个个古铜色皮肤的小伙子，摇帆转向，展示出雄健的肌肉，告诉你他们征服过全世界。

这些时代的弄潮儿，清一色的国家帆船帆板队运动员，他们刚刚驶离的码头，就是锦州帆船帆板运动训练基地。这里水深适中，风徐浪缓，天下难寻，"伯努力效应"能发挥到最大。这个新名词，上午参观时我第一次听到，直至站到北极海岸，看到他们迅速地"孤帆远影碧空尽"，才相信，生命中最快的速度是逆风而行。

这些古铜色皮肤的小伙子，毫不谦逊地夸耀自己，世界冠军的奖牌是"大风刮来的"。说得很轻松，也很调皮，事实上，得益于北极海得天独厚的风，可以科学地规划训练，不用等风来。

站在北极海，还能看得更远，不远处，最具文化象征的笔架山岛，观察的角度变了，形状也变了，成了沙漠里的卧驼。再远些，二十海里之外觉华岛，仅仅是一朵小小的菊花，不再像渤海中最大的岛。这两座盘踞在海中的岛，任凭风吹浪打，纹丝不动。

风动，心不动，万物皆静。

文人多喜茶，亭堂阁舍，院落树下，均可品茗，天南海北地坐而论道，妙趣横生地谈笑风生，皆为茶缘。对于东北人来说，再会品茶，也是对他乡的评头品足，可望而不可即。东北无茶，天经地义，就像南橘北枳，过了淮河，非但无橘，再也不见茶园，何况遥远的东北。由此说来，河南信阳，便成了茶的分水岭。

中国最北茶，当数信阳毛尖，已成定论。

这个世界，最不确定的往往是定论，喜欢品茶的我，早被定论捆住，品茶三十载，不知有北茶。直至一天友人来访，送我一罐崂山绿茶，供我解暑，并称这是南茶北引的极限，北纬38度，并再三叮嘱，北极之茶，格外珍惜，不能随便送人。我却觉得，更像是警示，仿佛茶也有边界。

盯着茶罐，我为无知而汗颜，事实摆在眼前，茶落北方，无可置疑，极点为崂山。

虽然如此，绿茶，我仍喜龙井，并未改变。文友秦朝晖，也是喜茶之人，曾兴冲冲地告诉我，朝阳有茶，野生的，有绿茶之鲜，那才是中国最北茶，约我去品。秦兄有秦叔宝之义气，谈及家乡，手舞足蹈，完全不见他所擅长的文学评论之严谨，朝阳的野生茶，不过是北方少见的乔木，代茶饮的树叶而已。

你可以否认北极茶，却无法否认秦兄的热情。茶就是待客的，再好的茶，也是树叶，秦兄无错。

真正长见识的，还是庚子年的秋分。趁疫情远离，数位文友应锦州市委、市政府之邀，落脚于北镇医巫闾山。行程安排上，只说品茶，不料这座东北最古老的镇山之下，居然有千亩茶园。我们端坐在茶园的大梨树下，观看江南才会有的炒茶工艺和茶艺表演。

刚炒好的茶，自然是绿茶，早上采摘，中午便是我们杯中的饮品了。茶汤清澈，叶片在水中重新舒展，碧绿如初，品之，清香之中含有浓郁的豆香。毫无疑问，这是绿茶中的极品，不逊于龙井。我有一种欲望，明年夏天，改喝闾山绿茶。一问方知，售价数千，且早就预售一空，我被价格打败，幸好无货，才留住了最后的尊严。

换茶再品，观赏到的是红茶，条索紧结，细硬如针，色泽乌黑油润。水沸泡茶，茶汤红艳、清澈，端杯细品，清香滑润，有股优雅的兰花和浪漫的玫瑰之香，含入口中，回味无穷。这一次，我没敢问价。

茶园的主人，名任辉，是狂热的《红楼梦》迷，这个任性的老板，陷入"南茶北种"的梦想中，宁可砸出千万，也要在间山脚下种出大观园里品茗的茶。驯化了十几年，茶树终于适应了东北的寒冷。

由此想起闯关东的东北人，适应了，不恋齐鲁，扎根为家。事实上，东北气候也在快速地变暖，数十年前，还是"出了山海关，冰雪连着天"，现在，辽西走廊居然雪落即化，再无千里冰封。被间山环抱的茶园，形成的小气候，自然适应得最早。而这里的病虫，却不适应茶树，不能以茶叶为食，天赐的无公害。

同行作家周晓枫，最擅长策划，称茶为解毒之物而生，是为医，人间之物，茶为通灵之人所饮，神仙一般，是为巫，此茶正在医巫间山脚下，索性更名为"医巫"。众人皆喜，老板慷慨赠茶，省却了囊中羞涩。

茶的界线再一次被突破，北极茶，地点在北纬42度22分，就像"三八线"阻挡不住和平，总有一种力量在突破。

天下名山，皆为寺庙占据，医巫间山也不例外。名山不仅仅自然风光旖旎，更是精神高地，僧道抢先据之，选绝胜之地建寺筑庙，更显宗教的神圣。不过，这也恰到好处，在自然景观中增添了人文景观，成全了刚刚兴起的旅游业，造福了一方百姓，青岩寺如此，间山其他庙宇亦是如此。天人合一，善哉。

出茶园，一路北行，迎山而去，投入间山中段，路到尽头，三面山势陡立，唯有南面，向着平原敞开，这便是大朝阳谷。苍松翠柏间，隐现着一片古朴的建筑，叫大朝阳山城，这便是我们夜宿之地。这里，间山如慈爱的父亲，挺立宽厚的背，遮住冬季寒风，而冬季里的阳光呢，只要醒着，就会温暖而又和煦地烘烤，善良如母。大朝阳，实至名归。

山城之上，便是闾山国家森林公园，满眼的山，皆为黑色，茂密而又粗壮的黑油松林遮蔽住了山体。钻入密林，我拾阶而上，走索道吊桥，赏奇松怪石，听溪流潺潺，聆百鸟啼唱，看野花盛开，沐清风艳阳，憩原始木屋，在自然的状态下，享受着久违的松弛。

进入森林，完全是文友的怂恿，当地的文化学者贾辉，我们曾有同居一室之谊，畅谈半宿之欢，他忙于接待省外作家，无暇顾我，再上指点，大朝阳山上的三清观有竹，中国最北的室外竹林，可以一观。

宁可食无肉，不可居无竹，是一种生活境界。梅兰竹菊四君子，梅兰菊耐寒，东北习以为常，唯独缺竹。粗犷与豪放，是东北人的性格，普通缺少清雅淡泊的品质，大概与缺竹有关。梅傲，兰雅，菊冷，唯竹最令人喜欢，虚心有节。在我有限的记忆中，生长于室外无任何防寒措施的竹子，最北的记忆是我老家葫芦岛，一个叫孤竹营子的乡下，只有寥寥几枝，孤苦伶仃地生长。至于我居住的沈阳，除了小区的名字冠以为竹，室外未见其真容。得知山城之上便有中国最北竹，路再险，也无所谓。

三清观，我为竹来。

喘息而至，边歇息，边浏览指示牌，得知此观建于明代，分上、中、下三院，中院和下院的崖壁之上均有"大朝阳"石刻，为清雍正御笔，大概为规避"清"字，曾更名百余载。

我所期盼的竹子，生长在最大的中院，依崖而生，细长的一片，不能称为竹林，也不够壮硕，勉强称为袖珍竹园。竹的品种与北京紫竹院大致相同，生长状态却不如北京，仅有一人高。对于竹的长势，我不挑剔，闾山是中温带的边界，能见到竹，已经令人欣喜。

滋润竹子的是山泉，从崖缝间汩汩流出，不愠不火，不紧不慢，不冷不热，乳汁般哺育竹子，得天独厚的环境，造就了独一无二之境，产生了中国最北竹。

道观的太极，让我顿悟，中院之竹，符合阴阳之说，闾山之阳，山泉之阴，天造地设地造化出一个奇迹——北极竹。由此想到了人，想到了第一个把竹子栽进中院的道人，没人记得他是谁，可他把奇迹留给了后人。默默无闻方是得道高人，没有他，三清观不会有如此雅致的仙风道骨。

人是流动的，也是最有情怀的，或许还会有人打破南竹北移的纪录。创造不可能，是人类最大的兴趣。

北极无极。

本文刊载于《民族文学》2021年第2期

边角记事

宋长江

一枚空信封

（1978年12月2日　辽宁·凤城）

我从大队广播站回青年点时，捎回几封积压在大队部的信。其中一封收信人是×××。

他接过信，面露喜色，当众撕开，发现信封里竟然没有信，是一枚空信封。他一脸蒙相。再看信封，收信人地址和姓名齐全，寄信人地址仅写两个字：内详。

他思索片刻，脸色转阴，将空信封揣进兜里，走了。

这个空信封，在许多年里给了我无限想象……

注：若干年后，回城知青再相聚，提起当年那个空信封，他拒绝给出答案。

拒收外汇券的山里女孩

（1987年10月25日 重庆·巫山）

宜昌瓷厂的订货会在长江三峡"平湖号"游轮上举行。

逆行至巫山县，参会者转乘"巴蜀号"小游轮，入大宁河，观光"小三峡"。

大宁河系长江支流。河长二百公里。两岸群山陡峭，偶见悬棺，偶遇飞猴，却难得见人。

中午，"巴蜀号"停泊于双龙渡口。

岸上，一女孩（小学生）背篓里放着书本和采摘的山果。几位高鼻梁的外国人围拢过去，要买背篓里的山果，递给女孩的是外汇券。

小女孩拒收，说，我要钱。她说的钱，指的是人民币。

外国人无奈地笑笑，耸耸肩。

最后，是他们的导游或翻译，掏出两角钱，买下了小女孩背篓里的山果。

离　别

（1989年6月18日 辽宁·丹东）

目光投向站台，等待火车启动。

目光被站台上一对男女锁定：他和她，面对面站立。他个子很高，微微俯首望着她；她仰首凝视他。他们不言不语，似一尊连体雕塑。一分钟，两分钟……

站台广播传来播音员的声音：开往北京方面的28次列车，还有三分钟就要开车了，没有上车的旅客，请……

突然，她猛地用双手抓住他的肩膀，把头贴在他胸前。

他痛苦地闭上眼睛……

她的身体开始颤抖……

站台上的铃声响了。

他扯着她的手，还是她拉着他的手？两人的手，终于慢慢分开。

他快速离开她，奔向车门。她像失去支撑，蹲在了原地，双手掩面。

她的身影瞬间模糊了。

途中我一直沉默不语。

公交车上的感慨

（2011年7月8日　辽宁·丹东）

公交车上乘客不多。

两位六十岁左右的长者，正在闲聊。

其中一位说：我就不明白了，我年轻时，公交车也是两个门，你争我抢往上挤，还配了两个卖票的呢。你看现在，连个卖票的都没有，前门上，后门下，也不挤，也不抢，自觉投币——难道那个时候就没人能想到这个办法吗？

另一位说：也是哈。那个时候，估计人笨，不聪明。

他说的那个时候，应该就是20世纪80年代初。

那时的人笨吗？

曹雪芹故居前的牢骚

（2013年8月24日　辽宁·辽阳）

古城辽阳，有两位名人的故居，一位是曹雪芹，一位是王尔烈。

我站在了曹雪芹故居前。

身旁一位南方人，四十多岁，正在跟同伴发牢骚，拒绝进入故居参观，大意是说：有什么可看的，曹雪芹故居北京有，南京有，这又跑出来一个，各有各的说道，到底哪个是真，哪个是假？他加重语气：我就不服了！《红楼梦》研究一二百年了，靠它吃饭的不计其数，研究来研究去，怎么就研究不明白了呢！

说话时，他频频瞅着周围的人，像是说给众人听的。他的语气像是演说：没意义的，没意义的，去年我看资料，说黄海边的大孤山才是曹雪芹的故居，说《红楼梦》是在大孤山写的。我的天哪，不知老曹有几个故居！就连考古，几千年的出土文物说得有鼻子有眼，怎么连二三百年的清朝事都说不清楚？天天戏说，哎哟——我很绝望。

同伴赶紧把他拉走，说：好啦好啦，不看了，不看了，走走走……

我是进去参观，还是不进去？

还是进去了。

品 牌 店

（2021年11月19日　辽宁·丹东）

楼下有家叫"永和豆浆"的店。最初识得这家连锁店，可追溯到2001年，我在成都工作期间。回丹东后，楼下这间，便成为我经常光顾的店。

上个月，这家店关闭了。卷帘门上贴出布告，告知会员已迁新址，若不便去新店消费，可退款。

隔几日，这家店又开业了，门面装饰的底色未动，只改了牌子，为：永禾王豆浆。

好奇，便进去消费。店内格局以及经营品种似乎都没有改变，豆浆和油条的味道似乎也没啥变化，变的，是老店"有条不紊"的服务姿态。

半月后，卷帘门上贴出横幅广告：门市出租。

本文刊载于《散文》2022年第9期

边 屯

素 素

三次去丽江，都在初春，非故意为之，更像是生命中必定要遭遇的一场场邂逅。

第一次去丽江，相伴者是读初中的女儿。彼时正值千禧年春节，我和女儿选择了丽江，住在古城中心四方街的一家小旅馆。虽是节日，古城街巷却并不拥挤，母女俩手挽着手，可以淡然地东望西看，可以随意地走走停停，我们几乎是用一拍十八慢的节奏，把古城一丝不苟地逛了个遍。记得因为海拔高，米饭有反生的味道，我们就多吃馒头和面条，夜里入睡困难，我们就去酒吧里听歌至凌晨。整个春节，我们都与古城厮守着，只在离开之前，才去了抬头即可望见的玉龙雪山。

当然，古城不只是一片静好，一派井然，还有一种在别处看不到的陌生和神秘。东巴古乐，纳西文字，七星披肩，土司木府，曾给了我目不暇接的惊讶，亦以不由分说的异质感提示我，这里是边地，这里与中原遥距千里。此后，古城便如一方深红的印鉴，在我心里熠熠闪亮。

再次去丽江，同行者是某位女友。她原是一个重要部门的主管，忽然被调到一个次要部门当主管，内心的纠结，不在于位尊或位卑的变化，而在于被放逐本身的粗暴与阴鸷。我很为她不平，两肋插刀陪她去丽江散心。我说，许多受伤的灵魂投奔到丽江，最终在这里被治愈，我相信你也会。那是春节刚过不久，已是旅游淡季，古城却比当年喧闹了十倍，在城内大石桥住了一夜，我们就带上行李去了束河古镇。虽然张艺谋刚刚在这里拍了《千里走单骑》，电影海报在古镇街头壁上随处可见，但比古城还是静心许多。镇内没有宽街，只有窄巷，酒吧或餐吧一间连着一间。女友看好了小镇东侧的"守望者"，门头是酒吧，院内是民宿，名字也取得可心。

与我们一起住在这里的，有一位广州来的单身女驴友，有一对做珠宝生意的台湾夫妇，还有四位来束河找院子想留在这里不走的成都姑娘，不出几日，大家竟成了相见恨晚的江湖知己。最大的受益者是女友，一个被放逐的失意者，转而来丽江放逐自己，"守望者"如一张佛系治疗床，让她轻松完成了一场自我救赎，丽江也因此令我刻骨铭心。

最近去丽江，是与一干文友为伍，从大东北飞到大西南，只为赴一场笔会。那天正是春分，因为两地跨距甚远，便看到了迥异的两重春光，一个是蛰伏，一个是盛开。不过，此次来丽江，不是看古城，不是看古镇，而是看古村。

在我眼里，古城和古镇是用砖石砌出来的，古村却是从泥土里长出来的。

古村名叫凤羽，坐落在永胜县境内的程海镇，因村后有一座凤凰山得名。一听到"凤羽"两个字，浮在眼前的便不是古村，而是杨丽萍轻灵的指尖和华丽的裙尾。走近它的时候，绰约的泥屋瓦舍四周，麦苗正绿，油菜花正黄。然而，一畦春光，一畦诗，还只是序，隐藏不露的章节，在田野的最深处。因为我没有想到，在风软花香的凤羽村，我竟然与一个古老的名词——边屯，不期而遇。

边屯，单看字面，很容易想成一个村落，远在天边，伶仃而荒凉。其实，边屯在史书里是个特殊的军事用语。在此之前，我更熟见的一个名词是"屯田"。"屯"的本义是聚集或储存，比如屯粮，比如屯兵，比如屯居。驻军垦地，名曰屯田。

在分封天下的时代，天下大致是安定的，盛行于中原大地的是另一个名词——井田；在天下争雄的时代，井田如一场乌托邦，黯然退出了历史，代之而起，一以贯之的，便是屯田。屯田是战争催生的，兵马未动，粮草先行，更何况冷兵器时代的战争旷日持久，屯田在战火频仍之世便成了常态。边屯，显然与地理有关，所屯之田不在中原，而是在边地。边屯，亦是天下一统的标志，说明中原帝国版图已定。边屯，更是因为四方仍被异族虎视，边关不宁，只能以亦兵亦屯之计，戍疆守土。

我知道，最早的边屯始于大西北。秦汉时代，称雄北方的异族是匈奴，蒙恬曾率三十万大军北击匈奴，他也是中国边屯史上第一武将。卫青曾七战匈奴，无一败绩，霍去病曾长途奇袭，炊马焉支山下。也是因为有他们在前开疆拓土，将以往刀光剑影的战场，变成了西汉的边屯重镇。至魏晋以降，更以戍边屯田为策，于是在苍凉的边塞诗之外，还有与之相应的边屯诗，朱熹《送张彦辅赴阙》有句云："朝纲清夷军律举，边屯不惊卧哮虎。"秦观《边防上》亦有句云："边屯吏士攘袂切齿，皆欲犁其庭而扫其闾。"

大东北的边屯，却不出自汉人之手，而是蒙元游牧者所为。公元13世纪，这支马队从漠北高原挥鞭南下，也开始学着汉人的样子，在身后的这片黑土地上戍边屯田。之后，便是大明王朝出兵辽东，打得残元一路北遁。于是，在游牧者深耕过的田垄上，擅长农务的中原将士熟练地操作起锄镐，给边屯史书写下高光的一页。再之后，便是游猎于白山黑水的爱新觉罗氏，他们一边坐享朱明王朝的历史遗产，一边把满旗汉籍都编入军屯和民屯。清人方还写下《旧边诗九首》：

铁岭迢迢接锦川，关城三面绕烽烟。

春深秣马蒲河北，秋老连营木叶前。

沧海旧闻通运舶，金州谁解议屯田。

……………

屯田或边屯，后来被"农垦"取代。20世纪50年代，国家甚至设了一个农垦部，直接管辖西北、东北、海南三大垦区。60年代，垦区还有一个更响亮的名字：生产建设兵团。90年代的一个春天，我正独自行走在北大荒的原野上，巧遇农垦系统在新疆和黑龙江两大垦区举行联合拉练，几十辆越野车逶迤而行，我受邀坐上了第二十七号车。关于大东北的边屯和农垦，我曾写过一篇《追问大荒》。

原以为，不论古代和现代，真正意义上的边屯，只能出现在大西北和大东北，因为那里边境线漫长，不驻军无以安邦，更因为那里地辽野阔，一望无垠，可屯可垦。而深藏在滇西北峡谷里的凤羽村，却用一座博物馆告诉我，边屯也曾在大西南另有天地。

凤羽是轻的，凤羽村是重的。中国云南永胜边屯文化博物馆，让凤羽村的重更多了一层浓稠。我注意到，整个建筑高大巍峨，如一艘穿行在岁月里的巨型帆船，凤羽村低矮的屋脊，如一片默默托举它的细浪微澜。

与所有的博物馆一样，文字和图片，张挂在墙上，石碑和出土文物，陈列在展厅里。然而，别样情致，别样况味，在于它展陈的内容乃是整个大西南的边屯史。

洪武十四年，朱元璋派兵三十万进攻云南。

洪武十五年，三十万明军终以三次大战，以武力平定了云南。

洪武十六年，朱元璋让大将沐英留镇云南，此后，沐氏家族驻滇镇守二百八十年。

洪武十九年，沐英向朱元璋奏谏："云南土地甚广，而荒芜居多，宜置屯，令军开耕，以备储待。"于是，数以万计的中原汉族军士留在云南，听令沐氏，戍边屯耕。

洪武二十二年，沐英从汉地带回"江南、江西人民二百五十余万人入滇，给予籽种、资金，区划地亩"。

洪武二十九年，朱元璋在云南设卫，卫所与军屯，皆需兵员，于是来了一个更大的动作——北征南调，即史上著名的"洪武调卫"……

也是这间博物馆，让我第一次知道，在边屯之下，可以细分出军屯、民屯、商屯三种方式，其中以军屯人数最多。军屯者，"置军屯田，兼令往来递送，以代驿传"。此外，军屯又有边地和内地之分，"边地三分守城，七分屯种；内地二分守城，八分屯种"。当年入滇的中原将士，可携家属和亲眷一起驻屯，而且军户耕垦可免三年税赋。民屯者，有边地土著，更多的是汉地迁民。有人说，云南现在的地名仍留有边屯时代的影子，凡是叫什么什么"卫、所、屯、堡"的，彼时皆为军屯，叫什么什么"村"的，彼时皆是民屯。商屯者，属于明代首创。《明史·食货志》载："明初，募盐商于各边开中，谓之商屯。"招盐商来屯田，种出的粮食依盐价折换，拿着凭证可以取盐，然后再贩卖牟利。于是，商人手里的盐，与茶马古道上的茶，一起成了硬通货。

亦军，亦民，亦商，曾让云南边屯风生水起，喧闹如市。走在博物馆展厅里，我仿佛听见了从时间深处隐隐传来的嘈嘈切切。是一片金属摩擦撞击的钝响，还是春犁与土地窃窃的私语？抑或是秋镰与稻菽热情的亲吻，又或是茶马古道时断时续的铃声？

寓兵于农，屯民实边。朱元璋的治国之策，引无数汉人拥入云南，如公元 1620 年左右编写的《滇略》所云，"衣冠礼法，言语相同，大率类建业，熏陶渐染，彬彬文献，与中州埒矣"。汉以前，云南没有汉人，在司马迁《史记》里可见端倪。明以后，云南已成为传统的汉地十八省之一。

当地朋友告诉我，汉族人口最多的县是永胜，因为永胜当年是边屯重镇。也对，那些血气方刚的中原将士，出门时大都没有娶亲，转眼却已家山遥遥，于是改客为土，天经地义地与夷族女子通婚，今天的永胜民谚，仍有"夷娘汉老子"之说，在那一座座中原风格的宗祠里，他们也理所当然成为永胜一支的始祖。

博物馆院内，专辟了一间展厅，世居永胜的毛氏，与湖南韶山毛氏同宗同源。几乎所有的文友，都一时看得傻了眼，因为从未听过有此一说。

墙上有一张毛氏迁徙地图，旁边加有文字注明，始知毛氏先祖原本是姬姓，西周时封于毛地，后以国为姓。几位陕籍文友甚是兴奋，因为陕西之西河郡，便是毛国旧地，想不到自己竟是毛氏乡党。

至于毛太华祖先一支，不知什么原因，决定离开世居之地西河郡，由陕西迁河南，由河南迁浙江，由浙江迁江西，由江西迁云南，再由云南迁湖南，迁徙路线曲折而迢远。其中，由江西迁云南，适逢元末明初的战乱，毛太华从江西吉安，辗转来到云南永胜，这里稍比中原安宁。毛太华找到了落脚处，便娶当地夷族女子为妻，生下了四个夷汉混血的儿子。

不管怎么说，避乱入滇，都改写了毛氏命运。明洪武十五年，一介流民毛太华，应募加入平滇明军，后因军功而升任百户，率所部驻屯澜沧卫。据载，毛太华在建澜沧卫过程中大显身手，再立新功，终获"简拔内迁"，携长子和四子至湖南为官，留二子和三子在永胜袭职承荫。至此，毛太华便有了两个身份，既是永胜毛氏的始祖，也是湖南韶山毛氏的始祖。在永胜，有毛太华二子墓碑证之，在韶山，有毛氏族谱证之。《韶山毛氏族谱》载：

始祖太华公位下，书载元至正年间，避乱由江西吉州龙城迁云南之澜沧卫，娶妻育子八，明洪武十三年庚申，携长子清一、四子清四官楚，居湘乡北门外绯紫桥，十余年后清一、清四复卜居湘潭三十九都，今之七都七甲韶山，开种铁陂等处，编为民籍。

永胜的毛氏，皆是毛太华二子、三子后裔，至今已有两千余人，主要聚居在凤羽村毛家湾。它是一个自然屯，离开博物馆，走几步就到了。途中经过几户人家的宅院，门楣上方皆写有"西河门第"四字，可见毛氏至今仍以西河郡为故土。

毛家湾有一座毛氏宗祠，建于清康熙初年，比韶山毛氏宗祠早建九十三年。一正殿、两厢房、一照壁，传统的格式，清简的气质，与这片土地的朴质之气倒是恰切。祠堂正中，立着一代一代逝者的牌位，如一片沉默的森林。墙壁上，挂了两张素色画像，一张是毛氏鼻祖毛伯郑（周代），一张是毛氏二十二代祖毛遂（战国时期）。永胜始祖毛太华的牌位，立在二子和三子中间。

那天的午餐，在毛家湾吃当地土菜，我的思绪如春天的蝶，飞到村外的田野里。永胜地处横断山脉，怒江、澜沧江、金沙江三水并流，虽有群山纵横，河谷迂回，坝子却开阔平坦，是以成为边屯首选的理想之地。

回程时，车子一直在山间盘旋，可以居高临下向两山之间的宽坝子看去，当年有声有色的边屯现场，如今已渐行渐远的将士身影，突然被亦真亦幻地拉到我的近前。这一片片碧绿如盖的麦田，这一畦畦水亮如镜的稻田，说不定就是被当年边屯将士刨开了第一镐土，耕出了第一垄地。

本文刊载于《散文》2021年第9期

别拉之夜

解　良

　　我的露营帐篷在山谷被夜幕湮没之前已搭建完毕，它的剪影在银亮的河面上垒起一座小小的墩堡，衔灯般挂出一片妖娆的红霞，现在与一束被河水轻柔了的月光牵手。我从岸边跳到一块裸出河面的岩石上，跃出东山的月亮远远地望着我。我坐下，将两只脚插入河水，腿肚子下面是又黏又滑的青苔。月亮也学着我的样子，将脚伸进水中。入夜后，地表温度还没有降下来，我用脚搅拌着不凉不热的河水，惬意抚揉，不时扑腾几下。没有人知道我这时暗自对比着两个词汇：不凉不热，乌拉巴突。这两个词看上去风马牛不相及，其实是同一个意思。我笑了，月脚也露出撩人的笑靥。

　　河，好似一条边界，温差的边界。热量来自河畔一侧的灌木丛，灌木丛那边有田野，有公路，有村舍和正在变暖的山谷，炎热的空气被河流吸引，沿着弯弯曲曲的月径徐徐而来，好似泅渡部队准备登船一样拥堵在河畔，簇集在我背后，渴望像我一样享受河水在流动中升腾出来的雾气，让凉波从脚趾润浸全身，直至下河夜浴。在河的上方，月栉轻轻梳理着岸柳，婆娑的月影在河面上跳起拍水舞；河下游，一棵倒下的树干横在河汉上，荡起月浪，它的影子看上去就像搭在河汊上的一座独木桥，恰如我读到的另一个词汇：tuhan，凸罕。

凸罕：倒下的树干横在河上。

我的背囊里有一个本子，里面收录了这片土地的先人口举手画的这条河的语言——流水湍急不结冰的地方，鱼游在水下划出的水纹，河流急转弯处激起来的水花，秋水消减露出的溮脸儿，即河水在侧转或下坡时形成的波浪急而浅的水流，等等。

这些词展示河流动态、情境，透递出鲜活的气息，粘连着朴直与生动的表述，被本地的两位乡先生变成了广为应用的满语词汇。一位名叫额尔德尼的先生在本地硕里岗创制出老满文，而新满文的缔造者达海则出生在本地的觉尔察城。两人为本民族和这个世界奉献了一种表音文字，家乡的河流则成为这种文字不可缺少的词素。河还在，在山涧中奔流不息，描写她的那些词汇已经随着几百年的岁月流逝而去。我一个人沿着家乡土地上最大的河流——苏子河徒步，踏看这条被满语满文描述过的河，今夜露宿河边。

早年，河边住有姓杜拉尔氏的人家，这个姓氏的意思是"住在河边的人"。我搭帐篷的地方叫砍栓，即打鱼人支锅的地方。果伦塔，黑夜里点的野火。我看见火光中人影绰绰，火焰上燎着罗圈（吊锅），还有人拎着阿伯萨（桦皮桶）来到河边提水，带来鱼汤的香气。

我的晚餐是面包、火腿肠和矿泉水。

苏子河在满语里叫苏克素浒——鱼鹰，打鱼郎鸟。小时候，我和小伙伴常在这条河的县城段看到一种一身灰白羽毛、披着钢笔水蓝肩饰、头顶蓝缨的小水鸟，我们叫它"蓝大胆儿"。蓝大胆儿身量不大，却是恐龙的后裔。它们喜欢站在河中的鹅卵石上啁啾，贴在水面上飞行，没有孩子捉到过这种鸟，也不知它们睡在水边的鹅卵石里还是在岸边的柳条趟子间。一大清早，沿河两岸就能听到蓝大胆儿忙碌而欢快的叫声。一只飞来，一只飞去，在朝阳之光里画出一道道蓝色的飞线，追逐着湍湍的流水，留下一路盈耳的歌声。我至今还没有全程领略过这条河的山光水色，在她七十一公里长的峡谷旅行中始终有鱼鹰的陪伴与守护。

一个生活在水边的民族不能没有鹰和骏马，两者在满语词汇里频频出现。川不当，骏马。河边的川不当岭即骏马岭。秋皮，鹞鹰。鹞包括了飞翔在天空中所有的雀鹰。在县城的疆域内人们能观赏到鹰隼在天空中翱翔的英姿，又无法探得它们栖息于高山悬崖之上的秘密。我不能确定蓝大胆儿就是巡游苏子河的鱼鹰，但令人惊喜的是鱼鹰在本地歇后语里还占有一席之地，鱼鹰下河——大有作为。传统的满语歇后语前半句玄妙诙谐，后半句出其不意而且强有力。勾辛进施子——有去无回。勾辛即勾辛鱼；施子，捕鱼的迷魂阵。

河，满语别拉、毕拉。变音为贝，大背。一条河在奔流途中要不断地吸收投奔而来的小河，接纳溪流。家乡地域内有海拔千米以上的山峰五百多座，大小河流一千七百多条，既有哪尔哗——细流水，又有飔流——怒、急流的河。所以，苏子河流域不同的地段与河段又有不同的名称，现存的地名就是地标。占贝，河的流水声似先人射出的哨箭发出的啸声。栏杆哨，水流缓慢而散的地方。苟仁尼玛哥，即船那么大的狗鱼。在先民们的传说中，满族先祖乘着船那么大的狗鱼沿着松花江来到长白山地区，于是，像船那么大的狗鱼被视为"祖先之舟"。苏子河绵延在长白山余脉里，没有狗鱼，却有哈塘——船丁子鱼。

一只红松鼠引我攀上河边的石砬子，这是我白天的一段行程。悬羊，黄色。悬羊砬子即黄色的石砬子。红松鼠飞快地抓着虎皮色的树干蹿进青针叶间不见了，我坐在伞一样撑开的树荫下喘息，看石砬子下边的深水汀，河水清澈，能看到河底黄色的沙滩，一群船丁子鱼逆河而上，在深水里划出一道道清晰的水线。那一刻，我感觉自己航行在天上，透过飞机舷窗看到大海上出现航母战斗群，又如站在大地上观看飞行表演，看战机梯形编队拉着长长的白色的尾迹从天空中飞过。船丁子鱼头大尾小，身体呈长锥形，是这条河里的明星。小时候，孩子们就像未驯化的小马驹，未搭鞍子，无拘无束。我曾和小伙伴一起用祖母做针线活儿的大水针做渔叉，将裤脚绾到膝盖上，光脚涉入穿城而过的苏子河，在河沙里叉鱼，若谁能叉到一条一拃长的船丁子鱼，就是一件了不起的事情，会在伙伴间传扬一阵子。苏子河上游有支流河叫哈塘河，那里因船丁子鱼多而被载入地理名册。

先人对这条河的满语陈述为我打开一扇窗子，让我对这条熟悉的河感到陌生、新奇、未知。汪清，厚皮老猪肉。将一条哗啦哗啦流淌的河说成厚皮老猪肉，既出人意料，也摆脱了陈词滥调。本地先民有饲养毛猪的传统，习惯养大猪、老猪，年头多、皮厚者称厚皮老猪，以显富有。在这条富有的河流旁，你的困惑也随即得到澄明，变成清凌凌的河水。

夏夜的河边少不了蚊蝇，地衣、草棵、灌木丛皆为蚊蝇的天堂。我在身边放了几个敞开口的小瓶子，四周弥漫起清凉油的气味，但头上和脚下仍不时划过嗡嗡之声。河对岸是山崖，茂密的树林，河这岸是灌木丛和柳条荡筑成的绿色屏障。这里是浅山区，不必担心夜里会有猛兽出没，甚至不会出现满语词汇中描述的两岁野猪，也许会爬来蛇、窜来鼠吧，我将帐篷扎紧关严就可以。身前是低吟的河水，不远处的沼泽地像一片广场，身处繁殖季节显得格外亢奋的青蛙正在那里大合唱，偶尔会从远处的公路上传来一阵加长大货车的轰鸣。

坐在夏夜的河边，我手中有红火忽明忽暗。清凉油的味道很快在我周边挥发殆尽，我用吸烟这个古老的办法驱赶蚊蝇。恍惚间，我发现水湾岸边的树上挂着一个美丽的花环，水湾里还停着一只带篷的船。一对新人在船里度过他们的"洞房之夜"，无论远客还是近邻，看见树上挂着花环就会绕道而行。我没有离开，安然享受着出现在眼前的美丽的幻觉。

"yabuhaba"这个词有两层意思：行程，所走之地。我的夏日沿河之旅只有一天一夜的行程，所走之地无不让我心生敬畏心。大自然没有一处是丑陋的，而描绘它们的词汇又是那么神妙。崴子，河借山势弯曲甩出的河湾子。穆奇，牛鞅子湾，牛鞅子即架在牛脖子上的脊形木头器具。拨堡，牛车辕前的横木。落，弯刀。早年这条河上有渡口，能放木排，行大刀船。而今孩子们在陆地上玩的"赛威呼"游戏即模仿当年的赛船。河水在不同的季节会呈现出不同的色彩。倒牟，水色深。富尔，红色；河畔上有红石砬子，河流经这里，水色变红。我惊叹于先人精准而细心的观察，蛇渡河的地方地势平洼，四周开阔，叫"善道"。

　　夜，渐静，渐深，徒步一天的我有些疲惫，钻进了帐篷里。我想听听音乐，最好是听茶茶咳勒。茶茶，少女；咳勒，唱曲。此时，已经不再有女子行歌于途了。我伸了个懒腰，躺下来，戴上耳机，听满族歌手阿克善用满语演唱流传于东北的满族民谣，现代的律动和古老的音符融合在一起，让这支《满族摇篮曲》变得新颖、耐听：

　　　　悠悠哲巴布哲
　　　　悠悠哩悠悠哩巴布哲
　　　　（轻轻的微风吹起来了
　　　　小鸟也快快回巢吧）

　　我感觉自己变成摇篮里的婴儿。远处，蛙鼓嘹亮；身边，水声汩汩。我为自己催眠，睡吧，明天还要沿河继续走下去，沿途继续欣赏她百转千回的轻歌曼舞。

本文刊载于《散文》2021年第8期

穿越北极海

张 翠

　　站在笔架山巅望海，我忽然想起伊达·那慕尔的一句诗："我将穿越，但我永远不会抵达。"没有抵达的穿越体现为一种充满神秘感的过程。我每次看到家乡的海，都有一种近在咫尺却无法抵达的神秘感。"北极海"——中国最北的海，北纬41度的夏风打开清凉的翅膀，点点白帆在浪头舞蹈，人在梦境边缘穿越。这时，我会有"日月之行，若出其中，星汉灿烂，若出其里"那般穿越时空的恍惚，有"蓝色的海追赶着天空"这样穿越视觉的磅礴。这样，那般……一切如此神秘。

　　海真是种隐秘的力量。海洋潮汐和海浪冲击形成了海中天然连岛沙石坝，被称为"天桥"。由于笔架山海滨的潮汐是典型的、规律的"半日潮"，这座"天桥"便随着潮涨潮落而时隐时现，潮涨走千帆，退潮通一路，这条"天路"每天会显露出两次。小时候，一到暑假我就和妹妹蹚着海水，踩着细碎的浪花，在这座天桥上拾贝壳、捡海螺、捉小螃蟹，妹妹爱唱"小螺号嘀嘀嘀吹"，我则喜欢卖弄仙女造桥的故事，妹妹嬉笑着问我："姐你咋每次讲的都不一样啊？"我说："因为每次仙女穿的衣裳、带的法宝不一样啊！"我们这样说说笑笑就走到天桥尽头，来到了笔架山。长大后才知道，从地貌学上讲，笔架山岛是世界罕见的陆连岛奇观，是大自然对锦州湾的馈赠。

笔架山岛四面环海，三峰列峙，连绵起伏，状如笔架，故而得名。这个弥散着墨香的俊雅命名让笔架山比别处的海岛蓦地多出些书卷气来。笔架山也确和一位文人发生过关联，这位文人就是初唐四杰之一的骆宾王。据史料载，唐高宗永徽六年骆宾王曾到此避难，这位江南才子来到塞北渤海中的小岛短暂流连，想必也颇为感慨。明代兵部尚书孙承宗镇守辽东时曾作《锦州十二咏》，其中《笔锋插海》曰："玄菟供我毫，黄龙蘸作砚。铭成一阁笔，三山架海旬。"大海文澜，卓笔峰高，沧溟墨枕，如画江山。孙承宗是明末朝廷的重臣，晓军事、育人才、文采斐然，满门忠烈。对明末边防事业是功是过暂且不论，但他军务之余浪漫诗意的一瞥，为锦州留下了脍炙人口的"八景"，笔锋插海即为其中之一。

在《味道锦州》一诗中，我写下过："亿万年前一方砚／盛下海之蓝／一支笔淡墨生香／绘出山之秀。"笔架山岛是秀的，我十岁的小外甥女就说它像一条长相俊秀的大鱼；我大学同学第一次来锦州，在山门看见它时，说它像一只品相秀雅的品茶碧瓯。岛上风光秀丽，山上草木葱茏，曲径通幽，走在原汁原味的石阶小路上，心会慢慢安静下来。心静了，两侧密林里传来的蝉叫声也不觉得聒噪，反倒像欣赏大自然的艺术家抱着远古的老琴在不知疲倦地演奏。蜻蜓振着薄纱样的翅，忽高忽低悠悠地飞，有时还会停留在人头顶逗趣，樱桃红的身躯很是可人。待到走累了，在开阔的平台上凭栏远眺，鸥鸟盘旋，海天一色，锦州港在不远处矗立，儿时印象中孤帆远影的简约素描，已嬗变成浓墨重彩的一幅画卷。

"试问古来谁巨手，韩海苏潮阅沧桑"，这是清代做过锦州知府的金朝觐在笔架山望海时的诗句，他把笔架山比喻成文人的搁笔场，赞美韩愈之文汪洋如海，苏轼文章壮阔如潮；而今人观海，不禁对锦州这座城市转身向海的气魄点赞。20世纪90年代初,在中国渤海北岸,一条海上丝绸之路开始铺就曾被历史湮没的辉煌,于是就有了一个横空出世的锦州港。大海无语,岁月有痕,她从一个春"萌"的少女渐渐出落成一位秋韵丰赡的曼妙妇人,光彩照人地吞吐着她盛大的气息,向世界伸出美丽的臂膀,同时也成为锦州人精神的港湾。

如今,以锦州港作为桥头堡,途经锦州、朝阳、阜新、赤峰、通辽,直达中、蒙边境口岸而最终从锦州港出海的陆海新通道建设,已上升为国家战略。渤海湾缀满绮丽的星光,思想之翼在梦的恢宏中飞腾。

笔架天桥是自然界的奇观,而笔架山上的另一绝,却是中国建筑营造的。山上有一座巧夺天工的石楼是三清阁,六层上下没有方寸铁、木、砖、瓦,那些斑驳的石头也许来自不远处的南山,也许来自海边的渔村,也许来自女道士的梦里,深藏着玄机与灵光。

据考证,三清阁是全国规模最大的全石结构建筑。而令人驻足遐思的是三清阁里供奉的众多神灵,取材于道教、佛教、儒家和中国民间崇拜的石刻人物雕像或浮雕造型精美、栩栩如生。这其中最令人叹为观止的,就是三清阁最高层上的巨型石刻盘古造像。这尊神像身为一魁伟雍容的老人,头上站一喙衔葫芦伸向前方的凤鸟;耳、鼻和口,却分别是五条奔腾游弋着的小龙;在神像两目上方,又塑有两只象征左日、右月的眼睛;神像左手托着象征太阳的火球,右手捏着象征月亮的明珠;胯下是一条昂首巨龙。为什么要在这海中孤岛上造这么大的一座盘古石像?为什么这座盘古像有着这么与众不同的特异造型?工程设计者构图时是有所依据还是异想天开?这座笼罩在迷雾之中的神秘石像,面对游人不尽的猜想和疑问,默默地守望着锦州湾的碧波。一颗心大至无际,整个时空方豁然觉醒。在众神起舞的天宇和海滨,所有的图腾,都在大包容中回归至善。笔架山,这位海上哲学家,向世人展现着雍容大度的哲学姿态。

博尔赫斯说海是闪光的深渊，是偶然，是风。风与海形影不离，日夜亲吻着海，吹起赶海少女的裙角，吹乱海边沉思者的头发。风乖巧时，让船舶一帆风顺；风任性时，让大海掀起惊涛骇浪。记得美国拉普兰小调中一首古老的歌谣："少年的意志是风的意志，年轻的思想是海的思想。"锦州湾的海与风在召唤追梦的少年。沿锦州滨海新区渔人码头石碑东行，便可看到小笔架山附近宽阔的海面上一些青年爱好者正驾驶帆船乘风破浪。

在我的印象里，玩帆船是一项贵族运动，欧洲皇室喜欢用帆船比赛"约架"，而多数的贵族则以能代表国家出战、取得佳绩为荣。作为现代帆船运动的发源地，英国的王室成员与帆船关系密切，历任王子都是每年考斯帆船赛的常客。后来帆船运动逐渐普及，不再局限于皇室贵族，但还是有着颇为精英的标签，热衷者有的是受国外航海文化影响的海归，有的是追求自由的艺术家，有的是排解压力的企业家。他们义无反顾投身大海，在碧海蓝天之间似乎只剩下自我，与风共呼吸，与海同进退，激情、速度、释放、挑战，体力、脑力、心力、领导力。百舸千帆中的争渡，是恣意，也是羁绊；是此岸，也是彼岸。弄海跋涉、过尽千帆后的返璞归真该是有着迷人至极的魅惑吧。

而去年在锦州湾举办的一个帆船赛事活动颠覆了我的"帆船精英说"。虽说缺少运动细胞，但我喜欢帆船，总觉着它承载着"直挂云帆济沧海"的浪漫情怀。所以当听说"2019中国家庭帆船赛·锦州站"要在赛前安排新人集体婚礼时，我就怂恿闺密的女儿报了名。那天，海风插上云朵的翅膀，新人扬起爱情的风帆。当看到干女儿携手少年郎情定北极海，登上幸福帆船时，我和闺密都有些惊艳了，泪花闪闪地相拥在一起甜蜜又激动。只见波光粼粼的海面上，五十艘帆船扬帆列阵，五十组家庭整装待发，十对新人在海的祝语和帆的贺词中同舟共济，蓄势启程，这样的婚礼背景太飒了。

海是一面巨大的镜子，我们在里面看见自己的灵魂，也听见亲人的回响。"中国北极海，我们来了！"一个个家庭，热热闹闹呼叫着。比赛就要开始了，我竟发现了好几个熟人。有我原来的同事谭鹏父子，有社科界的朋友梅女士一家三口，有南山果农小李夫妇，听说他们也是第一次参赛，我流露出非常羡慕的神情。赛事的组织者之一公务员老康见我这副没见过世面的样子，打趣地说："你这大诗人是看得见帆，却没摸着，得亲自来玩，才能像李白那样写出好诗。"我笑着说："奔涌吧后浪，你和风一样永远年轻敏捷，可我这笨手笨脚的怕掉海里呀。"正说笑间，一个头戴牛仔草帽、小脸上架着新潮墨镜、身穿红色救生背心的小男孩吸引了我的视线，他挥舞着小国旗正气凛然的样子令我忍俊不禁，也忽地生出热热的感动。我们的孩子不再是温室里的花朵，而是风浪中的劲帆。据老康介绍，这次比赛有不少家庭带孩子来体验，不单是为了享受亲子时光，更为了引导孩子看到星辰与大海，感受格局和视野的跃升。

英国诗人菲利普·拉金的《北方船》开篇吟咏："我看见三只大船驶过海面／其中一只注定要远航／晨帆从天空浩荡升起／无边的大海沸沸扬扬。"那场景深邃而庄严，有宽广的命运感和笃定的探索欲，正如此时此景，生命之帆悬于蔚蓝，从过去向未来招展。

"南有三亚湾，北有锦州湾"，其实是说这里有位于中国最北方的帆船帆板运动基地，先后举办过十余次国家级帆船帆板赛事和活动，以独特的光芒深具影响。锦州市帆船帆板航海协会会长老王说，锦州湾帆船运动不仅是一项体育活动，更是一种海洋文化。锦州的碧海本就是美景，有了白帆，城市也显得更灵动了。

何止灵动，简直燃情！今年5月，疫情初稳，繁花复苏，前文提到的老王、老康一行六人，驾驶新购置的DC29帆船"北极海号"，纵深穿越渤海南北海域。一路上，他们领略了晨曦和晚霞、飞鸟和海鸥、洪波和巨浪、颠簸和倾斜、狂风与迷雾、远洋货轮和石油钻井平台……扬帆驭浪，灵魂燃放，海上穿越之旅丰富了不同寻常的人生阅历。后来老康自豪地说他们是目前国内第一个在5月份穿越中国北极海的帆船船队。

冬季来临时，北方大陆的寒流南下，锦州湾表层水温低至摄氏零下，壮阔闪亮的海冰便出现在海面上，"冰帆"运动应时而起，破冰游弋的帆船帆板像冬日里燃起的一朵朵火焰，也像一只只翩然炫舞的彩蝶，激情与速度、惊险与刺激、热力与风华，让古老的小城充满了前卫节奏和时尚律动。

不知道你是什么时候走进了我的灵魂，朝霞和海鸟唤醒了竞渡的千帆；不知道你是怎样驻留在我的心田，夕阳和渔火温暖了归航的港湾。"北极海"——这名字集齐了神秘、浪漫、炫酷，极光一样溢满诱惑。这就是我最美的家乡海，中国最北的海，帆动锦绣，百舸争流，海纳百川，人生海海。内心的最柔软与最坚硬在穿越中达成和解，却依然无法抵达大海的永恒之谜。

本文刊载于《民族文学》2021年第2期

大树来途

皮　皮

　　大树来途是一棵很老的大橡树，在西拉花园的东南角。

　　我们是西拉花园的住户，我们觉得西拉花园是我们的。但这棵老橡树好像是哈尔太太的，因为她给这棵橡树取了"来途"这个名字。哈尔太太是一个永远在行动中的人，她通过行动让我们知道并渐渐认可了大橡树叫来途。

　　西拉花园是一个没有花只有树的小花园，可以在地图上找到它的名字，但它没有汽车可以通过的道路。西拉花园是由我们的房子围起来的，有南北两个大门。在两个大门之间有两条稍微弯曲像括号的小路，有大人走过、孩子跑过，有些骑车经过的人也下车，一边推车走，一边欣赏西拉花园的安宁。花园中除了那棵老橡树来途，还有栎树、栗子树、榉树等，围在它们周围的是低矮厚实的冬青树。

　　我们的房子是米色的五层建筑，两幢都是一样的颜色。它们的阳台要么朝东要么朝西，彼此对视，遥遥相望。这两幢楼建于20世纪30年代，第一批搬入的居民瓦格纳夫人还活着。她住在阳台朝东的三楼，是观看大橡树和总在橡树身边的哈尔太太的最佳位置。瓦格纳夫人喜欢那棵橡树，也许她小时候总爬到它的身上睡午觉。没人知道大橡树来途准确的树龄，它粗大的树身和繁茂的树冠，像一个温馨的树房。

从对面阳台看眯眼晒太阳的瓦格纳太太，像一只慈祥的小鸟；从花园长椅上看坐在橡树树根上的哈尔太太，像一个可爱的疯子，在跟兔子说话；在哈尔太太的眼里，花园里四处蹦跳的兔子又像什么，低头的橡树看我们像什么……

有一天，我照看过的一个小男孩查克把我对他说过的这些话，用他的童言转告给哈尔太太，哈尔太太便跑来敲我的门。

"楼上有一个老太太，像鸟，橡树来途的树下有个老太太是疯子，花园里的兔子是朋友，房子里的大人是坏蛋！这是你教给孩子的？"

哈尔太太长得像一只成功减肥的长颈鹿，皮肤松弛的脖子看上去折叠几层还有长度的富余。她脸上的眉梢是尖的，鼻尖更尖，最尖的是下巴。一张脸像几把匕首组合的漫画，但看到的人不敢笑，还会立即移开目光，担心迟一点被划伤。

"你为什么要这样跟孩子说话？"

"我就是想启发他观察的兴趣。"

"哼！我看这么启发挺好。"她说着掏出一把橡子问我，"你们吃这个吗？"

"没吃过。"

"我还以为你们什么都吃呢！"

"我们是谁？"

"中国人！"

"你不喜欢中国人？"

"我什么人都不喜欢！"

"你为什么给橡树取了来途这个名字？"

"因为我要把这个好名字从坏人那里救出来！"

"它是谁的名字？"

"它曾经是布莱希特一个什么女朋友的名字，我不喜欢他们！"

"你们过去不都是东德人吗？"

哈尔太太狠狠地瞪着我，她完全收到了我的反击。

"哼！人都一样，没好的！"

"要是跟大树比，我同意你的看法。"

我对着哈尔太太的背影补了一句，她停住，慢慢转身……我完全想不到接下来会发生什么。哈尔太太脸上的皮肤像开败的花朵再松懈一度，皱纹落到原位时，一个迟缓的微笑隐隐地浮现。她也许好久没笑过了，滞缓生疏的微笑脱离了礼貌，无力而由衷……我忍住不让自己的感情外露，忍住不关门。哈尔太太随后潇洒地甩给我一个响指，轻快转身离开。

哈尔太太总是形单影只，在橡树下一站就是很久。有人说她跟橡树说话，查克说，她也跟兔子说话，她懂兔子的意思。西拉花园有很多野兔，最多时达到两三百只。经过花园的大人小孩都很喜欢它们，总是停下脚步对兔子说几句欢喜的话。兔子蹦来蹦去，孩子们以为兔子听懂了他们的话，更加高兴，也更加兴奋，更加大声朝兔子喊。

"兔子不喜欢我们！更不喜欢有人跟它们大喊大叫，好像它们是聋子！"哈尔太太有时会扫扫他们的兴致。

"你看它们蹦得更欢了，它们高兴。"

"只有人才不高兴呢！兔子本来就是高兴的。你要是不喊，它们更高兴！"

大人们总是息事宁人地把孩子领走，走出西拉花园后再小声告诉他们的孩子，别理疯子。对此，估计兔子有另外的见解，作为欢快的动物，它们也许不太喜欢忧郁的哈尔太太，但肯定不会觉得她疯了。

一天下午，临近黄昏，哈尔太太背着一个白色布袋子，露出的部分显然是枪管。她在我的眼皮底下走到花园的长椅坐下，从袋子里拿出一杆猎枪，然后又拿出软布开始擦枪。这个时间经过花园的行人一般都是脚步匆匆抄近路的人，一个骑车的男人扭头看摆弄枪的哈尔太太差点摔下来。两个男孩像从天而降，我没看见他们是从哪个方向走过来的，他们已经坐到哈尔太太的身旁。我下楼凑他们近前的时候，哈尔太太已经允许他们抚摸她的枪，稍有不耐烦地回答他们的提问，好像这些关于枪的常识每个男孩早就应该知道。

"伯莱塔，意大利的！"

"这是银的吗？"一个男孩抚摸着枪身上镂刻着小鸟的金属部分，枪托好看的木纹反射着夕阳的金光。

"有子弹吗？"提问的男孩没有得到上一个问题的回答，又提出第二个了。

"你妈给你做好的汤，已经快凉了，宝贝，赶快回家吧。"哈尔太太调侃着男孩，男孩咕哝着说她妈不会做汤，他们家晚饭光吃面包和香肠。

"赶紧回家去！把座位让给这位女士。外国人优先！"

孩子们走了，我在哈尔太太身边坐下。我对她说，把枪拿到院子里就是让它们吹吹风吧。

"你自己先吹吹风吧！"

哈尔太太继续擦枪，她的话似乎说服了我。初夏的风迎面吹来，在皮肤上留下柔和的触碰感，仿佛正在送来大树的轻声问候。风和缓地拂过脸庞，拂过耳旁……我闭上眼睛更深去体会它们，完全忘记了哈尔太太的存在。这是同样的风吗？刚才我在阳台上抽烟感觉到的风和眼前掠过我的风，难道不是同样的风吗？为什么刚才我没接收到它们的轻柔！我好像被风一层层覆盖着，疲惫的生活，焦虑的思绪都被妥妥地覆盖了。我好像睡着了，更像醉在风中。

这是风刚刚给我的体会，我给了风什么？

我的时间。我的沉浸。我的臣服……也许这是第一次，我意识和自然的交换。

哈尔太太轻碰我的手臂，我才沉沉"醒"来。

橡树来途的树荫下，站着三个男人，哈尔太太正朝他们走过去。我跟了过去，扭头瞥一眼瓦格纳太太的方向，她果然坐在阳台上，身上披着一条暗红色的毛毯。她的邻居——一位我识脸不识名的中年妇女站在她身边。

"你们为什么要驱赶这些兔子？"

"您有持枪证吗，女士？"

"你有驱逐令吗？"

"抱歉，我们是物业请来的，这里的兔子繁殖太快，会影响建筑安全，这里都是国家保护建筑，我们……"

"这些楼这么老了，塌了就塌了呗！"

"这很危险……"

"兔子太多了，就杀死它们，现在人也不少哇，你们怎么办？"

"您为什么带枪来？您想干什么呢？"

"我听说你们要放老鹰来吃兔子，我口袋里还有子弹呢！"

"我想您应该去看看您的医生。"

"他好得不能再好了，不用我去看他。"

…………

黄昏被夜色缓慢地涂抹掉，三个要消灭兔子的男人接着又和哈尔太太理论几句，我转而去看依旧欢快蹦跳的兔子，它们知道正在发生的事情吗？它们会因此忧虑吗？它们会感谢哈尔太太对它们的保护吗？我们各自散去，各回各家了。我带着这些没有答案的问题回到家里，心情更加灰暗。我站在阳台抽烟，哈尔太太二楼阳台上的小繁星灯点亮了。这些装饰小灯圣诞节前后会出现在很多人家的阳台上，但它们一年四季一直都在哈尔太太的阳台上。

我回到房间关上阳台门，放上我喜欢的那张肖邦钢琴奏鸣曲，快进到第四小节，然后调大音量……激昂的旋律刺激着我的血管，呆滞的鲜血开始奔流，仿佛一点点带回了我的生命。我知道马上就要听到敲墙的声音，假如我不理睬，三分钟后就是门铃连续的吼叫。随便吧，不计后果让我这样豪迈地听会儿肖邦吧，像打麦子那样扬起他的痛苦，再落到我的脸上，落进我的血液。

直到音乐结束，没发生任何事。我呆在静默中，在心里致歉，然后致谢。

几天后，西拉花园的草地上出现了五六个一尺高的稻草人，它们穿着鲜艳的衣服，一只手上绑着一根加长的火柴棍，那是点雪茄或者烟斗的专用火柴。一张A4纸打印的字条贴在橡树来途身上，上面写着：兔子快跑，他们要杀你们！经过的路人有的用手机拍照，幼儿园的孩子们隔着冬青树墙，招呼那些稻草人。

"哈喽，你好，稻草人，你快过来……"

"哈喽，稻草人，你叫什么？"

"哈喽，稻草人，你好吗？你饿吗？我们要去坐公交车……"

不知道为什么，孩子们的这些话让我想哭……

我们似乎没发现有人对兔子做了什么，连哈尔太太也没发现任何蛛丝马迹，但我感觉兔子少了。我无法清点兔子的数量，因为原来我也不知道它们有多少。计算蹦蹦跳跳兔子们的快乐几乎是很难完成的事情，计算兔子的数量也同样不容易。我把自己的感觉压在心底，对哈尔太太，对橡树来途，对兔子，对查克，对谁都没说，好像也没对我自己说。

很喜欢雨中的西拉花园，人消遁在别处，园中的土壤平静地接着雨水，像一个无止境的胸怀，从容迎接着天上飘落下来的客人。大自然对我来说就像一个生活和谐的君子，像一个坦然而坦荡的榜样。冬天花园被雪覆盖时，是另一种无须言说的安然，纯净而博大。秋天遍地落叶的伤感，经年累月与我内心的忧伤共鸣着，这也许是我喜欢秋天的原因。可我也为春天拱出土壤的小苗欣喜，希望和绝望一直煎着我两种心境，像煎一块古老的牛排。在西拉花园的阳台上，春夏秋冬更迭的景象变成了我思索的课表，从树到土地，高度在降低，境界却在提升。

一个烈日炎炎的午后，西照日头把阳台的墙体晒得滚热，我把被子搭到阳台上晒。好久没晒过被子了，小时候，天气好的秋日里，妈妈总要晒被子，盖那样的被子就会睡得很香甜。我的被子搭在阳台上还没到三刻钟，哈尔太太就站到我的门前。她对我的热情邀请一点反应没有，冷冷地说："你应该把你的被子放到它应该在的地方！"

"那是哪里呢？"

我想开开玩笑缓解一下紧张空气，但哈尔太太并不买账。

"在德国被子永远在床上，而不是在大家都能看到的阳台上。"

"多可惜呀，那你们就无法享受晒进被子的太阳的味道。"

"你觉得我们德国人躺在太阳里，是为了闻熏肉的味道?!"

"说得对！我忘了你们的日光浴。我马上收回我刚才的话，你们的方法更直接，直接晒肉！"

"你收回去之前，可以敲打敲打。"

"哈哈哈，好！同时我也敲敲自己的脑袋。"

"瓦格纳太太快要过九十九岁生日了。"

哈尔太太说完这句话，我们彼此对望了一眼，之后她离开了。那番对话留在我心里的感觉之后偶尔还会浮现，随着时间的推移，韵味起起伏伏，人与人的相同和不同，总还是相通的。

一个晚秋的下午，我拿着一本书坐在橡树来途的树根上睡着了。

哈尔太太经过时向我打了一个响亮的招呼惊醒了我。她微笑地看着我，微笑里有些许嘲弄，好像我坐在了不该坐的地方。我对哈尔太太还以微笑，她转身离开。我看着她的背影，也看见她走到楼门前被站在门口的布兹先生拦住了。

布兹先生把半罐头瓶的烟蒂伸向哈尔太太。哈尔太太看着一动不动。

"你什么意思？你为什么把烟头放到我家门口？"布兹先生很严厉地责问。

"你要是不把烟蒂弹到灌木丛里，我也不会把它们放到你家门口。你不知道烟蒂在秋天很容易引发火灾吗?!"哈尔太太更加严厉地指责。

"我还从没听说熄灭的烟蒂能引起火灾！你管好自己的事情之前，没资格管别人的事！"

哈尔太太和布兹先生的争吵惊动了周围的人，布兹太太把自己的丈夫拉回家，结束了这次争吵。最后住在一楼的布兹太太打开窗户对哈尔太太说："从灌木丛里捡出来二十七个烟头，你真了不起！你要是把这个劲头用到别的方面，说不定能成大人物呢！"

哈尔太太反常地沉默着，她看着布兹太太砰砰关窗，站在原地。当我走到她身边时，听见布兹太太大声对她丈夫说，哈尔太太应该找个丈夫。女人没有丈夫容易变疯。我护送哈尔太太走进她的楼门，她既没谢我也没说别的话。

"你做的事情很快就会见到结果——布兹先生肯定不会再弹烟头了！"

那以后，布兹先生窗前的灌木丛里再也没有发现过烟蒂。但是哈尔太太的情绪并没因此更加稳定。不久她又与修剪树木的外籍工人吵起来了。她认为他们修剪树墙和灌木丛的次数太频繁，而且每次修剪得太狠，这对植物没好处。外籍工人中有很多来自东欧，他们的德语水平不高，但男子汉性格非常彰显，完全没受到所谓文化的软化。对一个女人的指责，他们懒得去辨别对错，先用蔑视打发。

"我们是按照规定做的。"

哈尔太太并没因此停止她的指责，她继续用语速很快的德语对那些很可能没听懂的工人说着。这时一个中年男人走近哈尔太太，像抱起一团棉花一样抱起瘦削的哈尔太太，把她放到西拉花园的北门外。我看见对面阳台上瓦格纳太太哈哈大笑，对那些男人竖起大拇指。受到鼓励的男人们也哈哈大笑起来，回头继续修剪灌木丛。过了一刻钟，在轰鸣的机器声中，警察和哈尔太太回到了西拉花园。警察站在那个男人和哈尔太太中间，分别对他们说了什么，然后离开了。哈尔太太没有回家，再次从北门走出去……

有时候，在一个地方住久了，最后能记住的是年头……我在错误大街住了八年，我在马丁路德大街住了三十三年……但我们记不住这些年的春夏秋冬，除非发生了令人难忘的事情。我搬离西拉花园前三年的那个秋天，是我无法从记忆中抹去的一段记忆：因为我的母亲去世了。我一个人回到德国后发现，我最想倾诉的对象是西拉花园和大橡树来途。一个午夜，我穿着厚厚的羽绒大衣，再次坐到橡树来途的脚下，看着月光下安静的兔子。

月光异常柔和，像一张透明的脸俯视着我们。我没有看见但似乎感觉到了月亮的笑意。兔子安静地蹲在不远处，左右看看，顺便也看看我；有的兔子偶尔蹦跳一下，又静静地蹲在开始泛黄的枯草上。我靠着来途任凭眼泪默默流，心里却十分平静。夜里土地的味道很浓，那味道似乎有安神的作用。我擦干眼泪，感觉天穹在向我们弯拢……兔子，隐在某处的鸟，我能叫出名字的北斗七星，还有另外我不认识的星星，我们共同有了一个存在。花园小路上幽暗的灯光默默地亮着，像在沉睡，又像在等待。我被夜深深地融化了，我的痛苦连同我的存在全部消遁到我的感觉之外。在那个亲切的夜里，睡意一点一点地覆盖上我，像母亲为我盖上一床被子。我挣扎着不睡，担心兔子会啃我的脚踝，把它当成一个树根吃掉……

我就那样安然地仰望着碧蓝的夜空，星星闪烁变幻，既像在原地又像在移动，仿佛向我展示着永恒的景象。我把一只手搭到大树来途的身上，闭上眼睛想象自己正在沉入大树的根茎和土壤。大树来途的每个根须都像一条美丽的岔路，吸引着沉醉的灵魂去发现……在大树来途的怀抱里，天地仿佛缩成一个可以安身的家园。世间的万物，充满万物的世间淹没了我的悲痛。在树下，在天上，我仿佛看到无数条与母亲相遇的路径。

我把耳朵贴近树干，想象中似乎听见了大树里面的暗涌，它的汁液亦如我的血液，它的静默亦如我的哀怨，它的安住照见了我的不在……在午夜青蓝透彻的清冷中，我满心羞愧，理解了哈尔太太对大树来途的钟情。我站起来，与来途面对面站着，我好像看见了它的微笑，感到了它的抚慰，体会了它的高远和低回……大树来途让我又一次泪流满面。

羞愧，宛如一味方剂。

瓦格纳太太九十九岁生日那天，我带着一束雪白的玫瑰和一盒精美的比利时巧克力参加了她的生日聚会。她的两居室整洁而空旷，只有一般德国家庭三分之一的家具。到场的人并不都是彼此相识，他们的脸上挂着持久不衰的微笑。大家手里端着一个小盘子，小小的香槟杯放在盘子上。我只给自己倒了一杯香槟，走向坐在沙发上的瓦格纳太太。我向她介绍了自己，她边听边摇头。她说，我不用介绍自己，我们都是大橡树的朋友。

"哈尔太太好吗？"瓦格纳太太用调皮的语调问我。

"她很好，有大树照看她。"

"你说得对，她也是大橡树的朋友。"

"你知道大橡树叫来途吗？"

"它不叫来途！"

"它叫丽莎。"

"哈哈哈，大树丽莎！"

瓦格纳太太由衷地笑了，她示意我凑近她。她在我耳边说："我每天都等着丽莎把我带到它家去，我早就准备好了。"

一周后，瓦格纳太太在睡梦中走进了橡树丽莎的家。哈尔太太和我参加了她的葬礼，因为我们没有被邀请，墓园的安葬仪式结束后，我们就离开瓦格纳太太的家人回到西拉花园。哈尔太太从包里拿出两瓶小香槟，我们靠着大树来途一边喝一边聊着。

哈尔太太问我中国是怎样的国家，中国人是怎样的人。我打趣说，所有人都一样吧，就像所有的大树都一样。一半优点，一半缺点。

"大树没有缺点！"

我们碰碰酒瓶，为大树干杯。为没有缺点的大树来途丽莎干杯！

之后哈尔太太要去购物，我一个人走到西拉花园外面的大花园，沿着种满鲜花的小径，迎着阳光向西走去。当我把一个滚近的皮球扔给那个男孩时，心里无比坚信——在这偌大的世界中，有无数看不见的线，把一切连接起来。大树和西拉花园的太太们，我和故去的母亲，北斗七星和喜马拉雅山上的积雪，太平洋的巨浪和落基山脉的岩石……还有那些即将相识的人，还有那些正在走向崭新的自己的灵魂！

于是，我在心里十分郑重地给大橡树取了新的名字——大橡树皮皮。

2021 春

本文刊载于《新华文摘》2021 年第 23 期

豆　奶

杨　明

豆奶，是一个在清贫岁月里，把生黄豆炒出整条胡同香熟气味的老太太。

奶奶是山东高密人，十三岁嫁给我爷爷，婚后跟随爷爷一大家子闯关东，一口气闯到了黑龙江。后来分家各过，爷爷奶奶又辗转到一座辽西小城城郊，落下脚。

一生务田的爷爷，年轻时也曾为了生计充过几天私塾先生，虽一脑袋高粱花子，却也剩得半肚子古书。爷爷以此自矜，罔顾蔽室拙荆大字不识半个，连奶奶自己成家立户后的大号"杨刘氏"都认不准写不出的事实，常自诩为桃李门第、耕读人家。爷爷晚年多病，在我刚八岁时就去世了，仅依稀记得小娃们缠磨在他膝头前仰头巴望的些许情景。

爷爷将着胡子闭上眼睛摇头晃脑抑扬顿挫，连耕带读地把明代苏秉衡一首好端端的诗背诵得三差四误五零六落七诒八扯，偏偏又合辙押韵，要命的是最后一句还不一边长："传得淮南术最佳，咱家不比别人家。溜光水滑上哪去，多在僧家与道家。旋转磨上流琼液，南北大炕滚雪花。个中滋味谁得知，我哪知道他妈了巴。"爷爷嗫着缺牙的嘴问："你们知道这是什么吗？是细豆腐哟，把金豆豆做成雪豆腐，又滑又嫩有滋有味，撒点葱花盐末炖透了用羹匙舀一小块往嘴里一吸，哎哟哟，甭提有多好吃啦。"把小娃们听得喉头咕嘟直吞口水。

爷爷气愤地说："呃，他妈了巴子，大英雄伍子胥就活活地被挡在了文昭关啦，戏文里说他因为没办法过去，一夜之间愁白了头，才不是呢。其实是他那个恩人东皋公啊，怕楚王派的官军来抓他，把他藏在做豆腐的磨坊里了，伍子胥推了一夜的磨，那豆浆啊，就把伍子胥的头发都给染白了。东皋公一看，哎，有门，就护送着一脑袋'白头发'的伍子胥混出关卡啦。"小娃们听得大气不敢出，看爷爷忽然转怒为喜，情不自禁地欢呼起来。

在遥远的黑龙江，爷爷的家族亲眷仍为数不少，粮农豆农都有。每到收成季节，总会给我家留些颗粒饱满的上好黄豆，捎信给我父亲，千里迢迢坐火车去背回来。

奶奶将要给豆子们派上最大的用场——做大酱。

我的童年时代物资匮乏，大多数人家人口多，半城半乡之地十户有九户都尝到过半饥半饱的滋味，吃香喝辣不过是一种精神向往。我爷爷所谓的"金豆豆磨成细豆腐"就是我先羡其名而后才得其味的，直到1980年春节才终于迎进嘴里，这已是爷爷过世四五年之后了。爷爷拿精彩描述糊弄屁事不懂的小娃时，副食商店限量供应的是合作社用榨尽了的豆渣制成的凭豆腐票认购的粗豆腐，味如木屑，下咽锯喉。

微风与阳光之中，奶奶的第一道工序在一领芦席上展开，金黄的大豆在金黄芦席上尽情地翻滚。高远秋阳热辣辣地晒出藏匿在它们中间见不得光的虫子。一群回了城还没正式分配工作、整天无所事事的知青，刚用土制手榴弹在水库炸翻了一批鱼，用柳条穿了鱼鳃，晃晃荡荡地走过来："奶奶，换点黄豆呗。"

"你们要黄豆干啥？"奶奶问。

"下酒。"他们说。

奶奶舀了一茶缸黄豆给他们："不要你们的鱼，奶奶的豆子是光明正大来的，没腥味，拿去吧，以后少祸害人就行了。"

几个小青年要吃崩豆花。那个一路流浪爆米花为生的外地人不肯，黄豆太硬，一丸丸小铅弹一样，他怕崩坏了他的锅。小青年们就扇外地人的嘴巴，扇得他护住脑袋直叫唤，奶奶颠着小脚赶来拨开只顾看热闹的人群，喝道："刚才跟你们说啥来，你们还这么欺负人，豆子还回来，都跟我去派出所。"他们说："奶奶，我们跟他闹着玩呢，以后不敢了。"奶奶放缓了口气："想吃豆，奶奶给你们炒，比崩的还香。"

奶奶生起旺火，架好十八印的大铁锅，十八印，是指能在锅沿上排圈贴满十八块玉米面饼子的超大号铁锅，那年月家家灶上都有一口。我家的锅因为奶奶每年都要炒好多豆子的缘故，显得比别人家的更油亮些。奶奶把晒好的黄豆倾进锅里，用铲子沙沙地翻炒，每炒熟一锅就装盆端到院里晾着，凉了以后再煮透。隔壁院里五六岁的小姑娘小巧闻着香味来串门。奶奶说："小巧哇，奶奶忙呢，你坐那儿，吃豆哇。"小巧奶牙还没换齐，嚼不动豆，抓几颗放进嘴里化着，呜呜噜噜地问这问那，奶奶听不懂她说啥，忙里偷闲边炒边信口作答，一老一小南腔北调地聊成天方夜谭。聊着聊着，忽然除了树上蝉鸣没别的动静了，又没听到小巧离开时关院门的声音。奶奶蹑着小脚走到屋门边隔着帘缝一看，小巧正慌慌忙忙抓着豆子往衣兜里装。奶奶没作声，又回去炒豆了。

豆煮透以后就不能再做零食吃了，奶奶要把它放进臼子里用杵子捣烂，打成豆泥坯，我们家乡俗称"酱块子"。辽西土语现在还有把愣头愣脑的人说成"长了个酱块子脑袋"的说法。酱块子用报纸包好，排列在高处干燥通风的木板上，待发酵充分后，下缸搅碎酿成大酱。

奶奶把煮前的炒豆最后匀出一些，给前街的李老师送去。李老师肠胃不好，习惯性腹泻。奶奶嘱咐李老师没事嚼嚼，这东西养人，还可以治病。我以为奶奶也跟爷爷一样不过是随口一说而已，后来看书，看到有人也用嚼黄豆治过腹泻，才明白奶奶深谙土方，黄豆性温，暖肠胃，腹泻病人轻易不敢沾荤，而人长时间不食荤腥只会更加虚弱，黄豆含脂量高，正好裨补了体弱病人蛋白质的不足。

加工酱块子时，听到隔壁院里的哭叫，奶奶赶忙张着两只沾满豆泥的双手碎颤过去。

隔壁张家，小巧回到家后把衣兜里的炒黄豆掏给她妈妈，让妈妈"给咱家也做好吃的大酱"。张婶是个极要脸面的好强女人，见状大怒，劈手将小巧打了个鬼哭狼嚎。奶奶喊道："他张婶，你这干啥呢下手这么狠，打贼呢？你怎么还舍得打孩子！"张婶还打："就是打贼，这么小就学着偷，长大还了得？"奶奶倾身护住小巧："说得那么难听，啥叫偷？才这么大的孩子，她懂个啥，教育孩子也不是这么个教育法。"张婶打不着小巧了，气得指着瞪眼斥骂："没志气的东西，不老实在家待着，天天走东家串西家地臭显摆，不知道你们家比人家穷啊，不让人家笑话你你心里不舒坦，是不？"奶奶抬起头看张婶。低头对小巧说："宝贝咱不哭了，你妈也是为你好。"又看了张婶一眼，转过脸去说："想吃好吃的大酱以后奶奶给你舀，啊。"说完，奶奶拖着步子回去了。

1977年春天的一个早上，父亲按照奶奶的吩咐，把只比奶奶矮一头的大缸拧巴着搬出来，打好两桶清水，奶奶挥挥手，打发父亲上班去，自己拿把刷帚蘸着清水，站在板凳上俯首躬身刷缸，人都快扎进缸里去了。

街道居委会的俩主任来了，一正一副。一个大嫂一个退伍兵，检查管片的学习情况，挨家挨户推门便问：知道最近传达的战略决策不？有答上来的，当场予以表扬。有瞪眼茫然的，就耐心传授道："是抓纲治国，记住了没？记牢了呀，不定哪天我们还要来检查。”

奶奶正刷得起劲，忽听身后有人问话，直起腰回头一看，正主任正问她第二遍，来不及下凳，昂首挺胸刷帚一举，嗓门高亢：“站着决策，刷缸治国！”

俩主任窃窃私语，正的说：“这老太太不是在故意捣乱吧。”副的说：“她不敢吧，杨奶奶我当知青的时候就认识她，不像那号捣乱的人。”

俩主任没在奶奶这儿检查出个所以然来，走了。

多年以后，我仍坚持认为，奶奶当时绝对是顶顶严肃认真地抱着学习的态度，自古治国有策，持家有方，在那种年代，纯黄豆酵制的一缸大酱，也是一家人的寄托，从乍暖红蕾绽枝到数九凝冰飞雪，要吃一整年呢！民以食为天，主食为纲，副食为目，纲举目张，事关四季菜蔬咸淡，以期把清苦日月有滋有味地延续下去。

春夏之交，酱块子下缸以后，奶奶夜里睡觉都不安稳。雷电交加风雨大作的深夜，奶奶都顶着草帽跑到屋檐下，把一只大洗衣盆扣在糊着牛皮纸的缸沿上。

奶奶做出的大酱清新出缸了，还捎带出来了在酱缸里腌的酱菜。

郊外有块香瓜地，瓜农们秋收以后，残留些没长成的生香瓜蛋在地里，比鸡蛋大不了多少。姐姐们去地里把它们拾回来，奶奶把它们洗净，和一些生姜、地梨、雪里蕻、小土豆一起缝进一个纱布袋，闷到酱缸里，十多天后就可以捞出来吃了。小香瓜蛋由生涩的碧绿腌成醇厚的金黄，两手掰开，里边暗红的瓜瓤丝丝连连，咬一口皮脆肉嫩，越嚼越爽，唇齿绵糯，滋味那叫一个鲜哪，恐怕只有去汪曾祺先生的美食文章里才能找得到。

奶奶把腌生香瓜蛋给后街的卢爷爷送了不少。卢爷爷吃啥东西都像嚼蜡一样，奶奶又有她的养生理论了，说老年人吃东西没滋没味，就是寿限快到了。颤颤巍巍的卢爷爷对我奶奶说：“老嫂子，谢谢你呀，那酱菜真下饭。”姐姐们因奶奶的慷慨噘起了嘴，奶奶说：

"孩子，别那么小气，做人要行善积德，忘了你们爷爷临走的时候，连块细豆腐都没吃上了？"

一晃，奶奶也离开我们三十多年了。

本文刊载于《散文》2022年第2期

风从正北来

老　藤

到乌兰察布之前，脑海里浮现的是这样一副情景：铺满阳光的草原，悠闲吃草的牛羊，骑马的牧民和嬉戏撒欢儿的牧羊犬，不时会有嗡嗡的蜜蜂从耳畔飞过，落在叫不上名字的花朵上。由此我想，草原的空气一定是甜的，带着混合味道的果香；草原的声音一定是豪放的，有着蒙古长调般的悠扬。由此我还断定，世界上所有的草原都应该是相似的，是包容、和谐和自然的交响。因为没有一块草原会像人工草坪那样仅有一种草，大自然本身就是共荣共生的共同体，自有超越任何局限的审美取向，并由此造化一切美景。

一下高铁，在感受到乌兰察布整洁的底色后，风，便成了我对这座城市的第一印象。因为恰巧是冬至，乌兰察布的风似乎是从四胡的琴弦拉出来的一般，带着钢丝般的质感，低回、深沉，充满冷峻审视，让你不得不收敛容颜变得严肃起来。我发现，在车站迎接我们的小姑娘外套里竟然穿着薄裙，我问她冷不冷，她笑着说习惯了。

我没有在其他季节来过乌兰察布，不知那三季的风是怎样一个姿态，但这里冬季的风绝对有不可替代的性格，如同一个微醺的莽

49

汉，突然间从马上跃下，张开双臂一下子把你揽在怀里，让你猝不及防，让你无言以对，让你难以招架。当然，被拥抱的你肯定有许多话要说，有许多动作要做，甚至想狂饮一碗下马酒来展示入乡随俗的豪迈，但劲风裹住了你的五官，此时此刻，你能感受到的只是聚拢的筋骨和咚咚的心跳。

也许，风是乌兰察布欢迎你的一种方式、一种礼遇、一种态度。作为著名的风口之城，风是这里的特产，因为风，"察布"二字才有了意义。朋友告诉我，"乌兰"代表红色，而"察布"代表山口，山口不就是风之门吗？乌兰察布用它最著名的特产来欢迎远方的客人，这如同某些好客的民族用面包和盐、用五谷斗迎客一样，应是最高规格的礼仪了。

本以为大风会像刮走雪片一样刮走脑海里所有猜想的情景，结果却恰恰相反。在从车站广场走向中巴车的几分钟里，我觉得刮过脸庞的风似乎是一双粗粝的大手，一页页翻过我拷贝的想象，翻过鲜花盛开的春天，翻过草长莺飞的夏季，翻过雁阵鸣叫的秋空，一直翻到这北风卷地白草折的冬季。我忽然明白，冬季应该是乌兰察布想象力最为活跃的季节，所有对美的憧憬和描绘，一切个性化的启蒙都来自这个被风打包的冬天。有古谚说，冬天选好种子，等待春天播种。其实，每个农夫在筐箩里挑选种子的时候，春苗已经在他心田里破土而出。

那么，乌兰察布为什么会有这么强劲的风呢？当地人说这里是风口中的风口。这个解释当然没有问题，但我更希望从自然之外的文化上找点理由，哪怕这个理由十分牵强。我想到了古人发明的先天八卦。按照先天八卦乾南、坤北、离东、坎西的方位，乌兰察布地处坤位，属正北方，如此看来，这来自正北方的风就有了文化意味。由坤卦中我们似乎可以找到答案，这是真正的大地之风，是至哉坤元，是万物滋生，是履霜踏冰，是龙战于野。一言以蔽之：是风孕育并催生了一切。

风从正北来，天玄而地黄。该怎样描述乌兰察布的风呢？我云雾缥缈的思路上如同奔跑着一匹野马，恣肆的野马似乎不受我的驾驭，忽东忽西，时而似牝马之贞，悠闲温顺，时而又足不践土，乘云而奔。镇静之后，我总算可以捕捉到以下几种闪念。

乌兰察布的风是播种于野之风。说到播种，人们很少会联想到风，农夫的劳作与风有什么关系？其实不然，农夫耕种于阡陌，而风却播种于野。风是无形的犁，是隐形的船，是千手观音，是不知劳顿的拓荒者，风让旷野变得富有生机，四季循环；风让万物的种子冲破藩篱，遍地生根发芽。试想，如果没有风的搬运，千里旷野会是一种什么情形，不要说鹿鸣于野，不要说群芳争艳，就连蒲公英小小的白花伞也不会飘远。从播种的意义上看，乌兰察布的风不仅仅利在当地，浩荡之风承载着种子越过长城、跨过黄河，像遮天蔽日的绿色巨扇铺展在辽阔的中原。

乌兰察布的风是蓄势储能之风。在高铁上，透过车窗我看到了一座座风力发电机，这巨大的钢铁三翼鸟不急不缓地转动着翅膀，颇有一副好脾气。我问当地朋友，风车为什么不快速转动呢？按道理应该是转得越快发电越多呀。朋友说，风可以快，但风车要匀速，否则就会烧掉电机，"欲速则不达"用在这里是最好的解释。朋友的话引发了我的联想，的确，成事要靠定力，风车发电启示我们，人可以顺势而为，但不可以随波逐流。电机要控制转速，心脏要急缓适度，把握好度是水平的体现，任何事物一旦滑向无度就会出问题。朋友告诉我，乌兰察布是风力发电之乡，为社会提供源源不断的清洁能源。听到这里，我想起出发前的首都宾馆之夜，外面寒风凛冽，房间里却温暖如春，一盆绿萝长势喜人，也许正是乌兰察布草原上那些钢铁巨鸟扇动的翅膀，给首都带来了丝丝春意。

乌兰察布的风是推陈布新之风。范成大的《桂海虞衡志》记载："邕州两岸水土尤恶，一岁无时无瘴，春曰青草瘴，夏曰黄梅瘴，六七月曰新禾瘴，八九月曰黄茅瘴，土人以黄茅瘴尤毒。"这里的瘴即瘴气，是山谷丛林中野兽、毒虫、朽木枯叶等动植物尸体腐烂后产生的一种毒气，吸入后容易使人患上传染病。除瘴即散气，散气最有效的武器就是风，像乌兰察布的风千军万马般横扫过去，哪里还会有什么湿热瘴气作怪！流动，是生命的常态，风，恰恰能诠释这一常态的含义。风乃乾坤气，不留人间尘，不论山川沟渠的尘埃积淀有多厚，不管犄角旮旯儿的污垢隐匿有多深，推陈布新的乌兰察布之风都会荡涤无余，还你一个玉宇澄清！

乌兰察布的风是贯通大道之风。老子说："大道之行也，天下为公。"此言道出了乌兰察布之风的象征要义。日不私照，风不私用，草原上万物皆能被风吹拂、拥抱；风有来无回，不求回报，这恰恰印证了老子天下为公的箴言。中华文化博大精深，单以道家的太极图来看，犹如一个风车在转动，先哲们想传达什么？我想用意很可能就是我们日用而不觉的"大道"。"道之为物，惟恍惟惚。"平常生活中你能感觉到风，却看不见它，只有风体现在被它左右的物体上，你才能看到它的形状，听到它的声音。乌兰察布作为内蒙古自治区东进西出的"桥头堡"，北开南联的交会点，无疑是一条贯通民族—文化—商贸的走廊。老子说："道冲，而用之或不盈。""迎之不见其首，随之不见其后。"这不正是乌兰察布之风的具体描述吗？

返程的高铁上，望着冬季草黄风劲的辽阔原野，忽然就胡诌出这么几句话来：风从正北来，浩荡天地通，元气满华夏，利而不相争。

不得不说，因为风，我深深记住了乌兰察布！

本文刊载于《民族文学》2022年第5期

聚　散

王梅芳

如果，现在有一张齐白石的画在手里，是什么概念？差不多等于中彩票特等大奖，它肯定比大钻石更贵。

那么，有一百六十张齐白石的画作在手，又当如何呢？

众所周知，齐白石是木匠出身，但他的思想与乡间的木匠有云泥之别，他随手画下的物与思，后来成为中国水墨画的精品。近年来，齐白石的画，其价高入云端，拥有它，等于拥有一笔极大的财富。

从写美术随笔开始，我就留意阅读、了解齐白石，感觉他离我仍然很远，如一帧朦胧的远影。我采访考古学家冯永谦时，得知齐白石的三儿子齐子如和齐白石老师胡沁园的孙子胡文效，都在辽宁省博物馆工作，他们两家手中都有大量的齐白石画作。

像一节天方夜谭故事，齐白石这颗星，匪夷所思地在沈阳亮了起来，以前，我全然不知在沈阳的方寸之地，竟然聚合着齐白石和胡沁园的后人。

冯永谦先生八十七岁了，正在家编写他的考古成果《辽代铁器》。他的单位辽宁文物考古研究所，是从东北博物馆分出来的，之前，他跟齐子如一起在东北博物馆工作，齐子如负责书画鉴定，他们两家住对门；胡沁园的孙子胡文效在东北博物馆负责青铜器和书画鉴定。胡文效写出了齐白石最早的传记。因为齐子如和胡文效跟齐白石的关系，在整个博物馆界，辽博收藏的齐白石的画作是最多的。齐子如自幼跟齐白石学画工笔虫草，并入著名画家陈半丁的门下，专攻虫草花卉，画虫草的水平在继承了齐白石绘画的基础上还有所发展。齐白石上了年岁后，画工笔虫草，在眼力上费劲，于是，画虫草就交给三儿子齐子如，经常是齐白石的一批大写意画寄给齐子如，齐子如画完工笔虫草，再寄回北京去。

1954年，齐子如突然得病，并且很快去世，家人怕年事已高的齐白石担心，没有把消息告诉他。这期间，辽宁省博物馆的人到北京齐白石家里买画或者拜访，齐白石总是问："我的三儿怎么没来呀？"

齐白石与儿子合作的最后一批画就因此留在了沈阳。齐子如去世后，他的爱人王紫佩没有工作，带着三个未成年的儿子，生活陷入困境，于是，王紫佩就派儿子拿一张齐白石的画卖给辽宁省博物馆，换来的钱用来购买煤、粮等生活用品。一幅齐白石的斗方，通常能卖到三十元，最高的一次卖了七十元一幅，王紫佩很高兴。

为了进一步求证此事，我去辽宁省博物馆找艺术部主任董宝厚采访。董宝厚告诉我，辽宁省博物馆收藏有齐白石作品四百余件。而保存在北京画院的齐白石作品与遗物共计两千余件，北京画院是收藏齐白石作品最多的机构。辽宁省博物馆的四百余件作品，大多来自齐子如和胡文效。此外，20世纪50年代初，作为辽博前身的东北博物馆还依据齐子如、胡文效等提供的线索，到白石老家湖南湘潭征集了不少齐白石早期的作品，可以说，散落在湖南民间齐白石早期作品，都被收入了辽博。所以，今日辽宁博物馆四百多件齐白石的作品，件件真迹，流传有序。

齐白石是湖南湘潭人，除了湖南，他待得最久的地方是北京，一辈子没来过沈阳，那么，齐子如与胡文效又是如何从湖南来到沈阳的？

这一点，冯永谦与董宝厚均不知情，只有找到齐、胡的后人，才会有答案。

寻访了很长时间仍旧毫无头绪，我忽然想到很久以前，在酒桌上听《辽宁日报》记者杨集才讲他家曾经有过两幅齐白石的画，20世纪80年代初卖了四百元，买来一台黑白电视。当时只当作故事来听。如今突然想到，他的夫人姓胡，该不会跟胡文效有亲戚关系吧？然而此时，杨集才先生也已离世多年了。

终于，我辗转找到了杨集才的爱人胡朝晖——果然，她是胡文效的女儿。

胡沁园这位对文化慷慨热心的乡绅，虽自己也精于诗文、书画，但是，他的名字也只是随着齐白石的崛起而响亮起来的。胡朝晖感叹说，我的先祖胡安国的门下出过朱熹，我的祖爷爷胡沁园则是齐白石的老师，我们家出来的学生都比老师厉害。

1889年，胡沁园觉得齐白石极具天赋，其才可造，只是画作尚欠功力，且缺内涵，其原因是齐白石的诗书还读得不多。他要齐白石到他家去学画学诗，不仅不收齐白石的学费，还叫管家给齐家送钱送米接济，让齐白石安心学习。胡沁园还四处推荐齐白石的画，将他的画卖得钱后，用以解决齐白石的后顾之忧。胡家这一善举，直接导致了民族美术的升华。近代中国画的顶流画家，齐白石当之无愧。这段伟大的启蒙已成历史，而两家的后人，合力对辽博收藏齐白石作品的贡献，则将在几十年后展开。

胡沁园的知遇之恩，齐白石铭记在心，他曾怀着对恩师的崇敬之心，为胡沁园和夫人各画了一幅肖像图。这两幅肖像传到胡文效手上，由胡文效再传给女儿胡朝晖，后来这两幅画被文物店收走，回馈四百元，胡朝晖正是拿这钱买了一台黑白电视机。我记忆里杨集才讲的，就是这个故事。

杨集才没讲的故事是：1956年，胡朝晖三岁，跟着爸爸到北京，在北京跨车胡同15号的白石老人家里住了半个月。一是为了接从湖南来的奶奶到沈阳，二是胡文效正给齐白石写传，听齐白石讲述往事。祖孙三人跟齐白石合了影，齐白石在左边。老人得知胡文效在结婚十年之后才生下胡朝晖，显得非常高兴，于是老人每天为她画一幅画，一共画了十二幅，上面有花有草，还有鱼虾等等。并在画上题写"三十三岁得女可喜可贺"的内容，临别时老人家将这些画赠予胡朝晖，又和他们一起拍了张合影。

　　从白石老人家回来，胡文效将这些画装裱成册珍藏起来。他们的合影照片，也收藏在相册里留作纪念。

　　1957年，胡文效的文章《苦学记》连载发表于沈阳的文学刊物《芒种》，介绍了齐白石成名的经过。其实，《芒种》的刊名，也是胡文效到北京求齐白石给题写的。这一年9月16日，齐白石在北京去世。胡文效又在《苦学记》的基础上写成了《齐白石传略》，署名"龙龚"。这是第一本齐白石传记，1959年由人民文学出版社出版发行。后来出版的《白石老人自述》，内容截止到1948年，而《齐白石传略》则一直写到齐白石去世后，这本书是大家对齐白石生活了解和认知的极珍贵和完整的资料。

　　胡文效一直是沈阳与齐白石之间的使者。1951年3月，沈阳市举办抗美援朝书画义卖展览，胡文效进京找齐白石拿来画作十余幅参加展卖。1954年，东北博物馆专门举办了齐白石作品展览，这是全国博物馆中首家推出艺术家个人作品展览。此时，齐子如病重，玉成其事者也是胡文效，展出作品一百多幅，包括齐白石早年、中年、晚年的作品，系统地陈列出来。齐白石本人没有来沈阳，给东北博物馆写了信，言明年事已高不能亲赴。

　　1966年，胡文效因写作出版《齐白石传略》一书遭受批判，大字报贴到家里。当时胡朝晖年仅十三岁，害怕自己也会因与齐白石的合照受到批判，就背着父母偷偷地把照片中齐白石老人的身影撕了下来，照片上留下了齐白石棉袍的一角和标志性的拐杖——

然后胡文效全家被下放到辽西凌源务农。1971年，胡文效重回辽宁省博物馆工作。冯永谦回忆说，胡文效因病住院，辽宁省博物馆的同事都去医院看他，当时他的精神很好，跟大家谈笑，没事时拿起拖把打扫自己的病房，突然看见了挂在床尾的"胃癌"标签，精神立刻就崩溃了，于不久之后的1972年9月12日去世。9月13日胡朝晖的妈妈带着两个孩子，从被下放的辽西农村回沈阳。辽博分给了母子三人一间小平房，这些齐白石的画，连同这本册页，没有地方妥帖存放，就堆床底下，受潮了。他们家有个邻居在文物店上班，说文物店现在还收齐白石的画，就劝她赶紧卖了，卖晚了，以后更没有人要了。

胡朝晖的妈妈就通过文物店的邻居卖出去齐白石的画四十幅，齐白石的画在沈阳是十五元一平尺，一共卖了两千多元，其中那本册页卖了一百二十元，后来，这些画经文物店流转到了东北博物馆。

辽博四百余幅齐白石的作品里，有曾经属于胡朝晖家的一百六十多幅画，其中有胡朝晖的妈妈卖出的四十余幅，其他的则是胡文效捐赠给辽宁省博物馆的。

胡朝晖后来多次去辽博，看这本题写了上款、曾经属于自己的册页，已经价值上千万元了。她的儿子大学毕业后在北京某互联网机构做主管，在北京结婚生子，收入不菲，但仍在北京的房价面前却步，住在公司补贴的房子里，他说："妈妈，你但凡留下一幅齐白石的画，我在北京的房子就有着落了。"

然而，在20世纪六七十年代生活过的人，只要对政治运动和社会经济有起码的了解，就都会知道：胡朝晖一家的做法合情合理，换谁，只怕都会这么做。至于若干年后齐白石画作的价值，胡朝晖和她的家人们又怎么能未卜先知呢？

齐白石在《白石老人自述》中提到过自己的画价。一次是1946年，他到南京、上海办了两次展览，两百多张画都卖出去了，带回来的是法币，一捆一捆的，数量很可观，但是，连十袋面粉都买不到。

我看过很多文章在讲齐白石关于他画价的"民间故事"，说他在家里贴着润格，有人交完钱请他多画一只虾，他就给画隐藏在水草中的半只，诸如此类。其实这都是片面的说辞。在《白石老人自述》中他说："1914年，胡沁园去世，他老人家不但是我的恩师，也可以说是我生平第一知己，我今日略有成就，饮水思源，都出于他老人家的一手栽培，一别千古，我怎能抑制得住满腔的悲思呢，我参酌旧稿，画了二十多幅画，都是他老人家生前赏识过的，我亲自动手裱好，装在亲自糊扎的纸箱里，在他的灵前焚化——"

齐子如和胡文效与沈阳的缘分，源于另一个人：周铁衡。

1919年，当胡文效在齐白石的故园湘潭出生时，与齐子如同岁的周铁衡，由北京衍法寺方丈瑞光法师介绍，正式成为齐白石的早期入室弟子之一。周铁衡在沈阳长大，毕业于满洲医科大学，以医生为业，十七岁返京探亲时拜当时借居在法源寺的齐白石为师，时常进京拜会。沈阳解放后，周铁衡任东北文物管理处（东北博物馆前身）顾问，1949年5月，周铁衡去北平看望老师齐白石时，齐白石托周铁衡引荐齐子如。

就这样，在周铁衡的举荐下，1950年春，齐子如被聘为东北博物馆的研究员。同年夏，胡文效也被聘为东北博物馆研究员。这两位与齐白石有密切关系的湖南人，成为东北博物馆创馆人员（东北博物馆成立于1949年7月7日，是新中国最早建成和开放的博物馆之一）。周铁衡在1966年离世，他的儿子周维新也成为文博工作者、画家。

辗转找到齐白石之子齐子如的孙女齐艳芳，线索也来自酒桌，她的学生那天跟我们聚饮。齐艳芳这位生在湖南的女子，讲着一口湖南话。齐艳芳说自己在相貌上是最像白石老人的。爷爷齐子如在沈阳病逝后，奶奶王紫佩带着小儿子齐灵根回湖南湘潭老家定居，齐艳芳是齐灵根的大女儿。她听奶奶说，回湖南定居，是卖了齐白石四张斗方，每张六十元，用这二百四十元在白石铺买了房子安家，距离杏子坞星斗塘白石老屋十多里地。

因为齐子如在东北博物馆工作的原因，齐艳芳从长沙美专毕业后，被安排在沈阳工作。退休后的齐灵根也随大女儿回到沈阳。在沈阳中街创办了"白石山房"，与女儿一起教授白石风格的画作。

齐艳芳说，他们手里也没有了齐白石的画。

胡文效与齐子如，这来自湖南湘潭，联结了齐白石与辽宁的缘分的两个人，巧合的是，生命的时钟都停摆在五十三岁。他们的后人也把他们的骨灰送回湘潭。

时代对齐白石的认同、否定、再认同，如过山车一样，也让胡朝晖家里一百六十余幅齐白石的画作，因胡家的德行而聚，又因时代的变迁而散。她也有遗憾，但，她已不再执着于失去的一切，令人追悔的一切。一切因齐白石而来的荣耀和财富成为历史。

想起红楼梦中的一句话，白茫茫的大地真干净。在东北，真干净的白茫茫，在每个冬天都如约而至，覆盖了时代与个人生命的际遇悲欢。

本文刊载于《散文》2023年第3期

渴　慕

王充闾

一

踏上法兰西大地，在我已经是第二次了。这次，抓住参加法兰克福国际图书博览会中间空隙，前来巴黎踏访二百多年前伟大思想家、文学家伏尔泰的故迹，亲炙其遗泽，以弥补前次的缺课，满足多年来的渴慕。

先贤祠——法兰西思想与精神的圣殿，自是必到的首选。浏览一过，便快步直奔地宫，在整个墓群最中心、最显赫的位置，一眼就认出了伏尔泰的灵柩。棺木高大而精美，上面镌刻着一句铭文："诗人，历史学家，哲学家。他拓展了人类精神，他使人类懂得：精神应该是自由的。"旁边是他的大理石全身雕像：左手擎着一卷手稿，右手握着一支鹅毛笔，神情端肃，目视远方，似乎在思考着重大的课题。我屏住呼吸，唯恐打搅了他，伫立半刻，然后默然离去。

从传记中了解到，作为天主教会的死敌，伏尔泰早就料到，即便他结束了生命，教会也不会饶恕他，肯定还要加以报复、迫害，因而临终前，他就与友人商定，将遗体秘密地运出，暂先安放在外地，并嘱咐：把棺材一半埋在教堂里，一半埋在教堂外。用意是：上帝让他上天堂，他就从教堂这边上去；上帝让他下地狱，他可以从棺材的另一头悄悄溜走。直到十三年后法国大革命期间，经宪政会议决定，才把他的遗骸运回首都。这样，他的骨灰便得以安葬在先贤祠中，永远受到世界各国人民的凭吊与瞻仰。其间还有一个细节：遗体运出前，友人将伏尔泰的心脏悄悄地摘出，经过科学处理保存在一个盒子里，上面刻着他的留言："我的心脏在这里，但到处是我的精神。"后来，作为镇馆之宝，由法国国家图书馆珍藏。遗憾的是，此行时间匆促，来不及办理有关手续，无缘得见了。

接下来，是驱车前往伏尔泰的终焉之地，人们习惯地称为"伏尔泰咖啡馆"。它和先贤祠同属拉丁区，都在塞纳河左岸。早年，伏尔泰的家就在路边，因而这条路现在以他命名。在这里，血气方刚的思想家，以笔为枪，同专制王朝和天主教会宣战，从而在巴黎以至全国激起一波波的惊涛骇浪；结果，两番入狱，屡遭放逐，近三十载漂泊在外，直到辞世前几个月才重回巴黎。塞纳河的清波应识其傲岸依然的旧影，但"故园归去已无家"，只好借住亲戚维莱特先生家中，位置在现今仍然营业的"伏尔泰咖啡馆"楼上。举目望去，墙壁上的铭牌标示着：伏尔泰诞生于1694年11月21日，1778年5月30日病逝于此。

此前十九年间，伏尔泰一直居住在毗邻瑞士的法国边陲小镇费尔奈。这位瘦骨嶙峋的老人，以其巨大的能量投身于启蒙事业，写出了不计其数的传世之作；并且通过接待来访和书信往来同外界保持着密切联系。他一如既往地以书信、文章揭露教会的黑暗，抨击王朝的腐败与社会的不公。整个欧洲都在倾听他的声音，费尔奈俨然成为一个舆论中心，他则被尊称为"费尔奈教长"。

二

在18世纪法国启蒙运动的众多思想家中，被誉为"欧洲的良心""法兰西思想之王""科学和艺术共和国的无冕皇帝"的伏尔泰，是公认的领袖和导师。他才华横溢，博学多识，著述宏富，在文学（戏剧、诗歌、小说、政论）、历史和哲学诸多领域都做出了卓越的贡献。而作为思想解放的鼓吹者、法国启蒙运动的先驱，他的名字更是代表了整个一个时代。他崇尚自然神论，尊重科学，倡导自由，一生都在鞭挞专制、强权，反对宗教、迷信。然而，他对中国和中国的文化思想却大加赞颂，展露出由衷的渴慕之情。他把欧洲"发现"中国人的文明比作达·伽马和哥伦布的地理大发现。

在伏尔泰内心深处，有一种浓重的中国情结。在他看来，中国在政治文化、伦理道德、宗教信仰各方面都优于西方国家。他对以儒学为主体的中国古代文化给予高度的评价，认为中国文明有着悠久深远的历史渊源，把中华民族视为世界上最明智最开化的文明民族。在其哲学、历史著作和文学作品里，每当谈到中国时都带有浓厚的兴趣。他编撰的《哲学辞典》有不少关于中国的条目；《路易十四时代》《历史哲学》《巴比伦公主》等著作中，也都有关于中国的专论；特别是在"世界史式"的《论民族的精神与风尚》这部名著中，以两章篇幅论述了中国文化在世界历史进程中的作用，指出人类的历史以中国为开端，人类文明、科学技术也是随着中国而发展起来的，"中国人的历史从一开始便显得合乎理性"。

他悉心推崇中国的儒家思想，强调法国启蒙精神要从中汲取营养。他说，中国最古老最有权威的儒家典籍"四书五经"，之所以值得尊重，被公认为优于所有记述其他民族起源的书籍，就因为这些典籍中没有任何神迹、预言，甚至没有别的国家缔造者所采取的政治诈术。中国儒学博大兼容，各种宗教都能在中国和平共处。相形之下，欧洲基督教派却派别横生，互相残杀。他以中国儒家的"民贵君轻"主张为武器攻击封建君主专制；把"己所不欲，勿施于人"作为自己的座右铭，认为这是超越基督教义的最纯粹的道德。在以他为首的一大批法国思想家的推动下，"己所不欲，勿施于人"于1789年被载入《法兰西共和国宪法》。

伏尔泰对于孔子更是佩服得五体投地。他在《风俗论》中说，"孔子不创新说，不立新礼；他不做受神启者，也不做先知"，"我们有时不恰当地把他的学说称作儒教，其实他并没有宗教"，"他只是以道德谆谆告诫世人"，他是"真正的圣人"。他说："我读孔子的书籍，并做笔记，我觉得他所说的只是极纯粹的道德，既不谈奇迹，也不涉及玄虚。"由于倾慕孔子之学说与为人，他自命为"孔门弟子"，竟将耶稣像换成孔子像，晨夕礼拜，并为词以赞："孔子，真理的解释者，他使世人不惑，开发了人心。"

在18世纪中法文化碰撞交融的历史大潮中，伏尔泰作为开辟航程的先行者，除了根据他的理解对中国本身作比较深入的分析研究，还将中国作为参照物探讨法国以至整个欧洲的诸多问题，扩大了中国文化在欧洲的影响。正是他，以史学家的开放视野发现并弘扬了中国古代文明，以哲学家的深刻识见追寻着中华民族的精魂毅魄，以文学家的敏锐感觉开启了中法文学交流的历史航程，从而在两国文化交往史册上谱写下辉煌的一章。

三

在我们探讨伏尔泰钟情中国文化这一课题时，不能忽略他与同时代的中国乾隆皇帝及其诗赋的一段情缘。事情要从乾隆八年（1743年）东巡盛京（今沈阳）说起——

盛京为清王朝龙兴故地，开国前后几代先祖皇陵在此，当时定为陪都。东巡中，乾隆帝览山川之盛慨，发思古之幽情，启驾回銮之前，御制一篇歌颂列祖列宗开基创业之武功和盛京物产之丰富、人才之鼎盛，表达对佐命勋臣的怀念与崇敬之情的文学作品《盛京赋》。全文四千左右字，由序、赋、颂三部分组成。既陈述此次恭谒祖陵的宗旨、感受与经过；更状写出盛京的山川形胜、地域辽阔、物产丰饶；又追怀开国时期文武功臣；再由彰显军威的围猎，延及耕桑农事，国富民殷，宫室富丽，内容十分繁富，显现出意在雄视百代的帝王文学的气魄。

在中国文学史上，《盛京赋》创造了"三个唯一"：历代帝王中雅擅诗古文辞者数不在少，但写赋的寥寥无几，作京都大赋的只有乾隆一人，此其一；其二，以塞外名城为题材作赋，在赋史上，在历代文人中，乾隆是唯一的；其三，在中国历代京都赋中，《盛京赋》唯一流传到海外，并产生了一定影响。

最早的《盛京赋》版本，为乾隆八年至十三年间，清朝内府刻书机构——武英殿以木版刻印，有满文和汉文两种版本。到了乾隆三十五年（1770年），由常驻北京的法国耶稣会的阿米奥神父（钱德明）译成法文，并经法国东方学家约瑟夫·德经认真审核、作序，在巴黎提亚尔出版社出版。此为《盛京赋》在西方传播之始，被誉为"世界的诗篇"，随即引起了寓居费尔奈的伏尔泰的高度重视。

年已七十六岁的伏尔泰读了《盛京赋》后，兴奋至极，当即写道："我很爱乾隆的诗（指《盛京赋》），柔美与慈和到处表现出来。我禁不住追问：像乾隆这样忙的人，统治着那么大的帝国，如何还有时间来写诗呢？"他满怀热情写诗《致中国皇帝》，说："伟大的国王，你的诗句与思想如此美好。""接受我的敬意吧，可爱的中国皇帝！"但阴错阳差，不知哪个环节上发生了堵塞，致使如此热情的颂赞，乾隆帝竟一无所知。就此，伏尔泰在致瑞典皇帝的书简中道出了心中怅惘："我曾投书中国皇帝，但直到而今，他没有给我一点回声。"他还把这封书简寄送给所有与他保持联系的外国王室贵族朋友。可以想象，如果乾隆帝得知，远在万里之遥的域外，竟有一位在人类进步史上产生巨大影响的思想家、文学家对自己如此高度赞赏，他会作何感想。

应该承认，伏尔泰高度评价中国社会文化，包括对乾隆皇帝的赞美，由于受到翻译质量、传播渠道的限制，特别是存在着借宣扬中国文化以达至其改造法国社会的意向，其中有明显的夸大、美化成分和误读、曲解现象。但其赤诚的渴慕和善意的尊崇，至今仍然令我们由衷感动。我们应该秉持伟大启蒙思想家那样博大的胸怀，来对待世界上的多种文化，取长补短、去粗存精，以利于创造性转化、创新性发展我们自己的传统文化。

本文刊载于《新华文摘》2022年第6期

老里克湖的雪

苏兰朵

12月初，已接近东北最冷的时节。作为一个地道的东北人，在吉林的北部城市松原长大，我依然是怕冷的。从大连出行之前，我特意网购了一件羽绒大衣和一双防滑的棉鞋，还把使用率很低的毛线帽和绒线手套也放进了行李。

20世纪80年代初，读小学的我在新年晚会上演唱过一首歌，开头部分有两句歌词，至今还记得："海兰江畔歌声飞扬，金达莱花遍地开放……"歌的曲调高亢欢快，一开嗓就是高潮的感觉，很适合新年的气氛。那时的我还未曾去过海兰江畔，也不知道金达莱就是兴安杜鹃。虽然延边离松原不过四百多公里，我却是在四十年后才第一次踏上这片土地。

读大学的时候，同寝室有个来自延吉的朝鲜族女孩，名叫迎春。她个子不高，细眉细眼，从不高声说话，总是面带微笑。临毕业那年秋天，为准备研究生考试，她去了一次北京。回来的时候，带了几片扇形的银杏树叶。那是尚未离开吉林的我第一次见到银杏叶。几年后，我们在北京相聚。当时，我与一家唱片公司的老总刚刚见过面，正在犹豫要不要来北京工作。我在她公司的保安室内等她下班，等了很久。一位上了年纪的北京保安听我讲了我的事，摇头叹息着说，怎么都往北京挤呢？北京有什么好的？迎春很晚才下班，我跟着她坐单位的通勤大巴回家，大概坐了有两个多小时，在一个菜市场附近下了车。她买了啤酒和熟食。夜幕之下，我和疲惫的她靠在小小客厅的沙发上，聊了很多往事，喝光了所有啤酒。她并未有建议给我，只是安静地讲了自己未来的打算。今天想来，看似娇弱的她，十分早慧。我是在那次相见的十年后，才找到了自己的路。

在鞍山广播电视台工作期间，还曾遇到过一位朝鲜族的同事。他是文艺部的音乐编辑，比我年长很多，走起路来腰板挺直，发型总是打理得一丝不乱。我几乎未曾见过他沮丧的样子，每次在走廊碰面，他都显得精神矍铄，笑意盎然，似乎随时可以挥臂起舞，令我印象深刻。

令我没有想到的是，抵达朝阳川机场后，来接我的竟然是个满族女孩。

杨光是这次文学活动的全程讲解员以及培训班的班主任。车还未到宾馆，我们已在谈话中找到了很多共同点——同乡、大学校友、满族。这令我倍觉亲切。她现在是延边的媳妇，先生是朝鲜族。

延吉是一座美丽安静的城市，一条大河穿城而过。河水尚未结冰，于树叶凋敝、寒气肃杀的冷静中，平添了一丝难得的灵动气息。杨光告诉我，这条河叫布尔哈通河，是满语，意为"柳树"，因河两岸长满了柳树而得名。我又有些诧异，走进朝鲜族聚居区竟会遇到满语地名。

事实上，在接下来几天，我遇到了更多出自满语的地名。珲春在延边的最东部，与俄罗斯、朝鲜接壤。在防川边境，有中国国土面积最狭窄之处，宽度仅八米，可以一眼望到三国。珲春是满语的汉译音，意为"边地、边陲"。和龙在延边的最南部，地处长白山东麓，图们江上游北岸，自然景观优美壮丽，有"金达莱故乡"的美誉。和龙亦为满语汉译音，意为"山谷"。而我们此行的最后一站老里克湖，更是地道的满语。"老里克"是满语中对鸟禽的称谓，意思是"长脖子"。白鹭、仙鹤等长颈飞禽都叫长脖子。老里克湖自然就是这些长颈飞禽的栖息之地。它也是我曾歌唱过的海兰江的发源地。而"海兰"在满语中是"榆树"的意思。

印象中，东北没有我青少年时代冷了。那时候，冰雪是冬季绝对的主角，我们不过是飘浮于白色世界中的尘埃。直到现在，每年的春节回老家，我都会去冰冻的松花江边站一会儿，任长驱而来的凛冽西风刺透我的身体，让我记得自己还是这块土地上的儿女。曾经在雪中诞生出的无数幻想会再度来到我身边，像一群老朋友。

南方人来东北看雪，和东北人自己看雪，是截然不同的感受。雪在东北人的血液里，悄无声息地流淌。

现在的城市变得越来越干净。每逢大雪降临，人工撒下的除雪剂会令雪迅速消融。雪变成了黑色的夹着冰碴的水，沾到鞋上，会留下被腐蚀的污迹。换上雪地胎的汽车一个上午就能令道路变得干燥。

看雪成了一件奢侈的事。雪被经济与金融的城市驱逐了，它们会降低城市运转的效率。

老里克湖是一处看雪之地。每年10月之后，如果你想念雪，或者你向往雪，都可以安心前来，绝对不会失望。西伯利亚南下的寒流和日本海北上的暖流在这里交汇，两种气旋展开战斗，进而握手言和，形成丰厚的降雪锋面。如此，这一地区降雪频繁、雪量巨大。平均厚度在一米以上，最深处达三五米，雪期长达六至七个月。

这是我最长的一次雪地行走。走进老里克湖，就进入了林海雪原的世界。这里保留了原生态景观，没有路，只有悬挂在树上的绳子指引你可以凭此走出去。为了不迷路，需要将绳子盯紧。也不能走得太慢，下午三点半以后，山里就暗下来，夜幕开始降临。

老里克湖是季节性河流，此时已不存在。雪覆盖了一切，也替代了一切。树木都已沉睡，雪开始描绘它们。世界变成了黑白水墨。

在这浩瀚的画卷里，人身上的色彩是多余的，它破坏了安静的悠长的深沉的梦境。这梦境适合一个人独立，着白衣，沉默，任飞舞的雪沙轻抚面颊，幻想丛生。

成年以后，我不再被雪塑造出的童话幻境吸引。没有什么比雪更恢宏、更沧桑，它目睹了时间中的一切，也包容了一切。

为了弄清满族地名带来的疑惑，我在行程间隙从网上了解了一下延边的地域历史。仅老里克湖所在的这片山林，就经历了肃慎、勿吉、夫余、高句丽、渤海、辽、金、清、民国、伪满洲国，一路走到了今日和平安宁的共和国。雪作为历史的见证者，目睹了这里无数次的民族迁徙、征战、融合，那些满族地名就是民族融合留下的印记。从满族女孩杨光的身上，我看到这种融合仍在延续。

1931年九一八事变之后，为保卫共同的家园，汉、朝、满各族同胞团结抗日，这里曾是最惨烈的游击战场。当年东北抗日联军就是露营在这深山老林的雪洞里，与野兽为伴，爬冰卧雪，转战千里白山黑水，迎来了东北的抗战胜利。日本关东军曾在此修建了"劳力克机场"，作为简易的军用备降机场。由于夏季这里是一片沼泽，无法起降飞机，只能冬天结冰后铺撒花岗岩石粉再使用。但老里克海拔较高，天气多变，加之抗联将士不断袭扰，这个机场修建后很少使用，基本废弃。延边地区当时人口四十万，有十多万人走上了抗日道路，诗人贺敬之曾写下诗句"山山金达莱，村村烈士碑"。

千里林海埋忠骨，无边雪落细无声……

两个多小时后，一行人走出了雪原。在休息处，每个人的脸颊都冻得通红，甚至皮肤凸起。外地作家们有些担心，但我知道，过一会儿就没事了。少年时代，顶着隆冬清晨刺骨的寒风，骑着自行车奔赴学校，谁走进教室时，不是睫毛挂着白色霜花，脸颊冻得通红呢？在教室中心的炉火旁，被烤过的脸会刺痛一会儿，然后红晕才会一点点消退。久违的感觉！我舒展了一下胳膊，雪外的天地已不再令我感到寒冷。一个东北人的身体，就是要在大雪中冻一冻，才舒服。我在城市待得太久了。东北的城市，为了追赶GDP，离自然越来越远了。东北人为了奔赴城市的温暖，对山川林海的冰雪之美也忽略得太久了。我相信，一个被冰雪滋养过的灵魂，会在久居温暖之地后生出莫名的焦虑。雪的辽阔，雪的寂静，雪的无喜无悲，赋予东北人的，绝非那些欢乐肤浅的表面性格，幽默的言行下，隐藏的是面对命运的豁达与坚韧。

离开延边时，依然是杨光和蔡老师送我。蔡老师是朝鲜族，我跟他现学现卖了两句朝鲜语，一句是谢谢，还有一句是再见。

在高铁上，我的目光贪婪地望着窗外。每年的冬季，坐高铁在东北的大地上行走一次，一直是我内心的一个秘密。只是为了看一看连绵无尽的雪原。这时节，黑土地卸下了担子，在雪被覆盖下安然睡去，享受着休憩的闲适。江河凝结成冰，在日光的照射下，宛如巨大的镜子，闪着洁净的银光。偶有一小片村庄，被雪勾勒出安详的轮廓。树木，或者沾着雪挂，或者被冰包裹，枝条在风中摇曳，很妖娆，很晶莹……我可以忘记所有的事情，不被打扰地看她们，能看很久，很久，很久……

本文刊载于《民族文学》2021年第5期

留鸟的民风

袁海胜

　　草坪上零星的橡树撑起一个个巨大的绿伞。绿意低沉的橡树叶，像极人的手掌，叶脉也酷似掌纹。数只麻雀从树冠中钻出，射向草坪。叽叽喳喳的麻雀像在交流、激辩和争吵，虽然急切，仍不忘在草间一顿一扬地啄食。麻雀蹦蹦跳跳，搞餐间娱乐，偶尔亣起羽毛，搞成毛茸茸的球状。麻雀是辽西常见的留鸟，它熟悉与人类交往的窍门。我试图接近它们，想看一看草坪里究竟有什么美味，但也只是把这个念头停留在意识中，没有付诸实践。麻雀会在你无法预料的瞬间，扑噜一声飞起，那么多的麻雀动作统一麻利，像是同时接到指令。它们飞不远，落在几十米外的另一片草坪上，像是换了一张餐桌。

　　小区的草坪最初是种植昂贵的地皮草，像塑料一样尖硬，是一种不真实的绿。彼时小区里见到的麻雀都是过客，在草坪或是树冠上偶尔逗留，顷刻间就不见了踪迹。后期草皮逐渐枯败，物业放弃了管理，草坪上杂草丛生，反而比以前更加茂密葱郁，引来麻雀不忍离去。草坪里有小型的葵一样的蒲公英花和纽扣一样的苦菜花。麻雀用它短小的喙，在草莽中寻找走虫果腹，不知疲倦。小区的孩子乖巧，也常往草坪里撒一些面包屑和小米粒，和麻雀互动。小区有一个叫王一旗的小男孩，刚刚六岁，上幼儿园大班。他对麻雀近乎痴迷，经常流连在草坪上。一旗妈妈苗条文静，轻声地和邻居说，每个月都会买一些面包和小米，供孩子喂鸟用。偶尔会有麻雀跳到王一旗的肩膀上，我看见过一回，好生羡慕。

麻雀是一种普通的留鸟，直观一身土灰色，像企业的工装，一年四季保持不变，色彩平庸，更近于鸟类中的平民。细观其实也很精致，灰色褐色深浅交错缤纷，是一种低调的美。不引人注目是它们对自己最大的保护。

我把面包屑摊在掌心，想引一只鸽子来啄食。那只鸽子站在凌河岸边的水泥墩上，歪着小脑袋瞅着我。过了约五秒钟，这只鸽子把头歪向另一侧继续打量我，反反复复。我被这只鸽子盯得不好意思，扬手把面包屑撒在它前面的水泥地面上，鸽子展开翅膀，轻盈落下，从容用餐。鸽子不一定怕我的一只手掌，它的骨子里带着一股傲气。自然界的生灵，都有自己的脾气。说不定哪一天，鸽子熟悉了我的气息，接受了我的诚意，就会毫不犹豫地落在我的胳膊上。那一天总会来的。我不放过每一次与鸽子接触的机会，河边散步时，兜里总会装一把面包屑。

辽西留鸟种类不多，鸽子是与人类混得最熟的一种。城里的鸽子都是由人类饲养，每天看着一张张人的脸，虽不能当成同类，但也习以为常，不会为多出了一张脸惊慌。在中国的版图上，或者说在世界各地，鸽子都是极为常见的留鸟。鸽子的种类无以数计。和我相视的这只白鸽，洁白的羽毛在阳光下熠熠生辉，胸肌饱满，体态丰盈流畅，红眼圈，喙角鹅黄，好像少年。它的伙伴散落在岸坝上。河水被阳光弄成果冻，哆里哆嗦。白鸽啄食面包屑间，不忘抬起小脑袋看我一下，调皮的样子很是可爱。下一刻，鸽群突然起飞，轰的一下，像一堆树叶吹到空中，纷纷扬扬，最后飘飘摇摇落在了对岸。

朋友光北从北京回来时带回一只信鸽，这是我第一次见到真正的信鸽。这只鸽子体型略大，骨架清晰，披一身黑白斑点的花羽，头顶有一个肉嘟嘟的红冠。我想靠近看一看，主要是想摸一摸它，光北伸出胳膊拦着我，嚷嚷着，它是客人，要有点礼貌。对，这是一只来自首都的信鸽。光北说，我要选一个有意义的日子，把它放回去。信鸽点点头，同意了光北的建议。可惜的是那一段时间我很忙，错过了这个隆重的仪式。大约过了一个月，我突然想起这件事，打电话询问，光北已经回到北京。和他一起回去的还有那只信鸽，不同的是，那只信鸽是自己飞回去的，而且比光北早到了五个小时。话里我听出了光北的骄傲和自豪。但我对他没让我亲手摸一摸信鸽，依旧心怀不满。

段哥是我的同事，他喜欢在家中有限的空间里养植花草树木，也喜欢养鱼养鸟，其中就有鸽子。段哥憨厚，不善言语，但若是说起花鸟虫鱼，就会滔滔不绝。段哥告诉我，在所有饲养的鸟类里，鸽子是最认家的一种。因为和人类长期厮守，鸽子最易放下戒心，亲近人类。这话不假，去年夏天到葫芦岛滨海广场，鸽子成群结队在海滩上漫步，对游人毫不顾忌。好心的游人特意买来面包搓成碎屑，撒在鸽群里，鸽子们不紧不慢地啄食，在游人脚下转来转去，场面和谐温馨。

某日，一只喜鹊落在小区的樟树上，喳喳叫了几声。黑白相间的羽毛闪耀着宝石蓝的光泽，尾翼修长。喜鹊是民间的"报喜鸟"，这形象深入民心。不知道小区这只喜鹊来自哪里，来报的是什么好消息。小区里的居民围拢过来，特别是上了岁数的人，脸上溢出惊喜。王奶奶晃着花白的头发说，她有好几年没看见过喜鹊了。王一旗一阵风似的跑到樟树下，抬头看着这只比麻雀大得多的鸟，一脸的惊讶，忘了掏口袋里的面包屑。这也难怪，六岁的王一旗还是第一次见到喜鹊，此刻正惊喜交集。

小区是人声鼎沸之处，常来常往的只有麻雀，鸽子偶尔现身，喜鹊莅临实属罕见。居民停下脚步，行注目礼，是小区礼遇中的最高规格。喜鹊好像不屑这种关注，又喳喳叫了两声，算是把好消息做了个补充，扑扇着翅膀飞走了。它飞得很慢，以至于人们能一直注视着它身影的消失。居民的脸上现出不舍，特别是王一旗，呆呆地望着喜鹊消失的方向，突然哎呀一声，小手伸进衣兜里攥出一把面包屑，举到半空。这本来是他给麻雀准备的食物，一时忘记拿出来招待喜鹊。他懊恼不已，责怪身边的妈妈，为什么不提醒他拿面包屑喂喜鹊。一旗妈妈脸微红，退半步，拉着一旗的小手，细声慢语地安慰他。

往昔，喜鹊曾落在小姑娘绣的梅枝上，枕套、门帘、被面……现在不时兴这种纯手工的刺绣了，是民俗文化的一个损失。下乡途中，我曾看到一只喜鹊落在一头黄牛的背上，样子格外悠然自得。

又一天刚进小区，王一旗跑过来告诉我，又有一只麻雀落在了他的肩膀上。我很好奇，因为麻雀在我的眼里都是一个模样，根本分辨不清谁是谁。王一旗厉害，不但能认出每一只鸟，还给麻雀起了名字，王大花、王小花、王一花、王果果（小区里有一个女孩叫果果）……他站在草坪里给麻雀点名，麻雀起起落落很活跃。妻说，麻雀是不是能落在窗台上啊？那样的话你看它就方便了。妻把小米认真地撒在二楼居室的窗台上，等麻雀来。

段哥如愿以偿地换了一套顶楼的房子，在楼顶上用三角铁焊了一个新的鸽笼，上面铺上一层厚厚的绝缘板。他兴奋地说，鸽子已经慢慢习惯新家了，甚至有公鸽还拐回了媳妇，添了新成员。报喜的喜鹊再次来到小区时，被王一旗的小米诱惑，一步一步地挪到他跟前，小家伙高兴得嘴角咧近耳根。我想，王一旗长大了，一定是一位感情饱满的好人。

人和鸟、鸟和人情感取得某种一致，是一种文明的延伸，虽然这很难做到，但总算已有人醒悟到这一点。人与自然达成默契，与一个浅显的道理相逢，那就是互相珍爱。很多现代人都没有时间考虑这个问题，于是丢掉了很多宝贵的东西。比如说就在我们身边生活的留鸟，它们本来是生活中一个个快乐的音符，却每每被我们忽视。王一旗给了我希望，他和鸟保持着一种近于神话的友谊，让身边的鸟平安快乐地生活在人的领域里。至于他自己，则把每一天都过成了节日。

本文刊载于《散文》2021年第7期

鸟劬于泽

王雪茜

　　我们这次拍摄的目标是一对黑翅长脚鹬。同伴跟拍一对黑翅长脚鹬十几天了，她数着日子，算准了这只长脚鹬的四枚卵这几天就会孵化。长脚鹬一般一次孵四枚卵，同伴说，如果因意外不足四枚时，它会补齐四枚再孵卵。雌鸟雄鸟轮流孵卵，孵化期在二十天左右。我还没有亲眼见过小长脚鹬破壳，难免有点兴奋。雏鸟破壳多在清晨，大约此时环境静寂，亲鸟不容易受到惊吓吧。况且，一日之计在于晨，新生命如朝阳初起，一切都是新的。

　　此时正是5月末，芦苇还在展叶期，翠绿绿的苇叶密密地挨着，仿佛一大片新鲜的玉米地。这个季节，我喜欢在太阳下山以后到这片水塘听鸟。顺着土坝向北，慢慢踱步，彼时万籁俱寂，水面上一只鸟也没有，可我知道，它们就安歇在芦苇丛中。月亮渐渐升起来，风声减弱，天边红黄相间的灯火，像一簇簇火苗不停地闪烁，透着遥远的暖意，鸟鸣时断时续，仿佛古老的催眠曲，漫不经心又舒缓有致。间或能听到扑啦扑啦的声音，为寂静的画面平添有力的一笔，那是鸟的翅膀拍打水面发出的声音。白骨顶鸡的叫声比白天显得稍弱，像小时候肺活量不足吹出的柳哨声；野鸭子一声不出，也许早睡着了；小鸊鷉的叫声很有辨识度，科科、科科、科科，快速而连续，带着一丝丝颤音，多么像赖在母亲怀里撒娇的幼儿。更多时候，我判断不准听到的到底是哪种鸟的叫声，不过那又有什么关系呢？在夜晚，鸟鸣比白天稀少得多，鸟也很少同时鸣叫，常常是东边的鸟叫一声，西边的鸟应和一声。让我意外的是，彼此呼应的也不是同一种鸟。这反倒令我的耳朵格外灵敏，充满期待。

当你真正沉浸在这样的一个世界中时，耳朵会飞上风中的苇尖，眼睛会嵌入澄碧的水底，喉咙会忍不住发出一声含混的鸟鸣。演奏者们好像知晓了我的来临与关注，鸟鸣声开始交错模仿，声音里加入了某种有意识的音调，谈不上惟妙惟肖，我却听出了歌喉中若隐若现的自豪与喜悦、嬉笑与戏谑。它们有一种天然的能力，可以分辨出谁是它们喜爱和认可的听众，并以独特的曲目表达善意。那一刻，城市的霓虹与人类文明的自负，都显得无比廉价而脆弱。

"是我最先发现这里有长脚鹬的。"同伴打断了我漫出的思绪。在离水塘稍远一点靠近芦苇丛的一块平地上，她熟练地用泡沫板自制了一个小筏子，筏子前插了四根竹竿，似乎想安慰水塘里的鸟，看，我们给自己画地为牢了，绝不会靠近你们哟！最初筏子上要铺设伪装网。观鸟人都知道，鸟类在繁殖期非常敏感，任何一点人为的干扰都会让它们惊慌失措。只是，时间久了，鸟知道拍鸟人并无恶意，也不会刻意打扰它们，见惯不怪，便不再躲避，甚至毫不顾忌地在离拍鸟人几步远的地方觅食。伪装网的铺设环节省略了，同伴把相机的脚架拆掉，用泡沫板做了一个类似大枕头的东西，将相机放在上面，趴在泡沫筏子上调整角度，我则蹲在一边，摆弄望远镜，一声不敢吱。

出乎我意料的是，不远处的几只鸟——两只斑尾塍鹬、一只落群的滨鹬，还有三只环颈鸻，其实早就看到了我们，却全都做出视若无睹的样子，那只滨鹬甚至还对着我们的镜头连摆了几个 pose

（造型），可爱极了。嗨，谁忍心去惊吓这些自由轻盈的精灵呢？

"这里的鸟已变成'老江湖'了。"同伴笑着小声说。

从望远镜里看去，我们的目标，那对黑翅长脚鹬的巢筑在水塘北边搁浅处，像一只棕色的碟。这只巢主要是由芦苇茎构成，为了牢固和严实，间缠着一些树根、树叶和水草。亲鸟竟然不在，四枚卵丝毫看不出要破壳的迹象。

"亲鸟不会走远，很快就会回来。"同伴颇有经验地对我说。

果然，三五分钟不到的样子，两只黑翅长脚鹬匆匆飞回水塘，雄性长脚鹬先是看了一眼鸟巢，确认鸟蛋还在，便落在鸟巢近处的浅滩。雌性长脚鹬并没有直奔鸟巢，而是悠闲地先觅起食来。两只亲鸟一前一后在塘泥里昂首阔步，寻找食物，它们不慌不忙，步履稳健、身姿轻盈，不时将长长的黑喙插入浅水里。深红色的双腿修长、挺拔，让人想到芭蕾舞演员曼妙的肢体。不远处，三只环颈鸻迟疑地跟在黑翅长脚鹬后面，缩手缩脚。环颈鸻体长仅有十五六厘米，体重仅有四五十克，在体长近四十厘米、体重近两百克的黑白色涉禽长脚鹬身边，简直像麻雀一样小，仆人似的自惭形秽。吃饱肚子的"红腿娘子"立刻飞回了巢，也许离开鸟巢时间有点久了，找不到孵卵最佳体位的雌鹬不断站起又蹲下，努力调整它的两条大长腿，两三分钟后，它终于找到一个最舒适的角度，蹲下了。雄鹬并未离开，在周边警惕地巡视。

鸟在孵卵期，要面对重重危机，故而有"十巢九覆"一说。黑翅长脚鹬的巢，筑在浅滩上，虽然形状、颜色如土丘，又间杂以腐叶、泥土和草根等，极具迷惑性，但仍处于裸露状态，危险还是无处不在。这对"红腿娘子"对周围环境保持着高度的警觉状态，因为危险并不仅仅来自可目视的范围。同伴说，他们这几年一直在保护黑翅长脚鹬的巢。去年他们就为五对黑翅长脚鹬的巢架设了保护网——用竹竿渔网等将鸟巢几米范围内的地域简单围起来。

"四年前，6月初，大洋河湿地，有一对黑翅长脚鹬选鸟巢的运气不够好，雌鸟刚开始孵卵没几天，就开始连续下雨，眼看着河水涨上来，鸟巢即将被淹没，我赶紧趁亲鸟离开的片刻，搬来一些碎石头把鸟巢垫高，黑翅长脚鹬才得以继续孵卵。"同伴说。

"我拍摄了雨中孵化的视频，每每看着它在雨中安然暖巢孵卵的画面，我心里都会一暖。天下做母亲的莫不如此，人鸟同心。可惜呀……"同伴低下了头，"后来我去拍摄别的鸟，大洋河河水持续上涨，朋友告诉我，那窝雏鸟全部夭折了。那以后，我再跟拍鸟孵化，就从来没有中途易辙过。"

"亲鸟不能自救吗？比如重新筑个巢？"

"重新筑巢几无可能，时间上也不允许。"同伴顿了一顿，"不过我曾拍到过一对黑翅长脚鹬抗洪自救。就在这片水塘。"

我看过那组照片和视频。大雨过后，黑翅长脚鹬的巢被淹了，鸟蛋都泡在了水里，两只亲鸟心急如焚，不断地用嘴从水里打捞能加固鸟巢的东西，小树根、苇茎，可捞出最多的是毫无用处的腐叶。雌鹬围着鸟巢打转，它不敢离开鸟巢太远，雄鹬被伴侣派出去寻找建材，它叼回来几根七八十厘米长的苇茎，啄断后斜搭在鸟巢上。可同伴没有拍到最后孵化的画面，结局不难猜到。

她沉默了，我也说不出话来。看看手机，已经九点多钟，看来今天不可能拍到长脚鹬的小宝宝了。

白尾鹞就是那时出现的，离我们不到十米的距离。白尾鹞雄雌在外形上差异特别大，很容易辨别。我们一眼就看出这是一只雌性白尾鹞，它的上体暗褐色（雄鸟上体一般蓝灰色），腿黄白色，爪子黄色，嘴上面也带一点黄色。它在水塘靠近芦苇丛的地方扑腾着翅膀，我们发现它的同时，那对长脚鹬也发现了它。不过这只白尾鹞有些反常，我们没有发现它是从哪里飞来的，好像它是从芦苇丛边突然出现的。雄性黑翅长脚鹬先受了惊，它马上飞到高空盘旋，发出拉长的警报声，欧——欧——像警笛似的。很明显，这只黑翅长脚鹬属于色厉内荏型，看起来威风凛凛，实则是只"黔之驴"，除了大声尖叫，并没有其他招式。但我知道，鸟类极有智慧，它们可不止有三十六计。黑翅长脚鹬个体战斗能力虽然极弱，却是很有谋略的军事家，遇到危险时，比如猛禽、犬类或人类靠近，它会腾空而起发出尖叫，反嘴鹬、燕鸥等其他鸟听到警报，会联合起来一起抗击敌人（这也是黑翅长脚鹬常常与其他鸟类混居的原因），靠着"狐假虎威""滥竽充数"的战术，常可化险为夷。

奇怪的是，这只白尾鹞并没有靠近鸟巢的意思，反而向芦苇丛的另一边扑腾。长脚鹬停止了尖叫，它并不想在局势未明的情况下挑起战争。看得出，白尾鹞急于脱离我们的视线，它努力抖开翅膀，扑棱几下又落了地。我正看得纳闷，同伴却已迅速脱下外套，三步并作两步蹿到芦苇丛中，用外衣一下扣住了它。

对我们而言，白尾鹞并不陌生。小时候，大人吓唬爱哭的小孩子，最常用的口头禅便是："不要哭了，再哭就被老鹞子叼走了。"小孩子并不知道老鹞子是什么，大约以为是妖怪之类很骇人的东西。而我七八岁的时候，常住在山沟里的姥姥家，已经可以识别白尾鹞了。白尾鹞属猛禽，体型稍逊于老鹰，脸型像猫头鹰，喙十分锋利，一些小鸟小鼠小虫小蛇常会成为它的口中食。

可以断定，这只白尾鹞的翅膀受了伤，可伤口并不明显。我们找不到它的伤口，也就无法判断它伤得轻重。目测这只白尾鹞体重在五百克左右，体长差不多五十厘米，携带不便。同伴用装泡沫板的黑色塑料袋捆住了它的一双翅膀，拎着它，打算把它送到车上，拉到宠物医院去救治，未料，刚打开车门，把它放到地上的一瞬间，它就一下子飞跑了。被捆住了翅膀的白尾鹞当然飞不高也飞不远，它拼尽全力扇动翅膀，连飞带跳。我们放下设备，跟在它后面追。

受了惊的白尾鹞尽管翅膀受了束缚，在这片湿地上还是比我们跑得灵活，只要我们靠近，它就飞一段。它忽上忽下，忽左忽右，我们追得气喘吁吁，力不从心，可无论如何不敢放弃。折腾了两三个小时，白尾鹞转移了阵地，扑腾到土坝的另一边去了。人追不上，车也开不进去。我们眼看着它飞进了一片废弃的黄泥地里，无能为力。白尾鹞暂时摆脱了我们的追踪，可它的焦虑和烦恼丝毫没有减少，它趔趄地爬了几步，将翅膀完全张开，转过头用嘴去啄塑料袋的系扣，用力撕拽，可塑料袋依然紧紧地勒着它的翅膀根。同伴的眼圈红了。

那是一片不毛之地，不知道谁填了土又弃置不用，被几只蛎鹬暂时占作了领地。蛎鹬是中型涉禽，体型也较大，这几只蛎鹬长得很漂亮，黑色的头，红红的长嘴巴，红红的眼睛。自己的床榻之侧岂容他人侵入（它们当然不能预料，这里也许很快就会开来挖掘机），几只蛎鹬发现了白尾鹞，起初亦步亦趋，后来可能发现白尾鹞受了伤，一哄而上，受了伤的白尾鹞不如鸡，被蛎鹬赶得狼狈逃窜，东奔西突，最终窜进了芦苇丛，从我们的视线里彻底消失了。

在这片湿地里，我从没有见过船。但是有一刻，我会突然想起弥尔顿的一句诗。其实我想说的是，如果湿地或家园是一艘旗舰，那么鸟，就是旗舰上的一支桅杆。

本文刊载于《散文》2022年第1期

四季与诗

女 真

过 冬 天

10月中旬，最低气温已接近零摄氏度。

东北大地，准备迎接漫长的冬季。

依依不舍呀。

白菜、油菜、茼蒿、茴香，叶子还绿呢，要尽快吃掉。菠菜和小葱刚露尖尖角，别看现在幼小，其实小苗不怕冷，经过一个冬天的严寒，春天早早返青，是园子里的报春菜。

一个勤快的庄稼人，过冬前会把土地翻耕一遍，据说这样能把地里的虫子翻出来，让严寒帮忙把虫子冻死。

那些长短粗细不一的竹竿，要捆起来，来年再用。

有空还要去寻找肥料。牛羊粪，农家肥。如果我能在这个时候就把肥料弄到园子里，经历一个冬天，肥料熟透，春天下到地里少生虫子。鸡粪劲大，更容易找到，但已经失去我信任。成规模的养鸡场用合成饲料喂鸡，据说为了预防鸡瘟，必须不断给鸡用药，鸡粪已经不再符合我的绿色标准，不用也罢。再说鸡粪的气味特别大，真下到地里，会给邻居带来不良感受。我不嫌粪臭，但不能让邻居跟着一起享用。牛和羊吃草，更让我放心。

收藏种子。秋葵种子、丝瓜种子、蛇豆种子，都留了。红苋菜的种子，秋天落在土里，明年自会长出不少小苗。紫苏、薄荷也会自己长出来。神奇的蒲公英、马齿苋、苣荬菜、小根蒜，在园子里一旦落脚，年年自会发芽，免去我到野外寻找的辛苦。

关掉室外水龙头阀门。零下二三十摄氏度的低温，自来水管如果存水，会冻裂的。

关好门窗。擦亮玻璃。让阳光透进来。

准备好了冬天的读物。等雪来。今年雪频，真好，种地人喜欢。我不是先知，不会看水晶球，预测不到阅读计划会被什么突发事件改变——个体的人，永远离不开你置身其中的环境。这个冬天刷屏的文学书是外国小说《鼠疫》《霍乱时期的爱情》，很多人重看的老电影是《卡桑德拉大桥》。非常时期，小区封闭，出门不便且浪费口罩，幸好有一屋子书。把书架上有关瘟疫的几本书找出来，我读得最认真的一本是《逼近的瘟疫》，《新知文库》的一种，三联出版，作者是美国人劳里·加勒特。细菌、病毒，过去、现在、将来，会一直与人类、与我们的肉身共舞。作为渺小、普通、肉体凡胎的人，我们能做到的只能是不断强健自己，多一些与细菌和病毒周旋的能力和资本。这本书，我在"非典"之后买回来却并没阅读。不知道是否有人像我一样，瘟疫来临之际，恐慌、惊讶、激动、愤慨、焦虑、忧伤……但过后便渐渐淡然，仿佛时间能够疗治一切，可以遮盖住伤口假装看不见。如果不是新的病毒来袭，这书会不会就在我书架的角落永远蒙尘了？"非典"过后十几年，躲在屋子里读与瘟疫有关的各种沉甸甸的文字，再一次从常识出发，我心情复杂。而时下新媒体日渐兴盛，读书之外难免还会经常翻看手机。手机上一些现实感极强的记录文字，快捷、有力、鲜活，似比厚厚的书本文字更有切肤之痛，比翻译过来的国外文章更贴近我们正身处其中的现实生活，让无数人产生追看的欲望。每天早晨或者入睡之前刷一会儿手机，成了这一段时间很多人的生活常态。

庚子年元宵节过了，天仍旧冷。外面在飘雪。洁白的雪花还是好的。清朝人纳兰性德写雪花："非关癖爱轻模样，冷处偏佳。别有根芽，不是人间富贵花。"

一个人，如果不经历北方的酷寒，如果没看见过雪花伴着寒风疯狂飞舞，如果内心没有无边的苍凉，是写不出这般咏雪的句子的。

听 春 雨

古代很多诗人吟诵过春雨。唐朝诗人杜甫这样写："好雨知时节，当春乃发生。随风潜入夜，润物细无声。"这首《春夜喜雨》广为流传，入选多种语文课本，一些学龄前儿童也会背诵，可以说滋润过许多代中国人的心田。好雨要下在最需要的春耕时节，最好是在夜晚，默默滋润万物而不张扬——这样的雨情怀高蹈，堪与做好事不留名比肩。

我个人更喜欢的，是宋朝人陆游在《临安春雨初霁》中所写："小楼一夜听春雨，深巷明朝卖杏花。"

杜甫写春雨是上帝视角，诗人俯瞰大地，全知全晓。陆游是个人视角，写出"我"——一个血肉丰满的个体而不是抽象的人，"我"在倾听。一场春雨过后，第二天深巷里就会有杏花卖，春雨给普通人带来审美、乐趣，还给千百年后的读者留下悬念：诗人为何彻夜不眠？即便是种地人，虽然渴盼雨水但也不必整夜不睡吧？诗人心中有什么隐忧？在这首诗中，春雨是否有暗寓，暗寓的是什么？

陆游对春雨这个意象好像格外敏感，他在一首名为《春雨》的诗中这样写道："拥被听春雨，残灯一点春。吾儿归渐近，何处宿长亭？"儿子在远方，寒春夜雨，老父无眠，牵挂儿子住在何处，焦虑等待游子归来。这样的诗句，作为父亲的"我"跃然纸上，贴近普通人的情感，更容易打动读者。当然，这诗里并没有可以供人摘抄的那种励志金句。

在描写自然方面，古人比今人能力强。不是古人更聪慧，而是今人离自然越来越远。即便抽时间去踏青、郊游，多数人也是快步向前走，奔着午餐的农家饭菜而去，少有闲暇和心情去关注风吹草动，欣赏原初意义上的风花雪月。我们对自然的印象，多数来自前人的文字描述而不是自己的独特发现，这是事实。

又一个春天来了。作为种地人，我也是多么渴盼春雨。在我们东北，积雪会给土地带来适宜的墒情。但我感觉这些年冬天的雪越来越少，有时候一个冬天竟只下三两场雪，还经常下得不太像雪的样子，浮皮潦草，将将能盖住地面。冬天雪稀，春天如果再少雨，地里的庄稼怎么活？不种庄稼的城市里，栽植了许多好看的树和草，但城市绿化如果只靠地下水浇灌，恐怕也是不行的——且不说地下水位越来越低，连人类的饮用水都已经告急；即便有水，人工浇灌肯定不如来自上天的甘霖更能给土壤提供养分，更能让土地解渴。

看窗外春风已起，树枝乱摇。我像小兽竖起耳朵。夜已至，春雨，来吧，来吧！土地等着，种地人盼望——从前的祈雨女巫，这种时刻，应该点起篝火，载歌载舞、念念有词了吧？

苦 盛 夏

三十七八摄氏度的无雨高温里，地里的青菜，正受煎熬。

我没安空调，与青菜同在煎熬中。北纬四十一二度之间名叫沈阳的城，我生活多年的这地方，每年夏天有十到二十天高温酷暑，剩下的日子都还好过，不安空调无大碍。没安空调不是舍不得花钱，而是觉得实用的日子有点短，空调多数时间空挂墙上，比较碍事。在这里居住，最需要考虑的是冬天如何保暖。与长江沿线的火炉城市相比，这里的酷热天数少且不算难熬，只要不在太阳下暴晒，问题不大。望窗外艳阳，我想到盛唐时代，人还不知道空调是什么，酷热中，大诗人李白"懒摇白羽扇，裸袒青林中。脱巾挂石壁，露顶洒松风"，其实就是脱光了钻进林子里。那时候人烟稀少，一个人钻林子里想不让别人看见，大概不难。而今天生活在城市里的人，想找一片人迹罕至的林子，不容易。你真脱光了在林子里潇洒，无论男女，万一被人看见，会不会被告伤风化、耍流氓？

人可以如李白脱掉衣裳，或者躲进空调房，或者去海边避暑，地里的庄稼怎么办？

田野有一望无际的玉米、高粱、水稻、麦子，我自己种了二十几种菜。菜叶子已经打蔫、耷拉头。白天日照强烈，夜晚也闷热。田里的菜，不像大棚菜可以享受人工调温、调湿。谁能想出办法给大地里的庄稼、青菜遮阴？

喝凉茶，手摇扇，我以李昂的诗句解暑。唐朝人李昂——不是那个当过皇帝的李昂，是诗人，但远不如李白、杜甫、白居易有名。他留下的诗句不多，《全唐诗》里大概只录了几首。在《夏日联句》中，他写："人皆苦炎热，我爱夏日长。"是的，物极必反，否极泰来，炎热预示着季节将要走向反面。眼下虽然热得难受，但满目青翠，收获在望……热呀，热呀，知了在枝头呼喊。

心静自然凉。也可以想一想"世界上还有三分之二受苦人"，比我这里更水深火热的。我的大学同窗，有住在上海、杭州、武汉、南昌、长沙的，酷暑天，将近三十摄氏度的最低气温，让我对生活在那里的老同学充满了怜悯——人总归不能不走到室外，长时间躲在空调房里，身体极不舒服。

可能到了冬天他们也会怜悯我。零下二三十摄氏度的酷寒，你们东北人怎么活呢？他们不知道我们东北这旮瘩，冬天人们躲在有取暖设施的屋子里，望窗外飞雪飘飘，捏酒盅小酌，如果再有时间拿本心仪的书看，那种感觉，其实相当好。

想到冬天，顿时感觉凉爽多了。

窗外的翠绿，真养眼哪。

要相信，植物其实远比人想象的坚强。

秋 点 兵

东坡先生说："一年好景君须记，正是橙黄橘绿时。"

我的园中无橙黄、无橘绿，但仍有一年最好的景色。

西红柿长势喜人。春天栽的秧苗全部成活，未生虫害。第一批果实下来，每天可摘三四十个，要送人或者速冻、做酱储存。我喜欢西红柿成熟时架子上那一片红彤彤的气势，忍不住多种。劳动成果与人分享，有成就感。

冬瓜六个，每个都在二十斤以上。食量有限，腾不出空吃。去年收藏的冬瓜，一直吃到春节，炖羊肉，鲜美得很。据说冬瓜经霜以后更好存放。那就挂在栅栏上再看些日子。等霜降。

压腰葫芦七个。葫芦都一尺多长，臀大、腰细、乳丰，除了好看，我想不出别的用处。嗯，好看就是用处。人也如此。

丝瓜前后结了至少百八十根，嫩时清炒或者做汤、做丝瓜烙；老了晒干，丝瓜瓤可以刷碗、搓澡。蛇豆也叫蛇瓜，两棵秧，结十几个蛇豆，一米多长近两米，弯曲盘旋真如蛇，垂吊或盘卧，审美多于实用。

茄子、辣椒正常开花结果，在你一时想不出吃什么的时候，它们已经在那儿静候了。

秋葵十五棵。金花葵、红秋葵、绿秋葵，各五。红秋葵花和果格外艳丽，拍了照片发朋友圈显摆，很多人表示不知道秋葵有红色品种。金花葵据说营养价值很高，果、叶、茎都入药。绿秋葵，果实比较长大。

秋天这会儿还在地里顽强生长的叶菜，有白菜、油菜、香菜、茼蒿、红苋菜、茴香、小葱、菠菜。看青翠小菜整齐站在地里，感叹"秀色可餐"这样的词真是好。

扁豆角开着串串小粉花。扁豆喜凉，春、夏两季不与别的菜花争艳，越到秋天越妖，粉嘟嘟的蝶形小花朵，超级可爱。

秋天的总结，不光要有成绩，必须讲几条缺点——我在单位写年终总结多年，有思维定式了，先成绩，后缺点不足，最好还有展望。

黄瓜已经是第二年不丰收。黄瓜秧苗容易起腻虫，叶子爱长霉斑，我头一年拒绝打药，第二年犹豫再三，打了一点，还是晚了。结果可想而知。类似的情况还有豇豆角。当我拒绝打药，预示着丰收必然离我而去。我非常喜欢的芹菜，清炒、凉拌、包馅皆好，据说有降压作用。芹菜身材颀长，姿态秀丽，站在一起清清爽爽，像整整齐齐排队春游的妙龄少女。但芹菜茎秆、叶子上长了斑，少女秒变老妪。

事实证明，绝对拒绝农药在小园子里也是行不通的，更何况大田。我认识的化工大学张教授是研究农药的专家，听他讲，能够进入生产环节的农药本身应该是没有问题的，问题出在施用、监管。超量使用，不管水果、蔬菜上市多少天前不能再打药的禁忌，不遵守时间规则，种菜人自觉性不够，加上市场监管不到位，导致农药残留超标。食用者对农药谈虎色变，以为只有不打农药的水果、蔬菜才是安全的，以为有虫子眼的菜才是安全的。

肥料其实也有问题。去年我买了牛羊混合粪，今年只买到羊粪。买到农家肥不容易。农家肥可能"绿色"，但肥力显然不够、不全面，肯定不如化肥有劲。我种的白菜不抱心，茄子不圆润，黄瓜、豆角不直溜。我买种子，浏览相关网站时，不期然看到可以让黄瓜顶花、茄子增亮的各种药，看得我心惊肉跳，仿佛食客去门面光鲜的馆子吃饭误进后厨，看见里面蟑螂乱爬。我种的黄瓜、茄子，直溜的不多。春天买的韭菜苗，看上去非常茁壮，到了秋天，韭菜变得又软又细。反思起来，主要是缺肥。光上羊粪是不行的，可我真的又不甘心上化肥。家里的小园子可以将就，种出什么形状都高兴，孩子是自家的好；大田或者大棚，作为商品出卖的水果、蔬菜，要有产量，要有卖相，不上化肥不可能。

这是现实。

这个秋天，当我摘下冬瓜收藏起来，当我把方便储存的青菜收进冰柜，当我把吃不掉的西红柿做了番茄酱，我还不知道人类将要与一种新的病毒正面相遇。冰柜里的存货减少时我戴口罩去超市排队的次数，也再一次证明，我们东北先民冬季储藏食物的习惯不仅是自然条件使然，也一定跟这块土地上曾经的战乱、饥荒、瘟疫等复杂历史有关。这里冬季漫长，在没有冰箱和大棚的年代，冬季如果不储存食物，人只有饿死一条路。所以我们东北人挖菜窖、晒干菜、腌咸菜、渍酸菜。这里的居民很多是闯关东人的后代，山东、河北等地生存艰难的流民逃难到冰天雪地，遗传基因里埋藏着对饥饿的恐惧。1910年，这里鼠疫流行，死了很多人。日本人强占的年代，中国人在自家的土地上吃大米算犯罪。在吃的方面，人是有记忆的动物。

我们储藏，因为祖先储藏。

在我们东北，秋天时一些动物也在储藏。譬如熊、松鼠。林子里的熊储藏过冬的蜜。松鼠把松子埋起来——不是为了让松子发芽长成小松树，而是为了冬天有东西可吃，可以活下去。

本文刊载于《散文》2021年第2期

陶真的胜利

渊　子

　　那是个春天的早晨。耳泉扛着锄头在陶真的教室门前走过，灿烂的朝晖把他的头发染成了金色。陶真从没见过面色白嫩、脚穿皮鞋的人扛锄头，这把锄头应扛在一个粗糙壮实的汉子肩上，而这位细皮嫩肉的少爷，该坐在桂郁兰香的园子里抚琴下棋读书作画，且有丫鬟服侍左右。陶真喜欢看《红楼梦》，喜欢那里边的生活。她觉得眼前这位少爷该住在《红楼梦》里，而不是出现在红旗公社向阳大队第六生产小队的田野上。

　　陶真这时还不满十八岁。

　　耳泉不经意间朝教室门里望了一眼，就这一眼，让陶真举起粉笔的手静止在半空中。那略带惆怅的眼神将陶真情窦初开的记忆锁定在1975年春天的这个早上。阳光从没有玻璃的窗户涌进，灌满了散逸着泥草气息的教室，摇曳在个头参差不齐的孩子头上。这是村里的民办小学，只有一间草屋和十几个孩子，虽然有简单的教材，但陶真想讲到哪儿就讲到哪儿，不想讲就停下，全凭她一人说了算。此时的陶真不想讲了，她命令同学们自习，然后拿件衣服走出教室，来到门前的小河边，佯作浣衣状，眼睛却不停地向河对岸的地里张望。

河对岸是一大片玉米地，正是铲头遍地的时候。地垄朝学校方向。耳泉他们每铲一垄地大约需要半小时，陶真看耳泉铲了两个来回，衣服就洗了两个来回。陶真又回去取了双靴子，在石板上慢慢刷着。河水清澈见底，小鱼小虾在卵石间嬉戏，远处杨柳青青，山峰叠翠，一派蓬蓬勃勃。春风吹来花草的芳菲，陶真感觉，心里有一朵花盛开了。

等耳泉他们再次铲到这边的地头，刚好中午。只听队长一声令下，社员们鸟兽般散去。耳泉来到河边洗手，他的手很白，很纤细，这哪是握锄头的手？再看那双皮鞋，早已面目全非。陶真相信，到不了下午，这双手就会磨出血泡。陶真上生产队第一天，是收割豆子，豆秸坚挺并富有韧性，不到中午，陶真的手就握不住镰刀了，蹲在地上以哭声表示抗议。哭声被人传到大舅耳朵里，当小学校长的大舅心疼外甥女，找个理由在第六生产队开了这间民办小学，陶真成了唯一的老师，哄着十几个孩子玩。好在那时读书一点不重要，没人认为读书能读出名堂。就这样，陶真不用下地干活了。本来女大十八变，再加上一捯饬，就越发显出漂亮了。

陶真忍不住和耳泉打招呼，说，到我教室吃饭吧，我那儿有热水喝。

耳泉抬头看她一眼，惆怅的眼神稍微闪亮一下。甩甩手，又掏出手绢擦了擦，踩着一块石板，一步就迈了过来。

陶真提着靴子走在前面，耳泉跟着，在中午温存的阳光下走进了初恋的磁场。

耳泉从腰间解下干粮袋，里边包了两个玉米面饼子和几个咸芥菜条。玉米饼子很硬，落在学生桌上发出砖头一样的声响。

陶真打开她的三层镀金铝饭盒，上层是一盘葱炒鸡蛋，中层是几片白面馒头，下层是大米粥。饭盒是放在队部锅台上温着的，所以飘出了勾人味蕾的饭香。

陶真把饭盒推给耳泉，说，你吃我的，我尝尝你的玉米饼子和芥菜条。

耳泉身材修长，头发浓密，眉宇清秀，鼻子英挺，穿一件立领劳动布上衣。那时是见不到立领服装的。立领衣服下面还有两个口袋，类似五四运动时的学生装。耳泉穿在身上，刚好衬出他的书生气质。陶真穿米色套装，裤筒笔直，腰身婀娜，上衣是小翻领，内衬碎花小衫，梳刷子样短辫，两只大眼睛傻傻的。

从这天起，陶真的教室就成了耳泉的食堂，中午一到他定来吃饭。陶真照例会用自己的饭盒换下耳泉的干粮袋。耳泉的干粮一成不变，都是玉米饼子和咸芥菜。好点的时候，咸芥菜是在锅里蒸熟的，打开干粮袋能闻到一股油香；再好点时，玉米饼子换成玉米面煎饼，煎饼里卷了鸡蛋酱——这是耳泉最好的伙食了。

陶真的三层镀金铝饭盒则每天都变着花样，有饺子、包子、油饼、油条、馒头、花卷、麻花；菜有炒韭菜、炒虾酱、炒辣椒、豆腐、咸鱼、咸鸭蛋等，偶尔还能见到锅包肉。耳泉每次过来，不管三七二十一，拿过饭盒就吃。有时会嘟囔一句：你家怎么净给你带好吃的呢？至于他的大饼子陶真有没有吃，他从不过问。若干年后两人说起这段时，耳泉问，你家也不是地主资本家，怎么净给你带好吃的？陶真说，哪是，很多时候我看你来学校门前干活了，赶紧骑车回镇上国营食堂给你买一份。

耳泉惊了，真的？

当然真的，你不想想，那时谁家能做得起锅包肉？

耳泉又问，我的大饼子你吃了？陶真说，没吃，只在太饿时啃两口。也就是说，从认识耳泉那天起，陶真尽其所能创造的好吃食，全进了耳泉的嘴巴。

从陶真的教室往东望，一条土路拐过山脚向这边延伸过来。耳泉他们不可能天天到学校门前干活，见到耳泉拐过山脚时，陶真的心就开始狂跳，马上安排学生自习，然后掏出包里的小镜子，反反复复照上几遍，前后看看裤脚有没有灰尘，再用毛巾抽打几下，正正辫子，捋捋刘海，像相亲前紧张又兴奋的姑娘。更重要的是，她得看看今天饭盒里的饭菜耳泉喜不喜欢，如果太素了，她会立即骑车去八里外的镇上买份荤菜，强体力劳动，不吃点荤的哪成？

镇上只有一家国营食堂，而且要收细粮票。这难不倒陶真，她早从炕柜抽屉中那个紫红色小铁盒里偷出了细粮票。钱也不成问题，民办教师有工资，母亲每月留给她五块钱零花，这五块钱，用在改善耳泉伙食上，足够。

当陶真远远看见耳泉拐过山脚时，教室里就会传出孩子们的歌声：

> 红星闪闪放光彩
> 红星灿灿暖胸怀
> 红星是咱工农的心
> 党的光辉照万代
> …………

假如那时有人知晓了陶真的秘密，听见孩子们唱《闪闪的红星》了，便可以断定：耳泉来了。

不仅歌声飞扬，一个上午，教室里都会书声琅琅。陶真像只燕子样出出进进，笑脸像盛开的牡丹。

当然，耳泉也不是光知道吃，他回馈给陶真的是故事。耳泉喜欢看书，理想是做诗人，所以他常常在黑板上给陶真抄写普希金和雪莱的诗。当抄到那句"我记得那美妙的一瞬，在我的面前出现了你"时，陶真的大眼睛里顷刻闪起泪花。她知道耳泉还没爱上她，不过这不要紧，她相信这天一定会来的，就像那首诗说的"冬天到了，春天还会远吗"。她的春天，就是耳泉日渐明朗的面容和孤冷中不断闪现的炽热。

在不见耳泉的日子里，似乎天空都阴沉了，花草也无色了，时间比蜗牛还慢，一切都那么无聊透顶。陶真的饭菜怎么拿来再怎么拿回去。每逢这时，母亲就会发出很强烈的质疑：今天怎么了，不是说不够吃让多带点吗？

有天中午，耳泉吃着猪肉水饺，喝着黄澄澄的小米粥，陶真在边上吞吞吐吐。耳泉不关心陶真说什么，他只关心这些水饺够不够给他解馋。

陶真羞羞答答又小心翼翼，说邻居岳婶给她介绍对象，是个当兵的。这个当兵的给她写了封信，说行就先定下来，怕复员时她再跟了别人。她也不知该咋回，想问问耳泉……

耳泉吃得正香，头都没抬：信？拿给我看看。

陶真怯了：信上啥也没说，就问行不行。

耳泉把筷子一拍：让你拿你就拿，啰唆什么？

陶真脸上冒汗了，说啥也没有，求你别看了……

耳泉从凳子上蹿起来，要去翻陶真挂在墙上的花布兜。陶真一步向前，抢过花布兜抱在怀里。耳泉要夺，陶真奋力不给，几个来回陶真就要招架不住了。恰在这时，一个学生母亲闯进屋说，陶老师，我闺女肚子疼，在炕上打滚呢，你快去看看吧！

陶真挣脱了耳泉，快步跟那个母亲跑了。

多少年后，陶真问耳泉，你猜，为啥拼死不让你看？

耳泉"切"了一声，这有啥好问的，那当兵的给你写了情话呗。

陶真笑了，说，错，因为根本没信。

一晃三年过去，她给耳泉奉献的美食数不清。这还不算，春天的毛樱桃、夏天的西红柿、秋天的李子、冬天的苹果，只要家里有的，弟弟妹妹们吃不到，耳泉也一定能吃到。陶真成了家里的贼。父亲给她买了块上海表，也戴在耳泉手腕上，那辆飞鸽牌自行车更成了耳泉的坐骑。只要能给耳泉的，陶真全给了。

果然，考上大学的耳泉渺无消息。他忘了临走前的晚上陶真来送他，给他买了条蓝色围巾，低头羞赧地问，你会给我写信吗？耳泉想都没想就答，会。天很晚了，陶真说天黑害怕，让耳泉送她回去。那是个没有星光的夜晚，也没有路灯照明，浓浓的黑暗如海水般将两个年轻人吞没，但陶真的心里装着一枚小小航标，引领她游向爱情的彼岸。路上，陶真几次想拉耳泉的手，可是没敢。到家门口，耳泉转身，头也不回大踏步走了，只留下冰冷坚硬的踩踏声。这踩踏声不是踩在路上，而是踩在她心里。

多少年过后，陶真说，我后悔那时没扑进你的怀抱。假如我们拥抱了，你是不是就不会爱上别人了？

耳泉说，也许吧。

当陶真知道耳泉恋爱后，并没有多大忧伤，而是激起了一股心劲：不就是上大学了吗？有什么了不起！我一定要找个大学生，胜过你！

此时，陶真已转正为一名小学教师，上门提亲的人踏破了门槛。母亲多次催问，陶真都答：非大学生不嫁。不是一般的大学生，还得是名校。耳泉不过是师专而已，我起码要找个本科生！只有这样，陶真才能战胜耳泉，也才能说服自己。

耳泉结婚两年后，陶真如愿以偿了。对象叫翟嘉，真是个名校本科生，还大高个，仪表堂堂，配她绰绰有余。不足是家穷，没钱结婚，再有，身体不好，有心脏病。

没钱在陶真这不算啥，有病也不怕，好吃好喝养着，啥活也不让男人干。耳泉的背叛，激发出陶真无穷的斗志，可以战胜未来生活中所有的困难。父母拿出积蓄，给陶真操办了婚礼。婚后，陶真又养鸡又喂猪，清早起来和朋友一起炸油条卖。

翟嘉自是掉进福堆里，衣来伸手，饭来张口，油瓶倒了都不扶。但陶真喜欢，愿意。常有人看见，陶真背着女儿打猪食菜，劈柴拉煤，买米买菜，端着大盆到河里洗如山的床单被褥。女人的活干了，男人的活也干了。翟嘉夜里咳嗽，她下床倒水喂药，熬制镇咳梨汁，一宿陪坐到天明。不用说耳泉的妻子比不上，怕是没有任何人的妻子能比得上。

《后汉书》里讲过这么一件事：鲍宣之妻名少君，其父欣赏鲍宣而嫁女与他，陪嫁丰盛。可鲍并不喜欢，说，你生活骄奢，而我处境贫寒，不敢受此厚礼。少君说，我既嫁与你，你的意见我都接受。鲍宣高兴地说，你能这样就是我的愿望了。于是，少君把华丽服装及饰品全部收藏起来，改穿粗布短衣，和鲍宣一起拉着小推车回家乡，拜见婆母后就提着水瓮去汲水，奉行媳妇礼节，为后人所称道。

陶真比那位"鲍宣妻"还要好。

耳泉与陶真是三十年后重逢的。时光河流把人的情感磨成了光滑的卵石面，也褪去了原有的纯真和底色。美丽年华肴馔即尽，只剩下往事依稀，犹如看过的一部老电影。

陶真说，我这辈子就毁你手里了。耳泉对这一说法很不接受，怎么还毁我手里了？陶真说，当初拿你当标杆，谁想这标杆立错了。翟嘉走后，我大姑姐劝我时说漏了嘴，说亏你照顾得好，小时大夫就说翟嘉活不到五十，他爸四十走的，他哥四十五走的，他能活到六十，奇迹了。

耳泉震惊：那翟嘉岂不是欺骗了你？

陶真说，不能说欺骗，知道翟嘉有病，在我之前好几个姑娘都跑了，我为了和你比，就没跑。

耳泉再也忘不掉陶真了。

人海茫茫，有一个人为你而生，错过了，就不会再来。

本文刊载于《散文》2022年第3期

天下第一弄

孙春平

亲爱的朋友，你肯定去过广西吧，广袤的喀斯特地貌上，奇峰峻岭，青山绿水，再加数不清的地下溶洞，奇美无比的漓江两岸风光，古人一声甲天下，道出了多少赞叹！

可你去过七百弄吗？它也在广西，也是喀斯特地貌，位于桂西北河池地区大化瑶族自治县，那里曾是极度贫困山区。七百弄现在的行政区划为七百弄乡。追溯历史，这个行政设置出现得并不算古远。明清时期，这里还是土司的"飞地"，直至民国初年，该地划设为七个"百团"行政单位，按当地俗名分别称为百弄昧团、百弄甲团、百弄水团、百弄鸡团等。各团按地域分水划线，七个"百团"遂总称为"七百弄"。可见，"七"为实数，"百团"只是个地域名称，相当于其他地区的村或屯。至于"弄"，只是当地瑶族人的一种叫法，早些年"弄"字上方还有个"山"字，代表山岭之间的低洼之地，相当于我们东北地区的锅底坑。在当地的一个展览馆，我问一位年轻的女讲解员，那个字怎么发音，穿戴当地服饰的讲解员倒实诚，说她是汉族，至于那个字怎么发音，她也说不清楚，要等她去请教。

七百弄当年到底是怎样贫困，不用亲身体验，只听介绍，也可大致了解。四处环绕的喀斯特山峦，看着林草密布，景致煞是好看，可脚下却满是巉岩，莫说人行，连被人称为山猴子的山羊上山觅食都得加着小心。赶上南方连日的降雨，低洼之地七百弄必是一片水泽。可七百弄又无一条河流，也曾没有一口水井，到了少雨时节，民众的生存曾是怎样艰难也就可想而知了，怪不得叫"飞地"呢。那少有的土地会飞，一场大雨后，那块地可能就不是你的了。

　　可人类自有生存的坚忍与聪慧。早在一千五百多年前，当地人就开始在这里饲养家禽了，那时的鸡雏叫什么名字还不得而知，只知那鸡从遥远的创世史诗中走来，神秘久远。广西民族出版社2002年10月出版的《密洛陀古歌》记载，因公鸡吃了沾有太阳血的午饭，母鸡吃了沾有月亮血的午饭，从而形成公鸡金黄雪花、母鸡麻羽雪花的毛色。太阳血是什么？月亮血又是什么？古歌中没有记载和介绍，但我的笨心眼寻思，这个地区日照充足，空气清新，林草茂密，这里的鸡雏食物充足，啄草虫、食草籽，简单点说，就是无公害、纯天然。时下，吃厌了出自饲养场肉食鸡的城里人猛地有来自大化县七百弄美味入口，自然感觉宛若天味，也难怪七百弄鸡飞上了人民大会堂两会代表的餐桌，也成了当地人走亲访友或宴请宾客敬老的极佳之品呢。那晚，我正好参加了当地朋友的宴请，白斩鸡送上餐桌，本来早断了吃鸡念想的本老汉也伸筷夹取一块，那一夹便忍不住了，再夹，再三，哪里还管羞涩与斯文。我还跟同桌的朋友说，在北方，我没少参观鸡舍，有一次，正赶上阴雨天，老天骤炸惊雷，眼见养鸡场的人提起土篮，捡走一只又一只突然死掉的鸡，送到外面丢掉了。可怜那些家禽的小内脏早被各种催长的药水灌满，脆弱的心脏又哪里受得了巨雷的惊怵，早死早托生吧。怪不得听说一有炸雷响，做禽类加工生意的小商贩们便急忙驱车奔养鸡场，那是要去抢购吓破胆的死鸡，加工后再卖，便宜嘛。

　　近几年，在脱贫奔小康的大力号召与各种政策的有力扶持下，七百弄鸡的饲养驶上快车道，大化县十几个乡镇几乎家家户户都在养鸡。这一举措大得民心哪。成年劳力可照常外出打工创收，留在家里的妇女、老人和孩子举手之劳间就把鸡雏侍候了。为了确保生鸡的肉质，严防某些村民投机取巧，各级组织严防死守，对饲养的全过程制定了各种规章制度，比如，不许在饲料内添加任何对鸡雏生长有害的食物；再比如，为了保证饲养场地的卫生条件，不光用水、采光、通风都有具体规定，还要求鸡雏的活动场地必须达到鸡舍面积的三倍以上。而今，大化县区年出栏七百弄鸡已达两百万羽左右，畅销自治区内外，产值超亿元，为大化地区脱贫奔小康做出了实实在在的贡献。

我第一次得识七百弄鸡的"芳容"，是在又一天的午后。汽车开到美丽的红水河畔一个叫龙眼村的地方。阳春三月，春光明媚，清风徐徐，脚下的红水河浪花飞溅，山路一侧，是一片橘林，枝头上的果实密密实实，在轻风中摇头探脑，汽车贴橘林而过，有枝叶和果实一起拂到窗口来，清晰可闻果实的甜香。我问，这橘子该采摘了吧？司机说，也就这两天吧，你口渴，可以摘两个尝尝。我说，这不好吧？司机笑说，有什么不好，别看我们这地方穷，可山里人从不在乎这个，尤其有远方的客人摘了他们的果子，他们还高兴呢，说这是难得的祝福。摘吧，不过这可不是橘子，它是柑，大名叫沃柑，我们这里近几年的新品种，外地来人尝过都夸好。那天，难拂司机的盛情，我顺手摘下两个沃柑，果不其然，饱满丰盈的甜美果汁里，别有一种独特的滋味。几天后，我回到沈阳，又到过长春、锦州、北京，在各地的市场都见到来自南方的沃柑，橙黄色也都很漂亮，却再难尝到在大化红水河畔品尝到的那种味道。我怀疑是否是自己刚从大化回来，爱屋及乌，感觉出了问题，好在老伴也吃到过我从广西大化带回的几个沃柑，她学着小品里的样子夸张地赞叹，都是大中国土地上长出来的沃柑，差距咋这么大呢？

下了车，来到一幢新建在水湾里的一幢二层小楼前，栅栏外就是青山和红水河的一股支流。正巧赶上女主人端着竹簸箕出来喂鸡，几声吆喝，把玉米粒抛撒下，一群鸡便从河边的林丛中跑过来。与别处看饲养的鸡群不同，别处常是公鸡多，母鸡少，可这群里，竟是公多母少。那母鸡跑在前面，公鸡则矜持着，四平八稳的，就是到了近前，也是站在母鸡的后面，并不忙着抢食，只是偶尔啄两口。我惊诧于公鸡的漂亮，不是一般漂亮，而是出奇漂亮。我小时候，家住平房，妈妈也曾在家里养鸡，我也没少帮妈妈给鸡采过野菜，剁过鸡食，可那些来自国外品种通体雪白的来亨鸡，来自本地的庄河鸡、芦花鸡，虽说也各有风采，但跟眼下的七百弄鸡比起来，就是村姑比仙女啦。尤其是公鸡，颈部羽毛呈金丝状，色彩极其光鲜亮丽，尾羽高翘。那一刻，我又想起来自《密洛陀古歌》的描述，公鸡吃沾有太阳血的午饭，而母鸡的午饭却带着月亮血，细观细看，这鸡的羽毛里果然都呈现着来自太阳与月亮的色泽与光芒。同行的朋友说，传说中的凤凰不会就是这模样吧？可凤凰来自中国古代神话，谁又真见过呢？但若说中国古代画家曾来过七百弄，我却是信之不疑的。那天，我曾问女主人，我买两只鸡可好？我要一公一母，你开价钱。没想女主人却笑着摇头，说你一定要买，就去找乡里的合作社吧。我这才想起有人介绍说，农业部早就正式批准对"七百弄鸡"实行农产品地理标志登记保护，每只鸡腿上都是带着标牌的，为保证质量，出售必须经过合作社组织统一监督管理。

离开大化县那天早晨，我起得很早。天刚蒙蒙亮，我走出宾馆，沿着还没彻底醒来的街道直向郊外走去。没有明确目标，却有一个明确目的，我只想听听来自村舍中的七百弄的鸡啼。那么漂亮，为大化民众做出那么突出贡献的七百弄鸡，它的啼鸣会是怎样呢？一定非常高亢而嘹亮。

本文刊载于《民族文学》2022 年第 4 期

下 南 塘

叶雪松

一

老家人管去东南一百公里外辽河湾的芦苇荡揽活叫下南塘。

这种叫法在四十几年前常常回响在耳边,现在,已经很少有人听到或提到这个叫法了。

父亲下过南塘。

天刚亮,母亲就起来烙饼,给父亲带上做干粮。那时,我正当少年,上小学,和祖母住在东屋。听着母亲用面铲翻动面饼在铁锅上发出的声响,不知为什么,躺在热被窝里的我,心里竟涌上了一缕悲壮和神秘。

南塘,从我们村骑自行车,要骑上十个小时。如果赶着骡马车,时间会更长。用披星戴月来形容,并不为过。那些烙饼,就是在路上充饥的。饼子是秫米面或玉米面的。下南塘的季节,多在滴水成冰,生产队的社员们"猫冬"的时候。大清早,鬼龇牙的时候,父亲披上羊皮袄,和伙伴们出发了。有时去做刀客,有时去搅鱼,有时去拾柴。那时，父亲正当壮年，那时，生产队的分值低，入不敷出，秋天不到，槽子里的米就见了底。

后来，父亲说过，谁不想在热炕头上多躺上一会儿，没办法，家里老少，几张吃饭的嘴呀！

做割苇子的刀客，是当年庄稼人额外收入最快的行当。所以，父亲得做刀客，下南塘。一望无际的芦苇荡，每到冬季，需要大量的劳动力来收割，将捆好后的芦苇运输到或近或远的纸厂。

父亲下苇塘割苇做刀客，有时候一个月都不回家，就住在苇塘里，睡大通铺。冬天的风很大，站在冰上，雪末子灌进脖子里，手背冻肿成馒头。为了生计，刀客们不惜拿命来换补贴家用的那点微薄的报酬。

和父亲一块割苇子的，一个叫柳忠元，长得高大威猛，像头狮子。另一个不知道叫啥名字，因为他平时少言寡语，长得白净，像京剧《玉堂春》里的苏三，工友们都叫他的绰号苏三。冬天的芦苇荡，白茫茫一片，一眼望不到边，苏三割的苇子远远完不成数量，父亲和柳忠元就帮忙。大伙住南北通铺，柳忠元住在苏三旁边。柳忠元睡觉打把式，有时把胳膊大腿放在苏三身上。

这天晚上，柳忠元喝了点酒，就钻到苏三的被窝里来了。苏三往外推他。柳忠元嘿嘿一笑："你又不是娘儿们，怕的是啥？这大冷的天，一被窝睡觉暖和！"

柳忠元一边说着，一边把苏三搂在怀里，手却不安分地伸进了苏三的衣服里。苏三满脸通红推着柳忠元。柳忠元的手突然不动了，直愣愣地盯着苏三："你是女的！"

棚子里炸开了锅。

"你真是个女的？"柳忠元的眼睛瞪得像铃铛。

苏三索性将盘在帽里的头发散开。大伙儿没想到，这个沉默寡言长相清秀的小兄弟竟是个姑娘。

工头见苏三是个女的，认为不吉利，大黑的夜，要撵她走。柳忠元跳出来求情，工头见状，对柳忠元说："既然你这么仗义，就成全你们。"说着，指着屋外不远处的一个冰眼："只要能跳进去待上一袋烟的工夫，我就放了她。否则，就连你一块攮！"

柳忠元二话没说，拔腿直奔冰眼。工头哈哈一笑，将柳忠元拉到一边，挑指说，看不出，你小子还挺仗义。工头仔细问询苏三，为啥女扮男装下南塘。苏三就哭了，说她叫韩芳芳，寻找下放劳动改造的父亲，成了"盲流"。身上的钱被小掯（注：小偷）顺走了，见下南塘割苇子能挣钱，就混在了人群中当起了刀客。听了她的叙说，工头不但没攮她，还为她和柳忠元当起了婚姻介绍人。桃花运来，柳忠元白捡个媳妇。

这是父亲做刀客唯一让他能笑出声的往事。每每想起来，就讲给我们听，而我们就像听《天方夜谭》似的，每一次都听不够。这种在影视剧中经常出现的桥段，想不到，就发生在我们的生活中。

做刀客的日子，苦，冰碴儿下饭，雪花就酒，很多人患了老寒腿，得了风湿病。父亲的老寒腿就是那时候得的。不过，父亲说，看着那些飘着芦花的苇子，刀客们眉须凝霜，吐着白色的哈气，心情有时候好得就像苇田上空雪后那湛蓝的天。

父亲说，苇纸可以用来造纸，金城造纸厂上好的纸，都是苇子做的。那时候割苇子，全是刀客，几十人，百号人，甚至几百人，一字排开，在苇荡里穿梭，那情景足以让人震撼。陈忠实先生的《白鹿原》里有麦客收割麦子的描述，时令在7月中下旬的关中地区，天气微热不冷，麦客们还能吃上一碗热热的散发着辣油的香气，透着筋道的油泼面，数九寒冬下嚼着干粮的刀客和陈老先生笔下的麦客们比起来，不知要辛苦多少倍。

父亲说，棚顶露风可看月，雪花落下当被盖。苞米饼子白菜汤，一点荤腥都不见。想想，都让人心酸。

现在，苇子全都是冰冻后用机器收割，刀客这个古老的职业已然不见了。宋代诗人释斯植有诗《雪鸪·风吹芦苇》："鸣风吹芦苇鸣，残雪满桥板。不见棹回人，愁立沙汀晚。"我想，就是对那时芦苇荡最生动的透着一丝悲凉的写意。

我虽没下塘割过苇，对芦苇的印象却极深。当时，家里的粮囤子、炕席、房子的顶笆，也都是用苇子编就的。能用得起苇子编笆的人家，是上等户。因为路途远，运输成本很高，而高粱秆可以就地取材。莫言笔下"长七十里宽六十里的低洼平原上，除了点缀着几十个村庄，纵横着两条河流，曲折着几十条乡间土路外，绿浪般招展着的全是高粱"的高密东北乡，同样，也是几十年前，我的家乡的写照。

那时候，我年轻，有二十岁了吧，家里人为我张罗了一门亲事。媒人韩瘸子的儿媳妇就是个编匠高手。我看着她赤着双脚，站在一个石磉子上，将喷上水的苇秆或高粱秆轧扁轧开，高粱秆里有瓤，须取出，苇却不用。后来，我们家翻盖老屋，用的就是苇笆。我清晰地记得那个叫孟庆合的老笆匠，在秋日蛋黄般的落日下，一边用骨节粗大、满是老茧而又灵活的双手编笆，一边对我说"编笆接枣，锯树留邻"。

现在盖房子，人们用彩钢瓦或水泥钢筋铸就的屋顶，防水可百年不漏，苇笆就失去了它的功用，和割苇子的刀客一样，笆匠这个职业也悄然消失了。我想，那个满脸胡楂儿叫孟庆合的老笆匠如果健在，也逾九十高龄了。

我没做过刀客，不过，一看到苍茫的芦花，我的耳畔，会经常听到那长长的钐刀和芦苇交切时发出的沙沙的声响。

二

那时候的乡下，一入冬就邪法儿地冷，石头都能冻裂。阳光下，房檐子垂下来冰瀑般的冰溜子发出耀眼的寒光，像武侠片里的吹毛立断，陆断犀象的宝刀。没听说过暖气这个东西，温暖屋子的，只是一只炭火盆和一条子火炕。有条件的人家在炕沿下搭个地闷，就算是最好的取暖方式了。煤炭更是少得可怜，地闷里燃放的，多是剥去果粒的玉米芯。烧煤的长筒炉子，只在供销社、大队部等一些公用场所才能看得到。

生产队分给社员们的高粱秆、玉米秆或少得可怜的稻草，根本无法满足一家人三百六十五天的燃料供应，特别在冬季，熬过漫长的寒冬，有些人家的柴火已经殆尽。燃料的匮乏，驱使父亲和伙伴们一块，下南塘拾柴。

下南塘拾柴，得等到刀客们将芦荡里的苇子割光。拾柴的人用耙子，将剩下的残余芦苇搂到一块。比起高粱秆、玉米秆和稻草，芦苇的灰烬少，燃烧值高。大腿粗的一绺，就能将饭菜做好，炕也能暖暖地热上一宿。所以，人们宁可远下南塘拾柴，也不搂近处的茅草。唐代诗人白居易有诗作《问刘十九》，诗云："绿蚁新醅酒，红泥小火炉。晚来天欲雪，能饮一杯无？"这等浪漫优美的意境，对于勉强果腹，甚至腹内空空，早早用睡眠打发漫漫长夜和抵抗饥饿的庄户人来说，是无论如何也感受不到的。在我的印象里，就有盼天亮吃上饭的记忆。体内少食，是人们难以抵御严寒的原因之一。

食少炕须暖。所以，父亲得拾柴，下南塘。

和做刀客一样，父亲早早揣着母亲烙好的玉米面或秫米面饼子，和伙伴们赶着骡马车，去他们刚刚割过的苇荡里，拾捡剩下的残断苇子。那时候，柳忠元和韩芳芳已经结婚，为了让炕头暖和一些，小两口也赶着挂马车来捡苇子了。捡苇子有时不光是拾柴，看到好的苇子就挑选出来捆好，拉回去，或卖掉，或自己碾轧编织。韩芳芳会编苇席，村子里的人，哪家哪户没铺过她编过的苇席呢？她自小长在北大荒，早和母亲学会了一手编织手艺。芦苇有许多品种，如白皮苇、大头苇、黄苇、青苇等，其中以白皮苇质量最好。白皮苇，秆高笔直，骨节小，皮薄色白，苇质柔韧，是编席子的上等原料。韩芳芳的苇席，选用的就是白皮苇。这双巧手，很快，就改变了柳忠元一家人窘迫的生活，柳忠元的兜里也常揣盒"红玫瑰"（当时一种烟卷）。村里人都说，娶妻当娶韩芳芳，学人要学柳忠元。

起初，韩芳芳私编苇席外卖的行为被定性为"投机倒把"，不过，随着生产队的解体，联产承包责任制的普及，很快，又成为村里让人刮目相看的对象。人们纷纷找她学手艺，一时，苇编在村里刮起了风。而这一年，韩芳芳的父亲被平反，找到了她。韩芳芳的父亲平反后，担任某市粮食局局长。粮食的储存，需要大量的苇席和苇笆。韩芳芳的父亲将订票下给了我们村。很快，村子就掀起了编织苇席、苇笆的高潮。村人添置新衣服的多了，碗里的肉香飘了起来。人们都感谢韩芳芳，村里改选妇女主任，就将她推到了那个位置。

前几年，我回老家，在超市里遇到了韩芳芳。她早就从妇女主任的位置退了下来，苇席早就不编了，在村里开起了超市，颇有"大脚婶"的神韵。

父亲到南塘拾苇子，更多的是和本家三叔。兄弟俩一堆儿长大，不分彼此。父亲过世后，三叔流着泪讲他和父亲下南塘遇张三儿的故事。在我们老家，张三儿就是狼的俗称。三叔说，那天，他和父亲拾了满满一车苇子。两人赶着骡车，在地上走。骡子是青花，生产队解体时分给三叔的，牙口年轻，劲大，能拉一千斤。

那天，从苇塘出来的时候，太阳已经压山了。三叔说，要不，就在窝棚里凑和一宿，明早再走吧。从老家出发到苇荡，差不多就得一天的时间，一般来说，拾一车苇柴，前后得三天。父亲说不了，天黑还早，回吧！

兄弟俩啃了块凉饼子往回赶。太阳很快就落到山后去了，天，黑了下来。白天那弯淡淡的弯月，终于清晰地在天上散发出清冷的幽光。这时候，颇有唐代诗人李贺的《马诗·大漠沙如雪》诗中所描绘的"大漠沙如雪，燕山月似钩"的意境。

起风了，道旁的树梢发出沙沙的声。远处，传来两声狼嗥。

三叔说："大哥，张三儿嚎呢，怕不怕？"

父亲说："怕啥？这么冷的天，张三儿也被冻麻爪了。别回头！听到动静大转身！"

哥俩继续往前走。嘀嘀嘀！骡子突然叫了起来，不走了。三叔说，糟了。在前面不远的土岗上，卧着一只张三儿。暗夜里，两只眼睛发出幽绿的光。

三叔说："说啥来啥，咋办？"

父亲没说话，从柴堆下抽出铜锣，敲了起来。哐啷哐啷……铜锣的声音回荡在旷野，悠远而又苍凉。很快，那双绿眼睛不见了。狼怕锣声，怕火，父亲在临出行前，就将锣藏在麻袋里防狼。

三叔对我说，那次，他是真的害怕了。张三儿通人性，不但吃猪崽，还能叼走活人的孩子。他问过父亲害怕没，父亲告诉他，不害怕是假的。

"你爸故意说张三儿被冻麻爪了，其实，在为我壮胆儿啊！"三叔说到这儿，泪水滚了下来。

父亲让三叔别回头，大转身，得益于祖父给他讲的经验。

祖父说，走夜路，无论听到身后有什么响动千万别回头，人有三盏灯，头顶一盏，一个肩膀各一盏，要是左右一回头，肩膀头上的两盏灯就会灭了，这样就给了鬼魅以可乘之机。要是想看看身后有什么也可以，不过得来个大转身。这样，身上的三盏灯就不会熄灭。把心安正，什么鬼魅也不怕。

其实，这个经验，父亲也对我讲过。

有一次夜半，我从大队部往家走。突然，我听到了后面传来沙沙沙的声响，似乎是脚步声。我站在原地，来个大转身，仔细一看，哪儿有什么异物？刚才听到的脚步声响是不远处一张被夜风吹动的纸片。我笑了，想起父亲下南塘。

父亲下南塘时，天刚蒙蒙亮。回来的时候，也常在午夜。走时冷，归时寒，顶霜挂雪。在老家的那些年，冬日里，无数次，或凌晨，或午夜，我走在村头巷尾，看到远处匆匆走来的赶车人，听到马蹄和銮铃声，我就会想起父亲。

现在，拾柴下塘的日子早没了。让我们难以想象的是，父辈们生活的艰辛和面对困境的勇气。家里再也不用为取暖烧柴劳心费神，父亲故去了，三叔也老了。

三叔的儿子早购了一辆拖拉机，开上了轿车。那挂拾柴的骡车，早已不见。

三

下南塘，除了做刀客、拾柴外，还有搅鱼。也是在冬季，和刀客和拾柴的时间相互交替。

朋友郑老三，是老家有名的钓鱼郎，家里养着船，这在以种地为主的老家，是独一无二的。郑家人农时种地，闲时捕鱼。不过，他们并不在老家附近的河汊里捕鱼，而是到一百里外的芦苇荡和辽河口，有时，也出海。每次路过他们家门口，我都会驻足，对放在门口的渔船看上一会儿，有时候，也会摩挲着船桲木质的纹理，似乎，能感受到渔船出没于芦荡时的沙沙的声响。

每次和郑氏兄弟在一起喝酒，我总会想起施耐庵《水浒》里的阮氏三雄来。那芦苇摇曳的八百里水泊，早在历史的烟波中被荡涤得无影踪了，而我们的郑氏兄弟的捕鱼事业势头正旺。当郑氏兄弟告诉我，辽河入海口的芦苇荡，是这个地球上最大的一片芦苇荡，也是最后的一片时，顿时勾起我探寻它的欲望。自然，也唤醒了我对少年时来自有关苇荡的片断记忆。

少年时家里贫困，父亲就和郑氏兄弟的父辈，老钓鱼郎去百里外的苇荡捉蟹捕鱼，一去就是好几天。有时，父亲背回的是一麻袋螃蟹，有时，是一麻袋鱼虾。有时，是春夏，有时是冬天。苇塘里的螃蟹多得吓人，大的像饭碗，吃起蟹黄来，满嘴流香。《红楼梦》

一书中，贾宝玉吃了螃蟹诗兴大发，写了首咏蟹诗："持螯更喜桂阴凉，泼醋搋姜兴欲狂。饕餮王孙应有酒，横行公子却无肠。"我不是贾宝玉，却也曾过足过吃蟹的瘾。现在，在辽河流域，许多农民利用稻田养殖起了河蟹，成了主导产业之一，可和那时候的大个野生河蟹比起来，味道实在逊色。

某日，在友人家吃蟹，友人告诉我，螃蟹有四样东西不能吃：蟹腮、蟹心、蟹胃、蟹肠。另外吃了螃蟹后不要吃柿子、梨、冷饮、花生、羊肉、浓茶、狗肉。想不到，吃蟹的说道这么多。

进苇荡捕鱼，多是在冬天。猫冬的季节，生产队上的活干得差不多了，父亲才有机会跟着郑家人下南塘。鱼也多，大的几斤，小的一钱。有鲤鱼、鲈鱼、鲭鱼、梭鱼、草鱼、鲫鱼、鲶鱼、鳢鱼、鲁扎儿、麦穗儿、河刀……昏暗的油灯下，母亲带着我们，把它们挑出来，除了极少一小部分腌在缸里，其余的，全都卖掉，补贴家用。

大苇荡，除了盛产芦苇，在它宽阔的水面下，最盛产的就是鱼蟹。秋冬时节，螃蟹入洞，冰面下，到处是鱼。

郑家人带着冰镩、铁锹、抄罗子和镩墩，在半透明的冰面上"找鱼窝子"，定位后，用镩墩镩冰眼，在冰面上镩出数十个直径二尺大小的冰窟窿后，用抄罗子往里下搅网，在水面下形成一道网墙，然后，郑家兄弟就指挥入伙的乡亲们敲打冰面赶鱼，等鱼儿都进了渔网后，就用马来拉网。这种搅网的力道大，网眼密，冰面下，大大小小的鱼儿几乎都被囊括其中。一场干下来，少则百十斤，多达数百斤、上千斤。父亲是成员之一。不过，和郑家人比起来，父亲逊色许多，自然，分的也只是伙鱼。捕捞上来的鱼，都会按照职能和出力的大小分发给大家。

郑家人会打鱼，在方圆几十里的村落里是出了名的。他们的祖籍远在山东，闯关东的后裔。古往今来，辽东湾这一带的海域一直是特殊的打鱼人群体——"古渔雁"的落脚聚集之地。那时候，持渔雁码头这一生计的打鱼人没有远海捕捞的能力，只能像候鸟一样顺着沿海的水陆边缘迁徙，在江河入海口的滩涂及浅海捕鱼捞虾。因为这一群体沿袭的是一种不定居的原始渔猎生计，人们现在称其为"古渔雁"。

一种生活孕育一种文化，一种文化定型一类人群。孕育并延续了渔雁文化的人，以及在这种文化环境中成长起来的人，也会反过来被渔雁文化塑造。这里的"雁"即是指这部分人群，在其从古走到今漫长的行程中，其群体经历、行事准则、思维方式和精神面貌等都已打上独特的渔雁文化烙印，从而呈现出不同于其他人群的诸多特征。渔雁有辽西走廊的"陆雁"和涉海凌波的"水雁"。顾名思义，陆雁是指没有自己的渔船，靠着自己的双脚，一年一度在家乡和渔场之间往返。而水雁，经济基础较为坚实，多半有自己的渔船，跨海能力较强，足够他们千里迢迢涉波踏浪而来。

郑家人的先祖们就是陆雁，当年，他们曾落脚在海边的坨子地。后来，大海退去，和许多离开海边的渔民一道，郑家人来到陆地上开垦荒地，播种谷物。不过，祖辈传下来的特有的捕鱼本领和渔雁文化，早就浸润在血液之中，他们仍时不时地将目光抛向祖辈们洒下热泪的大海。每到开海之时，根据不同的捕捞季节，郑家人的渔船就会成为辽东湾海域里云集的艨艟中最显眼的一艘。捞海蜇、捞海虹、捕鲈鱼……忙得不亦乐乎，收入也让村里人眼馋。

20世纪80年代初期，出一次海，运气好的话，收入能高达万元。在万元户刚刚兴起的时候，出海捕捞成了人们最向往的职业之一。人们纷纷效仿，合资攒购渔船。因为缺乏海洋捕捞作业的经验，大多赔得底朝天。郑老三曾告诉我，出海，下苇塘，是有很多规矩的。比如，在船上，是绝不能说"翻"字，要说"划"过来。我们的老家，乡亲们大都把鲫鱼称作白鱼，但在海上或在苇荡里出渔的时候，绝对不能说"白鱼"这两个字。否则，就会不吉利，收获就会大减。在海上，如果遇上风浪，会有祸事发生。郑老三还告诉我，出渔前，要在船头摆猪头焚高香祭龙王，以求龙王佑护，鱼虾满舱。

这种场面只存在我的想象里，及至后来，在辽河口饶阳湾冬捕节上，我有幸看到了这一幕。袅袅的香雾和震耳的鞭炮声中，人们对面容安详眼望大海的龙王虔诚揖拜。我想，这不是迷信，而是古渔雁文化延续下来的一种穿越时空的文化传承。

和他们的先祖一样，郑老三被柔韧的海风吹成了紫红脸膛。他说，他这一辈子，去的次数最多、干活最久的地方就是辽河套里的芦苇荡。那里的芦苇荡以及里面的鱼虾，还有辽河口不远处的大海，无时不在勾着他的魂儿。

这么美的场景，也在勾着我的魂儿。我央求郑老三带我去趟辽河湾，感受一下芦荡的美。郑老三爽快应承下来。不久，我离开了故乡，这个愿望就只好搁在了心底。

这一搁，就是三十年。

四

这次，我也下了南塘。

不过，不是郑老三带我去的。不是为拾柴，也不做刀客，更不去搅鱼，而是去旅游。

和我一起去的，是朝阳的兄弟付久江。不是在冬天，而是在盛夏。他媳妇开着车，带着儿子，一路导航，一路欢歌，载着我到了南塘的芦荡深处。

满眼的碧绿，苇秆、苇叶，娇翠欲滴；天空如洗，不时有鸟儿掠过。虽在酷暑，却感丝丝清凉。到处是芦苇，一眼望不到边际，油田的磕头机和草房子点缀其间。清风徐来，碧浪起伏，飒飒之声委婉抒情；碧水连天，苇浪起伏似绿色锦缎随风飘曳。难怪，《诗经》有云："蒹葭苍苍，白露为霜。所谓伊人，在水一方。"看来，对美的追求和欣赏，古人丝毫不逊色。

想不到，当年，父辈们下的南塘竟然如此之美。

它就静静地卧在这辽河湾里，像一位朴实无华身着绿衣的姑娘，以恬静的姿态无声地展示着原始的美。

著名作家马加在他的长篇小说《北国风云录》里对辽河湾有过最为生动的描述："那辽河套，真像辽河的一只口袋，谁走进去，就出不来，那密密匝匝的柳树茅子，遮天盖日的，无边无岸，望不见村落，找不到路眼。这里是一片王八柳林子，枝条细，叶子窄，随风摇摆，黄鹂在树里絮了窝，咯咯直叫。"

在我的内心深处，其实，一直在寻找的，不就是这样一个恬静平和的地方吗？

几十年后的今天，当我和久江步入辽河入海口那片一眼望不到边的芦苇荡，拂面的清风中，望着那摇曳生姿满眼的芦花，顿生感慨，这里，不就是我苦寻多年的栖息之地吗？

满眼的碧绿，会使我们浮躁的心得以安闲，疲乏的双眼得以休憩。好想留下来不走了，在这里读书，写作，远离喧嚣。

我们拍照，泛舟，观鸟，听风，赏蟹。读苇亭上，久江甚至为我赋诗一首《读苇亭上》——

…………

每一株芦苇

都有自己的高度

每一株芦苇

都有自己的思想

它们也许彼此赞美

也许彼此中伤

也许近在咫尺

也许遥遥相望

也许它们读不懂自己

更读不懂对方

可这并不妨碍

每当面对风雨来袭

它们彼此搀扶

彼此念念不忘

…………

感谢久江，感谢南塘，感谢南塘的芦苇。

小时候，我见过芦苇，但都是几株，一小片，稀稀疏疏，在风中抖动。后来，看过汪曾祺先生的《芦荡火种》、小人书《雁翎队》，以及后来王玉珍主演的电影《洪湖赤卫队》，开始对芦荡有了一个天真的想象。《芦荡火种》发生在阳澄湖畔的沙家浜，《雁翎队》发生在河北的白洋淀，《洪湖赤卫队》发生在湘鄂西的洪湖，这几个故事都发生在芦苇荡中。

而据说，辽河湾的这片芦荡，当年，也曾是绿林好汉打家劫舍的出没之地，他们抗日打鬼子的传奇故事，也在经久不衰地被一代代传颂着，上演着一部《北国风云录》。

看来，葳蕤的芦苇荡是个滋生故事的奇妙世界。智利诗人巴勃罗·聂鲁达在他的诗作中这样描述："我说一声爱，这世界便飞满了鸟雀。我的每个音节都唤来春天。"当年的父辈们，下南塘，进苇荡，捕鱼拾柴割苇子。他们拖着疲惫的身躯，哪来的闲情逸致来欣赏这优美的万顷碧波？

我们有福，能潜心静静地欣赏它，感受它。

据说，辽河湾建立了保护地，才使得这一方净土得以延续。

人给自然让路，自然给人活路。我喜欢的散文作家素素在她的著述里这样描绘辽河湾的芦苇荡，"站在那一片大芦苇荡里，我知道了什么叫荒凉，知道了荒凉原来是一种无法言说的大美。芦苇荡是在水与陆之间发生的故事，它扎根于陆地，却被水滋润着。"

当我们不再为缺衣少食而忧心，不再为生活的牵绊而挣扎的时候，我们一刻也不曾放弃寻觅。我们不禁要苦苦追问：到底，我们还缺少什么？

人过五十而知天命。以一个即将步入老年人的思维，我在想，我们要寻找的，无疑，是一块充满祥和的生存之地，一片放松身心、放飞灵魂的情感绿洲，以及，我们心中一个永远美丽着的人生之梦。

造就我们内心滋生这个梦想的，是这个时代。父辈们的下南塘是一个消失或者正在被先进的管理模式取代的职业。

多年以后，会不会，仍然有人还记得下南塘的先辈们？会不会有人为他们唱一首歌？

喓——喓——喓——几只丹顶鹤在芦荡上空盘旋，鸣叫，很快，消失在云天深处。

本文刊载于《民族文学》2021年第11期

夏至过后（外二篇）

王　陆

大学同学在外相聚，是小范围。

不握手。

口罩拉到下巴颏。

自觉不远不近相就座。

吃点什么？随便。

喝点什么？就来壶茶。

喊服务员把窗户都打开。窗外一侧是山，另一侧能看到海上坨岛，岛上有零星的树。

大连真好，过了夏至，海风吹脸，还觉得冷。

大连守在二十五摄氏度，最像大连。

而同学是守不住的，都老了，最大的七十二岁，最小的也有六十周岁。

最后一个同学到了，是一个比我大几岁的女同学。她穿着带褶皱的绿色紧身小衫，下身是蓬松的白色长裙，就像一大扎裙带菜硬塞在一个小塑料袋里。

姐，你又年轻了，跟春苗似的。

天天练芭蕾呀。

戴口罩也练？

练，我这有抖音，看，能不能找到我？

这是你？我嘞个天！这腿抬的，跟天线似的。

同学聚会就是这样，不愿看到年老。

同学不会冷场，也不会厌倦，当然，也谈不到振奋。在校时话少的，现在话都多，在校时话多的，现在话更多。往日一次次重复，而演变的痕迹在每一个同学身上都一横一竖地刻着，则更加清晰。

原来的感情，如果还有，也是熄火后的余温。

原来的思想，如果还有，也不过是山前山后，一两声虫蝉。

感情问题和思想问题，都不是现在相聚或不聚的理由。

那么理由是什么呢？

岁月催老，需要勉强保持一点相互映照。

人老了，说到底，是承认心老的，就像老墙皮，剥落着灰土露出着斑驳，懂得自己在时间里的身份。我不喜欢"老骥伏枥，志在千里"，所有的挡路聒噪，都是狰狞的本性。

我喜欢我这些同学，许多是高大乔木，但到了季节则心甘情愿呈落叶之色。因为呀，面苍，发白，步履不定，还有，屎尿会不期而降，就是在催促你赶紧点吧。一个同学老哥笑眯眯告诉我，这次参加聚会，他穿着纸尿裤。

从尿频到纸尿裤是再自然不过的。无论你是谁，无论你有怎样的根本，一切都保不住。

知道保不住，才能谦谦君子，卑以自牧。

同学里谦谦君子居多，也正因为如此，相聚并不多，倒不是因为江湖规矩，而是心底自觉，怕某个不经心的触动，戳出尴尬。

婚姻？不能问。

工作？不宜问。

住处？不便问。

其他？心领神会，再劝一杯。同一批次的填鸭一个个都老掉毛了，虽然在全聚德高端论坛还有插几句嘴的才华，但也深知不便。

某同学为什么选择死？想知道，也没问。

想和同学留个影，手机握在兜里，都焐出汗了，也没好意思说出来。

想问儿女子孙，环顾一圈，很知趣，就给闪过去了。

只有身体，好像可以问一问，因为在座者都有身体。一下午，就谈身体。谈完了血压，谈血糖；谈完了血糖，谈心脏。心脏也谈完了，有一个男同学不知怎么把他袜子脱了，让我们看他的脚。他说，你们看你们看，我他妈这脚。

都伸过头看。

他的脚是大锅箅子形。

他说他的脚血管最近凸起，而且曲里拐弯。

哦，是，是，血管怎么跟粗粉条似的！这脚趾盖是不是也有问题？怎么跟海蛎子壳似的！

大家又讲一番海蛎子壳脚趾盖。另一个同学说他也有海蛎子壳脚趾盖。

我也把袜子脱下来，扒拉自己的脚血管和脚趾盖。老土豆喽，哪有不长芽子不生疮的？

窗外不知不觉天就暗了。

却不觉得凄凉。吃饼子就着咸鲅鱼，进入高潮，话题转到钓鱼，又很快拐到诗。先拐到庾信《拟咏怀》，有那句"虽言梦蝴蝶，定自非庄周"；又拐到当年梁小斌《中国，我的钥匙丢了》。中国的钥匙我们各自都配了好几把，结果他却怎么也打不开门了，一下病得很重，又忽然发现没钱，让人唏嘘；又拐到当年，谁谁谁办过先锋杂志，谁谁谁写风云文章惹出麻烦等等。这类等闲之谈，就像几条鱼，在一片海滩退潮之后，一口一口地吐着泡泡。

突然觉得，鱼在退潮之后能吐出泡泡，也很不得了。泡泡所剩不多，证明一个时代曾有过辽阔的演化。

夏至往后，夜晚越来越长，没有几天就是立秋。这是必然性。但立秋之后，另有演化，这也是必然。

人到冬天

我不大懂节气。别人说今天立冬，我想，哦，应该吃饺子。别人说今天冬至，我想，哦，又得吃饺子。

但一个地方的冬天并非都按节气走，在大连，我更看重景象，景象比节气更准确。像我家小院，前一天还铺满银杏黄叶，那栅栏上的蔷薇还有一朵红花硬挺着，可一夜之间起了风又落了雪，第二天再一看，什么都没有了。只是金银花树顶梢还有那么几根绿痕，但瑟瑟的样子，很难看。

这时，我才承认：哦，冬天来了。

把秋菜买回来吧。孩子们不在家，就少买些。白菜来二百斤，萝卜来八十斤，雪里蕻来二十斤，大葱来一捆。妻子在远地看护小外孙们，年底才能回来，等不得她。渍一坛朝鲜菜，再渍一缸酸菜。酸菜留到腊月正好渍透，那时女儿一家四口回来，都能吃得上。对了，还要买些刀鱼和鲐鲅鱼，撒上盐，晒八分干。蒸的时候，配上萝卜干，再炝些饼子，非常低端的，但世上什么好饭也不换。每到风雪连天的时候，我眼前流连的都是父亲弄火渍菜的样子。父亲天生卑微，一辈子的愿望就是能躲着灾躲着难，别让谁给欺负死。他奔波到老，从山东奔到朝鲜，又奔到大连，就是为了这。往日历历，记忆依然养护着生活往前。我相信，我渍的菜我做的饭与我父亲当年的味道肯定不同，但饮食感情基本一样——预备着最冷的节气。

买一条厚棉裤吧。我已经几十年没穿棉裤了，但今年特别想有一条，要厚一些的，宽一些的。立冬那天迎东北风去海边游泳，上岸后觉得腿骨是冰透一样的寒冷，就想念起小时候母亲年年给缝的厚棉裤。我小时候好俏，死活不穿棉裤，母亲就数落我，说："身上不着棉，老了骨里落风寒。"1969年深秋，街道干部天天来我家，拿最高指示"人人都有两只手，不在城里吃闲饭"逼我父母下乡，母亲不答应。那天街道领我父母单位领导一大群人来，宣布停我父母工作，限令三天迁户口。母亲坐炕上在给我和五姐絮棉衣，她一边拍着棉花絮子满屋飘，一边说，等入了冬，儿女身上穿上了棉，就领着儿女一路讨饭到天安门，问问看，天下哪有儿女在边疆扛枪，父母弟妹给一鞭子赶到农村的理儿。街道主任是一个侏儒，她火了，摁着炕沿跳起来，把母亲手里的针线活都给抢了。母亲没打愣，从炕上直扑向她，一起摔在地上。母亲的手是掂炒勺的，掐了她的脖子，谁也拽不开。母亲耍泼，汹涌四方，就解决了问题。我想，天下母亲都是敢于抵命的人。还想，天下再伟大的东西，也不能够用母亲作比。

把院子收拾一下吧。这院子一春一夏都没顾得上，横枝竖杈的。柳枝得剪下，蔷薇枝也得剪下，杏树、桃树和山楂树一直没侍弄，这两年就没结出一颗饱满的果，从这冬天起应好好待它们，先用编织袋子把一棵棵树根给包起来，中间塞满树叶。这是一个风口坡地，冬天护根最要紧。等过了冬，应抽出时间施点肥，浇些水，要对得住这些最本分的生命。

给麻雀留一片地方吧。枯叶枯草不要扫净，风雪之后，草窠叶下总是能隔些寒，兴许还能扒拉出一些种子果核。院墙根下有一个泥洞，前几天傍晚，我见过那里爬出来三只老鼠，一大两小，都是浅灰色的，看到我，窸窸窣窣，又钻回洞里。我厌恶老鼠，按过去，一定是要扒它的窝，捣它的巢。现在呢？我给泥洞蒙了些草叶，加了些土，怕野猫来找。人所厌恶的生命，就不让它过冬吗？最低端最卑贱，就没有权利守着自己的窝吗？

说今年冬天高冷，还说大连会有百年不遇的风雪。我很担心。东北有一个词很温暖，叫"猫冬"，可见冬天之于人是怎样的寒冷，也可见人之于人性应有怎样的拓展。人到冬天，应该懂得更多。

不过生日

我生日是农历二月初九，大连桃花刚出骨朵。

可我不过生日。

生命出之，岁月轮之，怎么能不过生日呢？

因为父母在世时就不过生日，久而沿袭，转为基因。

父母是山东人，一直到老，从来不提及生日的事。儿女长大，有孝心给二老过生日，父母不过。顶多同意吃碗面，面条卤上飞个鸡蛋花或者漂上几片肉片，不让添菜，不让添酒，更不许我们说"长命百岁"之类的话。

我有印象是1977年冬月。当时父亲患病瘫痪，是母亲跟大姐说，你爹累了一辈子，这次给他过个生日吧，六十六，吃闺女一刀肉。

大姐割来一刀肉，我要去招呼其他哥姐来，父亲坚决不让。看大姐已经做好了红烧肉，父亲就说，那就凑合给我擀块面吧，细一点，软一点。

这大概是父亲过生日唯一一次的要求。大姐做的是鸡蛋金丝面，给父亲端到炕头上，但父亲执意坐起来，非要摆上炕桌，跟我们一起吃。父亲还把碗里的肉统统夹到我的碗里。我想说一句祝寿的话，但就是没有说出口。当时就是这样。

我记忆里，父母生活并不拮据，但二老对过生日似乎有一种禁忌。

到底禁忌什么呢？二老从没说，但随着年岁颠簸，我也能体悟些细微。父亲念叨过："祸灾可记，福寿不求。"大概可以解释其中缘由。

后来我发现，我岳父岳母二老也不爱过生日，他们也是山东人。

记得岳母八十周岁的时候，儿女们在饭店给她老人家张罗生日，她挡也挡不住。为应承儿女这一片心，老人家吹了蜡烛，切了蛋糕，但回到了家念念不安："人老就老了，怎么能这么张罗？"

后来岳父岳母要到九十岁的时候，儿女们聚一起商量选哪家酒店过寿辰，二老坚决摆手："老柴火，不撑架！"

岳父九十岁生日那天，我们都赶过去，做些寻常饭菜，说些寻常往事，虽然简素，也是欢天喜地。老人家饭后高兴，要人把他扶起来，在书桌铺纸倒墨，写了两幅大字，一个是"静"，另一个是"俭"。笔墨浅涩，但结实有力。

岳父大人寿至九十一岁，是自然辞世。岳母大人见老伴辞离，便不吃不喝不语，到第七天也随之仙去。

这一"静"一"俭"二字至今还挂在我家中，好像一直在嘱咐我：生活不易，当静心俭行。人不宜过颂，命不宜过庆。

转眼，我这草命素人也入了六十岁老人之列，越发自觉到每多活一天，都是天赐福寿。生命阶段，应有自觉。孩儿降临，当庆贺生日，当年年谨记生命出之，岁月轮之。而年老如我者，应该越往前越回避。每当生日，我怕提及，生怕透露出贪婪，天帝会收走了我的福分。

前辈留辙，后辈沿行。妻子这边的哥姐，还有我这边的哥姐，纷纷过了七十，还有的进了八十，彼此牵挂，但都没有隆重庆生的来往。怕自己招摇，怕别人麻烦，这算不算一种生命默契呢？

草命素人，本该如此。那么庙堂侯门呢？我身矮眼低，是看不到那处的。我细看过《红楼梦》第七十一回，见识到贾母八十寿庆。咳，任贾母这种骨灰级聪明，到年老时也是一样糊涂。

千秋排场，能留得下什么呢？

本文刊载于《散文》2022年第11期

乡村叙述：薅

崔士学

刺儿菜最可恶，细细的毛毛刺，薅一会儿手指肚就感觉针扎似的疼。鸡爪草不长刺，却是节节生根赖在地里不出来。

"谷子地里咋就不兴长草呢？"我坐在地头疑惑。"地里长草，你吃啥？"地垄里薅草的母亲给我最直截了当的答案。

垄里多余的苗也要薅去，更多的奢望不能留。

薅，是不知疲倦的村人在田垄里做的减法。村人盼着地里可以打出更多粮食来，可村民也知道，地里也不是苗越多就越好。苗多了，一垄的谷穗就不会饱满。苗挤着长，就会拼着长高，就瘦了谷穗。留下那些高的、粗的、壮的。薅掉那些瘦的、矮的、病快快的。

一棵谷苗的去留，在春天里被一双手用薅的动作来决定。

村人也是在地垄里做了选择题。可是那么多村人那么多的命，村人自己没法定。

莠草和谷苗最像，即使春天里费了那么大的劲，到秋天还是有晃晃悠悠的莠子草在谷子地里长出来。即使是眼最尖的村人，也还是会在春天里看走了眼，看错了一棵苗和一株草。错看了一棵莠草和一棵谷苗的故事，总是在田垄里上演。可是答案，总是要等到秋天才可以呈现。

田垄里的草苗不等人，雨一过，几天工夫，苗草就糊满了垄眼。田垄里总是草比苗壮，没有村人呵护，苗长不过草。被呵护的，总是比不过被冷落的倔强。

村人用葫芦头点出来的谷子种，苗出来总是疙疙瘩瘩，谷苗挤成堆，必须得间开。谷苗长到半拃高，就要赶紧间苗。不像玉米、高粱都呈直线在垄里长着，谷子要留拐子苗。苗和苗要前后错开，才可以长满垄沟。

锄去的杂草当中，莠草最像苗，母亲一眼就能看出：叶细些的，茎扁些的是莠子。可我一会儿就又恍兮惚兮地分不清楚。搞不清一棵谷子和一棵莠子草的区别，现在也是。

是母亲最早告诉我"薅"这个字，母亲最早是用手告诉我这个字，母亲告诉我用手认识的这个字，是动词。

种地、薅地、耪地、浇地、割地。村人不会分析动宾语法，村人只知道：人糊弄地一时，地糊弄人一年。

草和苗都长在土地上，村人就用大地代替了所有生长在其上的物事。村人的所有动作都是作用于土地。村人一年的收获都是从土地上长出来的，村人一辈子的吃食都是从手底下收回来的。

村人不晓得书本里的修辞，就只是在用自己的心思和四肢演绎着劳动、汗水、生存，这是大地的形而下。

村人把下地干活叫上山，其实村子周遭哪有山。在辽西乡下多的只是和缓的丘陵，丘陵上多的是起伏不大的坡地，辽西缺雨坡地又极难水浇，只能多种耐旱耐瘠的谷子。

谷子是村外地垄里长的庄稼，庄稼总是在母亲的手里才长大。高棵的庄稼是玉米和高粱，矮棵的是谷子和荞麦，匍匐在地皮上的是土豆和地瓜。

所有庄稼在地里的邻居都是草。地里的草薅不完，耗尽母亲这一生，也只是让地里的草远了一点，给喂养我们的庄稼暂时挪出了母亲活着的那么多的时间。母亲走了几年，那么多的草就都回来了。它们站满母亲曾经侍弄过的地垄，让我看见。

耪，是在田地里站着就可以完成的活。薅，就必须得蹲下去。累了，半蹲半跪，最后母亲是偎在地上，委身向前。

薅是农人在田间里最亲近土地的农活，要农人以距离土地最近的身姿去完成。蹲下身，每一个动作，都要用尽了所有的心思才可以做得好。

在农历五月，田地里的苗草都在抢着长。谁家的小子和自己新处的对象在自己家的地垄里薅地，是辽西五月的田地间最温馨的场景。在辽西乡下，谁家的姑娘答应在春上去帮婆家薅地，秋后谁家的新媳妇就能出现在炕头上。

五月间的辽西丘陵大地里，是薅，在演绎着有声有色的图画。用双手起势，用拇指和食指勾勒细节，草和苗是构图的前景，土黄和草绿色彩的渲染。母亲是这幅画的主体，她所有的心思和眼力都在看着一株苗和一棵草的不同，她的双手食指，满拢着天底下的那些田野，还有高处的天和远处的山。

垄土里，生长着最柔软的包容和希望，也躲藏了最隐秘的伤害和意外。玻璃碴、石头块、锈了的钉子，都是乡间地垄里猝不及防的邂逅，往往也会是突如其来的伤害。

村人指间掌心那么多的伤痕，都是对薅最清醒的记忆。

薅不止是个动词，薅是场农事。薅是关于叙述的，关于田野的，关于生长的，关于天地的，抒情、议论、说明的意思都有。乡下人的一辈子，也就是这么过来的。

宁可看孩子，也不薅谷子。

薅不是个好活计。一条条的地垄无尽头，我蹲在妈的身边，问：这地，啥时候能薅到头哇？

妈说：手是好汉，眼是懒蛋。

我要是能把一个词说清楚，也就不枉我对文字上心这么多年。

可是现在我知道，很多词我还是说不清，我也写不明。

我知道这个词不是从字典里，是母亲最早告诉我，在村子南道的地垄里，在村子北坡的山梁上。后来我在字典里认得了更多的字，在书本里学到了更多的词。母亲识不得太多的字，母亲小时候只是在识字班待过不几天，可是天底下最有资格讲"孃"这个字的，还是母亲。

可是母亲已经不说话了。

母亲在的时候我没感觉，母亲不在了之后，那么多母亲从我身边走过去，我看着都和母亲走过去是一个样。

本文刊载于《散文》2023年第1期

萧军与许淑凡

古　耜

一

年轮进入历史的1979，"文革"结束后的拨乱反正，落实政策成为那个年代的大事件和关键词。斯时，在逆境中生活了许多年的老作家萧军，虽然尚在等待有关部门最终的"政治结论"，但中共北京市委已经为他重新安排了工作，并有了公开发表文学作品和自由参加文化活动的权利。是年8月，应一些科研和教育单位以及老朋友们的邀约，萧军在儿子萧燕和女儿萧耘的陪同下，开始了为期一个半月的东北之行。

萧军东北之行的第一站是辽宁的锦州。8月10日早上，结束了在锦州师范学院的学术活动后，萧军带着一双儿女，乘一辆校方提供的吉普车，奔向自己已经阔别了五十多年的故乡。汽车先绕行地处锦州和朝阳交界处的松岭门，在那里，萧军与姐姐一家相见，并在姐姐家吃过午饭。下午便驱车三十里，来到自己的出生地——锦州义县（曾一度划归锦县，现属凌海市）沈家台镇下碾盘沟村。

萧军原名刘鸿霖，出生于 1907 年 7 月 3 日，十八岁离开家乡到吉林当兵，继而一路远行。隔着半个多世纪的烟云沧桑，萧军眼中的故乡早已诸物殊异，不复辨识，一时间不禁情潮涌动，百感交集，正如其《过故乡下碾盘沟村》一诗所写："家山无恙故情违，败井残垣认旧楣。似是似非迷往迹，疑真疑幻赋来归。阳关有路开新陌，驿柳迎风闪翠微。未改乡音人不识，纷纷遥指问阿谁？"令人欣慰的是，在很有些陌生的老家，萧军见到了本族的七叔刘景新。这位族叔和萧军同岁，却有着一种特殊的关系和情分——萧军出生仅七个月，母亲就吞鸦片自杀。失去了母亲的萧军，一度只能靠吃"百家奶"来延续生命，刘景新的母亲就为萧军提供过奶水。当年刘妈妈的胸前，曾一边挂着儿子，一边挂着萧军。有着如此非凡经历的一对叔侄久别重逢，自然少不了相拥而泣，抚今追昔，互诉衷肠……待到心绪稍事平复，萧军放低声音，向七叔问起一位名叫许淑凡的女性老人的情况，当得知这位老人依然健在，且生活得还好时，萧军遂托一位乡亲转请许淑凡前来一见，但淑凡老人婉言拒绝了。接下来，萧军又拿出钱请乡亲转交许淑凡，老人亦表示不收。萧军在 8 月 10 日的日记中，留下了这样的文字：

> 到碾盘沟见到七叔。他和我同岁，我吃过他母亲的奶。
> 见到高万昌的儿子，我也吃过他母亲的奶。
> 他们有人看过《八月的乡村》，也看过《体育报》，也知道我遭难！我让森林弟去问许淑凡愿不愿和我相见，她不愿。我带去的十元钱她坚决不收。这是我意料中事。

这段文字记录了萧军回到下碾盘沟的大致情况，其中最后一句所谓"意料中事"，分明向我们传递了这样一种信息：看望许淑凡早在萧军东北之行的计划之中，或者说许淑凡是萧军回下碾盘沟意欲探望的重要故人之一。只是陪同父亲回乡的萧燕、萧耘以及下碾盘沟的年青一代未必知道，这位叫许淑凡的老人，正是萧军当年的结发之妻。

二

萧军一生先后有过三次婚姻。其中第二次婚姻发生在萧军和萧红之间，由于两人都是中国文苑的著名作家，所以彼此之间的恩恩怨怨、是是非非，得到研究者的多维关注和反复梳理，迄今仍是传记和学术领域的热点之一。第三次婚姻的女主人是王德芬，这位兰州姑娘虽然不是严格意义上的文苑中人，但她毕竟陪伴萧军走完了生命长旅，一部《我和萧军风雨50年》使她现身于若干历史细节，同时也投影到许多读者心目之中。相比之下，倒是萧军的结发妻子许淑凡，多年来几乎处于被遮蔽和被遗忘的境地，不仅相关情况鲜有介绍，一些研究或记述萧军的著作，甚至连许淑凡的名字亦懒得提及。面对这种情况，我们真应该感谢张栋先生，这位来自萧军家乡的作家、学者，早些年不仅与萧军及其家人多有过从，而且曾数次采访当时仍健在的许淑凡老人，并写下了尽可能详细具体的文字，从而为我们今天了解萧军与许淑凡的婚姻情况和情感生活，提供了极珍贵的第一手材料。

许淑凡家住沈家台镇上碾盘沟村西沟屯，距离萧军家所住的下碾盘沟村只有八里路。许淑凡的父亲叫许振中，人称"许老倡"，从这一名号看，应当是一位较开明且有主见的乡村达人。许家家境较好，日子过得还算富裕。家中一儿一女，儿子叫许君，女儿便是嫁给萧军的许淑凡。从凌海市萧军纪念馆所保存的照片档案看，年轻时的许淑凡容貌俊美靓丽，匀称的身材，圆圆的脸盘，大而明亮的眼睛，一条长长的毛围巾搭在掐腰的箭袖棉袍上，既显朴素又近时尚——不知为什么，在较长一段时间里，我想象中的许淑凡一直是一位健壮泼辣、不美也不丑的村姑，而前不久看到许淑凡早年的倩影，则完全颠覆了以往的印象。我发现，单就气质而言，照片上的她竟然很接近"五四"之后的新女性。

当年的辽西地偏人稀，山村人家一直有早婚的习惯，萧军在《我的童年》里说过，母亲生下他时只有"十九岁或者二十一岁"，其成婚和订婚当然更早。而萧军的继母刘阎氏嫁给萧军的父亲刘清廉时，更是只有十五岁。加之萧军又是刘家的长门长孙，所以早早成家立户不仅理由充足，而且势在必行。正因为如此，1920年，当萧军还只有十三岁时，刘许两家就订下了萧军和许淑凡的婚事。两年后的1922年，十五岁的萧军正式将比自己大一岁的许淑凡迎娶进门。

萧军个子不高，但剑眉高挑，目光炯炯，加之识文断字，身上自带一种英俊之气。他和容貌秀丽端庄的许淑凡结为夫妻，倒也算得上郎才女貌，是很般配的一对。从现在了解到的情况看，婚后的萧军和许淑凡互敬互爱，感情不错，生活也很是和谐。早些年，萧军在长春读书，许淑凡在老家与奶婆姑婆一起，由于性情温顺，手脚勤快，所以很得刘家人喜爱。学校放假时，萧军便回家与妻子团聚，他教许淑凡看书识字，许淑凡则为他做饭洗衣，可谓其乐融融。1925年，十八岁的萧军在吉林入伍，当了骑兵，但逢年过节，仍坚持回乡探望妻子和家人。当时，许振中很满意也很喜欢萧军这位姑爷。多年之后，萧军曾告诉张栋这样一个细节："每年，这老爷子都特意为我封存好一坛子一坛子的大红枣，只要我从城里一回家，就拿给我吃，而且要亲眼看着我吃，那枣，可真甜哪！"

1930年8月，离开东北陆军讲武堂的萧军，被赏识他的东北军陆军二十四旅旅长黄师岳任命为部队训练班准尉见习官，不久又调任东北军宪兵教练处的少尉助教，专教武术和军操，还代理分队长。这段时间，萧军生活相对稳定，收入也见长，于是就在沈阳租了三间房子，把许淑凡从老家接过来，过起了两个人的小日子，这期间，萧军甚至还送许淑凡进学校读过书。

从结婚到这时，萧军和许淑凡的婚姻生活应当说大致完美。如果要找美中不足，那就是许淑凡曾两度怀孕，第一次生下一个女孩，叫小芹，活到三岁多因病而亡。后来再度怀孕，但在快生时不幸流产（以上材料来自张栋对许淑凡及其女儿的采访）。无论对萧军还是许淑凡，这自然是很大的遗憾。

三

发生于1931年的九一八事变，骤然改变了中国的历史进程和社会语境。然而，让人有些始料不及的是，它也让萧军和许淑凡的关系出现了戏剧性变化。用萧耘后来的话说："一次性命攸关的口角使他们小夫妻后来竟分了手。"（《我和萧军风雨50年·写在出版之前》）

有史料证明，九一八事变当晚，萧军正在沈阳，当听说日军进攻北大营时，他火速找到宪兵训练处的长官，要求组织学员们拿起武器抗击日军。在得不到上级支持，且整个沈阳已经陷落的情况下，萧军又立即找到自己的两位好朋友，均为中共地下党员的方未艾（东北军军官）和佟英翘（中学教师），同他们一起研究商量并且分头行动，试图在吉林、哈尔滨等处，寻找可以依靠的武装力量，组织义勇军，举旗抗战，但不幸以失败告终。这期间，萧军经历了非常危险的时刻，当时的情况，方未艾在回忆录里留下了现场性记述：

> 我回到陶赖昭，骑马回舒兰，在经过榆树的途中，出乎意料，竟遇到萧军和马玉刚带着家属，还有一名军需官和两名连长、五六个士兵，坐着两辆大马车，正在迎面迅速前进。（《忆萧军，侠肝义胆走天下》）

原来，萧军和方未艾商定：由萧军和佟英翘的朋友马玉刚（东北军营长）负责串联和动员，准备把东北军驻舒兰的一营人拉出去组成抗日义勇军，方未艾则去哈尔滨联络其他抗日力量。殊不知驻舒兰的队伍在一位被撤职的副营长的策动下，已经准备向敌人投降，他们在得知萧军和马玉刚的计划后，便将其扣押，强迫其交出权力和财产，后经当时的舒兰县长出面调停，才同意其即刻离境。萧军等人正是在撤出舒兰的路上，遇到了由哈尔滨返回的方未艾。

由上所述，我们已经大致了解了九一八事变时萧军的选择和行动。这里需要加以合理延伸和有效补充的是：方未艾文章中写到的那两辆"带着家属"的大马车，上面坐着萧军，应该也坐着许淑凡——作为一名没有多少文化和见识的农村妇女，她无法自己留在沈阳，而只能跟着萧军一路奔波，一同闯荡。

完全可以想象，异常动荡的生活和十分凶险的遭遇，给许淑凡的内心造成了怎样的惊恐与不安。出于女性的安分与柔弱，到达哈尔滨后，她开始屡屡劝阻萧军参加外边的活动，希望丈夫能待在家里，和自己一起安安稳稳地过日子。而当这些劝阻根本无效时，有一天，情急之下的许淑凡朝着萧军发了狠话：你要是再出去乱闯，我就告发你有枪。许淑凡这句大抵是有口无心，旨在吓人的话，萧军听了很是生气，继而警觉起来，他担心许淑凡因一时冲动乱说话，给他们的家庭，也给自己当时所从事的秘密抗日活动带来麻烦。为此，他决定将许淑凡送回老家。

当时的许淑凡，已怀着萧军的第三个孩子达数月之久，行动自然不便；而受战乱影响，从哈尔滨到义县老家的交通则是既不通畅，又不安全，很不利于行走。果然，火车到沈阳即前路中断，无奈之下，萧军只好就近送许淑凡到五姑家暂住，然后自己返回哈尔滨。此后不久，许淑凡在五姑家生下一个男孩，可惜的是，一个多月后再度因病夭折。

对于萧军送许淑凡回老家之举，近年来有一种批评的声音似有若无，即认为这是萧军以抗日报国的名义，实施的女性歧视与夫权压迫，是其严重的大男子主义的表现，同时也与其比较随意的婚姻爱情态度有关。诚然，萧军一生在处理两性关系和情感生活时，确实存在一种居高临下的优越感，一种颐指气使的家长作风，以及不无轻率和放纵之嫌的泛爱主义，这些都属于打上了旧时代印痕的文化或心理疾患，理应给予否定和摒弃。只是所有这些与当年萧军送许淑凡回老家的举动，并不存在直接的因果链条和必然的逻辑关系，二者之间各有因缘，彼此是挂不上钩的。事实上，当战乱来临时，把妻子送回老家，是那一代文化人每每可见的行为。在这方面，现代人委实不需要借助过度想象而生拉硬扯，乃至深文周纳，无事生非。

必须看到，在外敌入侵，国土沦丧的紧急关头，萧军确实是一位旗帜鲜明、大义凛然的战士，他身上那种勇敢、坚定、不屈服、不沮丧的精神，正是中华民族的光彩和骄傲。关于这点，方未艾的回忆文章已有展现。这里，我们不妨将时间稍事后移，来看看全面抗战爆发后萧军的一段心路历程。

1937年7月7日，卢沟桥事变发生。7月12日，羁身上海的萧军即在日记里留下了如是文字：

> 卢沟桥战事还未结束，每读报心跳甚烈，急于到前线。见有人捐款，自己也要捐，但全未做。此后决定自己不要急功好名，要沉着缄默地做自己能做的工作。

接下来的多日，萧军大约一直忙于《鲁迅纪念册》的编校，待到8月13日这天，他发现上海已是空气紧张，战云密布，于是在当天的日记里写道："今晨，突然起了一个念头，打算在鲁迅先生周年祭后，赴北方战地去。"而到了8月22日这天，萧军似乎进一步下定了去北方打游击的决心。他当天的日记不仅记录了出发之前必须抓紧完成的案头工作，而且还列出了去北方所应着手准备的若干物品：皮长腰鞋、皮衣、骑马裤、毛衣、背囊、水壶、短刀、照相机、药品、毛毯、胶皮鞋等等。萧军曾说:"我这些《日记》……是若干年来关于我个人生活、思想、感情以及某些事件、印象……等等的及时记录……它是不准备给任何人阅读的——连我的妻子和好友在内——当然更不准备公开发表。"(《关于我的日记》)这就是说,萧军日记只对作家的心灵和记忆负责,因而承载着巨大的历史真实性。正是在这种真实的生命告白里,我们看到了萧军当年投身抗战的那份执着与真诚。而正是因了这种执着与真诚,我们对萧军早年送走许淑凡,以及后来在临汾告别萧红,应当有一种基于历史大势的认知和民族大义的评价:一个男人在国家遭受侵略时,挺身而出,奔赴疆场,舍弃小家顾"大家",才是真正让人肃然起敬的事情。

四

送走许淑凡不久,考虑到局势的动荡和命运的难料,萧军就给许淑凡写去一信,明言自己将来不知要到什么地方去,也不知何年何月才能回家,所以劝许淑凡不必苦等,还是另行改嫁的好。后来,萧军认识了萧红,并结为生命伴侣,二人由哈尔滨到青岛,再由青岛转赴上海,在得到鲁迅的大力扶持后,成为文坛名家。据许淑凡告诉张栋,到了上海的萧红曾代表萧军又给她来过一信。信中的萧红称许淑凡为"姐姐",她先讲明了自己和萧军的情况与处境,然后写道:现在社会提倡男女平等,婚姻自主,你不必再等下去了,最好还是改嫁,不要把黑头发时该做的事情,留到白头发时再做,那就不好了。因战时的乡村常有日伪军扫荡,为了安全起见,许淑凡把萧红的来信连同萧军的一些照片,装在一个铁皮筒里埋入地下,但过一段时间再去取时,发现已经完全烂掉了。为此,许淑凡多年来一直后悔不已。

在很多时候,中国女性的痴情、隐忍与执拗是超出想象、令人吃惊的。回到老家的许淑凡虽然先后接到萧军、萧红写来的劝她改嫁的信，但她并没有听从萧军和萧红的意见。在她看来，既然萧军没有寄来一纸休书，那么自己便依然是萧军的妻子和刘家的媳妇，依然要等丈夫回来。为此，她照旧把下碾盘沟村刘家老院当作自己的家。当时的刘家早已破产，老院中除了公公刘清廉一家外，还有一个叔公，住房紧张，生活不便。在这种情况下，许淑凡不得不时常借住到娘家或亲友家，但一有空闲，她还是回到刘家老院忙里忙外。在那些年里，许淑凡没有生活来源，平时尚可艰难度日，但一遇到青黄不接，便只能吃盐水煮野菜。

就这样，许淑凡在老家苦苦等了七度春秋。后来因为完全没有了萧军的消息，而她的父母又相继去世，自己实在难以存活下去，所以才在亲友们的一再劝说下，走上了改嫁之路——同本村厚道能干的农民王魁吾组建了另一个家庭。

无论萧军还是许淑凡，生活已将他们推上了不同的命运轨道，只能各自跋涉前行了，然而，早已浸入岁月年轮的整整十年的夫妻情分，却终究难以从各自的心底彻底消弭。尤其是当时光的纤绳拉着他们生命的船舶进入暮年时，一种淡淡的但又是绵绵的记忆，混合着人们常说的怀旧情绪，就会重新浮现于脑海间。萧军对于许淑凡庶几就是这样吧？于是，他在迎来命运转机，开始首次东北之行时，就有了看一看许淑凡的打算。

萧军是这样，许淑凡又何尝不是如此？尽管萧军初次回到家乡请她见面，她选择了回避，但那不过是因为事情来得有些突然，她缺乏必要的心理准备，加之搞不清老伴是什么意见，她不能自作主张。而当许淑凡想通了一切，同时又得到老伴的充分理解时，她立即克服识字不多的巨大困难，给萧军写了一封尽管满纸错讹，却又情真意切的亲笔信，信中不仅说明了自己的情况，而且表示了想见萧军的意思。这封信由张栋转交萧军，萧军看后立即请爱人王德芬代笔作复。1979年9月25日，一向善良宽厚的王德芬，亲笔给许淑凡写了回信。信中的称呼还保持着那个年代的习惯："淑凡同志，你写给萧军的信收到了。萧军回乡时本想去拜访你的全家一次，表示一点乡亲之谊，因未得到您的同意只好作罢。他回来以后工作非常忙，因为十月份就要召开'全国文代会'，必须做些准备。"王德芬在信中还说："等将来条件好转的时候，一定去信请您来京住些日子。"据负责转交信件的张栋介绍，许淑凡收到王德芬的信后，既激动，又欣慰。

1983年9月，由辽宁省十三个文化单位联合举办的"庆祝萧军同志创作五十周年学术讨论会"在锦州锦县召开。萧军在妻女的陪同下抱病参加。此次会议的一个重要议程是全体与会人员到沈家台下碾盘沟村参观萧军故居。萧军和许淑凡这一对老人，终于了却了他们共同的心愿——完成了隔着半个多世纪的再次相见。当时，许淑凡激动得连话都说不出来，只是泪流满面；萧军则在抚慰之余送给许淑凡一些钱，让她补养身体，补贴家用。此后，两位老人一直舒心地活着。1988年6月22日，萧军走完了八十一岁的人生历程，病逝于北京。一年后，许淑凡在老家病逝，终年八十三岁。

本文刊载于《民族文学》2021年第2期

走　圈

赵冬妮

　　楼群当然既不能是飞鸟，也不能是哈尔的移动城堡。我能想到那些楼基灌筑有多深多牢固，在星罗棋布的夜空下，夯实钢筋混凝土柱子的捶击声特别巨大而有节奏，一阵又一阵轰响，砸向地心的力量巨大，那是要楼宇生来就有根，就扎实稳固，牢不可动，而不是像在动画片里那样的，飞来飞去。速度和凝固，让整个楼群一年多就成形封顶了，外层的围挡是蓝色的，聚乙烯防尘网也是蓝色，层层环护，再加上脚手架，楼宇裹在里边就像一堆堆快递包裹，早就收到了却始终不拆封，始终深藏不露。只有房瓦露出铮亮的灰脸来，长官终将卸任似的，朝天吐出一大口长气。我坐在二楼书房，隔着银杏、白蜡、洋槐光秃秃的树梢看过去，千余米远，屋瓦上，工人们像纸片似的轻微移动，有时赶上正午，移动就止住了，那是他们坐着处于静止的状态。看不出手和脚，又总觉得那些手臂是搭在膝盖上的，仿佛氧化过度了的冬日天空勾画出他们的轮廓，没有笔线，毛糙不细致。哪怕是天色湛蓝，衣裳也失去色彩，灰黑的小身影，永远在逆着光，一半身体贴在天幕上，另一半身体拖住上半身，把自己固定在斜坡屋顶上。

窗户是个画框，在画框之内看，七八座塔吊横竖分割了天空。当我在小区院里转圈走的时候，天空就是无垠的。只有楼群，永远置于塔吊的臂肘之下。我有时候喜欢看塔吊，看久了，塔吊就在眼里变为一群难以捉摸的生物，活物似的，又分外巍峨，世间还有比这更巨大的手臂吗？大臂小臂上下两截，活生生的，全然独立地活着，不需要借助任何躯体肺腑，左左右右，东南西北，缓慢而沉思般地移动着。永远有下一步，永远有它要抵达的地方存在着。楼宇在臂肘下听话地立着，像口渴的小动物在等水喝。看塔吊时，我被一些不理解的事情拽着，或者说，一些不理解的事情在我身上发生了，我被迫让出自身，大脑里那些清醒的部分，一汪清水慢慢地被搅浑了。

　　小区里也有个小孩喜欢看塔吊。他还不会说话，在爷爷怀里抱着，嘴里唔唔地招呼着塔吊，心里大概觉得它们听得懂他。离得那么远，小区围墙外还隔着一条马路，也只是望在眼里，小孩嘴巴传出的几乎就是低语，他仍旧充满欢欣，小身体火焰般不时往上蹿几蹿，抱他的爷爷被撼得站不稳脚，作势趔趄两下。爷爷并不老，只是被火焰点燃了，显得很喜悦，喜悦中趁热打铁教小孙子说，这是大吊车，大吊车。又似乎是嫌不够，爷爷就唱起来：大吊车，真厉害，成吨的钢铁，它轻轻地一抓就起来。

　　就这么来回唱，像单曲循环。有两次刚好我从他身后走过，这么熟悉，我都忘记了。一段湮没在荒芜中的旧路突然敞开，一抬脚我就回到了小时候，过去熟悉的梦境死灰复燃，清晰完整，展开所有的细节。收音机或舞台上或院子里各个角落，全都在唱，那些样板戏熟烂于心，人人都会唱，所有小孩都会唱，眼下会唱的小孩也已经老了，再来唱给他小孩的小孩。而他那段唱，我一边走一边想，他那段唱最显赫的部分，是后边还跟有一连串大笑"哈哈哈"，在戏中码头背景下，它其实又是过于写实的。现在完全被省略掉了，他没有大笑。也许是他本身就缺乏乐观，还是不在戏台上便不该那么长笑？否则，写实一旦到了荒诞的地步，又不似在人间了吗？那爷爷，那么具体、实在，看了一阵塔吊就不要看了，午睡时间到了，生物钟到时就会响动，他要小孩子回去睡觉。小孩还痴迷于塔吊呢，从一种痴迷状态中被扯出来，就如同贪恋的热梦被打碎，小孩子当然不干，懵懵懂懂中哇的一声，号啕大哭起来。于是爷孙俩又停住看了一会儿塔吊，作为安慰和补偿，然后才回家睡觉去了。

当我喜欢看塔吊时，就如那小孩子。我知道自己看得久了，就会被一种混合着迷惑和奇异之感的力量死死攫住，我感到过从中抽身的难度。力量这东西，一旦掌握和被其掌握，就难免会变形，成为奇迹，也构成魔幻。饶是这样，我还是很难想象那小孩到底是怎样的，那柔弱的身躯里，都有什么在发生。由于那小孩，在我一圈圈走步的时候，脑海里总会想起小姐姐的孙子，我们都叫他"小弟头"，当年小弟头最喜欢看火车，有时站在桥上，扶着栏杆，一小时一小时地等着不肯走，就为看一眼火车远远驶来，再呼啸着从桥下穿过，又一溜烟地远去并消失。出现和消失的过程，都会造出同样的喜悦和欢呼，然后他失去了，眼看着失去了——他已跑到了桥栏杆的另一面，送走了黑漆漆的火车，其实那是货运火车，运煤的，样子很难看，但到底是不见了，眼前剩下的仅是几排交错的铁轨，空荡荡地直伸向尽头——他也不离开，一心期待着下一列火车。我站在他身后，伤感中几乎不敢伸出手，害怕去碰他瘦小孤单的脊背。

其实我并不喜欢看塔吊，只觉得始终是它们在跟着我并紧追不放。我住进这山谷里两三年，山谷并不深长，一道山冈从我家西窗外横伸出去，隔小区围墙看，山冈不远不近，山色不浓不淡，山上杂树密集又像一束束茅草耸立着，一年四季地荣枯变换，我先生和我私下里习惯叫它西山；另一道山冈蜿蜒而下紧贴小区东围墙，有些远，隔着十几户人家的样子，平日在家望不到，不在视线之内，也就未被命名过，好像我们没资格来称其为东山。两山冈从同一座山脊生长出来，中间留出块谷地，就像一根鱼骨身上分出的两根细刺，一根挨着一根，但也是遮风挡雨的，人住在里边，不深的山谷也是深的。

然后有一天，西山就短去一大截，山脚被劈了去，成了个大工地，围挡长长一溜，人在旁边往坡下走，始终是矮的。塔吊举目便是，更清楚可见的，是每座塔吊都箍着个巨大而醒目的白色号码：2#、3#、7#、8#，仿佛都在队伍里，是队伍中的一员，必须得戴上个袖标才行，以防范它走失，或时刻就要喊到它。靠近围挡处，最后那排，有栋楼器宇轩昂站得最高，它踩在半山腰上，头顶跟山尖上最高的树齐平。塔吊则更要高，袖标看不到，完全被楼身遮挡住，不知是几号，上臂凌空悬起，一根扫帚似的横跨过楼顶，最后慢悠悠滑向另外一边。即便那楼被包裹得蚕茧一样，楼体仍透出俯瞰群雄的傲然气象。只是不知为什么，下边的基础始终暴露在外，并排四根钢筋混凝土柱半裹在红土里，很像是考古现场，需要把那红土一点点扒开，用小刷子一点点仔细扫——可是没有人，工地里边很难见到人影。后边就是山，山体的横剖面也就是山体的内部，永远是红土，在天色向晚的时刻里，红土的红也没大改变，像是受伤的小孩反倒固执了，永远也不听话；更好像灵魂出了窍，被遗弃的真身无了主，散落着，仓皇着，乍见天日，不知道要往哪里去。

有一次走步，我看见塔吊把长臂越过那栋楼，直接伸到山坡杂木林上，使劲嗅着那片杂木林，似乎臂尖新生出了鼻子。杂木林又更像荒草丛，鼻尖久久不动，嗅着荒草丛中的小兔子。山上是橡树、柞树，和少量的松树，从春绿开始生意盎然，直至冬天树叶枯落，树木一根根显露出来，稀落落遮盖着山的发际线。这时一眼就看清了，山很瘦，也就是这样的冬天，会格外叫我想起村上春树，想起他笔下的木碗山："山圆圆的，像倒扣着的木碗，我们一般叫它木碗山。"哪怕他进入了晚年，眼下他写"我"十八岁，花光零用钱买上一束花，准备去听一场独奏会，在阪急电车的一站下车，又乘公交上山，再步行上山……哪怕这些只是一笔笔回望，我也时刻能感到那圆圆的山始终在，似乎村上春树从没有离开，一直停留在那里。

第一人称单数，哪怕有多少个自我，他"第一人称单数的我"也是"实实在在"的，哪怕是可疑惑的"我"。《第一人称单数》，我读他最新的短篇小说集，一步步走在里边，常有出不来的感觉，就随着他走，由他微风轻拂反复注入。他写鲜明的记忆，柑橘味香气，白色连衣裙，笨拙的拥抱亲吻，披头士一年年歌单流转；同时他又写下那么多模糊的团块，搞不懂自己，虚幻的一团团，偶然，不明所以，一时兴起，无从说起，多少疑团留在心头又云影似的跟随到老，并不全都会拨云见日。困惑迷离从未消散，从来无法解开，而村上春树此时风清月明，他年老而亲切的目光投向自我曾经的生命，天地辽阔，一轮明月挂在夜空，白玉盘幽影清辉，那是玉兔在捣药。

一块低洼地是小区的活动中心，环形塑胶步道的圆心里边，一半是篮球场，一半是羽毛球场，像两颗毛栗子裹在壳里。篮球场被高大的围栏网围住，入口上方吊两盏灯，夏天第一波疫情时，各家各户全体出动，小区里从来没见过的人们在门口排队，等核酸检测。正是晚饭后，眼看着天色暗下去，灯光亮起来，灯光显得很奇异，昏黄又明亮，温暖中含着淡淡的凄伤，弥漫着落下来，包裹住每个人的脸和身体。每个人都变得异常柔和，线条模糊，仅剩下个大概的轮廓。队伍拉得很长，很少有人说话，就连小孩子也静悄悄的。查出疫情的那几例，离这里至少有五十多公里远，但人们在心里突然改写了距离，知道多远也都是近的。羽毛球场深绿色地面，早上八九点钟太阳照在上面时，我若又恰好迎面而上，那绿地面反着光亮如一汪湖水，映得人睁不开眼睛。我逆时针方向走，顺着步道上坡，前方直面西山，再转身便是那片楼宇。什么时候第一眼看到塔吊，当时心里的感觉如何，我没有印象，也记不起了。山谷里总是很安静的，我是循着安静走。远看着塔吊再走过去，转身随步道走下坡路，有时候，塔吊在身后像一列追兵，那也不过是又催生一个烂柯人，叫我捣尘世的药。搬到山谷之前，三十年里我几乎天天穿过遍地塔吊的海滨，现在，不是它们追过来，而是我骨头里还存活着的钙质，尚未消化掉，还没到消化掉的那一天。有天晚上翻书，从一本旧书里滑落下一张照片，我拿起来看，陌生又模糊，我站在山头上，临风而立，瘦弱然而那么年轻。在灯下我看了又看，山岬伸进海水，山岬几道狭窄的凹槽，比桌上的一株玫瑰还真切。心下迷惘的是，我已经没法回想，那山哪儿去了，到底是什么时候它消失不见的。留在我脑海里的，始终是现在，现在始终仅仅是一条滨海路，滨海路北边的种种建筑，南边的喧嚣不息的海浪声。

有限的永在重复的那么一圈路，我仍旧喜欢走，并不厌烦。独自走，左右无人。我沉默的天性融进了河流，变得更加广阔。各种混杂的声音持续不断，没法想象地存在着。有时，突然咣当一声，它从众多声音的包裹中冲出来，像空心的铁栏杆，从高处抛掷到地上，巨大的没有底的回声，抻长着洞穴的深度。敲打声占据最多的时空，应该不是橡胶锤，却有橡胶锤的弹性和震颤，用手都能摸得到，一个又一个，小卒过河。电钻声还是电锯声没法分清，听起来永远是猪在尖叫，像是在被杀，在所有的乐器中都找不到的那种声高，又细又尖。只是这头猪又永远也杀不死，在我走圈时，今天叫，明天还在叫，似乎一把尖刀插进了它喉咙里，就再没有拔出来。声音之海。在这片海里，人声微弱，偶尔穿插进来，然而能插进来，也就不算作弱了，往往如京戏里的老生长长的一声念白，喊出来就足够辽远。之所以听着让我脚步不乱，是因为它没有戏腔，是因为它根本性地去除了舞台。

西南角是一小片白桦林，最靠近建筑工地，鸟儿似乎没受影响，聚在那里叽里呱啦地叫。偶尔我离开步道，走进白桦林，那里又顿时安静下来，一只鸟也看不到。我也并非要寻找什么，白桦树还小，树干上没有太多的眼睛，有也不看我，只有我在看着它们。尤其是在雪后，我在一棵树一棵树之间穿行，看它们就想起小时候看我父亲的一幅画，女孩和她身后的白桦林，画幅横竖都有一米长。我坐在床边喝水，父亲邀我提意见，我说就是她眼睛不一般大，我试图抬手比画却把水杯打翻了，水洒在圆桌上和幼儿园发的白围裙上，我羞愧难当地哭起来。

没有行人，有时我就闭着眼走，让眼睛歇息。眼皮盖下来就红红的，自己看得见，薄薄一层，有光透进来，眼皮被照亮，成为一块红布。我走着，偶尔有暗影落在上面，晃动和闪过，廊架白栏杆，紫藤大豆荚，天上飞鸟，都会掠过红布。有时眼皮过于沉重了，自我布下的暗影，一时间变成灰蝴蝶。

我这么走，走出多远都还踩在红色塑胶步道上。以白桦林为界，转过身就朝向北，向北不远是一排排矮房子，我住着的那一栋就在那里。屋舍整齐排列，个别略微不同，面孔不向正南而稍稍向西，固执地坚持着什么。屋顶上都竖有烟囱，像我小时候一样，只要画房子，上面就一定要画上烟囱，不这样就不叫房子似的。我朝那些房屋走，转过弯回头又继续向西向南。烟囱不冒烟，心里总会少了点什么，没那种梦里诗里的感觉。像我去恩施，进深山里去寻一个土家寨，一路上走走停停，赶到寨子时已近傍晚，隔着一片收割过的稻田，眼看一间吊脚楼冒起炊烟，炊烟先是淡淡的，透明的，渐渐浓郁如牛乳，淹过一片片黑瓦，吊脚楼身后的青山也面容模糊了，牛乳游弋一会儿，最终散向天空，被一大片幽蓝吞进去。

天气晴好，人就纷纷出门了。几个女人在聊天，她们站在羽毛球场上，逆光看就像蹚在河水里。三个男人相继走上步道，相遇，打招呼，从最近的事情说起，顺便就停住脚步，在步道中间站住，一堵堵人墙，话多得说也说不完。步道不够宽，他们仨都有肚子，一个还有酒气，我从中间挤过去，一点也不知他们脸长什么样。不是他们隐身在黑暗里，太阳明晃晃的，我却愈发紧张急切，没有一次敢抬眼，去看他们任何人。塔吊仍在不远处慢慢旋转，像有人在耐心地放着慢镜头，我的身体也跟着慢慢旋转，似乎已经把头倒了过去，整个被吊起来，成了个倒吊者。我手里有两副画得很好看的塔罗牌，那些画片，我不像人家那样拿来占卜命运，而是一张张拿来读，读出那些象征性的背后所隐藏起来的。我又总容易把一张牌摆错，就是那张倒吊者，我总把它倒过来摆反，我自己看人是站立着的，而坐我对面的人，就轮到他来看倒吊者了。我于是就说，用卡尔维诺的话小声地说："就让我这样吧，我已走遍四方，我已经明白了。世界应该颠倒过来看，这样，一切才清楚。"

寒冽有时多好哇。我习惯了。太阳是白色的，天空淡蓝。有一粒水珠悬在我眼睫毛上，针尖大小，若在平时，即便仔细对着镜子，恐怕也看不到，而下坡时又向南，冲着迎面照射过来的太阳，我看到它像颗爱炫耀的小钻石，不住地转动闪烁，细碎发光。我逆时针走，又总以为自己是顺时针方向。一个中年男人从对面走过来，走走停停，低着头净在看手机，眼里根本没有路。我担着心看他，快走到他跟前了才意识到收脚，他也才从手机上抬起头，慌着左躲右闪，错乱了脚步。下一圈他走在我前边，也是逆时针。几圈之后不知怎么，他又迎面走来了，一个壮实的方正脸男人，黑黑的，这次他没看手机，不过重重垂下眼皮，整张脸远看像是睡着了，像个白日梦游人。我因为走路一向很轻又很快而被人称作猫，就算这样，不等走到跟前，他还是直觉地立刻醒了，睁开眼，往旁一躲，我从他身边擦了过去。

几年时间很快，多少东西瞬间都会涌进来，绕圈走路的人，多像活动着的靶心，是所有事物朝着的方向。山很瘦，树使山看起来浑圆。冬天里的树只是在等待，等待着浑圆。是这些树让山浑圆好看，是这些树藏住了那些兔子、松鼠、斑鸠低沉的叫声，山鸡一跛一跛地奔跑，刺猬生出柔软的小刺猬然后死亡。不会有与世隔绝的生活，也不会悠然见南山。夏天躲疫情，所有人家的小孩子都回来了，傍晚聚集到步道上。女孩比男孩更疯，更快，声音更热烈。两个八九岁的女孩在人群中滑长板，瘦女孩滑得好，长板生在脚下，破浪般绕过所有人，使胖女孩沮丧、泄气，扔下长板扭头跑回家。瘦女孩继续风驰电掣，她顺时针，一个八九岁的男孩逆时针，他不看她，不看她脚下的长板，好像身体里有着太多的不安，他手拿一把银白色木质长剑，沿步道边缘踽踽独行，偶尔扬起长剑砍向空气，又砍向路边紫藤垂吊的螺旋藤蔓。这个冬天再走圈，我身体里装满了类似的回想。小雪前一天晚上做核酸检测，去马路对面的另一个小区，已下过整整一天雨，冷沁到骨子里，用去一个半小时，我跟在队伍里慢慢移动，天上月亮又圆又亮，我们很像在排着队看月亮。我还能想起那瘦女孩的样子，我仿佛看到那男孩仍在人流边逆行，她追风一样迎面冲过来，在一次眼看刹不住闸的时候，她的脸红了，飞驰中她得意又紧张地一只手直指着少年，简短地喊着：你！你！

本文刊载于《散文》2022年第4期

诗 歌

半条棉被，铺满整个江山（外一首）

东　来

展柜内铺着封建帝王的被子

金丝银线、绫罗绸缎，但再强的灯光

也难照亮它的暗淡，腐朽不可逆转

不用手戳，已经零落成时间的碎片

什么能敌得过光阴的流转

回头看青天白日遍地红铺盖的棉被

珠光宝气、款质富丽，也免不了霉变

看不出天晴在哪儿，日何在中天

而，红军战士留给农户的半床棉絮

尽管棉质素花，麻布粗糙，却有紫气溢出

不用光源，自然照亮雄鸡破晓前的黑暗

长征途中，红军进驻偏僻农庄

三个女战士借宿的农户穷得没有被盖

几人便与农户同盖一床，临行时

战士们将被子一剪两半，一半留给农户

一半继续陪伴红军续写西行漫记
护送女兵追赶大部队的丈夫从此没再回来
红军战士也音讯全无、踪影不见

那个年代，生死已是常事
农妇苦等丈夫，几十载日落西山
半张棉被，一直盖在身上思亲御寒
解放了，农妇买了新被
但那半床棉被仍舍不得扔掉，她知道
那上面有红军战士和亲人不散的体温
经常把它拿出来晾晒，等待丈夫和红军
回来，并带回一条新的棉被

难熬的岁月，刀割一样的季节
幸有半床棉被，为农妇遮挡风寒。她知道
红军是帮百姓打天下去了，丈夫也去了
红军是为天下人都有被盖
才舍去身家性命、披星戴月的

多少年凄风苦雨，多少载北风吹雁
多少次横飞的子弹穿过土墙跌落在被子上
多少次背井离乡、坎坷辗转
半床棉被，一直盖在农妇的心上

半张棉被见证过民族历经的磨难
被子下面覆盖过受苦人聚合离散的悲欢
然而，它支撑着农妇的信念
她也许并不懂得更多的大道理，但她相信

肯把被子剪下送给老百姓的军队
肯定能再给她一条完整的被子，给她
"百合花"一样夜夜如水的月光

谁说它只是半床棉麻缝补的粗布
谁说它没有绫罗绸缎那么光鲜
谁说它与江山没有因果关系
谁说它只是普通得再不能普通的被子
把被子从百姓身上揭走的人最终无被可盖
与百姓同呼吸、共患难的人，虽仅有半床棉被
却被百姓捧在怀里，最后铺满整个江山

昆仑山，我为你守住春天

是什么阻遏如期而至的春天
春天是阻挡不了的
当我张开双臂拥抱这个季节
总有异域寒风越过地上的实线
跨界吹过，欲迷住春天的眼睛

我试图将春天拉到怀里
士兵要做的就是扎紧围栏、守住春天
不让任何不知深浅的野兽来回乱蹿
我向母亲保证，盯住边陲的底线
祖国把国门交给我，我只有守好
任何想挪动它的企图，都是向我挑战

我的界碑，我的山川，我的春天
那是中国的领地，请你往后站站
不能认为有点实力就肆无忌惮
我不是一般战士，身后有十四亿人民
但我是威武文明正义友好之师
不会越过界碑——向谁挑衅

一衣带水，远亲不如近邻，理应和平友善
不视对方为对手才是登高望远
我们友好地相互张望、各自成边
凡事都有原则，大路朝天各走一边
你不蚕食鲸吞，我不犯规越线
如有人走得太远，会成为三月的残雪
走不到春深就会风干

昆仑山，我的脊背，大美江山
阳光下，我与你一起踏春
如有来者不善，就让他自食其果
我，一名成边的中国军人
永远把界碑内定格在自己的春天

本文刊载于《人民文学》2021年第7期

不朽之途的颂诗（组诗）

舒 洁

叶挺独立团

是男儿
生当与他们做战友，年轻的心
一起迎向阳光，身躯投入烈焰战场
是男儿，就敢于在攻城时赴死
在神话里复活
在绵延不息的大军中
再唱军歌，铭记番号

是男儿
就向某一个清晨庄严致敬
部队集合，口令清晰准确
是男儿，就加入叶挺独立团
在队列中，在北伐中

也在送别阵亡战友的悲痛中
坚定重复必胜的誓言
铁军里有你，军魂里有你
我的充满铁质的颂诗里就有你

直到今夜
我都渴望成为铁军中的一员
集体宣誓，快意冲锋
哪怕鲜血飞溅，也深爱大地花朵
在血红与金黄辉映的旗帜下
年轻的歌谣与信奉
从不怀疑信仰的冶炼

我的梦幻
在瞬间抵达诞生之地
叶挺独立团，好似正行进在征途
步伐铿锵，军容严整，口号嘹亮
一路凯歌频传
万山红遍

叶挺将军

时光雨幕散去，他坐在河边
看大军休憩
我在他的近旁，这是一个遥远的梦
某个结构里的细节
我是小号手，或是他的通信员
他是将军，是战神

是那个信仰纯粹的年代中
我的最大的偶像

他坐在那里
守着珍贵的源流
我多次幻想，从故乡草原
给他牵来两匹蒙古马
一匹是他征战的坐骑
一匹给他备着，如果一匹马牺牲
另一匹就会冲上去

被他守住的也是火种
在战斗间隙，在红色的伤亡数字里
他回望征程，眼里含着泪

他让我看见了一个伟大男人的两面
我联想到山
一面葱茏一面雪
他还让我想到父亲和长兄

后来
我们习惯于叫他叶挺军长
后来，他就活在我们的怀念中了
每当军旗飘展
我们就会默念他的姓名

告别瑞金

那支大军消失在苍茫中
是长征，是信仰者不朽的迁徙
奔往一个圣地，沿途枪林弹雨
一路向西，向西有遵义

向西才有黄小米
有信天游，有陕北根据地
有延安宝塔山，沿河两岸
窑洞里的灯光映照夜晚
就在那里眺望南方的瑞金
夜晚的瑞金，贡水的涟漪

必须说告别
说十送红军，天地旋律不可逆
说瑞金的晨曦
红军的身影依依惜别
魂牵红都不忍离

瑞金的空中长风不息
风吹土地，风吹信仰，风吹手臂
手臂高擎红旗
年轻的旗手倾听集合号
是这样的集体，证明
信仰者的力量，来源于信仰的引领
瑞金，瑞金

一条红色之路具有永恒的性质
无论今天，无论未来，无论往昔

万山红遍

是一片一片变红的
是一言一语，细雨无声的浸润
时节穿越危崖，来到山谷中
在山脚下劳作的人们
抬头凝望火一样蔓延的色彩

由此
他们重新认识了镰刀斧头
一面红旗如水般飘展
也有水的褶皱，人心的波纹
一寸一寸向那里接近
他们听见巨门开启的声音
他们同时看见一支红色大军
在山野里行进

这是新生的思想
在古老中国的呈现，伴随着
不朽的奋斗与牺牲

他们
曾经穿行在另一种群山里
那就是人民
他们将自己定位于人民之子

这是最伟大的支撑与护佑
也是心中精神的河流

而这永不分离的红色
已经成为最为辉煌的背景
不可忘却，不能忘却，不会忘却
一百年，一定会更久
这片大地都会深深恋着红色源头

一个群体的雕像

他们矗立在雪山之顶
草地深处，一只鹰俯冲而下
飞越沼泽，而后直上云霄
时间里回旋着他们的歌声

时间里珍存他们永恒的笑容
是年轻的笑容，那么干净
神情那么坚定，在我们
可以想象的岁月中
他们直面火焰和冰雨
他们彼此激励搀扶
直面万里之途

他们矗立在大河沿岸
田地之间，在一个少年清朗的诵读里
他们栩栩如生，侧耳倾听
在祖国神圣的怀抱里

他们已经幻化为和平的清晨和夜晚
我们铭记他们集体的名字
先驱者！如今我们满怀敬奉
在风中，在雨中，在幸福中
在深切缅怀的梦中
我们仰望，东方灿烂的河流奔过雨幕
他们矗立在晴朗中

他们的目光活着
这是永恒之翼，不是尘封之忆
这是凝视，面对远方
我们依然可以描述他们的身影
他们依然在信仰的天空下行进
依然护卫着忠诚与旗帜

看一看山河大地

我们是不是
已经淡忘了一些曾经闪耀的语词
不光是背影，还有神情
说血与火，那激情燃烧的岁月
是否已经距离我们很遥远
像离别故里太久的人
早就改变了乡音

我们该不该重温那一切
包括年轻的追寻与牺牲
是不是需要一个季节

盛夏或严冬，选择一个时刻
高声朗读那些金子般的语词
比如光明，播种，黎明

我们该对孩子们说些什么
语境变了，沟通的方式变了
关于时间和距离的概念变了
比如祖国，比如爱
还有英雄！那些曾经
给予我们巨大精神激励的人
该不该被忘记

看一看山河大地
我们熟悉的，我们陌生的
是一个整体，因为这个认知
我们才有了祖国之思
而我们的先人们
曾经领着我们，无论在故乡
还是在异乡，他们都未曾迷失
他们就是永生的语词
依恋着过去

我们
需不需要带着孩子，向不朽之途
深深凝望，献上最真的敬意

本文刊载于《民族文学》2022年第4期

大 湾 区

邵　悦

1

南海与大陆，结下地久天长
由此，诞生了你——粤港澳大湾区
你的身体很小，只有极小的一块地方
可你胸怀远大
像海上日出，映红大海又照亮天际
海内外倔强的星辰，冲破黎明奔向朝阳
蓬勃的时光，伴随潮汐的旋律
在你心潮澎湃的臂弯里回响

我一步跨进大湾区，伸出手臂
拥抱世界的模样。而我不是别人
正是你千百年上下求索的未来
环视勤劳的你，创新的你，复兴的你

我除了敬仰，感动，就是热泪盈眶
泪花与浪花相逢，海风也心花怒放

我知道你昼夜风雨兼程
只为这片沃土山川秀美，国富民强
商海，学海，人海，百舸争流
你从不败给兴风作浪的乌云闪电
我知道，你飞溅的浪花再微小
也是从心海迸发，向世界的疆域击荡
你就是历史、现在和未来的集结号

爱上一朵浪花，就爱上一片海港
大湾区，你纵横五千年追风逐浪
寻梦的足迹贯通千里，和千古
你的根，深扎国土之下，从未动摇
你的风骨，勇立大潮之上，从未颠覆
你的思想，雕塑出宏伟蓝图的立体面庞
大国民族新时代发展战略，横空出世

2

大湾区，我就是你一直寻找的未来
沿着你的前额行走，如同沿着灯盏
我看到你每个群体，都散发金色光芒
传播一把镰刀砍断枷锁的信念
我看到你每个群体，都凝聚创新力量
笃定一把铁锤锻打江山的信仰
你迎风招展，瞩望朝霞满天的东方

初心不改，镌刻在火红的旗帜上
阳光不锈，推开心窗就放飞翅膀
大道不孤，跨进大湾区就通往全世界
城市革命的征帆，沿着海岸飘扬

大湾区，大海环抱你的城市群
我的目光，像常春藤一样缠绕着你
从光的拱门进入你梦想的长廊，开放的
紫荆花，白莲花，木棉花，叶子花……
在未来稠密的时光中，各美其美
你的香气，就是大国重器
你的花瓣，就是紧握的一张张王牌

你自带芬芳，怀揣红色的种子飞翔
你团结所有渴望未来的沿海之光
以群体的形式，与世界文明共舞
巨大的创新力量，勇不可当
宛如海上掀起的大潮，无风三尺浪
澎湃，而奔放，而振奋，而兴旺
同一条龙脉，传承同一种信仰
树起城市群波澜壮阔的梦想

我看到，你派每一个梦想驶出海港
把大湾区的群体，上升全球格调
你用高亢的国际音符，唱响新春旋律
由于你的群体，世界才变得有型
由于你的惊艳，世界才变得美轮美奂
整个地球的风骨，强健着未来的我

大国民族新一轮改革开放的航母
从粤港澳携手并肩的大湾区，起航——

3

大湾区，我就是你一直拼搏的未来
在你的眼中行走，宛如在海上
我看到你的天蓝，日夜守望海蓝
你的岛屿护佑岛屿，海湾挽着海湾
你的大陆，深情拥抱海峡两岸同胞
你用蔚蓝的辽阔，爱抚我的视野
有什么样的视野，就有什么样的远方
驰目游怀，你始终追逐太阳的足迹
将所有不可能变成现实，真切而响亮

南海每朵浪花，都是你的代言
你的城市不再是城市
而是未来高科技尖端的策源地
你的装置不再是装置
而是抵达未来城市群心脏的起搏器
你的运行不再是运行，而是无数个
奔跑国际跑道上梦想的新起点

走在时间前面，我看到一块块血气方刚的
高科技区，正朝我频频挥手致意——
你的高标准深港科技创新合作区
你的前海深港现代服务业合作区
你的跨境通信试验区……

这些神奇的区块，并非海底世界的传说
而是新时代中国创新发展的先行区
正迈着豪迈稳健的步伐，隔空跨海
恍若照耀大湾区一道道未来之光

你雄心万丈地将我迎进你的宝藏
我看到你的光明科学城，国际科教城
中科院惠州强流重离子加速器
东莞散裂中子源投入运行……
这些撑起民族脊梁的大国智造
始终在"撸起袖子，加油干"
他们不是穿越时空的科幻故事
而是一双双扶摇大湾区飞腾的翅膀

4

大湾区，我就是你一直奋斗的未来
沿着你的腰身行走，像沿着丝路
我知道你用一带一路的恒久绵长
引领全球经济的发展方向
你翻山越海，始终通往人类文明之门
郑和七下西洋的桅杆，还插在
历史的波涛上，彻夜不眠地摇荡
沿海撒下的盐、茶、陶瓷和丝绸
风一样拉动整个世界的航向
浪花浩荡，被时光捻成线，千丝万缕
织就一条蓝色丝绸之路，碧波荡漾

你起于港口，向海而生，借海而兴
你在丝路上积蓄能源，统揽时光
前进，后退，或者迂回，总能到达
要去的地方。你沿着海潮复兴的声音
修路网，建高铁，架跨海大桥
你波澜壮阔的情怀，不断改革开放
让未来的我面朝世界，鸟语花香

我早就预言，海上蓝色丝绸之路
就是大湾区的红利增强器，无可限量——
与海内外经济腹地，加速延展
与更广阔的境外市场，深度融合
与沿线国家和重要城市，无缝连接
与西南、西北区域，融入全球价值链
你的海岸带，是大国经济的"黄金带"
海洋强国的动态路径，正被大湾区的
开拓创新，一寸一寸展望

你抚育世界最大的海港群和空港群
你为地球的生命摇篮，深情浅唱
你的大美丝路，蜿蜒全球命运共同体
山水相连，美美与共，国恩浩荡
亘古绵延的海上文明，源远流长

5

大湾区，我就是你一直创新的未来
沿着你的足迹行走，像沿着海浪

你开放的思想，吸纳百川又襟怀坦荡
除了你，还有哪片海湾敢容纳一个国家
两种制度，三种货币，三个关税区
四个核心城市，十一朵璀璨的两岸花

我看到，你对这些性格迥异的事物
视如己出，爱如珍宝
你摸透不同城市、不同制度的性格
像摸透儿女们不同的脾气秉性
你用五千年的阅历，鼓励他们
好风凭借力，天高任飞翔
你大海般的母爱，化作温情的浪花
拍打掉行政地域壁垒的小性子
让他们消除隔阂，比翼高翔

你握紧一条血脉亲情的海岸线
用加速度，鼓舞奋进的脚步——
你兴建港珠澳大桥，广深港高铁
让人流、物流、资金流、信息流
像水流千朝归大海一样，追风逐浪
你运行虎门二桥、深中通道
穗莞深城际快速轨道、跨城轨道
条条通道，如同穿云跃海的神龙
为大湾区输送生龙活虎的创新力量

你立体、智能的交通体系
让政策沟通，设施联通，贸易畅通
资金融通，民心相通……

像高速循环大湾区体内的大动脉
律动浪涛般生生不息的回响
你以海洋经济的最高形象
从海湾出发，与全球经济大潮千帆竞技
你以人类命运共同体的终极愿望
比肩纽约湾区、旧金山湾区、东京湾区
"一国两制"框架下的粤港澳大湾区
正以东方大国的节拍，奏响国际乐章

6

大湾区，我呼吸着你世界级的空气
行走在你的家园，如同行走于智慧林
百年沧桑蝶变绿水青山，真金白银
你森林环抱城市，城市朗诵芬芳
你在阳光下舒展翱翔的翅膀
你日子的颜色来自天空、大海和绿叶
你的海岸，蓝绿相拥，互爱互帮
你宜居宜业宜游的优质生活圈
驻足全球艳羡而仰望的目光

凡是上升的事物都有信仰，信仰成就梦想
你的规划上升国家战略，让世界聚核
"谁控制了海洋，谁就控制了一切"
生命的高度，就在水流弯曲的地方
你生长于海湾，开创比海更深远的疆土
"腹中天地阔，常有渡人船"
高尖端人才，高净值人群

高端制造业，高科技互联网
像一个个强大的光源，辐射大湾区
每朵浪花都闪耀烂若星辰的光芒

大湾区，我只是你未来的福祉
你遇见我不是落霞，而是初升朝阳
你正继续深耕属于自己的时代
继续创新高新纵横的未来时光
万物昌盛，浪花升腾彩虹才恩泽万物
我深知，你的血脉里涌动红色基因
你的肩头，肩负继往开来的使命
你的脊梁，被风起云涌的大潮
砥砺成大国民族的砥柱中梁
你是自己的桨，自己的船，自己的帆
像一首打磨百年的中华新韵
将世界重新排列成平平仄仄的诗章

在大湾区浴火重生的热土上
每一次舞蹈，都是飞向太阳的火凤凰
浪尖拍打心尖，胜览人间大美春光
长江带，珠江三角带，"一体两翼"
的飞翔，成就的不只粤港澳大湾区
还有天空对大海的千古传唱
还有江山对人民的福泽恩养
苍穹辽阔，大海深远，四通八达的路
都通向中华民族伟大复兴的中国梦
浩浩荡荡的未来，一路红船领航

本文刊载于《诗刊》2021年第7期（上半月）

花生里的家国

李 皓

当秋风，将我由一些花朵
变成一颗颗籽粒饱满的果实
请允许我
只喊出两个水分饱满的名词：
墨盘，中国！

中国是我胸怀坦荡的祖国
墨盘是我魂牵梦绕的老家
就像一颗具有两室的花生荚果
它们亲密无间地住在同一个果壳里
唇亡齿寒一般，相互依偎

我的土质疏松的老家
盛产质地优良的各种花生
这些果壳坚硬的尤物
在我童年的嘴角流出乳白的汤汁

让一群乡间的野孩子健康而茁壮

它们的肌肤是褐黄色的
如同这包容而火热的黄天厚土
如同这纹路迷人的
脊梁一般坚硬的果壳
诚实、坚韧，都是它们的品格

不管是双胞胎，还是三胞胎、四胞胎
它们一律噘着硬气十足的小嘴
骄傲地，把祖国和家园
结结实实地搂在怀里
宝藏一般，一奶同胞一般

我尤爱那秋日里刚出土的花生
它冲破了黑暗，像十月怀胎的婴孩
湿漉漉的，粉嘟嘟的
像秋水折射之后的一束天光
辽阔的大地吐露芬芳

这些粉红的火种，将鲜血的品格
注入粮食的体内
成为永不枯竭的能量和资源
经过油坊工人的锻榨，乃至锤炼
那些黏稠的物质，让巨轮健步如飞

曾经，我贫瘠的故乡
因为漫山遍野的花生而走向富饶

我的乡亲们总是长命百岁
多子多福
他们视花生为山乡的神灵

墨盘，这个飘着墨香的名字
可曾被我看作祖国的一粒花生
可曾被我视为一首朗诵诗的韵脚
或者一个恰如其分的汉字
一个情绪饱满的形容词

我咀嚼着老家的果实
放眼阳光下的祖国
那些开过的花自有归宿
那些成熟的种子
必然在下一个春天生根发芽

墨盘花生，只是中国农业
微不足道的一笔
但它发出的光和热绝不亚于
钢铁的情怀。一颗饱满的籽粒
就是一个活生生的生命

一粒花生呈现出的家国
它的嘴唇是红润的，鲜嫩如婴孩
它的果肉是雪白的，超越了自己
一年又一年，对黑暗的容忍
像一个隐忍的民族，从不曾回头

一颗花生于我而言

就是心心念念的老家的方向

而墨盘之于祖国，或许只是一粒

不起眼的花生，沉默寡言

但小小墨盘里一定盛着丰收的蜜汁

我用信念和赤诚，蘸着蜜汁

写出稗子与秕谷的羞愧

写出麦浪和稻穗的自信

写出十四亿个沸腾的中国梦

以及对镰刀和锤头的无限深情

本文刊载于《诗刊》2023年第5期

黄金的中心（组诗）

苏笑嫣

梧 桐 县

我们走进黄昏的天色，像走出
焦渴的唇。外面空气的果肉依然紧绷
只有云在缓缓流动
水边，昆虫的鸣叫压抑着
南方浩大的湿热
一种非现实的感觉闷在条纹衬衫
薄薄的汗液般
然而不过是彼处换成了此处
关于处境的隐喻：一只水鸟
正蔽身于岸边多石的滩涂
没人注意这阴影的孤独，它的增加
使傍晚停匀中平衡
尽管有所不同，盛夏的秩序频仍

我们秉受着，像秉受着
自身经历过的某物
从那些热带植物，朴素的小路
和逐渐压低的天空

我想说的是——
夏季成熟的礼节何等稳固
这让人想到时间，它是怎样无常
但在那之后，又并无什么不同
安谧似有若无，麇集在四周
池塘微末的小波尽量不发出响动
然而还是无法说清——
是回忆还是遗忘
温暾地黏结在溽润的空气中
或许应该这样表述：
是耐性，是冲淡
是生活每一刻增损的含混
是凝聚，又小心翼翼消散的幽暗

古　榕　渡

焦日炎炎，像这个夏天里的
大部分时间。所有植物承受着
但旺盛，毫无抱怨
比如刚刚经过的茉莉花田
花朵也收紧叶片。它们小巧地呼吸
谦逊如你喝茶时
常用的白瓷小盏

四面八方的光宣告好天气
密林围绕，在溪涧那边
碧水中，婆娑的树影丝丝缕缕
扭搅在一起。偶尔有蝉鸣
肃肃拍过空气的表皮
但并不妨碍群峰入定
即使站在树梢的翠影里
你也怀疑阳光无法覆盖什么——
整日它漫漶，澄明，浩大
恒常且毫无厌倦
应该学习关于完整的方式：
这纹丝不动的气度
这宽宏和抚的寡言

舟　楫

莲花山横卧。云翳拖染夜色
霞光如肿胀的玫瑰。矮树后的棚屋
年轻人们呼啸的欢乐。白茶烁闪
无忧地敞开它们的圆片。山峦守卫
使田亩静寂，使我们从容不迫地摇晃
沉默中沟通各自无法被转译的潮水
一只虫子，宝石般镶嵌在
护栏的木扶手上。男孩从观景台走下
慢慢消失，在黛绿的树影里。我们已看不见他
因为夜晚和山坡汹涌。花香轻浮
试探着这一季的边缘。这吞吐间的暧昧难辨
如此熟悉，令人想起更年轻的夜晚

此时，另一个月亮，正透过灰莉树
晃动着不定的浮标。我们下山
路在脚下爬出叶子安静的睡眠
记忆在周身环绕，闪闪发亮
但没落下
我也没有回头去看那轮圆月
面前是微小而幽蓝的星星
它们照料着自身的旷野

烟 台 山

入口坡敞示古老城市光洁的额头
阳光先于我们
放眼山峦和街道伸展的躯身。那充盈
好似无穷的收获。山墙环砌
座座旧宅。垒成的方石纯正，骄傲于
它们自身和它们的祖先
领事馆伸出淡奶油色、富丽的石露台
在陈旧的构图中，它们抛出
睡眼惺忪的白窗帘。南洋杉沿路连祷
咖啡屋仍在发明着旧习惯
手无"过所"①的人被露天花园繁殖
他们带着庄重的神情，梦者般
从黑框近视镜中张望上世纪的摩登风潮
万国俱乐部往昔般明亮
闽江在夕照中将递来年序的注册表

---

① 过所：古代通过水路关隘时的交通证明书。

直到晚高峰时分，蓬勃的小汽车使街道
将喧嚣不断向市中心收缩
而古榕依旧留在它所在的地方，宽敞地
闪耀着比一个时代更持久和道德的内涵
时髦女郎走进梅坞路
在一家潮牌店门口坐了下来
她尖细的足尖
仿佛一客冰激凌上的巧克力饼干

记忆之草地

记忆总是被时间割裂：一个个片段
但也有些微微张开
大概由于那天的光，在暖意倦怠的夏末公园
我们坐在草坪上时
那光——轻盈——就像将要到来的一切

当孩子们在帐篷前游戏时，我看到了它
在一串纸风筝上，在一架不断盘旋
然后猝然坠落的黑色无人机上
它扇动着，它们凸起的形状。混合着斑斓的色彩
同时又像一个空无那么遥远

就像我们两个。我们坐在一起——却又不在
我们的思绪只是比平常要亮一些
许多沉得很的疲劳获得了片刻的安宁
在假日白昼哈欠出的停闲里
事物树脂一样生长，又掉落如饼干的碎屑

哦，无论怎样，城市此时美好
它就隐匿在那片绿树的后面。这光会走去哪儿？
它摸索着，停留了一会儿……
让我觉察到你的手，并探过去，触到了它们
这片刻的光，免于了其余的一切

多像一个令人向往的幻觉——
唯一的现实是你递来的一个苹果，甘甜之中
有一缕令人不容忽视的酸
我咀嚼着它时，呆呆地盯着面前
那排因为光而稍稍有些鼓胀起来的树林

它们和你一样，正在成为不现实的一部分
连同游乐场上空划过的一串红色小火车
以及年轻的父母们正在格子布上摆开的野餐
这就是我们的共享之时，共享之地
至于将来的一切：那光，那片浮力——

那个真空——夏季的最后，我们频繁地在那儿
有时候你不在。或者我也是
唯有树木，翠绿地，静止着，直抵天空
——它们一直都在。有时候在像那天一样的光里
有时候是在审慎且多刺的小雨里

寂静也在那儿，抛光着那片草地
它打磨和消散着曾在的如今的缺席

黄金的中心

善良远非懦弱
即使它总是近于悲伤

在从图书馆出来的路上，我这样想着
在十一月的下午，当风把金黄的落叶
吹进夕阳的光芒之中

很多的早上我在花园里散步
看秋天一天天多风
看阳光开始在树木和楼宇间抵达
它在它们身上，逐渐地，一个接着一个

我确信着，我所看到的——
季节，或者善良——它们是存在的
并且有确凿无疑的深意
既然事物尽然沐浴着那道单单的光
既然荚莲在露水里透明地站立
在信念般的空气中
它们刚刚获得喘息的奇迹

仿佛空无中包含着一种存在的非个例
走在安静的回声里，我听见秋天
对于我的思绪，所给予的回应
一个至要的大词：在自有的静寂中

它就是这样伫立

在一种光里
它的和平的廊柱和庄重
它的整体和宏大，那特有的声音
沉甸甸的慰藉
祥和，温柔，但又全然明晰

仿佛秋天是它的天然形式：
它存在着，它可见，它伫立

本文刊载于《诗刊》2023年第1期

回 乡 书

王文军

春天之后我就住在村里
乡亲们陆续而来又陆续而去
他们看似过上了
渴望已久的生活
空茫的眼神，却藏不住
扎进骨缝里的拘谨和悲凉
其实，这些年生活在别处
我心中积攒的酸疼
是村头密密麻麻的杂草
再浓的树荫也遮不住
再凉的秋风也吹不走
很多时候，更像一个
在大雪中跋涉的人
突然遇到一堆篝火
却被它的火焰灼伤

本文刊载于《新华文摘》2021年第6期

疾驰的时间带着风（组诗）

娜仁琪琪格

隐心谷之夜

落霞、黄昏
一群倦鸟回归山林，我们来到
隐心谷，落向树屋
成为秋日硕大的果子

一弯新月爬上来，挂在树梢
群星璀璨，银河倾斜
晚风轻轻漾动摇篮

在群山的襁褓中，变小
被孵化，长出骨骼、软体、四肢
羽毛，雀跃又安宁的小心脏

清晨，扑棱扑棱飞出巢
迎接绚丽的朝霞与喷薄的日出
深深呼吸——

秋日，在岭南茶园

这是我第三次来到的岭南茶园
抑或是比这还多？我是说一个人的一生
不仅是这一生，往复的重叠
除了清醒的时刻
还有梦里

这是我想了多少次要写到它
还没有写到的原因，像一场雨阴郁、聚拢
它的浩荡，洪流裹挟众多的事物
我曾想这是世外桃花源
可隐居、可放下
抬起头来，悠悠见到
起伏的南山

更多的人来到，一次又一次
兴致勃勃，望眼起伏的辽阔——
指点江山的人，有王者的骄傲

一个人永远要向植物学习
举头承恩天空
低头依偎黄土
秋季的茶园，不是它骄矜的时刻

而生命因来路的丰饶、沉实
坦然自若

我俯下身来，去体察素白的山茶花
它的香气就浸染了我的肺腑
我俯下身来，去抚摸花瓣细碎的
藿香蓟，它的香气就染上了我的
指尖、神经

它浅淡的紫，恬静、素朴
把自己开在草丛与蕨类植物里
把自己开在，荒了的小径
与秋日渐黄的杂草在一起
有什么能遮盖它的美？

在岭南茶园，我站在秋的门楣
感受到的，远比看到的多

疾驰的时间带着风

山峦叠着山峦，绿瀑丛流
天人在云端飘然降落，于山巅散步
隐居在山里的仙人，听到我们的声音
化作了树，林间的花
动作稍稍慢点的，就在栈道边
静默——

这些白的、黄的、蓝的、粉的

拥在一起沉稳的红
在绿色的青草，褐色的林木间
躲不过我的眼眸

超然的美，丝丝浸入肺腑、肌骨
我如何描摹，如何表达？
疾驰的时间带着风，嘈杂、纷扰在身边
夜幕咣当降临

让自己静下来，静下来
在画板前站定，心河的水流舒缓、安稳
与画布悄悄对话
闪烁的身影，明澈的眼眸，灵魂的香气
漫溢而来——

云顶山庄的夜晚，一半是欢腾歌舞的篝火
一半是凝神安谧的笔触
而清晨磅礴的日出，在群山之巅
照耀、沐浴，万物众生的同时
也照耀、福泽了
每一个来到的人

物我一体

还是要去探访更多的朋友
隐居于高山、峡谷，清泉边的
树木、野花与水中的鱼儿

我单薄的生命，行至半生
所知，依然甚少

美猴王在晨曦中弹拨了琴音
众猴应和，嘹亮的猴鸣，在山谷间
回荡——

我如何来叙述，隐心谷晨光之美？
先是绚丽的霞光铺满天空，曼陀罗华
缤纷绽放

旭日升起层峦之巅
醍醐灌顶，照亮万事万物

苍劲的、俊美的树木
清逸的花儿，我和它们站在一起
屏住呼吸——
伸开臂膀，向上伸展
彩霞化作白云悠悠，把水蓝的明镜
还给了天空

在猴王谷中穿越
——辨认，乌冈栎、甜槠、紫果槭
尾叶紫薇与修竹
苍劲的苍劲，秀美的秀美

由远而近，青峰峡的水流
激越奔流，清亮彻骨

正在把我变成，一棵树、一朵花
一株草、一滴水

游荡在碧潭，清水中的几尾
鱼儿，也是几枚红叶
恬静、悠悠然

秋 风 起

急骤的风　破窗而入
灯台上的油画　被掀落
我在书中抬起头来
抱紧了双肩

摇曳的树木　翻转的树木
有什么　一定比树叶
从绿转黄　更急　更快

站在朝北的窗口　向潮白河边眺望
有谁躲在云朵的后面
静静地　观望尘世

而在向南的窗口　我看到
万条金黄的鱼儿　箭镞般
跳跃出水面
向着同一个方向　秩序井然地
奔涌——

我欲看得究竟

天光暗了下来　瞬间

一切消失于眼前　仿佛什么也没发生过

道　别

两只白鹭出现在我的视野时

它们正在芦苇丛的上空

低飞　盘旋

眼前一亮　低头拿出手机

抬起头　它们已不在那里

放远目光　在天空搜寻

一个飞向了北方　一个飞向了南方

瞬间成为两个不同方向的

白点　消失

恍然想到——

它们缠绕着低飞　原来是在道别

一对白鹭　临别时

彼此叮嘱　依依不舍

本文刊载于《民族文学》2023年第3期

夹　克

刘　川

一件夹克

远行一千八百里

去某工地

从脚手架上掉下来

一只袖子没了

回家时

夹克口袋里

多出两万五千块

这件夹克

挂回衣柜

那里还有许多夹克

都两袖完整

仿佛什么也没有发生

但一件背心

两只袖子都没有

仿佛它

在衣柜里

经历了

比工地更严重的事故

本文刊载于《新华文摘》2022年第8期

妈　妈

宋晓杰

妈妈，总有一些汉字让我过敏
我羡慕别人喊"姥姥"
因为你六岁就没有了妈妈
我还羡慕别人喊"大姨"
因为你会绣花鞋的姐姐马上嫁人了
却死在去往十八岁的路上

妈妈，我们越来越像
不仅是指贼眼皮儿，拇指的形状，洁癖
饭菜的咸淡，半袖衫喜欢圆领还是鸡心领
而且，我们喝一样的保健茶、蜂蜜
我们一起洗澡、做足疗
皮肤起疹子的时候，用同样的药膏
更要命的是，我每每从沈阳下班回来
总能准确地接到你问候的电话——
不是我刚在小区停好车

就是刚打开家门，还没来得及脱鞋
有一次，我乘坐的虎跃快客刚刚进城停靠
你的电话就来了："我猜你快到了。
原以为你开车上班，后来想起你坐车，哈哈。"
像个狡黠、调皮的孩子
那天，你拿出自己的一件绿花半袖绸衫
说现在我穿正好——
你把它雪藏了二十多年
才让我俩的中年，完美相逢

可是妈妈，你不知道
经过半个世纪，我们活成了同辈：
你是八十岁的老人，我是五十三岁的老人
——终于，我们彼此成全
成为今生最亲爱的姐妹

本文刊载于《新华文摘》2023年第8期

梦中的回眸依然是我的故乡

张少恩

我的眼里容不得沙子，甚至细微的灰尘，但能容下丰饶的大地——汗水万担，五谷丰登。

此时，辽河北岸，滚滚的稻浪往我的眼里推送。这一刻，亲人般的田野将我紧紧拥抱。

娘亲舅大的故乡，打断骨头还连着筋的故乡，永是我幸福的岸。我的眼睛发亮——眉睫的蒲叶忽闪，灿烂的菊芋喜感……故乡，我爱，辉煌的颂歌和生活的暖意让我喜不自禁。

一个农民兄弟走到我面前，握着我的手分外亲切。他告诉我，从前的秋天比现在辽阔，好看。他指着那边的楼房说，土地被它们吃掉了不少，稻田缩小了许多。说这话时，他的眼里含有惋惜。他还说渤海湾以前有茂密的鱼虾，繁多的海蜇，特产的河刀鱼……他如数家珍，滔滔不绝。而落尾的一句却是叹息！

天色朦胧，我把目光投向西天的半个夕阳。亦喜亦忧的故乡，今夜有我梦中的回眸……

本文刊载于《诗刊》2021年第3期（上半月）

前暖泉村

于成大

没见到温泉，却邂逅一群牛

它们有二三十头
三三两两于一片绸缎般的河滩上
埋首青草，偶尔抬一下头
然后继续吃草

几朵不知名的野花
压下了蒿草们的喧嚣
青苔压下了石头们的躁动
天空高远，水流过村庄的样子
就是十七岁少女的样子

母牛伸出舌头舔着小牛
小牛也会钻到母牛肚子下，吃奶

有什么正在融化

九月，比我想象的柔软

本文刊载于《新华文摘》2023年第8期

游牧时光河（组诗）

萨仁图娅

站在草原望星空

鸿雁追云
骏马追风
我沿着额尔古纳河走向
以寻根的虔诚之心的抵达
在水草茂盛时节望星空
无眠之夜沉入晶莹与深邃之中

听星星与萨日朗对语
触摸星光缀满旷野绮丽的梦
放逐红尘琐事　　放飞心灵
追随星光而行
约你一起游牧星星
同你分享心灵感动

看毡房灯光与穹庐星光对应
不能错过的浩渺天际让心悸动
一条由星星组成的天河
以无边的浩瀚把宇宙印证
天边的羊群马群牛群
披照在月色中

谁把星芒缀满星空
只有仰望方可让心灵安宁
谁把如水的万千柔情布满星空
思念的帆船在星河缓缓升腾
而那颗最亮的北斗七星
是赋予智慧与神秘想象的指路明灯

思想之翼在夜色阑珊中飞腾
满天星光融入草原　融入生命
谛听天籁　遥望敖包烛火
满怀热爱和敬畏之情
接收来自苍穹的星光密码
进入天人合一天光合一之境

银河万里的草原星空
星光发亮　深邃而澄明
古老的星之尘埃在耕种的心田中

光的宇宙剪裁我的想象
思绪丝丝缕缕在头顶升空

众星熠熠长存永恒

马 头 琴

天苍茫　野苍茫
琴声响处是故乡
琴弦颤动我泪如雨
打马草原琴音醉心房

外弦音低沉粗犷
内弦音激越高昂
悠扬在大漠星空之下
回荡在连天的碧草之上

琴声里的静思与爱恋
大草原音韵中的青翠与苍茫
琴韵萦绕洁白哈达飘逸的深情
琴声融入毡帐奶酒与奶茶的醇香

云在远方飘动昨日的梦
万缕情思随琴声万马脱缰
土尔扈特人万里回归血战伏尔加河
忧郁的马头琴抚慰怀乡的人

也曾拨动昭君出塞的衷肠
也曾伴文姬大漠十年的时光
马头琴弦上生音
毡房里马奶酒喝干再斟上

马头琴是牧童苏和的白马魂
低回婉转的天籁绝唱
牧人与马的故事传奇
岁月与草原千年交响

马头琴，我的莫林胡尔①
马的蹄声在弦上
千万匹野马复活奔腾驰骋
我在飞驰的马背上淋漓酣畅

雕花的马鞍

高远的流云
清澈的蓝天
草原上的马最神圣
好马当然配雕花马鞍

草原女人都有一副好头饰
草原男人都有一副好马鞍
游牧文明的历史和光荣
有一笔要重记的是马鞍

金马鞍银马鞍铜马鞍木马鞍
马鞍就是蒙古族人的摇篮
雕花镶银　银环或铜环

---

① 莫林胡尔，蒙古语，指马头琴。

凝聚草原的过往与变迁

手及梢绳成长的摇篮
脚及马镫跨马的流年
世代相传的雕花马鞍
半为家园半作船

草原之舟勒勒车

追着太阳走
承接白云落
游牧民族的终极载具
双轮高大的草原勒勒车

无论在牧草繁茂的草场
还是积雪深厚的坡道沼泽
逐水草而生　择草地而牧
古老的车辙把日子镌刻成传说

往返的雁阵　时光的河
载毡房和牧具连成草原列车
碾过一岁一枯荣的草长莺飞路
颠簸时光飘飞奶香与牧歌

居则毡为庐
行则家是勒勒车
慢慢悠悠转动走进历史
游子思乡依依不舍

如今勒勒车咿呀的歌谣
还在风中响着
渐行渐远的光荣与梦想
为心灵收藏　　为时光浓缩

自然之音呼麦

高于九霄苍穹之外
低于水平线下的瀚海
宽如草原大地之无边
奇妙自然之音的天籁呼麦

一条喉管同时伸出两条声线
形成罕见的多声部形态
带有金属声的不同音高音色
人和天对话气息猛烈冲击声带

歌唱或祈祷与大自然融为一体
来自一个古老民族的原生态
无比美妙的灵魂之音
传达着心中的辽阔与豪迈

敖木伦河

像湛蓝的哈达飘落
辽西母亲河的敖木伦河
从远古而来　　西源北源南源　　玄妙神秘

源头发轫　鸟语花香　无法言说
流转千年　滋润万物　福泽一方
依然如此质朴清亮与淡泊

蓝格莹莹的天
清格凌凌的河
水墨长卷多韵味
鸟儿依水而生多姿婀娜
一河水流成弦　流成曲
流成了故事和传说

至盈可飘逸
至柔能曲折
河水遵循了岸而流动
以浪花　以涟漪　表达憧憬和欢乐
我用我敬畏的灵魂千遍读你
你以清澈浇注我如水如河的品格

草原额吉

天苍茫　草苍茫
爱是毡房里的灯火灿亮
亮彻千里而至的孤儿心房
额吉草原上的额吉
在奶香弥漫的原野
超越血缘的大爱无疆

白云飘雁来往

爱是草地上的河流淌
滋润孤儿濒临干涸的心房
额吉草原上的额吉
融化高山积雪滋养着牧场
有额吉的地方便是天堂

骏马驰奔　雄鹰飞翔
爱是草原暖融融的阳光
灿亮每个国家孩子的梦想
额吉草原上的额吉
最朴实的方式诠释爱与善良
为每个孩子装上飞翔的翅膀

牧歌悠长　马头琴声响
爱是天籁空灵古朴的映像
陶醉孩子年少的心房
额吉草原上的额吉
胸怀就像草原般宽广
蒙古包如温暖城堡一样

走多远回头望
爱是默默地无悔付出
温暖三千孩子心房
额吉草原上的额吉
摇动摇篮的手扶你跨马背
岁月长长　情长长

本文刊载于《民族文学》2023年第3期

玉楼春·丙申上元

郑雪峰

团冰转上天如昼，皎皎清光承在手。
喧阗良夜霓虹灯，摇曳长街金雪柳。
鬓端冉冉霜初透，还念婵娟容易瘦。
高楼到处碧阑干，只有天涯凭最久。

本文刊载于《诗刊》2021年第4期（上半月）

在波平如镜的水面练习写作（组诗）

巴音博罗

秋冬即景

秋风一紧
树上满挂的信笺就都寄走了
多久能盼来回音呢？

直到一场突如其来的鹅毛大雪
封盖住这漫山遍野的喧嚣
天地蓦然静了
鸟和霜树频频传递这不胜寒冽的情愫

而起初寄信的那位
其实就是名叫寂寞的，有着嶙峋身影的
乡愁！

旅顺口望海

十一月的海用膝盖和胯骨播种
云阵用秋衣的长襟
没有阳光的海平面上一片岑寂

我试着用波浪的脚踝走上去
一片深色小径上有泡沫的钻石
那是我呻吟的心音，是鸥鸟的正午

瞧，海又开始以铅块填埋它的矿坑了
我相信这广阔无边的田亩里有无尽的宝藏
而捕鲸的船早已沉没，呼救的回音像落叶
一片片剥落。这是海与陆地最美满的姻缘

海呀，当我的双手更类似于潮汐
我用胸腔播种，而胸腔早已空旷如野
除了礁岩的海胆，除了水手摔碎的头颅
唯一的回应是那位蹲在海边
掩面痛哭的家伙……

山　中

雁声洗过的晴空还是不是秋天
我倚坐在一块兀立的岩石旁
渐渐把自己倚成魏碑的姿势
松树的姿势，而一只啄木鸟叮叮

在阳光闪烁的树影里敲打寂寞

我是随一支枫树枝条上行进的队伍
运送心跳的。一支歌在野火中焚烧
一缕青烟将我的惆怅带向更荒凉的远方
哦远方！远方是我们梦想之外的所有地方

当那支蚂蚁的队伍渐渐穿过寂寥的人间
我会瞬间苍老吗？我黯淡的容颜和塌陷的肉体
我的血压会在我急促的心跳中像鸟儿一般
鸣叫并飞离这里，但现在
我用疼痛来装点秋天！

辽河边草甸子上休憩的羊群

中午，牧羊人骑着摩托车
把羊群赶到这里就扬长而去了
羊们像一群幼儿园的孩子
穿洁白干净的衣裳，咩咩低叫
却神色怡然，它们相拥在大树下
享受浓重的荫凉

我端着相机走近时，三两只羊把脸
扭回来，无辜状地望着我
它们一脸纯净的表情里，似乎
还有些许书卷气

我猜想，一只羊的阅历即是吃草的阅历

它们阅读的样子就是用嘴巴、牙齿和舌头
朗诵这广阔无垠的大草甸。而草分明是
全天下最好认的多汁而葱绿的文字

现在，阳光透过树杈斑驳而下
羊群正陷入梦乡。和挂在树梢上的云朵一样
它们梦见褟裸，梦见温暖柔软的乳房
那是一座大山和大河的源头
也是神安歇的殿堂

我看见一只老等站在水洼里

在岫岩县城与雅河乡的交界处
我看见一只老等站在水洼里
它静峙的姿态很美，仿佛一个人
在低头沉思。浅而缓的流水上
有它朦胧的倒影，风摸一摸它的肩膀
它还是一动不动，如同一只标本鸟

我也有好一阵一动不动，我担心
一旦惊动它，一旦它扬起翅膀一飞冲天
整条河会不会被它顺势带起，一齐消失于穹空

就这样又过了许久，当一朵偶然路过的云
也停下时，我终于忍不住咳嗽一声
离开了那里。老等的学名叫苍鹭
我叫巴音博罗，我们都是田间诗人

听那支乐队

迎春花盛开了，几乎在一夜之间
路畔田头的迎春花突然枝条明亮
像满蘸柠檬黄颜料的笔

我停下来，闭上眼
听那支乐队在枝条上演奏
它们的乐器都是黄金和蜜蜡做成的
是春天的小轰炸机——那野蜂群
嗡嗡响的翅膀和纺车
而梦是梦想者的衣裳，是冒烟的脚趾

我努力让脚步不发出声响
而迎春花挺拔的枝条却仍然像一根根
柔软的鞭子，细细抽打我的脊梁
山脚下的路显然太寂静了，青草发出欢呼
但抵不住鸟儿的鸣叫

鸟儿鸣叫时，使一棵柳树躬了躬腰身
因而乐队停顿一下，让这个春天形成了光影
光影是梦的一角，是我此刻的忆念缠绵
这时，又一支乐队开始了演奏
它们用风在湖面上刻下透明的音符

观察一只空巢

我观察一只空巢很久了
一棵白杨树站在旷野中已然很久了
我家对面的旷野，北方的旷野！

一棵树捧着鸟巢像乡民捧着一只碗
但现在它捧的是只空碗
原先幸福的一家子不知去了哪里
巢中只余下几根枯萎的羽毛
和正在冷却的梦

一棵树捧着鸟的空巢一动不动站在旷原上
像一个提灯的母亲站在村口
每当风过，她就摇晃一下身子
树叶像絮语哗哗地响
鸟儿像走散的孩子一直未归
一棵树就这样一直站在那里
让在远处默默观望的我有些心疼

树哇，其实就是一棵普通的杨树
但是它慢慢地把枝丫伸展进我的身体里
一天天一年年，它在它的位置上站着
就那样一声不吭地站着
它在看护那些从大地深处归来的人

湖边吹箫的那人

八个孔的舌头
抵住焦渴之颚的穹顶
盛夏的傍晚，有一种小兽游戏后
倦累的气味

落日正好卡在那人的肩崖
而一束柔和的光却落在我的眉山
我的脚步赶不上湖水做梦的速度
我喉管里的夜色也深不及那人
咽喉的幽暗

而夜晚伸出一双烟雾的手
正慢慢抚平水面上的波纹
一只凉亭趁机起飞
瞬间越过栏桥，还顺便拐走一排
水藻的尖叫

哦，箫声——
箫声终于有了
群星戏水的辉煌！

对　坐

每次去，我俩总会相对又默然
窑在窗外蹲着，像一匹贮火的豹

你以茶待客，如以釉水饲养你掌下的陶器
林间的烟岚正是我俩此时的思绪
而一山的霜树，则是风的琴弦

今晚，你的床榻上将有月亮陪侍
而我以梦，以山中储藏一夏的雨
当楼下忙碌的窑工们点燃三五盏灯
柴烧的炻器才是来自北方的执念

唉，罢了罢了，还是收拾残盏去听曲儿吧
院里弹古琴的师傅正以高亢的嗓音把一山松涛
铺排得比海还辽阔。而寂静的海面上
有两只蓄墨的蒲团，正凝神谛听……

本文刊载于《人民文学》2023 年第 3 期

在湘西这边（组诗）

林 雪

初到新晃并致先生

一场《湘行散记》里描述过的雨水
快过天气预报
及时追上我们
由芷江往新晃的气象格局
已然由小变大
不变的依然是美
初到新晃，犹如阔别多年
我们曾在童年热衷于用跳房子游戏
越过长江黄河
如今我们仍然有不可形容的童心
跳过这些在场
无知以及编年史

沿公路山头渐低渐小
山上树木转增密蒙
小雨相似，大街头布铺犹在
而烂泥应是先生和当年的行人们
心思柔软并自嘲无能为力的部分

我在人群中彬彬有礼，举着折叠伞
小而虚荣。读过你，就应该
认得出你，并知道你正俯视我们
另一些我们要去沅州
解决《楚辞》上几个草木问题
有船可回，也要身上湿透
相互拧去雨水
钉鞋声不再寂寞，几近嘈杂
平整的混凝土灰色路面
强势填充着过去的缝隙
我多想也借此回头
把青春往事残破的无知或无敌
也全部修补停当

初来乍到，转瞬即逝的东西或长久不散
哪个是先生形容的热闹？
安然生活的人们和无力写出更好的诗
哪个更孤寂？
先生，你降低了它们消逝的速度
你把那些遥不可及的湘西
化成熟悉的物和人

过风雨桥

初来此地，农事节刚过
在旷野里有一个舜
在旷野里大象耕地
鸟儿锄草

农人在田间用腹式深呼吸
九百一十五公里外的厉山起伏
时光吞吐着历史
双石峰的月亮在溪头隐没前
有一次悬停

河流捧起桥墩
桥梁抚慰波浪
如果有一朵水花
必是桥型的，好与她完美贴合
在水河涌涛之声里
有人在桥上念四字福诀
有人默读二十四孝故事
有人模仿榨油、推磨、舂米、打糍粑
傩戏里的千百个神漫天飞起
大如世纪山水，小如一年欢喜
一小时、一分钟、一秒钟——
没有一座桥比它更丰富
丰富到诞生出自己的哲学
它能自问自答。满含仪式

能望到山峦之外的远见
还有古早的喜悦

整个桥都在计数你的下一步
而我默诵的建桥年代
另一个时空在星光下奔涌而来

十二个土地的歌师箴言

你是谁啊？你可敬奉什么？

——我是砍柴的、挖土的、割草的
犁田的种田人
种田人敬奉土地神
而土地神
是天上地下的土地
坳头坳尾的土地
村头寨尾的土地
田坎土坎的土地……
十二个土地都是我

为什么初来此地，而我感觉
少年时代到过这里？
——这是侗族普遍的镜像学
是我们的平行命运

为什么你唱的歌欢乐的多
心碎的少？

——唱得少不代表没有
只是我们相信
幸福就是由碎片拼成的
有时心碎反而会
带来更大的幸运

学习歌唱要先学什么？
——向你能看到的一切
也要学你看不到的
看不到的东西在哪里？
——看不到的，藏在风中
一朵云，一个气流
一片雾，一张树上的脸

常和小植物谈话
慢慢习惯你自己的不重要
尊重被你吃过和没吃过的动物
是所有的。要感谢
你能活到今天
和所有的谷物

是否有空儿就唱上一段？
——是。但更多时候
是闭嘴

本文刊载于《民族文学》2022年第2期

致敬，大国重器（组诗）

宁 明

祖国的位置
——致敬北斗三号

每一个心中有梦想的人
都渴望擦亮自己的眼睛
无论飞行的导弹，还是远航的舰船
抑或是一场赴约的浪漫爱情
迷失方向，就意味着背弃出发的初衷

北斗开放的爱心对所有人免费
它能帮你找到近在咫尺的陌生朋友
也能为你校正稍微显露出来的急躁冒进
还能使你成为一个守时的人
在各种诚信的考验面前，绝不差分毫

每一个后浪，都有居上的雄心
当新时代的大潮汹涌澎湃地奔来
每一座保守的浅礁终将被大浪淹没
没有水涨船高的眼界与驾驭本领
驶向彼岸的航船便会遭遇搁浅的命运

当北斗的"收官之星"终于定点成功
三十颗高悬在太空的明亮眼睛
把地球上的每个角落都纳入了关爱范围
我便有理由坚信，从此不再会
因别有用心的人制造一个"恶作剧"
而使人们在迷茫中找不到祖国的位置

领 跑 者
——致敬复兴号高铁列车

我永远不会忘记，那个惊心动魄的时刻
在郑徐高铁线上，对开的复兴号
以420公里时速擦肩而过的壮观情景
这次让世界惊呼的历史性交会
被光荣地镌刻在2016年7月15日

我更会清晰地记得，在京沪高铁两端
那一对双向首发的复兴号列车
载着我的一路激动和世界关注的目光
率先实现了时速350公里的运营
再次把已抢先起跑的赛手甩在了身后

我还知道，中国的脚步已快速跑向了世界
只要地球上有铁路的地方，终将都会
闪耀着你风驰电掣的骄傲身影
那些蓝眼睛褐眼睛绿眼睛都将瞪大
欣赏到你卓尔不群的中华风采

你这个世界高铁赛道上的领跑者
一再以自己的惊人速度
跨越横在前方的一个个艰难的栏杆——
不仅自我设计延长了奔跑的寿命
还以骄人的身材，大大降低了人均能耗
每当我坐在宽敞、舒适的座位上
打开 Wifi 云游世界时，心中便会悄悄地
为你和祖国竖起大拇指

加速 China
——致敬 C919 大飞机

每当我和 C919 一起憋足全身的力气
以雷霆般的呼啸加速起飞
身后就会卷起一阵翻滚的气浪
直到跑道上再一次尘埃落定
惊恐的小草，才会重新站直倒伏的身姿

我沿着 C919 高昂的机头远眺
几代人的大飞机梦想已将航程照亮
加速，加速，C919 继续加速——
机舱内不仅安装着一百六十多个座椅

在我身后，还牢牢地安放着祖国的尊严

我透过鼻梁上那副潇洒的飞行太阳镜
仿佛已望见了在不远的将来
地球的上空，将由无数条C字头的航线
编织出一张密集的天网
使人们一跨入舱门，就迈进了世界

每当A字头或B字头的大型客机
在错综复杂的国际航线上
与我驾驶的C字头大飞机相视而过
机身上那排瞪圆眼睛的舷窗里
便会隐约发出一阵China的惊呼

水天间的舞者
——致敬鲲龙AG600水陆两栖飞机

梦牵魂绕九个寒暑之后
今天，我终于跨进你陌生的驾驶舱
手握驾驶盘，脚踩方向舵
从此成为荣辱与共的生死朋友

每一次起飞心情都格外沉重
比六十吨更重的是救灾救难的使命
在飞往火场或遇难海域的途中
你总是以十倍于航船的速度疾驰飞行

既是会飞的船，又是会游泳的飞机

这就注定肩上要扛起双倍的责任
你能站在两米高的巨浪上救人
也能在二十秒内一次性汲水十二吨
让肆虐的火焰，在喷水中偃旗息鼓

回想一次次从陆上、水上和海上起降
我们的配合总是完美而默契
尤其是当你以犁铧的船体迎击海浪时
总是能昂扬出一副大国航空自豪的姿态

未来的试飞航程还异常艰巨
作为世界在试两栖飞机中的"大哥大"
更宽广的应用领域，正等待我们去探索
伙计，请放心——
我一定会写好，那本让世界
对你刮目相看的"说明书"

空中胖妞
——致敬运-20

在各式重兵器冷峻的眼神里
你以卓尔不群的丰满，赢得它们的青睐
那些寒光逼人的钢铁大汉
在你面前，都成了乖巧听话的娃娃

你为坦克和火箭炮们插上了翅膀
以鸟儿疾飞的速度，深入敌后
让自诩坚不可摧的敌人防线

在前后夹击中，立现溃堤般的狼狈不堪

每次起飞，你的目光都格外凝重
肩上的重担，岂止是几十吨钢铁的分量
无论是严峻的敌情还是灾情
都使你粗粝的喘息声愈显沉闷
仰首上升的姿态多了几分焦虑与悲壮

而那些可爱的空降兵喜欢叫你胖妞
他们在空中向你献上一朵朵伞花
甚至在你的怀抱里，一些新兵
还彻底治愈了恐高和胆怯的常见病症
锤炼成敢于插入敌人心脏的尖刀

谁主沉浮
——致敬奋斗者号载人潜水器

当辽阔的海水由深蓝变得越来越暗
直至再也看不见一丝微弱的光亮
马里亚纳，我正以压载铁的如磐意志
一步步抵近你幽深的怀抱

脚步，比攀登珠峰更显艰难
每一米深度，都要承受千百倍的压力
黑暗中，我的身体下潜得越深
离地球的奥秘就会越近

这里的海水比钢铁还硬

它们挤在一起故作轻松的姿态
无论我的船舱下潜或上浮，在深海中
都不过是一粒更坚硬的气泡

我渴望，在漆黑的人类生命禁区里
修一条漫游海沟的观光通道
人们坐在一间缓缓移动的车厢里
任意幻想或欣赏目不暇接的奇妙风景

我还打算制造一辆燃烧海水的汽车
不再用花钱去加油站里排队
尾喷管的蒸汽里散发出鲜花的味道
走到哪里，哪里便会一路飘香

航母驶向深蓝
——致敬山东舰

站在这艘大船前
我更想探究一下它的内部结构
比如，在哪里安放远大理想
在哪里焊接辉煌的未来

大船在船坞的怀抱里
很像一个加班加点长大的孩子
它的身躯渐渐强壮的过程
建造者们正在用鬓角新添的白发
一根一根地记数清楚

一艘胸装远方的大船
身子骨就会被使命打造得格外结实
一块骨头与另一块骨头之间
造船人用最炽热的责任心
将它们分毫不差地焊接牢靠

大海的呼唤从历史深处传来
甲午的海浪撞击着银灰色的船舷
发黄的旧日历里，搁浅着昨天的太阳
大船昂起头颅，开始了驶向深蓝的征程

今天，大船的表情格外凝重
它将在一张崭新的海图上
用划过的最深航迹
描绘出一个大国的远航梦想
用甲板上翘的角度，去比喻一个民族
正在加速起飞的仰角

隐 身 者
——致敬歼-20

只有目光短浅的人
才会看不清头顶上的波诡云谲
风云间，一种新理念正在与传统观念
进行着一场激烈的空中格斗

强大者，往往更愿把自己伪装得渺小
将雷达反射面降到最低的程度

一架庞大的战机，缩身成一粒子弹
它穿行在浩瀚的天宇之中
专事伏击，那些有恃无恐的傲慢敌人

如今的战场，比对手看得更远的眼睛
未必能抢占先机，立于不败之地
而善使隐身术者，穿行在云浪波峰之间
往往只闪过一道呼啸的身影

隐，更是一个哲学的命题
当庞大与渺小，远与近，真与假
互换角色的时候——
示小，才是智者的选择
而盲目自大，则是愚蠢者的代名词

本文刊载于《诗刊》2021年第7期（上半月）

新时代文学群峰耸峙丛书

滕贞甫　主编

XINSHIDAI WENXUE QUNFENG SONGZHI CONGSHU

ERTONG WENXUE JUAN

儿童文学卷

北方联合出版传媒（集团）股份有限公司

春风文艺出版社

·沈阳·

图书在版编目（CIP）数据

新时代文学群峰耸峙丛书. 儿童文学卷 / 滕贞甫主编. —沈阳：春风文艺出版社，2023.9
ISBN 978 - 7 - 5313 - 6533 - 4

Ⅰ. ①新… Ⅱ. ①滕… Ⅲ. ①中国文学 — 当代文学 — 作品综合集 — 辽宁 ②儿童文学 — 作品综合集 — 中国 — 当代 Ⅳ. ①I218.31

中国国家版本馆CIP数据核字（2023）第168697号

目录 Contents ▶

散 文

童 话

评 论

（按作品名首字拼音排序）

长篇小说

桦 皮 船（节选）

薛 涛

楔 子

"确定不留暑假作业吗？"小孩儿心里没底。

"不留。一点儿都不留。"老师很认真的样子。

小孩儿忍不住发出一声尖叫，树上的喜鹊吓得不敢出声了。

小学毕业了，要度过一个没有暑假作业的暑假，小孩儿心里有些忐忑。刚过了一周，小孩儿便想念作业了。那么写一篇日记吧，就写写毕业后的远行。

"窗外的风景非常非常非常美"——写完这行字，小孩儿的灵感就彻底枯竭了。小孩儿乘坐的不是高铁。这列绿皮火车开得很慢，足够他写出一篇很长的日记。

下了火车换汽车，一个小时后，目的地就到了。小孩儿是第二次来这个小镇，按照大人的说法是他们"回家"了。

小镇在森林里等他。

除了朝西边挪移出来一些新的房屋，小镇基本原地没动。这片新的居住区有意保留了鄂伦春人的喜好，在公共活动区支起几个撮罗子，晚饭后人们可以围着它们跳舞。从山上搬下来几十年了，年轻一代已经把这个小镇当家了。只有一些老人喜欢望着四周的群山发呆，经常梦回从前居住过的山林。年轻人不在意从前，他们只想着走出山林，想家的时候才愿意回来。当然，所有想回家的人，小镇都愿意等，没有薄厚之分。

老人坐在河边等他。

老人已经很老了。一棵老树停止生长，大风大雪也奈何不了它。老人身边有一条活蹦乱跳的小黑狗，反衬着主人的苍老。老人本来不想再养狗了，从前的阿哈伤透了他的心，何况这又是一条黑狗。在这片森林里，没人愿意养黑狗，它们骨子里不安分，也不听话。可是老人难以拒绝。那天，它被河水冲到岸上，大口吐着浑水，可怜透了。老人心软，把它抱回家，还给它取了个名字叫阿哈。他的脑子不灵光了，取不出更新鲜的名字。

桦皮船搁在老人身边，老人倚靠着船帮，感觉很踏实。这是小孩儿见过的最漂亮的桦皮船，比去年那条更惊艳。看看它，船头翘得更高，一副神气模样。至于船身，比一般桦皮船的更光洁，用的几乎是一整张桦树皮。

"这么大的桦树皮，真是不好淘弄啊！"小孩儿禁不住赞美了两句。

"它是我的大制作……唉，弄不动了。"老人不谦虚，也不算骄傲。

小孩儿熟练地上船，操起木桨："把它推下去吧，我也算老司机了。"

老人苦笑着，承认自己老了："你一个人去吧，替我看看它。我腿脚不利索，已经两个月没去了。"

老人吭哧吭哧把船推下河。

这条河从绿茵茵的林子里奔涌而出，拐了几道弯后，又转进另一片林子。小孩儿思考了一下：它不该是去年那条河了。去年的河水流进黑龙江，又随着江水流进鄂霍次克海去了。也就是说，眼前的河是另外一条河了。想到这里，小孩儿笑了，这真是一个了不起的发现。小孩儿不知道，最先发现这个道理的不是他，是古希腊的一位哲学家。

小孩儿挥起木桨拍打两侧的水面。四周的山峦和林木开始移动、回转，一切都动起来了。

小孩儿第二次驾船横渡一条河，手法依旧生疏却成竹在胸。老人沉默着，目送他的船和小孩儿朝对岸斜靠过去。这条河平静、舒缓，果然不是去年那条。去年，河水横冲直撞，小孩儿险些翻船呢。

桦皮船就要抵岸了。

小孩儿回头跟老人讨赞美。老人朝他竖起拇指，还吹响鹿哨儿。哨音刚落，一匹枣红马从树丛里闪出来，乖乖地立在一棵桦树边。

小孩儿手忙脚乱地拖船上岸，下一步是爬上马背。可枣红马太高，他根本就爬不上去。小孩儿蒙了。老人没吭声，也没朝枣红马吆喝。小孩儿挠了挠头，抱住树干爬上去，爬到一定高度时松开双手，猛地一跃，身子恰好落在马背上。

老人什么也没说，拾起一块石子儿朝水面飞掷过去。水面激起一串水漂儿，这些水漂儿就算是给小孩儿的奖励了。

枣红马一路小跑穿过白桦林，朝山顶奔去。小孩儿心里有数，从前的那些伙伴都在山顶等着他呢。

第一章　沈阳来了一个托布

一

爸妈不停地加班，小孩儿可以从中得到好处。这个好处就是自在。

可爸妈太精明，这个好处不容易得到。他们把每天每个时刻需要做什么都列进表格，让小孩儿照着去做。小孩儿也无所谓，每天按照表格起床、洗漱、乘校车上学、放学、写作业、上兴趣班、洗漱、睡觉……他早就习惯了，假如删除这些安排，还觉得没着没落呢。爸妈也不怕小孩儿偷懒，只要瞄一瞄班级群，就能随时了解小孩儿的动态。有一天，班主任在群里提醒家长，小孩儿早上没坐校车，是自己走着来上学的，一路上险情不断，还差点儿被凉风吹感冒。

这可不是小事。爸妈紧急商量对策，最终爸爸想出一个临时方案，妈妈勉强同意。于是，几天后，爸爸把一个老头儿从火车站接来，负责日常接送小孩儿并监督他的课余学习，小孩儿的"好日子"转眼就没了。老头儿来自小孩儿的老家——黑龙江塔河县十八站。

老头儿顶着月亮和路灯站在楼道口，表情紧张，一身装备奇特，手里拎着一个旅行袋，据他说里面都是奇珍异宝。后来弄清楚了，其实就是一些草和草根，特别适合喂兔子。小孩儿悄悄给同桌李敬仪带了两把。她爸爸在她家阳台上养了两只兔子，兔子每天吃掉大量的草，草在她家是神圣的东西，何况是从大兴安岭带来的柳蒿芽呢。李敬仪感动极了，把他俩之前的恩怨一笔勾销。从前的恩怨很深：一只蜈蚣从天而降掉进李敬仪的文具盒，李敬仪吓得哇哇大哭，求小孩儿赶走蜈蚣，小孩儿却变成一座雕像僵坐在旁边。事后，小孩儿被李敬仪当作空气，整个人仿佛跌入谷底。现在，柳蒿芽修复了友谊，小孩儿高兴坏了。

老头儿肩上还扛着一条船，这让人难以理解。船体雪白，很像用一大张白纸折叠成的。再看长度，比他本人长一大截，分量不重。此外还有其他零件——一支木桨狡猾地别在船舱底下，随时准备协助这条船逃跑。它算什么呢？一条巨型玩具纸船而已。

上车的时候，爸爸的吉普车显得太小，这条船横竖装不进去。老头儿想出一个绝妙的办法：把船绑在车顶的行李架上。几分钟后，一条"白纸船"在大街上飞了起来。哪里来的"飞船"？老交警大吃一惊，仔细一看，原来这条白纸船是"骑"在汽车上面的。老交警在沈阳站前执勤三十年，见过几次奇观。有一年是"人参骑人"—— 一个人肩扛一根巨大的人参拐进参茸市场；还有一年是"坦克骑汽车"——站前广场上的苏军坦克被吊进大型货车运走了。今天终于见到了"船骑汽车"。在沈阳站前的胜利大街上执勤，总会大开眼界。

"你是坐船来的吗？"小孩儿跟大部分小孩儿没有区别，总有很多疑问，一边写作业一边问。

"我背着它来的。"老头儿得意地回答，还弯腰做了个"背"的动作。

一路上很多人问过类似的问题，老头儿都这么回答。

"差点儿过不了检票口，上火车还给它补交运费。"老头儿脸上洋溢着幸福，这幸福感肯定是花钱补票得到的。

"你对这条船不错，它像你的宠物。"小孩儿说。

"以后别叫它'这条船'，它有名儿，叫桦皮船，是我用桦树皮做的。它在呼玛河上跑得飞快，能追鹿；上了岸，我就背着它走。它就是我的脚，我离不开它。现在，它却成了一个摆设……"老头儿指着他的船滔滔不绝，说到最后却没了兴致。

桦皮船斜靠在客厅角落，像一根雪白的桦树杆。小孩儿真没想到，它竟然是老头儿亲手做的。

"我从十八站到塔河背着它。我从塔河到沈阳也想背着它，可乘务员不让，非把它放在行李架上，我不乐意。这些年轻人笨手笨脚的，给我弄坏了咋整？"老头儿说到这里，还是满脸的不高兴。

"你是个倔老头儿。"小孩儿说。

"谁都不能碰我的船。"老头儿说。

"我行吗？"小孩儿问。他还小，不懂这个道理——跟倔强的人打交道容易丢面子。

"不行。"老头儿突然不爱说话了，只用两个字回答他。

"不行就不行吧，我习惯了。我们班有个弹力球，男生们跑到操场上轮番摔它，却不许我碰……"小孩儿嘟囔着，闷闷不乐。

老头儿很快睡着了，发出鼾声。小孩儿本来就没什么精神，这鼾声把小孩儿也惹困了。

爸爸走过来，拍了拍小孩儿："醒醒，才几点就睡觉？作业写完了吗？"

"这不能怪我啊，我也不想睡觉。是老头儿先睡着的，他打呼噜把我惹困了。"小孩儿说着，目光却穿过房门，瞄了客厅一眼。不过，那条白色的船被爸爸挡住了。对了，它有名儿，叫桦皮船。

"你就撒谎吧！"爸爸的耐心有限，翻脸比翻书还快。

猫蹲在窗台上做证，证实小孩儿说的是实情，没有撒谎。爸爸不予采信，还警告猫别叫唤，再叫唤就把它扔到窗外去。猫赶紧闭上嘴巴，不吭声了。

"叫爷爷。老头儿不是你叫的。"爸爸盯着小孩儿。

"好吧，你说叫爷爷就叫爷爷，可我跟他不太熟，你们不带我回老家，几年没见了……"小孩儿撇撇嘴。

"熟不熟都是爷爷。我是你爸爸，他是我爸爸，你就得管他叫爷爷。"

"爸，你会说绕口令了……"小孩儿发现了爸爸的新才艺。

老头儿突然睁开眼睛，嘿嘿笑了。刚才的父子对话让他笑醒了。老头儿一边笑，一边伸长脖子看客厅里的桦皮船。老头儿每天要看桦皮船一百次，小孩儿每天要看桦皮船一百零一次。但小孩儿不能摸，也不能玩，只能眼巴巴地看着。

除了接送小孩儿的工作还有点意思，其他时间便枯燥乏味了。老头儿或者坐在沙发上，或者在屋里走来走去；后来跟猫并成一排，趴在窗台上看外面的世界。城里这些楼房的窗户都挺窄，除猫之外只能容下他的半个肩膀。窗外也不宽敞，高楼挤着高楼，天空被剪得狼牙锯齿，一点儿都不圆乎。

老头儿感到憋闷。他照看的这个小孩儿，做事有板有眼，做人规规矩矩，要是不禁猎，小孩儿不近视，胆子再大点儿，也能成为一个好猎人。天天在城里待着，白瞎一个人才了。

老头儿对城里生活有很大的偏见，可是他不自知。

二

每天单独相处，小孩儿与老头儿逐渐熟悉起来。

老头儿不但满脑子傲慢与偏见，还是个离经叛道的家伙。

老头儿去接小孩儿，在校门口遇见一个姑娘。老头儿跟小孩儿确认过，她就是班主任。老头儿开始提意见了。

"姑娘，作业别留太多，别把小孩儿的眼睛累坏了，要是在以前，眼睛坏了根本没法打猎，当不成莫日根。"老头儿倚靠着一棵笔直的杨树，说话格外有底气。

"大爷，您准备带孩子去哪个游戏里打猎？我可提醒你俩了——不能沉迷网络游戏！"班主任认真地盯着老头儿，两束严厉的目光相遇、避开，同时转向乖顺的小孩儿。

"老师你误会了，他说的是去森林里打猎。你还不知道吧，他是一位资深猎人。"小孩儿赶紧解释。

"森林里也不许打猎。野生动物是受保护的，打猎是违法行为。您说对不对，大爷？"班主任瞥了老头儿一眼。

小孩儿很尴尬，拉着老头儿迅速离开尴尬之地。

晚上，作业写到一半时，小孩儿打起哈欠。

老头儿问："还有多少没写？"

"还有一半儿……"

老头儿拿起作业本，直接把后面两三页撕掉了。

小孩儿的脑袋像一个气球，瞬间膨胀。

"你这是害我……"小孩儿看着满地碎片，心也跟着啪的一声碎了。

"你跟那姑娘实话实说，是老头儿撕坏的。"老头儿很仗义，好汉做事好汉当。

"你真够朋友！"

"别整天'你、你、你'地叫，我是你爷爷。"

"爷、爷……咱俩不熟，这么叫不习惯。"

"我是你爸的爸，不熟也是你爷爷。要是不习惯，先叫我的名字。再跟你说一遍，我叫莫日根·托布。"

小孩儿看了看墙角的拖布，很想哈哈大笑。

"那我也再介绍一下自己，我叫乌日！"小孩儿挺起胸脯，有种行不更名坐不改姓的气势。

从这个时刻开始，小孩儿与老头儿的友情升温了。他俩也重新认识了彼此。

老头儿说："我知道'莫日根'是好猎人的意思，但你肯定不知道'乌日'是啥意思。"

小孩儿挠挠脑袋："全班都知道'乌日'是黑太阳的意思。这个名字不太好，我也就是凑合着用呢。"

老头儿继续挑衅："'乌日'不是黑太阳的意思，你们都整错了。"

小孩儿不服气："请问'乌日'是啥意思？你告诉我。"

老头儿摇摇头："我暂时不告诉你，到时候再告诉你。"

小孩儿说："行了，提问结束。"

有了名字方便交流，却搞得俩人不欢而散。

称谓定下来了。乌日管老头儿叫托布，偶尔才叫爷爷，这全看乌日的心情。托布从来不欺压小孩儿，并不强求乌日叫他爷爷。

三

托布继续我行我素，经常让乌日觉得无比尴尬。不过，平时不大引人注意的乌日，却一天比一天受到关注。这突如其来的关注也让乌日感到很不适应。

周五放学早，爸爸、妈妈和乌日轮番叮嘱托布要提前赶到学校。托布满口答应，还跟乌日使了个眼色，意思是放学后有特别的安排。乌日放学了，在校门口却没看到托布。乌日就想，坏了，托布肯定坐在沙发上睡着了。

校门左侧的花坛前围了一群学生，中间还挤进两个大人，正交头接耳议论着什么。乌日挤进去一看，托布正坐在中间嘿嘿笑着。托布有什么好看的呢？一个老头儿确实不好看，可旁边摆上一条船就好看了。托布早上跟乌日商量过，放学后带他去东陵公园的湖里划船。托布竟然直接把船带到校门口来了。

乌日驱散这群看客，拉起托布就走。托布把桦皮船举过头顶，嚷嚷着挤出人群。这帮小孩儿仍旧兴奋，紧紧跟着托布。

"我下周带钱来，行不行？我肯定买。"

"你有二维码吗？我让我爸妈用手机支付。"

…………

乌日扯着嗓子喊："我再说一遍，这船不卖，不卖！"

乌日拉着托布跑起来，身后跟了一群固执的"购物狂"。"购物狂"身后跟着一群慈爱的家长。乌日这才发现这条船的魅力。

个别"购物狂"一直追到东陵公园南门，他们聚集在湖边，七嘴八舌地央求乌日跟托布说情。乌日瞬间变得趾高气扬起来，嚷嚷着要他们赶紧排队，孩子们便乖乖排队。小孩儿们已经对乌日生出一丝仰慕之情，都用关切的眼神盯着乌日。乌日很不习惯，从前没有人重视，如今万众瞩目，他感到既刺激又难为情。

托布问大家："谁敢第一个上船？"

这船太小了，看上去不太安全，小孩儿们纷纷后退。乌日夸张地笑着，嘲讽他们胆小。他们都闭上嘴巴，任凭乌日挖苦。

托布小声问乌日："你敢不敢第一个上船？"

乌日感觉嗓子太干，没吭声。接下来，乌日不好意思嘲笑别人了。

"我像你这么大时，驾船在河上嗖嗖飞。龙生龙凤生凤，老鼠儿子会打洞。你是我儿子的儿子，我行你就能行。"托布不甘心，鼓励乌日上船试试。

乌日呆若木鸡，还是没反应。

湖边围了一群人，引起公园保安的注意。

小孩儿们七嘴八舌地说明情况，保安终于听明白了，赶紧制止托布："小孩儿绝对不能下水，太危险。"

托布只好打消了刚才的"危险"念头。这些小孩儿毕竟住在城里，不是老林子里的孩子。乌日虽是鄂伦春人的后代，但他也生活在城市里，还没进过老林子呢。

托布不再为难乌日，小孩儿们又来了精神，吵吵嚷嚷着要看托布表演。

托布得意起来，把桦皮船推下水，自己坐了上去。托布操起木桨左右开弓，一道白色的闪电嗖地冲了出去。可惜城里的湖太小了，盛不下托布的野心，也装不下桦皮船的速度。小孩儿们还没缓过神，船便砰地撞上对岸的护栏。这还不算，岸边的护栏太硬，直接把船头撞裂了。事情还没完，惯性顺便把托布送上护栏，托布趴在护栏上直咳嗽。

对岸传来一阵欢呼。桦皮船的首秀失败了，船和船主都受了伤，却赢得小孩儿们的喜爱。

乌日自豪地笑了，低调地跟大家介绍："他是我爷爷，船是我爷爷亲手造的。"

小孩儿们羡慕地看着乌日，乌日跟这条船确实有密切的关系。乌日已经开始贪恋这种眼神了，这里面有关注，甚至还有嫉妒。班长李敬仪经常得到这种眼神，居然还装作无所谓。原来，被人嫉妒也是一件很体面的事情。

船受伤了，最麻烦的是乌日，然后才是托布。乌日打开托布的手机导航，来到最近的五金商店，托布一头扎进去，半小时后买来一堆杂物。在城里，托布想修好撞裂的船头只能靠这些工具。托布挤捏"哥俩好"胶水滴进裂缝，再用鹰嘴钳子叼住铁丝紧紧缠绕几圈。托布还是不满意，又用"飞利浦"螺丝刀把自攻螺钉拧进去加以固定。托布自负地说，以后就是用石头也砸不开这船头了。修好船头，托布的胸口却连续疼了好几天。乌日要陪托布去医院"修理"，托布不屑地笑了，一副很瞧不起医院的样子。这事是乌日和托布的秘密，乌日的爸妈不知道。一个秘密足以让两个人的友情再次升温。

四

托布的做法帮不上乌日，只能让乌日变得更忙。托布妥协了，不再乱动乌日的作业本。托布又变得无所事事了。无所事事挺好，避免无事生非。托布无所事事，又困了。

托布睡觉也换了新花样。

前几天，托布的呼噜声像一只老猫发出的。现在，托布在呼噜里面加了梦话，每天的梦话都换新内容。

第一天是重复一个词。

"呼——呼——查勒巴毛，呼——查勒巴毛……"说到这个词的时候，托布的表情突然放松下来，很幸福的样子。

托布打了几声呼噜，突然醒了。乌日正惊奇地盯着他，乌日积攒了好多个问题需要他解答。

"托布，你太厉害了。"

"我很厉害，十八站的人都知道。在沈阳，知道的人就少了。"

"在沈阳，只有我一个人知道。"

"你那些小同学也知道——你爷爷会划桦皮船，还会造桦皮船。"

"我说的不是船，是你刚才说的梦话。'查勒巴毛'是啥意思？

我在词典里没查到。这词儿这么高深吗？"

"刚才我做梦说查勒巴毛了？"托布迷迷糊糊的，担心自己胡说八道。

"就是你做梦说的。这是什么语言？"乌日继续发问。

"鄂伦春人的说法，白桦树的意思。爷爷住的地方到处都是查勒巴毛。"

"查勒巴毛，查勒巴毛……"乌日反复说着。

"跟我学说家乡话吧，熟悉熟悉家乡的老林子。"托布说。

"你嫌我学的还少吗？以后再学……"乌日脑袋里嗡的一声响，眼前的托布顿时变得模糊了。

"我会的也不多，就算都教给你也不多。"托布满脸愁容，很不开心的样子。

"我同意一天学一个词，学太多我记不住。"乌日心疼托布，不想看见他愁容满面的样子。

"成交！今天学第一个，查勒巴毛，白桦树。"

"查勒巴毛，白桦树。这个词怎么写？"

"没有文字。咱们的家乡话只有发音没有文字，记住发音就行。"

"查勒巴毛，白桦树。"

乌日多学了一种语言，有点兴奋。那天爸妈下班太晚，他们的"老东北饭庄"生意太火。乌日没机会显摆新学的家乡话。

乌日躺在床上，嘴里嘟囔着"查勒巴毛"。

第二天，托布给在十八站的徒弟打电话，打听阿哈和红9的状况，叮嘱徒弟好好照顾，不要每天早早就睡觉。徒弟的嗓门很高，大声告诉托布，阿哈和红9还是老样子，不用惦记。

乌日忍不住插嘴问道："阿哈也是一个老头儿吗？"

托布继续打电话，没搭理乌日。

托布给徒弟派任务了，让他过河到山顶看看，随便看看就行。

徒弟说："我看看老桦树，再看看新长出的草，要是命好还能看见狍子。"

托布说："你办事抓不住重点，你得看看撮罗子还在不在。过几天我给你打电话，你详细告诉我。"

徒弟终于明白了师傅的意思："交给我办就行了。"

"交给你办，我其实不太放心……"托布心情低落，挂了电话。

每天晚上，乌日都要重复做一件事：写作业。乌日常常先写语文，后写数学，偶尔改一下顺序，先写数学，后写语文……改来改去区别不大。

每天晚上，托布重复一样的呼噜，却说出不一样的梦话。所以，托布比乌日丰富。

"呼——呼——尼查、尼查……"托布说出一个新词。

"托布，醒醒。"乌日喊醒托布。

"你写你的作业，我帮不上忙，再睡一会儿。"

"先别睡了，教我一句家乡话。"乌日说。

托布马上睁开眼睛，盯着乌日："挺好，那就教你一句。"

"'尼查'是啥意思？今晚就学这个词。"乌日主动"点菜"了。

"'尼查'是柳根鱼，一种小鱼。我划船，它们喜欢跟在后头。它们跑不过我的船。"

"尼查，柳根鱼。柳根鱼，尼查。"乌日说。

"复习复习，白桦树怎么说？"托布学会测试了。

"查勒巴毛。"

"乌日，你是咱们家的人才！"托布兴奋得在屋子里走来走去。

"查勒巴毛，白桦树。尼查，柳根鱼。"乌日没有骄傲，又重复一遍。

第二天早上，乌日嘟囔着"尼查""查勒巴毛"跟爸妈显摆。爸爸不注意听，反而问乌日这次单元测试的成绩，这让乌日很尴尬。

"现在不公布分数了。不过我发微信问了老师，语文85分，数学86分，英语87分……"妈妈接过爸爸的提问。

"儿子，你还会给分数排队了，一科比一科高一分。势头相当不错，不错。"爸爸关注乌日的成绩，其实并不走心。上次乌日考得不如这次，语文80分，数学82分，英语84分，一科比一科高两分，爸爸也夸势头不错。

爸爸不在意乌日新学的家乡话，却对桦皮船打起了歪主意。他想把桦皮船搬到"老东北饭庄"的大堂，当成一个特色摆件。

托布懒得骂他，只说了一句话："除了乌日，谁都别想动它。"

乌日支持托布："雪白的桦皮船摆在饭店大堂，几天就得被人摸黑。桦皮船应该在河里，跟尼查在一起。"

托布说："没错，我的船应该跟尼查在一起！"

爸爸没听明白，瞅了托布一眼："我是你亲儿子，你不给我，给尼查？尼查是谁？"

乌日乐了："尼查是一种小鱼，叫柳根儿。"

托布和乌日一起哈哈大笑，爸爸也笑了。这是无知造成的喜感。

妈妈打圆场："这船是咱爸的心肝宝贝，走哪背哪，不许挪地方。"

托布说："这才像话。"

五

托布的梦话能编一部词典。

"比扎"，大河的意思；"塔史赫"，虎的意思；"酷林"，蛇的意思；"卡拉日"，枣红马的意思；"毛嗷"，树木的意思；"木罗贝"，桦皮船的意思……托布的梦话越来越丰富，做梦时表情也越来越复杂。托布打盹儿的时间很短，一会儿就醒，醒了见乌日还在写作业，又接着睡。托布打盹儿的间歇，会给徒弟打电话，打听阿哈，打听红9，打听呼玛河和老林子……久而久之，徒弟有点烦了。

"阿哈挺好，红9挺好，老林子也挺好。没遇见狍子，不知道好不好。"徒弟说。

"阿哈和红9岁数大了，禁不起折腾，你可得给我侍候好了。"托布不相信徒弟。

"生老病死都有安排，这和咱们是一样的，你放心吧。"徒弟为自己的粗心大意开脱。

"撮罗子还在不在？去山顶旅游的人多，我不放心。"托布着急了，直接问道。

"不好不坏，还那样。"徒弟说。

托布不吭声了，这算好消息了。

"阿哈也会造桦皮船吗？"乌日伸出头，问托布。

"徒弟会造桦皮船，是跟我学的。阿哈和红9不会造船。院里来人，阿哈都不爱吭声了。红9老胳膊老腿，也快跑不动了，不如我能干了……"托布说。

"红酒还有老胳膊老腿？托布，你在给我讲童话吗？"乌日不喜欢听大人讲的童话。大人总是把堂堂小学生当幼儿园小朋友，编造虚假的故事哄小孩儿开心，小孩儿只好假装开心糊弄大人，否则他们太尴尬。

"红9不是童话，是我的伴儿，寸步不离的伴儿。"托布放下电话，回答乌日的询问。

"托布，你还是把酒戒了吧。我爸喝酒喝成酒精肝了，你是他爸，应该带头戒酒。"

"我说不明白了……反正都不如我能干。"托布说完就打起了呼噜。

乌日没见过这么自恋的老头儿。

乌日开始写作文。托布的呼噜声突然停了。

托布看着乌日："跟你说个事，影响你不？"

乌日盯着作文本："你天天说梦话，习惯了，不影响。"

托布说："星期天再去一趟东陵公园，你驾船给我看看。"

托布坐起来，精气神很足，不像是在说梦话。

乌日冲向沙发拥抱托布。乌日不太想驾船，但他想去东陵公园。两天后就是星期天。

九点半，爸妈还在补觉，托布和乌日准时出发了。

这次说好是乌日驾船，一路上乌日心里都在打鼓。托布也承认自己草率，草率得像自己的父亲，居然把桦皮船交给没经验的小孩儿。当年，父亲把他往船上一扔就进老林子里伐木去了。他胆子也大，在水泡子里划了一圈，船居然没翻。一周以后，他和桦皮船就能在呼玛河上飞驰了；两周以后，他驾船叉到了第一条大马哈鱼。

托布也想这样对待乌日。

乌日心里乱七八糟的，他不确定这条船是否愿意听他摆布。他喜欢这条船，又不敢离它太近，这感情很复杂。乌日跟几个同学吹牛了，星期天他将驾船横穿大湖。所有同学都羡慕他——他有个达人爷爷，还有一条白色的桦皮船。

乌日走在前面，扛着桦皮船。托布跟在后面，擎船尾，扛木桨。

托布把船交给乌日扛着，这是对乌日的信任。乌日美坏了，一般人没有这个机会。

乌日走在东陵路上，偶尔从旁边街道的胡同里走出一个小孩儿，加入街上的"船队"。走到湖边的时候总共招募到五个小孩儿，跟乌日一起托着桦皮船。乌日有些飘飘然了，仿佛他们托举的不是船，而是他本人。托布和他的船走到哪儿都是热点，乌日也跟着成了热点。乌日平时的成绩不好不坏，性格也不好不坏，在班里没什么存在感。现在运势一天比一天好，乌日心里火辣辣的。

乌日走近湖边，心怦怦跳起来。

"托布，上次你怎么划船的，我没记住。"乌日小声请教托布，严谨得像班长李敬仪。

"你往船里一坐，让船保持平衡，剩下的就靠木桨，简单。当年你太爷爷把我扔船里就走了，什么都没教。"

"你再划一回，我仔细观察观察。"乌日摆出谦虚谨慎的架势，这是要动真格的了。

"我再比画一次，完了就看你的了。"托布很有耐心。乌日不是山里长大的小孩儿，要一步一步教。

到了湖边，乌日和伙伴们吆喝着同时松手，放下桦皮船。乌日流了一身汗，这身汗不是累出来的，是吓出来的。湖水幽深，仿佛随时准备吞没细长的桦皮船。

托布操起木桨，正要把桦皮船撬起来推进湖里，一只手抓住了他的胳膊。

"你怎么又来了？"保安问托布。

"这回不一样，我是教孙子划。"托布指着乌日。

乌日咧着嘴，说不出话。

保安说："湖里不让划船，上次没防备让你得手一回。这小孩儿连救生衣都不穿，更不行了。"

乌日遇见了救星。

托布说："我没预备救生衣。"

保安说："肯定不行，赶紧回去。"

乌日的心扑通落地，有了希望。

"托布，先回去吧。"乌日跟保安一起劝说。

托布猛地抓住保安的衣领，随即松开。保安的脸憋得通红，握紧的拳头也松开了。俩人用理智避免了一次打斗。

托布朝保安招招手："敢不敢跟我比摔跤？我要是赢了，你就得让我划船。"

保安说："老爷子，你年纪大了，我不欺负你……"

托布说："谁欺负谁不一定，比画一下就知道了。"

托布说罢，一手抓住保安的肩膀，另一只手揽住他的腰，一个扫堂腿就把他撂倒了。

乌日带头鼓掌，其他小孩儿也蹦跳着发出尖叫。

保安尴尬地站起来，左腿又麻又痛："老爷子出手太快了……我没准备好。"

托布说："我事先通知你了。你输了，我去划船。"

保安一瘸一拐地回保安室搬救兵去了。

托布推船下湖。桦皮船荡开一道道波纹，飞了出去。木桨连续拍打左舷的湖水，桦皮船灵巧地右转，兜了一个漂亮的圈儿。有了上次失败的经历，托布这次的表演大获成功。

岸上传来一阵掌声。

乌日大声喊着："托布加油！爷爷加油！"

托布大声喊着："乌日你现在要看得清清楚楚，你划的时候我没工夫管你。"

瘸腿保安喊来所有保安赶到岸边，大声招呼："老头儿！快上来！"

托布在湖中转了半圈，回到岸边。

"乌日，轮到你啦！"托布跳上岸，把桦皮船留给乌日。

伙伴们又沸腾了，转身给乌日加油。乌日烦死了，满脸通红地瞪着他们。这帮"坏蛋"在关键时刻不嫌事大，就喜欢看别人出丑。

"托布……没有救生衣。"乌日看了托布一眼，然后望着保安。乌日竟然下意识向保安求助，耻辱感包裹着他，令他感到羞愧。

瘸腿保安看着其他保安说："没有救生衣，能划船吗？"

当然不能。所有保安拥到岸边，三下两下把桦皮船拖了上来。

托布握着木桨，瞪着保安。

"老头儿，别闹了！再闹报警了！"瘸腿保安躲在人群后面，朝托布叫嚣。

托布瞪了瘸腿保安一眼，瘸腿保安赶紧缩回脑袋。

"托布，先回去吧。"乌日感觉自己已经缩成一团，像一只软绵绵的虫子。

托布扛起桦皮船离开了，乌日紧跟在托布身后。伙伴们都蔫了，跟在乌日身后。

"你胆子这么小，将来怎么办？"托布对乌日很失望。

"今天不行，以后肯定行……"乌日一副雄心壮志的样子。这是乌日希望自己成为的样子，但现在的乌日还不是这个样子。

"我再信你一回。大兴安岭出来的人不能当胆小鬼。"托布走得更快了。

湖水顺着船舷淌下来，在托布身后的路上画出一条水线。托布不喜欢这种路，这种路面太硬，硌得脚疼。托布习惯走林间小路，那上面铺着杂草，又绵软又结实，想走多远就走多远，多少林子都能被他甩到身后去。

乌日踩着水线追赶托布。小孩儿们嘟囔着"今天没戏看了"，陆续被两侧的胡同和小街吸收了。走着走着，东陵路上只剩下扛着船的老头儿，身后跟着一个小孩儿。其他行人和车辆都不见了。

乌日刚刚赢来的热度迅速降温，又回到从前。没关注、没羡慕、没嫉妒，人身也安全了，挺好！

六

接下来的一段时间，托布不说梦话了。什么原因呢？徒弟去哈尔滨了，把阿哈和红9托付给了媳妇。托布对徒弟的媳妇更不放心。托布寝食难安，不做梦也就不说梦话了，即使睡着了，也在不停地叹气。人沮丧的时候，就算睡着也是沮丧的。

小孩儿的作业是写不完的。今天写完了，明天还有；明天写完了，后天还有。托布看得一清二楚，作业就像呼玛河，流进黑龙江，再流进鄂霍次克海，没完没了。

托布打了一个哈欠："乌日，我帮不上你什么了。我眯一会儿……"睡着睡着，托布突然睁开眼睛问乌日："乌日，我说什么了？"

乌日回想一下："你什么都没说，没词了。家乡话是不是没多少词啊？"

托布说："家乡话的词在城里用不上，它适合老林子……"

乌日说："救生衣用家乡话怎么说？"

托布一个字一个字地说："鄂伦春从前没这东西，也就没这个词。"

家乡语言课进行不下去了。

托布睡不着，就趴在窗口望着东北方的夜空。托布翻过地图，塔河就在那个方向。托布是一个善于做梦的老头儿，梦里有一条公路，能把他直接送回十八站。梦境里的十八站比现实的十八站大多了，四周的森林和山岭是现在的，也是从前的，还是将来的。小镇里有从前的父亲和爷爷、母亲和奶奶……他们都活生生地笑着、喊着、走动着。在更远的林子里，鸟和兽飞着、跑着、叫着……刚来沈阳的几个月，托布经常做梦"回到"十八站。

托布最近不做这样的梦了，什么梦都不做了。十八站也消失了。

早上，托布盯着儿子说："放暑假，我想带你儿子回一趟老家。"

乌日爸没吭声。

乌日妈说："放暑假乌日要上几个兴趣班，有美术班，还有英语班。"

托布看着儿子："我领他学画画，就画咱们的山神爷白纳恰。英语先别学了，我教他说家乡话。"

乌日妈苦笑着说："爸，别说笑话了，画山神爷能行吗？再说了，考试不考十八站的家乡话。"

托布听不下去了，皱着眉头。

乌日爸赶紧说："爸，还有一个月才放暑假呢，过几天咱们再商量。"

乌日突然从房间探出头说："你们好像提到我了……"

乌日妈把门关上："你的任务是好好写作业，没提到你。"

托布是急性子，暑假的话题既然被摆出来了，就不能稀里糊涂地端回去。托布继续说服儿子和儿媳。最后，乌日妈勉强同意乌日回一趟塔河十八站，但是只能待一周。三个大人刚说到这里，门砰地被撞开，乌日兴奋地冲出来。从这天开始，窗台上的小猫钻进了乌日心里，天天抓他挠他，他的作业越写越潦草。妈妈后悔了，不该过早答应老爷子的暑假出行计划。

托布跟乌日一样，也变得浮躁起来。托布不打盹了，眼睛亮闪闪地盯着乌日的作业本。

乌日说："别看了，你看不明白。"

托布说："陪读快一年，我看明白了一些事。要我说，有的作业就是用来磨性子的。"

托布有个执拗的偏见，只有学骑马、学划船有用，其他不必较真。托布出生在山上的撮罗子里，七岁跟大人搬到山下的定居点。托布与山外的世界若即若离，待几天就想回到从前的地方。托布时常回到山顶，在撮罗子里面睡觉，踏实。六十多年过去了，他骨子里的东西没变。他了解自己，他是个固执己见的老家伙，只想回到山顶的撮罗子里。

乌日主动抵制托布的"歪理邪说"，开始反击："在老家，除了造船、划船、骑马，还能干什么？"

托布撇着嘴说："多的是。在老林子里过日子，钻木取火得学吧？公鹿和母鹿的脚印有啥区别，你不知道吧？"

乌日说："不知道。"

托布问："不知道咋办？"

乌日答："跟你学。"

乌日应付了一句，赶紧闷头写作业去了。

托布乖乖去收拾行李。这是他第三次收拾行李了。

乌日伸出脑袋，又问了一个问题："托布，你可不可以造条更大的船？这条船太小了，我担心它会翻，不好学。"

托布抚摸着桦皮船："它大小正合适。太长，小孩儿背不动；太短，划起来不稳当。在呼玛河边长大的小孩儿要是学不会这个，丢人。"

乌日又被耻辱感袭击了。

乌日说："我实话告诉你吧，托布，暑假我能学会划船。"

乌日计划好了，去十八站必须拍几张划船的照片，让同学们知道他并不胆小。

托布摸摸乌日的脑门儿："我不听你说什么，我看你做什么。"

乌日说："托布，走着瞧吧！"

七

托布又说梦话了。

托布满脸愁容，反复说着一个数字："9！9！"

乌日看不下去了，推醒托布："你的红酒又怎么了？"

托布长长地喘了口气，问乌日："刚才是做梦，不是真的？"

乌日说："你掐一下自己胳膊试试。"

托布掐了自己一下，很疼。

托布回到现实："我梦见红9出事了……"

乌日安慰托布，说梦是反的。

星期六早上，徒弟来电话了，他用实实在在的消息证明——梦有时候不是反的。

"师傅，昨晚下暴雨，呼玛河涨水，把河堤冲了个口子……"徒弟气喘吁吁，好像在奔跑。

"别说没用的，情况咋样？"托布把乌日的书包扔在地上。

"马圈和狗舍被淹了，红9丢了，阿哈病了，我正带阿哈去看病。你能回来不？"徒弟很沮丧，一边说一边唉声叹气。

"这还用问，我必须回去！"托布扔了电话，拿起行李，"乌日，我不送你去兴趣班了，我得先回十八站。"

"好吧。"乌日听明白了，托布的红酒被偷了，阿哈病了。偷红酒的不是阿哈，是别人。

"现在赶路要紧，桦皮船不方便带，放暑假你想办法背回去。不许别人伤它一根毫毛……"这个"大行李"只能暂时托付给乌日了。

"行！"乌日痛快地答应下来。这个托付让乌日的肩膀上多了一条船，肩膀重了，人也重了。

几分钟后，托布冲下楼去。乌日拿起电话刚要拨号，又放下了，来不及跟爸妈商量了。这次乌日得自己决定了——带上桦皮船，陪托布一起回山里的老家，如果顺利，星期一就能赶回来。托布在城里的方向感不好，就是一个路盲，走丢了就麻烦了。

"托布！"

没有回应。

乌日潦潦草草地给爸妈留了一行字，冲下楼去。

第二章　K38次列车

一

从沈阳去十八站，必须先到塔河。有两种走法：一种是乘坐高铁到哈尔滨，再换乘普快去塔河，车票总价有点贵；另一种是坐普快直达塔河，车票便宜，深受打工族欢迎，缺点是慢慢腾腾，像坐牛车。

乌日扛着桦皮船下楼，拦住一辆出租车。出租车犹犹豫豫地停在乌日身边，司机探出头问了一个常规问题。

"小孩儿，你去哪？"

"沈阳站。"

"这条船……也跟着去？"

"如果我去，船也跟着去。"

"这个活儿不好干，你还是再拦一辆吧。"

出租车开走了。乌日突然觉得轻松了，既然出租车拒载，回家算了，旅行计划取消。谁料出租车开出十几米，又停下了。今天生意不好，司机只好勉为其难，决定把船捆在车顶的货架上，问题解决了。

司机开着车，又问了若干问题，乌日怀疑司机是读《十万个为什么》长大的。比如，为什么一个人出门？为什么扛着一条船？为什么去塔河？为什么……乌日有问必答，逐条做了解释。司机还要问下去，沈阳站到了，乌日自由了。

售票大厅里出现一个奇怪的小孩儿，一条船趴在他的后背上，他整个身体"镶嵌"在船体里。从后面看效果更刺激——一条船长了两条腿，还跑进大厅东张西望。人们举起手机拍照，赶紧发朋友圈。乌日和船快成"网红"了。

"长腿的船"没时间跟路人合影，慌忙走向咨询台。值班姐姐笑眯眯地接待，给出了详细的出行方案。值班姐姐认为，船虽然长了腿，还是不适合在站台进进出出，去哈尔滨换车太难为它了。所以，这个时间段乘坐沈阳至塔河的普快 K38 次列车比较方便。

乌日从船舱中伸出脑袋，感谢值班姐姐。

值班姐姐又问："只有你和这条船吗？没有大人同行？"

乌日平静地解释："除非找到托布，找不到托布就没别人了。"

值班姐姐说："需要我帮助你吗？"

乌日突然变得自信起来："跟你说实话吧，姐姐，我什么都不怕。托布比我早出发几分钟，能找到就试试，找不到也无所谓。我的任务是把船送到十八站，跟托布没关系。"

值班姐姐说："你真行，小弟弟，出门扛条船。这条船够麻烦的了，还要去操心拖布。"

咨询台里的三个姑娘一起哈哈大笑。

乌日满脸通红："托布是一个老头儿，是我爸爸的爸爸。"

三个姑娘笑得东倒西歪。

乌日没带手机、没有身份证、没大人陪同，还多了一条超大的船，属于"三无一多"人员。值班姐姐随后带着这个"三无一多"小孩儿到候车区找托布。

"姐姐，还是当大人好，什么证件都有。我只有出生证……"

"这些东西你迟早会有的，别着急，着急也没用。"

"我着急……姐姐，你小时候一个人坐过火车吗？"

"好像没有……我没那么勇敢。"

"如果你跟我一般大，我就邀请你一起坐火车。我胆子大，给你壮胆。"

值班姐姐笑着拍了拍乌日的脑袋："你想得真多，还是先找到托布再说吧。"

值班姐姐带着乌日在候车区走来走去。乌日一直摇头，没看到托布的影子。乌日有些迷茫了，难道托布在玩捉迷藏吗？自己真得一个人旅行吗？乌日努力保持镇定，装作若无其事的样子。

"如果找不到同行的大人，我得联系你爸妈，把你交给他们。"

"你不能放过我吗？一个人旅行很酷。"

"我不能放你走，勇敢的男生。这是我的职责。"

这时，乌日想去卫生间，他把桦皮船放下交给值班姐姐看着。

值班姐姐说："快去快回，出来继续找托布。去塔河的车快检票了，托布应该来检票口附近了。"

乌日迅速走进卫生间。

乌日眼前出现一个老头儿。他有点兴奋，扭头一看却非常失望。和托布比起来，这位老人家的头发更苍白，面孔更年轻；两人的身材最接近，不高、壮实。

"差点认错人，以为是我爷爷。"乌日自言自语，缓解眼前的尴尬。

"我没孙子，不可能是你爷爷。"老头儿接话了。

乌日感到很不自在。班主任和爸妈提醒过乌日，不要轻易跟陌生人说话。这老头儿主动接话，真拿他没办法。

"我没跟你说话，我跟自己说的。"乌日赶紧声明。

"你提到我了。"老头儿明显在耍无赖。

"我提到的是托布，我爷爷。"

"你找不到他，提他有什么用？"

"我和姐姐正在找他。"

"估计找不到。一会儿小姑娘把你交给民警，你的单人旅行就结束了。"

"找不到托布，我也想去塔河。"

"我去大杨树，咱俩顺路，我帮你得了。我扮演你爷爷，把你和你的船带上火车。"

"你收费吗？"

"免费，就当做好事了。"

"成交。"

"自我介绍一下，我叫李阿哈，铁西那片儿都管我叫阿哈。"

"真巧，塔河也有个阿哈，托布的徒弟说他最近病了。"

"是吗？我这个阿哈身体也不太好。"

听到"阿哈"这个名字，乌日瞬间觉得有些亲切，跟着他走出卫生间。

李阿哈朝值班姐姐笑笑："小姑娘，谢谢你照顾我孙子。"

值班姐姐一脸的惊喜，很快又收起微笑，低头问乌日："他是你爷爷？"

乌日点点头："是我爷爷。上厕所能遇见爷爷，今天我的运气太好了。"

值班姐姐松了一口气，说："小弟弟，你的单人旅行圆满结束，姐姐佩服你！再见！"

乌日有些不舍地问："什么时候再见？"

值班姐姐回头说："你回到沈阳的时候，我在咨询台等你。"

乌日跟值班姐姐挥了挥手。

二

一个老头儿，牵着一条船，船迈开两条腿走着。仔细一看，船里还裹着一个小孩儿。这是整个候车室里最令人喜悦的景象。喜悦让人宽厚，心花怒放的检票员没为难他们，让他们从人工闸机通过，还嘱咐李阿哈上车后先给小孩儿补票，再给这条船补票。

李阿哈耍赖："这船好像是非物质文化遗产，不该补票吧。"

检票员笑笑，建议他上车后跟列车长商量。

李阿哈对自己的表现很满意，打95分。这足以证明他还算行家老手。扣掉5分是因为过检票口时他心慌了，不太完美。小小的成功驱散了他心头的阴云，这块阴云压在心头一个多月了。

李阿哈的座位在9号车厢。李阿哈和乌日抬着桦皮船上车，把桦皮船放在行李架上，占去很大空间。乌日特意坐在桦皮船斜下方的座位上，一抬头就能看见桦皮船。火车开动不久，乘务员来验票，一眼就发现了行李架上的桦皮船。乌日主动站起来补票，翻遍衣兜只找到三十元钱。

"我出来得太急了，钱没带够……"乌日语无伦次，又坐下了。这时候乌日特别想喊救命。第一次独自旅行，他什么都没准备。

乘务员环顾四周："这是谁家的小孩儿？另外这条船是咋带上来的？也得补票。"

托布，你在哪里？难道你乘坐的是另一列火车吗？乌日站起来，睁大眼睛用最快的速度扫描车厢。托布不在这节车厢，乌日的目光只好落在李阿哈身上。找他帮忙，总比找乘警好多了，乌日可不想被送回沈阳。从卫生间偶遇开始，乌日便对这个人产生了依赖心理。李阿哈却躲开乌日的眼神，看着窗外闪过的房屋。当好人总是很累，李阿哈需要休息片刻了。

乌日的目光把乘务员的目光也吸引过来了。

乘务员看着李阿哈："带孩子出门，别在乎车票钱。赶紧吧，还差六十。"

李阿哈嘟囔着："你瞅我干啥？"

乘务员笑了："瞅你咋的？那条船不用补了，给孩子补票就行了。"

李阿哈下意识把手伸进衣兜，扯出一张百元钞票，还在犹豫是否帮乌日补票，乘务员已经收下一百元，并迅速找给李阿哈四十元。李阿哈只好认账，心中难免有些委屈。乘务员继续验票，没注意李阿哈委屈的表情。

乌日凑到李阿哈跟前："爷爷，谢谢你！你把电话号码给我，我让爸妈转钱给你。"

李阿哈没犹豫："先记账，下车再说。"

乌日真诚地看着李阿哈："我把你写进作文，《记一个好人》。"

李阿哈说："不用写，应该做的……你遇见困难不哭不闹，将来肯定有出息。"

乌日不好意思了："别夸了，我刚才都要急坏了。要是没你，我在候车室就麻烦了。"

李阿哈心里的委屈减轻了一半。

李阿哈的"退休计划"没变——退出"江湖"，不想再多干一天了。他已经在老家大杨树低价买下一幢二手木刻楞，准备从此隐姓埋名。

李阿哈必须提前退出"职场"了。最近几年，他的"事业"屡次受挫，连续几个月一单"生意"都做不成。这样一来，李阿哈就经常独自在小店吃烤串、喝啤酒，情景很是凄惨。这还不算什么，最麻烦的是他的积蓄已经见底，无法维持基本的生存了。一想到这个，李阿哈口中的啤酒就变得像药一样苦。上个月，李阿哈接连出手，结果还是接连失手，差点毁掉自己的"自由"。李阿哈失眠了，连续失眠一周后，他决定灰溜溜地"退休"。李阿哈承认，他不算光荣退休，属于扛铺盖卷走人。

李阿哈准备离开沈阳，房东早早就站在门口等着收钥匙了。李阿哈磨蹭了一会儿才把钥匙交给房东，带着简单的行李下楼。李阿哈抬头看一眼六楼的窗户，叫了一辆出租车，朝沈阳站去了。

到了站前广场，李阿哈望着四周的高楼，叹了口气："忙活十多年，啥都没带回去……"说完，他扭头进站。

五分钟后，一条"船"从身边走过去，李阿哈沮丧的心情瞬间好转。这船他认识，是鄂伦春人渔猎用的桦皮船。尽管宣布"退休"，"职业"本能还在。李阿哈下意识靠近这条船，并随它到了咨询台，瞬间掌握了船和主人的行踪与处境，于是他在卫生间"巧遇"船主。接下来一切顺利，顺利过检票口，顺利上车，顺利补票……只是补票不在计划之列，令李阿哈措手不及。

李阿哈没想把这小孩儿当成"生意"，帮他蒙混通过检票口只是"职业"习惯。可是他搭钱了，这是事实。垫付的六十元钱怎么办？李阿哈还没想好，只能先记账。他不能把电话号码给小孩儿，他不想接到小孩儿爸妈的电话，哪怕是感谢的电话、要还账的电话。李阿哈多年来养成了一个坏习惯，只能他打电话给别人；别人打来的电话会让他没安全感，一概不接。这种不正常心理肯定影响了他的"业绩"。

他已告老还乡，过去的一切一笔勾销。他不能留下什么痕迹，把电话号码给外人无异于暴露行踪，给小孩儿也不行。

三

火车开到铁岭，窗外的风景复杂多变。一边是方正整齐的田野，一排排树木围在四周加以呵护；一边是连绵的山脉，近处翠绿，远方幽蓝，上方覆盖雪白的云朵。乌日忙坏了，一会儿挪到稻田一侧，一会儿挪到山脉一侧。车窗外的风景带走了烦恼，比如接下来的路程怎么走，吃什么，喝什么……乌日是个心无城府的小孩儿，只想简简单单地活着。

火车离开昌图站以后，乌日晕车，脑袋搭在李阿哈的肩膀上睡着了。

乌日梦见自己坐在桦皮船上，船在湖上漂着，人和船是没着没落的状态。托布在岸边坐着，傻傻地望着天上的白云，一副不操心的样子。突然起风了，湖面起浪，桦皮船开始摇摆，就要翻了，乌日用双手死死扣住船帮，大声喊托布救命，嗓子却像被卡住发不出声音。托布没听见，也没看见，仍旧看着天。船终于还是翻了，乌日滚落水中。

乌日没有落进水中，只是从座位上掉到地上。四周有几双眼睛看着他，眼睛下面是一张张笑眯眯的脸。船翻了，周围的人们却笑了。

这里面，也包括李阿哈。

乌日还没彻底清醒，气呼呼地坐在过道上。乌日主要是跟托布生气，认为他太不负责任了。

"小朋友，快起来，挡路了。"售货员推着小车过来。

乌日朝李阿哈伸出手，李阿哈正望着窗外的远山发呆。

"大爷，把你孙子拉起来。你们当大人的得管孩子，这一不小心孩子着凉拉肚子咋办？"售货员说。

李阿哈愣了一下，低头把乌日拉回到座位上。售货员提到肚子，乌日的肚子就饿了，盯着小车里的食物。

"瓜子花生方便面——啤酒面包火腿肠——"

乌日使劲闭上眼睛，眼不见心不烦。

"瓜子花生方便面——啤酒面包火腿肠——"

乌日猛地睁开眼睛："方便面多少钱一盒？"

售货员回答："五块。"

乌日停顿一下，又问："面包呢？"

售货员说："三块。"

乌日摇摇头："不买……"

售货员看着李阿哈："孩子饿了，想买吃的。"

李阿哈再也不犹豫了，犹豫就要搭钱。李阿哈不富裕，没条件犹豫。

李阿哈说："我不是他爷爷。"

售货员一脸疑惑，看着乌日。

乌日心里咯噔一下，很怕被售货员交给乘警，那这次旅行就毁了。

乌日看着李阿哈，说："我不饿，就是看看。我要做不吃零食的好孩子。"

李阿哈接了一句："那就不买了。"

这样说等于承认他是小孩儿的爷爷，李阿哈说完就后悔了。

售货员扑哧笑了："这孩子真乖。瓜子花生方便面——啤酒面包火腿肠——"

售货员推着小车往前走。火车晃动，一位乘客路过，小声扔下一句话："铁公鸡，抠门儿！"

售货员身后传来一句响亮的喊声："姑娘等等，我买货！"李阿哈站起来，目光炯炯地盯着售货员。

"姑娘，一盒方便面、一个面包……两根火腿肠、四罐啤酒！"

"好嘞！我爷爷平时就这样，对我特别好！"售货员开心地笑了。

"我没这么好，我就是不愿意听别人说我抠门儿。"李阿哈发表了严正声明。

李阿哈把食物摊在桌子上，让乌日选。乌日选了面包和火腿肠，小声跟李阿哈说："爷爷，再记上五块钱。"

李阿哈大大方方地说："吃就得了，这顿我请客。"

乌日解决了午餐，没觉得亏欠李阿哈什么，反正先记账，最后一起还给他就是。李阿哈想的却是：又搭五块钱，搭的钱越来越多了。

"小子，你欠我六十五了。好吧，刚才的五块是我请客，你欠我六十。"李阿哈盯着乌日。

乌日小声说:"你要是借我电话,我现在就打给爸妈,让他们加你微信……"

李阿哈嘿嘿笑了:"不急……"

李阿哈其实不想笑,想哭。

四

火车过了四平,窗外的丘陵少了,平原更加辽阔。李阿哈活得憋屈,望着窗外的田野,心里宽敞多了。

乌日也有时间想想接下来的行程了。

"爷爷……我想问问你,接下来我该怎么办?"乌日管托布叫爷爷都没这么顺当。为了生存,乌日拼了。

"别叫爷爷,再叫就成习惯了,到时候关系摘不清。"李阿哈纠正乌日的说法,同时也是说给身边人听的,就算是"辟谣"了。

李阿哈说完看看身边的几个乘客。所有乘客都在看手机,没人注意李阿哈说了什么。

"那我不叫你爷爷了,直接问……你能免费回答我吗?我没钱,收费的话先欠着……"乌日吞吞吐吐的。

"免费回答一个问题,从第二个开始收费。"李阿哈的语气十分肯定,没有商量的余地。

"到了塔河,如果还找不到爷爷,怎么办?从塔河去十八站,我怎么走?"乌日问。

"你直接去派出所,警察有的是办法,肯定不会把你扔在大街上。遇见心眼好使的,还能请你吃顿大餐。"说到警察,李阿哈有些心理障碍。这些年,他没少跟警察打交道,甚至可以说他跟"客户"打交道的同时,也始终间接跟警察打着交道。他的"职业"就是这样,离不开警察。

"派出所在哪里?"

"这个别问我，你问塔河那边的人。"李阿哈说。

乌日一口气问了好几个问题，李阿哈也忘记计费了，居然全部免费回答他了。

火车过了公主岭，东南方向的田野尽头隆起一道山脉，起起伏伏，断断续续，跟火车如影相随，不离不弃。半个小时后，山脉跑不动了，渐渐地被火车甩到身后。李阿哈喝光四罐啤酒，突然困了，呼呼睡了。

李阿哈的鼾声跟托布的不一样，乌日一边听一边思考与托布会合的事情。想着想着，乌日觉得自豪起来。全班三十六个学生，他肯定是第一个独自旅行的人。这还不算，到了老家还有更精彩的事情，他要自己划船，像个真正的鄂伦春小孩儿……

前景一片光明，乌日变得轻松起来，开始打量四周。有人在睡觉，满脸的疲惫和焦虑；醒着的人都在看手机。手机里好像有个神奇的世界，让人恨不得整个儿钻进去看个究竟。乌日突然很想给妈妈打个电话。这个时间爸妈应该还在饭店，没看到他留在家里的纸条。乌日等不及了，很想跟他们透露一下行程。乌日决定跟身边的人借电话。李阿哈睡着了，不能喊醒他。身边的姐姐在看电视剧，乌日不忍心打断她。对面的老太太打了个哈欠，正准备收起手机。好，就跟她借。

"姥姥，能把手机借给我用一下吗？我想给妈妈打个电话。"乌日真诚地盯着老太太。

"小家伙，我问你，为什么不用你爷爷的手机呢？"老太太反问。

"他睡着了……"乌日说。

"你还挺懂事。用吧。"老太太答应了。

乌日接过手机，拨通了妈妈的电话。

"妈，你猜我在哪？"

"乌日？不好好上课，打电话干啥？"

"妈，我在火车上。爷爷接到老家打来的电话，阿哈病了，红酒也丢了,他回老家了。我也跟他回老家了⋯⋯可是,我跟他⋯⋯"乌日想详细说明情况,这时火车钻进一段隧道,信号不好了。

火车出了隧道,对话继续进行。

"什么什么?你说你在火车上?"

"妈,你说我是不是个英雄?"

"我看你是个小混蛋!周一你要是赶不回来,班主任、校长,还有我和你爸,我们都得撞墙⋯⋯"

老太太旁听乌日和妈妈的对话,哈哈笑了起来。

乌日却笑不出来,头顶压了一大片乌云。到了周一,他的座位还是空的,班主任就会坐在那儿给妈妈打电话,一边打电话,一边抹眼泪。班里出大事了,这是她当班主任以来遇到的最大的"麻烦"。她一定恨不得乌日马上就回到座位上⋯⋯

这时,火车驶进范家屯站,开始刹车。乌日从座位上滑下来,一头扑向老太太。

乌日被老太太护住,手机却啪地掉在地上。

老太太松开乌日,捡起手机,脸上的表情风云变幻——手机屏被摔碎了。乌日扭头一看,遭遇老太太委屈、气愤的眼神。

"完了,完了。我这一路可怎么办?"老太太自言自语,用手指反复点击屏幕,屏幕没有任何反应。

乌日傻了,一句话也说不出来。一次旅行竟然会遇到这么多尴尬的事和为难的事。

"姥姥,我、我不是故意的⋯⋯"乌日只憋出一句话。这句话没有分量。

"你不是故意的,我知道⋯⋯"老太太绝望地望着窗外的田野。

邻座的姑娘暂停播放手机里的视频,打量一下老太太的手机:"换个手机屏应该还能用。"

乌日缩成一团,恨不得钻进桌上的啤酒罐里。刚在李阿哈那里欠账,现在又弄坏老太太的手机,真是雪上加霜的旅行啊!

"姥姥，我没钱。我让妈妈赔给你……"

老太太不吭声，继续望着窗外的田野。

"身边的爷爷你不找，何必打电话找妈妈呢？"姑娘给乌日出了个主意。这本来是个好主意，不过乌日心里清楚这是个馊主意。

乌日实在张不开嘴。李阿哈还在昏睡，不知道身边的小孩儿又惹了事。

姑娘喊李阿哈："大爷，醒醒、醒醒，出事了。"

李阿哈醒了，茫然地望着车厢，仿佛不知身在何处。

"大爷，你家小神兽把人家手机摔坏了，赶紧表示表示吧。"姑娘主持公道。

李阿哈低头看见满脸愁容的乌日，走丢的魂儿回到了车厢里。

"又怎么了？"李阿哈问乌日。眼前的小孩儿本来与他无关，现在却有了千丝万缕的关联。

"我借人家电话用，给摔了。"乌日像所有犯错的小孩儿那样，低眉顺眼地蜷缩在大人旁边。

李阿哈问完就后悔了。他这是主动往"火坑"里跳，没人推他。接下来必须实话实说，否则还没回到大杨树就身无分文了。这事要是传开，同行们一定笑得死去活来。好吧，实话实说。突然要说真话，李阿哈有些不习惯了，总觉得身体什么地方不对劲。对，是嘴出了问题，李阿哈张不开嘴了。

"老哥，你看咋整？"老太太看着李阿哈，口气不算刻薄。

"是这么回事，我在沈阳站遇见这个小孩儿，他跟他爷爷走散了，过不去检票口，我才把他带上火车……"

"编、编吧，继续编。我的手机不能看小说了，听你讲故事挺好。"老太太用嫌弃的眼神盯着李阿哈。

"大爷，你现在居然这么说？"姑娘朝李阿哈翻起白眼。

"爷爷，不用你赔。我欠你不少钱了，我自己想办法……"乌日实在忍不住了，捂着脸朝车厢尾部跑去。乌日不想让陌生人看见他的眼泪，这是乌日的底线。

李阿哈故意不看乌日，冷漠地盯着窗外。窗外正扫过一片光秃秃的河滩，一条又瘦又细的小河流向远方，一副孤苦伶仃的样子。

姑娘继续谴责李阿哈："大爷，你还有资格让别人喊你爷爷吗？"

"确实没资格，我本来就不是他爷爷。"李阿哈说了一句实话。李阿哈就不明白了，怎么一句实话就这么难以让人相信呢？

姑娘也不想再跟李阿哈说话了，赶紧朝车厢尾部追去。小孩儿命真苦，摊上这样一个不讲究的爷爷。

乌日站在车厢连接处，背靠车厢摇摇晃晃地站着。

"哭啥？这点小事用得着哭吗？"姑娘掏出纸巾递给乌日。

"谁哭了？我晕车了，有点儿难受。"乌日把脸扭向窗外。田野起伏，火车正在一片碧浪中行驶。

"自我介绍一下，我是一个驴友，从小就是。现在在沈阳农业大学植物保护学院读书，一边旅行一边收集植物标本。"姑娘的语气故作轻松。

"你是什么友？铝的？"

"毛驴的'驴'。其实是旅行的'旅'，我们习惯用毛驴的'驴'，这个字很有气势。"姑娘说。

"毛驴姐姐，你去哪旅行？"乌日竟然口误了。

"去富裕。"

"那里好玩吗？"

"我也不确定那里有什么好玩的，反正标本多的是。那天，我打开地图寻找目标，朋友嘲讽我，说我是穷游。我指了指地图宣布，这次我要去的地方叫富裕！"

"太有趣了。我也想做驴友，姐姐收我做学生吧。"乌日钦佩地看着姑娘。

"好啊！想做驴友也不难，禁得起折腾就行。比如今天摔坏了别人的手机，就是小事一桩。一会儿姐姐替你赔，不麻烦你那个没担当的爷爷。"姑娘收了乌日做学生，责任感油然而生。

"我让爸妈还钱给他，车票钱、饭钱都还给他。姐姐陪我坐火车就行了，第一次出远门就遇见姐姐，我太开心了。"乌日说。

"这老头儿真行，也算是把爷爷做到极致了。走，跟我回座位，站在这里容易摔跟头。"这事姑娘管定了。

回到座位上，姑娘看都不看李阿哈一眼，完全把他当成空气。这正是李阿哈想要的结果——别盯着我不放，我跟这小孩儿没关系，跟这事也没关系。

姑娘看着老太太："手机屏我给您买，不能让好人吃亏。"她掏出二百元钱塞给老太太。

老太太推开："这事跟你没关系，钱我不能要。小家伙也不是故意的，就当我破财消灾了。"

姥姥宽容，姐姐仗义。乌日感动极了，他突然站起来，指着货架上的桦皮船，说："姥姥，这船赔给你。"

用托布的桦皮船赔偿手机屏，托布一定会生气。可现在遇见困难了，没有别的好办法。

老太太抬头看着桦皮船，眼睛绽放出光芒："这东西我见过，现在不常见了。大兴安岭的鄂伦春人当年划着它捕鱼、打猎。"

乌日说："对，它是我爷爷的宝贝。"

老太太乜斜着眼睛看向李阿哈："既然是他的宝贝，我就不能要了！"

老太太推开姑娘的钱，也拒绝乌日的船。

老太太、姑娘和乌日之间互相推让，令邻座的乘客钦佩不已。唯一不讲究的人是乌日的"爷爷"李阿哈，此刻李阿哈像一个局外人一样闭目养神，把周围发生的一切屏蔽了。

前后左右的乘客都放下手机，议论纷纷。他们看明白了：这个老头儿就是个铁公鸡。任谁都无法喊醒装睡的李阿哈，除非他自己睁开眼睛。

李阿哈突然睁开眼睛："这孩子不是我孙子，但是我替他赔钱。"

李阿哈掏出二百元钱举到眼前，老太太一点儿没犹豫，抓过来揣进衣兜里。车厢里的议论马上停止了，人们都盯着李阿哈。良心发现的场面总会引起围观。

李阿哈嘟囔着："你这就要了？"

老太太说："家长赔钱我应该要。"

姑娘在一旁解说："你该给，她该要。圆满解决！"

李阿哈的思绪彻底乱了，他不知道应该高兴还是应该心疼。为这个素不相识的小孩儿，他已经搭进去快三百元钱了。李阿哈开始梳理事情的来龙去脉，想弄明白问题出在哪儿。是的，问题始于最初那个决定——他决定帮助小孩儿混过检票口。后来的所有连锁反应都源于这个决定。

入口是错的，还能否找到正确的出口呢？李阿哈苦恼极了。

五

火车叹了口气，停在白城站。无边的黑夜裂开一道口子，光芒洒落下来，照亮站台上的台阶。它只能为晚归的人提供这么多便利了。老太太要下车了，跟乌日和姑娘道别，没理李阿哈。李阿哈期待从她那儿得到一个赞许的眼神，可是人家根本就没抬眼皮。

火车呼喊着从白城站开出来，一头扎进无边的黑夜。乘客陆续开始吃东西，车厢里弥漫着方便面、鸡蛋、黄瓜、酒精混合在一起的味道。这个味道说不上是好是坏，但是足以唤起人的食欲。乌日在心理上努力抵制，最终还是失败了。李阿哈瞥了乌日一眼，把中午剩下的一根火腿肠塞给他。乌日接过火腿肠节省地吃着。姑娘又塞给乌日一个蛋黄派。晚餐寒酸，可乌日竟然吃饱了。

车厢内渐渐安静下来，有人开始打呼噜，斜对面的胖子咬牙切齿地说着梦话，好像在跟人打架。

姑娘把头歪在座位上睡着了，这是跟李阿哈说话的好时机。乌日声音小小的，不忍心再让李阿哈受到姑娘的谴责。

"爷爷，把电话号码告诉我，我让我爸加你微信，还钱给你。"

"我的电话号码不给陌生人。"李阿哈很讲原则的样子。

"我俩很熟了，不是陌生人。"乌日突然发现，这个爷爷胆子很小，像个小女孩。

"我跟你爸妈是陌生人。"李阿哈说。

乌日都张不开嘴了："你为我花了那么多钱……"

"你看这么办行吗？"李阿哈盯着斜上方的货架，"把那条船送给我。"

乌日想了想，说："我不知道托布会不会生气，船是他的宝贝……"

李阿哈说："刚才你还想把它赔给老太太，轮到我就不行了，我帮你做的事还少吗？"

李阿哈的话说到点子上了，乌日无话可说。姐姐说过，不能让好人吃亏。李阿哈就是一个好人，不能让这个好人吃亏。乌日用力点点头，同意了。

"你是好人，船归你了。"乌日指着桦皮船。

"别管我叫好人，叫阿哈就行了。"李阿哈打了个哈欠，有点困了。

乌日连哈欠都没打便睡着了。

列车上的广播开始转播《晚间新闻》。姑娘醒了，开始收拾行李。她的箱子放在行李架上，她试着拿了两次也没够到。

姑娘碰了李阿哈一下："大爷，帮我拿一下行李，好吗？"

李阿哈睁开眼睛，问她："你对大爷印象不太好吧？"

"时好时坏。你不太像亲爷爷，让人难以理解。"

李阿哈站起来，帮她拿下了行李："小姑娘，假如我真不是他爷爷，你怎么看我？"

姑娘愣了一下："那说明你是一个好人。"

李阿哈摇摇头："我也不是好人。我平时净说假话，别人都相信。总算说了一次实话，却没人相信。"

姑娘背上行李："真话不好听，所以没人愿意听真话。人不是被别人骗，都是自己骗自己。"

李阿哈盯着她："你这么说我心里好受多了。你说得特别对，有人愿意听假话，骗子才有饭吃。"

姑娘笑着问李阿哈："你不是一个骗子吧？"

李阿哈做出一副若无其事的样子："你看我像吗？一个骗子帮小孩儿补票、买吃的，还替他出钱赔偿手机屏。这个骗子人品咋样？"

姑娘思考了一下："你要真是一个骗子，这一路真赔了不少钱。你肯定是天底下最善良的骗子。"

李阿哈狡黠一笑："骗子还帮人拿行李呢……"

姑娘朝李阿哈竖起拇指，看了乌日一眼，乌日还在睡觉，她直接朝车门口走去。

六

火车把姑娘放在富裕站，轰隆轰隆继续赶路。后半夜，大地都睡着了。火车又困乏又孤单，在原野中摇摇晃晃，速度慢了下来，偶尔停车，哗啦啦丢下一两个人又立刻开走。乘务员机械地开门、关门，目光呆滞，一副困倦的样子。微笑已经在白天被消耗光了。

车厢里，人越来越少了。

有一段路程，火车跑得非常流畅、迅速，几乎没有停过。它发现了东边的晨曦，所以拼了力气朝那里狂奔。半小时后，火车一头冲进白昼，终于把黑夜甩在身后。李阿哈朝窗外看了一眼，便认出那道熟悉的岭，继续坐上个把小时，就能给"职业"生涯画上句号了，老家大杨树快到了。李阿哈把头探出车窗，呼吸一口清新的空气。空气还是从前的老味道，凉丝丝，夹着甜味儿。火车钻进一片森林以后，空气里又混杂了松香和草香。李阿哈开始遐想：假如从前一直在老林子里呼吸这种空气，他还会从事后来的"职业"吗？李阿哈叹了口气，心中生出一丝惆怅。

这时，车厢连接处出现了乘警。乘警跟乘务员交流着什么，不时朝李阿哈这边看一眼。李阿哈心里咯噔一下。

乘警漫不经心地从李阿哈身边经过，一股凛冽的气息横扫过来。李阿哈的身子一抖，赶紧把车窗拉下来，把森林关在外面。森林远了，他又回到浑浊的空气中来。

大杨树近在眼前，为什么感觉特别远呢？李阿哈心烦意乱，恨不得现在就从车窗飞出去。李阿哈回头看了一眼，乘警没影了。火车走上一段弯道，车厢也顺势弯曲，李阿哈看不到更远的车厢了。

乌日醒了，问李阿哈到哪里了。李阿哈告诉他下一站是大杨树，他要下车了。乌日没什么反应，继续睡。他还有个梦没做完。全班同学去棋盘山的研学基地，乌日迟到了，骑着自行车追赶大客车。后排的几个同学转过头朝他做各种鬼脸，他简直要急疯了。乌日闭上眼睛，大客车已经无影无踪，只剩下那几张模糊的脸……

李阿哈盯着斜上方的桦皮船。这是乌日偿还给他的财产，他可以理直气壮地带走。李阿哈站起来用双手试着掂了掂船的重量。很轻，李阿哈心里踏实了。无论如何也要带上这条船，它是这次成交的项目。用它抵二百六十元钱，稳赚不赔。李阿哈想好了，以后就驾着这条船下河捕鱼，小日子也是很美的。

李阿哈踮起脚正在端详桦皮船，火车突然刹车，所有人和东西都歪倒了、挪移了。李阿哈整个人栽倒在过道上。火车持续减速，直到完全停住。人们醒了，议论纷纷，责怪司机不会开车，车厢内变得混乱起来。广播很快就通知，火车遇到突发情况，现在临时停车，请乘客不要慌乱，更不要中途下车。

火车停在森林和沼泽相接的地方。李阿哈熟悉这一块儿的地貌，这里距离大杨树站只有几公里了。

乘警又出现了，表情凝重地跟一个胖子说着什么。他在解释，又像是询问，安抚胖子的情绪。李阿哈想起来了，胖子就是一直坐在自己斜对面的家伙。那家伙去车厢连接处吸烟，居然跟乘警攀谈起来。李阿哈的头顶涌起一片乌云，把外面的森林覆盖了，空荡荡的车厢令人有些窒息。李阿哈的脑袋里生出了奇思妙想。

胖子扑通扑通回到座位上，像一只准备冬眠的老熊。李阿哈赶紧把头扭回来，避开他的眼神。与乘警接触过的眼神，李阿哈也受不了。

胖子向周围的几个乘客发布最新消息："一只小狍子上了铁道，把火车拦住了。这年头野生动物脾气大，连狍子都敢截火车了。"

车厢里顿时敞亮多了。

李阿哈扭头问胖子："乘警还说什么了？"

胖子瞥了李阿哈一眼，若无其事地说："没什么了，还能有什么啊？"

李阿哈似乎听出了弦外之音。

李阿哈凑到胖子跟前，继续跟胖子打探："到底是小狍子，还是老鹿？"

"小狍子啊！老鹿能干这种傻事吗？"胖子说。

李阿哈顺口说出一句："初生牛犊不怕虎。"

胖子又说："老鹿不会这么明目张胆，狡猾着呢。"胖子的话意味深长，"姜还是老的辣。"

李阿哈坐不住了，必须马上动身。

李阿哈悄悄取下桦皮船，把桦皮船从车窗推出去。桦皮船像一个飞行物，轻轻飞了出去，飘落在路基下。李阿哈随后踩在座位上，先把双腿送出车窗，接着是整个身体。几秒钟后，李阿哈整个人滑出车窗。他双手松开窗棂，身体轻快地落在路基上。整个过程连贯、短暂，居然没人注意到。

狍子拦截火车的故事彻底惊醒了乌日。乌日很兴奋，努力把脖子伸出车窗，想见识那只小兽的神采。可窗外一片迷茫，森林藏在晨雾之中。

乌日缩回脑袋，跟胖子请教狍子的习性。胖子告诉乌日，这种东北神兽就是传说中的"傻狍子"。

七

李阿哈的挎包躺在座位上，被粗心的主人抛弃了。李阿哈已经落在路基下面，正准备扛起桦皮船。

乌日这才反应过来，赶紧再次把头伸出窗外："爷爷，你的包……"

李阿哈一拍脑袋，大意了。这时轰隆一声响，车头牵动车厢慢慢开动。

乘警隔着车门指着李阿哈，呼喊着什么。李阿哈脑袋一缩，闪进一片灌木丛。火车从上面开过去，带过一阵熟悉的气息，气息里夹杂着困倦。李阿哈要哭了。这趟告老还乡之路注定要他赔钱吗？一路上搭钱，搭钱，再搭钱。这条破船能值几个钱呢？还要他再搭进去一个挎包。老天爷太霸道了，非要他把这些年不该占有的都吐出来。

李阿哈的钱包和其他零碎物品都在挎包里，庆幸的是身份证被他随身揣在了衣兜里。钱包里有几百元现金、一张信用卡、两张储蓄卡。零碎物品中，值钱的东西只有一个鹿哨儿。他给古玩城的老板看过，老板说这东西不是古玩，但是属于稀缺之物，可以出五百元买下。李阿哈莫名有些不舍，没卖。

说起这个鹿哨儿，那是几个月前李阿哈做成的一单"生意"。那天他在沈阳站东广场"拓展业务"，遇见一个老哥，交谈中得知老哥家住塔河，从前是一个猎人。李阿哈抱住猎人老哥，大喊一句："我也是大兴安岭的！"

李阿哈也是大兴安岭的，这是他那天说的第一句实话。

李阿哈跟猎人老哥攀谈起来。李阿哈自称整日失眠，像丢了魂儿一样，睡着了也不踏实，好几次梦见家乡的老林子。李阿哈最终说服猎人老哥把哨子送给了他。猎人老哥说鹿哨儿这东西特别神奇，只要吹响它，就像回到了家乡的老林子。李阿哈得到鹿哨儿之后，很长一段时间都没吹响过它。吹响它需要技巧，想掌握也不太容易。李阿哈在外面忙忙碌碌，像一条失魂落魄的狗，哪有心情研究这个哨子。不过李阿哈把获取鹿哨儿当作一单"生意"，时不时就拿出来吹嘘一下。同行却拿这事讥刺李阿哈，说他没操守，什么破单子都做。李阿哈狡辩，说这是正常演练，检验一下"业务"水平。事实上他成功了，这很重要。

现在，鹿哨儿也被老天爷要回去了。假如这小孩儿能把它带回塔河，也非常完美。钱包里的钱从前是别人的，落在车厢里也是对的。尘归尘土归土，李阿哈认命了。当年离开大杨树时衣兜干瘪，再回来的时候衣兜还是干瘪，不赔不赚，保本了。对了，肩上扛回一条桦皮船。在沈阳没白混，带回一条船。李阿哈说服了自己，便释然了，四周的风景也渐渐变得美丽起来。

我回来了！李阿哈这样想着，踏着路基朝大杨树的方向走去。

"爷爷，你的包……"李阿哈身后传来一阵脚步声。

乌日追了上来，背着李阿哈的挎包，像徒步穿越森林的背包客。

这个结局有些尴尬，也让李阿哈悲喜交加。喜的是挎包失而复得，悲的是他担心桦皮船得而复失。

"离大杨树不远，我提前下车了……这船……"李阿哈结结巴巴，仿佛是他欠了这小孩儿二百六十元钱似的。

"爷爷，我来帮你扛船。接下来怎么走？"乌日接过船，扛在身上。

"顺着铁道走，转个弯就能看见大杨树车站，也就五六里路吧。"李阿哈背上挎包，走在前面。

说起来简单，走起来不易，需要穿越一片沼泽地，才能到达大杨树。乌日没有别的选择，既然下了火车，就必须跟着李阿哈赶到大杨树，再乘车去塔河。

会不会迷路呢？不会。一条铁轨明明白白画出路线，怕人看不清，还画出两条平行的黑线，沿着两条黑线走下去就行了，反正也没有别的路可选。会不会有危险呢？也不会。有一个本地人同行，就算遇见老熊也有人掩护。

乌日大喊两声，一群鸟噼里啪啦飞出林子，冲上天空。乌日吓了一跳，迈开步子出发了。

"爷爷，出发！"

"从现在开始不许管我叫爷爷，当爷爷太费钱。叫阿哈吧。"

"好吧，阿哈，跟我出发啦！"乌日踩着铁轨一路小跑。

乌日走了几步，感觉到身边没有李阿哈的影子。李阿哈原地没动，一脸严肃地看着他。

"阿哈，你还等谁啊？乘警不让提前下车，只有我俩得逞了。"

"往这边走才是大杨树，你非要回沈阳我也不拦你。"李阿哈转身朝着一片沼泽走去。

八

李阿哈在前，挎包在后；紧接着是乌日；排在最后的是桦皮船，它仍旧趴在乌日的后背上。沼泽地面积很大，上面笼罩着一片水雾。俩人还没走近便惊飞一群水鸟，像随风扬起的无数片树叶。野鸭的轮廓模糊了，惊叫声还在空中飘荡，表达着对闯入者的不满。

直接穿越沼泽地本来很困难，但中间有一条铁路就简单多了。李阿哈闪身爬上路基，踩着枕木走，走着走着，走出了刻板的节奏，活像一个机器人。乌日腿短，一步不够跨过两根枕木，走不出李阿哈那样的节拍。走了一会儿，乌日两条腿酸了，落在李阿哈后面。李阿哈倒回头把乌日背上的桦皮船挪到自己肩上，很快又走到前面去了。一团迷雾吞没李阿哈，只能听见他脚下发出的咔嗒声。

"阿哈，等等我……"乌日心里不免有些发慌。

李阿哈并不停，继续按照原来的节奏向前走，咔嗒咔嗒，咔嗒咔嗒。乌日不喊了，李阿哈反而停下脚步，还蹲下身子把耳朵贴在铁轨上。李阿哈扭头告诉乌日，一会儿跟他下路基，火车快来了。李阿哈说完继续踩着枕木前行，就好像火车距离这里还很远。

乌日停下脚步听了听，听见一声野兽的叹息。

乌日心里发慌，提前下了路基，踩着路基边缘的石子路往前走。他被李阿哈落下得更远了。

李阿哈的身影越来越小。一缕浓雾飘移过来，李阿哈又不见了。

乌日急忙大声喊李阿哈。

一阵更紧迫的咔嗒声逼近了，随后演变成一阵轰鸣。猛兽喘着粗气冲过来，长长的黑影钻进雾气深处。乌日的喊声被猛兽的吼叫声和它带来的狂风搅了个稀巴烂。

乌日倒在路基旁边，双手牢牢抠住石子，这样不至于被带起的风吹倒，也不至于滚落进旁边的沼泽里。风暴过后，猛兽的余音还在沼泽地上空回荡。乌日睁开眼睛四处张望，雾气已经被冲散，树木显露出来，静静地立在沼泽地边缘。鸟群在沼泽地上空左右翻飞，正在寻找中意的着陆点，最终它们散落在沼泽地边缘的林子里。

四周静下来，沼泽地里咕嘟咕嘟冒泡儿。没有别的声音了。

"阿哈……"乌日的喊声很小，生怕惊扰到谁。

惊扰谁呢？水泡子？鸟群？乌日不知道。

沼泽地里照旧咕嘟咕嘟地冒泡儿，乌日没有听见李阿哈的回应，身边顿时升起一团凛冽的寒气。出事了，李阿哈被猛兽掠走了。火车是什么？猛兽。猛兽是什么？火车。

离家这么近了，只差几里路。李阿哈难道回不去了吗？

九

乌日跟跟跄跄地爬上路基，踩着枕木往前走。他也不确定前面是沈阳还是大杨树。除了继续往前走，还能做什么呢？

"救我……"一个微弱的声音传来。是有人求救，还是从沼泽下面冒出来的水泡声？

乌日望着水草茂盛的沼泽地。

一团蒲草后面探出一个脑袋。是的，一个孤零零的脑袋，没有肩膀和胳膊。乌日双腿一软，瘫倒在枕木上。

"谁……"乌日的嗓子冒烟，几乎说不出话。

"我，阿哈……快点……"蒲草中的脑袋眨眨眼睛，嘴巴一张一合，费劲地吐出几个字。

乌日的大脑一片空白，仿佛天塌地陷了。

"该怎么做？我什么都没有！我够不到你的手。"乌日绝望地看着李阿哈。

"船，找到船……"李阿哈积攒了一点儿力气，用力向上蹿了一下，却只露出半个肩膀。

桦皮船歪在沼泽地边缘，船头朝着沼泽地。乌日用力推船，桦皮船轻快地滑进泥沼，停在李阿哈面前。李阿哈拔出一只手朝船舷伸过去。他做到了，他用一只泥手死死抓住船舷；接着，另一只手也被拔出来搭在船舷上。船头这端被重量压下来，船尾那端便高高地翘起来。李阿哈的肩膀又陷进泥沼，不得不开始新一轮的挣扎。

"我还能怎么做？"乌日蹲在路基下面，望着沼泽里的李阿哈和船。

桦皮船滑到李阿哈面前，乌日的手臂够不到它了。

李阿哈没再指导乌日怎么做。他的注意力都集中在桦皮船上——必须重新抓住它，不能再往下沉了。淤泥正从四面八方挤压过来，他仿佛全身被捆住，呼吸越来越困难。左边的胳膊终于搭上船舷，半个肩膀又浮出来。这次，李阿哈没有把整个肩膀的重量抵在船上，可是船底是圆的，当一侧太重时船身突然翻转，另一侧船舷翻过来，险些扣在李阿哈身上。李阿哈不敢再轻举妄动，只能试着维持平衡，好在身体不再下沉了。

李阿哈感觉呼吸畅快多了，能说出话了。

"我会不会死？实话告诉我。"李阿哈的心理已经崩溃，他无法像一个成年人那样老辣了。

"我也不知道……我什么都做不了。"乌日只能实话实说。实话往往不好听，乌日偏偏爱说，因此被嘲笑情商低。

"不用你做什么，你就说我会不会死就行了。"李阿哈没听到想要的话，所以问个不休。

"要是抓不住船，会死的……刚才你差点儿挂了。"乌日继续说实话。

"我可能回不去了，就埋在这片水泡子里吧。"李阿哈的眼泪夺眶而出，泪水把脸上的泥浆冲去，顺着脖子流回沼泽。

"我不是这个意思……"乌日神情恍惚，思维彻底混乱了。

"你不是这个意思是什么意思？我想看到点儿希望，你能不能重说一遍？我想活下去，你得给我点儿希望。"李阿哈哭咧咧地哀求乌日。

"我还是先去折一根棍子吧，如果折到够长的棍子你就能活，如果折不到，你就挂了……"乌日没心思说废话。

乌日沿着路基朝一片林子跑去。这是他们来的方向——沈阳方向。

乌日进入杂木林。林子非常茂盛，一棵棵树立在乌日面前，供他选择。有的树又高又粗，乌日无法把它搬到李阿哈跟前，只能选择又细又长的。乌日很快就选定一棵，围着小树转了一圈，发现想把它拔出来真是难上加难。乌日只能放弃。

从大树上折一根树枝，也能让李阿哈活下来，这是乌日的新发现。乌日开始爬树。在公园里看猴子爬树特别容易，其实并不简单，人们被猴子骗了。乌日第一次发现自己真没用，不但情商低，智商和动手能力也不行。

乌日绝望地往回走。雾气重新聚集，沼泽地变得难以琢磨。乌日最清楚不过，那里不是沼泽地，是绝望的入口。沼泽地突然传出一阵啪啦啦的响声，接着是一片嘎嘎嘎的惊叫声。一群野鸭从绝望中挣脱，冲破迷雾朝远处的森林飞去。

雾气卷土重来，全面覆盖沼泽。能见度太低了，迟迟看不见桦皮船的影子。沼泽地恢复了寂静，水泡的咕嘟声像是野兽发出的喘息，令人浑身发冷。

"阿哈——"乌日沿着路基一边走一边小声喊李阿哈。

一道黑影横空出现。没错，正是倾斜的桦皮船，船尾高高翘起。

李阿哈还挂在船舷一侧，胳膊和下颌卡住船舷。脸上的泥浆风干了，把眼睛、鼻子和嘴巴封死，整个脑袋像一个泥塑头像。李阿哈的脑袋一动不动，乌日心里咯噔一下。

"阿哈，我回来了！"乌日大声喊道。

李阿哈的脑袋还是纹丝不动。

乌日捡起一块石头扔过去。石头在李阿哈面前溅起一团水花，水花打在他的脸上，冲开几条泥道子，将僵硬的泥浆启封。李阿哈的眼皮猛地张开，眼睛率先复活了。

乌日几乎要哭了，问道："你没死？"

李阿哈继续复活。接下来是嘴，嘴唇动了动，费劲地挤出两个字："还没。"

乌日这才松了一口气，语无伦次地汇报："我回来了，木棍特别多，可是……可是我拿不回来。树太结实、太粗、太高。我没工具，又不会爬树。"

李阿哈不悲不喜，没有评价乌日的所作所为。沼泽地平静如初。

乌日又说："你卡在船舷上下不去，上不来，早晚还是死……"

沼泽地里冒出一批新水泡，咕嘟咕嘟响个没完。雾气缓慢流动，其他事物都静止不动，包括李阿哈的脑袋。

乌日修改了说法："我说早晚得死，不是说现在！阿哈你动一动，如果有人经过这里，你就能活下来。"

乌日说的像一句假话，声音颤颤巍巍的。这么荒凉的地方怎么会有其他人经过呢？乌日自己都不信。

李阿哈没得到一点儿激励，反而受到更多打击。他的五官变得更加僵硬了。

"阿哈，你还活着吗？"乌日紧张起来。

李阿哈没有回答。乌日一句鼓励的话都不会说，还不如沼泽里的水泡。李阿哈活着等于死了，所以没法回答乌日，也没必要回答。

乌日坐在路基上，望着眼前的雾气。在外面旅行太难了，每一步都不容易，活着和死一样艰难。

"嘿……我对你咋样？"李阿哈的嘴角又活动了。

"阿哈，你还活着！"乌日立刻变得精神抖擞起来。

"我对你咋样……"李阿哈重复上面的问题。

"挺好，带我过站、上车，还给我买吃的……"

"求你一件事，答应我。"李阿哈从沼泽里吸收了能量，能多说几句话了。

"行……就怕办不到。"乌日说完就后悔了。很多实话听起来不够鼓舞人心，乌日想改变说话的风格了。

"敢答应，也是气概。"李阿哈将另一只胳膊猛地从泥浆中拖出来，胳膊的末端连着挎包。那只胳膊又猛地一甩，竟然把挎包和"汤汤水水"都甩到了船上。

这个动作，他足足准备了几分钟。动作完成后，李阿哈耗尽力气，不再动，也不再说什么了。

"我答应了，你快说。"乌日急了。

乌日第一次接触"遗言"。这一定就是李阿哈的临终遗言了。

李阿哈纹丝不动。

乌日捡起一块小石子扔到船上。石子砰地砸在船头，跳起来落进水中。一团水花打在李阿哈脸上，李阿哈的嘴巴又动了。

"包里有个鹿哨儿，它是一个老猎人的……还给他。"李阿哈的声音虚弱，但是四周寂静，李阿哈的遗言清晰无比。

"老猎人住哪？叫啥名？"

"住塔河一带……名字……我不问客户名字，从来不问。"

"托布是资深猎人，肯定能找到他。你再说说他长什么样。"乌日想知道得更多一些，不然很难完成这个任务。托布也不是万能的。

李阿哈没动静了，积攒的力气又耗尽了。乌日的提问让临终遗言显得非常啰唆，其实李阿哈只想说关键的，没多余的力气说别的。

"好吧，我不问了。我是不是问得太多了？我不知道塔河有多少位老猎人，我和托布挨个问问就行了，保证完成任务。"乌日不得不结束了提问。

其实乌日还有很多问题，比如李阿哈是怎么得到鹿哨儿的，他的客户为什么是一个猎人，他的工作是不是太有意思了，等等。

李阿哈的头突然歪到一侧，几乎从肩膀上滑下来。

"阿哈，你死了吗？我太没用了！"乌日哭了。乌日故意大声哭，想把死了的李阿哈惊醒。

李阿哈不动。整个头都不动，头上的鼻子、眼睛、耳朵和嘴……都不动了。

乌日又把一块大石头扔到李阿哈面前。水花溅到李阿哈的耳朵上，耳朵不动。乌日接二连三朝李阿哈扔石头，水花溅到李阿哈的脸上，泥水淌下来。李阿哈还是不动。

李阿哈大概死了。

十

"你这么干不厚道。"一个声音从乌日身后传来。

乌日吓得不轻，收起石子。在外人看来，往陷在沼泽里的人脸上扔石子，确实很坏。

托布从雾气中走出来，像一颗亮闪闪的守护星。托布突然出现在沼泽地，简直是白日做梦，乌日不可能相信。

"托布，你是假的，管不了这里的事。"乌日望着"虚幻"的托布。

托布不管自己是真的还是假的，纵身朝桦皮船跳过去。乌日没动，等着看效果。既然是梦里的事情，他就完全可以飞过去。不过托布的动作非常笨拙，还没"飞"到船上就提前掉进沼泽地。一颗炮弹炸飞泥浆，泥浆不但溅到李阿哈的脸上，还溅到乌日的脸上。乌日舔了舔嘴角的泥浆，味道实在太苦了。那么可以确定托布是真的，不是梦里的人物。沼泽正慢慢吞掉托布。托布不慌不忙，让身体朝桦皮船倾斜过去，双手猛地扣住船舷。托布借势一跃从泥沼中拔出来大半个身子，趴在船上。翘起的船尾被托布压下来，船头扬起来，李阿哈的身体被拔出一截。

李阿哈长长地喘出一口气，又说话了："太靠谱了……"

托布向船头蠕动身体，一把拉住李阿哈的手，李阿哈的上半身便被拔出。两个人的身体基本上都在桦皮船上面了。

乌日惊呆了，眼前的变化太突然了。

"解下腰带，把腰带接在一起就够长了。"托布一边对李阿哈说，一边麻利地抽出自己的腰带。

"托布，还有我，我干什么？"乌日问。

"要你的腰带。"托布说。

乌日笨手笨脚地解下腰带扔给托布。三根腰带连接成一根长长的腰带，比一根木棍还理想。托布把腰带抓在手里，另一头甩给乌日。乌日明白了，抓起绳子用力拖船，船移动了。乌日为了把桦皮船拖得离路基更近，使劲儿让身体向后倾斜，几乎躺在了路基上。石子被蹬落掉进沼泽地。桦皮船继续挪动，向路基靠近了半步。

"挺好挺好！再来！"托布给乌日鼓劲。

乌日挺直身子，收起一截腰带，身体又向路基倾斜过去……

李阿哈说了一句："这孩子不是废物，不是。"

最终躺在岸边的是三条"泥鳅"，分别是托布、李阿哈，还有一个是谁呢？还有一个躺在路基下面，原本一身洁白，如今沾满了污泥，是桦皮船。

李阿哈的人生触底了，比上次还悲惨。

两周前，李阿哈做了一单最失败的"生意"，不得不藏在大帅府附近一家洗衣店的楼顶。临近中午，太阳特别毒辣，楼顶的防水沥青泛起黑水。李阿哈也浑身冒水，快被晒干了。熬到下午，老天爷突发慈悲，安排了一场暴雨外加冰雹，一边帮李阿哈补充水分，一边狠狠地暴打李阿哈。李阿哈无处躲藏，像只被遗弃的老猫蜷缩在塑料桶旁边。李阿哈无意中触摸到挎包里的鹿哨儿。他掏出鹿哨儿放在嘴边吹了一下，居然把鹿哨儿吹响了。鹿哨声没能引起警察的注意，却让李阿哈想起了大杨树。他离开那地方有十八年了，想到这里，泪水和雨水顺着他的脸和脖子淌下来……

李阿哈认为那些天就是他人生的低谷。陷入沼泽地的时候，李阿哈才知道，那不算低谷，今天才跌至谷底。

"这破船差点儿毁了我。我下路基，本来走得稳稳当当的。火车带起的风把它掀翻了，它顺手把我也掀进了水泡子。"李阿哈说话的兴致浓厚，表情却呆滞。泥浆封住他的五官，只有嘴巴那里最活跃，原本发黄的牙齿也显得洁白光亮了。

"你别瞎说，明明是你毁了我的船，雪白雪白的船为你进了烂泥坑。"托布不爱听李阿哈的说辞。这个家伙给托布的第一印象很差。

两个泥人躺在路基下面恢复体力。乌日很想找到一根水管朝两个泥人猛喷，可是他什么都做不了，只能这么呆呆地看着。他俩毕竟刚刚死里逃生，令人肃然起敬。

雾气散了，太阳出来了。人像树木一样，可以从太阳的光芒里吸取能量。

"你说这船是你的？那你是谁？"李阿哈有心情闲聊了，阳光正哺育着他，给他补充快乐的能量。

"船主。"托布四脚朝天晒着太阳。

"你是小孩儿的什么人？"李阿哈喜欢探究，努力睁开眼睛寻找乌日，希望乌日辨认一下。可是他的双眼被泥水糊住，看不清乌日在哪里。

"他爷爷。"托布没有心情闲聊。好好的桦皮船被搞成这样，船桨也不见了，主人的心情能好吗？

听到"爷爷"两个字，李阿哈的双眼猛然睁开，瓦蓝的天空唰地亮起来。

"你总算现身了，你害得我好苦。"李阿哈说的可是心里话。

"我的船害你，我也害你，我俩有仇吗？"托布坐起来，想看看这个人究竟是用什么材料做的。没错，这个人是用泥浆做的"混人"。

"你要是不服气就问问你孙子吧。你俩走散，我一直是你的替身，当了一路冒牌爷爷。"李阿哈想笑，可脸上的肌肉被泥浆固定，没法笑。

乌日赶紧过来搭话："托布，你是从哪变出来的？你为什么不早点变出来？"

"你又是从哪变出来的？火车遇到了麻烦，我提前下车了。"托布回答。

"你前脚刚走，我就出来了。沈阳站那么大，怎么都找不到你。"

"在沈阳，我跑错了车站，跑到北站去了，差点赶不上这趟车。你都上车了，咋不找我？"

"我怕乘警把我送回家，不敢满车厢找你……"乌日小声说。

"你爷爷果真在这列火车上！如果他早点儿变出来，我就不用一路搭钱了。"李阿哈在一旁嘟囔着。

乌日赶紧跟托布解释："阿哈是挺好的爷爷。我没找到你，又想去十八站，幸亏遇见阿哈，从检票开始他就冒充你带着我。我还欠他钱呢。"

托布听了，转头看向李阿哈："这么说我错怪你了……我管你叫老弟吧。老弟，这孩子一共欠你多少钱？"

李阿哈变得愉快起来："一会儿再说钱。先说说命吧，命最值钱，你救了我的命，欠的钱一笔勾销。"

乌日也说："托布，他叫李阿哈，你叫他阿哈就行。"

托布转头对李阿哈说："太巧了，我老家也有个阿哈，病了。"

李阿哈说："两个叫阿哈的都倒霉了。我不算最倒霉的那个，我死不了啦。"

托布认真地看着李阿哈："那个阿哈也死不了。"

李阿哈的情绪走出低谷："咱们出发吧，快到大杨树了。唉，提前下车太麻烦了！"

托布说："是挺麻烦……走吧，跟我认识一个新伙伴。"

托布带着他们离开沼泽地，走进一片混交林。一棵桦树下卧着一只小狍子。看到两个泥人走过来，小狍子大吃一惊，赶紧站起来，屁股上翻起一缕白毛。可是它站立不稳，又卧回原来的地方。

"托布，小狍子好像受伤了。"乌日小心地靠近，生怕惊吓到这只小兽。

"小东西跟着狍群横穿铁道，想去水泡子喝水。火车减速，嗷嗷叫着停下。狍群冲过去了，它吓傻了，站在铁道中间不敢动。"托布介绍小狍子的遭遇，"乘警满车厢找护林员，我就跟他下了火车，跑到火车头前面赶小狍子，怎么赶也赶不走，仔细一看它的左前腿受伤了。"

李阿哈一听乐了："车厢里传说小狍子截火车，我还以为是扯淡呢。我就想谁胆子这么大，连火车也敢拦？"

他们说笑着把沼泽地甩在了身后。

李阿哈和托布一前一后抬着桦皮船，船上卧着小狍子。乌日扛着一捆青草，那是给小狍子准备的干粮。小狍子扭了扭头，并不喜欢吃。托布告诉乌日，小狍子有时候喜欢吃干草。乌日扔下青草，一头钻进草甸子，去青草下面找去年的干草梗。小狍子细细地嚼着干草，很享受的样子。乌日懂了，干草是零食，像豆干、干果一样，嚼起来更有味道。乌日把一根干草梗放进自己嘴里，像小狍子那样嚼着，居然嚼出了甜味。

小狍子加入队伍，乌日很高兴。

"托布，再教我一个鄂伦春的词语吧。"

"是应该教一个了。"

"小狍子该怎么说？"

"这是一只小公狍子，叫古然，古然。"

"古然……你好，古然！"乌日向小狍子问好。

"古然"这个词成了小狍子的名字。

古然没理乌日。古然心里乱七八糟的，不想跟这个小孩儿交流。

第三章　大杨树—塔河

一

太阳的光辉肆意泼洒下来，林区被染成一片红色。乌日抬头一看，李阿哈裹了一身红泥，托布也是一身绚彩。一个红灿灿的小镇卧在森林边上，像绿叶旁边悬挂的红果子。古然把头抬起来，惊奇地望着眼前的红色小镇。托布和李阿哈同时停住脚步，乌日一头撞在李阿哈身上。

李阿哈大喊一声："大杨树，我回来了！"

两个泥人抬着一条船和一只小狍子进入小镇，身后还跟着个脏兮兮的小孩儿。

他们被围观，有人笑，有人撩。

"现在不时兴穿呢子，开始穿泥的了，发现没？"

"我也没办法，不穿不行。你是陈老三，对不对？"李阿哈一身奇装异服，偏偏遇见熟人，很不好意思。

"你谁啊？咋还认识我呢？"陈老三很诧异，被穿奇装异服的人认识，也很不好意思。

"我是在大杨树长大的……我退休了，从沈阳回来……"李阿哈越说越吞吞吐吐。

李阿哈离开大杨树那年确实穿了一身呢子，回来的时候穿了一身泥浆。

"算了吧，你长得太吓人了。大杨树这地方的人没这么矸碜。"陈老三讽刺李阿哈。

"一会儿你就信了。"李阿哈不想跟老家的人高调地辩论，他只想悄悄地回来。

"兽医站在哪？小狍子受伤了，我带它去治治。"托布不是来大杨树闲聊的，他有正事要办。

"跟着我。"陈老三朝东北方向指了指，走在前面带路。两个泥人抬着小狍子跟了上去。

兽医把李阿哈和托布拦在门外，只让乌日帮忙。乌日第一次摸到野生动物的皮毛，心里抖了一下。古然也紧张坏了，屁股上的白毛翻起来。古然还在瑟瑟发抖，乌日已经伸出两只手按住古然的身体。兽医麻利地为它治疗，消炎、正骨、包扎……复杂到令人眼花缭乱。

"它拦住了一列火车。"乌日给兽医讲述古然的事迹。

"这小样儿，还敢拦火车？命真大。"兽医肃然起敬，下手轻了很多。

手术做得差不多了，兽医说："这地方不用你操心了。门口有个水管，你出去把两个泥人冲冲。人不像人兽不像兽的，挺吓人。"

乌日兴冲冲地跑到门口，拎起水管就瞄准两个泥人。两个泥人，一个呆立在门口，一个蹲在桦皮船旁边，认不出哪个是托布，哪个是李阿哈。

乌日先朝桦皮船旁边的泥人喷水，泥人吓了一跳，猛地站起来，随即又蹲下，说："使劲儿冲，把我和船一起冲冲。"

白亮亮的水柱喷过去，泥人逐渐原形毕露。托布一脸窘迫地站起来，指着桦皮船："再冲冲它，冲船底，船底。"

水柱瞄准船底喷过去。

另一个泥人仔细端详托布。是他，肯定是他——在沈阳站遇见的老猎人。

李阿哈的心怦怦跳着。几个月前，老猎人心甘情愿地把鹿哨儿送给他，如今又在路上救他一命……不过，他没脸面对这位猎人。

李阿哈回到大杨树，就算正式"退休"了，跟从前的"客户"相处有点儿麻烦。没别的选择，李阿哈只能逃离现场。李阿哈趁着水管还没对准自己，几步凑到乌日身边，说："你把鹿哨儿给你爷爷就行了，他能找到主人。"

乌日痴迷于玩水，也没细听，点点头答应了李阿哈的嘱托。

李阿哈把挎包丢在乌日身边，走了。

二

桦皮船损坏得不严重，只是船帮有点儿破损。托布对着船仔细冲洗一番，桦皮船基本恢复原貌。

兽医牵着古然站在门口，看着人和船。

"这才像个人……"兽医盯着托布上下打量。

"我下水泡子救了一个人，叫李阿哈，是你们镇上的。"托布说。

"刚才那个泥人叫李阿哈？这个名字有点儿耳熟……想起来了，这家伙居然用的是乳名……听说他在沈阳没干啥正事。"兽医说。

"干不干正事都是人，是人就有条命，这条命就值钱。"托布跟兽医说。

"这话说得在理。比如我们医生，只要是条命，能救则救。你救李阿哈我没意见。"兽医发自内心地赞赏这位老爷子。

"现在你救了小狍子。"托布感激地看着兽医。

"小狍子的伤口不大，问题是感染了，要不抓紧治疗，它活不过两天。"兽医把绳子递给托布，"听说它不一般啊。"

托布牵过狍子："它能耐可大了，横在铁轨中间。火车在小狍子面前停下，差点儿要了它的小命。"托布朝小狍子摇摇头，说不清是佩服还是无奈。

古然好像知道俩人在讲它的故事，使劲儿挣扎，不想听。托布抓紧绳子，用力顿一下，古然老实了。

"我扛着小狍子顺着路基走，顺路救的阿哈……"托布说到这里，发现李阿哈不见了。

乌日打开李阿哈留下的挎包，找到鹿哨儿："托布，阿哈说鹿哨儿是一个老猎人的，他让你帮忙找到主人。"

托布接过鹿哨儿，想了想，笑了："这家伙回来了。鹿哨儿是我的……"

李阿哈的嘱托完成了，没费啥周折。

光溜溜的街道上印着一行泥脚印。道路拐弯，钻进一大片红瓦房；泥脚印顺着拐弯，也钻进那片红瓦房。托布笑了。一个满嘴谎言、隐姓埋名的家伙，这一次却把行踪明明白白地印在了街上。

托布举起鹿哨儿朝道路拐弯的方向吹了几声，算是跟李阿哈道别。

鹿哨儿一响，古然也跟着叫起来。

乌日说："阿哈是个好人。"

托布说："我眼睛花了，看不见好人，也看不见坏人，只看见人。"

乌日糊涂了："托布，我听不懂你说的鄂伦春语，也听不懂你说的汉语。"

托布说："慢慢就懂了。"

乌日说："是不是这个意思？——阿哈不是好人，也不是坏人，他是一个人。"

托布点点头："意思差不多。"

乌日学着托布的样子："我不是傻瓜，也不是天才，我就是一个小孩儿。"

托布连连点头："是这个意思。"

乌日补充说："我是个饥饿的小孩儿。"

托布说："我是个饥饿的老头儿。"

与托布失散的时候，乌日吃饭不是问题，现在更不是问题了。从兽医站出发，走过种子化肥店、五金日杂商店、摩托车修理部，旁边就是"老杨饭馆"。

几分钟后，"老杨饭馆"外面出现两位奇怪的顾客——老头儿扛着船，小孩儿牵着狍子。这对顾客还提出"无理"的要求——船和狍子也要跟主人一起进饭馆。老杨愁坏了，只能恭送两位顾客。他的饭馆不够大，不能同时装下两个人、一条船，外加一只狍子。最后，林业站旁边的"齐齐哈尔烤肉店"接纳了他俩，他俩这才吃上一顿饱饭。

乌日吃饱了，仔细打量这个小镇。街上很安静，时不时走过三两个人，表情也都很平静；时不时出现一辆车，不急不缓地开过去。

乌日想起托布的"红酒"和阿哈。

"红酒找到了吗？阿哈的病怎么样了？"乌日连续提问。

提到阿哈，乌日的感觉有些混乱。从今以后，提到托布的阿哈就能想到路上的阿哈。托布告诉乌日，他的手机在火车上就没电了，一天没跟徒弟联系了。托布掏出手机，手机被泥水淹过，报废了。

红9丢了，阿哈病了。托布心神不宁，不能在大杨树逗留了。

两个人、一条船，外加一只狍子，又同时出现在客运站。乘务员连连摆手，不让上车，原因是大杨树到塔河的客车太小，两个人上来没问题，狍子和船只能选一个，或是狍子，或是船。乌日先上去，小客车里的乘客非常热情，都朝托布招手让他挤上来。乘客连拉带扯，又把古然弄上车，再从窗口把桦皮船拽上去。乘务员是个姑娘，被古然吓得满脸通红。古然也吓坏了，直接尿了。车内一度混乱不堪，叫声和笑声快把车厢胀裂了。

司机故作冷静，小客车慌慌张张出了小镇。

乌日也故作冷静，用手摸摸小狍子的头："姐姐，你看看，它是狍子，不咬人。"

乘务员已经跑到车尾，蹲在过道中间发抖，她对浑身长短毛的动物过敏。

"你别摸它，越摸我越受不了，快把手拿开……"乘务员目光躲闪，说话带着哭腔。

乌日赶紧把手从古然身上拿开。古然也是这样想的：别摸我，快把手拿开。

小客车停靠在站点，外面有人要上车，使劲敲打车门。乘务员还在发抖，不敢过来开门。

乌日站起来，托布也站起来，两人做了同样的决定，看着对方说出一句话："咱们下去吧！"

托布拉开车门先跳下去，然后扯下古然。乌日也跟着跳下去。托布把古然交给乌日，转身朝车里招手，有人把桦皮船顺着车窗推了出来。

托布和船，乌日和古然，又回到大地上。

小客车走了，乘务员从车窗探出头，使劲儿挥手。乌日明白，那不是道别，而是道谢。

小客车拐了个弯钻进森林，身后剩下老头儿和船、小孩儿和狍子。乌日跟这只小兽不熟，跟森林也不熟。乌日望着空旷的四周，突然想不明白自己怎么来到了这里。

三

托布很能干，肩膀扛船，手牵狍子，还走在前面。乌日不服气，朝前猛冲超过了托布。乌日一身轻松，扭头望着身后的托布，一点儿没觉得光荣。这场比赛不公平，小孩儿欺负老头儿了。

托布看向乌日："牵狍子、扛船，你总得做一件事。我岁数大了。"

"我扛船，我怕古然咬我。"乌日扛起桦皮船，美滋滋地走在前面。

乌日喜欢这条船，可它属于托布，不是他的；乌日更喜欢古然，但古然属于森林，也不是他的。这片森林里没有乌日的东西，乌日身无分文、一无所有。

"一会儿还会有小客车经过，咱们搭车回去。今天我必须看见阿哈，阿哈比我还老呢，活得太费劲了。"托布用力拖着古然。古然走得很慢，跟不上他的速度。托布索性把小狍子抱起来，几步就赶上了乌日。

一阵风从林子里冲出来，呼地掀翻桦皮船，桦皮船顺势推倒乌日。乌日一屁股坐在地上，不想再扛船了。

乌日去牵古然，古然还是戒备着乌日，扯直绳子想脱离乌日的控制。

"它不习惯我，我也不习惯它，在一起太累，把它放了，让它回林子吧！"乌日破罐子破摔，不想再管古然了。

"现在放了它，它活不过一个星期。"托布望着茫茫林海。林海尽头就是塔河，进入塔河，离十八站就不远了。

托布像四处流亡的国王回到国土上，口气大得很。乌日只有听话的分，可是又不甘心。

"假如把我放进森林，我能活几天？"乌日问完就后悔了，缩了缩脖子。乌日只是请教托布，没有具体的打算。托布却有可能怂恿他做这个试验，那就太被动了。

"我像你这么大的时候第一次进山打猎，打死一头熊。换成你就行不通了，时代不同了。"托布说。

"我赶不上从前的你，对吗？"乌日心中涌动着屈辱。这次不怪托布，是乌日自取其辱。

托布笑了，没有否定乌日的说法。

"我想活下来给你看。"乌日心中涌动着愤怒。

"我当年就是这么跟大人说的，结果熊死了，我活了下来。"托布说。

"还是太不安全了……"乌日小声说，心里的愤怒瞬间又被惶恐取代。

托布太鲁莽了。换作乌日，他一定能听到老师和爸妈的叮嘱：太不安全了，太不安全了，太不安全了。是的，太不安全了，古然也这样认为。古然耷拉着脑袋，跷起左前腿不敢着地。乌日摸摸古然的后背，古然先是拱起脊背，马上又舒展开来。古然接受乌日的抚摸，乌日挺激动。

托布说："一会儿遇见啥车就拦啥车，货车也行。今天说啥都要见到阿哈。"

公路的两端，一端连着大杨树镇，一端连着十八站镇，中间隔着一片大森林。一辆电动车停了下来，看了看托布的大宗行李，无奈地开走了。一辆自行车友善地按响车铃，祝托布、乌日和小狍子好运。

没有适合搭乘的车。

乌日很失望，用力扯着古然。眼前走过的人和车让它太紧张。

一辆警车开出几十米后停在路边，车上跳下一个警察。古然又想跑，乌日使劲扯住绳子，绳子绷直了。

"老爷子，狍子是你饲养的吗？"警察摸摸古然，古然抖了一下，无辜地看着警察。

"不是我养的，我跟它刚认识半天。"托布实话实说。

"捕猎、买卖野生狍子都是违法的……老爷子您知道吧？"警察的表情变得严肃起来。

"我们下山务农不少年了，早不打猎了。"托布的表情也很严肃。他摆出这样的表情是在告诉警察，他说的是实话。

"老爷子，我信你的话。我就是想知道这狍子是怎么回事。"警察的表情放松了，变成微笑。

"我救了它的命。"托布说。

"它受伤了，在铁轨上发呆，拦住了火车。"乌日插话，替托布解释。

古然也不挣扎了，等待警察的裁决。

"大人说话小孩儿别插嘴。"警察瞥了乌日一眼，转向托布，"老爷子，我想听你解释。"

乌日被忽略了，这种感觉很不爽。

"一群狍子过铁路，把火车逼停了。小家伙横在铁道上不走，我下车救了它。"托布指了指古然的伤腿。

警察的眼睛亮了："你说的是K38次列车吗？"

托布嘟囔着："反正是沈阳到塔河的。我记不住数字。"

警察如获至宝："好了老爷子，狍子的事过去了。我想问你，你下车救狍子的时候，还有别人下车吗？"

托布指了指乌日："这孩子也下车了。他下车有原因，别罚他。"

警察转头看着乌日："小朋友，叔叔跟你聊聊。"

乌日很不开心："你们大人说话，我就不插嘴了。"

警察凑到乌日跟前："现在大人想跟你说话。"

乌日说："你想说，我还不想说呢。等我想说的时候再说。"

乌日牵着古然向后挪了一步。

警察朝托布讪笑："这小孩儿的脾气挺大……"

托布说："我孙子，随我。你还是跟我打听吧，我知道的事比他多。"

警察清清嗓子，郑重地问："除了你俩，还有一个人下车了。你们看到他了吗？"

乌日突然插话："你打听他干啥？"

警察说："叔叔是警察，想知道他去哪儿了。"

乌日说："他不是坏人，一路上带着我，我还欠他钱呢。"

托布说："他掉进水泡子，是我把他拉上来的，弄得浑身是泥。"

警察看着托布，等托布继续说下去，下面的信息肯定有用。托布却不说了。

警察看着乌日："他去哪里了？"

乌日说："他不是坏人。"

警察说："我们不会冤枉好人，找他先核实核实情况。"

乌日不想再说什么了。乌日认为，就算阿哈做错过什么，也应该得到谅解。一个人做了错事，只要他后悔了就应该得到宽恕。

托布说："还是咱俩聊吧，不用小孩儿插嘴。"

警察把头转向托布，说："我在大杨树找了小半天，没发现他的行踪。他不在大杨树，还能在哪呢？"

托布却说："先别问我，大爷还想问问你，前两天的暴雨有多大？这地方的河闹得凶不凶？"

警察说："小河变大河，大河变大江，特别凶。河边的牲口棚都被冲垮了，猪马牛羊到处跑，把大伙愁坏了。我们森林公安都改行了，以前抓坏人，现在抓牲口。"

托布叹了口气："我徒弟说得不夸张，我的牲口棚也垮了，我的红9跑丢了……"

警察说："你也别着急，牲口们水性好，慢慢能找回来。"

托布说："问题是阿哈还病了……你说愁人不愁人！"

警察说："你告诉我那家伙的行踪，完了快点赶路吧。"

托布说："我没啥跟你说的。大爷送你一点儿经验，当年我们在山上打鹿，得老老实实在一个地方蹲着，不能满山跑……"

警察点点头："我参加工作才一年，经验确实不足……"

警察早上临时接到任务，要他在大杨树镇周边蹲守，等待目标出现。结果他浮躁了，不知不觉出了镇子。他刚离开镇子，目标就进了大杨树。

托布说："你就记着，再野的马晚上也要回家。他在外面游荡的时间太长了，容易跑偏，你给他指条明路吧。"

警察若有所思，说："谢了，老爷子！我一定会把他带到他该去的地方。"

警察上车，掉头朝大杨树开去。不过很快又倒回来，伸出头说："这只狍子拖累你，我把它带走，交给林业站吧。"

"我不放心，怕它受欺负。"托布摸了摸古然，犹豫不决。乌日也舍不得放它走，这只小兽已经接受他了。

"你连林业站都不放心，还能放心谁呢？"警察看着托布。

"它的腿伤还没好……"乌日和古然已经难舍难分了。

"它跟着你俩赶路，腿伤能好吗？"警察这次说到了点子上。

乌日和托布都没话说了，警察二话不说把古然抱上车。

"你能保证让它回到森林吗？它不喜欢笼子。"乌日说这话就意味着他让步了。

"这要看林业站的意思。他们知道分寸。"警察把头从车里伸出来，说完就缩回去了。他在小狍子身上耽搁太久了，不能再耽搁了。

"赶紧走吧。你还有别的正事。"托布提醒警察。

警察驱车走了。

乌日的手里空了，心里也空了。

"他能找到阿哈吗？"乌日远远看去，那辆警车停下了，把出镇子的路堵死了。

托布加快脚步："那个阿哈不用我操心……我的阿哈病了，红9丢了……最近太倒霉了。"

四

托布的如意算盘是这样的：坐上小客车，一个小时就能到塔河；如果没有小客车，也可以搭别的车去塔河。可半个小时过去了，路上只经过两辆自行车，两个中学生骑着车像风一样朝森林飞奔。乌日朝他们招手，他们根本没搭理乌日。

托布的愿望落空了。

托布下了公路，背靠一棵白桦树，盯着大杨树的方向。只要有车子开出来，就逃不出他的眼睛。

托布朝乌日招招手："别费劲儿了，他们不能送我们去塔河。我还是给你讲讲阿哈和红9的故事吧。"

"先听阿哈的故事。"乌日说。

乌日眼前闪过一个人慌慌张张的样子，他是火车上的李阿哈，不是托布的老友。乌日嘿嘿笑了。

"从前在山上过日子，人活得自在，整个人交给老林子，连命也交给老林子，老林子想拿走就拿走。"托布说。

"快讲吧。"乌日认为这个开头太啰唆。

"我有个大哥，他是一个很厉害的莫日根。记住了，莫日根是好猎人的意思。"

"我记住了，莫日根、莫日根，猎人、好猎人。我想听阿哈的故事。"

"我先讲讲大哥是怎么死的……"托布望着天边的老林子，老林子随山势起伏，像一个曲折的故事。

"那年冬天，公社通知猎民组揭发外国特务，猎民之间立马互相防备起来。几天前，我大哥跑到漠河打伤一头鹿，他一气追到中苏的界河黑龙江边上。黑龙江冻成一条冰河，受了伤的鹿越过冰河倒在了对岸。我大哥急得直跺脚，只能眼睁睁看着。大哥追鹿追到中苏界河，最后连根鹿毛都没抓到，这事被全公社当成一个笑话。后来通知要揭发外国特务，猎民们就都用奇怪的眼神盯着大哥，过两天大哥的猎枪就被没收了。不能打猎了，大哥闷啊，就用柳条做了一张弓，用枫树枝削了十支箭，乘着雪爬犁又进山打猎去了。大哥的箭法也很准，一箭就能撂倒一只狼。大哥扛着狼回到雪爬犁旁边，刚把弓和箭放下就有麻烦了。跟着他的那匹马太敏感，被死狼惊着了，拉起雪爬犁就跑。大哥追了一气儿根本追不上。马把雪爬犁拉跑也就罢了，还把弓和箭也拉跑了。大哥没招儿了，只好扛着死狼朝林子外面走。走了一会儿，狼群把大哥围住了……"

乌日全身缩成一团，感觉四周都是狼的眼睛。如果古然在场，乌日一定会紧紧抱住它，绝对不嫌弃它满身是毛。

托布叹了口气，说："大哥就这么死了。他打死一只狼，最后又把命偿还给狼。死就这么简单。"

乌日盯着托布，不知道该怎么安慰托布，出神片刻才说："这是猎人和狼，还有马的故事。阿哈在哪里呢？"

托布说："那时候阿哈还没出生呢。大哥要是带狗打猎，兴许能活着回来。"

乌日说："爷爷，把难过的事情忘了吧……讲讲阿哈的故事吧。"

托布说："我比大哥幸运，关键时刻阿哈救了我的命。"

乌日站起来，看着托布。这肯定是一个精彩的故事。

"有一年，我沿着呼玛河打野猪，把桦皮船拖上岸，盯着蹄印，顶着山风追那个疯子。阿哈那时候还年轻，始终跑在前面。追着追着，阿哈嗷嗷叫唤起来。它发现了目标。我定睛一看，灌木丛里面有个黑乎乎的屁股。我举枪就打，它晃了晃屁股，倒了。"

"我有个神枪手爷爷。"乌日不是恭维托布，是客观地赞美。

"这是小意思，不算什么。阿哈继续嗷嗷叫着，我紧随其后去收猎物。走近一看，一头肥壮的野猪倒在稠李子树下，没气了。我收起枪准备拖走它。谁料这家伙跟我装死，猛地站起来朝我扑来。我离野猪太近，枪管又太长，根本瞄不到它。我心里咯噔一下，想着完了完了。"

"手里有枪也不安全啊！"

"就在我愣神的工夫，阿哈嗷地冲上去，野猪只好放下我跟阿哈撕咬起来。我借机举枪结果了这个疯子。"托布一边讲一边举起胳膊，示范开枪的动作，"啪！"

"阿哈是你的救命恩人……阿哈……是狗。"乌日现在才明白——托布朝思暮想的阿哈是一条狗。

"阿哈被野猪咬断左前腿,脸上都是血。事后那条腿被接上了,就是短了一截,走起路来有点儿瘸。一般人看不出来,就我能看出来。"托布笑嘻嘻地说。

"阿哈是条狗,瘸狗。"乌日感到有些遗憾。

"不许给阿哈取外号。"托布严肃地瞪着乌日,"再说一遍,我的狗叫啥名?"

"阿哈。我没打算给它取外号。"给一条勇敢的狗取外号不对,乌日马上纠正。

"阿哈第一次救我,落下残疾;第二次救我,差点儿丢了性命。"托布一挺身子,站起来,"别指望搭车了,一步一步走吧。赶路啦!"

乌日和托布抬着桦皮船走进老林子。太阳落山,西侧的夕晖穿透林子,桦树林白里透红,很是鲜艳。红灿灿的光芒和密集的鸟鸣填满了空寂的森林,乌日内心涌动着欣喜。

"阿哈的故事没完呢,继续讲啊!"乌日又跟托布提要求了。

阿哈的故事扫去了乌日心中的惶惑,让乌日心里变得踏踏实实的。

"早些年,猎枪是咱山里人吃饭的家什,我睡觉都搂着呢。可是有一年打黑瞎子,它可把我坑苦了。"托布这样说着,脸上露出一丝又爱又恨的神情。

乌日明白,那是一种迷恋。

"听着呢……继续。"乌日不想打断托布。乌日就喜欢听托布的历险故事。

"我把猎枪横在双腿上,用单桨划船,让船贴着岸边走。一道黑影正在过河,一看就是黑瞎子。阿哈按捺不住了,还没等船靠过去就嗷嗷追上去。"

"阿哈的脾气太大,这跟城里的宠物狗不一样啊。"乌日说。

"宠物狗陪主人解闷儿还行，别的事指望不上……阿哈冲上去就没影了，我怕它吃亏，赶紧上岸端着枪跟上去。跑进林子一看，阿哈正围着一棵山核桃树叫唤。我抬头一看，黑瞎子在树上呢。它见我来了，探出头看一眼再缩回去，刚缩回去又探出来看。这几个动作把阿哈气坏了，它把一对前爪搭在树干上，恨不得爬到树上把这家伙拽下来。"

"狗会爬树吗？"

"不会。要是会爬树还用急成那样吗？我举起枪就朝黑瞎子打了一发子弹，没打中，打树皮上了。神枪手也有失手的时候，乌日你别那样看着我。黑瞎子一看我开枪了，忽地从树上下来，把下面的灌木都压塌了。阿哈吓了一跳，闪到一旁。我又扣动扳机，结果猎枪卡壳了。黑瞎子扑嗒扑嗒朝我跑过来，转眼就要到跟前了。阿哈急忙冲过来，把黑瞎子拦在中间。我趁机拿起猎枪朝身边的杨树上撞一下，把子弹壳退出来。这时候，黑瞎子正在追杀阿哈，把阿哈撵得滴溜溜转。我又瞄准黑瞎子开枪，又没打响。你说倒霉不倒霉？所幸黑瞎子只盯着阿哈，绕着山核桃树一圈又一圈地转。我赶紧再换上一颗子弹。这回猎枪打响了，它扑通一声倒下去，把阿哈压在身下。我冲过去，把黑瞎子扯下去，阿哈不动了。我仔细一看，这家伙眼睛能动，还活着呢！"托布讲得眉飞色舞。

"阿哈又受伤了。"乌日很担心。

"这回伤得太重，足足治疗了半个月才恢复。"托布说，"那次受伤之后，它不爱叫唤也不爱蹦跳了，伤元气了。我真是没想到它能活十几年，二十几年，一直活到现在。"

"我同学说狗活一年，相当于人活好几年。它活了二十多年，就是一百多岁。阿哈比你还老呢。"乌日说。

"我把阿哈当亲兄弟。我的亲兄弟病倒了……"托布说。

"要这么论，我应该管它叫爷爷。它病得重不重？"乌日也开始惦念阿哈了。

"这么老的狗沾上病就不会轻啊。我那个徒弟太粗心，照顾不好它。"托布望着公路的尽头，期待有奇迹发生。托布就不信了，这么长的公路怎么就不过大车呢？

"我要是有阿哈这样的伴儿就好了……我有一只电动狗，早就生锈了。"乌日羡慕托布，他是个猎人，也是个成功人士。

托布大喊一声："红9来了！"

一辆红色面包车在夕晖中闪现。

五

乌日弄清楚了，托布没有几个朋友。在沈阳只有乌日一个朋友，在十八站也只有两个，一个是阿哈，一个是"红酒"。粗手粗脚的徒弟，托布信不过。阿哈不是人，是一条老狗；红酒的"酒"也不是"酒"，而是"9"。

红9是一匹老马。养马的人家怕马混在一起分不清，就在自家的马身上烫数字。有人烫1，有人烫2，托布直接烫9。早些年托布有十二匹马，有枣红9、黑炭9、白银9、花背9、黄膘9……最后只有枣红9不急不缓地活着，托布管它叫红9。

托布说，红9年轻的时候奔跑的速度飞快，比这辆红色面包车还快。面包车的主人叫胖刘，自然对托布的说法不屑一顾。他承认枣红马跑起来好看，但是速度肯定不行，不可能比他的红色面包车还快。

胖刘说："不服把红9牵出来遛遛。"

这简直是抬杠。

托布叹口气，说："发洪水那天红9跑丢了，没法参加比赛。"

胖刘得意地笑了："拿你的白船跟我的车比赛也行，看是车快还是船快。"

托布把头探过去："我先问你，你的车能下呼玛河不？"

胖刘说："在公路上比。"

托布说："船没轮子，怎么上公路？"

胖刘说："你想想吧，老爷子，你的马上了公路，蹄子受不了。你的船没轮子，也上不了公路。咱俩二比零，你输了。"

托布说："在草甸子上，你的车赢不了我的马。在河里，你的车直接沉底跑不过我的船。二比二平局。"

两个人话不投机，不再说话。乌日没插话，却不得不承认马和船比不上人家的汽车，托布肯定是输了。想到这里，乌日心里不大好受。

胖刘开始打电话："满江，你刚才咋不接我电话？你混蛋不混蛋？还坑我！"

对方哇啦哇啦应付着，不爱搭理他。

胖刘越说越气愤："你给我的货是哪年的？你最好亲手给我炖炖，看看这玩意儿能不能炖烂！"

乌日提醒胖刘："开车不能打电话。"

托布拍拍乌日，示意乌日别说话，让胖刘说下去。其实，托布上车就闻到了熟悉的味道，像狗窝才有的味道。

胖刘把车停在路边，继续跟对方怒吼。

胖刘说："我没啥想法，退货！这么老，炖汤都费火，不合算！"

对方嘟嘟囔囔，不愿意退货，只能退回一半的钱。胖刘不同意。

"我从大杨树出来半天了，正往塔河走。我就是要退货，没别的辙！行了不说了，我手机要没电了。"

对方答应下来，说在塔河等胖刘。

胖刘挂了电话吹起口哨儿。天色暗淡，把塔河推向遥远的天边。面包车穿越森林，追赶逃往天边的塔河。

"胖刘，遇见啥窝火事了？"托布把头凑过去。

胖刘扭头看了托布一眼，说："开车不能打电话，也不能说话。"

胖刘说完目视前方，专心开车。

"你被人骗了，是不？你不用回头说话，我能听见。"托布想探听更多信息。

"满江这个混球不讲究，敢玩我！你们这地方没好人！"胖刘狠狠踩油门，面包车气呼呼地朝塔河狂奔。

"你这么说话就不对了。坑害你的人是满江，你把全塔河的人都捎上可不行。"托布严肃地说。

"托布也是塔河人，他就不是坏人。我也算塔河人，也不坏。你这是以偏概全。"乌日补充道。

"我就是一个开狗肉馆的，没啥文化，说话没那么多讲究。"胖刘说完不吭声了。倔老头儿和小孩儿盯上他了，他一个人辩论不过两个人。

"狗肉馆"三个字狠狠地砸在托布胸口。托布的心脏扑腾几下，想跳出来夺路而逃。这些年，遇见狗肉馆托布都绕着走。托布管不了那些勒狗的、卖狗的、吃狗的，他能管住的只有他本人——不勒狗、不卖狗、不吃狗，不跟那些人交朋友，可现在托布却坐在狗肉馆老板的车上。换作平时，托布保准立马下车，绝不犹豫。可是阿哈病了，今晚无论如何他也要赶回十八站，不搭车怎么行呢？

"托布，你座位上长刺儿了吗？"乌日发现托布坐立不安，很不自在。

"到处都是刺儿。"托布的表情凝固，冷冷地说出几个字，一点都不像开玩笑。

"我的车确实有点破。下个月我就买新车，越野车，一般的小山包都能爬上去，进山收狗就方便了。"胖刘很是得意，仿佛马上就要抵达人生的高光时刻了。

跟满江谈妥之后，胖刘的心情好转了。他从满江手里收到一条老狗，本来非常愤怒，可是满江答应退货了。满江手里的狗大都来历不明，胖刘说不清楚，也不想弄清楚，只要自己不吃亏就行。

"胖刘，你心眼好使，让我爷俩搭车。不然到后半夜，我们也走不到塔河，更别提去十八站了。"托布真心感谢胖刘，也想继续套胖刘的话。

"我人不坏，大家伙儿都这么说。"胖刘说。

"刚才听说你是开狗肉馆的，我就不愿意跟你唠嗑了，不为别的。"托布说。

"那是为啥呢，老爷子？"胖刘很想聊下去，他喜欢跟这个古怪的老头儿聊天。

"你卖狗肉，我心里不好受，跟你没啥说的。"托布哼了一声，以示愤慨。

"我又不是杀狗的，你要恨就去恨满江，那小子为了赚钱啥事都干。"胖刘的面包车加快了速度。

"没有买卖，就没有伤害。"乌日想起了这句广告词。

发动机脾气暴躁，像疯子一样驱赶着面包车。面包车跑得再快都没用，塔河好像越来越远了，去了宇宙尽头。车内安静下来。

桦皮船横扣在两排座位上，船头顶着胖刘的座椅。托布挨着过道坐，搂着宝贝桦皮船。乌日斜靠在座椅上，身子蜷缩在桦皮船下面，像正在躲避风雨的流浪儿。这次旅行太刺激了。乌日刚才借胖刘的电话跟爸妈联系。爸爸起初有些愤怒，最后放过了乌日，还祝他和爷爷旅途愉快。儿子有了确切消息，妈妈却说不出话，一直哭。乌日无话可说，最后只说了句"妈，我挺好的"就挂断了电话，向后靠着装睡。乌日瞬间理解爸爸了，妈妈哭起来确实让人手足无措。

面包车最后一排的座位上堆放着衣物和工具箱。满江卖给胖刘的狗应该装在袋子里或箱子里。托布上下左右寻遍，也没找到。那么它应该在车尾狭小的后备厢里，那里却一点儿动静都没有。托布确定这条狗已经被处理过了。托布的胸口又传来一阵剧痛。

托布打破沉默："胖刘，把电话借大爷用用，我给徒弟打个电话……"

胖刘嘿嘿一笑，说："我一个卖狗肉的，找我干啥？你跟别人借。"

托布说："你小子别小心眼儿。大爷心宽，给你机会做一回好人。"

胖刘掏出手机递给托布："大爷，您少说几句，快没电了。"

托布接过电话，拨通徒弟的电话，问："阿哈咋样了？我在回塔河的路上，前半夜能到十八站。"

徒弟接到托布的电话，声音低沉："师傅，反正你快到家了，当面说吧。"

托布问："阿哈出啥事了？"

徒弟还想再说，电话没电，断了。

面包车在黑森林中行驶，把托布带上阴冷的绝路。

"胖刘，你快点开。这段路咋这么长！"托布催促胖刘。这辆破车绝对没有红9的速度快。

"大爷，你性子咋比我还急呢！听电话里的意思是你有个兄弟出事了？叫阿哈？"胖刘把油门踩到底，让面包车的速度达到极限。

"它叫阿哈，跟了我二十多年，亲兄弟……"托布说不下去了。

乌日醒了："爷爷，你怎么了？阿哈怎么了？"

托布还是说不出话。

胖刘说："大爷重感情……"

乌日说："阿哈救过爷爷的命，要不是阿哈，爷爷就被黑瞎子害了。"

胖刘说："这么说阿哈是大爷的救命恩人啊！"

乌日纠正："阿哈不是人，是狗。"

胖刘叹了口气，说："怪不得大爷看我不顺眼，你跟狗之间是过命的交情。理解了，理解了。"

面包车终于冲出森林，朝着灯火闪耀的方向狂奔，在黑夜中绽放光芒的小城就是塔河。

托布战战兢兢地问："胖刘，你收来的狗什么色？"

胖刘说："听说这批狗是从漠河收来的。放心吧，老爷子，你的狗在十八站呢。"

托布扭头看看后备厢，悬置的心变得安稳许多。托布想好了，到了塔河就赶往十八站，一分钟都不耽搁。

六

面包车一头扎进塔河，走在城市的街道上。乌日从桦皮船下面伸出脑袋，看着窗外的灯光。这灯光跟沈阳的差不多，看起来很熟悉。

胖刘变得兴奋起来："大爷，你准备在哪下车？"

"十八站……"托布心神不宁，答非所问。

胖刘说："这么办吧，大爷，我退完货送你回十八站，完了我再回大杨树。"

托布点点头："我遇见好人了。"

胖刘说："我一个开狗肉馆的，不是好人。"

托布说："你就这事不讲究，别的方面挺好。"

满江的小仓库躲躲藏藏，果然不在临街的位置。面包车拐进一条僻静的巷子，减慢了速度。几家烧烤店闪出来，烟熏火燎散发着香味儿。

"托布，我饿了。"乌日说。

托布说："你忍一会儿，到十八站再吃饭。"

面包车停在"太熟悉烧烤店"旁边，胖刘朝烧烤摊走去。一个肚子很大的家伙站起来看着胖刘，在这家伙面前胖刘就不算胖了。

"满江啊满江，生意不错啊，小酒喝得挺滋润。"胖刘说话和气，没有要打架的意思。

"胖刘我跟你说，我要是总遇见你这样的，就得喝西北风了，还喝啥小酒啊！你说吧，这狗能有啥毛病？"

"有啥毛病你自个儿不清楚吗？我不说了，赶紧退钱，我还有事。"胖刘给满江留足了脸面，不让他在酒友面前丢人。

"行，给你退钱。你先把货退给我，我再给你退钱。"

"货是你装上去的，你自个儿卸，这叫责任自负。"

"胖刘你行，我发现你这两年越来越矫情，不好处了。"满江从后备厢里扯出一个塑料袋，拖进烧烤店旁边的小仓库。

乌日肚子饿，从车窗里面盯着烧烤炉。托布却牢牢盯着满江手里的塑料袋。塑料袋的口子开了——从里面露出一条黑尾巴。

托布双眼冒火，跟乌日说："咱不走了，快把船卸下来。"

乌日内心无比欢喜，他太想吃烤串了。

托布下车扯住船头，乌日在车里抱起船身，俩人把船从车门顺了出来。胖刘拿着钱钻进驾驶室，托布和乌日已经站在外面了。

胖刘伸出头问托布："大爷，不回十八站吗？我送你。"

托布脸色铁青，一个字一个字地告诉胖刘："我有大事要办，不回了。你走吧，这事与你无关。"

乌日也糊涂了，问："啥大事？"

胖刘没再追问托布，掉转车头走了。

托布在一张小木桌旁边坐下，伸手招呼满江。

乌日也乖乖坐在旁边。

满江摇摇晃晃地过来了："大爷，你点啥？"

乌日说："羊肉串！"

托布问："胖刘退回来的狗，你从哪收来的？是不是十八站？"

满江歪着头说："老爷子，那条狗太大，你爷俩吃不了。"

托布说："你不想告诉我是不？你过来，咱爷俩喝点。"

满江很是欢喜，从邻座拽来一把凳子坐在托布旁边："大爷，你说咋喝？你要是把我喝高兴了啥都好办。我一冲动兴许把那条老狗白送给你。"

托布说："我戒酒好几年了，今天为狗破个戒。我俩连喝十杯……这样不公平，你事先喝酒了，我十五杯，你十杯。公平不？"

满江的眼睛放光："我平时运气不好，喝酒遇不着对手，今天转运了。老爷子，你要是赢了狗归你，我分文不要，酒菜钱我也买单。"

托布说："不管狗是不是十八站的，我都要定了。"

满江眨着眼睛："你要是输了咋整？"

托布指着桦皮船："我输了，它就是你的！"

满江不屑："这玩意儿现在也不值钱啊！算了，成交！给我儿子当玩具。哈哈！"

乌日张大嘴巴望着托布，使命感油然而生："托布，你要是喝醉了我管你。"

托布拍拍乌日的脑袋："你看好咱们的船就行，别让大风刮跑了。"

乌日赶紧把桦皮船扯过来，放在桌子下面。

邻座的酒客们嘀嘀咕咕，有人赌托布赢，有人赌满江赢。服务员像风一样把羊肉串和扎啤端上来，酒客们不吭声了，冷冷地看着托布和满江。烧烤摊瞬间安静下来。

满江拍拍肚子："我这肚子就没填满过，人称'无底洞'。前几天呼玛河的洪水咋退的？我喝干的！"

乌日看看豪迈的满江，再看看年迈的托布，很是担心。托布这岁数不该发起挑战，这是自讨苦吃啊。

"爷爷，喝酒有害健康。老师都说了，喝酒伤胃、伤肝，还伤心。"乌日小声劝托布。

"为一件大事喝点儿，受伤也值！"

"我不会喝酒，帮不上你。"

"喝酒是大人的事，你看好船就行了。"

托布吃了一串羊肉串，给胃里垫了底，然后咕咚咕咚喝光第一杯。满江咧嘴笑笑，分秒间便喝光自己的第一杯。现场寂静无声，没人鼓掌，也没人叫好，只等着下面的好戏。乌日也没闲着，同步吃下第一串羊肉串，算是给托布助威了。

满江率先喝下第六杯，打了一个嗝，刚咽下去的酒水差点涌上来。满江使劲压下去，有人给他叫好。

满江嘿嘿笑了，说："低调，等最后胜利时，你们再使劲叫唤。现在叫唤没啥用，别把我呛了。"

托布顺利吞下第六杯，看上去很平静。有人给托布叫好。

第八杯下去，托布咳嗽了几声，额头冒出汗来。服务员过来劝了两句："大爷，现在认输还不晚，没必要伤身体。"

托布不吭声，歪头看着夜空。探照灯的光扫过来扫过去，很是烦人。

满江举起第十杯，朝着邻座致意："为振兴东北……兄弟我决定拿下此杯！"

满江仰头喝干，镇定地坐下，现场响起掌声。掌声落下，大家都伸长脖子看着托布，托布也镇定地喝完第十杯。

满江吆喝了一声，说："继续上酒，老爷子还差五杯。喝完五杯，那条狗就归他！"

托布连续喝光两杯，又是一阵掌声。灯光把夜空烧得乱七八糟，已经不成样子了。

满江咧嘴笑笑，朝托布竖起拇指，脑袋却突然像块石头一样砸在桌子上，身体完全瘫软，抵在桌腿上。

"妈，我想回家。"满江口齿清楚，只是不肯睁开眼睛。

托布不动声色，把头转向乌日，拿起一串羊肉串稳稳当当地衔住两块肉，扯到嘴里用力嚼着。

邻座的一个酒客摇摇晃晃地坐过来，推心置腹地劝托布："老爷子别喝了，满江想回家找妈就是喝多了。他妈死了三十多年，他爸一辈子赌钱，他在二姨家长大，跟二姨夫学的勒狗，喝酒也是二姨夫教的。"

托布说："我喝足十五杯才算赢。上酒！"

乌日也来了气势："上羊肉串！我要吃掉十五串羊肉串！"

乌日的豪迈引来一阵笑声，跟托布的待遇不太一样。

服务员又端上三杯扎啤，托布依次喝干。邻座的几个人齐刷刷地站起来鼓掌，宣布托布获胜。刚才那个酒客摇摇晃晃去了小仓库，笨拙地扯出那个袋子，回头朝托布笑笑。

托布站起来跟乌日说了一句："把袋子装船上，咱俩走。"

乌日噌地站起来，跑过去。几个人七手八脚地把袋子抬到桦皮船上。服务员从冰柜里掏出冰块，用塑料袋包好塞进袋子。托布在前，乌日在后，他俩抬着桦皮船朝巷子口走去。

满江突然抬起头说了一句："妈，儿子跟你实话实说，这狗是从十八站偷的，它比你都老，走到半路就没气了……"满江算是酒后吐真言了。

桦皮船突然晃得非常厉害，乌日掌控不了了。

"托布，船晃得太厉害，不会掉下来吧？"乌日赶紧提醒托布。

"乌日你别瞎说，我撑船的技术在呼玛河数一数二，没人比我稳当。"托布说着，船却摇晃得更厉害了，"今天例外……"

把桦皮船摇晃着抬到巷口，托布不走了，放下桦皮船，坐在旁边流眼泪。

乌日跟着放下船尾，不声不响地返回烧烤摊，把半杯扎啤浇在了满江头上。满江呼呼睡着，毫无知觉。周围安静下来，邻座的几个家伙都直勾勾地盯着乌日。

乌日回头说了一句："他是偷狗贼，我让他清醒清醒。"

邻座的人也跟着一起附和："说得太对了！满江是混蛋，我们都知道……"

乌日走回巷口，轻手轻脚地挨着托布坐下。托布尽量平静下来，呆呆地看着夜空。县城上空的星星都隐退了，连月亮都躲得远远的。探照灯的光束缓慢地扫过来扫过去，在找什么呢？

托布突然说："在城里什么都看不清，回十八站！"

托布抓住船头，乌日抬起船尾。两个人朝城外的方向走去。

"要是有一条河就好了，桦皮船真不适合走公路。"乌日说了一句废话，却道出了俩人前进速度缓慢的原因。

"跟我走，一会儿你就明白了。"托布肯定比乌日老辣，他当然要给桦皮船找到合适的道路。

半小时后，俩人出了塔河县城。夜空的星群增加一倍，一颗一颗谨慎地打量着大地，生怕不小心跌落下来。即便这样，还是有几颗滑向大地就此失踪了。托布走上一段矮坡，竟然把桦皮船和乌日拖上长长的大堤。乌日低头一看，惊呆了。两条大堤中间显然收留了无数颗坠落的星星。这些星星还活着，不停地朝幽远的夜空眨着眼睛。它们只有不停地眨眼，才能跟故乡的星星兄弟们保持联络。原来，地上的河水从天上来，是银河遗落在人间的兄弟。

"银河落在地上了……疑是银河落九天。"乌日说着不着边际的话，平时学到的天文知识和唐诗都用上了。

"大堤下面就是呼玛河。我的船回到呼玛河里就是一条鱼，比柳根鱼游得还快。柳根鱼，尼查，这个词还记得不？"托布问。

"想起来了，柳根鱼，尼查。这条河真长……"乌日盯着这条落在大地上的银河。

"顺着河漂下去就能回到十八站，我和阿哈就算到家了。继续漂，能漂到鄂霍次克海。"托布盯着阿哈看，眼神迷离。

"我把船推进河里去吧，这个活交给我。"乌日吃了羊肉串，满身是力气。

"不行，我俩加上阿哈，这船超载。"托布摆摆手，不让乌日轻举妄动。

托布慢条斯理地解开袋子，阿哈憋屈，给它透透气。阿哈闭着双眼，就是平时睡着的样子。托布抱住阿哈的头，克制地流着眼泪。乌日恨不得返回塔河，再往满江头上浇几杯啤酒。托布对满江太客气，乌日不懂这是为什么。

乌日还在嚷嚷，非要下水不可。乌日还没有意识到——河边多了一个乘客，这个乘客就是他。

托布口气平静："今晚不能下河。夜里行船特别危险，先睡觉，天亮再说。"

乌日问："在哪睡？露营吗？我们没带帐篷……"

"顺着河走一二里路有座木屋，我们就在那睡一夜。"托布胸有成竹，抬起桦皮船走在前面。乌日抬起船尾时才发觉两条胳膊又酸又痛，几乎筋疲力尽。

俩人走走停停，在河堤上蠕动，不时惊飞灌木丛中的栖鸟。起初，乌日吓得浑身颤抖，经历几次以后也就习惯了。他问托布飞起来的是啥鸟。托布给出好几个答案，不是野鸡，就是串鸡，还有可能是麻鸭。

"早些年我撑着桦皮船过河，这船轻快，走起来没动静，我能摸到岸边的鸟巢，能看见大鸟给小鸟喂虫子。"托布跟所有老头儿一样善于回忆，讲起从前的事情总带着七分得意，又夹杂着三分惆怅。

河堤上果然蹲着一座木屋。

托布敲门，没人答应，便直接推门进去。

托布霸道地宣布："这木屋归咱们了。"

乌日站在门口不进去，他不好意思"私闯民宅"。托布像个主人，很快就在木桌上找到打火机，擦亮打火机后又找到一支蜡烛。这支蜡烛把整座小木屋照亮了。乌日眨眨眼，渐渐适应了室内的光线。

木屋内摆设极其简单，只有一张木桌配着两把木椅，木桌破旧、木椅歪斜。靠墙放着一张木板床，墙上挂着一顶草帽儿。屋角堆着一些工具。

"主人去哪了？"乌日问。

"木屋是水利站找人修建的，从前巡查水情的人临时在这里过夜。在呼玛河两岸打猎的人也来这里歇脚。早些年木屋还挺新，我驾船打鹿在这里住过好几回。有一回在这里睡过了头，早上阿哈使劲儿扯我的裤脚，就差把我从床上扯下去了。我睁开眼睛，耳朵也有知觉了，就听见屋外有咕咚咕咚声。我爬起来朝窗外一看，一只梅花鹿正在河边喝水，我举起枪就想搂扳机。仔细再看，这只鹿旁边站着一只小鹿，我赶紧把枪放下了。讲究的莫日根不打母鹿，切记!"

"我没有这个机会了。"乌日对森林里的生活非常憧憬，却没有信心，真不知该从何处下手。

乌日趴在木板床上，胳膊和腿已经不属于他了。人的力气一旦用尽，身体就是一具躯壳了。托布一边说着从前的事情，一边把桦皮船拖进屋里，船头正好顶住木门。

托布吹灭蜡烛，坐在桦皮船前打量阿哈。

"你这是头一次在我的船里睡觉呢。我在河里撑船，你在大堤上跑；我骑红9追猎物，你绕到前面包抄。真是天衣无缝。"疲惫也挡不住一个老头儿的回忆。

乌日嘟囔着："你有两个伙伴，我一个都没有……"

托布说："马丢了，阿哈睡了，我什么都没有了。"

乌日又嘟囔了一句："我也要睡了。"

乌日说最后两个字时就带着鼾声了，说着话就睡着了。

托布把头搭在船头，挨着阿哈也睡了。

天上继续掉落星星，落进森林中的某个地方。能落进呼玛河的才是最幸运的星星，它们能在银河里面洗个澡。

安徽少年儿童出版社2022年3月出版

荣获中宣部第十六届精神文明建设"五个一工程"图书奖

中短篇小说

采冰的日子

李 铭

在北方的冬天，容易滋生一些美丽的故事。每年在大雪纷飞的季节，我们就一起出发，去冰天雪地里尽情地释放自己。你若在南方，那就等着我发一个快递——快递的包裹里是一朵朵缤纷的北方雪花，鲜活而质朴，宛如友谊和真诚。

——题记

一河冰，像厚厚的棉被铺陈在北方的河床里。一轮耀眼的太阳把金灿灿的光芒扬手一丢，阳光就弥漫了山川大地。阳光劈头盖脸地泼洒下来，那些白亮亮的河冰就如水晶一样玲珑剔透了。

采冰工们在窝棚里刚吃完午饭。

"短不了你的！"老棒把卷好的一根旱烟夹到耳朵边上，朝着窝棚外面的小棒和小棒妈说。

小棒妈指着老棒数落："小棒，你看看你爸，这么多年还是这样。说一套做一套！"

小棒抬头看不远处的河床，隐隐约约看不清楚。现在是冬天，河岸很萧索。小棒对大人的事情不感兴趣。她马上就上小学六年级了，需要一个学习机。本来妈妈说等爸爸打过来这半年的抚养费就买，结果卡上一直没来钱。

"你们先回，过几天老板给开钱，我就打过去。真短不了你们的。"老棒穿棉衣服，戴棉帽子，从窝棚的墙上摘下采冰的工具袋。

老棒这是要上工。

"等会儿！你就说现在给不给吧？"小棒妈冲过去，拦住老棒的去路。其他的工友都停下来回头瞧热闹。

老棒一瞪眼，吼一句："滚！"

工友们小声议论着奔向那结冻的河床。他们像一群黑色的蚂蚁，在雪地里艰难地挪动着。

"好，你不给是吧？小棒，他是你亲爸，你就住这，他啥时候给你钱，你啥时候回来。"小棒妈愤愤不平地说着，把一个行李包丢进窝棚。

"妈……"小棒不知所措。

小棒妈狠了心，推一把小棒，小棒趔趄着进了窝棚。小棒妈回头挑衅地看着老棒，老棒无动于衷。小棒妈转身头也不回地朝着公路的方向大步走去。小棒知道公路上继父开着车在等着妈妈。

老棒没喊，也没追赶。目送着小棒妈的身影变成一个小黑点，那个小黑点钻进了车里，车子冒一股白烟远去了。

老棒回头看小棒。小棒这才看清楚自己的亲爸老棒长什么模样。高高大大，一脸的胡子。眼睛倒是挺有精神，手也看着特别有劲儿。

老棒说："靠里面是爸的行李。"

小棒点头。老棒想说什么，又好像忘了一样止住。老棒朝着远处那些工友的身影追去。很快，老棒也在小棒的视线里变成了小黑点。

起风了，从空旷的远方刮过来。漫过冰雪覆盖的冰河，扑向河边的窝棚。窝棚的门帘子被吹得哗哗响。

天擦黑儿，装完最后一车冰，老棒和工友们收工。老棒掀开窝棚门帘，小棒头也没抬躺在行李上玩手机。

老棒这才想起来，女儿小棒要住在这里等钱。

老棒转身出来，急急地奔公路边上的超市。买了火腿肠和咸菜，一脚门里一脚门外的时候又折回去，从货架上抓了袋装的鸡爪子和猪蹄。算账的时候，老棒拿微信扫，微信里钱不够，老棒就跟售货员解释要微信支付一部分，然后再给一部分现金。

小棒在窝棚里睡着了，手机丢在一边。

老棒想喊醒小棒，怕她现在睡晚上没觉了。小棒睁开眼睛，老棒才仔细看了看女儿。

老棒已经一年多没见到女儿，小棒比以前长得更高了。

小棒说："你得帮我改名。"

老棒收拾地上的锅碗，火炉子压着火呢。老棒拿起炉钩子，从铁炉子下面捅火。火苗摇晃几下腰身，一下子就旺起来。老棒熟练地用火铲添煤，把一只铝锅放水坐在炉子上。

"名不挺好的吗？"老棒嘀咕。

小棒腾地坐起来，"好什么好啊，一个女孩叫小棒？"

老棒忙着做晚饭，回小棒一句："你爷爱喝酒，那时候穷，只能喝散装的。你爷做梦都想喝成棒子的酒。所以叫我老棒，给你起名小棒。"

"就知道喝，我妈是不是叫你这么喝走的？"小棒冷冰冰地问，话语里带着指责和嘲讽。

有工友陆续进来，有的拎着白酒，跟老棒说着话。

"哎哟，老棒，宝贝闺女来看你了？晚上要不要多喝点儿？"

"就是，解解乏。"

"三个饱，一个倒，喝上小酒那才好！"

老棒讪笑着搭话，手脚却没停下来，锅里炖上了酸菜、冻豆腐和粉条。老棒颠颠地跑出去，不远处有个地窝子，里面存着冰，冰里放着五花三层的猪肉。

北方的冬天，外面就是一个天然的大冰箱。

小棒听得懂老棒的话。在北方乡下，棒子就是瓶子的意思。过去日子过得穷，喝上瓶装的白酒，已经是爷爷最高的奢望了。所以在老棒的解释下，小棒这个名字非但不带着土得掉渣的滑稽，里面还蕴含着美好的希望呢。

晚上的饭吃得热火朝天。听说老棒的女儿小棒来采冰队里住，工友们都聚到老棒的窝棚里来。外面太阳下山，风也大了，天气越发冷起来。

窝棚里喝酒划拳的声音很大。小棒一句话没跟这些采冰工友们说，自顾自吃了两碗米饭，喝了一碗酸菜豆腐汤。小棒的冷淡丝毫没有影响大家的情绪，只是小棒对大家抽烟的行为表示反感。

窝棚里烟气缭绕，小棒咳嗽几声，掀开门帘闯出去。外面零下三十度，小棒的身体很快就被寒冷浸透了。

不一会儿，老棒追出来，拉着小棒进窝棚。小棒发现采冰的工人们吃喝得一片狼藉，不过窝棚里的烟气消失得无影无踪。很显然，小棒出去后，窝棚里就开始紧张忙碌起来，工友们七手八脚地掐灭烟头。开窗，开门，把烟气全都驱赶出去。

晚上窝棚里肃静下来，采冰的工友们挤一挤，把这间窝棚腾出来给老棒父女住。

老棒给小棒铺好了被褥，小棒钻进被窝里。

老棒问："那家对你还好吗？"

小棒只是轻轻回答一个"嗯"字。小棒也确实不知道跟这个陌生的爸爸能说什么。

小棒说："给我钱，我买了学习机，我妈就来接我了。"

老棒回答得很痛快："等我一天。"

小棒不说话，手机搁在枕头边上。

老棒拿起来问："要不，你再看会儿电视剧。反正天还早着呢。"

小棒叹息，"没有流量了。"

"哦！"老棒敲窝棚，大声喊："六子，六子……"

小棒知道那个叫六子的人，三十多岁，跟爸爸老棒一样，一脸的胡子拉碴。不过，这个六子的辈分低，得叫小棒姑姑呢。

六子披着棉衣服冲过来，掀开门帘子，"小爷爷，啥事？"

老棒说："你小姑手机没流量了，你给买点儿流量。"

"啊，好。"六子答应着，颠颠地掀开门帘子消失不见了。不一会儿，老棒的手机有响动。老棒拿过手机，六子转过来二百元红包。

老棒说："小棒……啊，闺女，我扫你微信呗……"

小棒和老棒不是微信好友，他们在这之前不知道对方有微信。

小棒迟疑一下，默许。老棒惊喜地扫了小棒的微信，转过来六子发的红包。

小棒就一直在被窝里看电视剧，看着看着困倦袭来了。外面的冷风嗖嗖地舔着窝棚，世界一下子静寂下来。

半夜，老棒起来，给小棒压那件羊皮大衣的时候，小棒迷迷糊糊感觉到了。小棒不吱声，假装睡着了。老棒去给炉子压火，把洗脸盆装满水放到地上。

六子半夜过来，说："小爷爷，你再睡一会儿吧。"

老棒在黑暗里说："睡不着，这窝棚不烧炉子冷得冻脑袋，生炉子又怕煤气中毒。"

六子说："不能。"

老棒说："可不能大意了，去年下洼子那伙采冰的，一个窝棚七八口子，唉，一个都没醒过来……"

沉默一会儿，老棒继续说："你手里还有多少钱？"

六子回答："还有两百，卡上还有四百。"

老棒叹口气，"那也不够啊，你小姑的抚养费，半年没给打了……"

六子说："车到山前必有路。"

老棒说："那行，你也回去睡吧，我明天找大家伙凑凑。"

六子掀门帘出去，小棒实在挺不住困意，迷迷糊糊又进入了梦乡。

一觉醒来，已经是第二天早上。

小棒睁开眼睛，窝棚里没有人。炉子上的铝锅里热着大米粥，边上有鸡爪子、咸菜和火腿肠。

小棒打个呵欠，在脸盆里洗把脸。耳机的一端插在手机插孔，一端塞到自己耳朵里。小棒掀开门帘，阳光的腿脚真快，嗖一下就闪进了窝棚，晃得小棒睁不开眼睛。

远处传来采冰人的劳动号子，隐隐约约。小棒想，闲着也是闲着，过去看看热闹也成。

嗨哟——

西北风啊

——刮黄天哎

冰镩子啊

——溜溜尖哎

脚踩冰河岸啊

——大步迈向前

嗨哟——

小棒听得出神。

冰冻的河面上，一台切割机嗞啦啦地在冰面上拉开一道深口子。老棒和十几个工友一字排开站成一条直线，每人手里拿着一把锋利的冰镩子，和着劳动号子往拉开的深口子上用力扎下去。一下，两下……溅起的冰屑四处飞扬。一个技术成熟的采冰工是不受这些干扰的，他们的冰镩子准确无误地扎到那条线上……

老棒抓一块冰，朝着太阳晃一眼，就能够看出冰的质量好坏。老棒在河上采了三十多年的冰，工友们都叫他"冰耗子"。这条河河水清澈，在零下二十多度冻成的冰，透明度好，是上等的好冰。这样上等的好冰，做出来的冰灯最好看。

采冰工们的动作整齐划一，一会儿工夫就彻底扎透了冰，一长条的冰块轰然间剥离河床，像一条长方形的孤船在河面上荡漾。

老棒看到小棒，招手叫小棒回窝棚里去。小棒不回，反倒凑近了看。

六子喊："危险，走远点儿！"

小棒不听，蹦蹦跳跳到了采冰工中间。

小棒说："你们唱得好玩，我录条视频发网上去。"

老棒见女儿说话了，喜在心里，尽量配合小棒。

老棒朝着工友们喊："大家加把劲儿，今天多破一块冰！"

六子带头答应着，大家纷纷拿起了冰镩子。

嗨哟——

冒烟雪啊

——刮不停哎

采冰人啊

——好心酸哎

吃住冰河岸啊

——一刻不得闲哎

嗨哟——

中午的时候突然起风降温了，天气预报没说有暴风雪。可是，根据老棒的经验，一场暴风雪很快就要来了。

老棒大声指挥着大家抓紧时间破冰。在采冰的程序里，破冰最是关键。破冰就是把剥离河床的长方形大块冰，按照 1.6 米×0.8 米的尺寸切成小块，然后用冰钩子把冰块钩上岸。岸边有卡车在等着运走。

老棒的采冰队三十人，一天能采六千块冰。一块这么大的冰要有两百多斤，辛辛苦苦干一天才能赚两百块钱左右。要是突降暴风雪，那已经切成长方形大块的冰就会重新被雪捂住，晚上再次被冻住。

采冰队的中午饭吃得像行军打仗，来不及回窝棚去，大家伙就各自抓了馒头往嘴里塞，风卷残云般，一大桶的白菜汤顷刻间就见了桶底。

老棒吃饭的时候嘱咐小棒，不远处公路边上超市里有泡面，那里也提供开水。小棒不饿，在窝棚里又待不住，就一直跟着看热闹。上午拍摄的短视频在网上发出去以后，没想到点击率马上有了几千，这叫小棒大喜过望。自己偷着上网发视频，这可是第一次有这么多人看。

寒冷藏在空气里，抓不着，看不见，在你不留神的时候，突然钻出来"咬"住你，鼻子、脸蛋马上就会冻得红肿起来。这冻伤不好痊愈，要是落下病根，等来年春暖花开的时候，冻伤的地方就会抓心抓肝地痒痒。

老棒给小棒捂上厚厚的衣服，小棒像个臃肿的圣诞老人，行动笨拙。

老棒指挥采冰队员抓紧了工作进度，几大块冰顷刻间被切割开来。破冰最难的地方在于剩下最后四块冰的时候，人站在上面不稳。尤其是剩下两块冰时，六子在上面站不住，再加上风大，六子喊："不要了行吗？"

"不行！"老棒在岸边怒吼，"怎么能不要，那是咱的血汗！你上来，我下去。"

老棒说着，拽手里的大粗绳子。绳子的那一头拴着六子。六子蔫蔫地上了岸。老棒敏捷地跳上浮冰，拿起冰镩子开始用力破冰。一下，两下……浮冰在冰冷的河面上左右摇晃着，老棒面无惧色，身体随着摇晃的幅度灵巧地协调。

先下的是雪粒子，噼噼啪啪地打在地上，溅起多高。然后是漫天的棉絮大雪，像是翻车一样从天空倾倒下来……

还剩下最后一块冰了，老棒的头上见了汗。戳一下，冰块漂动一下。河面上的冰块被冰钩子钩走，露出一大块水面来。那浮冰慢悠悠地要浮走。

"乖乖，这河水还在流呢。"老棒说着，"不能叫这狗东西逃走。"

岸上的采冰人在给老棒助威，老棒猛地戳下去，最后一块冰终于破开了。可是一小块浮冰上根本承受不住老棒的身体，老棒扑通一声掉到了冰水里！

岸上的采冰人一片惊呼。

小棒的心一沉，小棒都不知道那是一种什么感觉。小棒大声喊："六子，快救我爸！"

六子和工友们拼命拽大粗绳子，老棒呼的一下从冰水里浮上来，像只水鸭子。老棒透口气，喊："真的太凉快啦！"

岸上的人都哈哈大笑。

大家使劲儿把老棒拖上岸，七手八脚地扒下老棒湿透的衣服。那衣服在大家的手里都冻成了冰坨。

小棒心疼地扑过去，问："冷吗？"

老棒点头："针扎似的凉。"

"不用管我，把冰赶紧钩上来，装车！"老棒朝着大家喊。"小棒……啊，闺女，是爸不好，去年邻村采冰的煤气中毒死了好几口子，有的人家孩子没爹没妈了，看着可怜，我就把钱给他们拿去先用了。所以晚给你打钱了，耽误你买学习机了。我跟老板借了钱，晚上就能给我拿过来，闺女，明天我送你回去……"

小棒的眼泪一下子就流了下来。

"爸，我不要学习机了。"小棒在心里说。

暴风雪来了，河面已经被大雪掩埋得不见了踪影。

老棒背着小棒去车站坐车，小棒趴在老棒的后背上，闻到了爸爸身上温暖的气息。小棒想，等放了寒假，暴风雪也该停了，到时候再跟爸爸一起来采冰。

　　跟爸爸采冰的日子虽然短暂，但是小棒感觉自己长大了不少。

　　　　　　本文刊载于《儿童文学·选粹》2021年第8期

.

电影课

闫耀明

这里的一切都逝去了
但并没有走远
好像一直都在
等着我回来

——题记

一

手机铃声响起来的时候，我正在擀饺子皮。我举着粘着面粉的双手，走到写字台前，用右手食指在手机屏上划过，接通了手机。面粉散落在屏上，我的手指划过时，划出一条清晰的"公路"，尽管略显草率，但并不妨碍对方的话音汽车一般一路驶来。

"小查，你好……"

我的心颤了一下。这是一个人的乳名，从很遥远的地方汽车一般一路驶来。我的心在颤抖的同时，还发出了一声叹："多少年没有人叫我的乳名了。"

于是，那个"多少年"有了具体的形状，变成了一张笑眯眯的脸，圆圆的，胖胖的，带着数不清的红疙瘩，晃动在我的面前。"小查，你好……"她很意外地使出了外交辞令，在看着我微笑的同时，也将一丝期盼呈现给了我。

我知道她的期盼，也知道她对自己的期盼很重视很重视。但我不想满足她的期盼。

她叫牛天然。那时，我们是同班同学，住在女儿河边的一个村子里。那个村子有个好听的名字，叫湾水。

二

下午放学后，我来到女儿河边，等小亮。

此时已是冬天，北风不大，顺着河面吹过来，很坚硬，吹得我的脸麻麻地疼。我仰头望望天空，天空灰沉沉的，看不到云，也看不到蓝天。我知道，天上有云，很薄很薄的那种云。仰望天空的时候，我忽然想到了爸吃饭用的大碗，我觉得冬天就像一只大碗，很大很大的大碗，比我爸吃饭的大碗还要大很多，能把湾水村轻易地罩住，能让硬硬的北风在大碗里回旋，能让同样硬硬的冷在大碗里回旋。

女儿河上更冷，因为河水已经完全结冰，河面被封严实了。但我不怕，我不会傻站着。我把书包丢在沙滩上，跑上冰面，开始打滑哧溜。我甚至在沙滩上助跑，当双脚着冰时开始降低重心，两条腿微微弯曲，以保持身体平衡。这样，能在冰面上滑出去很远。我很开心，也很兴奋，一次次地助跑、滑行，玩得很是清爽。我甚至在滑行时发出畅快的叫声："啊——"

我没有往附近的村街上张望，因为我了解小亮，看到我在这里玩滑冰，他不可能不过来跟我一起玩。我们是好朋友，几乎每天都在一起玩各种各样的游戏。虽然我和小亮同年级却不同班，但是我们两家在一条村街上住。我只要在这里开开心心地打滑哧溜，就一定能等来小亮。

等小亮，我是想和他说，让他陪我去静水村看露天电影。放学前，班主任孙老师给我们布置了一个课下作文，写一篇电影观后感。"明天晚上，静水村要放露天电影《地道战》。同学们如果没事，可以去看看。"孙老师说。他还跟大家强调，不要一个人去，要找个伴儿才安全。

没想到同学们对孙老师的提议反应很冷淡，没有人认为在冬天的夜晚顶着寒风去看一场老电影是一个好主意，因为这部黑白电影我们已经看了无数遍，里面的人物都熟悉得像是自己家的亲戚，甚至有些台词，我们都记住了，能背诵下来。比如汤司令瞪着大眼睛，歪着脖子，竖着大拇指说：高！高！实在是高！这段话我们每一个男生都会表演一下。即使我们不去再看一遍《地道战》，也完全可以写一篇观后感出来。况且，去静水村，要走四里夜路呢。夜那么黑，天那么冷，北风那么硬，去静水看电影完全就是一件苦差事。

但是我想去看。因为我的作文写得好，在班级乃至全校都有名气。还因为我想要一种成就感。通过这次写电影观后感，我能指导小亮把作文写得更好，这是小亮需要的。他曾经不止一次和我说起，让我在写作文上多帮帮他。能帮助小亮把作文写好，让自己拥有成就感，我的想法就这么简单，也是我需要的。

我觉得，成就感是个好东西，能激励我让自己做得更好。

所以，我很想去看电影。我打定主意，让小亮也去看，这对他写好观后感很重要。

等小亮时，我是兴奋的，滑冰也滑得很兴奋。没想到小亮居然拒绝了我的邀请。当我一边琢磨看电影的事一边滑冰时，我分神了，身子一歪，就摔在了冰面上，我的身体变成了一个球，滚出去老远。

我躺在冰面上没有起来，用手揉着疼痛的屁股。

小亮站在我的跟前，看着我，咻咻咻地笑。

我躺着，小亮站着，他显得很是高大。他当时就拒绝了我。"我不想去看了。一部老掉牙的电影，没意思。"

小亮吸吸鼻子，把流到鼻子口上的鼻涕吸回去。

我依然没有起来，看着高大的小亮，说："过往的印象和新鲜的感受之间是有距离的。"

滑冰的时候，我还在想看电影的事，我觉得虽然这部《地道战》我和大家一样，十分熟悉，可是要写好观后感，还是再看一遍为好。但是我说出来的话，却变了，变得这么有哲理。我为自己能够说出这么哲学的话而感到惊讶。

小亮也很惊讶，愣愣地看着我。

此时，我觉得自己躺着，小亮站着，看似我比他矮多了，但是我说出的这句话，每一个字都是一级台阶，把我送到了很高的地方，让我变得高大起来。

果然，小亮被我的观点打动了，他又吸吸鼻子，说："好，明天晚上，咱俩一起去静水村看《地道战》。"

我很高兴，爬起来。

这时我才发现，牛天然也来了，正站在不远处的河滩上，听我们说话。

"我也去。"牛天然说。

我说："不行！"

三

"小查，你好……"牛天然很意外地使出了外交辞令，在看着我微笑的同时，也将一丝期盼呈现给了我。

我说："不行！"牛天然使出了外交辞令也没有打动我，我不希望牛天然和我们一起去。

因为，我不喜欢牛天然。虽然我们俩同班，她就坐在我的前排。

其实，牛天然不是让人讨厌的女生，她胖胖的，脸圆圆的，很厚实，虽然脸上分布着红疙瘩，对她的形象有了影响，但她是个乐天派，整天笑眯眯的，在班级里人缘挺好的。

但是，我真的不喜欢牛天然。因为，牛天然还是个非常非常执拗的人。我之所以用两个"非常"来形容，就是牛天然的执拗达到了一定的境界。她要是想干什么，没有人能够拦住她，连孙老师也不行，更不用说她那个瘦瘦的、说话有气无力的妈。

牛天然没有爸，她妈身体很差，总是一副病歪歪的样子。牛天然的身体却很好，壮实，有力气，每天帮助她妈干活，浑身有使不完的劲儿。

牛天然的执拗确实达到了一定的境界，而她的这个性格特点，又是我非常不喜欢的。这是我不喜欢牛天然的主要原因。所以，虽然我们俩坐前后桌，但是平时很少说话。因为和她说话时，一旦我的哪句话和她的观点相悖，必然引起争执，没完没了的争执。争执的结果，是我一个好学生的颜面尽失。我没少吃牛天然这个亏，这让我很头疼。

后来，我渐渐感觉到，牛天然很喜欢和我作对。她似乎很乐意和我争执，很乐意看到我被她弄得颜面尽失。我很惊讶，也很不解，因为我和牛天然，交集并不多。她的学习成绩是全班最差的，我呢？则是稳坐第一的位置，没有谁能够撼动。我觉得我们之间的距离太大，这让我在心理上有了一种优势。但是这种优势在执拗的牛天然面前，却常常失灵。我有时会问自己："牛天然为啥老是盯着我呢？"但是我没有答案。这让我更加不喜欢牛天然。

还有一点，也是让我不喜欢牛天然的一个原因，就是她身上总是弥漫着一股草味儿，挥之不去。牛天然每天下午放学后要做的事情不是写作业，而是拎着草绳和镰刀去女儿河边割草，割下很大很大的一捆草，然后猫着腰背回家，抓一把丢进猪圈里，让猪吃，大部分则铺在院子里的空地上，晒。几天后，青草就变成了干草。干草是可以卖钱的。牛天然每天摆弄青草干草，浑身上下就散发着一股浓重的草味儿。她坐在我的前面，一晃头，就会有一股草味儿被晃出来，钻进我的鼻子里。谁喜欢和一个浑身草味儿的同学为邻呢？有一次，我给她下断言："你长大了，和草一起过日子吧！"谁都能听出，我说这样的话有一点点挖苦她的意思。可是，牛天然不在乎，依然笑眯眯的。她甚至说出了一句很不一般的话来回应我的挖苦。她说："我们每一个人，不都是一棵草吗？难道你不是？"

孙老师形容牛天然时，没有用"执拗"这个词，而是用了"执着"。执着听起来要文雅一些，这让牛天然很开心。一个乐天派，每天执着地笑眯眯，我好像很难看到牛天然有不笑的时候。

所以，我拒绝牛天然和我们一起去静水村看电影，态度很坚决。牛天然的执拗是出了名的，我一点儿机会也不想给她。

离开女儿河往村街上走的时候，我和小亮商量好了，明天下午四点半，在街口大杨树下集合，去静水村看电影。

不想我们的对话被牛天然听到了。"我也去。"她说。

这是我才发现，原来牛天然一直没有离去，而是跟着我和小亮，始终跟着。我在心里发出惊叹："完了，我们被牛天然给缠上了。"

被牛天然给缠上，可不是小事情，她的执拗性格，给予了她足够的韧劲儿，想改变她，很难。

于是，我放慢脚步，将不满的目光投向牛天然。"你干吗？干吗老跟着我们？别人干什么你就跟着干什么，属于抄袭，相当于考试作弊！"后来我干脆站下来，看着她。

可牛天然对抄袭的事情不在乎，依然笑眯眯地看着我和小亮，说："我也去。"

"你敢！"我挥了挥拳头。急于甩掉牛天然，让我有点发急了。

可牛天然对我的拳头同样不在乎。"我也去。"她说。

一个笑眯眯的女生，一个执拗的女生，我觉得自己没有办法了。我转身看了看小亮。

小亮从我乞求的目光中明白了我的心思。"我们两个联手，也对付不了牛天然啊。"小亮无奈地咧咧嘴，轻声说。

我很恼火，把手举起来，尖尖地指着牛天然，用很坚硬的语气对牛天然说："牛天然我警告你，不许跟着我们，否则，我就对你不客气！"

我说出的话，每个字都是一块又亮又硬的冰，在黄昏的光影里飞向牛天然的胖脸。我看到她脸上的笑在一点点变僵硬，红疙瘩在一点点变白。

我和小亮走开了。我们身后的牛天然呆呆地站着，没有再说"我也去"。

小亮冲我吐吐舌头，我冲小亮挤挤眼睛。我们的鬼脸做得很得意，让身边旋来旋去的北风狠狠地摇晃了一下。

四

黄昏如约而至。小亮也如约而至。我笑了。

可小亮没笑。我看到小亮向我走来时，步子有些拖沓，鞋子在干燥的地面上擦出很细很细的一条线。

我忽然感到那条线有些不对劲，向我延伸过来时很小心，也明显带着迟疑。我的心一点点紧起来，仿佛那线正谨慎而耐心地捆绑着我的身体，而且越来越紧。

接着，我看到了小亮的表情。那是陌生的脸，完全不是小亮的。我第一次在小亮的脸上看到这样的表情。那种叫作歉意的东西，在小亮不太自然的笑里藏着，没有完全亮出来，又隐隐约约地露出一些，被我捕捉到了。因为笑容里藏着歉意，使得小亮的笑变得沉重，让他的整张脸都在往下坠，看上去分明已经变形。

我的心更紧了，接着，就颤了一下。

小亮说话了。他清清嗓子，走到我的面前，说："小查，不好意思啊，我不能和你去看电影了。"小亮说话时嗓音略显粗糙。他清理了嗓子，声音仍然粗糙。粗糙的声音从他的嘴巴里说出来的时候，明显有些晃，似乎带着不自信，也让他故意做出来轻松和那不太纯的笑显得有点儿滑稽。

我发现了那滑稽。

"我家里有事了。我爸不让我去看电影了。"小亮说着，伸手在我的胳膊上摸了一下，以示友好和亲热。

友好了，亲热了，小亮没有再多说什么，转身就往村街深处走，回家了。我看到他晃动的背影被北风吹得有点儿歪。

北风依然在吹，但是我没有离开，望着小亮离去的背影，站着。这是我没有想到的事情，我和小亮是最好的朋友，他答应和我一起去看电影，却临时发生变化。我的目光追着小亮的背影，似乎想从那歪着的背影中看出什么秘密来。因为我隐约感到，今天的小亮有点儿不正常。

我的目光追着小亮的背影，一直追到暗夜开始降临，一直追到村街因为昏暗而变得又细又窄，一直追到牛天然突然出现在我的眼前……

牛天然有点儿喘，她是跑着来到街口大杨树下的。"我也……去。"她说，嘴里还嚼着饭。

眼下的局面绝对是我不想看到的，可偏偏发生了。我吸吸鼻子，没说话，而是转身就走。

牛天然走路可没有小亮那么文雅，小亮走出的是一条线，牛天然呢？则是一个一个坑。我清楚地听到牛天然的鞋子落在地面上时发出的"咚咚"声。那"咚咚"声很坚定，也很高亢，一直固执地响在我的身后。

我走出街口，拐过两条狭窄的小道，绕过一片树林，走上了通往静水村的公路。

那"咚咚"声也响到了公路上。

我站住，回身看着牛天然。"你能不能不跟着我？"小亮的临阵变卦，疑点很多，让我的心里有些不舒服。我不喜欢的牛天然却牢牢地跟着我，事情慢慢演变到了我不希望看到的局面上来。于是，我的心里就涌起了一丝怨气。

夜空很黑，那么多的星星在高远的天上眨眼，也没有让公路上有一点儿亮光。牛天然没有回答我的问话，仰着胖脸，望星星。

我生气了，大声说："牛天然，星星不是糖豆！"

没想到牛天然居然"扑哧"一声笑了，凑到我的跟前，说："星星当然不是糖豆，不能下来陪你去看电影。肯顶着寒风陪你的，只有我牛天然！"

牛天然说得很有底气，似乎是要我感谢她。

接着，牛天然的笑声便不停地从她的嘴巴里冒出来，很流畅，很轻快，还带着某种得意。我清楚地感觉到，从侧面的田野上没遮没拦吹过来的北风，被牛天然的笑声给拦腰切断了。在这冬天的夜晚，在坚硬的北风面前，牛天然的笑声简直就是一把锋利的小刀，将不可一世的北风切得一截一截的，散落在我们的脚下。

我居然不再觉得北风割脸了！这是一个奇怪的现象，但是我感受到了。

我凑到牛天然的脸前，仔细看。我想好好看看她。

牛天然并不回避，也盯着我，美滋滋地说："我知道，这是一张你不喜欢的脸，又圆又胖，还长着红疙瘩！"

我当然不喜欢这张脸，却回避不了。我发现我希望得到的成就感，正在牛天然美滋滋的话语中迅速离我而去，飞到了……天上！那些星星，就是我渴望却不可及的成就感，在看着我调皮地眨眼睛，故意气我！

<h1 style="text-align:center">五</h1>

通往静水村的公路，是用细沙子铺成的路面。我和牛天然走在

路边，踩着又细又软的沙子，走。

我发现踩着沙子走路，很费劲儿，便走到路边，靠近站成排的高大的杨树，这里是路面的边缘了，沙子少，路面硬实，走起来省劲儿。

傻乎乎的牛天然却依然走在沙子上。我听到她的鞋子在沙子上摩擦时，发出细碎的声音，透着明显的沉重感。

我在心里暗想："这一次，我想获得成就感，已经是不可能了。让总是和我作对的牛天然受受累，陪我去看一场电影，也挺好的。"

这样想着，我发出了笑声。我很得意。我觉得，今天，我不会颜面尽失了。

"你笑啥?"牛天然问。

我听到，她有一点儿喘。

"谢谢你陪我，为我的成就感送行。"我忍住笑，说。

夜晚的公路上，很安静。北风不大，吹过来时，没有发出一点儿声响。高悬的星星也是安静的，眨着眼睛。我望望夜空，冲星星吐了吐舌头。"那是我的成就感啊!"我在心里说。

可牛天然想的不是我的成就感，我听到她在走动时，语气平静地告诉我："我妈说，我的小腿太粗了，得锻炼锻炼，让它瘦下去一点。瘦下去一点儿，也是一种成就感哪。"

我没忍住，"扑哧"一声笑了出来。

牛天然气愤地在沙子上顿了一下脚，叫："小查，你太没有风度啦!"

我捂住嘴巴，不让自己的笑声挤出来。

有汽车从远远的地方驶过来，车灯很亮，也很笔直，快速地上下颤动。我怕牛天然说出更加难听的话来，赶紧转移话题："那辆汽车，一定是小轿车。"牛天然望望那越来越近的灯光，问："你咋知道?"

我说："你没见那车灯上下晃动得很快吗？就说明车子开得很

快。那只能是小轿车了。要是大汽车，开得慢，车灯就不会这么上下颤。"

灯光照在我们的脸上，刺眼。我和牛天然站在路边，等汽车过去。

"果然是小轿车。"牛天然说。她很佩服地看着我。

灯光照亮了牛天然的脸，我看到了她羡慕的眼神。

"跟我混，你就长学问去吧。"继续走的时候，我很牛气地说。

"我特别想跟你混。"牛天然认真地说。

六

静水村村部广场前，已经有一些村民在等候电影开演了。我和牛天然走过去，看到放映电影时悬挂白色银幕的两根长竹竿，正静静地靠在村部房子的屋檐前。

以前，我们都来过静水村看电影，对这个广场的环境很熟悉。我和牛天然走到广场中间，听那些等候的静水人说话。

从他们的交谈中，我和牛天然听出，今天上演的电影，确实是《地道战》。只是，小亮没来，让我获得想要的成就感泡了汤。一次多好的机会啊。可惜！

见我发愣，牛天然问："你在想小亮？"

我的心一惊，歪着头，看了看牛天然。村部门前的屋檐下亮着一盏灯，光线略显昏暗，但是也把广场的大部分地方都照亮了，我能够清楚地看到牛天然的脸。我发现牛天然仍然是笑眯眯的，只是她的嘴角抿出一丝得意，让她的笑多了一层说不清的意味。

没想到牛天然居然看透了我的心思。

但是我没有正面回应牛天然的问话，换了一下站姿，用无所谓的口吻，说："我打算好好写出一篇观后感。"

牛天然点点头，说："你对孙老师布置的作业，总是那么认真。"

我问牛天然："你能不能不要总是和我作对？"现在，我和牛天然身处静水村，可以谈一些平时不便谈起的话题。我是这么认为的。

牛天然没回答，只是抿着嘴巴笑。

借着不太明亮的灯光，我看到牛天然抿着嘴巴的样子，不那么难看。

我继续追问："你为啥喜欢和我作对？"见她依然笑，我很是坦率地告诉她，"你和我作对的时候，很难看的！"我说得很不客气。

"那我没和你作对的时候，不难看呗？"牛天然凑到我的眼前，仰着脸，笑嘻嘻地问。

我不知道应该回答是还是不是。

广场上因为有房子遮挡，感觉不到北风在吹，空气便像一个巨大的冰块，沉静、干净、寒冷。我吸吸鼻子，体会那干冷。

过了一会儿，见我没有回话，牛天然也闭着嘴，脸上还是那副笑眯眯的表情，静静地站着。我不时跺几下脚，似乎是要把涌来涌去的寒冷踩在脚下。

寒冷是踩不走的，我也感受到了，隐约中那硬硬的冷穿透了我的棉衣，如一根根细细的针，一下一下地扎着我的皮肤。

那些站着的静水村人，看了看我们，没有理会，继续交谈，继续等待。

我说："牛天然你还没有回答我的问题呢。"

牛天然笑眯眯地说："不想回答。"

我说："你今天必须回答，为啥喜欢和我作对？我又没惹你。"

牛天然始终是那样笑眯眯，身子一晃一晃的，一左一右地踩着脚下的寒冷。"女孩的心思，你别问。猜。"她说。

猜一个女孩子的心思？我小查从来没做过。我有些不悦，说："猜不着。"我说出的三个字，每个字上都晃动着不耐烦。

牛天然听出来了，她"嘻嘻"一笑，说："使劲儿猜。"说完，她离开我，在广场上走来走去，似乎这样，可以真的把寒冷踩在脚下，让身子温暖一些。

但是牛天然没有离我太远，一直在我的眼前晃动。

灯光依然昏暗，空气依然寒冷，电影放映员却一直没有出现。广场上的静水人开始失望，议论了几句，便纷纷离开了。

他们走了，因为家就在附近，电影开演了，可以随时回来。可是我和牛天然不行，我们不能离开。我和牛天然走了好几里夜路来到静水，就是来看电影的。我们没有别的选择，一定要在这里等啊。

现在，广场上只剩我和牛天然了。人少了，空气似乎更冷了。牛天然呢，也扩大了走动的范围，走到了广场的边缘。

我依然站在广场中间，站在那昏暗的灯光里。

"小查，你来！"牛天然在喊我。我看到她站在广场西边的杨树下，正使劲儿挥舞着手臂，招呼我过去。

我的脚有点儿麻，寒冷已经将我的脚完全侵略和占领了。我轻轻地跺着脚，小跑着来到牛天然身边。

牛天然指着大杨树下，说："你看。"

七

草香。我感到我的鼻子里，全是草香。不，不是我的鼻子里，而是我的整个身体里，都是草香。那浓浓的草香，已经将我的身体全部润透了。

牛天然是个喜欢草的女孩子，夏秋时节，她几乎每天都要割草，她的身上总会是弥漫着草的味道。喜欢草的女孩对草有着天然的亲近感，于是，在这个寒冷的冬夜，牛天然敏感地发现了这个大杨树下的干草垛。

牛天然的身子拱了一阵，就拱进了草垛。接着，我顺着牛天然拱出来的洞，也钻进了草垛。

现在，我和牛天然钻进了草垛的中央。草垛很松软，也很厚实，而且……很温暖。我觉得自己的身子在一点点暖起来。

这时，我发现，我曾经是那么讨厌草的味道，讨厌牛天然晃头，讨厌她晃出来的草味儿钻进我的鼻子里。我不喜欢和一个浑身草味儿的同学为邻。我甚至对牛天然说出挖苦人的话："你长大了，和草一起过日子吧！"当时牛天然很机智地没有和我硬顶，而是反问我："我们每一个人，不都是一棵草吗?"

而现在呢? 我竟然和我最不喜欢的女生牛天然挤在一起，挤在我不喜欢的草味儿里，安静地说话。我惊讶地发现，被草的味道润透，是一件非常奇妙的事情。此时我并不反感草的味道，甚至觉得草的味道是香的，我在钻进草垛后，脑海中出现了一个词：草香。

"你那么不喜欢草味儿。"牛天然说，"因为我身上有草味儿，你没少挖苦我。"

我说："可是现在我在草香里。"

"感觉咋样?"

"和草香一样舒服。"

牛天然扭了扭胖胖的身子，说："这回，我们一点儿也不冷了。草香把寒冷挡在了外面。"

我也扭了扭身子，说："我发现了草香的秘密。"

"什么?"牛天然问。

"在草香里，心变得安稳了。"我回答。

"算你聪明!"牛天然轻轻地笑笑，"小查，我告诉你一个秘密，属于我自己的秘密。"

"你要是说出来了，就不是秘密了。"我提醒她。

牛天然说："我的秘密，对你不保密。"停了停，她说，"我有一个梦想……"

我的心动了一下。

牛天然没有察觉我的心动，继续说："我将来长大了，想当一名老师。"

我的心又动了一下。因为我听到了一个让我惊讶的消息。这一次我的身子也跟着动了一下，我是想看一看她，但是我看不到。草垛里，很黑。而且，我们距离很近，身子挨着身子，脸挨着脸，我无法看到牛天然。

也许是牛天然感受到了我的心动，追问："你……不相信？"

我说："相信。"

"那……你相信我将来能当一名老师吗？"

"相信。"我说。其实，我的心里正发生着剧烈的变化，一种无法理解的情绪正在我的心里迅速蔓延。牛天然怎么可能会当一个老师呢？她学习那么差，她那么执拗，她那么不让人喜欢，她经常挨孙老师批评。我觉得牛天然与一名老师之间的距离太远太远了，就像此时我那已经变成星星的、远在夜空上的成就感，遥不可及。我感到牛天然的这个梦想，有点儿不靠谱，甚至有点儿……滑稽。

但是我没有顶着牛天然发表我的观点。我不知道是因为什么，也许和此时草垛里的草香有关，也许和我们俩紧紧地偎依在一起有关。总之，我没有反驳她。我不想扫了牛天然的兴。

"相信？"牛天然猛地动了一下。显然，她硬起了脖子，努力与我拉开一点点距离，在黑暗中看着我。我相信，此时牛天然没有笑。

"相信。"我说。

"相信？"

"相信。"

"相信？"

"相信。"

"相信？"

"相信！"

牛天然一遍一遍地追问，她说话时热热的气息冲到我的脸上，她的身体也是热热的，像一只小火炉。

牛天然那热热的身体狠狠地抖了一下。

牛天然哭了!

牛天然的哭声很细很细,如一根丝,在浓郁的草香里游走,小心而又不加掩饰地游走。牛天然的身体一直在狠狠地颤抖。

草香,弥漫着,沉默不语。

八

多年以后,当我回忆起那个寒冷的夜晚,回忆起我和牛天然在草垛里说话的情景,仍然感觉到自己的脸上被一股热热的气息持久地吹着。那是牛天然的气息。

"小查,你好……"牛天然向我伸出手的时候,脸上依然是笑眯眯的。她再次使出了外交辞令,在看着我微笑的同时,也将一种自信呈现给了我。

我长久地端详着牛天然,发现她的变化很大,脸不那么胖了,脸上的红疙瘩也不见了,她的脸上,有兴奋,有成熟,也有干练。

我已经很久没有回湾水了。自从我的父母跟我们几个子女到城里生活之后,我就一直没有回来过,湾水,似乎在我的生活中悄然逝去了。

但是,现在我回来了。我受到牛天然的邀请,回到家乡看看,看看我们当初上学的学校,看看湾水现在的样子,看看牛天然的变化。

牛天然领着我在湾水的每一条街道上走过,给我介绍这里的变化。

其实,我觉得,变化最大的,是牛天然。她现在已经是湾水村中心小学的校长了。

我们坐在牛天然家宽敞干净的院子里吃晚饭。交谈中,我知道牛天然的丈夫是她的师范大学同学,毕业后跟她来到了湾水。

晚上,我就住在牛天然家。

与当年比起来，唯一不变的，就是黄昏这一段时间，依然很长。吃过晚饭，牛天然陪着我来到女儿河边。

　　站在宽宽的沙滩上，我仿佛又看到自己在冰封的女儿河上打滑哧溜，又看到牛天然站在一边，告诉我："我也去。"

　　牛天然看着我，笑。她笑起来，还是当年的样子。"你一定记得我们一起去静水看电影，钻进草垛里避寒……"

　　我连连点头。我当然记得。

　　那天晚上，当我和牛天然从草垛里钻出来时，我们的身体是热热的，心也是热热的。冬夜的空气依然坚硬而凛冽，迅速包围了我和牛天然，但是我们不怕。

　　广场上空荡荡的，灯光依然昏暗。从屋子里走出一个村干部模样的人，看到我们俩，很吃惊。他告诉我们，今天晚上，电影不演了。

　　我和牛天然看不到电影了，我们回家了。

　　往回走的时候，我们走得很快，比去的时候快多了。牛天然甚至兴奋地一跳一跳的，我不得不加紧脚步才能跟上她。我们没有约定，却都在仰头望着满天的星星。繁星满天，真漂亮啊。

　　回到湾水的时候，我和牛天然站在女儿河边，准备各自回家。

　　牛天然说："我想喊几句什么。"

　　我说："我也想喊几句什么。"

　　牛天然问："喊什么？"

　　我说："不知道。"

　　于是，牛天然开始喊了。

　　"嗷——"她的声音很尖，很高，很长。

　　"嗷——"我的声音也很尖，很高，很长。

　　我们的喊声惊动了已经睡下的人，我们听到有人很响地开门，站在院子里，发出夸张的咳嗽声。

　　不喊了，回家。

我冲牛天然摆摆手。

牛天然也冲我摆摆手。

分手的时候，我们没忘仰头望望夜空。我们都冲那满天的星星笑了笑。

现在，牛天然还在笑。她微笑着说："我有个秘密，一直没告诉你。"

"在草垛里，你不是说了吗？"我问。

牛天然摇摇头，说："那天晚上，小亮临出发时变卦，不去看电影了，是我找他做的工作。"

我一惊，看着牛天然。

牛天然说："我送给小亮一套他最想要的《聪明的一休》小人书，交换条件是他不去看电影。我因此得到了一个单独跟你去看电影的机会。"

"我的天。"我轻声叹道。

牛天然则美滋滋地笑，说："我是不是很聪明？"接着，牛天然眯着眼睛望长长的女儿河，说，"我要是不说出来，你一定不知道。小亮大学毕业后已经去深圳工作了，很少回来，我们很难见到他。"

"你聪明。"我说。

"那你知道我为什么总是跟你作对吗？"牛天然问。

我说："知道。女孩的心思我不问，猜。后来我猜到了。你要是不和我作对，哪有机会让我注意你？"我笑笑。

"你也聪明。"牛天然笑着说，"不愧是作家。"

我和牛天然在女儿河边站了很久很久。落日的余晖从西边的天空上长长地照射过来，照在我们身上。我和牛天然的身体和我们说出的话，都被耀成了橘红色，暖暖的。

第二天，在湾水中心校的教室里，我听了牛天然的一堂课。

牛天然居然给同学们讲了自己的故事。

牛天然对她的学生说："那个冬日的夜晚，我和小查钻进草垛里，我一遍一遍地询问，他是不是相信我将来能当一名老师。因为我相信他，信赖他，他的看法对我来说特别特别重要。结果，小查说他相信。当一名老师，是我的梦想啊！小查的态度给了我巨大的力量，我发奋学习，高考落榜两次也不气馁，坚持苦读，终于，我考上了梦寐以求的师范大学……"

牛天然哭了，她的泪水无声地挂在她的脸颊上，圆圆的，晶莹着。

我的心颤了一下，我在牛天然的泪光中，看到了那种久违的成就感。那是我当年特别想要的成就感啊！

望着讲台上的牛天然，我分明感到自己的眼角，泪水正一点儿一点儿地溢出来，热热的……

本文刊载于《儿童文学·经典》2021年第1-2期

黑 云 雀

马三枣

一

马很高大，脾气也不太好，爱尥蹶子，遭到马蹄子袭击，可不是好玩的。我害怕马。我从小就奇怪，我为什么姓马，到底和马有什么关系？我一边疑惑，一边开始关注它们。徐悲鸿擅长画马，我也喜欢画。我临摹悲鸿先生的马，居然受到朋友欢迎，挂在他家客厅。我阅读关于马的书，看关于马的电影，《黑骏马》《马语者》《战马》我都看过。去年来到新疆，见到奔腾的马群像滚滚浪涛，煞是壮观。它们的鬃毛和尾巴甩出动人的弧线，一起一伏，大地上响起骤雨般的嘚嘚嘚嘚的蹄声，它们的英俊帅气都迸发出来了，像戈壁滩上钻出来的精灵。

那一次，我听到了一匹黑马和一位边防战士的故事。

故事发生在六十年前。那时候，战士李虎头十八岁，是驻守在中苏边境的哨兵，哨所紧邻阿拉克别克河。眺望窗外，河对岸是一片广阔的草原，远处是绵延起伏的山峦，静悄悄的。李虎头老想喊一嗓子，赶走无边的寂静。但他更向往的是骑上一匹骏马，在草原驰骋。他刚刚接受了训练，学会了骑马。教官是哈萨克人，骑在马背上，不管那是什么样的烈马，他都像坐在椅子上那么稳。

李虎头来自东北，身材魁梧，教官都没他高，可是站在马前，他立刻就渺小了，不是因为马高大，而是跟马比起来，他很笨拙。

马，挺拔的脖子，长长的鬃毛，高仰着头，总是傲慢地俯视人们。面对这么一匹高头大马，他不知道怎么控制它，或者说，不知道怎么跟一匹马交流。跨上马鞍，马就前前后后挪动脚步，一副不安的样子。他便提一口气，想让自己减轻些分量。教官说，怕什么，你没有压垮一匹马的本事。他就壮着胆子坐稳。

骑马和坐车，感觉完全不同。马是动物，车是机器。马能跟人交流，用眼神，用动作，用情绪，车就没这个本事。马奔跑起来的时候，舒展运动着每一块肌肉，散发出热气腾腾的生命的力量，骑手会被马感动，和马一起激情勃发，浑身是劲儿。

李虎头盼着有匹马。

那年春天，他乘坐军用卡车，和生产建设兵团的战友们进驻北疆，远远地望见阿尔泰山，山坡上的草场一片嫩绿，山顶却还堆着皑皑白雪。对他来说，这真是自然奇观。他的家乡黑龙江也有这样的山峦，叫作大兴安岭。那里四季分明，白雪飘落，严严实实覆盖整整一冬，春天来了，冰雪消融，兴安岭上下都绿了，绿成了一块硕大的翡翠。阿尔泰山就不同了，老是顶着个白头盔。相同的是，山脚都能见到马群。

看见马群，他就哼起一首熟悉的歌：

> 高高的兴安岭一片大森林，
> 森林里住着勇敢的鄂伦春，
> 一匹猎马呀一杆枪，
> 獐狍野鹿满山遍野打也打不尽……

歌里唱的，是原来的狩猎部落鄂伦春族，他们给兴安岭增添了神秘色彩，也给东北汉子注入了骁勇彪悍的个性。小时候，李虎头就想骑马，可惜他不是鄂伦春人，他家没马。

二

　　那一天，军马终于来了！

　　每个边防站配备两匹马，运送到了一八五团的团部。战士们身穿统一的绿军装，但是，有高有矮，有黑有白，长脸圆脸尖脸，各不相同。他们站成一排，眼里的光芒一闪一闪的，瞥向马棚。马群站在马棚里，已经系好了马鞍和辔头，脑门子上还顶了朵绸子扎的大红花。李虎头就想起刚入伍时，自己胸前也挂了一朵大红花，敲锣打鼓的，自豪地登上军车，向妈妈挥手。眼前的这些军马，昂首挺胸，也是一副自豪的样子。它们也像战士似的，高矮各异，毛色不同，有枣红的，有雪白的，有棕色的，还有带花斑的。

　　李虎头相中一匹黑马。黑马的身材不是最高的，但毛色绝对是最黑的，浑身不见一根杂毛。它前胸宽，背长腰短，蹄子小而圆。教官讲过，马不是越高大越了不起，像这种体型的马，跑得最快了。据说楚霸王项羽的坐骑就是一匹黑马，通体黑缎子一样，油光放亮，只有马蹄子白得赛雪。讲评书的说，这马名唤"踏云乌骓"。北疆遍地是雪，骑上这匹黑骏马，它就是"踏雪乌骓"。

　　可是，马匹不能随便挑选。它们依次走出马棚，拍成了一列纵队，站到战士们背后，然后一声令下，战士们转过身来，面对哪匹马就是哪匹马。李虎头一直闭着眼，像个虔诚的教徒，一心想着他的"踏雪乌骓"，祈盼苍天大地风霜雨雪都能保佑他如愿以偿。他是闭着眼转过身子的，一睁眼，面对着他的正是那匹黑马。他个子高，马脸对着他，近在咫尺，好一匹骏马呀！黑马朝他打了个悠长的吐噜，似乎在打招呼。他要欢呼一声跳起来了，怕惊了黑马，又怕被人发现他找到"意中马"了，就按捺住激动，拍拍马头，抚摸它油亮亮的鬃毛。

有了黑骏马，李虎头在梦里都常常露出笑容。有一次，他梦见自己骑在马背上飞驰，马儿居然飞起来了，飞得那么高，到了云层之上。一群黑云雀也跟着钻过云层，一起飞翔。黑骏马生出翅膀，成了一只黑云雀，好大的一只黑云雀。醒来了，他就给这匹黑马取了个名字：黑云雀！阿勒泰地区，额尔齐斯河两岸，常见这种黑翅云雀。这匹黑骏马呢，也在这片土地上长大，叫它"黑云雀"，恰当极了。马通人性，呼唤它的名字，把它当作朋友，它什么都懂。

跟哈萨克牧羊人在一起，李虎头听到一首歌，歌名就叫"黑云雀"：

> 额尔齐斯河对岸，
> 有一匹拖着丝缰的马驹。
> 云头里飞来一只黑云雀，
> 绕着那小马，鸣啭不息。

伴着悠扬的歌声，望着自己的黑骏马在山坡上悠闲啃草，一时间，他分不清黑云雀是鸟还是马了。

三

自古以来，骏马配英雄，英雄又爱美酒。李虎头爱喝酒，这跟家乡东北的气候有关，冬季寒冷漫长，酒能活血、扛冻。来到北疆，冬季变得更可怕了，牧羊人的腰上都挂着酒囊，军垦战士不执行特殊任务时，也喝酒。李虎头有个驼皮酒囊，是一个牧羊老汉留给他的。

那是个早晨，老汉赶着羊群翻过一道坡地，见到了李虎头策马扬鞭在哨所前的草原上飞驰的样子，跟擅长马术的哈萨克人没什么两样儿，再加上马黑，人也黑，简直是一对完美的搭档。老汉站在坡上，眯缝着眼睛，抖动着胡须唱起歌来了，唱的就是那首"黑云雀"。李虎头驱马过来，静立在山坡前，听老汉纵情歌唱。

唱完了，老汉摘下腰间的驼皮酒囊，喝了一大口，又递给李虎头。他跳下马，也喝了一大口。老汉又喝下更大的一口，他不示弱，咚咚咚，灌下更大的一口。老汉接过酒囊掂了掂，呵呵地笑了，拧上塞子，挂回腰间。以后，老汉常在这里经过，站在山坡上唱"云头里飞来一只黑云雀"。有一天，哨所外来了个牧羊少年，捧着个驼皮酒囊，要找骑黑马的黑叔叔。李虎头走出来，一眼就认出这个酒囊，驼皮已经磨成了光板。他接过来，满满一囊子酒。少年说，爷爷死了，爷爷让他把酒囊送给骑黑马的黑叔叔。从此，他像牧羊人那样，腰间挂上了驼皮酒囊。连长见了，眼睛一瞪，叫他摘掉，穿了一身军装，挂个酒囊，不伦不类。他说，这是牧羊老汉的遗物，这是哈萨克人对军垦人的爱戴。连长没逼着他摘掉酒囊，只是提醒他执行任务时，不许喝酒。

可是，酒囊就在腰间，触手可及，谁能顶得住美酒的诱惑呢？关于酒，李虎头还有段顺口溜呢："酒，真是好东西，搁在瓶子里是水，喝进肚子里闹鬼，说起话来走嘴，走起路来闪腿，半夜起床找水，早上醒来后悔，不喝还觉得对不起嘴，喝多是真找不着北。"说这套嗑儿的时候，他嘴里喷着酒气，用的是浓重的东北话，常常逗得大家哈哈笑。

遇到牧羊女古丽努尔的那个午后，戈壁滩上的蓝天没有往常那份安静的蓝了，像个受着委屈的孩子，变得沮丧起来，脸灰蒙蒙的，没有一点光泽。这是暴风雪到来的前兆。

李虎头和他的黑云雀正在边防线上巡逻。

临出来的时候，他给黑云雀喂得饱饱的。黑云雀见主人穿戴整齐，背上了步枪，就在马棚里吐噜噜打着响鼻，蹄子敲打地面，急着出发了。李虎头牵出马，轻轻一跃，跨上马背。马没有跑，它望着巡逻的道路，就像运动员在等着发令枪。李虎头看周围没人，掏出驼皮酒囊，咕嘟嘟灌了一大口酒。灌完了酒，他觉得浑身都膨胀起来，脚跟一磕，黑云雀得令，箭一样蹿了出去。

李虎头的目光在阿拉克别克河上扫视着。这时节，河面结成了坚冰，敌人很容易越过边境线搞破坏，他格外提高了警惕。

风爱凑热闹，刚才不知在哪撒野，发现这边光秃秃的沙漠上有一个人骑着一匹马，就急三火四赶来了，来势很猛。李虎头被风很疯狂拥抱以后，才意识到了危险。他在马背上直起身子，看到眼前的景象已经不是他出发时的样子了。北疆的风雪都是个急脾气，说来就来。他穿了厚重的棉大衣，仍然感到寒气钻进了骨缝里。他把手伸进大衣，掏出酒囊，喝了一口，嘴里咝咝地吸着凉风，似乎害了牙痛。马蹄子慌乱起来，嘚嘚嘚嘚，犹疑不前。越是坏天气，越是敌人趁火打劫、破坏通信线路的时候。他真恨不得给黑云雀也灌上一口酒。

他收好酒囊，拍拍马脖子："黑云雀呀黑云雀，这样的天气你又不是没见过。"他双膝夹紧，抖动缰绳，驱马前行。

这匹生长在阿勒泰的马，比主人更熟悉这里的天气，它从风的劲头上就能预感一场很大的暴风雪即将降临。可是，它是一匹勇敢忠诚的马，主人让他一直朝前走，他就抬起了蹄子，毫不犹豫。

四

古丽努尔正赶着一群羊转场，从冬牧场转到春牧场。那时候，她才十三岁，已经是个小有经验的牧羊女了。

在新疆，有山就有草，有草就有哈萨克牧民的足迹。有人说世上路走得最多的就是哈萨克牧民，世上搬家最勤的也是他们。对他们来说，逐水草而居的游牧生活延续了千百年，看似自由浪漫，却暗含着别人难以体会的艰辛。古丽努尔就品尝到了艰辛。

本来，他们一家人转场顺利，那几只怀孕的母羊行动不便，阿爸就把它们抱上了马车。走着走着，有一只母羊躁动不安，羊羔就要降生了。这下子，阿爸着急了，路上北风呼啸，气温很低，小羊羔可受不了。阿爸就把鞭子甩得啪啪响，马车加速，羊群被驱赶着快速移动，卷起滚滚沙尘。他们要赶往三十多里外的一处山窝宿营。

"咱们的羊！"阿爸忽然用鞭子指向左侧的山坡。

一只头羊引领几十只羊脱离了队伍。

古丽努尔骑着一匹枣红马，朝山坡奔去。

按理说，让几十只羊归队，不算什么难事，可是，那只头羊鬼迷心窍，一个劲儿往山坡上爬，枣红马的蹄子挡不住它，古丽努尔挥动的鞭子也吓不退它。它带着羊群任性地翻过山坡，羊群立刻加快脚步，呼呼噜噜奔向坡下那片草地。古丽努尔发现，那片草地居然还泛着绿意，也许是背风的缘故。她不得不佩服这只头羊的嗅觉。这群羊走了太远的路，古丽努尔不忍心再驱赶它们，先让它们吃个够，再去追赶队伍吧。

古丽努尔不时登到高处，看见大部队越走越远了。转回身，羊儿们还在低头啃草，啃起来就没完了。她吆喝它们，驱赶它们，它们只是无奈地挪动一下脚步，继续啃食。这时候，天色就阴下来了，寒气逼人，她嗅到了风雪的气息。她下了狠心，用力抽打那只头羊，这才勉强让它们重返转场的道路。

可惜，羊群的脚步没有风雪快，她担心的事还是发生了。

雪在天上憋不住，纷纷扬扬落下来。雪片随着暴风，铺天盖地，就像疯了似的，在天地间肆意地狂舞起来。

风雪不可怕，可怕的是雪花一落地，就会掩盖羊道的痕迹，即使路认识她，想把她和羊引到冬牧场，但有一层陌生的雪隔在她和路之间，彼此没有了感应，天又灰蒙蒙的失去了方向，那可就麻烦了。趁着还能辨认道路，她大声吆喝羊群，使劲儿挥舞鞭子，跟疯狂的暴风雪争夺时间。可是，走出不远，大地就一片银白了。风雪把一起可供辨识的气味都冻僵了吹跑了，那只嗅觉敏锐的头羊也停住脚步，东张西望。

古丽努尔不敢再走了，万一走错方向，就更惨了。阿爸一定会回来找她的。她把这几十只羊圈在一起，一只挨一只，免得挨冻或走散。羊儿们都变成了胆怯的乖宝宝，风雪卷走了它们的任性。它们时不时抬头瞅瞅小主人，满眼都是依赖。

风雪仿佛忘记了时间，没有要停的意思。它们围着古丽努尔和她的羊群施展淫威，她的棉袍已经被寒风击透。她打了个寒战，和羊挤在一起。天色越来越黑，还不见阿爸的身影，也许他们碰上困难，暂时赶不来了。戈壁滩上的暴风雪有时会刮几天几夜，这要是一直这么刮下去，她总不能在暴风雪里傻等着啊，否则不冻死也得饿死，她无论如何得想办法与家人会合。

她咬紧牙关，重新跨上枣红马，手搭在额前，张望着，辨认了一下方向，确认了自己要去的大概方位，赶着羊群，继续上路了。

五

北疆夏季短暂，五颜六色的花儿尤其珍贵。瞧瞧古丽努尔的名字吧，"古丽"的意思是花儿，"努尔"是光芒，父母呼唤她"花儿的光芒"，你就知道了花儿在哈萨克人心中的地位。可是，同样的花，雪花就不同了，它好像是故意来磨炼哈萨克人的，逼迫他们在戈壁荒漠上寻找生机。

古丽努尔顶风冒雪往前走，雪片噼噼啪啪打在脸上，强劲的寒风呛得她透不过气来，她得扭过头去，才能喘上一口气。羊儿聚不成群，总有几个脆弱的家伙叫风雪吹打得东倒西歪，甩在后面。古丽努尔必须跑过去大声吆喝，给它们鼓劲。

雪越来越厚了。软软的积雪，马蹄子踩上去无声无息，耳边只有雪片狂舞摩擦出的沙沙声。四野全是白茫茫的软雪，连天空都给映白了，是那种苍苍茫茫的白。她像是走进了云团里，分不清哪是天哪是地，或者说就没有天没有地，整个世界全是雪，白白的雪。

我迷路了！这个念头一冒出来，困扰她很长时间的饥饿感就很清晰地冲了出来，在她身体里横冲直撞，把她的心揪得紧紧的。早就过了吃饭的时间了，她没带一点儿干粮，她以为几十只羊不算什么，现在她被这几十只羊带进了苍苍茫茫的云团里。

她想起爷爷说过的话。

爷爷说："万物有灵，青草是生命之神，河边的树是神木，每种动物都有自己的守护神。"

她问："人呢，牧羊人的守护神是谁呀？"

那时，爷爷正坐在毡房外，他仰望夜空，轻声说："星星。"

她也抬起头："啊，牧羊人有这么多守护神！"

"一人一个守护神，只有一颗星星属于你。"

她的目光就在闪闪的星光中寻找："哪一颗属于我呀？"

"朝你眨眼睛的那颗。"爷爷笑了。

"哎呀，全都在眨眼睛啊！"她兴奋地叫着。

眼下，被逼到绝境，她就想起了守护神。可是，这样的天气，到哪里去找星星啊。她从心底冒出冷森森的凉气，茫然无助地望着苍苍茫茫的云团。

忽然，云团里出现了一个黑影，慢慢蠕动，向她靠近。她的大脑和眼睛同时运作，终于确定那是一只狼。在确认的一瞬间，她的心猛地提起来，头皮一下子炸开了似的，饥饿也叫恐惧给冲散了。

羊群咩咩地叫着，缩成一堆。

狼越来越逼近它们。

它用贪婪的目光紧紧盯着羊群。它的脊背弓着，乱蓬蓬的毛上积了一层雪，瘪瘪的肚子上有一大块毛不知被什么撕扯掉了，露出脏乎乎的肚皮。它饿极了，要不然绝不会顶着暴风雪出来找吃的。

古丽努尔唯一的武器就是鞭子。她吼叫一声，向饿狼挥舞鞭子。狼一点都不怕她，停下来，仍然盯着羊，像是在思考以什么方式向它们发起进攻，考虑完就一步一步向羊群靠近，近得能看清狼嘴里吐出的猩红的舌头。

羊群发出哀叫，一个劲儿往一起挤，身体颤抖得像风中的树叶。

六

这时候，风雪中又出现一个黑影。

古丽努尔发现那个黑影的时候，浑身一惊，以为又来了个更大的野兽，要来夹击她。她的眼睛忙不过来了，扫一眼饿狼，又瞄一下新出现的对手。那黑影越走越近，她终于看清，那是个骑马巡逻的解放军叔叔，身后还背着步枪呢！她像见到了救星，拽动缰绳，拨马迎了上去。

不错，那正是李虎头和他的黑云雀，摇摇晃晃走过来了。古丽努尔还没靠近他，就闻见酒气。寒风把酒气撕扯得像一缕一缕的破棉絮，虽然稀薄，却很刺鼻。

古丽努尔本来要高叫一声"叔叔"，被酒气一熏，声音就低下去了："有狼！"

李虎头腰间的驼皮酒囊已经瘪下去了，酒让他热血沸腾，身子却软塌塌地堆了下去，满身积雪几乎把他变成了雪人。他沿着边防线的铁丝网朝前走，走啊走，早就突破了原有的巡逻范围。黑云雀多次停下脚步，打着响鼻，提醒他该返回了，可是，风雪猛烈，为了抵抗风雪，他喝了太多的酒，晕晕乎乎的，只知道前进，只要马儿停了，他就使劲儿驱赶，马又继续前进。然而，正是醉人的美酒，让古丽努尔得了救。如果不是美酒的力量促使李虎头多走出几里地，他就遇不到被困的牧羊女了。

古丽努尔的喊声，尽管低了些，在嗷嗷叫的风雪中突然冒出来，也足够他提神醒脑了。他抬起眼皮，看见古丽努尔脸蛋冻得青紫，眉毛、发梢都挂了白霜，一双眼睛在暗夜风雪中闪着急切恐惧的光。紧接着，他就听见咩咩咩咩的羊叫了。其实，羊一直在叫，惊慌不安地惨叫，可是他刚才什么都没听见，风声太大，雪闹得太猛，酒也灌得太多了，刚才好像梦游，古丽努尔把他唤醒了。他目光移动，立刻就发现了那只狼，信誓旦旦，正在他对面，他一激灵。

狼等不及了，一下子扑倒一只羊，撕咬起来。羊群溃退，给狼腾出了一块地方。羊血染在雪地上。夜色中，血不是红的，是浓浓的黑色，阴森森在雪地上漫延。

李虎头笨拙地摘下步枪，扣动扳机，向狼开火。

"砰——"没打中。

狼惊得跳起来，向远处逃窜。

"砰——"又没打中。

黑云雀扑上前，抬起后蹄，踢中狼的后腿，翻倒在地。风雪是狼的帮凶，狼的身影很快就成了远处的小黑点，若隐若现。

两声枪响，让李虎头彻底醒过神来了。

积雪已经没过脚面，狂舞的雪片还没有消停的意思。古丽努尔在雪野迷路，又遇上了狼，必须尽快把她和羊群转移到安全地带。茫茫雪原，想找到她的家人，那是不可能了。

"走吧，去哨所。"李虎头的舌根发硬，"只有这个办法了，先去哨所，眯一宿。"他拨转马头，准备返程。

"等等。"古丽努尔跳下马，去拽那只死羊。

羊刚被咬死，狼还没来得及享用。

"狼会回来的，把羊留下吧，狼就不会追上来了。"

古丽努尔抬起头，看见他棉帽上的五角星在雪光中闪动了一下，她想起了爷爷说的星星是牧羊人的守护神。眼前这个星星，也许就是来保护自己的。她跨上枣红马，赶着羊群，跟了上去。

边防线上的那道铁丝网，成了他们的向导，要不然，风雪弥漫，再有经验的牧羊人也没法辨清方向。

七

狼是不肯善罢甘休的，它一定会返回吃掉那只羊，甚至有可能追上来。追来的时候，也许就不是一只狼了，他们必须加快速度。可是，赶着羊群，他们快不起来，只能在风雪中慢慢蠕动。时不时，李虎头就回头看看古丽努尔，扫一眼身后迷蒙的雪野。

走出不远，狼就跟上来了，一共两只，除了刚才那个，还有只瘸腿的，不紧不慢地跟着他们，保持着安全距离。

狼会追来，李虎头想到了，但来得这么快，是出乎意料的。看来，它们不满足只猎到一只羊，先把那只羊存起来了，要有更大的收获。

李虎头看到瘸狼，就明白自己遇上了老对手。

那是去年，他刚到一八五团。入夏了，当地牧民在白沙湖里撒网捕鱼。白沙湖的鱼铺湖底，这是真的。长久以来，这里人烟稀少，湖里的鱼自生自长，不断繁殖，数量多得惊人。战士们条件艰苦，但是隔三岔五就能改善生活吃一顿鱼，却是艰苦中的乐事。牧民们早上撒网晚上收，几百斤的鱼捕上来，晾在湖边的草坡上。可是有一天，他们发现鱼比昨天晾晒的时候少了很多，仔细一瞧，周围的沙地上密密麻麻布满了爪印。啊，被狼偷吃了！第二天晚上，团部派李虎头和另一名战士，潜伏在湖边，伏击偷鱼的狼。这可苦了他们俩，白白挨了一宿蚊子咬，周身满是大包，却连个狼影也没见着。

一个牧羊人说："狼狡猾得很，它才不轻易上你们的圈套呢！"

李虎头问："难道狼能掐会算？"

"那倒不是。"牧羊人笑了，"狼的鼻子好使，顺风能闻出三里地，闻到人的汗泥味儿，枪的火药味儿，它老早就躲得远远的了。"

牧羊人有法子，在鱼堆四周摆下十多个盘狼夹子。半夜时分，忽听湖边鬼哭狼嚎的，知道是夹住狼了，李虎头操起步枪，举着火把往湖边奔。一共两只狼，一只的后腿被夹住，挣扎嚎叫，另一只围着它团团转。看见火光，为了帮助同伴解围，那狼孤注一掷，居然咬住同伴的后腿，疯狂撕扯。等李虎头赶到，盘狼夹子里只剩下一截狼爪子和一摊血迹。牧羊人惧怕狼，痛恨狼，也敬畏狼。那一刻，他被狼的这股狠劲儿给镇住了，也更理解了牧羊人对狼的态度。两只狼相伴着逃窜，完全在他的射程之内，但是他没有举枪。

李虎头让古丽努尔赶羊在前面走，自己断后。他把步枪端在手里，以防不测。他心里知道，在边防线上巡逻，是不能随便开枪的，枪声会引起敌人的注意，带来危险。刚才朝狼开枪，那是借着股酒劲儿，现在他清醒了。

狼的目标是羊。它们提防着人，一点儿一点儿向羊群逼近。

羊是一家人的生活依靠。古丽努尔心疼羊。狼已经靠近羊群，解放军叔叔怎么还无动于衷呢？她瞥一眼满身酒气的军人，忍不住驱马上前，壮着胆子要赶走狼。她的枣红马是牧羊人的坐骑，面对满嘴獠牙、面目狰狞的狼，忽然慌了神，吸溜溜一声嘶叫，高高扬起前蹄，人立起来。古丽努尔正挥着鞭子吓唬狼，没抓住缰绳，一家伙摔着雪地上。狼嘴近在眼前，呼哧呼哧喘息着，腥臭气扑鼻而来。

李虎头拔出枪管上的刺刀，刺向秃毛狼，它倒地哀号，那只瘸狼一颠一颠逃窜了。刺刀击中了秃毛狼的背部，它号叫着挣扎着，还要扑向古丽努尔。李虎头驱马上前，隔开了疯狂的饿狼。古丽努尔趁机爬起，拽住缰绳，上了马。李虎头跳下马，再次刺向挣扎反扑的饿狼。这时，那只瘸狼又反扑回来，在李虎头的后面搞偷袭。

"狼！狼！"古丽努尔惊叫着。

李虎头醒悟过来时，瘸狼的两只前爪已经搭上肩头。秃毛狼已经不动了，他扔掉步枪，抬手抓住肩头毛烘烘的狼爪子，使劲儿往上一提，脑袋死死顶住狼的下颌，瘸狼痛苦地仰着头，张不开嘴了，身子疯狂扭动。李虎头的手像铁钳子一样有力，狼仅存的一条后爪把他棉衣都挠碎了，也没挣脱开。

他要寻找一棵树或者一块岩石，压住瘸狼，制服它。周围光秃秃的，没有可供依靠的东西。他朝边防线的铁丝网走去，一下子靠了上去，压得铁丝网吱嘎作响，摇摇晃晃。可是，铁丝网上的芒刺只能刺破狼的皮肉，疼痛让它变得更加疯狂。

古丽努尔不知如何是好，枣红马慌乱地转圈。

黑云雀的蹄子咔咔地刨着积雪，仰头嘶鸣。

忽然，古丽努尔摸到了腰刀。那是把小刀子，只有一拃长，吃饭时用来切肉的。她握着刀子，跳下马，向瘸狼逼近。

她举起刀子，手臂剧烈颤抖，仿佛这刀子也像瘸狼似的，要挣脱了。她没伤害过任何生灵，家里宰羊，她都躲得远远的。

李虎头梗着脖子，拼命顶着狼的下颌。他明白了，姑娘不敢下手，一切只能靠自己了。他看见扔掉的步枪在十几步远的雪地上。他决定了，把狼甩出去，甩得越远越好，然后捡枪还击。想到这里，他朝古丽努尔大喊一声"快上马"，见她慌慌张张爬上了马背，便猛足力气，以最快速度，拽起狼的两只前爪，一下子甩了出去。狼哀号着，在雪地上打了几个滚儿。瞬间，黑云雀冲上去，尥蹶子击中了狼腰。狼腰是最脆弱的，不堪一击，那狼一下子就瘫在地上不动了。

八

狭小的哨所二十多平方米，仅有一炕一桌，几十只羊都拥进来，挤得人没地方站。外面倒是有个马棚，只能容纳两匹马，羊是绝对进不去了。

一起值班的那个战友，被羊群挤得跳上了炕，大喊："李虎头，你疯了!"

李虎头跟在羊屁股后面进来了,脖颈上都是血,棉军衣破破烂烂。

"你受伤了?"战友惊讶。

"我没事。"他把古丽努尔拉进来,"放羊姑娘迷了路,又遇上狼,得在咱们哨所住一夜了。"

"这……这是要受处分的,"战友很为难,"送她去牧村或是团部吧。"

"你去送吧,这雪能把人淹死。"李虎头坐到桌子上。

战友瞅瞅门外,又看看眼睛红肿、瑟瑟发抖的放羊女孩,脸上都冻裂了口子,没再吭声。

"炕,让给小姑娘,咱俩在桌上放哨,看羊。"李虎头做出安排,掏出驼皮酒囊又要喝一口,才发现酒囊被狼爪子挠破了。

天亮后,雪停了,羊群走出哨所,眯缝着眼睛咩咩叫,李虎头把喂马的草料给它们吃。哨所被折磨成了羊圈,满地羊粪,膻臭刺鼻,大冷天,也要推开窗户透透气了。如果是春夏时节,会有阿拉克别克河的清凉潮湿的空气涌进来,现在只有干冷的风,夹带着窗台上的雪屑往里钻。

古丽努尔和她的羊群被送到团部,等待与家人会合。

当天上午,李虎头也去了团部。他接到命令,带酒巡逻,违反纪律,立刻上缴武器和军马,被关进了禁闭室。念其救助牧民,少关两天。

黑云雀见不到主人,胡踢乱卷,谁也降不住他。

晚饭后,团部马场中心吊马桩子的周围,聚着一群人。马桩上,那匹黑骏马被绑着。它昂头伸颈,瞪着两只铜铃般的大眼睛,射出两道利剑似的光,鼻孔不停地翕动,喷出股股白气,真有楚霸王的气概呢!战士们费了九牛二虎之力,才把它缚在这两根碗口粗的吊马桩上,周围还密密麻麻、扎扎实实缠了四条粗壮的围绳,它却毫不示弱，仍然挣扎着，嘶叫着，弹跳着，把那两根吊马桩弄得嘎吱嘎吱响。两个战士浑身汗，鞍子却挨不着马背。

"我来！"只听一声喊，人群后面走来了李虎头。

这是哨所的战友想的法子，请这马的主人来试试。于是，李虎头从禁闭室被叫了出来。

一听见主人的声音，黑云雀突然就安静了，定定地望着越走越近的李虎头。

他轻轻拍拍马脖子，在它的耳边小声哼唱"云头里飞来一只黑云雀"，给它解开绳子，它温驯地离开吊马桩。李虎头抚摸它黑亮的皮毛上勒出的道道绳痕，心疼地叹了口气。他从战士手中接过鞍子，给马套上，纵身上马。他两腿用力一夹，黑云雀如离弦之箭，嗖地跃过一米多高的围墙，在广袤的雪原上风驰电掣般奔跑，李虎头如腾云驾雾，心里暗暗高兴，更多的是恋恋不舍。半个多小时的驰骋，黑云雀不那么疯狂了，喘息着放慢了速度，他们才返回马场。

李虎头犯了错误，不能再当哨兵了，团部安排他在农技站种庄稼。黑云雀多日不见主人，便烦躁不安。好在农技站与哨所并不远，李虎头就隔三岔五回哨所去看看它。黑云雀一天天消瘦了，战友们于心不忍，团部把这匹军马调配给农技站，跟随李虎头去耕作、拉车。唉，人人都说是大材小用了。可是，只要和主人在一起，这马就服服帖帖，又焕发出光彩，干起活来任劳任怨。

过了些时日，因为边防的需要，团部组建了骑兵连，急需一批熟悉马性的战士，李虎头报了名。谁都知道，他和黑云雀是天生一对号搭档，他们从农技站又回到了边防站。

李虎头和黑云雀还有一段惊心动魄的故事呢！

九

到骑兵连不久，连队举行乘马射击实弹考核。

"砰！"空中升起一颗绿色信号弹。

李虎头把缰绳一抖，两腿一夹，脚跟一磕，黑云雀像插翅的猛虎，向跑道奔去。马蹄像密集的鼓点敲打着地面，击起火花，蹄后扬起了浓浓的尘雾。

离第一组靶子还有十几米远了，李虎头正要举枪瞄准，突然，黑云雀像惊弓之鸟，向右一闪，闯出了跑道，发疯似的向草滩上飞去。大家都抽了一口冷气。好一会儿，李虎头骑着黑云雀转回来了，马浑身湿漉漉的，不住地喘气，肚子下的汗水像漏斗似的，滴答滴答流个不停。

李虎头也是满头的汗，回到起跑线，向连长请求："报告，我请求重新射击！"

连长望着这个脸膛黝黑的战士，打心眼里喜欢。按照规定，这种情况可以重新打，所以肯定地答复："可以！"

李虎头调转马头，做好准备，连长一声令下："冲击——"

黑云雀冲了出去。

"哒哒哒！"枪声响了。

大家都向靶台望去，一面白牌缓缓升起：脱靶！

此时，李虎头已经接近第二组靶子，"哒哒哒！"三发子弹又出去了，结果，还是脱了靶。

第一次实弹考核，李虎头居然不合格，这是谁都没想到的。李虎头高大魁梧，黑云雀英俊矫健；李虎头有脾气也有本事，黑云雀性子暴烈，却是匹千里马。连长对他们寄予厚望，没想到……

"怎么搞的？"连长又焦急又不解。

"这马……"黑云雀仰头打了个响鼻，喷了李虎头一脸沫子，"这马不听使唤了，我一举枪，它就躲闪。"

连长有经验，说："它在地里劳作了一年，缺乏训练，胆子变小了，需要安抚调教，但是这很麻烦，不行的话，换一匹马。"

"请连长放心，我一定能把它调教好！"李虎头立刻表态。

好不容易团聚了，他怎么舍得离开黑云雀呢，何况只是一点儿小问题。

可是，回到营房，战友们围着他七嘴八舌议论开了："这可不是小问题，直接影响我们三班的成绩呀！""如果是在哨所，只是骑它去巡逻，那是小问题，现在这是骑兵连，马是骑兵的生命！""马这东西，一旦对什么有了畏惧心理，很难调教。"

…………

李虎头牵着黑云雀走出营房。

战士们看见，一人一马，在黄昏的土路上越走越远。

李虎头没上马，他与黑云雀并肩走着，走得慢悠悠的，像饭后散步。人和马，都沉默着，戈壁滩也沉默着。风懒洋洋的，带着白天的燥热涌过来，像绊了一跤似的，扑倒在地，就消失了。

十

他们一直走啊走，穿过白桦林，走近白沙湖。

蓝色的湖水变成橙红色的了，敞开胸怀，映着夕阳，正等待他们的到来。白沙湖是他们的老朋友了。黑云雀蹚进水里，饮水喝。李虎头甩掉鞋子，挽起裤腿，也走进去，解掉缰绳，掏出刷子给它洗澡。其实，在马棚里也能洗，拎着水桶往马身上浇水，照样洗得干干净净。但是，黑云雀喜欢在白沙湖里洗，这澡盆子多大呀，每次痛痛快快洗过之后，黑云雀就温驯乖巧很多。这是李虎头给它惯的毛病，也是他摸出来的规律。

刷子从马腿刷起。马腿对马的非常重要，马少一条腿必死无疑，甚至只是跛脚，那也没什么用处了。马蹄子下面泥土、石子、木屑填塞，不及时清理，会使马蹄生病溃烂。每天牵马出征或是回到马棚，第一件事就是用蹄钩将马蹄内的杂物清除干净。李虎头一只手抱紧马蹄，一只手挥舞刷子，顺向洗刷。只要你不怕马，动作踏实，马儿会乖乖地站在那让你清洗的。

蹄子洗净了，李虎头拍拍马屁股，马就卧倒在浅水里，尾巴甩来甩去，等着享受另一番洗刷。猪鬃刷子跟黑云雀的黑色皮毛摩擦，发出悦耳的唰唰声。马儿咀嚼草料就是这么唰唰响，大步走在草原上，鞋子、裤腿碰触茅草，也是这样唰唰响，听着就叫人爽快。黑云雀微闭着眼睛，不时蹭一蹭主人的腿。望着夕阳下这美好和谐的情景，下午实弹考核中的失败好像根本就没发生，那只是场梦，现在梦醒了。

黑云雀打着湿漉漉的响鼻，从水中站起来，余晖洒在它身上，黑亮的皮毛镀了一层金光。重新套上缰绳，往回来的时候，主人开始跟它谈心了。

"今天，你可丢脸了，知道吗？"

它目视前方，好像没听见。

主人盯着它的眼睛，提高了嗓门："老伙计，这是咱俩第一次展示，以后还有很多次呢，你老是躲躲闪闪可不行，遇到敌人，你躲了，我们就是逃兵。"

它低下头，似乎挺惭愧的。

"明天开始，加强训练，你要吃点苦头了。"

它眨巴眨巴乌溜溜的眼睛，仿佛在琢磨。

此时，他们正穿过白桦林。

李虎头勒住缰绳，指着一棵棵白桦树："看，一只只眼睛都盯着咱们呢！骑兵连是宁死不屈的钢刀连，只许胜利，不许失败！"

第二天，艰苦的训练开始了。

一大早，李虎头就骑马飞驰，突然举枪，没等扣动扳机，黑云雀就躲闪了。他不肯罢休，一次又一次试射。这时候，他和黑云雀不是老伙计、亲兄弟、好朋友了，真像一对冤家，黑云雀被训出一身汗，打出悠长而潮湿的吐噜。李虎头抱住马脖子，两条胳膊把马缠得很紧，在它的耳边说了许多话，又在马的眼前举起枪，拆来枪管给它看，就像给学生讲解机械原理似的。他还把枪管横在嘴边，像吹竹笛，嘴巴发出呜呜的声响，简直就是在哄孩子了。黑云雀眨巴眨巴眼睛，好奇而又专注地看着他，好像很理解主人。可是一旦在奔跑时举起枪，它又胆怯了。

太阳升高，烈日炎炎，李虎头舍不得再折磨马了。他把黑云雀送回马棚，自己却没歇着。

正午，太阳像一团火球，炙烤着大地。戈壁滩上的石头被晒得滚烫滚烫，连路旁的红柳、沙枣树，都被晒得卷起了叶子。李虎头像个淘气的孩子，骑在路旁一堵断墙上，进行马上功夫马下练。在他左前方二十多米处的大树下，粘贴着一张极小的人像靶子。他手端冲锋枪，正聚精会神地瞄准。烈日下，晒得脸颊黑里透红，汗水像断线的珠子似的流进眼里，他只是狠劲儿挤挤眼睛。

有时候，你也会看到，李虎头和一个战友在活动压板上一上一下地运动着。他手端冲锋枪在瞄准一根柱子。战友掌握时机，当压板腾至半空，基本和李虎头保持水平时，他两腿并拢，用力一蹲，压板便猛地一闪。就在这一闪的瞬间，李虎头一扣扳机，"啪！"一声空枪响。"好啊！"战友高叫一声。李虎头的反应越来越快了。这都是为了克服黑云雀躲闪的毛病，他要骑着黑云雀打出神枪来。

十一

夏季即将结束，牛羊都吃得膘肥体重，黑云雀的胆子也大起来了。

那是个黄昏时分，一个牧羊人满身尘土，跌跌撞撞跑进边防哨所。他的羊群被几个人劫走了，就要越过边防线了。

骑兵连接到消息，连长命令李虎头带三个战士去追击。

四匹战马，风驰电掣，赶到边防线的时候，他们发现被劫走的不只是羊群，还有马群。一看那马就是伊犁马，产自天山北坡伊犁

137

河流域的骏马，体格高大，头部小巧伶俐，眼大眸明，头颈高昂，四肢强健。不知道哪个牧马人遭了劫。那几个坏人骑在马上，疯狂地驱赶羊群、马匹越过边防线，铁丝网已经剪开了口子。

李虎头策马扬鞭，一马当先，冲上去拦截。刚拐过一道山梁，只见一道黑影闪过，迎面飞来一束手榴弹，是好几颗捆绑在一起的，轰的一声，硝烟弥漫，烟尘腾腾，一丛红柳应声抛向空中。刹那间，一个丈许的陷坑横在面前。

看来，敌人早有预谋！李虎头稍一犹豫，正想勒马绕道，哪知黑云雀毫不畏缩，呼地一下向前扑去。四蹄悬空，尚未着地，正在这千钧一发的关头，面前出现了敌人，说时迟那时快，李虎头"嗒嗒嗒"一个点射，敌人赶紧躲在岩石后面，乱作一团。黑云雀像一股旋风，向敌人冲去。李虎头抽出雪亮的马刀，左劈右砍，杀得敌人东躲西藏。

忽然，"砰！砰！"传来几声枪响。李虎头举目一望，山梁左侧还藏着一个家伙。他勒转马头，奔不多远，正面一堵高达半米的土坎挡住去路。他两腿一磕，黑云雀真的变成了插翅的云雀，卷起沙土，带着一股黄风，倏地腾跃过去，还没等稳住身子，敌人又开火了，李虎头赶紧俯身马背，黑云雀迎着子弹冲上山梁。李虎头向敌人隐藏的地方扫射，压住对方的火力。

正在这时，又是几声枪响，黑云雀发出一声嘶鸣，速度放慢，摇摇晃晃的。李虎头的脑袋嗡的一声，黑云雀中弹了！他还没来得及跳下马，黑云雀就一头栽倒，他的一条腿压在马鞍下。他使劲儿抽腿，无济于事，马的身子太沉了。

黑云雀扭头瞅瞅主人，乌溜溜的眼睛还是那么明亮。一大摊鲜血已经染红了它身前的土地。它收回目光，高昂的头无力地低垂下去，低垂下去，伏在了地面上，喘息着。李虎头感觉到它全身都在颤抖，以为是疼痛使它颤抖，他忍不住心痛地在它耳边呼唤了一声"黑云雀"。突然，颤抖加剧，黑云雀猛地拱起背部，支撑起身子。

那一瞬间，李虎头惊呆了，忘记了趁机抽出他的腿，直到黑云雀打着响鼻，催促他，他才醒过神来。腿刚抽出来，马的身子就扑通一下瘫倒了，再也没起来。

戈壁滩上传来马蹄声，远处烟尘滚滚，骑兵连的增援部队来了。敌人落荒而逃，羊群、马群顺利回到牧民手中。

在骑兵心中，战马是生死与共的伙伴，战马逝去，都是要埋葬的，但不留坟头。黑云雀特殊了，它被埋葬在白沙湖畔的白桦林里，并垒砌了高高的坟头。李虎头说，垒得大些，它睡着舒服，它喜欢白沙湖，睡在湖边，能梦见在湖里洗澡。黑云雀跟李虎头一起训练遭的罪，有目共睹，战友们都赞叹它是踏雪乌骓，马中英雄，大家一起为它送葬，坟头垒到一人多高，那高度就像它站在你面前，微微仰头才能和它对视。

那一年，李虎头举起右拳，在党旗前庄严宣誓，他加入了中国共产党！那匹毛色乌黑的骏马，那双明亮的乌溜溜的眼睛，老是在他眼前闪现。

夏日，我走进那片白桦林，凉丝丝的气息扑面而来。六十年过去了，那座墓地还没变样，依然那么高大。六十年前的故事，已经成为历史，我们的生活离马越来越远了，但是往事不该忘记。我采一束野花，献在墓前。抬起头，透过树隙，我看见白沙湖碧水悠悠，静静地仰望着蓝天，我也向天空望去。不时有飞鸟掠过，那里一定有骏马黑云雀的身影……

本文刊载于《儿童文学·经典》2021年第5-6期

会飞的书箱

张凤凯

一

"植股山、明长城、烽火台都没变,只是……啥时候种了这么多桑葚树。"李国庆带着小孙子洋洋,站在山脚下的农家院里,看着漫山遍野的桑葚树感慨道。

就连农家院的院子里,也都种上了桑葚树。高大的桑葚树遮天蔽日,枝叶伸出了墙头,树上挂满了青红紫色的桑葚果。

洋洋仰头望着桑葚,拍手说:"爷爷,我要上树摘桑葚!"

"好啊,我记得村子里的老谷家有棵桑葚树。我像你这么大时,放学了常和小伙伴们爬到树上摘桑葚,坐在树下写作业,看小人书……"李国庆摸着洋洋的头说。

忽然,洋洋被院里的一面网红墙吸引了,墙上镶嵌着许多老物件。洋洋一个也不认识,李国庆就给他讲:"这是石头碾子,碾米面用的;这是磨盘,能磨豆腐;这是拴驴的食槽;这是烧大锅的风箱……"

"欢迎光临，客人是从哪里来的？"一位身穿蓝色蜡染服装的中年女人笑盈盈地上前打招呼。

"我也是谷家窝铺人啊，只不过离开这里有四十多年了。"李国庆说。

"这么说，大伯是老乡啊，快请进！"女人挑帘把李国庆和洋洋让进了屋。

屋子大堂吧台后面有一面墙，墙上砌的木板上摆着十二英寸的黑白电视机、双卡录音机、红灯牌收音机……李国庆扫视了一遍老物件，目光停在了吧台左边酒柜旁的书架，书架上放着一只木箱。

木箱好像一块磁铁，把李国庆的眼睛给吸住了。

"能不能把木箱拿下来，让我看看。"李国庆的声音有些颤抖。

女人把木箱取了下来，交给李国庆。

李国庆小心抱住，就像抱着褓褓中的婴儿，一脸惊喜。

这个木箱跟学生书包的大小差不多，只是稍厚些，由于年头太久，颜色暗红，已经看不清本色。箱盖和箱面之间有一道缝隙，一个心形铜鼻子扣在上面。隐约能看清木箱的两边各画着一只白色的翅膀。

李国庆把箱子放在桌子上，用手抚摸着，仔细看了个遍，才轻轻打开。

箱子散发出一股发霉的味道，里面糊着发黄的旧报纸。

"书、书呢？"李国庆急切地问。

"有，在这儿呢！现在，这些小人书是咱网红农家院的镇店之宝。"女人指着书架上面最显眼的书格说。

李国庆走到书架前，眯着眼细看，《林海雪原》《哪吒闹海》《钢铁是怎样炼成的》……各式各样的小人书有十多本。他小心地把《哪吒闹海》从书架上抽出来，封面上画的是手拿乾坤圈的三太子，正骑在小白龙身上大显神威，彩色的图案已经磨得发白，布满了时光的斑驳。李国庆颤抖着翻开扉页，上面赫然出现歪歪扭扭的几个字。虽然钢笔水已经褪色，但稚嫩的字迹依稀可辨。

洋洋也伸过小脑袋跟着看了一眼，他指着上面的字，惊奇地喊："爷爷，是您的名字耶！"

二

《哪吒闹海》小人书的主人是李国庆，木箱的主人也是李国庆。

四十八年前，李国庆像洋洋这么大，在读小学五年级。一次期中考试，他算术、语文得了双百，爸爸从镇上供销社花八分钱买了这本小人书奖励他。

算上这本《哪吒闹海》，李国庆已经有六本小人书了。

李国庆挺爱惜小人书，他把新买的小人书的封皮都用报纸包起来。会木匠的爸爸还给他做了个书箱，算是给小人书安了个新家。

书箱做好了，外面还刷上了红油漆，光滑明亮，真气派。李国庆用报纸把书箱里面糊上，他要让小人书舒舒服服地躺在新家里。

李国庆的小伙伴大中子有五本小人书，小奎有三本，二印有两本，只有六枝儿一本都没有。

小伙伴们常把小人书带到李国庆家，写完作业，就一起看书。有时，小伙伴们的小人书还会在李国庆的书箱里"住宿"。

五颜六色的小人书躺在书箱里，每本书都有自己的故事。那故事比供销社卖的槽子糕香，比彩纸包着的糖块儿甜。李国庆和小伙伴们总是看得津津有味。

三

李国庆最烦的是六枝儿，因为他一本小人书也没有。

六枝儿的大名叫谷爱民，他一出生，右手大拇指旁就多了一节，像树枝似的伸着。因此，除了学校老师，家里家外都喊他六枝儿。

六枝儿上边有两个哥哥一个姐姐，所以六枝儿穿的衣服都是捡哥哥剩的，不是洗得看不清本色，就是补丁摞补丁，还又肥又大，穿身上就像打锣的。

六枝儿家里有那么多张嘴，连饭都吃不饱，哪有钱买小人书唉。

没钱买小人书，并不影响六枝儿对小人书的喜爱。他爱看小人书，看见小人书就走不动道，跟有馋虫似的。

六枝儿比李国庆小一岁，上小学四年级。放学了，六枝儿经常跟小伙伴上李国庆家蹭小人书看。

虽然一个村子住，但李国庆和六枝儿并不要好。六枝儿来看小人书，李国庆心里老疙疙瘩瘩的。

六枝儿趴炕沿上刚翻开书，李国庆就说："小心炕席把小人书划坏了。"六枝儿就赶紧用戏服一般肥大的袖子擦擦炕席，然后把书拿起来轻轻翻页。

六枝儿刚看两页，李国庆又说："别把小人书摸脏了。"六枝儿就放下小人书，飞跑到院子的井边，把身子都扑在井把子上，打着吊儿压出水，接水洗手，再把手心手背往衣服上蹭两蹭，蹭干了，才回屋继续看书。

看着看着，六枝儿的大鼻涕就像两列火车，从鼻子的"火车道"里爬出来。他看得入迷了，两列"火车"随着气流交汇成一个鼻涕泡，晶莹剔透。李国庆看了，大声喊："快把鼻涕吸回去，整小人书上了！"鼻涕泡受到惊吓，顿时炸裂，连滚带爬沿着"火车道"溜回"山洞"。六枝儿伸出舌头抿了抿"火车道"上的残余泡沫，又抄起袖子一抹，往两肋上蹭了蹭。

李国庆和小伙伴们顿时哄笑起来，笑声都快把房盖掀开了。

这笑声好像电波，在六枝儿的脸上通了电，他的脸就像红灯笼那样红。

四

李国庆以为，六枝儿会像他的大鼻涕一样，黏糊糊地甩不掉。谁想，过完"六一"，六枝儿就没影儿了。

"六一"儿童节那天，六枝儿的爸妈带他去省城医院做手术，把六指截去了。

六枝儿出院，李国庆和伙伴们去看他。

六枝儿右手大拇指用纱布包着，厚厚的，像个纺线锤。

伙伴们到了六枝儿家，发现六枝儿正趴在炕上看小人书，鼻涕在"火车道"上来回进退，差点掉在小人书上。

李国庆用眼睛一瞄，六枝儿看的这本小人书要比他书箱里所有的小人书都大一号，也厚得多。他凑到跟前，把小人书合拢，看到这本书的名字叫《林海雪原》，封面上画的是威武的杨子荣在林海中挥枪作战的场面。

六枝儿把小人书扬了扬，像炫耀宝贝。

"看吧！你们先看，随便看……"六枝儿用袖子擦了把鼻涕，大方地把小人书递过来。

小伙伴们抢过小人书，趴在炕沿上，头挨头看了起来。

李国庆看了小人书封底的定价：一角二分。这本小人书只有省城的新华书店才有卖。他的心里像有几只小爪子在抓挠。

李国庆想了想，悄悄对着六枝儿的耳朵说："这本小人书卖我吧？"

六枝儿吸了吸鼻涕，晃了晃脑袋。

"我给你两角，能买两本新小人书。"李国庆说。

六枝儿依旧摇头。

"我拿新买的《哪吒闹海》跟你换，咋样？"李国庆说。

"不换。你想看就看呗！借也行，你拿回家看也行。"六枝儿长这么大就有这一本小人书，还是因为截手指头，爸妈才给买的，他实在舍不得。

李国庆太想得到《林海雪原》了。他想：这要是放在书箱里，那就是书头，太打眼了，无论如何他也要得到。

第二天放学，李国庆和大中子拐到四年级教室门口。

六枝儿从班里出来了，身后跟着几个同学。六枝儿右手大拇指依旧包着纱布，他用左手拿着《林海雪原》。李国庆觉得，六枝儿那神气样，好像他家的那只芦花鸡。

"咱俩打个赌，你敢不敢？"李国庆问。

六枝儿吸了吸鼻涕，问："赌啥呀？"

李国庆从书包里掏出那本《哪吒闹海》小人书，又掏出一本《钢铁是怎样炼成的》，在六枝儿眼前晃了晃，说："赌赢了，这两本小人书都归你！"

五

李国庆要六枝儿赌《林海雪原》，六枝下意识地把小人书搂在了怀里。

大中子等小伙伴儿都在旁边撺掇六枝儿："赌呗，你赢了，李国庆的两本小人书全归你，你就有三本小人书，真是太合算了！"

李国庆出的题目是：京剧演员梅兰芳是男的还是女的？

六枝儿睁大眼睛看着李国庆，他没想到这个题目太简单，简单得就像桑葚树上结什么果一样。他这回没淌鼻涕，嘴巴里流出了口水。

"女的！"六枝儿张口就来。

过大年前，六枝儿家西院刘二奶家买了张年画，现在还贴在墙上。那年画印的就是梅兰芳《贵妃醉酒》的剧照，下面写着梅兰芳饰杨贵妃。六枝儿咋看画上的人都是女的。刘二奶还跟他说："贵妃才凤冠霞帔的打扮。"贵妃是皇上的妃子，皇上的妃子能是男的吗？

再说，梅兰芳的名字一听就是女的，村里不管叫小梅小兰小芳的，哪个不是女的？六枝儿说完，用袖子擦干口水，右手上扬，好像在宣示胜利。

"你输了！"李国庆一拍大腿，一蹦三尺高。

不光六枝儿不服，大中子也不服，跟在六枝儿后面的同学也睁大眼睛看着李国庆。

"梅兰芳是男的。"李国庆收敛了笑容，把手往六枝儿跟前伸了伸——他的手差点儿碰着六枝儿的下巴。

"你说男的就男的？我不信！"六枝儿把小人书搂得更紧了。

"走，问老师去。"李国庆扯着六枝儿进了办公室。

教美术的林老师先是批评了孩子们，不该拿别人的性别做赌注，之后又告诉孩子们，梅兰芳先生是杰出的京剧演员，他演的角色是女的，但梅兰芳先生是男的。这是一种特有的艺术表现形式，但梅兰芳先生演的是五大行当中的"旦"角。

六枝儿听完，身子晃了晃。

"拿来吧？"出了办公室，李国庆又伸出手。

六枝儿一声不吭，双手搂着书，用"张嘴"的鞋使劲儿踢办公室外的墙根儿，踢得破损处直掉墙皮。

李国庆说："男子汉大丈夫，说话不算数？"

大中子还有六枝儿身边的小伙伴儿都看着六枝儿。他们的目光像正午的太阳，热辣辣的，一下子把六枝儿烤蔫了。

六枝儿看了看手里的小人书，把眼一闭，递给了李国庆。

看着李国庆和大中子拿着书远去的背影，六枝儿抬起两只手背，在眼睛上使劲儿擦了擦。

六

李国庆赢了《林海雪原》，却怎么也欢喜不起来。回家的路上，走着走着大中子就和他走散了。说好的，赢了小人书去他家看，大中子咋不去了呢？

第二天上学，李国庆把《林海雪原》带到班上，他以为同学们会抢着看，可谁都没理他。他把小人书拿给大中子，大中子直晃脑袋，好像这本小人书是最让人头疼的数学练习册。

李国庆不理解，他又把《林海雪原》悄悄放在同桌王小芳的语文书上，王小芳竟然抓起小人书给摔在了地上。

放学后，李国庆没有直接回家，他悄悄跟在大中子的后边。他发现，大中子竟然去四年级教室门口等六枝儿，然后结伴儿去了六枝儿家。

芒种时节，正是桑葚下来的时候。六枝儿家院里的桑葚树结满了桑葚果，青的、红的、紫的缀满枝头。有性急的桑葚果在树上坐不住，就从枝叶间蹦到了地下，不想却成了鸡妈妈和孩子们的甜点。

大中子和小伙伴儿们进了六枝儿家，放下书包，一个个像猴子似地爬到树上。王小芳和几个女同学也来了，她们把书包放在树下的碾盘上，开始写作业。

"李国庆知道梅兰芳是男的，才跟你赌的。"二印跟六枝儿说。

"他欺负小孩儿，太不够意思了。"大中子说。

"他要再跟我显摆小人书，我就告诉老师，给他没收！"王小芳尖着嗓子说。

李国庆悄悄回到家，从书包里掏出《林海雪原》，看着看着，眼泪"滴吧滴吧"掉了下来，落到书上，把书都打湿了。

妈妈吓了一跳，忙拿毛巾给他擦眼泪，然后问他咋了？可不管妈妈怎么问，李国庆就是不说。问急了，他嘴一撇，竟然哭开了。

看到爸爸上工回来，李国庆一头扎进爸爸怀里，抽噎着说："我白叫他们看小人书了，他们都不跟我好了……"

"怎么了？"爸爸不解。

李国庆断断续续地把事情的经过告诉了爸爸。

爸爸听完，用右手拇指和食指拢成了个环形，伸到唇边哈了哈气，对着李国庆的脑门弹了一个大脑瓜崩儿："白给你买小人书了，你是一本都没看明白。"

七

脑瓜崩儿把李国庆的泪水都弹飞了，也让他清醒了。他搬起书箱往外走去。

李国庆来到六枝儿家，把书箱重重地放在桑葚树下的碾盘上。

六枝儿和几个小伙伴还在树上摘桑葚果，王小芳和女同伴则坐在碾盘边吃桑葚，她们一个个嘴唇被染得紫青紫青的，好像化了浓妆。

"看小人书，看小人书吧……"李国庆压低嗓子喊。

王小芳翻了翻白眼，把头一扭。大中子和小伙伴儿们依旧在摘桑葚。

只有六枝儿从树上出溜下来，他抹了把鼻涕，问李国庆："你干吗？"

"往后，这书谁想看谁看！"李国庆说。

"我一本小人书都没有了，也能看吗？"六枝儿问。

"能看，能看。"李国庆赶紧说。

"你不嫌我手埋汰，淌鼻涕？"六枝儿举起右手，像是举起一个大问号。

"不嫌，不嫌，都是好伙伴！"李国庆说。

听了李国庆的话，小伙伴们这才从树上溜了下来。

大中子说："明天我把我的小人书也拿来，搁书箱子里，大家一起看。"

"我的小人书也拿来！"

"这个主意好，书箱里的小人书是大家的，大家随便看，就不分你我了!"

小伙伴们七嘴八舌地说。

"那这书箱就放在六枝儿家的桑葚树下，放学后，咱们写完作业就上他家碾盘边上看书。"李国庆说。

"那还不如把书箱放学校呢!"六枝儿提议说。

第二天，李国庆和六枝儿抱着书箱来到学校。他们把想法跟林老师一说，林老师惊喜地看着他们，说："好主意啊! 书箱放在班里，同学们谁有课外书，都可以拿来放在漂亮的书箱里。往后，还可以轮着放到每个班里，这样书箱里的书会更多、更丰富!"

李国庆和六枝儿高兴得直拍手。

"我们给这书箱起个名字，叫流动的……不，叫会飞的书箱吧!"林老师说着，从办公柜里拿出画笔和颜料，给箱子画了两只乳白色的翅膀。

林老师画得真好啊，书箱上的两只翅膀像是活了，轻轻扇动着，带着箱子飞起来了。小伙伴儿们仿佛看到，箱子从一个班级飞到另一个班级……箱子一直在飞，飞得越来越高，都飞到了天上。

八

李国庆抚摸着箱子，思绪也随箱子飞了起来。

"后来，我去镇上念初中，小人书和箱子就留给了学校。再后来，我上城里念高中、念大学，直至在省城工作，再也没回过家乡。我听说，村里原来的学校早就并到镇上的中心小学了，学校有专门的图书馆。我以为，那只会飞的书箱早就找不到了，怎么会摆在农家院的大堂上呢?"李国庆问女人。

女人笑吟吟地说："两年前，我看村里桑葚产业搞起来了，来咱这儿旅游的人一年比一年多，我就想开一家农家乐。我爹跟我说，农家乐不能光有吃，有喝、玩乐，还要有文化内涵，这样才能开长久。所以，我建了网红墙，搜集老物件，办了免费的图书馆和民俗展览馆。上年岁的游客来了，看到老物件能怀旧，年轻人也长见识，这不也是一种文化传承嘛。这只画着翅膀的书箱和里边的小人书，是我爹的宝贝。开业时，他送给我，说让更多的游客能看到……"

"你爹叫什么名字？"李国庆问。

"谷爱民。"女人说。

"六枝儿？快带我见见他。"李国庆站起来，热切地跟女人说。

没等女人答话，从楼上传来急切的脚步声，一个粗犷的声音嚷道："谁想见我？"

本文刊载于《东方少年·快乐文学》2023年第5期

击个掌吧，少年

李广宇

一

刘子琪妈妈冲进教室的那个瞬间，所有人都惊呆！刘子琪甚至没能一眼认出那是自己的妈妈。怒气冲冲，披头散发。班主任老师最先从震惊中缓醒过来，伸手阻止道："这位家长，你有什么事吗？"刘子琪的妈妈却推开老师的手臂，大叫道："王文博！王文博在哪！"所有人的目光都落在靠窗的第三排。王文博也吓呆了。他的脸色发白，身体不由自主地向课桌下滑去。刘子琪的妈妈猛地冲到王文博的书桌前，用手狠狠地拍着桌子，质问道："是不是你！是不是你打了刘子琪？"

前一天晚上，刘子琪回到家，一直用手挡在右脸上。但终究躲不过妈妈的目光。伤痕已经发青，很大一块。妈妈凑近了，仔细看，声色俱厉地问："这是怎么回事？"这一问，刘子琪的眼泪就止不住了。

王文博用书包打刘子琪的头，一边打还一边质问："你再打不小报告了？你说！你再打不打了？"刘子琪蹲在地上，用手护着头，什么话都说不出来。这个时候，对和错都不重要了，只有委屈。刘子琪抽泣着对妈妈说："不是我想跟老师报告，而是老师说，要是我不举报，她就不让我当班长了……"这话让妈妈的怒火迸发，她大叫道："让你举报你就说吗？你傻吗？"刘子琪摇摇头，很认真地说："我不傻。"

刘子琪当然不傻。他是班长，这个职位得来不易。在班里，刘子琪普通得像空气一样，他不爱说话，也不爱运动，还胖，大家都笑话他，给他起外号。但王文博不会。王文博是刘子琪最好的朋友。班里的孩子都知道。王文博是学校足球队队员，他不爱学习，他的梦想是踢中超，那样他就可以成为万众瞩目的大球星。

王文博说："你别怕，冲刺跑我跟你一组，我让你当第一。"王文博说到做到。体育老师看出来王文博作弊，罚他大课间时在操场跑三圈。三圈啊！两千米！刘子琪主动要求跟王文博一起跑。只跑了一圈，刘子琪就跑不动了。王文博却很轻松，劝道："你别跑了，就在这里等我，等我过来，我们击一下掌。"

一下，两下，三下。

每次击掌，王文博的脸上都露出胜利的笑容。王文博告诉刘子琪："足球场上，同伴击掌是最高荣誉，这样击掌，才承认你是我的兄弟。"听这话，刘子琪激动得想哭。

班主任老师已经认出这个大闹教室的女人是谁了，她追过来，挡在刘子琪妈妈的面前，面色冷峻地说："刘子琪妈妈！请你冷静一点儿，我们现在在上课，你不能这么闯进来！"刘子琪妈妈冷笑道："让我冷静？我能冷静吗！我给你打电话，你说帮我解决，怎么解决的？"说着她推了一把班主任，偏过头对着王文博再次吼道："你道歉！必须马上道歉！"

所有人的目光又一次落在了王文博的身上。

二

班主任老师突然宣布让刘子琪当班长，这让全班的同学都吃了一惊。包括刘子琪自己。班主任老师让刘子琪到讲台前，说一下自己当班长的打算。"就职演说"——老师用了这个词儿。刘子琪站在那里，腿都发软了，支支吾吾，好半天也没说出什么来。

下课了，刘子琪去找班主任老师，跟她说自己当不了班长。老师却摇头，鼓励道："每个人都可以当班长的，我看你也没问题。"即使老师这样说，刘子琪心里也没底。

刘子琪当班长，最高兴的竟然是王文博。王文博猛地窜到刘子琪的身边，一把揽住他的肩头，兴奋地说道："行啊！你都当班长了！你得请客！"刘子琪心事重重地嘟囔道："当班长有什么好？"王文博撇撇嘴说："当班长当然好！你没看孙丹丹吗？当班长时那个牛气哄哄的样子！看人眼睛都那样、那样的。"王文博学着孙丹丹翻白眼的样子，刘子琪忍不住笑了，心情突然好起来，说："等放学，我们买雪糕吃！"

刘子琪跟妈妈说了当班长的事。妈妈很冷淡地"嗯"了一声，似乎并不在意。妈妈在电视台上班，忙。刘子琪的爸爸妈妈很早就离婚了，刘子琪从来不问为什么，他知道问也没用。妈妈是不会说的。妈妈就好像老母鸡一样保护着刘子琪。可奇怪的是妈妈并不关心刘子琪的学习如何，她的想法很独特——只要刘子琪没病没灾就好。妈妈的这种态度让刘子琪在学习上少了很多压力。

妈妈经常加班。有时刘子琪也去电视台看妈妈导演的晚会。妈妈是节目总监，戴着耳机，站在摄像机后面的样子很酷帅。只是脾气不好，遇到不满意的地方，她就跳上直播舞台，指着主持人骂。那气势、那表情，跟她在教室里一模一样。

学校走廊里，突然传来嘈杂声，很快校长和两个穿保安制服的男人出现了。校长冲在最前面，她的脸上挂着冰霜。冲到刘子琪妈妈面前，叫道："刘晓雅！你干什么！在这里要什么威风！"校长是个严肃的老女人，学校里每个人都怕她，虽然没人看过她发脾气，但大家见了她，还是会收起笑容。

校长的出现让刘子琪妈妈愣了一下，气势明显弱了下去，她后退一步，指着王文博说："他……打我儿子。"校长气急道："他打你儿子你就跑到这里闹？你想怎么样？你要打他替你儿子报仇？"这话让刘子琪的妈妈失去锐气，她看着校长，还想说什么，刚想张嘴却被校长厉声制止："出去！出去！有话去我办公室！不要在这里胡闹！"

校长认识刘子琪的妈妈。电视台举办直播晚会的时候，经常要到学校借用孩子们去当观众。刘子琪的妈妈也怕校长。妈妈说过："你们校长是省级教师，有真本事呢。"妈妈还说："你们校长是主动要求调到你们学校当老师，多少重点中学请她她都不去，却到你们这所破学校！"妈妈把"破学校"三个字咬得特别狠。妈妈撇撇嘴，又说："当初就是冲着她，我才把你转到这个学校读书的。"

刘子琪的妈妈走出教室，灰溜溜的。校长看了一眼班主任老师，又看了看孩子们，说："大家先自习吧。"然后她转头对班主任说："黄老师，你也来一下。"

三

刘子琪当了班长，还有一个人反应最激烈，那就是孙丹丹。有好几天孙丹丹不跟班里任何人说话，即使必须说，她也会写张纸条。王文博幸灾乐祸地跟刘子琪说："孙丹丹要变成哑巴了。"可孙丹丹还是说话了。孙丹丹说，刘子琪当班长是因为他妈妈在电视台工作。孙丹丹义正词严地说："这是暗箱操作！"王文博把这话学给刘子琪听的时候，还惟妙惟肖地模仿了孙丹丹的表情和动作。这让刘子琪开心得想在地上打个滚儿。

刘子琪也不喜欢孙丹丹。孙丹丹话太多，还爱管闲事。地上有张纸片，她能唠叨两节课，值日生忘记关灯，她会在班会上讲出十几条危险。还有她爱告状。她把每个同学的表现都写在小本子上面，每天一次交给班主任看。然后班主任就会在放学的时候，挨个点名，你否认都没用，因为孙丹丹的记录很详细，详细到你可能都忘记了，小本子却记住了！

王文博说："她那个本子叫变天账！"刘子琪不知道变天账是什么意思，反正他觉得孙丹丹挺烦的。但大家敢怒不敢言，因为班主任老师站在孙丹丹身后。

班主任老师对刘子琪说："你现在是班长了，要注意大家的言行。"刘子琪点点头。下次班主任找刘子琪，会问起班里的情况。刘子琪挠挠头，说："都挺好的。"班主任失望地看着他，说："你这样含糊可不行，下午数学课刘洋是不是被老师点名了？"刘子琪想了想，点点头。班主任继续说："还有计算机课，王文博玩游戏了，对不对？"王文博玩的是枪战游戏，因为占用内存太大，让电脑死机，计算机老师气得脸都白了。班主任说："这些你都要跟我说，因为你是班长，班长的责任就是辅助老师管理班级的纪律。"

班主任的话让刘子琪很灰心。他觉得自己做不到像孙丹丹那样，用个小本子记下每个人的行踪。刘子琪跟妈妈说了这件事。妈妈不以为意地说："那有什么！老师让你记你就记呗！我们小时候，哪个不是这样过来的？"刘子琪摇摇头说："那不好！王文博是我的好朋友，我不能出卖他啊。"妈妈"哧"地笑了一声，说："他是你的朋友？如果他是你的朋友就更应该支持你的工作啊，你当班长，他就该表现好一点儿！"这话没错。刘子琪当了班长之后，王文博确实很支持他的工作，像值日，王文博总是抢着干，从来不偷懒，像收作业本，不用刘子琪说，王文博都会主动跳出来收，绝不用刘子琪操心。刘子琪心里感动，觉得这才是他的好朋友。

可是，王文博也有让刘子琪不放心的。王文博太爱疯闹了，他不喜欢学习，上课爱搞小动作，还爱跟高年级的学生打架——当然不是动手打架，但见到高年级同学欺负人，王文博总爱凑上去跟人家吵。

妈妈说："你能当班长是老师信任你，你当然要听老师的，老师让你管理班级，可以锻炼你的能力，这没什么不好的。"刘子琪低声回答道："这些我都知道，可是我真的做不来。"妈妈不耐烦了，瞪起眼睛说："要你当班长你就当！哪里那么多啰唆！再说了，你以为班长是谁想当就当的吗？"这话让刘子琪心里"咯噔"一下。

四

班主任脸色阴沉地走进教室，她喊刘子琪和王文博一起去校长室。两个人一前一后跟着班主任，刘子琪不敢看王文博。他心里觉得对不起王文博。他一点儿也不怪王文博，真的，虽然被他打疼了，还在脸上留下了伤痕，但他觉得是自己活该。刘子琪脑海里反复响着王文博的质问："好朋友难道是被你出卖的吗？"这话好像扎在刘子琪心上的一根刺儿。

王文博把一部任天堂游戏机带来学校。下课的时候，王文博神神秘秘地对刘子琪说："走！给你看样东西。"说着，拉着刘子琪跑到厕所里，找个没人的角落，王文博才从校服里掏出像手机一般大的掌上游戏机。刘子琪惊讶得几乎叫出声来！最新款的M2！刘子琪只在任天堂的新机演示店里看到过，缠着妈妈央求了无数次，换来的都是妈妈的白眼。太贵了。连妈妈都觉得贵。

激动的刘子琪几乎是从王文博手里抢过游戏机，一边按动开关，一边问："你的吗？谁给你买的？"王文博有些得意地说："我舅舅从日本带回来的。"王文博并不喜欢掌机游戏，他喜欢在手机上打王者，可他知道刘子琪喜欢掌上游戏机，更了解他对M2的痴迷。王文博说："我让舅舅买了一台，带回来，先给你玩几天吧。"王文博的大度却让刘子琪迟疑起来。他知道这游戏机昂贵的价格，也知道带着回家一定会被妈妈发现。

刘子琪还是没拿游戏机，但跟王文博说好了，每天带来学校，偷偷玩几局。于是那几天下课，刘子琪最盼望的就是提前下课。下了课两个人就跑到学校后面的小树林里。王文博练习用脚颠足球，刘子琪则抱着游戏机，玩得忘记周围的一切。

如果不是孙丹丹突然冒出来，这样的日子或许会持续下去。这种相互陪伴的快乐也会让刘子琪和王文博的友谊变得更深。孙丹丹怒气冲冲地叫道："原来你们在这里！还有你！"孙丹丹的声音让刘子琪魂飞魄散，他下意识地把游戏机藏到身后。孙丹丹跳过来，用力拉扯刘子琪的袖子，边拉边叫："当班长还玩手机！我非得告诉老师不可！"

最先被班主任审问的是王文博。王文博早已将游戏机藏了起来，然后梗着脖子，咬死说没在学校玩手机。他还把书包清空，让班主任检查。刘子琪一开始也像王文博那样嘴硬——这是他们两个共同订下的约定。这种坚持一直到班主任把刘子琪单独留下来。刘子琪恨自己不够坚强，恨自己那么在乎班长的职位。他向老师承认了，那不是手机，而是一部掌上游戏机……刘子琪闭上了眼睛。回忆让他痛苦万分，心里充满绝望。

刘子琪此刻正站在校长室外面，班主任让他先在这里等。王文博被带进去。走廊里空无一人。刘子琪听得见王文博含糊的说话声，还有他低沉的哭泣声。刘子琪觉得他不应该哭，他也不必跟自己道歉。这想法在刘子琪心里，变得越来越坚硬。

班主任走出来，身后跟着王文博。王文博的眼睛通红，肩头一抽一抽的。班主任让王文博站在走廊里等着，转身对刘子琪说："你跟我进来吧。"

有一天刘子琪问过妈妈，是不是他让老师选自己当班长的。这个问题在心里藏了很久，实在忍不住。妈妈没有直接回答他，反而问："你不想当班长吗？"这话让刘子琪一时不知怎么回答。他当然想当班长。从心里往外地想。当班长多神气！可以吼别人，可以站在队列前面，还可以主持升旗仪式，这一切都是当班长的"福利"。跟这无数的"福利"相比，向老师报告同学的违纪，实在微不足道。妈妈说："我只不过推了你一把，就这么简单。"妈妈笑了，说得轻描淡写。刘子琪的心里却沉了一下，说不清楚为什么。

五

妈妈是翻越矮墙进入学校的。所以没人发现她的行迹。她大概是被气疯了，在她看来，没人可以欺负她的儿子！校长阴着脸，叫着她的名字说："刘晓雅！我警告你，你私闯学校我可以把你送到派出所去！"刘子琪的妈妈低着头，一声不吭。校长继续说："现在应该道歉的人是你，而不是王文博！"刘子琪的妈妈还是不说话。在校长面前，刘子琪的妈妈也变成了学生，乖乖地听校长训。

校长转过头看着刘子琪。刚刚刘子琪一直在说话，口干舌燥，语无伦次，但事情的经过说得很清楚。刘子琪说："我不要再当班长了。"校长盯着刘子琪，并没有直接说什么，而是反问："王文博是你的朋友吗？"刘子琪毫不犹豫地点点头。校长又问："你觉得王文博还愿意当你的朋友吗？"这话让刘子琪迟疑了。不知道。

校长说："这样，我给你一个机会，你去找他，当面问问他。"刘子琪大吃一惊，问："我自己吗？"校长点点头。刘子琪心里畏缩。他害怕被拒绝。校长鼓励道："去吧，有些事需要你自己去面对。"顿了一下，她又道："这个世界上有个好朋友就要珍惜，好朋友是用来相互关心的，而不是相互伤害的。"不知怎么的，这话让刘子琪的心里涌出暖流，鼻子酸了一下。

王文博跟刘子琪说过他的梦想。当球星。王文博的右腿骨折的时候，刘子琪去医院看他，那时王文博见了他就哭了，王文博担心自己的腿不会好，再也踢不成足球。刘子琪也很担心，但他还是不断安慰着王文博。那天他们一直在聊足球，只有聊足球才能让王文博高兴起来，而且两眼放光。王文博兴奋地说："我一定要当中国的梅西，真的！等我当了球星，就让你来当我的经纪人。"刘子琪问："什么是经纪人？"王文博挠挠头，说："我也不知道，反正就是给球星代言的那种，有采访什么的，你就去帮我说。"刘子琪傻乎乎地笑，问："我行吗？"王文博兴奋地推了他一把，说："怎么不行！"说完，他从病床上翻起身，举起一只手，大叫道："来！击个掌！一言为定！"

…………

走廊里，刘子琪抬起右手，缓缓地伸到王文博面前。王文博吃了一惊，抬头看着刘子琪。刘子琪深吸了一口气，问："你，还愿意跟我击掌吗？"

本文刊载于《儿童文学·经典》2022年第5期

芦 苇 画

宫 佳

一

这几天北风吹得紧，天气越来越冷。不过，此时我的心却是暖洋洋的，因为我收到了同学们送给我的贴心生日礼物。

李倩送给我的是芭比娃娃，樱桃送了我一个魔幻水杯，肖美丽送了我一个暖水袋……最让我感到意外的是，柳红竟然送了我一幅芦苇画。这幅芦苇画精巧极了，简直就是一件工艺品——酒红色的绒布上，粘着用淡黄色的芦苇编织成的"苏小妹生日快乐"几个大字，就连下面的落款"柳红敬赠"也是芦苇编成的。

这样精致的画作，是柳红自己制作的吗？我不由自主地摇了摇头。

在我眼里，柳红就是个"大忽悠"。我这个人实诚，她忽悠我一次，我就信一次。每次事后我也会反省：问题不仅仅出在柳红身上，我自己也有责任，老是轻信她。

对于我的轻信，肖美丽戳着我的脑门说："你是吃一百个豆子，都不知道豆腥味！苏小妹，你长点儿心吧！"

为了长记性，我给柳红起了个只有我自己知道的外号——匹诺曹。匹诺曹不就是撒谎大王吗？撒一次谎，鼻子长一点儿。可是，柳红撒很多次谎了，鼻子一点儿没长！

第二天上课，柳红递了一张纸条给我，上面写着：苏小妹，我做的芦苇画好看不？

我看完纸条，嘴快撇到眉梢上了！我算看出来了，吹牛不上税，想怎么吹就怎么吹。一天不吹牛，这日子就没有咸淡味，是不是？

我想了想，回了她一句：我不扶墙，就服你！

柳红没了下文。

放学的时候，柳红又找到我说："苏小妹，我知道自己忽悠你好多次了，我向你道歉。不过那芦苇画，真是我诚心诚意为你做的！"

我懒得跟她纠缠，就说："我信啊！咱们的柳红最能干啦！我很喜欢你的作品呢！"

柳红自顾自地说："你别看我不爱学习，可是我喜欢美术，喜欢手工。小时候，我经常拿树枝去湿地画画，不骗你！"

跟这个现实版的匹诺曹打交道时间长了，我也算摸出点儿门道——她的话你得反着理解。她说她会画画，实际上她不会画画，照这个逻辑推理下去，这芦苇画也不是柳红自己动手做的。那画是哪儿来的呢？

"苏小妹，为了选好材料，我特意向苇爷请教了好多回呢！其实苇爷不姓苇，就是喜欢做芦苇画，我们就都这么叫他。"

我一听，柳红这是又忽悠上了啊，只得无奈道："'苇爷'一听就是男的。一个大男人，怎么会做这么精细的活呢？柳红，你哪儿都好，就是没句实话，最能瞎说！"

柳红急了："你还不信呀！男的怎么就不能做芦苇画呢？你没见大厨师好多都是男的吗？"

我想了想，也有道理，但我心里有个声音一直在提醒我："别信她，她是匹诺曹！"

似乎为了证实自己的话，柳红接着说："我问了苇爷，他说选材很重要，最好的材料就是'蔫苇'。这种芦苇颜色偏白，韧性好，耐熨烫，不爱起火。为了给你选最好的芦苇，我前后挑了五十多根。不直的、不够白的、秆短的，都要淘汰。"

"哦？"我被柳红的话吸引了，因为她说得头头是道。

那幅芦苇画上的芦苇并不多，没想到竟然是从五十多根芦苇中选出来的，真是优中选优呢！怪不得一撇一捺的色泽都那么养眼。可是，这次我能信任柳红吗？我的内心开始纠结起来。

我犹豫了一会儿，说："谢谢你，柳红！那……我能见见苇爷吗？"我打定主意——眼见为实。

柳红毫不犹豫地点了点头。

二

柳红带着我，来到了一条街巷最里面的一家店，她说这里是苇爷的工作室。

工作室门口晒着剪好的穗子和撸去苇叶的苇秆。大门是开着的，一张薄薄的淡黄色苇席充当了门帘，古朴而别致。我之前只看过苇席作为装饰品挂在墙上，没想到它还能做门帘。

靠近门口，一股芦苇的清香飘进了我的鼻子。柳红手快，一把掀开了帘子。

屋里有一个人正在忙活着，柳红告诉我："他就是苇爷。你看，我没骗你吧？"

我白了柳红一眼，看向苇爷。苇爷没有我想象中那么老。我一直以为能称得上"爷"的，怎么着也得是白发满头，但事实上，他也就四十多岁的样子，有点儿瘦，有点儿黑，个子很高，腰杆也挺得直直的，一点儿衰老的样子都没有。

柳红跑过去，指着一盆清水里的苇秆问道："苇爷，这还得泡多长时间啊？"

苇爷笑着说："小柳红来啦！那些是蔫苇，已经泡好啦！"

"这是我的好朋友苏小妹。"柳红一边介绍，一边从桌子上拿起剪刀，开始剪泡好的苇秆。

"苇爷好！"我上前和苇爷打招呼。

苇爷见到我，微笑着说："好，好！你就是苏小妹？"

我有些疑惑，问道："您认识我？"

柳红赶紧解释道："生日时送你的芦苇画，就是苇爷指导我做的呀！"

苇爷听后点点头，笑着说："是的，柳红做得很认真呢！哈哈，你俩自己玩吧，我去干点活。"

我扭头看向柳红。只见那些苇秆在水盆里漂浮着，长度基本都一样，看来是经过精挑细选的。柳红拿着剪刀沿直线方向剖了几根苇秆，然后把一根手指头伸进苇片里，我走近细看，原来她在掏苇瓤。我猜想，那些白白的瓤儿可能会碍事。

听了苇爷的话，又看了柳红熟练地处理苇秆，我百分百地相信了柳红。

三

苇爷坐在工作台旁，拿着电烙笔在苇片上忙活。我的目光开始在工作室里游移。

墙上挂着两幅芦苇画，其中一幅是一个老渔翁在江里划船，几只小鸟在天边飞，那个老渔翁显然非常享受这惬意的时光；另一幅是牡丹图，花瓣雍容华贵，色泽由浅入深，很有层次感。一幅画竟然不用一纸一墨，仅仅凭几根芦苇就能做出这样逼真的效果，真是太神奇了！

我正出神地看着那幅牡丹图，柳红戳戳我的胳膊说："那牡丹我也参与制作了。"

我瞪大眼睛，惊讶地问道："真的吗？"

"不骗你……"柳红不好意思地挠挠后脑勺，小声地说，"不过我就是帮着去了去苇瓤。"

我"扑哧"一声笑了！真不愧是柳红啊！

"嘘！"柳红低声说，"别大声说话，苇爷在用电烙笔锁边呢！那是精细活，不能分神。"

我和柳红悄悄地凑过去，只见苇爷的头微微低着，专注地盯着手里那块苇片，紧握着的电烙笔在苇片上缓缓移动。慢慢地，那块酷似鸟的长腿的苇片，边缘出现了淡淡的褐色。可别小看这褐色的边儿，与没锁过的另一边比起来，它明显更有立体感。

我和柳红站在苇爷的两侧，大气都不敢出，生怕影响他制作。

边终于锁完了，我细看鸟爪的部分，前趾和后趾是淡褐色的，趾间的部分微微泛白，趾甲呈半环形，是深褐色的。简直惟妙惟肖呀！

柳红赞叹道："苇爷，您太厉害了！我也想试试锁边。"

苇爷点点头，把电烙笔递给柳红，又拿来一块苇片："手稳当着点，别慌！"

柳红深吸了一口气，把笔尖摁在了苇片上。可是，电烙笔在柳红手里就像一头倔强的小毛驴，尥了蹶子。她画了一道线，竟然没上上色。她又试了一遍，苇片仍是白白的。

柳红委屈地望着苇爷，苇爷笑着说："你握笔的力度不够！烙画的时候气息要均匀，精神要集中，掌握好手上的力度。稍微一分神，一条线烙歪了，苇片就毁了，都得重来。"

苇爷找了一块苇片的边角料递给柳红，说："再试试。这块是废料，别有压力。"

苇爷的话缓解了柳红的压力。这次，她的手不抖了，稳稳当当地在苇片上画出了一道不太直溜的线条。苇爷点点头说："这次有进步了。熟能生巧，多练几次，手上就有准儿了。"

柳红看着自己画出的线条，心里美极了，开始一遍遍练习。慢慢地，柳红也能烙出比较完美的线条了。苇爷站在旁边指点说："要想烙得颜色深一点儿，速度就得慢一些。对，就是这样！"

我也想试试，就从柳红手里接过电烙笔，按照苇爷讲解的要点操作起来。

在这个工作室里，我深深感受到了制作芦苇画的不易，也感受到了苇爷身上的匠人精神。这种精神感染着我，让我有些激情澎湃的感觉。

四

回到家，我把给柳红起的外号从心里悄悄地抹去了。不仅因为这次柳红没忽悠我，还因为她让我领略到了芦苇画这项传统工艺的魅力。

我上网查了一下，了解到芦苇画是以芦苇的叶、秆、花穗等为原料，不用人工颜料，经艺人剪、烫、贴、润等十几道工序手工制作而成，非常环保，被称为"绿色艺术画"。我一边看资料，一边回想着在苇爷工作室里观察到的一切，心中生出这样的感叹：谁能想到那些不起眼的芦苇，竟然能变身为如此有魅力的艺术精品呢？

我想，要是能全程自己操作，制作出一幅精美的芦苇画，那得多有成就感哪！我感觉自己对芦苇画越来越感兴趣了。

周末，我又约了柳红一起去苇爷的工作室。工作室门口晾晒的芦苇又多了一些，不过大半已经干了。柳红告诉我，立冬之后收的芦苇节最长，再晾晒上一两个月，韧性最好，也更容易上色。这样的芦苇，都是宝贝呢！

我们一进门，就看到苇爷的工作台上有一幅芦苇画。走近一看，画面上是一片芦苇荡。清清的水面上，摇曳着茂盛的芦苇，白白的芦花在风中飞扬。几只长喙的白鸟正在戏水，翅膀上滴落着晶莹剔透的水珠。

苇爷走进来，看到我们盯着芦苇画出神，就笑着说："文化馆要开展非物质文化遗产惠民活动，需要一幅芦苇画展品。我思来想去，就把老家的芦苇荡当作创作素材了。我的家乡有世界上最大的芦苇荡，芦苇荡里海水和淡水交汇在一起，最适合芦苇生长。我想，那里是我最熟悉的地方，它已经刻在了我的脑海里，我应该把它做出来。"

"真好看！"柳红说，"苇爷，我好像看到真的芦苇荡了！我也想做这么精美的芦苇画。"

苇爷笑着说："学会做芦苇画不难，难的是出好作品，出有灵魂的精品。创作这样的作品不仅需要有一定的美术基础，还需要有很高的鉴赏力。"

柳红真诚地说："苇爷，我明白了，我会好好学习，将来争取考上美术学院！不过，平常我们俩可以经常来学习吗？"

"当然可以啦！我希望更多的人了解芦苇画，研究芦苇画，学习制作芦苇画。我可以慢慢教你们，但前提是你们不能耽误学业。芦苇画需要传承，需要更多有知识的人利用自己所学，发挥想象力，大胆创新，把苇艺作为一种文化发扬光大。"

从我认识苇爷以来，他一直都是低头忙着制作芦苇画，我几乎没有仔细打量过他的面庞。这次我发现，一提起芦苇画，他的眼睛就会闪出光芒。我不禁对苇爷肃然起敬，同时也对芦苇画怀了一颗敬畏之心。

五

回家的路上，柳红对我说："苏小妹，我现在才明白，要想学好一门手艺，文化课是基础。我以后得好好学习了！"

我感叹道："柳红，你接触芦苇画后，变化太大了。实话跟你说，我原来觉得你说话特别不靠谱。信任是一张有额度的信用卡，你以前老是忽悠人，透支了太多信用；不过现在好了，你开始给这张信用卡还账啦！"

柳红羡慕地说："你知道什么是差距吗？比如刚才你说的话，我就说不出来。这就是差距。"

"这话也不是我说的，是我从书里看到的。只是觉得很好，就多看了几次，给记住了，哈哈！"

柳红也眯缝着眼睛笑了。她说："其实，我和苇爷是老乡。我们的老家在芦苇荡旁的一个村里，苇爷的辈分高，所以我得叫他'爷爷'。你别看苇爷前年才来到这里，可他的芦苇画现在已经拥有了自己的市场。我相信，他的芦苇画会越来越受欢迎的。"

"哦，原来是这样啊！"我恍然大悟，怪不得柳红对芦苇画特有感觉。看来她之前说的去湿地画画也是真的。

我对柳红说："加油，柳红，你一定会成功的！我支持你！"

几周后，苇爷走进了我们的校园，给我们上了一堂非物质文化遗产传承课，做了芦苇画专题讲座。当然，这是我和柳红找班主任张老师牵的线。肖美丽和樱桃她们听说了，羡慕得不得了，直嚷嚷着要去苇爷的工作室参观呢！

本文刊载于《东方少年·快乐文学》2022年第2期

赛马的孩子

鲍尔吉·原野

一

草原上的孩子最快乐的节日是哪个？你想说春节，不对。春节的草原冰天雪地，气候寒冷，人们待在屋里。孩子们没地方去玩耍，怎么称得上快乐？

有人说，草原最快乐的节日是那达慕大会。对的，那达慕不是节日，是有赛马、摔跤、射箭比赛的游乐盛会，比节日还热闹。

那达慕大会在夏天举办，那时候绿草如茵，鲜花盛开。人们都盼着这一天到来。

在内蒙古，各个盟、旗、乡镇都举办各自的那达慕大会，村里也办那达慕大会。白音汉村的那达慕大会定在农历七月十五召开。

二

这些天，安达骑雪青马练习骑术，准备参加村里那达慕的赛马比赛。胡其图陪他训练，雪青马是安达家的马。

他俩是好朋友，都住在白音汉村，同在镇小学读二年级，每天一起上学，一起放学。村里的人说他们俩像一个窝的鸟儿，一起飞出，一起飞入。

镇里离白音汉村有五里路，沿着乌力吉木伦河往前走，越过白音汉山就到达学校。

白音汉山不算高，草原上没有太高的山峰。碧绿的草原上，白音汉山的山峰突兀挺立，红色的岩石里带白条纹，如同煮熟的牛肉。山上稀稀落落长着榆树和野山楂树，一棵离另一棵很远，总也长不高。

山里有蛇。按说蛇躲避人。但那一次，安达伸手到石头缝里捡鹰的羽毛，被蛇咬了一口。

那条蛇头部菱形，身上褐色带白花纹，不知道它是不是毒蛇。如果这条蛇有毒，安达就完蛋了。

胡其图迅速解下自己的鞋带，捆住了安达被咬的左手的手腕。他听爸爸说，如果被毒蛇咬伤，先用绳子把伤口上方捆住，防止毒素从血液侵入心脏。爸爸还说，如果真被毒蛇咬伤，砍掉一条胳膊救命也是值得的。

安达被蛇咬到手背，霎时间手背肿起来，像煮熟的红薯一样。胡其图背上他，往山下走。

这座山，胡其图从小到大不知跑过多少次，无论往上跑还是往下跑，都像小鸟一样轻松。但背上安达就不一样了，才走十几步，就被压得喘不过气来，两腿酸疼。

胡其图放下安达，往镇上方向看，那里的屋顶模模糊糊，遥不可及，不知道要走多长时间才到镇上。可是，咬安达的蛇如果是毒蛇，一刻也不能耽误。

他背着安达慢慢往前走，累了，把他放下歇一会儿，一路上歇了好多次。汗把衣服湿透了，终于到达镇里的卫生所。卫生所的乌日图医生看到安达的伤口，二话没说，用摩托车把他送到旗医院，给安达注射了防蛇毒血清，救了他一命。

这么说来，胡其图算是安达的救命恩人。但胡其图没拿这个当回事，安达也没当回事。他俩该吵的吵，该玩就玩，关系一直很好。

说起来，安达也救过胡其图一命。

安达家里草场多，牛羊多，富裕，家里有马。胡其图的爷爷生病，钱都花在给爷爷看病了。家里没马，羊的数量连安达家一半都不到。胡其图要多做活计，帮家里赚钱。

有一次，胡其图在乌力吉木伦河边的蒙古栎树顶上发现一窝冬青。冬青远看像老鸹窝，结在高高的树梢上。它是槲寄生植物。榆树上的冬青结红果，杨树上的冬青结黄果。用它的果实泡水说能治风湿病，还治烫伤。弄下来可以卖钱。

胡其图爬上树，用棍子捅冬青。棍子短，够不着。他抱着树杈往上爬。树杈被压的下坠，差一点儿折断，在空中起伏几下，别在比它低的树杈上。胡其图吊在树杈上，往回爬，爬不回去。松手呢，离地面太高。他像宝塔檐的风铃一样晃来晃去，喊：哎呀妈呀！

树下的安达着急，不知道怎么救他。他说，胡其图，你别松手，等着我！

他跑回家，哒哒哒哒骑来雪青马，牵在胡其图下面，说，你跳吧，跳到马背上！

胡其图双手抓着树枝悠来悠去，果断跳下去，正好骑在马背上。雪青马吃了一惊，驮着胡其图飞蹿出去，在草地上跑了一大圈才转回来。

胡其图坐在马背上，咧嘴笑。他的骑术好，村里人说，胡其图就是马身上的补丁。

三

安达家的雪青马是儿马，就是公马。在牧区，儿马不剪鬃毛，牧民不允许用铁器碰儿马的鬃发，说会抵消马的气概。雪青马的鬃毛长长披散下来，如同英雄的披风。

雪青马什么样？它好比灰色的马身落下雪片，黑鬃毛，腿也是黑的，有一副穿越崇山峻岭的英勇气概。

如今的牧区，牧民们骑摩托车放牧，不骑马了。牧区很少见到马。养马的人家不缺钱，一匹马价值一万多元钱，他们养马出于喜欢，把马当自己的朋友。

雪青马是安达的朋友，也是胡其图的朋友。他们俩经常骑这匹马在草原上漫游。

安达、胡其图和雪青马在一起，马更愿意亲近胡其图，用鼻子蹭他的手。胡其图用手摸马的脖子和后背，雪青马愉快地喷响鼻。

雪青马为什么喜欢胡其图？按说这件事要去问马，别人回答不上来。按着牧民的说法，马是通灵的动物。你牵着马遛弯儿，到河边饮水，用棕毛刷子给马刷背，马知道你对它好。

牧民们说，你在心里跟马说话，马才能跟你建立感情。在心里说话没有声音，马能知道吗？牧民说能知道的。

胡其图跟雪青马在一起，经常在心里说，雪青马你好漂亮，你的大眼睛像又黑又亮的宝石。宝石上面罩着长长的睫毛。你的鬃毛像可汗的披风，跑起来像雄鹰的翅膀。

胡其图还在心里说，雪青马呀，雪青马，你从落满白雪的山坡上跑下来，身边溅起一人高的雪泥，像河里的浪花。雪青马，你四个蹄子往前走，好像优雅的舞步，你身上的花斑好像是海螺上的花纹。

胡其图在心里默默说，雪青马默默地听着，有时它站住脚，用黑亮的眼睛注视胡其图。眼睛里好像有好多话，虽然说不出来，但已经传达到胡其图心里。

此刻，安达在白音汉山脚下练习骑马，准备参加村里的赛马比赛，胡其图陪他练习。

赛马比赛，大人小孩都可以参加。小孩子体重轻，马跑得快。

赛马是对选手骑术的检验，也是对他们心理素质的考量。这方面小孩子比不过大人。没经验就要练嘛，他们俩已经练了好多天。

安达骑马，心里急，催马快跑。胡其图看到安达在马上身体往前窜，和马跑的节奏不一致，马的步伐乱了。

胡其图说，你心里别老想着快。我爸说骑手和马想到一块儿的时候，马跑的才快。你想要的速度比马跑的速度快，马就跟不上了，这是心灵相通。

安达说，我骑上马就想快跑，心里停不下来。

胡其图说，心里啥也别想。

马跑一圈下来，安达下马，胡其图牵着雪青马遛。马快跑之后不能立即停下，要牵他慢慢走，让马心率恢复正常，马才舒服，不得病。

那达慕的赛马比赛分为快马、走马和颠马三种，儿童参加快马比赛。正规的快马比赛距离是四十至五十公里，他们村的赛马路程没有那么远，定为十公里，马大约跑半小时左右。

安达训练不跑全程。其实，他俩不知道十公里有多远。不跑全程是因为心疼马，不忍心让马跑那么远。他们每次骑马跑三公里左右，也就是十分钟的样子。每天，安达骑两个三公里，马歇过来，胡其图骑一公里，然后回家。

安达和胡其图骑马谁的速度快？安达觉得胡其图比自己快，胡其图也觉得自己快。他俩没手表，没计时。

这一天，胡其图从上衣兜拿出一个原来装止咳糖浆的棕色小瓶子，上面有刻度。安达骑马从山脚跑出去，胡其图用小瓶子接松树边上石缝流出的泉水，山泉水淌得很慢。等到安达骑回来，大约骑了大约三公里，小瓶里的水灌满第七个格。

胡其图骑马出发，让安达用小瓶接山泉水计时，接了两次，泉水都是第六个格，他骑马的速度明显比安达快。

安达问胡其图，你为什么比我快？

胡其图说，骑在马上，我心里说，雪青马啊，别着急，咱们是风，轻轻地吹。马跑得就快。

安达疑惑，说不会吧？

胡其图说，风的身体是空的，吹得特别轻松，一点儿不沉重。还有，我放松身体的关节，特别是腰，随着马的起伏而起伏，让马感觉不到我身体的重量。

安达问，骑的时候，你用双腿夹紧马肚子吗？

胡其图说，不用夹紧，别给马下命令，让他自由发挥。

安达说，你说的话我觉得有道理，但是我骑上马，身上紧绷绷的，像冲锋一样。

胡其图说，你不要那样，你老是想在比赛上得冠军，反而得不上冠军。你的心理活动，马都知道。马也想得冠军，你这样想会给他增加思想负担。

安达哈哈大笑，说，你说的简直像真的一样，你心里想的事，没说出来，马怎么能知道呢？就算你说出来，马也听不懂啊？

胡其图说，马能猜出人心里想的事，这是我爸爸说的。

安达说，我不信。

胡其图说，我信。

他俩争论：

信，不信。

信，不信。

马在一边听，鬃毛间隙露出黑亮的大眼睛，偶尔摇一摇头，用蹄子轻轻刨地上的青草。

四

胡其图回家对爸爸加拉森说，安达要参加村里那达慕赛马呢，骑他家的雪青马。

加拉森以前当过马倌。他家原来有一匹枣骝马，浑身像大枣一样又红又亮，四个白蹄子，前额有一块儿白斑。枣骝马跑得快，那些年在村里、乡镇和旗里的赛马比赛多次得过第一名，加拉森是骑手。

胡其图为什么善于骑马？胡其图走路还走不稳，爸爸就把他抱到马上飞驰。骑马的技艺是人和马的契合。胡其图懂得马的脾气，马也懂得胡其图的脾气。他们虽然不说话，但心能想到一起。后来，胡其图的爷爷生病，花了很多钱，家里把枣骝马卖了，拿钱给爷爷看病，他家就没有马了。

加拉森说，嗨，赛马的事我知道。比赛前要把马调养好，马不能喝冰凉的井水，比赛前两天别让他吃青草，喂一点儿黑豆和干草。比赛前一天晚上什么都不喂。夜里用缰绳吊着马，让他抬着头。这样的马才有精神。

胡其图说，安达骑马，身上不放松，用手拍马脖子，让马快跑。

爸爸说，嗨，老是拍马脖子，马就着急了，越着急，越跑不快。

胡其图问，爸爸，赛马的时候上身应该挺直，还是俯下？

爸爸说，嗨，这不是重点，骑在马上，身体要随着马动来动去，这才是技术。你要想象自己是一块皮冻，哆里哆嗦的，随着马蹦蹦跳跳。这样，马才跑得好。

胡其图说，我也想参加赛马比赛。我骑马速度比安达快。

爸爸说，嗨，咱们家没有马，你怎么参加比赛？我看你站在观众里为安达加油吧。

胡其图说，快马组第一名的奖品是大肥羊，值一千多元钱。

爸爸说，嗨，大肥羊也不是金子做的，没什么了不起。

胡其图说，我觉得我要是参加比赛，有可能得第一名。

爸爸说，你这个想法就像一个爱喝酒的人到庙里要酒，说给我酒啊，给我酒，可是庙里哪有酒？咱们家没有马，你参加不了比赛。

胡其图说，我是说我要参加比赛的话，有可能得第一名。

爸爸说，嗨，你这是假设，假设是不存在的事。我当年要是上大学的话，现在还可能是旗长呢。

胡其图对爸爸说，这不一样。

爸爸问，有什么不一样？

胡其图说，你小学都没上过，不可能上大学，更不可能当上旗长。但是如果我有一匹马，就可以参加后天的那达慕赛马比赛。

爸爸说，可是我到哪儿给你弄马？我如果是母马，就给你下一匹小马驹，我下不出来啊。

胡其图叹了一口气，扭头走出家门，手里拿着小瓶子。他走到白音汉山松树底下的岩石边上，用小瓶子接山泉水，滴答滴答。他眼睛盯着小瓶子的刻度，过了一会儿，也许是八分钟，也许是十分钟。小瓶子里的水升到第六个格上。

胡其图想，这就是我骑马跑三公里的时间，再跑两个六格，跑到十八个格的时候，我就完成了十公里的比赛，有可能是第一名。

胡其图闭着眼睛想象自己赛马的情景：

他骑着家里原来那匹枣骝马一路领先，头上系着的红绸子在风中飘舞。比赛刚开始，他身旁的黑马、白马和红马紧紧跟着。胡其图在心里默念，枣骝马呀枣骝马，不要着急，得不上冠军也没关系。

枣骝马感受到胡其图的祝福，越跑越快，把那些马甩得远远的，最后，取得了冠军。

胡其图站在主席台上，低下头接受村主任巴达玛挂在他脖子上的哈达。巴达玛说，胡其图，没想到你得了第一名！

胡其图还想在脑海里想象比赛的细节，但他没参加过比赛，不了解细节，只好这样了。

他睁开眼睛，眼前是空旷的大草原，手上小瓶子里的泉水已经溢出来。他靠在山石上想，什么时候家里有钱，买一匹马就好了。

风吹过来，草地里好像有无数小蛇乱窜，草叶翻卷，露出背面的白色。天边的白云好像静静降落到远方，那里是乌力吉木伦河的尽头。

太阳从头顶转到西边，山峰遮出阴凉，胡其图打算躺在山下睡一觉，这时看见爸爸加拉森牵着一只羊在路上走。

胡其图跑过去问爸爸做什么？

爸爸从衣兜掏出褐色的水晶墨镜，戴上，说去杭锦村。

爸爸到杭锦村做什么？还牵了一只羊。这只羊的脖子上染一团蓝颜色，这是他家羊的记号。

爸爸说，我去杭锦村朝鲁家串门，问他可不可以把马借给我，如果他肯借的话，我把马骑回来，让你去参加赛马比赛。

胡其图高兴地蹦起来，双手击掌。他说，太好了！

爸爸说，朝鲁的马真是十里八村少见的好马，叫剪耳的黑马。

胡其图问，为什么叫剪耳的黑马？

爸爸说，那匹马的耳朵是尖尖的，好像用剪子剪过。尖耳马都是好马。

胡其图问，朝鲁叔叔会把马借给你吗？

爸爸说，嗨，我们两个是从小的朋友，会借的。但是，还要看杭锦村有没有那达慕大会，看这匹马身体好不好。如果一切顺利，我明天就把马骑回来。

胡其图说，爸爸，你今天晚上要住在杭锦村吗？

爸爸说，那当然，我和朝鲁是从小的朋友，要在一起喝点儿酒。

胡其图说，爸爸你不要喝多了，明天把马骑回来，后天七月十五，那达慕大会就开了。

爸爸说，嗨，我记得呢。

胡其图又问，你给朝鲁叔叔带去什么礼物？

爸爸说，把这只羊送给他，他借给咱们马，咱们送他一只羊，这不很好吗？

胡其图说，太好了！

爸爸摇摇晃晃地向远方走去，手里拿一根赶羊的鞭子。

杭锦村离这二十里路，爸爸慢悠悠地走到那里，天就黑了，他们该开始喝酒了。但愿他不要喝多了，爸爸在外面喝酒，一喝就是三天五天，误过好多事。

五

胡其图跑到安达家里，看见安达的妈妈乌云珊丹准备比赛的服装。

安达头上戴的红帽子上镶着银亮片，缝着红色、绿色和蓝色的七八根飘带。飘带越多越长，在风中飘起来才好看。乌云珊丹给安达做了一件像摔跤服一样的红金丝绒短袖坎肩，也有亮片和黑色云纹。他的靴子最漂亮，黑面，绿色绳边，白羊皮包沿，靴子尖朝上翘。穿上这样的靴子，走在草地上像摔跤手一样好看。

安达对着镜子梳头。他拿木梳沾水把自己浅黄色的头发梳成分头样式，问胡其图，这样好看吗？

胡其图说，戴上帽子，什么发式都看不到。

安达弄乱发型，问，我的靴子好看吗？

胡其图说，告诉你一个好消息，我爸去杭锦村给我借马了。

安达问，做什么？

胡其图说，我要骑借来的马和你一起参加后天的比赛。

安达高兴地拍他肩膀，说，真的吗？这多好哇，咱俩并排骑马，我心里就不紧张了。

胡其图说，不知道我爸借来的马跑得快不快。

安达问，他是什么马？

胡其图说，剪耳黑马。

安达说，肯定快，你快回家准备比赛的衣服吧。明天咱们别练习骑马了，让马休息一天，后天参加比赛。

胡其图从安达家出来，站在村路上往杭锦村那边看。杭锦村在郭日姑山东边，什么也看不到。云彩向那边滚滚飘去，好像那里有云彩的家。

不知道爸爸到了杭锦村没有？也不知道杭锦村这几天开不开那达慕大会，朝鲁叔叔的马不会病了吧？胡其图想着这些事，心里担忧。

他最担心爸爸喝酒。

有一次，妈妈让爸爸赶驴车去旗里汽车站迎接从锡林浩特坐班车来的舅姥爷。舅姥爷是哑巴，不会说话，当然也不会问路，第一次来这里串亲戚。结果，舅姥爷被同村的贺什格用马车接回来了，爸爸没踪影，第二天也没消息。

原来，舅姥爷下了班车，手里拿着一张纸条，上面写着"白音汉村加拉森"。贺什格看到了，把他送回家里。

第三天，爸爸赶着驴车回到家，见到舅姥爷特别不好意思。他说喝了一点儿酒，在驴车上睡着了。毛驴把他拉到了很远处的高力坂村，他紧赶慢赶才赶回来。

还有一次，邻居图门家盖房子上梁，绳子短，让爸爸去村西头农乃扎布家里借绳子。

准备上梁的人肩膀拱着房梁，等绳子来到系好梁，用滑轮把梁吊上去，但爸爸迟迟不回来。

怎么回事呢，爸爸去借绳子时，看见农乃扎布正坐在炕头上喝酒，招呼他喝两盅。

爸爸说，只能喝两盅，有事呢。他端起酒盅连喝了两盅。

农乃扎布说，你吃点儿菜，压压酒。

爸爸吃了两口菜，说菜太咸，又喝两盅酒压咸味。就这样吃菜喝酒，喝酒吃菜。图门又派一个人来取绳子，看到爸爸躺在农乃扎布家炕头睡着了。

朝鲁叔叔是爸爸自小的朋友，他们见了面，肯定要喝酒。明天爸爸能把马骑回来吗？

天空上，往杭锦村飘去的云朵变成了金色，接着变成灰蓝色，天色暗下来，胡其图怀着一腔心事，慢慢走回家。

到家，胡其图问妈妈达古拉，爸爸明天能把朝鲁叔叔的马骑回来吗？

妈妈说，如果明天的太阳从西边出来，你爸就能把马骑回来。

胡其图气得晚饭也没吃，爬到炕上睡觉。他用被子蒙着头，泪水流在枕头上。

六

第二天凌晨，天空还有几颗星星，大地浮漾一层白雾。胡其图跑到村路上迎接爸爸。

太阳还没出来，天际的白光照亮了地平线和远处山峦的轮廓，乌力吉木伦河上还没出现流淌的波纹。

胡其图想，爸爸或许过一会儿就骑着剪耳黑马从白雾里赶过来。胡其图没有见过这匹马，但觉得这匹马一定矫健非凡，黑黑的身体闪着光，脖颈上鬃毛飞扬。

太阳浮出天际，照红乌力吉木伦河的流水，鸟儿惊醒了，在天空愉快的啼鸣。阳光照散了地面的白雾，村路弯弯曲曲的通向远方，路上空无一人。

胡其图在路边等啊等，太阳升高了，羊倌和牛倌把羊群牛群赶向草场，爸爸还没有露出身影。胡其图对自己说，爸爸今天肯定能回来。

他转回村，到安达家，看他准备得怎么样。

安达的爸爸诺日布在洋井边上用鬃毛刷子刷马。雪青马高高昂着头，仿佛向太阳致敬。看见胡其图走过来，雪青马伸出头，好像要闻他。动物们喜欢谁，就用鼻子去蹭他。

胡其图用手摸雪青马的额头，摸他身上隆起的肌肉。

诺日布问，你爸爸今天能回来吗？

胡其图说，一定能回来。

诺日布说，但愿别耽误明天的赛马。

胡其图说，肯定耽误不了。

他走进屋里，看见安达整理自己的比赛服装。他头上戴着帽子，飘带分散在肩膀上。

安达问，胡其图，你爸把马骑回来了吗？

胡其图说，还没有。

安达问，杭锦村离这里有多远？

胡其图说，二十里路。

安达说，二十里路，一个小时就回来了，你别着急，再等等。

胡其图说嗯。他往外走的时候，安达说，你明天一定要参加比赛呀！咱俩一起比赛。我估计你能得第一名，我得第二名。

胡其图走出屋，院子里的雪青马仰头发出咴咴的叫声。胡其图走过去把脸贴在雪青马的面颊上。雪青马静立不动，他们两个好像把心里的话传达给了对方。

诺日布说，雪青马喜欢你，马有心思呢。

胡其图回到家，妈妈达古拉正给瘫痪在炕上的爷爷喂饭，她甚至没有提借马的事。

胡其图在炕上坐不住，想象爸爸骑着马正往这边走。他为什么不早点儿回来呢？肯定喝酒了。

他打开炕梢的纸盒箱子，他的衣服装在里边。胡其图没什么漂亮衣服。他有一件平时舍不得穿的白色T恤衫，明天穿上。裤子和鞋子就穿现在的。他要找一根红绸子系在头上，赛马的时候在头上飘。他家没有红绸子。胡其图想了一个办法，到时候他把麻绳系在头上，把红领巾系在麻绳上，马跑起来，红领巾随风飘扬。

他耐心地等待爸爸骑马回来，迫切想见到那匹剪耳黑马。他要用井水刷黑马，给黑马喂好吃的豆饼和铡得很细的干草。

爸爸在哪里？胡其图不止一次想跑到杭锦村看看怎么回事，但他不认识路，不敢穿过郭日姑山。人说山上有狼和豹子。

胡其图没有手机，这个地方有手机也不能通话，信号不好。

他跑出家门，跑上白音汉山的山顶。山顶的岩石间长着几棵小榆树。胡其图四岁第一次上山榆树就这么大，四五年过去了，榆树还这么大。树底下长着黄色的小野花，野花比小孩衣服的纽扣还要小。一只野熊蜂飞过来，趴在野花上。花朵被它压得弯向地面，熊蜂只好飞走。

胡其图坐在岩石上看远方，希望看到爸爸的身影。过了很久，远处终于走来一个骑马的身影，模模糊糊，看不清是谁。

胡其图跑下山。他先看到这是一匹红马。不是说剪耳黑马吗？可能朝鲁叔叔家有两匹马，除了黑马，还有红马。

胡其图看清了马上的人是村里的兽医斯钦夫。兽医坐在高高的红马上，手里抱着红十字的方皮箱。他问胡其图，你在做什么？

胡其图大失所望，问，斯钦夫叔叔，你看到我爸爸了吗？

斯钦夫说，没有啊，路上只有我一个人，你爸爸去了哪里？

胡其图说，杭锦村。

斯钦夫说，离这里很远，他可能在那里喝酒呢。

胡其图坐在路边，等到爸爸回来。他从上午等到中午，从中午等到晚上。

夜幕降临到草原，乌力吉木伦河传来白天听不到的波涛声，河对岸亮起星星，但是见不到爸爸的身影。

胡其图沮丧地回到家里。

妈妈达古拉说，我没说错吧，既然太阳没从西边升起，你爸爸今天就回不来，也许明天后天都回不来，酒没喝够呢。

胡其图对爸爸回来不抱希望了，鼻子酸酸的，想哭，但忍住了。自己家没有马，哭有什么用？等自己长大了，买一匹好马，年年都参加那达慕大会。这么想着，胡其图心情平静一些，准备睡觉。

外边狗叫，还有人声喧哗。

门被推开，胡其图以为是爸爸。没想到进屋的人是安达的爸爸诺日布。

诺日布脸上带着笑容，说，我把雪青马牵来了，明天你骑着参加赛马比赛。

胡其图惊呆得说不出话。

这是怎么回事呢？

诺日布知道加拉森没回来，胡其图没法参加明天的赛马比赛，觉得这个孩子很可怜。

在家里，诺日布对安达说，如果你明天不参加赛马比赛会怎么样？

安达说，那怎么能行？我一定要参加比赛。我准备好了，恨不能现在就去比赛。

诺日布说，不参加比赛也没什么了不起，可以明年参加。

妈妈乌云珊丹说，安达的心思都在赛马上，你怎么能这么说呢？

诺日布说，假如你不参加比赛，让胡其图骑雪青马去比赛，你愿意吗？

安达毫不犹豫地说，我不愿意。

诺日布说，胡其图没有马参加比赛，心里很难过。

安达说，我不参加比赛心里也难过。

诺日布说，你把马让给他，明年再参加比赛。

安达说，胡其图为什么不明年参加比赛？他爸爸用一年的时间总可以把马借过来的。

诺日布说，咱俩打一个赌，问问雪青马喜欢谁参加比赛。

爸爸和安达来到屋外，走到拴马桩旁的雪青马边上。

爸爸说，雪青马，你如果愿意让胡其图参加明天的比赛，就用蹄子刨一刨土。

安达说，雪青马，你如果愿意让我参加明天的比赛，就打一个响鼻。

雪青马低下头，好像在思考，用尾巴扫来扫去。他突然打了一个响鼻，然后急急地用蹄子刨土。

爸爸笑了，说雪青马啊，你真行，谁也不得罪。

安达说，反正我不放弃明天的比赛。

他们回到屋里，诺日布说，成吉思汗在大扎撒里说过，只有那些在行军中照顾弱小，不让牲畜瘦弱的人才有资格当百夫长。

乌云珊丹问，你说这个干什么？

诺日布说，成吉思汗赞赏那些关心他人胜过关心自己的人。

安达走出屋，爸爸透过窗户玻璃看到安达把头靠在雪青马的脖子上，好像在跟马说话。

过了一会儿，安达走进屋，对爸爸说，好吧，我同意明天让胡其图骑雪青马参加比赛。他是我的好朋友，我不愿意让他这么难过。

爸爸说，你真是一个男子汉。

妈妈说，胡其图比赛如果得不上好成绩，你不要责备他。

安达说，我们是好朋友，我不会让他难过。

就这样，诺日布和安达牵着雪青马来到了胡其图的家。

安达把搭自己胳膊上的衣服放在炕上，说，你明天穿这些衣服去比赛。

这是安达的赛马服，有飘带帽子和带亮片的红坎肩。

胡其图半晌才说出一句话，安达，你明天不比赛了吗？

诺日布说，安达知道你的马没借回来，心里难过，让你骑雪青马参加比赛。

达古拉说，哎呀，安达这个孩子多敦厚，就怨加拉森不按时回来，他肯定喝醉了。

诺日布说，没事啊，谁都有喝醉的时候。

胡其图跑出屋，看见拴马桩边上的雪青马。他和所有参加比赛的马一样，尾巴编成了辫子，系着彩绸。脖颈的鬃毛也编了七根小辫子，系着彩绸。一看就是一匹过节日的马。

雪青马看到胡其图，用蹄子轻轻刨地。

胡其图上前抱住马脖子，雪青马舒服地打了一个响鼻。他们头顶的夜空镶满了银钉子。

胡其图兴奋得睡不着觉，一宿起来三次，到外面看雪青马，跟马说话。天快亮了，他才睡着，怀里搂着安达的赛马服。

七

天亮了，胡其图还在睡梦里，安达跑到他家，把他摇醒，说，你怎么还睡觉？今天是赛马比赛。

胡其图慌慌张张地爬起来穿衣服裤子。

安达说，你不能穿那些衣服了，穿赛马服。

胡其图穿上安达的红坎肩。安达给他戴上带飘带的帽子。胡其图像个小英雄一样走到院子里，解开马缰绳，牵着雪青马来到那达慕会场。

村里的人早都来到了赛场，邻村的人赶着牛车、驴车来看热闹。赛场南面搭一个棚子，摆一排桌子，这是主席台。桌子腿挂的横幅上写着"白音汉村那达慕大会"。

人们说笑着等待赛马开始，城里来的商贩骑着摩托车到这里卖冰棍雪糕。

村主任巴达玛的声音从喇叭里传出来，声音不光洪亮，还有回音，听上去很威严。

巴达玛说，大家注意了，大家注意了！白音汉村那达慕大会，现在开始。

四名身穿白衬衣，系红领巾的小学生手牵着国旗的一角正步走进会场。主席台的巴达玛和其他村干部站起来，向国旗行军礼。

国旗方阵之后是摔跤手的队伍。这些摔跤手身材魁梧，赤膊的上身套着紧绷绷的摔跤服。摔跤服用牛皮缝制，上面镶着黄铜或白银的泡钉。摔跤手并不像别人那样正常行走，他们像鹰一样跳跃着行进，张开双臂，摇摇晃晃。摔跤服上的五彩绸带随风飘荡。

他们身后是弓箭手队伍，总共七八个人，年纪都不小了。弓箭手身上背着弓，腰间佩着箭袋，头上戴礼帽，看上去很搞笑。如今走遍全国也见不到身挎弓箭的人，在白银汉村却可以见到他们。

接着走过来赛马的队伍，分成走马、颠马和儿童骑手的快马三个方阵。这些马真漂亮，有的马前额戴着银饰，有的马身上系着绸子。这些马早晨都用清水刷过，皮毛干干净净，滚瓜溜圆的肌肉闪闪发亮。成人骑手们穿蒙古袍，儿童骑手着短衣裤，头系彩绸，很好看。

巴达玛和村干部们始终伸出右臂敬礼，估计他们的胳膊早酸了。

比赛选手入场式结束后，九个身穿蒙古袍的小男孩站在主席台前唱了一首颂扬白音汉山的民歌，白音汉村的名字就取自于这座山。

歌中唱到：

> 莲花在你脚下开放，
> 檀香树在你头顶生长。
> 小鸟环绕着你的脖子
> 歌唱，
> 清泉在你的手心流淌。
> 白音汉山啊，
> 你是美丽的山。

> 红柳在你脚下舒张，
> 落叶松在你胸前生长。
> 白云环绕着你的脖子
> 停留，

花朵在你手心摇晃。

白音汉山啊，

你是可爱的山。

山杏树在你脚下结果，

芍药花在你肩膀开放。

清风环绕着你的脖子

吹拂，

青蛙在你手心歌唱。

白音汉山啊，

白音汉山

你是幸福吉祥的山。

孩子们唱完歌，开始比赛的第一个项目，那就是儿童骑手赛快马。

七八个小孩牵着马走进场地，按照比赛要求，马身上没有备鞍鞯。

胡其图牵着雪青马走进场地，心里咚咚跳。他偷偷看雪青马，马一副若无其事的样子，高高昂着头。

选手们牵着马在大喇叭播放的音乐声中绕场一周，走到起跑线上，跃上马背，等待发令。

大喇叭里，巴达玛用诗歌的韵律说道：

玉石头颅的骏马，

莲花蹄子的骏马。

风和日丽的天气，

蓝天白云的天气。

马像插着双翅的雄鹰，奔向远方。

快马比赛，现在开始！

马像脱弦的飞箭窜出去，在人们的视线里消失。赛马要绕着白音汉山一圈跑回来，路程十里地。

胡其图伏在马背上很紧张，觉得巨大的风顶在胸前，要把自己刮下去。他紧紧贴在马背上，眯着眼。心里说，雪青马，你知道我们是在比赛吗？你像风一样尽情奔跑吧！你的四个蹄子既轻松，又有力，像冬天的狂风一样掠过草地吧。他还说，雪青马，我耳边全是呼呼的风声，你也听到了风声了吧。你不要在意跑第几名，只要你使出全身的力气。但是，我希望得到第一名，用最好的成绩来报答我的好朋友安达。

奔跑中，胡其图用眼角瞄两边的马，他左边的黑马像一条龙在波涛里飞驰，鬃毛和尾巴拉成直线，骑黑马的选手是村里的小朋友西麦里，他头上扎着红绸子，手拍马的脖子，催马快跑。他右边的选手是景嘎，他骑的白马比雪青马落后半个马身，雪青马和黑马几乎是并辔前行。

胡其图抬头看，前面就是终点了。眼睛左右瞄，身边没有别的马，说话间，马到达终点，胡其图成了快马比赛的冠军。

他忘记自己怎么从马背上跳下来，看见安达跑过来递给他一束野花。几个身穿华丽蒙古袍的姑娘是大会工作人员，她们把哈达挂在胡其图的脖子上。

巴达玛在大喇叭里喊，胡其图，胡其图，你到主席台前来一下。

他的名字第一次被大喇叭喊到，胡其图感觉十分奇妙。他站在主席台前，巴达玛在大喇叭里宣布，快马比赛第一名是胡其图，让我们向他表示祝贺！

大喇叭播放一段欢庆的音乐，巴达玛说，下面由民间艺人嘎拉僧爷爷念诵骏马赞词。

巴达玛扶着村里年龄最大的老艺人嘎拉僧走上主席台。老艺人用颤抖的声音在麦克风前说道：

蓝色像大海一样的天空，
白云像贝壳一样的天空。
绿色像地毯一样的大地，
鲜花像星星一样的大地。
这里是骏马的故乡。

骏马啊，
你有宝石的双眼，
你有无穷的力气，
你有顺纵的腰身，
你有银饰的笼头。
马尾编着五彩缎带，
马蹬刻着海螺花纹。
你环绕海子三圈不累，
你跃过七座山峰嘶鸣。
云彩般的骏马呀，
雄鹰似的骏马，
我们膜拜你，崇敬你，
你给草原带来了吉祥！

嘎拉僧爷爷念完赞词，巴达玛说，下面给比赛冠军胡其图赠送奖品。

姑娘们赶来一只大肥羊，羊头上系着一朵大红花，这是冠军的奖品。

胡其图不知所措，站着不动。

巴达玛说，你可以下去了。

胡其图这才吐出一口气，去找安达。姑娘们把羊赶过来，说，这是你的奖品。

胡其图此刻略微缓过神来。他看到诺日布笑眯眯地看自己，安达说，我为你感到骄傲。

胡其图对安达说，这是雪青马的功劳，我要把这只奖品羊送给你，羊头那朵红花我留着做纪念。

诺日布说，你把羊送给我们，这个礼物太贵重了，我收下。你也要收下我的礼物。

胡其图问，是什么？

诺日布说，这套赛马服，帽子和靴子送给你。

胡其图说，这是安达的衣服。

诺日布说，我们再给他做一套嘛，你收下吧。

胡其图穿着比赛服，脚蹬靴子往家走，心里美滋滋的。可惜爸爸没看到，妈妈在家里照顾爷爷也没看到。

到家，胡其图对妈妈说，我赛马得了第一名。

妈妈说，我从你表情猜到了。

胡其图说，我把奖品大肥羊送给了诺日布叔叔。

妈妈说，你这样做真好，懂得知恩图报。

胡其图说，诺日布叔叔把安达的衣服，靴子和帽子送给我了。

妈妈说，你穿上这身衣服真好看，留下吧。

胡其图说，可惜爸爸没看到我比赛的场面。

妈妈说，他喝酒比看你赛马更有意思。

胡其图问，爸爸会不会有什么事呢？

妈妈说，没事，他喝够了就回来了。

胡其图不放心，他脱下比赛服，换上自己的衣服，瞒着妈妈，偷偷去杭锦村找爸爸。

八

胡其图有一丝不祥预感，爸爸可能遇到什么事了。郭日姑山险峻，爸爸喝了酒，会不会在山上摔伤？羊会不会掉进山崖里？或者被狼捉走？如果没有意外，爸爸不会忘记赛马的事。

胡其图跑跑走走，往郭日姑山方向赶。他走了很久，抬头看郭日姑山还在原来的地方。他中午离开家，现在是下午，快要到傍晚了。

晚风比黑夜提前到来，胡其图感到身上有了凉意，暮色像乌鸦翅膀一样盖住四野，他刚刚走到郭日姑山的脚下。

先要找上山的路，找了半天找到了路。路上没有草，很平缓，能走人也能走马。胡其图走上去，离山顶还有很远，天已经黑下来。往山下看，白音汉村在很远的地方，影影绰绰露出灯光。

胡其图不敢往前走了，前面是黑黢黢的树林，谁知道树林里有没有狼和豹子。怎么办呢？他找到一块像门板似的巨石，蹲在下面。他想今晚就要在这里过夜。山上风大，身上越发感觉冷。

远处传来呼喊声，像喊自己的名字，但听不清。胡其图想起老人说过，如果荒郊野外有人喊你的名字，千万别答应，有可能是鬼。

这个声音越来越近，是不是爸爸的声音，他掉到山崖下呼喊？胡其图仔细听，确实在喊"胡其图，胡其图"，答应还是不答应？

胡其图再仔细听，这是安达的声音，他站起身往山下看，夜色浓重，什么都看不到，却清晰地听到安达在喊，胡其图，你在哪里，你听到我喊了吗？

胡其图大声回答，安达，我在这里！

安达说，我听到了，我去找你！

胡其图说，你找不到我，我下去找你。

胡其图下山。上山没觉得这条路上怎么样，下山却感觉很陡，他摔了好几跤，终于到了山下。他喊，安达，你在哪里？

安达说，我在这里。原来他们离的不远。

胡其图跑过去，看见安达牵着雪青马站在夜色里。

胡其图说，安达！

安达递给他一件长袖衣服和一条裤子，说，快穿上吧，我听你说话声音在发抖。

胡其图问，你怎么知道我在这里？

安达说，我去你家，达古拉姨娘说你可能去了杭锦村找爸爸。她让我拿两件衣服带给你。

胡其图说，安达你来太好了，我一个人不敢在山上待着，还冷。

安达说，你上马，我带你回家。

胡其图说，我不回家，我已经走了这么远，我要去找爸爸。

安达说，那我陪你在这里过夜，狼看到咱们有两个人，不敢进攻。

胡其图说，雪青马和咱们在一起，如果有狼，马尥蹶子能踢死狼，所以狼不敢进攻咱们。

安达说，正好咱俩在这儿数一数星星，看谁数得多。

他们躺下数星星，数了一会儿，忘记哪些星星数过，哪些还没数。重新数，过一会儿，他们都困了。

安达给雪青马上了马绊。上了马绊的马能低头吃草，但走不远。

胡其图走到雪青马身边。星光下，雪青马灰色的皮毛变成白色，马转过头看胡其图。胡其图把头靠在雪青马脊背上，听见马的心脏咕咚咕咚的跳动，特别有力。

四野传来虫鸣，好像是星星的叫声。仰头看郭日姑山，山顶的天空镶满了星星。他们俩蜷缩在草地上睡着了，一直睡到天亮。

九

胡其图一觉醒来，感觉奇怪，自己怎么会睡在荒野里？他想起昨晚的事，看见安达还在睡梦中，雪青马正低头吃草。

他摘下马绊，牵着雪青马到乌力吉木伦河边饮水。马在河里饮过水，打一个响鼻，低头挑好吃的草吃。胡其图牵马转了半个多小时，马差不多吃饱了。

安达醒了，胡其图说咱们一块儿去杭锦村。

他们一起上了山，顺着路到达山顶。看到山下不远的地方有一个村子，那里即使不是杭锦村，也可以问到路。

下山走到平地上，他俩一同骑上马，往那个村子走，不一会儿到了村子。

在村头，他们遇见一位放羊的老人。他俩下马鞠躬，说爷爷早上好，去杭锦村怎么走？

老人用烟袋锅指着村子说，这就是杭锦村，你们去谁家？

胡其图说，朝鲁叔叔家。

老人说，顺这条路往前走，看到右手第三家蓝彩钢屋顶的院子，就是朝鲁家。

他们谢过老人，走进朝鲁家的院子。

胡其图喊，家里都好吗？这是牧区到别人家串门问候的第一句话。

屋里走出来一个女人，胡其图说，姨娘好，我是加拉森的儿子胡其图，他是我的朋友安达。

这个女人说，哎呀，加拉森的儿子来了，长得多高，快进屋吧！

胡其图预感爸爸没什么事，可能躺在炕上睡觉呢。

他们进屋，看到一个男人躺在炕上，腰上拔着一排玻璃火罐。

这个女人说，我是菱花，躺着的是你朝鲁叔叔。他的腰扭伤了，下不了地。你爸爸帮助我们打草呢。

胡其图说，这几天我爸爸都在打草吗？

菱花说，是，天气预报说下个星期有暴雨，这几天不把草打下来晾干，牲畜就没有过冬的草了。

胡其图点点头，他知道牧民一年当中最重要的两项活计一是接羊羔，第二就是打过冬的牧草。

他问，菱花姨娘，我爸爸在哪里打草？

菱花说，出门往东走，看远处有一棵榆树的地方，就是我家的草场。

胡其图和安达牵着雪青马往那边走，看到了榆树。

榆树上拴一匹黑马。这匹马漂亮，尖耳朵，细腿，身上滚瓜溜圆。

往远看，加拉森手拿钐刀正在打草，他打完的草整齐的铺在地上。有些草是青的，有些草晒黄了。那些高高的还没有打下来的草，在风中摇摆。

胡其图和安达跑过去，爸爸直起腰，笑着看他们，说，你们来啦。

他们都没提赛马的事。

加拉森说，你们两个来得正好，从东边开始，把晾着的草堆起来，你们走两步，把这个距离的草堆成一堆。记住，草要顺着放，别弄乱。

这个活计刚开始干还挺好玩，干一会儿就腰酸腿疼。他俩歇一歇再干，到中午时分，他们把草都堆了起来。

加拉森走过来，拿草拧成一根绳子，用脚和膝盖顶住草，把牧草捆成一捆。这是一项很累的活计，但扎拉森不在乎。他很快就把草捆好了。

加拉森对胡其图说，你把剪耳黑马牵过来，咱们把草驮回家。

安达说，我有雪青马呢。

加拉森说，两匹马一起驮。

加拉森让两匹马驮上牧草，卸在朝鲁叔叔家门前晾晒。往返十几趟，把草都拉了回去。

加拉森说，要是突然下大雨，草不拉回去就烂到了地里。草晾在家门口，下雨的话，把草抱到牛圈里就行了。

菱花从屋里出来，对加拉森说，哎呀你干了三天活，孩子们刚来也让他们干活，怎么感谢呀？

加拉森说，牧民就是干这些活的人，不用谢。

菱花说，朝鲁腰坏了，反而享福了。

加拉森说，我们是自小的朋友，这不算什么。

菱花说，你连干了三天活，这回活干完了，好好喝一顿酒吧！

加拉森说，不能喝酒，我现在累得浑身疼，腰像断了。喝酒最少要喝三天三夜，你家炕上躺着两个男人，太吓人了，我回家喝。

菱花说，你骑黑马回去吧。

胡其图说，不用了，那达慕大会赛马比赛结束了，我得了第一名。

爸爸问，没有马，你怎么得了第一名？

胡其图说，安达让我骑他家的雪青马参加的比赛。

加拉森笑了，拍拍胡其图后脑勺。

菱花说，你帮我干这么多的活，没借马，还牵来了羊，这怎么办呢？

她给他们带了好多好吃的奶食品，有炒米、奶豆腐、奶酪和稀奶油。

加拉森把这些礼物放在马鞍子上，往白音汉村走。

路上，加拉森问胡其图，孩子你真得了赛马冠军吗？

安达说，全村人都看见了，胡其图得了快马组冠军，嘎拉僧爷爷为他念了骏马赞词，他得到的奖品是一只大肥羊。他把羊送给了我们。

加拉森说，孩子你让我骄傲，我回家要好好喝几天酒，庆祝这件事。

他们往前走的时候，胡其图感觉爸爸的眼睛一直看他，脸上的笑容一直没消失，胡其图心里很愉快。

十

到村里，加拉森把朝鲁送他的奶食品分成两份，一份送给安达。

回到家，加拉森看见村主任巴达玛坐炕头上。

巴达玛说，加拉森啊，你有一个好儿子，他得了赛马第一名，你知道吗？

加拉森说，我知道。

巴达玛说，还有更好的消息，你肯定不知道。

加拉森问，什么消息？

巴达玛说，再过半个月，旗里开那达慕大会。这可是隆重的盛会呀，别的旗的人都要来呢。镇里让我推荐儿童赛马选手，我推荐了胡其图。

胡其图听了这话，心脏一阵狂跳，去旗里比赛，太美了！他本想原地蹦一个高，再转两个圈儿。但心里好像有什么事牵着。什么事呢？他想了想，想到了安达。安达为了他才放弃比赛，自己骑安达的马得了村里比赛的第一名，又要去旗里比赛，安达知道这个消息会怎么想？胡其图想到这里，没那么兴奋了，心里有些沉重。

加拉森说，哎吆，这可是大事，但是我们没马啊。看来我还得去杭锦村借那匹剪耳黑马。

妈妈说，你可别去杭锦村了，醉上几天都回不来。

胡其图说，我爸爸在朝鲁叔叔家没喝酒，帮他打草呢。

巴达玛说，为什么非要到杭锦村借马，让胡其图骑着诺日布家的雪青马比赛不很好吗？这个事情就这么定了，如果胡其图取得冠军，那是咱们村十多年没有的荣誉。

听巴达玛说到雪青马，胡其图心里更不得劲儿了。雪青马是安达的马，为什么安达不能去比赛呢？想到这里，胡其图说，我不想参加旗里的比赛。

他们惊讶，巴达玛问，你为什么不参加？

胡其图说，让安达参加，这是他家的马。

巴达玛说，可是你骑的好啊。

胡其图说，安达骑的也好。巴达玛叔叔，你让安达去吧，他一

195

定能得冠军。

巴达玛摇摇头，表示不理解。他说，胡其图，你告诉我。为什么安达一定能得冠军。

胡其图说，安达的马好啊，雪青马是一匹多好的马，谁骑都能得冠军。

巴达玛说，你这么说不对，马好只是比赛的有利条件之一，骑手的骑术也要好啊。

胡其图说，安达再训练一段时间，骑术肯定会提高。

巴达玛说，你为什么这样说？

胡其图说，我帮助他训练，还有我爸可以指导安达训练，我爸可是一个赛马好手。

加拉森在一旁谦逊地笑着说，那是，那是。

巴达玛背着手在地上转了一圈，说，你说的也有道理。

胡其图说，那咱们就把这个消息告诉安达，让他高兴一下。

他俩来到安达家，说了这件事。诺日布和乌云珊丹很高兴，安达有些慌张。他说，我骑马没有胡其图骑得好。

巴达玛说，这不算什么问题，我让胡其图帮助你训练，加拉森也帮助你训练，你一定能得到冠军。

诺日布说，巴达玛主任，你说的太对了，安达一定能取得赛马冠军。

胡其图把安达送他的比赛服，帽子和靴子放在炕上。

安达说，这是我送你的礼物，你怎么送回来了？

胡其图说，算我借你的，你比赛穿。

安达说，穿上这套衣服，一定能得冠军。

胡其图说，雪青马不会让你失望。

安达说，你来教我骑马，胡其图说，让我爸爸教你骑马，他可有经验了。

从第二天开始，加拉森每天都来到安达家指导他骑马。他告诉安达，骑马首先要让你的身体感受到马在奔跑时身体的律动，两股劲合成一股劲儿才能跑得好。加拉森指导安达放松，从肩膀、脊椎、髋部到膝关节全部放松。然后平衡心态，让人和马融为一体。

安达的骑术一天天进步，胡其图用止咳糖浆的小瓶子接泉水测试安达的骑马速度。他有三次达到了五个格的刻度，也就是说，他跑得比胡其图还快。有一次，小瓶的泉水达到了四个格。

加拉森非常满意安达的进步，每次指导结束，他都和诺日布喝一点酒，聊马的事情。

安达骑马越来越有自信心，他的身体在马背上就像一片树叶一样空灵，但不会被风刮走，和奔驰的马一道奔向远方。

半个月过去了，到了比赛的日子。白音汉村众多人簇拥着安达前往旗里参加那达慕大会。安达骑在雪青马上披红挂彩。雪青马前额和胸前都带着大红花。村民乘坐四五辆拖拉机跟在后面，胡其图也在拖拉机上。

到了旗体育场，白音汉村的村民们大开眼界。人家这里的主席台是砖瓦修的，有探出来的人字形红瓦棚，旁边有水泥台阶的座位。开幕式上，鸽子和彩色气球一起飞上天空。红蓝两种颜色的烟火在天空搭成拱门。各乡镇的代表队光入场就入了一个多小时。旗长讲话比巴达玛讲话的时间长十倍，内容也比他有文采。

赛马比赛开始，第一组是走马比赛，第二组是颠马比赛，最后是儿童选手的快马比赛。赛程二十公里。

比赛枪响，安达骑着雪青马像箭一般跑出体育场，周围的欢呼声响成一片。

哒哒哒，马儿飞驰。安达觉得雪青马变成了鹰，自己趴在雄鹰的背上，离天边的白云越来越近。

刚出发时，安达身旁有七八匹马并辔奔驰，排成一字形。雪青马在其中，但不是第一名。这些马知道这是比赛，谁也不甘落后。

安达忽然想起扎拉森叔叔说过，刚开始，不要让马领先，要紧紧咬住前边四五匹马，在他们后面跑，给他们制造压力，消耗他们。

大约跑了四五里路，马与马的距离拉开了，马阵变成细长条。安达的雪青马稳定居于第三名的位置，但把第四名拉得很远。安达在心里说，雪青马呀，雪青马，平时我舍不得让你拼命跑，今天你就拼命跑吧！你让胡其图在村里比赛得了第一名，你让我在旗里比赛也得第一名吧。我们两个是好朋友，赛马都得第一名，别人多羡慕啊！

安达心里说完这番话，忽然想到这会给马带来压力。他改口说，雪青马呀，雪青马，你得不得第一名都无所谓，你放松吧，像风一样吹过草地就好了。你得第几名我心里都高兴。

赛程过了一半，雪青马的力量积蓄足了，稳步往前超，到达赛四分之三的路段，雪青马已经跑到第二名的位置。进入体育场，雪青马什么也不管了，疯了似的开始冲刺。

白音汉村的人们在体育场里等了很久，看到有两匹马终于跑回来了。

跑在最前面的是一匹白马，雪青马离白马约有五十米远，位居第二名。快到终点时，雪青马突然加速，超过白马，取得第一名。

白音汉村的人跑过来，巴达玛把安达从马上抱下来，每个人都和他贴脸拥抱。

胡其图牵着雪青马遛，走出体育场。遛半个多小时回到体育场时，颁奖典礼结束了。民间艺人为各组冠军念诵了骏马赞词，工作人员为安达献上雪白的哈达。

冠军的奖品你猜是什么？是一匹漂亮的黄骠马！安达牵着这匹黄骠马笑得合不拢嘴。

巴达玛说，安达呀，你给咱们村增添荣誉啦！你知道是谁推荐你参加比赛吗？不是我，是你的朋友胡其图。本来村里让他参加旗里比赛，他非让你来比赛。好在你得了冠军，你们两个都是好样的！

诺日布对安达说，你得到了一匹马，咱们村从来没人得过这么大的奖励。在古代，只有英雄才能得到马的奖励。

安达激动得说不出话，一劲儿点头，好像承认自己是一个英雄。

诺日布说，你有了这匹黄骠马，我们把雪青马送给胡其图，你愿意吗？

安达说，我愿意，雪青马喜欢胡其图。

安达把爸爸说的话告诉了胡其图，胡其图手里拿着雪青马的缰绳，特别不好意思。他用手指搓缰绳，不知道怎么回答。

他抬头看雪青马，马昂昂头，喉咙里发出咴咴的声音，似乎说，好吧好吧。

他们回家了，安达骑在披红挂彩的黄骠马上，胡其图骑在披红挂彩的雪青马上。村里的人们坐在拖拉机车厢里，跟在他们后面。

一群小鸟从乌力吉木伦河边的红柳丛里冲出，飞越他们头顶，向晚霞燃烧的远方飞去。

本文刊载于《儿童文学·经典》2022年第4期

守 艺 人

张玉莹

一

"山水，师傅让你再学一遍'水盆'，你可快点儿啊。"

一个十二岁的小男孩从床上跃起，像鹰一样敏捷地裹上一件棉衣，跑向作坊去。

作坊里，师哥围在师傅跟前，师姐坐在一旁仔细地挑毛。

天还未亮，冰凉的雾气里夹杂着一股惺忪的土腥味。

山水刚进入作坊，呛人的毛发味便直入鼻腔，山水的鼻子很痒，连续打了好几个喷嚏，缓了一会儿才适应里面的气味。

师哥师姐回头向山水招手："快点儿，山水，师傅在给我们讲'水盆'，快点儿来。"

"水盆"，是毛笔制作工艺的一种，需要在水里挑毛、梳毛、齐毛等。山水最害怕学这个，比着师傅的样子在冰冷的水里进进出出，本领才学了一成，手就已经冻疮了，再浸入冰冷的水里挑毛，刚刚结痂的口子又冻得生疼。

师傅面前有一个米黄色的木盆，一块光滑的长方形板子压在木盆边。板子上都是大大小小的刚刚用牛骨梳子拾掇好的白色羊毛，旁边还有一些灰黑色的。师傅麻利地将羊毛梳理、拍齐，又在水里将羊毛湿润、平整，再寻找出质地不好的羊毛挑出来，这套程序在师傅的手里来回重复，运用自如。

山水站在师傅旁边，师傅没有搭理他，继续演示手里的工作给徒弟们看："你们要看仔细！要按照长短规格，把根部去掉，另截取长短不同的羊毛比拼入其中。没有锋的，有硬度的，把它一层一层衬垫下去，就像这样。"一边说着，左手从水里捞出一大把刚梳理好的羊毛，右手擎着一把有铁锈的剪刀咔嚓一下，根部参差不齐的羊毛瞬间平整了，师傅用右手食指轻轻划过刚才裁掉的羊毛，"像这样才能达到笔顶锋尖，底部有力。"

师哥师姐都仔细地把师傅做的每一个步骤记在脑子里，不断地熟悉程序，准备再实践一遍。师傅起身，眼神示意让山水做一遍。

山水祈求的眼神看着师傅，嘴角抿了抿："师傅，我手坏了，让我停两天吧！"

师傅沉重地呼出一口气，严厉的目光扫了一眼山水："做！"语气坚决。

山水瘪着嘴，不情愿地将手放进冰冷的水盆里，吱的一下，手上的裂痕在冰冷的水里瞬间像绽放的花，针扎了一般，疼得烧心。

山水嗖地把手收回，哭嚷地看着师傅："爹，爹，求你了，我手疼！"

师哥师姐瞧着山水心疼，连忙帮山水求情："师傅，山水还小，让他多缓两天吧。"

师傅看着山水痛苦的样子，却严肃地说："别喊我爹，在这里先为师傅再为爹。做！"

山水心里委屈极了，小声埋怨："我做得已经很好了。"

师傅听见像蚊子一般的嗡嗡声，提高了嗓音："大大方方说话！"

山水不敢说话，心里的憋屈化作一滴一滴眼泪珠子从眼尾流出来。

师姐从兜里拿出一条手帕给山水抹眼泪，又回到自己的屋里拿出一个铁盒子，里面是一团黑乎乎的中药。师姐温柔地给山水皲裂的手抹上："没事啊，都是这个过程。"

师姐轻柔的安慰，让山水的委屈都溢了出来。师傅听见山水的哭声更是涨了脾气："哭什么哭！就知道哭！赶紧给我练去！"

山水冲着师傅喊："我不做毛笔！我要上学！"

啪，一个巴掌甩到山水的脸上。

师哥师姐吓了一跳。

师傅额头的皱纹里夹杂着焦虑，看着一脸天真而少爷气的山水，胸口闷得慌："毛笔你不但要做，而且要做得最好！"

二

1938年，在大连地区的工厂、仓库、码头里的军用物资接连被烧毁，引起日军的恐慌与重视。

日本关东军的统治也越来越严格，无视《海牙陆战法规和惯例章程》，疯狂地破坏和洗劫众多的中国古典文物、书籍和传统文化，企图找出中国人的弱点，以此来控制中国人。此外，对中国的学生们的奴化教育也越来越严重，不断地培养学生热爱日本、感恩日本、效忠日本、崇拜日本的感情。

师傅不想让自己的孩子继续接受日化教育，怕他以后忘本，便找了个法子，让山水离开学校。自己编本子，一边教山水知识，一边教山水学做毛笔，好把老白家的手艺传承下去。

师傅是一名商人也是一名手艺人，经营着有两百年传承的笔庄，最兴盛的时候，开了几十家店铺。但眼看着一家一家笔庄被日军残忍地破坏，书法书籍和祖上留下来的制作毛笔的孤本都被日军抢走了师姐哭着抱着师傅珍视的毛笔，跪着恳求日军，日军明晃晃的刺刀刚要举起，师傅急匆匆地从大连码头赶到笔庄，见此情景，腿都有点软了："快把笔扔了！"师傅护住了师姐，却没护住老祖宗留下来的毛笔，看着满院的狼藉，师傅的心也跟着碎了。

师傅小心翼翼地捡起被踩碎的只剩半截的笔杆，声音颤抖地怒骂一句："王八羔子！不得好死！"

师傅为了不把笔庄毁在自己的手里，找了一个较为偏僻的地方，将还能用的工具和资料转移过去。

可是山水，一个十二岁细皮嫩肉的小子，从前哪里受得了这份手艺人的苦。师傅本想着等孩子大一些再学，可是看着这学校的气氛，师傅着急了。

从那以后，山水再也没有回到学校读书，而是在狭小的作坊里跟着师傅学做毛笔。

涂上黑色药膏的小手显得更加白嫩了，山水手上几道皲裂的口子还在隐隐作痛，就像烧得通红的铁块进了水，吱吱地冒烟，山水的手一伸到冰冷的水里，手上的神经瞬间疼得要命。

山水再也受不了了，站起来用力踢倒了水盆，跑到屋外号啕大哭，手指头和脚趾头都在痛。山水蹲在墙角，埋着头，用胳膊擦着眼泪，倔强地反问自己："哭什么！"这一问，自己倒觉得更委屈了，心里的酸劲儿更是泛上来了。

师哥从作坊里出来，蹲在山水旁边，拍着山水的背轻声地说："外面天冷，快点儿回去吧，别把手冻坏了。"

山水摇摇头。

师哥回头看了一眼站在门后的师傅，师傅点点头，师哥回作坊继续做他的活了。

师傅一直默默地在门后站着，看着自己平时爱护的儿子受了这般的疼痛，心疼。但师傅装作没看见蹲在门口的儿子，出去了。

寒风吹过，把山水脸上的泪痕拽得有些紧，山水有点儿冷，受伤的口子也冻得生疼。山水把脾气撒完了,擦干脸上的泪珠子,回作坊里了。

山水看见自己踢倒的盆子早已经乖乖地回到了原位,只是地上一摊有杂质的水还没有清理干净。

师姐从里屋拿着抹布出来,微笑着跟山水说:"你去采毛吧!"

然后弯着腰把地上的水浸到抹布里,再把抹布的水拧干。

山水坐在毛皮前,一股羊膻子味直沁鼻腔,山水蹭了蹭鼻子,缓了好一会儿,才把皮子上的毛一点儿一点儿地拔掉。

夜晚,整个村子更加静谧。

师傅风尘仆仆地从屋外进来,袄子上、头发上都是一层白色的雪,师傅抖了抖:"这雪下得也真是急,说下就下。"

师哥赶紧给师傅倒了一杯热水:"师傅,你先暖暖。"

师傅接过水杯,喝上一口,才缓过劲儿来。看了一眼坐在旁边正在采毛的山水,从袄子里掏出一块包装得很精美的药膏,放在山水手旁。

"这药膏好用,过两天你的手就好了!"

师哥师姐相视一笑。

三

师傅这两天没有给山水安排水盆的练习,就让他坐在边上采毛,偶尔山水到师傅跟前看看师傅做毛笔的其他工序。

山水站在师傅的右手边,盯着自己挑好的毛在师傅的手里来回地剔洗。

师傅不紧不慢地工作,轻咳了一嗓子,"你手怎么样了?"

师傅没有看山水,继续洗胚毛。

"好多了。"山水轻轻地说。

"嗯,这就好。"

山水刚上完师傅给买的药膏，手上冰凉凉的，好像是娘在吹着自己的伤口，这药膏不像师姐给涂的那般辣疼，让人难受得很。

山水一恍惚，走神了。

山水太想娘了，娘温柔的笑声，和蔼的脸庞清晰地印在山水脑海里。娘身子不大好，好不容易生下山水，落了病根，所以总是躺在床上的时间多一些，有时候在床上咳嗽不断，吓得山水经常半夜惊醒。

去年，不知道什么原因，娘咳嗽得越来越厉害，师傅白天给山水娘请了郎中，郎中多配了几服药，叮嘱山水把药熬好，让娘全部喝下。

娘嫌苦，喝一碗药总是耍赖，要好几次才能喝完。山水就在旁边直勾勾地盯着娘，娘打趣道山水，"这我倒像个孩子似的。"

师傅坐在娘的床前，眸色凝重。娘懂他，师傅不说话，娘就知道师傅的心事，娘咳嗽了几声，缓了一会儿，看着师傅："我们的文化不能再被日军破坏了！"

娘用她全身的力气握住师傅的手，坚毅的眼神看着师傅，又轻轻地笑着，仿佛安慰着师傅："放心吧，我能照顾好我自己，况且还有山水呢！"

师傅还是担心，娘看着师傅，泪珠子在眼圈微微打转，又隐忍着："笔庄是老白家的血，更是中国人的血，不能丢！"刚说完就又咳嗽起来。

师傅轻轻地拍着娘的背，让娘顺顺气，心疼起来："好，我会最快的时间赶回来。"

趁着夜色，师傅和师哥师姐偷偷地出了家门，把笔庄还能用的东西都挪到偏僻的村子里。

山水守在娘的床前，看着时辰快到了，喊着娘起来喝药。

"娘，起来喝药了。"

娘没有回应，山水又在娘的耳边轻声地说："喝药啦，娘。"

娘仍然没有回应。

微弱的气息下，连咳嗽都已经折腾不起了。

山水摸着娘的额头，烫得娘难受。

山水赶紧拿了一块巾子浸透了凉水给娘的额头敷上，可是娘依然难受得很。山水着急得有点儿慌了，"郎中，对对，找郎中！"

山水怕黑，黑天里他看不清路，总觉得周围黑压压的，喘不过气，头顶上有只鸟飞过，他会想象成一只野兽飞过来要吃了他。

可是他更害怕失去娘，顶着夜色，奔出家门，路上跌跌撞撞，山水咬着牙忍着黑夜带给他的恐惧往郎中家奔跑着。

床前，娘的身体轻飘飘的，没了一丝力气，郎中看着山水，声音低沉："准备准备吧！"收起了他的箱子。山水还没有听懂："准备什么？"

"你娘治不好了，快不行了。"

山水满头大汗，听到郎中说娘不行了，心脏仿佛被什么东西压着似的，沉甸甸的。山水再也控制不住内心的恐惧，一席间，泪水涌上，哭着喊着他守护的娘。

山水恨爹，恨他没有陪着娘，恨他去搬笔庄，更恨他在娘的葬礼上没有哭泣，恨爹的凉薄和无情。山水哪里知道，爹的内心早已哭得撕心裂肺，可是他没有时间伤心，他必须赶快地把笔庄的材料转移好。他怕，他怕笔庄会毁在自己手里，他更怕中国的魂丢了一魄。

"学就认真点儿！"师傅低声说。

山水一个恍惚，回过神来。

山水鼻子酸酸地抬起头，掐着自己手虎口边的肉，努力让自己平静下来。

师傅余光瞅到了旁边的山水："别整天想着乱七八糟的，有这时间不如把手头的事情做好！"

山水一听，脑子里更加充斥着师傅冷酷无情的声音，嘟囔了一句："我想回学校上学!"

师傅沉默了一会儿，转过头很认真地看着山水："记住，这个作坊才是你的学校!"眼睛里充满了红血丝。

四

外面天蒙蒙亮，一阵耀眼赤焰的火红在码头熊熊燃烧，日本关东军肯定又头疼不已。

屋外邻居家三两只家狗在汪汪地叫着，大概是想引起主人的注意。日本人嘴里咿咿呀呀说着让人听不懂的话，师傅、师姐和师哥看着苗头不对，慌忙地把制作毛笔的料子、工具藏起来，山水也不知道怎么回事，慌慌张张地也跟着一起忙。

日本人只是路过了师傅家，大家都松了一口气。但是日本人却停在了不远处的邻居家，野蛮地将一个苗壮的小伙子拉出来，像小猫一样扔到门口，手里的枪指着小伙子的额头。屋外的狗叫得更厉害了，邻居家的老奶奶跌跌抢抢地祈求着别把她唯一的亲人带走。

日本关东军说着话，旁边翻译员盯着小伙子狐假虎威地问："是不是你放的火?"

小伙子扬起头，骄傲地朝着日本关东军笑着，又看了一眼在旁边像哈巴狗似的翻译员，吐了一口唾沫："呸! 狗腿子!"

一声枪响，老奶奶扑向自己的孙子，抱着满身是血的孙子哀痛号哭。日本人骂了一声："八格牙鲁!"

一举枪，两条鲜活的生命就没了。

师傅远远地望着，想上前去，师哥拦住师傅，摇摇头。师傅手指甲不听使唤似的，死死地嵌在手掌里，一丝红血慢慢地渗到指甲缝里。

日本关东军想抓住放火团的心越来越急迫，凡是有嫌疑的，都不放过。宁错杀一千，不放过一人。

山水第一次见到一个活生生的人被嘣出了血，吓得躲在后面，然后日本关东军手里明晃晃的刺刀映着太阳的光无数次地进入祖孙俩的身体，将血耀得格外红，山水胃里有点儿恶心，仿佛有股血腥味冲到鼻腔里，映入眼帘的满是恐怖的血红，山水冷得身子都在颤抖。师哥连忙扶着他，直到日本人离开了村子，山水瘫倒在地。

山水吓病了，连续几日高烧不止，师傅为了能让山水降温，将珍贵的老烧酒取出来，给山水的身子、额头、手心、脚心一遍又一遍地擦拭。师傅心疼地看着山水，俯下身子，用嘴巴贴在山水的额头上，看看退烧没，山水迷迷糊糊中喊了一声："爹。"师傅抬起头以为山水醒了，但山水依然烧得迷糊着。

"师傅……"师哥眼神示意一下外边来了人。

师傅和外边来的人说了一会儿话，面色有些沉重，走到里屋。换了件衣服，就跟着那个人走了。

师傅叮嘱师哥和师姐："好好照顾山水，我出去一趟。"

"师傅？你去哪？"师哥说。

师傅戴上帽子，很认真地说："行动！"

师哥瞬间就明白了："师傅，我也去！"

"这次危险，你们三个好好在家里。"

师傅拍了拍师哥的肩膀，看了看躺在床上的山水，毅然决然地转过头，出发了。

五

一连多日，师傅一直没有回家，师哥和师姐每天焦虑地等待着师傅，好在山水身体好了些。

山水醒了看见师姐坐在他床边，山水心里十分期待睁开眼睛第一眼见到的是师傅，可是他又不敢期待，怕等来的是绝望。

"果然是这样。"山水心里嘀咕着。

师傅风尘仆仆地从外面赶来，一进屋子带来一身凉气，让人不禁打个哆嗦。

"师傅，你终于回来了！"师哥和师姐开心地看着师傅。

师傅用手拍了拍衣服上的尘土，微笑着说："嗯，回来了！"山水坐在床上，期待地看着师傅。

师傅板着脸，看着山水，"身体好了，就赶紧去做毛笔吧！"说完，就要走向作坊去。

山水的心好像被刚才爹带来的凉气冰封住了，那一刻，他越发觉得爹一定是冰块做的，山水将积攒下来的所有情绪冲着师傅喊："我不做毛笔！就知道让我做毛笔！你不会关心娘，娘死了，你也不关心我，我死了也没事，你只会关心你自己！"山水的眼泪不争气地流下来，歇斯底里地继续喊："日本人欺负我们，你却只知道做毛笔！整天就是让我做！做毛笔！"

师傅看着山水第一次这么激动，示意让师哥师姐先出去。师傅走上前去，想摸摸山水，却被山水的手甩开。师傅嘶地发出声音，把手伸回来。

师傅站在山水旁边，守着山水崩溃的号啕："不想做，就休息一天吧！"山水泪眼婆娑地瞅了一眼师傅，师傅的手背上烧红了一大片，露出泛红的肉，没有皮肤的保护下，显得那么脆弱。刚才山水将师傅的手甩开，定是碰到了那里，师傅一定疼得难受。

山水急忙穿上鞋，拿出师傅给他的药膏，坐在师傅跟前，端着师傅手背，看着那大片的烧伤，山水低着头，犹豫了一会儿，不知道从哪里涂起。刚才哭得酸胀的眼睛不争气得又酸了，山水使劲儿地吸回大鼻涕。山水第一次认真地看着父亲的手，指甲盖没有一个是好的，都微微泛着淡黄，还有几个指甲盖透着淡乌黑色。手指的关节处，是一圈又一圈肿胀的，往横向生长的肉纹。手背上粗糙的皱纹在一次一次的皲裂中变得细黑，和那片烧伤的肉形成鲜明的对比。整个手掌也胀得厉害，是一只充了气的皮球。那是一双长期浸泡在水里的手啊！山水心疼地抬头看着师傅。

师傅的眼里有点儿红红的，和蔼地看着山水，用另一只手抚摸着山水："没事，没事，爹没事！"

山水听到师傅说爹没事，眼泪从脸颊淌了下来，山水使劲儿控制自己抽泣的声音："这药膏好用，肯定好得快！"

六

微弱的烛光下，师傅坐在窗前一动不动地看着远方，师哥递来一杯热乎乎的水，"师傅，喝些暖暖。"

师傅默默地扫了一眼作坊，又很认真地看着师哥："答应师傅，无论遇到什么情况，都要保护好山水，保护好笔庄，保护好自己。"

师哥皱着眉头，察觉到不对："师傅，是出什么事了吗？"

师傅看着师哥，神色凝重，放下手里的热水："放火团成员被抓了几个。"

师哥听到心里一紧："那，那怎么办？那我们得快走啊！"

师傅摇摇头，搓了搓手："我不能走，但是你们带着山水撤离。"师傅给师哥第一张纸条："去这个地方，我的好朋友会保护好你们。"

"不行，一起走！"

"听着，带上山水，带上制作毛笔的工具，走得越快越好！"师傅眼神坚毅，"我还有事情没做完，等做完了我就去找你们，放心。"

"保护好我想保护的一切。"师傅说。

"可是！"师哥反驳。

"没什么可是，就这样！"师傅很坚决地说。

师哥和师姐在作坊忙来忙去，将制作毛笔的工具、料子都打包好，趁着夜色来临，带着山水出发。

山水不理解为什么又要换地方，生气地不走。师傅第一次在山水面前，温柔地告诉他："跟师哥师姐到别的地方，好好照顾好自己。"

"师傅你不去吗?"山水说。

师傅仔仔细细地将山水全身看了一遍,抱住山水轻柔地抚摸着他的头:"你们先去,爹马上就会去。"

"说话算数!"

"嗯,说话算数!"

七

师哥师姐带着山水来到了师傅告诉的地方,是在山上,比原来的地方更加偏僻,只有三两户人家,山水一直坐在门口,等待着师傅的到来。

师哥慌忙地从外边跑进来,气喘吁吁的。

师姐见到,"慌什么?"

师哥额头的汗珠变得密密麻麻,神色慌张地看着山水:"山水!师傅他……"两人从板凳上站起,心里莫名地紧张起来。

"师傅被日本人抓走了!"师哥说。

山水懵了,拽着师哥:"到底怎么回事?"

师哥说,"师傅一直是放火团的人。"

山水突然想到了被日本人打死的邻居家的哥哥和奶奶,那一刻,山水有点儿想吐,他害怕爹像他们那样消失了。山水疯狂地要跑出去,被师哥一把抱住,"我要救爹!我要救爹!"

师哥:"你疯了吗?你去就是送死!"

"可是那是我爹!"山水激动得哭喊着。

师哥紧紧地捂住山水的嘴巴,怕被别人听了进去,"走之前,师傅告诉我,保护好你,别丢了老白家的手艺,更别丢了老白家的魂!"

山水没有想到那次的分别竟然是最后一面,这一刻,他发现爹原来在自己的心中这么重要。

"爹，你回来好不好，我不恨你，我想你，我只想要你回来！"山水一遍又一遍地祈祷。

八

天蒙蒙亮，山水就起身了。一个瘦小的身影无数次地尝试将手伸进到水里，待疼痛缓和了一些，就拿起牛骨梳子开始梳理水盆上的羊毛和狼毛，然后打齐，放到水里继续梳理，挑出杂质的毛，将品质上乘的毛再次用牛骨梳子梳理，羊毛和狼毛在湿润的水里又软又滑，微微在牛骨梳子的背上一拍，很是听话。牛骨梳子有大有小，但前面的锯齿都是又尖又长，牛骨梳子的背面是微微凹进去的，正好能放上五六个已经打理好的笔毫。

做好一支毛笔，整整七十二道工序。

山水忍着疼痛，看了一眼放在旁边师傅曾经给他买的药膏，山水舍不得用，因为那是爹给他的。山水看了看自己逐渐粗糙的小手，嘴角露出微笑："师傅看到一定会很开心吧。"又马不停蹄地低头制作毛笔。

在旅顺监狱里，放火团的人活活被打死了十八人，山水远远地看着站在绞刑台上的爹，抑制不住心情，想要冲上前面的人群去。师哥师姐死死地控制住山水。"你再走一步，日本鬼子看你情绪激动，就知道你是跟放火团有关系的，你会死的！"

山水高高地举起他做好的毛笔，轻轻喊了一声"爹"，这时，一声枪响盖过了山水的呼唤声，师傅在绞刑台上那张血迹模糊的脸庞使劲儿地看着远处的山水，发抖地露出久违的笑，倒下的那一刻，师傅的眼睛直勾勾地盯着家的方向。山水心里"咯噔"了一下，心脏仿佛停止了跳动。"爹！爹！"那一声声轻微的，却又渗透骨子里的声音一定穿过人群，风会送到爹的耳朵里了吧。

"你知道你为什么叫山水吗?"爹逗着还在襁褓里的小娃娃。爹继续说:"北狼毫,山水是一种笔的名字。"

　　娘依偎在爹的身旁,深爱地看着那个稚嫩的小手拿着一支毛笔在玩的小孩。爹看着娘,紧紧地搂住她:"山是中国的山,水是中国的水。"

　　　　　本文刊载于《少年文艺》(上海)2021年第6期

随喜姑婆

李丽萍

一

每天放学后，我在丽人巷刚一露头，随喜姑婆就从窗子里探出身子喊道：

"臭小子，一会儿写完作业到我这来！"

"哎！"我回答得很干脆。

随喜姑婆住在丽人巷的一栋老房子里，花繁叶茂的紫丁香几乎遮住了整幢楼的墙壁，在三楼的窗户那里有一处空隙，使随喜姑婆可以望见巷子。她整天守在那儿，只为等我放学回家。

我们一家和其他十几户人家都住在这座小楼里，我们是随喜姑婆的租户。我们一家应该和她沾亲带故，因为妈妈让我叫她姑婆。

随喜姑婆平时总独自待在昏暗的房间里着，房间挂着厚厚的窗帘。极少上街，也极少与人聊天，整条巷子的人都惧怕她，谈到她时都压低声音，满含惧意。除非万不得已，租户们都不愿意跟她打交道。因为她是个让人头疼的人物。

她是个非常严厉，从不妥协，强硬到底的女人。她常骂街。她可以一早睁开眼就对某个令自己不满意的租户开骂，一直到夜晚入睡。严重的时候，她会驱逐租户，就算你去睡大街，她也绝不会怜悯。

现在，我却不得不跟这个讨厌的老姑婆打交道。

我需要搞到顶楼天台的钥匙，在那里开一个生日派对。妈妈说她不反对我开派对，只要我不在家里祸害房间就好，于是我想到了顶楼天台。妈妈答应了，因为她觉得我肯定弄不到钥匙，随喜姑婆是不会把钥匙给我的。为了搞到钥匙，证明自己的本事，我要勇敢地挑战一下自己，去找姑婆商量一下。

在我看来，走进她的家就像走进住着野熊的山洞一样危险。她的屋子散发着浓烈的樟脑球味儿和一种说不出来的老年人气息。就在我站在门口犹豫不决的时候，突然，一阵咳嗽声在房间里响起，然后传来狮子般的怒吼："谁在那儿?!"

我还没回答，她已经拄着拐杖走近了，黑沉着脸，虎视眈眈地怒视着我。"你来干什么？臭小子！"

"我……"

我连惊带吓，没出息地哭了起来，样子无比哀怜。姑婆把我拉进屋，在不断的威胁诱导下，我稀里糊涂地只顾胡乱点头，大意是，我之所以如此哭泣伤心，是因为爸爸爱上了别的女人，抛弃了我和妈妈，而且不给抚养费，我想用楼上的平台来办一个生日宴会，请一些同学来抚平我心灵受到的创伤。

没想到这赢得了她的同情。她开始咒骂起来，每句话后面仿佛都带着惊叹号，像泰森的拳头一样有力，腔调像鲜血一样浓烈。末了，她把全部的怒火都集中在一口口水上，远远的吐了出去："呸！"

最后，她缓下口气，开始鼓励我和我的妈妈要走出阴霾，重新活出自己，要独立坚强，等等。我可怜巴巴地点头，还时不时奉上一两声抽泣。

结果，我如愿以偿搞到了钥匙。能够在这么短时间完成如此艰难的任务，这多亏了我的演技，简直可以甩那些小鲜肉一条街。走在回家的路上，我感觉人们都用崇拜的眼神看着我。

回到家，我跟妈妈炫耀，但是妈妈并不欣赏。"你这么说你爸爸，不觉得心里愧疚吗？"

"你该去问问获奥斯卡奖的演员是不是感到愧疚。"我得意地说。

二

后来事情的发展却出乎我的意料，有一天姑婆看到了爸爸，竟然指着他的鼻子大骂，什么坏男人，卑劣小人，等等，还要用她的拐杖打爸爸，幸亏爸爸逃得快。

不出几天，整个丽人巷都知道了我爸爸做的"坏事"。

爸爸把我叫过来，压抑着火气说，祸是你惹的，就该由你去摆平。他逼着我去向姑婆承认错误，为他平反。当我垂头丧气地走在去姑婆家的路上时，心里想，要是我没有做过那件蠢事该多好！

我战战兢兢地走进随喜姑婆的房间。她正弯腰在一个箱子里翻找什么，当我走近，她抬起头来，却并不回头，而是花了好几秒钟去想是谁在身后，然后继续埋头在箱子里找寻，里面的瓶瓶罐罐撞来撞去，发出接连不断的叮当声。

终于，她找出一个酒瓶，又找来一个杯子。在这过程中，她动作笨拙，拖泥带水，制造出很大的动静，就像身上带了一个扩音器。她坐下来，往杯里倒了一点儿酒，然后抿上一口，咂品完味道，然后边研究着我，边抽上一支烟，一大团蘑菇云从鼻孔中喷薄而出，样子就像一头喷火龙。

"臭小子，光是站在那里胆战心惊是不管用的，你得说话。"

我硬起头皮，鼓足勇气说，"我是来道歉的，姑婆。"

"为啥事道歉？"

"那天我说了谎，我爸爸不是我说的那种坏男人，这一切都是我编出来的，我只为搞到天台的钥匙，好在上面开生日派对。"

随喜姑婆什么也没说，继续抽烟，继续瞪着我。

"实际上我爸爸对我和妈妈很好。他是个好男人，请姑婆不要再骂我爸爸了。"

说着说着，我又哭起来了。

一只枯瘦的手突然间伸过来，我吓了一跳，以为她要打我，没想到那只手摊开，上面竟然有三颗鲜艳的糖果。

那是一只满布皱纹和暗沉斑点的手，指甲开裂，很脏很硬。我犹豫了一下，但还是接过了糖果。

"这是奖励勇于承认错误的孩子。"她说。

这么说来，她原谅我了。我放下心来。

我观察到，今天她的情绪似乎还不错。

"来，臭小子，坐在这儿。"她指指桌子旁边一只小方凳。我顺从在坐下来。为表示友好，我扒开一块糖果放在嘴里。

旁边桌子上一本厚厚的相册引起了我的注意，我随手翻开，里面贴满了一个漂亮女子的照片。我以为是明星照，随喜姑婆却说是她年轻时候的照片。我十分惊讶，脱口而出："天啊，随喜姑婆，你年轻时那么的美！"

"当然。"她得意地说，姿势和神态一变，整个房间的气氛也跟着欢快起来。"当年我可是全巷子最漂亮的女孩儿，而且能歌善舞，男孩子们总是千方百计地接近我，他们都想牵我的手，你知道吗？丽人巷的名字就是因我而得名的。"

哇，是这样啊……

我的目光落在一只老式唱片机上面。"姑婆，这里都有什么歌曲？"

姑婆费力地起身为我放一曲歌来听。有一首歌叫《忘记他》，我几乎觉得那就是年轻时代的姑婆在唱歌：

忘记他

等于忘掉了一切

等于将方和向抛掉

遗失了自己

忘记他

等于忘掉了欢喜

等于将心灵也锁住

同苦痛一起

"这是一首舞曲，有几十年都没跳舞了，都不知道还能不能行。"

她站起身，对我伸出一只手。我自然而然地接过了她的手，仿佛一直在等待着和她跳舞。我们在乐声中踏步，配合无间。我从来都没跳过舞，但是这会儿我好像生来就会跳舞一样。

姑婆舞步轻盈，让我有种错觉，我是在和年轻时代的随喜在起舞。微风拂过窗帘，穿过房间，她长发和裙摆飘飞，在灯光的映射下，挥洒出点点光辉。此时的姑婆变成了一个美丽优雅的女人。

一首终了，随喜姑婆瀑布般的长发不见了，旋转的裙子不见了，她又恢复了衰老的模样，皮肤枯黄、手臂上长满黑斑，曾经灵动美丽的眼睛，现在像是两颗干枣深陷在脸上。

三

"姑婆，你跳得真好。"

"当然了，我年轻的时候，长得漂亮，跳舞也有名，不把地板磨破都停不下来……"

姑婆讲起自己过往的故事，由于用了沧桑的语调，使故事多了一种无法说出的魅力，使我感觉自己就生活在故事的那个年代中。

"我认识了一个男人，他比电影上所有的明星都要帅。"姑婆以自豪和喜悦的口气说，"特别会照顾人，经常为我做饭，收拾干净房间等我回来。那时全世界找不到一个比我还幸福的女人。"

"后来呢？"

"在最贫穷和饥饿的那个年代，他说去想办法赚钱来养活我，他许诺，有一天当我睁开眼睛从梦中醒来，他会站在我的床边。可是，他从此就消失了，再也没露面——五十年了！"她大声对着空气喊叫起来，"听到了吗？你这混蛋！你为什么不回来？！"

"姑婆，你还在等他？"

她长叹一声。"我也知道不该再期盼了。剪坏你头发的理发店，你不会再去；吃坏你肚子的饭店，你不会再去。可那个抛弃和伤害你的人，你为什么还要爱？"

"姑婆，有没有可能是他出了什么事，再也不回来了？"

"你说这种话，我可不爱听！"姑婆吼道，"我宁愿他抛弃我，也不希望他出什么事！"

我吓得闭了嘴。感情的事情，我不懂，没办法安慰她。

"小子，这世界一天一个样，根本适应不过来，眨眼间，人就老了。等你到了我这个年龄，要是能好好睡上一小觉，你都要感谢老天爷……"她摸索着点燃一支烟，深深地抽了一口，咳嗽了一阵，然后说，"总有一天，你会感谢我教过你的这些道理的，臭小子——净听我唠叨这些没用的。天晚了，回家吧。"

那晚我走在丽人巷的街灯下。这是特别的一天，一切看上去同往常一样，但有什么东西发生了重大的变化。

如果你长时间听人不断地讲一个人的坏话，那么你也会相信，那人真的是个坏人。但是一些人一些事，你要亲自去看一看，要透过表面的东西看到内在，不要轻易相信别人的论断。

我改变了对姑婆的看法。我觉得在她冷酷的外表下，藏着一颗善良的心。她变成这样子，其实也不怪她。在这世上，没有一个人关心她，爱护她，还误解她，这真让人心疼，想到这点，我的眼角湿润了。

四

从那以后，我再也不怕姑婆了，时常去她家玩，也越来越多地了解了她。我带给她外面世界最新的消息，她带给我最久远的故事和最美味的食物。当我吃东西的时候，她满足地微笑着。

我尽己所能照顾她。她越来越喜欢我了。我能感觉得到。

"明天你会来吗？"我走的时候，姑婆总是这样问我，口气里满怀期待。

"会的，姑婆。"

"你保证。"

"我保证。"

每次我走的时候，她都在窗口目送我回家，一直到再也看不到我的背影。这让我觉得好暖。

我竭力劝说姑婆戒烟戒酒，因为烟酒会伤害她的身体。姑婆愉快地答应了，但等我出了门，她照例还是会去抽烟喝酒，还跟我要小聪明，把酒瓶里瓶满自来水，证明她一口都没喝过；或者把烟头倒进马桶冲走，只留一根烟头在烟灰缸里，表明自己一天只抽了一根。如果我夸奖了她，姑婆便一脸得意，好像她真的只抽了一根似的。

有一天吃饭的时候，妈妈对爸爸说，"最近那老巫婆没有骂人了，你发现没有？以前街上老是回荡着她的咒骂声。"

"她要是不骂人，我倒有点儿不适应了呢。"爸爸说。

"不许叫她老巫婆！"我抗议道。

"你竟然袒护起她来了，难道是她对你施了什么魔法？"他们用奇怪的目光看着我。

"她长期忍受着关节炎的折磨，经受过那样的痛苦的人都会变得暴躁不堪的。"

"你居然连她有关节炎都知道。"

当他们知道我的课余时间是和随喜姑婆在一起时，更觉无法理解。

"跟一个枯老太婆在一起，有什么趣味可言？"

我也不知道。可我就是喜欢姑婆。

我特别爱听她讲故事，不管说多久，我都不觉得无聊。故事已经收尾了，我还沉浸其中。

随喜姑婆每天都准时守候在窗口，只为能在我放学后，第一眼看见我。有两天我患了感冒，没有去姑婆家，她竟然亲自找我来了。平时她极少下楼的。妈妈正在干活，一抬头，一张老朽丑陋的脸出现在玻璃门后面，她吓了一跳。

得知我患了感冒，姑婆很是心疼，"我得给臭小子买点好吃的补补身子。"

妈妈客气道："哎呀，您年纪大了，不要这么操劳了。"

"不要管我！哪怕要了我的老命也无所谓！"姑婆说着，真的去买东西了。

毕竟年纪大了，走路多了两腿就发抖，她拎着那些买来的东西，喘息不停，中间歇了两三回才回到我们家。

一进门，她热情高涨，兴奋地吩咐我："小子，快去收拾桌子！"

"好咧！"

"我给你买了香喷喷的烤鸡和水果，怎么样？"

"好啊！"

大家一齐动手收拾好餐桌，有说有笑，气氛融洽，这一幕很难得，让我好开心。

当我们开始吃饭时，姑婆却磨蹭着不肯吃，似乎有什么心事。我知道她在想什么。"姑婆，你是不是又想喝酒？"

"我就喝一点儿，就一点点。"她比出一横指的高度，急迫地解释，"肉很干的，喝点酒能把它冲下去。"

"好吧，就一点点。"我允许了。

爸爸赶紧转向酒柜，给姑婆倒上一小杯，她着迷地品着酒的味道。

那天大家都非常开心。姑婆走了之后，妈妈感慨道："刚才好像是在做梦一样，咱们竟然跟姑婆在一起有说有笑地吃饭？"

"这老太婆就像变了一个人，真是怪了。"爸爸说。

我注意到，爸爸把"老巫婆"换成了"老太婆"。

五

有一天，我再去姑婆家，发现她没有像往常一样亮出大嗓门来招呼我。我走进去，阵阵呻吟声从床上传来。姑婆生病了。

"哦，你终于来了，小子。"她声音颤抖，透着委屈和难过，抱怨道，"你都把姑婆给忘啦，忘的彻底了。"

我对姑婆解释，这两天我在复习功课，刚刚参加完期中考试。

"阎王爷已经找上我了，我知道。他最好干脆一点儿解决掉我，可别拖泥带水的，我可不是一个有耐性的人。"

"姑婆，别乱说，你结实得很哪。"

我守护了她两天，给她拿药喂水擦脸，喂她吃饭，她有了力气起床，身体渐渐康复了。她又开始守在窗口呼唤我了。

一天周末，我去看她，发现她又喝酒了，睡了很久都不醒，我等得有点无聊，开始帮她收拾房间。

我扔掉桌上的空酒瓶，把地面和桌面擦得一尘不染，又采来一束野花放在花瓶里，摆在桌子上，然后悄悄离开了。

第二天，当她看见我，马上两眼放光，激动万分。"小子，你知道发生了啥大事吗？"

我自豪地等着她夸奖。

"有人来过我家了，还给我收拾了房间，给我送了鲜花。哎呀，"她说，"可不得了。这把年纪了还遇到这种事！哎呀呀，不得了。不得了。"

我不明白她在说什么。"姑婆，你是说……"

"他说过，如果有一天你的周围变得与以往不同，那是我来过了。一定是他来过了。可惜我睡着了，错过了，他不知去哪了……我为什么那么贪睡？"

她不知道这一切是我做的，竟然误以为是爱的男人回来看她了。

好吧，只要她开心就好。我没有解释。

夜里，下雨了，雨滴温暖而阴郁，轻柔而持续地下着，让人感觉好似身处梦境。我坐在窗前，看雨水落在丽人巷里，想着随喜姑婆，她应该会开心好一阵吧？

六

一早传来的电话铃声让我的心直跳，爸爸接过电话后急匆匆地出去了。我预感到有什么事发生，赶紧起床跑到巷子里。人们纷乱地叫嚷着，往随喜姑婆的房间跑。

此时的我不用问也能猜测，她出事了。

我走进去，只见白色薄纱窗帘不停地在风中舞动。房间里一直萦绕着《忘记他》。

　　忘记他

　　怎么忘记得起

　　铭心刻骨来永久记住

　　从此永无尽期

在喧嚷混乱中，我注意到地上有一堆空酒瓶。就在前一晚，她喝光了家里所有的酒。

此时，躺在床上的姑婆脸上带着神秘满足的微笑。

我理解那种微笑。

葬礼不久后，姑婆的某个侄子从外地赶来，接手了她的全部财产，成了我们的新房东。他是个画家。他把姑婆的居室改成了画室。从此我再也没去过那个房间。

但当我路过时，总是仰望那个房间。如果我及时告诉她房间是我收拾的，会是这个结果吗？

有时候，我似乎听到一声呼唤："臭小子！"忍不住抬头寻找，妄图在窗口发现她的身影。

升到中学之后，我喜欢上了跳舞，参加了一个舞蹈班。每当我跳舞的时候，总会想起姑婆。当人们都忘了姑婆的时候，只有我还在想念这条巷子里最后的丽人。

在我心中，她永远是一位丽人。

本文刊载于《儿童文学·经典》2023年第4期

一场杏花雨

贾 颖

一

事情的起因是一首诗。

那时候过了春分，还没到谷雨，北方的天气有些寒凉。可是，花儿还是开了，树上的叶子也绿了。阿娟说，花草树木不管天气，只管季节，到了春天它们就开花，就长出新鲜的叶子，就蓬蓬勃勃地生长。然后，阿娟脱口说出了那句诗——吹面不寒杨柳风。

仿佛是为了配合这句诗，果然有一阵风吹过来。风不大，像一只温柔的手，拂过花草树木，然后再把收在手里的清香，迎着人抛撒过来。于是，迎着风走过来的人就嗅了一鼻子的芬芳。

阿娟说完那句"吹面不寒杨柳风"，停下脚步，用力吸一口气，似乎要把所有飘荡在空气中的清香都吸进鼻子里。她抓着急匆匆赶路的悠悠，让她看栅栏外娇黄的迎春花、粉嫩的樱花，还有红得浓郁的垂丝海棠。

"悠悠，你知道吗？春风冻人不冻地。所以，我们人觉得冷，可是树啊草啊花啊热火朝天地绿啊开的，根本就不冷。"阿娟说。

悠悠快速地扫瞄一眼栅栏外的花朵，催促道："阿娟，晚自习要迟到了。"

阿娟却不着急，她拽着悠悠的胳膊，说："来得及。我考考你。"

悠悠挣脱不开她的拉扯，无奈地说："好——你考吧。"

"'吹面不寒杨柳风'的上一句是什么？"阿娟问。

诗词接龙是阿娟和悠悠常玩儿的游戏。有一段时间，几乎风靡全班。到了高三，尤其是下半学期开学以后，班上玩儿诗词接龙游戏的人越来越少，最后只剩下阿娟和悠悠。

诗词接龙接下句好接，像这样反过来接上句，有时就容易卡在那里。所以，悠悠顿了一下才说出来："沾衣欲湿杏花雨。"

"这是谁的句子？"阿娟问。

"宋朝释志南。"悠悠说。

"我再说一个和杏花有关的——春色满园关不住，一枝红杏出墙来。宋朝叶绍翁。"阿娟说。

"绿杨烟外晓寒轻，红杏枝头春意闹。宋朝宋祁。"悠悠说。

"小楼一夜听春雨，深巷明朝卖杏花。宋朝陆游。"阿娟说。

"杏子梢头香蕾破。淡红褪白胭脂涴。宋朝苏轼。"悠悠说。

"怎么都是宋朝的，我说一个唐朝的——借问酒家何处有，牧童遥指杏花村。杜牧。"阿娟说。

"你这个不算。杏花村又不是杏花。"悠悠说。

"没有杏花怎么能叫杏花村？"阿娟说。

"孤山整个镇子里都种着杏花，每年还举办杏花节，它也没叫杏花镇。可见，杏花村里未必有杏花。所以，你那个不算。你输了。"和阿娟玩儿诗词接龙，悠悠赢的时候少，输的时候多，所以这一次悠悠说什么也不认同阿娟"没有杏花怎么能叫杏花村"的说法。

阿娟的注意力却已经转到另一件事情上。

"悠悠，你去过孤山镇看杏花吗？"阿娟问。

"我看过杏花节的图片和视频。"悠悠说。

"那不能算看过。"阿娟说，"只有用自己的眼睛看到实物，那才叫看。别人的照片和视频，是别人看的。不一样。"

"不还是杏花？有什么不一样。"悠悠说。

"就是不一样。"阿娟固执道。

二

阿娟是个特别的女孩子——只能用"特别"这个词来形容她。

她对一件事情的关注点，总是和别的同学不一样，却偏偏能在班级里带起一股热潮。她看马尔克斯的《百年孤独》，于是班级里的男生女生就以看《百年孤独》为时髦，尽管他们绝大多数人根本看不懂，也不明白魔幻现实主义到底是什么意思，甚至根本分不清奥雷良诺和阿卡迪奥彼此是什么关系，可他们还是看得热火朝天，下了课便聚在一起幼稚而兴奋地交流自己的想法。过些日子，她又对学校周边的鸟类发生了兴趣，于是班级里关于某只落在教学楼前桃树上的小鸟到底是灰雀、麻雀还是黄雀的争论不绝于耳，争论到激烈时甚至惊动了生物课老师。因为有一只鸟的叫声很好听，有人说是夜莺，持不同意见的同学就说，"你竖起耳朵好好听听，这嗓音哪里像夜莺？"于是说是夜莺的人就竖起耳朵屏住呼吸，使劲儿地听，果然听出了不同，"嗯，是不像。不婉转。"有人说是黄鹂鸟，否定的人就说："它那羽毛也不是那种娇黄色，再说黄鹂不是鸣翠柳吗？"同学们笑做一团，纷纷说，鸣什么不重要，重要的是到底它是什么鸟儿。

班主任是语文老师，课上课下时不时拓展些文学知识。某一日，他在课上讲了汪曾祺的语言魅力，下课了，阿娟一百个为什么问过去，老师招架不住，说："你去看书。慢慢悟。"阿娟果真买了汪曾祺的书看，《人间草木》《风雨天涯》《受戒》《大淖记事》《四个孩子和一个夜晚》，也不管是散文随笔还是小说，只要写着"汪曾祺"三个字，就买回家。她不喜欢看电子书，就喜欢纸质书，喜欢自己的手触摸到书页上的那种感觉，还喜欢拆开书的包装时扑面而来的油墨香。新买回来的书，阿娟一定要搂在被窝里睡一晚上，她说这是和书建立感情，读着没有陌生感。

书看完了，阿娟追着老师说："老师，我现在宣布，我崇拜汪曾祺。"老师问她，"你崇拜他什么呢？"阿娟想了想，说："他说，栀子花香得撑都撑不开。"老师说："就因为这个？"阿娟就开始笑，像个孩子那样，边笑边拿腔拿调地说："栀子花说：'我就是要这样香，香得痛痛快快……'"说完了笑得更凶，身子一抖一抖，眼泪都笑出来了，笑够了，又追着老师絮絮叨叨："老师，我心里想的就是要做栀子花那样的人。痛痛快快地香。"老师问："你闻过栀子花的香味儿吗？"阿娟摇了摇头："没有。"老师说："你都没闻过栀子花的香味儿，就说要做栀子花那样的人？"

阿娟去花市买了盆栀子花，放在班级的窗台上。

栀子花很娇贵，生生死死、死死生生地几个来回，终于把它养活了。

栀子花开了。

栀子花谢了。

阿娟记住了栀子花的香味儿。现在，她又想知道杏花的香味儿。

三

"我都计划好了，周日我们只上半天课，恰好那天是谷雨，我请一上午假，坐最早的动车，四十三分钟到孤山，去和杏花约个会。如果运气好，也许能见着今年春天第一朵杏花。"阿娟抓着悠悠的手，兴奋得脸上放着光。

"栀子花的香味儿浓得撑不开。悠悠你说，杏花的香味儿能撑得开吗?"阿娟食指捏着拇指,在空中轻轻一掸,仿佛空气中真的有花香在流动。

悠悠轻轻拍了拍阿娟的脸颊,又拽拽她的耳朵,说:"你醒醒吧阿娟。还有一个多月就高考了,你怎么跟老师请假?"

"我就说我去看杏花。"阿娟说。

"老师才不会给你假呢。除非你撒谎,说个别的理由。"悠悠说。

"去看杏花又不是去做坏事,为什么要撒谎?"阿娟说。

悠悠知道,阿娟的好奇心是洪水猛兽,只要出了笼,任凭谁任凭什么都拦不住。可她还是想劝劝阿娟,不能这么任性地想做什么就做什么,凡事得分出个轻重缓急,目前来说,有什么事情比高考更重要?

可是阿娟并不听劝。她忽闪着大眼睛,盯着悠悠看了半天,看得悠悠无所适从:"你这样看着我干吗?我又不是妖怪。"

"悠悠,你知道吗,我有时候特别害怕,要是忽然哪一天我的好奇心没了,怎么办?"阿娟说。

"有没有好奇心有什么要紧?"悠悠说。

"你不觉得没有好奇心是特别可怕的一件事吗?"阿娟高声道。

"你先把好奇心藏起来。等高考完了,再把它拿出来不就行了。"悠悠不以为然。

"要是忘了藏哪儿了怎么办?我小时候就经常把特意藏的好东西给弄丢,藏好的东西到后来怎么也找不到了。"阿娟忧虑。

"别傻了。"悠悠说。

悠悠有时候特别喜欢阿娟,因为她总是有胆量做自己想做而不敢做的事情。她那样做的时候,悠悠就把阿娟想象成自己,悄悄在心底假设着感受那些快乐和小得意。可是有时候她又觉得阿娟有些钻牛角尖儿,就拿这次杏花的事来说吧,阿娟太小题大做,为什么非要今年看杏花呢?去年前年再往前很多年,没看杏花,也并不影响什么呀?再说,高考的必背诗词里根本就没有关于杏花的诗词,看不看能有什么要紧？

四

阿娟让悠悠陪她去找班主任老师请假。悠悠不肯，阿娟便自己去找老师。

"老师，这个周日我想请半天假。"阿娟说。

"为什么请假？"老师问。

"我想去看杏花。我查了动车，最慢四十三分钟，比一节课多三分钟的时间就到孤山镇了。最早的一班车是六点半钟，和我们上早自习的时间一样。"阿娟说。

老师不说话，低着头批卷子。

"我可以撒谎说我病了。但是我不想骗你。"阿娟说。

"撒谎就更不行。"老师说。

第二天，阿娟又来办公室。

"老师，你看过杏花吗？"阿娟问。

"看过。"老师说。

"杏花香吗？"阿娟问。

"香。"老师说。

"和栀子花一样香吗？"

"不一样。"老师说。

第三天，阿娟堵在办公室门口。

"老师，南宋释志南的诗写得真好，他说'沾衣欲湿杏花雨，吹面不寒杨柳风'——我们在北纬40度，孤山镇在北纬39度，就差着一个纬度的距离，可是我从来没去看过杏花，也不知道杏花雨是不是像诗一样美。老师，你说我是不是很无知？"阿娟说。

老师把眼睛从正在批阅的卷子上挪开，探究地看着阿娟。他的这个学生，是他欣赏的却也是最让他头疼的。她常常在课堂上把自己给问住，弄得他在学生面前很尴尬，心底也很恼火。可是他又忍不住感叹她对一切充满好奇的热情。此刻，她为着去看杏花而和自己纠缠，如果她真的撒谎说病了，他也许会装糊涂准她半天一天的假。偏偏她不肯，而是把请假的缘由坦白地说出来。他无奈地叹息一声，冲阿娟摇摇头，说："唐阿娟，你来多少次，我都不会给你假去看杏花。"

"老师，你不能轻易扼杀一个学生的好奇心。"阿娟说。

"好奇心也要节制，泛滥了会淹死人。"老师说。

五

全班同学都知道阿娟为了去孤山镇看杏花和老师较上劲儿了。她每天上晚自习之前的课间休息，都去班主任老师的办公室请假，一连请了两周，眼看着时间到了四月下旬，杏花的花期快过了，阿娟还是没请出假来。

悠悠劝她："你这样太任性了。我如果是老师，早就让你回家找家长了。没准儿还会骂你。"

阿娟看了看她的好朋友季悠悠，心里不免犹疑。她感觉到同学们看她的目光有些不同，平日里她倒是不在意，只管按照自己的心思做事情。可是，如今连她的好朋友也对她不满意，她不能不仔细想想。

"悠悠，我有时候是不是挺烦人？"阿娟问。

"没有。就是有时候有些奇怪。"悠悠说。

"怎么奇怪？我没觉得呀！"阿娟没想到自己的好朋友会用"奇怪"这个词来形容自己。

"哪有人会觉得自己奇怪？怎么说呢，本来大家都是在一条路上走，可是，你走着走着就会走到别的一条路上，看着像是和我们朝一个方向，可是又似乎不在一个空间里。我也不知道我说没说明白。"

悠悠说得有些绕，阿娟还是明白了她的意思。她诚恳地盯着悠悠的眼睛，向好朋友解释："我就是想自己去体验这个世界，然后把我心里的那些问号一个个都给破解了，用我自己的眼睛、鼻子、嘴巴、脑袋，不是听别人说。你明白吗，悠悠？"

悠悠彻底搞不懂她的好朋友了："世界那么大，你怎么可能什么都自己去体验？阿娟，你知不知道，同学都在说你，老师对你好，你却故意和老师较劲儿，多没意思。再说，马上要高考了，你跟老师请假说去看杏花，哪个老师会给你假？老师又不是疯子。"

整个晚自习，阿娟都沉浸在矛盾中。她先是拿出一枚硬币，抛向空中，心里念着：字是去看杏花，背是不去看杏花。后来又抽出一张白纸，撕成条，一条上面写着去，一条上面写着不去，一共写了十条，每个纸条窝成一团，扔进桌兜里，然后，闭上眼睛，在心里默念着"To be or not to be, that's a question"，念完了，好将右手伸进桌兜，抓出一个纸团来，慢慢展开。再后来，她开始做题，自己跟自己赌咒：如果单选题全做对了就是去。

下晚自习的音乐声骤然响起，同学们蜂拥着走出教室。阿娟手里攥着一张皱巴巴的纸条，这是她在铃声响起时最后一次抽到的纸条。她把纸条塞给悠悠，说："你帮我拿着，再帮我看看上面写的是什么，明天告诉我。"

六

周六晚上最后一节晚自习之前的课间休息，阿娟又去找班主任老师。让她意外的是，还没等她开口，班主任老师便抢先说道："我给你假。明天周日。你，去看杏花吧。"

阿娟愣了一下，旋即垂下眼帘，低声说："老师，我不是来请假的。"

这次轮到班主任老师意外了，他上上下下打量着阿娟，仿佛在研究一道难解的阅读题："不是来请假的？我们的唐阿娟又有什么新奇的想法了？"

"老师，我想和你谈谈——你是不是挺讨厌我？"阿娟问。

"没有。"老师摇头。

办公室里只有班主任老师和阿娟两个人，其他的老师都去班级了。阿娟站在老师的办公桌前，低着头，眼睛看着自己的鞋尖儿，当老师说"没有"的时候，她迅速抬起眼睛，定定地看着老师，仿佛要鉴定一下"没有"的真伪。

"我不请假了。不去看杏花了。"阿娟说。

"怎么想通的？"老师问。

"也没想通什么。老师，我不是像同学说的那样，是故意跟你顶牛或者是叛逆什么的才非要去看杏花。我心里还是想去看杏花，可是我不想让你觉得我是个让人讨厌的学生。要是你现在觉得我讨厌，我就没什么机会改变你对我的坏印象了。我们马上就高考了，然后就去念大学，你也不再是我们的班主任了。所以，我不去了。也不请假了。"阿娟像背课文似的，一口气说了长长的一段话。

"你是个好学生。就是好奇心重了些。"老师说。老师像个老父亲似的声音轻柔语气舒缓。

"可是老师你最近和从前不太一样。同学们说，是我天天缠着你请假，把你惹烦了。"阿娟说。

"老师最近是有些心烦，但是那是老师的问题，和你没关系。"老师说。

"老师也遇到难题了？"阿娟问。

"是呀。还是道没有标准答案的难题呢。"老师说。

"有些东西本来就没什么标准答案。你不是说一千个人眼里有一千个哈姆雷特吗，干吗非要一个模子倒出来，照着一个人眼睛里的样子作答案。"阿娟说。

"有时候老师也挺迷惑的，不知道自己坚持的东西对不对。"老师说。

阿娟再次意外地瞪大了眼睛，嚷道："你是一个好老师。"

"就因为我说给你假去看杏花，你就说我是好老师？"老师调侃道。

阿娟有些羞涩地笑起来，神情也不那么局促，渐渐恢复了平日里的活泼。

"老师，你说你看过杏花，那你跟我说说杏花吧。"阿娟央求道。

"你还是自己去看吧，看完了我们交流交流，看看你的眼睛和我的眼睛看到的杏花，到底有什么不一样。"

"老师，我真的不请假了，也不去看杏花了。"阿娟说。

老师像从前许多回包容了班级学生的年少轻狂那样，宽厚地笑了笑，说："唐阿娟，老师准你的假，但是你要保密，不能张扬。周日，就是明天一天，晚上你按时返回学校来上晚自习，然后把你周日耽误的时间在平日里给补回来。这算是咱们俩的一个约定，也是咱们俩的秘密。至于去不去看杏花，决定权给你。你看这样好不好？"老师说。

尾　声

下晚自习的时候，天空中飘了几滴雨，接着是淅淅沥沥的小雨，绵延地下了一夜，一直下到阿娟的梦里。四十三分钟车程外的孤山镇也裹在细密的春雨里，粉的红的杏花伴着雨，落了一地。

孤山镇，距离丹东七十八公里。镇上每一户人家的院子里都种着杏花。谷雨前后，第一朵杏花绽放，等到四月末的时候，随便走到哪里，都是杏花。老巷子里探出墙外的杏花，寺院里熏了香火的杏花，还有路旁不经意绽放的杏花，一树一树地妖娆。镇上的居民虽是北方的豪爽性格，可是在对待杏花这件事情上，他们却极尽温柔。他们会把风吹落的花瓣拾起来，做杏花饼，会在院子里放一口缸，缸里积着水，杏花开了，映在水里，风一吹，水波晃动，水里杏花的影子和飘落在水上的杏花一起，梦一样地晃啊晃。到了雨天，雨中纷纷飘落的杏花，就像是下了一场杏花雨。七月中旬，杏花结了果子，叫杏梅……

本文刊载于《儿童文学·选粹》2022年第12期

散　文

北方的土地上

宋晓杰

我无法容忍一朵花一个劲儿地开，一条河流一个劲儿地流，它们会累。没有喘息和休憩的生活，无法尽享生活之美。而我通透的落地窗，如时光微缩的神秘舞台，忽而瑞雪旋舞，忽而春草萌动，忽而花枝乱颤，忽而黄叶翻飞，四时美景变幻，安坐其中，能把孤独星球旋转的身影一一看见。

在北方，不到四月是看不到几个芽苞的。可一迈进四月，几乎一夜之间"选美"大赛便开始了。桃、李、樱、杏、梨、玉兰、丁香，像急于表达的人纷纷扬起笑脸，而叶子还不见踪影——这就像北方的性格，没有任何铺垫，没有千回百转的弯弯绕，直奔"主题"，直截奉上"干货"。爽利、干脆，说一不二。这块土，只选与它匹配的树。

而此刻，离我不远的野外是另一番欢腾景象。海河间冲撞的坚冰如活泼的少年褪去坚硬的铠甲，欢呼着奔向新世界。掩藏着尖锐箭镞般萋芽的湿地已向天空发出邀请。众鸟翔集，列阵高飞，安然降落，像凯旋的英雄千里迢迢回到辽河口湿地。大天鹅，丹顶鹤，黑嘴鸥，东方白鹳……别数了！它们统称为：鸟儿。"我说一声爱，这世界便飞满了鸽子。我的每个音节都唤来春天。"仿若隆重的盛典拉开序幕，山水灵动起来，春天的节日到了。不必急，不必嚷，更不必前往确认，这块土地也是它们的——你听过回自己家还需搅得四邻不安吗？鸟鸣如清雅、悠远的乐音在旷野回环，荡涤红尘，洁净身心，大自然无须排演，让它们自然呈现，就好。

我的家乡盘锦是一座有"油水"的城市，地表上水系众多，地层深处"油龙"滚滚（辽河油田就坐落于此）。以化工为筋骨、石油为血脉、沃土为肌肤、碧水为风情，如今它已出落成"锦绣之城"。可是，我们对土地的体认是多么特别啊。

弟弟新建的别墅离城区只有十几分钟车程，院落面向田野，去年落成时正是满眼新绿时节，一个轮回已过，碧绿、金黄、高天、厚土，相当治愈。不仅能听到虫吟、蛙鸣、犬吠，还能垂下钓竿在河边静听时光行走的嘀嗒声。据说，路侧那条河道今年就可以走船了，作为观光游的必由之路，直通辽河。

庭院里，碧桃、苹果、柿子已经发芽，家人正在为新栽的葡萄修枝、搭架。墙边空地上，十三只小鸡悠闲散步。探手在鸡窝里摸到了七枚鸡蛋，我小心地捧着，那份欣喜、心中滚过的温热与小时候太相像了。两个月大的小"边牧"还没有野性，它围着我的裤角嗅来嗅去，不叫也不闹，是在确认"密码"吗？

我的闲书房在二楼。临窗而立，美景扑面而来，想想八九月吧：深湛的碧空下，整齐的稻田泛着金属的光泽，芦苇在水湄边轻轻摇曳，鸥鸟撒下花瓣儿般的啼鸣。我忽然想到，这不正是东北城市的风貌嘛。既有现代的鳞次栉比，又有田野的精耕细作；既有时代的文明劲风吹送，又有过往的品质传承。我们喜欢以这样的兼收并蓄向土地致敬。

不管是住在高楼，还是拥有院落，人们都愿意在房前屋后种上花草蔬果。小区里的老人们还"组团"到河堤开垦荒野，种上大豆、玉米等作物。收获时，瓜果摆在小区广场，谁吃谁取，那已不是他们种植的初衷了。孩子们举着玉米、扛着甜秆追跑、欢叫，那是他们特殊的自然课。辽宁乃至东北的气候决定了农作物只能一年种一季，这样的时光之"慢"与人禀赋中的"急"正好相反。但这样的耐心是值得的，让人对土地充满敬畏，农耕文明的影响已深入骨髓，向国家粮仓奉献每一粒良种，给每一人普通的国人加饭，于我们，就是朴素的真理。

我家在盘锦，工作在沈阳，两地之间一百六十公里开车需要两个多小时，每周往返辽河大桥两次——不如说我不是去工作吧，每次上班之路已变成"朝圣"之旅。一千八百米的桥长如画廊，与十七八世纪图画书中描绘的"理想国"何其相似。高速公路上不允许停车，我只好尽量放慢车速，左左右右多看几眼桥下无边的阔野、安静的母亲河，不论冬夏春秋。但是，我最想看的是这样的场景——

视野所及是空镜头、纯风景。茵茵的草色，静静的天地，随意散落的牛羊在悠闲地吃草，站着或卧着，随它们的意。远处的树仿佛布景贴在天边，总有一两棵树孑然而立，一点儿也不显突兀，倒如静默的哲人，尽显风骨。远处的河水粼粼跃动，婉转着仿佛通向未来。天地之间的大美像安泰一样呈现，与桥梁之上借钢铁之器飞翔一般疾驰而过的人类形成巨大的反差。一动一静，一急一缓。所有的浮尘、喧嚣、烦忧都被大地和河水吸纳进去，过滤，清净，再全新地捧出。

由于地理距离不遥远，市界之间各级公路畅通无阻，这边刚出水的海鲜，中午已端上另一个城市的餐桌。连邻市之间的电话区号都统一了，像两兄弟好得不分彼此。好吧！跟我来——棒槌岛看海，鞍山登千山，沈阳故宫读史，丹东游鸭绿江，本溪看水洞，朝阳寻找红山文化的源头……再到"中国最美湿地"盘锦走一走，看看"天下奇观"红海滩、"世界之最"芦苇荡，尝尝大米、河蟹，住住温泉小渔村，过过"开轩面场圃，把酒话桑麻"真实版的陶渊明的生活。

　　盘锦河蟹即大闸蟹，学名叫中华绒螯蟹，包括河蟹在内的辽河口渔家菜已成为"辽菜"的一部分，在全国各大美食赛事中摘金夺银。但作为居家饭食，河蟹的吃法相当"粗放"。这边灶间水已"响边儿"，推了院门，从稻田地里拎出几只河蟹在水龙头底下冲一冲，往笼帘上一丢，锅盖轻扣，二十分钟之后再见。在生鲜超市里，常常看到灯影交错中用彩线"五花大绑"的大闸蟹，真替它委屈——死了也不自由。分秒嘀嗒，时辰到，一盆河蟹上桌了——对！是一盆！食指大动间，"肉去壳空"后完整的河蟹复原如初，这是大酒店里的吃法。老百姓嘛，来实惠的，整盆上！

　　"自家出的，有的是！管够儿造！"（造，"吃"的意思。）主人话音未落，"辽河啤""大米王""小二"已"咕咚"一声斟满酒杯。三下五除二，酒瓶空了，河蟹丢盔卸甲。客人见主人手挑"叮咚"作响的门帘，出去半晌不见回转，蹊跷间侧耳倾听，却从邻屋传出主人此起彼伏的鼾声……

　　本文刊载于《儿童文学·选萃》2021年第8期

纯真年代

贾雄伟

一

　　小时候，顶愿意做的一件事是扫雪。

　　在家扫雪是大人的事。头天晚上下了一夜大雪，大如席的雪花在灯光里狂飞乱舞，嚣张地展示暴虐的身形和傲慢的脾气。爸爸早有预判，第二天早上天不亮他就拿着铁锹、扫帚准时顺梯子上房"哗哗"地扫起雪来了。他不怕惊扰邻居的美梦，因为已有许多首扫雪协奏曲在不同人家的房顶同时奏响了。房上的雪有一尺厚，好歹雪后无风，冷空气流动得慢，让爸爸可以不戴手套就能麻利地运动铁锹将大堆的雪一锹一锹地锄着扔到房下——雪在房顶不能聚堆，否则融化时，雪水洇湿房顶，导致顶棚漏水。

　　爸爸扫雪时，我在被窝里听着咯吱咯吱的锄雪声，脑海里便想象着灯下的雪如何漂亮妖饶。我穿好衣服跑到院子里看锹里的雪瀑布一般从房顶上坠落，雪片洁白，雪花晶莹，雪粒先于雪块飘临地面；凝固、立体、结实、致密的雪块沉沉地掉到地上，摔成八瓣；

243

飞溅的雪沫四散飘去，顽皮地钻进我的脖领，跳到我的皮肤上，凉飕飕，湿漉漉……雪用锹锄完，再用扫帚清扫二遍，直到房顶光滑如砥、纤雪不染，爸爸才下来接着转移院里的积雪。

院里的雪深及膝盖，爸爸给手推车安上轱辘、铺上木板，一土篮一土篮地把成堆的雪往车上运。我土篮拎不动，就用小号铁锹笨重地锄雪。锄雪比锄土得劲儿，因为雪较土松软，密度也小，看着舒服，锄起来也不累，铁锹一扎一个准，一次下锹平均能让八立方分米的雪搬家。我戴手套，锄得慢。爸爸赤手攥锹把，手心上的茧子把粗榆木做的锹把磨得溜光。铁锹被他抡出了花儿，雪被一车车地运到当街。他嘴里蒸发出的白气沸腾在空气中，很快将胡须和帽檐儿上的冰晶融化；树上的积雪摇落，砸到爸爸的头顶和后背，雪砢砬一砸一身，纷纷爆裂，他浑然不觉，只顾挥舞着手中的家什，讲着农家轶闻和旧事引我开心。井台上的雪净了，院墙上的雪光了，猪槽子里的雪被妈妈搽完刚倒进去的泔水融化，大猪小猪摇尾乞怜，咕噜咕噜喝个痛快……小院又现土色，星星点点的雪花零落，落地溶成水印，湿乎乎，净化着大地和农舍。

扫完院落扫当街。爸爸说要在我家门前清扫出一条一米宽的小道，与前后邻居的小道相连——虽是各扫门前雪，却也清除了路障，方便了交通。铁锹铲走积雪的同时，也夹带一些草棵和枯叶，草和叶都被雪水浸透，湿淋淋地被移向路两边的雪丘。我跟在爸爸屁股后面用小笤帚轻轻地漫，清理掉遗落下来的石头子。雪水结冰，石头子打滑，一会儿我还要踩着这条小径上学去呢，当然要好好收拾一番。两边白雪皑皑，中间整齐平坦，这就是我们开掘出的巷中小径。柴火垛银装素裹，沙子堆粉妆玉砌，小径笔直黑黑魆魆……

在家扫雪是小憩，在学校扫雪才是“大战”。几十号人拿着扫帚、笤帚、拖把、撮子闹哄哄地拥出教室，来到担当区，要三下五除二地让雪地变广场。雪下得大，雪下面的地面就泥泞。有经验的同学专挑硬邦的地方扫，扫完了清清爽爽，不必担心裤角湿、衣袖脏。我是劳动委员，哪儿埋汰我就上哪儿扫。树根底下、花池子里、垃圾坑旁边都留下了我纵横交错的笤帚印和呼哧呼哧的大喘气声。好在雪不染人，虽说滴滴答答的雪水从笤帚秕子里渗出来掉在皮肤上和衣褂上，黏糊糊扩散一大片，秽气又懊恼，但想想那个五六十岁的工人说过的"脏了我一个，幸福十亿人"的金句，一会儿没准儿还能轮上老师三言五语的表扬，心中的怨和恨也就真的随风而化、化雪成泥、泥牛入海了……

这两年冬天都没有下特别大的雪，生活里少了雪宿芙蓉的浪漫、风雪夜归的苍茫、楼船铁雪的豪情以及冻死苍蝇的谐谑，空气越发干燥，毛孔舒张、茅塞顿开的时候就少了起来。是啊，"夏有凉风冬有雪"，万花凋谢的时节，雪会让人眼前一亮，让人心里一动，让血脉贲张，激活心灵和四肢，让思想和季节重回激情的原点……

二

清幽的月光底下我们能做许多事情：骑车、劈柴、周游全村。喜欢有月的夜晚，有了月光，大地多了一分皎洁，多了一分明亮，孩子们的心里少了一丝孤单，眼前少了许多恐惧。沐浴在月光里的我们坐在高高的谷堆旁边，看蝙蝠在夜幕里旁若无人地上下左右地无声翻飞，看手推车将一棵棵的庄稼码垛归仓。我们喜欢听月光下凤尾竹的娇羞欲滴和那"吱扭吱扭""丁零丁零"、含情脉脉的车轮转动、车铃旋响声……

放课后做完作业的我们吃完晚饭便骑着刚下班的爸爸"让"出来的自行车在大道上愉快地穿行。月光铺在乡间沙粒铺成的大道上，把沙粒映得更加光洁而平整。有月之夜是练车的好时段，黑咕隆咚时我们不是彼此撞架就被摔得鼻青脸肿。

陪伴我的是一辆二八老式自行车，已被父亲骑行十多年，又沉又笨，车镫子磨得就剩下了一根麻秆，车梯子掉了，车闸坏了，大梁横在车座与车把之间，我正在发育的短腿跨之不及，只得把右腿伸过横梁底下，右脚踩在右车蹬上与左脚做协调的蹬踏旋转运动。我羡慕别人的自行车是斜梁的，是二六式的，骑起来轻便，学起来容易。可我又渴望学得慢一些，这样我就能在那银色的、霜一样爽洁的、梦一般广阔的月光下多停留一会儿，多练习一段时间。初学自行车时，父亲跟在车座后面拥着我、保护着我。我都骑出好几十米了，因为相信父亲自始至终地把着车后衣架，所以又骑出好远。父亲在后面加油称赞，我吃力地扭结着双腿一圈一圈地转动着车轮。车子时而往左时而向右，晃晃荡荡，摇摇欲斜，而终究未倒。幸而是夜晚，大道上车辆已很稀少，没有汽笛刺耳的尖叫扰乱我紧张的心绪；幸而有月光，我把车轮摩擦沙粒的声音听得真切，别人却无法把我的面庞看得清楚。我一不小心，用力过猛，把手没抓牢，车子哧溜一下滑入大道的边沟里。沟里的泥土喷在我的脚面上，草尖上的露水沾湿我的裤腿，它们减轻了被金属压住所造成的剧痛，与锃亮的月光一道磨平了车上的刮痕，闪亮了一个少年一颗不忿的心……

伙伴们尽情地笑着，他们刚吃完干面子就咸菜疙瘩或小米干饭炒土豆丝，身上有的是干劲儿，脚上有的是气力，身上有的是幽默"细菌"，脸上有的是无邪笑容。他们骑得敏捷时会给笨拙的我指点迷津；他们摔倒时也会解嘲说大意失荆州，都是月亮惹的祸——月亮就在头上高悬，她会听见我们的争议和喧嚷吗？光天化"月"，乾坤朗朗，当一群无知的少年郎拿月亮寻开心、请月亮当明证时，我们意识到月亮的圣洁与伟大。是的，黑夜里不能缺少清洁的月华，一如白昼里不能没有太阳的火热。

在柔和的月光下，我学会了骑行自行车。半个月的时间里，我看着那弯月亮从峨眉变成镰刀，从镰刀化作小船，从小船长成天空中一轮真正醒目的皓月、静夜里当之无愧的主角与王者……月是宁静的，月是纯净的，淡雅而清新，朴素而端庄。月光底下，坏人收回了作恶的黑手，好人诚实地劳动、安心地收获。月光下有犬吠，有鸡鸣，有窸窣的碎语，有生灵的默契。在乡间，月光下没有歌者，他们更喜欢把灵魂展示给沉沉的黑夜，他们担心月夜里莫名的理想被明月曝光，让别人看见……

本文刊载于《东方少年·快乐文学》2023年第3期

河流呼吸

袁海胜

用灵魂触摸一条家乡的河流。

——题记

凌河网事

舅舅家在大平房镇的前街，离大凌河边也就五百多米的距离，夜里睡在靠窗的木床上，透过后窗，隐约能听到哗啦啦的水声。

舅舅喜欢打鱼，"打"就是捕鱼，用渔网。他家有一张旧渔网，海带一样的颜色，布满一元钱硬币大的眼儿，专门放在厢房的木柜里，不让我们动。一有空闲舅舅就会兴致勃勃地扛着渔网去河边打鱼。于是，时隔不久，舅舅家里就会飘出一股好闻的煎鱼味儿，我像馋猫似的如期而至，和舅舅一起分享。那是20世纪70年代末期，人们的生活不算富裕，物质匮乏，野生河鱼是不易得到的美味呢。最让我感兴趣的不是来解馋，而是能和舅舅一起去打鱼。

夏天或者是秋天，天气很热。我穿着薄底塑料凉鞋，呱唧呱唧跟在舅舅身后，走在去大凌河边的沙石小道上。道上的石子为何又碎又硬？像藏着秘密。透过薄薄的鞋底硌得脚底板生疼，我全不理会，兴致勃勃地跟在扛着渔网的舅舅身后。阳光烘晒下，渔网散发出热烘烘的鱼腥气味儿，这是在时光里奔波的味道，灌满鼻腔。

岸边有半截被铁丝网罩着的防洪石坝，里面的石头像是要挣脱铁网，奋力挣扎着往外跑，却被铁丝网紧紧地兜住，石块看着有些狰狞，像咧着嘴大叫的怪兽。石坝上面密布紫色的苔草，猫尾草像调皮的猫咪一样蹦起老高，摇晃毛茸茸的尾巴。蚂蚱有旦旦勾、沙沙虫、骆驼墩子，在石坝上面蹦来蹦去。各种颜色的小虫在草地游串，占领着这块地势略高的石坝。而石坝前面的河滩里，是一大片杨树林，是一种钻天杨，青白的树干上有好玩的斑纹，像一个个孤单的眼睛。杨树叶子碧绿肥大，在阳光下翻看一明一暗的巴掌，沙拉沙拉吵嚷个没完。太阳偏西，所有的影子往东匍匐在地上。

舅舅不紧不慢，高高大大地走在前头，影子像巨大的手掌一样印在石坝上，慢慢地"摸"了一遍。大凌河翻着白花儿，虽然当时水很大，仍不适于称"浪花"呢。宽阔的河谷远远送来一股清凉的风，像大凌河伸过一只手，抚摸我的鼻梁，风里含着鱼的气息。河水与风和谋，相拥缠绵，凉浸浸湿漉漉的水汽传播四周。树林离我们远了，石坝也离我们远了，舅舅眯着眼睛看着湍急的水面。头两天下过一场雨，洪水褪去，河水仍浑黄，阳光打着水漂儿，水面旋转一片片裹着凌乱杂草和树枝的白沫儿。

舅舅把渔网卸下，渔网很乱，密密麻麻的一堆，不知哪是头儿。舅舅蹲下来，仔细地翻弄心爱的物件。渔网已旧，许多地方的网丝儿都磨断了，舅舅又重新接上，当然很笨，留下一些大大小小的结，显得渔网更陈旧，但朴拙可爱。舅舅已经把网撑开，平铺在河滩上。河滩上有更大更硬且很尖的石头，间隙里尽是红色的淤泥，踩在脚上又黏又滑，很不舒服，我尽量避免踩得更多，还要帮舅舅拽网，不时偷窥身边的大凌河，它离我这么近啊！

开始打鱼，舅舅拽开渔网，在空中撒了个漂亮的半圆儿，刷——落在了水面上，激起一片白茫茫的水星儿。舅舅这手活儿干得漂亮，我心中对他的崇敬已无法言说。

河风呜呜地吹，耳朵眼痒痒的，河水迅疾而喧闹。靠近河的地方，阳光柔和，河滩上有一种神秘的金黄色，滩上的草细而长，在阳光下摇曳，像寻找同伴。舅舅的白衬衫在风中扑啦啦抖动。舅舅拉着网顺流而下。我好奇，一溜小跑跟着。舅舅耐心地告诉我："河鱼的习性是逆流而上的，只有顺流拉网，才能打着鱼呀。"没想到打鱼有这么多说道。收网时紧张又兴奋，盯着网丝在浑水中划起的白印儿聚拢来，密集拉近，开始有水花蹦跳，网里裹着许多杂木草屑，间隙中，跳着几条白亮亮的鱼。舅舅指着辨认：鲫瓜子、华丽棒、白漂儿、马口……舅舅笑着，瞅着我，有些得意。他年轻、健壮，穿着白衬衣，神采奕奕。我们一网一网地拉着，每网打的鱼并不多，有时三两条，有时五六条，小的两三寸，大的也就半斤多。我欢快地从网上摘鱼，满手弄的鱼腥味儿也顾不得。不知过了多长时间，我们带的水桶已装了大半桶鱼。鱼在水桶里不安分地跳，啪啪地往外拍着水花儿。

收完最后一网，我们在岸边休息，一切都静下来，大凌河欢快地流淌，燕子在空中匆匆飞过，远处的赤麻鸭时不时地钻进水里，还有鸿雁，羽毛色彩缤纷，非常漂亮，常常是成双成对相守，人还没走近，它们就迅速地飞起。一种叫不上名，有细细尖尖长喙的水鸟儿愉快穿梭。现在想起来大概是白鹭。舅舅眯着眼睛入神地看着这一切。天空蓝得透彻，天边卧着几团干干净净的白云，像洁白的棉花，像是跑远的羊群。身后的杨林静谧幽深，一种轻松和惬意让人不想说话。

我在浅滩发现了无数的小鱼儿，蹲着捕抓。小鱼很滑，大多都从指缝间溜走了。我用石块和泥巴垒成一个小坝，憋住一个小水岔，再用小盆把水岔里的水撩净，几条"白漂儿"在沙滩上蹦跳，它们误闯进小水岔，被我俘虏。我跑到大石坝上拔下长长的猫尾巴草，串上一串"白漂儿"。我在水中石块下翻找藏匿的小鱼时与一条水蛇遭遇，吓得尖声喊叫。我赤足走进水中，畅想一气游到对岸，直视湍急的河水让我阵阵眩晕。

那片葱郁的杨林，那条硌脚的沙石小路；那半截沧桑的石坝；那条梦中不息的大凌河，那些美丽的水鸟，那张挂在童年，给我带来无限快乐的旧的渔网，在梦里发出淡淡的鱼腥味儿。

我多想再回到童年，和舅舅一起再去打一次鱼呀！

凌河冰场

大平房镇的孩子，每个季节都有太多的期盼。

刚收完秋，冬天就悄没声地到了辽西，人们感觉到了丝丝寒意，那是冬的手指，触在你的额头。这时大田里的庄稼已经收割得差不多了，空旷敞亮。庄稼茬尖锐，像一列一列匕首刺向天空，这是农作物最后的锋芒。西伯利亚寒流过境而来，风呼呼疾吹，像脱缰野马，肆意不羁。田边的野草一堆一堆地裹成了球，无力地伏在地上，三个季节已经耗尽了大地的体力。蚂蚱不见了，虫儿也不再唱歌，寒流中一切都静下来。树上的叶子像被谁偷着摘光了，露出硬朗的枝条，北方的树木喜欢在冬天裸露一身铮铮铁骨。寒风像小朋友手中的橡皮擦，拭掉万物沉淀的颜色，秋天精心设计的色彩消失殆尽，大地展露素颜，像母亲没有化妆的脸。一切好像专门为冬天登场做准备呢。

南方人的印象中，北方的冬天一定是寒冷僵硬的，其实北方的冬天才像冬天。下雪了，雪花要比人们想象得晶莹，一片一片灵活又浪漫。迎风斗乱，迷了你的眼睛。雪后世界才是真正的冰清玉洁、银装素裹、分外妖娆。"千树万树梨花开"，树更似一架架晶莹剔透的珊瑚，像是在这个季节换了一个品种。这时，农家屋檐下挂着火红的辣椒和金黄的玉米格外显眼。比现在的艺术品还要抢眼球。

最吸引孩子们的，是大凌河的冰场。三九天，大凌河结了厚厚一层冰，伟人在诗里说："顿失滔滔"，就是现在的样子。

孩子们从柴火垛里拽出早就藏好的冰车，到河边去滑冰车。

来到河边，对"冰封"体会得更深刻。我没见过水晶，但相信世上没有比冰更纯净、好看的东西了。孩子们选择平坦的边岸来滑冰车，大凌河虽然封冻，但冰下仍有活水，河心的地方是不能去的。滑冰车也有技巧，盘腿坐在冰车上，两手握着冰锥用力滑，要掌握好平衡，不然就会来个人仰马翻。小镇的孩子大多都是农家子弟，身体结实，不怕摔，何况个个穿得像棉花包。滑冰车的队伍中偶尔也会出现一两个成年人，是陪孩子来冰场的，在一层层稚嫩的呦喊声中激起了童趣。成年人摆脱不掉岁月的累赘，早已失去轻巧体态，似乎左右不了小小的冰车，笨拙僵硬，怪态百出，像是特意为孩子们加盟一个滑稽表演。孩子们清脆的笑声和尖叫声此起彼伏，快乐已达极致。往往在欢乐的高潮，不好意思的大人挂着一屁股冰屑退场，把冰场还给孩子。孩子们叫喊着，勇猛冲锋，不断扭臀控制方向。冰面上寒风尖锐，吹到脸上生疼，孩子们一点儿也不在乎，肆意在冰场上驰骋。冰场上的时间过得飞快，夜深了，一身冰屑的孩子才被找来的父母拽回家。

有了大凌河，有了冰场，童年充满了快乐，似乎不经意间就长大了，再也回不到那片冰场。

大凌河是朝阳的母亲河，朝阳人的幸福一条河代表就已足够。河流的一呼一吸间，两岸民风殷实，日子丰盈，这是民生的福分，弥足珍贵。

一条河流告诉我们：一定要珍惜每一寸光阴，这样的生活才会有更意义啊！

本文刊载于《东方少年·快乐文学》2023年第4期

怀念小野狼

王立春

　　小时候生活在辽西的大山里，我家住的小北山在一个叫乌兰木图的大山脚下。这个大山里，一直有狼出没。有一段时间，人们说，有一最大的白脸狼，下山来了，它专门吃小孩。说它的脸上有一条白道，说它半夜三更总是一声接一声长嚎，把嘴插进沙土里嚎，叫声苍凉。

　　每天晚上，我都不敢打开小后窗往外看，我怕看见站在后山顶上的那只狼。他们说，白脸狼有一双绿眼睛，会像探照灯一样从远处射过来。我怕那双绿眼睛穿过杏树丛穿过壕沟穿过矮棵子高粱地，看见我的小窗，看见我。

　　大冷的冬天夜晚，只要我的小北窗哗啦啦震响，我就吓得缩成一团，我怕那是绿眼睛的白脸狼在屋后，用尖利的爪子击打我的小窗。

　　那真是让人心悸的童年时光。以至于许多年后，我看见有小北窗的房子都心生碎碎念，不敢多看。

　　事隔多年，不知为什么，我竟想念起那只狼来。

　　那只野生的狼，那只白脸狼，那只嘴插进沙土里嚎叫的狼，那只没有吃掉我也没吃掉别的小孩的狼。我要是当时有勇气在某个夜晚趴在后窗，看它一眼就好了，那将是多么宝贵的印记。

那时我家小屋家徒四壁，一片空白，只在那北面空白墙壁上，镶着那个小窗。想想要是没有那个小窗，我的世界虽然没有了恐惧，但那也将了无生趣。

我后来在呼伦贝尔草原的集市上看到了两只"小狼"，是手工做的，惟妙惟肖。我买回来一个，小白狼，放在书柜上。我日夜看着它，它也日夜守着我。

它的眼睛发绿，耳朵发尖，尾巴拖地，抬着脖子，仰天长嚎，哑着嗓子。我把童年的情结转到了它的身上。我为此写了一部小说《葵花公主与草原白狼》，里面的葵花公主是小时候的我，小白狼是活起来的它。

我的小野狼，我大山深处的小野狼，你还在吗？

动物园里的狼可不同于我的小野狼，它们被养着，一副落魄的表情。它们被人看，却不屑与人打交道。所有的狼都不愿与人相处。圈养狼这样，野狼更是。

人的话，狼根本不听。

老虎听话，人们让它钻火圈，就是它珍贵的皮毛被火燎着，它也钻。狗熊也听话，人们让它卖萌，它就是被插着胆管流着胆汁也愿意这么干。大象大吧？要是听起人话来，却比蚂蚁还小，剥个香蕉给它，跪下都行。

没谁听说狼被谁驯服过，没有。不仅不会，狼会对被改造的其他动物，一概鄙视。

甚至，人们在词库里挑最坏的词给狼用上，什么凶残、狡诈、阴险；挑最坏的事让狼做，比如钻进东郭先生的书袋里让它忘恩负义，比如跳进羊群里让它假惺惺地披上羊皮，比如人们为了自己不被吓着，让一个小孩在山顶反复喊"狼来了"……这都是硬给安上去的，是童话，是哄小孩，是人的一厢情愿而已。

而我童年的小野狼，白脸的小野狼，肯定还一直在那座大山里。

《狼图腾》里，姜戎写，狼死了，身子不倒下，而是坐着，坚挺地坐着——坐成一尊狼雕像。

我从没看见过哪里坐过一尊白脸狼。连书上都没说过，所以，我一直相信，那匹白脸狼没死。它原来在哪里，现在还在哪里。

我想起仓央嘉措的一句诗：

"你见或者不见，

我就在那里，

不悲，不喜。"

我大声念出来，念给远方听。我辽西的大山，我大山里的小野狼，你听得见吗？

嘴插在一抔沙土里，陪着我，想和你一起苍凉嚎叫的小野狼，你，听得见吗？

在无数个风雪交加的冬天，小野狼都会跑出来，露着冷森森的牙，一排类似梅花的脚印，从雪原上走过。我的东北冷，不开梅花，而在每一个冬天，我心的原野上，都有一袭暗香飘然而至。

本文刊载于《儿童文学·选粹》2021年第8期

坏了两次的栅栏

刘天伊

　　五月底的时候，山上那些粉的、白的，成片成群的花几乎落尽了，反倒是我小院里，白桦树围出的栅栏下，一直有紫花地丁开放。这些紫堇色的小花能断断续续地开到九月，在这期间不断有成熟的种子撑开卵形的子房，迸裂开来，散落在栅栏周围，扫院子的时候随意地将尘土翻到上面，明年就又会得到不少可爱的小家伙们，但无论如何，也不该是眼前的这个小……可爱吧？

　　"哼——哼——"一只赭石色，身上有深棕色和白色条纹的毛茸茸小动物，正卡在栅栏里，它瞪着一双乌漆黑亮的圆眼睛，极不安分地扭动着身体，晃得整排栅栏簌簌直响。它噘着长长的小嘴，竭尽全力地向院子里拱，令我十分担忧。我既担心新扎的栅栏就这样被它挤散了，又怕把它放进院子里，会招来它的长辈们，给我的小院子带来毁灭性的灾难。

　　毕竟这是一只小野猪啊！

　　小野猪哼哼唧唧，十分恼火我不赶紧把它迎进院子的行为。我不敢直接用手碰它，生怕它沾上了人类的气味，在回到族群的时候会产生麻烦，当然我也很怕它家的长辈在见到它后，循着它沾染上

256

的气味来一场声势浩大的"报恩"，我尝试着用脚轻轻地踢了踢它的小鼻子，想把它轰出去，没想到它哼唧得更响亮了，好似我狠狠地欺负了它一样。这叫声让我赶忙收回了自己的脚，规规矩矩地蹲在它面前。但无论我如何好言好语地劝解，它也不肯理会，依旧固执地向院子里拱个不停，一副不进院子誓不罢休的样子。

就在我扶着额头，不知道该拿它如何是好的时候，小东西突然不叫了，它静静地低下头，眨了眨眼睛，细长黑密的睫毛上竟然挂上了泪珠。它虚弱地哼了两声，像无助的小孩在啜泣。看到小东西这样，我一下就心软了，也顾不得刚才脑中不断翻涌的群猪乱斗的混乱场面，连忙掰开栅栏，放它进来。

感觉到身上一松，失去了桎梏的小野猪立刻抬头望了我一眼，那双湿漉漉的眼睛看得我有点儿心虚。但还没等我起身做出欢迎的姿态，它已经用后脚猛地一蹬地蹿了进来，开始满院撒欢，边跑还边用鼻子拱着地面上任何它好奇的地方。不一会儿，整个院子就让他翻得灰尘迭起。而我，还愣愣地蹲在地上，直到一股小风卷着尘土扑面而来，把我淹没。

"我竟然让一头猪给骗了？"我抹了一把脸上的尘土，撑着膝盖，站了起来。

小野猪一点儿也不怕生，肆无忌惮地探索着这个小院，虽然相较于它不足两个巴掌大的身体来说，这个院子确实不小，但对于它真正的家园来说，这小院子也不值一提。我望向远处的山林，郁郁葱葱，烟雾缭绕，藏着无穷无尽的神秘故事。眼前的这个小家伙也不知道因为什么原因，竟然舍得跑出来。

小野猪在院中尽情地蹦跶了一会儿后，似乎是有些饿了，它终于停止了探索，试探着向我靠近。

"这时候反倒警惕起来了？真觉得我这院子里没有烤乳猪的材料么？"我撇撇嘴，决定以静制动。小野猪看我一直没有动作，自己也犹豫起来，但没过多长时间，它就大大咧咧地跑到我脚边，仰着头哼了两声，紧接着用鼻子拱了拱地，在蹭了一层薄泥后，又甩到了我脚下。

"这算是威胁讨食法？"我盯着鞋面上的泥点，叹了一口气，把扫帚倚在栅栏上，进屋去给它找点儿食物。小野猪兴冲冲地就跟了过来，就像一只黏人的小狗。

我其实也不知道小野猪该吃什么，两个巴掌大的小家伙，明显还是一只小奶猪，照理说应该喝奶才对。但别说野猪奶了，就是家养猪的奶，我也没处弄去。虽然我也认识养猪的邻居，但总不能让我抱着这只小家伙去讨猪奶吧？

不过我之前还真的曾经研究过，为什么牛奶、羊奶都作为商品流通了，但猪奶却没有呢？最初我以为是因为"猪奶"这个名字听着不好听，毕竟猪总是给人以笨拙、愚蠢、痴肥的形象，虽然科学家为猪的智商正名了许多年，但刻板印象一旦形成，还是很难消弭。按照传统上吃什么补什么的说法，几乎没人希望自己越长越像猪。但后来我认真地请教了养猪的邻居，我才知道并不是因为猪奶寓意不好，而是猪奶难求！和奶牛九个多月的哺乳期比，猪的哺乳期只有两个月，而且每次出奶的时间也非常短暂，采集牛奶一天挤个两三次就可以了，但想采集猪奶，一天至少得二十多次。而且猪的奶头太多了，挤奶也十分不便。

"好好养猪，卖猪肉不好吗？合计什么呢，还卖猪奶！"这是邻居送给我的结语，当然还有一个"你脑子可能有点儿问题"的眼神。

既然没有猪奶，那就拿牛奶粉糊弄一下吧，反正颜色也都差不多，今天就当认了个牛妈妈吧？我一边给小野猪冲牛奶粉，一边向它解说着牛奶的各种营养，也不知道它听没听进去。

当我把盛着奶水的小盆摆在小野猪面前时，小野猪欢愉地哼了一声，立马把头埋进了盆里，它边吃边拱，时不时发出受用的哼唧声。我也松了一口气，打算明天去问问养猪的邻居，小奶猪还可以吃些什么。

盆里的牛奶很快见了底，小野猪用力向下拱着，空空的小盆便被他推得转了起来，不一会儿就被彻底拱翻了，小野猪见状仍不死心，继续朝小盆拱。我见状只能把湿答答的小盆捡起来，又哄着小家伙出门去。

当天晚上，小野猪乖巧地睡在了院子里的草垛里。小家伙的小肚皮起起伏伏，身上细长的绒毛也微微颤着，偶尔冒出来一声细小的鼾声，显然是睡熟了。我看了它许久，才慢悠悠地回到屋子里，那一夜我都没有睡踏实，我怕这个小家伙的长辈们会突然造访，质问我是不是扣押了家中的小孩；也担心小家伙特殊的气味会引来其他奇怪的客人；但更多的还是担忧这个和妈妈走散的小家伙突然反应过来，我不知道该如何安慰它。

第二天当我顶着两个重重的黑眼圈走出屋时，小野猪已经活蹦乱跳地院子里蹦跶了。很明显，我昨天整夜的忧虑都是杞人忧天，这个心大的孩子一点儿也不担心自己的未来。

当我坐在小院里看着小野猪乐悠悠地玩耍时，邻居来了。本来玩疯了的小家伙突然停了下来，它站在离邻居不远的地方，抽抽着鼻子，异常安静。邻居在看到小野猪后，脸上的神情也奇怪起来，眼见气氛越来越诡异，我只好站起身来，迎向邻居，询问他有什么事。他瞟了一眼小野猪，我便把小野猪卡在我家栅栏上的事讲了出来。邻居听完只是长长叹了一口气，而后他告诉我，自家兄弟在山脚下设的陷阱猎到了一只大野猪，他来我家，本是去招呼我去吃野猪肉的，没想到在我家看到了我的"宠物"。

我听了他的话也是一愣，尤其是回头看到小野猪正一动不动地盯着我们，也许是在邻居身上闻到了妈妈的味道，小野猪的眼睛里满是惊惧，小小的猪鼻子也克制不住的发抖。我想要凑到小野猪身边去安慰它，它却受惊了一般逃到了院子的另一角，而后警觉地瞪着我。我无奈地抿了抿嘴，先把邻居送走了，然后又努力地去安抚小家伙，但它惶恐不安，始终不肯让我靠近。我尝试了几次都失败后，干脆不去管它了，只是照昨天一样给它冲好奶粉，放在了院中。

小野猪的恐惧最终还是被饥饿打败，又喝了几次牛奶后，它又恢复了正常，在院子里乐颠颠地跑来跑去，不时地拱开地上的泥土，也不再时刻盯着我的动作。

就这样，这只可爱的小野猪正式地在我的小院子里住了下来，奶粉、蔬菜碎渣都是它的最爱，剩菜剩饭它也吃得香喷喷。最初盛奶的小盆也被我换成了一个有些分量的小石缸，这样就不容易被它拱翻了。院子里的地面总是被它拱得一块一块的，我也懒得推平，干脆任它发挥了，没想到过了一段时间，整个院子里的土壤都变得松软了。而这正是野猪本身对自然环境的一种助益，因为野猪在野外的时候也喜欢拱开泥土，挖掘埋藏在地下的根茎，在这个翻拱的过程里，落叶、腐质物会与空气更好的搅拌，加速分解，让土壤变得疏松、肥沃。如果没有野猪，一些地方的落叶厚度很难发生变化，草本植物也难以发芽。

小野猪彻底适应小院子后，也不再抗拒跟我一起出门遛弯了。每次我出门的时候它都像一只欢脱的小狗一样跟上来，既不紧挨着我，也不会离我太远，它就在我身边，偶尔停下来，一定是因为找到了感兴趣的地方，一定要拿鼻子拱一拱才行。如果逗留的时间比较长，那应该就是发现了青蛙一类的小动物，开心地吃了一份零食。是的，没错，小野猪特别喜欢在外面抓青蛙吃，甚至都谈不上抓而是吞。在发现青蛙的第一瞬间，它就会张开嘴，一口吞掉，而后才是细嚼慢咽，慢慢品尝，细细享受。我第一次看到小野猪吃青蛙也吓了一跳，可是它吃完并没有任何不适，反倒一脸满足，我也没法按着它的脑袋，不允许它捉青蛙，只好放任不管，见怪不怪。

小野猪来到我家的第四个月时，它后背上可爱的花纹几乎彻底消失了，身上的绒毛也变得又长又硬，变成了一只有点儿丑的深棕色的猪，尤其是猪嘴的颜色也越发黑了，看着黑壮黑壮的。

不知不觉，八个月过去，小野猪长出了两枚獠牙，变成了大野猪，而且还有越来越壮的趋势，估计再有半年，小野猪就会彻底变成一只巨大的野猪，到时候就不单单是雄踞整个小院了，这个山脚怕都要称它一句"大王"了！

东北有句俗话叫"一猪二熊三老虎"，意思是按照三种动物对人类危害程度的排名，野猪是最强的。这不仅是因为野猪数量最多最常见，也是因为它们皮糙肉厚，脾气暴虐倔强，战斗力强悍，一旦被人类挑衅，便不死不休，威胁性十足。

面对这只已经一米多长的家伙，有时候我也心中发怵，但好歹是从小养大的，虽然它已经变丑了，我还是总能从他黑润润的眼睛里勉强找到一点儿小时候的影子，但可能这只是我一厢情愿的看法。

最近，这个家伙总有些焦虑，就连拱土的时候都比平时狂躁，我也不大敢放它出门，好在这几天下了几场大雪，小院里积雪厚实，够他玩上一阵，只不过它总是不太尽兴的样子。

果然，几天后我外出归来，就见到栅栏上破了一个大洞，寒风中断掉的树杈晃晃悠悠，我走上前去，看到上面还刮着几绺黑色的长毛，而院外的积雪上，一串熟悉的脚印清晰地在上面。

我的小野猪逃走了。

我站在院外，一时竟辨不出眼里的泪是被寒风吹的，还是被那延伸至山林间的积雪晃的。

后来我的栅栏修好了，也加固了，许许多多的树枝密密麻麻地捆得结实，再也没有一只带着花纹的小野猪卡在上面。

本文刊载于《儿童文学·选粹》2023年第6期

那些年，有飞机飞过

阎秀丽

初冬的夜晚，我拉着女儿的手在斑驳的树影下行走。忽然，我停下脚步，抬起头，静静地望向深邃的天空——我听了飞机的声音！

暗黑的夜空中，只有一轮弯月发着莹润的光，一红一绿两个光点在空中闪闪烁烁，虽然在城市灯光的辉映下，光点显得那么微弱和渺小，但我还是真真切切地看到了它们。

随着越来越近的轰鸣声，我的思绪也被带回那遥远的过去……

"飞机落落，叫我坐坐……"清脆响亮的声音在偏僻的小村庄里回荡，十来个七八岁的孩子在土路上奔跑着，荡起一路烟尘。那个跑得最快、声音最响亮的黄毛丫头，就是我。

叫喊声把靠着墙根儿打盹的几个老人惊醒了，他们睁开惺忪的睡眼张望着，嘴里嘟囔了一句，然后缩缩脖子，继续眯着眼睛晒太阳。

那个时候的我们，有很多游戏可玩，更不要说电视录音机了。藏猫猫、扇纸啪、弹玻璃球……我们都百玩不厌。而给我们带来最大快乐的，还是天上偶尔经过的飞机。只要那像大鸟一样张开翅膀在天上飞翔的家伙一出现，立刻就会吸引我们所有人的目光。

我喜欢遥远、蔚蓝的天空，并梦想着哪天可以飞上去看看。

我做过无数次的梦，梦中的我披上霞衣，随风飞舞，一直飞到了天空中。我摘下星星，骑上月亮，在云海里穿梭，在彩虹桥上奔跑。我在天空里种花草、栽树木，任由它们恣意、盎然地生长：春天的时候，梨花开得一片洁白；夏天的时候，丁香花的香味四处弥漫；秋天的时候，菊花一片茂盛；冬天来临，天空和地上一样寒冷，花儿们累了，便裹着云朵做的棉被睡大觉。但是天空怎么会冷清呢，雪花翩翩而降，把冬天变成一片洁白的世界。哦，竟然还有一抹艳红，是蜡梅！它怎么来了？是怕雪花寂寞吗？老师曾教过我们"墙角数枝梅，凌寒独自开"这句诗，它怎么没待在墙角，却跑来天空了？是不是因为和我一样好奇天空的世界是怎样的呢？

一阵"轰隆隆、轰隆隆"的声音从天空传来，"看，飞机！在那儿！"一个小伙伴指着飞机飞来的方向，大声喊着。

我张望着、寻找着，只见一架飞机拖着长长的白烟，正从我们头顶缓缓飞过。那白烟在碧蓝的天空中一点点散开，变成了纤纤缕缕的"白云"……我的脖子已经酸麻，但仍执着地追寻着飞机的影子，一直到它变成一个小小的黑点，一直到那丝丝缕缕的"白云"消散不见。

每个人都很兴奋，七嘴八舌地议论起来：

"这飞机要飞到哪去呢？"

"当然是去北京了，北京到处都是飞机，那里的人赶集都坐飞机呢。"

那时的我们，最先知道的大城市就是"北京"。上学第一天，老师教给我们的第一首歌就是《我爱北京天安门》，我们学到的第一个地理知识就是北京是中国的首都，而赶集是我们觉得最有意思的事，所以大家不约而同地点点头。当时在我们的心里，最牛的事就是坐着飞机去赶集。

"那飞机屁股后面的烟是咋来的？咋有那么多的白烟呢？"

"咋这么笨呢！飞机上的人也得吃饭啊！他们烧火做饭，烟囱就安在后面，当然得冒烟了……"

"那飞机上有车轱辘吗？得有几个轱辘啊？"

听到我们吵吵嚷嚷的声音，那些倚在墙根儿晒太阳的老人睁开了眼睛，其中一个不耐烦的嘟囔着："小屁孩儿啥也不懂！飞机屁股后面的白烟不是做饭冒的烟，飞机里咋能搭灶台！那是烧油弄出来的，没看咱乡里的拖拉机都冒烟吗，不烧油咋能飞起来呢！"

"嗯，你二爷爷说得对，就是烧油弄出来的。不过我觉得，飞机不能安轱辘。你没看它有俩翅膀吗？安轱辘有啥用，它是在天上飞，又不是在地下跑……"

我们和那几个老人们聊得很热络，各说各的理，都认为自己说得对。我自是不相信那些老人的话，可也找不出实际的依据来反驳他们。

当飞机又一次飞过的时候，我依旧和小伙伴们撒了欢似的在后面追啊跑啊，直追到村前最高的山坡上，我使劲儿地挥舞着手臂，大声喊着："飞机落落，叫我坐坐……"

风停了下来，花儿仰着脸，只有我的声音在山谷中回荡。那时的我，多想有一架梯子，可以一直爬到飞机上去。我坐在上面，飞过河流，飞过高山，飞过丛林，飞到北京，飞到很远很远的地方……

飞机没有落下来，它又变成一个个小小的黑点，消失在遥远的天边。

我两手拄着膝盖，喘着粗气，山风吹着我被汗湿透的衣服，身上凉凉的，脸也是凉凉的。我抹了一把脸，手上的水渍一片光亮，是汗水还是泪水？我不知道，也不想知道，我内心只有一个疑问：开飞机的叔叔看到我们了吗？

其实我想告诉叔叔，我的兜里装着一块糖，如果他能落下来接上我们，我就送给他吃。这糖我一直舍不得吃，就连一向心疼我的奶奶我也没舍得给。

可是，直到那颗糖化得没了原来的模样，我还在土路上、山坡上奔跑着……

我在奔跑中一点点长大，我的梦想长了翅膀，带我跃过沟壑，翻过群山，从小山村来到了城里。

每当月光盈满房间的时候，我都会翻身坐起，透过窗户望着外面的天空，试图寻找过路的飞机……

直到现在，我仍然没有坐过飞机，但我的心却已装了星辰大海。

我的视线穿透天空，投射到了比天空更远、更辽阔的地方——宇宙。我知道了"东方红一号""神舟五号飞船"，还有"北斗""天宫""嫦娥""玉兔""祝融"。它们遨游在浩瀚的宇宙中，把中国人的航天梦带到了最远的地方，也把我小时候的梦想带到了更远的地方。

"飞机落落，让我坐坐……"我喃喃地说出了这句话。

女儿好奇地看着我，捂着嘴笑起来。

看着女儿的目光，我也忍不住笑起来。我说："妈妈还没有坐过飞机呢。我小时候最大的梦想就是能飞到天上去。"

女儿说："坐飞机有啥稀奇的？'祝融'都上火星了！我将来要坐宇宙飞船！"

"那我也不坐飞机了，咱们一起去坐宇宙飞船！"

我和女儿一齐望向天空，它还是那么高远、辽阔。那一红一抹两个光点早已在夜空中远去，但我似乎又看到了在蓝天下追着飞机奔跑的那个黄毛丫头……

本文刊载于《东方少年·快乐文学》2022年第2期

鸟趣三则

许迎坡

寄 生

有一段时间，我突然喜欢上了田野。

田野里有散发着香味儿的青草，有爱唱歌的小溪，有红色绿色黄色的小花向我微笑。我可以在田野里无拘无束地奔跑，放声大笑。

当然，最喜欢的还是听鸟儿的歌唱。

东方大苇莺的大合唱把我吸引到了池塘边。他们躲在苇塘里吹着唢呐，声音响亮而急促。

苇莺们是在呼唤情侣。

但是他们不会想到，同时也会招来一个不怀好意的家伙，这个家伙穿着灰色的燕尾服隐蔽在芦苇丛中，一直用眼睛注视着东方大苇莺的一举一动。

她就是大杜鹃。

大苇莺心灵手巧，她们会用苇叶做成一个杯子一样的窝，然后把她的蛋产在窝里。

大杜鹃在我们那儿都叫布谷鸟，她是个笨蛋，好吃懒做，不会筑巢，也不会孵卵。她会瞄准机会，趁东方大苇莺外出的时候，把自己的卵放在东方大苇莺的窝里。

大杜鹃的孩子出生得早，他继承了父母的基因，他会趁东方大尾莺不在的时候，把东方大苇莺的卵踢进水里。

让我感到惊奇的是，大苇莺夫妇根本就不会发现，心甘情愿地喂着比自己还大很多的杜鹃宝宝。

布谷，布谷——

大杜鹃妈妈的歌声更像集结号，她在呼唤自己的孩子。

杜鹃宝宝已经长得和妈妈差不多了，他毫不流连地和自己的妈妈飞走了。

只留给养母大苇莺一个空空的窝。

幸好并不是每个大苇莺都有这个遭遇。

每年夏天，苇塘里都会发生这样的故事。我一直没弄明白，东方大苇莺是糊涂，还是自愿？

我问生物老师。老师说，这是鸟类的"义哺"现象，传说中的"鸠占鹊巢"。

其实东方大苇莺们也在想尽办法防备着大杜鹃，只要发现一颗大杜鹃的蛋，她就会告诉本区域所有的苇莺提高警惕。只是大杜鹃们太狡猾，她自己的蛋的花纹和苇莺蛋差不多，而且放的速度极快。

苇莺们很少发现。

苇莺妈妈真是个活雷锋。

鸟类小档案

东方大苇莺：别名苇串儿，呱呱唧。体型略大的褐色苇莺。具显著的皮黄色眉纹。上体呈橄榄褐色。下体乳黄色。

主要栖息于湖畔、河边、水塘、芦苇沼泽等水域或水域附近的植物丛和芦苇与草丛中。常单独或成对活动，性活泼，常频繁地在草茎或灌丛枝间跳跃。以甲虫、金花虫、鳞翅目幼虫以及蚂蚁、豆娘和水生昆虫等昆虫为食，也吃蜘蛛、蜗牛等其他无脊椎动物和少量植物果实和种子。

诱　子

哥哥手很巧，用秸秆做了一个"滚笼"。

所谓"滚笼"，就是鸟笼上面是一个活动的机关，鸟一站上去就会掉进鸟笼子里。

他在鸟笼子里放了一穗谷子，那是引诱鸟用的。

他还跑到花鸟市场买了一只白腰朱顶雀，我们都叫他苏雀儿。我们那都喜欢驯养苏雀儿，因为他们的叫声很好听。

白腰朱顶雀冬天的时候来到我们这里，春天的时候离去。他们的头顶长着一块红色的羽毛，身上穿着黑条纹的灰衣服。

我问哥哥，你买他干什么。

哥哥说，这个你不懂，这叫诱子，苏雀儿很贼，不看见同伙，就不会下来。

诱子原来就是一个诱饵呗。

这是一只人工驯养的白腰朱顶雀，看起来比野生的要胖一点儿。

天一下雪，哥哥把鸟笼挂在了杨树上。

诱子在笼子里不停吃着谷子，一边吹着哨子，他的声音真的很好听。

雪停了，粮食都被雪盖住了，一些鸟开始打起鸟笼里的谷子的主意来。先是来了一群麻雀，叽叽喳喳吵了半天，到底是家贼，长时间和人类打交道让他们变得十分狡猾，飞了。

苏雀儿们却没有经住诱惑，可能是太饿了，有一只站在了鸟笼上方，一下子就滚到了笼子里。

开始他很惊恐，上上下下跳个不停，后来他看到了同伴，慢慢变得安静下来，开始享受美食。

他也变成了诱子，不停地向天空吹着口哨。

很快又有五只白腰朱顶雀掉进了滚笼里。

哥哥提着笼子，两条眉毛笑成了八字形。他说：妥妥的，马上驯化，明年再生一窝小鸟崽儿，没完了。

哥哥的话似乎引起了他家的老猫阿黄的共鸣。他一直在鸟笼边转悠。

哥哥，抓鸟是犯法的。

犯什么法？我又不吃他们，我要繁育，将来再放了，这是做好事。

我没有吱声，哥牛脾气。

几只鸟儿在笼子里跳个不停，只有那只诱子很安静，他似乎也知道自己犯了错误。

奇怪的是，那几个野生的白腰朱顶雀对这个诱子也充满了敌意，他们轮流叼啄诱子羽毛，吓得诱子躲在角落里一动不敢动。

诱子慢慢瘦了下来，羽毛稀了。

开始我也很解恨，该！这就是叛徒的下场。

后来我发现他很可怜，他只是一只鸟啊。

我和哥商量后，把他放了。

我把他放在了一棵树干上，他落在了上面，无精打采地看着我。然后飞了。

两天后，我在那棵树下发现了他的尸体。

哥说，他已经习惯人的喂养，自己活不了。

我想起了笼子里的那几只鸟儿。

夜里，我悄悄地打开了鸟笼子的门。

第二天，哥哥一直追打着老猫阿黄……

鸟类小档案

白腰朱顶雀：别名苏雀儿，为雀科金翅雀属的鸟类，体型似麻雀，体长约十三厘米。额和头顶深红色，眉纹黄白色。

栖息于溪边丛生柳林、沼泽化的多草疏林内和栎、榆等幼林中；在游荡和迁徙时，也见于各种乔木杂林和林缘的农田及果园中。除繁殖期多成对活动外，常成五至七只或十多只的小群活动，迁徙期间有时亦见数十只甚至上百只的大群。以高粱、小米和荞麦等谷物为食，也吃食大量种子和一些昆虫。

落单的天鹅

春天的时候，一只天鹅落单了。他孤单地生活在湿地的一个水塘里。

他看起来很年轻，也许是因为没有经验，和父母走散了，也许是因为受伤了，甚至我有些怀疑他是不是厌倦了漂泊。

他看起来很害怕，躲在蒲草里不肯出来。

白骨顶、黑水鸡在他面前大摇大摆地游来游去，根本不把他放在眼里，有时甚至还会欺负他。

我看见他的时候，他正在梳理羽毛，黄昏，夕阳染红了河水，他美丽的倒影更像一个绅士。

累了，他把头埋在翅膀里，像一只小船在河水里漂流。

他或许是在想念他的父母和伙伴们。

他的身体很瘦，胃口也不太好。

湿地里的工作人员给他送来了饲料。

开始，他并不敢吃。后来慢慢适应了，他偷偷地品尝几口。

渐渐地他喜欢上了那些饲料，那些饲料是精心调配的，是给湿地公园里那些人工驯养的水鸟们吃的，比起那些水草好吃多了。

后来，他习惯了工作人员的喂食，每天固定的时间，他会准时出现在固定的地点。

秋天，树叶变黄的时候，天鹅们又从北方飞回来了，他们要在湿地短暂停留，父母找到了他。父母看起来很高兴，不停地对他说着话。他看来也很高兴。

工作人员又来喂食了，别的天鹅都吓得躲远了，只有他露出快乐的表情，冲上前去，在其他天鹅惊讶的目光中津津有味地吃起来。

该起飞了。天鹅母亲在天空中盘旋着，大声地召唤他。

他似乎已经习惯了这里的锦衣玉食，或许是对艰苦的迁徙充满了畏惧。

他静静地待在水中。

父母的声音里充满了哀伤，在天空中一遍遍地召唤他。

他选择了把头埋进了翅膀里。

父母们哀鸣几声，飞走了，大部队在等着他们。

如果贪图锦衣玉食，留恋享乐安逸，一定会失去广阔的天空。

我再次见到他的时候，我快认不出来了。他身体臃肿肥胖，看起来和一只家鹅差不多。

他正在和一群人工驯养的水鸟们争吵着，争抢着食物。

看见我，向我游来，叫着索要食物。

我走了，再也没去见他。

鸟类小档案

天鹅：游禽，国家二级保护动物。为鸭科中个体最大的类群。颈修长，超过体长或与身躯等长；嘴基部高而前端缓平，眼腺裸露；蹼强大，但后趾不具瓣蹼。喜欢群栖在湖泊和沼泽地带，主要以水生植物为食，也吃螺类和软体动物。多数是一夫一妻制，相伴终生。求偶的行为丰富，雌雄会趋于一致地做出相同的动作，还会体贴地互相梳理羽毛。一年繁殖一次，卵的体积较大，如大天鹅的卵有四百多克重。幼鸟为早成雏。迁徙时会多群集结，但仍是小群行动。

本文刊载于《东方少年·快乐文学》2021年第7-8期

偏　航

宁　明

　　终于盼到飞航行课目了。飞完航行，我们这个期班的飞行员就将由"初教团"转入"高教团"训练——由飞行螺旋桨的"大刀片"飞机改为尾部"冒烟"的喷气式飞机了。

　　我曾多次从老飞行员的言谈中，感受过飞航行课目时的惬意与神秘。他们像讲述一个个传奇故事一样，把我的耳朵诱惑得直痒痒。

　　飞行大楼宽敞但不明亮的教室里，大队长正手执教鞭在幻灯机投射出的彩色航线上讲解着飞航行时的注意事项和安全规定。教室的两面墙上由黑红两种布料合成的防空窗帘被拉得严严实实，仿佛怕外边的人窃走什么军事秘密似的，连一缕探头探脑的光线都不准挤进来。

　　航行课目不像刚刚结束的特技课目，它是对飞行员进行的一种离开机场的"家门"飞向外边世界的领航能力的训练。而特技就是在家门口的空域里练杂技、翻跟头，待人和飞机都折腾累了，按时间返航，回家里喝口水、歇歇脚——落回本机场对飞机进行加油、充氧、各种检测，然后，再次冲上蓝天的舞台，又是一场比训练有素的猴子还灵动十倍的上下翻飞、左滚右旋的尽兴表演。航行则正好相反。航行不需要也不允许像李逵那样大刀阔斧地一顿狂砍，而是要像黛玉绣花儿一样细密、严谨，屏气凝神、一丝不苟。大队长用教鞭用力地敲着钢化玻璃的黑板，"响当当"地进行着最后的总结："航行是个细活儿，大家要认清特点，好好准备，不能像打铁似的粗粗拉拉，一定要飞好这个看起来简单而实际上很不简单的课目，谁也不准掉链子！"

教室的窗帘"哗"地拉开了，窗外阳光明媚，碧空如洗，而我们这些新飞行员则一个个兴奋得像怀里揣只小兔子，连走出教室时的脚步都变得蹦蹦跳跳起来，你看看我，我看看你，好像刚刚完成了一桩天大的"密谋"，笑容里也透有几分藏不住的诡谲。

三天时间的地面准备。

剪贴地图，画航线，标注航行诸元，记数据，填卡片，画草图，默画重要地标，演练特殊情况，背记安全规定……这些必须做的准备工作一一做完，时间才过了两天半。下午的这半天时间大队长一点也不让我们放松，他命令各飞行中队组织飞行员们进行复习和安全预想。可半天的一半时间还没过完，我们这些聪明透顶的机灵鬼们已像小和尚念经似的把上百个数据、数十条规定滚瓜烂熟地各自背了一遍，中队长以"老飞行员"的口吻很夸张地赞扬我们："你们这些年轻人就是脑瓜子好使，一个个跟肩膀头儿上扛了台电脑似的……明天是个好天气，好好准备吧，祝你们飞行顺利！"你瞧瞧，听他这口气哪像二十八岁，倒像是八十二岁。装老卖老。

看见中队长今天脸上终于露出了久违的笑容，那个全中队反应最灵敏、说话快嘴快舌、大家当面叫他小孙而私下叫他"猴子"的飞行员就忍不住问："师傅哎，是女朋友来信了吧？瞧你脸上的天气多么晴朗啊！能见度比窗外强多了，大于幺洞（10），不，简直是大于幺洞洞耶（100）！"中队长抬手以揍小孙的架势用力摸了摸这"猴子"的头，一边说："严肃点儿，下边的时间安全预想。"一边犹豫了一下，"好吧，讲个我自己的故事，不准外传啊，否则，口头处分！"

大家都知道中队长平时不吸烟，但他手里的白粉笔现在分明已变成了抽烟时烟卷的姿势。我想，如果他是个烟鬼，这时有谁不失时机地递上一支香烟，再殷勤地帮其燃着，在青烟袅袅升腾的氛围里，他讲述故事时的神态一定会更加动情。我还是第一次看见朝夕相处的中队长竟有如此丰富、又这么投入深情的面部表情。我知道，这是他涌自心底深处的清冽泉水，终于寻找到了渴望被浸润的土地。

中队长简明扼要、其实是偷工减料地讲述了他与女朋友交往的故事梗概。他说，女朋友很爱他，但承受不了飞行的风险给她带来的巨大精神压力，几经反复，最后还是提出与他分手了。当他突然收到女友为他们的恋爱关系"画句号"的那封信时，正值他们那个期班的飞行员进行夜间航行课目训练。他意味深长地说："你们年龄小，还不懂，爱情其实是个好东西，但弄不好就会变成恶魔，吞噬掉你的生命！"我们一边瞪大眼睛听着从他嘴里说出的这句"骇人听闻"的话，一边在脑子里打出一串问号，心想，你不就是比我们早谈了几天恋爱嘛，用这"恶魔"的比喻也忒夸张了吧！

他叹口气，接着说："我越是告诫自己飞行时不要去想这件闹心事，真邪门儿了，这件事就像刺猬滚进了棉絮里，怎么也摘不干净它。最后一次夜间航行，上飞机前，我还在心里提醒自己，编筐编篓全在收口，这最后一次，一定要飞好！等不飞行时，再心平气和地好好与她'理论理论'！可偏偏在第三转弯点改平飞机后，我的注意力鬼使神差地集中不起来了。我扫视一眼磁罗盘，心不在焉地例行公事检查了一遍应飞航向，航向刻度盘上的小飞机垂直向上指着，我还以为正好指示90度呢。往前飞了整整六分钟吧，地面雷达发现我严重偏航，报告了塔台，指挥员就连续下令让我检查航向，这时，我才发现飞机实际飞的航向竟然是110度！我当时惊得打了一个冷战，怎么会是这样子呢?！指挥员后来不停地按雷达标图指挥引导，我才终于把飞机平安地飞了回来。当时，幸亏离机场近，雷达发现还算及时……真玄啊！落地后我的背心都湿透了……"

"猴子"也张着嘴巴合不拢，这下和我们一样，哑巴了。但毕竟还是他嘴快，没等中队长气儿喘匀，又率先追问："那后来呢？"中队长瞪他一眼："什么后来？哪儿还有后来！"原来，那次偏航使当时还是飞行员的中队长受到了全团通报批评，与女朋友之间的"句号"也由他下定决心彻底画封了口儿。

正像中队长预言的那样，今天是个少有的好天气。在进机场的路上，面对秋高气爽的蓝天和远山，我想起了一位老飞行员讲过的一个因相互"吹牛"而挨批的笑话。一个说，今天的能见度真好，都能看到一百公里以外的山头上站着一个人了。另一个紧接话茬也不示弱，山头上的那个人哪儿是站着，分明是蹲着在看我们机场上的飞机呢！前者不服，说不是看飞机，是在看一张报纸。后者更不让步，对啊，我可看清了，是一张昨天的套红《人民日报》……结果，那位"吹牛"说看清套红《人民日报》的飞行员，因精力分配不当，观察不周，在飞机返航着陆时，操纵飞机动作不规范，险些造成偏出跑道的"事故征候"！他俩在飞行现场"吹牛"的事后来也让大队长知道了，真是火上浇油，"两罪"并罚，大队长召集全体人员开会，把这两头小"牛"犊子在全大队飞行员面前狠狠宰了一刀——勒令他们对飞行现场注意力不集中、飞行中发生危及安全的严重问题做出书面检查，并贴墙警示，直至该期班训练结束才能揭掉。

我按照飞行计划显示板上的时间，提前二十分钟就穿好了救生背心，在飞行夹板上工整地抄好了第二条航线的飞行数据，并检查好航行时必须携带的伞刀、手枪、图囊、氧气面罩等各项飞行装具，整装待发。由于今天专机过往太多，上级命令我们避开专机航线，临时调配计划，改飞第二条航线（这条航线转弯点的名字都很有意思：沟帮子、二介沟、双羊圈……）然后，飞回本机场。出航点是颇有点"诗情"的白云山，返航点则是很有些"画意"的紫金山。航线上的名字有点儿土得掉渣，而诗情画意的两座山的名字又文绉绐得让人的审美一下子转不过弯儿来。

由于航线上各转弯点的地标相对较小，我在地面预先准备时，特意在大比例尺地图上观察了它们各自与周围地标、地貌的位置关系和辨认特征，以防一朵飘移的云（就足以）把它们遮住的时候，不至于迷失了回家的路。但毕竟这是我第一次"出远门"啊，整条航线要飞行几百公里呢，心里多少因高度重视而诱发出了一些紧张的气氛来。大队政委在开飞动员时鼓励说："大家要满怀信心、胸有成竹，完成好今天的飞行任务……"也不知谁小声嘀咕着把政委的话"翻译"成：把心揣在怀里，再插上一根竹筷子，就能完成好今天的飞行任务了……我忍了忍还是把想笑的表情给憋了回去。

一切顺利。"072到达第二转弯点！"我声音洪亮地报告。

第二转弯点是二介沟（有的地图上标成二界沟）。在飞机上，我看不到任何一条想象中的"沟"形的地貌，只看到在陆地与茫茫碧海相接壤的凸出处，有一小堆像小孩玩剪纸丢下的碎片片，这些不规则的碎纸片摊放在那里，好像一阵海风就能把二介沟吹跑。我透过座舱玻璃向左侧下方看去，大海像一匹巨大的蓝绸子铺展开来，风吹浪涌，波光粼粼。而右侧青黄相间的陆地上，仿佛向我的机翼后边滚动着一枚巨大的绿色鸭蛋。我知道，这是一个椭圆形的大水库，因在大洼县境内，飞行员们就叫它"大洼水库"。这枚绿鸭蛋是个绝好的检查航迹的地标，它独一无二的个性特征让人无法与别的水库混淆，即使冬天里绿色乘着翅膀飞向了南方，"鸭蛋"以冰一样的素色依然会在原地坚守。它甚至像一块卵石，心有定力地躺在岁月的河床上，决不会跟风四处游荡或跟水随波逐流。

一路美景。盘山县和双台子河口隐约就在前方。我用事先选定好的检查点来判断飞机的航迹，并及时修正未飞的航向。如果，地面雷达测报得没有太大偏差的话，我的飞机此刻一定会像一枚银色的纽扣儿，正好沿着预定航迹这条标在地图上的蓝"线"向前徐徐滑动着。即便是再缺乏想象力的人，此时也完全能够想得出，担任塔台指挥员的大队长看到如此标准的航迹后脸上会呈现出怎样欣慰的表情。

更美的景色还在前边。我下意识地往前推了推油门杆，试图增大些发动机的功率。虽然发动机的转速并没有大幅度地增加，但我分明感到自己身上增添了一股兴奋的劲头，心和飞机一起"加速"向前飞去。也许是想尽快看到辽河口的风光吧，我感到此刻世界上扇得最慢的翅膀要属飞机了——而且是我正在驾驶的这架飞机。

我说的"辽河口"，地图上的名字应叫双台子河口，但飞行员们私下已约定俗成——其实是想当然地给这段美丽的河口另起了个"名副其实"的航空名字。想想也是，辽河入海处就该叫"辽河口"嘛。

在座舱前风挡玻璃的下缘，渐渐显出一抹绛红色，这条时隐时现的红色绸缎，沿着海岸飘动，仿佛一只巨大的火炬要把大海点燃。若细致辨别，这片带状的红色又像是围在辽河口脖颈上的一条保暖的围脖儿，使辽河口两岸的秋天顿增几分红红火火的生机。我听人说过，这是经海水浸泡而变红的一种碱蓬草的颜色。每逢秋天，上千亩的海滩就被碱蓬草燃成一片绵延百里的红色海洋。此时，我飞机的投影正好在这片红海上掠过，像是接受一次最庄严的检阅。座舱右侧则是一片白皑皑的平原，一望无际的芦花与海上的浪花隔"火"相望，高一声低一声地仿佛在遥相呼应着什么。蓝、红、白这三种个性独具的颜色，像三支不同着装的部队聚集在了同一地域，它们不规则地向我的机翼后方蔓延而行，这种异常和谐的"大兵团作战"场面，为这片神奇的土地增添了独特的美丽和威仪！

辽河口越来越宽，它已大大地宽出了我的预想。我在地图上用红笔标注的航迹检查点盘山县不见了。我扫视座舱仪表，仔细检查飞机航向，再对照领航夹板上的飞行数据，完全一致——飞机正沿271度的预计航向飞行。但我还是不放心地重新把各种航行参数检查、校对了一遍，没有发现问题。奇怪了，按照预达时刻，这座不算太大、但也绝不能算太小的县城怎么就捉迷藏似的从地面上"消失"了呢？我把陶醉的目光从那片美景中警惕地收了回来，按照地面三天准备时背熟的寻找、辨认地标的方法——先线状后点状，先概略后细小，先远距后近距——一遍遍在机翼下搜索。终于，我惊喜地在座舱右侧很远的地方模模糊糊看到了一座城镇。辽河蜿蜒的绿飘带引领着我的目光顺藤摸瓜地往前寻找，从城镇与辽河的相对位置来判断，这个比预计航迹至少偏离了五公里的地标，应该就是我要寻找的盘山县了。越来越宽阔的辽河口使我恍然大悟，飞机的航迹并没有正确飞越辽河较细的那段腰身，而是由于偏航，渐渐飞向了辽河通向大海的喇叭口。

我在心里不停地嘀咕，飞机是怎么偏航的呢？莫非是在我观赏美景时没注意保持好飞行状态，飞机趁我溜号、贪玩的时候也朝美丽的方向调皮地转了一个弯儿，而导致了偏离预定航线？

"072，位置？"我隐约听到有人在无线电里急促地询问我。这肯定不是本机场塔台指挥员的声音，一是因为我太熟悉今天担任指挥员的大队长的河南腔调了，二是我驾驶的飞机与机场的距离早已超出了机载电台与地面塔台联络的有效工作距离。可以说，现在我才真正是"将在外军令有所不受"的自由状态。但是，此刻又是谁在询问我呢，而且恰好在我偏航的时候？我一边压杆蹬舵操纵飞机右转，一边用左拇指按下无线电发射按钮："072回答：位置辽河口！"接着，这个声音又似带愠怒地说："什么辽河口？072，注意检查你的航迹！"我一听，坏了，谁能够在这段航线上如此明察秋毫地掌握我的行踪呢？我来不及多想，但也还是想了想，平静地回答："072明白！正在修正。"

我心中掠过一丝庆幸的感觉。毕竟我偏航"不多"，且"及早"发现，没造成更严重的后果。否则，就会重蹈那两位在飞行现场"吹牛"的飞行员的覆辙，挨批评不说，还要在大会上做检查，在大家面前灰头土脸地丢人现眼啊！

心中的疑团不仅没有解开，反而加重了。我好像变成了在如来佛手掌中翻跟头的孙悟空，一举一动都躲不过他的眼睛，也逃不出他的手心。

飞机顺利返航。回到飞行楼后，我心里还是为自己的这次侥幸而惊诧、后怕。假如我发现偏航再晚一些，假如这一段航线的天气不像今天这样好，假如没有那个神秘声音的及时提醒……也许我会惹下大祸，危及飞行安全。

航行训练结束的喜悦很快淹没了偏航带来的沮丧，何况，这是在本机场训练的最后一个课目，明天，也许是后天，我们就要转移到几百千米外的新机场，进入"高教团"阶段的训练了。

晚上会餐的时候，中队长过来敬酒，大家兴奋得嗓门儿一下子抬高了好几"米"，好像飞机着陆时"拉飘"了一样，喜悦的音符怎么也降落不到地面上。中队长与我碰杯时，欲言又止的神情一闪而过，然后高兴地说："072，祝贺你！"并用左手有力地握了握我的左手，而右手端着的酒杯亲切地向我倾斜了一下。我心里一阵热热的，想说的话挤到了嗓子眼儿又犹豫地咽了回去。中队长仿佛看出了我的心理活动，摁了摁我的肩膀，示意我坐下，说了句"以后飞行的路还长着呢"，然后又挨个向其他飞行员敬酒去了。

锣鼓喧天的欢送仪式上，我们一一向为培养我们而付出辛勤劳动的"师傅"敬礼并握手道别。我在与中队长握手时，偷偷塞给他一个纸团，然后就匆匆登上了大巴车。那个纸团上面，写着我偏航的经过和教训，并向他做检讨。中队长仿佛看透了我的心事，只是笑笑，什么也没说。

2007年"五一"节前夕，我终于与分别二十七年的中队长取得了"联系"。其实，也不是刻意地去寻找他，而是他退休后几经搬家，最后正好搬到了我家的邻院。一次在路上偶然相遇，他居然还能认出我，仍高声地喊我072，看来，我的这个飞行代号已深深地印在了他的脑海里，连同我们朝夕相处的那段青春岁月。

过节期间，我领女儿去看望老中队长。他家住的是将军楼，确切地说，是他岳父家住将军楼。我们当年分别后，听说他娶了个将军的女儿。将军也是个老飞行员，他们一家子都热爱蓝天，他为自己的女儿取名叫天天。将军楼就是与众不同，跃层，宽敞，装饰华贵。进门落座后，没等那几句久别重逢的寒暄话声音落地，老中队长就从书柜里找出一只发黄了的旧飞行图囊，从中取出一个同样发黄了的旧信封，递给我，仍然像他二十七年前那样子微笑着说："留给你的礼物！"我疑惑地打开一看，这张褶巴巴、右下角还被撕掉一大块的红格信纸，正是我当年塞给他的那个纸团——一份在我心中永远难忘的检讨书。

老中队长告诉我，为防止新飞行员偏航、迷航，接受以往航行课目训练时的教训，大队长"私下"做出了一个别出心裁的大胆决定：在每一边航线的关键地段上空，派出一架负责监控、"架桥"的飞机。这三名"空中警察"的角色自然由三名中队长来担任，他们各负责把守一边航线。而在辽河口上空盘旋的那架飞机，是另外一个中队的中队长驾驶的，自然，我的偏航一直被这位中队长看在眼里。而在我写检讨书之前，我的中队长早已详细了解到了我偏航的情况。

他还说，每逢新飞行员训练航行课目时，他都把我的检讨书拿出来给大家看，并用我的事例和他自己偏航的教训警示大家。只是，他特意撕下了我的名字和日期。他常对弟子们说："飞行员重要的优良品质是诚实，不然，国家把那么贵重的飞机交给你，谁放心？"

我把自己二十七年前偏航的故事讲给女儿听，她现在的年龄正是我当年偏航时的年龄。我还答应女儿，一定带她去看看辽河口那片永远在我记忆里燃烧着的海……

本文刊载于《儿童文学·选粹》2022年第9期

童　话

国王跑进了毛毛虫火车

陈琪敬

地球上有个卡拉卡拉王国，那里的人们只有蚂蚁一样大，不过再小也是一个王国呀！

一天，卡拉卡拉王国的国王站在高高的宫墙上，看见王国里的灰不溜秋的火车，和灰不溜秋的房子时，非常不满意。他大声说："必须要改造改造我们的王国！"

可怎么改造呢？他望望天，望望地，随手指着地上蠕动的毛毛虫说："嗯，出行工具一律改成各种颜色的毛毛虫火车；住的嘛……就住在和路灯一样，四面都是玻璃窗的房子里，这样大家都能互相学习怎么生活，也方便我随时去检查！"

国王的话谁敢不遵从，从那以后，卡拉卡拉王国的居民们都住进了路灯样的房子，出行就都乘坐上了毛毛虫火车。

"哈哈，整个王国白天看上去都是五颜六色的，夜晚各家透出的灯光，也变得五彩斑斓，真不错！"国王对自己的改造感到很满意。

毛毛虫火车看着很不错。每次能装很多人，行驶也非常平稳，虽然有点儿慢，但是看看路过的风景也就很快到达目的地了！

只有一点，比较烦恼——那就是毛毛虫火车是智能化的，不仅外观像毛毛虫，就是车的特性也是按照毛毛虫的行为习惯设计的！唉，这下就不太妙了，毛毛虫喜欢爬树，所以毛毛虫火车有时就会爬到树梢，偶尔停在树干上。乘客们下车、上车就得从树上爬上爬下。有一次，毛毛虫火车不小心爬到了一只大海龟身上，想想也知道，海龟被行走的毛毛虫火车挠得痒痒的，最后受不了，爬进了大海里。这下坏了，乘客们可怎么下车呀？在大家惊慌失措的时候，还好飞来一只海鸥，把毛毛虫火车当作一条大毛毛虫叼到了岸边，这才让居民们逃过一劫。更不要说有一次毛毛虫火车爬到长在悬崖上的那棵狗尾巴草上啦！

而住在路灯一样四面都是玻璃的房子里，更让居民们苦不堪言。

由于四面都是玻璃，所以房子里的人做什么，都会被外面的人看到。有人要吃饭，哇——一群好事的人，就停留在他家玻璃外，看看他家都吃点儿啥！有人要睡觉，哇——就有人好奇他们睡觉说不说梦话，有没有什么秘密！更不要说，房子里的人去卫生间洗脸、刷牙、洗澡了，那围观的人更是一圈又一圈了！

"没法生活了，没法生活了！"卡拉卡拉王国的居民们每天不敢睡觉，不敢出门，看上去都很憔悴。

慢慢地，一家人背着一堆行李悄无声息地离开了卡拉卡拉王国；接着又一家抱着一堆家什离开了卡拉卡拉王国……

这一天晚上，国王又登上了王宫高墙。他想再次欣赏一下漂亮的卡拉卡拉王国。只是，他瞪大了眼睛——咦，那些五颜六色的毛毛虫火车怎么都趴在地上，一动不动了？路灯样的玻璃房子里也黑黑的，一个人影都没有？

"我的眼睛花了吗？"国王揉揉眼睛，再看看。嗬，还是一样安静，一样黑漆漆的。路边只有路灯在亮堂堂地照明，而整个王国里，一个人影都没有！

"发生了什么事？"国王很疑惑。

想想，一个王国里一个居民都没有，那还怎么称是一个王国呢！

国王赶紧喊来卫兵，骑着天牛向王宫外跑去。

国王看向一个玻璃房子，里面空荡荡的，没人住；他又向另一个玻璃房子看过去，里面还是空空荡荡的，没人住。再往毛毛虫火车里看看，哦，里面一个人都没有！

整个王国静悄悄的，好像只剩下国王和身后的卫兵了。

"再找找，我就不信整个王国里一个人都没有了！"王国疯了一样，一个挨着一个地在玻璃房子里找……直到他跑到最后一个房子里，才真的相信：整个王国里，真的没有一个居民了！

"呜呜呜……我的王国、我的居民、我的玻璃房子、我的毛毛虫火车呀！"国王伤心地大哭起来。他想，自己是一个这么好的国王，总想把王国建设得很美丽，所以才让大家出门乘坐最美丽的毛毛虫火车，让人们住在水晶一样漂亮的路灯玻璃房子里。为什么居民们不满意，要离开自己呢？国王简直太难过了，他坐在最后一栋玻璃房子里，从天黑哭到天亮。最后，哭着哭着睡着了！

"嘿，大家快来看，这是我们的国王吗？他睡觉不脱衣服吗？"

"哈哈，国王睡觉也磨牙、打呼噜呀？"

"你看，你看，国王脸上的小胡子，一打呼噜就翘起来，太好玩了！"

…………

国王是被玻璃窗外的议论声吵醒的，呀——那一双双瞪着自己的大眼睛，都赶上夜晚路灯那么亮了！

"你们，你们……"一下子被这么多居民围观睡觉，国王赶紧抱着头往外跑。

可是，居民们的好奇心是那么容易被打消的吗？他们一个个被卫兵驱赶着，也不走！

国王吓得他一路小跑，钻进了离自己最近的一辆毛毛虫火车。

智能毛毛虫火车感应到有人来了，赶紧启动，以最快的速度向远处爬去。

"安全了，安全了！"国王拍拍胸口，对自己王国的毛毛虫火车又一次感到骄傲。

爬呀爬，爬呀爬，惊慌的国王哪有心思看看窗外的风景……也不知爬了多久，毛毛虫火车终于停了下来。

"哈哈，智能毛毛虫火车是不是把我送回王宫了？"国王高兴地抬起腿刚要走出车厢，忽然，他瞪大了眼睛——毛毛虫火车居然停在了一只正在打瞌睡的大橘猫头上！原来，毛毛虫火车爬上了一棵树，结果没站稳不小心掉了下来，还好落到了一张蜘蛛网上，网破了，这才掉到了大橘猫的头上。

国王赶紧缩回脚，浑身哆嗦起来。他很害怕，大橘猫一张嘴就能把毛毛虫火车吃掉。要是国王进到了猫肚子里，那还怎么得了？

不过，好在卡拉卡拉王国的居民们，还是很热爱自己的国王。他们抬来一根长长的芦苇，扫了扫大橘猫的耳朵。大橘猫还以为蜜蜂来蜇自己，赶紧跑掉了！

国王得救了。他现在知道了，原来居民们并没有真的离开自己的王国，只是觉得在城里居住不太舒心。所以，有的人下班后，就算路远，也走回自己住的建在高山上的房子里；有的就算跑，也要跑着住到自己海边的房子里……他们只有白天跑回城里，这也是居民们在早晨发现国王自己睡在玻璃房里的原因。

"好了！我发布最新命令：从今以后，大家自主选择出行工具；居住的房屋也随便建造自己喜欢的，不用再住玻璃屋子里！玻璃屋子可以改成商店、书店，随便什么小店都可以！这些地方不怕看，还能多卖货！"

"哇——我们的国王真棒！"卡拉卡拉王国里响起了欢呼声。

从那以后，国王再有什么新的想法，都会张贴布告，征求居民们的建议。

你想想，有这样民主的国王，卡拉卡拉王国能不变得越来越美吗？

卡拉卡拉王国的居民们不仅建造了各种颜色、各种形状的房子，就连出行工具也是各种各样的……

"我的王国太美了！"现在，国王就连睡觉都会笑醒呢！

本文刊载于《东方少年·快乐文学》2023年第4期

来自星河彼岸的船

源　娥

一

"淘淘，淘淘！"我一进家门就大喊道。

在我一遍遍呼唤下，一条上了年纪的金毛狗才从屋里晃悠悠走到门口。它的听力和视力都有些衰退了，用鼻子嗅到我的位置，朝我慢悠悠地摇尾巴。看着它衰老的模样，我有些难过。

淘淘小时候非常淘气，上蹿下跳的，所以爷爷给它起名叫"淘淘"。爷爷在世时，它和我一样总喜欢跟在爷爷后面，像个跟屁虫。我们会一起奔跑，一起玩捉迷藏，爷爷则是我们一切行动的总指挥。每天我放学回家，淘淘也会立刻摇着尾巴冲到门口欢迎我，尾巴甩得就像通电一样。现在它年纪大了，每天总是倦倦的，不能陪我玩了。而我也长大了，光是学校和补习班就占用了我几乎所有时间，再也没空儿跟它玩了。不知从何时开始，我的生活除了忙碌，就是孤独。如果能回到小时候，永远不长大就好了！

我摸了摸淘淘已经有些发白的毛发，叹了口气，然后就回屋写作业了，一直写到很晚才休息。

丁零！叮当！丁零……夜里一连串清脆的风铃声吵醒了我。我有些烦躁，因为第二天我还要早起背单词。夏夜的风呼呼地从窗口灌进来，吹得窗帘像个热情奔放的舞者，在疯狂地扭动着身体。一个熟悉的身影立在窗帘中间，让我一下子睡意全无。

"淘淘！"我叫了一声。

淘淘从飞舞的窗帘中回头看我，同时还兴奋地摇着尾巴。往常这个时间它都在呼呼大睡，我甚至能听见它沉重的鼾声。但此时它竟然站在我卧室的窗台上，迎着大开的窗子，精神矍铄地朝我微笑，眼中的光就像窗外的星星。

我的心提到了嗓子眼，我怕它从窗口掉下去。我赶紧跑到窗边想把它抱下来。然而就在我抱住它的一瞬间，它突然纵身一跃，从窗口跳了出去。我还没反应过来，已经跟着它一起跌出了窗外。

我家住在十二层，我心想糟了，我们非得摔成肉饼不可！可怜我才十五岁，连淘淘活的时间都比我长。

我吓得闭上了眼睛，任凭身体往下落，然而我想象的可怕场面并没有发生，我一屁股坐在一个硬邦邦的东西上。淘淘比我本事大，它就像早有准备似的，四腿一跃轻轻地落在我的面前，动作优雅得像个训练有素的体操运动员。我四处一看，发现这里竟然是一艘木制的小帆船，而最令人吃惊的是——这艘船居然飘在空中！

虽然我觉得自己已经过了相信童话故事的年纪，但是亲眼所见的一切却让我不得不重新考虑一番。

船上除了我们还有一位划船的船夫。他是个奇怪的人，甚至很难说他是不是人。他的身体和四肢都是天蓝色的，细得像火柴棍，但他的头大得出奇，形状也不规则，像顶着一个巨大的土豆。他听到我们落下的声音回头看时，把我吓了一跳。因为他长着两只橙色的眼睛，而且一只眼睛大，一只眼睛小。嘴巴是紫色的菱形，嘴唇厚厚的。脸上没有鼻子。

"谢谢你救了我们。可以请你把我们送回去吗?"我小心地指了指我卧室的窗口,卧室里的小夜灯闪着微弱的光。此时我穿着睡衣,站在夏夜一艘浮在空中的船上,一定奇怪极了。

船夫看到我,眼睛瞬间大了许多,似乎在惊讶之余又有一层喜悦。这时我才注意到他不仅没有鼻子,也没有耳朵,不知道他能不能听到我的话。不过,看来我是多虑了。船夫轻声说:"请跟我走一趟吧。一会儿就会送你回来的。"

"你是谁?我们要去哪?"我不安地问。

他没有回答,而是开始掌舵,船帆也鼓了起来。我紧紧抓着船舷,看到船越升越高,朝铺满星斗的天幕航去。我以为这样一艘行驶在空中的船,必定会引起人们的骚动。然而没有任何一个人注意到我们,整座城市都在夜色中沉沉地睡着了。我趴在船舷,第一次从空中俯瞰夜色中的城市,我的房间成了一个光亮的小点,离我越来越远。

忽然船夫唱起了歌,歌词就像在胡言乱语,旋律也乱七八糟:"前进啊,我的小船,我要去给星星挠痒痒,再吃两颗勇敢糖,爷爷陪我去探险……"

这歌可真奇怪,简直像小孩子胡乱哼唱出来的,但它却意外地消除了我的紧张和不安,取而代之的是一种觉得可笑的心情。我捂着嘴,让自己不要笑出声来,不然显得有点不礼貌。

二

当那首古怪的歌唱到第七遍的时候,我们已经行驶在天河里了。天上的星星变成了河里的星星,就像水中闪光的石头。还有些零零散散的星星浮在身边,好似飞舞的萤火虫。

我伸出手,轻轻一抓,就抓到了一颗。星星凉凉的,从我的指缝间透出光来。我张开手,星星躺在我的手心,就像一颗璀璨的糖果。我挠了挠星星，星星立刻闪烁起来，原来星星闪光是在笑。我为自己的新发现高兴得欢呼起来，星星趁机一下子滑进了我的嘴里，好冰！我赶紧吐了出来，星星飘走了，还朝我眨了眨，它竟然在捉弄我。

淘淘也不再倦怠，又变成了名副其实的"淘淘"。它跳来跳去，企图用鼻子去顶飘过身边的星星，一颗、两颗、三颗……就像在顶皮球，玩得不亦乐乎。我好久没见它这么快乐、这么精神了。

一人一狗玩得正开心，突然刮来一阵强风，整艘船都剧烈地摇晃起来。所有的星星都像风中的烛火，瞬间熄灭了。周围一下子变得漆黑。

"怎么回事？发生了什么？"我的声音因恐惧而颤抖。

黑暗中仿佛有什么在嘲笑我似的，我的右边响起一阵杂乱的哗哗声。我转过头，瞪大眼睛去看，却只有一片伸手不见五指的漆黑。我正感到不安，突然左边也传来急促的呜呜声。我刚想细听，前方又响起一串滴滴滴的声音。我很紧张，竖起耳朵想要分辨是什么声音，忽然后面又是一阵规律的咔嗒咔嗒声……这些黑暗中的声音让我浑身战栗，好像我周围有无数妖怪正睁着贪婪饥饿的眼睛盯着我。我看不见他们，他们却能清晰地看到缩成一团的我，嘲笑我的恐惧，垂涎我的美味。

"汪！汪汪！汪汪汪！"伴随着一连串响亮的犬吠，淘淘跳到了我的面前，它金色的皮毛就像在黑暗中发着光，照亮了周围。它的出现让我瞬间安心不少。它一跃而起，朝黑暗扑了过去。黑暗被它撕开了两道长长的口子，露出了船的桅杆。它又仰头一扯，黑暗被它咬掉了一大块，露出了船的甲板。随着淘淘的撕咬，黑暗越来越小，我的胆子也越来越大。我学着淘淘的样子，像撕纸一样，撕开了眼前的黑暗。淘淘就像我的英雄，始终在我面前保护着我。黑暗中窥视的妖怪全都像气一样消散了，一切又亮了起来。

我累得跌坐在甲板上，淘淘趴在我的身边，用毛茸茸的肚皮温暖着我。我想起小时候，妈妈为了锻炼我，让我独自睡一间房。但我很怕黑，窗外枝叶被风吹出的哗哗声，外面马路上汽车飞驰而过的呜呜声，没有关紧的水龙头的滴水声，墙上钟表规律的咔嗒声……全都被我当成夜里妖怪的笑声，吓得睡不着觉。那时也是淘淘躺在我的身边，用它的温暖安慰着我，让我睡了一个又一个安稳觉。后来我长大了，再也不怕黑夜房间里的怪声了，竟然忘了淘淘曾经对我的保护。

我摸着淘淘柔软的皮毛，朝船夫问道："还有多远啊？"

船夫说："到了我会叫你们的，我保证你一定会喜欢那里。现在你们可以休息一会儿。"

我抱着淘淘，觉得又安心又暖和，不知不觉睡着了。

三

不知过了多久，我被一条湿漉漉的舌头舔醒了。"淘淘……"我话还没说完，已经被眼前的景象震惊了。这是一座夜空中的王国。整个王国都是用五颜六色的木块搭建的，在黑色的天幕下显得异常缤纷。汽车在高低错落的楼宇间飞驰，有蓝色的小轿车、绿色的吉普车、红色的大巴车、橙色的摩托车……恍惚间，我觉得这座王国和这些汽车很眼熟，好像我曾经来过这里。

"我们到了，这里是星河彼岸的王国。请下船吧。"船夫把船靠在王国边缘。淘淘率先跳了下去，然后就招呼我赶紧跟上。船有点儿高，我还在犹豫着想找个安全的角度，淘淘已经扯着我的衣角一下把我拽了下来。我摇摇晃晃地站稳后，才发现我所站的地面竟然也是彩色的，而且是一块块拼接起来的。

"现在可以告诉我，为什么要带我们来这里了吗？"我问船夫。

船夫笑盈盈地说："你们跟来我，我带你们去见国王。他就住在那里。"船夫指着王国中最高的建筑，这是一座用彩色木块搭成的巨大而美丽的城堡。

一听要见国王，我立刻激动起来。船夫在前面带路，我和淘淘跟在后面。一路上我注意到王国里的人形形色色的，有变形金刚、霸王龙、胶皮小黄鸭，还有背上带着发条的兔子……他们看到我，全都露出了又惊讶又喜悦的表情，就像船夫第一眼看见我时一样，而我也觉得他们又熟悉又亲切。

他们听说我要见国王，都想跟我一起去，于是我们这群各式各样的家伙浩浩荡荡地朝城堡进发了。我们的队伍很长，也很欢乐，就像狂欢节上的游行队伍，而且还不断有人加在队伍后面。我和淘淘的到来成了王国的庆典。

淘淘很喜欢这里的人，在人群中蹦蹦跳跳欢快极了。我发现它来到这里之后不仅更精神了，腿脚变轻快了，连身上发白的毛发也恢复成了美丽的金色。如果不说，谁能想到这是一条已经十八岁的老狗。

我们像过节似的，在欢笑与歌声中走到了城堡跟前。许多一身绿色的塑料卫兵庄严地守在门前，让本就有些紧张的我更加忐忑。我长这么大，还从没见过国王呢，更何况是这样一个奇异王国的国王。我好好整理了一下衣服，也给淘淘顺了顺毛。当我准备妥当，调整好了呼吸，伸手准备推开城堡大门的时候，人群中突然发生了一阵骚乱。

"不好了！有空袭！"人们叫嚷着四处躲避。

四

许多炸弹从空中砸了下来，这些炸弹全都是针管模样，尖尖的针头闪着寒光。卫兵们纷纷拿起武器保护群众，但是他们的武器威力太小了，射程也太短了，根本无法对付这些突然出现的炸弹。

突然，一枚针管炸弹朝我直刺而来。就在我即将被刺中的瞬间，一头大狮子猛地一跃而起，替我挡住了，它疼得"嗷呜"一声，跌进我的怀里，变成了一头小巧的毛绒狮子。我认出了它，这是我小时候的玩具啊！小时候，每次打针我都很害怕，我会抱着我的毛绒狮子，向它借胆量，这样我就不疼了。

一番炸弹攻击之后，嗡——嗡——嗡——的鸣响由远及近，许多敌机朝我们袭来。这些敌机全都是细长形状，底下有三对细细的支架，上面则有一对透明机翼在飞速地震动。刺耳的嗡嗡声就是由机翼震动发出来的，听上去就像一群吵人的蚊子。

这些邪恶的敌人竟然使用高频声音当作武器，所有人都被这声音折磨得痛苦不堪。即使我把手指塞进耳朵里也无法阻止声音的传入。淘淘没有手，无法堵住耳朵，只好使劲地把头往我怀里钻。

这时变形金刚突然如火箭一样蹭地飞到了天上，朝敌机猛烈攻击。包括我在内的所有人都给他拍手叫好。然而他没攻击多久就落了下风，嗡嗡的高频声音破坏了它的定位系统，数量众多的敌机把他团团包围。

更多的敌机趁机俯冲下来，它们好像知道我和淘淘是外来者，集中火力对付我们，在我们身后紧追不舍。敌机前面伸出一根长长的管子，一下子扎进淘淘的大腿里，淘淘的鲜血沿着长管子流进敌机里。原来它们是要抽我们的血当作燃料！

我顿时怒火中烧，觉得不能再坐以待毙。可是我不会飞，又没有武器，要怎么办呢？船夫拍了拍我的肩头，递给我一支笔。我握住笔，好像瞬间有了无限的力量。我挥起画笔，画了一只绿色的大青蛙。青蛙栩栩如生，顷刻活了过来。我跳上青蛙的背，像个威风凛凛的将军般命令道："出发！"

青蛙一跃而起，跳到了敌机中间。它张开大口，用舌头一卷就吞掉了三架敌机。这些敌机遇到了克星，顿时四散奔逃。但是我身下的大青蛙哪里肯放过它们，只见它竟然把敌机当成踏板，在空中跳跃腾飞起来，一边跳，一边把更多的敌机用舌头卷进肚子里。我和我的大青蛙所向披靡，底下的人们纷纷给我们叫好。

青蛙吃的敌机越来越多，肚子也越来越鼓，吞下最后一架敌机时，它的肚子胀得就像一个皮球。突然，啪的一声，大青蛙像气球一样破了，变成了无数闪闪亮亮的星星。星星用星光织成了一张大网，罩在王国的上空，形成了一个防护罩，再也不怕敌人的空袭了。但我却由于失去了支撑，从空中往下坠落，幸好变形金刚及时接住了我。

在变形金刚载着我缓缓下降的过程中，我俯瞰着王国，记忆如潮水般涌出。王国的地面是一副绘着三只小猪的拼图，这拼图我小时候玩过不知多少次。王国的所有建筑都是由积木搭起来的。城堡最高塔楼的尖顶是一块红色的三角木块，上面有这个国家的国徽——一枚凸起的星星形状的贴纸，这是我亲手贴上去的。王国里的居民、卫兵和车辆都是我小时候的玩具。接住我的变形金刚是我幼年的好友徐飞送我的礼物。由于年纪增长，加上多次搬家，这些玩具变得零零散散，后来逐渐地从我的生活中消失了。随着升学考试等各种压力，我与徐飞也在不知不觉中断了联系。

现在我全想起来了，这是我童年的王国啊！

五

变形金刚带着我安全着陆了，欢呼的人群把我推到城堡门前。我的心更加忐忑了，我期待能见到一个熟悉的身影。

我轻轻敲了敲门。

门开了，国王亲自出来迎接我："阿星，你长大了，我为你感到骄傲！"

"爷爷！"我激动地扑到老人的怀里，眼泪夺眶而出。

爷爷去世已经很久了，我好想念他。小时候，父母工作忙，除了好友徐飞，总是爷爷陪我玩，我们会一起玩小汽车，一起搭积木，一起拼拼图。夏天蚊子太多、太讨厌，我们爷孙俩经常会支起一张大蚊帐，躲在蚊帐里面玩。我们还会把捉到的蚊子喂给院外水池里的青蛙，也会从水池里捉了蝌蚪来养。在爷爷和我的照料下，一只只黑黑的小蝌蚪变成了带褐色斑纹的翠绿青蛙。这些青蛙有时甚至会从鱼缸里跳到我的床上，我和爷爷每次都捉得手忙脚乱，笑声连连。王国里的一切承载了太多我们的回忆了。

淘淘看到爷爷也扑了上去，高兴地用舌头舔着爷爷的脸，尾巴像通了电似的迅速地摇摆。淘淘最初就是爷爷的狗，是爷爷把还是小奶狗的它接回家，细心呵护着淘淘长大。爷爷总说给淘淘买狗粮的钱比他自己的伙食费还多，但即便如此，爷爷还总是乐呵呵地去给淘淘买狗粮。等我长大点儿能走路了，他就牵着我的手一起去买。

爷爷领我参观了美丽的城堡，为我办了一场绚烂的盛会。我开心得忘记了时间。

"爷爷，我可以留在这里陪你吗？"

我的问题刚说出口，一直笑呵呵的爷爷就突然变了脸色，严肃地说："时间不早了，你必须离开了。"

不容我反驳，接着就有卫兵把我带到了王国的边缘，小帆船和船夫已经等在那里。

"爷爷，求你了！"我哀求道，哪怕再多待几天、几小时也行。我太喜欢这里，也太想念爷爷了。但是爷爷坚决地拒绝了我。

我叹了口气，只好无奈地说："淘淘，我们走吧。"淘淘听见了我的呼唤，却不为所动，它紧贴在爷爷身边，一点儿也没有要跳上船的意思。

爷爷说："你放心吧，我会照顾好淘淘的。"

我难过得哭了出来，"我还能再见到你们吗？"

爷爷没有回答我的问题，而是慈祥地笑着说："走吧，你的航路还很长。"

我抹了抹眼泪，与他们挥手道别，乘着船出发了。和来时一样，一些星星在船下汇成一条璀璨的星河，另一些星星漂浮在身边，好像飞舞的萤火虫在为我们引路。

回程没有了淘淘，我安静地坐在甲板上。

走着走着，忽然所有的星星都熄灭了，周围陷入了黑暗的寂静。这次我不再恐惧，而是大吼道："我不怕你们，我要把所有的黑暗撕碎！"我边喊边撕扯，黑暗像碎纸片一样纷纷飘散，光亮从撕开的口子里照射进来，周围再次变成一片璀璨的星河。

船夫笑着唱起了来时的歌。我已经想起来了，这可笑的歌是我小时候自己编的，不禁随着他一起哼唱起来。我抬头看到帆船上飘扬的船旗，红色的旗帜上画着一大一小两颗星星，那是爷爷和我。这艘小帆船就是小时候我和爷爷一起拼的。我用它参加幼儿园的手工展，获得了好多人的称赞。我怎么把它忘记了呢。

帆船来到我卧室的窗户底下，我从窗口爬进去，船夫跟我道别。

我拉住他火柴棍一样的胳膊问道："你是谁？我还能再见到你吗？"我想起了一切，却唯独没有想起这个相貌奇怪的船夫是谁。

船夫笑着说："我的生命是你给的，你想见我就能见到。快回去吧，天快亮了。"然后就驾着帆船远去了。红色的船旗在璀璨的星空中飘扬着。

我回到床上，盖上被子，很快就睡着了。

六

天亮了，我感觉自己好像做了一个很长的梦。我第一时间跳下床，喊着"淘淘"的名字，我要知道昨晚经历的一切究竟是不是梦。

淘淘躺在窝里，闭着眼睛，一动不动，在它身上我感受不到一点生气。父母站在它旁边，面色沉重而悲伤。他们开口之前，我已经有了不好的预感。

爸爸说："淘淘昨晚走了。"

我的胸口仿佛被什么狠狠捶了一下，一瞬间，泪水溢满了我的眼睛。妈妈紧紧地抱住了我。

我们把淘淘埋葬在郊外一棵高大的槐树下。它过去最喜欢来这里玩，每次走到这棵树下都要撒泡尿占个位置。我想它肯定会喜欢这里的。在下葬之前，妈妈从它身上剪下了一撮金色的毛，放到我的口袋里。

我强忍着悲痛回到了家，但一看到空荡荡的狗窝又忍不住落泪。

我翻出了一本旧相册，一幕幕过去的景象展现在眼前。这张照片里年幼的我坐在一堆积木中间，正在盖一座大城堡；那张照片里小小的我正趴在地上拼拼图……几乎每张照片里都有爷爷和年轻的淘淘，还有好些照片里有我的好友徐飞。那些被遗忘的记忆一瞬间全都鲜活起来。

突然我注意到在许多照片中，墙上都挂着一幅画。这幅画镶了漂亮的画框，画中却是一个奇怪的人，他的身体和四肢是蓝色的，细得就像火柴棍，头却大得出奇，像顶着个土豆，橙色的眼睛也是一大一小。我认出来了，这是昨夜的船夫。

"这幅画是……"

妈妈摸着我的头说："你忘了吗？这是你小时候画的第一个人。你小时候很怕画画，我们为了鼓励你，就把这把幅画镶嵌在画框里挂在墙上，还要求每个亲戚朋友来家里必须夸奖几句。从此你就不再害怕画画，每次画完都会自信地展示给我们看。可惜后来搬了几次家，这幅画就不知道哪去了。"

我抬起头，看到此时墙上挂着"全国青少年美术比赛第一名"的奖状，在心中说道：我知道这幅画到哪里去了，它就在我的心里。所以，我每次自信地拿起画笔的时候，就是与那船夫相见的时候。而我的爷爷、淘淘、那些玩具……童年的一切都没有离开我，他们都变成了我生命的一部分，他们给我的陪伴和勇气将会伴随我一生。我需要做的就是珍惜现在拥有的一切。

我将淘淘金色的毛夹进了相册里，然后拿起电话，拨了一个好久没有拨过的号码。一阵铃响之后，我说道："你好，我是陈星，我找徐飞。"电话另一头传来一个熟悉而喜悦的声音……

本文刊载于《少年文艺》（上海）2021年第5期

土拨鼠的四季礼物

高君子

一、冬至，草原来的小客人

麦小穗和奶奶一起住在小黑村的村东头。

今天是冬至日。娘俩儿坐在热乎乎的炕头上，奶奶正在给麦小穗做一张厚厚的小花被，粉色白色浅蓝色的小碎花布料，麦小穗伸手摸摸，笑嘻嘻："奶奶，好看。"

奶奶抿嘴乐："新棉花。看，多厚实。小丫头知道好看赖看了。夏天用这个布料给你做一条小裙子。"麦小穗很高兴，搂着大花猫亲亲，大花猫在炕头呼噜呼噜，闭着眼睛用爪子推她。

麦小穗透过玻璃窗，看到一个一个的小雪花贴在窗子上，和她打招呼。

"下雪啦！"雪越下越大，麦小穗坐在窗台上看了半日的雪，看到地上白了，墙头白了，大槐树白了，远处的青山也白了。

奶奶扑拉掉身上的棉絮下炕，说："冬至大如年哪。晚上吃饺子，羊肉萝卜馅。"麦小穗已经穿上了红色的羽绒服，这是妈妈从上海寄回来的。她喊："奶奶，我出去玩啦！"就跑进了大雪里。小靴子踩在雪地上，咯吱咯吱，这个声音麦小穗很喜欢听，而且，这个声音让她的小脚丫痒痒起来，让她忍不住奔跑。

麦小穗遇见了玩雪的小伙伴，他们打雪仗，堆雪人，或者只是在原地转圈圈，一边转一边仰头看雪花落下来，"天上真的有人在撒面粉吧。"麦小穗嘀咕着，她想起奶奶讲过的，老神仙从天上撒面粉到人间的故事。孩子们小脸红扑扑，一直到玩累了玩饿了，各自回家。

麦小穗回家的路上，发现小山坡上有一片雪被踩得七零八落，仿佛是谁刚在上面打了个滚儿。"呜呜呜，呜呜呜"，什么声音？她好奇地走过去，发现同村的几个男孩子站在那，其中一个男孩手里拎着一只浑身发抖，号啕大哭的小土拨鼠。

"嘿嘿，麦小穗，看我逮到了啥？一只胖耗子！"男孩得意地笑着。

"你为什么不放下它，"麦小穗皱眉，"它被这样拎着会很难受。"

男孩喊道："这是我逮到的，我要把它扔进笼子里。"

麦小穗摇头说："这是土拨鼠，不是耗子，看它多可怜哪！"她从口袋里拿出一块玻璃纸包装的糖，"我和你换。"男孩犹豫了一下，说："不够。"麦小穗把口袋里的糖果都掏了出来。男孩扔下土拨鼠，接过糖果，他们一哄而散。

"你怎么啦？"她用戴着小手套的手指点了点土拨鼠的小脑瓜。

"我迷路了。好饿呀，好冷啊，找不到爸爸妈妈。呜呜呜。"土拨鼠看了一眼麦小穗，继续哭。

"好啦好啦，别哭了。你叫什么名字，从哪来呢？"麦小穗问。

"我叫拔拔，住在草原上。我偷偷上了牧民的车，走了很远很远的路，现在回不去啦……"说到这里，土拨鼠拔拔干脆扑倒在雪地上，大哭起来，四肢蹬雪，好好的一片雪地让它蹬得乱七八糟。

麦小穗小小地叹了一口气："爸爸妈妈为什么总是弄丢自己的小

孩呢？"

她安慰拔拔："别哭啦，你跟我一起回奶奶家吧。"小土拨鼠听了这话，立刻一骨碌爬起来，乖乖地跟在麦小穗的身后。

"嘿，"拔拔转着大眼睛，"刚才的糖果，你还有吗？"

"有啊。"

"能不能给我一块？"

"我用糖果换了你，现在你就是我的糖果了，你可以舔舔自己看，甜不甜？"

麦小穗和土拨鼠拔拔一路笑闹，踩着雪跑回了家。

奶奶看到麦小穗带回来的小客人，笑起来："呦，这不是大眼贼儿吗。"

"老奶奶，我是土拨鼠拔拔，您好！我的眼睛是不小，可是我不是小偷哦，不是贼。"土拨鼠拔拔瞪着眼睛，很严肃地声明。

奶奶笑眯眯："拔拔，我猜你喜欢吃苹果？玉米，还是豌豆？"

小土拨鼠眼睛亮晶晶："可以都选吗？"

晚餐时间。奶奶和麦小穗在小炕桌上吃饭，羊肉萝卜馅的饺子，还有一小盆冻豆腐炖白菜。大花猫的食盆里是碎鱼肉拌饭，小客人土拨鼠拔拔的盘子里，果然是苹果，玉米和豌豆。就着窗外的大雪，屋子里吃的热乎乎，香喷喷。

等奶奶把饭桌收拾好，天已经完全黑了。灯光从玻璃窗漫出，一片橘黄色的雪地出现了，麦小穗、大花猫和土拨鼠挤在窗边。

"雪真厚实呀，像大棉被，好想躺进去睡觉。"土拨鼠拔拔感叹。

"雪真漂亮啊，像白纱裙，好想穿一件。"麦小穗感叹。

"雪真白呀，像牛奶。好想舔一碗。"大花猫喵喵喵。

"拔拔，你是怎么走丢的呀？"麦小穗问。

"妈妈非让我穿一件花棉袄，那是女孩子的衣服，我是个男孩子。"拔拔挺了挺胸脯，"再说，我这一身皮毛足够过冬了，用不着穿棉袄。可妈妈冲着我发火，大声喊叫，我于是跑出来，走了很远很远，然后，就迷路了……"拔拔说。

麦小穗说："爸爸妈妈回家，会给我买新衣服，新玩具。可是他们又会在我睡觉的时候偷偷离开。大人们总是给我们不需要的东西，我们要的，又没有。"

拔拔垂着脑袋，又要开始哭了。

它抽泣着："我以为没有妈妈在旁边唠叨，会很开心的。可是现在，我很想听她在旁边唠叨，就算生气，揍我一顿也行。"

大花猫嫌弃地扭头，"吃饱了就耍熊，女孩子都不哭，你却哭鼻子，羞不羞。"

拔拔生气，要和大花猫吵架。

麦小穗忙岔开话题，"拔拔，草原的冬天是什么样的？"

说到草原，拔拔不哭了，它吹着鼻涕泡说，"草原的冬天，我们土拔鼠是不怕的，坚果、粮食还有土豆，爸爸储存了不少。草原下雪时，满天满地的银白色，松树林上的树挂特别好看。我会用干净的雪水洗澡，烧热了或者冷水澡都不错。有时候我跳进厚厚的雪堆里，做一个雪窝，在雪窝里看天上的星星。对了，你们见过马群吗？白色的马群跑过，带起一片白色的雪雾，就又下了一场新雪。我真想骑在马背上，和它们一起跑哇，跑哇，一直跑到草原的尽头。"

麦小穗说："草原的雪，听起来很棒。不像这里的雪，只是雪，其他什么都没有。你们不知道冰灯节吧？到了正月十五，城市里会有冰灯节，有龙灯、狮子灯、花灯、白菜灯、宝莲灯，可多样式了。等爸爸妈妈回来，我一定叫他们带着我去看，也带着你们一起去。"

大花猫打了个哈欠："冷冰冰的冰坨子，有啥好看，不如热炕头。"

麦小穗气得要敲它的脑袋。

奶奶拍着崭新的花被，说："到点不睡，半夜尿尿。都睡觉。"

冬至之后，天气越来越冷。裸露着的土地硬邦邦的，菜园子里，枯黄的野草和藤蔓在风中颤抖。不过奶奶的大菜窖里，储存着不少苹果、秋梨和蔬菜，就算加上一个小客人，过冬也完全不成问题。

土拨鼠拔拔在菜园子旁边的小土洞安家了。它学着爸爸妈妈从前挖洞的样子，把土洞挖得很深。洞里很暖和，很舒适，卧室、储藏室、卫生间，都有独立并联通的洞穴，冬天在暖烘烘的窝里睡觉！没有比这个更快乐的事了。

二、年是什么？

麦小穗睡醒了，揉眼睛，大花猫伸着懒腰，从被窝里钻出来。

"腊八粥！"麦小穗闻到厨房里飘来的香香甜甜的味道。等大花猫和麦小穗洗完脸，小炕桌上摆好了一盆又浓又稠又甜的腊八粥，奶奶正在做腊八蒜，蒜瓣白白胖胖，被扔进装着米醋的透明罐子里。土拨鼠拔拔正啃着苹果，龇牙笑着说："懒包，为了等你们，我一直在慢慢慢慢地吃早餐。"

腊月二十三。麦小穗吃了一大碗荷包蛋面条，肚子圆滚滚；土拨鼠拔拔尝到了粘嘴的糖瓜子，大门牙被粘住了，大花猫笑得直打滚。

奶奶说："这是供奉灶王爷的好东西哟。"

拔拔问："灶王爷是个啥物件？"

奶奶扑地拍了拔拔头一下，连忙念叨："童言无忌，童言无忌。灶王爷呀，就是上天替我们说好话的官儿，用灶糖把他的嘴粘上，就不会说坏话了，这叫'上天言好事'。"

拔拔咕哝着，声音小得没敢让奶奶听见："嘴粘上？那不是不管好话坏话都说不上了？"

腊月二十五。奶奶去集市买了很多年货，有红底黑字的春联，有鞭炮、红灯笼，有冻成一条的鲜鱼、排骨、肘子、冻梨、冻柿子，还有给麦小穗的新衣服，给大花猫的小鱼干，给拔拔的甜玉米。

腊月二十九。麦小穗帮着奶奶贴窗花，挂年画，奶奶给大门贴上了春联，还有一个大福字。麦小穗带着拔拔，给猪圈上贴了“肥猪满圈”，给谷仓贴了“金银满仓”。拔拔想了半天，给自己头上也贴了个“肥猪满圈”，麦小穗乐得不行，问它为啥？拔拔说就是想让自己变胖一点儿，脂肪啊脂肪，在冬天的大雪地里是最可宝贵的东西。

腊月三十儿。奶奶一大早就开始准备，厨房里有咕嘟咕嘟炖着的肉，炸好的丸子和茄盒。麦小穗换上新衣裳，带着土拨鼠拔拔去小黑村村口，麦小穗的爸爸妈妈今天要回来了。

麦小穗兴奋地说：“妈妈说，这次他们会带我一起走，去一个大城市，那里有很高很高的房子，有飞机，有汽车，有学校，还有巧克力糖。”

“我听说过那儿，”拔拔抱着肩膀，“我爸爸年轻的时候在城市待过，那里根本没有那么好。土地很硬，一点儿都不软和，都打不了洞。每天要听到比一大群鸭子还吵闹百倍的汽车噪音，噢对了，还有一群住在臭烘烘下水道里的老鼠，它们来攀亲戚和偷东西时，简直是噩梦。”

麦小穗嘟着嘴反驳：“你又没去过，你只是一只住在乡下的小土拨鼠，怎么会知道。电视里，那些城市小孩穿得多漂亮啊，比我的羽绒服还好看！他们住的房子很高很高，一直高到了天上，听说能摸到云朵。还有呢，大家出门都坐汽车，可方便了。到了晚上，城市里的灯光，比天上的星星还好看呢，像珠宝项链。爸爸妈妈在的地方，肯定是世界上最好的地方。”

土拨鼠拔拔也噘嘴：“再高的房子也就是一大堆方块块，看着蠢乎乎的，不像草原、田野、树林和小溪，看着心里多舒坦哪。城市的灯光晃得人眼晕，哪里有星星和月亮温柔。而且，人们吃的粮食、果子，不都是长在乡村的土地上？还有草原，草原上大片的牛群，羊群，供养人们牛奶，奶酪。没有乡下养着，城市里的人还不得饿死？城市，哼。也许只有人类才觉得好吧。”

麦小穗觉得拔拔是杠精，拔拔觉得麦小穗话里话外瞧不起乡下。他俩生气了，背对着背，互相不理睬。

他们等啊等，等到其他的小孩迎到了回乡的父母，等到放鞭炮的男孩们都回了家，等到村里的炊烟都升起，等到太阳从远处的青山落下，只剩下一点点余晖。奶奶来了，带着麦小穗回去。奶奶说爸爸工作的快递公司过年要临时加班，不能回来过年了。妈妈打电话回来想和麦小穗说话，但麦小穗捂着耳朵，说啥也不肯接。过了会儿，拔拔看到她偷偷地抹眼泪。

"嘿，麦小穗，我想起来了。妈妈和我说过，每年过年的时候，人们都必须抢火车票才能回家。你的爸爸妈妈肯定是没抢到，你知道，火车票就那么一点点。"

麦小穗低着头："大人为什么要撒谎呢？如果他们早点儿告诉我不能回来，我也不会这么失望了。"

土拨鼠拔拔说："可能，他们真的是想回来的。我是说，他们也一定很想回来看你，带着你去那个大城市。我爸爸说，父母愿意把孩子永远带在身边，哪怕再调皮，我也是他们最爱的孩子。唉，爸爸妈妈找不到我，一定很着急。"

麦小穗说："可是，丁飞飞的妈妈就回家来了。"她坐在角落里，小小的身子显得很孤单。

拔拔说："他们总会回来的。你不是还有我，有奶奶，还有大花猫，我们一直陪着你。"

麦小穗说："你会一直陪着我吗？"

拔拔吸了吸鼻子，点了点头。

这时奶奶在外屋喊："谁来帮我给菩萨上供啊？哪个得了菩萨的喜欢，菩萨就会保佑他梦想成真哟。"

麦小穗和土拨鼠拔拔互相瞅着，忽然乐了，一起跑出屋帮忙，他们向着神龛里的菩萨虔诚地拜了拜，悄悄和菩萨说了自己的愿望。

奶奶准备的年夜饭很丰盛。鸡、鱼、排骨、丸子，还有猪肉茴香馅的饺子，都是麦小穗喜欢的。奶奶还变出来一袋五颜六色的巧克力糖，麦小穗吃到了包在饺子里的幸运硬币，又高兴起来。土拨鼠拔拔吸着冻柿子的甜汁，摇头晃脑。大花猫懒洋洋地舔着牛奶。

麦小穗问："年，到底是个啥呢？"

大花猫傲娇地说："年是一个大怪兽，被厉害的大猫赶跑了，我们才庆祝。"

拔拔拍着肚子说："年就是吃好多肉，长好多肉。"

奶奶笑着说："年啊，年就是春去秋来，立夏冬至；周而复始，年年有余。"

夜里的鞭炮声越来越密集，烟花在夜空里盛开，一朵朵像很大的喇叭花。麦小穗给奶奶磕头拜年，奶奶给她一个大红包，搁在枕头底下压岁。

新年来了，麦小穗六岁了。

三、春天，可以做任何事的春天

春分之后，天气越来越暖和。田野上，麦苗葱绿，大梨树上的梨花开了，大槐树上的槐花开了，金黄色的油菜花大片大片的开了。蜜蜂们忙着干活儿，蝴蝶们忙着恋爱，奶奶忙着种菜。

奶奶在菜园子里种了很多菜：细长的豆角和黄瓜要搭上架子，西红柿秧子上结了几个又小又青的小果子，南瓜已经看到了黄色的花骨朵，小葱已经抽苗，白菜菜苗还小小地卷曲着，奶奶正在往地里扔胡萝卜和白萝卜的种子。

麦小穗帮奶奶浇水，大花猫和土拨鼠帮奶奶松土。

大花猫说："拔拔，你越来越圆，越来越胖了。要多运动，多干活知道吗。"

拔拔理直气壮地说："胖，是土拨鼠种族的标志特征。难道你见过瘦巴巴的土拨鼠？当然，要是再高一点儿就更完美了。"

麦小穗说："小孩子吃饭为了长高，我给菜苗浇水也让它们长高。等我长高了，变成大人，想去哪里都可以。"

奶奶说："今天吃春饼哟。吃春饼，就是吃春天。吃了春饼，所有的小孩都会长高。"

甜面酱炸好的肉丝，炒好的酸菜粉条，韭菜豆芽，干豆腐丝，麦小穗学着奶奶的样子，把蔬菜和肉条包裹在春饼皮里，卷成筒状，从头吃到尾。拔拔也吃得津津有味，仿佛咬到了春天。

奶奶把做好的饼和菜装进一个饭盒里，让麦小穗给邻居爷爷送去。邻居爷爷很老很老，脸上的皱纹堆在一起。他拄着拐杖，他经常咳嗽，他的屋子里总是有一股浓浓的药味。

邻居爷爷很喜欢吃春饼。他一边吃，一边笑眯眯地问拔拔："你就是小麦穗带回来的草原小耗子呀。"土拨鼠吃着爷爷招待的炒花生，一边点头一边纠正："爷爷，土拨鼠可不是耗子。"

邻居爷爷笑眯眯地说："看起来，你和小麦穗成了好朋友啊。"

麦小穗和拔拔互相看了一眼，一起点点头。

邻居爷爷吃完了春饼，美美地吸了一口旱烟："从前，我也有一个非常要好的朋友。那时候，我在呼伦贝尔大草原当兵，草原骑兵，可以骑着马走几天几夜。陪着我的军马哟，就是我最亲密的好朋友。每天训练结束后，一摘掉马鞍，军马就会像刚放学的小孩子们一样在草地上撒欢打滚，有一些特别调皮的，一眼看不住就会跑到离马厩老远的地方。"

爷爷顿了顿，说："我的那匹马啊，是一匹特别爱笑的军马，总是对着我咧嘴乐呵，战友们见着它都很高兴。而且，我的军马，每次百米冲刺训练都是第一。有一次百米赛训中，它跑了第二，竟然把头蹭在我的肩上，大颗大颗地流下了眼泪，这家伙可真是争强好胜。有一次大风雪天儿，我骑着它去给牧民老乡送药品和食物，路上发烧，我根本动不了，是我的军马，一直陪着我，驮着我走出了大风雪。后来，我退伍了，军马也老了。现在，我也老了。可是，我总也忘不了这个老朋友。"

麦小穗和拔拔听得入神。

拔拔说："好朋友，就是要永远照顾对方。"

麦小穗说："好朋友，就是要一直快乐地在一起。"

她叹气，说："我什么时候才能走出去呢？离开这个小村子就行，去哪都好，总之要到很多地方去。哎，好想学骑马。"

邻居爷爷笑呵呵地问麦小穗："为什么想学骑马呢？"

土拨鼠拔拔抢着说："骑马威风呗！"

麦小穗说："如果学会了骑马，我可以带着奶奶，骑着马，就这么一直走哇走，走出那座大青山的外面去，去城市里找爸爸妈妈。"她指着窗外的远山。

拔拔说："想学骑马还不容易，我认识一只小马，它叫敫嘎，它一定愿意带着你在草原上溜达溜达，或者我们大家一起骑着它去城市逛逛。"

大花猫说："吹牛。你又不是骑兵。"

土拨鼠拔拔不服气："草原的春天，花朵比这里开的更多。春天的时候，我和妈妈从松树林出发，去草场上牧民们的帐篷附近，那里长着我爱吃的芥菜。桃花、杏花、丁香、杜鹃，还有马兰花都开了，香喷喷的，让我一直打喷嚏。还有小雏菊，我最喜欢小雏菊了，金灿灿的。我就是在帐篷那儿认识的小马驹敫嘎，那时它还围着母马吃奶，现在嘛，应该已经跑得很快很快啦。"

麦小穗说："等我学会了骑马，要去草原摘花，看看拔拔的家，再去城市，看看爸爸妈妈工作的地方，反正，要去很多很多地方。"

爷爷哈哈大笑："我老啦，老了就像冬天，就想安安静静地待着。你们这帮小家伙，就是春天，春天可以吃春饼，可以学骑马，可以交朋友，春天可以做任何事。"

拔拔的眼睛亮晶晶："任何事？我想飞，可以吗？"

大花猫直撅胡子，麦小穗和爷爷笑岔了气。

四、夏天，遇见养蜂人

奶奶家门口种着几棵丁香树。丁香树开出一团团粉色、紫色和白色的花朵团子。麦小穗捡起掉下来的花团当毽子踢，花瓣四溅，香味儿碎了一地。

夏至的早晨，天亮得很早。大花猫从窗户的猫洞钻进来的时候，带来了一股花香。麦小穗在大花猫的脑瓜上发现了一朵粉色的丁香花。麦小穗断定，大花猫昨晚肯定是在丁香树下和大白猫约会的。拔拔跟着起哄，花猫羞恼得直喵呜。

奶奶说："冬至饺子夏至面。"

麦小穗吃了一大碗麻酱拌的鸡丝凉面，爽口又满足。

中午，天闷热起来。村里的小伙伴丁飞飞来找麦小穗出去玩。奶奶给她们准备了绿豆糕，两条小鱼干，新摘下来的蜜桃，脆生生的青梨，一壶山楂酸梅汤。

村子旁边有一条小溪，麦小穗脱下鞋子，光脚浸到水中，夏天的风吹过，所有的热都消失了，舒服的让人忍不住叹息。女孩们在树林那里摘了一些野花，吃绿豆糕和桃子，大花猫吃小鱼干，土拨鼠拔拔吃青梨，酸梅汤被喝光了。

一阵嗡嗡嗡的声音传过来，"蜜蜂!"丁飞飞尖叫，麦小穗也吓呆了。一大片蜂群朝着她们飞来，瞬间就到眼前。一个戴着白色防护帽的大叔突然从树林里冒出来，指挥着蜜蜂飞向树林深处。

"蜜蜂是很温顺可爱的小动物，从不会主动蜇人，除非你挡住它的道儿，或者不小心打到它。"大叔笑起来，"吓坏了吧，我请你们喝蜂蜜水。"

他的一条腿跛了，走路一歪一歪。树林里有一个帐篷，旁边有十几个木箱子。跛子大叔说："那就是蜂箱，是蜜蜂住的房子。"一个很矮的女人，正在清理蜂箱。大叔和女人说了几句话，女人对着孩子们温柔笑笑，端来了蜂蜜水，又拿出来凉水镇着的西瓜，切成漂亮的几牙。

"真甜。"孩子们赞叹着。麦小穗问："大叔，你就是养蜂人吗？为什么你们不住在村子里呢？"

"哈哈，你这个小姑娘，懂得还挺多的嘛。养蜂人没有固定的家。蜜蜂去哪，我们就去哪。四月我们去湘西采橘蜜，五月来这里采洋槐蜜，八月去草原采荞麦蜜和葵花蜜，冬天去南方。"

土拨鼠拨拨激动地跳起来："大叔，八月你们去草原？我家在草原的松树林八棵树，请您给我的爸爸妈妈带个口信，告诉他们我在这儿。"大叔笑着答应了。

大花猫被蜂箱吸引了，左瞅瞅，右看看。麦小穗也跟着过去，问："蜂蜜到底是怎么来的呀？是从这个箱子里变出来的吗？"

大婶招呼："你们都过来看看。"

大婶说："你们看那些在蜂房里忙碌的，是真正的小蜜蜂，它们留在家里，要帮忙清理，调制蜜粉。等它们再大一点儿，就要负责守卫蜂群，喂养更小的蜜蜂，伺候蜂王。那些更大的蜜蜂，它们不在蜂房里了，它们要飞到很远的地方采蜜，哪里有更好的花，更好的蜜，就要去哪里。"

拨拨说："蜜蜂好厉害啊，大家都在努力干活，还能互相帮忙。"

麦小穗看着那些蜜蜂，说："爸爸妈妈就是那些更大的蜜蜂，他们有重要的任务，所以要飞去很远的地方，必须离开家。我是小蜜蜂，要留在家里，帮奶奶一起照顾家。"

大婶疼爱地摸摸麦小穗的脑袋："说得对。"

正说着，突然变天了，黑云密密的排了过来，沉甸甸的，仿佛压在人的肺管子上。瞬间，哗啦啦的大雨就下来了，雨点打在树叶上，打在泥土上，打在身上，空气中呼啦一下子蒸腾起泥土和树叶的独特味道，绿意直冲鼻子。

大家赶紧跑进帐篷避雨。大叔和大婶招待麦小穗他们吃了香喷喷的蜜汁鸡翅，喝了甜滋滋的蜂蜜水，还配了几片生姜去去雨意。雨越下越大，孩子们吃饱了，在帐篷里睡着了，大婶为他们盖上薄毯。

大雨没头没尾，来了又去，太阳又冒出了头，返照着被雨洗过的乡间树林。大叔喊："快看，彩虹出来了！"

麦小穗、丁飞飞、拔拔和大花猫跑出去的时候，彩虹恰好在饱含着水珠的天空上画了半个圆圈，半透明的彩虹浮现在暗云中间，淡紫色、蓝绿色、淡褐色、黄色、微红，很快便消失了。晚霞把云朵染成水彩画，光线慢慢黯淡下来，深蓝色的天幕上，隐约可见几颗有点发白的星星。 孩子们静静地看着这美好的一切，拥抱着夏日傍晚的凉风，闻着夏日乡间的花香。

过了好一会儿，拔拔开口说："夏天时，我和朵朵一起数星星，朵朵是我的妹妹。我们看着满天的星星，星光和月光洒在旁边的小河上，可以看到下面的水藻和小鱼，小河里面的鹅卵石是透明的。牧人的毡包附近，可以看到火光，人们围着篝火，唱歌，跳舞，我们远远地听着，听那些人唱天空，唱草原，唱爱情。夏天的日子，真快活，不用担心没有粮食，也不用担心太冷。除了秋天，我最爱夏天。"

麦小穗说："我也喜欢夏天，夏天可以穿花裙子，可以摘野花，可以吃西瓜和雪糕，可以在小溪里玩水，还有夏天的风，真是太舒服了。"

麦小穗沉默了一下，说："拔拔，等你爸妈收到口信，就会来接你了。我爸妈留我在这儿，却不知道什么时候来接我。"

丁飞飞说："大人们真没劲儿。农村多没意思呢，他们为什么自己走了，丢下我们在这。过年的时候我妈回来，我都不认得她了。"

麦小穗说："奶奶说，爸妈很辛苦，要打工赚钱。可是为什么电

314

视里那些城里的孩子，有爸爸妈妈陪着呢？我真想去城市看看，又很害怕。怕爸妈不喜欢我怎么办，城市不喜欢我怎么办？城市里的小孩子不喜欢我怎么办？"

拔拔说："麦小穗你可真笨。如果你爸妈愿意待在城市里，那就说明城市喜欢他们。城市如果喜欢你的爸爸妈妈，就一定会喜欢你。城市里的小孩，他们为什么会看不起你呢，我是说，你这么好的女孩，怎么会有人不喜欢。"

麦小穗说："刚才在帐篷里，我做了一个梦，梦到一个卖花的人，却两手空空的。我问他花在哪里。他跟我说，只有快乐的孩子，才能看得到他的花儿。他问我为什么不快乐。可是，看不到爸爸妈妈，我怎么会快乐呢？卖花人说，人可以让自己快乐，而不是因为别人。他问我有什么珍贵的东西，可以和他换手里的花。我说，我有奶奶，有大花猫，有拔拔，有村子里的伙伴，但是不能和你换。卖花人就哈哈笑了，他的手里突然就有了好大一束花，喷香喷香。"

大花猫点点头："城市有鱼罐头，但一定没有这么香的丁香花和洋槐花。"

五、秋天，拔拔离开了

秋分的时候，菜园子丰收了。

拔拔从洞中钻出来，满意地视察菜园。白菜胖乎乎的，南瓜圆墩墩的，萝卜水灵灵的，茄子紫酱酱的，莴笋青翠翠的，黄瓜嫩生生的，西红柿红灿灿的。

奶奶正在园子里种菠菜，拔了一根水萝卜递给拔拔。

"奶奶，你种的菜真好吃。昨天我吃的莴笋，前天是水萝卜，西红柿不怎么合我的胃口，不过水萝卜特别好。"奶奶笑弯了眼。拔拔知道，只要使劲儿夸奶奶的园子，就一定会得到奶奶给的奖赏，更何况它是真心喜爱菜园子呢。

寒露之后，山地上的庄稼已经籽粒饱满，风从田坎上吹过来，吹得玉米扬起金黄的穗子，吹得高粱脸儿红红，吹得麦田齐齐弯腰，吹得荞麦一阵摇摆，偶尔有鸟雀落下啄食，野兔从草丛中蹿过。村里大多是老人和孩子，镇上派来了秋收队，挨个村帮忙。干活的人们累了，就坐在田埂上休息，看一眼村庄，看到炊烟，就闻到了饭香。

　　麦小穗和奶奶，随着村人们一起去给秋收队送晚饭，奶奶蒸了好多白馒头，炖了一大锅酸菜猪肉。大人们割完一块地，小孩子们就去拾麦穗。麦小穗眼尖手快，很快捡了一小筐。不一会儿，孩子们鸡啄米一样，把遗落的麦子捡得干干净净。

　　秋收队歇息吃饭的时候，一个十七八岁的帮工男孩在麦秆上抓了一只绿色蚂蚱，用秸秆编了一个圆形的小笼子，把蚂蚱装进去，送给了麦小穗。

　　麦小穗很喜欢，说："谢谢大哥哥。"

　　麦小穗倒了一杯白开水递给男孩。男孩接过水笑着问她："你几岁了？上学了吗？"

　　麦小穗摇摇头："奶奶说，我明年才能上学。大哥哥，上学好不好？"

　　帮工男孩笑着说："上学当然好。我在镇中学读高三，明年就要考大学了。你知道大学吗？"

　　麦小穗点头："知道。爸爸告诉过我，要先上小学，然后上初中高中，最后就是大学。"

　　男孩说："对。我想考到北京去上大学。那是我梦想的城市和学校。等我上了大学，还要继续念研究生，念博士，学最先进的知识，看更大的世界，然后，我再回来。"

　　麦小穗睁大了眼睛："那可真了不起。外面的世界是什么样子的？"

男孩说："我也只是在电视里看过，应该是更漂亮的房子，更美丽的湖泊，更高的山，更大的海，还有许许多多的人，不只是中国人，还有外国人。他们长得和我们不一样，有的皮肤很白，也有黑皮肤和棕色皮肤，头发颜色，眼睛颜色和我们都不太一样。他们大多数说英语，我现在正在学英语呢。"

土拨鼠拔拔从土洞里冒出脑袋，它有点儿迷糊，英语是个什么语。

中秋节那天，奶奶收到了麦小穗父母寄来的快递包裹。有给奶奶的钙片、有稻香村的月饼和点心，还有给麦小穗的小风衣、糖果和洋娃娃。

麦小穗穿上黄色的风衣转了两圈，有点儿满意。月亮上来的时候，奶奶摆好了供桌：一碟月饼，一碟葡萄，一碟青梨，一碟大红枣，麦小穗跟着奶奶拜月。

拔拔问："怎么每个节日都要拜拜，月亮上也有神仙啊？"

麦小穗说："当然有哇，有嫦娥姐姐，有砍树的吴刚，还有玉兔，后来变成妖精去勾引唐僧。"

大花猫说："兔子变成的妖精肯定是红眼睛，丑死了。如果是白猫精才好看，大眼睛乌溜溜的，有时还会变色。"

奶奶和麦小穗笑得直拍手。

麦小穗带着大花猫和拔拔，在黄瓜架子下放了一盆清水，听说这样就能听到天上神仙说话的声音。

拔拔很兴奋，支起耳朵仔细地听了一会儿，说："什么也没听见，神仙不会是睡觉了吧？"

麦小穗说："黄瓜秧子就是通到天上的电话线，你看那个形状像不像？不过也许这会儿神仙下班了。"

拔拔说："人类的神仙为啥有这么多名字呢？爸爸说，草原牧民把他们的神仙叫作腾格里，他们用石块垒成小山，在上面挂满了白色、蓝色还有五颜六色的彩条，牧民把这叫作敖包，在敖包前拜神祈祷。我妈妈在那里拜过，她说不要再生一个淘气宝宝，后来果然有了乖乖妹妹。"

麦小穗说："你说的草原，听起来像个仙境，让我很喜欢，仅次于城市那种喜欢。"

拔拔说："你一定得来草原看看。秋天的时候，草原的丘陵像一个大画盘：绿色的是松树，红色的是柞树，紫色的是杏树，黄色的是银杏树，金色的是白桦树。妈妈和爸爸忙着采野蘑菇和榛子储存起来，朵朵在洞里偷懒，我自己跑去湖边看水鸭捉鱼，听毡包帐篷前的老头弹马头琴，然后捡一些金色和红色的叶子送给朵朵，她会当宝贝一样藏起来。"

霜降的时候，顺着养蜂人的消息，土拨鼠一家从草原找来了。土拨鼠妈妈一见到拔拔，忍不住紧紧把儿子搂入怀中，土拨鼠爸爸严峻的目光中带着一丝温柔。拔拔的妹妹朵朵也一起来了，它们见面后，又抱又跳，快乐得不得了。麦小穗为拔拔开心，看着土拨鼠一家幸福的团聚，羡慕极了。当夜，它们一起住在拔拔建造的菜园土洞里，土拨鼠爸爸和土拨鼠妈妈都非常欣慰，孩子长大了。

土拨鼠夫妻对奶奶和麦小穗一再致谢，在小黑村停留了一天，准备动身回草原了。奶奶给土拨鼠一家准备了一袋子的新鲜蔬菜，让它们带着路上吃。

拔拔亲亲奶奶褶皱的脸："奶奶，我会回来看您的。"

奶奶慈爱地说："好好儿的。"

大花猫对贴过来的拔拔说："别肉麻啦，快回家吧，以后记得少哭鼻子。"

麦小穗说："拔拔，你会记得我吧？你不会忘了我吧？"

拔拔很难过："麦小穗，我一定会再回来，一定要带你去草原看看，你是我最好的朋友。我是你用糖果换回来的，所以我还欠你好多好多糖果。"

麦小穗说："从生下来，我就没出过这个村子，哪也没去过。不过以后我念书了，长大了，一定要去城市的。我也想去看看草原，兴许还会去外国。但什么时候才能长大呢？要是能一下子长大就好了。"

拨拨说："等你长大了，可以坐汽车，坐火车，坐飞机，可以去更远的世界看看。就像电视上的那些环游世界的大人物一样。到时候，你要把看到的讲给我听听啊。你说的外国，我可不懂。不过，我比较好奇，外国的土拨鼠是不是也说英语呢？你说，我要不要学英语啊？"

麦小穗眼圈红红的，听拨拨说要学英语，扑哧一声笑了。她转身跑向屋后，边跑边喊着："不用和我说再见，我要去睡一觉啦！等我睡着了，等我睡着了你再走！"

拨拨看着麦小穗的背影，忍不住哭了。

大花猫在屋顶上，看着土拨鼠拨拨一家远去，再看看躺在屋后厚厚一层落叶上，假装睡觉的女孩。叹道："秋天，是团聚，也是离别。"大白猫突然从阴影里冒出来，说："没看出来呀，你竟然是个诗人呢。"

六、土拨鼠的四季礼物

大雪之后，又是一个冬天。过年的时候，麦小穗的爸爸妈妈终于回来了。他们带回了大包小包的年货，糖果和新衣服，也带来了承诺。他们承诺：等他们攒够了钱，在城市里租一个大一点儿的房子，就会接麦小穗和奶奶一起过去。

麦小穗期盼着父母，却对他们有点儿陌生。当他们再一次离开时，妈妈抱着麦小穗哽咽，但麦小穗一点儿也没哭。

可是，就是哭不出来，麦小穗心想。

这一年，麦小穗七岁了。她在镇上的小学读一年级，开始学写字，"人口手上中下日月水火山石田"，方方块块的字，让她想起城市的高楼。老师还教abcd的字母，说是拼音，但是外语也用这个字母。所以，我也算是在学外语了？麦小穗想。她还想起了大哥哥讲的山和海，以及许许多多不一样的人们。

第二年，麦小穗陆续收到了土拨鼠拔拔从草原寄来的礼物。

春天，是一束金黄色的小雏菊。

夏天，是透明的鹅卵石，两条小鱼干。

秋天，是野蘑菇，榛子和各种颜色的树叶。其中一片银杏树叶上写着歪歪扭扭的字：寄给你这片银杏叶，因为是秋天了。

麦小穗给拔拔写了一封信。

"亲爱的拔拔：

你好吗？

昨晚睡觉的时候，大花猫说，有点儿想你了。

大花猫和大白猫生了一只小猫，名字叫土土。

去年冬天，爸爸妈妈回家了。

妈妈抱着我哭。但是，我没有哭。

从前，我觉得自己是没人要的小孩。

现在，我对自己说：不能沮丧哦。

有奶奶，有大花猫，有拔拔。

我上学了。老师说，考上大学就可以去城市。

你看，我可以自己去看城市的。

春天的小雏菊虽然枯萎了，但我能想象盛开的样子。

夏天的鹅卵石分三份，一份放进小溪，一份放在菜园，一份留给自己。

秋天的野蘑菇，奶奶炖了汤，味道很好。

所有的树叶都被我做成了书签，夹在故事书里。

你有没有长高，长胖？

你和小马敖嘎又见面了吗？

你和朵朵躺在草地上数星星了吗？

草原上的敖包，还是一样美丽吗？"

冬天又一次来临时，拔拔的冬季礼物却一直没有寄到。

麦小穗有点好奇，她猜测着：冬天，会是什么礼物呢？难道是拔拔忘了吗？还是说，时间太久了，它已经忘记了自己和小黑村？

冬至那天，麦小穗和大花猫、小白猫土土挤在暖炕窗边看雪。

门口传来了敲门声。

"谁呀？"麦小穗问。

"你的礼物。"门外回答。

麦小穗跑出去打开门，门外站着土拨鼠拔拔。

"出现在朋友的面前时，要像一份礼物。"拔拔说。

它的眼睛亮晶晶，手里举着一块糖果。

本文刊载于《儿童文学·经典》2022 年 1-2 期

评　论

在美丽自然间讲述生命与爱

——评马三枣新作《白马》

娜仁琪琪格

  《白马》是一篇充满民族风情的儿童小说。作者马三枣以淳朴生动、纯然清澈的笔触在小说中描绘出一幅生机勃勃的北疆草原民俗风景图。奔腾的额尔齐斯河、热辣辣的阳光、光点斑驳的白桦林、幽静的河湾、暮归的畜群……这些都是《白马》中美丽的自然风光，它们构成一片蕴含着蓬勃生命力的土地。草原的水土滋养着牧村的孩子们，也滋养着马匹，他们同是这片土地上的生灵，一样温柔天真，也一样勇敢无畏。

  在马三枣笔下，人与自然、人与人、人与动物之间的关系均呈现出生命的和谐交织，孩子们和马驹在自然天地间无拘无束地健康生长，他们爱戏水、爱奔跑，还会伴着冬不拉弹唱和舞蹈。广袤的阿勒泰土地平等地对待每一个生灵，也培育出这些生灵纯良、澄明的内心。当"野孩子"努尔汗陷入危机，险些溺水，常被努尔汗揶揄打趣的阿拜不计"前嫌"努力营救，小白马也冲进河里奋不顾身。在自然的辽阔间，人和动物都是渺小的存在，没有谁高于谁，他们的关系并非一者凌驾于另一者之上，而是所有的生命都平等地生存在天地之中。塞力克一家曾救下小白马，小白马如今又救下了努尔汗；塞力克的阿妈为感谢阿拜的阿爸，将小白马送给了幼时的阿拜，而阿拜又将珍爱的小白马送给了好友塞力克；老牧人们将驯马及酿柯莫孜的古老经验倾囊传授给塞力克和努尔汗家，而掌握科学知识的阿爸也向牧民们传授着新的酿酒术和科学养殖法……文中关于马头石的古老传说，亦是讲述一匹白马为保护主人与狼群殊死搏斗的英勇故事。在这片土地上，在《白马》这篇小说中，友情与爱是太阳般的核心，它普照着北疆的草原、河滩，人类及动物都在这爱的温暖中和谐共存、守望相助，世世代代。作家歌颂着北疆这片美丽的土地和土地上美丽的生命，歌颂他们自然、本性的生活方式和单纯、友爱的内心。通过对白马的叙写，小说也表达了万物有灵的思想，从而指向对生命本体的偌大关怀，显现出对自然回归与生命回归的向往与呼唤。

在语言的运用上，马三枣显然也是行家里手。小说长短句的使用交错有致，使节奏交替踩重，音步考究。"翻翻滚滚""扑通扑通"等叠音词，以及"老实气儿""打哪儿来的"等颇具生活化色彩的语汇疏落其中又恰如其分，如同语句河流中涌起的一朵朵浪花，不分散注意力，却腾跃起几多鲜活灵动。这是一个真正优秀的儿童文学作家才能达致的境界，即以成熟的技艺实现文学性与童话体的整合与协调。如此，《白马》的语言既如林间暖阳般明净优美，又如微风过林般灵巧活泼。通过这样的语言，作家向孩子们呈现出一个美好的世界，在这个世界里，孩子们将学会如何生活，如何去爱。

本文刊载于《东方少年·快乐文学》2023年第6期

做匍匐姿态的讲述者

——评高君子新作《我是虎，不是虫》

老　藤

任何形式的文学创作都有一个讲述姿态问题，姿态是作家将读者带入故事的动作和手势。有的作家喜欢"上帝姿态"，居高临下激扬文字；有的作家喜欢"他人姿态"，借他人之口与手，替自己张目立传；还有的作家喜欢"自我摆拍"，自言自语自得其乐。这些姿态没有对错之分，无非是习惯和爱好使然。事实上，姿态抑或视角不是事关作品成败的决定性因素，只要故事讲得有艺术感，能引人入胜、感人至深，其他一切都不应该成为问题。但必须承认，姿态有优雅之分，我觉得匍匐的姿态特别优雅，与其他姿态比起来，这种优雅能格外打动我，让我不由自主地被带入作者营造的境界和气场，成为被俘者。

读了高君子的童话《我是虎，不是虫》之后，我更加意识到以匍匐姿态讲述故事的妙处。这篇童话讲了虎哥（虎纹蝾螈）与池塘边小动物们的故事，写了大自然与生俱来的和谐与冲突，故事娓娓道来，充满情趣。《我是虎，不是虫》无疑是一篇好作品，因为高君子在写作中确实匍匐了下来，成了另一只"虎哥"。她用"虎哥"的平视、俯视和仰视，把池塘的绿叶儿、水蛇、乌龟、青蛙、蜗牛、蜥蜴、水耗子描摹得活灵活现。对池塘面临的风险、三人成虎的舆情，以及宠物市场中的短毛猫、金毛犬、仓鼠、小白猪等，也生动传神地做了简笔勾勒，读罢令人余味无穷。

童话蕴含的智慧不可小觑，小童话，大人生，少儿时的一篇童话，也许会给你的人生涂上不可更改的底色，并深深影响着你的审美和追求。高君子的这部作品，小朋友读来会津津有味，成年人读之也会颇有收益。这并不奇怪，据统计，安徒生童话不乏大批成年读者，好的儿童文学作品可以横跨代沟，打通隔阂。

辽宁是儿童文学重镇，赵毓秀等老一代儿童文学作家曾享誉全国。今天，一大批老中青儿童文学作家依然活跃在文坛。每一届全国儿童文学大奖，辽宁作家都没有缺席，辽宁作家协会也专门设立了儿童文学大奖，迄今为止已经评出十一届。总体看，辽宁儿童文学作家普遍用一颗赤子之心在写作，他们自觉过滤掉那些对孩子成长无益的元素，用真、善、美来温润小读者的心灵，力求让儿童文学作品成为孩子们茁壮成长的雨露和阳光。细数辽宁儿童文学琳琅满目的骄人成果，如果需要提炼要义的话，我想一定少不了"匍匐"这个关键词。匍匐是一种姿态，是一种情怀，更是一种"齐万物"的觉悟。

回头再看高君子写《我是虎，不是虫》这篇童话的匍匐姿态，我想起了一句古话：蓬生麻中，不扶自直。很明显，高君子的创作能渐入佳境，与辽宁儿童文学作家们的姿态选择不无关系。方向有了引领，写作就会少走弯路。

本文刊载于《东方少年·快乐文学》2023年第5期